Mo Yan

Der Überdruss

Zu diesem Buch
In der Hölle, wo die Klassenfeinde schmoren, hadert der Großgrundbesitzer Ximen Nao mit seinem grausamen Tod. Nein, er war kein Feind der Revolution und hat seine Bauern immer gut behandelt! Der Höllenfürst Yama hat ein Einsehen und erlaubt ihm, in sein früheres Haus zurückzukehren. Doch welch ein Missgeschick – er wird als Esel wiedergeboren. Klug und willig dient er nun seinen früheren Untertanen und erstaunt sie durch unerwartete Talente. Doch auch dem Esel ist kein glückliches Leben beschieden, wieder und wieder wird er neu geboren: als kraftstrotzender Stier, als fruchtbarer Zuchteber, als oberschlauer Affe. So durchlebt er heroische und grausame Zeiten inmitten des Dorfes, dessen Herr er einst war. Als schelmischer Erzähler führt er den Leser durch große und kleine Abenteuer in den Höhen und Tiefen der chinesischen Geschichte.

»Ein literarisches Delirium, wie es ein Bulgakow nicht teuflischer hätte ersinnen können.« *Ulrich Baron, Die Welt*

Der Autor
Mo Yan (was so viel heißt wie »keine Sprache«) ist das Pseudonym von Guan Moye. Er wurde 1956 in Gaomi in der Provinz Shandong geboren und entstammt einer bäuerlichen Familie. Seine Bücher wurden mit zahlreichen bedeutenden Literaturpreisen ausgezeichnet. Spätestens seit Zhang Yimous preisgekrönter Verfilmung seines Romans *Das rote Kornfeld* gilt Mo Yan auch international als einer der wichtigsten und erfolgreichsten Autoren der chinesischen Gegenwartsliteratur.

Im Unionsverlag sind ebenfalls lieferbar: *Die Schnapsstadt; Die Knoblauchrevolte* und *Das rote Kornfeld*.

Mehr über Buch und Autor auf *www.unionsverlag.com*

Mo Yan

Der Überdruss

Roman

Aus dem Chinesischen
von Martina Hasse

Unionsverlag
Zürich

Die Originalausgabe erschien 2006
unter dem Titel *Shengsi Pilao*
bei Zuojia chubanshe, Peking.
Die deutsche Erstausgabe erschien 2009
im Horlemann Verlag, Berlin.

Im Internet
Aktuelle Informationen,
Dokumente, Materialien
www.unionsverlag.com

Unionsverlag Taschenbuch 588
Mit freundlicher Genehmigung des Horlemann Verlags, Berlin
© by Mo Yan 2006
© by Horlemann Verlag 2009
© by Unionsverlag 2012
Rieterstrasse 18, CH-8027 Zürich
Telefon 0041-44-283 20 00, Fax 0041-44-283 20 01
mail@unionsverlag.ch
Alle Rechte vorbehalten
Reihengestaltung: Heinz Unternährer
Umschlaggestaltung: Martina Heuer, Zürich
Umschlagbilder: Matthew Scherf (Jahreskreis);
hypergon (Affe); Dmitry Kudryavtsev (Junge);
Igor Djurovic (Tiere); Anna Benesova (Drache)
Druck und Bindung: CPI – Clausen & Bosse, Leck
ISBN 978-3-293-20588-8

Der Buddha spricht:

Der Überdruss im Leben wie im Tod
entspringt aus den Begierden.
Weniger Gier und mehr Stille
machen Körper und Geist leicht und frei.

(Sutra der acht Erleuchtungen, 八大人覺經)

Die wichtigsten Personen

Die Namen benennen ihre dominierenden Charaktereigenschaften und sind deshalb bedeutungsvoll für die Handlung

Mo Yan	(SAGT NICHTS) Bewohner des Dorfes Ximen.
Ximen Nao	(XIMEN LAUT) Grundbesitzer im Dorf Ximen, der hingerichtet und wiedergeboren wird als Esel, Stier, Schwein, Hund, Affe und Kind – das Großkopfkind Lan Qiansui, einer der Erzähler.
Lan Lian	(BLAU GESICHT) Ursprünglich Knecht auf dem Hof des Ximen Nao, wird er nach dessen Hinrichtung Chinas einziger Privatwirtschaftler und hält bis zu seinem Tod daran fest.
Lan Jiefang	(BLAU BEFREIUNG) Lan Lians Sohn. Geschäftsleiter des Kreisgenossenschaftsladens und dann Vizekreisvorsteher. Einer der Erzähler.
Bai Shi	(LADY XIMEN WEISS, auch APRIKOSENKIND) Ximen Naos Hauptfrau.
Yingchun	(FRÜHLINGSGRUSS) Ximen Naos Nebenfrau. Heiratet später Lan Lian.
Wu Qiuxiang	(WU HERBSTDUFT) Ximen Naos zweite Nebenfrau. Heiratet später Huang Tong.
Huang Tong	(GELB PUPILLE) Gruppenführer der Dorfmiliz des Dorfes Ximen, später befördert zum Leiter der Produktionsbrigade.
Hong Taiyue	(ROT TAIBERG) Dorfvorsteher von Dorf Ximen, Leiter der Genossenschaft, Parteizellensekretär.
Ximen Jinlong	(XIMEN GOLDDRACHE) Sohn von Ximen Nao und Yingchun. Nimmt später den Nachnamen seines Stiefvaters Lan Lian an. Während der Kulturrevolution Leiter des Revolutionskomitees der Produktionsbrigade im Dorf Ximen. Später Leiter der Schweinefarm, Parteisekretär der Jugendbewegung. Nach der Reformära Parteisekretär im Dorf Ximen, Aufsichtsratsvorsitzender und Geschäftsführer der touristischen Wirtschaftssonderzone.

Ximen Baofeng	(Ximen Goldphönix) Tochter von Ximen Nao und Yingchun. Barfußärztin im Dorf Ximen. Heiratet erst Ma Liangcai, lebt später in wilder Ehe mit Chang Tianhong zusammen.
Huang Huzhu	(Gelb Hilfsbereit) Tochter von Huang Tong und Wu Qiuxiang, Zwillingsschwester von Hezuo. Heiratet zunächst Ximen Jinlong, lebt später in wilder Ehe mit Lan Jiefang zusammen.
Huang Hezuo	(Gelb Kooperativ) Tochter von Huang Tong und Wu Qiuxiang und Zwillingsschwester von Huzhu. Mit Lan Jiefang verheiratet.
Pang Hu	(Pang Tiger) Held der chinesischen Freiwilligenarmee in Korea. Später Fabrikdirektor im fünften Werk der Baumwollmanufaktur und Parteisekretär.
Wang Yueyun	(Wang Freudenwolke) Pang Hus Ehefrau.
Pang Kangmei	(Pang Antiamerikanisch) Tochter von Pang Hu und Wang Leyun. Auch Kreisparteisekretärin. Chian Tianhongs Frau und Ximen Jinlongs Geliebte.
Pang Chunmiao	(Pang Frühlingssämling) Tochter von Pang Hu und Wang Leyun. Lan Jiefangs Geliebte und später dessen zweite Ehefrau.
Chang Tianhong	(Chang Für immer Rot) Absolvent der Musikhochschule an der Provinzakademie. Arbeitet als Mitglied der Kampagne der Vier Bereinigungen im Dorf. Während der Kulturrevolution Vizevorsteher des Kreisrevolutionskomitees. Später Regieassistent der Kreisoperntruppe.
Ma Liangcai	(Ma Begabt) Lehrer und später Direktor der Dorfschule.
Lan Kaifang	(Blau Frei) Sohn von Lan Jiefang und Huang Hezuo, vizeleitender Polizeikommissar der Polizeiwache des kreisstädtischen Bahnhofs.
Pang Fenghuang	(Pang Phönix) Tochter von Pang Kangmei und Chang Tianhong. Ihr wirklicher Vater ist Ximen Jinlong.
Ximen Huan	(Ximen Felix) Adoptivsohn von Ximen Jinlong und Huang Huzhu.
Ma Gaige	(Ma Reform) Sohn von Ma Liangcai und Ximen Baofeng.

Das erste Buch

Die Bürden des Esels

Das erste Kapitel
In der Hölle schmorend beschwert sich Ximen Nao
über die ungerechte Behandlung. Betrogen wird er als
Esel wiedergeboren.

Meine Geschichte beginnt im Jahr 1950. Es ist der 17. Februar, der Neujahrstag des chinesischen Kalenders. Ich habe mehr als zwei volle Jahre im Gerichtshof der Unterwelt und in den Folterkammern der Hölle verbracht. Unaussprechliche Folterstrafen jeder Couleur erlitt ich. Menschen in der Oberwelt werden sich das Ausmaß der Qualen nicht vorstellen können. Jedes Mal, wenn ich vor Gericht neu vernommen wurde, erging ich mich laut klagend in Beschwerden über die demütigenden Ungerechtigkeiten. Meine wüste Stimme schallte durch den Palast der Unterwelt. Ihr Echo hallte in Wellen durch die riesige Amtshalle bis in den letzten Winkel. Ich wurde gefoltert, blieb aber standhaft und fühlte keine Reue. So erwarb ich mir den Ruf, ein knallharter Bursche zu sein. Ich weiß, dass viele Höllendämonen mir insgeheim ihre Hochachtung entgegenbrachten. Genauso wusste ich, dass ich dem Höllenfürsten gänzlich über war. Damit ich mich endlich doch geschlagen gab und reumütig zeigte, ersann er die teuflischste aller Folterstrafen für mich. Seine Schergen warfen mich in einen Kessel mit siedendem Öl. Sie frittierten mich von allen Seiten knusprig, eine halbe Stunde lang, genau wie man ein Hähnchen frittiert. Den Grad meiner Qualen weiß ich mit Worten nicht zu benennen. Ein Dämon spießte mich sodann auf eine Gabel, hielt mich senkrecht nach oben, worauf er mit mir Schritt für Schritt die Stufen durch die große Gerichtshalle dem Fürsten Yama entgegenschritt. Die Dämonen zu beiden Seiten der Stufen feuerten den Burschen mit wilden Rufen und schrillen Pfiffen an. Es klang wie das Kreischen blutrünstiger Fledermausschwärme. In Schwaden trieb mir weißgelber Qualm aus der Kruste, Öl tropfte auf die Stufen, ich triefte. Der Dämon war akribisch damit befasst, mich mit der Gabel auf dem Lapislazuli-Tisch abzulegen. Sodann kniete er nieder und meldete: „Eure Hoheit, er ist frittiert!"
Ich spürte, dass ich eine tiefbraune Kruste hatte und so kross war, dass ich beim kleinsten Stoß zerbröseln würde. Tief aus der riesigen hohen Halle, aus der gleißendes Licht strahlte, schallte mir höhnisch

die Frage des Unterweltfürsten Yama entgegen: „Ximen Nao, bist du nun endlich still?"

Ich sag's dir ganz im Vertrauen, in diesem Moment war ich kurz davor, weich zu werden. Durchgebraten lag ich bäuchlings im eigenen Saft, immer noch brutzelnd platzte mir knisternd die Kruste. Ich spürte, dass ich meine Kraft, Qualen zu ertragen, restlos erschöpft hatte. Würde ich mich auch jetzt nicht kleinkriegen lassen, wer wusste, was sich die dreckigen, korrupten Büttel des Yama noch an Foltermethoden für mich ausdachten? Wenn ich mich nun beugte? Hätte ich dann alle vorangegangenen Qualen umsonst ertragen? Mit mir hadernd hob ich den Kopf. Jeden Moment konnte mir der Schädel vom Hals knicken. Ich blickte in die schmierig grinsenden Fratzen des Yama und seiner Richter. Da durchfuhr es mich, vor Wut krampfte sich mir das Herz zusammen. Ich wollte alles auf eine Karte setzen! Und sollte ich zwischen den Mühlsteinen meiner Schergen zu Pulver zermahlen werden! Sollte mich doch ihr eiserner Stößel zu Hackfleisch machen! Ich wollte es dennoch laut herausschreien: „Unrecht!"

Spuckend verspritzte ich ranzige, stinkende Ölkleckse, als ich wieder wie von Sinnen schrie: „Unrecht!" Arbeitsam, sparsam und sich für die eigene Familie aufopfernd, dabei immer eifrig auf das Gemeinwohl bedacht und jederzeit gern zu guten Taten bereit. So kannte mich jeder aus meinen dreißig Jahren unter den Menschen. Im ganzen Nordosten von Gaomi gibt es keinen Tempel, in dem ich nicht für die Erneuerung der Götterstatuen mein Geld gelassen hatte. Jeder Habenichts aus Gaomi hatte bei meinen Armenspeisungen gegessen. Jedes Reiskorn aus meinem Kornspeicher trägt die Spuren meines Schweißes. Jeder Kupferling aus meiner Geldkassette bei uns zu Hause ist mit meinem Herzblut getränkt. Ich war durch meiner Hände Arbeit reich geworden. Meiner Klugheit verdankte ich meinen Besitz. Mit Inbrunst wagte ich laut zu bekennen: „Ich tat während meines ganzen Lebens nie etwas, dessen ich mich schämen müsste. Dennoch fesselten sie" – mit aller Schärfe schrie ich es heraus – „jemanden wie mich, einen in jeder Hinsicht guten Menschen, geradlinig, ehrlich in Worten und in Taten, an Hals und Armen, sie trieben mich auf die Brücke und exekutierten mich dort!"

Sie hatten eine einfache Jagdflinte dafür benutzt, geladen mit einer halben Kalebasse voll Schwarzpulver und einer halben Reisschale voll Schrot, was eben an Munition gerade da war. Sie standen nur einen halben Meter von mir entfernt, als sie auf mich feuerten. Mit einem Höllenlärm kam der Schuss. Die eine Hälfte meines Schädels wurde zu blutigem Brei, der Brei beschmierte die Brücke und tropfte hinunter auf die melonengroßen, hellgrauen Steine unter der Brücke.

„Ich bin unschuldig! Ich wurde zu Unrecht getötet. Ich bitte Euch, Fürst Yama, mich wieder zurückzuschicken, damit ich vor Ort bei diesen Leuten nachfragen kann, was ich verbrochen haben soll!" Während meines einer Gewehrsalve gleichkommenden Wortschwalls sah ich, wie sich das fettige, schmierige Gesicht des Unterweltfürsten Yama verzog. Die Augen der Richter an seiner Seite blitzten unruhig hierhin und dahin, sie wagten nicht, mir ins Gesicht zu schauen. Ich wusste, dass sie über die Ungerechtigkeit, die mir widerfahren war, genau Bescheid wussten. Von Anfang an hatten sie gewusst, dass ich der Geist eines zu Unrecht Gestorbenen war. Aus bestimmten Gründen, die mir unbekannt blieben, machten sie gute Miene zum bösen Spiel und hielten sich bedeckt. Ich hörte nicht auf zu schreien, ich wiederholte mich wieder und wieder, wie ein kreisendes Echo, immer wieder das Gleiche von vorn. Fürst Yama beriet sich leise mit seinen Richtern. Dann knallte er den Richterstab mit einem Klatschen auf den Tisch: „Es reicht, Ximen Nao. Ich weiß, dass du zu Unrecht gestorben bist. Viele, die leben, verdienen den Tod, und viele, die sterben, verdienen das Leben. Da kann der Unterweltgerichtshof leider auch nichts tun. Das Gericht macht eine Ausnahme und erteilt dir Amnestie. Wir schicken dich zurück in die Oberwelt."

Diese plötzliche frohe Botschaft traf mich wie ein Mühlstein, der meinen Körper zermalmte. Fürst Yama schleuderte achtlos ein zinnoberrotes Dreieckszepter auf den Tisch und wetterte übelgelaunt: „Stierkopf und Pferdekopf! Ihr schafft ihn mir raus!"

Mit wehenden Ärmeln zog sich Fürst Yama wutschnaubend zurück, seine Richter folgten ihm. Die Verhandlung war geschlossen. Mit einer abrupten Bewegung machte Yama auf dem Absatz kehrt, dabei blähte sich seine Robe bauschend. Die Kerzen flackerten heftig. Zwei Dämonen in schwarzen Kutten, die an der Taille mit breiten orangeroten Schärpen zugebunden waren, traten aus zwei Seitengängen von links und rechts auf mich zu. Einer bückte sich, nahm das Zepter vom Tisch und steckte es sich in den Gürtel. Der andere packte mich am Arm und wollte mich emporziehen. Ich hörte ein Platzen, ein knuspern-

des Krachen, wie wenn poröse Knochen in tausend Teile zerspringen. Gellend schrie ich auf. Der Dämon mit dem Zepter rempelte seinen Kumpanen an, der mir fast den Arm abriss. Sein Tonfall war der eines erfahrenen alten Hasen, der einen stümperhaften Grünschnabel zurechtweist: „Bist du dumm oder hast du nur Wassersuppe im Gehirnkasten? Dir hat wohl ein Geier die Augen ausgepickt! Siehst du nicht, dass der Typ am ganzen Leib kross wie eine frittierte Schmalzstange aus der 18ten Straße in Alt-Tianjin ist?"
Während der alte Dämon drauflos wetterte, verdrehte der junge nur die Augen, er wusste nichts zu erwidern und genauso wenig zu tun. Der Dämon, der sich das Zepter geschnappt hatte, fuhr ihn an: „Reiß dich am Riemen! Schaff mir Eselblut her!"
Der junge Dämon fasste sich nur an den Kopf, der Groschen war gefallen, er machte auf dem Absatz kehrt und rannte los ins Dunkel der Halle. Im Nu war er mit einem blutbeschmierten Holzeimer wieder da. Der Eimer musste schwer sein, denn der Dämon kroch förmlich daher, gebeugt und schleifenden Schrittes mühte er sich, jeden Augenblick drohte ihm der Inhalt herauszuschwappen.
Mit einem Ruck setzte er den Eimer neben mir ab. Mein Leib erbebte. Mir stieg ein Brechreiz erregender Geruch von warmem Blut und Fleisch in die Nase. Kurz flackerte vor meinem inneren Auge der Leib eines getöteten Esels auf, um sich wieder in Nichts aufzulösen. Der Dämon mit dem Zepter fischte einen Schweineborstenpinsel aus dem Holzeimer, tauchte ihn gut in das dunkelrote, klebrig dicke Blut ein und strich es mir auf den Kopf. Aus der Tiefe meiner Seele entfuhr mir ein monströser Schrei. Ein Gefühl von Taubheit vermischte sich mit einem starken leiblichen Schmerz, als würden mich mit einem Mal tausend Nadeln in die Haut stechen. Ich hörte es unter meiner Epidermis glucksen und tuten, spürte Blut unter meiner Haut pulsieren, sie durchfeuchten und glätten – wie süßer Tau, der trockene, bröcklige Erde benetzt. Im gleichen Moment stockte mir das Herz, hundert Gefühle verzahnten sich ineinander und lähmten mich. Der Dämon bestrich mich in manischer Geschwindigkeit mit Eselblut, der Pinsel flog in Windeseile über meinen Leib. Zuletzt hob er den Eimer hoch und kippte mir den Rest über den Kopf. Da spürte ich in meinem Körper die Lebenssäfte sprudeln. Das Leben begann wieder neu. Mut und Kraft waren in mich zurückgekehrt. Ohne fremde Hilfe erhob ich mich.

Obschon die beiden Dämonen „Stierkopf" und „Pferdekopf" gerufen wurden, hatten beide keine Ähnlichkeit mit den uns aus der Höllenmalerei bekannten Figuren auf den Bildern vom Schattenweltgerichtshof. Sie besaßen unter ihrem Stier- und Pferdekopf keinen Menschenleib. Ihr Körper hatte zwar die Form eines Menschen, ihre Haut war jedoch bizarr mit einer gallertartigen Flüssigkeit eingefärbt und flimmerte grell blau. Selten ist mir auf Erden eine so aparte blaue Farbe begegnet. Von solchem Blau gibt es kein Tuch. Es gibt auch keine Pflanzen, deren Blätter solch eine Farbe besäßen. Aber ich war mir sicher, dass ich schon einmal eine Blüte von dieser Farbe gesehen hatte, eine kleine, unscheinbare Blume, die in den Sümpfen im Nordosten von Gaomi wächst. Am Nachmittag erblüht sie, vor dem Abendrot ist sie schon wieder verblüht.

Von den zwei langen blaugesichtigen Dämonen links und rechts fest gepackt, ging es durch einen dunklen Tunnel. Kein Ende der Röhre war auszumachen. An beiden Seiten ragten alle dreißig, vierzig Meter Lampengestänge aus der Wand heraus, seltsam gebogen wie rote Geweih-Korallen. In diesen Halterungen schaukelten Öllampenschalen. Mir schwanden die Sinne, der Duft des brennenden Öls war intensiv. Im Licht der Korallenleuchten sah ich, dass oben im Gewölbe riesige Fledermäuse hingen. Ihre blitzenden Augen funkelten im Dunkel. Ich gewahrte, wie ihre stinkenden Kotköttel mir auf den Kopf regneten.

Dann waren wir endlich durch den Tunnel hindurch und stiegen auf ein hohes Podest. Eine weißhaarige Alte streckte eine schneeweiße, zarte Hand hervor und füllte einen schwarzen Schöpflöffel aus einem schmutzigen Wok randvoll mit einer verdorben riechenden, schwarzen Brühe. Sie leerte sie in eine rot glasierte Steingutschüssel. Die Dämonen setzten mich vor ihr ab. Mit einem schadenfrohen Grinsen wiesen sie mich an: „Trink das aus! Nach dieser Suppe werden deine Ängste, Nöte und aller Hass vergessen sein."

Ich fuhr mit der Hand über den Tisch und schlug die Schale um.

„Nein, ich werde Nöte, Kummer und allen Hass in meinem Herzen bewahren. Sonst macht es ja keinen Sinn, wieder unter die Menschen zu gehen!"

Hoch erhobenen Hauptes stieg ich die unter meinen Füßen erzitternden Stufen des Holzpodests hinunter. Ich hörte die Dämonen meinen Namen schreien und hinter mir die Treppe hinunterstürzen.

Dann gingen wir zu dritt auf einem Sandweg in Nordost-Gaomi weiter, Heimaterde unter den Füßen. Wie vertraut waren mir hier jeder Baum, jeder Strauch, Wiesen und Felder. Fremd waren mir jedoch diese weißen Holzlatten, die überall in die Erde gerammt waren. Auf den Brettern standen in Tusche Namen von mir bekannten und unbekannten Menschen.

Auch auf dem fruchtbaren Land meiner Familie hatte man viele solcher Bretter vor den Parzellen aufgerichtet. Vor und um die Latten herum knieten und standen Bauersleute. Sie hatten Erde in den Händen, schnupperten den Geruch. Berauscht und fassungslos waren sie. Mit tränennassen Augen starrten sie in den Himmel. Manche gingen mit großen Schritten wieder und wieder das Land ab. Später erst erfuhr ich, dass, während ich in der Hölle lauthals das mir zugefügte Unrecht anprangerte, in der Oberwelt die Bodenreform tobte und das Land der großen Bauern an das arme Volk, an die, die nichts besaßen, verteilt wurde. Mein Grund und Boden machte da keine Ausnahme. Für eine gleichmäßige Neuverteilung des Bodens gibt es durch alle Dynastien hindurch zahlreiche Beispiele. Aber dafür hätte man mich nicht exekutieren müssen!

Die Dämonen hakten mich links und rechts fest ein. Ihre eiskalten Hände – treffender gesagt: Krallen – umklammerten meine Arme. Sie hatten wohl Bedenken, dass ich versuchen würde zu fliehen. Die Sonne strahlte und die Luft war klar und frisch. Am Himmel zwitscherten die Vögel und auf dem Feld schlugen die Karnickel Haken. Auf der Schattenseite der Wassergräben und der Flüsse glitzerte der Schnee im gleißenden Licht. Ich schielte zu den beiden petrolblauen Dämonengesichtern hinüber. Sie kamen mir plötzlich wie die grell bemalten Gesichter aus der Pekingoper vor. Nur dass diese mit Farben aus der Oberwelt bemalt waren, es sich aber bei den aparten, petrolblauen Dämonen um die unabwaschbare Variante handelte.

Wir nahmen den Weg den Fluss entlang, kamen durch zehn, fünfzehn kleine Dörfer, viele Leute kreuzten unseren Weg. Ich erkannte viele alte Freunde aus den Nachbardörfern wieder. Aber jedes Mal, wenn ich meinen Mund öffnete und ihnen einen Gruß zurufen wollte, drücke mir ein Dämon so fest die Gurgel zu, dass ich keinen Ton herausbrachte. Ich beschwerte mich lauthals darüber. Unwirsch trat ich nach ihren Beinen. Aber sie reagierten nicht, als hätten sie kein Gefühl in ihren Waden. Ich rammte meinen Kopf gegen ihre Köpfe, ihre Gesichter blieben unverändert, wie Gummi. Die Hand, die mir die Gurgel zudrückte, lockerte sich nur noch, wenn weit und breit kein Mensch zu sehen war. Ein Pferdekarren mit Gummireifen zog eine Staubwolke hinter sich her, dicht an mir wirbelte sie vorbei, ich sog tief den Geruch von Pferdeschweiß ein. Welch vertraute, angenehme Empfindung. Ich sah den Kutscher Ma Wendou mit einer glatten, weißen Ziegenlederjacke über den Schultern, die Peitsche unter den Arm geklemmt, auf dem Kutschbock über der Deichsel sitzen. Unter dem Jackenkragen klemmte schräg die lange mandschurische Pfeife, die mit dem Tabakbeutel zusammengebunden war. Der Beutel schlenkerte wild, wie das Werbeschild einer Schenke. Der Pferdekarren gehörte mir, das Pferd war auch aus meinem Stall, aber der, der den Karren kutschierte, war nie Knecht bei uns zu Hause gewesen. Ich wollte hinstürzen und eine Erklärung verlangen, aber die Dämonen schnürten mich ein wie zwei Schlingpflanzen, ich konnte mich nicht befreien. Ich spürte, dass der Wagenführer Ma Wendou meine Gestalt sehen konnte, mein Rufen während meines verzweifelten Ringens bestimmt hören und diesen meinem Körper anhaftenden, in der Oberwelt schwerlich anzutreffenden Gestank riechen musste. Aber als gelte es, vor einer furchtbaren Katastrophe zu fliehen, trieb er das Pferd an und galoppierte wie im Fluge an mir vorbei. Dann trafen wir noch die Stelzenläufer. Sie spielten Episoden aus der tangzeitlichen Geschichte des Mönchs Kumarajiva nach. Einer spielte den Affen Sun Wukong, einer das Schwein Zhu Jiujie. Die Stelzenläufer kannte ich alle sehr gut, es waren Freunde aus meinem Dorf. Ihr zwischen zwei Fahnenstöcken mitgeführtes Spruchband und die Wortfetzen, die ich im Vorübergehen aufschnappen konnte, ließen mich erahnen, dass es der Neujahrsmorgen des Jahres 1950 war.

Als wir bei der kleinen Steinbrücke ankamen, über die man in unser Dorf kommt, spürte ich, wie mich in Schüben ein krauses Unwohlsein überkam. Dann sah ich die runden Steine unter der Brücke wieder, die, weil sie in meinem Blut gebadet worden waren, eine neue Farbe angenommen hatten. In Strähnen klebten noch schmutziges Haar und Stofffetzen an den Kieseln, immer noch stieg strenger Blutgeruch auf. Dort, wo unter der Brücke die Steine weggerissen waren, hausten jetzt drei verwilderte Hunde. Zwei braune lagen und dösten, ein schwarzer stand, wobei alle drei einen aufgeweckten, ge-

sunden Eindruck machten. Sie hatten glattes, glänzendes Fell, eine kräftigrote Zunge und ein strahlendweißes Gebiss.
Mo Yan beschreibt diese Steinbrücke und wie sich dort die wilden Hunde beim Leichenfressen fetzen in seinem Roman *Aufzeichnungen über die bittere Galle*. Auch berichtet er von einem treuen, folgsamen Sohn, der unter die Brücke zu den frisch exekutierten Leichen rennt, ihnen die Galle aus dem Körper herausschneidet, um sie zu Hause der Mutter einzuflößen, damit ihre kranken Augen heilen. Von der heilenden Wirkung der Bärengalle hört man ja viel, eine solche Wirkung der Menschengalle war mir bisher neu. Da hat dieser Bengel wohl wieder schamlos von Dingen gesprochen, die man besser für sich behält. In seinen Romanen lügt er das Blaue vom Himmel herunter, so einem sollte man kein Wort glauben!
Den ganzen Weg von der kleinen Steinbrücke bis zu uns nach Hause hatte ich mit den Bildern meiner Exekution zu kämpfen, die sich mir in krasser Deutlichkeit aufdrängten: Mit einem dünnen Hanfstrick waren mir die Hände auf dem Rücken stramm zusammengebunden worden, um den Hals das meinen Tod verkündende Pappschild. Es war im letzten Monat des alten Jahres am dreiundzwanzigsten Tag gewesen, nur sieben Tage vor dem neuen Jahr. Schneidende, eisige Kälte herrschte, grau türmten sich die Wolken am Himmel, bevor der Schneesturm kam. Es fiel Eisregen, der mir wie weißer Reis Schütte um Schütte an den Hals klatschte. Bai Shi, meine Hauptfrau, weinte wie besessen. Sie stand dicht hinter mir. Aber die Stimmen meiner beiden Nebenfrauen Yingchun und Qiuxiang konnte ich nicht hören. Yingchun war schwanger, sie sollte bald niederkommen. Ich sah es ihr nach, dass sie mir nicht die letzte Ehre erwies. Aber Qiuxiang war nicht schwanger, jung war sie obendrein. Mir gefror schier das Herz vor Kummer, dass sie mich nicht geleitete. Als ich dann auf der Brücke stillstehen musste, drehte ich mich ruckartig um. Ich sah den Volksmilizgruppenführer Huang Tong nur wenige Meter hinter mir stehen und seine zehn Volksmilizionäre ihm nachfolgen.
„Ihr alten und jungen Herren! Wir sind aus einem Dorf, wohnen zusammen und haben uns, damals wie heute, nie miteinander überworfen. Brüder! Habe ich etwas falsch gemacht? War ich ungerecht zu euch? Sagt es mir offen und geradeheraus, aber tut mir nicht so etwas an!"
Huang Tong warf mir einen scharfen Blick zu, nur einen Augenblick.

Dann schweifte sein Blick wieder ab. Goldgelbe Pupillen hatte er, sie leuchteten fast wie zwei goldene Sterne.
„Huang Tong, deine Eltern haben den richtigen Griff getan, als sie diesen Namen für dich aussuchten!"
Der erwiderte nur: „Halts Maul, wir machen hier Politik!", aber ich diskutierte weiter: „Brüder! Ihr seid mir eine Erklärung schuldig, damit ich weiß, warum ich sterben muss. Welches Gesetz habe ich übertreten?"
Huang Tong raunzte mich nur an: „Lass dir das in der Hölle von Yama verklickern."
Plötzlich hob er seine Flinte, der Gewehrlauf war von meiner Stirn nur einen halben Meter entfernt. Dann spürte ich meinen Schädel wegplatzen, sah eine Flammenzunge, hörte eine Explosion, die meilenweit entfernt zu sein schien und roch, wie Salpetergeruch die Luft schwängerte.
Das Haupttor bei uns zu Hause war nur angelehnt, durch den Torspalt konnte ich undeutlich sehen, dass der Hof voller Menschen war. Sie wussten doch nicht etwa, dass ich heute wieder zu ihnen zurückkam? Ich bedankte mich bei den Dämonenboten: „Brüder, ein ordentliches Stück Arbeit habt ihr mit mir gehabt!"
Ich sah das verschlagene, böse Grinsen in den petrolblauen Gesichtern der beiden Dämonen. Ich ahnte kaum, was das zu bedeuten hatte, da packten mich ihre Krallen auch schon und schoben mich vorwärts. Vor meinen Augen verschwamm alles neblig trüb, als hätte mich jemand unter Wasser gedrückt. Dann drang plötzlich ein schriller Freudenschrei an mein Ohr.
„Es ist geboren!"
Ich schlug die Augen auf. Am ganzen Körper voll mit weißlichem Schleim lag ich nah an der Kruppe einer Eselstute. Es war nicht zu fassen! Der prächtige Landedelmann Ximen Nao, der die Privatschule besucht hatte, die Klassiker lesen und interpretieren konnte, war tatsächlich als kleines Eselfüllen mit vier schneeweißen Hüfchen und einem rosaweichen Maul wiedergeboren worden.

Das zweite Kapitel
Ximen Nao tut eine gute Tat und rettet Lan Lian.
Yingchun nimmt sich zärtlich des Esels an.

Der Mann hinter der Eselstute, der über das ganze Gesicht strahlte, war mein Knecht Lan Lian. In meiner Erinnerung sehe ich noch den dürren, schwächlichen Jungen von einst vor mir. Ich hätte es nicht für möglich gehalten, dass er sich in den gerade einmal zwei Jahren meiner Abwesenheit so machen würde. Ein Mann so stark wie ein Baum!
Er war ein Findelkind, das ich im Schnee vor dem Tempel des rotgesichtigen Gottes Herzog Guan gefunden hatte. In einen zerschlissenen Sack gewickelt war er damals, ohne Schuhe an den Füßen, der Körper steif vor Kälte, das Gesicht grünviolett und der Haarschopf zu einem Knäuel gefroren. Damals war gerade mein Vater gestorben, meine Mutter aber noch bei guter Gesundheit. Mit dem Tod meines Vaters war der Kupferschlüssel des Kampferholzkastens an mich übergegangen. Im Kampferholzkasten wurden der Auszug aus dem Grundbuch über unsere vierundzwanzig Morgen guten Boden sowie alles Geschmeide und Vorräte an Gold und Silber, die unsere Familie besaß, verwahrt. Ich war gerade vierundzwanzig Jahre alt und hatte die zweite Tochter von Bai Lianyuan, dem reichsten Bauern aus dem Kreis Baima, zur Frau genommen. Bei sich zu Hause wurde meine Frau mit dem Kosenamen Aprikosenkind gerufen, einen richtigen Vornamen besaß sie nicht. Als sie dann unserer Familie angehörte, riefen wir sie Bai Shi. Bai Shi war gebildet in Wort und Schrift, die gewandte Tochter eines Großgrundbesitzers. Schmal und zart gebaut war sie, besaß Brüste wie zwei süße Birnen, wohlgeformte Rundungen und eine schlanke Taille. Das Liebesspiel mit ihr auf unserem Kang gefiel mir sehr gut, obschon unsere Freuden in den ersten Jahren unserer Ehe durch Kinderlosigkeit getrübt wurden.
Damals war ich das, was man heute jung und erfolgreich, einen Senkrechtstarter, nennt. Ich fuhr Jahr für Jahr reichliche Ernten ein. Meine Pachtbauern bezahlten ihren Pachtzins gern und willig. Große Scheffel voll Korn füllten unseren Speicher, nur kleine Scheffel verließen ihn. Dem Vieh ging es prächtig, unsere schwarze Stute gebar sogar Zwillingsfohlen. Es war ein Wunder! Von solch einem Glück hört man selten, noch weniger bekommt man es mit eigenen

Augen zu sehen. Nicht enden wollte die Flut von Besuchern, die die Zwillingsfüllen anschauen kamen, alle zollten Respekt und Bewunderung. Wir hatten Jasmintee und Zigaretten der Marke „Artilleriebatterie" bereitgestellt, die wir den Besuchern aus unserem Dorf anboten. Huang Tong, ein Halbstarker aus unserem Dorf, ließ ein Päckchen Zigaretten mitgehen. Aber jemand bemerkte es, packte ihn am Ohr und schleifte ihn zu mir. Der Kleine hatte gelbe Haare, gelbe Haut und gelbe Augen mit hektisch kreisenden Pupillen, die Augen eines ausgemachten Bösewichts. Ich ließ ihn laufen und gab ihm noch ein Paket Tee für seinen Vater Huang Tianfa mit, einen warmherzigen, ehrlichen Bauern, mein Zinsbauer, der ein unvergleichlich gutes Tofu machte. Er bewirtschaftete einen Morgen meines fruchtbaren Bodens, der direkt am Fluss gelegen war. Kaum zu glauben, dass er so einen Faulenzer und Rumtreiber seinen Sohn nannte. Er sandte mir zum Dank für Zigaretten und Tee eine Ladung gut abgehangenes Tofu, welches ich, an einen Haken gehängt, lagern konnte. Seine herzliche Antwort konnte ich natürlich nicht unerwidert lassen. Deswegen ließ ich ihm durch meine Frau besten grauen Kettatlas schenken, genug für das Obertuch für ein Paar Schuhe, damit er sich zum Neujahrstag neue Ledersohlenschuhe machen lassen konnte.

Oh weh, Huang Tong, wie konntest du nur diesen Keil zwischen deines Vaters und meine Freundschaft treiben! Du hättest mich nicht erschießen dürfen. Ich weiß, andere befahlen dir zu schießen. Aber so direkt auf meinen Kopf zu zielen und dann abzufeuern? Mich einfach ins Jenseits zu befördern, aus mir eine Leiche zu machen? Du undankbarer Bastard!

Ich, Ximen Nao, bin ein ehrlicher, ehrbarer Mann, tolerant und großzügig, jedermann schätzt mich. Obwohl Bürgerkrieg herrschte, als ich das Gut übernahm, obwohl ich mich mit den Partisanen herumzuschlagen hatte und mit den vielen Mardern fertig werden musste, ging es mit meiner Gutswirtschaft in nur wenigen Jahren bergauf. Fast dreißig Morgen neues Ackerland kamen hinzu, aus meinen vier Stück Vieh wurden acht, wir schafften einen großen Wagen mit Gummireifen an, aus ursprünglich zwei Knechten wurden vier, zu unserer einen Magd kam noch eine zweite hinzu, und ich holte noch zwei alte Weiber zum Kochen auf den Hof. Das war die Zeit, als ich vor dem Tempel des rotgesichtigen Herzogs den kleinen Blaugefrorenen, der fast nicht mehr atmete, auflas und nach Hause trug. Ich war morgens Kot sammeln gewesen. Man glaubt es vielleicht nicht, aber obwohl ich der reichste Bauer mit dem größten Hof in Nordost-Gaomi war, habe ich die Gewohnheit des täglichen Arbeitens nie aufgegeben. Im März pflügen, im April Sämlinge setzen, im Mai Weizen mähen, im Juni Melonen ernten, im Juli Kartoffeln ausbuddeln, im August Hanf ernten und Hanf schwingen, im September Getreide quetschen, im Oktober den Acker umgraben. Und auch im Dezember, im Winter bei Eis und Schnee, verstecke ich mich nicht auf dem warmen Kang, sondern greife mir beim ersten Morgengrauen den Jaucheeimer zum Hundescheißesammeln. Bei uns im Dorf erzählt man sich den Witz, dass ich, weil ich zu früh auf den Beinen war, schon Steine für Hundescheiße gehalten und nach Haus getragen hätte. Das ist aber blanker Unsinn, denn mein Geruchssinn ist gut und von weitem kann ich den Hundekot riechen. Ich bin überzeugt, jeder gute Grundbesitzer weiß Hundescheiße zu schätzen.

An diesem Tag hatte es tüchtig geschneit. Haus und Hof, Wald und Weg, alles lag tief unter dem Schnee verborgen. Man sah nur weiß, so weit das Auge reichte. Hundescheiße gab es nicht an diesem Morgen, die Hunde hatten sich alle verkrochen. Aber ich war trotzdem im Schnee unterwegs. Die kalte Luft war klar, ein frischer Wind blies. Gibt es nicht eine Menge geheimnisvoller Phänomene, die sich nur im Morgengrauen beobachten lassen? Jeden Winkel unseres Dorfs lief ich ab, oben auf dem Schutzwall lief ich entlang und drehte meine Runde. Ich sah am Horizont von Osten her das Weiß in Rot zerlaufen, sah den Morgen wie loderndes Feuer dämmern. Die große Sonnenscheibe erhob sich machtvoll über die Erde. Überall war rotes Licht auf dem Schnee. Wie das Kristallnirwana des lapislazulifarbenen Medizinbuddhas. Als ich den Kleinen vor dem Tempel des rotgesichtigen Herzogs Guan entdeckte, war sein Leib schon halb von Schnee bedeckt. Zuerst meinte ich, das Kind sei tot. Ich wollte ein gutes Werk tun, Geld für ein ordentliches Begräbnis geben, damit die Hunde das Kind nicht fraßen. Ein Jahr zuvor war ein nackter Mann vor dem Erdgotttempel erfroren. Der gefrorene Körper hatte eine zinnoberrote Farbe, der Penis stand wie eine Flinte stramm nach oben. Schaulustige umringten ihn und lachten sich halbtot. Darüber hat sich unser komischer Freund Mo Yan in seinem Roman *Mann tot, Schniedel lebt* ausgelassen. Für das Begräbnis dieses toten

Mannes mit dem lebenden Schniedel, der vor aller Augen auf der Straße gestorben war, bin ich mit meinem eigenen Geld aufgekommen. Er wurde auf dem Gräberfeld im Westen unseres Dorfes bestattet. So eine gute Tat hat ihre Wirkung, sie zählt mehr als irgendwelche Ehrentafeln, die einem verliehen werden. Ich setzte also den Jaucheeimer ab, bewegte den Kleinen ein wenig und befühlte seine Brust. Sie war noch warm. Da wusste ich, dass das Kind noch lebte. Ich zog meine wattierte Jacke aus und wickelte es darin ein. Als ich die Dorfstraße entlang nach Hause marschierte, der aufgehenden Sonne entgegen, trug ich auf meinen Händen das halb erfrorene Kind. Himmel und Erde leuchteten grell im Schein der Morgensonne. Auf beiden Seiten der Straße traten die Leute aus ihren Häusern und begannen, Schnee zu schippen. Viele bei uns im Dorf sahen die gute Tat des Ximen Nao. Schon aus diesem einen Grund hättet ihr mich niemals mit der Jagdflinte abknallen dürfen. Schon aus diesem einen Grund, Fürst Yama, das sage ich Euch, hättet Ihr mich niemals im Leib eines Esels auf die Welt zurückschicken dürfen. Man sagt doch, ein Menschenleben zu retten wiegt mehr, als einen siebenstöckigen Stupa für Buddha zu errichten. Ich, Ximen Nao, habe unzweifelhaft und mit absoluter Sicherheit ein Menschenleben gerettet. Nicht nur eins, es waren viele! Im Frühling, während der großen Hungersnot, habe ich zu einem Spottpreis 1200 Kilo Sorghum, also zwanzig Traglasten, an Bedürftige verkauft. Ich habe allen Zinsbauern den Zins erlassen. Dadurch sind viele Menschen am Leben geblieben. Trotzdem nahm es ein so erbärmliches Ende mit mir. Ich frage euch, Himmel und Erde, Menschen und Götter: Gibt es kein Recht auf Gerechtigkeit? Hat keiner ein Gewissen? Ich erhebe Einspruch! Ich kann Yamas Urteil nicht nachvollziehen!
Ich habe also den Kleinen nach Hause getragen und ihn auf den warmen Kang im Gesindehaus gelegt. Ich wollte eigentlich Feuer machen, damit dem Kleinen schön warm wird, aber mein Vorarbeiter, der lebenserfahrene alte Zhang, sprach: „Chef, auf keinen Fall erhitzen! Einen zu Eis gefrorenen Rettich oder Kohlkopf darf man nur langsam auftauen. Legt man ihn neben das Feuer, so wird daraus sofort ein Haufen Matsch."
Der alte Zhang sprach mit Vernunft. Wir ließen den Kleinen also auf dem Kang langsam warm werden und brauten eine Schale heißen, süßen Ingwertee. Mit Stäbchen schoben wir dem Kind vorsichtig die

Zähnchen auseinander und flößten ihm den Tee ein. Als der Tee in seinem Magen ankam, bewegte sich der Kleine und fing an zu maulen. Ich hatte ihm das Leben gerettet. Der alte Zhang musste ihm nun den Kopf rasieren, weg mit dem Haarschopf und weg mit den Läusen. Wir badeten ihn, zogen ihn sauber an, und dann nahm ich ihn an die Hand und führte ihn zu meiner Mutter. Was war der Kleine lieb und brav! Er kniete vor meiner Mutter nieder und rief: „Oma!" Meine Mutter freute sich unbeschreiblich. Sie rief den Buddha an: „Namu Amithaba, dieser Junge muss ein kleiner Mönch aus dem Tempel sein!"
Wir fragten ihn nach seinem Alter, nur Kopfschütteln. Wir fragten ihn nach seinem Zuhause, er erinnerte sich nicht. Wir fragten ihn nach seiner Familie, er schüttelte vehement den Kopf, so wie ein Marktschreier die Rassel schwingt. Also behielten wir ihn bei uns. Ich hatte nun einen Adoptivsohn. Klug war der Kleine. Er wusste, wie man im Leben weiterkommt! Immer rief er mich artig „Adoptivpapa", wenn er Bai Shi begegnete, rief er sie „Adoptivmama". Aber egal, ob nun Adoptivsohn oder nicht, er musste, wie alle in meinem Haus, hart arbeiten. Auch ich, der Chef, muss ran und muss aufs Feld. Wer nicht arbeitet, der soll auch nicht essen. Das wurde zwar erst später immer so gesagt, aber diese Auffassung existiert doch eigentlich schon immer. Der Kleine hatte weder Vor- noch Nachnamen. Auf der linken Wange trug er ein großes blaues Feuermal. Ich sagte ihm deswegen einfach: „Mein Kleiner, du sollst nun Lan Lian, Blaugesicht, heißen, mit Nachnamen Lan, mit Vornamen Lian."
Der Kleine erwiderte: „Adoptivpapa, ich will wie du Ximen mit Nachnamen heißen und Lanlian mit Vornamen, Ximen Lanlian mit ganzem Namen."
Ich erklärte ihm: „Das geht aber nicht, denn Ximen kann man nicht einfach so heißen. Sei fleißig und arbeite tüchtig, in zwanzig Jahren sehen wir weiter."
Der Kleine arbeitete zuerst bei den Knechten: Er führte die Pferde aus, er brachte die Esel auf die Weide. Fürst Yama, wie teuflisch und schwarz ist Euer Herz, dass Ihr mich in einen Eselsleib gesteckt habt. Lan Lian spezialisierte sich später auf Esel. Der Schein trog, denn wenn er auch mager und schwächlich daherkam, so war er doch äußerst patent, hatte tüchtige, flinke Hände und alles gut im Blick. Mit seiner Gewandtheit machte er seine körperlichen Schwächen allemal wett ...

Ich stellte fest, dass er nun breite Schultern und klobige, kräftige Arme bekommen hatte. Er war zu einem ganzen Mann herangewachsen, der mit beiden Füßen fest auf der Erde stand.

„Juchei, juchei, es ist geboren!", schrie er wild vor Freude, bückte sich und streckte seine beiden großen Hände aus, um mir auf die Beine zu helfen. Ich fühlte unvergleichliche Scham und Wut. Mit aller Kraft schrie ich: „Ich bin kein Esel! Ich bin ein Mensch! Ich bin Ximen Nao!"

Aber mein Hals war noch immer von den zwei petrolblauen Dämonen zugedrückt. Obwohl ich aus Leibeskräften versuchte loszuschreien, konnte ich keinen Ton herausbringen. Ich musste aufgeben, war voller Angst, voller Wut. Weißer Schaum stand mir vor dem Maul. Mir quollen dicke, heiße Tränen aus den Augen. Als er mich losließ, fiel ich zu Boden, direkt in die Fruchtwasserlache und die krebsrote Nachgeburt hinein.

„Schnell, hol ein Handtuch her!" Während Lan Lian schrie, brachte eine schwangere Frau aus dem Haus ein Handtuch herbei. Ich sah in ihr leicht geschwollenes Gesicht mit den zwei schmetterlingsförmigen Pigmentflecken auf der Stirn und den zwei großen, traurigen Augen. Weh mir ... das ist doch meine Frau, meine Nebenfrau Yingchun! Die Zofe, die meine Hauptfrau Bai Shi bei unserer Heirat mit in die Ehe brachte. Ihr Nachname war unbekannt, deswegen nannten wir sie nach meiner ersten Frau, Bai. Im Frühling 1946, im 35. Jahr der Republik, nahm ich sie zu mir. Ein Mädchen mit gerader Nase, großen Augen, weiter Stirn, langem Mund und viereckig geschnittenem Kinn! Ein Glück verheißendes Gesicht, ein Glücksbringer! Noch mehr waren das ihre Brüste mit wippenden Brustwarzen und das breite Becken. Ein Blick, und man wusste sofort, dass sie eine Granate im Kinderkriegen war. Meine Frau schämte sich, weil sie einfach nicht schwanger wurde. Darum schickte sie Yingchun in mein Bett. Dazu gab sie mir mit einem Sprichwort ihren von Herzen kommenden Ratschlag: „Lieber Mann, nimm das Mädchen zu dir! Gutes Wasser lässt man nicht auf Nachbars Acker fließen!"

Sie war ein fruchtbarer Acker. Wir teilten nur eine Nacht das Bett, und gleich war sie von mir schwanger. Und nicht nur mit einem Kind, sie bekam Zwillinge: Zeitig im Frühling des folgenden Jahres gebar sie mir ein Drachenbübchen und ein Phönixmädchen. Den Jungen nannte ich Ximen Jinlong, Golddrache, das Mädchen Ximen

Baofeng, Goldphönix. Die Hebamme sagte, dass sie niemals zuvor eine so willig Gebärende gesehen habe. Mit Leichtigkeit brachte Yingchun die zwei dicken Säuglinge zur Welt. So wie aus einem Sack die Melonen herauskugeln, gaben ihr breites Becken und ihr überaus elastischer Geburtskanal die Zwillinge frei. Eigentlich schreien alle Frauen, flehen Himmel und Erde an, brüllen wahnsinnig vor Schmerz. Aber meine Yingchun gab keinen Laut von sich.

„Yingchun trug über die gesamte Zeit der Geburt ein geheimnisvolles Lächeln auf ihren Lippen", sagte mir die Hebamme, „als spiele sie, es machte mich fast rasend. Ich fürchtete, ihrem Geburtskanal würde ein Dämon entschlüpfen."

Der Glückstag, an dem Jinlong und Baofeng geboren wurden, wurde im Haus Ximen rauschend gefeiert. Ich ließ meinen alten Knecht Zhang und den jungen Lan Lian zehn lange Ketten mit je 800 Böllern kaufen und diese, weil ich doch meine beiden Säuglinge nicht erschrecken wollte, im Süden unseres Dorfes auf dem Dorfwall zünden. Als sie in nicht endenden Salven von Krachern losgingen, war ich wild vor Glück. Aber ich hatte eine Marotte. Jedes Mal, wenn etwas besonders Glückliches gefeiert wurde, begannen meine Hände zu zittern. Und nur, wenn ich geschwind etwas mit meinen Händen arbeitete, hörte dieses Zittern auf. Während die Böller krachten, krempelte ich mir also die Ärmel hoch und sprang mit geballten Fäusten in den Pferch. Ich holte zwanzig, dreißig Karren Mist aus dem Viehstall, den gesamten Mist, der sich über den Winter dort angesammelt hatte. Der Feng Shui-Meister aus unserem Dorf, Ma Zhibo, der mit Geistern und Göttern umzugehen wusste, kam zu mir in den Viehstall und flüsterte mir geheimnisvoll zu: „Was die Geschäfte angeht" – das ist jetzt mein Ausdruck, ich weiß das Wort, welches er gebrauchte nicht mehr – „kluger Bruder: Was das angeht, darf man, wenn man zu Hause eine Wöchnerin hat, nicht umgraben, nicht mauern, noch weniger Jauche misten oder den Brunnen sauber machen. Denn wenn man dabei mit dem Gott Taisui zusammenstößt, geschieht dem Kind ein Unglück."

Seine Worte machten mir Angst, aber wenn der Bogen gespannt ist, wird der Pfeil nach vorn schießen. Was man angefangen hat, muss man zu Ende bringen. Man kann nicht mittendrin aufhören. Wenn der halbe Stall schon ausgemistet ist, kann man die Jauche nicht wieder hineintragen. Die Alten sagen: Wenn der Mensch zehn Jahre lang Aufschwung erlebte, werden die Götter und Geister ihm nichts mehr anhaben. Ich, Ximen Nao, habe ein aufrechtes Herz und fürchte das Böse nicht. Auf dem rechten Weg bangt mir vor dem Teufel nicht. Selbst wenn ich jetzt den Gott Taisui ausgrabe, passiert nichts Schlimmes. Und dann, genau wie es Ma Zhibo mit seinem miesen Gerede prophezeit hatte, hob ich mit der Schippe ein merkwürdiges Ding aus dem Mist, das aussah wie eine Kalebasse. Wie Gelatine, gallertartig; irgendwie durchscheinend, aber auch milchig, empfindlich, aber nicht kleinzukriegen war es. Ich schippte es auf die Seite beim Pferch, um es näher zu betrachten. Sollte ich wirklich den Gott Taisui ausgegraben haben, so wie die Leute es immer erzählen? Ich sah Ma Zhibo dieses merkwürdige Ding besprechen, sah sein fahles Gesicht mit dem struppigen Ziegenbart. Beide Hände legte er dabei vor der Brust zusammen. Dann ging er rückwärts, bis er ganz an die Wand gedrückt stand. Zuletzt rannte er in Panik davon. Ich lachte abschätzig. Es war doch so: Wenn Gott Taisui nur so ein Figürchen war, dann konnte man getrost Furcht und Respekt einstellen.

„Taisui, wenn ich dich jetzt dreimal anrufe, und du bewegst dich nicht von dannen, dann sag mir nachher nicht, ich sei nicht höflich gewesen."

Ich schloss die Augen und schrie aus Leibenskräften los: „Taisui, Taisui, Taisui!"

Als ich die Augen öffnete, befand sich das Ding immer noch beim Pferch, Seite an Seite mit dem Pferdemist, ein völlig lebloses Ding. Deswegen holte ich kräftig mit der Schaufel aus und schlug es mit einem Streich in zwei Hälften. Ich schaute es mir von innen an. Es war auch von innen so gallertartig wie das Harz, das aus den Narben der Aprikosenbäume austritt und am Stamm herabläuft. Ich schaufelte es weg und schmiss es mit Wucht aus dem Stall hinaus. Ich vermengte es mit dem Mist und der Jauche, denn ich wollte seine Fruchtbarkeit nutzen. Es sollte meine Maiskolben im Juli sprießen lassen, damit sie so lang wie Elefantenstoßzähne würden, und im August sollte es dem Sorghum so buschige Getreidedolden wie Hunderuten bescheren.

Mo Yan schrieb darüber in seinem Roman *Gott Taisui*: ... *in einer durchsichtigen Flasche mit breitem Hals, in die man Wasser füllte, dazu Schwarztee und braunen Zucker gab und alles zehn Tage beim warmen Ofen gehen ließ, wuchs ein monströses Etwas, das einem Ret-*

tich glich. Als die Leute im Dorf davon hörten, kamen sie alle gelaufen, um es sich anzusehen. Der Sohn des Ma Zhibo, Ma Congming, war ganz aus dem Häuschen: „Schaut euch das an! Der Wahnsinn! Das ist Gott Taisui!" Der Taisui, den der Gutsherr Ximen Nao damals ausgrub, sah ganz genauso aus. Ich glaube aber nicht an solchen Schabernack wie Magie und Götter. Junge Leute von heute glauben an Technik und Wissenschaft. Deswegen verscheuchte ich Ma Congming, kippte dieses kuriose Kerlchen aus der Flasche aufs Hackbrett, schnitt es auf, hackte es zu Mus und briet es mir in der Pfanne. Ein unvergleichlicher Duft entströmte ihm, das Wasser lief mir im Munde zusammen. Es zerging mir auf der Zunge, schmeckte einfach fantastisch, wie Fleisch in Aspik mit Glasnudeln. So ein Taisui ist ungeheuer gehaltvoll. Nachdem ich ihn gegessen hatte, bin ich innerhalb von drei Monaten einen Zentimeter gewachsen ...

Dieser grüne Bengel hat wirklich einen Schlag weg, ziemlich abgefahren, würde ich sagen.
Das Krachen der Böller zerschmetterte nachhaltig die üblen Gerüchte von der Unfruchtbarkeit des Ximen Nao. Viele Leute kauften Geschenke, die sie mir nach dem neunten Tag zur Geburt überreichen wollten. Aber das alte Gerücht hatte sich gerade zerstreut, als auch schon ein neues im Umlauf war. Über Nacht wussten alle achtzehn Dörfer in Nordost-Gaomi, dass Ximen Nao beim Misten im Viehstall mit Gott Taisui zusammengetroffen war. Wie ein Lauffeuer verbreitete sich die Nachricht, man dichtete kräftig dazu, plötzlich war der Gott Taisui ein großer Fleischball mit sieben magischen Körperöffnungen, der neben dem Viehstall herumrollte, von mir gejagt und mit einem Streich zweigeteilt worden war, worauf er als weißer Lichtstrahl in den Himmel davonstob. Stößt man mit Gott Taisui zusammen, naht innerhalb von hundert Tagen ein Unglück, bei dem Blut fließen wird. So sagen die Leute. Ich weiß, dass sich in einem großen Baum der Wind fängt und bei Reichtum der Neid auch nicht weit ist. Ich geriet in Unruhe, wollte aber meine Kraft nicht vergeuden: Wenn der Himmel mich jetzt bestrafen will, warum erfüllt er mir meinen Herzenswunsch und schenkt mir Jinlong und Baofeng. Sowie Yingchun mich erblickte, strahlte ihr Gesicht vor Freude. Und just in dem Augenblick, als sie sich mühsam bückte, sah ich das Kind in ihrem Leib. Es war ein Knabe mit einem Feuermal im Gesicht.

Kein Zweifel, dieses Kind war von Lan Lian gezeugt worden. Unsägliche Schmach, Wut wie von einer Gift spritzenden Schlange brannte mir im Herzen. Ich bringe ihn um! Ich ziehe ihn zur Rechenschaft! Ich mache Kleinholz aus ihm! Lan Lian, du undankbarer, ehrloser Bastard! Du faules Ei eines elenden Hurensohns. Bestraft mit dir ist der Himmel, der sich über so eine Missgeburt wie dich grämen muss! Aus deinem eigenen Mund tönte es täglich „Adoptivpapa", später nur noch „Papa". Wenn ich dein Vater bin, dann ist Yingchun ja wohl deine Mutter. Du nimmst deine Mutter zur Frau, lässt sie dein Kind zur Welt bringen! Du untergräbst jede Moral. Dich sollten die fünf Donnergötter zerschmettern! In der Hölle sollen sie dich häuten und stopfen! Du solltest als Vieh wiedergeboren werden! Aber Himmel und Hölle kennen weder Recht noch Moral. Denn der als Vieh Wiedergeborene bin ich. Ximen Nao, der nicht ein einziges Mal in seinem Leben etwas Böses tat! Und du, kleine Yingchun. Du Diebin! Wie viele süße Worte hast du in meinen Armen geflüstert? Unzählige Male hast du mir ewige Liebe geschworen. Aber meine Leiche ist noch nicht verwest, da schläfst du schon mit meinem Knecht. Welch schmutziges Flittchen du doch bist, dass du dich nicht zu Tode schämst! Du solltest eigentlich sofort tot sein, ein Leichenhemd schenke ich dir noch. Ach Pfui! Dir gebührt kein weißes Leichenhemd, du solltest dich mit einem blutigen Strick aus dem Schweinestall im Gebälk erhängen, da, wo die Ratten hinscheißen und die Fledermäuse hinpissen! Oder ein Viertelpfund Arsen schlucken. Dich wie eine Ratte vergiften! Oder dich im Brunnen vor dem Dorf ertränken, da, wo die Dörfler die Wildhunde ersäufen! Man sollte dich auf einen Stockesel aufknüpfen und durchs Dorf tragen, damit alle es sehen! In der Hölle sollten sie dich in den Kessel mit den Giftschlangen für Flittchen werfen, damit dich die Schlangen totbeißen! Und dann solltest du als Vieh wiedergeboren werden, ohne jede Aussicht auf Rettung, auch nach 10.000 Jahren nicht! Weh mir …! Der als Vieh Wiedergeborene bin ich. Ximen Nao, der gerechte Edelmann, und nicht meine erste Nebenfrau.
Sie konnte nur mit Mühe neben mir knien. Mit einem blau karierten, molligweichen Schafwolltuch wischte sie mir sorgfältig den Schleim vom Körper. Wie das trockene Tuch über mein klatschnasses Fell fuhr, war angenehm. Sie machte es behutsam, als trockne sie ihr eigenes Baby ab.

„Du süßes Eselbaby, kleines Schätzchen. Du bist aber hübsch gewachsen. Schau, die großen Augen, blassblau. Schau, die kleinen Öhrchen, ganz weich …"
Immer rieb das weiche Tuch gerade das, was sie benannte. Ich sah in ihr Herz. Es war unverändert ehrlich und gut. Ich spürte ihre von Herzen kommende Liebe. Ich war gerührt. Die schwefliggiftigen Feuersbrünste meines böse gekränkten Herzens versiegten. Die Erinnerung an mein Menschsein verblasste, wurde schwächer und schwächer. Ich fühlte mich wohlig trocken und warm. Ich spürte nun Kraft in meinen Gliedern. Ein Schub Energie und mein Wille trieben mich an, meine Kraft zu gebrauchen.
„Eiei! Da haben wir ja einen kleinen Eselbuben!" Sie wischte mir mit dem Wolltuch über mein Geschlecht. Vor Scham wurde mir heiß. Mit einem Mal stand mir glasklar und in aller Schärfe unser gemeinsames Liebesspiel vor Augen. Wessen Bub war ich? Der Sohn einer Eselin. Da stand sie vor mir, am ganzen Leib zitternd. Das meine Mutter? Eine Eselstute? Wut trieb mich. Ich stemmte mich hoch und stellte mich auf meine vier Beine. Es war ein Gefühl, als stünde ich auf einem hohen Hocker.
„Er steht, er hat sich hingestellt!" Aufgeregt schlug sich Lan Lian auf die Schenkel. Dann streckte er die Hand aus, um Yingchun, die noch auf dem Boden hockte, hoch zu helfen. Zärtlich war sein Blick. Es sah so aus, als liebte er sie sehr. Geschehnisse von damals sah ich wieder deutlich vor Augen. Hatte mir damals nicht jemand einen Wink gegeben, ich solle auf meinen kleinen Knecht aufpassen, damit er nicht meinen Frauen den Kopf verdreht? Vielleicht hatten die beiden schon lange viel zu verbergen gehabt …
Ich stand staksig im Sonnenlicht des Neujahrsmorgens, trippelte, damit ich nicht umfiel, ständig von einem Huf auf den anderen. Dann tat ich den ersten Schritt in mein Eselleben. Den ersten Schritt auf einer fremden, schmachvollen, schwierigen Reise. Der nächste Schritt … mein Leib schwankte, der Bauch spannte sich. Ich sah die große Sonne am strahlendblauen Himmel und weiße Tauben darüber hinwegfliegen. Ich sah Lan Lian, wie er Yingchun ins Haus hinein führte. Ich sah einen Mann, eine Frau und zwei Kinder. Beide trugen nagelneue wattierte Jacken. Die Füßchen steckten in Löwenkopfschühchen und auf dem Kopf trugen sie Hasenfellmützchen. Sie kamen zum Tor hereingerannt. Ihre kurzen Beinchen mussten sich schwer

anstrengen, als sie über die hohe Torschwelle stiegen. Wie klein sie waren! Nur drei, vier Jahre alt. Sie riefen Lan Lian Papa, Yingchun Mama. Weh, weh ...! Das sind doch meine Kinder! Der Junge hieß Ximen Jinlong, das Mädchen Ximen Baofeng. Kinder! Papa sehnt sich ganz furchtbar nach euch! Papa hofft, dass ihr als Drache und Phönix euren Vorfahren, den Ximens, alle Ehre macht. Aber nun seid ihr anderer Leute Kinder, und euer Papa ist ein Esel ... Mein Herz schmerzte voll Trauer. Mir wurde schwarz vor Augen. Alle vier Beine begannen so zu schlottern, dass ich zu Boden ging. Ich will kein Esel sein. Ich will meinen Menschenleib wieder, will wieder Ximen Nao sein. Ich mach sie alle fertig! Als mir die Beine wegknickten, ging auch die Eselin, die mich geboren hatte, zu Boden. Gewaltig schlug sie auf, wie wenn eine Mauer zusammenbricht.
Meine Mutter war tot. Ihre weit aufgerissenen Augen blicken starr nach oben. Als hätte sie noch ein Unrecht zu sühnen! Ich spürte keine Trauer und keinen Schmerz. Sie hatte mich nur geboren. Das war der böse Plan des Fürsten Yama, vielleicht war aber auch nur alles falsch gelaufen. Keinen einzigen Schluck ihrer Milch hatte ich getrunken. Mir wurde übel, als ich ihre geschwollenen Zitzen sah. Ich wurde mit dünnem Sorghummehlbrei groß. Den Brei bereitete Yingchun zu. Sie benutzte einen Holzlöffel, um mich damit zu füttern. Als ich groß war, war der Holzlöffel von mir bis zur Unkenntlichkeit zerknabbert. Wenn sie mich fütterte, konnte ich ihre prallen Brüste sehen, in denen sich ihre weißbläuliche Milch bildete. Ich kannte den Geschmack, denn ich hatte an ihren Brüsten gesaugt. Sie hatte gute und reichliche Milch – mehr, als zwei Kinder trinken können. Aber es gibt Frauen, in deren Milch ein Gift ist, das das Kind beim Stillen vergiftet, sodass es stirbt. Yingchun fütterte mich und sprach dabei: „Mein armes Eselchen, gerade geboren und schon ist die Mama tot."
Ich sah ihre Augen wässrig werden, Tränen quollen hervor. Sie liebte mich wirklich. Neugierig wollten ihre beiden Kinder Jinlong und Baofeng wissen: „Mama, wie konnte die Mutter vom Eselchen sterben?"
„Sie hatte ihr Alter erreicht, Fürst Yama hat sie abgerufen."
Ihre Kinder erwiderten: „Du darfst aber nicht vom Fürsten Yama abgerufen werden. Sonst sind wir genau wie das Eselchen ohne Mama. Dann haben wir Jiefang und dafür keine Mama mehr."

„Nein, Mama verlässt euch niemals", antwortete sie. „Fürst Yama steht in unserer Schuld, er wird sich nicht in unser Haus wagen."
Aus dem Innern des Hauses drang das Brüllen von Lan Jiefang an meine Ohren.

Da fragt der großköpfige Säugling Lan Qiansui, ein Dreikäsehoch von einem Meter, jung an Jahren, aber mit scharfem Verstand und redend wie ein Wasserfall, dazu der Erzähler unserer ganzen Geschichte, überraschend: „Weißt du, wer Lan Jiefang ist?"
„Natürlich weiß ich das, ich bin doch Lan Jiefang, Lan Lian ist mein Vater und Yingchun meine Mutter ... Und du, wie soll ich sagen, du warst mal einer unserer Esel, nicht wahr?"
„Richtig. Ich war einer eurer Esel. Geboren am Vormittag des Neujahrstages im Jahr 1950. Und du, Lan Jiefang, bist am Neujahrstag 1950 gegen Abend geboren. Wir beide gehören einer neuen Epoche an."

Das dritte Kapitel
Ximen Esel knabbert am Baum und zieht
Unglück auf sich. Der Dorfvorsteher
Hong Taiyue erniedrigt die Familie.

Ich akzeptierte mein Eseldasein zwar nicht, aber was blieb mir übrig, meinen Eselleib konnte ich nicht verlassen. Die Seele des Ximen Nao, die dieses Unrecht erlitten hatte, war wie die siedende Feuersbrunst flüssigen Magmas. Sie kochte brodelnd in meinem Eselleib. Der Charakter und die typischen Vorlieben eines Esels ließen sich aber nicht mehr unterdrücken und entwickelten sich unaufhaltsam. Ich war wie ein Zwitter aus Esel und Mensch. Das Bewusstsein eines Esels im Widerstreit mit dem Gedächtnis eines Menschen. Ich wollte auseinander bersten. Aber der Wunsch nach einer Spaltung führte regelmäßig zu einem noch ausschließlicheren Verschmelzen der zwei Teile meines Wesens. Wenn ich wegen einer Erinnerung aus meinem Menschsein vor Kummer zerbrechen wollte, so war ich vor Glück selig in den Freuden meines Eselseins. Iah... iah... Lan Jiefang, Sohn des Lan Lian, hast du verstanden, was ich sagen will? Wenn ich deinen Vater Lan Lian mit deiner Mutter Yingchun auf dem Kang im Liebesspiel wie zwei Phönixe ineinander verschlun-

gen sah, so sah ich, der ich noch Ximen Nao war, mit eigenen Augen, wie es mein Knecht mit meiner ersten Nebenfrau trieb. In meinem Schmerz rammte ich wieder und wieder meinen Kopf gegen die Wand meines Stalls. In meinem Schmerz biss ich mich am Rand meines Futtertrogs fest. Frisch gekochte schwarze Bohnen mit gehäckseltem Getreidestroh gerieten mir dabei ins Maul, unbewusst fing ich an zu kauen, zu schlucken, zu kauen. Dann fühlte ich Glück, Glück, wie es nur ein Esel empfinden kann.
Die Zeit verging wie im Flug. Schon war ich fast ein ausgewachsener Halbstarker. Die schöne Zeit, da ich auf dem Hof des Anwesens der Ximens frei herumtoben durfte, war zu Ende. Ein Halfter wurde mir umgelegt und ich wurde am Stall angebunden. Jinlong und Baofeng hatten den Nachnamen Lan angenommen und waren beide drei, vier Zentimeter gewachsen, und du, der du mit mir am gleichen Tag geboren wurdest, hattest Laufen gelernt. Wie eine kleine Ente watscheltest du schwankend bei uns auf dem Hof herum. Der anderen Familie, die auf meinem Anwesen den Ostflügel unseres Hauses bewohnte, wurden in einer Gewitternacht zwei Mädchen geboren. Man merkte deutlich, dass die Kraft der Erde, auf der das Anwesen der Ximens steht, ungebrochen war, immer noch blühten die Zwillingsgeburten. Von den beiden Mädchen bekam das ältere den Namen Huzhu – Hilfsbereit –, das jüngere wurde Hezuo – Kooperativ – genannt. Ihr Zuname war Huang – Gelb –. Huang Tong war ihr Erzeuger. Meine zweite Nebenfrau Qiuxiang hatte ihm die Zwillinge geboren und zog sie mit ihm auf. Meinem Herrn, deinem Vater, war nach der Bodenreform der Westflügel zugewiesen worden. In diesem Teil des Hauses wohnte immer schon Yingchun. Huang Tong war der Ostflügel zugewiesen worden, der Teil des Hauses, der meiner zweiten Nebenfrau Qiuxiang gehört hatte. Zum Haus gab es die Frau dazu, sie war inbegriffen, so wurde Qiuxiang seine Frau. Der Hauptteil des Hauses mit der großen Halle und den fünf Zimmern im Zentrum war Amtssitz des Dorfes Ximen geworden. Täglich wurden hier Sitzungen abgehalten und das Büro geführt.
An jenem Tag knabberte ich an dem großen Aprikosenbaum bei uns auf dem Hof. Die grobe Rinde schubberte an meinen weichen Lippen, dass es brannte, aber ich konnte nicht genug kriegen und wollte unbedingt wissen, was sich unter der Rinde verbarg. Der Dorfvorsteher und Parteizellensekretär Hong Taiyue brüllte lauthals etwas

Unverständliches, dann schmiss er einen scharfen Stein nach mir. Der Stein traf genau mein Bein, laut klirrte es. Dann ein schlimmes Stechen. Waren es Schmerzen? Da war ein heißes, brennendes Gefühl. Blut spritzte in hohem Bogen. *Iah ... iah ...* tat das weh. Ich fühlte mich wie eine einsame Eselwaise. Als ich das Blut am Bein sah, begann mein ganzer Körper zu schlottern. Ich lahmte. Ich humpelte weg von dem Aprikosenbaum im Ostteil des Hofs und floh auf die Westseite. Vor unserer Haustür gab es einen Unterstand aus Holz und Schilf, direkt an der Südwand mit der Front zur Morgensonne. Das war meine Bleibe, hier fand ich Schutz vor Wind und Regen und versteckte mich, wenn ich Angst bekam. Jetzt zur Morgenstunde aber konnte ich nicht hinein, da mein Herr gerade ausmistete. Er sah, wie ich lahmend und blutend über den Hof gelaufen kam. Wohl hatte er auch gesehen, wie Hong Taiyue den Stein an mein Bein katapultiert hatte. Das Geräusch musste seinen Esel in Panik versetzt haben, es klang wie zerreißende Seide, als der scharfe Stein die farblose Luft zerschnitt. Die riesenhafte Gestalt meines Herrn stand wie ein goldener Stupa beim Stall, Sonnenlicht floss wie ein Wasserfall seinen Leib herab. Seine eine Gesichtshälfte leuchtete Rot, die andere Blau, die Nase war wie die Grenze zwischen zwei feindlichen Lagern: Das vom Feind besetzte Lager und das der Befreier. Heute mag dieser Vergleich abgegriffen erscheinen, damals aber war es gerade aktuell. Mein Herr schrie voller Pein: „Mein Esel...!" Dann brüllte er rasend vor Wut: „Hong, wie kannst du es wagen, meinen Esel zu verletzen?" Er rannte an mir vorbei, stürzte sich wie ein Leopard auf Hong Taiyue und packte ihn am Ärmel.
Hong Taiyue war der ranghöchste Führungskader bei uns im Dorf. Kraft seiner glorreichen Vergangenheit trug er ständig eine Mauser C96 bei sich, und das selbst nachdem alle anderen Kader ihre Waffen längst hatten abgeben müssen. Die lehmrote, rindslederne Revolvertasche der Mauser schlenkerte hin und her, das Leder klatschte auf seinen Hintern. Sie glänzte in der Sonne und verströmte einen Geruch von Revolution. Eine Warnung für jeden Bösewicht, nichts unüberlegt oder überstürzt zu tun, keine Betrügereien zu wagen und sich niemals zur Wehr zur setzen. Hong Taiyue trug eine ziegelgraue Militärmütze mit breitem Schirm, ein weißes chinesisches, in der Mitte zu knöpfendes Hemd. Um die Taille hatte er einen vier Finger breiten Rindsledergürtel geschnallt, darüber trug er eine graue chinesische Ja-

cke, unten herum eine weite, graue Hose aus schwerem Stoff. Die Füße steckten in Tai-Chi-Schuhen mit genähten Sohlen, aber ohne Wickelgamaschen an den Waden. Er sah aus wie einer von den bewaffneten Arbeitstrupps während des Krieges, jener Epoche, der ich angehörte. In jener Zeit war ich noch kein Esel gewesen. Im Dorf Ximen ging es allen prächtig. Es herrschte der weltoffene Landadlige Ximen Nao mit seiner Hauptfrau und seinen zwei Nebenfrauen, den sechzig Morgen Ackerland und den Maultierherden. Schau dich an, Hong Taiyue, im Vergleich zu mir bist du ein Nichts! Du gehörtest damals zum Abschaum der Gesellschaft, warst der typische, miese, im Dreck rumkrebsende Bettler. Dein Bettelgeschirr aus einer Stierbeckenbeinschaufel war gelblich, ungewöhnlich glatt poliert und am Rand, am Beckenbeinkamm, hing eine Schnur mit neun Kupferlingen. Ein leichter Schlag, und die Schellen waren weithin zu hören. Du hieltest den Beckenbeinkamm wie einen Griff. Wenn bei uns am fünften und zehnten eines jeden Monats großer Markttag war, sah ich dich mit schwarz bemaltem Gesicht, nacktem Rücken und vor der Brust ein Lätzchen, barfuß, mit kahl geschorenem Kopf, die gelben Augen in alle Richtungen beißend blitzen, auf dem großen Platz mit den weißen Steinplatten stehen. Dort vor dem Gasthaus, wo man Besucher zum Essen erwartete, führtest du Gesang und Kunststücke auf. Dem Beckenknochen eines Stiers so viele verschiedene Töne zu entlocken, darin warst du wohl weltweit einzigartig. Es schallte und trällerte, während du den Knochen in der Hand auf und ab fliegen ließt. Die weiß gleißenden Lichtreflexe des Knochens gegen die Sonne wollte jeder auf dem Markt gesehen haben. Gaffer blieben stehen, Müßiggänger gesellten sich dazu, sodass sich schnell ein Grüppchen Schaulustiger wie um eine Bühne versammelte. Der Bettler Hong Taiyue sang Falsett. Obwohl er wie ein Ganter quakte, hatte er ein Gefühl für den richtigen Rhythmus, das richtige Tempo und die richtigen Pausen: *Bei Sonnenaufgang fällt warmes Sonnenlicht auf die Westwand, auf der Westseite der Ostwand schwindet das Licht, und es wird schattig und kalt. Wenn im Ofen das Feuer prasselt und es auf dem Kang schön warm ist, verbrennt man sich beim Schlafen die Wirbelsäule, wenn man sich nicht aufsetzt. Heißen Brei genießt man, wenn man pustet und dann trinkt, gute Taten wiegen mehr, als wenn man stark im Böses tun ist. Das, was ich hier zum Besten gebe, glaubt ihr doch, wenn nicht, dann fragt zu Haus eure Mutter ...*

So eine Krähe! Später, als sein Status öffentlich bekannt wurde, kam heraus, dass er doch tatsächlich das älteste Parteimitglied im Untergrund in ganz Nordost-Gaomi-Land war. Er hatte für die Achte-Route-Armee im Nachrichtendienst gearbeitet, Wu Sangui, der schlimmste Verräter aller Zeiten, starb durch seine Hand. Als ich ohne Umschweife mein gesamtes Geld und Gold herausgab, strich er sich übers Gesicht. Wie zwei Dolche durchbohrte mich sein Blick, eiskalt wie Stahl. Mit feierlicher Miene verkündete er: „Ximen Nao, bei der ersten Bodenreform konntest du mit deiner geheuchelten Großzügigkeit und deinem falschen Sinn für Menschlichkeit und Gerechtigkeit die Massen noch hinters Licht führen. Damit hast du dich durchgemogelt. Dieses Mal aber wirst du zu spüren bekommen, dass eine gekochte Krabbe nicht mehr im Krebsgang läuft und eine Maus im Käfig schwerlich entkommt. Du nimmst das Volk aus, du Meister der Ausbeutung vergreifst dich an Männern wie Frauen, behandelst die dir Anbefohlenen wie Fleisch auf dem Hackbrett. Du hast soviel Unrechtes getan, dass dich zu töten gar nicht ausreicht, die Wut des Volkes zu stillen. Wenn wir dich schwarzen Stein im Weg nicht ausräumen, dich großen Baum nicht umlegen, kann unsere Bodenreform nicht weitergehen. Dann können die bettelarmen Jungs aus dem Dorf ihr Schicksal nicht wenden. Deine Akte ist schon bewilligt, an den Kreis geschickt, du bist angezeigt. Nun können wir dich ohne Umschweife festnehmen und vors Dorf zur kleinen Steinbrücke abführen, um Recht walten zu lassen."
Donnernde Explosion, grell flimmerndes Feuerblitzen, als sich Ximen Naos Gehirn auf die Melonensteine unter der Brücke ergoss. Der strenge Geruch rohen Fleisches trieb nach oben und verpestete weithin die Luft. Wenn mir dieser Ort in den Sinn kommt, krampft sich mein Herz zusammen. Das Wort in meinem Mund erstirbt. Weil sie mir nicht erlaubten, mich zu verteidigen. Weil sie mit dem Grundbesitzer endgültig abrechnen, so einen Hundekopf zertrümmern, alles wie Schilfgras niedermähen, gründlich den Zahn ziehen, ihm schlimmste Verbrechen anhängen und ihn in den Tod treiben. „Wir lassen dich so sterben, dass du willig stirbst." Das hatte Hong Taiyue gesagt. Aber sie gaben mir nicht die Möglichkeit, mich zu verteidigen. Hong Taiyue, du bist unglaubwürdig und wortbrüchig.
Er stand, die Hand in die Taille gestützt, unter dem Haupttor. Mit Lan Lian von Angesicht zu Angesicht, von Kopf bis Fuß eine Pose Furcht

einflößender Erhabenheit. Ungeachtet dessen, dass mir gerade wieder einfiel, wie er einst mit seinem Rindsbeckenknochen getrommelt hatte, den einen Unterarm ins Kreuz gelegt, und sich wie ein Page tief vor mir verbeugt hatte, war ich nun der schwer verletzte Esel. – Denn der Mensch nutzt seines Schicksals Stunde, das Pferd läuft nur, um fett zu werden, und wenn der Hase kein Glück hat, wird er vom Adler geholt. – Dieser Mensch machte mir Angst. Mein Herr und Hong Taiyue standen sich mit einem Abstand von ungefähr drei Metern gegenüber. Mein Herr war von Geburt an aus armen Verhältnissen. Allerdings gab es da noch die zwielichtige Verbindung zwischen uns beiden, denn er hatte mich seinen Adoptivvater genannt und ich ihn meinen Sohn. Obgleich ihm in letzter Minute doch noch ein Licht aufgegangen war! Als sie den Klassenkampf geschürt und mir endgültig den Garaus gemacht hatten, war er nämlich als erster in vorderster Front auf mich zugestürmt und hatte seinem Ruf als armer Lohnbauer alle Ehre gemacht. Und er hatte dadurch Haus und Hof und sogar die Frau zugeteilt bekommen. Dennoch hatte seine besondere Verbindung zur Familie Ximen den Machthabern zu schaffen gemacht.

Die beiden Männer blickten sich lange in die Augen. Zuerst brach mein Herr das Schweigen: „Wer gibt dir das Recht, meinen Esel zu verletzen?"

„Wenn du es wagst, ihn noch einmal an der Rinde nagen zu lassen, dann erschieße ich den Esel!", erwiderte Hong knallhart. Dabei klopfte er sich auf seine rindslederne Revolvertasche, die über seiner Pobacke baumelte.

„Er ist ein Tier, da brauchst du deine fiesen Methoden nicht anzuwenden!"

„Und du bist noch nicht mal ein Tier! Verschaff dir erstmal Klarheit über deine Herkunft und denk nach über den Napf, aus dem du frisst. Schon vergessen, wie?" Hong Taiyue blickte ihn vielsagend an.

„Was willst du damit sagen?"

„Lan Lian, hör gut zu, was ich dir jetzt sage. Merk dir jedes Wort!" Hong Taiyue machte einen Schritt auf meinen Herrn zu, dabei streckte er drohend einen Finger vor. Wie mit einem Gewehr zielte er damit auf dessen Brust: „Nach der siegreichen Bodenreform riet ich dir, die Finger von Yingchun zu lassen. Obwohl auch sie aus armen Verhältnissen stammt und sie nicht freiwillig, sondern unter Zwang dem Ximen Nao willfährig war. Obwohl unsere Volksregierung unbedingt begrüßt, wenn Witwen wieder heiraten, solltest du, der du zur Klasse der in nackter Armut lebenden Bettler gehörst, eigentlich eine wie die Witwe Su aus dem Westdorf zur Frau nehmen. Eine Obdachlose, ohne einen Flecken Land, die nach dem Tod ihres Mannes vom Betteln lebt. Obwohl ihr Gesicht voller Narben ist, ist sie doch eine von uns. Sie kann dir helfen, dein Klassenbewusstsein zu erhalten, deine revolutionäre Einstellung. Aber du hast nicht auf mich gehört! Wolltest unbedingt Yingchun und freie Ehepartnerwahl. Ich konnte der neuen Verordnung der Volksregierung nicht zuwider handeln. Das kam dir gerade recht. Wie ich erwartet habe, ist dein revolutionärer Geist nach nur drei Jahren gründlich erloschen. Egoismus treibt dich, rückständig bist du und geldgesteuert. Du willst ein genauso verderbtes Leben wie dein Herr Ximen Nao. Du bist ein typischer Fall von Sittenverfall. Wenn du nicht zur Besinnung kommst, wirst du noch zum Volksfeind verkommen!"

Mein Herr stutzte, ängstlich blickte er zu Hong Taiyue hinüber. Eine halbe Ewigkeit war er wie zur Salzsäule erstarrt. Schließlich atmete er wieder. Er hauchte kraftlos: „Hong, wenn die Witwe Su so viele Vorzüge hat, warum heiratest du sie dann nicht?"

Hong Taiyue versagte bei diesem schlaff hingehauchten Widerwort die Stimme, der Mund ging nicht mehr zu. Betretene Stille folgte. Als er seine Sprache wieder gefunden hatte, hatte das, was er sagte, nichts mit dem Thema zu tun. Es war eine strikte Anweisung ohne Sinn und Verstand: „Ich lasse mich nicht von dir zum Narren halten. Lan Lian, ich repräsentiere die Partei, ich stehe für die Regierung. Ich vertrete alle Männer aus dem Dorf Ximen und gebe dir jetzt eine allerletzte Chance. Ich rette dich zum allerletzten Mal. Ich will, dass du dein Ross noch vor dem Abgrund zügelst, dass du kehrt machst aus der Verblendung, die dich irreführt. Dass du wieder zurück in unser Lager kommst. Wir vergeben dir deine Schwäche, vergeben dir deine blamable Vergangenheit, in der du willig und mit ganzem Herzen diesem Ximen Nao ein Sklave gewesen bist. Weil du mit Yingchun verheiratet bist, wird sich dein niedriger Klassenstatus eines Feldarbeiters nicht ändern. Feldarbeiter: Ein Status, der auf eine Tafel mit Goldrand geschrieben gehört! Lass dein Markenzeichen nicht einrosten, lass es keinen Staub ansetzen. Ich rate dir in aller Form: Tritt jetzt in die Genossenschaft ein. Nimm dein verspieltes, freches Eselfüllen an die Leine, schieb deinen Schubkarren, den wir dir bei der Bodenreform geschenkt haben, nimm auch deinen Dreischarpflug, schlepp deine Schaufel und deine Sichel, und bring auch deine Frau und dein Kind mit, natürlich auch die Grundbesitzerbälger Jinlong und Baofeng, und tritt in die Genossenschaft ein. Spiel nicht mehr den Privatwirtschaftler! Schluss mit dem Geplärr nach Unabhängigkeit. Wir sagen doch immer: Wenn die Krabbe über den Fluss schwimmt, schwimmt sie mit dem Strom. Geschichte macht Helden, nicht umgekehrt! Sieh deine Fehler ein und sei kein Bock, steh uns nicht im Weg. Markier hier nicht den ganzen Kerl! Leute, die mehr drauf haben als du, gibt es wie Sand am Meer. Denen haben wir allen gezeigt, wie der Hase läuft. Mir, Hong Taiyue, kannst du meinetwegen eine Katze zum Schlafen vorn in die Hose stecken, aber ich erlaube dir nicht, in meiner Gegenwart einen auf Privatwirtschaftler zu machen! Hab ich mich klar ausgedrückt?"

Hong Taiyue hatte ein Wahnsinnsmundwerk. Das hatte er sich beim Rindsbeckenknochenschlagen und Feilbieten von Kräuterarzneien antrainiert. So einer mit solch einer Stimme wird Regierungsbeamter, das kann ich jedem auf den Kopf zusagen. Wie er Lan Lian von oben herab niedermachte – dabei reichte er ihm doch gerade mal bis zum Kinn –, beeindruckte mich irgendwie. Er kam mir wesentlich größer als Lan Lian vor. Aber mein Herz raste vor Angst, als ich hörte, wie er von meinem eigenen Fleisch und Blut, von Jinlong und Baofeng, sprach. Der in meinem Eselleib versteckte Ximen Nao sorgte sich furchtbar um seine in dieser unsicheren Welt zurückgelassenen Kinder. Wenn das Schicksal es nun nicht gut mit ihnen meinte? Lan Lian könnte der schützende Schirm sein, aber er könnte sich auch als Unglücksstern erweisen, der sie in Not und Elend stürzte. Meine Herrin – ich bemühte mich doch, zu vergessen, dass sie es war, mit der ich das Bett geteilt und die mir meine zwei Kinder geboren hatte – kam aus dem Westhaus. Bestimmt hatte sie sich vor der Spiegelscherbe, die von dem halben Bleiglasbild an der Wand stammte, noch zurecht gemacht. Sie trug ein indanthrenblaues chinesisches Hemd, das man seitlich vor der Brust schließt, dazu eine schwarze, die Beine umspielende Hose. Um die Taille hatte sie eine blauweiß geblümte Schürze gebunden, um den Kopf ein Tuch aus dem gleichen Stoff. Es passte alles wunderbar zusammen, sie sah sehr hübsch darin aus. Sonne fiel auf ihr bekümmertes Gesicht. Ihre Stirn, ihre Augen, ihr Mund, ihre Nase brachten meine quälenden Erinnerungen wieder hervor. Welch Schatz, welch wunderbare Frau. Wie sehnte ich mich danach, sie zu schmecken, mit ihr zu schlafen. Lan Lian, du Drecksbalg hast Geschmack! Wenn du durch eine Heirat mit der verpickelten Witwe Su auch zum Jadekaiser geworden wärest, Spaß hätte es nicht gemacht.

Sie trat auf Hong Taiyue zu und verbeugte sich tief: „Großer Bruder Hong, mit vollem Respekt, nehmt es bitte uns kleinen Leuten nicht krumm. An diesen Starrkopf dürft ihr den Maßstab von normalen Leuten nicht ansetzen!"

Ich konnte genau sehen, wie sich Hongs harte Gesichtszüge sofort entspannten und freundlich wurden. Krummbuckelnd wie eine Katze sprach er: „Yingchun, du kennst dich mit der Vergangenheit deiner Familie bestens aus. Was euer beider Leben angeht, mögt ihr der Ansicht sein, dass es nicht lohnt, einen kaputten Krug noch zu leimen, und dass man ihn auch gleich wegschmeißen kann. Aber was ist mit euren Kindern? Sie haben ihre ganze Zukunft noch vor sich. Ihr solltet an eure Kinder denken! Wenn ihr dann in acht oder zehn Jahren zurückblickt, dann werdet ihr wissen, dass ich mit dem, was ich heute zu euch sage, nur euer Bestes gewollt habe. Lan Lian, ich will nur das Beste für deine Frau und dein Kind! Bald wirst du wissen, dass meine Ratschläge Gold wert gewesen sind."

„Großer Bruder Hong. Ich verstehe, wie gut du es mit uns meinst!" Yingchun zog Lan Lian am Arm und fing an, auf ihn einzureden: „Komm schon, entschuldige dich beim großen Bruder Hong! Den Eintritt in die Genossenschaft besprechen wir im Haus."

„Hier wird gar nichts besprochen", entgegnete Lan Lian. „Wenn in den Familien die eigenen Brüder und Schwestern schon getrennte Wege gehen müssen, wie kann es da gut sein, wenn ein Haufen wildfremder Leute, die nicht miteinander verwandt sind, zusammen leben und den Löffel in einen Topf stecken? Da gehen wir nicht hin."

„Du bist wie ein Solei aus Stein, in deinen Dickschädel geht aber auch gar nichts rein!" Hong Taiyue war wütend: „Nun, Lan Lian, so sollst du der Kommune nicht beitreten. Du bleibst also allein. Aber wart's ab. Wir werden sehen, ob wir im Kollektiv stärker sind oder ob du allein mehr Energie aufbringst. Wir werden schon sehen. Heute versuche ich dich noch zu überreden, der Kommune beizutreten, und rede dir ins Gewissen. Aber es kommt der Tag, und der ist nicht mehr fern, an dem wirst du bei mir angekrochen kommen und mich kniend um Hilfe anflehen."

„Ich werde der Kommune niemals beitreten! Und niemals werde ich vor dir knien und dich anflehen!" Lan Lian zog die Brauen kraus: „Eure Kommunistische Partei hat ein Parteistatut, darin steht: ‚*Der Beitritt zur Kommune erfolgt aus freiem Entschluss, der Austritt aus der Kommune steht jedem frei.*' Du kannst mich nicht dazu zwingen."

„Du stinkender Scheißkerl!", schrie Hong Taiyue außer sich vor Wut.

„Großer Bruder Hong, bitte tu auf keinen Fall irgend …"

„Spar dir dein ‚großer Bruder hier', ‚großer Bruder da'", Hong Taiyue warf Yingchun einen verächtlichen, ja hasserfüllten Blick zu: „Ich bin dein Parteisekretär. Ich bin Dorfvorsteher, außerdem bin ich noch bei der Polizei für die öffentliche Sicherheit in Gaomi verantwortlich."

„Parteisekretär, Dorfvorsteher, Wachtmeister", sprach Yingchun mit samtweicher Stimme. „Wir sprechen darüber, sowie wir im Hause sind." Sie schluchzte: „Du Dickschädel, du Rammbock, du kommst jetzt mit mir nach Hause."

„Ich geh nicht ins Haus. Ich bin noch nicht fertig mit dir, Dorfvorsteher!" Lan Lian blieb hartnäckig: „Du hast meinen Esel verwundet. Du schuldest mir die Arzneikosten!"

„Ich bin dir eine Kugel schuldig!" Hong Taiyue klopfte auf seine Revolvertasche, er hörte gar nicht mehr auf zu lachen: „Lan Lian, Mensch bist du blau!" Dann donnerte er los: „Wem wurde dieser Aprikosenbaum zugeteilt?"

„Mir!", fuhr Huang Tong dazwischen, der Gruppenführer der Volksmiliz, der die ganze Zeit über von seiner Haustür aus dem Spektakel zugeschaut hatte. Nun rannte er zu Hong hinüber: „Zellensekretär, Gemeindevorsteher, Wachtmeister, bei der Bodenreform wurde mir dieser Baum zugeteilt. Aber von dem Zeitpunkt an, an dem er mir zugeteilt wurde, hat er keine Aprikosen mehr getragen. Ich werde ihn jetzt auf der Stelle umhauen! Mit diesem Baum ist es dasselbe wie mit Ximen Nao, er ist ein Feind der Feldarbeiter."

„Rede nicht so hohles Zeug daher!", erwiderte Hong Taiyue kalt. „Solchen Schwachsinn kannst du woanders zum Besten geben, mir liebedienern läuft anders, da musst du schon mit Ergebnissen kommen. Der Aprikosenbaum trägt keine Früchte mehr, weil du ihn nicht gut gepflegt hast. Mit Ximen Nao hat das gar nichts zu tun. Auch wenn dieser Baum dir zugeteilt wurde, wird er früher oder später doch Kollektiveigentum. Er geht den Weg ins Kollektiv, denn wir werden das Privateigentum abschaffen und der Privateigentümermentalität den Garaus machen. Wir werden jede Ausbeutung restlos ausmerzen. Das ist es, wonach die Welt jetzt ruft. Deswegen rate ich dir, gut auf diesen Baum zu achten. Wenn du den Esel noch einmal daran nagen lässt, dann zieh' ich dir die Haut ab."

Huang Tong nickte zustimmend wieder und wieder mit dem Kopf. Sein Gesicht zeigte ein ausgebranntes Lächeln. Die schmalen Augenschlitze schimmerten gelb, der Mund stand ihm offen, die gelben Zähne gebleckt. Man konnte die violetten Zahnhälse in seinem Mund deutlich sehen. Just da trat Qiuxiang aus dem Haus, die ehemalige zweite Nebenfrau des Ximen Nao. Sie hatte eine Tragstange auf den Schultern, an der vorn und hinten zwei Körbe hingen, in denen die Säuglinge Huzhu und Hezuo lagen. Qiuxiang hatte sich frisiert wie Elvis Presley und dazu ihr Haar mit betäubend duftendem Osmanthusöl gegelt. Ihr Gesicht war gepudert, ihre Kleidung mit aufgesteppten Borten verziert, ihre grünen Brokatschuhe mit roten Blüten bestickt. Sie besaß unvorstellbaren Mut, trug sie doch tatsächlich die Kleidung, die sie als meine Nebenfrau getragen hatte. Geschminkt und gepudert, mit klimpernden Augen war sie erotische Ausstrahlung pur. Und verlockende Fleischeslust. Sie sah gar nicht aus wie eine Arbeiterfrau. Bei dieser Frau hatte es für mich ein böses Erwachen geben. Sie besitzt ein arglistiges Herz, spricht und denkt schlecht von anderen. Man darf nicht mit dem Herzen an ihr hängen, denn sie taugt nur für erotische Spiele auf dem Kang. Ich kenne ihr Temperament, ihren ehernen Willen. Wenn ich sie nicht klein gehalten hätte, hätte es Lady Bai Shi und Yingchun das Leben gekostet. Sie hätte beide umgebracht. Bevor die Dörfler mir meinen Hundekopf zertrümmerten, hatte dieses Frauenzimmer seine Lage klar durchschaut. Qiuxiang setzte zum Gegenschlag an. Sie verbreitete Lügenmärchen, ich hätte sie vergewaltigt, dabei grobe Gewalt gebraucht. Jeden Tag sei sie von Lady Bai gequält worden. Sie riss sich bei einer dieser Kampfsitzungen, bei denen mit mir abgerechnet wurde, vor einer riesigen Ansammlung von Männern die Bluse auf und zeigte ihnen Narben auf ihrer Brust. Das hätte ihr alles ihre Herrin, die Hauptfrau Bai Shi, mit einem kupfernen Pfeifenkopf aufgebrannt, und da hätte dieser despotische Ximen Nao sie mit der Schusterahle gestochen. Sie weinte sogar, als sie davon erzählte. Man konnte deutlich sehen, dass sie das Fach der Pekingopernsängerin studiert hatte, sie wusste, wie man sich eines Menschen Herz gefügig macht. Dabei ist es mir als gute Tat anzurechnen, dass ich sie einst zu mir nahm. Damals war sie ein dreizehn, vierzehnjähriges Mädchen mit zwei kleinen Zöpfen, das mit seinem blinden Vater auf der Straße lebte. Beide hielten sich mit Singen notdürftig über Wasser. Unglücklicherweise starb ihr Vater auf der Straße, und sie blieb allein zurück. Sie bot sich selbst feil, damit sie ihn beerdigen konnte. So kam sie als Zofe in mein Haus. Du undankbares, ehrloses Frauenzimmer! Hätte ich dich nicht gerettet, wärst du entweder auf der Straße erfroren oder im Bordell gelandet, wo du jetzt als Hure dein Leben fristen müsstest. Diese Nutte flennte, was das Zeug hielt. Ihre Lügen gab sie so täuschend echt zum Besten, dass die Wahrheit keiner mehr für glaubhaft gehalten hätte. Durch die Reihen der alten Weiber, die von unten, vor der aus Erde aufgeschütteten Tribüne, zuschauten, ging ein Schluchzen. Alle nahmen die Arme hoch, wischten sich mit den Jackenärmeln die Tränen ab, wieder und wieder flatterten die Ärmel auf und ab wie bunt schillernde Wellen im Meer der Menge. Dann huben sie an, ihre Parolen zu schreien. Ihre Wut kochte über, der Zeitpunkt meines Todes war gekommen. Ich weiß, wer mich zur Strecke brachte. Wie sie schrie, wie sie greinte! Wenn sie sich unbemerkt wähnte, schaute sie heimlich mit ihren langwimprigen Phönixaugen in meine Richtung. Wenn mich nicht die zwei Schränke von Volksmilizionären an den Armen gepackt hätten, ich hätte mich einen Dreck geschert. Ich wäre nach vorn gestürzt und hätte dieser Nutte eine Ohrfeige verpasst, zwei Ohrfeigen, drei Ohrfeigen hätte ich ihr gegeben. Offen gesagt, ich habe ihr einmal, weil sie mir das Wort im Munde verdrehte, drei Ohrfeigen gegeben. Danach kniete sie vor mir, umklammerte meine Füße und schaute mich aus tränenverschleierten Augen an. Dieser erotische Blick in ihren Augen, Mitleid erregend, mir in Liebe ergeben. Da wurde mein Herz weich, mein Schwanz hart. So ein Frauenzimmer, sie konnte das Blaue vom Himmel reden und alle gegeneinander aufbringen, sie war faul und dachte nur ans gute Essen. Was nutzte es schon, ihr drei Ohrfeigen zu geben, wenn sie dann doch wieder mit mir wie trunken, eng umschlungen in höchster Ekstase schwebte. Diese mich auf tausend Arten schlangenhaft betörende Gespielin war meine mich stets heilende Wunderarznei. „Großer ... du mein Herzblatt ... schlag mich tot, drück mich tot, reiß mich in acht Stücke ... meine Seele wird in dir wohnen, du kommst nicht von mir los ..." Wild riss sie plötzlich aus ihrem Hemd eine Schere hervor. Sie zielte auf meinen Kopf, wollte zustechen. Zwei Volksmilizionäre hielten sie fest, brachten sie von der Tribüne nach unten. Bis dahin hatte ich noch geglaubt, sie würde dieses ganze Theater aus Selbstschutz spielen. Ich war nicht fähig zu glauben, dass eine Frau, die mit mir so unzertrennlich, so unsäglich intim war, mich bis aufs Blut hassen würde ...

Es schien, als wolle sie mit Huzhu und Hezuo in den Körben an der Tragstange zum Markt. Sie warf Hong Taiyue einen schmachtenden Blick zu, das braungebrannte Gesichtchen – wie eine schwarze Pfingstrose.

„Huang Tong, lass dir von ihr nicht auf der Nase herumtanzen. Erzieh sie um. Treib ihr diese Angewohnheiten der Grundbesitzer-Frauen aus. Du musst sie aufs Feld arbeiten schicken. Lass sie nicht ständig zum Markt gehen!"

„Frau, hast du verstanden?" Huang Tong stellte sich Qiuxiang in den Weg: „Der Parteisekretär beschwert sich über dich."

„Beschwert sich über mich? Was ist denn mit mir? Wenn es verboten ist, zum Markt zu gehen, warum wird der Markt dann nicht abgeschafft? Es gefällt dir nicht, dass eine verführerische Frau zum Markt geht. Na, dann gieß mir doch eine Flasche Säure übers Gesicht, damit Frauchen ein paar Narben im Gesicht hat!" Qiuxiangs kleiner Mund quasselte drauflos, dass es Hong Taiyue nicht mehr wohl in seiner Haut war.

„Freches Frauenzimmer, dich juckt's wohl am Hintern. Dir fehlt eine Tracht Prügel!", entgegnete Huang Tong aufgebracht.

„Wag es, mich zu schlagen! Wenn du mich auch nur anrührst, kämpf ich mit dir bis aufs Blut!"

Huang Tong war nicht mehr zu stoppen und hatte ihr auch schon eine Backpfeife verpasst. Sofort war Totenstille. Alle standen wie erstarrt. Ich erwartete, dass Qiuxiang nun hysterisch losbrüllen würde, sich auf den Boden warf und nur noch sterben wollte. Denn das waren ihre altbewährten Tricks. Aber ich wartete umsonst. Qiuxiang zeigte keine Reaktion. Sie schmiss nur die Tragstange hin und weinte, beide Hände vor dem Gesicht. Huzhu und Hezuo erschraken und brüllten in ihren Körbchen. Von weitem sahen die beiden Köpfchen mit den hellen, flauschigen Haaren wie zwei Affenköpfchen aus.

Hong Taiyue, der den Streit der beiden provoziert hatte, wurde von einer Minute zur anderen zum Friedensstifter, er redete dem Paar gut zu, sich zu versöhnen. Dann verschwand er, als wäre nichts geschehen und ohne sich noch einmal umzuschauen, im Haupthaus, dem ehemaligen Wohnhaus des Ximen Nao. Neben der Tür an der Backsteinwand war eine Holztafel angebracht, auf der in unordentlichen Schriftzeichen *Dorfkomitee Ximen* geschrieben stand.

Mein Herr hatte meinen Kopf in seine Arme genommen. Mit seinen groben, großen Händen strich er mir über meine Ohren. Seine Frau Yingchun wusch mir mit Salzwasser die Wunde an meinem Vorderbein rein und verband sie mit einem weißen Tuch. In diesem Augenblick, in dem ich mich schwer verletzt fühlte und mich unendlich getröstet und aufgehoben in den Armen meines Herrn wiederfand, war ich ganz und gar Esel. Nichts von Ximen Nao oder sonst irgendwem. Ich wollte schnell ein großer, starker Esel werden, der seinem Herrn in Kummer und Freuden zur Seite steht.

Genau wie der komische Mo Yan in einem Lied aus seiner neuen Oper *Der schwarze Esel* dichtet:

Der Leib ein Esel, die Seele ein Mensch. / Was einst war, verblasst wie eine entschwebende Wolke. / Das sechsspeichige Rad der Wiedergeburten hält unendliches Leid bereit. / Und das nur, weil die Begierden nicht schwinden und die Fantasien von Liebe bleiben. / Warum vergesse ich das Vergangene nicht? / Dabei könnte ich ein fröhliches Eselleben führen.

Das vierte Kapitel

Becken und Trommeln erschallen, alles drängt
in die Kommune zum Fest. Man sieht vier Hufe
im Schnee, als Ximen Esel beschlagen wird.

Am 1. Oktober 1954, es war der Nationalfeiertag, dazu der Gründungstag der ersten Kommune Nord-Ost Gaomis, wurde der Bengel Mo Yan geboren.

In der Früh rannte sein Vater zu uns nach Hause, sagte nichts, als er meinen Herrn sah, wischte sich nur mit dem Steppjackenärmel wieder und wieder über die Augen. Mein Herr und meine Herrin waren gerade beim Essen. Erschreckt ließen sie Stäbchen und Schale fallen: „Onkel, was ist passiert?"
Mo Yans Vater hauchte mit tränenerstickter Stimme, ganz furchtbar weinend: „Mein Kind ist geboren, geboren. Ein Junge!"
„Die Mutter hat einen Sohn geboren?", fragte meine Herrin.
„Ja."
„Ja, warum weinst du dann?"
Und mein Herr meinte: „Du solltest dich freuen!"
Mo Yans Vater blickte ihn an: „Wer sagt denn, dass ich mich nicht freue? Würde ich sonst weinen?"
„Ja, du hast Recht", entgegnete mein Herr. „Ist ja klar, wenn du dich nicht freuen würdest, was gäbe es dann zu weinen? Du weinst, weil du dich freust. Hol den Schnaps, Frau. Lass unseren Bruder zwei darauf heben."
„Heute trinke ich noch nicht", sprach der Vater. „Ich wollte nur die freudige Nachricht überbringen. Wir trinken die nächsten Tage zusammen." Und dann zu meiner Herrin gewandt: „Liebe Schwägerin, dass ich heute einen Sohn habe, verdanke ich allein deinem Hirschkuhplazentasirup. Die Mutter meiner Kinder sagt, sie will nach dem Wochenbett in vier Wochen mit dem Kleinen kommen und sich vor dir niederwerfen. Dann sagt sie noch, sie möchte, dass du die Adoptivmutter des Kleinen wirst, denn du bist mit Glück gesegnet. Und, wenn du nicht einverstanden bist, will ich hier niederknien und nicht eher weichen, als bis du einwilligst."
Meine Herrin lachte: „Was seid ihr beiden doch für Schätzchen! Ist schon gut, ich bin einverstanden, du brauchst nicht vor mir zu knien."
Deshalb, Lan Jiefang, ist Mo Yan nicht nur dein Freund, sondern auch dein Adoptivbruder.
Der Vater deines Bruders war eben zur Tür hinaus, da kam Leben in den Hof der Ximens. In den Amtshof des Dorfes, muss ich eigentlich sagen. Zuerst waren es Hong Taiyue und Huang Tong, die Spruchbänder links und rechts von der Tür aufhängten. Dann kam eine Truppe von Streichern, Bläsern und Trommlern, die sich in den Hof hockten und dort warteten. Der Spielmannstrupp kam mir

bekannt vor. Wo hatte ich die schon mal gesehen? Verschiedenste Erinnerungsfetzen aus dem Leben Ximen Naos bestürmten mich. Glücklicherweise brachte mein Herr mir gerade frisches Heu, und ich blieb verschont von weiteren Bildern. Aus meinem halb geöffneten Verschlag konnte ich beim Fressen mitverfolgen, was im Hof passierte. Der halbe Vormittag war um, da rannte ein kleiner Junge mit einer aus rotem Papier geklebten Fahne herbei, die er hoch in die Luft streckte, während er laut johlte: „Sie kommen, sie kommen, der Dorfvorsteher hat die Musiker eingeladen!"
Die Spielmannsleute legten los. Es dröhnten die Trommeln, und die Schalmeien schrillten Begrüßungslieder für die Gäste. Ich sah das Profil von Huang Tong, er rannte herbei, blickte sich zwischendurch immer wieder um und schrie in einem fort: „Aus dem Weg da! He, aus dem Weg! Der Bezirksvorsteher kommt!"
Unter der Führung des Kommuneleiters Hong Taiyue kamen der Bezirksvorsteher Chen und seine Schutzpolizisten mit geschulterten Gewehren zum Haupttor herein. Der Bezirksvorsteher schaute aus tief liegenden Augenhöhlen, ihm schlotterte eine abgegriffene Uniform um den drahtigen, dürren Körper. Ihm folgten die Bauern, die der Kommune beigetreten waren. Sie führten ihr zur Feier des Tages herausgeputztes Vieh mit sich, schleppten ihre gesamten Gerätschaften und drängten alle in den Hof hinein. Im Nu hatten wir den Hof voller Tiere, dazwischen drängten sich die Menschen. Es ging hoch her. Der Bezirksvorsteher stand auf einer Bank unter dem Aprikosenbaum und winkte ohne Pause allen zu. Dazu schrien die Leute bei jedem Winken begeistert. Das Vieh ließ sich anstecken und muhte, wieherte, blökte, grunzte, bellte und krähte mit. Die Stimmung kochte bald über. Während dieser prunkvollen Begrüßung – der Bezirksvorsteher hatte noch nicht zu reden begonnen – führte mich mein Herr, besser gesagt, führte Lan Lian seinen Esel, mitten durch die Menge der Menschen und Tiere hindurch und zwängte sich vor aller Augen durch das Haupttor nach draußen.
Vor dem Tor bogen wir direkt nach Süden ab, an der Lotusblütenflussbiegung beim Schulhof der Grundschule vorbei, von wo wir einen Blick auf alle üblen Elemente, Landstreicher, Diebe und Sittenstrolche aus unserem Dorf hatten. Unter der Aufsicht der mit scharfen Speeren mit roten Quasten bewaffneten Volksmiliz schleppten sie Steine und Kies und erhöhten die aus Erde aufgeschüttete Tribü-

ne, auf der die Opern aufgeführt wurden, die Sitzungen abgehalten und wo sie auch mir auf einer der Kritik-Kampf-Sitzungen den Garaus gemacht hatten. Wenn ich dem Sog der Erinnerung an mein früheres Leben als Ximen Nao nachgab, dann kannte ich jeden einzelnen dieser Leute. Ich sah den dünnen Alten Yu Wufu, einen Riesenstein vor sich hertragend, O-beinig, sich mühsam vorwärts quälend. Er hatte drei Monate lang dem Marionettenregime als Baojia-Vorsteher der bäuerlichen Volksmilizeinheit gedient. Ich sah den gedrungenen kurzen Gauner Zhang Dazhuang mit zwei Korbladungen Lehm auf den Schultern. Er war, als das Heimkehrerkorps der Grundherren zum Gegenschlag ausholte, mit seinem Speer zum Feind übergelaufen. Bei mir hatte er fünf Jahre lang als Kutscher gedient. Seine Schwiegertochter Bai Susu war die Nichte meiner Hauptfrau Lady Bai. Meine Frau hatte die Ehe persönlich angebahnt. Während der öffentlichen Denunziationen warfen sie mir vor, ich hätte mit Bai Susu, bevor ich sie an Zhang Dazhuang verheiratete, geschlafen und sie entjungfert. Das sind aber nur Gerüchte, wie Bai Susu bezeugen kann. Während der Sitzungen hielt sie sich ihre Ärmel vors Gesicht und weinte bitterlich. Sie sagte keinen Ton und weinte so sehr, dass aus diesen Lügen schließlich Wahrheit wurde. Sie spülte mich mit ihren Tränen direkt die gelben Quellen in die Unterwelt hinab. Sieh an, da kam auch mein enger Freund Wu Yuan, der reiche Bauernjunge aus unserem Dorf mit dem länglichen, schmalen Gesicht und den Besenaugenbrauen, einen japanischen Schnurbaum huckepack. Er liebte es, Hauptstadtgeige und chinesische Schalmei zu spielen. Wenn wir unsere Jahreszeitenfeste feierten, lief er zusammen mit dem Spielmannszug durch die Straßen, nicht um Geld zu machen, nur aus Spaß an der Sache. Schau da, den mit dem stumpfen Spaten in der Hand. Der da faul auf der Bühne stand und nur, um die Zeit totzuschlagen, mit dem Spaten auf dem Boden herumkratzte. Auf seinem Kinn ließ der Kerl sich ein kleines Bärtchen wie das einer Ratte stehen. Das war doch Tian Gui, der Chef der Schnapsbrennerei, ein Geizkragen, der im Speicher zehn Zentner Weizen hortete und Frau und Kindern nur Kleie und Rüben zu essen gab. Schau da, die mit den eingebundenen drei Zoll großen Lotusfüßchen und einem halben Tragkorb voll Erde, die den Rücken ganz krumm hatte, alle drei Schritte laut keuchte, alle fünf Schritte einhielt, das war doch Ximen Naos Hauptfrau Bai Shi. Schau! Yang Qi, der Leiter des

öffentlichen Sicherheitstrupps, mit der Zigarette im Mundwinkel und dem Rohrstock in der Hand stand er vor Bai Shi und herrschte sie streng an: „Bai Shi, nennen wir so ein Schneckentempo etwa arbeiten?"
Meine Lady Bai war so voller Furcht, dass sie fast stürzte. Der schwere Korb knallte zu Boden, direkt auf einen ihrer kleinen Füße. Schrill schrie sie auf, meine Lady Bai, dann weinte sie völlig verzweifelt, verkrampft schluchzte sie wie ein kleines Mädchen. Yang Qi schwang den Rohrstock und schlug mit voller Wucht zu. – Ich riss Lan Lian den Zügel aus der Hand und stürmte auf Yang Qi los. – Der Rohrstock knallte drei Zentimeter vor Bai Shis Nasenspitze herunter, laut pfiff er durch die Luft. Bai Shi war nicht verletzt worden. Das Peitschenknallen hatte Yang Qi bis zur Vollendung geübt. Dieser Hühner und Hunde klauende Bastard, der nichts anderes tat als Fressen, Saufen, Glücksspielen, Nutten beschlafen und Prügeln, alle fünf lebensbedrohenden Gifte versammelte er auf sich. Er hatte seines Vaters Vermächtnis, das gesamte Familienerbe, durchgebracht. Seine Mutter war darüber so aufgebracht gewesen, dass sie sich unter dem Dachfirst auf dem Speicher erhängte. Dadurch war er wieder in den Status eines armen Feldarbeiters zurückgefallen und gehörte zur Vorhut der Revolution. Ich hatte große Lust, Yang Qi einen Kinnhaken zu verpassen. Das ging natürlich nicht mehr, denn ich konnte nur nach ihm ausschlagen und ihn mit meinem großen Maul voller Riesenzähne beißen. Yang Qi, du Bastard mit Schnauzbart, Fluppe im Mundwinkel und mit dem Rohrstock in der Hand. Ich sage dir, es kommt der Tag, an dem ich gnadenlos zubeißen werde!
In letzter Sekunde bekam mein Herr meine schleifenden Zügel zu fassen und rettete so Yang Qis Holzkopf. Instinktiv wippte ich mit der Kruppe, und mit Schwung flogen meine Hinterbeine unter meinem Leib hervor. Ich spürte, wie meine Hufe sich in etwas Weichem abstießen. Es war Yang Qis Bauch. Ich konnte es mit eigenen Augen hinter mir sehen, denn seit ich ein Esel war, war mein Blickfeld um ein Vielfaches größer als das des Ximen Nao. Ich sah diesen Hundesohn mit dem Arsch in die Hocke gehen, auf dem Boden krümmte er sich. Ein mickriges, wachsgelbes Gesicht. Für eine Weile war er völlig weggetreten. Als er wieder Luft kriegte, schrie er nach seiner Mutter. Dreckiger Bastard, deine Mutter hast du so erzürnt, dass sie sich aufhängte. Was schreist du da noch nach ihr?

Mein Herr schmiss die Zügel hin und half Yang Qi auf die Beine. Der schnappte sich die Peitsche, machte das Kreuz rund und hieb auf meinen Kopf ein. Ein Griff, und mein Herr packte Yang Qi noch rechtzeitig am Handgelenk. Die Peitsche blieb in der Luft hängen und verschonte mich.

„Wenn du den Esel schlagen willst, kriegst du es mit seinem Herrn zu tun, Yang Qi!"

„Ach, fick deine Mutter, Lan Lian! Du Adoptivsohn von Ximen Nao! Kanaille, die sich in den Klassen-Säuberungstrupps versteckt. Ich zieh dir gleich mit eins drüber."

Yang Qi zeterte, mein Herr hielt ihn weiter am Handgelenk fest und drückte nun stärker zu. Dieser Schlappschwanz, der jeden Tag zu den Nutten rannte und keinen Funken Kraft in den Knochen hatte, begann jämmerlich zu kreischen. Die Peitsche glitt ihm aus der Hand und fiel zu Boden. Mein Herr ließ von ihm ab, rammte ihn aber noch einmal in die Seite: „Du hast Glück, dass du meinen Esel nicht getroffen hast."

Mein Herr führte mich zum Südtor hinaus. Auf dem Dorfwall wiegte sich das trockene Hundeschwanzgras im Wind.

„Heute ist der Gründungstag der Kommune unseres Dorfes, und heute sollst du erwachsen werden", sprach er. „Esel, ich bringe dich jetzt zum Hufschmied. Wenn du dann Eisen trägst, ist es, als wenn du Schuhe anhättest. Die Steine auf dem Weg können dir nichts mehr anhaben, selbst die spitzen können nicht mehr im Horn stecken bleiben. Mit Eisen an den Hufen bist du ein großer Esel und sollst mir arbeiten helfen."

Für seinen Herrn zu arbeiten ist wahrscheinlich das Schicksal eines jeden Esels. Ich machte meinen Hals lang und fing an zu iahen. *Iah ... iah!* Es war das erste Mal in meinem Leben als Eselhengst, dass ich meine Stimme benutzte. Sehr laut und grob war sie, mein Herr schielte zu mir hinüber, und ich sah, wie er sich freute.

Der Hufschmied arbeitete in der Schlosserei, weil er die Esse dort mitbenutzen konnte. Sein Gesicht war braungebrannt, fast schwarz, die Nase dabei glühend rot, Wimpern hatte er gar keine, aber markante Augenbrauen. Gesicht und Augen waren rot geschwollen, die drei tiefen Stirnfalten mit Ruß und Asche gefüllt. Bei seinem Lehrling konnte ich an den Spuren, die der fließende Schweiß auf seinem Gesicht hinterlassen hatte, sehen, dass er sehr hellhäutig war. Der

Rücken des Jungen war klatschnass vom Schweiß, sodass ich in Sorge geriet, dass ihm auch der letzte Rest an Körperflüssigkeit nun bald versiegen würde. Der alte Hufschmied dagegen sah aus, als hätten ihn die vielen Jahre am Ofen trocken und hart gebacken. Der Junge zog mit der Linken am Blasebalg und schürte das Feuer, mit der Rechten rührte und wendete er das brennende Eisen mit der Zange in den Flammen. Als das Eisen glühte und in allen Farben funkelte, nahm er es von der Esse. Dann schlugen Meister und Lehrling mit vereinten Kräften mit dem Vorschlaghammer darauf ein, mit dem Handhammer waren sie vorsichtiger. Die Funken sprühten, und Kling und Klang klirrte es, dass die Wände bebten und mein Eselherz davon ganz panisch wurde.

Beim Anblick des Jungen mit dem fein geschnittenen Gesicht dachte ich, dass er als Opernsänger auf der Bühne besser aufgehoben wäre, wo er mit den Opern-Fräulein traumgleiche Rendezvous verleben würde, wo er in Eifersüchteleien, Zankereien, Liebesschwüre, Liebesspiele und Zärtlichkeiten verwickelt wäre. Dass so einer den Schmiedehammer schwang, schien mir, als seien hier Yin und Yang auf den Kopf gestellt. Ich konnte mir nicht erklären, wie ein so gutaussehender und feingliedrig gewachsener Jüngling, ein Augenschmaus wie Pan An es einst war, über solch riesenhafte körperliche Kraft verfügen konnte. Dass ein zwölf Kilo schwerer Schmiedehammer, den ein Schlosser, der nicht wie ein Schrank gebaut ist und Kräfte wie ein Stier hat, kaum in der Hand führen kann, sich in der Hand dieses Jünglings so völlig entspannt bewegte, ganz wie von selbst, als wäre er Teil dieser Hand. Mit einem Schlag wurde das Eisen auf dem Amboss weich wie Butter und nahm jede gewünschte Form an. Beide hatten einen Stahlklotz von der Größe eines länglichen Kopfkissens zu einer Sichel geschmiedet. Diese Sichel war das größte Werkzeug im gesamten Hausstand des Bauern Zhuang.

Mein Herr ging auf Meister und Geselle zu, als sie kurz verschnauften: „Meister Jin, ich möchte dich höflich um deine Arbeit bitten, kannst du unserem Esel ein paar Hufeisen machen?"

Der alte Schmied rauchte, aus der Nase und aus den Ohren qualmten weiße Schwaden. Der Geselle hatte eine Steingutschüssel mit Wasser in der Hand und gluckste laut, als er trank. Das Wasser, das er sich die Kehle hinunterschüttete, schien auf seiner Haut sofort wieder zu verdampfen und zu neuem Schweiß zu werden. Ich bemerkte einen

seltsamen Duft, den Wohlgeruch des schönen Körpers eines Jünglings mit reinem Herzen, der mit Begeisterung hart arbeitet.
„Ein prachtvoller Weißfüßiger. Vier Hufe im Schnee", begutachtete der Meister mich und seufzte. Ich stand draußen vor dem Verschlag, in dem der Schmied seine Werkstatt hatte. Er war direkt an der breiten Straße, die in die Kreisstadt führt. Ich drehte den Kopf und bemerkte zum ersten Mal, dass ich vier weiße Füße besaß. Erinnerungen aus meinem früheren Leben als Ximen Nao sprudelten an die Oberfläche. *Vier Hufe im Schnee*. Das ist doch das rote Wunderpferd des Helden und Feldherrn Xiang Yu, das *Tausend-Meilen-Drachenpferd*. Kaum kam mir der Gedanke, bekam ich schon vom alten Schmied die kalte Dusche hinterher: „Schade, dass er nur ein Eselhengst ist und kein Pferd."
Der Geselle setzte die Schüssel ab: „Pferde schaffen heutzutage auch nicht mehr wunders was. Auf den Staatsgütern, da haben sie jetzt zwei *Der Osten ist Rot*-Traktoren angeschafft. Beide haben 100 PS, das ist die Kraft von 100 Pferden. Eine Pappel mit einem Stamm so dick, dass ihn zwei Männer zusammen nur mit Mühe umfassen können, wird am *Der Osten ist Rot* festgemacht. Wenn man dann Vollgas gibt, rattert er los und zieht die Riesenpappel mitsamt der Wurzel aus der Erde. Der ganze Baum mit der Wurzel, hinter dem Trecker hergezogen, ist so lang wie die halbe Straße."
„Du musst es ja wissen!", ärgerte sich der Meister und sprach zu Lan Lian gewandt: „Lan, auch wenn es nur ein Esel ist, sieht man auf den ersten Blick, dass das hier ein besonderes, selten edles Tier ist. Wenn der große General genug von feinen Rössern hätte, ich wette, er würde, falls er einen Esel reiten wollte, deinen auswählen. Dann hätte dir dein Esel Glück gebracht."
Der Geselle grinste, als er den Alten hörte. Dann fing er laut an zu lachen. Und genauso plötzlich erstarb sein Lachen wieder. Ein Lachen wie ein einschlagender Blitz: genauso abrupt, wie der Lichtstrahl eines Blitzes verschwunden ist, so war auch das Lachen aus seinem Gesicht verpufft. Es hatte mit der Außenwelt nichts zu tun, nur er selbst konnte den Grund wissen.
Man konnte sehen, dass der Schmied durch dieses unheimliche Lachen verunsichert war. Sein Blick flirrte, er schien seinen Gesellen zu fixieren, aber seine Augen glitten weg. Dann sprach er: „Jin Bian, sind noch Hufeisen da?"

Jin Bian antwortete mit Bestimmtheit: „Noch viele, es sind aber alles Pferdehufeisen."

„Dann kommen die in die Esse. Wenn sie glühen, schmieden wir sie zu Eseleisen."

Innerhalb der Zeit, in der man eine Pfeife raucht, wurden aus den Pferdehufeisen welche für Esel. Der Geselle stellte einen schweren Schemel hinter mich, der Meister zog mein Hinterbein hoch und legte es auf den Schemel. Mit einem messerscharfen Spaten schnitt er mir meinen Fußnagel zurecht. Nachdem er mir alle vier Hufe geschnitten hatte, stellte er sich in einiger Entfernung vor mir auf, um mich zu begutachten. Er seufzte aus tiefstem Herzen: „Er ist fürwahr ein feiner Esel. Ich habe mein Lebtag keinen so schönen Esel gesehen!"

„Da kann er noch so schön sein, an den Kambaiyin reicht er nicht heran. Das Staatsgut hat einen Mähdrescher Marke Kambaiyin aus der UdSSR importiert. Rot ist er, mit einem Mal mäht er die zehn Furchen weg, vorne schluckt er die Halme in sich hinein, hinten spuckt er die Weizenkörner aus. Die regnen in Strömen herunter, fünf Minuten braucht es für einen Sack voll", erzählte der Junge gebannt und mit leuchtenden Augen.

Der alte Schmied seufzte: „Jin Bian, ich sehe schon, dich hält hier nichts mehr. Aber auch wenn du morgen schon gehst, so musst du doch heute noch den Esel fertig beschlagen."

Jin Bian lehnte sich an meinen Körper, während er mit der Linken mein Bein umfasste. Mit der Rechten hielt er den Hammer, im Mund hatte er die fünf Hufnägel. Die linke Hand drückte das Eisen auf meinen Huf. Jeder Hufnagel war mit zwei Schlägen im Huf. Eine saubere Sache, wie er das machte. Ein Huf war schnell beschlagen. Binnen zehn Minuten hatte ich alle vier Eisen unter den Hufen. Jin Bian schmiss das Werkzeug zu Boden und verschwand im Verschlag. Der Meister sagte zu meinem Herrn: „Lan Lian, führ ihn zwei Runden. Ich will sehen, ob er lahmt."

Mein Herr führte mich auf der Straße eine Runde, vom Versorgungs- und Absatzgenossenschaftsladen zu den Schlachtern. Die Einheit war gerade dabei, ein schwarzes Schwein zu schlachten, das hell blinkende Messer fuhr hinein, tiefrot kam es wieder heraus. Aufregend war es, der Schweineschlachter trug einen langen grünen Kittel, grün, rot, die Farben bissen sich. Von der Schlachthofeinheit ging es weiter zur Bezirksregierung, wo uns der Bezirksvorsteher Chen und seine Schutzpolizisten entgegenkamen. Das hieß, dass die Feierstunde der landwirtschaftlichen Produktionsgenossenschaft vom Dorf Ximen beendet war. Das Fahrrad des Bezirksvorstehers war kaputt gegangen und wurde von einem Polizisten über der Schulter getragen. Der Bezirksvorsteher Chen erblickte mich und musterte mich lange. Ich wusste, dass ich wohlgebaut und hübsch war und den Blick des Bezirksvorstehers auf mich lenkte. Ich wusste, dass ich der größte, stärkste Esel war. Vielleicht hatte der Höllenfürst Yama mir all diese herausragenden Eseleigenschaften, die feinsten Hufe und den schönsten Kopf, gegeben, weil er sich gegenüber Ximen Nao schuldig fühlte.

„Er ist fürwahr ein prächtiger Esel, ein Schneehuf." Ich hörte, was der Bezirksvorsteher sagte.

„Man kann ihn in die Arbeitseinheit auf der Station für Viehzucht geben, da kann er Zuchteselhengst werden." Ich hörte auch, was der das Fahrrad tragende Polizist sagte.

„Bist du Lan Lian aus dem Dorf Ximen?", fragte Bezirksvorsteher Chen meinen Herrn.

„Ja, der bin ich." Mein Herr klopfte mir auf die Kruppe und wollte eilig verschwinden. Doch der Bezirksvorsteher Chen hielt ihn auf, hob die Hand und befühlte meinen Rücken. Sofort stieg ich. Mein Herr meinte: „Der Esel hat einen Dickschädel."

„Den Dickschädel muss man ihm langsam abgewöhnen. Auf keinen Fall überstürzen und nicht mit Druck. Solange die Zeit nicht reif ist, kann man ihn nicht erziehen." Der Bezirksvorsteher sprach im Ton eines Fachmanns zu meinem Herrn: „Bevor ich für die Revolution kämpfte, war ich Eselhändler. Abertausende von Eseln habe ich begutachtet. Mit ihrem Temperament kenne ich mich aus wie in meiner eigenen Westentasche."

Der Bezirksvorsteher lachte schallend. Mein Herr lachte unbeholfen mit. Der Bezirksvorsteher sagte nun: „Hong Taiyue hat mir von dir berichtet, Lan Lian. Ich habe ihn kritisiert, ihm gesagt, Lan Lian ist wie ein starker Esel. Ihm kann man sein Fell nur mit dem Strich bürsten. Überstürzen bringt gar nichts. Dann schlägt er aus und fängt an zu beißen. Du brauchst vorerst nicht der Kommune beizutreten, Lan Lian. Fang mit uns einen Wettbewerb an! Ich weiß, dass dir zweieinhalb Morgen Land zugeteilt wurden. Warte ab bis zum nächsten Herbst, dann werden wir sehen, wie viel Korn du im Durchschnitt von einem Morgen Acker ernten kannst. Wir vergleichen das mit dem durchschnittlichen Ertrag, den wir in der Kommune auf einem Morgen an Korn schaffen. Wenn du einen größeren Ertrag erbringst, dann bleib weiterhin Privatwirtschaftler. Wenn aber die Kommune mehr Korn erntet, dann lass uns verhandeln."

„Bezirksvorsteher, diese Worte habe ich mit eigenen Ohren aus Eurem Mund vernommen!", beeilte sich mein Herr zu erwidern.

„Das ist mein Wort. Alle hier können es bezeugen." Der Bezirksvorsteher zeigte auf seine Schutzpolizisten und die um ihn stehenden Dörfler.

Mein Herr führte mich zur Schmiede zurück. Zum Schmied sprach er: „Er lahmt nicht, und er tritt mit allen vier Hufen gleichmäßig fest auf."

Der alte Schmied schüttelte den Kopf und lachte gezwungen, als bedrücke ihn etwas. Da sah ich, wie der junge Schmied Jin Bian sein Bettzeug, zu einer Rolle geschnürt und in ein Hundefell gewickelt, auf den Rücken warf und aus dem Verschlag heraustrat: Mit den Worten: „Meister, ich gehe" verließ er die Schmiede. Der alte Schmied antwortete tieftraurig: „Geh nur, lass dir deine glänzende Zukunft nicht entgehen!"

Das fünfte Kapitel
Bai Shi wird ihres Besitzes beraubt und verhaftet.
Der Esel wird wild und springt über die Mauer davon.

Ich freute mich über meine Hufeisen und so viel Lob. Mein Herr frohlockte, weil er ein gutes Gespräch mit dem Bezirksvorsteher geführt hatte. Ich arbeitete nun mit Lan Lian zusammen, und mein Herr arbeitete mit seinem Esel. Die goldenen Herbsttage, an denen ich auf freier Flur übermütig übers Feld preschte, waren meine glücklichste Zeit, seit ich ein Esel geworden war. Es war besser, ein von allen Menschen geachteter und geliebter Esel zu sein, als ein Schmach und Schande ertragender Mensch, der sich selbst nicht in die Augen schauen mag. Es ist genau so, wie dein Adoptivbruder Mo Yan in seiner Oper *Der schwarze Esel* schreibt:
Mit neuen Hufeisen springt er leichtfüßig dahin, wie ein Phönix durch die Lüfte fliegt, stürmt er über die Felder. Vergessen ist alle Schmach der vorangegangenen Existenz. Ximen Esel freut sich entspannt seines

Lebens. Er reckt seinen Kopf zum Himmel empor und tönt laut: Iah, iah.

Kurz bevor wir wieder ins Dorf kamen, pflückte Lan Lian am Straßenrand ein paar Unkräuter und gelbe Astern, aus denen er einen Blumenkranz wand, den er mir über beide Ohren streifte. Wir trafen Han Huahua, die Tochter des Steinmetzes Han Shan aus dem Westdorf, und die Eselin ihrer Familie. Diese trug über ihrem Rücken links und rechts zwei geflochtene Tragkörbe. Auf der einen Seite saß ein Baby mit Hasenfellmützchen. In dem Korb auf der anderen Seite hockte ein weißes Schweineferkel. Lan Lian unterhielt sich mit Huahua, während die Eselin und ich uns anschauten. Menschen haben ihre Sprache, um zu kommunizieren. Wir Esel haben auch unsere Methode, uns einander mitzuteilen. Nachrichten, die wir untereinander austauschen, sind aus Gerüchen, Körpersprache und unseren Urinstinkten gewebt. Binnen eines kurzen Gesprächs wusste mein Herr, dass Huahua, die in ein weit entferntes Dorf verheiratet worden war, zum sechzigsten Geburtstag ihrer Mutter nach Hause gekommen war und sich nun auf dem Weg zurück in ihr Dorf befand. Das Baby in dem Tragkorb war ihr Sohn, das Schweinchen das Geschenk ihrer Schwiegerfamilie. Damals schenkten wir uns gern etwas Lebendiges, kleine Schweinchen waren beliebt, Lämmchen oder Küken. Wenn es Gratifikationen der Regierung gab, waren es zuweilen Fohlen, Kälbchen oder Angorahäschen. Ich sah, dass zwischen beiden, meinem Herrn und Huahua, weit mehr als nur eine Bekanntschaft bestand. Mir fiel ein, dass sich beide zu Ximen Naos Zeiten, als Lan Lian die Büffel hütete und Huahua die Ziegen, wie die Esel miteinander im Gras gewälzt hatten. Aber ich verspürte keine Lust, mich in ihre Sachen einzumischen. Als Eselhengst, der ich war, interessierte mich zuerst einmal die Eselin mit dem Säugling und dem Ferkel auf dem Rücken, direkt vor meinen Augen. Sie war älter als ich, wahrscheinlich war sie zwischen fünf und sieben Jahre alt. An den zwei kleinen Kuhlen über ihren Augen konnte ich ungefähr ihr Alter abschätzen. Natürlich sah sie mir noch viel deutlicher mein Alter an. – Bilde dir bloß nicht ein, du Esel, dass du, nur weil du eine Wiedergeburt des Ximen Nao bist, gleich der klügste unter allen Eseln wärest! Es stimmte, tatsächlich war ich für eine kurze Zeit dieser irrtümlichen Vorstellung aufgesessen. Möglicherweise war diese Eselin die Wiedergeburt einer ganz herausragenden Persönlichkeit? – Zuerst hatte ich ein graues Fell gehabt, doch je mehr ich heranwuchs, umso dunkler wurde es, nicht ganz schwarz, aber gerade so, dass meine vier weißen Füße so richtig zur Geltung kamen. Sie dagegen war eine graue Eselin und recht zierlich. Sie hatte hübsche, fein geschnittene Augen. Ihr Gebiss war ausgesprochen sauber und ordentlich. Sie kam mir mit dem Maul nahe, ich roch den Duft von Sojapresskuchen und Weizenkleie zwischen ihren Lippen und Zähnen. Ich konnte riechen, wie ihr das Blut meinetwegen in Wallung geriet, spürte, wie sie heiß wurde, sie danach dürstete, dass ich mich über sie wölbte. Ich hatte plötzlich ein heftiges Verlangen, sie zu bespringen. Mein Herr fragte: „Machen die bei euch auch so viel Wind um die Kommunen?"

„Na klar, wir haben doch den gleichen Kreisvorsteher, wie sollte es da anders sein?", antwortete Huahua, in Gedanken aber war sie nur bei ihm.

Ich drehte mich um, sodass ich die Kruppe der Eselin vor mir hatte, vielleicht hatte sie mir auch ganz von selbst ihr Hinterteil angeboten. Ich war von ihr immer mehr gefangen genommen, Liebe durchpulste mich. Ich zog den Geruch mit den Nüstern ein. Es war, als ob Branntwein mir durch die Kehle rann. Intuitiv reckte ich den Hals, hob den Kopf und flehmte. Die Nüstern hatte ich nun geschlossen, nichts von ihrem strengen Duft konnte entweichen. Es war so schön, dass die Eselin dabei in Ekstase geriet. Gleichzeitig streckte sich mein schwarzer Stößel tapfer stramm heraus und klopfte zuckend an ihren Bauch. So eine Gelegenheit kommt nur alle tausend Jahre einmal, ergreift man sie nicht, entschwindet sie im Nu. Als ich nun mit meinen Vorderhufen hoch und die Eselin besteigen wollte, sah ich das süß im Tragkorb schlafende Baby, natürlich auch das herumquengelnde Ferkelchen. Wenn ich gerade auf sie stieg, würden meine frisch beschlagenen Vorderhufe mit aller Wahrscheinlichkeit den zwei kleinen Leben in den Körben ein Ende setzen. Wenn das passierte, so würde ich, Ximen Esel, für alle Ewigkeit in der Hölle schmoren, auch als ein Stück Vieh würde ich dann nicht wiedergeboren werden. In diesem winzigen Augenblick des Zögerns zog mein Herr meine Zügel stramm, und meine Vorderhufe landeten hinter der Kruppe der Eselin. Huahua schrie erschreckt auf und zog aufgeregt die Eselstute ein Stück nach vorn.

„Mein Vater hat mich extra darauf hingewiesen, dass die Eselin rossig ist und dass ich aufpassen soll. Das habe ich ganz vergessen. Er sagte, ich soll den Schreiesel vom Ximen Nao zurückhalten. Stell dir vor, mein Vater meint immer noch, dass du Ximen Naos Knecht bist, obwohl er doch schon so viele Jahre tot ist, und er sagt sogar, dass ihm dein Esel gehöre."
„Fehlt nur noch, dass er sagt, mein Esel sei der wiedergeborene Ximen Nao", lachte mein Herr.
Ich war verblüfft: Kannte er etwa mein Geheimnis? Wenn er denn wüsste, dass es sich bei seinem Esel um die Wiedergeburt vom Chef handelte, wäre das für mich von Vorteil oder von Nachteil? Die rote Sonne stand groß am Himmel, es war kurz vor Sonnenuntergang. Huahua nahm Abschied von meinem Herrn: „Bruderherz, wir plaudern ein andermal weiter. Ich muss los, bis nach Hause sind es noch siebeneinhalb Kilometer."
„Also wird die Eselin heute Abend nicht mehr zurück nach Hause kommen?", fragte mein Herr Anteil nehmend.
Huahua lächelte kurz, dann sagte sie mit tiefer Stimme geheimnisvoll: „Unsere Eselin ist ungewöhnlich klug. Hat sie sich satt gefressen und gesoffen und haben wir ihr das Halfter abgestreift, läuft sie ganz allein nach Hause. So ist es jedes Mal, immer genau gleich."
„Warum nehmt ihr das Halfter ab?", fragte mein Herr.
„Wir fürchten, dass ein Dieb sie daran packt und stiehlt. Wenn man sie am Halfter nehmen und wegführen kann, dann kann sie nicht weglaufen", sagte Huahua, „und wenn ein Wolf kommt und sie überfällt, dann ist so ein Halfter auch sehr von Nachteil."
Mein Herr seufzte schwer und strich sich dabei übers Kinn: „Soll ich dich nicht ein Stück begleiten?"
„Mach dir keine Umstände meinetwegen. Heute Abend führen sie im Dorf doch eine Oper auf. Du solltest dich beeilen, damit du nichts verpasst." Huahua trieb die Eselin an und ging. Nach ein paar Metern wandte sie sich um: „Lan Lian, Bruder, mein Vater sagt: Sei nicht wie ein verstockter Esel. Es ist besser und richtiger, wenn du mit allen anderen zusammengehst."
Mein Herr schüttelte verneinend den Kopf. Dann schaute er mich strafend an: „Komm, wir gehen, Bursche, ich weiß, was du im Schilde führst. Es fehlte nicht viel, und du hättest mich richtig ins Unglück gestürzt. Sollte ich den Tierarzt holen und dich kastrieren lassen?"

Als ich das hörte, war ich so verschreckt, dass ich gar nicht mehr atmen konnte, mein Hodensack zog sich zusammen, Angst überwältigte mich. Herr, bitte schneide mir auf keinen Fall meine Hoden ab!, wollte ich losschreien. Aber was ich hervorbrachte, war nur ein langes, durchdringendes *Iah, iah.*

Als wir ins Dorf kamen und auf der Dorfstraße entlang gingen, hörte man meinen Hufschlag hell klirrend auf dem Stein im Takt widerhallen. Aber ich war abgelenkt, und in meinem Kopf schwirrten noch die hübschen Augen und die weichen, zarten Lippen der Eselin umher, meine Nase war angefüllt mit dem traumhaften Duft ihrer liebesdürstenden Feuchte, mit dem Geruch ihrer Schiffe. Sie war mir so zu Kopf gestiegen, dass ich jeden Moment verrückt werden wollte. Allein meine Menschenvergangenheit war es, die mich rettete. Schließlich war ich anders als die anderen Esel. Ich fühle mich angezogen vom Unglück der Menschen.

Da sah ich, wie eine ganz Horde von Leuten eilig an einem Ort zusammenlief. Wortfetzen konnte ich aufschnappen, während sie an mir vorüberrannten. Ich hörte, dass etwas im Hof der Ximens los war, dem jetzigen Amtshof des Dorfes, dem Hof der Kommuneverwaltung und natürlich auch dem Hof meines Herrn Lan Lian und Huang Tongs. Sie hatten eine bunt bemalte, irdene Riesenwanne ausgestellt. Sie war voller Gold, Edelsteine und Geschmeide. Die Wanne hatten sie bei den Erdarbeiten zur Vergrößerung der Opernbühne entdeckt. Ich dachte sofort an die wirren, diffusen Blicke der Menschen, wenn eine ganze Wanne voll blinkendem Gold und schimmerndem Geschmeide vor ihnen ausgeschüttet wird. Die Erinnerungen des Ximen Nao drängten sich mir auf, die Verliebtheit des Ximen Esel verblasste sofort. Ich erinnerte mich nicht, dort jemals Gold und Schmuck versteckt zu haben. Das Gold meiner Familie, 1000 Silberlinge, hatten wir unter dem Viehstall vergraben, und unsere große Schatztruhe war in der doppelten Wand versteckt gewesen. Nach der Haussuchung während der Bodenreform waren die Sachen bereits durch den Arme-Bauern-Verband weggeschafft worden. Wegen dieser Sachen hatte meine Frau Bai Shi schon genug Schmach und Leid ertragen ...

Es hatte damit angefangen, dass Huang Tong und Yang Qi Bai Shi, Yingchun und Qiuxiang zum Verhör in einen Raum einschlossen.

Hong Taiyue war es gewesen, auf dessen Befehl die ganze Sache durchgeführt worden war. Ich war während des Verhörs in einen anderen Raum gesperrt worden, ich konnte nichts sehen, aber alles genau hören.

„Rede! Wo hält Ximen Nao das Gold und den Schmuck versteckt? Heraus mit der Sprache!"

Ich hörte es knallen, als der Rohrstock und der Knüppel auf den Tisch schlugen. Ich hörte die läufige Hündin weinend schreien: „Dorfvorsteher, Gruppenführer, Oheime und große Brüder. Ich bin eine aus armer Familie. Ich habe bei den Ximens nur Kleie und Rüben gekriegt. Die haben mich nie wie einen Menschen behandelt. Ich bin von Ximen Nao vergewaltigt worden. Dabei hat mich Bai Shi an den Beinen und Yingchun mich an den Armen festgehalten, damit Ximen Nao sich wie ein Eselhengst auf mich stürzen konnte!"

„Alles erstunken und erlogen!" Das hatte Yingchun geschrien. Es folgten Geräusche, wie wenn zwei sich prügeln, und dann Geräusche, wie wenn Prügelnde getrennt werden.

„Alles, was sie sagt, ist gelogen!" Das war, was Bai Shi dazu sagte. Dann heulte Qiuxiang: „Ich war bei denen nicht soviel wert wie ein Schwein. Oheime, große Brüder, meine Brüder. Ich bin ein Opfer. Ich gehöre der gleichen Klasse an wie ihr. Ich bin eure Klassenschwester! Ihr habt mich aus dem Meer der Bitternis gerettet. Ich werde euch immer dankbar sein! Wie gern würde ich euch Ximen Naos Gehirn herausschneiden und zum Mahl vorsetzen. Wie gern möchte ich euch sein Herz heraustrennen, damit ihr es zu ein paar Bechern Schnaps genießen könnt. Denkt doch nach, glaubt ihr wirklich, dass die mir, eurer Klassenschwester, verraten würden, wo sie ihr Gold versteckt halten?"

Yingchun heulte nicht und tobte nicht. Immer wieder sagte sie nur den einen Satz: „Ich war jeden Tag nur mit der Arbeit beschäftigt und habe die Kinder versorgt. Alles andere weiß ich nicht."

So war es. Die beiden wussten nicht, wo das Gold und der Schmuck vergraben waren. Nur meine Bai Shi wusste darüber Bescheid. Nebenfrau bleibt Nebenfrau. Der vertraut man nicht. Verlass ist nur auf die Hauptfrau. Bai Shi sagte keinen Ton. Dann stieß sie gehetzt hervor: „Was wir übrig behielten, haben wir an einem bestimmten Ort aufbewahrt. Da waren wohl mal ein ganzer Schrank voller Gold und eine Truhe voll Silber, aber das hatten wir doch schon al-

les verbraucht, weil wir mehr ausgaben, als wir Einnahmen hatten. Wir hatten zwar noch ein wenig Bares, aber das hätte er mir sowieso nicht gegeben."
Ich konnte mir vorstellen, wie sie nun Yingchun und Qiuxiang mit ihren großen Kuhaugen einen hasserfüllten Blick zuwarf. Ich wusste, dass sie Qiuxiang hasste. Yingchun jedoch war ihre Zofe, die sie selbst von zu Hause mit in die Ehe gebracht hatte. Blut ist nun einmal dicker als Wasser, deshalb kam der Vorschlag von ihr, dass ich Yingchun als Nebenfrau zu mir holen sollte. Damit wir Nachkommen bekamen. Yingchun hatte all unsere Erwartungen erfüllt und innerhalb eines Jahres das Drachenbübchen und das Phönixmädchen zur Welt gebracht. Aber dass dann Qiuxiang dazu kam, war meine eigene, frivole Lüsternheit. Die Dinge entwickelten sich wie am Schnürchen, doch der Erfolg stieg mir zu Kopf. Wenn ein Hund sich etwas auf sich einbildet, reckt er den Schwanz in die Höhe. Wenn ein Mann sich etwas auf sich einbildet, kriegt er einen Ständer. Natürlich war es auch die Schuld dieser verruchten Elfe, deren Blicke mich täglich verfolgten und provozierten. Die ihre Brustwarzen an mir rieb. Ich, Ximen Nao, bin kein Heiliger, ich widerstand der Versuchung nicht. Ihretwegen rügte mich Bai Shi grimmig wie eine Wölfin: „Hausherr, es kommt der Tag, an dem du in den Fängen dieser verruchten Person zugrunde gehen wirst."
Deshalb ist es blanker Hohn, wenn Qiuxiang behauptet, dass Bai Shi ihre Beine festgehalten habe, damit ich sie vergewaltigen konnte. Aber Bai Shi hat sie geschlagen. Das ist die Wahrheit. Bai Shi hat aber auch Yingchun geschlagen.
Dann ließen sie Yingchun und Qiuxiang laufen. Ich war im Westhaus eingesperrt. Durch das Fenster konnte ich beobachten, wie beide Frauen das Haupthaus verließen: Qiuxiang kam mit wirrem Haar und schmutzigem Gesicht heraus, aber heimliche Freude war in ihrem Gesicht zu lesen. Ihre Augen gingen unruhig hin und her. Yingchun war wie unter Strom. Angespannt stürzte sie auf direktem Weg ins Osthaus. Aus dem Haus drang das heisere Weinen von Jinlong und Baofeng. Mein Söhnchen, mein Töchterchen. Mein Herz blutete vor Schmerz. Was habe ich für Fehler begangen? Wo habe ich dem Himmel zuwider gehandelt, dass er mir solche Qualen aufbürdet, dass mich nicht nur selbst das Unglück trifft, sondern auch noch Frau und Kinder Not leiden müssen? Und dann dachte ich, in jedem

Dorf gibt es Grundbesitzer, deren Hundekopf sie zertrümmern, die sie hinwegfegen, mit denen sie abrechnen, denen sie beim Klassenkampf endgültig den Garaus machen. Das sind doch viele, viele Tausend und Abertausende. Hatten die denn alle so abgrundtief furchtbares Unrecht getan, dass sie eine so schreckliche Vergeltung treffen musste? Mich holte mein schlechtes Karma ein. Denn man entkommt seinem Karma nicht, obschon Himmel und Erde sich drehen und Tag und Nacht einander abwechseln. Die Zeit, in der mir mein Kopf lebendig auf dem Hals saß, habe ich meinen Vorfahren zu verdanken. Wir überlebten nur im Schutze der Familie. So waren die Zeiten: Wer sein Leben erhalten konnte, hatte Glück und hätte nie unhöflich etwas eingefordert. Aber ich machte mir große Sorgen um Bai Shi. Wenn sie nicht standhaft blieb, wenn sie den Ort, an dem der Schatz vergraben lag, preisgab? Dann gab es nicht nur keinen Weg mehr, meine Schuld zu mildern, es wäre mein sicheres Todesurteil. Lady Bai, du meine einzige Frau, der ich das Haar aufband. Du weit Vorausschauende, Tiefschürfende mit großen Ideen. Du darfst jetzt in dieser brisanten Minute nicht unbedacht straucheln! Der Wachhabende der Volksmiliz war Lan Lian. Er stand mit dem Rücken ans Fenster gelehnt und nahm mir die Sicht. Ich konnte nur hören, wie im Haupthaus eine zweite Runde des Verhörs ihren Anfang nahm. Diesmal wurde reiner Tisch gemacht. Donnerndes, ohrenbetäubendes Brüllen und das harte Knallen der Rute, des Knüppels, der Peitsche auf den Tisch und auf meine Frau folgten. Dann schrilles Kreischen, das mir mein Herz zerschnitt, ich war starr vor Panik, mein Kopf wollte schier zerplatzen.

„Rede! Wo sind das Gold und der Schmuck?"

„Es gibt kein Gold und keinen Schmuck ..."

Lady Bai, oh du, meine Frau. Du bist wahrhaftig standhaft! Wie es aussah, hatte sie sich entschieden. Kein Wort kam mehr über ihre Lippen. Sie würde nun schlimmste Qualen zu kosten bekommen. Nun hörte ich Hong Taiyues Stimme, ich war mir aber nicht sicher, denn er hörte sich anders an. Dann war es still, kein Ton, nichts. Dann schrie Bai Shi. Sie schrie, wie ... wie ... Es zermalmte, es zerfleischte mich, ich war zerstört. Was hatten sie ihr angetan, ich erriet diese mörderische Folter nicht. Welch unfassbarer, grausiger Schrei einer Frau, nie ...

„Redest du nun? Wenn du nicht redest, mache ich weiter ..."

„Ich rede, ich rede ..."
Als fiele mir ein Stein vom Herzen. Ja, bitte rede, so oder so werde ich sterben. Sie sollte keine Qualen an meiner statt leiden. Da wollte ich lieber selbst sterben ...
„Rede, wo ist der Schatz versteckt?"
„... Er ist, er ist unter dem Erdgotttempel im Ostdorf vergraben, er liegt unter dem Tempel des Rotgesichtigen im Norddorf, er ist bei der Lotusblütenflussbiegung vergraben, er ist im Bauch der Muttersau. Ich weiß wirklich nicht, wo er ist. Es gibt keinen Familienschatz. Bei der ersten Bodenreform haben wir schon alles abgegeben!"
Mutige Bai Shi! Du machtest dir sogar noch einen Spaß mit denen!
„Lasst mich gehen. Ich weiß wirklich nichts ..." Sie zerrten sie hinaus. Ich hörte einen respektheischenden Befehl aus dem Haupthaus. Der den Befehl erteilt hatte saß vielleicht auf dem für gewöhnlich von mir benutzten, geschnitzten, großen Mahagonilehnstuhl. Neben dem Stuhl steht der Acht-Unsterblichen-Tisch. Auf dem Tisch stehen die vier Schätze der Studierstube: Papier, Tusche, Pinsel und Tuschreibstein. Hinter dem Tisch hängt an der Wand ein großes Rollbild mit dem Gott der Langlebigkeit und fünf Glück verheißenden Kindern. Hinter dem Rollbild ist unsere doppelte Wand. In der Wand sind 40 Stück 250 Gramm schwere große Silberbarren und zwanzig 50 Gramm schwere kleine Goldbarren, dazu noch Bai Shis gesamter Schmuck. Ich konnte sehen, wie zwei Volksmilizen meine Frau hinauszogen. Ihr loses Haar war übel zugerichtet, die Kleider am ganzen Leib in Fetzen zerrissen, und sie war klatschnass. Sie triefte, man wusste nicht von Blut, Schweiß oder was sonst. Wie ich meine Frau so zugerichtet sah, war alles, was ich jemals an Auswegen und Ideen erdacht hatte, nur noch Staub. Lady Bai, liebe Frau, keine Silbe kam dir über die Lippen. Du bist mir treu bis in den Tod. Solch eine Frau sein Eigen nennen zu dürfen, ließ mich noch einen Sinn meines Daseins erahnen. Die zwei Milizionäre, die hinter ihr gingen, die Gewehre geschultert, zeigten mir plötzlich die erschreckende Wahrheit: Sie gingen dorthin, um meine Frau zu erschießen. Meine Hände waren mir verdreht auf dem Rücken zusammengebunden, eine Hand von oben hinter dem Kopf auf den Rücken, die andere von unten auf dem Rücken nach oben. Ich konnte nur meinen Kopf gegen den Fensterrahmen schlagen. Verzweifelt schrie ich, so laut ich konnte: „Gnade der Todgeweihten! Hong Taiyue, du Beckenkno-

chen trommelnder Bastard! Du elender, im Dreck krebsender Abschaum! Nicht ein Haar an meinem Pimmel bist du wert! Himmel, dass mich mein Glück verlässt und ich in die Fänge von euch armseligem Lumpenpack falle! Aber den Himmel werdet ihr nicht ungestraft hintergehen, auch wenn ich jetzt mein Haupt beuge und mich geschlagen gebe."

„Dass du das endlich mal kapierst!", lachte Hong Taiyue. „Ich, Hong Taiyue, bin zweifelsohne Abschaum. Wenn ich kein Kommunist wäre, würde ich dir den Stierbeckenknochen so lange um die Ohren schlagen, bis du tot wärst. Deine Zeit ist vorbei, das Blatt wendet sich, nun haben wir armseligen Brüder Oberwasser und der Sturm bricht los. Wir werden mit euch abrechnen und wir werden uns das, was eigentlich immer schon uns gehörte, von euch zurückholen. Die entscheidende Wahrheit habe ich dir schon viele tausendmal wiederholt. Es ist nicht Ximen Nao, der seinen Knecht und Feldarbeiter mit durchbringt, sondern es sind die Feldarbeiter und Knechte, die dich, Ximen Nao, und deine ganze Familie ernähren. Dass ihr Gold und Silber versteckt, ist ein Frevel, der gnadenlos geahndet wird. Wenn ihr aber alles Gold herausrückt, so werden wir Gnade vor Recht ergehen lassen."

„Das Gold und Silber zu vergraben, ist alleine mein Geschäft. Die Frauen wissen davon nichts, weil ich weiß, dass Frauen nicht zu trauen ist. Man schlägt nur einmal mit der Faust auf den Tisch und schon kommt jedes Geheimnis zu Tage. Ich kann euch sämtliche Schätze zeigen, ihr werdet staunen, wie viele derer sind. Eine große Kanone kaufe ich euch davon. Aber ich will die Garantie von euch haben, dass ihr Bai Shi laufen lasst und dass ihr Yingchun und Qiuxiang nichts mehr tut. Sie wissen von all dem nichts."

Hong antwortete mir: „Verlass dich drauf, wir werden gemäß unserer politischen Richtlinien handeln."

„Gut, dann binde mich los."

Einige Volksmilizen schauten erst mich und dann wieder Hong Taiyue zweifelnd an. Hong Taiyue lachte: „Die befürchten, du wirst dich wie ein Stück Wild in der Schlinge zu Tode winden und alles zunichte machen."

Ich lachte. Hong Taiyue löste mir eigenhändig die Fesseln und gab mir eine Zigarette. Ich nahm sie mit tauber Hand und sank trostlos einsam auf den Mahagonilehnstuhl. Ich hob die Hand und riss das

Rollbild mit dem Gott der Langlebigkeit herunter. Zu den Milizen sprach ich: „Schlagt mit den Gewehrkolben die Wand ein."
Der Schatz, der zutage kam, machte jeden der Anwesenden sprachlos. Sie glotzten mit weit offenen Mündern. Ich las in ihrem Blick, was sie dachten. Keiner, der nicht sofort alles für sich allein wollte! Noch im selben Augenblick träumte jeder von ihnen von verschiedensten Möglichkeiten: „Wenn nun das Haus mir zugeteilt worden wäre und ich allein und nur durch Zufall diesen Schatz gefunden hätte?"
Während alle wie weggetreten den Schatz von Gold und Silber anstarrten, streckte ich die Hand unter den Stuhlsitz und holte meinen Trommelrevolver hervor. Ich zielte auf den hellgrauen Backsteinfußboden und feuerte einen Schuss ab. Die Patrone schnellte zurück und blieb in der Wand stecken. Die Milizionäre hatten sich sofort auf den Boden geworfen. Nur Hong Taiyue stand noch. Dieser Bastard war tatsächlich nicht aus Brei.
„Hong Taiyue, höre, wenn ich diesen Schuss eben auf deinen Kopf abgefeuert hätte, dann lägest du hier jetzt nicht anders als jeder tote Köter hingestreckt auf dem Boden. Aber ich habe nicht auf dich geschossen, ich habe nicht auf deine Leute gezielt. Denn ich habe mit keinem von euch irgendeinen Grund zur Feindschaft. Wenn ihr mir nicht wegen meiner Klassenzugehörigkeit den Garaus macht, dann werden es andere tun. So sind die Zeiten. Die Reichen geraten in Not. Deswegen krümme ich euch nicht ein Haar."
„Du sagt es, du begreifst es und erkennst die Zusammenhänge. Ich persönlich bewundere dich sehr. Ich wünschte, mit dir ein Glas zu heben und Brüderschaft zu trinken. Aber als ein Element der revolutionären Klasse muss ich in dir den Todfeind sehen, ich werde dich auslöschen und nicht eher Ruhe geben, als bis du tot bist. Es ist kein persönlicher Hass, den ich spüre. Es ist der Klassenhass. Du kannst dich für deine Klasse, die wir bald vollständig ausgelöscht haben werden, erheben und mich mit deinem Revolver erschießen. Das wird mich zum Helden der revolutionären Klasse machen. Daraufhin wird dich unsere Regierung exekutieren, und du wirst der Held der konterrevolutionären Grundherrnklasse sein."
Ich lachte, ich lachte sehr laut. Ich lachte so sehr, dass mir die Tränen die Backen herunterliefen: „Hong Taiyue, meine Mutter war eine fromme Buddhistin. Ich habe nie etwas Lebendiges getötet, um mei-

ner Mutter ein pietätvoller Sohn zu sein, denn sie sagte mir, wenn ich nach ihrem Tode Leben tötete, so würde ich sie damit in der Schattenwelt Not leiden lassen. Such dir jemand anderen, wenn du den Helden machen willst. Was mich betrifft, habe ich genug gelebt. Ich will tot sein. Aber mein Sterben hat mit deinen Was-weiß-ich-Klassen nichts zu tun. Ich habe mich in meinem Leben auf meine Klugheit, meine kämpferische Strebsamkeit und auf mein Glück verlassen, das mir hold war. So lange habe ich für meine Familie Reichtümer angehäuft. Niemals dachte ich daran, irgendeiner Klasse beizutreten. Und mein Tod ist nicht heldenhaft. Aber ein Leben als Waschlappen zu führen, ist entwürdigend. Diese bittere Pille schlucke ich nicht. Zuviel ist, was mir nicht in den Kopf will, zuviel ist, was mir die Luft raubt. Deswegen werde ich besser sterben."
Ich führte die Pistole an meine Schläfe: „Im Viehstall ist noch eine große Wanne Geld vergraben, gefüllt mit tausend Silberdollar. Tut mir leid für euch, dass ihr zuerst die Scheiße aus dem Stall rauswühlen müsst, damit ihr an die Wanne mit dem Geld rankommt. Zuerst müsst ihr mal richtig stinken, bevor's die Geldscheine zu riechen gibt."
„Das macht doch nichts", rief mir Hong Taiyue zu. „Um an tausend Silberdollar ranzukommen, brauchst du uns nicht lange zu bitten, ein bisschen Scheiße wegzuräumen. Dafür würden wir auch mitten in die Jauche springen und durchtauchen. Aber ich rate dir, nicht zu sterben. Vielleicht lassen wir dich am Leben, damit du siehst, wie wir armen Schlucker jetzt Oberwasser kriegen. Damit du siehst, wie es ist, wenn wir loslegen und auf den Tisch hauen. Damit du siehst, wie es ist, wenn wir den Ton angeben und eine gerechte Gesellschaft errichten."
„Moment mal … Tut mir leid, da bin ich nicht dabei, ich will nicht mehr leben", sagte ich. „Ich, Ximen Nao, bin es gewohnt, dass man vor mir den Kopf neigt und den Hut zieht. Ich habe nicht vor, dies vor anderen zu tun. Kumpel, vielleicht sehen wir uns in einem nächsten Leben wieder, auf Wiedersehen!" Ich zog am Abzug. Nichts. Eine Fehlzündung, es roch verbrannt. Als ich den Revolver von meiner Schläfe zog und sehen wollte, wo das Problem lag, stürzte sich Hong Taiyue auf mich und riss mir den Revolver aus der Hand. Die Milizen drängten vor und fesselten mich wieder.
„Kumpel, dir fehlt es an Grips." Hong Taiyue hob den Trommelre-

volver hoch: „Du hättest den Lauf nicht von deiner Schläfe nehmen müssen. Der große Vorteil eines Trommelrevolvers ist, dass du einfach nur noch eimmal am Abzug ziehen musst. Dann schießt die nächste Kugel und du liegst sofort bäuchlings wie ein Hund da und beißt ins Gras."
Er lachte zufrieden. Dem Anführer der Milizionäre befahl er, sofort im Viehstall mit dem Graben anzufangen. Dann wandte er sich mir zu: „Ximen Nao, ich will glauben, dass du uns nicht betrügst. Einer, der abdrückt, um sich zu erschießen, hat es wohl nicht mehr nötig zu lügen ..."

Mein Herr führte mich. Mit äußerster Anstrengung mussten wir uns durch das Haupttor in den Hof hineinpressen, weil die Volksmilizionäre auf Befehl des Dorfkaders schon damit begonnen hatten, die Menge wieder aus dem Innenhof hinauszutreiben. Die Schisser unter ihnen, die dabei mit den Gewehrkolben in den Hintern gestoßen wurden, rannten panisch vom Hof. Die Mutigen dagegen drängelten sich schnell ins Menschengewühl zurück und scherten sich einen Dreck. Zur selben Zeit führte mein Herr mich, seinen großen, Eindruck heischenden Eselhengst, heim auf den Hof. Man kann sich vorstellen, dass dies kein Leichtes war. Die vom Dorfamt hatten uns, die Lans und die Huangs, schon einmal ausquartieren wollen, damit der Amtshof des Dorfes den ganzen Hof für sich alleine hätte. Aber zum einen fand man keine freie Wohnung, zum anderen war mit beiden, meinem Herrn und Huang Tong, nicht gut Kirschen essen. Sie legten sich mit jedem an und kompromittierten die Leute. Keine paar Tage wäre es gutgegangen. So kam es, dass ich, Ximen Esel, täglich mit den Dorf-, Bezirks- und Kreiskadern, die zu Kontrollinspektionen kamen, ein und dasselbe Tor benutzte.
Eine ganze Zeit lang herrschte Gerangel am Tor. Aber immer noch drängten sich viele Leute auf dem Hof, es waren nicht weniger geworden. Die Volksmilizionäre waren es inzwischen leid. Sie gaben auf und rauchten in einer Ecke Zigaretten. Ich stand wieder in meinem Stall und sah zu, wie die Abendsonne den großen Aprikosenbaum strahlend gold anmalte. Unter dem Baum standen zwei Volksmilizionäre, die Wache schoben. Was zu ihren Füßen stand, konnte ich nicht sehen. Es war durch die Menschenansammlung verdeckt. Aber es musste die Wanne mit Gold und Schmuck sein. Die Leu-

te rollten wie Wellen dorthin, um den Schatz zu sehen. Ich schwöre zum Himmel, dass diese Wanne mit Gold und Schmuck mit mir, Ximen Nao, nichts, aber auch gar nichts zu tun hat. Mein Herz klopfte mir bis zum Hals, als ich nun Bai Shi, die Hauptfrau des Ximen Nao, sah, wie sie von einem Volksmilizionär mit geschultertem Gewehr und dem Leiter des öffentlichen Sicherheitstrupps zum Haupttor hereingeführt wurde.
Meiner Frau Bai Shi hing das Haar wie ein Strang Hanf herab, den Leib hatte sie voller Erde, als wäre sie soeben ihrem Grab entstiegen. Ihre Arme breitete sie aus, mit jedem Schritt schwankte sie. Allein so konnte sie ihren Körper im Gleichgewicht halten und mühsam gehen. Die lärmenden Leute verstummten in dem Moment, als sie sie sahen, selbst die Vögel verstummten. Alle stellten sich irgendwie ordentlich hin und ließen eine Gasse zum Haupthaus frei. Im Haupteingang zu unserem Hof hatten wir ursprünglich einen großen Sichtschutz stehen, eine Intarsienarbeit aus Marmor mit dem Schriftzeichen für Glück. Bei der Haussuchung während der Bodenreform hatten ein paar geldgierige Volksmilizionäre die große Steinscheibe zerbrochen. Die beiden hatten unabhängig voneinander geträumt, dass in der Steinscheibe einige hundert Goldbarren versteckt seien. Alles, was sie in ihrem Innern finden konnten, war eine verrostete Schere.
Meine Lady Bai strauchelte über einen spitzen Stein in der Gasse, die die Leute für sie freiließen. Sie stürzte der Länge nach zu Boden, fiel auf den Bauch und schlug mit dem Kopf auf. Yang Qi gab der sich am Boden Krümmenden einen Fußtritt und schrie: „Marsch! Steh auf. Stell dich nicht tot!"
Ich spürte, wie eine klare, blaue Flamme explosionsartig in meinem Kopf auflodere. Siedendheiß kochte die Wut in mir und ließ meine Hufe wild tanzen. Die vielen Bauern im Hof machten bestürzte Gesichter, die Stimmung war plötzlich wüst und eisig kalt. Ximen Naos Frau weinte wie ein kleines Kind, sie hob den Po an, stützte die Hände auf den Boden und wollte sich aufrappeln. Sie sah dabei aus wie ein verletzter Frosch. Yang Qi holte wieder mit dem Fuß aus. Doch Hong Taiyue, der auf den Stufen zum Haus stand, schrie Einhalt gebietend: „Yang Qi, lass das doch! So viele Jahre nach der Befreiung brüllst du hier immer noch unflätig herum und schlägst die Leute. Damit schädigst du den Ruf der Partei!"

Yang Qi schaute peinlich berührt weg, rieb sich die Hände und murmelte irgendetwas Unverständliches. Hong Taiyue kam die Stufen herunter und blieb vor Bai Shi stehen. Er beugte sich herab und half ihr wieder auf. Die Beine wurden ihr weich, sie wollte knien und schniefte heulend: „Dorfvorsteher, verschont mich. Ich weiß wirklich von nichts. Dorfvorsteher, lasst Gnade walten und verschont das Leben dieses Hundes …"

„Bai Shi, komm mir nicht damit." Hong Taiyue stellte sie mit Gewalt gerade hin. Nur so unterband er, dass sie sich vor ihn hinkniete. In seinem Gesicht war freundliche Ausgeglichenheit zu lesen, aber von einem Moment auf den anderen war er unerbittlich streng. Er fuhr die Schaulustigen im Hof an: „Geht auseinander! Was soll das, hier stehenzubleiben? Was gibt's da zu sehen? Verschwindet!"

Die Menge ging langsam mit gesenkten Köpfen vom Hof. Hong Taiyue winkte eine dicke Frau mit einer Kurzhaarfrisur herbei: „Yang Guixiang, komm her und stütze sie."

Yang Guixiang war Gruppenleiterin der Frauenhilfe gewesen. Dann war sie zur Vorsitzenden der Frauenorganisation aufgestiegen. Sie war Yang Qis Kusine mütterlicherseits. Freudig kam sie herbei, stützte Bai Shi und ging mit ihr in das Haupthaus hinein.

„Bai Shi, denk gründlich nach. Hat Ximen Nao diese Wanne voll Schmuck und Gold vergraben? Denk noch einmal gründlich nach. Wo noch kann er Schätze vergraben haben? Fürchte dich nicht, es zu sagen. Es ist ja nicht dein Verbrechen. Alle Verbrechen wurden sämtlich von Ximen Nao begangen."

Die strengen, bohrenden Fragen drangen aus dem Haupthaus in meine großen, geraden Eselohren. Jetzt in diesem Moment war Ximen Nao wieder eins mit mir, ich war Ximen Nao, Ximen Nao war Esel.

„Dorfvorsteher. Ich weiß es wirklich nicht. Dieser Ort gehört nicht zu unserem Grund und Boden. Wenn mein Hausherr und Gatte einen Schatz vergraben wollte, dann überall, aber bestimmt nicht hier."

Peng! Das war ein Schlag mit der flachen Hand auf den Tisch: „Rede, oder wir hängen dich an den Armen auf!"

„Legt ihr Daumenschrauben an!"

Meine Frau schrie gellend vor Schmerz und flehte um Gnade.

„Bai Shi, denk gut nach. Ximen Nao ist inzwischen tot. Dass ein Schatz unter der Erde vergraben bleibt, ist doch sinnlos. Wenn wir ihn heben, können wir unserer Kommune neue Kräfte zuführen. Hab keine Angst, wir sind nun alle frei. Wir haben jetzt politische Grundsätze. Wir werden dich nicht schlagen und dich noch weniger aburteilen. Wenn du redest, dann werden wir dir dies als großen Verdienst anrechnen", sagte Hong Taiyue.

Mein Herz war ein trostloses, loderndes Flammenmeer. Es war mir, als ob mir jemand ein glühendes Brandeisen auf die Kruppe gedrückt hielt, mir mit einem Messer in mein Fleisch hinein- und hinausfuhr. Die Sonne war untergegangen, der Mond stand silbergrau am Himmel. Sein kaltes Licht ergoss sich auf den Boden. Es floss über die Bäume, über die Gewehre der Volksmilizen und über den funkelnden Schatz in der Wanne. Das war keine Wanne von uns Ximens. Wenn wir einen Schatz vergruben, dann aber bestimmt nicht dort. In der Gegend dort hatte es mal einen Todesfall gegeben. Es waren Bomben gefallen, ganze Scharen von Rachegeistern trieben ihr Unwesen am Ufer der Lotusblütenflussbiegung. Nie hätte ich an einem solchen Ort einen Schatz vergraben! Im Dorf waren wir nicht die einzigen reichen Bauern. Warum hatten die sich so daran festgebissen, dass es unbedingt wir gewesen sein mussten?

Ich hielt es nicht mehr aus, ich hielt das Weinen von Bai Shi nicht mehr aus, es quälte mich, beschämte mich. Ich fühlte mich schuldig. Nachdem ich Yingchun und Qiuxiang zu mir genommen hatte, war ich kein einziges Mal mehr zu ihr auf den Kang gekommen. Ich hatte sie, meine dreißigjährige Frau, Nacht für Nacht allein im Bett schlafen lassen. Sie war gläubig geworden und hatte angefangen, zu Buddha zu beten und Sutren zu singen. Dazu schlug sie den Holzfisch meiner Mutter. *Poch, poch, poch … poch, poch, poch …* Ich riss mit Gewalt den Kopf hoch. Ich war mit dem Halfter am Pflock angebunden. Jetzt trat ich mit dem Hinterbein gegen eine Kiste, die in hohem Bogen wegflog und ruckte, trippelte, warf mich gegen den Pflock. Hohe, wimmernde Töne presste ich hervor. Ich spürte, dass sich der Strick löste. Dann war ich frei. Ich stieß die angelehnte Brettertür auf, stürmte in den Hof und hörte noch Jinlong, der gerade an die Hauswand pinkelte, rufen: „Papa, Mama, unser Esel läuft weg!"
Ich vollführte ein paar übermütige Hopser, erprobte meine Beine und scharrte laut mit den Hufen, dass die Funken sprühten. Auf meiner Kruppe sah ich gleißendes Mondlicht. Lan Lian kam aus dem Westhaus gelaufen, ein paar Volksmilizionäre kamen aus dem

Haupthaus gerannt. Als die Tür aufgestoßen wurde, sah man hellen Kerzenschein sich über den halben Hof ergießen. Ich rannte geradewegs zum Aprikosenbaum und schlug nach der bunt glasierten, irdenen Wanne aus. Ohrenbetäubend war der Lärm, als sie in tausend Stücke zersprang. Einige Tonscherben flogen höher als die Krone des Aprikosenbaums und klirrten laut, als sie auf dem Ziegeldach niedergingen. Huang Tong rannte aus dem Haupthaus hinzu. Qiuxiang stürzte aus dem Osthaus herbei. Die Volksmilizionäre entriegelten ihre Gewehre. Ich fürchtete nichts, denn ich wusste, dass sie auf Menschen schossen, gegen einen Esel aber nicht das Feuer eröffnen würden. Esel sind Viehzeug, unschuldige Kreaturen und verstehen die Welt der Menschen nicht. Der Schütze, der mit seinem Gewehr einen Esel erschoss, würde selbst als ein Tier wiedergeboren werden. Huang Tong erwischte mit dem Fuß meinen schleifenden Anbindestrick. Ich riss schnell den Hals hoch, Huang Tong ging ruckartig zu Boden. Der Strick wirbelte um mich herum. Wie eine Peitsche schlug er Qiuxiang ins Gesicht. Ich verspürte eine böse Freude, als ich sie aufschreien hörte. Du gemeines, teuflisches Flittchen, ich decke dich gleich hier! Ich sprang und flog über ihren Kopf hinweg. Man umzingelte mich, wollte mich überwältigen. Doch ich stürmte panisch ins Haupthaus. Ximen Nao kehrt heim! Ich will meinen Lehnstuhl, will meine Pfeife, man soll mir meinen kleinen Schnapskrug bringen, ich will ein Viertel Sorghumschnaps und dazu ein gebratenes Hühnchen! Wie klein und stickig es hier geworden war, ich bekam keine Luft. Sofort als ich lossprang, ging alles laut zu Bruch. Alle Krüge und Töpfe waren im Nu in Scherben. Tische und Stühle waren umgekippt, alles lag kreuz und quer herum. Ich sah in das platte, goldgelbe Gesicht der von mir an die Wand gedrängten Yang Guixiang und bekam Ohrenschmerzen von ihrem schrillen Geschrei. Ich sah die wie gelähmt auf dem hellen Backsteinfußboden sitzende Bai Shi. In meinem Herzen kam Sturm auf, ich vergaß, dass ich den Körper, die äußere Gestalt eines Esels hatte, dass ich ein Esel war. Ich wollte sie in den Arm nehmen, spürte aber, dass sie zwischen meinen Beinen ohnmächtig wurde. Ich wollte sie küssen, aber jäh fiel mir auf, dass ihr Gesicht blutete. Zwischen Esel und Mensch kann keine Liebe sein, lebe wohl meine teure Gattin! Sowie ich tollkühn aus dem Raum hinaus auf den Hof springen wollte, huschte ein schwarzer Schatten hinter der Tür hervor, umklammerte mit hartem

Griff meinen Hals und packte mich fest an den Ohren und am Halfter. Ein stechender Schmerz an meinem Ohransatz, und ich duckte den Kopf. Da merkte ich auch schon, dass der Vampir, der sich in meinem Genick festkrallte, der Dorfvorsteher Hong Taiyue war. Auge in Auge stand ich nun vor meinem Todfeind. Ximen Nao hat dir, als er noch lebte, kein Haar gekrümmt. Ich werde als Esel nicht ein zweites Mal von deiner Hand sterben! Die plötzliche Erkenntnis entfesselte in mir einen urgewaltigen, brennenden Zorn, der mich den Schmerz aushalten, den Kopf nach oben werfen und hinaustürmen ließ. Als ob der Türrahmen mir mit scharfem Messer eine Geschwulst vom Körper schnitt, war das Gefühl, als Hong Taiyue in der Tür zurückblieb.

Ich iahte laut, stürmte in den Hof, wo einige Männer dummträge das Haupttor zuschlossen. Mein Herz wuchs, ich wollte diesen kleinen Hof nicht mehr ertragen. In Aufruhr preschte ich Runde um Runde durch den Hof, keiner wusste mir mehr auszuweichen. Yang Guixiang schrie: „Bai Shi wurde vom Esel gebissen, dem Dorfvorsteher ist der Arm gebrochen."

„Schießt! Erschießt ihn!", hörte ich jemanden schreien, dann das Geräusch vom Entriegeln der Gewehre. Lan Lian und Yingchun stürmten auf mich zu. Ich galoppierte in vollem Tempo auf die hohe Mauer zu, dahin, wo der Sturm Steine aus der Mauer gebrochen hatte, und sprang mit ganzer Kraft ab, die Hufe angewinkelt, den Körper lang gestreckt, flog ich über die Mauer ins Freie.

Bis heute erzählen sich die alten Leute im Dorf Ximen die Geschichte von Lan Lians Esel, der fliegen kann. Obschon die Geschichte in Mo Yans Romanen natürlich viel packender geschildert wird.

Das sechste Kapitel
Eng umschlungen in zärtlicher Liebe werden die beiden Esel ein Paar. Mit Klugheit und Mut kämpfen sie gegen die bösen Wölfe.

Ich galoppierte gen Süden. In lockeren, schönen Sprüngen flog ich über zerfallene Mauern. Doch hinter einem Uferwall trat ich mit den Vorderhufen in ein Matschloch und brach mir fast das Bein. Wild strampelte ich. Doch je mehr ich mich wand, desto tiefer versank ich im Schlamm. Irgendwann hielt ich inne, stellte meine Hinterbeine auf festen Grund und legte mich auf die Seite. Als ich mich mit Kraft auf die andere Seite wälzte, zog ich die Vorderhufe heraus und konnte mich an der Böschung hinaufziehen. Es stimmt, was dieser Mo Yan schreibt: *Ziegen können auf Bäume steigen, und Esel klettern gern.* Immer den Sandweg entlang Richtung Südwesten trugen mich meine Beine wie der Wind, ich war eins mit der Bewegung, eins mit dem, was um mich war.

Du erinnerst dich bestimmt an den Steinmetz Han und seine Eselin, ich habe dir schon erzählt, dass sie Huahuas Söhnchen und das Schweinchen getragen und Han Huahua wieder nach Haus gebracht hatte. War sie jetzt ohne Zaumzeug allein unterwegs? Als wir uns trennten, hatten wir bereits beschlossen, dass wir uns noch in derselben Nacht lieben wollten. Wenn das Wort eines Menschen seinen Mund verlässt, holen es auch vier Pferde nicht mehr ein. Bei den Eseln wiegt ein gegebenes Wort tausend Barren Gold. Aus den Augen, aber niemals aus dem Sinn.

Ich suchte sie, folgte den Duftmarken in der Luft, galoppierte entlang des Weges, den sie in den frühen Abendstunden genommen hatte. Weithin schallte der Widerhall meiner Hufe. Galoppierte ich dem Getrappel meiner eigenen Hufe hinterher oder folgte das laute Hufgetrappel meinem Galopp? Es war mitten im Herbst, das grüne Schilfrohr wurde schon gelb, der Tau auf den Halmen war zu Raureif gefroren. Glühwürmchen schwirrten durch das verdorrte Gras. Grünblau phosphoreszierendes Lichterfeuer blinkte unruhig vor mir am Boden. In Wogen trug der Wind einen süßen Verwesungsgeruch mit sich. Ich wusste von einer Leiche, die seit Jahren dort lag. Das Fleisch war schon verrottet. Aber aus den Knochen entwich noch der strenge Geruch.

Der Schwiegervater von Han Huahua war Zheng Zhongliang, der reichste Bauer aus dem Dorf Zhenggong. Er war trotz des Altersunterschiedes sehr eng mit Ximen Nao befreundet gewesen. Ich erinnere mich, wie er einmal, als wir beide uns nach Herzenslust voll laufen ließen und schon ziemlich stramm waren, sprach: „Bruderherz, Geld anzuhäufen schafft Feindschaften, aber Geld wegzugeben mehrt das Glück. Man soll, wenn es an der Zeit ist, auch fröhlich feiern, nach Herzenslust lieben und dem Schnaps zusprechen,

Geld verprassen und das Glück kommen lassen. Darin sollten wir uns nichts vormachen!"
Ximen Nao, lass mich in Frieden und scher dich zum Teufel! Verdirb mir nicht die Lust! Ich bin ein sich im Feuer der Liebe verzehrender Eselhengst. Immer wenn du zu Wort kommst, wenn ich wieder in deinen Erinnerungen gefangen bin, ist ja doch nur spritzendes Blut und zerschossenes Fleisch aus irgendeiner Szene unserer fauligen, stinkenden Geschichte das Thema.
Die Wildnis, die sich zwischen dem Dorf der Zhengs und dem Dorf der Ximens erstreckt, wird der Länge nach von einem Fluss durchzogen. Zu beiden Seiten der Böschung schlängeln sich wie Drachen mehr als zehn Sanddünen. Sie sind so weit das Auge blickt dicht mit Tamarisken bewachsen. Hier auf den Dünen war eine große Schlacht geschlagen worden, Luftwaffe, Panzer, alles war hier gewesen, die Dünen danach übersät mit Gefallenen. In Zhenggong war die ganze Dorfstraße voll von Tragbahren mit stöhnenden Verwundeten gewesen. Darüber hatten die Krähen ihre Kreise gezogen und im Chor dazu gekrächzt, dass die Leute vor Angst erschauderten. Ich sollte und kann wirklich nicht über den Krieg reden. Im Krieg waren die Esel Transportmittel, sie schleppten im Gewehrfeuer Maschinengewehre und Munition an die vorderste Front. Im Krieg wäre so ein stattlicher und gut gebauter, dunkler Esel dem Schicksal, ein Armeeesel zu werden, nur schwer entkommen.
Hoch lebe der Frieden! In Friedenszeiten kann sich ein Eselhengst mit der von ihm geliebten Eselin zu einem geheimen Rendezvous verabreden. Unser Treffpunkt sollte das Flussufer sein, im seichten Wasser, in dem sich Mond und Sterne wie silberne Schlangen bewegten. Wo die Grillen im kühlen Abendwind zirpten. Ich sprang den Sandweg hinunter, lief den Strand entlang und stand dann im Fluss, das Wasser reichte mir bis an die Knie. Der Duft von Wasser stieg mir in die Nase, mein Hals war mir mit einem Mal so trocken, dass ich saufen wollte. Ich trank von dem wohlschmeckenden Wasser, aber nicht zu viel, weil ich doch im Galopp weiter musste und das Wasser sonst im Bauch herumgeschwappt hätte. Ich gelangte ans andere Ufer, ging einen gewundenen Weg entlang und durchkämmte im Tamariskendickicht eine ganze Sanddüne. Oben auf dem Dünenkamm stand ich nun. Da war ganz plötzlich ein Geruch, der immer stärker wurde, ein streng riechender scharfer Duft. Jetzt raste mein Herz, prallte ge-

gen meine Rippen, mein Blut durchpulste mich heiß und dröhnend. Ich bekam keinen Ton heraus, obwohl es mich drängte. Nur ganz flach wimmerte ich: „Meine Geliebte, Schatz, Teuerste, Vertrauteste, Liebste, meine Eselin! Wann kann ich dich fassen, dich mit allen vier Beinen umschlingen, deine Ohren küssen, deine Augen, deine Wimpern, deine Nasenflügel, deine wie Blütenblätter schmeckenden Lippen, meine Allerliebste. Wirst du auch nicht zergehen durch meinen Atem, nicht zerbrechen, wenn ich auf dir bin, meine Kleine. Ich bin gleich bei dir! Du ahnst nicht, wie sehr ich dich liebe, meine Kleine!"
Ich stürmte dem Duft entgegen. Auf halber Höhe der Sanddüne erblickte ich etwas, das mir Angst einjagte. Meine Eselin stürzte durch das Tamariskengestrüpp, kreiste darin, bäumte sich immer wieder auf, iahte drohend, keine Sekunde innehaltend. Von vorn und von hinten, von rechts und von links hetzten sie zwei große grauweiße Wölfe. Gar nicht angespannt, auch nicht unruhig, sondern langsam, sich immer wieder gegenseitig ermunternd, gut zusammenarbeitend, halb spielerisch und halb ernst, griffen sie meine Eselin fortwährend an. Es waren verschlagene, hartgesottene Burschen, die geduldig warteten, dass die Kräfte meiner Eselin nachließen, bis sie schließlich zu Boden ginge. Dann würden sie sich auf sie stürzen und ihr die Kehle zerreißen, zuerst ihr Blut trinken und dann die Brust aufbeißen, um ihr Herz zu fressen. Trifft ein einsamer Esel nachts in den Dünen auf zwei gut aufeinander eingespielte Wölfe, dann ist sein Schicksal besiegelt. Mein Schatz, wärest du heute nicht auf mich getroffen, so hättest du keine Chance gehabt, diesem schrecklichen Unglück zu entkommen. Die Liebe hat dir dein Leben gerettet. Konnte in diesem Augenblick etwas anderes als die Liebe einen Eselhengst todesmutig angreifen lassen? Nein, nichts. Ich, Ximen Esel, rief nach dir, durch die Dornen stürmte ich nach unten, von hinten auf den meine geliebte Eselin verfolgenden Wolf zu. Meine Hufe waren voller Sand, der mit jedem Galoppsprung scharf in alle Richtungen flog. So sah ich noch wuchtiger und gewaltiger aus, als käme ich von großer Höhe herabgesprungen. Jeder Wolf, ach jeder Tiger wäre einem Kampf mit mir aus dem Weg gegangen. Den alten Wolf überraschte ich von hinten, er konnte sich nicht mehr wehren, und ich traf ihn an der Brust. Er drehte sich zweimal und entwischte nach der Seite. Ich wandte mich wieder zurück und rief meine Eselin an: „Geliebte, fürchte dich nicht, ich komme!"

Meine Eselin drängte sich dicht an mich, ich spürte den heftigen Herzschlag in ihrer Brust, hörte sie keuchen, fühlte sie schweißgebadet. Ich knabberte tröstend an ihrem Hals, ermutigte sie, nicht ängstlich zu sein. Denn ich war ja da, ich würde den Wölfen mit meinen Eisen an den Hufen die Schädel zertrümmern. Zwei Wölfe, Schulter an Schulter, mit grün blitzenden Augen, standen uns gegenüber, keiner wich von der Stelle. Dass ich so scheinbar vom Himmel herabgefallen war, machte ihnen zu schaffen. Ohne mich hätten sie ihre Mahlzeit längst verspeist. Ich wusste, dass sie es nicht dabei bewenden lassen würden. Diese Gelegenheit eines Festessens wollten die zwei aus den Bergen Geflohenen sich nicht entgehen lassen. Sie hatten meine Eselin in die Dünen zwischen die Tamarisken getrieben, weil sie ausnutzen wollten, dass Hufe im Sand einsinken. Wenn ich über die zwei triumphieren wollte, musste ich sofort die Dünen verlassen. Deshalb ging ich langsam zurück in die andere Richtung. Schritt für Schritt erklomm ich die Sanddüne. Die zwei Wölfe folgten zuerst missmutig, dann aber nahmen sie verschiedene Wege und erschienen plötzlich vor uns, um einen Überraschungsangriff zu starten. Ich fragte meine Eselin: „Liebste, siehst du das dort unten? Am Fuß der Düne ist der kleine Fluss. Das Ufer ist voller Kiesel, der Grund fest und das Wasser klar, wir werden dort bis über die Fesseln im Wasser sein. Wir brauchen nur rasch zusammen zu dem kleinen Fluss zu galoppieren. Dort wird sich der Vorteil, den die Wölfe jetzt haben, in sein Gegenteil verkehren, und dann können wir sie bestimmt überwältigen. Geliebte, nur Mut! Wenn wir es bis zum Fluss schaffen, werden wir gewaltig sein. Wir sind groß, hinter unseren Hufen wird der Sand auffliegen und den Wölfen die Sicht nehmen. Je schneller wir laufen, umso sicherer werden wir sein."

Meine Eselin hörte auf mich, und wir beide fegten Schulter an Schulter nach unten. Während wir wie von selbst den Abhang hinunterflogen, übersprangen wir mit Leichtigkeit etliche Tamariskenbüsche, deren zarte Triebe uns dabei den Bauch streichelten. Als ritten wir rollende Wellen, als wären wir selbst zwei obenauf sitzende Schaumkronen, so stürzten wir hinab. Aus den Augenwinkeln konnte ich das chaotische Bild von zwei Wölfen sehen, die mehr hinabpurzelten als liefen. Als wir schon im Wasser des Flusses standen und wieder zu Atem gekommen waren, kamen die Wölfe über und über mit Sand bedeckt ans Ufer. Ich ließ meine Eselin trinken.

„Liebste, trink ein wenig, befeuchte deine Lippen, verschluck dich nicht und trinke sparsam, damit dir nicht kalt wird."
Meine Eselin nagte mir an der Kruppe, die Augen randvoll mit Tränen: „Liebster Bruder, ich liebe dich. Ich hätte mein Leben im Rachen der Wölfe ausgehaucht, hättest du mich nicht gerettet."
„Liebste Schwester, Geliebte, ich rettete mit deinem Leben auch meins. Mein Leben war, seit ich als Esel geboren wurde, nur dumpf und trist. Seit ich dich sah, weiß ich, dass das Leben, auch wenn man von so niedriger Herkunft wie ein Esel ist, grenzenloses Glück bereithält, wenn man nur seine große Liebe gefunden hat. Mein letztes Leben durchlebte ich als Mensch, als Mann mit einer Hauptfrau und zwei Nebenfrauen. Ich wähnte mich vollends glücklich, aber es waren nur Sexspiele ohne Liebe. Nun erst weiß ich, dass es ein armseliges Dahinvegetieren war. Denn das in Liebe entbrannte Herz eines Eselhengstes erlebt Glück, welches kein Mensch jemals kosten wird."
Ein Eselhengst, der seine Liebste aus dem Rachen der Wölfe rettet und ihr seinen Mut und seine Klugheit so nachhaltig beweist, befriedigt auch seinen männlichen Geltungsdrang.
„Schwester, du machtest mich ruhmreich. Und ... du machst mich zum glücklichsten Tier der Welt."
Wir putzten uns gegenseitig, kratzten uns, rieben uns aneinander. Zärtlich umschlungen flüsterten wir uns unendlich verliebte Worte zu, unsere Liebe bezauberte uns, wurde tiefer und tiefer. Wir hatten die am Ufer sitzenden Wölfe fast vergessen. Es waren zwei ausgehungerte Exemplare. Beim Anblick unserer gut genährten Körper lief ihnen das Wasser im Munde zusammen. Sie wollten nicht einfach so aufgeben. Jetzt durfte ich meine Eselin nicht sofort besteigen, ich hätte mir mein eigenes Grab geschaufelt. Die zwei Wölfe warteten offensichtlich auf eben solch einen günstigen Moment. Zuerst standen sie auf dem Kieselsteinstrand am Flussufer. Mit hängender Zunge schleckten sie Wasser, wie die Hunde es tun. Sie setzten sich, reckten den Kopf und heulten laut den frostig öden Mond an.
Plötzlich verlor ich die Vernunft, richtete mich mit den Vorderhufen auf und wollte mich über meine Eselin legen. Aber noch bevor mein Körper auf ihr lag, sprangen die Wölfe mit einem Satz auf uns zu. Eilig unterbrach ich, und die Wölfe wichen wieder ans Ufer zurück. Sie schienen Geduld zu haben. Ich musste den ersten Schritt tun und

die Wölfe angreifen, und ich brauchte die Hilfe meiner Eselin. Wir schnellten mit großen Galoppsprüngen gemeinsam auf die Wölfe zu. Sie machten einen Satz zur Seite und zogen sich langsam in Richtung der Dünen zurück. Aber wir würden ihnen nicht in die Falle gehen. Wir wateten durch den Fluss, immer weiter in Richtung des Dorfes Ximen. Die zwei Wölfe folgten uns in den Fluss, das Wasser reichte ihnen bis zum Bauch und bremste ihre Bewegungen. Ich sprach auf meine Eselin ein: „Liebste, gib alles, wir werden diese beiden Raubtiere jetzt töten."

So wie wir es besprochen hatten, sprangen wir blitzschnell im Wasser auf und ab und traten mit unseren Hufen den Wölfen in den Leib. Wir spritzen besonders viel Wasser auf, sodass sie nichts sehen konnten. Das Wasser im Fell machte die Wölfe schwer, sie kämpften nun um ihr Leben. Mit aller Kraft bäumte ich mich auf und stieg hoch. Ich zielte mit dem Vorderhuf. Doch der Wolf wich aus. Auf den Hinterbeinen drehte ich mich um und schlug dem anderen Wolf meinen Vorderhuf in die Flanke. Er tauchte mit den Lenden sofort wieder auf, aber ich drückte ihn unter Wasser, damit er ersoff. In Schüben sprudelten Luftblasen an die Oberfläche. Der erste Wolf warf sich aus dem Stand auf meine Eselin und erwischte sie am Hals. Was tun? Ich ließ den Wolf unter meinem Huf los und schlug mit einem Hinterhuf aus. Der traf den Wolf direkt am Kopf. Ich spürte, wie das Eisen ihm den Schädel zerschmetterte. Er war sofort betäubt, der Leib trieb mit dem Bauch nach oben im Wasser, den Schwanz gestreckt, gleich würde er tot sein. Der andere halb ersäufte Wolf schleppte sich, mit dem Tode ringend, an den Strand. Das lange Fell klebte ihm auf der Haut, die Knochen standen dem abgemagerten Tier hässlich hervor. Meine geliebte Eselin preschte nach vorn und schnitt ihm den Weg ab. Sie malträtierte ihn mit Hufschlägen. Er rollte zurück in den Fluss. Ich hob die Schulter an und versetzte seinem Kopf einen gezielten Schlag mit meinem Vorderhuf. Sein grünes Augenlicht blitzte noch einmal auf, dann erlosch es. Aus Angst, sie könnten noch nicht tot sein, trampelten wir abwechselnd auf ihnen herum, trampelten sie in die Ritzen zwischen die Kiesel. Das Blut und der Sand verfärbten den Fluss.

Wir liefen flussaufwärts. Wir gingen so lange, bis das Wasser wieder klar war und man nichts mehr von dem strengen Blutgeruch roch. Dann hielten wir inne. Sie schaute mich von der Seite an, knabberte an mir, fiepte vor Verlangen und begann sich hin und her zu drehen, damit sie richtig vor mir stand.

„Liebster, ich will dich, komm auf mich."

Ich, ein lauter, unschuldiger Eselhengst, stattlich gebaut mit guten Genen, gebe jetzt meinen Nachfahren einen Trumpf in die Hand, das alles und meine Esels-Unschuld, alles gebe ich dir, und für immer nur dir, meine Allerliebste. Ich bäumte mich wie ein Berg auf. Mit beiden Vorderhufen umfasste ich ihre Lenden. Dann zuckte ich mit meinem Körper nach vorn. Ein Welle des Entzückens rollte heran, durchspülte meinen und auch ihren Körper. Oh Mann!

Das siebte Kapitel
Fleckchen bricht aus Angst ihr Versprechen.
Ximen Esel zeigt Größe und beißt einen Jäger.

Wir kopulierten in dieser einen Nacht sechs Mal. Das grenzt, wenn man die körperliche Konstitution von Eseln bedenkt, schier ans Unmögliche. Ich sage aber die Wahrheit, der Jadekaiser selbst soll mein Zeuge sein, beim Abbild des Mondes im Fluss will ich es beschwören. Es ist die volle Wahrheit, natürlich auch, weil ich kein gewöhnlicher Esel war und meine Eselin auch keine gewöhnliche Eselin. In ihrer früheren Existenz war sie als schöne Frau aus Liebeskummer in den Tod gegangen. Sie unterdrückte über Jahrzehnte ihr tiefes Verlangen nach ihrem Liebsten, und als sie jetzt endlich durfte, konnte sie nur noch schwer ein Ende finden. Als die Morgenröte am Firmament flammte, waren wir endlich ermattet. Eine völlig leere und aufgeräumte, durchscheinend wie Glas anmutende Erschöpfung. Unsere beiden Seelen wurden durch diese mit Urgewalt auf uns niedergehende Liebe emporgehoben, in luftig erhabene Gefilde wahrer, großer Gefühle. Wir entwickelten unvergleichliche, wunderbare Schönheit. Mit unseren Mäulern durchkämmten wir uns gegenseitig die zerzauste Mähne und den mit dicken Lehmkrusten verklebten Schwanz, während unsere Augen in grenzenlos zärtlicher Liebe leuchteten. Die Menschen sitzen der absurden Selbstüberschätzung auf, sie seien die besten Liebhaber und die größten Romantiker. Dabei ist die Eselin unter allen Lebewesen die feurigste Liebende. Ich spreche hier natürlich von meiner Eselin, der Eselin des Bauern Han, Han Eselin. Wir standen beide am Fluss und tranken vom klaren Wasser, dann schlenderten wir gemeinsam am Ufer entlang und fraßen vom wilden Schilfgras. Es war zwar inzwischen gelb geworden, aber noch saftig genug, um uns zu munden. Und wir ließen uns die kleinen Beeren schmecken, die voll von diesem lilafarbenen Saft waren. Von Zeit zu Zeit schreckten wir ein paar Vögel auf, oder eine fette, im dichten Schilfgras überraschte Schlange machte sich unversehens auf und davon. Sollte sie sich doch einen anderen Platz für ihren Winterschlaf suchen, sie ging unser Liebesspiel nichts an. Nachdem wir uns voneinander alles Wichtige und Unwichtige erzählt und uns ausgetauscht hatten, gaben wir uns Kosenamen. Sie rief mich Rabauke, ich nannte sie Fleckchen.

„*Iah* Rabauke!"

„*Iah* Fleckchen. Wir wollen für immer zusammen bleiben, nicht Himmel nicht Erde werden uns jemals trennen."

„*Iah*, das tun wir ganz bestimmt, nicht wahr?"

„Oh, Fleckchen, bestimmt bleiben wir immer zusammen! Wir wollen als Wildesel weiter beieinander leben! Zwischen den sich dahinschlängelnden Sanddünen, inmitten der kräftig sprießenden Tamariskenbüsche, an den von glasklarem Wasser umspielten Ufern des Stroms, die dicht bewachsen von Feuerlilien jeden Kummer vergessen lassen, wollen wir, wenn wir hungrig sind, vom frischen Grase knabbern und, wenn wir durstig sind, das klare Wasser des Flusses trinken. Wir wollen eng umschlungen einschlafen und uns ganz oft paaren. Wir wollen uns gut um einander kümmern und uns lieben. Ich schwöre dir, dass ich nie wieder nach anderen Eselinnen schielen werde, und du schwörst mir, dass du dich nie wieder von anderen Eselhengsten besteigen lässt."

„*Iah* Rabauke, ich schwöre es dir."

„*Iah* Fleckchen, ich schwöre es dir auch."

„Du darfst nicht nur nie wieder anderen Eselinnen hinterher schauen, du darfst auch die Stuten nicht ansehen." Fleckchen biss mich in den Hals, während sie sprach: „Die Menschen sind doch schamlos, sie lassen zu, dass sich Eselhengste mit Stuten paaren. Daraus werden monsterhafte Tiere geboren, die Maulesel heißen."

„Sei ganz beruhigt, liebstes Fleckchen, auch wenn die Menschen mir die Augen verbinden, werde ich keine Stute besteigen. Und auch du sollst mir schwören, dass du dich nicht von einem Pferdehengst be-

steigen lässt. Wenn die Hengste die Eselinnen besteigen, nennen die Menschen die Füllen Maultiere."
„Sei ganz beruhigt, Rabauke, auch wenn sie mich an der Halterung festbinden, werde ich meinen Schwanz ganz fest zwischen meine Beinen pressen, ich gehöre nur dir allein ..."
Wenn unsere Liebe füreinander wie Feuer brannte, schlangen wir unsere Hälse umeinander wie zwei im Wasser spielende Schwäne. Unsagbare Innigkeit war zwischen uns, wenn wir ineinander verwoben waren, und grenzenlose Zärtlichkeit verspürten wir, wenn wir uns beide umfingen. Schulter an Schulter standen wir am Ufer vor einem stillen Wasser und sahen die Spiegelung unserer beider Gestalten auf der Wasseroberfläche. Die Augen strahlten, die Lippen waren geschwollen, die Liebe machte uns schön. Wir waren ein von Himmel und Erde für einander geschaffenes Eselpaar.
Gerade als wir in unserem Liebesspiel in freier Natur die Welt um uns herum völlig vergaßen, ertönte von hinten eine Salve schrecklichen Lärms. Wie von Sinnen rissen wir die Köpfe hoch und erblickten ungefähr zwanzig Männer, die mit wilden Gesichtern auf uns zugerannt kamen und uns von der Seite einfangen wollten.
„Fleckchen, lauf schnell weg!"
„*Iah* Rabauke, hab keine Angst, schau genau hin, die Männer kennen wir alle."
Bei Fleckchens Worten durchfuhr es mich kalt, als müsste mein Leib zu Eis gefrieren. Natürlich wusste ich, dass es alles bekannte Leute waren! Meine Augen waren äußerst flink, ich hatte sofort entdeckt, dass unter den Männern auch mein Besitzer Lan Lian war, dass auch meine Herrin Yingchun dabei war und die Freunde meines Herrn, die Brüder Fang Tianbao und Fang Tianyou aus unserem Dorf. (Die Brüder Fang sind übrigens die Hauptpersonen in Mo Yans Roman *Die geschmückte Halbmondhellebarde der Gebrüder Fang*. Sie werden in diesem Roman zu berühmten Schwertkampfhelden, bekannt unter allen Kongfu-Kämpfern.) Um Lan Lians Taille lag noch das Seil, dessen Fesseln ich gesprengt hatte. In der Hand hielt er eine lange Pike, an deren Ende eine Schlinge festgemacht war. Yingchun leuchtete ihm mit der Laterne in der Hand. Das rote Papier ihrer geklebten Laterne war angekokelt, der schwarze Drahtschirm schaute hervor. Die Brüder Fang waren mit einem langen Lasso und einem dicken Knüppel bewaffnet. Unter den anderen Männern waren der bucklige Schlosser Han, sein

kleiner Stiefbruder und noch einige andere, die ich vom Sehen kannte, aber deren Namen mir nicht auf Anhieb einfielen. Sie sahen sehr müde aus, völlig fertig und dreckig, denn sie waren offensichtlich die ganze Nacht auf der Suche nach uns herumgerannt.
„Fleckchen, lauf weg!"
„Rabauke, ich kann nicht mehr, ich schaffe es nicht!"
„Fleckchen, beiß in meinen Schwanz und halte dich fest, ich ziehe dich hinterher!"
„Rabauke, aber wohin? Wohin können wir fliehen? Früher oder später werden sie uns einfangen und zurückbringen." Fleckchen sagte das mit einem gefügigen Blick in den Augen, mit ihrem von unten zu mir aufblickenden Augenaufschlag. Dann sagte sie: „Die werden Gewehre holen. Und laufen wir auch schnell wie der Wind, die Gewehrkugeln werden uns einholen."
„Au mai, *iah*", brüllte ich laut und bitter enttäuscht. „Fleckchen, hast du vergessen, was wir uns eben geschworen haben? Du hast mir dein Wort gegeben, mich niemals zu verlassen, du hast mir versprochen, auf ewig mit mir zusammenzubleiben und mit mir als Wildesel weiterzuleben, in freier Natur wollten wir der Liebe frönen."
Fleckchen ließ den Kopf hängen, aus ihren Augen kullerten plötzlich dicke Tränen. Sie sprach: „Rabauke, du bist ein Eselhengst. Als du mir deinen Schlauch hineinstecktest, fühltest du dich frank und frei, zwanglos, ohne irgendwelche Bedenken. Aber ich bin nun mit deinen Eselfüllen trächtig. Alle aus eurer Familie Ximen, egal ob Mensch oder Esel, sind solche Recken, dass sie gleich beim ersten Mal doppelt ins Ziel treffen, so wie der spätere General Changsun Sheng aus der nördlichen Zhou-Zeit, der als kleiner Junge mit seinem allerersten Pfeil zwei Greife auf einen Streich durchbohrte. Mit großer Sicherheit steht deshalb fest, dass ich mit Zwillingen schwanger bin. Schon sehr bald wird mein Bauch riesengroß sein. Ich brauche jetzt gutes, nährstoffreiches Futter. Ich möchte auch warmes Mash aus gebratenen Kuhbohnen fressen und frisch gemahlene Weizenkleie, dazu noch gequetschtes Sorghum. Es muss fein geschnitten sein und dreimal mit dem Bambusseiher durchgesiebt, damit keine Steinchen oder Vogelfedern mehr darin sind, und weder Erde noch Stroh dürfen mehr daran kleben. Rabauke, jetzt ist schon Oktober und die Tage werden kühler, bald kommt die kalte Jahreszeit! Wenn erst alles zugefroren ist, dicke Schneeflocken vom Him-

mel fallen, der Fluss eine Eisschicht trägt, wird das dürre Gras unter der Schneedecke verschwunden sein. Was soll ich dann mit meinem schwangeren Bauch zu fressen finden? Wenn ich meine Eselfüllen geboren habe, wo willst du mich schlafen lassen? Auch wenn ich wild entschlossen in allem mit dir einig bin und weiter mit dir in den Sanddünen umherirre! Was soll dann aus unseren kleinen Eselchen werden? Wie ertrügen sie jemals die bittere Kälte des Winters? Wenn unsere Eselchen dann in Eis und Schnee erfrieren müssten, ihre kleinen Leiber erstarrten und steinhart würden! Würde es dir dann als ihr Vater nicht weh ums Herz? Rabauke, wenn ein Eselhengst es fertig bringt, herzlos seine Kinder im Stich zu lassen, so wird eine Eselin das niemals übers Herz bringen. Mag sein, dass die eine oder andere Eselstute so etwas schon tat, aber Fleckchen könnte so etwas niemals. Die Menschenfrauen geben ihre Töchter und Söhne zuweilen für ihre Religion von zu Hause weg, aber Eselinnen geben ihre Kinder niemals weg, sie sind dessen nicht fähig. Rabauke, kannst du die Gefühle und Ängste einer schwangeren Eselin verstehen?"

Während es aus Fleckchen wie aus einer Schrotflinte immerfort hervorgeschossen kam, konnte ich, der Eselhengst Rabauke, dem nichts entgegensetzen. Völlig schlapp, ohne jede Idee, fragte ich nur: „Fleckchen, bist du dir ganz sicher, kannst du bezeugen, dass du schwanger bist?"

„Unsinn!" Fleckchen musterte mich schräg, während sie wutschnaubend entgegnete: „Rabauke, in einer einzigen Nacht sechsmal, jedes Mal mit dickem Strahl hineingespritzt, wie ein Schwall Platzregen! Da brauche ich nicht erst anzuführen, dass ich eine rossige, brünstige Eselstute war. Da wäre doch jeder Holzesel, jeder Steinesel, ach, jeder vertrocknete Baumstumpf wäre von dir schwanger geworden!"

„Au mai ... iah ...", wimmernd ließ ich den Kopf hängen, voll Trauer blickte ich Fleckchen, meinem Fleckchen, nach, die mit artigem Blick ihrem Besitzer entgegenging und ihm nach Hause folgen wollte. Heiße Tränen füllten meine Augen, aber eine entsetzliche, unaussprechliche Wut ließ sie im Nu verdampfen.

„Ich will weglaufen! Ich will fliehen, ich will diesem schrecklichen Verrat nicht zusehen müssen, diesen Gerechtigkeit und Ernsthaftigkeit vortäuschenden Verrat nicht aushalten müssen! Keine Minute länger werde ich dem Haus Ximen angehören, weiter wortlos und widerstandslos als Esel in diesem Haushalt mein Leben fristen."

Wild rannte ich auf den hell leuchtenden Fluss zu. Mein Ziel waren die höchste Düne, die Tamariskenbüsche oben auf dem Kamm, die dort im Dunst verschwammen. Die grellroten Zweige waren unvergleichlich zart und doch zäh, dort wohnten der rothaarige Fuchs, der gefleckte Dachs und die blassen, bescheiden daherkommenden Wasservögel. Ich verlasse dich, Fleckchen, genieß die Fülle, den Reichtum, lauf dem Geld nach! Ich trauere dem warmen Eselstall nicht nach, ich strebe nach unbändiger, wahrer Freiheit. Ich war noch nicht auf der anderen Seite des Flusses angelangt, da entdeckte ich auch schon, dass in den Tamariskenhecken Männer im Hinterhalt lauerten. Auf dem Kopf trugen sie aus Tamariskenzweigen gewundene Tarnkappen und am Körper zerschlissene Umhänge in der Farbe des trockenen Grases. In ihren Händen hielten sie lange Flinten, haargenau die gleichen Büchsen, mit denen man Ximen Nao einstmals den Schädel zu Brei zertrümmert hatte. Wahnsinnige Angst ließ mich auf halber Strecke kehrt machen, ich rannte nun gen Osten den Flusslauf entlang, immer der aufgehenden Sonne entgegen. Mein Fell war über den ganzen Körper in feuerrotes Licht getaucht, ich war ein dahinrasender Feuerball, ein in alle Richtungen gleißendes Licht entsendender Esel. Nicht, dass ich den Tod fürchtete. Stünde ich wieder grausam den Zähne fletschenden Wölfen gegenüber, ich hätte keinerlei Furcht verspürt. Aber vor diesen schwarzen Löchern in den Gewehrläufen hatte ich Angst. Es waren nicht mal die Flinten, die ich so fürchtete, es war diese Erinnerung an das entsetzlich erbärmliche Gefühl meines zerplatzten Gehirns, an dem diese Flinten Schuld gewesen waren.

Mein Besitzer hatte sogleich erraten, wohin ich fliehen würde. Er watete im Zickzack durch den Fluss, die Schuhe und Strümpfe hatte er nicht ausgezogen. Er versuchte zu rennen, das Wasser des Flusses teilte sich vor den schweren, vorwärts drängenden Beinen in zwei Bugwellen, die zu beiden Seiten spritzend hochschlugen. Mein Besitzer kam direkt von vorn auf mich zu, ich drehte mich zur Seite, aber genau in diesem Augenblick flog schon die Schlinge an der langen Pike, die er in der Hand hatte, über meinen Kopf und schlang sich um meinen Hals. Ich wollte mich nicht geschlagen geben, es passte mir nicht, mich einfach so von ihm bezwingen zu lassen. Mit voller Kraft drängte ich nach vorn, streckte meinen Hals und wölbte die Brust vor. Das Lasso schnürte sich immer enger um meinen

Hals, bis ich kaum noch Luft bekam. Ich sah meinen Herrn mit beiden Händen fest die lange Pike packen, sich mit dem ganzen Körper so weit nach hinten stemmen und dagegenhalten, bis er sich mit dem Rücken nur noch knapp über dem Boden befand. Seine Fersen gruben sich in den Boden und rutschten infolge meines Ziehens vorwärts. Sie wurden zum Pflug und hinterließen im Sand zwei tiefe Furchen. Schließlich machte ich schlapp, ich hatte keinen Funken Kraft mehr, schlimmer noch, das Lasso um meinen Hals ließ mich ersticken. Ich musste aufgeben und einhalten. Von überallher kamen sie gelaufen und umringten mich. Als hätten sie irgendwelche Skrupel vor mir, machten sie viel Lärm um nichts, trauten sich aber nicht, mir nahe zu kommen. Deswegen vermutete ich, dass ich bereits überall als der bissige Esel in Verruf geraten war. In einem einfachen Dorf, in dem tagaus, tagein nichts Außergewöhnliches geschieht, ist die Nachricht, dass ein Esel jemandem eine Bissverletzung zugefügt hat, selbstredend eine große Neuigkeit. In rasantem Tempo findet eine solche Nachricht unmittelbar Verbreitung. Aber wer von den vielen Frauen und Männern wusste schon, was es wirklich damit auf sich hatte. Wem fiele bei dem Loch am Kopf der Lady Bai schon ein, dass es sich nur um die flüchtige Verirrung ihres in einen Esel inkarnierten Ehemannes handelte, der einen Augenblick vergaß, dass er in dem Körper eines Esels wohnte, und der, als er sich fälschlich für einen Menschen hielt, diese üblen Spuren eines Kusses auf ihr zurückließ? Die mutige Yingchun nahm ein Büschel frisches Gras und kam mir langsam ganz nah, während ihr Mund zärtliche, weiche Worte murmelte: „Schwarzer! Hab keine Angst, ich schlage dich nicht, folg mir nach Hause ..."
Sie lehnte an mir, ihr Oberkörper presste sich von links fest gegen meinem Hals, während ihre rechte Hand das Büschel Gras in mein Maul stopfte. Sie streichelte mich. Ich konnte ihre warmen Brüste an meinem Gesicht spüren. Plötzlich brach aus der Tiefe meiner Seele die Erinnerung des Ximen Nao hervor und ich spürte wieder genau, wie es früher gewesen war. Heiße Tränen strömten mir aus den Augen. Während sie mit ihrem Mund an meinem Ohr sanft auf mich einsprach, ihr duftender Atem mich berührte, mich die feuchte, weiche Wärme einer Frau umfing ... Oh, mein Kopf schwirrte, vor meinen Augen begann alles zu verschwimmen, die Beine zitter-

ten, die Knie wurden mir weich, ich musste mich auf dem Strand in den Sand knien. Ich hörte ihre Stimme an meinem Ohr: „Schwarzer, du weißt jetzt, dass du ein Eselhengst bist, und möchtest eine Frau haben. Wenn aus einem Jungen ein Mann wird, soll er sich eine Frau nehmen, wenn ein Mädchen zur Frau heranreift, bekommt sie einen Mann. Der kleine Schwarze wird Papa, ich bin dir nicht böse, es ist gut und richtig so, die kleine Eselin hat es gewollt. Sie hat empfangen. Sei lieb und folge brav nach Hause …"
Hastig streiften sie mir das Halfter über und knoteten den Führstrick fest. In das Halfter war eine kalte, metallisch schmeckende Trense eingelassen, die sie mir in den Mund schoben. Ein Ruck, und es schnürte mir die Unterlippe ein. Der plötzliche Schmerz war nicht auszuhalten, ich blähte die Nüstern, laut keuchend versuchte ich mit aller Kraft zu atmen. Yingchun wehrte die Hand ab, die gerade die Trense festzog: „Mach das locker, hast du nicht gesehen, dass er verletzt ist!"
Die Männer wollten, dass ich aufstehe, ich wollte ja aufstehen … Rind, Schaf, Schwein und Hund legen sich nieder, um zu ruhen. Ein Esel aber legt sich erst im Augenblick seines Todes nieder. Ich kämpfte verzweifelt, wieder auf die Beine zu kommen, aber die Schwere meines Körpers gestattete es mir nicht. Sollte ich, ein gerade ausgewachsener junger Esel, hier nun mein Leben aushauchen? Obwohl so ein Eselleben nicht zu den Besten gehört, wäre so zu sterben einfach nur feige gewesen. Ich hätte meine Selbstachtung verloren. Vor meinen Augen lag eine offene, weite Straße, breit und ohne Hindernis, weit zu überschauen, von der viele Wege abzweigten, und hinter jeder Abzweigung erwarteten mich die unterschiedlichsten Gegenden. Ich war voller Neugier, voller Sehnsucht nach der sich vor mir auftuenden Welt. Ich kann hier nicht sterben, ich muss aufstehen. Unter den Anweisungen Lan Lians schoben die Brüder Fang die lange Pike unter meinem Bauch hindurch. Lan Lian drehte sich um und ergriff meinen Schwanz, Yingchun nahm meinen Hals in beide Arme, die Brüder Fang packten die Stange, einer von vorn, einer von hinten, und mit einem gemeinsamen „Hauruck!" stand ich, ihren kräftigen Schwung ausnutzend, wieder auf. Alle vier Beine schlotterten mir furchtbar, mein Kopf fiel nach unten. Aber mit ganzer Kraft hielt ich dagegen – ich wollte auf keinen Fall wieder umfallen –, bis ich frei stehen konnte.

Alle umkreisten mich, besahen sich immer wieder voll Entsetzen und Verwunderung meine blutig verschmierten Wunden, vorn und hinten an meinen Flanken. Sollte es möglich sein, dass ein kleiner Eselhengst nach der Paarung mit einer Eselin solche schweren Verletzungen davontrug? Gleichzeitig hörte ich auch die Leute der Familie Han lauthals über die Verletzungen ihrer Eselstute diskutieren. Könnte es sein, dass diese zwei Esel sich nicht gepaart, sondern eine ganze Nacht lang gebissen haben sollten? Der große Bruder Fang fragte den kleinen Bruder Fang, der schüttelte den Kopf, er wisse auch nicht, wie das angehen könne. Einer, der den Hans bei der Eselsuche geholfen hatte und mitgekommen war, stand nicht weit entfernt flussabwärts am Ufer und wies mit der Hand auf die Wasseroberfläche, während er gellend schrie: „Schnell kommt, seht euch das an! Was da im Fluss schwimmt!"

Die Leichen von Wölfen! Eine trieb langsam gurgelnd auf der Wasseroberfläche dahin, eine wurde von einem großen Stein im Wasser aufgehalten. Alle rannten hinzu und starrten gebannt aufs Wasser. Ich wusste, sie sahen den Wolfspelz auf der Wasseroberfläche treiben. Und sie sahen die Blutspuren auf dem Felsen im Wasser – das Wolfsblut und das Blut von Eseln; es roch so stark, das die Luft immer noch davon geschwängert war. Sie konnten sich den hitzigen, packenden Kampf vorstellen. Die wilden Spuren der Wolfspfoten und der Eselshufe überall am Strand konnten es beweisen, genauso wie es die Furcht einflößenden Wundmale und Blutspuren auf meinem und Fleckchens Körper bekundeten.

Zwei Männer zogen sich Schuhe und Strümpfe aus, krempelten die Hosenbeine hoch, ergriffen die Schwänze und zogen die triefenden, toten Wölfe aus dem Fluss auf den Strand. Ich spürte, dass alle von mir beeindruckt waren und mir große Hochachtung entgegenbrachten. Und ich wusste, dass auch Fleckchen den gleichen Ruhm genoss. Yingchun umarmte meinen Kopf fest und streichelte immerfort mein Gesicht. Ihre Tränen tropften auf meine Ohren.

Lan Lian sprach mit stolzgeschwellter Brust und erhobener Stimme: „Ihr verdammten Hurenböcke, wer mir noch einmal wagt, etwas gegen meinen Esel zu sagen, den mach ich, verdammt noch mal, eigenhändig zur Sau. Immer heißt es, Esel hätten keinen Mut. Wenn sie einen Wolf sähen, blieben sie wie gelähmt stehen. Aber mein Esel hat zwei wilde Wölfe mit seinen Hufen totgetreten."

„Nicht dein Esel allein hat die Wölfe totgetreten", sagte Schlosser Han aufgebracht. „Mein Esel hat auch seinen Teil dazu beigetragen."

Lan Lian lachte breit: „Ja, richtig, euer Esel hat auch das seinige dazugetan, euer Esel ist unsere ‚Eselschwiegertochter'."

„Mit diesen Verletzungen soll dann die Ehe vollzogen worden sein, oder wie?", fragte da einer frech grinsend. Fang Tianbao besah sich meinen Schlauch, rannte dann zu der Eselin der Familie Han und erforschte ihren Hintern, nahm den Schwanz hoch und betrachtete die besagte Stelle genau, wobei er mit tiefer Inbrunst verlauten ließ: „Sie hat empfangen. Ich wage dafür zu bürgen, dass unser Han und seine Familie bald ein Eselfüllen versorgen werden."

„Han, du bringst mir dann schon Mal zwei Sack Kuhbohnen vorbei, damit ich meinen Schwarzen wieder zu Kräften bringen kann", brachte Lan Lian sehr förmlich und mit Ernsthaftigkeit hervor.

„Verpiss dich! Du träumst wohl?", entgegnete Han.

Jetzt kamen die Männer, die bei den Tamariskenbüschen im Hinterhalt gehockt hatten, mit ihren Flinten die Düne herunter. Sie kamen mit schnellen, leichten Schritten, verstohlen wie Betrüger. Man sah sofort, dass sie keine ordentlichen Bauersleute waren. Der Anführer war mickrig, etwa einsfünfzig groß, mit einem scharfen Stierblick. Vor den toten Wölfen angekommen, beugte er sich hinunter und stieß den Schädel des einen Wolfes mit dem Gewehrlauf an, dann stieß er mit dem Gewehr an den Bauch des anderen Wolfes und sagte überrascht, aber nicht ganz ohne Bedauern in der Stimme: „Die beiden hier haben uns ganz schönen Kummer gemacht!" Der andere mit der Büchse schrie den Leuten entgegen: „Das passt ja prima, dann können wir ja Bericht erstatten gehen."

„He da, ihr Leute! Ihr habt wahrscheinlich niemals zuvor zwei wilde Tiere dieser Art gesehen! Das sind keine Wildhunde, sag ich euch, das sind zwei Grauwölfe. Denen begegnet man in der Ebene nur ganz selten, die haben sich aus der mongolischen Steppe hierher verirrt. Die beiden Wölfe haben sich auf ihrer Flucht aus der inneren Mongolei schon viel zu Schulden kommen lassen. Sie sind erfahren und haben viel gesehen, sind verschlagen und schlau. Diese beiden bösartigen Bestien treiben seit über einem Monat ihr Unwesen bei uns und haben schon ungefähr zwanzig Stück großes Vieh gerissen, darunter Pferde, Rinder und sogar ein Kamel. Als nächstes hätten sie einen Menschen gefressen. Im Landkreis weiß man um die Vorfäl-

le. Unsere geheime Polizeitruppe, die Wolfsjägersondereinheit, wurde aufgestellt, damit die Bevölkerung nicht in Panik gerät. Unsere Einheit besteht aus sechs Kleintrupps, die Tag und Nacht auf Streife sind oder auf der Lauer liegen, um die Wölfe abzupassen. Dass hier nun die toten Wölfe liegen, passt ja prima!" So, und nicht ohne Stolz, sprach ein anderer von denen mit den Büchsen zu Lan Lian und den anderen Dörflern. Er trat dann noch mit dem Fuß nach dem toten Wolf und sagte: „Du Vieh, das hättest du nicht gedacht, dass es ein so schnelles Ende mit euch nehmen würde, eh?"
Der Anführer der Wolfsjäger nahm seine Knarre und zielte auf den Kopf des toten Wolfes. Dann feuerte er einen Schuss ab. Ein Funke sprühte und verschwand in dem Wolf. Weißer Qualm aus dem Gewehrlauf verpuffte. Der Schädel des Wolfes war geborsten, und genauso wie einst aus dem Schädel des Ximen Nao, floss es Weißrosa über die Steine. Ein anderer Wolfsjäger fing an, breit zu grinsen, und kam auf eine Idee. Er nahm sein Gewehr auf, zielte auf den Bauch des zweiten toten Wolfes und drückte ab. Die Bauchdecke zerplatzte und ein handbreites Loch tat sich auf, aus dem eine dreckige Masse hervorspritzte.
Das Verhalten der Männer ließ Lan Lian zur Salzsäule erstarren, gebannt und gelähmt starrte er, unfähig, irgendwie einzuschreiten. Lange ging es so weiter. Dann war die Munition verbraucht, der nach Salpeter riechende Pulverrauch abgezogen. Das klare, frische Geräusch vom plätschernden Wasser des Flusses erfreute das Ohr und ein riesiger Schwarm Spatzen, es waren mindestens 300 Vögel, flatterte von fern wieder herbei. Auf und ab wogend wie eine graue Wolke kamen die Spatzen näher, um zwitschernd und zeternd auf einem Tamariskenbusch zu landen. Die Zweige der Tamariske bogen sich zur Erde, die Spatzen hingen daran wie Früchte. In die Sanddüne kehrte mit den laut kreischenden Spatzen das Leben zurück. Mit der Leichtigkeit, in der Raupen Seide ausspucken, fragte Yingchun endlich mit zartem Stimmchen: „Was habt ihr vor? Warum schießt ihr auf zwei tote Wölfe?"
„Ihr Hurensöhne, ihr wollt euch falsche Lorbeeren mit der Knarre verdienen?", brüllte Lan Lian wutschnaubend. „Die Wölfe hat mein Esel totgetreten, die habt ihr nicht erschossen."
Der Anführer der Wolfsjäger fischte aus seiner Jackentasche zwei nagelneue Geldscheine hervor, einen steckte er an meinem Halfter fest,

ging dann ein paar Schritte zur anderen Seite und steckte den zweiten Geldschein am Halfter der Eselin fest.

„Du willst uns mit Geld das Maul stopfen, eh?", fragte Lan Lian, laut keuchend vor Wut. „Daraus wird nichts."

„Nimm dein Geld da weg", sprach Schlosser Han mit eindeutiger Entschiedenheit. „Die Wölfe wurden von unseren Eseln totgetreten, wir werden sie mit nach Hause nehmen."

Die Jäger grinsten abfällig. „Mensch, ihr zwei Kumpels, drückt mal ein Auge zu, alle haben dabei ihren Vorteil. Ihr könnt euch sowieso den Mund fusslig reden, keiner wird euch glauben, dass eure Esel die Wölfe totgetreten haben. Außerdem, und das ist ja wohl deutlich zu sehen und Beweis genug, einem Wolf ist in der Mitte der Stirn durch unsere Kugel der Kopf entzwei geschossen, dem anderen ist durch unsere Flinte ein Loch in den Bauch gebrannt worden."

„Unsere Esel tragen die Spuren von den Zähnen der Wölfe, am ganzen Körper tragen sie ihre blutigen Wunden", schrie Lan Lian aufgebracht.

„Auch wenn eure Esel voller offener Wunden und blutüberströmt sind, wird euch keiner glauben, dass sie die Wölfe totgebissen haben, deswegen ...", der Jäger lachte abschätzig, „ist die ganze Sache ein guter Beweis dafür, dass sich alles folgendermaßen zugetragen hat: Als beide Esel von den Wölfen schon so schwer gebissen worden waren, dass sie stark bluteten und in höchster Lebensgefahr schwebten, war die Wolfsjägersondereinheit, Kleintrupp Nummer sechs, genau rechtzeitig zur Stelle. Sie fürchteten weder Leib noch Leben und stürmten zu Hilfe. Zwischen Wölfen und Jägern entbrannte ein Kampf auf Leben und Tod. Der Truppführer Qiao Feipeng preschte beherzt vor den riesigen Wolfsrüden, nahm den Schädel des Wolfs ins Visier und drückte ab. Ein Schuss, und der Schädel zerbarst in tausend Stücke. Jäger Liu Yong aus dem Trupp sechs zielte auf den zweiten der beiden Wölfe und schoss. Erfolglos, die Kugel ging nicht los, ein Blindgänger, natürlich nur, weil die Jäger schon die ganze Nacht in den Tamariskenbüschen auf der Lauer gelegen hatten und das Pulver deshalb feucht geworden war. Die Bestie riss ihr breites Maul bis zu den Ohrenspitzen auf, bleckte die schneeweißen Zähne und ließ ein böse knurrendes Lachen ertönen, das jedem durch Mark und Bein ging. Dann stürzte sich der Wolf auf Liu Yong. Doch der drehte sich auf der Stelle um und rannte los. Er konnte dem ersten Sprung der Bestie ausweichen, blieb aber an einem Stein hängen und stolperte, sodass er bäuchlings auf dem Strand landete. Der Wolf duckte sich und setzte zum zweiten Sprung an, sein langer blassgelber Schwanz lag hinter ihm im Sand. Dann sprang er – eine einzige gelbe Staubwolke – auf Liu Yong los. In diesem gefährlichen Augenblick, man kann es verspätet nennen, zielte der allerjüngste Jäger aus dem Trupp sechs der Wolfsjägersondereinheit, Lu Xiaopo, auf den Kopf des Wolfes und drückte ab. Da aber der anvisierte Wolf in Bewegung war, traf die Kugel seinen Bauch. Der Wolf fiel mitten aus der Luft herab, drehte sich im Sand, die Gedärme quollen hervor. Er schleppte sich mit den heraushängenden Gedärmen weiter, ein entsetzlich grausiges Bild. Obwohl er doch ein bösartiges wildes Tier war, konnten wir seine Qualen kaum mit ansehen. Nun zielte Liu Yong, der neue Munition geladen hatte, auf den sich im Sand wälzenden Wolf und schoss eine zusätzliche Kugel auf ihn ab. Weil dies aus größerer Entfernung geschah, hinterließ die Munition, als sie den Brustraum des Wolfes wieder verließ, eine Wunde, die wie ein struppiger Besen aussah. Viele Einschüsse hatten den Wolf derart zerfetzt, dass er, die Beine zweimal ruckartig von sich streckend, schließlich verstarb."

Während der Anführer des Trupps Wolfsjäger Qiao Feipeng so daherredete und Punkt für Punkt aufzählte, ging der Jäger Liu Yong des Trupps Nummer sechs ein paar Schritte zurück, nahm seine Flinte ans Ohr, zielte auf den toten Wolf mit der zerlöcherten Brust und schoss. Eine volle Ladung Schrot landete gleichmäßig in dem Körper des Wolfes. Sein gesamter Pelz war nun schwarz verbrannt und von lauter Löchern übersät wie ein Sieb.

„Na, was sagt ihr?" Qiao Feipeng lachte zufrieden. „Denkt ihr, dass meine Geschichte glaubwürdiger erscheint, oder werden die Leute eurer Geschichte mehr Glauben schenken?" Qiao füllte den Gewehrkopf wieder mit Schwarzpulver. „Auch wenn ihr in der Überzahl seid, bildet euch nicht ein, dass ihr die Wölfe hier wegholen könntet. Es gibt eine ungeschriebene Regel unter den Jägern. Wenn die Jägersleute wegen eines Stücks Wild, auf das alle Jäger Schüsse abgefeuert haben, in Streit geraten, bekommt derjenige, dessen Kugel in dem Wild zurückbleibt, das Wild zugesprochen. Dann gibt es eine weitere Jägerregel, die besagt, dass wenn ein Jägersmann dem anderen das erlegte Wild wegschnappt, es dem Jäger erlaubt ist, gegen den Wilddieb das Feuer zu eröffnen und damit seine Jägerehre wiederherzustellen."

„Ach, fick deine Mutter, du Hurenbock, du elender Strauchdieb", sprach Lan Lian. „Du bist ein Verbrecher, dich werden Alpträume heimsuchen. Gewalttätig die Leute ausrauben – du wirst deine Quittung noch bekommen!"

Der Anführer Qiao Feipeng entgegnete mit seinem unverschämten Lachen: „Schlechte Wiedergeburten, Vergeltung für schlechte Taten und schlechtes Karma sind Ammenmärchen, die kannst du deiner Alten vorbeten, ich glaube nicht an solchen Schwindel. Aber es ist was dran mit der Vorsehung: Dass wir uns getroffen haben, bedeutet doch, dass ihr uns mit euren Eseln helfen könnt. Wenn ihr die Wolfsleichen auf den Rücken eurer Esel in die Kreisstadt schleppen lasst, damit wir sie dort einlösen können, wird der Kreisvorsteher es euch mit einem fetten Sümmchen vergelten, und ich werde jedem von euch eine Flasche guten Schnaps schenken."

Ich konnte ein solches Geschwafel nicht länger erdulden. Es reichte mir gründlich. Ich sperrte mein Maul auf und flehte, meine Zähne zeigend, genau vor diesem Typen mit dem flachen Affenschädel. Der ging hastig in Deckung. Das war mal eine richtig schnelle Reaktion! Den Kopf hatte er in Sicherheit, aber seine Schulter war noch in Reichweite. Elender Strauchdieb, ich will dir eine Lektion erteilen, damit du dir merkst, zu was wir Esel fähig sind. Ihr wisst nur von hunde- und katzenartigen Tieren mit scharfen Krallen und spitzen Scherengebissen, dass sie lebende Tiere töten und deren Fleisch roh verschlingen. Ihr meint zu wissen, dass wir Esel, die wir zu den Huftieren gehören, nur Gras vertragen und Zuckerstücke lutschen. Was ihr Menschen doch alles habt, von Formalismus zu Dogmatismus, von Positivismus bis Empirismus! Heute werde ich euch eine Wahrheit lehren: Esel sind gierig danach, mit ihren Zähnen in Menschenfleisch zu beißen!

Ich biss fest in die Schulter des Jägers und riss jäh den Kopf hoch, den ich wild von rechts nach links und von links nach rechts zu schütteln begann, bis ich ein kloßartiges, stinkigklebriges Etwas in meinem Maul spürte. Damit hatte dieser mit allen Wassern gewaschene, doppelzüngig wie ein Klarinettenrohrblatt daherzwitschernde Heuchler eine für immer versehrte Schulter. Er blutete und lag erlahmt auf der Erde, bis er das Bewusstsein verlor.

Selbstverständlich durfte er dem Kreisvorsteher berichten, dass er das Stück Schulter im erbitterten Kampf mit dem wilden Wolf eingebüßt und dass dieser es ihm kaltblütig abgebissen habe. Dass er im Moment, da der Wolf sich seiner Schulter bemächtigte, selbst mit seinen höchsteigenen Zähnen den Wolf gebissen habe. Die nachfolgenden Einzelheiten, wie er mit Händen und Füßen auf den Körper des Wolfes eingewirkt hatte und so weiter, konnte er ja erzählen, wie er wollte.

Die Eselbesitzer fühlten sich nach diesem Vorfall an diesem Ort nicht mehr wohl in ihrer Haut und trieben uns Esel an, rasch aufzubrechen. Die toten Wölfe und den Wolfsjäger ließen sie am Strand liegen.

Das achte Kapitel
Ximen Esel wird unter Schmerzen gelegt,
Pang Hu besucht den Hof des Ximen Nao.

Der 24. Januar 1955 war nach dem Mondkalender der Neujahrstag des Yiwei-Jahres. Später hat der Bengel Mo Yan seinen Geburtstag und sein Geburtsjahr auf dieses Datum gelegt. In den achtziger Jahren änderten viele Kader ihr Geburtsdatum und machten sich ein paar Jahre jünger, oder sie setzten den eigenen Ausbildungsstand herauf, damit sie länger im Beamtendienst bleiben oder eine höhere Position bekleiden konnten. Es wäre einem nicht in den Sinn gekommen, dass auch Mo Yan, der überhaupt keinen Beamtenposten bekleidete, dieses Spielchen mitmachte.

Es war gutes Wetter. Am frühen Morgen sah man schon Taubenschwärme am Himmel kreisen, ihr Gurren klang fröhlich. Mein Herr unterbrach seine Arbeit und blickte dem Taubenschwarm am Himmel nach, mit seinem zur Hälfte blauen Gesicht sah er wirklich toll aus.

Im letzten Jahr hatte er auf seinen zweieinhalb Morgen Ackerland 2.800 Pfund Getreide eingebracht. Durchschnittlich waren das 11,2 Zentner Getreide auf einen Morgen. Dann hatte er noch an den Ecken und Biegungen und bei seinen Wassergräben 28 Kürbisse geerntet und 20 Pfund Samtpappelhanf. Lan Lian glaubte der Kommune nicht, dass sie 12,8 Zentner, also über einen Zentner je Morgen mehr, eingebracht hätten. Ich hörte ihn immer wieder zu Yingchun sagen: „Die und eine Ernte von fast 13 Zentnern pro Morgen? Das können die sonst wem erzählen, aber mir nicht!" Yingchun lachte, aber in ihrem Lachen schwang Besorgnis mit. Sie redete ihrem Mann zu: „Hausherr, überwirf dich nicht mit den anderen. Sie sind viele und wirtschaften zusammen, wir sind ein einzelner Hof und müssen alles aus eigener Kraft schaffen. Der tüchtige Tiger kommt gegen ein ganzes Rudel Wölfe nicht an."

„Wovor hast du Angst?", fragte Lan Lian mit einem vielsagenden Blick. „Wir haben Bezirksvorsteher Chen, der uns den Rücken freihält."

Mein Herr trug eine braune Fellkappe, eine funkelnagelneu genähte Steppjacke, und um die Taille hatte er ein helles Tuch gebunden. Er kämmte mich mit einem Holzkamm. Es war mir am ganzen Körper sehr angenehm. Während er mich kämmte, lobte er mich in einem fort, das war Balsam für meine Seele: „Schwarzer, mein treuer Freund, letztes Jahr hast du schwer für mich gearbeitet. Dass wir soviel Getreide ernten konnten, ist zur Hälfte dein Verdienst. Dieses Jahr wollen wir beide noch eins draufsetzen, damit wir die Arschlochkommune gründlich besiegen!"

Wir hatten strahlenden Sonnenschein, und ich wärmte mich auf. Die Tauben kreisten immer noch am Himmel. Der Boden war übersät mit weißroten Papierschnipseln, den Überresten der abgeschossenen Böller. In der Nacht zuvor knallte und blitzte es in unserem Dorf ununterbrochen, bis zum Morgen flogen die Böller zum Himmel. Die Luft war angefüllt mit Salpetergeruch, als wäre ein Krieg ausgebrochen. Im Hof hing überall ein Duft von frisch gebrühten Neujahrsteigtäschchen, von gedämpftem Neujahrsklebreiskuchen und von Neujahrsbonbons. Die Herrin fischte eine Schale voll Teigtäschchen aus dem Kochwasser, löschte sie unter kaltem Wasser ab und vermischte sie mit dem Getreidestroh in meinem Trog. Sie streichelte meine Stirn und sagte: „Schwarzer, heute ist Neujahrstag. Hier sind Neujahrsteigtäschchen für dich."

Ich gebe zu, dass es für einen Esel eine sehr große Ehre ist, wenn er zum Neujahr am Festessen seines Herrn teilhaben darf. Mein Herr behandelte mich fast wie einen Menschen, ich war beinahe ein Familienmitglied. Seit ich die zwei Wölfe überwältigt hatte, liebte mein Herr mich noch mehr, als er es vorher schon getan hatte. Über die gesamten 50 Quadratkilometer von Nordost-Gaomi und in allen dazugehörenden 18 Dörfern erwarb ich mir den besten Ruf, den ein Esel nur besitzen kann. Selbst wenn die drei verdammten Wolfsjäger vier tote Wölfe angeschleppt hätten, wüssten trotzdem alle um die tatsächliche Geschichte. Und obwohl keiner daran zweifelte, dass die Eselin der Hans bei diesem Kampf mitgewirkt hatte, wussten alle Leute, dass ich die Hauptperson im Kampf gegen die Wölfe gewesen war und die Eselin der Hans nur eine Nebenrolle gespielt hatte, und dass ich ihr sogar das Leben gerettet hatte. Obwohl ich längst das Alter erreicht hatte, in dem ein Eselhengst gelegt wird, und obwohl mein Herr mir damit schon gedroht hatte, sprach er, seit ich die Wölfe überwältigt hatte, nie wieder davon.

Aber im Herbst letzten Jahres kam mir eines Tages, als ich meinem Herrn aufs Feld folgte, der Viehbursche Xu Bao, der bei uns die Hengste legte, die Stiere und die Eselhengste kastrierte, mit seiner Satteltasche und der Messingglocke hinterher. Mit einem arglistigen Blick schielte er nach meinen Hoden. Ich hatte schon von weitem diesen strengen Blutgeruch wahrgenommen, der ihm anhaftete, und wusste, dass er nichts Gutes im Schilde führte. Diese Missgeburt, die Bulleneier und Eselhoden zum Schnaps verdrückte, würde, so musste es vorherbestimmt sein, eines furchtbaren Todes sterben. Ich war auf der Hut. Ich würde, sobald er auf die passende Entfernung herankam, meine Hufe gegen den Pint in seiner Hose schleudern. Ich wollte diesen mit Sünden beladenen Fiesling zu Fall bringen, es sollte ihm gar nichts mehr bleiben. Vielleicht käme er mir ja von vorne entgegen, dann würde ich ihm den Kopf zerbeißen. Menschen zu beißen war ja meine Spezialität. Aber der Kerl war ein alter Fuchs, er wich mir hinterhältig aus, blieb auf Abstand und gab mir keine Gelegenheit. Als die Faulenzer am Wegesrand den halsstarrigen Lan Lian seinen berühmten Esel am Zügel führen und hinterdrein diesen Viehhodenschnibbler schleichen sahen, warteten alle schon darauf, dass sie etwas zu sehen bekämen. Es entstand ein vielstimmiges Durcheinander: „Lan Lian, willst du deinem Esel die Männlichkeit nehmen?"

„Xu Bao, bist du wieder auf der Suche nach was Kräftigem zum Schnaps?"

„Lan Lian, was ist, wenn man den nicht legen kann? Dass der einen Wolf totgetreten hat, hat doch was mit seinem Sack voll Hoden zu

tun. Wenn ein Hoden eine Portion Schneid ist, muss er viele davon haben."
Ein Grüppchen Volksschüler hopste hinter Xu Bao her und sang in Sprechchören: „Xu Bao, Xu Bao sieht ein Ei und beißt hinein. Kriegt er das Ei nicht zwischen die Zähne, schwitzt er Wasser und Blut. Xu Bao, Xu Bao läuft dem Eselpimmel hinterher. Der Bummler und Schluderjan dreht nur krumme Dinger."
Xu Bao blieb stocksteif mit bösem Blick stehen. Aus seiner Satteltasche holte er ein blitzendes, scharfes Messer. Er schnauzte die Lausbuben an: „Haltet's Maul, ihr Bastarde! Wer hier noch weiter dumme Sprüche auf mich macht, dem schneid ich seine Eier ab!"
Die Buben steckten die Köpfe zusammen und lachten Xu Bao blöde an. Xu Bao ging ein paar Schritte vorwärts, sie wichen ein paar Schritte zurück. Xu Bao raste auf sie zu, sie grölten und rannten auseinander. Xu Bao hatte nun meine Hoden im Visier, die bösen Buben rannten hinterdrein und sangen wieder im Chor: „Xu Bao, Xu Bao sieht ein Ei und beißt hinein."
Xu Bao hatte nun keine Lust mehr, sich um die hänselnde Schar zu kümmern, er machte einen Bogen um die Kinder und kam vor Lan Lian an. Ihm zugewandt, rückwärts vor ihm her gehend, sprach er ihn an: „Lan Lian, ich weiß, dass euer Esel schon viele Leute gebissen hat. Wenn der Esel beißt, muss man die Arztkosten bezahlen und man muss sich dazu noch entschuldigen. Du sparst dir Schereien, wenn du ihn legen lässt. Ein Schnitt nur, dann sind sie weg und fallen raus. Innerhalb von drei Tagen wird sich dein Esel wieder erholt haben. Ich garantiere dir, dass er dir ein unterwürfiger, fügsamer Esel sein wird."
Lan Lian beachtete Xu Bao nicht, mir gefror das Blut in den Adern. Lan Lian kannte mein Temperament und hielt mich stramm an der Trense fest, damit ich keinen Satz nach vorn machte. Der Sand auf dem Weg flog auf, weil Xu Bao ihn rückwärts mit den Fersen hoch trat. Diese Memme konnte bestimmt so schnell rückwärts laufen, weil sie das regelmäßig machte. Er hatte ein kleines, vertrocknetes Gesicht, dreieckige Augen und stark geschwollene Tränensäcke. Dazu eine breite Lücke zwischen den Schneidezähnen, sodass er eine furchtbar feuchte Aussprache hatte.
„Lan Lian, ich rate dir wirklich, den Esel legen zu lassen. Na, sag schon ja. Wenn wir es machen, sparst du dir eine Menge Ärger.

Wenn ich es für andere mache, nehme ich fünf Yuan. Für dich mache ich es kostenlos."

Lan Lian blieb stehen und sagte abschätzig: „Xu Bao, geh nach Hause und schneide erstmal deinem Vater die Eier weg."

„Was soll das, wie bist du denn drauf?", kreischte Xu Bao los.

„Stört es dich, dass ich nicht höflich bin? Dann hör mal, was mein Esel dazu zu sagen hat!" Lan Lian lachte und ließ meine Zügel lang: „Los Schwarzer, geh drauf!"

Mit zornigem Schrei bäumte ich mich auf und streckte die Schultern hervor, so wie ich es gemacht hatte, als ich Fleckchen deckte. Mit den Vorderhufen hämmerte ich nun auf den verschrumpelten Kopf des Xu Bao ein. Die Schaulustigen am Straßenrand schrien in Panik. Die bösen Buben hörten auf zu schmähen. Ich wartete auf das Geräusch, das kommen musste, sobald der Huf den Schädel des Xu Bao zertrümmerte. Aber da war nichts. Da war auch kein vor Entsetzen verzerrtes, mickriges Gesicht, das ich in diesem Moment doch hätte sehen müssen. Auch kein sich überschlagendes Jaulen, wie wenn ein Hund panische Angst hat. Nichts war zu hören. Mir war, als träumte ich, als ich einen Schatten blitzschnell und aalglatt unter meinen Bauch kriechen fühlte, eine dunkle Ahnung durchzuckte mein Gehirn. Ausweichen wollte ich, doch zu spät. Im Schritt fühlte ich kurz ein eisiges Gefühl, dann einen scharfen gewaltigen Schmerz. Ich fühlte etwas in mir reißen, mein Bewusstsein hatte ein Loch. Ich war Opfer eines gemeinen Hinterhalts geworden. Ich drehte mich eilig um und sah an meinen Hinterbeinen Blut herablaufen. Ich sah meinen blutverschmierten grauweißen Hoden in der Hand des Xu Bao. Der grinste breit und prahlte vor den Schaulustigen auf der Straße damit, die sogar noch laut Hossa und Bravo schrien.

„Xu Bao, du Bastard hast meinen Esel auf dem Gewissen …", heulte mein Herr, wollte meine Zügel wegschmeißen und sich mit Todesverachtung auf Xu Bao stürzen. Der aber steckte den Hoden in seine Satteltasche und holte sein kleines blitzendes Messer hervor. Meinem Herrn wurden die Knie und sein Glied weich.

„Lan Lian, du kannst mich mal!" Xu Bao hob die Hand und zeigte auf die Umstehenden: „Alle haben es gesehen, sogar die Kinder waren Augenzeugen, wie du, Lan Lian, den Esel auf mich losgelassen hast, damit er mich verletzt, während ich, Xu Bao, mich in gutem Recht schützte. Wenn ich nicht so auf Draht wäre, dann hätte der

Eselhuf mir meinen Schädel zu Brei geschlagen. Lan, du kannst mir nichts vorwerfen."

„Aber du hast meinen Esel auf dem Gewissen …"

„Ursprünglich wollte ich ihn wirklich kalt machen. Ich weiß auch wie, ich könnte es jederzeit. Aber Lan, Kleiner, ich dachte an unsere gute Freundschaft unter Nachbarn. Mich verbindet was mit dir. Ich sag dir was, dein Esel hat drei Eier. Ich habe ihm nur eins rausgeschnitten. So wird er ruhiger werden, aber er wird ein kraftvoller, heißblütiger Eselhengst bleiben. Alter Hurenbock, du solltest mir dankbar sein, wie lange wolltest du denn noch damit warten?"

Lan Lian beugte sich zu meinem Bauch hinunter und schaute mir zwischen meine Beine. Er sah, dass Xu Bao nicht gelogen hatte und wurde wieder etwas friedlicher. Aber er dankte es ihm nicht. Schließlich hatte dieser teuflische Kerl, ohne sich mit ihm in der Sache eins zu werden, schneller als ein Donner dem Blitz folgen kann, seinem Esel mit roher Gewalt einen Hoden herausgeschnitten.

„Xu Bao, ich sage es dir besser gleich. Wenn meinem Esel was zustößt und es ihn jetzt plötzlich dahinrafft, dann werden wir beide noch ein Hühnchen zu rupfen haben."

„Dem passiert nichts, du müsstest ihm schon Arsen in sein Futter mischen, ansonsten garantiere ich dir, dass der noch hundert Jahre alt wird. Heute lass ihn besser nicht mehr auf dem Feld arbeiten. Führ ihn nach Haus, gib ihm etwas Kraftfutter zu fressen und lass ihn Salzwasser trinken. In zwei Tagen wird die Wunde verheilt sein."

Obwohl Lan Lian verlauten ließ, bestimmt nicht auf Xu Baos Ratschläge zu hören, führte er mich dennoch gleich nach Hause. Das Ausmaß meines Leidens war etwas, aber nur wenig, gemildert. Mit Augen voller Hass musterte ich diesen abartigen Kerl, der jetzt meinen Hoden essen würde. Ich überlegte, wie ich mich an ihm rächen könnte. Aber nach der blitzschnellen Attacke dieses krummbeinigen, mickrigen Mannes hatte ich, ehrlich gesagt, unerwartet einigen Respekt vor ihm bekommen. Dass es solche Monster unter den Menschen gab, die das Wegschneiden von Hoden zu ihrem Beruf und sogar noch eine Kunst daraus machten und die so resolut zupackten und so blitzschnell das Messer führten, würde man nicht glauben, hätte man es nicht am eigenen Leib erlebt. Ach, mein Hoden! Xu Bao schlingt dich heute zu einigen Schnäpsen herunter, morgen plumpst du in die Kloake, und weg bist du, mein Hoden.

Als ich schon zehn Schritt weit gelaufen war, hörte ich Xu Bao hinter uns herschreien: „Lan Lian, soll ich dir sagen, wie dieser Kunstgriff von eben hieß?"

„Ich scheiße auf deine Ahnen, Xu Bao!", pöbelte Lan Lian ihm hinterher.

Das Gelächter der Menge war zu hören und zwischen dem Lachen immer wieder das laute Brüllen des völlig von sich entzückten Xu Bao: „Hör gut zu, Lan Lian! Spitze deine Ohren, Esel! Dieser Kunstgriff nennt sich *Im Gebüsch Pfirsiche stehlen.*"

„Xu Bao, Xu Bao macht im Gebüsch den Pfirsichklau!"

„Lan Lian, Lan Lian, macht sich lächerlich …" Die Horde böser Buben, diese Naturtalente im Endlosreden, folgte uns bis auf den Hof der Ximens …

Bei uns zu Hause sprangen die fünf munteren Kinder aus dem Ost- und Westhaus in bunten Kleidern gemeinsam im Hof herum. Es brauste das Leben. Jinlong und Baofeng waren inzwischen im schulpflichtigen Alter, gingen jedoch noch nicht zur Schule. Jinlong hatte ein melancholisches Gemüt, als hätte er etwas auf dem Herzen. Baofeng dagegen war ein bezauberndes Püppchen, ein kleines Unschuldsengelchen. Sie waren die Sprösslinge des Ximen Nao, hatten also nichts direkt mit mir als Esel zu tun. Ich fühlte mich den beiden Eselfüllen der Hans verbunden, die meine Eselin geworfen hatte. Traurig, dass beide, noch kein halbes Jahr alt, zusammen mit ihrer Mutter dahingerafft wurden. Schwer trug ich am Tod meiner Eselin. Sie war an vergiftetem Futter gestorben, meine eigenen Kinder, die Zwillingseselfohlen, starben, weil sie die vergiftete Milch ihrer Mutter tranken. Die Geburt ihrer Zwillingsfohlen hatten alle Dörfler groß gefeiert. Das ganze Dorf trauerte nun um die drei Esel. Han Steinmetz brüllte wie ein Kind, aber einer muss unter ihnen gewesen sein, der sich im Stillen eins lachte, denn einer musste das Futter vergiftet haben. Der Bezirk wurde auf diesen Vorfall aufmerksam und schickte den erfahrenen Polizisten Liu Changfa, um der Sache auf den Grund zu gehen. Der Mann war etwas dümmlich. Er rief die Dörfler gruppenweise aufs Amt und vernahm sie im Stil der Verhöre, die öfter im Radio zu hören sind, mit dem Ergebnis, dass die Sache natürlich im Sande verlief.

Später hat der komische Mo Yan in seiner Oper *Der schwarze Esel* Huang Tong den Hut des Giftmörders aufgesetzt. Obwohl alles bis ins kleinste Detail schlüssig ist, dürfen wir einem Romanschreiber natürlich keinen Glauben schenken. Jetzt will ich dir noch über Lan Jiefang erzählen, den, der am gleichen Tag und im gleichen Jahr wie Ximen Esel geboren ist. Richtig, das bist du selbst, aber ich erzähle von dir der Einfachheit halber in der dritten Person, nur wissen sollst du, dass es sich um dich handelt. Also, der Kleine war schon fünfeinhalb Jahre alt, und mit dem Wachstum wurde auch das Feuermal auf seinem Gesicht immer blauer. Er sah hässlich aus, hatte aber ein offenes, freundliches Wesen. Er bewegte sich gern, seine Hände ruhten nie und vor allem besaß er ein Mundwerk, das keine Sekunde still stand. Er trug die Kleider seines Halbbruders Jinlong auf. Er sah immer ein bisschen wie ein Räuber aus, weil er kleiner gebaut war als sein Bruder. Die Kleider schlotterten ihm am Körper, die Hosenbeine wurden ihm aufgerollt und die Ärmel umgekrempelt. Ich spürte, dass er ein braves Kind mit gutem Charakter war. Doch keiner mochte ihn, ich vermute, dass es an seiner Schwatzhaftigkeit und an dem Feuermal in seinem Gesicht lag. Jetzt noch ein Wort zu den zwei Schätzchen der Huangs, zu Huang Huzhu und Huang Hezuo. Beide Mädchen trugen die gleichen wattierten Jacken und banden die gleichen Schleifen ins Haar, hatten die gleiche reinweiße Haut und die schmalen langen Augen. Was die Erwachsenen der beiden Familien Huang und Lan betrifft, kann man deren Beziehung untereinander nur als schwierig bezeichnen. Wenn die sich vertrauten, aber doch fremden Vier zusammenstanden, war da immer etwas Peinliches, Steifes, das wortlos im Raum stand, hatten Yingchun und Qiuxiang doch beide des gleichen Mannes Bett geteilt. Das machte sie zu Feindinnen und gleichzeitig zu Schwestern. Nun waren sie mit verschiedenen Männern verheiratet, wohnten aber immer noch in denselben Häusern, in denen sie immer schon gewohnt hatten. Allein der Hausherr war ein anderer und die Zeiten waren andere. Die Kinder hatten es dafür untereinander umso leichter. Jinlong war verschlossen, und es war schwer, an ihn heranzukommen, aber Jiefang war mit den zwei süßen Schwestern umso enger vertraut. Die Mädchen riefen beide wie aus einem Mund: „Jiefang, Bruderherz!" Jiefang, der ein Schleckermaul ist, hatte tatsächlich zwei Bonbons aufgespart und gab sie den beiden.

„Mama, Mama, Jiefang hat Huzhu und Hezuo Bonbons geschenkt", flüsterte Baofeng ihrer Mutter ins Ohr.

„Wenn es seine waren, kann er sie jedem geben, dem er sie geben möchte!" Yingchun ärgerte sich und gab ihrer Tochter einen Klaps.
Die Geschichte der Kinder beginnt später. Was sich unter ihnen noch abspielte, erreichte nach 12, 13 Jahren erst seinen Höhepunkt. Die Hauptrollen sollten sie fürs erste nicht übernehmen.
Eine wichtige Person betrat die Tenne. Sie hieß Pang Hu, also mit Vornamen Tiger, hatte strahlende Augen und ein tiefrotes Gesicht. Auf dem Kopf trug der Mann eine baumwollene Uniformmütze, auf der wattierten Steppjacke prangten zwei Orden vor der Brust, in der Brusttasche steckte ein Füller und um sein Handgelenk trug er eine silbern blitzende Armbanduhr. Er ging an Krücken, das rechte Bein war in Ordnung, aber beim Linken fehlte der Unterschenkel. An diesem gelben Hosenbein zeichnete sich an dem Stumpf eine dicke Geschwulst ab. Obwohl er nur einen Fuß besaß, trug er einen brandneuen gefütterten Wildlederschnürschuh. Als er den Hof betrat, nahmen sofort alle, einschließlich der Kinder und meiner selbst, dem Esel, eine respektvolle Haltung ein. Damals waren solche Leute immer aus dem Koreakrieg heimgekehrte Helden der Freiwilligenarmee.
Der Held ging geradewegs auf Lan Lian zu. Die Holzkrücken kratzten über die eckigen Backsteine, mit denen der Boden ausgelegt war. Es krächzte laut, dabei trat er mit dem einen Bein hart und geräuschvoll auf, als wolle er mit jedem Schritt Wurzeln schlagen. Das Hosenbein unterhalb des halben Beins wedelte hin und her. Er blieb vor meinem Herrn stehen: „Wenn ich richtig rate, musst du Lan Lian sein."
Lan Lians Gesichtsmuskeln krampften sich zusammen, es war wie die Antwort auf des Helden Frage.
„Onkel Kriegsfreiwilliger, guten Tag. Lang lebe der Onkel Freiwilligenarmeesoldat!", rannte das Plappermaul Lan Jiefang herbei und war voll grenzenloser Hochachtung. „Sie sind bestimmt ein Held, Sie haben bestimmt Verdienste erworben. Was möchten Sie denn von meinem Papa? Mein Papa ist ziemlich schweigsam. Wenn es etwas zu fragen gibt, fragen Sie bitte mich. Ich bin Papas Sprachrohr."
„Jiefang! Halt den Mund!", wies Lan Lian seinen Sohn zurecht. „Wenn Erwachsene reden, haben Kinder ihnen nicht ins Wort zu fallen."
„Ach, das macht doch nichts", lachte der Held herzlich. „Du bist also Lan Lians Sohn und heißt Jiefang?"

„Kannst du hellsehen?", fragte Jiefang erstaunt.

„Ich kann nicht mit den acht Gua wahrsagen, aber ich kann in den Gesichtern lesen", sagte der Held mit einem listigen Lachen. Doch sofort nahm sein Gesicht wieder einen ernsthaften Ausdruck an. Er klemmte die Krücken unter die Achseln und streckte dabei eine Hand aus. Er hielt sie Lan Lian direkt vors Gesicht: „Kamerad! Wollen wir uns miteinander bekannt machen? Ich bin Pang Hu, der neue Leiter des Bezirks-Versorgungs- und Absatzgenossenschaftsladens. Wang Yueyun, die in dem Laden für Produktionsmittel Landmaschinen verkauft, ist meine Frau."

Lan Lian stutzte einen kurzen Augenblick, streckte die Hand vor und schüttelte die des Helden. Aber in seinem verblüfftem Blick konnte der Held sehen, dass Lan völlig im Dunklen tappte. Der Held rief nach draußen: „Hey, ihr sollt reinkommen!"

Eine kleine, sehr runde Frau mit einem hübschen kleinen Mädchen auf dem Arm kam zum Haupttor herein. Die Frau trug eine blaue Uniform und eine weiß gefasste Brille auf der Nase. Man sah sofort, dass sie keine Bäuerin war. Das kleine Kind schaute aus riesengroßen Augen und hatte kräftig rote Backen wie ein reifer Apfel im Herbst. Es lachte fröhlich und sah genauso aus, wie glückliche Kinder aussehen.

„Ach, diese Genossin ist es!", rief Lan Lian hocherfreut und zum Westhaus rief er hinüber: „Frau, komm schnell, es sind Gäste da!"

Ich hatte sie sofort wiedererkannt. Ich erinnerte mich ganz deutlich an eine Sache, die zum Winteranfang des vergangenen Jahres passiert war. An diesem Tag hatte Lan Lian mich in die Kreisstadt zum Salzholen geführt, und auf dem Rückweg waren wir Wang Yueyun begegnet. Sie saß hochschwanger und laut keuchend am Straßenrand. Weil ihr Bauch zu sehr angeschwollen war, hatte sie die drei letzten Knöpfe ihrer blauen Uniform nicht geschlossen. Ihre weiß gefasste Brille und ihre glatte, weiße Haut, die wie Brötchenteig aussah, zeigten jedem sofort, dass sie eine Beamtin war, die der Staat versorgte. Sie sah uns, ihre Retter in letzter Not, und stotterte, kaum einen Ton herausbringend: „Bruder, ich flehe dich an, bitte rette mich."

„Woher bist du? Was ist mit dir?"

„Ich bin Wang Yueyun von der Bezirks-Versorgungs- und Absatzgenossenschaft. Ich musste zu einer Sitzung fahren, das Kind soll eigentlich noch gar nicht kommen, es ist noch Zeit, aber ... aber ..."

Wir sahen das im verdorrten Gras quer liegende Fahrrad und wussten, dass die Frau in Gefahr war. Lan Lian fing an, nervös im Kreis zu gehen und rieb sich die Hände: „Wie kann ich dir helfen? Was soll ich tun?"

„Schnell, bring mich ins Kreiskrankenhaus."

Mein Herr nahm mir die zwei Säcke mit Salz ab, zog seine wattierte Jacke aus und band sie mit dem Strick auf meinem Rücken fest: „Genossin, halt dich gut fest." Die unentwegt stöhnende Frau packte meine Mähne. Mein Herr nahm den Zügel in die eine Hand, mit der anderen Hand stützte er die Frau: „Schwarzer, lauf schnell." Meine Hufe flogen, aufgeregt war ich. Hatte ich doch alles mögliche, Salz, Baumwolle, Saatgut, Ackergeräte und Stoff, schon getragen, aber niemals zuvor eine Frau. Quietschend vollführte ich einen Galoppsprung, die Frau wackelte und hing schief gegen die Schulter meines Herrn gelehnt.

„Schwarzer, du sollst *ruhig* auftreten!", befahl mein Herr. Ich verstand und ging im schnellen Schritt in allerhöchster Eile. Dabei mühte ich mich, den Körper gerade und ruhig zu halten, damit ich mich wie auf Wolken schwebend oder wie durchs Wasser treibend vorwärts bewegte. Das können Esel besonders gut. Fast alle Pferde können, wenn sie schnell sein sollen, nur galoppieren, dann sind sie im Rücken ausgeglichen und ruhig. Esel verstehen sich aufs Tölten. Sie kommen mehr ins Schaukeln, wenn sie galoppieren oder traben. Ich hatte das Gefühl, etwas sehr Ehrenhaftes, ja Heiliges zu tun. Natürlich war es auch erregend. Mein Bewusstsein befand sich in einer Zwischenwelt, halb Mensch, halb Esel. Ich spürte, wie eine warme Flüssigkeit aus ihrem Körper erst die Jacke durchnässte, dann über meinen Rücken lief und wie von ihrem Haar der Schweiß auf meinen Hals tropfte. Wir waren mit unserem Salz erst sieben oder acht Kilometer von der Kreisstadt entfernt gewesen. Nun nahmen wir den kürzesten Weg dorthin zurück. Das Gras stand kniehoch zu beiden Seiten des Weges. Ein Hase stieß in Panik an mein Bein, als wir seinen Weg kreuzten und er fliehen wollte. Wir erreichten die Kreisstadt und liefen direkt zum Krankenhaus. Damals waren die Ärzte und Schwestern im Krankenhaus wirklich sehr zuvorkommend. Mein Herr stand am Haupteingang und rief, so laut er konnte: „Hilfe, zu Hilfe, schnell zu Hilfe!" Auch ich fing sofort an zu iahen. Eine Schar Frauen und Männer in weißen, langen Kitteln stürzte zu uns nach draußen, um die Frau hineinzutragen. Als diese von meinem Rücken herunterglitt, hörte ich aus ihrem Hosenschritt ein Schreien.

Auf dem Rückweg schielte mein Herr mürrisch nach seiner nassen, schmutzigen Jacke und murmelte irgendetwas Unverständliches. Ich weiß, dass Lan Lian äußerst abergläubisch ist. So sitzt er der widersinnigen Vorstellung auf, dass alles, was bei einer Gebärenden ihren Körper verlässt, schmutzig und Unglück verheißend ist. Als wir wieder dort ankamen, wo wir auf die Frau getroffen waren, runzelte er die Stirn und sprach mit seinem grünblauen Gesicht: „Schwarzer, was soll man davon halten? Da wird einfach so eine neue wattierte Jacke vergeudet. Wie soll ich das der Frau zu Haus wohl begreiflich machen?"

„Iah, iah!" Ich muss zugeben, dass ich etwas schadenfroh über dieses Dilemma war. Mich stimmte es fröhlich.

„Esel, du lachst noch!" Mein Herr löste den Knoten des Stricks und pickte mit drei Fingern seiner rechten Hand die wattierte Jacke von meinem Rücken herunter. Auf der Jacke ... igitt, ich sag nichts mehr darüber. Mein Herr drehte den Kopf weg, hielt den Atem an, griff fest mit seinen drei Fingern zu, weil die Jacke klatschnass und deswegen sehr schwer geworden war – sie kam mir wie ein verfaultes Hundefell vor – und schwang die Jacke, um sie dann in hohem Bogen weit von sich zu schleudern. Es sah aus, als fliege ein großes Vogelungetüm in das Dickicht am Wegesrand. Am Strick war auch Blut. Weil er das Salz noch festbinden musste, konnte er ihn nicht wegwerfen. Also warf er ihn in den Sand und trampelte auf ihm herum. Er schabte mit den Füßen immer im Sand herum, bis die gelbe Erde auf dem Weg den Strick einfärbte. Mein Herr trug nur eine kurze Weste, an der auch noch ein paar Knöpfe fehlten. Seine Brust war vom Frost schon ganz grünviolett geworden. Er griff ein paar Hände voll Erde auf, streute sie über meinen Rücken, dann rupfte er trockenes Gras und rubbelte mich damit ab: „Schwarzer, wir beide, du und ich, sind zwei, die Gutes tun und Wohltaten anhäufen, stimmt doch, nicht?"

„Iah, iah", antwortete ich meinem Herrn bekräftigend. Er band die zwei Sack Salz wieder auf meinem Rücken fest und betrachtete dann das am Straßenrand liegende Fahrrad: „Schwarzer, was das Fahrrad betrifft, gehört es jetzt eigentlich uns. Wir haben meine wattierte Ja-

cke geopfert und unsere Arbeit gegeben. Aber wenn wir nun nach diesem kleinen Reichtum trachten und uns das Fahrrad nehmen, dann ist die gute Tat von gerade doch wieder zunichte gemacht?"
„Iah."
„Gut Schwarzer, dann lass uns nicht auf halbem Wege stehen bleiben. Wenn schon, denn schon!" Mein Herr schob also das Fahrrad und trieb mich gleichzeitig an – eigentlich musste er das nicht, denn ich lief von allein. Wir gingen wieder den Weg in die Kreisstadt zurück und kamen zum Krankenhaus. Mein Herr schrie aus vollem Halse: „Hallo, Frau, die das Kind geboren hat, hör zu: Wir stellen dein Rad an die Eingangstür."
„Iah, iah!"
Wieder kamen Leute herausgerannt.
„Schwarzer, schnell!" Er zog mir mit dem Zügel eins über. „Galopp, Schwarzer!"

Yingchun kam mit den Händen voll Mehl aus dem Seitenhaus. Ihre Augen strahlten das hübsche, kleine Mädchen in Wang Yueyuns Armen an, sie streckte die Arme aus und murmelte Koseworte: „Ei, was bist du für ein feines Kind, und dick und rund bist du, dass es eine Freude ist ..."
Wang Yueyun reichte ihr das Kind, Yingchun nahm es und hielt es in den Armen, sie herzte es, schnupperte an seinem Gesichtchen und sprach in einem fort: „Wie das duftet, wie das duftet!"
Das Kind kannte sie nicht und begann zu weinen. Lan Lian schnauzte: „Gib der Genossin das Kind zurück. Wie eine Wölfin benimmst du dich! Da muss ein Kind ja Angst bekommen!"
„Das macht doch nichts." Wang Yueyun nahm ihr Kind wieder auf den Arm, klopfte und schaukelte es ein wenig, bis sein Weinen schwächer wurde und dann ganz verstummte. Peinlich berührt krümelte Yingchun das Mehl von ihren Händen ab: „Ich bitte herzlich um Entschuldigung. Schauen Sie mich an. Ich habe dem Kleinen das Hemdchen ganz schmutzig gemacht ..."
„Wir kommen doch alle aus Bauernfamilien und nehmen das nicht so tragisch", entgegnete Pang Hu. „Wir sind heute eigens gekommen, um uns zu bedanken. Bruder, ohne deine Hilfe wäre die Sache, man mag sich gar nicht vorstellen wie, ausgegangen."
„Und ganz abgesehen davon, dass du mich zum Krankenhaus brach-

test, bist du dann den ganzen Weg noch ein zweites Mal gegangen und hast mir mein Rad gebracht", entfuhr es Wang Yueyun. „Die Ärzte und Schwestern sagten alle: So einen herzensguten Menschen wie Lan Lian muss man mit der Laterne suchen."

„Entscheidend war der Esel. Er lief schnell und ruhig, mit sicheren Schritten ...", entgegnete Lan Lian verlegen.

„Ganz richtig, ganz richtig. Der Esel ist gut", lachte Pang Hu. „Deinen Esel kennt jeder weit und breit, er ist eine Berühmtheit."

„Iah."

„Ei was, er versteht die Menschensprache", sprach Wang Yueyun.

„Lan, mein Freund, wenn ich dir jetzt etwas wertvolles Teures schenkte, dann würde ich dich falsch einschätzen. Das würde nur unsere Freundschaft zerstören." Pang Hu kramte aus seiner Hosentasche ein Feuerzeug hervor, ratsch, machte es, und eine Flamme brannte. „Das ist eine Kriegstrophäe, die ich den amerikanischen Teufeln abgerungen habe. Das schenke ich dir zum Andenken." Er kramte wieder in der Hosentasche und fischte eine getreidegelbe Messingglocke hervor: „Das habe ich jemanden auf dem Flohmarkt speziell für dich besorgen lassen. Das schenke ich dem Esel."

Der Held Pang Hu beugte sich über meinen Hals, hängte mir die Glocke um und klopfte mir den Kopf: „Du bist auch ein Held, dir wird ein Großorden Klasse Eins verliehen!"

Ich schüttelte den Kopf. Ich war so gerührt, dass ich laut hätte losheulen können: „Iah, iah!" Dazu bimmelte die Glocke mit hellem Klang. Wang Yueyun holte ein Paket Süßigkeiten hervor und verteilte sie an die Kinder der Lans. Sogar Hezuo und Huzhu von den Huangs bekamen Bonbons geschenkt.

„Bist du schon in der Schule?", fragte Pang Hu Jinlong.

„Ist er noch nicht!" Das Plappermaul Jiefang wollte als Erster antworten.

„Du solltest zur Schule gehen. Man muss nämlich zur Schule gehen. Eine neue Gesellschaft und ein neues Land brauchen die jungen Leute als ihre roten Nachfolger. Ohne Bildung geht das nicht."

„Wir sind nicht in der Kommune. Wir sind Privatwirtschaftler. Unser Papa lässt uns nicht zur Schule gehen."

„Ach wirklich? Immer noch Privatwirtschaftler? So ein genialer Mann wie du ist immer noch Privatwirtschaftler? Das kann doch nicht sein. Lan, ist das wahr?"

„Es ist wahr!" Vom Haupttor her schallte lauthals die Antwort. Wir sahen den Dorfvorsteher, Parteizellensekretär und Leiter der Genossenschaft, Hong Taiyue, in immer noch den gleichen Kleidern, nur noch magerer, noch drahtiger, noch knochiger, mit großen Schritten auf uns zukommen. Er streckte Held Pang Hu seine Hand entgegen: „Ein frohes Neues Jahr, Leiter Pang, Genossin Wang!"

„Frohes Neues Jahr!" Viele Leute drängten in den Hof und wünschten sich ein gutes neues Jahr. Keiner grüßte mehr nach altem Brauch und wünschte seinen Freunden das, was man früher einander wünschte. Überall waren jede Menge neuer Grüße zu hören, so wie: Ich wünsche dir einschneidende Veränderungen in unserer neuen Epoche. So grüßte man sich heutzutage.

„Leiter Pang, wir versammeln uns, um Fragen zur Genossenschaft höheren Typs zu erörtern. Wir wollen einige umliegende LPGs niederen Typs zu einer großen LPG zusammenlegen. Sie sind ein Held, leiten Sie uns bitte an und tragen Sie uns bitte etwas zu diesem Thema vor", sprach Hong Taiyue.

„Ich bin nicht vorbereitet", antwortete Pang Hu. „Ich kam, um dem Genossen Lan zu danken. Er rettete meiner Frau und meinem Kind das Leben."

„Sie können aus dem Stegreif reden, Sie brauchen sich nicht vorzubereiten. Berichten Sie uns bitte von Ihren Heldentaten, das möchten alle von Ihnen hören." Hong begann zu applaudieren, und die Menge klatschte stürmisch mit.

„Gut, ich erzähle euch etwas." Unter dem großen Aprikosenbaum umringten alle Pang Hu. Einer schob ihm einen Stuhl unter, aber er wich aus und setzte sich nicht. Stehend grüßte er mit lauter Stimme: „Ein gutes Neues Jahr, Genossen aus dem Dorf Ximen! Dieses Jahr wird ein gutes neues Jahr. Das nächste Jahr wird noch besser werden, weil die neugeborene Bauernschaft den Weg der Kollektivierung beschreitet, den Genosse Mao Zedong und die Kommunistische Partei uns weisen. Es ist ein goldener, strahlender Weg, der breiter und größer wird, je weiter wir ihn beschreiten."

Hong Taiyue unterbrach Pang Hu: „Aber es gibt einige, die tatsächlich so starrsinnig sind und den Weg des Privatwirtschaftens gehen. Sie wollen mit unseren LPGs einen Wettbewerb ausfechten, verlieren und wollen das noch nicht einmal zugeben. Lan Lian, ich rede von dir."

Alle Augen blickten beunruhigt auf meinen Herrn. Der spielte mit gesenktem Kopf mit dem Feuerzeug, welches ihm der Held geschenkt hatte. Ratsch – Flamme – ratsch – Flamme – ratsch – Flamme. Meine Herrin schämte sich, rempelte ihn an und warf ihm einen bösen Blick zu: „Mann, geh hinein."

„Lan Lian ist ein Genosse mit hohem Bewusstseinsstand", rief Pang Hu mit lauter Stimme: „Er hat mit seinem Esel voll Mut ein Rudel Wölfe überwältigt und zusammen mit seinem Esel meiner Frau das Leben gerettet. Wenn er jetzt nicht der Kommune beitritt, ist das nur ein kurzfristiges Unverständnis. Keiner soll ihn mit Gewalt dazu zwingen. Ich bin überzeugt, dass Genosse Lan Lian der Kommune beitreten und mit uns zusammen dem goldstrahlenden, großen Weg folgen wird."

„Lan Lian, wenn wir jetzt unsere LPG höheren Typs gegründet haben und du immer noch nicht beitreten willst, dann siehst du mich nun vor dir knien!", sprach Hong Taiyue.

Mein Herr band mich los und ging mit mir auf das Haupttor zu. Die Messingglocke, die mir der Held geschenkt hatte, bimmelte an meinem Hals.

„Lan Lian, trittst du nun bei oder nicht?", schrie Hong Taiyue.

Mein Herr hielt draußen vor dem Tor inne, wandte sich in Richtung des Innenhofs und brummte drohend: „Und wenn du vor mir kniest, ich trete nicht bei!"

Das neunte Kapitel
Ximen Esel begegnet Bai Shi im Traum, die roten Milizen gehorchen und führen Lan Lian ab.

Kamerad, jetzt erzähle ich dir vom Jahr 1958. Mo Yan berichtet in seinen Romanen mehrere Male über das Jahr 1958. Aber das ist alles an den Haaren herbeigezogen. Dass es sich dabei um verlässliche Wahrheiten handelt, ist unwahrscheinlich. Ich dagegen erzähle nur, was ich am eigenen Leib erlebte. Es handelt sich um wertvolle historische Fakten. Damals gingen die fünf Kinder vom Amtshof Ximen, du mit eingeschlossen, in die zweite Klasse der kommunistischen Schule von Nordost-Gaomi. Wir reden jetzt nicht vom *Großen Stahlschmelzen* und *Überall Lehmhochöfen*, diese Sachen sind uninteressant. Wir sprechen auch nicht von der großen Kampagne der gesamten Kreisbauernschaft, die von da an in der Kollektivkantine Kantinenessen fassen musste. Das hast du alles selbst erlebt, und es ist nicht notwendig, dass ich darüber schwätze. Wir wollen uns hier auch nicht über die Evakuierungen der Bezirke, der Landkreise und die Umstrukturierung der Dörfer in Produktionsbrigaden auslassen; wie innerhalb von einer Nacht ganze Landkreise in Volkskommunen umgewandelt wurden. Das kennst du alles und ich bin es leid, darüber zu reden. Ich möchte von einigen wirklich legendären Vorfällen im Jahr 1958 berichten, die ich deswegen erlebte, weil ich in diesem ungewöhnlichen Jahr als Esel von einem Privatwirtschaftler gehalten wurde. Wir wollen so gut es geht vermeiden, politisch zu werden. Aber sollte es trotzdem passieren, dass wir die Politik am Rande streifen, mögest du bitte nachsichtig mit mir sein.

Es war eine Mondnacht im Mai. Der Mond stand strahlend weiß am Himmel und ein lauer Wind wehte von den Feldern herüber. Er trug die allerbesten Düfte mit sich, Duft von reifem Weizenkorn, Duft vom Schilfgras am Fluss, süßen Duft der Tamarisken von den Sanddünen, Duft von frisch gefällten, großen Bäumen ... Alles Wohlgerüche, die mich freudig stimmten. Aber nicht gut genug, dass ich der Familie eures unverändert starrsinnigen Privatwirtschaftlers davongelaufen wäre. Ich sag's dir ganz im Vertrauen, das, wovon ich mich wirklich angezogen fühle, das, wo mir alles egal wird, ich Zaum und Strick zerbeiße und auf und davon bin, das ist der Geruch, den eine abschleimende Eselin verströmt. Das ist der natürliche Fortpflanzungsinstinkt eines ausgewachsenen Eselhengstes. Das muss mir auch nicht peinlich sein. Seit mir von dem abartigen Xu Bao ein Hoden entfernt wurde, fand ich immer, dass ich in dieser Hinsicht unfähig geworden war. Obwohl in meinem Schritt noch zwei Hoden baumelten, fand ich die beiden völlig nutzlos. Wie reine Optik. Aber in jener Maiennacht erwachten sie plötzlich wie aus einem Winterschlaf. Sie wurden heiß, schwollen an und machten diesen Knüppel unter meinem Bauch so hart wie Stahl. Immer wieder fuhr ich ihn aus, um mir Kühlung zu verschaffen. Die Freuden, in denen sich Menschen heißblütig verzehren, locken mich nicht. Vor meinem geistigen Auge flammte immer wieder das Bild einer Eselin auf: wohlproportionierte Figur, lange, hübsche Beine, klare, schöne Augen und ein glattes, glänzendes Fell. Mit ihr wollte ich mich treffen und sie besteigen und absamen. Das war wichtig, alles andere war mir scheißegal.

Das Haupttor vom Hof der Ximens war abgebaut und weggeschafft worden. Es hieß, es sei beim Hochofen für die Stahlherstellung zerhackt und verfeuert worden. Deswegen war ich, nachdem ich den Strick zerbissen hatte, sofort frei. Im Grunde war es jedoch egal, ob da ein Tor war oder nicht. Denn es war mir ein Leichtes, über die Mauer zu fliegen. Ein paar Jahre früher hatte ich das schon einmal gemacht und war nach draußen verschwunden.

Auf der Dorfstraße folgte ich wie ein Wahnsinniger dem Geruch, der mich in seinen Bann riss und benommen machte. Auf der Straße war vieles anders geworden, es hatte mit der neuen Politik zu tun. Aber ich dachte mir nichts dabei und schaute deswegen auch nicht hin. Ich stürmte zum Dorf hinaus, galoppierte den Staatsgütern zu. Dort lag alles im Feuerschein, der halbe Himmel leuchtete glutrot von dem größten Lehmhochofen in Nordost-Gaomi. Später kam heraus, dass er der einzige unter den unzähligen Lehmhochöfen war, der es damals überhaupt geschafft hatte, ein klein wenig Stahl zu produzieren. Das war der Entschlossenheit und dem Fleiß der Arbeiter auf dem Staatsgut zu verdanken. Denn dort gab es einige Rechtsabweichler, die zur Umerziehung in diesem Staatsgut interniert waren. Sie waren Stahlbau-Ingenieure, die vom Studium aus den USA heimgekehrt waren.

Ein Stahlbau-Ingenieur stand neben dem Ofen und leitete sehr vorschriftsmäßig die kurzfristig von der Landarbeit zur Stahlherstellung abkommandierten Bauern bei der Bedienung des Ofens an. Auf ihren Gesichtern spiegelten sich die hoch aufschlagenden Feuersbrünste. Mehr als zehn Lehmhochöfen waren am Ufer des breiten Flusses, der zum Transport des Getreides genutzt wurde, aufgestellt worden. Im Westen des Flusses lagen die Wiesen und Felder des Dorfs Ximen, im Osten des Flusses lag das Gebiet des Staatsguts. Die zwei Flüsse, die Nordost-Gaomi durchflossen, mündeten hier in den großen Strom. Dort, wo die drei zusammentrafen, gab es Moor, Schilf, soweit das Auge reichte, und Sandbänke, dazwischen immer wieder Tamariskendickicht von einigen Kilometern Durchmesser. Ursprünglich gab es zwischen den Leuten auf den Staatsgütern und den Dörflern keinerlei Kontakte. Auf der breitesten Straße, die es bei uns gab, waren Ochsenkarren, Pferdekarren und Rikschas unterwegs, die ein graues Gestein, das Eisenerz, transportierten. Da waren auch Esel, Maultiere und Maulesel, die das Gestein auf ihrem Rücken schleppten, und Großväter, Großmütter und kleine Kinder mit Steinbrocken auf dem Rücken. Endlose Wagenschlangen und Menschenströme zogen wie Ameisen auf dieser Straße zu den Lehmhochöfen des Staatguts. Wenn die Leute später sagten, dass während des *Großen Stahlschmelzens* nur ein Haufen Müll produziert wurde, ist das nicht richtig, denn in Nordost-Gaomi hatten wir Leiter, die ziemlich helle waren. Sie wussten ihre rechtsabweichlerischen Stahlbau-Ingenieure gut einzusetzen. Sie produzierten wirklich Stahl.

In den Wogen der Kollektivierung vergaß man in den Volkskommunen vorübergehend, dass es in Gaomi noch einen Privatwirtschaftler gab. Lan Lian bewegte sich tatsächlich über viele Monate im gesetzesfreien Raum. Während in der Genossenschaft niemand dazu kam, das reife Getreide zu ernten, und es somit auf dem Feld verdorrte, brachte er in aller Ruhe seine zweieinhalb Morgen Getreide ein. Außerdem schnitt er im Ödland, das keinem gehörte, einige tausend Kilo Schilf, um im Winter, wenn Zeit dazu war, daraus Matten zu flechten und so eine zusätzliche Einnahmequelle zu haben. Sie hatten den Privatwirtschaftler tatsächlich vergessen. Und den Esel des Privatwirtschaftlers hatten sie natürlich mit vergessen. Deswegen wurde alles, sogar Kamele, die wie wandelnde Gerippe aussahen, zum Staatsgut getrieben, um Eisenerz zu schleppen, aber ich, ein stattlicher Eselhengst, freute mich weiter meiner Freiheit und kostete den Geschmack romantischer Abenteuer und das lodernde Feuer der Liebeslust.

Ich galoppierte, vorbei an ungezählten Menschen und Zugtieren, darunter an die fünfzig Esel. Aber keine Spur von der Eselin, die diesen mich anlockenden Geruch verströmte. Der Geruch wurde im Gegenteil immer schwächer. Er war inzwischen so undeutlich geworden, dass ich mich von meinem Ziel entfernt haben musste. Mehr als ich meinem Geruchssinn glaubte, vertraute ich jedoch meinem Instinkt. Es konnte nicht sein, dass ich wieder zurücklaufen musste. Die Eselin, die ich suchte, konnte doch nur eine von den Eseln sein, die hier Eisenerzkarren zogen oder Erzbrocken auf ihrem Rücken schleppten. In dieser Zeit der straffen Organisation und eisenharten Befehle gab es bestimmt keinen zweiten Esel, der genauso frei und ungezwungen wie ich irgendwo herumlief und liebestoll war. Vor der Gründung der LPG schimpfte, ja brüllte Hong Taiyue meinen Herrn an: „Lan Lian, ich scheiße auf deine Ahnen, du bist ein typischer Fall für die schwarze Liste. Sobald ich hier durch bin, werde ich mir dich vorknöpfen!" Mein Herr reagierte wie ein totes Schwein, das nicht mehr fürchtet, gekocht zu werden. Mild sprach er: „Gut, ich warte drauf." Ich lief über die große Brücke über den Yunliang-Fluss, die vor dreizehn, vierzehn Jahren bei einem Bombenangriff in die Luft geflogen war und die sie gerade wieder repariert hatten. Ich machte einen Umweg bei den glutheißen Hochöfen, nirgends eine Spur von der Eselin. In die Stahlarbeiter, die so müde waren, dass sie wie betrunken aussahen, kam wieder Leben, als ich vor ihnen auftauchte. Mit ihren langen Feuerzangen und Spaten umstellten sie mich und wollten mich fangen. Aber das schafften sie natürlich nicht. Sie schwankten, sodass sie mein Tempo nicht halten konnten, egal wie sehr sie sich anstrengten. Und hätten sie mich tatsächlich eingeholt, hätte ihnen die Kraft in den Händen gefehlt, mich zu ergreifen. Ihr Geschrei war nur Getue. Die flackernd hochschlagenden Flammen ließen mich noch einmal so imposant erscheinen. Mein Fell leuchtete wie schwarze Seide. Ich bin mir sicher, dass die Männer in ihrem Leben nie wieder einen so stattlichen Esel zu Gesicht bekommen haben. „Iah..." Ich stürzte auf die mich umzingelnden Männer zu, sie stoben auseinander, stolperten und gingen zu Boden. Einige von ihnen rannten mit dem Spaten davon wie auf dem Schlachtfeld geschlagene, um ihr Leben rennende Soldaten. Ein einziger mit Mut war unter ihnen. Er war klein und trug einen Weidenschutzhelm, mit der Feuerzange schubste er mich am Po. „Iah... dreckiger Hund!" Die Zange kam glühend aus dem Ofen, und ich roch etwas Angebranntes. Er hatte mir einen bleibenden Brand zugefügt. Ich schlug ein paar Mal hintereinander aus und stürmte aus dem Feuerschein hinaus ins Dunkel. Ich watete durch den Schlick am Strand und tauchte im Schilf unter.

Der frische Schilfgeruch und die kühle feuchte Brise ließen mich wieder ruhiger werden, die Brandwunde schmerzte weniger, aber immer noch so stark, dass sie weitaus schmerzhafter war als die Bisswunden, die mir einst die Wölfe beigebracht hatten. Ich watete durch den weichen Schlick hinunter ans Ufer und trank ein paar Schluck aus dem Fluss. Das Wasser stank erbärmlich nach Krötenpisse. Im

Wasser war etwas Klumpiges, da wusste ich, dass ich Kaulquappen mitgetrunken hatte. Wie eklig, aber man konnte nichts mehr daran ändern. Vielleicht hatten Kaulquappen eine schmerzstillende Wirkung, ich nahm es so, als hätte ich eine Arznei eingenommen. Nun wusste ich nicht mehr weiter. Wohin sollte ich gehen? Hätte ich überhaupt noch irgendwohin gehen sollen? Plötzlich war der Geruch wieder da, dem ich gefolgt war, den ich aber verloren hatte. Wie ein roter Faden im Wind machte er sich bemerkbar. Ich bekam Angst, ihn zu verlieren, und folgte ihm. Ich wusste, er würde mich zu der Eselin führen. Das Mondlicht leuchtete wieder hell, da ich mich weit von dem Feuerschein der Hochöfen entfernt hatte. Am Fluss quakten die Kröten. Dazwischen, in einzelnen Schüben, hörte man aus der Ferne Freudenschreie, Beckenschallen und Trommeln. Ich wusste, dass die fanatischen Leute über einen Sieg, den sie frei erfunden hatten, in einen hysterischen Taumel geraten waren.

Mein Geruchssinn folgte diesem roten Faden eine Weile. Die Hochöfen des Staatsguts lagen in weiter Ferne. Ich kam durch eine totenstille Wüstung und lief dann auf einem schmalen Weg zwischen den Feldern entlang. Links lag ein Weizenfeld, rechts ein Zitterpappelgehölz. Der Weizen war überreif. Obschon er im frischkühlen Mondlicht stand, verströmte er etwas Versengtes. Kleine Tiere tobten hin und wieder durch das Feld. Dann hörte man Halme knicken und ... schschscht ... Körner rieseln. Die silbernen Blätter der Zitterpappeln glitzerten, als hingen die Bäume voller Silbermünzen. Eigentlich hatte ich gar keine Augen für diese schöne Mondnacht, aber ich möchte dir davon berichtet haben. Plötzlich wurde der betörende Geruch so stark wie Schnaps, wie Honig, wie dampfend aufgetragener, gerade frisch gekochter Kleiebrei. Der imaginäre rote Faden wuchs zu einem dicken, roten Seil. Ich war die halbe Nacht gerannt, hatte größte Hindernisse und bitterste Not überwunden, um meine Liebe zu finden. So wie man am Ende der Ranke eine Melone findet. Wild setzte ich nun zum Galopp an, zügelte mich aber sofort wieder und ging langsam mit Bedacht den kleinen Weg hoch.

Im Schein des Mondlichts sah ich mitten auf dem Weg eine weiß gekleidete Frau mit gekreuzten Beinen sitzen, eine Eselin war nicht zu sehen. Aber der strenge Geruch einer rossigen Eselin war da, es bestand kein Zweifel. Ich fragte mich, ob ich wohl irgendeinem Hinterhalt auf den Leim gegangen war? Es konnte doch nicht sein, dass auch Frauen einen Geruch verströmten, der einem Eselhengst die Sinne raubte. Voller Zweifel näherte ich mich langsam der Frau. Je näher ich ihr kam, desto mehr drängte sich mir die Erinnerung des Ximen Nao auf. Wie wenn aus einzelnen Funken ein loderndes breites Feuer brennt. Im Gegenzug verschwand mein Eselbewusstsein, menschliches Empfinden gewann die Oberhand. Auch wenn ich ihr Gesicht nicht sah, wusste ich sofort, wer sie war. Keine Frau auf der Welt als allein meine Lady Bai verströmt den Geruch von bitteren Mandeln. Meine geliebte Frau, du, der das Glück nicht hold war. Warum nenne ich dich eine Frau, der das Glück nicht hold ist? Weil du diejenige meiner drei Frauen mit dem tragischsten Schicksal bist. Yingchun und Qiuxiang heirateten beide, fingen ein neues Leben an und gehörten fortan zu den Armen. Sie änderten ihre Klassenzugehörigkeit. Nur meiner Lady Bai wurde der Hut des Grundbesitzers aufgesetzt. Sie lebte im Aufseherhäuschen der Familiengrabstätte der Ximens und nahm es hin, dass ihr Körper der Umerziehung durch Arbeit nicht standhielt. Das Aufseherhäuschen mit Schilfdach und Wänden von Lehm war winzig und niedrig. Über die Jahre war es verfallen, der Wind pfiff hindurch und es regnete hinein. Täglich drohte es einzustürzen. Wenn das eines Tages passierte, würde Bai Shi darunter begraben werden. Alle üblen Elemente waren jetzt der Kommune beigetreten. Dort unterstanden sie der Führung durch die untere und mittlere Schicht der Bauern und unterzogen sich der Umerziehung durch Arbeit. Deswegen müsste sie jetzt logischerweise mit allen üblen Elementen zusammen der Arbeitseinheit angehören, die das Eisenerz schleppte. Oder sie müsste unter Aufsicht des Yang Qi in der Mine im Tagebau Eisenerz brechen. Ein Galgenstrick mit struppigem Haar, dreckverkrustet und in Lumpen. Warum saß sie dennoch in dieser gemäldegleichen Umgebung mit reinweißem Gewand bekleidet und verströmte diesen wunderbaren, betörenden Duft?

„Hausherr, ich wusste, dass du da bist, dass du kommen würdest, dass du nach diesen schweren Jahren, in denen du Verrat und Schamlosigkeit ertragen musstest, dich meiner Treue erinnern würdest."

Als wenn sie Selbstgespräche führte ... oder schüttete sie mir ihr Herz aus? Tieftraurig klang ihre Stimme: „Ich weiß, dass du nun ein Esel bist. Aber trotzdem bist du immer noch mein Mann, mein Fels in der Brandung. Herr, seit du ein Esel bist, spüre ich erst, wie sehr unsere Herzen die gleiche Sprache sprechen. Erinnerst du dich noch an dein Geburtsjahr, als wir uns im Frühling am Totenfesttag trafen? Du warst mit Yingchun wildes Blattgemüse schneiden und bist an mir vorübergetrabt, als ich im Grabaufseherhäuschen war. Sofort habe ich dich gesehen. Ich war gerade dabei, heimlich frische Erde für die Schwiegermutter und für dich auf eure Gräber zu tun, da kamst du schnurstracks zu mir gelaufen. Mit deinem rosa Mäulchen hast du an meinem Hemd gelutscht. Ich wandte den Kopf und erblickte dich: so ein süßes Eselfohlen. Ich streichelte dir Nase und Ohren, du lecktest mir die Hand. Plötzlich spürte ich ein Ziehen und eine Hitze in meinem Herzen, Trauer mischte sich mit einem Gefühl der Nähe. Tränen schossen mir in die Augen. Mit verschleiertem Blick sah ich in deine strahlenden, wachen Augen. Ich sah mein Spiegelbild und erkannte dort deinen mir so vertrauten Blick wieder. Hausherr, ich wusste, dass sie dich zu Unrecht getötet hatten. Ich brachte frische Erde und schichtete sie auf dein Grab. Ich legte mich auf dein Grab, mit dem Gesicht in die Erde und schluchzte. Da kamst du und klopftest mir mit deinem kleinen Vorderhuf auf den Po. Ich wandte mich um und sah schon wieder deinen mir so vertrauten Blick. Ich war mir sicher, dass du als Esel auf die Erde zurückgekehrt warst. Mein Herr, der Mensch, den ich am allermeisten liebe. Wie konnte der Unterweltfürst Yama so grausam ungerecht sein und dich in einen Eselleib stecken? Dann dachte ich, ob es wohl möglich wäre, dass du es selbst gewählt hattest? Dass du dir um mich Sorgen machtest? Dass du dann immer noch lieber als ein Esel mir nah sein wolltest? Dass du nicht zu den hochgestellten reichen Leuten hinwolltest, die Yama als Familie für dich ausgesucht hatte, und nur meinetwegen dann immer noch lieber als Eselfohlen im Stroh zur Welt kamst? Mein Hausherr ... die Trauer überwältigte mich. Ich konnte mich nicht beherrschen und weinte entsetzlich. Im gleichen Augenblick hörte man von ferne Trommeln und Becken. Yingchun sprach mich heimlich von hinten an: ‚Hör auf zu weinen, es kommt jemand.' Yingchun hatte ihr gutes Herz noch nicht zu Grabe getragen. In dem Strohkorb, den sie über dem Arm trug, hatte sie unter dem wilden Gemüse einen Stapel Totengeld versteckt. Ich dachte mir, dass sie heimlich herkam, um für dich Totengeld zu verbrennen. Ich zwang mich mit aller Kraft, das Weinen zu unterdrücken, und sah, wie du und Yingchun rasch in dem Kieferhain untertauchtet. Alle drei Schritte blicktest du dich um. Alle fünf Schritte hieltest du inne. Liebster, ich wusste, dass dein Herz voller Liebe für mich war ... Der Trupp rückte an. Die Trommeln und Becken: Bumm, bummbumm, bumm ... Die rote Fahne blutrot, die Blumenkränze schneeweiß. Das waren die Lehrer und Schüler der Grundschule, die zum Totenfest die Gräber ihrer Helden besuchten. Es regnete, die Schwalben flogen tief. Bei den Gräbern der Helden gab es Pfirsichblüten wie die Morgenröte, Gesang wie wogende Flutwellen. Und bei meinem Hausherrn? Deine Gattin wagte nicht, vor deinem Grab zu weinen. An dem Abend, als sie meinetwegen den Tumult auf dem Amt machten und mich verhörten, hattest du mich gebissen. Die anderen fanden, du wärest toll geworden, weil du nicht angebunden sein wolltest. Nur ich wusste, dass du das Unrecht, das sie mir antaten, nicht ertragen konntest. Unsere Reichtümer waren längst alle ausgegraben. Es wäre nicht mit rechten Dingen zugegangen, hätten sie noch etwas von uns bei der Lotusblütenflussbiegung gefunden. Liebster, als du mich gebissen hast, habe ich es als deinen Kuss empfunden. Obwohl, oder gerade weil es ein furchtbarer Kuss war, ist er mir in Mark und Bein gedrungen. Dankbar bin ich für deinen Kuss, denn sie sahen, dass ich am Kopf blutete, und befürchteten, dass sie dann einen Todesfall vertuschen mussten. Deswegen ließen sie mich nach Haus gehen. Aber wo war mein Zuhause? Vor deinem Grab in der maroden Hütte. Ich lag auf dem feuchten kleinen Kang aus ungebrannten Lehmziegeln und wünschte mir einen schnellen Tod. Dann wollte ich auch als ein Esel wiedergeboren werden, mit dir wollte ich Eselmann und Eselfrau sein ..."

„Aprikosenkind, Bai, meine Gattin, meine Liebste ...", schrie ich gellend. Aber die Worte, die mein Maul verließen, waren nur Esellaute. Der Schlund des Esels bot mir keine Möglichkeit, menschliche Geräusche von mir zu geben. Ich hasste den Eselkörper, ich quälte mich, wand mich. Ich wollte unbedingt zu dir sprechen. Aber die Wirklichkeit ist grausam. Was ich sagte und mit welcher Mühe ich auch meine Liebe bekundete, mein Maul verließ immer nur: „Iah ... iah." Alles, was ich tun konnte, war, dich mit meinem Maul zu küssen, dich mit meinen Hufen zu streicheln, meine Tränen auf dein Gesicht zu vergießen. Meine großen Eseltränen, die größer waren als die größten Regentropfen. Ich wusch mit meinen Tränen dein Gesicht. Du lagst flach auf dem Weg, schautest mir gerade in die Augen, die genauso tränenvoll wie die meinen waren. Dein Mund wiederholte in einem fort: Liebster Mann, liebster Mann... Ich riss mit meinen Zähnen dein weißes Gewand entzwei. Umschlang dich mit meinen Lippen. Es flammten Erinnerungen auf aus der Zeit, als wir frisch verheiratet waren. Bai Aprikosenkind, schamhaft leicht errötend, mädchenhaft weich und lieblich. Sie war in der Tat ein Tausend-Goldtaler-Fräulein, wie es nur reiche Familien erzogen. Ein Mädchen, das das Motiv *Zwei Lotusblüten an einem Stiel* zu sticken vermochte, das *Gedichte aus der Sammlung der Tausend Meister* zitieren konnte ...

Ein Trupp Männer stürmte laut grölend den Hof der Ximens und ließ mich erschreckt aus meinen Träumen hochfahren. Ich konnte meinen Wunsch nicht erfüllen, konnte den Bund der Unzertrennlichkeit nicht mehr schließen, ich, halb Mensch, halb Esel, war plötzlich wieder Esel mit Eselkopf und Eselschwanz. Mit verqueren Fratzen und Stierblick stürzten die Männer in das Westhaus hinein, zerrten Lan Lian brutal heraus und steckten ihm eine weiße Fahne aus Papiermaché hinter seinem Kopf in den Nacken. Mein Herr versuchte, sich zu wehren. Aber diese Kerle hatten ihn mit Leichtigkeit sofort wieder in ihrer Gewalt. Mein Herr wollte diskutieren. Sie sagten aber nur: „Wir sind auf Befehl hier. Du sagtest, du wolltest privat wirtschaften. Das ließen wir dich wohl oder übel machen. Aber das *Große Stahlschmelzen* und die *Nutzung der Wasserkraft* sind groß angelegte Staatsvorhaben. Jeder Staatsbürger ist verpflichtet mitzumachen. Als wir das Sperrbecken aushoben, haben wir dich vergessen. Dieses Mal kommst du nicht so bequem drum herum!"

Zwei der Männer griffen Lan Lian links und rechts unter die Arme und führten ihn ab. Einer holte mich aus dem Stall. Der hatte Erfahrung, wahrscheinlich war er bei denen fürs Viehzeug zuständig. Er stellte sich dicht neben mich, dann griff er blitzschnell mit hartem Griff in die Trense, die mir das Maul zuschnürte. Beim geringsten Widerstand drehte er zu, sodass die Trense mir die Mundwinkel zerriss, ich keine Luft mehr bekam und es vor Schmerzen nicht aushalten konnte.

Die Herrin kam aus dem Haus gerannt und versuchte, mich den Männern wieder zu entreißen: „Lasst meinen Mann arbeiten. Das geht. Meinetwegen auch mich, im Steinbruch Eisenerz brechen oder Eisen schmelzen. Aber meinen Esel dürft ihr nicht mitnehmen!"

Die Kerle brausten auf: „Bürgerin, was willst du uns unterstellen?

Dass wir die dreckigen Marder von Wang Jingwei spielen und euch hier den Esel wegholen? Wir sind Basismilizionäre der Kommune und handeln auf Befehl von oben, wir tun, was die Politik uns vorgibt. Wir enteignen euch vorübergehend und nehmen den Esel mit. Wenn wir ihn nicht mehr brauchen, kriegt ihr ihn zurück."

„Ich gehe anstelle des Esels!", sagte Yingchun.

„So nicht, wir haben von oben klare Anweisungen erhalten und werden keine eigenmächtigen Entscheidungen treffen."

Lan Lian befreite sich aus dem festen Griff der Milizionäre: „Ihr braucht mich nicht so zu behandeln. Eine Talsperre bauen oder Eisen schmelzen sind Aufgaben des Staates, wozu ich natürlich bereit bin. Wenn es an Männern fehlt, springe ich ein. Aber ich verlange, dass ihr erlaubt, dass ich mit meinem Esel zusammen sein kann."

„Das können wir nicht entscheiden. Deine Anliegen musst du mit unseren Vorgesetzten besprechen."

Ich wurde von den Männern abgeführt, Lan Lian wurde von zwei Milizionären links und rechts in die Klammer genommen und wie ein Deserteur eskortiert. Als wir aus dem Dorf heraus waren, ging es auf direktem Weg zu der Bezirksregierung, das Gebiet gehört zur Volkskommune. Dort bekam ich einst bei dem Schmied mit der roten Nase und seinem Gesellen meine ersten Hufeisen. Wir kamen an der Familiengrabstätte der Ximens vorbei und sahen eine Gruppe Schüler, die Steine von den Gräbern hauten und die Gräber aufscharrten. Eine weiß bekleidete Frau kam wie im Fluge aus dem kleinen Grabaufseherhäuschen gestürzt. Sie stob in die Gruppe Schüler hinein. Auf den Schultern eines Schülers klammerte sie sich fest und wollte ihn erwürgen. Aber jemand schlug ihr von hinten mit einem Backstein auf den Kopf. Ihr Gesicht war kreidebleich, wie aus Gips. Ihr schriller Schrei ging mir durch Mark und Bein. Starr vor Entsetzen war ich, heißer als geschmolzenes Erz brannte mein Herz. Ich hörte meine Kehle deutlich Menschenlaute ausspucken: „Schluss! Ich bin Ximen Nao! Ich verbiete euch, das Grab meiner Ahnen zu öffnen! Ich verbiete euch, meine Frau zu schlagen!"

Voll Zorn stieg ich, ich hielt dem grausamen Schmerz in meinem Maul stand und riss den Mann neben mir in die Höhe, um ihn in den Schlamm seitlich des Weges zu stoßen. Als ein Esel hätte ich vor dieser Szene meine Augen verschließen können, als ein Mensch aber duldete ich die Schmach nicht, dass man sich am Grab meiner Ahnen zu schaffen machte und meine Frau schlug. Ich preschte in die Schüler hinein, biss einem hochgewachsenen Lehrer den Kopf auf und trat einen Schüler zu Boden, der sich gebückt hatte und dabei war, das Grab zu öffnen. Die Schüler rannten in aller Winde Richtung davon. Die Lehrer legten sich flach auf den Boden. Ich sah die sich am Boden krümmende Lady Bai Shi und das pechschwarze, geöffnete Grab. Ich machte kehrt und galoppierte auf das undurchdringliche Schwarz des Kieferngehölzes zu.

Das zehnte Kapitel
Der Kreisvorsteher liebt Ximen Esel, ehrt ihn und nimmt ihn als sein Reittier. Unerwartet bricht der Esel sich dabei den Vorderhuf.

Zwei Tage galoppierte ich wie ein Irrer durch Nordost-Gaomi. Nur langsam schwand die brennende Wut. Hunger zwang mich, Unkräuter und Rinde zu fressen. Die grobe Nahrung gab mir eine Ahnung davon, wie hart das Los eines Wildesels ist, und durch die Sehnsucht nach gutem, duftendem Futter kehrte allmählich meine Bereitschaft wieder, ein mittelmäßiger Hausesel zu sein. Ich begann die Nähe von Menschen zu suchen und hielt mich unweit ihrer Behausungen auf. Eines Mittags sah ich, wie beim Vorsteher des Dorfes Tao unter einem großen dicken Mandelbaum ein Pferdewagen Mittagspause machte. Der köstliche Duft von Sojapresskuchen vermischt mit Getreideheu stieg mir in die Nase und setzte sich dort fest. Die beiden Mulis, die den Karren zogen, standen vor einer Korbschütte, die auf einem dreieckigen Ständer stand, und ließen sich das gute Futter schmecken.
Ich hege schon immer Verachtung für diese Bastarde, die nicht ganz Pferd und nicht ganz Esel sind, und würde sie am liebsten alle totbeißen. An diesem Tag aber dachte ich nicht daran, mit ihnen einen Streit vom Zaun zu brechen. Ich wollte mich nur zu ihnen an die Futterschütte stellen, um ein paar Bissen richtiges Futter abzubekommen, um meinen erschöpften Körper nach dem tagelangen Galopp ein wenig zu stärken.
Verstohlen wagte ich mich vorwärts. Ich hielt den Atem an und setzte die Hufe so vorsichtig wie möglich einen vor den anderen, damit

die Glocke, die ich um den Hals trug, kein Geräusch machte. Die Messingglocke, die mir der Held mit den Krücken um den Hals gehängt hatte, mehrte mein Ansehen, behinderte mich aber auch. Flog ich im gestreckten Galopp dahin, bimmelte Glockenklang. Wie bei einem Helden unter den Eseln halt. Aber die Glocke band mich auch an die Menschen und ließ mich ihrem Bannkreis niemals entkommen.

Auch jetzt ertönte sie trotz aller Vorsicht. Die beiden viel wuchtiger als ich gebauten schwarzen Mulis schlugen ungestüm die Köpfe hoch. Sie durchschauten im selben Moment, was ich vorhatte. Sie scharrten mit den Hufen und schnaubten, um mich einzuschüchtern, damit ich ihnen nicht zu nahe kam. Aber da war das köstliche Futter unmittelbar vor meinen Augen! Wie hätte ich es einfach so dabei bewenden lassen sollen? Ich überblickte kurz die Lage: Das ältere Muli stand an der Deichsel. Es hatte eigentlich keine Möglichkeit, mich anzugreifen. Das junge Muli, das in der langen Anspannung, aber immer noch eingeschirrt, daneben stand, konnte mir auch nicht gefährlich werden. Ich brauchte nur ihren Mäulern auszuweichen, dann konnte ich etwas von dem Futter ergattern. Die Mulis schrien hitzig und drohten mir.

„Hört auf, verrückt zu spielen, ihr zwei Bastarde! Wenn's was zu futtern gibt, soll man's teilen, dafür braucht man dann auch nicht allein zu fressen. Wir leben in der Epoche des Kommunismus. Was meins ist, ist auch deins, und umgekehrt. Was soll dann dieses untereinander Aufteilen und nicht Abgeben noch?"

Ich passte eine Gelegenheit ab, stürzte mich auf den Futterkorb und fraß, so schnell ich konnte. Sie bissen mich, die Trensen schlugen klirrend aneinander. Wenn ihr beißen wollt, Bastarde, bekommt ihr es jetzt mit einem Fachmann im Beißen zu tun. Ich schluckte das Heu, das ich im Maul hatte, hinunter, sperrte mein Maul weit auf und biss fest in das Ohr des Deichselmulis. Ich zerrte mit einem Ruck, und ein Stück vom Ohr fiel herunter. Dann nahm ich mir den kleinen Pisserbastard, das Riemenmuli, vor und biss ihn so in den Hals, dass mein ganzes Maul voll mit seiner Mähne war. Einen Moment lang herrschte das reinste Chaos. Ich rammte meine Zähne in die Kante des Korbes und ging blitzschnell ein paar Schritt rückwärts. Das Muli in der Riemenanspannung sprang sofort nach vorn. Ich hatte schon meine Kruppe in Position gebracht und schlug aus, ihm direkt an den Kopf. Ein Huf traf aufs Nasenbein, ein Huf schlug ins Leere. Der Bursche ließ den Kopf auf der Erde schleifen, schloss die Augen und begann sich zu drehen, die Leinen und Stränge verhedderten sich und wickelten sich um seine Beine. Ich beeilte mich, noch möglichst viel Futter abzubekommen. Es ging keine zehn Minuten so, da kam auch schon laut brüllend der Kutscher mit einem blauen Stoffpacken unter dem Arm und einer Stockpeitsche in der Hand aus einem der Höfe gerannt. Ich fraß so viel und so schnell ich konnte, ich nutzte jede Sekunde. Er rannte auf mich zu, schwang die Peitsche, dass sie sich wie eine Schlange kringelte, und ließ sie laut knallen. Der Mann war kräftig gebaut und ging über den Onkel. Auf den ersten Blick sah man, dass er ein fähiger Kutscher war, der mit der Peitsche umzugehen wusste, den man nicht unterschätzen durfte. Vor einem Knüppel hatte ich keine Angst. Damit konnte man mich nicht so einfach schlagen. Aber die Wandlungen einer Peitsche sind unmöglich vorauszusehen. Man kann ihr so gut wie nicht ausweichen. Ich selbst sah einmal mit eigenen Augen, wie einer, der gewandt mit der Peitsche umzugehen wusste, ein unberechenbares Pferd mit einem einzigen Hieb niederstreckte. Das jagte mir nachhaltig Angst ein. Oh weh, die Peitsche kam mir entgegengeflogen. Mir blieb nichts anderes übrig, ich musste fliehen. Weg von dem gefährlichen Ort, nicht mehr den Futterkorb im Blick. Der Kutscher versuchte mich einzuholen. Aber ich rannte davon. Schließlich verfolgte er mich nicht mehr, ich blieb stehen, den Futterkorb wieder im Auge. Der Kutscher dagegen schaute sich seine beiden verletzten Mulis an und schimpfte derb. Wenn er eine Flinte zur Hand hätte, schrie er, dann würde er mir eine Kugel in den Kopf jagen. Dass er das sagte, brachte mich richtig in Stimmung.

„Iah, Iah ... was ich noch anfügen wollte ... wenn du in deiner Hand keine Peitsche hieltest, dann hätte ich dir längst den Kopf zerbissen."

Er hatte mich offensichtlich bestens verstanden, und es war nicht zu verkennen, dass er wusste, dass ich dieser bösartige Esel war, der schon einige Menschen schwerwiegend verletzt hatte. Er wagte es nicht, die Peitsche aus der Hand zu legen, aber genauso wenig wagte er, zuviel Druck zu machen. Abwartend blickte er vorsichtig in alle Richtungen. Er hielt nach Hilfe Ausschau. Ich wusste, dass er Angst gekriegt hatte, mich aber andererseits auch einfangen wollte.

Von ferne kamen Menschen, die mich umzingelten. Ich merkte am Geruch, dass es die gleichen Volksmilizionäre waren, die vor einigen Tagen nach mir gefahndet und mich festgenommen hatten. Ich hatte mich höchstens halbsatt gegessen, aber bei diesem Prachtfutter war ein Bissen doch wie zehn normale. Es verschaffte mir neue Energie und heizte meinen Kampfeswillen an: „Ich lasse mich nicht von euch umzingeln, ihr zweibeinigen Idioten!"
Aber was sah ich, von ferne kam auf dem Sandweg ein grünes kastenförmiges Monster angerollt. Ruckelnd und rumpelnd, aber mit hoher Geschwindigkeit, und hinter sich her eine große gelbe Sandwolke aufwirbelnd. Heute weiß ich natürlich längst, dass das ein in Sowjet-Russland hergestellter Jeep war, die Marken Audi, Mercedes Benz, BMW, Toyota kenne ich inzwischen auch alle. Sogar die amerikanischen Space Shuttles oder russische Flugzeugträger sind mir ein Begriff. Damals, 1958, war ich aber noch ein rückständiger Esel. Dieses Ungetüm mit den vier Gummirädern unter dem Bauch erreichte auf ebener Straße ohne Zweifel eine höhere Geschwindigkeit als ich. In bergigem Terrain konnte es sich mit mir nicht messen. Mo Yan bemerkte ja schon: *Ziegen können auf Bäume steigen, und Esel klettern gern.*
Ich bekam also an jenem Tag zum ersten Mal in meinem Leben einen sowjetischen Geländewagen zu Gesicht. Es war beängstigend unheimlich, aber zugleich irgendwie spannend. In diesem Zustand der Unschlüssigkeit wurde ich nun von den mich verfolgenden Volksmilizionären fächerartig umstellt, während der Geländewagen mir den Weg nach vorn versperrte. In einer Entfernung von einigen dutzend Metern erlosch das Motorengeräusch und drei Leute sprangen vorn und hinten aus dem Wagen heraus. Ihren Anführer kannte ich gut. Es war der ehemalige Bezirks- und jetzige Kreisvorsteher. Obwohl einige Jahre vergangen waren, hatte er sich körperlich gar nicht verändert. Er trug sogar noch die gleiche Kleidung wie damals.
Ich hegte keine Abneigung gegen ihn. Bis jetzt hatte mir sein überschwängliches Lob von damals genützt. Bis jetzt noch wurde mir warm ums Herz, wenn ich mich daran erinnerte. Seine Eselhändlervergangenheit machte ihn mir auch irgendwie vertraut und sympathisch. Wie man es auch nahm, er war ein Kreisvorsteher mit einem Herzen für Esel. Ich traute ihm und wartete darauf, dass er kam.
Der Kreisvorsteher bedeutete den Leuten, die ihn begleiteten, mit ei-

nem Wink stehenzubleiben. Dann hob er die Hand und gebot den mir im Rücken stehenden Milizionären, die nur darauf aus waren, mich zu fangen und zu töten, Einhalt. Sodann kam er, eine Hand erhoben und ein freundliches, zärtliches Lied pfeifend, langsam auf mich zu. Er war schon ganz nah, nur noch drei, vier Meter von mir entfernt. Ich sah einen köstlich gerösteten Sojapresskuchen in seiner Hand, dessen Duft mir in die Nase stieg. Die kleine Melodie, die er pfiff, kannte ich gut, und ich fühlte, wie mein Herz eine leichte Schwermut befiel. Die Unruhe fiel von mir ab und auch meine Muskeln entspannten sich wieder. In mir keimte der Wunsch, dieser Mensch möge neben mir stehen und mich streicheln. Endlich stand er ganz nah an meiner Schulter. Mit der Rechten hielt er meinen Hals umfasst, mit der linken Hand steckte er mir den Sojapresskuchen ins Maul. Dann streckte er die linke Hand aus, streichelte mir den Nasenrücken, während er leise auf mich einredete.

„Schneehuf, Schneehuf, du bist ein guter Esel. Ein Jammer, dass die Kerle, die nichts von Eseln verstehen, so falsch mit dir umgingen. Jetzt ist Schluss damit, du kommst zu mir. Ich werde dich gut erziehen, sodass aus dir ein herausragender, sowohl fügsamer wie auch mutiger Esel wird, den jedermann auf den ersten Blick lieb gewinnt."

Dann enthob er die Milizen der Aufgabe, mich zu fangen, und wies sie an zu verschwinden, und er befahl, dass der Geländewagen in die Kreisstadt zurückzufahren habe. Obwohl ich keine Satteldecke trug, schwang er sich auf meinen Rücken. Er war darin geübt, und er saß auch sofort auf der richtigen Stelle, wo ich am meisten Gewicht tragen konnte. Er war ein guter Reiter, ein Eselkenner. Er klopfte mir den Hals: „Komm schon, Junge!"

Von dem Tag an war ich das Reittier des Kreisvorstehers Chen. Ich trug diesen, wiewohl dünnen und schmalen, dafür aber vor Energie strotzenden Parteikommunisten tagaus, tagein durch den weitläufigen Kreis Gaomi mit seinen endlosen Wiesen. Bis dahin war ich über die Grenzen von Nordost-Gaomi nicht hinausgekommen. Mit dem Kreisvorsteher kam ich nach Norden bis ans Bohai-Meer, dort am Strand hinterließ ich meinen Hufabdruck, nach Süden kamen wir bis in das Dalianshan-Gebirge zur Eisenerzmine. Nach Westen bis zum wogenden Saufluss. Im Osten schnupperte ich am roten Kieselmeeresstrand die Salzluft des Gelben Meers.

In dieser Zeit erlebte ich die Sternstunden meines Lebens als Esel. Dass ich als Ximen Nao eine Vergangenheit besaß, vergaß ich während dieser Zeit völlig, auch alles sonst, was damit zusammenhing, alle, die zur Familie gehörten, und Lan Lian, der so tiefe Gefühle für mich hegte. Später erst fiel mir ein, dass es vielleicht damit etwas zu tun gehabt haben könnte, dass ich sozusagen ein Staatsamt innehatte. Auch für einen Esel waren Staatsbeamte beeindruckend und respekteinflößend. Dass Chen der Vorsteher des Kreises war und gleichzeitig für mich wahre Liebe empfand, werde ich bis ans Ende meiner Tage nicht vergessen. Er selbst mischte mir mein Futter, bürstete eigenhändig mein Fell. Er schmückte mich am Hals mit roten Quasten, band daran noch fünf feuerrote Pompons, und an die Messingglocke knotete er rote Seidentroddeln und Bommeln in Hülle und Fülle.

Der Kreisvorsteher ritt auf mir zu seinen Inspektionsreisen in ländliche Gebiete. Egal, wohin wir kamen, ich wurde immer aufs Höflichste behandelt. Die Leute gaben mir das allerbeste Heu zu fressen und frisches Quellwasser zu trinken. Sie kämmten mein Fell mit Knochenkämmen und streuten mir weißen Pudersand auf wunderbar glatten Untergrund, auf dem ich mich wälzen und erholen durfte. Alle wussten, dass, wenn sie den Esel des Kreisvorstehers gut behandelten, dieser sich darüber ganz besonders freute. Strichen sie mir Honig um den Eselbart, hatten sie im Grunde den Bart des Kreisvorstehers versorgt. Der Kreisvorsteher war ein guter Mensch. Er gab das Autofahren auf und ritt dafür lieber den Esel. Nicht nur, weil er damit Benzin sparte, sondern auch, weil er regelmäßig in die Berge musste, um die Eisenerzminen zu inspizieren. Wenn er nicht den Esel hätte nehmen können, so hätte er wohl zu Fuß gehen müssen. Natürlich wusste ich, dass der wirkliche Grund für sein Handeln darin lag, dass der Kreisvorsteher in seinem Leben als Eselhändler eine tiefe Liebe für Esel entwickelt hatte. Es gibt Männer, die sehen eine schöne Frau und bekommen leuchtende Augen. Der Kreisvorsteher sah einen schönen Esel und rieb sich beide Hände. Dass ich mir die Sympathie des Kreisvorstehers erwarb, ist nur normal, wo ich doch ein Esel mit vier Schneehufen bin, und obendrein noch einer, der in Sachen Intelligenz keinem Menschen nachsteht.

Mein Zaumzeug hatte seine eigentliche Bedeutung von dem Tag an verloren, an dem ich zum Reittier des Kreisvorstehers geworden war.

Denn es grenzte an ein Wunder, dass ich in den Händen des Kreisvorstehers von einem Esel, der in dem Ruf stand, andere Menschen zu verletzen, bissig und stur zu sein, zu einem sanftmütigen und dabei klugen und flinken Eselchen geworden war. Der kleine Fan, Sekretär des Kreisvorstehers, hatte ein Foto von uns beiden aufgenommen, als der Kreisvorsteher mit mir zu einer Eisenerzmine ritt, um diese zu besichtigen. Zusammen mit einem kleinen Aufsatz über mich reichte er das Foto bei der Provinzzeitung ein. Es wurde an auffälliger Stelle veröffentlicht.

Während der Zeit beim Kreisvorsteher kam es einmal vor, dass ich Lan Lian wiedersah. Wir begegneten uns auf einem sehr schmalen Gebirgspfad. Lan Lian trug zwei Körbe mit Eisenerz und kam den Berg herab. Der Kreisvorsteher kam auf mir den Berg hinaufgeritten. Als er mich sah, ließ Lan Lian sofort die Tragstange fallen, die Körbe stürzten um und das Eisenerz kullerte den Abhang hinunter. Der Kreisvorsteher herrschte ihn zornig an: „Was ist hier los? Das Erz bedeutet Reichtum, kein Stück darf verloren gehen. Steig hinab und hol es wieder herauf!"

Ich wusste, dass Lan Lian nichts von dem, was der Kreisvorsteher sagte, hörte. Seine Augen leuchteten und er stürzte direkt auf mich zu. Er umklammerte meinen Hals und wiederholte in einem fort: „Schwarzer, Schwarzer, hab ich dich endlich wiedergefunden ..."

Der Kreisvorsteher erkannte nun Lan Lian und wusste, dass er meinem ehemaligen Besitzer begegnet war. Er wandte sich nach seinem Sekretär um, der ihm auf einem dürren Pferd auf Schritt und Tritt bergauf und bergab folgte, und machte ihm ein Zeichen, sich dieser Sache anzunehmen. Der Sekretär sprang sofort vom Pferd und nahm Lan Lian zur Seite.

„Was machst du da? Das ist der Esel des Kreisvorstehers."

Aber Lan Lian antwortete: „Das ist mein Esel, der Schwarze, der gleich bei der Geburt schon keine Mutter mehr hatte. Meine Frau hat ihn mit Hirsebrei großgezogen. Er hält unsere Familie am Leben, er ist unser Lebensnerv."

Der Sekretär antwortete: „Und wenn es auch sicher euer Esel ist, so bleibt es doch dabei, dass, hätte der Kreisvorsteher ihn nicht gerettet, er längst von der Miliz erschossen worden und in die Suppe gewandert wäre. Er hat eine wichtige Arbeit übernommen. Er trägt den Kreisvorsteher aufs Land hinaus und spart dem Staat die Kosten für einen Geländewagen. Der Kreisvorsteher kommt ohne ihn nicht aus. Dass dein Esel eine so wichtige Aufgabe bekommen hat, sollte dir eine Freude sein."

„Das interessiert mich nicht", sprach Lan Lian beharrlich. „Ich weiß nur, dass dies mein Esel ist, und den will ich jetzt wieder mit nach Hause nehmen."

„Lan Lian, alter Freund", sprach der Kreisvorsteher, „du weißt, dass wir uns historisch und politisch in einer extremen Epoche befinden. Dieser Esel läuft im Gebirge so behänd wie auf ebener Straße. Er ist mir eine sehr große Hilfe. Lass es uns so handhaben: Wir benutzen deinen Esel vorübergehend. Wenn das *Große Stahlschmelzen* richtig angefangen hat und alles gut läuft, dann werde ich ihn dir zurückgeben. Die Regierung wird abwägen, wie sie dir die ausgefallene Zeit, für die wir ihn ausgeliehen haben, ersetzen kann."

Lan Lian wollte noch etwas dagegen einwenden, aber ein herrischer, lauter Kader ging dazwischen und beförderte ihn mit einem Handgriff auf die Straßenseite: „Was soll das, du alter Wichser? Du bist wie ein Hund, der in der Sänfte getragen wird, und keine Ahnung hat, wie er die Pfoten zum Dank heben soll. Wenn der Kreisvorsteher deinen Esel reitet, kannst du von Glück sprechen. So etwas widerfährt dir in hundert Jahren nicht nochmal."

Der Kreisvorsteher hob die Hand und gebot dem rüden Auftreten des Kommunekaders Einhalt: „Lan Lian, komm lass gut sein. Ich bewundere deine Courage. Aber du enttäuschst mich. Ich erwarte von dir, dass du unverzüglich mit deinem Esel der Kommune beitrittst und dass du nicht weiter gegen den großen Strom der Geschichte anschwimmst."

Der Kommunekader schubste Lan Lian an den Straßenrand, damit der Kreisvorsteher, oder besser, damit ich den Weg frei hatte. Ich spürte, wie Lan Lian mir forschend in die Augen schaute, und fühlte mich nicht mehr wohl in meiner Haut. Ob man sagen konnte, ich wäre meinem Herrn in den Rücken gefallen? Hätte ihn verraten, um selber aufzusteigen? Der Kreisvorsteher schien zu erraten, was mir im Kopf umherging, und klopfte mir beruhigend den Kopf: „Lauf schnell, Schneehuf, wenn du den ganzen Kreis auf deinen Schultern trägst, leistest du um ein Vielfaches mehr, als wenn du mit Lan Lian gehst. Früher oder später wird Lan Lian der Volkskommune beitreten. Und dann gehörst du sowieso zum Kollektiveigentum. Wenn

der Kreisvorsteher, um seine Arbeit zu tun, einen Esel der Volkskommune reitet, ist das doch eine ehrliche, runde Sache?"
Und dann, auf dem Zenit meines Lebens, fünf Tage, nachdem ich meinen Herrn wiedergesehen hatte, passierte es. Es heißt ja so schön: Man soll den Tag nicht vor dem Abend loben. Es war am frühen Abend, als ich den Kreisvorsteher von einer Mineninspektion auf dem Schlafenden Büffelberg wieder herunter trug. Ein Hase, der seitlich aus dem Gebüsch hochsprang, jagte mir einen Schrecken ein, als er meinen Weg kreuzte. Ich passte einen Augenblick nicht auf und trat mit dem rechten Vorderhuf in eine Felsspalte. Ich fiel auf die Seite, der Kreisvorsteher stürzte kopfüber von mir herunter. Er stieß auf einen spitzen Stein am Wegesrand und blutete so stark, dass er sofort ohnmächtig war. Der Sekretär schrie um Hilfe und trug den Kreisvorsteher den Berg hinunter. Ein paar Bauern wollten mich herausziehen, aber mein Huf saß tief in der Felsspalte fest. Er ließ sich unmöglich bewegen. Sie zogen und schoben mit aller Gewalt, ich hörte ein Knacksen aus der Spalte nach oben dringen, und plötzlich war da ein Wahnsinnsschmerz, der mich umhaute. Ich verlor das Bewusstsein. Als ich wieder zu mir kam, sah ich, dass Bänder und Sehnen mitsamt Hornkapsel bis auf das Kronbein und das Hufbein abgerissen und im Fels stecken geblieben waren. Mein Bein hatte so sehr geblutet, dass um mich herum eine riesige Blutlache war. Mich befiel eine maßlose Trauer, denn ich wusste, dass ein Esel mit diesen Verletzungen unbrauchbar ist. Nicht nur der Kreisvorsteher würde mich nicht mehr wollen, auch mein Herr würde einen Esel, der seine gesamte Leistungsfähigkeit so restlos eingebüßt hatte, nicht mehr durchfüttern. Mich erwartete nur noch das Schlachtermesser des Abdeckers. Es würde mir durch die Gurgel fahren, dann würde mein Blut abgelassen, mir die Haut abgezogen und mein Fleisch in feine Streifen geschnitten. Sie würden es als eine Köstlichkeit verspeisen. Es würde in Magen und Darm gelangen ... Da wollte ich doch lieber selbst sterben, bevor sie Hand an mich legten. Ich wandte den Blick seitwärts, dem Steilhang zu und den Abhang hinab, nach unten auf das im Dunst verschwindende Dorf. Ich schrie „Iah" und drehte mich mit aller Kraft nach außen vom Hang weg. Im selben Moment war der schmerzverzerrte Schrei von Lan Lian zu hören. Ich hielt inne.
Mein Herr kam den Berg hoch gerannt. Er war am ganzen Körper

schweißnass, die Knie aufgeschlagen, blutig, er war auf dem Weg wohl gestolpert und hingefallen. Als er mich in meiner erbärmlichen Lage sah, fing er laut an zu weinen.

„Schwarzer, Schwarzer, mein Alter ..."

Er hielt meinen Hals fest umfasst und hob mich vorn hoch, einige Bauern, die meinen Herrn begleitet hatten, nahmen hinten meine Schenkel hoch, einige zogen am Schwanz. Ich quälte mich, auf die Beine zu kommen. Aber den furchtbaren Schmerz, als ich mit meinem kaputten Bein den Boden berührte, konnte ich nicht ertragen. Kalter Schweiß rann mir in Strömen den Körper herab. Wie eine in sich zusammenstürzende Mauer fiel ich wieder zu Boden.

Ein Bauer sagte zu Lan Lian: „Den kannst du vergessen! Der ist hinüber. Ist aber kein Unglück! Der Esel ist so fett, du bekommst noch einen Batzen Geld dafür, wenn du ihn zum Abdecker gibst."

„Ach, leck mich doch am Arsch, du Pisser!" Lan Lian war außer sich: „Wenn dein Vater ein Bein weg hat, verkaufst du ihn an den Schlachthof, oder wie?"

Die Männer, die um ihn herum standen, stutzten. Der Bauer, der es wohl gut gemeint hatte, war wütend: „Mensch, du Arschloch, wie bist du denn drauf? Was hat der Esel denn mit meinem Vater zu tun?"

Der Bauer krempelte die Ärmel hoch, ballte die Fäuste und wollte sich mit Lan Lian prügeln. Die andern hielten ihn zurück und redeten ihm gut zu: „Lass gut sein. Was willst du dich mit diesem Verrückten abgeben. Der einzige Privatwirtschaftler des ganzen Kreises. Den haben der Kreisvorsteher und alle Kommissare schon auf ihrer schwarzen Liste."

Alle gingen ihrer Wege, nur ich und mein Herr blieben zurück. Der Sichelmond hing fahl am Himmelssaum. Stimmung und Szenerie waren gleichermaßen und darum doppelt trostlos. Mein Herr grollte dem Kreisvorsteher und grollte den Bauern. Er zog sich die Weste aus, riss daraus Stoffstreifen, dann verband und umwickelte er damit mein verletztes Bein. Au weia, es tat so höllisch weh ... Mein Herr hielt meinen Kopf umfangen, seine Tränen rannen in Strömen über meine Ohren.

„Schwarzer, mein guter Junge ... lass mich dir eins sagen: Wie konntest du nur einem Staatsbeamten Glauben schenken? Wenn es hart auf hart kommt, sind sie sich immer selbst am nächsten. Sie retteten den Beamten, aber dich ließen sie im Stich. Hätten sie einen Steinmetz geschickt, um den Stein aufzustemmen, hätte dein Bein vielleicht noch gerettet werden können ..."

Plötzlich überkam es ihn. Er ließ meinen Kopf los und rannte wie besessen zu der Felsspalte, fühlte mit der Hand hinein, um irgendwie meinen Huf, die Hornkapsel, herauszufischen. Weinend und schimpfend in einem mühte sich der völlig Erschöpfte schwer keuchend ab, um schließlich meine Hufkapsel hervorzuziehen. Als er den Huf in den Händen hielt, weinte er hemmungslos. Er sah, dass das Eisen von den Bergpfaden völlig blank gelaufen war. Auch mir flossen die Tränen wie ein Sturzbach.

Mein Herr machte mir Mut und half mir, sodass ich schließlich aufstand. Mit dem dicken Stoffverband konnte ich mit Müh und Not aushalten, dass der kaputte Fuß die Erde berührte. Aber es war ein Jammer, wie mein Körper sein Gleichgewicht verloren hatte. Den leichtfüßig dahinfliegenden Ximen Esel gab es nicht mehr. Nur einen Lahmen, der mit jedem Schritt den Kopf senkte, dessen ganzer Körper sich in einer Schräglage befand. Ungezählte Male wollte ich mit einem Satz den Berg hinunter und meinem trostlosen Leben ein Ende bereiten. Nur die Liebe meines Herrn hielt mich zurück.

Vom Tagebau der Eisenerzmine am Schlafenden Büffelberg vorbei bis in unser Dorf Ximen im Nordosten von Gaomi waren es sechzig und mehr Kilometer. Mit einem gesunden Bein wäre eine solche Strecke nicht der Rede wert gewesen. Aber mir fehlte ein Huf. Jeder Schritt war eine Qual. Das blutige Fleisch hing nur noch in Fetzen. Meine in Panik ausgestoßenen Schreie wollten nicht enden. Mein bebender Körper war dem Schmerz machtlos ausgeliefert. Das Zittern auf meiner Haut kam rhythmisch, wie Wellen, die sich vom Wind auf der Wasseroberfläche kräuseln, rollte es über meinen ganzen Körper.

Als wir uns wieder im Gebiet von Nordost-Gaomi befanden, begann mein Bein faulig zu stinken. Fliegenschwärme folgten mir mit schier ohrenbetäubendem Brummen. Mein Herr pflückte ein Bund Ruten von den Bäumen und band sie zu einem Strauß, um damit die Fliegen zu verscheuchen. Denn mein Schwanz hing nur noch schlaff ohne Kraft herunter. Schwallartig abgehende, wässrige Durchfälle hatten mich von den Lenden abwärts maßlos beschmutzt. Mit jedem einzigen Streich des Fliegenbesens konnte mein Herr fünfzig oder siebzig Fliegen erschlagen, aber es kamen immer mehr nach, in Trauben verfolgten sie mich. Dann zog sich mein Herr die Strümpfe aus und riss sie in Streifen, um meine Wunde am Bein zu verbinden. Er trug jetzt nur noch die seine Scham notdürftig bedeckende Hose auf dem Leib und an den Füßen zwei klobige, völlig zerschlissene Lederschuhe mit dick genähten Stoffschäften. Er sah monströs und lächerlich aus.

Wir aßen, was wir gerade fanden, und kampierten bei Dunkelheit notdürftig unter freiem Himmel. Ich aß vertrocknetes Gras, mein Herr wühlte am Wegesrand in den Süßkartoffelfeldern nach faulen, matschigen Kartoffeln, um irgendwie den Hunger zu stillen. Wir mieden die Straße und gingen nur Schleichwege, Menschenansammlungen wichen wir aus. Wir waren wie zwei vom Schlachtfeld türmende Deserteure. Als wir in das Dorf Huangpu bei Anyang kamen, war es gerade Mittag und die Dorfkantine gab Essen aus. Wie das duftete! Ich hörte den Magen meines Herrn laut knurren. Er blickte mich an und die Tränen liefen ihm übers Gesicht. Er wischte sie sich mit seinem dreckverkrusteten Arm ab. Seine Augen waren ganz rot. Dann schrie er plötzlich: „Verdammt nochmal, Schwarzer. Vor wem verstecken wir uns denn? Wovor haben wir Angst? Wir haben doch nichts Unanständiges getan! Wir sind aufrichtige und ehrliche Leute und haben nichts zu fürchten! Schwarzer, du hast deine Verletzung im Staatsdienst erlitten, sie sollte von Staats wegen behandelt werden. Dass ich dich pflege, ist doch das gleiche, als wenn ich etwas für den Staat leisten würde. Komm, lass uns ins Dorf gehen!"

Mein Herr führte mich ins Dorf. Es war, als führte er eine Legion von Fliegen in die Kantine, die gerade ihre Tore öffnete. Unter freiem Himmel gab es Schaffleisch-Dampfbrötchen zu essen. Die Dampfbrötchen kamen, ein Schwung nach dem anderen, aus den sich hoch über dem Wok türmenden Einsätzen der Dämpfer direkt im Topfeinsatz auf den Tisch, von wo sie im nächsten Augenblick auch gleich in den Mägen der Dörfler verschwanden. Diejenigen, die eine Dampfnudel ergattert hatten, spießten sie auf einen Ast, manche aßen auch direkt aus der Hand, warfen die Dampfnudel dann aber immer schnell von der Linken in die Rechte und zurück, dabei schlürften und schmatzten sie geräuschvoll.

Als wir erschienen, wandten uns alle die Köpfe zu. Zu verdreckt, zu wüst, zu heruntergekommen sahen wir aus. Wir stanken erbärmlich,

waren ausgehungert und erschöpft. Wir erschreckten die Leute, sie ekelten sich bestimmt, wir verdarben ihnen den Appetit. Mein Herr wedelte mit dem Fliegenbesen, schlug ihn auf meinen Körper, sodass die erschreckten Fliegen in Schwärmen aufflogen und blitzartig verschwanden. Sie ließen sich auf den dampfenden, heißen Hefenudeln nieder. Sie landeten auf dem Kochgeschirr der öffentlichen Dorfkantine. Die Dörfler machten ihrem Ärger lauthals Luft. Eine dicke Frau in weißer Berufskleidung, es schien die Verwalterin der Kantine zu sein, kam schaukelnd angerannt. In einigen Schritten Entfernung fing sie an, sich die Nase zuzuhalten und fuhr uns undeutlich, mit verstopfter Nase an: „Was wollt ihr? Verschwindet! Marsch!"
Einer der Dörfler erkannte meinen Herrn und rief von weitem: „Du bist doch Lan Lian aus dem Dorf Ximen? Das gibt's doch nicht. Bist du's wirklich? Was ist dir denn passiert?"
Mein Herr warf ihm einen Blick zu, sagte aber keinen Ton, und führte mich weiter mitten in den Innenhof der Kantine. Die Leute dort machten, dass sie wegkamen.
„Das ist der einzige Privatwirtschaftler von ganz Gaomi. Sogar in der Verwaltungseinheit Changwei haben die ihn schon auf ihrer Liste", schrie der, der uns erkannt hatte, weiter. „Sein Esel ist ein Wunderesel. Der kann fliegen, hat zwei Wölfe totgebissen, einige Menschen verwundet. Traurig, wie ist es zu dem Schaden an seinem Bein gekommen?"
Die dicke Kantinenverwalterin kam wieder auf uns zugerannt und schrie: „Verschwindet, macht, dass ihr wegkommt! Bei uns kriegen Privatwirtschaftler nichts!"
Mein Herr hielt inne und schrie verletzt und vehement: „Ich sag's dir, du fette Sau, da bin ich lieber Privatwirtschaftler und verhungere, als dass ich mir von dir auch nur einen Happen zu essen geben lasse. Aber mein Esel ist das Reittier vom Kreisvorsteher. Er trug ihn den Berg hinab und hat sich dabei in einer Felsspalte den Fuß gebrochen. Das zählt doch als Arbeitsunfall? Also ist es eure Pflicht, euch darum zu kümmern."
Es war das erste Mal, dass mein Herr jemanden in solch scharfem Ton beschimpfte. Sein Feuermal nahm eine dunkelgrüne Farbe an, die schmalen Knochen standen ihm so spitz hervor, dass er wie ein gerupfter Hahn aussah. Am ganzen Körper stank er bestialisch. Die

dicke Frau war gezwungen, ihm auszuweichen. Beide Hände vor dem Gesicht rannte sie laut greinend davon.
Ein Mann in einer abgetragenen Uniform und mit Bürstenhaarschnitt, der mit einem Zahnstocher in seinem Mundwerk beschäftigt war und wie ein Kader aussah, musterte mich und meinen Herrn von oben bis unten: „Was verlangst du, sprich!"
„Ich möchte, dass ihr meinen Esel füttert. Dass ihr einen Kessel heißes Wasser macht und ihn badet. Dann möchte ich, dass ihr einen Arzt holt, der meinem Esel die Wunde verbindet."
Der Kader brüllte etwas in Richtung Küche, worauf etwa zwanzig Leute antworteten und herbeikamen. Er befahl ihnen: „Ihr tut, was er verlangt. Beeilt euch damit."
Sie holten heißes Wasser und wuschen mich. Dann ließen sie den Arzt die Wunde mit Jod desinfizieren, Salbe auftragen und einen dicken Mullverband anlegen. Zuletzt brachten sie mir Futter aus Gerste und Luzerne. Als ich fraß, kamen sie mit einer Schale dampfender Hefenudeln und setzten sie meinem Herrn vor die Nase. Einer, der wie eine Küchenhilfe aussah, sprach leise zu meinem Herrn: „Iss Kamerad, lass es gut sein. Wenn du dies Essen isst, denk nicht an dein nächstes Mahl. Wenn du heute den Tag hinter dir lässt, dann schere dich nicht um morgen. Die Tage deines Esels sind gezählt, das Maß der Qual ist voll. Ein frühes Ende der Qualen wird kommen und ein früher Tod. Was denn, du isst ja gar nicht?"
Mein Herr bückte sich und setzte sich auf zwei kaputte Backsteine, die dort aufeinander gestapelt lagen. Sein Blick ruhte auf meinem über dem Boden hängenden, verletzten Bein. Er hörte das, was der aus der Küche sagte, nur mit halbem Ohr. Sein hungriger Magen knurrte laut. Ich wusste, welche Verlockung die weißen, dicken Dampfbrötchen für ihn sein mussten. Einige Male, ich sah es, streckte er seine dreckverkrustete Hand danach aus, aber zuletzt bezwang er sich doch.

Das elfte Kapitel
Der Held hilft und passt eine Hufprothese an, die hungernden Leute töten und essen den Esel.

Mein verletztes Bein vernarbte und mein Leben war außer Gefahr. Aber ich hatte meine Arbeitskraft eingebüßt und war zu überflüssigem Ausschuss geworden. In dieser Zeit kamen die Leute von der Schlachthofeinheit der Kommune einige Male zu uns nach Hause und wollten einen Preis für mich aushandeln, um mit meinem Fleisch die Versorgung und Lebensqualität der Kader zu verbessern. Mein Herr beschimpfte sie alle und jagte sie vom Hof.

Mo Yan schrieb in seiner Oper *Der schwarze Esel*: *Die Herrin Yingchun fand, man weiß nicht wo, einen alten Lederschuh, den sie mit nach Hause nahm. Sie schrubbte und wusch ihn sauber und stopfte ihn mit Baumwollflocken aus. Dann zog sie ein Schnürband hinein und band alles an den versehrten Fuß des Esels, damit er seinen Körper zumindest ungefähr in die Gerade bringen konnte. Deswegen bot sich dem Blick der Dörfler im Frühling 1959 auf der Landstraße ein seltsames Schauspiel. Der Privatwirtschaflter schob mit beiden Händen schwitzend und mit nacktem Oberkörper unter äußerster Kraftanstrengung eine voll beladene Jaucheschubkarre. Von vorn gezogen wurde sie von einem Esel, der einen kaputten Lederschuh trug, den Kopf tief hängen ließ und schwer humpelte. Die Schubkarre mit dem Holzrad kam nur langsam vorwärts, die Radachse kreischte, dass einem die Ohren wehtaten. Lan Lian beugte sich mit dem Oberkörper vor und stemmte sich mit aller Kraft gegen die zwei Schubkarrengriffe. Der versehrte Esel war genau mit derselben, rührend anzusehenden Anstrengung dabei, seinem Herrn, so gut er es konnte, Arbeit abzunehmen und ihn zu schonen. Zuerst musterten die Leute diese ungewöhnliche Arbeitsgemeinschaft mit schrägen Blicken, viele lachten hinter vorgehaltener Hand. Später lachte keiner mehr. Die kleinen Schulkinder rannten anfangs dem Schubkarren hinterdrein und gafften. Die besonders Vorwitzigen warfen gar Steine nach dem versehrten Esel, wofür sie jedoch von ihren Eltern streng gerügt wurden.*

Der Frühlingsboden war wie ein aufgegangener Hefeteig, das Rad sank sofort bis zur Nabe ein, meinen Hufen erging es ebenso. Wir mussten die Jauche aber bis in die Mitte des Ackers schleppen. Also hauruck! Um meines Herrn Kräfte, und sei es auch nur ein wenig, zu schonen, legte ich mich mit voller Kraft ins Zeug. Aber schon nach zehn, fünfzehn Schritten blieb der Schuh, den mir die Herrin über den Fuß gezogen hatte, im Schlamm stecken. Das verletzte Bein steckte wie ein Knüppel senkrecht im Schlamm. Die Schmerzen waren nicht auszuhalten, kalter Schweiß rann an mir herab. Es war nicht die Anstrengung, es war wegen der Schmerzen.

„Iah, iah ... Ich bin zu nichts mehr nütze, Herr. Mach meinem Leben ein Ende!"

Aus dem Augenwinkel sah ich die ziegelrote Gesichtshälfte meines Herrn und seine hervorstechenden Augen. Weil er so gütig zu mir war, weil ich dem kalten Lachen der kleinen Bastarde etwas entgegensetzen wollte, um ihnen ein Beispiel zu geben, wollte ich meinem Herrn, selbst wenn ich kriechen musste, die Karre in die Mitte des Ackers ziehen helfen. Aber mein Körper war wieder völlig schief und fiel nach vorn über. Dabei stieß ich mit den Knien auf die Erde. Ich hätte nicht gedacht, dass mit den Knien auf der Erde zu sein weniger schmerzhaft war, als mit dem Beinstumpf die Erde zu berühren. Aber es war so, und Kraft aufwenden konnte ich auch besser. Dann würde ich jetzt kniend die Jauchekarre ziehen. Auf beiden Knien rutschte ich so schnell, wie es mir nur irgend möglich war, und unter Aufgebot meiner gesamten Kraft vorwärts. Ich spürte, dass mir das Brustgeschirr die Luft abdrückte, kaum konnte ich noch atmen. Ich wusste auch, dass es so, wie ich durch den Schlamm kroch, unübertroffen hässlich aussah. Die Leute würden mich verächtlich auslachen. Ach, sollten sie lachen. Jetzt wollte ich die Karre da hinziehen, wo mein Herr sie hinhaben wollte. Schaffte ich das, hätte ich gewonnen und meinen Ruhm verdient.

Nachdem die Jauche auf den Boden geschüttet und die Karre leer war, kam mein Herr mit beiden Armen ausgebreitet zu mir und schlang sie mir um den Kopf. Er würgte, brachte keinen ordentlichen Ton heraus und flüsterte: „Schwarzer, was bist du für ein feiner Esel ..."

Mein Herr holte seine Pfeife heraus, füllte sie mit Kraut, entzündete sie und nahm einen Zug, als sie brannte. Dann steckte er sie mir ins Maul.

„Rauch, Schwarzer, nimm einen Zug gegen die Müdigkeit."

Ich wurde über die Jahre, in denen ich mit meinem Herrn zusammen war, zum Pfeifenraucher. Ich sog geräuschvoll an der Pfeife. Zwei Schwaden dichten Qualms pustete ich aus meinen Nasenlöchern. Mein Herr griff eine Handvoll Erde aus dem Acker, drückte und rieb sie in der Hand zu einem Batzen und warf ihn mit Schwung in die Erde zurück. Der Batzen fiel locker auseinander. Der Ackerboden war hervorragend, der Erde entströmte ein herrlicher, intensiver Duft.

„Schwarzer, das ist unser Schicksal, unsere einzige Chance! Wir haben es geschafft. Du und ich und unser Ackerboden, wenn wir zusammenhalten, können wir fortbestehen."

Im Winter dieses Jahres fiel es meinem Herrn, als er Pang Hu, den Leiter des Genossenschaftsladens, mit seiner neu angebrachten Beinprothese sah, wie Schuppen von den Augen. Das war die Lösung! Er fasste den Entschluss, für mich einen künstlichen Huf anfertigen zu lassen. An das freundschaftliche Treffen von vor einigen Jahren anknüpfend besuchten mein Herr und meine Herrin Wang Yueyun, die Gattin des Pang Hu, und erzählten ihr offen von ihrem Anliegen und was sie vorhatten. Dann erforschten sie dank der Hilfe Yueyuns alle Aspekte so eines künstlichen Gliedmaßes, wie es Pang Hu trug. Pang Hus Prothese war in Shanghai in einer kleinen Fabrik speziell für künstliche Gliedmaße Revolutionskriegsversehrter maßangefertigt worden. Aber ich, ein Esel, käme bestimmt nicht in den Genuss einer solch bevorzugten Behandlung. Und auch wenn die kleine Fabrik sich bereiterklärt hätte, für einen Esel eine Hufprothese anzufertigen, so hätte mein Herr den wahrscheinlich schwindelerregend hohen Preis niemals zahlen können. Deswegen hatten sich mein Herr und meine Herrin überlegt, dass sie eigenhändig solch einen künstlichen Huf für mich herstellen wollten. Sie brauchten volle drei Monate. Wenn die Prothese misslang, zerlegten sie sie wieder und machten eine neue. Zuletzt hatten sie einen Huf gebaut, der äußerlich von einem echten nicht zu unterscheiden war, und den schnallten sie mir an meinen Beinstumpf.

Sie zogen mich in den Hof und liefen dort mit mir ein paar Runden. Es fühlte sich viel besser an als der kaputte Lederschuh. Obwohl meine Schritte hart und ungelenk waren, war es mit dem Hinken viel besser geworden. Mein Herr führte mich mit erhobenem Haupt und stolz geschwellter Brust über die Dorfstraße, als wolle er es allen vorführen. Und ich bemühte mich, so gut ich konnte, ansehnlich zu laufen, damit mein Herr sich mit seinem Esel auch sehen lassen konnte. Die Buben und Mädchen aus dem Dorf rannten hinterher, damit sie nur nichts verpassten. Ich las in den Augen der Dörfler am Straßenrand und hörte sie schwätzen. Sie bewunderten meinen Herrn. Wir kamen dem gelbgesichtigen, dürren Hong Taiyue entgegen. Er lachte eiskalt: „Was hat das zu bedeuten Lan Lian? Willst du der Landwirtschaftlichen Produktionsgenossenschaft etwas demonstrieren?"

„Das wage ich nicht", entgegnete mein Herr. „Ich und die Kommune gehören so wenig zueinander, wie Brunnenwasser sich nicht in einen Fluss ergießt."

„Du benutzt aber die Straße der Kommune für deinen Spaziergang." Hong Taiyue zeigte mit der Hand zu Boden und hob sie dann, um in den Himmel zu weisen. Schäbig grinste er: „Und du atmest immer noch die Luft unserer Volkskommune und wärmst dich in unserem Sonnenlicht."

„Als es noch keine Volkskommunen gab, da hatten wir unsere Dorfstraße schon und auch die Luft und den Sonnenschein", warf mein Herr ein. Er tat einen tiefen Atemzug, trat ein paar Mal geräuschvoll mit den Füßen auf und streckte sein Gesicht in die Sonne. Er klopfte mir die Schulter: „Schwarzer, atme schön durch, tritt kräftig auf und genieß die Sonne."

„Warts ab, Lan Lian, deinen halsstarrigen Worten werden gefügige folgen. Du wist dich noch geschlagen geben!", sprach Hong Taiyue.

„Wenn du kannst, Hong, dann lass die Straße sich aufbäumen, verhänge die Sonne und stopf mir die Nase."

„Wir werden ja sehen!" Hong Taiyue war wütend.

Ich hatte eigentlich mit der neuen Hufprothese noch etliche Jahre für meinen Herrn arbeiten wollen. Es kam aber die Hungersnot, die die Menschen zu grausigen, wilden Tieren machte. Als sie alle Baumrinde weggenagt, jeden Grashalm verschlungen hatten, wurden die Kommunemitglieder zu einer schlimmen Meute wilder Wölfe und stürmten den Hof von Lan Lian. Mein Herr stand mit einem Knüppel bewaffnet da und beschützte mich, aber dieses grässliche giftgrüne Blitzen in ihren Augen machte ihm solche Angst, dass ihn der Mut verließ. Er schmiss den Knüppel hin und türmte. Dieser Meute verhungerter Menschen ausgeliefert, wusste ich, nun am ganzen Körper wie Espenlaub zitternd, dass ich mein Leben aushauchen sollte. Mein Leben als Esel würde nun vorbei sein. Die zehn Jahre, in

denen ich im Leib eines Esels wohnte, standen mir lebendig wie nie zuvor vor Augen. Ich schloss meine Augen. Da hörte ich sie im Hof brüllen: „Holt euch das Zeug. Holt euch das Korn vom Privatwirtschaftler! Tötet seinen verkrüppelten Esel, schlachtet ihn!"
Ich hörte die Herrin und die Kinder in panischer Angst schreien und hörte die plündernde, hungrige Meute sich laut untereinander prügeln. Dann ein plötzlicher Schlag mitten auf meinen Kopf, meine Seele entwich, sie blieb im leeren Raum hängen und besah sich die Dörfler, wie diese wild geworden mit Äxten und Messern das Fleisch meiner Leiche in unzählige Stücke hackten ...

Das zweite Buch

Die Kraft des Stiers

Das zwölfte Kapitel
Das Großkopfkind setzt sich gegen das
Gesetz der Wiedergeburten durch, Ximen Nao Stier
wird in die Familie Lan Lians geboren.

„Wenn mich nicht alles täuscht", ich schaue dabei forschend in die stechenden Augen des Großkopfsäuglings Lan Qiansui, „erschlugen dich die hungernden Bauern, als du ein Esel warst. Sie benutzten einen Vorschlaghammer und zertrümmerten deinen Schädel, worauf du zu Boden gingst und starbst. Sie schnitten deinen Körper in Stücke, teilten ihn unter sich auf und aßen ihn. Wie das zuging, habe ich mit eigenen Augen mit angesehen. Ich nehme an, der zornige Geist deiner zu Unrecht verstorbenen Seele verflüchtigte sich nicht, sondern schwebte kurze Zeit im Hof der Ximens, um dann auf direktem Weg in den Amtshof der Unterwelt hinabzufallen. Nach einem kurzen Zwischenspiel dort wurdest du dann wiedergeboren; dieses Mal in den Leib eines Stiers."

„Das ist genau richtig geraten", sprach er mit traurig belegter Stimme. „Als ich dir all dies aus meinem Leben, in dem ich ein Esel war, erzählte, habe ich dir eigentlich auch den größten Teil über mein späteres Leben berichtet. In den paar Jahren, in denen ich ein Stier war, warst du doch ständig wie ein Schatten um mich. Was damals passierte, weißt du im Grunde besser als jeder andere. Da muss ich nichts mehr berichten, nicht wahr?"

Ich besah mir seinen im Verhältnis zu seinem Alter und Körper völlig unpassend riesenhaften Schädel, seinen großen Mund, der ohne Pause wie ständig heranrollende Wellen sprach, und sein Gesicht, das mal versteckt, mal deutlich den Gesichtsausdruck der verschiedenen Tiere widerspiegelte: Das ungestüme Temperament und den Schneid des Eselhengstes, die Geradlinigkeit und Eigensinnigkeit des Stiers, die Gier und die aufbrausende Leidenschaft des Ebers, die Treue und Unterwürfigkeit des Hundes und nicht zuletzt die Entschlusskraft und das närrische Gemüt des Affen ...

Es war der 1. Oktober 1964, als mich mein Vater mit auf den Markt nahm, um ein Kälbchen zu kaufen. Der Himmel war strahlend blau und wir hatten wunderschönen Sonnenschein. Wie die Vögel am Himmel sangen und wie die Grashüpfer am Straßenrand ihre weichen Bäuchlein am Boden rieben, um ihre Eier abzulegen! Auf dem Weg sammelte ich einige Grashüpfer und spießte sie auf Halme, damit wir sie braten und essen konnten, wenn wir nach Hause zurückkehrten.

Auf dem Markt herrschte ein buntes Treiben. Die schwierigste Zeit war überstanden und alle warteten auf eine gute Ernte. Freudige Hoffnung spiegelte sich auf den Gesichtern der Bauern. Mein Vater ging mit mir Hand in Hand geradewegs zum Viehmarkt. Mein Vater, das große Blaugesicht, und ich, das kleine Blaugesicht. Viele seufzten, als sie uns beide so sahen. Vater und Sohn, die gezeichnet waren. Da hieß es vorsichtig sein und wissen, dass man erkannt wurde.

Auf dem Viehmarkt, wo die Zugtiere verkauft wurden, hatten sie Mulis, Pferde und Esel. Es waren nur zwei Esel da, eine graue Eselin mit hängenden Ohren und auf dem Boden schleifenden Kopf, mit erloschenem Lebensmut, die Augen grau ins Leere starrend und die Augenwinkel voller Schmalz. Diesem Esel brauchte man nicht erst ins Maul zu schauen, um zu wissen, dass er alt war. Bei dem zweiten handelte es sich um einen gelegten Eselhengst. Er war groß gewachsen, fast wie ein Muli, aber mit einem abscheulichen weißen Gesicht. Ein weißgesichtiger Esel, so sagt man, beschert keine Nachkommen. Er sah aus wie ein heimtückischer Beamter, wie man ihn von der Opernbühne kennt, verschlagen und giftig. Wer würde so einen wollen? Ihn beizeiten zum Schlachthof zu schaffen, schien das Beste zu sein. Was das Drachenfleisch im Himmel gilt, gilt das Eselfleisch auf der Erde. Die Kommunekader liebten und lieben es immer noch über alle Maßen. Der neue Parteisekretär war am meisten hinter Eselfleisch her. Er war vorher beim Kreisvorsteher Chen Sekretär gewesen, hieß Fan Tong und war bei allen nur unter dem Spitznamen Vielfraß bekannt. Auf Schritt und Tritt bereitete der Mann seinem Namen alle Ehre.

Kreisvorsteher Chen liebte die Esel über alle Maßen, und Sekretär Fan aß sie über alle Maßen gern. Als mein Vater die beiden hässlichen gleichwie alten Esel anschaute, machte er ein bedrücktes Gesicht, seine Augen füllten sich mit Tränen. Ich wusste, dass er wieder an unseren schwarzen Esel dachte, unseren „Schneehuf", über den man in der Zeitung berichtet und der die erstaunlichsten und herausragendsten Dinge vollbracht hatte. Nicht nur er sehnte sich nach unserem Esel, auch ich vermisste den Schwarzen. In den Jahren, in denen wir drei Lans die Volksschule besucht hatten, waren wir Kinder immer mächtig stolz auf ihn und auf unsere Familie gewesen. Und nicht nur wir drei waren stolz auf ihn, auch die Zwillingsschwestern Huzhu und Hezuo hatten von seinem Ruhm profitiert. Auch wenn die Beziehungen zwischen Vater und Huang Tong und zwischen Mutter und Qiuxiang nur eben kühl genannt werden durften. Fast konnte man sagen, dass sie sich noch nicht einmal grüßten. Nur ich pflegte eine ganz besondere Vertrautheit mit ihnen. Wir waren uns näher, als ich meinen Halbgeschwistern Jinlong und Baofeng war.

Den Eselhändlern schien mein Vater bekannt zu sein, sie nickten ihm mit vielsagendem Lächeln zu. Vielleicht war es Flucht, vielleicht war es Schicksal, mein Vater jedenfalls verließ die Eselhändler und ging zu den Rindern und Büffeln. Wir würden keinen Esel kaufen, weil es kein Esel der Welt auch nur im Geringsten mit unserem Schwarzen aufnehmen konnte.

Im Gegensatz zum trostlosen Eselmarkt war der Rindermarkt lebhaft und bunt. Alle Formen, alle Farben, jede Größe von Rindern gab es.

„Papa, wieso haben die so viele Rinder?"

Ich dachte daran, dass während der dreijährigen Notzeit alle Rinder geschlachtet worden waren. Es schien mir, als seien all die Tiere hier über Nacht aus einem unterirdischen Erdspalt hervorgekrochen. Es gab Lunan-Rinder, die bei uns in Shandong beheimatet sind, Qinchuan-Rinder, die aus Shaanxi stammen, mongolische Alatau-Rinder, Yuxi-Rinder, die aus Honan stammen, und dann noch die Kreuzungen. Wir kamen auf den Rindermarkt, und im Grunde schauten wir weder links noch rechts, sondern gingen geradewegs auf einen jungen Stier zu, der eben erst angehalftert worden war. Wir schätzten den Kleinen auf ungefähr ein Jahr. Sein Fell war maronifarben, seine Haut glatt wie Seide, die Augen glänzten und ließen auf Klugheit, aber auch Starrköpfigkeit schließen. Seine Hufe waren kräftig, man merkte, dass er kraftvoll und schnell laufen konnte. Er war zwar noch ein einjähriges Kalb, aber er besaß schon die Konturen eines ausgewachsenen Rinds. Er sah ein bisschen so aus wie ein Pubertierender, dem gerade der erste schwarze Bartflaum über der Lippe wächst. Seine Mutter war eine schlanke, große mongolische Kuh, deren Schwanz bis zur Erde reichte und deren zwei Hörner nach vorn aufragten. So ein Rind besitzt einen raumgreifenden Schritt, ein hitziges Temperament, kann Kälte und eine raue Haltung gut vertragen, was es ihm sogar ermöglicht, allein in freier Wildbahn zurechtzukommen. So einen Ochsen kann man vor den Pflug spannen und mit ihm den Acker pflügen, man kann ihn vor die Deichsel spannen und den Wagen ziehen lassen. Der Besitzer des Rinds war ein gelbhäutiger, vierzig-, fünfzigjähriger Mann mit schmalen Lippen, die die Zähne nicht ganz bedeckten. An seiner schwarzen Joppe fehlte ein Knopf, aber in der Brusttasche klemmte ein Füller. Er erschien mir wie der Buchhalter oder Lagerhalter einer Produktionsabteilung. Hinter dem Rücken des Rinderbesitzers stand ein kleiner Junge mit schräg geschnittenen Augen und einem wuscheligen Haarschopf. Er war ungefähr so alt wie ich und, wie es schien, genau wie ich ein Kind, dem man vorenthielt, die Schule zu besuchen, damit es mitarbeiten konnte. Wir musterten uns gegenseitig und es schien uns, als hätten wir uns schon einmal irgendwie kennengelernt.

„Kauft ihr ein Rind?"

Ganz von sich aus hatte der Junge mich angesprochen. Dann flüsterte er mir geheimnisvoll zu: „Dieses Kalb ist ein Mischling: der Vater ist ein ursprünglich in der Schweiz beheimatetes Simmentaler Fleckvieh, die Mutter ist ein mongolisches Rindvieh. Wir sind zum Besamen damit auf dem Staatsgut gewesen, es war eine künstliche Befruchtung. Das Simmentaler Fleckvieh hatte ein Körpergewicht von 800 Kilo, groß wie ein kleiner Berg war es. Wenn ihr ein Rind kaufen wollt, dann kauft dieses Kalb. Kauft aber auf keinen Fall die Kuh hier."

„Du Schelm, halt den Mund, ich werd dir das Maul stopfen!", herrschte der gelbgesichtige Mann den Jungen streng an. „Noch ein Wort, und du erlebst dein blaues Wunder!"

Der Junge streckte dem Alten die Zunge raus, grinste und versteckte sich wieder hinter ihm. Heimlich zeigte er auf den gebogenen Schwanz der Kuh, er wollte mir offensichtlich etwas zeigen.

Mein Vater beugte sich zu dem kleinen Stier herab und streckte ihm eine Hand entgegen, ganz wie die elegante, leicht angedeutete Handbewegung des Kavaliers beim Auffordern einer herrschaftlich in Gold und Seide gekleideten Tanzpartnerin auf einer festlich erleuchteten Tanzfläche. Viele Jahre später habe ich diese charmante Handbewegung oft in ausländischen Filmen gesehen. Bei solchen Filmszenen musste ich dann regelmäßig an meinen Vater denken, wie er das Stierkälbchen mit dieser Handbewegung aufgefordert hatte. Die Augen meines Vaters strahlten. Sie leuchteten mit einem schimmernden Glanz, der mich tief anrührte. Ich denke, nur Augen von Menschen, die ihren Liebsten, mit dem sie die größte Not zusammen durchgestanden haben, unerwartet wieder treffen, können so schimmernd glänzen. Was mich überraschte war, dass das kleine Stierkalb mit dem Schwanz wedelnd auf meinen Vater zustakste. Es streckte die hellblaue Zunge hervor und leckte meinem Vater über die Hand, einmal und gleich noch einmal. Vater kraulte dem Kälbchen den Hals: „Ich möchte dieses Kälbchen kaufen."

„Wenn du das willst, musst du beide kaufen. Ich kann Mutter und Sohn unmöglich trennen", gab der Händler unmissverständlich zu verstehen. Sein Tonfall zeigte an, dass er darüber nicht mit sich handeln lassen würde.

„Ich habe nur hundert Yuan, und ich möchte dafür das kleine Kälbchen", sagte Vater beharrlich und zog das tief in seiner wattierten Jacke versteckte Geld hervor, um es dem Verkäufer direkt vorzulegen. „Fünfhundert, und du nimmst sie beide mit", sprach dieser. „Ich wiederhole mich nicht. Wenn du beide willst, ist es gut; wenn nicht, dann geh mir hier aus dem Weg und stör mich nicht länger beim Rinderverkauf."

„Ich habe nur hundert Yuan." Starrsinnig legte Vater dem Rinderverkäufer das Geld vor die Füße. „Ich möchte auf jeden Fall das Kälbchen."

„Nimm dein Geld hier weg!" Der Viehhändler fing an zu brüllen. Vater kniete vor dem kleinen Stierkalb, sein Gesicht war gezeichnet von überbordenden Gefühlen, mit brennenden Händen streichelte er das kleine Kalb. Vom Gebrüll des Besitzers hörte er nicht ein Wort.

„Onkel, verkauf es ihm bitte ...", sagte der Junge.

„Kein Wort mehr!" Der Viehverkäufer drückte dem Jungen den Anbindestrick der Mutterkuh in die Hand: „Nicht loslassen!" Dann beugte er sich neben dem Kälbchen nieder, schubste meinen Vater weg und schob den kleinen Stier rabiat wieder neben seine Mutter. „So jemand Gestörtes wie du ist mir noch nie unter die Augen gekommen. Wolltest du mir den Kleinen hier rauben?"

Mein Vater war rückwärts auf den Hintern gefallen und saß nun am

Boden. Sein Blick war der eines Besessenen, er war völlig gefangen genommen: „Ist egal, ich möchte auf jeden Fall diesen kleinen Stier hier."

Jetzt ist mir natürlich klar, warum mein Vater derart starrsinnig darauf beharrte, den kleinen Stier zu kaufen. Damals war ich ahnungslos, woher hätte ich wissen sollen, dass es sich bei dem kleinen Stier um den wiedergeborenen Ximen Esel handelte. Ich hatte damals das Gefühl, dass mein Vater irgendwie nur mit dem Nerven fertig war, dass er dem riesigen Druck, der auf ihm lastete, weil er uneinsichtig auf seiner Privatwirschafterei beharrte, nicht mehr standhielt. Heute bin ich mir sicher, dass zwischen meinem Vater und dem Kälbchen so eine Art Telepathie, ein starkes, unsichtbares Seelenband, bestand.

Dass wir es zuletzt doch schafften, den kleinen Stier zu kaufen, war von der Vorsehung bestimmt und in den unergründlichen Tiefen der Hölle schon lange vorbereitet worden. Während es zwischen meinem Vater und dem Viehhändler hin und her ging und sie sich nicht einigen konnten, kam der Parteizellensekretär der Brigade des Dorfes Ximen, Hong Taiyue, mit dem Brigadeleiter Huang Tong auf den Viehmarkt. Sie guckten sich die Kuh aus, und natürlich hatten sie auch ein Auge auf das Stierkalb geworfen. Hong Taiyue zog fachmännisch das Maul der Kuh auseinander, blickte hinein und kommentierte: „Im ganzen Maul keinen einzigen Zahn, der noch in Ordnung wäre! Die Kuh kann man nur noch schlachten, die gehört auf den Schlachthof."

Der Händler verzog den Mund: „Ich sag dir was, wenn du mein Rind kaufen willst, ist ja gut, aber du kannst hier nicht herkommen und das Blaue vom Himmel lügen. Solch ein Gebiss nennst du das ganze Maul voller schlechter Zähne? Ich sage dir, wenn wir nicht jeden Pfennig in unserer Brigade zusammenkratzen müssten, würde ich diese Kuh überhaupt nicht verkaufen. Mit der Kuh gehst du doch nach Haus, lässt sie besamen, und im nächsten Frühling hast du noch ein Kälbchen dazu!"

Hong Taiyue streckte seine Hand aus seinem dicken Jackenärmel hervor und wollte anfangen, den Preis herunterzuhandeln, so wie es auf dem Viehmarkt unter den Händlern üblich ist. Doch der Verkäufer winkte ab: „Bei mir funktioniert das so nicht. Ich sage euch, die Kuh ist mit dem Kälbchen zusammengebunden und wird auch mit ihm zusammen verkauft. Für beide will ich 500 Yuan. Das ist mein letztes Wort, sonst soll mir die Zunge abfallen."

Vater schlang seine Arme um den Hals des Stierkälbchens und stieß wutschäumend hervor: „Ich will dieses Stierkälbchen kaufen, für 100 Yuan."

„Du, Lan Lian", zog Hong Taiyue Vater auf, „diesen Aufwand kannst du dir sparen. Geh nach Haus, dann komm mit Frau und Kind zu uns und schließ dich der Brigade an. Wenn dir die Rindviecher so am Herzen liegen, teilen wir dir die Arbeit des Futtermeisters zu. Was sagst du dazu, Huang Tong?" Er warf dem Brigadeleiter Huang einen Blick zu.

„Lan Lian", entgegnete der. „Deine stierköpfige Stärke haben wir schon zu spüren bekommen, wir sind dir immer entgegengekommen. Tritt unserer Brigade bei! Tu es für deine Frau und deine Kinder, und tu es, um den Ruhm unserer Brigade zu mehren. Bei jeder Kommunesitzung fragt einer aus der Kommune: ‚Wie kann das sein, dass bei euch immer noch einer privatwirtschaftet, was ist los bei euch?'"

Vater scherte sich keinen Deut um das Gerede. Obschon man vielleicht Verständnis dafür aufbringen könnte, dass die hungernden Kommunemitglieder unseren Esel totgeschlagen und aufgegessen sowie unseren Kornspeicher restlos ausgeraubt und alle Vorräte mitgenommen hatten. Bei Vater jedoch hatte dies eine nie heilende, blutige Wunde in seinem Herzen hinterlassen. Wie oft hatte er betont, dass ihn mit dem Esel nicht die gewöhnliche Beziehung eines Herrn zu seinem Haustier band, sondern es eine tiefe Übereinkunft des Herzens war, so wie zwei Brüder sich zugetan waren. Vater konnte natürlich nicht wissen, dass es sich bei seinem Esel um die Wiedergeburt seines Gutsherrn Ximen gehandelt hatte. Was Hong Taiyue zum Besten gab, waren Floskeln, die Vater noch nicht einmal zum Antworten reizten. Den kleinen Stierkopf mit beiden Händen umfangend verlangte er: „Ich will dieses Stierkälbchen kaufen."

„Bist du dieser Privatwirtschaftler?", fragte der Viehhändler erstaunt.

„Kumpel", er betrachtete forschend mein und Vaters Gesicht, dann stand es ihm plötzlich vor Augen: „Lan Lian! Dein Gesicht macht deinem Namen alle Ehre. Abgemacht, für 100 Yuan gehört das kleine Kälbchen dir."

Der Händler sammelte das Geld vom Boden auf, zählte nach und steckte es sich unter seine Weste. Zu Hong Taiyue gewandt sagte er:

„Ihr profitiert heute nicht schlecht von eurem Lan Lian. Ich erlasse euch zwanzig Yuan. Für 380 Yuan kriegt ihr die Kuh von mir. Hier, nehmt sie mit."
Vater knotete den Strick auf, den er um seine Taille gebunden trug, und legte ihn um den Hals des Kälbchens. Hong Taiyue streifte der mongolischen Kuh auch einen neuen Strick über und gab den alten dem Händler zurück. Beim Viehkauf wird das Zaumzeug nicht mitgekauft. Das ist eine alte Regel, die jeder beachtet.
Hong Taiyue sagte zu Vater: „Lan Lian, lass uns zusammen gehen, damit dein Kälbchen auch mitgeht, sonst fängt es an, nach seiner Mutter zu schreien."
Vater schüttelte nur den Kopf, nahm den Führstrick vom Kälbchen und ging los. Das Stierkälbchen lief tatsächlich brav hinter Vater her. Und obwohl die Kuh nach ihm schrie, folgte es uns ohne Murren. Damals dachte ich, dass das Kälbchen wahrscheinlich groß genug war und seine Mutter schon nicht mehr brauchte. Aber heute weiß ich es besser. Du warst ja Ximen Stier, der ursprüngliche Ximen Esel, dein und meines Vaters gemeinsames Karma waren noch längst nicht aufgebraucht. Es war nur allzu natürlich, dass ihr euch auf den ersten Blick wieder erkanntet, alles sofort wie früher war, ihr nicht mehr voneinander ließt.
Ich wollte gerade loslaufen und meinem Vater hinterher, als mich der Junge des Händlers festhielt und mir zuraunte: „Weißt du was, die Kuh ist eine heiße Schildkröte."
Eine „heiße Schildkröte" ist ein Rindvieh, das im Hochsommer mit Atemnot und weißem Schaum vor dem Maul schlappmacht, wenn es arbeiten soll. Ich kapierte damals nicht so richtig, was damit gemeint war, las aber sehr genau in seinem ernsten Blick, dass es sich bei dem Tier um keine gute Kuh handelte. Bis heute ist mir schleierhaft, warum der Junge gerade mir dieses Geheimnis verriet. Und auch, warum es mir damals gleich vorkam, als würde ich ihn schon ewig kennen.
Auf den Nachhauseweg schwieg Vater. Mehrere Male wollte ich ihm etwas erzählen und schielte zu ihm hinüber, ließ aber bei seinem in sich gekehrten Blick und bei diesem geheimnisvollen Etwas in seinen Augen immer wieder davon ab. Einerlei wie man es dreht, Vater hatte ein Kälbchen gekauft. Und dazu noch eines, das ich gleich ins Herz geschlossen hatte. Es war ein großes Ereignis für uns beide. Mein Vater freute sich, ich freute mich auch.

Kurz bevor wir ins Dorf kamen, verlangsamte Vater seinen Schritt und zündete sich eine Pfeife an. Er musterte dich genau, um dann loszulachen. Vater lachte so schon selten, aber so etwas wie damals, lautes Lachen und aus vollem Halse, war bei ihm völlig ungewöhnlich. Ich geriet dabei innerlich in Aufruhr, Angst befiel mich, dass Vater von bösen Geistern besessen sein könnte, und ich fragte: „Papa, was lachst du?"
Vater schaute mich nicht an, als er mir antwortete, sondern blickte nur immerfort dem Kälbchen in die Augen: „Schau dem Stierlein mal in die Augen, wem ähneln sie, was meinst du wohl?"
Ich wurde nun wirklich nervös, denn ich meinte zu erleben, wie mein Vater gerade verrückt wurde. Trotzdem blickte ich gehorsam in die Augen des Kälbchens. Ein paar kristallklare Augen blickten mir entgegen, die taubenblauen Augen eines Kälbchens. In den pechschwarzen Pupillen erblickte ich mich spiegelverkehrt. Der Kleine schien mich genauso zu mustern. Er kaute, nicht hastig und nicht langsam, mit seinem hellblauen kleinen Maul vor sich hin. Von Zeit zu Zeit ließ er ein Büschel Gras seinen Schlund hinunter rutschen, um sofort das nächste Büschel den Schlund hochzuschieben und wiederzukäuen. Es sah aus wie eine Ratte, die in seinen Hals hinein- und wieder herausrutschte.
„Papa, was meinst du?", fragte ich beklommen.
„Siehst du es nicht?", fragte Vater. „Der Kleine hat genau die gleichen Augen wie unser schwarzer Esel."
Ich versuchte mich an unseren schwarzen Esel zu erinnern. Verschwommen sah ich ihn vor mir, einen Esel mit glänzendem, seidigem Fell, wie er flehmte, seine Zähne zeigte und durchdringend mit lang gestrecktem Hals „Iah" schrie. Aber der Blick seiner Augen wollte mir, obwohl ich mich sehr bemühte, nicht wieder einfallen.
Vater erzählte mir ein paar Geschichten vom Karma und dem Kreislauf der Wiedergeburten. Auf die Augen des Esels kam er nicht mehr zu sprechen. Er berichtete mir, es sei einmal ein Mann gewesen, der des Nachts von seinem verstorbenen Vater träumte, welcher zu ihm sprach: „Mein Sohn, mein nächster Leib wird der eines Stieres sein, morgen schon werde ich wiedergeboren."
Zwei Tage später kalbte seine Kuh und es wurde tatsächlich ein kleiner Stier geboren. Der Mann kümmerte sich ganz besonders um den kleinen Stier, er rief ihn „Vater" und ließ ihn ohne Nasenring laufen,

und auch ein Halfter gebrauchte er nicht für ihn. Immer, wenn er hinaus auf den Acker zur Feldarbeit musste, fragte er nur: „Vater, wollen wir los?"
Das Rind kam willig mit. Wenn sie sich müde gearbeitet hatten, sagte der Mann: „Vater, lass uns eine Pause einlegen!", und das Rind machte eine Pause.
Vater erzählte bis dahin und nicht weiter. Mir hatte es sehr gefallen und ich fragte: „Papa, und dann, wie geht es weiter?"
Mein Vater hielt eine Weile inne: „So etwas erzählt man kleinen Kindern nicht, aber ich erzähl's dir trotzdem: Der Stier spielte am Schlauch an seinem Bauch herum." – viel später wusste ich erst, dass damit ‚onanieren' gemeint war – „Unvermutet kam die Hausherrin hinzu und sah ihn dabei. Die Frau sprach: ‚Aber Vater, wie kannst du so etwas Unanständiges tun? Da muss man sich ja schämen!' Der Stier rammte sofort beide Hörner in die Wand und verübte so Selbstmord. Ach herrje!" Vater seufzte tief und geräuschvoll.

Das dreizehnte Kapitel
Man wird genötigt, der Kommune beizutreten, das ganze Haus ist voller Gäste. Alles schreit durcheinander, die reichen Grundherren stecken mit den Privatwirtschaftlern unter einer Decke.

„Quiansui, ich habe kein gutes Gefühl mehr dabei, mich von dir mit Großvater anreden zu lassen. Lass das doch bitte." Ziemlich erbärmlich klopfte ich ihm dabei auf die Schulter: „Obschon ich inzwischen ein fast sechzigjähriger alter Mann bin und du doch schließlich ein Kindchen von gerade mal fünf, ist unsere Beziehung die eines fünfzehnjährigen Knaben zu einem lebenserfahrenen alten Stier, denn sie beginnt schon 1965. In dieses Jahr müssen wir zurückblicken, genauer gesagt in den Frühling dieses Jahres, der von Unsicherheit und zahlreichen Unruhen geprägt war."
Der Kleine nickte besonnen mit dem Kopf und beteuerte: „Die Geschehnisse vergangener Tage stehen mir deutlich vor Augen." Ich konnte ihn in seinen Augen deutlich erkennen, den verspielten, kindlichen, dieses kleine Wesen mit dem unbändigen Temperament …
Natürlich hast du nichts vergessen von diesem Frühling, an dem un-

sere Familie so schwer trug. Den allerletzten Privatwirtschaftler auszuradieren geriet zu so etwas wie einer Tageslosung für unsere Brigade sowie unserer gesamten LPG Milchstraße. Es war ein Vorhaben von allergrößter Bedeutung. Hong Taiyue gewann für diese gewichtige Aufgabe die angesehensten Leute, die Hoffnungsträger unseres Dorfes: Den alten Onkel Mao Shunshan, Onkel Qu Shuiyuan und den Vierten unserer Ältesten, Qin Buting. Dann noch die geschwätzigen Überredungskünstlerinnen: die große Tante Yang Guixiang, die dritte Tante Su Erman, Schwägerin Chang Suhua und die große Tante Wu Qiuxiang. Von den redegewandten Naseweisen, die noch die Schulbank drückten, waren Mo Yan, Li Jinzhu und Niu Shunwa mit von der Partie. Die ich jetzt aufgezählt habe, sind die, die mir gerade einfallen. Es waren eigentlich noch viel mehr Leute, die bei diesem Feldzug mitmachten. Sie kamen in Schüben zu uns nach Haus. Es war, als hätten wir für unseren Sohn oder unsere Tochter den Heiratsvermittler ins Haus bestellt. Sie benahmen sich, als wollten sie ihre Kenntnisse zur Schau und ihr Redetalent unter Beweis stellen. Die Männer standen im Kreis um Vater herum, die Frauen umringten Mutter. Die Schüler waren hinter meinen Geschwistern her, und mich ließen sie auch nicht in Ruhe. Der dichte Tabakqualm ließ die Geckos in unserem Haus ohnmächtig von den Wänden purzeln. Die Hinterteile der Frauen rieben die Sitzkissen auf unserem Kang blank. Die Schulkinder hatten unsere Jackenärmel entzwei gerissen.
„Tretet unserer Kommune bei! Bitte tretet endlich unserer Kommune bei. Verrennt euch nicht weiter, wacht endlich auf! Denkt nicht egoistisch! Ihr solltet an eure Kinder denken."
Was du damals mit deinen Stieraugen und -ohren mitbekamst, hatte – glaube ich – durchweg mit dem Beitritt zur Kommune zu tun. Gleich, wenn Vater morgens bei dir ausmistete, waren die Alten da und standen wie treue Kriegsveteranen um die Stalltür herum: „Lan Lian, Teurer, wir sind doch eine Familie, tritt unserer Kommune bei! Alle grämen sich schon, sogar deinem Stier passt das nicht mehr."
„Was hätte mir denn nicht passen sollen? Mir passte das sogar sehr gut. Sie wussten ja nicht, dass ich Ximen Nao und Ximen Esel war, ein exekutierter Grundbesitzer und ein in Fleischstreifen geschnittener Esel. Weißt du, warum ich deinem Vater so anhänglich ergeben war? Weil ich mit deinem Vater privatwirtschaften konnte."
Die Frauen hatten es sich schamlos im Schneidersitz auf unserem

Kang bequem gemacht, sie waren wie Kletten, wie von weit her angereiste Verwandte, die man nicht mehr aus dem Haus bekommt. Ihnen stand der Schaum vor dem Mund, wie den Marktschreiern, während sie immer wieder die gleichen, mich anödenden Sätze wiederholten. Ich schrie wutschnaubend: „Tante Yang und Tante Su, verschwindet mit euren großen, dicken Busen und fetten Hintern aus unserem Haus, ich halt es nicht mehr aus mit euch!"
Aber sie lachten nur fröhlich. Noch nicht einmal wütend waren sie: „Willigt ihr ein, der Kommune beizutreten, dann verschwinden wir auf der Stelle. Wenn ihr nicht wollt, dann schlagen wir hier auf eurem Kang Wurzeln, dann keimen wir hier aus, lassen unsere Blätter sprießen, treiben Blüten und werden hier auch noch Früchte tragen. Lasst uns wachsen, bis wir ein großer Baum sind und dann mit der Krone euer Dach durchstoßen."
Die unmöglichste unter den Frauen war Qiuxiang. Vielleicht lag es daran, dass sie in früheren Tagen mit meiner Mutter den Mann geteilt hatte, dass sie nun so überaus unhöflich war.
„Yingchun, wie wenig gleichst du mir doch. Ich bin ein Dienstmädchen, von Ximen Nao vergewaltigt. Du dagegen bist seine heiß geliebte Nebenfrau. Sogar zwei Kinder hast du ihm geboren. Dass sie dir nicht den Grundbesitzerhut aufsetzten, sondern dich durch Arbeit umerzogen, ist ein unerhörtes Glück für dich. Das hast du alles mir zu verdanken, ich habe für dich bei Huang Tong ein gutes Wort eingelegt, weil ich meinte, dass du dich mir gegenüber früher anständig verhalten hast. Andererseits sollst du zu spüren bekommen, dass nicht Asche, sondern Feuer heiß brennt!"
Die bösen Buben mit ihrem Wortführer Mo Yan hatten ohnehin ein lockeres Mundwerk und konnten nicht an sich halten. Zum ersten Mal hatte man ihnen das Reden nicht verboten, sondern sie wurden sogar noch dazu ermutigt. Sie packten die Gelegenheit beim Schopfe, einmal so richtig die Sau herauslassen zu können. Wie die Affen, die man betrunken gemacht hat, sprangen sie herum. Einige kletterten in den Baum auf dem Hof, andere saßen rittlings auf der Einfriedung, hielten dabei das Blechmegaphon vor den Mund und kreischten, als gälte es, einer Bastion des Imperialismus den Garaus zu machen: „Privatwirtschaftler wie Hängebrücken sind, Schritt für Schritt sehr wackelig, schaukeln hin und schaukeln her, Brückengänger stürzen sehr, in die Tiefe, ins Verderben, und dann gibt es sie nicht mehr!"

„Die Kommune führt geradewegs ins Himmelreich, der Sozialismus ist die goldene Brücke dazu, die Wurzel der Armut auszureißen und Schösslinge des Reichtums zu setzen."
„Lan Lian, du Starrkopf! Lan Lian, Privatwirtschaft rentiert sich nicht. Blaugesicht, Blaugesicht, jetzt bist du aber fertig, nicht?"
„Ein Tropfen Mäusepisse versaut die ganze Bütte voll Essig!"
„Lauft nur weiter eurem Starrkopf von Vater nach. Rückständig und altmodisch, wie er ist, wird der niemals fortschrittlich werden."
Das Blut kochte mir in den Adern. Wie hasste ich Mo Yan, diesen miesen Bengel. Adoptivsohn meiner eigenen Mutter war er zu allem Überfluss auch noch! Mein Adoptivbruder! Jedes Mal am Neujahrsabend ließ mich Mutter ihm eine Schale mit Neujahrsteigtäschchen rüberbringen! Ich scheiß darauf, von wegen Adoptivbruder und Adoptivsohn! Wenn der sich nicht an die Regeln der Freundschaft hält, nur zu, dann werde ich eben auch unhöflich. Ich hockte mich also hinten in eine Ecke an die Mauer, kramte meine Zwille hervor und zielte auf seinen kahlgeschorenen Kürbiskopf, als er gerade in der Astgabel unseres Aprikosenbaums saß und blinzelnd mit dem Megaphon vor dem Mund unserm Haus seine fiesen Sprüche entgegenschmetterte. Ich schoss die Erbse auf ihn ab, Mo Yan schrie vor Schmerz auf und plumpste vom Baum. Doch er rappelte sich im Nu wieder auf, keine Pfeifenpause war vergangen. An der Stirn hatte er eine blutunterlaufene Beule, aber er fuhr fort mit den Schmährufen gegen meine Familie: „Hinter seinem Vater her auf krummen Wegen, kann man dem kleinen Starrkopf Lan Jiefang begegnen. Wagt sich auch noch, mich brutal zu schlagen, schnapp ich den, dann geht's zur Polizei, ihm an den Kragen!"
Ich nahm die Zwille wieder hoch und zielte auf seinen Kopf. Er schmiss die Flüstertüte fort und glitt den Baumstamm herunter. Jinlong und Baofeng hielten es nicht mehr aus und fingen an, Vater zu bereden.
„Papa, besser, wir treten doch bei. In der Schule behandelt man uns wie Dreck", sagte Jinlong, und Baofeng warf ein: „In der Schule zeigen sie immer mit dem Finger auf uns und schimpfen uns Privatwirtschaftlerkinder."
Jinlong meinte: „Wenn die Produktionsbrigade zusammen arbeitet, lachen und rufen sie laut durcheinander, das ist lustig, nicht wie bei uns, wo du und Mama ganz allein das Feld bestellen. Auch wenn ihr dann ein paar Zentner mehr Getreide habt, macht es keinen Spaß.

Wenn man schon arm ist, dann sollen es alle sein, und wenn man reich ist, will man doch, dass alle was davon haben."
Vater brachte keinen Ton heraus. Mutter wagte nie, Vater zu widersprechen, dieses Mal aber nahm sie ihren Mut zusammen: „Vater, unsere Kinder sprechen doch ganz vernünftig. Es ist besser, wenn wir beitreten."
Vater sog an der Pfeife, dann hob er den Kopf: „Wenn sie mich nur nicht so drängen würden, würde ich vielleicht wirklich beitreten. Aber so, mit deren Methoden, mich wie einen Falken abrichten zu wollen und zu sehen, wer den längeren Atem hat ... So nicht, so trete ich deren Kommune auf keinen Fall bei."
Vater blickte Jinlong und Baofeng an: „Ihr seid doch jetzt bald mit der Mittelschule fertig, nicht wahr? Da müsste ich euch weiter auf die höhere Schule schicken, auf das Gymnasium, dann aufs College, und dann müsstet ihr noch im Ausland, in Amerika weiterstudieren. Aber ich schaff's mit dem Schulgeld nicht. In den vergangenen Jahren hatte ich ja einiges gespart, aber die Dörfler aus der Kommune haben uns ausgeraubt. Und wenn ich es mir leisten könnte, euch studieren zu lassen, würden diese Leute euch nicht erlauben, die höhere Schule und die Universität zu besuchen. Und noch nicht mal nur deshalb, weil ich privatwirtschafte, sondern weil... ach, ihr versteht, was ich meine, nicht wahr?"
Jinlong nickte freimütig: „Ich verstehe schon Papa, obwohl wir keinen einzigen Tag unseres Lebens Großgrundbesitzerfräulein und -junker gewesen sind und obwohl wir nicht die geringste Ahnung haben, ob dieser Ximen Nao nun weiß oder schwarz gewesen ist, ist er trotz alledem unser Vorfahr. Sein Blut fließt in unseren Adern. Wie einem Phantom sind wir ihm ausgeliefert, er hat uns im Griff. Dennoch gehören wir der Jugend der Epoche des Mao Zedong an. Bei unserer Klassenzugehörigkeit haben wir keine Wahl, aber welchen Lebensweg wir einschlagen, das können wir selbst entscheiden. Wir möchten nicht mit dir privatwirtschaften. Wir werden in die Kommune eintreten, ich und Baofeng gehen allein, ihr müsst nicht."
„Papa, danke für die siebzehn Jahre, in denen du uns gütig erzogen hast." Baofeng verbeugte sich tief vor Vater: „Bitte nimm es uns nicht übel, wenn wir jetzt wie zwei unanständige Kinder gehen. Mit so einem Vorfahren müssen wir in einer Epoche wie dieser fortschrittlich handeln und denken, sonst kann aus uns nichts werden."

„Richtig ist das, was ihr sagt, Kinder. Ich habe Vor- und Nachteile gegeneinander abgewogen und mich dagegen entschieden, euch mit ins Unglück hineinzuziehen. Ihr werdet mir bitte alle der Kommune beitreten, und ich werde allein privatwirtschaften. Ich habe mir längst geschworen, bis zum bitteren Ende durchzuhalten. Ich werde privatwirtschaften und vor mir selbst bestehen."

„Vater, wenn wir beitreten, dann mit dir, die ganze Familie zusammen. Wenn du allein bleibst, wie soll das gehen?" Mutter flossen die Tränen über die Wangen, als sie sprach.

„Ich habe alles gesagt. Ich werde nicht mitkommen, da muss schon Mao Zedong höchstpersönlich den Befehl erlassen, dass ich beizutreten habe. Aber er selbst hat verfügt, dass der Beitritt freiwillig erfolgen soll. Und der Austritt soll ebenso aus freien Stücken geschehen. Sie haben kein Recht, mich zu nötigen. Bekleiden sie etwa ein höheres Amt als Mao Zedong? Ich werde diese bittere Pille nicht schlucken. Ich werde es ausprobieren, ob auf Mao Zedong Verlass ist und man seinen Worten glauben kann oder nicht."

„Papa", Jinlong fand es lächerlich, wie Vater sprach, und man merkte es seinem Ton an: „Sag doch nicht immer und in jedem Satz den Namen ‚Mao Zedong'. Unsereins nennt ihn ‚Vorsitzender Mao'."

„Recht hast du", verbesserte sich Vater. „Ich sollte Vorsitzender Mao sagen. Ich bin Privatwirtschaftler, aber trotzdem ein Kind seines Volkes. Mein Ackerland, mein Haus, alles, was mein ist, hat mir die Kommunistische Partei unter der Führung des Vorsitzenden Mao zugeteilt. Vorgestern hat mir Hong Taiyue durch einen Mittelsmann zutragen lassen, dass er, wenn ich immer noch nicht beitrete, hart durchgreifen werde. Soll man ein Rind, was nicht saufen will, zwingen, indem man ihm den Kopf festhält? Das geht doch gar nicht. Ich werde mich an höherer Stelle erkundigen, ich werde beim Kreis, bei der Provinzregierung und in Peking vorsprechen. Wenn ich weg bin", Vater sprach nun beruhigend auf Mutter ein, „dann gehst du zusammen mit den Kindern und trittst der Kommune bei. Unsere Familie besitzt zweieinhalb Morgen Ackerland. Wir sind zusammen fünf. Da kommt auf jeden ein halber Morgen. Ihr nehmt die zwei Morgen von euch mit, der Teil, der übrig ist, geht an mich. Wir haben einen Pflug, den wir bei der Bodenreform zugeteilt bekamen. Den könnt ihr auch mitnehmen, aber den kleinen Stier lasst ihr mir da. Die drei Nebenhauszimmer kann man natürlich nicht aufteilen. Die Kinder sind ja schon groß und für sie reicht der Platz ohnehin nicht aus. Wenn ihr dann Kommunenmitglieder seid, könnt ihr bei der Produktionsbrigade beantragen, in der Neubaugegend zu bauen. Wenn das Haus dann fertig ist, zieht ihr aus. Ich werde bis zu meinem Tode hier bleiben. Solange es nicht zusammenstürzt, gehe ich aus dem Haus nicht raus. Sollte es einstürzen, errichte ich auf den Trümmern einen Verschlag als Bleibe. Selbst dann gehe ich hier nicht weg."

„Papa, das muss doch nicht sein", sagte Jinlong. „So ganz allein gegen den Strom der Zeit anzuschwimmen, ist doch, als würdest du dir mit beiden Händen die Augen zuhalten, während du in den Spiegel guckst. Damit machst du es dir doch nur selber schwer. Ich bin zwar viel jünger als du, Papa, aber ich spüre auch, dass der Klassenkampf wieder losgeht. So welche wie ich, die keine einwandfrei roten Wurzeln haben, aus denen somit nichts Gutes wachsen kann, können, wenn sie mit dem Strom schwimmen und wenn sie Glück haben, einem furchtbaren Schicksal entgehen. Wenn sie aber dagegen anschwimmen und sich allem in die Quere stellen, so ist es doch, als würde man ein Hühnerei kräftig auf einen Stein werfen."

„Deswegen sollt ihr ja auch in die Kommune gehen. Ich selber gehöre zur Klasse der Lohnbauern. Was habe ich zu befürchten? Vierzig Jahre bin ich alt, ich bin in meinem Leben nie besonders aufgefallen. Ich wäre nicht auf die Idee gekommen, dass die Privatwirtschafterei mich berühmt macht. Hahaha, hahaha", lachte Vater und Tränen kullerten ihm dabei über sein blaues Gesicht. „Mutter, mach mir ein paar Pfannkuchen als Wegzehrung, ich will losgehen und beim Kreis ein Bittgesuch vorbringen."

Mutter weinte: „Vater, so viele Jahre folge ich dir, ich schaffe es nicht, mich von dir zu trennen. Lass die Kinder allein der Kommune beitreten. Ich führe mit dir die Privatwirtschaft weiter."

Vater widersprach: „Das darfst du nicht, deine Herkunft ist schlecht. Wenn du der Kommune beitrittst, wird dich das schützen. Mit mir in der Privatwirtschaft gibt es für die wieder einen Grund, dir einen Strick aus deiner Herkunft zu drehen. Und für mich ist das auch von Nachteil."

„Papa", schrie ich aus Leibeskräften: „Ich will mit dir privatwirtschaften!"

„Unsinn", sagte Vater. „Kinder verstehen nichts von solchen Sachen und müssen still sein!"

„Ich verstehe das. Ich verstehe das alles ganz genau. Hong Taiyue und Huang Tong und die anderen, die kann ich auch nicht leiden. Besonders Wu Qiuxiang hasse ich. Was die sich einbildet. Mit diesen plinkernden, blinzelnden Augen einer Hündin und diesem Mund wie ein Hühnerpoloch. Wie das aussieht, wenn der auf- und zugeht! Was hat so eine für ein Recht, zu uns nach Hause zu kommen und so zu tun, als wäre sie fortschrittlich?"
Mutter warf mir einen strengen Blick zu: „Kinder dürfen nicht mit scharfer Zunge sprechen."
Aber ich fuhr fort: „Ich werde mit dir privatwirtschaften. Wenn du Jauche fährst, will ich den Ochsen antreiben und den Wagen ziehen. Unser großer Karren quietscht, wenn er fährt, laut und ächzend, unverwechselbar ist sein Klang, ich höre ihn so gern. Dass wir privatwirtschaften, ist Heldentum. Papa, ich bin so stolz auf dich, ich will mit dir privatwirtschaften. Zur Schule will ich auch nicht mehr gehen. Ich habe nicht das Zeug zu einem guten Schüler. Bei Unterrichtsbeginn bin ich jedes Mal sofort müde. Du hast das halbe Gesicht blau, Papa, und auch mein Gesicht ist zur Hälfte blau. Zwei Blaugesichter werden sich niemals trennen! Immer lachen mich alle wegen meines blauen Gesichts aus. Aber sollen sie doch lachen! Endlich sollen sie mich auslachen, soviel sie wollen. Totlachen sollen sie sich. Zwei blaugesichtige Privatwirtschaftler sind wir, die einzigen im ganzen Kreis Gaomi, die einzigen aus ganz Shandong. Wie ungewöhnlich und spannend! Papa, du musst es mir erlauben!"
Vater erlaubte es. Ich wollte zuerst mit Vater zusammen los, um beim Kreis das Bittgesuch vorzubringen. Aber Vater entschied, ich solle den kleinen Stier versorgen. Mutter holte aus der Wand einige Schmuckstücke und gab sie meinem Vater. Man sieht, dass die Bodenreform nicht gründlich war, Mutter hielt immer noch einiges von unserem Schatz versteckt. Vater verkaufte den Schmuck, um Geld für die Reise zu haben. Zuerst ging es in die Kreisstadt, zum Kreisvorsitzenden Chen, der unseren Schwarzen auf dem Gewissen hatte. Bei ihm verlangte er sein Recht, weiter privat zu wirtschaften. Kreisvorsteher Chen hörte jedoch nicht auf, meinen Vater zum Beitritt bewegen zu wollen. Aber Vater blieb hart, er kämpfte mit Recht und Verstand. Der Kreisvorsteher äußerte sich: „Wenn man die Sache vom Standpunkt der Politik aus betrachtet, ist es dein gutes Recht, privat zu wirtschaften. Aber ich hoffe doch sehr, dass du es aufgibst."

Vater erwiderte: „Wenn man es in Hinblick auf den Schwarzen und deine Zuneigung zu ihm betrachtet, ist es doch so, dass du einen Schutzbrief schreiben kannst, in dem du festsetzt, dass Lan Lian das Recht besitzt, privat zu wirtschaften. Ich hänge mir diesen Schutzbrief zu Haus auf und keiner wird es wagen, mich zu bedrängen."
Getroffen entgegnete der Kreisvorsteher: „Dein schwarzer Esel ... was hattest du für einen feinen Esel. Lan Lian, ich stehe wegen des Esels in deiner Schuld. Aber einen Schutzbrief darf ich nicht herausgeben. Ich werde einen Brief für dich schreiben und deine besondere Situation schildern. Damit gehst du zum Ministerium für Landwirtschaft im Provinzkomitee."
Vater kam mit dem Brief in das Ministerium für Landwirtschaft, und der Minister persönlich empfing ihn. Er redete Vater gut zu. Der aber antwortete: „Ich trete der Kommune nicht bei. Ich möchte von meinem Recht auf Privatwirtschaft Gebrauch machen. Sobald der Vorsitzende Mao anordnet, dass es verboten ist, privat zu wirtschaften, werde ich beitreten. Solange das nicht der Fall ist, gehe ich nicht in die Kommune."
Der Landwirtschaftsminister war von der Unnachgiebigkeit, mit der Vater widersprach, beeindruckt. Er unterzeichnete den mitgeführten Brief und genehmigte Vaters Anliegen mit diesem Wortlaut:
Obschon es unser Bestreben ist, dass die Bauernschaft geschlossen der Kommune beitritt und den Weg der Kollektivierung beschreitet, ist es trotzdem rechtens, wenn einzelne Bauern darauf bestehen, nicht beizutreten. Der Beitritt in die Basisorganisationen erfolgt nicht per Zwang, und noch weniger dürfen illegitime Wege beschritten werden, um den Eintritt in die Kommune herbeizuführen.
Dieser Brief war wie ein kaiserliches Edikt. Vater frohlockte, als er von der Provinzregierung zurück nach Hause kam. Er rahmte den Brief in Glas und hängte ihn im Haus an die Wand. Mutter ging mit meinen Geschwistern Jinlong und Baofeng in die Kommune. Die ohnehin schon vom kollektiven Ackerland umgebenen zweieinhalb Morgen Acker schmolzen auf einen Morgen zusammen. Es war ein langes schmales Stück Land und sah fast aus wie eine Staumauer in den stürmischen Wogen des Ozeans. Um noch unabhängiger zu sein, zog Vater eine Mauer zwischen die drei Zimmer in unserem Hausflügel. In die Trennwand ließ er eine Tür ein, die als Durchlass dienen sollte. Einen neuen Ofen und einen neuen Kang baute er

dort, wo wir beide nun wohnen sollten. Außer dem angrenzenden Zimmer des Hausflügels war es auf dem Hof der Kuhstall, der dicht an dicht an uns grenzte und nur uns zwei Blaugesichtern gehörte. Wir besaßen einen Morgen Ackerland, ein kleines Stierkälbchen, eine Holzschubkarre, einen Holzpflug, eine Hacke, eine Eisenschaufel, eine Sense, eine kleine Forke, einen Doppelhaken, dann noch einen Eisenwok, vier Reisschüsseln, zwei irdene Teller, einen Pisspott, ein Küchenmesser, einen Pfannenheber und eine Petroleumlampe und noch einen Feuerstahl, mit dem man auf Stein Feuer machen konnte. Uns fehlte zwar noch so einiges an Werkzeug, aber mit der Zeit würden wir es vervollständigen.

Vater tätschelte mir den Kopf: „Mein Junge, warum willst du eigentlich mit deinem Vater privatwirtschaften?"

Ohne zu überlegen sagte ich gerade heraus: „Es macht Spaß!"

Das vierzehnte Kapitel
Ximen Stier geht wutentbrannt auf Wu Qiuxiang los.
Dorfvorsteher Hong Taiyue gefällt sich darin,
Lan Jinlong zu loben.

Während Vater zwischen April und Mai 1965 in der Provinzhauptstadt unterwegs war, um sein Bittgesuch vorzubringen, waren meine Geschwister Jinlong und Baofeng mit Mutter in die Volkskommune eingetreten. Am Tage des Beitritts fand auf dem Hof der Ximens eine feierliche Zeremonie statt. Hong Taiyue stand auf der Treppe zum Haupthaus und hielt eine Rede. Jinlong und Baofeng hatten wie Mutter große rote Papierblumen an der Brust, als würden sie heiraten. Sogar unser Dreischarpflug war mit einem roten Stück Stoff geschmückt. Mein großer Bruder Jinlong sprach bewegende Worte und beteuerte seinen Entschluss, konsequent den sozialistischen Weg zu gehen. Nie hätte ich gedacht, dass mein Bruder, der doch meistens in Gedanken war und keinen Piep von sich gab, plötzlich, da er Bedeutendes zu sagen hatte, in vollständigen Sätzen sprechen konnte. Ich verspürte in mir eine furchtbare Antipathie gegen ihn aufsteigen. Ich stand im Kuhstall, beide Arme fest um deinen Hals geschlungen. Das Herz klopfte mir bis zum Hals vor Angst, dass sie dich mir mit Gewalt wegnehmen könnten. Bevor Vater sich auf den

Weg machte, hatte er mich wieder und wieder gebeten: „Pass auf unseren Stier auf. Solange wir unseren Stier haben, wird uns kein Leid treffen. Mit unserem Stier können wir es mit der Privatwirtschaft durchhalten."
Ich versprach es Vater. Du hast es selbst gehört. Erinnerst du dich, wie ich zu Vater sagte: „Geh jetzt rasch und komm dafür schnell wieder zurück. Solange ich hier auf dich warte, wird auch der Stier hier sein."
Vater streichelte deinen Kopf, an der Stelle, wo damals gerade deine Hörner durchstießen: „Stier, höre auf ihn. Es ist noch einen und einen halben Monat bis zur Gerstenernte. Dein Futterheu wird nicht reichen. Mein Sohn wird dich auf die Wiesen am Flussufer zum Grasen bringen. So macht ihr es, bis die Gerste gelb und reif ist. Wenn erst das Gras gewachsen ist, dann sind wir übern Berg und haben nichts mehr zu befürchten."
Ich sah die tränenverschleierten Augen meiner Mutter. Mit der roten Papierblume vor der Brust schaute sie wieder und wieder zu deinem Kuhstall hinüber. Mutter hatte diesen Schritt nicht gewollt. Sie hatte es nicht aus freien Stücken getan, man hatte sie zum Beitritt genötigt. Jinlong vertrat vehement seine eigenen Meinungen und Ansichten, obwohl er erst siebzehn war. Er hatte bei uns viel zu sagen, sein Wort galt, und meine Mutter fürchtete ihn irgendwie. Ich fühlte, dass sie für meinen Vater weit weniger empfand, als sie für Ximen Nao empfunden hatte. Sie hatte bezüglich Vater keine Wahl gehabt, natürlich heiratete sie ihn. Auch gab es zwischen ihr, Jinlong und Baofeng ein viel stärkeres Band der Liebe, als es zwischen ihr und mir bestand. Ihre Kinder haben zwei verschiedene Erzeuger, das ist der Unterschied. Trotz alledem bin ich ihr Sohn, hänge an meiner Mutter und sorge mich um sie, das ist einfach so. Mo Yan stand mit einer Horde Grundschüler draußen vor dem Kuhstall und schrie Parolen: „Die große Dickschädelei und die kleine Dickschädelei finden sich zusammen in einer Privatwirtschaftlerei. Den Grashüpferstier am Zugstrick, die große Holzschubkarre vor der Brust, schieben und ziehen sie zuallerletzt in die Kommune. Warum denn zuletzt, früher wäre besser."
Die Lage, in der ich mich nun fand, machte mir Angst, andererseits war ich gespannt, was passieren würde. Das, was auf mich zukam, was nun geschah, erschien mir wie eine Oper, und ich spielte darin

den Bösewicht Nummer zwei. Obwohl ich einen Bösewicht spielte, war meine Rolle wichtiger als die vielen Rollen der Guten. Ich fand, dass ich auf die Bühne hinaus musste. Es ging um meinen Vater: Seiner Unnachgiebigkeit war ich es schuldig, seinem Ansehen, um mir meinen Mut zu beweisen und natürlich auch zu deinem, zum Ruhme unseres Stiers. Deshalb musste ich hinaus auf diese Bühne, mich sehen lassen und uns beide in Positur bringen. Vor aller Augen führte ich dich also aus dem Stall heraus. Ich rechnete damit, dass du Lampenfieber haben würdest, feige wärst ... aber du hast mich mit deiner Courage überrascht. Dein Führstrick war nur ein dünnes Band, welches dir lose um den Hals geschlungen war. Mit einer einzigen Bewegung hättest du es abgeschüttelt. Hättest du nicht mit mir kommen wollen, hätte ich nicht das Geringste ausrichten können. Aber brav und freundlich folgtest du mir mitten auf den Hof. Wir erregten die Aufmerksamkeit aller. Ich streckte extra die Brust heraus und ging erhobenen Hauptes, damit ich wie ein unbescholtener, ganzer Kerl aussah. Ich konnte mich ja nicht sehen, aber erkannte am Lachen der Leute, dass ich lächerlich, wie ein Clown aussah. Dann musstest du auch noch diesen unpassenden kleinen Freudenhupfer machen und dabei mit dem weichen Stimmchen eines kleinen Kälbchens muhen. Zu allem Überfluss bist du direkt vor den leitenden Köpfen unseres Dorfes an der großen Tür des Haupthauses vorbeigestürmt.
Wer stand da? Hong Taiyue, Huang Tong, Yang Qi und Huangs Frau Wu Qiuxiang, die Yang Guixiang als Vorsitzende der Frauenorganisation abgelöst hatte. Ich zog den Strick stramm, zu ihnen wollte ich dich nicht laufen lassen. Eigentlich wollte ich dich nur ein bisschen herumführen und dich zeigen, damit die mal sahen, was der Privatwirtschaftler für einen hübschen kleinen Stier besaß. Und wie stattlich der war. Es brauchte nämlich nicht mehr viel Zeit, da würde der Kleine zum schönsten Rind im ganzen Dorf herangewachsen sein. Aber plötzlich packte dich der Teufel. Mit einem Bruchteil deiner Kraft zogst du mich wie einen kleinen Affen hinter dir her, der kreuz und quer über den Berg springt. Ein kleiner Ruck genügte, und schon hattest du den Führstrick entzwei gerissen. In meiner Hand hielt ich das abgerissene Ende und glotzte dir mit weit aufgerissenen Augen hinterher, wie du geradewegs auf die Führungsriege unseres Dorfes zustürmtest. Ich nahm an, dass du Hong Taiyue auf die Hörner neh-

men oder dir Huang Tong vornehmen wolltest. Niemals wäre mir eingefallen, dass du dich auf Qiuxiang stürzen würdest. Damals verstand ich es nicht, inzwischen ist mir längst klar, warum du es auf sie abgesehen hattest. Sie trug ein braunviolettes chinesisches Oberteil, dazu eine dunkelblaue Hose, ihr Haar war glatt und glänzend. Das gefettete Kopfhaar schmückte eine hochmoderne Plastikhaarspange in Schmetterlingsform. Qiuxiang sah aufreizend und gefallsüchtig aus. Alles ging so schnell, dass wir nur mit offenen Mündern und aufgerissenen Augen wie zu Salzsäulen erstarrten. Als wir wieder zu uns kamen, hattest du Qiuxiang schon zu Boden gestoßen. Doch das reichte dir nicht, du nahmst sie immer wieder auf deine Hörner. Sie schrie klagend, rollte sich am Boden, rappelte sich auf, um zu fliehen, hatte jedoch die Kraft nicht. Dumm und schwerfällig, wie eine Ente mit ihrem fetten Hintern, wackelte und watschelte sie. Dann drücktest du deinen Kopf gegen ihre Taille, sie schrie dabei wie eine Kröte, ihr Leib kippte nach vorn und ging direkt vor den Augen Huang Tongs zu Boden. Huang machte auf der Stelle kehrt und rannte, was er konnte. Mein Bruder Jinlong machte einen Riesenschritt und sprang mit beiden Beinen von oben in der Grätsche über dich. Er ritt auf dir, mit beiden Armen hielt er sich an deinem Hals fest, den Körper presste er auf deinen Rücken. Er ritt auf dir wie ein Panther es getan hätte. Du schlugst aus, gingst hoch und schütteltest den Kopf, aber du konntest ihn nicht abwerfen. Du ranntest wild, deinen Kopf nach links, rechts, links, rechts werfend, über den Hof, die Leute rasten panisch durcheinander, ihr Schreien ließ die Erde erbeben. Jinlongs Hände krallten sich in deine Ohren, zerrissen deine Nüstern und unterwarfen dich. Da kamen die anderen wie ein Bienenschwarm herbeigesurrt. Sie drückten dich gemeinsam zu Boden und schrien alle durcheinander: „Dem muss man einen Nasenring anlegen!"
„Der muss sofort gelegt werden!"
Ich schlug mit meinem Strickende auf die Leute ein und schrie mit schriller Stimme: „Gebt meinen Stier frei, ihr Verbrecher! Gebt meinen Stier frei!"
Auch meinem großen Bruder Jinlong zog ich mit dem halben Strickende eins über den Rücken und wütete: „Du Verräter! Lass den Stier los, nimm die Hand da weg!"
Meine große Schwester Baofeng hielt mich fest, damit ich meinen Bruder nicht schlagen konnte. Ihr Gesicht war puterrot angelaufen,

sie weinte laut in einem fort. Es war eine dunkle, hinterfotzige Sache, die da vonstatten ging. Meine Mutter stand da wie gelähmt, sie schrie nur immer, ohne den Mund zu bewegen: „Meine Jungs ... lasst los, sonst wird ein Unglück über uns kommen ..."
Hong Taiyue schrie mit lauter Stimme: „Holt schnell einen Strick her!"
Huang Tongs ältere Tochter Huzhu rannte ins Haus, kam mit einem Hanfseil wieder heraus, schmiss es vor das Rind und sprang schnell zur Seite. Die jüngere Schwester Hezuo kniete vor ihrer Mutter unter dem großen Aprikosenbaum. Sie rieb massierend deren Brustkorb und wimmerte weinend: „Mutter, geht es dir gut, Mutter ..."
Hong Taiyue machte eigenhändig den Strick zwischen den Beinen des kleinen Stiers fest, wohl zehn Mal wickelte er ihn um die Vorderbeine. Dann packte er Jinlong unter den Armen und zog ihn von dem Stier herunter. Die Beine meines großen Bruders waren zu O-Beinen geworden und sein Gesicht trocken und gelb. Er zitterte am ganzen Körper, und seine Hände verharrten in jener unnatürlich starren Pose. Die Leute gingen auseinander, nur ich und mein kleiner Stier blieben zurück.

„Meinen Stier, meinen stattlichen, hübschen Privatwirtschaftler-Stier quält dieser Familienverräter zu Tode!"
Ich tätschelte seine kleine Kruppe und sang meinem kleinen Stier Klagelieder.
„Ximen Jinlong, du hast meinen kleinen Stier zu Tode gequält, wo du bist, kann ich nimmer mehr sein, du bist mein Todfeind!", schrie ich in aller Lautstärke heraus. Lan Jinlong Ximen Jinlong zu nennen, war ein richtig böser Trick. Damit setzte ich ein deutliches Zeichen, mit dem ich, Lan Jiefang, zwischen ihm und mir einen Schlussstrich zog. Gleichzeitig erinnerte es alle an seine Herkunft, dass er der Sprössling eines Grundbesitzers war und dass in seinen Adern das Blut dieses Despoten floss. Denn zwischen eurer Kommunistischen Partei, ihr Leser, und ihm bestand tödlicher Hass, hattet ihr doch seinen Vater ermordet.
Ich konnte sehen, wie Jinlong plötzlich leichenblass wurde. Sein Körper schwankte, als hätte ihm jemand mit einem Knüppel auf den Kopf geschlagen. Gleichzeitig wand sich das auf dem Boden liegende kleine Stierkalb krampfartig wie im Todeskampf. Ich wusste damals nicht, dass mein kleiner Stier die Wiedergeburt des Ximen Nao war.

Und ich wusste nicht um die höchst komplizierte Verfassung, in der sich dein Herz befand, als du mit Yingchun, Qiuxiang, Jinlong und Baofeng von Angesicht zu Angesicht aufeinander trafst. Es waren schlimmste widerstreitende Gefühle, die dich zu zerreißen drohten, nicht wahr? Als Jinlong dich schlug, erging es dir, als wenn der Sohn seinen Vater schlüge, oder? Und als ich Jinlong beschimpfte, war es, als beschimpfte ich deinen eigenen Sohn, war es nicht so? Deine Gefühle müssen ein einziges Chaos gewesen sein. Das pure Leibwerden des Chaotischen an sich. Chaos, grenzenloses, raumloses, unendliches Chaos. Das Herz ein Bündel aus vielen Ichs, von tausend Speeren zugleich getroffen. Nur du selbst kannst dich erklären.

„Ich kann es auch nicht!"

Dann standest du auf, alles verschwamm dir vor Augen, benommen warst du, die Beine taten natürlich auch weh. Du wolltest doch tatsächlich weiterbocken. Aber du wurdest von den Fesseln um deine Vorderbeine aufgehalten. Du taumeltest, gingst fast zu Boden, doch dann standest du auf deinen vier Beinen. Deine Augen waren grellrot, es waren die Flammen der Wut, dein Atem überschlug sich, du konntest dich nicht abregen. Aus deiner hellblauen Nase strömte Blut, genauso aus deinen Ohren. Aus der Nase quoll dunkles, aus den Ohren hellrotes Blut. An deinem Ohr fehlte ein Stück, Jinlong hatte es wohl herausgebissen. Ich suchte hastig danach, konnte es aber nirgends am Boden entdecken. Wahrscheinlich hatte Jinlong es heruntergeschluckt. König Wen von den Zhou wurde hinterhältig dazu gezwungen, das Fleisch seines eigenen Sohnes zu essen. Als man es ihm sagte, spie er es in hohem Bogen wieder aus. Der Fleischbatzen verwandelte sich in ein Kaninchen, das schnell davon sprang. Als Jinlong das Stück Ohrmuschel von dir hinunterschluckte, war es gleichsam, als hätte der Sohn seines Vaters Fleisch verspeist, nur mit dem Unterschied, dass Jinlong es niemals ausspeien sollte. Er würde es zusammen mit seiner Kacke unten herausdrücken. Was würde daraus werden, wenn es herauskam?

Als du so mitten im Hof dastandest, richtiger gesagt, als wir beide so da standen, war schwer zu sagen, ob wir als Sieger oder als Verlierer aus dem Tumult hervorgegangen waren. Genauso war nicht zu entscheiden, ob wir nun schwer gedemütigt worden waren oder mit Ruhm und Ehren überlebt hatten. Hong Taiyue klopfte Jinlong die Schulter: „Du bist ein ganzer Kerl, Junge. Du hast dich bestens aufge-

führt, den ersten Tag in der Kommune und schon Großes geleistet! Du bist klug und hast Schneid, und du gehst Schwierigkeiten nicht aus dem Weg. Unsere Volkskommunen brauchen solche wie dich, die unser Werk fortführen!"
Ich sah das kleine Gesicht Jinlongs erröten. Hong Taiyues Lob war ihm ganz offensichtlich nahegegangen. Mutter ging sofort zu ihm und strich ihm über den Arm, dann drückte sie ihm die Schulter. Ihr Gesicht war tief bewegt und zeigte überaus deutlich, dass sie sich verantwortlich fühlte. Jinlong aber wollte ihre fürsorgliche Liebe nicht, er entwischte Mutter und ging zu Hong Taiyue.
Ich wischte dir das Blut von der Nase und beschimpfte sie alle: „Ihr Verbrecher müsst mir meinen Stier ersetzen!"
Hong Taiyue sagte mit ernster Stimme: „Jiefang, weil dein Vater nicht da ist, werde nun ich dir einiges sagen. Dein Rind hat Wu Qiuxiang angegriffen und verletzt. Ihr müsst die Arztkosten für sie übernehmen. Wenn dein Vater zurück ist, so sage ihm sofort, dass er dem Stier einen Nasenring anlegen muss. Wenn der noch einmal ein Kommunemitglied angreift, werden wir ihn töten."
„Wen willst du bluffen? Ich bin von gutem Getreide groß geworden, bestimmt nicht vom Bluffen. Ich kenne die Politik und die Gesetze unseres Staates, das müsstest du wissen. Das Rind gehört zum Großvieh und ist ein Produktionsmittel. Es ist verboten, Rinder zu töten. Ihr habt nicht das Recht, mein Rind zu töten!"
„Jiefang!", schallte es aufgebracht von Mutter herüber: „Ein Kind darf so nicht mit dem großen Onkel reden!"
„Hahaha", lachte Hong Taiyue scheppernd. „Hört mal alle her, in welchem vorlauten Ton der Kleine daherredet! Der will doch glatt wissen, dass ein Rind zu den Produktionsmitteln gehört! Jetzt sag ich dir mal was: Für die Rinder der Volkskommunen stimmt das, aber das Rind eines Privatwirtschaftlers ist ein reaktionäres Produktionsmittel. Und genauso läuft das dann auch. Ein Rind einer Volkskommune wage ich nicht zu erschießen, selbst wenn es jemanden auf die Hörner nimmt. Wenn das Rind eines Privatwirtschaftlers aber so etwas tut, garantiere ich dir, dass ich es sofort zum Tode verurteile."
Hong Taiyue machte eine eiserne Entschlossenheit demonstrierende Bewegung, als hielte er eine scharfe Klinge in der Hand, mit der er mit einem Streich meinem Rind den Kopf vom Leibe hieb. Ich war doch noch klein, Vater nicht da, ohne Selbstvertrauen, völlig verzagt,

und mir fiel nichts Kluges mehr ein. Mein Mut war dahin. Ich hatte plötzlich eine grausige Erscheinung: Hong Taiyue hob ein blaues blankes Messer auf und köpfte damit mein Rind, aber aus dem Rumpf meines Rindes kam sogleich wieder ein Kopf hervor. Mit jedem Hieb war sofort wieder ein Kopf da. Hong Taiyue schmiss das Messer fort und rannte fluchtartig davon, während ich schallend lachte ...
„Der Kleine ist verrückt geworden, schaut nur!", flüsterten sich die Leute zu und kommentierten mein unpassendes Lachen.
„Wie abartig! Wie der Vater so der Sohn ...", hörte ich Huang Tong kraftlos sagen.
Ich hörte, wie Qiuxiang, die sich wieder erholt hatte, Huang beschimpfte: „Du glaubst auch noch, dein dreckiges Maul aufreißen zu müssen, wie? Du Schlappschwanz, du Waschlappen. Du bist eine ausgemachte Memme. Schaust zu, wie mich das Rind angreift, willst mich nicht retten, sondern stößt mich sogar noch in seine Richtung hin. Wäre Jinlong nicht gewesen, so wäre ich heute unter den Hörnern dieses teuflischen Stierkälbchens gestorben."
Aller Augen richteten sich sofort wieder auf meinen großen Bruder. Pfui! So einen Scheißtypen nenne ich nicht meinen Bruder! Aber wir haben schließlich die gleiche Mutter, so eine Halbgeschwisterverbindung kappt man nicht so einfach. Von den vielen Blicken, die Jinlong trafen, war der Blick Qiuxiangs ein anderer, auf eine ganz besondere Art und Weise. Die Augen ihrer älteren Zwillingstochter Huzhu blickten sehnsüchtig und verliebt. Jetzt ist mir das natürlich längst klar. Mein Bruder fing damals schon an, die Gesichtszüge seines Vaters Ximen Nao anzunehmen. Für Qiuxiang war es, als sehe sie ihren ersten Mann wieder. Obwohl sie sagte, sie sei bei den Ximens die übel missbrauchte Zofe gewesen, die Bitternis groß und der Hass gegen Ximen Nao tief, war es in Wahrheit ganz anders. Männer wie Ximen Nao entpuppen sich für Frauen als gefährliche Unglückssterne, denen sie sich begierig unterwerfen. Ich weiß, dass Qiuxiangs zweiter Mann Huang Tong ihr nicht mehr bedeutete als ein Haufen gelber Hundescheiße. Die verliebten Augen, die Huang Huzhu meinem Bruder machte, waren die ersten Zweiglein einer sprießenden Liebe.
Da siehst du es mal, Lan Qiansui – ich scheue mich, dich so zu rufen, aber was soll ich tun – da siehst du es, wie du mit dem Schwanz des Ximen Nao in einer so einfach funktionierenden Welt so komplizierte Verhältnisse schufst.

Das fünfzehnte Kapitel
Am Fluss geraten die Kuhhirten schwer aneinander. Wenn im Erdenleben der Groll von einer zur nächsten Existenz fortbesteht, nehmen die Schwierigkeiten kein Ende.

So wie dein Vorgänger, der Esel, durch den von ihm entfachten Tumult auf dem Amtshof unseres Dorfes bei den Dörflern bekannt wurde, warst du, Ximen Stier, Mischling eines Simmentaler Fleckviehs und eines mongolischen Rinds, von dem Tag an berühmt, an dem meine Mutter zusammen mit Jinlong und Baofeng in die Kommune eintrat und du dort Krawall machtest. Dazu erlangte an diesem Tag mein Halbbruder Berühmtheit. Die Leute erlebten, wie er dich überwältigte und wie er dabei mit seinem smarten Wagemut total männlich und völlig furchtlos auftrat. Huang Henzuo, die später mit mir verheiratet war, verriet mir, dass sich ihre Schwester Huzhu im dem Augenblick, in dem sie sah, wie Jinlong mit gegrätschten Beinen auf den Rücken des Stierkälbchens sprang, in ihn verliebte.

Tatsächlich war das Futterheu aufgefressen, noch bevor Vater von seiner Reise in die Provinzhauptstadt zurück kam. Ich machte es also genau, wie er es mir aufgetragen hatte. Jeden Tag führte ich dich ans Ufer des Yunliang-Flusses, um dich in den Auen zu weiden. Als du ein Esel warst, warst du dort viele Tage unterwegs. Du musst dich in dem Gelände bestens auskennen. In jenem Jahr kam der Frühling spät. Obwohl wir schon April hatten, war das Eis auf dem Fluss noch nicht ganz geschmolzen. Der Wind rauschte über das dürre Gras am Ufer. Dort hielten sich immer Wildgänse auf, regelmäßig schreckte man auch den einen oder anderen fetten Hasen auf, oder man sah unvermittelt einen Fuchs wie das Aufflackern von Feuer mit flammendem Fell im Schilf aufleuchten.

So wie bei mir zu Hause, so war auch der Futtervorrat der LPG aufgebraucht. Die 24 Rinder, vier Esel und zwei Pferde der Kollektive wurden also ebenso in die Auen am Fluss getrieben. Die Hütejungen waren der Futtermeister Hu Bin und Ximen Jinlong. Zur gleichen Zeit war meine Halbschwester Baofeng in das Kreisgesundheitsamt geschickt worden, um Hebamme zu lernen. Sie wurde die allererste richtig in einer Schule ausgebildete Hebamme unseres Dorfes. Meine Geschwister erfuhren, dass sie gebraucht wurden, seit sie in die Kommune eingetreten waren. Du wirst vielleicht einwenden, dass die Tatsache, dass Baofeng Hebamme lernte, sicherlich ein Zeichen dafür war, dass sie gebraucht und geschätzt wurde. Aber Jinlong? Dass er Kühe hüten gehen musste, hört sich nicht gerade nach „schätzen" und „gebraucht werden" an. Kühe hüten ist, wie man weiß, kein wichtiges Amt. Aber er war auch noch Arbeitspunktekontrolleur. Jeden Abend saß er im Schein der Petroleumlampe im Arbeitskontrollraum der Brigade und war damit beschäftigt, die Leistung jedes einzelnen Kommunemitglieds fein säuberlich in ein Buch einzutragen. Er war unser Schreiber. Na, wenn das keine Wertschätzung bedeutete, was dann? Mutter strahlte übers ganze Gesicht, dass man Bruder und Schwester mit wichtigen Aufgaben betraut hatte. Wenn sie mich dagegen allein mit meinem Rind herumlaufen sah, hörte ich ihr langes, lautes Seufzen. Auch ich war schließlich ihr leibliches Kind.

Aber gut, halten wir uns damit nicht auf. Ich werde von Hu Bin erzählen. Hu Bin war mickrig und klein, dazu sprach er den unverständlichen Akzent irgendeines Nachbarkreises. Jeder seiner Sätze endete mit einem übertrieben hochgezogenen Ton. Ursprünglich war er Leiter des Post- und Telefonamts der Kommune gewesen. Aber weil er mit der Verlobten eines Dienst tuenden Soldaten eine Affäre hatte, wurde er zum Arbeitslager verurteilt. Nachdem er die Strafe abgegolten hatte, wurde er entlassen und kam zu uns ins Dorf Ximen.

Hu Bin trug eine Samtkappe mit Ohrenklappen und eine Schutzbrille, wie sie die Bergleute aufhaben, dazu eine kaputte Uniform und darüber einen speckigen, großen Militärmantel. In der Innentasche des Mantels hatte er eine Taschenuhr und die Tabelle mit dem chinesischen Telegrafen-Code bei sich. Ihn Kühe hüten zu lassen, demütigte ihn über alle Maßen. Aber wer hatte denn seinen Schwanz geheißen, solche Betrügereien anzustellen? Mein Bruder musste die durcheinander laufenden Kühe zusammenhalten. Hu Bin dagegen saß in der Sonne an der Uferböschung und blätterte in seiner Telegrafen-Code-Tabelle. Sein Mund murmelte unablässig Worte, sich ständig wiederholend. Aus den Augen liefen ihm die Tränen herab. Dann weinte er lauter. Zuletzt schrie er wild: „Diese Erniedrigung, ich halt's nicht aus! Diese Schande, wie können die das nur mit mir machen! Wegen dieser paar Minuten, ach Mensch, in diesen noch nicht mal drei Minuten habe ich mein gesamtes vorheriges Leben ausradiert. Weg isses!"

Die Kühe der Brigade trugen alle ein Halfter. Obwohl eine wie die andere derart abgemagert war, dass ihnen die Wirbelsäule messerscharf aus dem Rücken herausstand und ihnen außerdem überall die Haare ausgingen, schienen sie ganz fröhlich zu sein, wie sie so am Ufer entlang schlenderten. Ihre Augen glänzten, sie kosteten die Freiheit aus. Weil ich dich nicht mit ihnen zusammenlassen wollte, hielt ich dich am Führstrick fest und wagte unter keinen Umständen, dich loszulassen. Ich führte dich zum Wasserreis ans Ufer, damit du etwas Nahrhaftes, Leckeres fressen konntest. Du aber warst starrköpfig und wolltest nicht fressen. Du zogst mich weg und ranntest mit mir den Fluss entlang. Dort stand dichtes Schilfröhricht aus dem vergangenen Sommer, die silberweißen Blätter so scharf wie Messerklingen. Im Röhricht sah man undeutlich die Rinder der Kommune stehen. Ich war verglichen mit dir ein Schwächling, mein winziges Fünkchen Kraft lohnte noch nicht einmal einen Fußtritt von dir. Deswegen war es einerlei, dass ich den Führstrick in den Händen hielt, denn ich vermochte dich doch nicht umzustimmen wieder umzudrehen. Wo immer du hinwolltest, dahin zogst du mich mit. Damals warst du im Prinzip schon zu einem großen Stier herangewachsen. Auf deiner Stirn prangten zwei blaugrüne Hörner, wie zwei Bambussprossen aus dem Kopf gewachsen, glatt und glänzend wie Jade. Deine Augen waren auch nicht mehr ganz die eines unschuldigen, kleinen Kälbchens, schon einiges an Schläue und Verschlagenheit war dazugekommen. Du zogst mich immer weiter ins Schilfröhricht hinein, immer näher kamen wir dabei den Rindern der Brigade. Das Schilf wogte hin und her, die Rinder der Brigade zupften die trockenen Blätter von den Schilfhalmen. Es knirschte laut, als zerkauten sie Eisenplatten. Sie machten den Hals beim Fressen so lang, dass sie nicht wie Rinder aussahen, sondern eher wie Giraffen. Ich sah unter ihnen deine Mutter, dieses mongolische Rind mit dem Kringelschwanz. Eure Augen trafen sich. Sie muhte. Du hast ihr nicht geantwortet, sondern sie nur groß angeglotzt, als sei sie dir fremd und als seiest du ihr feindlich gesonnen. Mein Bruder hielt eine lederne Peitsche in der Hand und verpasste dem Schilfröhricht mit lautem Knallen Hiebe, als ob sich die Nöte und Sorgen, die ihm das Herz schwer machten, wegschlagen ließen. Seit dem Tag,

an dem er in die Kommune eingetreten war, hatte ich mit ihm kein Wort mehr gewechselt. Ich würde ihn von mir aus nicht wieder ansprechen. Und ich hatte mir vorgenommen, ihn links liegen zu lassen, sollte er mich anreden. Ich sah den Füller, den er vorn an seine Brusttasche gesteckt hatte, im Sonnenlicht schimmern. Privatwirtschaften mit Papa hieß für mich, zu wenig gewissenhaft nachzudenken. Es gab diesen Faktor Unbeherrschtheit, der zeitweilig zum Tragen kam. Dann war es wie in der Oper, wo der Part der Charakterrolle unbesetzt geblieben war und ich mich erbot, meinen Schneid in der Rolle des Unbeherrschten, Wütenden unter Beweis zu stellen. Eine Operndarbietung aber braucht eine Bühne und noch viel mehr ein Publikum. Aber jetzt fehlte mir beides, es gab weder Bühne noch Publikum. Dazu fühlte ich mich einsam. Verschämt schielte ich zu meinem Bruder hinüber. Er hatte den Blick abgewandt und drehte mir den Rücken zu, während er mit der Peitsche knallend ins Schilf hieb. Im Schilf gab es einen Widerhall, und die Halme knickten, als ob seine Hand keine Peitsche, sondern einen Säbel hielte. Die Eisschmelze hatte begonnen. Die Eisfläche klirrte und dröhnte dumpf und gab die blaue Wasseroberfläche wieder frei. So blendend war das Blau, dass man blinzeln musste. Das Gebiet auf der anderen Seite des Flusses gehörte zum Staatsgut. Das große, mit roten Ziegeln gedeckte, westliche Gebäude war imponierend. Es war ein Staatsgebäude und demonstrierte höchste Ansprüche und Wohlstand, ganz das Gegenteil zu unseren aus Lehm gebauten, schilfgedeckten Bauernhäuschen. Hin und wieder schallte ohrenbetäubender, einer Explosion gleichender Lärm herüber. Ich wusste, dass das alljährliche Pflügen im Frühling jetzt wieder losging. Und dass die Mechaniker aus der Einheit der Landmaschinenreparatur die Maschinen überholten. Ich hatte auch den Schrott aus den „Lehmhochöfen" vom *Großen Stahlschmelzen* gesehen, der sich wie Grabhügel, die keiner säubert und pflegt, überall türmte. Mein Bruder hörte mit dem Peitschenknallen auf und sprach mich mit stocksteifem Körper in eiskaltem Ton an: „Du solltest bösen Taten keinen Vorschub leisten!"
„Freu dich nicht zu früh und sei auf der Hut", gab ich zurück, nur weil ich etwas entgegnen wollte.
„Von heute an werde ich dich täglich einmal zusammenschlagen, so lange, bis du mir deinen Stier in die Kommune führst." Er stand immer noch mit dem Rücken zu mir gewandt.

„Mich zusammenschlagen?" Ich besah mir seinen im Vergleich zu meinem um ein Vielfaches stärkeren Körper. Ich bluffte, als ich entgegnete: „Versuchs doch mal, mich zu schlagen. Pah! Wenn du nur einen Schlag tust, dann lass ich dich ins Gras beißen, dass von dir noch nicht mal mehr eine Leiche übrig bleibt."

Er drehte sich um und stand nun frontal zu mir, dabei grinste er: „Gut, lass mich sehen, wie du das anstellen willst, dass ich ins Gras beiße, sodass von mir noch nicht mal mehr eine Leiche übrig bleibt."

Er streckte den Peitschenstock aus und hob damit meine Baumwollkappe hoch, um sie vorsichtig auf einem Haufen trockenen Grases abzulegen: „Mach die Mütze nicht schmutzig, da wird Mama böse!" Dann hieb er mir mit der Peitsche über den Kopf.

Der Peitschenhieb auf meinen Kopf tat … man kann eigentlich nicht sagen, dass er so arg wehgetan hätte. In der Schule war ich doch oft mit dem Kopf an den Türrahmen gestoßen worden, oder meine Klassenkameraden schmissen mit Backsteinen nach mir. Das hatte weit mehr wehgetan als dieser Peitschenhieb. Dieser Hieb dagegen brachte mich in Rage. Mir brummte der Schädel, es hörte gar nicht mehr auf, das Brummen vermischte sich mit dem Motorenbrummen des Traktors, das vom Ostufer des Yunliang-Flusses herüberschallte. Vor meinen Augen blitzten goldene Sternchen. Ohne nachzudenken schmiss ich den Führstrick weg und stürzte mich auf Jinlong. Er wich mir aus und trat mir dabei gleich noch in den Hintern. Ich verlor das Gleichgewicht und schlug vornüber ins Schilf. Zwischen den Schilfwurzeln hing eine Schlangenhaut, die ich um ein Haar in den Mund bekommen hätte. Die Schlangenhaut nennen wir bei uns auch „Natternhemd". Man macht daraus Arznei. Einmal hatte Jinlong einen Furunkel am Bein, der so groß wie ein Hühnerei anschwoll. Er hatte so starke Schmerzen, dass er gellend schrie. Mutter brachte ein Hausmittel in Erfahrung: Rührei mit Schlangenhaut. Deswegen schickte sie mich ins Röhricht, Schlangenhaut suchen. Ich konnte aber nichts finden und kam wieder nach Hause, um Bericht zu erstatten. Mama schimpfte, ich sei ein Nichtsnutz. Dann nahm Papa mich mit und wir suchten gemeinsam. Mitten im Schilf fanden wir eine Haut, die gut zwei Meter lang war. Sie war noch ganz frisch. Die riesige Schlange war gerade mit dem Häuten fertig geworden und lag ganz in der Nähe. Mit ihrer schwarzen gespaltenen Zunge züngelte sie in unsere Richtung. Mutter briet die Haut mit sieben Hühnereiern. Einen ganzen Teller randvoll mit goldgelbem Rührei. Es duftete, dass mir das Wasser im Munde zusammenlief. Ich zwang mich, nicht hinzusehen, aber meine Augen schielten ganz von selbst immer wieder hin. Wie gerecht und mitfühlend du damals warst, Bruder! Du sagtest zu mir: „Bruderherz komm, wir essen das zusammen auf." Ich entgegnete: „Nein, auf keinen Fall. Das esse ich nicht. Davon sollst du gesund werden." Ich sah, wie dir vor Rührung dicke Tränen aus den Augen in deine Schale tropften ... Wie ist es möglich, dass du mich jetzt schlägst? Ich befühlte die Schlangenhaut mit den Lippen und stellte mir vor, dass ich eine bösartige Giftschlange wäre. Dann stürzte ich mich erneut auf ihn.

Dieses Mal würde er mir nicht entwischen. Ich umklammerte seine Lenden, den Kopf stemmte ich nach oben gegen sein Kinn und versuchte ihn so umzuwerfen. Listig und gemein trat er mir mit einem Fuß zwischen die Beine, mit beiden Händen umklammerte er meine Schultern, mit dem anderen Bein hüpfte er, sodass er nicht umfiel. Nur flüchtig streifte dich mein Blick, du Bastard aus einem Simmentaler und einem mongolischen Rind. Still standest du abseits. Entsetzlich traurig und hilflos war dein Blick! Wie böse ich dir damals war! „Ich kämpfe hier mit deinem Erzfeind, der dir ein Stück Ohr abbiss und deine Nüstern blutig riss. Warum hilfst du mir nicht? Du bräuchtest nur ganz leicht von hinten gegen seine Wirbelsäule zu stoßen, und schon hättest du ihn zu Fall gebracht. Wenn du etwas kraftvoller zustießest, könntest du ihn in die Luft fliegen lassen. Wenn er dann auf den Boden zurückfiele, würde ich mich auf ihn werfen und auf den Boden drücken, und er hätte verloren." Aber du rührtest dich nicht. Heute verstehe ich die Sache natürlich. Du rührtest dich nicht, denn er war ja dein leiblicher Sohn. Und ich war dein engster, vertrautester Freund. Ich kümmerte mich um dich, bürstete dich, verscheuchte dir die Mücken und vergoss um dich wer weiß wie viele Tränen. Du konntest nicht ein noch aus, wagtest nicht zu entscheiden und hofftest, dass wir aufhörten zu kämpfen. Dass wir auseinander gingen, die Hände schüttelten, Frieden schlössen und wieder wie Brüder zueinander stünden. Einige Mal hing er im Schilf fest und ging fast zu Boden. Aber er hüpfte mehrmals und bekam wieder Gleichgewicht. Mir ging die Kraft aus, ich keuchte wie ein Ochse, meine Brust war wie zugeschnürt. In dem Tumult spürte ich plötzlich einen Wahnsinnsschmerz an meinen Ohren. Hatte er es

doch geschafft, seine Hände von meinen Schultern wegzunehmen und damit meinen Ohren zu packen. Schon hörte ich diese fiese Eunuchenstimme des Hu Bin von seitwärts quaken: „Hossa! Gib's ihm! Hossa! Schlag zu! Schlag zu! Doller!"
Dann hörte ich, wie Hu Bin in die Hände klatschte. Ich konnte nicht vor, nicht zurück und litt grausige Schmerzen, während Hu Bin sich einen Spaß daraus machte, mir dabei zuzusehen. Dazu kam die Enttäuschung darüber, dass du mir nicht halfst. Du enttäuschtest mich. Als er noch mein linkes Bein umklammerte, kippte ich rückwärts hinten über. Schon drückte er sich mit dem ganzen Körper auf mich. Er stemmte sich mit den Knien in meinen Bauch, der dumpfe Schmerz war nicht auszuhalten, ich spürte, gleich würde ich in die Hose machen. Mit beiden Händen zog er mir an den Ohren und presste meinen Kopf hart auf den Boden. Ich schaute in den azurblauen Himmel, die weißen Wolken und die mich blendende Sonne und dann wieder in das lange, schmale, markant geschnittene Gesicht Jinlongs mit den schmalen, bestimmten, aber elastischen Lippen und den schwarzen Bartstoppeln darüber, dem hohen Nasenrücken und den beiden dunkel schimmernden Augen. Der war doch bestimmt kein reinrassiger Chinese. Dieser Typ war vielleicht genauso wie der Stier die Nachkommenschaft eines Mischlings. Anhand seines Gesichts konnte ich mir Ximen Nao, den ich gut aus Beschreibungen kannte, aber niemals gesehen hatte, bestens vorstellen. Ich wollte ihn voll Wut anschreien. Aber er riss meine Ohren so heftig auseinander, dass die gespannten Backen es mir schwermachten, den Mund zu öffnen. Es kamen nur Wortfetzen, die ich selbst nicht einmal zu verstehen vermochte. Er riss meinen Kopf hoch, um ihn dann mit Wucht wieder auf den Boden zu pressen. Wort für Wort, zwischen jedem eine Pause, fragte er dann: „Trittst ... du ... jetzt ... der ... Kommune ... bei?"
„Nein ... ich trete nicht bei." Ich schleuderte ihm meine Worte mit einer Portion Spucke entgegen.
„Von heute an werde ich dich täglich einmal verprügeln, solange bis du einwilligst beizutreten, und ich werde mit jedem Mal stärker zuschlagen."
„Ich werde es Mama sagen, wenn ich wieder nach Haus komme!"
„Es ist Mama, die mir aufträgt, dich zu schlagen!"
„Wenn wir in die Kommune sollen, müssen wir schon so lange warten, bis Papa wiederkommt!", sagte ich kompromissbereit.

„Das kommt nicht in Frage. Es muss geschehen, bevor dein Vater wieder zurück ist. Nicht nur du musst rein, du musst auch das Rind mitbringen!"

„Mein Papa war immer gut zu dir, das darfst du nicht mit Undank lohnen!"

„Damit zeige ich ihm am deutlichsten meine Dankbarkeit, indem ich ihn dazu bewege, in die Kommune einzutreten."

Hu Bin umkreiste uns während unseres Wortgefechts. Er kratzte sich aufgeregt Ohren und Backen, rieb sich die Hände, klatschte sich auf die Schenkel und murmelte Unverständliches. Dieser Hahnrei, der jedem übel wollte und sich selbst für etwas Besseres hielt. Er hasste alle und jeden, wagte aber nicht aufzubegehren. Mit Schadenfreude sah er, wie wir Brüder uns prügelten. So als wäre es ihm Balsam auf sein wundes Herz. Aber jetzt kamst du endlich zum Zuge.

Der Nachkomme eines Simmentaler und eines mongolischen Rindviehs senkte seine Hörner, nahm den Hintern des Hu Bin ins Visier und ... stieß zu. Der schmächtige Hu Bin flog wie eine kaputte Steppjacke in die Luft. In zwei Metern Höhe flog er parallel zum Boden geradeaus, bis ihn die Schwerkraft schließlich wieder herabzog und er in schrägem Winkel abwärts in das Schilf plumpste. Einen erbärmlichen Aufschrei tat er, als er aufprallte. Der lange Schrei klang aus – wie ein langer, gewundener Kringelschwanz, wie der Schwanz der mongolischen Mutterkuh. Er rappelte sich auf und torkelte stolpernd durchs Schilf. Das Schilfröhricht schlug hin und her, es ging schhhhh ... raschelnd durchs ganze Schilf. Mein Rind nahm Hu Bin nochmals auf die Hörner. Wieder flog er hoch in die Luft.

Ximen Jinlong ließ mich los, sprang auf, schnappte sich die Peitsche und schlug auf mein Rind ein. Ich rappelte mich auf, umklammerte von hinten seine Lenden, sodass ich ihm die Füße vom Boden wegziehen konnte, dann drückte ich ihn zu Boden. „Du darfst mein Rind nicht schlagen! Du verruchter, gewissenloser Verräter! Du, der seine nächste Familie nicht mehr kennen will, du Grundbesitzersprössling!" Der Grundbesitzerbastard streckte mit kräftigem Schwung den Po heraus, schubste mich zur Seite und kam auf die Füße. Er blickte sich um, versetzte mir einen Peitschenhieb und kam Hu Bin zu Hilfe. Hu Bin rollte, halb kroch er aus dem Röhricht hervor. Er gab die komischsten Töne von sich, schrie wie ein Hund, dem man die Beine zu Brei geknüppelt hat. Es war zu peinlich, einfach lächerlich. Der

Böse bekommt letztlich doch seine gerechte Strafe, denn was Recht und Unrecht ist, spürt jeder im eigenen Herzen. Damals fand ich, dass dein imposanter Auftritt einen kleinen Schönheitsfehler besaß. Du hättest zuerst Ximen Jinlong bestrafen sollen, und dann erst hättest du dich Hu Bin widmen sollen. Jetzt weiß ich, dass du damals alles richtig machtest. Auch der bösartigste Tiger frisst seine eigenen Jungen nicht! Für Vaterliebe hat man Verständnis. Dein Sohn Jinlong rannte auf dich zu mit der Peitsche in der Hand. Hu Bin rannte vorneweg. „Rennen" konnte man das aber eigentlich nicht nennen. Alle Knöpfe seines abgetragenen Militärmantels, der das Abzeichen seiner glanzvollen Vergangenheit war, waren bei seinem Flug durch die Luft abgeplatzt und blinkend davongeflogen, wie die abgerissenen Flügel von in der Luft erschossenen Vögeln herunterfallen. Der Hut war ihm auch vom Kopf geflogen. Das Rind hatte im Schlamm darauf herumgetrampelt. „Zu Hilfe … zu Hilfe!" Es stimmt nicht ganz, dass er das klar und deutlich gerufen hätte, denn solche Töne brachte er längst nicht mehr heraus. Ich verstand aber, dass seine Schreie der Bedeutung nach Hilfeschreie waren, dass er Rettung wollte. Mein mutiger Stier, mein zu menschlicher Empfindung fähiger Stier folgte ihnen verwegen, ohne aufzugeben. Das Rind rannte mit gesenktem Kopf. Dabei leuchteten seine Augen glutrot. Diese flimmernde Aura wuchs in jede Richtung. Sie durchbrach Geschichte gewordene Zeit, sodass ich sie jetzt und heute vor meinen Augen ganz deutlich sehen kann. Seine Klauen ließen den weißen Sand auffliegen, wie mit dem Katapult geschossen traf der Sand auf das Schilfgras, auf meinen und Ximen Jinlongs Leib. Der Sand spritzte weit, sogar bis zum Fluss, fiel herab und vermischte sich mit den kleinen, sprudelnden Wellen auf der Wasseroberfläche. Plötzlich hatte ich den Geruch vom kühlen Flusswasser in der Nase, den Geruch vom schnell schmelzenden Eis und den vom Uferschlick, der nach der Eisschmelze bleibt. Da war noch der strenge Geruch von dampfender, warmer Rinderpisse. Die Pisse des Viehs roch nach bulligen Kühen, die abschleimen. Der Frühling war wieder im Anmarsch, die Natur erwachte und die Paarungszeit würde beginnen. Die Schlangen, Frösche und Kröten, die den langen Winter im Schlaf überdauert hatten, regten sich. Alle Arten von wildem Gesträuch, ob es nun Unkräuter oder Wildgemüse waren, erwachten zu neuem Leben und sprossen hervor. Die Erdsäfte drängten gurgelnd, duftend und milchig an die Oberfläche. Der

Frühling brach an. Und wir? Mein Rind dicht auf den Fersen des Hu Bin, Ximen Jinlong auf den Fersen des Rinds und ich hinter Jinlong her – So begrüßten wir den Frühling 1965.
Dann ging Hu Bin zu Boden. Sofort rammte ihn das Rind mit seinem riesigen Kopf. Ich dachte an den Schmied, der mit dem großen Hammer die glühenden Eisen in Form schlug. Mit jedem Stoß meines Bullen schrie Hu Bin gellend auf. Mit jedem Stoß wurde sein Schreien schwächer. Sein Leib schien dabei aus dem Leim zu gehen wie ein Kuhfladen am Boden. Er wurde dünner, wurde länger und ging in die Breite. Nun war Ximen Jinlong zur Stelle und versetzte dir, wild die Peitsche schwingend, Hiebe auf dein Hinterteil. Jeder Hieb so hart, dass das laute Knallen wie Fetzen in der Luft hängen blieb, jeder Peitschenhieb eine blutige Strieme. Aber du wandtest dich nicht um, du wehrtest dich nicht. Dabei wartete ich nur darauf, dass du wutentbrannt den Kopf herumschwingen und Jinlong so hoch hinaus schleudern würdest, dass er genau mitten über dem Fluss hinab auf die Eisdecke fiele. Beim Aufprall zerbrächen die spröde gewordenen Eisschollen, er versänke in einem Eiswasserloch. Halb würde er ertrinken, halb erfrieren. Ein Halbes und ein Halbes sind ein Ganzes, das weiß ja jedes Kind. Damit wäre er dann tot. Aber besser, er starb nicht. Denn dann wäre Mama traurig. Ich wusste ja, welchen Platz er in ihrem Herzen einnahm, wie viel wichtiger er ihr war als ich. Ich knickte Schilfhalme ab und hieb, während er dich schlug, damit auf seinen Kopf ein. Er war es leid, sich von mir schlagen zu lassen, drehte sich und versetzte mir einen. Au, Mama, teuflisch brutal war der Peitschenhieb. Mit einem Ratsch zerriss meine Jacke. Der Riemen streifte meine Backe, sofort spritzte das Blut hervor. In dem Moment drehtest du dich um.
Ich erwartete, dass du ihn auf die Hörner nehmen würdest. Aber nichts dergleichen. Er wurde nervös. Ging schrittweise rückwärts. Dann brülltest du einmal dumpf. Der Blick in deinen Augen war so trostlos. Mit diesem Brüllen hatte ein Vater seinen Sohn zu sich gerufen. Aber der Sohn hatte natürlich nicht verstanden. Du gingst langsam auf ihn zu. Du wolltest zu ihm, du wolltest deinen Sohn berühren. Der Sohn aber dachte, dass du zum Angriff übergingst, und schwenkte die Peitsche und schlug wie von Sinnen auf dich ein. Der Peitschenhieb traf brutal und genau in dein Auge. Deine Vorderbeine wurden dir weich und du fielst auf die Knie. Du knietest mit Au-

gen randvoll mit Tränen. In Strömen flossen sie, rannen, tropften, quollen, überall Tränen.
In Panik schrie ich: „Ximen Jinlong, du Verbrecher. Du hast meinen Stier blind geschlagen!"
Er zielte auf deinen Kopf und verpasste dir wieder einen Peitschenhieb. Der war noch wuchtiger und noch gemeiner als der vorangegangene. Die Backe war gerissen und klaffte auseinander, das Blut floss in Strömen. Mein Stier! Ich rannte zu dir, umfing mit beiden Armen deinen Kopf. Meine Tränen netzten deine eben gewachsenen Hörnchen. Mit meinem schmalen kleinen Leib beschützte ich dich. „Ximen Jinlong! Schlag zu mit deiner Peitsche! Schlag meine kaputte wattierte Jacke doch klitzeklein in tausend Schnitzel. Schlag meinen Leib und jeden Fetzen Fleisch darauf zu Brei und bespritze damit alles Schilf um uns herum. Meinen Stier wirst du aber nicht mehr schlagen!"
Ich fühlte, wie dein Kopf an meiner Brust zitterte. Ich pulte dir einen Klumpen Erde aus der Wunde und holte aus dem Futter meiner Jacke ein Büschel Baumwollflocken, mit dem ich dir die Tränen abputzte. Dass dein Auge erblindet sein könnte, machte mir allergrößte Angst. Aber es war, wie ein Sprichwort bei uns sagt: Hundebeine kriegt man nicht lahm und Rinderaugen nicht blind. Dein Auge war nicht erblindet.
Den nun kommenden Monat über lief zwischen uns nun regelmäßig ein und dasselbe Spiel ab: Ximen Jinlong beredete mich, die Zeit, in der Vater nicht da war, zu nutzen und schon mal allein mit dem Stier der Kommune beizutreten. Ich lehnte ab. Dann schlug er mich. Sowie er anfing, mich zu schlagen, nahm mein Stier Hu Bin auf die Hörner. Hu Bin bekam es jedes Mal so mit der Angst zu tun, dass er sich hinter meinem Bruder versteckte. Sobald sich mein Bruder und mein Stier von Angesicht zu Angesicht gegenüberstanden, war die Situation sofort festgefahren, und es kam zwischen beiden zum Patt. Dann traten alle den Rückzug an und gingen wieder ihren Geschäften nach. So verging dann der Tag, ohne dass noch einmal etwas passierte. Zu Beginn schien es mir noch täglich einmal um Leben und Tod zu gehen. Zuletzt wurde es ein Spiel für mich. Worüber ich dann die Nase zu rümpfen begann, war, dass Hu Bin meinen Stier tatsächlich wie einen Tiger fürchtete. Sein hartes, boshaftes Mundwerk blieb still. Er wagte nicht mehr, so schamlos und anmaßend

zu sein. Denn sowie mein Stier hörte, dass Hu Bin den Mund aufsperrte, senkte er den Kopf und muhte einmal lang. Seine Augen waren dann blutunterlaufen und er ging in Angriffstellung. Das einzige, was Hu Bin dann jedes Mal tat, war, sich panisch hinter meinem Bruder zu verstecken. Fühlte mein Halbbruder Jinlong vielleicht doch etwas? Denn von diesem Tage an wagte er nicht mehr, meinen Stier zu schlagen. Ihr seid doch schließlich Vater und leiblicher Sohn. Da müsstet ihr euch doch ohne Worte verstehen. So ist das doch immer. Dass er mich schlug, wurde dann auch eher zu einer Farce. Denn seit dem Tage unserer Schlägerei trug ich um die Taille ein Bajonett und auf dem Kopf einen Stahlhelm. Die beiden Schätze hatte ich mir während des *Großen Stahlschmelzens* vom Schrotthaufen beim Staatsgut geklaut und immer im Kuhstall versteckt. Jetzt erfüllten sie ihren Zweck.

Das sechzehnte Kapitel
Ein junges hübsches Ding denkt an den Frühling und sein Herz gerät in Wallung, Ximen Stier beeindruckt beim Pflügen des Ackers.

Sag, Ximen Stier, war die Jahreszeit des Pflügens im Frühling 1966 nicht die Zeit, in der wir am allerglücklichsten waren? Damals zeigte der „Schutzbrief", den Vater aus der Provinzhauptstadt mitbrachte, noch eine deutliche Wirkung. Du warst zu einem großen Stier herangewachsen, und deinem massigen Körper war der winzige Kuhstall bei uns zu Hause überhaupt nicht mehr zuzumuten. Die kleinen Bullen aus der Produktionsbrigade waren alle schon kastriert. Die Leute erinnerten Vater damals immer wieder daran, dir einen Nasenring zu verpassen, damit du besser zu gebrauchen wärest, aber er überhörte sie geflissentlich. Ich war ganz Vaters Meinung. Auch ich war überzeugt, dass es zwischen unserem Stier und uns längst mehr als die Bande zwischen einem Bauern und seinem Zugtier gab. Wir verstanden uns ohne Worte, wussten alles voneinander. Schulter an Schulter und mit vereinten Kräften unterhielten wir unseren Privathof. Wir waren Kampfgefährten, geeint im Widerstand gegen die Kollektivierung.

Vaters und mein Morgen Ackerland war rundherum von den Fel-

dern der Kommune umzingelt. Es war Ackerland nahe des Yunliang-Flusses. Den Boden prägten sowohl die Tide als auch der Fluss, es war dicker schwerer Marschboden, der sehr fruchtbar war und sich hervorragend für den Ackerbau eignete. Vater sagte: „Mein Sohn, mit einem Morgen so guten Ackerlands und einem so starken Bullen können wir es uns erlauben, uns nach Lust und Laune unsern Magen vollzuschlagen."
Seit Vater aus der Provinzhauptstadt zurück war, litt er an Schlaflosigkeit. Wenn ich in tiefer Nacht plötzlich aufwachte, saß Papa immer noch mit dem Rücken gegen die Wand gelehnt angezogen auf dem Kang und sog schmauchend an seiner Pfeife. Durch den strengen Tabak war der Raum völlig verqualmt. Mir wurde übel davon.
„Papa, warum schläfst du denn nicht?"
„Mein Junge, ich gehe dem Rind noch ein wenig Heu auflegen, und du schläfst schön, ja?"
Ich ging pinkeln. Du weißt doch bestimmt, dass ich oft ins Bett machte. Als du noch ein Esel warst und auch als du ein Bulle warst, musst du das von mir nassgemachte Bettzeug, das draußen zum Trocknen hing, gesehen haben. Immer wenn Mutter mein Bettzeug draußen in die Sonne hängte, schrie Qiuxiang laut und durchdringend nach ihren Töchtern: „Hezuo, Huzhu, kommt schnell und schaut her. Im Westhaus hat Jiefang schon wieder Landkarten auf die Bettdecke gemalt."
Die beiden braunhaarigen Mädchen kamen jedes Mal sofort vor das Bettzeug gerannt, fuhren mit einem Stöckchen die Pinkelspuren nach und lästerten: „Hier kommt Asien, hier Afrika, hier ist Südamerika, hier ist der Pazifik und hier der Indische Ozean ..."
Die Schmach war so groß, dass ich gern für immer im Erdboden versunken wäre, dass ich nichts mehr wünschte, als das Bettzeug anzufackeln, es auf der Stelle zu verbrennen. Wenn Hong Taiyue das gesehen hätte, hätte der bestimmt zu mir gesagt: „Mensch, Jiefang, Junge, mit dieser Steppdecke um den Kopf kannst du den Ausländern ihr Munitionslager herumtragen, keine Kugel geht durch so einen klatschnassen Lappen durch. Wenn sie mit Kanonen aus dem Wehrturm auf dich schießen, werden sogar die Kanonensplitter vor deiner Steppdecke abdrehen."
Man soll nicht von der Schmach vergangener Tage reden. Aber zum Glück war ich, seit ich mit Papa allein privatwirtschaftete, von die-

sem scheinbar unheilbaren Übel ganz von selbst befreit. Auch das war für mich ein gewichtiger Grund, warum ich am Privatwirtschaften festhielt und gegen die Kollektivierung war.

Das Mondlicht floss wie Wasser in unseren Hof und tauchte unser kleines Haus in silbernes Licht. Sogar die Mäuse, die bei uns im Wok hockten und nach Krümeln suchten, waren zu Silbermäusen geworden. Von nebenan hörte ich das Seufzen meiner Mutter. Ich wusste, dass auch meine Mutter oft keinen Schlaf finden konnte. Sie machte sich Sorgen um mich und hoffte, dass Vater mit mir schnellstmöglich in die Kommune eintrat und wir wieder als Familie harmonisch und friedlich zusammen lebten. Aber es wäre einem Wunder gleichgekommen, hätte mein sturer Vater jetzt plötzlich auf sie gehört. Das silberne Mondlicht lenkte mich vom Schlafen ab, ich wollte jetzt sehen, wie es unserm Bullen nachts im Kuhstall erging. Ob er wohl schlaflos herumstand oder ob er genau wie die Menschen schlief? Ob er wohl im Liegen oder im Stehen schlief? Ob er mit offenen Augen schlief oder so wie wir die Augen schloss? Ich zog mir meine Steppjacke über und huschte verstohlen wie ein Mäuschen nach draußen. Ich war barfuß, die Erde war angenehm kühl. Im Hof sah der Mondschein noch heller aus, der große Aprikosenbaum glitzerte silbern und warf fahle Schatten. Ich sah, wie Vater Heu siebte. Er sah jetzt im Dunkeln noch viel größer aus als bei Tage. Mondlicht flutete über das Sieb und seine großen Hände. Ich hörte das Rasseln der Steinchen. Es sah aus, als würde das Sieb im leeren Raum hängen und sich ganz von alleine schütteln, und die Hände meines Papas seien nur ein sich mitschüttelndes Anhängsel. Das Heu aus dem Sieb fiel in die Steinfutterkrippe und ich hörte kurz darauf das Schlecken der gerollten Zunge. Ich sah die strahlenden Augen unseres Rinds und sog den vertrauten Geruch ein. Ich hörte Vater sagen: „Schwarzer, mein Guter, morgen wollen wir mit dem Pflügen beginnen. Iss ausreichend. Mit vollem Magen wirst du genügend Kraft haben. Morgen zeigen wir's denen aus der Kommune. Wir werden fein pflügen, und sie werden sehen, dass Lan Lian der prächtigste Bauer und sein Bulle das prächtigste Rind unter dem Himmel ist."
Der Bulle schüttelte den riesigen Schädel, als wenn er meinem Vater antwortete. Vater sprach weiter: „Die wollen, dass ich dir einen Nasenring anlege, die spinnen! Mein Rind ist für mich wie mein Sohn, du verstehst die Menschen genau. Ich behandle dich wie einen Men-

schen, nicht wie einen Stier. Und einem Menschen würde man doch wohl keinen Nasenring anlegen! Dann wollen da einige, dass ich dich kastrieren lasse. Die spinnen wohl komplett! Ich sagte denen, zieht Leine und kastriert eure Söhne, wenn ihr Bock drauf habt! Schwarzer, damit habe ich doch recht, was denkst du? Bevor du kamst, hielt ich einen Esel. Es war der beste Esel, den man haben kann. Er hatte Lebensfreude, verstand die Menschen genau, und er war ein Hitzkopf. Hätte das *Große Stahlschmelzen* während des *Großen Sprungs nach vorn* ihn mir nicht genommen, wäre er heute hundertprozentig noch am Leben. Aber andererseits hätte ich dich nicht bekommen, wenn er damals nicht von mir gegangen wäre. Auf dem Viehmarkt habe ich dich auf den ersten Blick gemocht und wollte dich gleich haben. Schwarzer, ich denke immer, dass du die Wiedergeburt des Esels sein musst und dass es eine schicksalhafte Fügung war, dass ich dich auch wirklich kriegte!"

Ich konnte Vaters Gesicht nicht direkt sehen, da es im Schatten war. Ich sah nur seine beiden großen Hände den Rand der Steinfutterkrippe halten. Und die wie zwei blaue Edelsteine leuchtenden Augen des Stiers konnte ich sehen, mehr nicht. Als das Kälbchen zu uns nach Hause kam, war es noch maronifarben. Aber sein Fell wurde mit der Zeit immer dunkler, fast schwarz war der Bulle nun, und Vater rief ihn deshalb auch Schwarzer. Ich musste niesen und erschreckte meinen Vater. Er kam wirr aus dem Kuhstall heraus gerannt, als würde er einen Dieb verfolgen.

„Du bist es, Junge! Was machst du denn hier? Nun aber schnell wieder ins Bett mit dir und weiterschlafen!"

„Papa, warum schläfst du nicht?"

Vater blickte zum Sternenhimmel empor: „Gut Kind, ich komme jetzt auch schlafen."

Als ich fast eingeschlafen war, spürte ich, dass Vater schon wieder heimlich aufstand. Ich begann mich zu wundern, und als mein Vater aus dem Zimmer war, stand ich auch auf und schlich ihm wie ein Fuchs hinterher. Heller noch als beim ersten Mal erleuchtete der Mond unseren Hof. Ich blickte zum Kuhstall hinüber. Der Stall erschien mir jetzt weitläufig und hell erleuchtet, kein Flecken Schatten mehr. Die Kuhfladen sahen aus wie schneeweiße Hefenudeln. Aber mich erstaunte sehr, dass Vater und der Stier nicht im Kuhstall waren. Ich war doch meinem Vater hinaus aus der Tür gefolgt. Ich hatte mit eigenen Augen gesehen, wie er in den Kuhstall gegangen war. Wie konnte er mit einem Mal so spurlos verschwinden? Und der Stier genauso? Sie hatten sich doch nicht in Mondlicht aufgelöst? Ich ging zum Haupttor und bemerkte, dass es ein Spaltbreit offen stand. Vater musste mit dem Bullen hinaus gegangen sein. Was wollten sie wohl mitten in der Nacht da draußen?

Es herrschte vollkommene Stille auf der Straße. Bäume, Mauern und die Erde waren in silbernes Licht getaucht. Sogar die in großen, schwarzen Zeichen an die Wand geschriebene Parole erschien blendend weiß: *Entlarvt die kapitalistischen Verräter in der KPCh! Setzt die Kampagne der Vier Bereinigungen in Politik, Ideologie, Organisation und Wirtschaft nachhaltig durch!* Die Parole hatte Ximen Jinlong geschrieben. Er war ein Genie, das stand fest. Ich hätte nie für möglich gehalten, dass er mit großem Pinsel kalligraphieren könnte. Aber er hielt einen Eimer Tusche in der Hand, nahm einen großen Hanf-Pinsel, der triefte, und schrieb direkt auf die Mauer. Die Zeichen waren von sattem Schwarz, in der Waagerechten ausgeglichen, in der Senkrechten gerade und in die Aufrechte pulsierend. Jedes der Zeichen war so groß wie eine trächtige Ziege und erntete lange Zeit lautstarke Bewunderung. Mein Bruder war ohne Zweifel der kultivierteste, meistbeachtete Jugendliche bei uns im Dorf. Sogar die dem Arbeitstrupp zugehörigen Universitätsstudenten des *Trupps für die Durchsetzung der Vier Bereinigungen* waren ihm sehr zugetan und suchten seine Freundschaft. Mein Bruder hatte sich bereits dem kommunistischen Jugendverband angeschlossen. Ich hörte, dass er sogar den Antrag zur Aufnahme in die Kommunistische Partei abgegeben hatte und nun eifrig dabei war, eine gute Figur zu machen. Er suchte die Nähe zur Partei und hoffte, bald aufgenommen zu werden.

Zum *Trupp zur Durchsetzung der Vier Bereinigungen* gehörte Chang Tianhong, ein Junge mit außergewöhnlichen Talenten. Er war Student der Provinzakademie der schönen Künste im Fach Vokalmusik und brachte meinem Bruder das europäische Belcanto-Singen bei. Im Winter dieses Jahres sangen die beiden Jugendlichen viele Tage lang, lauter und durchdringender als jeder Esel brüllt. Ein unbedingter Bestandteil einer jeden Kommuneversammlung wurde das Vortragen revolutionärer Lieder. Chang Tianhong konnte man bei uns auf dem Hof regelmäßig ein- und ausgehen sehen. Sein Haar war von Natur aus kraus. Das Gesicht schneeweiß, die Augen strahlend und der Mund breit mit indigofarbenen Bartstoppeln. Dazu wuchs ihm am Hals ein vorstehender Adamsapfel. Auch war er groß von Statur. Insgesamt bot er eine gänzlich andere Erscheinung als die anderen Jugendlichen unseres Dorfes. Ich hörte, dass viele insgeheim auf ihn eifersüchtige junge Kerle ihn mit Spitznamen Brüllesel riefen. Mein Bruder, der mit ihm zusammen sang, bekam den Spitznamen Brüllesel Zwei. Die beiden Brüllesel waren immer eins und verstanden sich auf Anhieb. Sie hätten zusammen in einer Hose herumlaufen können und sich dabei prima gefühlt.

Im Verlauf der *Kampagne der Vier Bereinigungen* nahm man die Kader hart ran. Der Brigadeleiter und Gruppenführer der Volksmiliz Huang Tong wurde vom Dienst suspendiert, weil er öffentliche Gelder veruntreut hatte. Der Parteizellensekretär Hong Taiyue wurde suspendiert, weil er im Gewächshaus des Dorfes eine schwarze Ziege der Brigade gekocht hatte. Aber beide wurden auch rasch wieder rehabilitiert. Nur der Brigadelagerhalter, der aus der Produktionsabteilung Pferdefutter geklaut hatte, wurde wirklich aus dem Dienst entlassen. Kampagnen sind wie Opernaufführungen, es gibt endlich etwas zu sehen und es geht hoch her. Kampagnen sind ohrenbetäubender Krach von schallenden Becken und Trommeln mit wild tanzenden, bunten Fahnen. Dann gibt es Parolen an den Mauern und Kommunemitglieder, die tagsüber arbeiten, aber nachts noch Vollversammlungen abhalten. Ich kleiner Privatwirtschaftler mochte es genauso, das Spektakel mitzumachen und Spaß zu haben, wie alle anderen bei uns im Dorf auch. Damals wünschte ich mir immer, in die Kommune einzutreten. Wenn ich der Kommune beigetreten wäre, würde ich es den beiden Brülleseln zeigen. Die Welt würde ich aus den Angeln heben! Die zwei Brüllesel mit ihrem kulturvollen Gehabe hatten eine magische Anziehungskraft auf die jungen Mädchen. Sie ließen frische Knospen junger Liebe sprießen. Ich verfolgte die Sache mit kühlem Blick. Meine Halbschwester Baofeng hatte sich bis über beide Ohren in Chang Tianhong verliebt. Die Zwillinge Huzhu und Hezuo dagegen hatten sich wohl gleichzeitig in meinen Bruder verliebt. Aber keiner liebte mich. Vielleicht sahen sie in mir noch den kleinen Jungen, der keine Ahnung von Erwachsenensachen hat. Aber was wussten die schon! Ich liebte schon innig und heißblütig! Klammheimlich hatte ich mich in Huang Tongs Zwillingstochter Huzhu verliebt.

Gut, es reicht, ich werde nicht mehr abschweifen. Ich war dabei stehengeblieben, dass ich hinaus auf die Straße ging und dass auch draußen keine Spur von Vater war. Er war doch nicht vom Erdboden verschluckt worden?! Es war mir, als sähe ich ihn auf dem Bullen reitend, der Bulle mit allen Vieren in den Schäfchenwolken und seinen Schwanz wie ein riesiges Ruderblatt hin- und herdrehend, sanft in den Himmel abheben. Das musste ein Traum sein, Papa würde mich doch nicht allein hier auf der Erde zurücklassen und mit dem Bullen zum Mond fliegen. Ich wollte mich nun anstrengen und die beiden hier unten auf der Erde wiederfinden. Still stand ich und konzentrierte mich. Dann öffnete ich meine Nasenlöcher so weit ich konnte und sog suchend die Gerüche rings um mich ein. Ich konnte die beiden tatsächlich riechen. Sie waren gar nicht weit gelaufen, südöstlich nahe den zerfallenen Mauern des Dorfwalls standen sie. Da, wo früher ein Sumpfloch war, in das bei uns die toten Kinder kamen. Die Dörfler warfen die Aborte und Totgeburten dort fort. Später hatten sie an der Stelle Erde aufgeschüttet. Es war der Dreschboden der Brigade geworden. Die Tenne war glatt wie vom Wasser geschliffene Kieselsteine. Eingefasst war sie von einer halbhohen Lehmmauer. An der Mauer lagen viele Dreschflegel. Viele kleine Kinder spielten dort, alle nackt, nur mit einem roten Lätzchen bekleidet. Ich wusste, dass es die umherirrenden Totenseelen der gestorbenen Kindlein waren, die in den Vollmondnächten auf der Tenne herumgeisterten. Die Gespenster der kleinen toten Kinder waren allerliebst. Sie stellten sich in Reihen auf und hüpften nacheinander vom Dreschflegel auf die Walze. Ihr Anführer war ein kleiner Junge mit einem nach oben stehenden Zöpfchen. Ihm steckte lose eine leuchtende Blechtrillerpfeife im Mundwinkel, mit der er deutlich einen Rhythmus blies. Die Kindchen hüpften im Takt des Trillerpfeifentons. Ganz hübsch ordentlich. Es sah niedlich aus. Ich konnte mich davon nicht losreißen, fast hätte ich versucht, mich mit zum Hüpfen anzustellen. Als sie genug vom Hüpfen hatten, krabbelten sie auf die Mauer und setzten sich nebeneinander. Die kleinen Beinchen baumelten, mit den Fersen klopften sie gegen die Mauer und sangen dazu: Großes Blaugesicht, kleines Blaugesicht, geht's den Blaugesichtern gut? Ja! Blaugesicht geht's gut, Blaugesicht geht's gut. Sie haben mehr als genug zu essen. Ist es gut, mit Blaugesicht privat zu wirtschaften? Ja!
Ich war beeindruckt vom Gesang der kleinen roten Nackedeis. Also

kramte ich meine Süßigkeiten hervor – ich fand in meiner Jackentasche schwarze geröstete Sojabohnen – und verteilte sie unter ihnen. Sie streckten die kleinen Hände aus. Auf den Armen und Händen wuchs ihnen zartblonder Flaum. In jede kleine Hand legte ich fünf schwarze Bohnen. Was hatten sie alle für hübsch strahlende Augen und blendend weiße Zähne! Es war eine Freude, sie anzusehen. Die Nachtluft war geschwängert vom Duft der gerösteten Bohnen, die die Kleinen auf der Mauer jetzt schmatzend wegknusperten. Ich sah, wie Vater mit dem Rind auf der Tenne übte. Von der Mauer krabbelten wieder unzählige kleine Kindchen herbei. Ich befühlte meine Tasche, weil ich fürchtete, dass sie noch mehr schwarze Bohnen von mir wollten und ich dann vielleicht nicht genug hätte. Vater trug ein eng geschnittenes Oberteil. Zwei grüne Stoffstücke, die die Form und beachtliche Größe von Lotusblättern hatten, schmückten seine Schultern. Auf seinem Kopf trug er einen Helm, der wie eine große blecherne Trompete aussah. Die rechte Gesichtshälfte war mit roter Ölfarbe angemalt und leuchtete bunt und grell mit dem blauen Feuermal der linken Gesichtshälfte um die Wette. Vater schrie auf dem Platz mit voller Lautstärke etwas, was zu verstehen ich außerstande war. Es schien ein langes Mantra zu sein. Die Kinderchen auf der Mauer, die die Tenne an allen vier Seiten einfriedete, hatten es aber augenscheinlich verstanden. Sie klatschten in die Hände, trommelten mit den Fersen gegen die Mauer, pfiffen schrill, manche kramten aus ihrem Latz sogar eine Tröte hervor und bliesen schnarrende Töne. Sogar kleine Trommeln fischten sie sich von der anderen Seite der Mauer herauf, klemmten sie sich zwischen die Beine und begannen bumm, bumm, bumm zu trommeln. Zur gleichen Zeit rannte unser Bulle, ein Seidentuch über den Hörnern, eine große rote Seidenblüte wie ein Bräutigam auf dem Kopf, vielversprechend und glückverheißend, seitlich der Tenne vorüber. Sein Fell glänzte am ganzen Körper seidig und seine Augen leuchteten wie Kristall. Seine Klaue schwebten wie vier Laternen, unser Bulle rannte mit Eleganz und völlig ausgelassen. Wo immer er hinlief, feuerten die Kleinen ihn wie von Sinnen an und schrien ihre Begeisterung lauthals heraus. So rannte er Runde um Runde um die Tenne. Die lautstarke Begeisterung rollte in Wellen heran, wenn er heranbrauste, um wieder abzuebben, wenn er zur anderen Seite der Mauer lief, um wieder anzuschwellen, wenn er auf die Kindchen zurannte. Mehr als zehn Runden lief er so. Dann

kam er in die Mitte der Tenne und traf dort mit Vater zusammen. Vater fischte ein Stück Sojapresskuchen aus seiner Hosentasche und steckte es ihm zur Belohnung ins Maul. Dann streichelte er ihm die Stirn, klopfte ihm die Kruppe und sprach: „Bitte, und nun das Wunder!"
Dann sang er, aber mit eindrucksvollerer Stimme, in noch reinerem Tenor und noch strahlender als der Mozart und Schubert singende Große Brüllesel: „Nun das Wunder!"

Das Großkopfkind Lan Qiansui musterte mich mit zweifelndem Blick. Ich wusste sofort, dass es mir nicht glaubte. Deshalb erklärte ich: „Die Sache liegt ja auch schon viele Jahre zurück. Da hast du es natürlich vergessen. Es ist möglich, dass das, was ich damals sah, nur ein Traumgebilde war. Aber selbst wenn es so war, hat es natürlich trotzdem mit dir zu tun. Oder besser gesagt, ohne dich hätte ich diese Erscheinung niemals gehabt."

Vater war fertig mit seinem hohen Belcanto. Er ließ die Peitsche ein paar Mal auf die spiegelblanke Tenne niedersausen. Es klirrte hell, als wenn er auf Glas schlüge. Der Bulle hob mit einer imponierenden Pose eine Vorderklaue, dann stieg das mächtige Tier. Nur auf den Hinterbeinen tänzelte es über den Boden. So eine Grätsche mit den Vorderbeinen und das Aufstellen auf zwei Beine war nicht schwierig. Alle Stiere bedienen sich dieser Pose, um eine bullige Kuh zu besteigen. Das Schwierige ist jedoch, es freistehend zu machen und den massigen Körper, ohne sich abzustützen, allein auf den Hinterbeinen zu balancieren und Vorwärtsschritte zu machen. Seine Schritte waren, wenngleich behäbig, jedoch so imponierend, dass jeder, der es miterlebte, wie versteinert staunte. Ich hätte mir niemals vorgestellt, dass der massige, fleischige Körper eines so großen Bullen tatsächlich in der Aufrechten vorwärts gehen kann. Und das nicht nur drei, vier Schritte, und auch nicht zehn oder zwölf, sondern einmal um die ganze Tenne herum. Seinen Schwanz zog er wie eine Schleppe hinter sich her. Die Vorderbeine hielt er angewinkelt vor der Brust. Der Bauch war ganz zu sehen, die beiden papayagroßen Hoden zwischen seinen Hinterbeinen schlenkerten hin und her, als ob er sich nur aufgestellt hätte, um seine Eier vorzuführen. Die Kindchen auf der Mauer waren mucksmäuschenstill geworden. Das Trompeten

vergessen, das Trommeln auch, jedes saß da mit offenem Mund, versteinert und mit verstörtem Blick. Das hielt so lange an, bis der Bulle seine Runde gegangen war, er herunterkam und alle viere wieder auf festem Boden standen. Da erst kamen die Kleinen wieder zur Besinnung. Sie schrien vor Begeisterung und ihr Applaus brauste. Das Trommeln, Trompeten und Pfeifen erschallte zur gleichen Zeit.
Aber es kam noch unglaublicher. Der Bulle senkte den Kopf und berührte mit seiner breiten Brust den Boden. Dabei streckte er kraftvoll das eine Hinterbein weit in die Höhe. Diese Pose könnte man mit einem Handstand beim Menschen vergleichen. Aber was der Bulle machte, war noch um ein Vielfaches schwieriger. Er hatte ein Gewicht von 800 Kilo. Nur mit dem Hals allein die ganze Last des Körpers hoch zu stemmen, ist eigentlich nicht möglich. Aber unser Rind hatte diese überaus schwierige Bewegung zustande gebracht. Ich bitte um Erlaubnis, dass ich noch einmal auf die zwei papayagroßen Hoden zu sprechen kommen darf. Sie klebten da so am Bauch, und sie sahen so dermaßen isoliert, ja hilflos aus. Und so überflüssig ...
Tags darauf sollte er zum ersten Mal bei der Arbeit helfen – es ging ans Pflügen. Wir benutzten einen Holzpflug. Die Schar glänzte wie ein Spiegel so blank. Ein Metallgießer aus Anhui hatte sie in Bronze gegossen. Die Produktionsbrigade benutzte schon keinen Holzpflug mehr. Sie hatten Eisenpflüge Marke *Reiche Ernte*. Wir bestanden auf Tradition. Dieses Industriezeug, dessen strenger Ölfarbengeruch uns komisch in die Nase stach, wollten wir nicht haben. Vater sagte: „Wenn wir schon privatwirtschaften, dann halten wir auch Abstand von den Staatsbetrieben und der Staatswirtschaft. Der Eisenpflug Marke *Reiche Ernte* wird in so einem Staatsbetrieb produziert. So etwas benutzen wir nicht. Wir kleiden uns mit handgewebtem Stoff und benutzen selbst gefertigte Werkzeuge, wir benutzen Sojaöl-Lampen und Feuerstein mit Feuerstahl, um Feuer zu machen."
An diesem denkwürdigen Tag rückte die Produktionsbrigade mit neun Dreigespannen, also mit 27 Zugtieren zum Pflügen an. Es war, als wollten sie mit uns in Wettstreit treten. Auch am Ostufer des Flusses beim Staatsgut begannen die Trecker mit dem Pflügen. Beide Trecker der Marke *Der Osten ist Rot* waren ganz in Rot lackiert. Sie erschienen uns von weitem wie zwei dicke, rote Monster. Blauen Qualm stießen sie aus und machten einen explosionsartigen Krach.

Die neun Eisenpflüge der Produktionsbrigade wurden von jeweils drei Rindern gezogen. Sie hatten sich in ähnlicher Formation wie ein Schwarm fliegender Wildgänse aufgestellt. Die Männer hinter dem Pflug waren alle erfahrene alte Pflüger. Einer wie der andere stand da mit ernst verschlossenem Gesicht, als wären sie nicht zum Pflügen, sondern zu einer ehrwürdigen Zeremonie angetreten.
Hong Taiyue kam im funkelnagelneuen Arbeitsanzug direkt zum Ort des Geschehens. Er war alt geworden, die Haut fahl, das Haar ergraut. Dazu waren die Wangen erschlafft, die Haut im Gesicht hing lose herab, und er hatte inzwischen hängende Mundwinkel. Mein Bruder Jinlong folgte ihm. In der Linken trug er sein Feldbuch, in der Rechten seinen Füller. Er machte auf mich den Eindruck eines Reporters. Was gab es denn da zu berichten? Wollte er jedes Wort, das Hong Taiyue von sich gab, aufschreiben? Hong Taiyue war doch nur ein völlig unbedeutender Parteizellensekretär auf Dorfebene. Obschon er ein Stückchen revolutionäre Vergangenheit vorzuweisen hatte, aber die Basiskader auf Dorfebene hatten zur damaligen Zeit alle ähnliche Qualitäten. Hong Taiyue hätte nicht so viel Aufhebens machen sollen. Dieser Typ hatte doch schon während der *Vier Bereinigungen* eins auf die Mütze gekriegt, weil er eine kollektiveigene Ziege verspeist hatte. Man sah deutlich, dass er nichts aus seinem Fehler gelernt hatte.
Vater hatte den Holzpflug mit Bedacht repariert und Zuggeschirr und Joch des Bullen genau kontrolliert. Ich hatte nichts zu tun und kam nur mit, um etwas zu erleben und dabei zu sein. Mein Kopf schwirrte mir noch von den Kunststücken, die Vater und der Bulle vergangene Nacht auf dem Dreschboden vorgeführt hatten. Wie ich unseren mächtigen Bullen so vor mir sah, wurde mir im Nachhinein noch einmal deutlich, welch unerhörten Schwierigkeitsgrad die nächtliche Vorführung besessen hatte. Ich fragte wegen dieser Sache jedoch lieber nicht bei Vater nach. Ich wollte ja gar nicht darüber aufgeklärt werden, dass alles nur ein Traum gewesen war, sondern stellte mir viel lieber vor, es hätte wirklich stattgefunden.
Hong Taiyue stemmte wie immer die Hände in die Hüften und fing an zu predigen. Er fing an bei den Trutzburgen Chiang Kai-Sheks – den Inseln Quemoy und Matsu – und hörte beim Koreakrieg auf. Er begann wieder bei der Bodenreform und ging über zum Klassenkampf. Dann sprach er: „Die Produktionseinheit des Pflügens

im Frühjahr ist die erste von uns initiierte Schlacht, die wir gegen den Imperialismus, den Kapitalismus und gegen den kapitalistischen Privatwirtschaftler ausfechten."
Er präsentierte wieder seine beim Rinderbeckenknochentrommeln trainierten rhetorischen Spezialitäten. Obwohl sein Vortrag von Fehlern nur so strotzte, donnerte er alles mit seiner alles übertönenden Stimme und ohne Punkt und Komma heraus. Wie der Ochs vorm Berge standen die Bauern, beide Hände am Pflug, während der Wortschwall einem Gewitter gleich auf sie niederging. Auch die Ochsen und Kühe standen stumm und starrten ihn an. Ich sah unter den Rindviechern die Mutter unseres Bullen. Die mongolische Kuh war sofort an ihrem gekringelten und langen, dicken Schwanz zu erkennen. Sie schien die ganze Zeit aus den Augenwinkeln zu uns herüber zu blicken. Ich wusste, dass sie ihren Sohn anschaute.

Also ehrlich, woran ich jetzt zurückdenken muss, lässt mich heute noch an deiner statt schauderhaft erröten. Du hast dich im Frühling des Vorjahres, als wir in den Flussauen die Rinder weideten und während ich mich mit Jinlong prügelte, doch glatt erdreistet, die mongolische Kuh zu besteigen. Das war Blutschande! Schamlose, sittenlose Renitenz. Für einen Bullen ist das zwar ohne Bedeutung. Aber du warst kein gewöhnlicher Bulle, sondern warst in einem früheren Leben ein Mensch gewesen. Natürlich ist es auch wieder möglich, dass die mongolische Kuh in einem früheren Leben deine Geliebte gewesen war ... Aber wir müssen doch festhalten, dass sie dich geboren hat. Ach, ich kann das eigentlich auch nicht mit Sicherheit sagen, dieses Mysterium vom ewigen Kreislauf der Wiedergeburten, vom Kreislauf des Lebens und des Todes, es ist verwirrend für mich. Je mehr ich darüber nachdenke, umso verwirrender wird es.

„Ich befehle dir jetzt, diese Sache auf der Stelle aus deinem Gedächtnis zu radieren!", entgegnete mir das Großkopfkind unwirsch.
Gut, ich vergesse es. Ich erinnere mich, wie mein Bruder da am Boden kniete, ein Bein angewinkelt, das andere aufgestellt, darauf das Feldbuch, und mit fliegender Feder schrieb. Es folgte ein scharfer Zuruf von Hong Taiyue: „Pflügen – Marsch!"
Die Kommunemitglieder hinter den Pflügen nahmen die langen Peitschen auf, die an ihren Schultern lehnten, und ließen sie knallend durch die Luft tanzen. Dabei schnalzten sie den typischen, lang-

samen Ochsenzuruf: „Halielielie ...", den alle Rinder gemeinhin als Befehl verstehen und kennen. Die Eisenpflug-Truppe der Produktionsbrigade setzte sich schlingernd in Bewegung, das Erdreich schlug wie Wellen zu beiden Seiten des Pfluges nach oben auseinander. Wie auf glühenden Kohlen sitzend blickte ich gebannt auf meinen Vater: „Papa, lass uns auch mit dem Pflügen beginnen!"
Mein Vater lächelte und sprach zu unserm Bullen: „Schwarzer, dann mal ran an die Arbeit!"
Papa hatte keine Peitsche und sagte nur diesen einen Satz ganz leise, aber schon legte sich unser Bulle mächtig ins Zeug und preschte los. Die Schar fuhr tief in den Acker und bremste unsern Schwarzen abrupt aus. Vater sagte: „Schone deine Kräfte. Geh es langsam an."
Unser Rind war nicht zu stoppen, mit raumgreifenden Schritten drängte es vorwärts, jeder Muskel seines Leibes war angespannt, der Pflug erzitterte wieder, dann funktionierte es und er brach das Erdreich in großen Stücken auseinander, schwarz funkelnd, feucht glänzend fielen die Schnitten zur Seite weg. Papa bewegte unablässig den Lenker am Holzpflug, um den Widerstand der Schar im Boden gering zu halten. Er hatte von Kindheit an beim Bauern als Knecht gearbeitet, deswegen kannte er sich mit dem Pflügen aus und beherrschte es ausgezeichnet. Staunen aber ließ mich unser Bulle. Obwohl er zum ersten Mal arbeitete und seine Bewegungen zu stürmisch waren, auch die Atmung noch nicht kontrolliert und gleichmäßig, lief er schon kerzengerade vorwärts, so, dass Vater ihn gar nicht antreiben musste. Wir hatten nur ein Eingespann, die Produktionsbrigade aber pflügte mit Dreispännern. Trotzdem überholte unser Holzpflug den vordersten Brigadepflug schon nach kurzer Zeit. Wie stolz war ich. Ich konnte meine Aufregung gar nicht unterdrücken. Ich rannte vor und zurück. Mir war, als sei unser Bulle mit dem Pflug ein Schiff, das mit voll geblähten Segeln durch die spritzende See glitt, und die nach links und rechts wegklappende Scholle sei die schäumende Welle am Bug. Ich sah, wie alle Pflüger aus der Produktionsbrigade hinter ihren Eisenpflügen nach uns schauten. Schon kamen Hong Taiyue und mein Bruder geradewegs auf uns zugelaufen. Sie standen am Rand des Feldes und sahen mit hasserfülltem Blick zu uns herüber. Als wir mit der Gerade durch waren und am Ende der Furche kehrt machten, schrie Hong, der vorne stand, mit lauter Stimme: „Lan Lian, Schluss jetzt!"

Unser Bulle ging weiter mit großen Schritten vorwärts, man konnte seine strahlenden Augen wie zwei Kohlen glühen sehen. Hong sprang fix aus der Furche heraus. Er wusste natürlich um die Bärbeißigkeit unseres Bullen. Also lief er hinter den Pflug und sprach auf Vater ein: „Ich warne dich, Lan Lian. Wenn du mit deinem Pflug ans Ende von deinem Acker kommst, sieh dich vor, dass du nicht auf unseren gemeinwirtschaftlichen Grund und Boden trittst. Ich verbiete es dir!"
Papa entgegnete völlig gelassen und geradeheraus: „Solange ihr mit euren Rindviechern nicht auf mein Land trampelt, will mein Bulle wohl gern von eurem Acker wegbleiben."
Hong Taiyue, das begriff ich schon damals, trachtete danach, Vater das Leben schwer zu machen. Unser Morgen Land war wie ein mitten in das Ackerland der Produktionsbrigade getriebener Keil. Unser Acker besaß eine Länge von 100 Metern und eine Breite von nur 25 Metern. Wollte man die Fläche bis an die Grenze pflügen, ließ es sich schwer vermeiden, beim Wenden mit dem Zugtier auf den Acker aus gemeinwirtschaftlicher Hand zu treten. Aber genauso schwer ließ sich das Auftreten von deren Tieren auf unseren Acker vermeiden, wenn sie all ihren Grund und Boden bis zur Grenze pflügten. Darauf verließ Vater sich und befürchtete nichts. Hong Taiyue antwortete: „Wir lassen lieber ein Stück Acker ungepflügt stehen, bevor wir auch nur einen Fuß auf deinen einen Morgen Land setzen, da kannst du Gift drauf nehmen!"
Hong Taiyue konnte sich diese großspurige Art zu reden leisten, die Produktionsbrigade besaß Land in Hülle und Fülle. Aber was war mit uns? Wir hatten nur das kleine bisschen Ackerland und konnten es uns überhaupt nicht leisten, etwas davon ungenutzt zu lassen. Vater sagte wohlüberlegt: „Ich werde nicht einen Millimeter meines Grund und Bodens ungenutzt lassen. Zugleich werde ich keinen einzigen Rindsklauenabdruck auf dem Boden der öffentlichen Hand hinterlassen!"
„Ich habe es gehört und nehme dich beim Wort!", sprach Hong Taiyue.
„Du hast mein Wort", gab mein Vater zurück.
„Jinlong, du folgst ihnen", kommandierte Hong Taiyue. „Wenn ihr Rind auch nur einen Klauenabdruck auf unserem gemeinwirtschaftlichen Boden hinterlässt ...", und zu Lan Lian gewandt: „Ja, Lan Lian,

wenn dein Bulle seinen Klaue auf unseren Boden setzt, was fangen wir dann an?"

„Dann schlagt meinem Bullen das Bein ab!", sprach Papa eisern mit fester Stimme.

Seine Worte ließen mich erschaudern. Zwischen unserem Ackerland und dem gemeinwirtschaftlichen Grund und Boden gab es keine exakte Grenze. Man hatte nur alle 50 Meter einen Steinpflock in die Erde getrieben. Schon wenn ein Mensch dort entlang ginge, würde er wohl über die Grenze treten. Wie sollte das erst mit dem Bullen zugehen? Da mein Vater das Pflügen in Parzellen bevorzugt, bestand zunächst nicht die Gefahr, dass er versehentlich auf den Gemeinschaftsboden trat. Hong Taiyue meinte: „Jinlong, lauf erstmal ins Dorf zurück und schreib die Sache auf die Wandzeitung, damit alle Bescheid wissen. Am Nachmittag machen wir bei ihnen dann die Kontrolle."

Als wir zu Hause zu Mittag aßen, hatte sich schon eine Traube Menschen vor der Wandzeitung versammelt, die an der Mauer vor dem Hof der Ximens hing. Sie war zwei Meter breit und drei Meter lang und Forum der öffentlichen Meinung. Mein Bruder hatte sie mit seinem außergewöhnlichen Talent in nur wenigen Stunden mit lauter Kostbarkeiten bemalt. Er malte mit Kreide in Rot, Gelb und Grün am Rand der Tafel einen Traktor, Sonnenblumen und Grünpflanzen. Dazu malte er ein über das ganze Gesicht strahlendes Kommunemitglied mit einem Eisenpflug und einem Kollektiv-Rind. Auf der Wandzeitung hatte er unten rechts mit weißer und blauer Kreide ein mageres Rind und einen großen sowie einen kleinen mageren Menschen gemalt. Ich wusste gleich, dass er Vater und mich und unseren Stier gemalt hatte. Spaß und Freud für Mensch und Rind beim Frühlingspflügen. Die Schlagzeile war in den eleganten, schlanken Schriftzeichen im Stil der Song geschrieben. Der Text darunter war in deutlichen Regelschriftzeichen geschrieben. Der Schluss lautete: „Der ganze Gegensatz zum mit Feuereifer begonnenen Frühlingspflügen in der Volkskommune und dem Staatsgut sind der nach wie vor bockige Privatwirtschaftler Lan Lian und seine Familie. Bei ihnen zieht nur ein einziges Rind den Holzpflug. Das Rind geht mit hängendem Kopf, der Mann hinterm Pflug verzagt, einsam und allein. Der Mann wie ein gerupftes Huhn, das Rind wie ein streunender Hund. Trostlose Gestalten, die ihren Karren endgültig in den Dreck gefahren haben."

Ich rief: „Papa, schau, wie die uns ruinieren!"
Vater kam mit dem Holzpflug auf dem Rücken und dem Bullen am Führstrick. Seine Miene war wachsam und kühl wie Eis, dazu lächelte er verhalten: „Wenn's ihm Spaß macht ... Der Junge ist wirklich genial und hat ein Händchen fürs Malen, was er auch malt sieht täuschend echt aus."
Der Blick der Leute fiel auf mich, sie glotzten mich an und ließen ein viel sagendes Lachen hören. Aber die Tatsachen sprachen Bände. Unser Bulle war stärker als jeder Berg. Unsere blauen Gesichter strahlten und unsere Stimmung war prächtig. Die Arbeit ging gut voran, und das erfüllte uns mit Stolz. Jinlong stand weiter weg. Er betrachtete sein Werk und die Leute, die es sich anschauen. Huzhu von den Huangs stand in der Tür und lutschte an ihrem Zopf, während sie Jinlong von weitem betrachtete. Ihr Blick war der einer völlig Vernarrten. Das war keine leichte Verliebtheit mehr, sie war krank vor Liebe.
Meine Halbschwester Baofeng, die einen ledernen Medikamentenkoffer mit einem roten Kreuz darauf auf dem Rücken trug, kam von Westen her auf der Dorfstraße ins Dorf zurück. Sie hatte neue Methoden zur Geburtshilfe gelernt und jetzt noch einen Kursus gemacht, bei dem sie Spritzen setzen und Arzneien zu verordnen gelernt hatte. Sie war unsere Spezialistin für alle Gesundheits- und Hygienefragen geworden, die erste Sanitäterin unseres Dorfes. Huang Hezuo kam mit dem Fahrrad von Osten auf der Dorfstraße herangefahren. Sie hatte gerade Fahrradfahren gelernt und schwankte gefährlich, als sie schlingernd auf uns zufuhr. Ihr Rad hatte sie überhaupt noch nicht unter Kontrolle und sie schrie, als sie den sich gegen die Mauer lehnenden Jinlong sah: „Nein... Nein...!"
Trotzdem fuhr sie geradewegs auf ihn zu und in ihn hinein. Jinlong machte kurz die Beine breit, klemmte sie blitzschnell um das Vorderrad und griff gerade noch rechtzeitig in den Lenker. Huang Hezuo landete fast in seinen Armen. Ich sah, wie Huzhu den Kopf wandte, wütend ihren Zopf wegschleuderte und mit puterrotem Gesicht und schwingenden Hüften nach Hause rannte. Mein Herz krampfte sich zusammen. Wie sehr litt ich mit Huzhu und wie verhasst war mir Hezuo. Diese hatte sich einen Jungenhaarschnitt schneiden lassen. Das war in der Mittelschule der Kommune unter den Jugendlichen jetzt allerneuste Mode. Der junge Lehrer, der den Mädchen die Haa-

re abschnitt, hieß Ma Liangcai. Er spielte hervorragend Tischtennis und ebenso toll Mundharmonika. Er trug wie immer einen verwaschenen, blauen Arbeitsanzug. Er hatte dickes, widerspenstiges Haar und tiefschwarze Augen. Sein Gesicht verlor etwas, weil er Mitesser hatte, dafür aber roch er immer angenehm nach Seife, wie frisch gewaschen. Er hatte sich in meine Schwester Baofeng verguckt. Im Allgemeinen sah man ihn mit einem Luftgewehr in der Hand bei uns im Dorf die Vögel abschießen. Mit jedem Schuss traf er, und immer fiel ein Vogel zu Boden. Die Spatzen im Dorf flogen in Todesangst zum Himmel auf, wenn er nahte, denn sie hatten keine Chance gegen ihn.

Die Sanitätsstation unseres Dorfes lag in einem Raum im Osthaus des ursprünglich Ximenschen Anwesens. Wenn dieser Typ mit dem Seifengeruch in unserer Sanitätsstation erschien, musste er also an unserem Haus vorbei. Wenn er einmal das Glück hatte, unseren Blicken entgangen zu sein, geriet er aber hundertprozentig den Huangs unter die Augen. Er baggerte Baofeng unablässig an. Er ließ ihr keine Ruhe. Sie aber zog die Stirn kraus, schluckte den Ärger herunter und antwortete mal abgehackt, mal gar nicht, wenn er sie ansprach. Ich wusste, dass meine Schwester den Großen Brüllesel liebte, aber der war mit der *Einheit zur Durchsetzung der Vier Bereinigungen* im Land unterwegs und wie ein Marder, der in das dichte Unterholz des Waldes kriecht, spurlos vom Erdboden verschwunden.

Mutter wusste, dass so eine Liebesgeschichte keine Zukunft hat und nichts als nie endende Sehnsucht und trauriges Schmachten bereithält. Deswegen redete sie meiner Schwester eindringlich ins Gewissen, damit sie Vernunft annahm: „Baofeng, ich weiß, was dich in deinem Herzen bewegt. Aber das wird niemals möglich sein! Er kommt aus der Provinzhauptstadt. Außerdem ist er noch Student. Der hat nicht nur mehr Talente als jeder andere, er ist dazu auch noch herausragend schön. So einer hat eine blendende Zukunft vor sich. Der würde sich niemals dich aussuchen! Hör auf deine Mutter und schlag dir das aus dem Kopf. Du darfst die Latte nicht zu hoch ansetzen. Der kleine Ma ist ein Angestellter, ein Lehrer. Der ist im Staatsdienst und wird vom Staat versorgt. Zudem ist er ein gutaussehender Mann und hat Stil, schreibt und liest perfekt, singen und musizieren kann er auch noch, ein guter Schütze ist er außerdem. So einer ist selten, mit dem hast du es gut getroffen. Und da der nun auch noch Interes-

se zeigt, ja Kind, was zierst du dich, greif zu! Sag schnell ja, das rate ich dir. Du siehst doch, wie die beiden Schwestern Huang ihm schöne Augen machen. Wenn dir ein fettes Stück Fleisch auf den Teller gelegt wird, du aber nicht zugreifst, so werden andere nicht warten, es dir wegzuschnappen ..."
Was Mutter da sagte, hatte Herz und Verstand. Ich fand auch, dass meine Schwester gut zu Ma Liangcai passte. Der konnte zwar nicht mit diesem jugendlichen Heldentenor, dem Brüllesel, mithalten, aber er spielte so schön Mundharmonika, dass es klang wie das schönste Vogelkonzert. Und er hatte mit seinem Luftgewehr alle Vögel im Dorf abgeschossen, kein einziger war mehr übrig. Das waren alles Stärken, die nicht einmal der Brüllesel aufzuweisen hatte. Meine Schwester aber war bockig. Ihre Halsstarrigkeit hatte sie ganz bestimmt von ihrem leiblichen Vater geerbt. Da konnte Mutter sich die Lippen wund reden, es hieß bei ihr immer nur: „Mama, ich entscheide selbst, wen ich heiraten werde!"
Am Nachmittag gingen wir wieder zum Pflügen aufs Feld. Jinlong, mit einem scharfen Spaten über der Schulter, folgte uns dicht auf den Fersen. Die Klinge funkelte böse und kalt. Mit einem Streich wäre damit der Rinderklaue abgeschlagen. Dass er seine eigene Familie verriet und nicht mehr kennen wollte, war mir zutiefst zuwider. Ich konnte nicht wortlos zusehen und reizte ihn. Er sei ja wohl ein Speichellecker, der Handlanger von Hong Taiyue und ein undankbares Stück Vieh obendrein. Er gab vor, nichts zu hören, und ignorierte mich. Wenn ich mich ihm in den Weg stellte, begann er völlig entnervt, mit dem Spaten im Boden zu graben und mir die Erde ins Gesicht zu werfen. Ich wollte auch einen Batzen Erde greifen und ihn bewerfen, aber Papa wies mich jedes Mal streng zurecht. Als hätte er hinten am Kopf auch Augen, bemerkte er jede meiner Bewegungen. Jedes Mal, wenn ich nach Erde oder Erdklumpen griff, brüllte Vater: „Was machst du da?"
„Ich zeig's diesem miesen Hund!", sagte ich hasserfüllt. Vater rügte mich: „Halt den Mund, sonst schlag ich dir den Hintern grün und blau. Er ist dein Bruder und tut seine Pflicht. Behindere ihn nicht."
Die Zugtiere der Produktionsbrigade pflügten eine halbe Runde und schnauften schon mächtig. Die mongolische Kuh lechzte am ärgsten. Von weitem vernahm man das juchzende Pfeifen aus ihrem Bug, das sich anhörte, als wollte eine falsch gepolte Henne den Hahnen-

schrei nachmachen. Mir fiel ein, dass vor Jahren der Junge des Viehhändlers mir zugeflüstert hatte, die mongolische Kuh sei eine „heiße Schildkröte", könne keine schwere Arbeit tun und sei in der Sommerzeit überhaupt nicht arbeitsfähig. Nun wusste ich, dass er die Wahrheit gesagt hatte. Die Kuh hörte nicht auf zu keuchen, und ihr stand weißer Schaum vor dem Maul. Es sah beängstigend aus. Dann stürzte sie plötzlich und verdrehte die Augen, als sei sie tot. Die Rinder der Produktionsbrigade gingen nicht weiter. Die Männer hinter den Pflügen kamen geschlossen nach vorn und redeten hitzig alle durcheinander. „Heiße Schildkröte" hörte ich aus dem Mund eines alten Bauern. Einer sagte, man solle einen Tierarzt rufen. Ein anderer grinste abfällig und sprach, da könne ein Tierarzt auch nichts mehr tun.

Als Vater bei der Stirnseite unseres Ackers angelangt war, ließ er den Bullen Halt machen. Zu meinem Bruder gewandt sprach er: „Jinlong, du musst mir nicht folgen. Habe ich nicht gesagt, dass der Bulle keine Klaue auf das gemeinwirtschaftliche Land setzen wird? Was willst du dich da so abmühen?"

Jinlong rümpfte die Nase: „Pfft!" und blickte abschätzig weg. Wieder sagte Vater: „Mein Bulle setzt seinen Fuß nicht auf euren Grund, sagte ich, unter der Voraussetzung, dass eure Rinder und Leute aus der Kommune meinen Acker bitteschön auch nicht betreten. Du aber läufst hier schon die ganze Zeit auf meinem Land herum. Selbst jetzt stehst du auf meinem Grund und Boden!"

Jinlong stutzte, dann hopste er wie ein aufgeschrecktes Känguru aus unserem Acker heraus, um sich auf dem Weg nahe am Flussufer aufzustellen. Ich schrie ihm wie eine giftspeiende Natter nach: „Eigentlich sollte man *dir* deine zwei Hufe abhacken!"

Er wurde rot bis über beide Ohren und brachte kein Wort heraus. Vater ging dazwischen: „Jinlong, mein Junge, Vater und Sohn sollten sich doch gegenseitig ein wenig unterstützen, meinst du nicht? Du strebst nach Fortschritt, ich kann und will dich nicht daran hindern. Doch damit nicht genug, ich unterstütze dich dabei sogar nach Kräften. Dein leiblicher Vater war zwar Großgrundbesitzer, aber ich verdanke ihm alles. Dass sie ihn auf den Kritik-Kampf-Sitzungen lynchten, geschah unter Druck, die damalige politische Lage erforderte es. Es geschah, damit einige Leute sehen konnten, dass das Dorf seinen Grundbesitzer beseitigt hatte. Meine Zuneigung für ihn trug und

trage ich immer im Herzen. Ich habe dich immer wie meinen leiblichen Sohn behandelt. Ich kann dich nicht aufhalten, deinen eigenen Weg in deine Zukunft zu gehen. Ich wünsche mir nur, dass du noch ein wenig Wärme und Liebe im Herzen behältst. Lass nicht zu, dass dein Herz steinhart wie Eis und Stahl wird."
„Ich habe – dem ist so – euren Boden mit meinen Füßen betreten", antwortete Jinlong kaltherzig. „Ihr könnt mir die Füße abhacken!" Mit Wucht schleuderte er uns den Spaten entgegen. Dieser blieb im Acker stecken, aufrecht zwischen Vater und mir.
„Es ist euer Problem, wenn ihr sie mir nicht abhackt. Sollte allerdings euer Bulle oder solltet ihr selbst den gemeinwirtschaftlichen Grund und Boden betreten, so werde ich mich nicht zieren. Merkt euch das!"
Ich sah in das Gesicht meines Halbbruders, in diese zwei vorstehenden, flammend grünen Augen. Ich fühlte, wie es mir eiskalt den Rücken herunterlief, meinen Körper überzog plötzlich eine Gänsehaut. Er war kein gewöhnlicher Mensch. Nein, ich wusste, dass er das, was er gesagt hatte, auch durchsetzen würde. Kamen wir versehentlich mit dem Fuß oder der Bulle mit der Klaue über die Grenze, würde er ohne einen Funken Erbarmen zum Spaten greifen. Mit so einem Charakter in Friedenszeiten zu leben, war doch schade. Vierzig, fünfzig Jahre früher wäre er ein Held gewesen, egal, ob er irgendeiner Gruppe angehört hätte oder nicht. Wäre er Verbrecher geworden, dann bestimmt ein berühmter Killer. Aber jetzt in Friedenszeiten fehlte für so eine eiserne Härte, kompromisslose Kühnheit, wölfische Bosheit doch wohl der Schauplatz. Da kam so etwas doch gar nicht zur Geltung.
Vater schien diese Reaktion nicht erwartet zu haben. Er streifte Jinlongs Blick nur eben und schaute dann schnell weg. Er musterte den in der Erde steckenden Spaten: „Jinlong, ich habe zu viel gesprochen, es tat beileibe nicht Not. Vergiss es. Damit du beruhigt sein kannst und für meinen eigenen Stolz, werde ich zuerst die Grenze pflügen. Wenn du es gesehen hast und du dem Bullen die Beine abhacken musst, dann geh unverzüglich ans Werk. Nicht dass wir dich noch daran hindern, deine Fähigkeiten unter Beweis zu stellen."
Vater ging zu unserm Bullen, streichelte seine Ohren, klopfte ihm die Stirn und redete ihm zärtlich zu: „Schwarzer! Schwarzer, mein Guter ... Ei ... Schon gut. Du solltest ganz genau die Grenzsteine im

Auge behalten. Schnurgerade gehst du da entlang, auch nicht einen halben Schritt darfst du da drüber treten!"
Vater richtete jetzt den Pflug gerade an der Grenze aus und rief unserem Bullen ganz sanft zu, worauf dieser sich in Bewegung setzte. Mein Bruder stand mit dem Spaten über der Schulter da. Beide Augen weit aufgerissen, beobachtete er konzentriert die vier Gliedmaßen unseres Bullen. Unser Schwarzer machte nicht den Eindruck, als wüsste er um die Gefahr, in der er schwebte. Er hatte sein Tempo nicht verlangsamt. Sein Körper war locker und frei, sein Rückgrat kerzengerade und schaukelte kein bisschen. Man hätte ohne Bedenken eine Schale mit Wasser drauf abstellen können. Vater stützte den Pflug, während er auf der zur Seite wegkippenden, frischen Ackerkrume schnurgerade entlang lief. Das Gelingen hing ganz allein vom Rind ab. Wie es unser Bulle schaffte, die Richtung beizubehalten, erfuhr ich nie. Ich sah nur, wie die aufgeworfene Ackerkrume und die entstehende Furche eine deutliche Grenze zwischen unser und das gemeinwirtschaftliche Land zogen. Die Grenzsteine lagen dabei genau in der Mitte der Furche. Immer, wenn sie zu einem Grenzstein gelangten, verlangsamte der Bulle sein Tempo, damit Vater den Pflug über den Grenzstein hinweg heben konnte. Die Hufabdrücke waren alle innerhalb der Grenze auf unserem Acker geblieben. Die ganze Runde hatte er geschafft, ohne auch nur ein einziges Mal an der Grenze vorbei zu treten. Jinlong hatte seine Chance, ihm seine Klauen abzuhacken, nicht erhalten. Vater atmete aus – einen sehr langen Atemzug – und fragte Jinlong: „Jetzt kannst du beruhigt nach Haus gehen, nicht wahr?"
Jinlong ging. Im Vorbeigehen warf er den 8 geraden, glänzenden Klauen unseres Bullen einen sehnsuchtsvollen Blick zu. Natürlich fand er es jammerschade, nicht in den Genuss gekommen zu sein, ihm seine Klauen mit dem Spaten abzuschlagen. Wie die scharfe Spatenklinge so silbern hinter seinem Rücken funkelte, bleibt mir ein Leben lang im Gedächtnis.

Das siebzehnte Kapitel
Es regnet Wildgänse, die Menschen trampeln
sich tot, der Stier rastet aus. Die Lügen
und Gerüchte nehmen kein Ende.

„Wer erzählt nun, wie es weiterging? Willst du das jetzt machen oder soll ich?", holte ich mir Rat von Großkopfkind Qiansui. Er blinzelte mit den Augen, als würde er mich ansehen. Trotzdem wusste ich genau, dass er mit seinen Gedanken ganz woanders war. Er sah durch mich hindurch. Aus meiner Zigarettenschachtel nahm er sich eine und hielt sie sich schnüffelnd unter die Nase. Er schürzte die Lippen. Als würde er über schwerwiegende Fragen nachdenken, aber er hüllte sich in Schweigen.
Ich sprach: „In deinem jugendlichen Alter darfst du mit dieser schlechten Angewohnheit nicht anfangen. Wenn du mit fünf schon Zigaretten rauchst, willst du dann mit fünfzig Sprengstoff rauchen?"
Der Junge ignorierte meine Wortmeldung, legte den Kopf schief, seine Ohrmuscheln zitterten dabei leicht, als lausche er auf etwas. Ich sagte: „Ist schon gut, ich sag ja nichts mehr. Es sind sowieso nur solche Dinge, die wir selbst erlebt haben, nichts von Wichtigkeit. Was soll's …"
„Nein", sprach er, „wenn du schon angefangen hast, musst du auch zu Ende erzählen."
„Ich weiß nicht, womit ich beginnen soll."
Er verdrehte die Augen: „Beim Markt! Pick dir die wilden Sachen raus."

Ich hatte auf dem Markt oft gesehen, wie sie Massenversammlungen abhielten, auf denen sie die Leute öffentlich an den Pranger stellten. Das hatte immer etwas Überschwängliches, und wogende Heiterkeit wie bei Operndarbietungen verbreitete sich. Ich fühlte mich jedes Mal unbeschwert.
Ich sah da, wie sie den Kreisvorsteher Chen, den mit Vater eine Freundschaft verband, vor die Menge zerrten und vorführten. Sein Kopf war kahl geschoren. Später schrieb er in seinen Memoiren, er habe sich damals eine Glatze scheren lassen, weil er befürchtete, dass die Roten Garden ihn an seinen Haaren zerren würden. Über seine Hüften gestülpt trug er eine Eselfigur aus Pappmaché und er rannte

im Rhythmus der schallenden Trommeln und Becken im vollen Galopp, er tanzte, während sein Gesicht das Lachen eines Idioten zeigte. Er ähnelte den kostümierten Volkskünstlern, die im Neujahrsmonat Löwentänze und dergleichen aufführen. Weil er während der Zeit des *Großen Stahlschmelzens* für den *Großen Sprung nach vorn* zu seinen Inspektionen immer mit unserem schwarzen Esel geritten war, hatte man ihm schon damals den Spitznamen „Eselkreisvorsteher" verpasst. Als die *Große Proletarische Kulturrevolution* begann, machten sich die Roten Garden einen Spaß daraus, die brutalen Massenbezichtigungen der „Machthaber, die den kapitalistischen Weg gehen" jedes Mal wie eine große Show zu gestalten. Das interessierte die Leute und sie kamen in Scharen. Deswegen ließen sie den Kreisvorsteher den Pappmaché-Esel der Volkskünstler reiten.

Viele, viele alte Kader haben inzwischen ihre Memoiren geschrieben und erzählen darin aus der Zeit der Großen Proletarischen Kulturrevolution. Immer sind es Beschreibungen, in denen diese Zeit unter Strömen blutiger Tränen als Hölle auf Erden, furchtbarer als jedes Konzentrationslager Hitlers, beschrieben wird. Der Kreisvorsteher Chen unterdessen schrieb, dass er, bevor er auf dem achtzehnten Kreismarkt vorgeführt und vor den Massen bezichtigt wurde, seinen Körper so unvergleichlich hart trainiert hatte, dass er dadurch von seinem hohen Blutdruck und seiner Schlaflosigkeit kuriert war. Er berichtete, dass er, sowie er die Becken erschallen hörte, so aufgeregt war, dass ihm Füße und Hände zu zittern begannen. Ganz so, wie unserem Schwarzen die Hufe zitterten, wenn er den Geruch der rossigen Eselin in die Nase bekam.

Anschließend erzählte er in seinen Memoiren davon, wie es war, als er mit dem Pappmaché-Eselkostüm tanzen musste. Da habe ich verstanden, warum mir sein lachendes Gesicht damals wie das eines Idioten erschien. Er berichtete, wie er, sobald er anfing, im Takt der Becken zu springen und im Papiermachéesel herumzutanzen, immer mehr und mehr spürte, wirklich zum Esel zu werden, zum Esel des einzigen Privatwirtschaftlers des ganzen Kreises, zum Esel des Lan Lian. Das ließ sein Denken und Fühlen so dahinschweben, so flüchtig und haltlos werden, dass es ihm bald wie sein tatsächliches Leben vorkam, bald so, als tauche er hinab in eine wunderbare Illusion. Er spürte, wie sich seine zwei Füße aufspalteten und vier Hufe daraus wurden, und fühlte, wie ihm am Hintern ein Stert heraus-

wuchs und der Pappmaché-Eselteil mit seinem Oberkörper, seinem Hals und seinem Kopf eins wurde. So wie die Mischwesen aus Pferd und Mensch, die Kentauren der griechischen Mythologie. Er erlebte wahrhaftig die Freuden und Leiden eines Esels. Zu Zeiten der Kulturrevolution gab es auf dem Markt nicht viel zu kaufen. Die Unmengen von sich drängenden Marktbesuchern kamen, weil sie etwas erleben wollten. Die kalte Jahreszeit war schon im Anmarsch, der große Teil der Leute trug bereits wattierte Jacken, nur wenige junge Leute gefielen sich darin, noch ungefütterte Kleidung zu tragen. Um den Arm trugen sie rote Armbinden. Die Jugend mit den sandfarbenen oder blauen ungefütterten Feldanzügen sah mit den roten Armbinden an den Oberarmen bunt und umwerfend gut aus. Aber bei den Alten in ihren speckigen, dreckigen, kaputten, wattierten Jacken sahen die roten Armbinden nicht eben gut aus. Eine Alte, die ein Huhn, das sie verkaufen wollte, kopfüber baumeln ließ und sich damit vor dem Genossenschaftsladen aufgestellt hatte, trug auch so eine rote Armbinde. Einer fragte: „Mütterchen, seid ihr auch bei den Roten Garden eingetreten?"
Misslaunig entgegnete die Alte: „Wieso soll ich bitteschön beim roten Aufruhr außen vor bleiben?"
„Mütterchen, zu welcher Seite gehört ihr denn? Seid ihr bei der Gruppe *Jingangshan-Berg* oder bei den *Entflammten Affenkönigen*?"
„Verarschen kann ich mich auch selber! Erzählt mir nicht solch unnützen Blödsinn. Wenn ihr ein Huhn kaufen wollt, dann los, ansonsten schert euch weg, ihr verdammten Hurensöhne!"
Das Propagandaauto rauschte herbei. Es war ein im Koreakrieg ausrangierter sowjetischer Gaz 51. Lange Jahre uneingeschränkten Einwirkens jeder nur möglichen Witterung vom Schneesturm bis zur massiven Sonneneinstrahlung hatten seine ehemals militärgrüne Tarnfarbe bis auf einen schwachen Farbhauch ausgeblichen. Auf den riesigen Kühler hatte man ein Eisengestell geschweißt, auf dem vier Hochleistungslautsprecher festgebunden waren. Auf die Ladepritsche war ein benzinbetriebenes Stromaggregat montiert. Zu beiden Seiten der Bordwände standen in zwei Reihen Rotgardisten, gekleidet in dürftige Uniformen, die wie Militäruniformen aussehen sollten. Eine Hand hatten sie rücklings auf die Bordwand des Lkws hinter ihnen gelegt, die andere schwenkte die Mao-Bibel. Ihre Gesichter waren alle tiefrot. War es die eisige Kälte oder brannten ihre Her-

zen vor Begeisterung für die Revolution glutrot? Ein Mädchen, das leicht schielte, hatte vor lauter Freude die Mundwinkel hoch gezogen und lachte fröhlich in die Menge. Die Lautsprecher setzten sodann erdbebengleich donnernd ein. Der Schreck fuhr einer jungen, hochschwangeren Bauersfrau so in die Glieder, dass sie auf der Stelle ihr Kind verlor. Ein Schwein rannte vor Angst gegen eine Mauer und fiel bewusstlos hin. Dazu flogen unzählige Hühner, die eierlegend auf ihren Nestern gesessen hatten, panisch auf, während genauso viele Hunde sich stockheiser bellten. Es wurde zuerst eine Aufnahme von „Der Osten ist rot" abgespielt. Dann erstarb der Ton. Es war nur noch das Brummen des Stromaggregats zu hören, als aus den Lautsprechern plötzlich mit schrillem, hohem Ton die glasklare Stimme eines Mädchens erklang. Ich kletterte einen alten Baum hoch, von wo ich in die Ladepritsche blicken konnte. Dort waren ein Tisch und zwei Stühle aufgestellt. Auf dem Tisch befanden sich ein Gerät und ein in ein rotes Tuch gewickeltes Mikrophon. Am Tisch saßen kerzengerade ein Mädchen mit zwei Zöpfchen und ein junger Bursche. Das Mädchen war mir unbekannt, aber der Junge war Chang Tianhong, der Große Brüllesel, der schon einmal wegen der Kampagne der *Vier Bereinigungen* in unser Dorf gekommen war! Später erfuhr ich, dass Tianhong schon in die Kreisoperntruppe versetzt worden war und bei den Krawallen den Kommandanten des *Kampftrupps der rebellischen Affenkönige* spielte. Von meinem großen Baum herunter schrie ich: „Tianhong, Tianhong! Hallo, Großer Brüllesel!" Aber meine Stimme ging in dem schrillen Lautsprechergetöse unter. Was das Mädchen in das Mikrophon hineinschrie, donnerte als ohrenbetäubender Krach aus den Boxen heraus. Durch ganz Gaomiland tönte es schallend: „Seht euch Chen Guangdi an! Ein Machthaber, der den kapitalistischen Weg geht, dieser mit Eseln handelnde Viehhändler erschlich sich die Parteimitgliedschaft. Dabei war er gegen den *Großen Sprung nach vorn* und wollte auch nichts von den *Drei roten Fahnen* der ideologischen Generallinie und den Volkskommunen wissen. Er ist allein der schützende Schirm und der Schwurbruder des Privatwirtschaftlers Lan Lian, der in Gaomiland weiter starrköpfig den kapitalistischen Weg verfolgt. Chen Guangdi hat eine reaktionäre Geisteshaltung. Er ist sittlich verkommen, besprang, wo er nur konnte, rossige Eselinnen, bis eine Eselin ein Monsterfüllen warf, welches halb Esel, halb Mensch war!"

„Hossa! Wahnsinnsspaß!", schrien Männer in der sich aufrührenden, brodelnden Menge laut durcheinander. Die Rotgardisten begannen in den Sprechgesang des Großen Brüllesels mit einzustimmen: „Nieder mit dem eselköpfigen Chen Guangdi!"
„Nieder mit dem eselköpfigen Chen Guangdi!" Durch die Lautsprecherverstärkung kam die schreiende Stimme des Großen Brüllesels einer Naturkatastrophe gleich. Ein Schwarm hoch oben am Himmel vorbeiziehender Wildgänse fiel wie ein prasselnd niedergehender Steinregen herab. Wildgansfleisch hat einen sehr feinen Geschmack, es ist erlesenes Fleisch von höchster Qualität. Eine wirklich seltene Spezialität! In jener Zeit, in der die Menschen nie genug zu essen und jeder Mangelerscheinungen hatte, war es wie ein Glücksregen, wenn Gänse von Himmel fielen. Tatsächlich aber kam damit nicht Glück, sondern das schlimmste Unglück vom Himmel herab. Denn die Menschen auf dem Markt waren mit einem Mal wie von Sinnen, schrien drängelnd und sich gegenseitig herumzerrend schrill durcheinander. Es war furchtbarer, als einer Meute halbverhungerter Hunde zuzuschauen. Der Mann, der als erster eine Gans erwischte, freute sich und begann ausgelassen zu toben. Aber sofort waren über der Gans in seiner Hand viele, viele andere Hände, die sie ihm wieder wegrissen. Sie rissen die Federn ab und die Gänsedaunen wirbelten wild durch die Luft, als hätte man ein Federkissen zerrissen. Die Flügel der Gans wurden entzwei gerissen, ein Schenkel riss ab und fiel jemandem direkt in die offene Hand. Ein anderer ergatterte den Gänsekopf mitsamt dem Hals. Hoch oben über seinem Kopf balancierte er ihn, dabei strömte noch hellrot das Blut hervor. Viele drückten ihren Vordermann nieder, indem sie an dessen Schultern hochsprangen, mit den Händen den Kopf niederdrückten. Es war, wie wenn Jagdhunde sich auf ihre Opfer stürzen. Manche wurden umgerempelt, manche einfach plattgetrampelt, bei manchen der Bauch zertreten, die Gedärme quollen hervor. Da schrie jemand schrill weinend in höchster Verzweiflung: „Mama, Mama ... aua, Hilfe, zu Hilfe!"
Die Menschen auf dem Markt waren wie ein riesiger zäher Batzen eingekochter roter Bohnenpaste. Diese Menschenkugel wälzte sich über den Markt. Ihr Wehklagen schallte laut gen Himmel und mischte sich mit dem Kreischen aus den Lautsprecherboxen. Auweh, schmerzte mir der Kopf ... dieser Tumult wuchs zu einer Rauferei

auf Leben und Tod, einem Schlachtgetümmel, ward blutiger Kampf. Die Bilanz nach dem Zwischenfall wies siebzehn totgetretene Männer auf, und Unzählige hatten schwere Körperverletzungen im Gedränge erlitten. Da waren Tote, die von ihren Angehörigen weggetragen wurden, manche wurden zum Schlachthof geschleift und dort vor die Tür gelegt, damit dann je nach Anweisung mit ihnen verfahren werden konnte. Da waren Schwerverletzte, die von ihren Angehörigen zum Krankenhaus oder nach Hause gebracht wurden. Viele krochen allein auf allen vieren die Straße entlang. Manche schleppten sich humpelnd irgendeinem Ziel entgegen. Manche krochen ziellos, laut heulend, die Straße entlang. Das war das erste Mal, dass nach Beginn der Kulturrevolution in Nordost-Gaomiland Menschen gewaltsam zu Tode kamen. Obwohl es später die akribisch organisierten blutigen Prügeleien gab, es Backsteine und Ziegel hagelte, gleichzeitig mit Dolchen, Flinten, Knüppeln und Schlagstöcken gegen die Menschen vorgegangen wurde, waren nie wieder so viele Tote wie bei diesem ersten Mal zu beklagen.

Auf dem Baum war ich in Sicherheit gewesen. Ich hatte von hoch oben alles genau mit ansehen können. Kein einziges kleines Detail war mir entgangen. Ich hatte gesehen, wie die Wildgänse vom Himmel gefallen und von diesen barbarischen Menschen bei lebendigem Leib in Stücke gerissen worden waren. Ich hatte die ganze Zeit über die brutalen, boshaften und gierigen Fratzen dieser Wahnsinnigen, aber auch die panisch ängstlichen und bitter leidenden Gesichter der Dörfler gesehen. Ich hatte die vielstimmigen vermischten Geräusche eiskalter Gewaltausbrüche oder taumelnder Freude gehört. Ich hatte auch den strengen Blutgeruch in der Nase und den sauren von Schweiß. Kalte Luftströme mischten sich mit glutheißen Hitzewellen. Ich dachte an den Krieg, von dem ich aus alten Geschichten wusste. Obgleich die im Anschluss an die Kulturrevolution verfassten Kreisannalen später diesen Vorfall der vom Himmel abstürzenden Wildgänse mit der Vogelgrippe erklärten, bin ich nach wie vor der Ansicht, dass die Wildgänse von dem ohrenbetäubenden, schrillen Lärm der Lautsprecherboxen heruntergedonnert wurden.

Nachdem der Tumult vorüber war, fuhr man fort, ausgesuchte Leute auf der Straße vorzuführen. Obschon man sagen kann, dass die Leute durch diesen einem Vulkanausbruch ähnlichen, plötzlichen Zwischenfall schon vorsichtiger geworden waren. Auf dem eben noch von dichtem Gedränge beherrschten Marktplatz blieb nun ein Durchgang frei, dort wo die Pfützen, die Blutspuren und die in die Erde getrampelten Gänsekadaver verblieben waren. Wenn Wind aufkam, stieg einem der strenge Geruch in die Nase, und Gänsedaunen wirbelten durch die Luft. Die alte Frau, die auf den Markt gekommen war, um ihr Huhn zu verkaufen, wischte sich mit der roten Armbinde Rotz und Tränen aus dem Gesicht, während sie laut weinend die Straße hinabwankte: „Mein Huhn, gebt mir mein Huhn wieder … Ihr Banditen, erschossen gehört ihr, gebt mir mein Huhn zurück …"

Der Gaz 51 parkte da, wo der Viehmarkt in den Holzmarkt überging. Die Rotgardisten waren fast alle ausgestiegen. Sie hatten sich müde auf einem harzig duftenden Baumstamm niedergelassen. Meister Song, der pockennarbige Koch der Kommunekantine, trug zwei große Eimer mit Mungbohnensuppe herbei und begrüßte höflich den jungen Anführer der Rotgardisten aus der Kreisstadt. Die süße Suppe dampfte, der köstliche Duft der Mungbohnen schwängerte die Luft. Der pockennarbige Song trug eine Schale mit Suppe vor das Auto. Ehrerbietig hob er die Suppenschale bis an die Stirn und bot sie dem Befehlshaber Großer Brüllesel und der verantwortlichen Ansagerin an. Der Kommandant würdigte ihn keines Blickes, sondern schrie wutentbrannt ins Mikrophon: „Ergreift die Rinderteufel und Schlangengeister und führt sie herbei!"

Also galoppierte der Eselkreisvorsteher Chen Guangdi, der als der erste Rinderteufel und Schlangengeist herhalten musste, himmelhoch jauchzend vor Freude aus dem Hof der Kommune herbei. So wie ich vorhin bereits ausführte, war der Kreisvorsteher mit dem Pappeselkopf und -hals zu einem einzigen Körper verschmolzen. Wie er nun auf die Bühne kam, besaß er noch den Kopf eines Menschen. Doch schon binnen weniger Tanzschritte vollzog sich die unglaubliche Metamorphose. Es war so, wie ich es viel später im Film und Fernsehen erlebte, wenn mit Spezialeffekten gearbeitet wird. Seine Ohren wurden länger und länger, wölbten sich, so wie fettfleischige Blätter aus den Stielen der tropischen Urwaldpflanzen herauswachsen oder wie sich große graue Motten aus ihren platzenden Kokons herauszwängen. Es war, wie wenn graue Brokatseide funkelnd ihren erlesenen, vornehmen Silberglanz preisgibt. Und dazu kam dann noch das zarte lange Flaumhaar. Es wäre bestimmt traumhaft gewesen, hätte man mit der Hand darüber streicheln können. Dann wuchs der Kopf in die Länge. Beide Augen wurden größer und begannen nach links und rechts zur Seite herüberzurollen. Der Nasenrücken ging in die Breite und wurde weiß. Schon erkannte man weißes kurzes samtiges Fell. Und wieder dachte ich, wie schön es sein müsste, dieses Fell zu streicheln. Der Mund begann herunterzuhängen, teilte sich dann nach oben und unten, während die Lippen wulstig wurden. Oh, wie traumhaft müsste es sein, dieses weiche Maul zu kraulen. Zwei Reihen schneeweißer Zähne versteckten sich hinter den Esellippen. Kaum hatte er die Mädchen der Roten Garde mit den roten Armbinden entdeckt, bleckte er schon die Zähne und flehmte. Wir hatten zu Haus einen Esel gehalten. Ich kenne mich mit den Gewohnheiten der Esel bestens aus. Ich weiß auch, dass Esel, sobald sie die Lippen nach außen hoch rollen und flehmen, hengstig werden und ihren Riesenschlauch, der sonst versteckt ist, ausfahren und herzeigen. Aber Dank der noch bestehenden menschlichen Wesensmerkmale des Kreisvorstehers Chen und der nur oberflächlichen Metamorphose, hatte er, obgleich er schon flehmte und den Mädchen die Zähne zeigte, seinen Pimmel noch schüchtern in der Hose.

Dicht auf ihn folgte der frühere Kommunesekretär Fan Tong. Ach richtig! Der war der persönliche Sekretär des Kreisvorstehers Chen gewesen, aß Eselfleisch lieber als alles in der Welt (natürlich nur, weil er auf den Eselpenis versessen war). Aus einem großen weißen Rettich schnitzten die Roten Garden ihm solch einen Pimmel. Rettich ist bekanntermaßen eine Gemüsespezialität in Nordost-Gaomiland, aber Zeit aufs Schnitzen verwandten die Rotgardisten eigentlich nicht. Am dicken Ende schnitzten sie rundherum etwas herunter und pinselten das Ding mit Tusche schwarz an. Das genügte. Die Leute verfügten einer wie der andere über eine wirklich ausgeprägte Phantasie. Alle waren sich also im Klaren darüber, was dieser schwarz angepinselte Rettich zu bedeuten hatte. Fan Tong machte ein äußerst bedrücktes Gesicht. Im Takt der Becken konnte er nicht auf der Bühne springen, nur stolpern, konnte sich sein fetter Leib doch bestenfalls gemächlich bewegen. Er brachte den Trupp der Rinderteufel und Schlangengeister aus dem Takt. Die Rotgardisten schlugen ihm mit Rohrstöcken auf sein Hinterteil. Bei jedem Schritt, den er tat, schlugen sie zu. Bei jedem Schlag mit dem Rohrstock hüpfte

er weiter und schrie auf. Dann begannen sie, auf seinem Kopf weiterzuschlagen. Er parierte mit dem falschen Eselpenis, den er in der Hand hatte. Der Eselpenis ging dabei entzwei und zeigte sein wahres Inneres. Weiß, knackig und dabei vollsaftig. Die Menge lachte laut. Die Rotgardisten konnten sich das Lachen ebenso wenig verkneifen und übergaben Fan Tong an zwei ihrer Mädchen. Die Rotgardistinnen zwangen ihn, die beiden Hälften des Eselpimmels aufzuessen. Er sagte, die Tusche sei giftig und man könne das nicht essen. Den Rotgardistinnen mit ihren mickrigen, tiefroten Gesichtern schien seine Antwort die schlimmste Beleidigung zu sein, denn sie schrien auf ihn ein: „Du widerwärtiger Lump, du dreckiger, stinkender Lump!" Dabei traten sie nach ihm. Mit den Fäusten schlugen sie nicht. Aber sie traten in jeder nur möglichen Art und Weise zu. Fan kullerte auf dem Boden und schrie ohne Unterbrechung: „Kommandant, Führer, ich esse ja schon, hör auf zu treten, ich esse es ..." Er griff den Rettich und biss todesmutig hinein: „Ich esse ja schon!"
Wieder biss er hinein, seine Backen waren voll bis zum Platzen, er konnte nicht kauen. Trotzdem schluckte er wie besessen, rang nach Luft, verdrehte die Augen. Unter Anführung des Eselkreisvorstehers vollführten etwa fünfzehn Rinderteufel und Schlangengeister alle möglichen, unglaublichen Kunststücke, an denen sich die Zuschauer so richtig satt sahen. Die Becken und Zimbeln wurden von professionellen Opernkünstlern geschlagen, es waren die Musiker der Operntruppe des Kreistheaters. Sie beherrschten wohl dreißig verschiedene Melodienrhythmen. Damit konnten sich die Musiker lokaler Dorfoperntruppen wie bei uns auf dem Land nicht messen. Deren Perkussion hört sich im Vergleich dazu an, wie wenn böse Buben mit rostigen Kellen und Eimern Spatzen verscheuchen.
Unser Straßenumzugstrupp, der Parade laufen musste und den Dörflern vorgeführt wurde, kam von Osten her über den Marktplatz. Der mit der Trommel auf dem Rücken war Sun Long, der Trommler war Sun Hu, am Becken Sun Bao und die Zimbeln schlug Sun Biao. Die vier Sun-Brüder stammten aus einer Lohnbauernfamilie. Ihnen sollte das Spiel auf diesen Krachmachern Becken, Trommeln, kleinen und großen Zimbeln mühelos von der Hand gehen. Vor ihnen her liefen die Rinderteufel und Schlangengeister aus unserem Dorf, also unsere kapitalistischen Verbrecher. Hong Taiyue war bei den *Vier Bereinigungen* noch glimpflich davongekommen, in der Kulturrevo-

lution aber war er dran. Er trug eine aus Papier gerollte Spitztüte enormer Länge wie einen Hut auf dem Kopf, am Rücken hing ihm ein Pappschild herunter. Schriftzeichen im Duktus der Songdynastie waren darauf geschrieben, energisch und voller Kraft. Man wusste sofort, dass Jinlong die Zeichen geschrieben hatte. Als Zeichen seiner glorreichen Vergangenheit hielt Hong eine Rindsbeckenbeinschaufel mit am Kamm eingelassenen Bronzeringen in die Höhe. Sein Spitzhut war zu groß für seinen Schädel und rutschte mal rechts mal links herunter, sodass er ihn immer wieder zurechtrücken musste. Schaffte er das nicht rechtzeitig, rammte ihm ein junger Mann mit wunderschön schwarzen Brauen und ebenso schöner, gerader und hoher Nase sein Knie in den Hintern. Dieser edle, gutaussehende Jüngling war mein Halbbruder Ximen Jinlong. Sein offizieller Name war immer noch Lan Jinlong. Dass er seinen Nachnamen nicht ändern wollte, war natürlich raffiniert. Denn durch die Namensänderung wäre er zum Untermenschen geworden, einem seiner Herkunft nach gewaltherrlichen, feudalen Tyrannen. Denn obschon mein Vater privatwirtschaftete, besaß er doch eine saubere Lohnbauern-Herkunft. So etwas war in diesen Zeiten ein funkelnd glänzender Goldhut, für kein Geld der Welt hätte man das aufgegeben.

Mein Bruder trug eine echte Uniformjacke aus dem Militär, die er sich vom Großen Brüllesel besorgt hatte. Dazu trug er eine blaugrüne Cordhose. Die Schuhe hatten weiße Plastiksohlen und einen Schaft aus schwarzem Uniformstoff. Um die Taille trug er einen drei Finger breiten Rindsledergürtel mit Messingschnalle. Solche Gürtel besaßen sonst nur die Helden der Achten-Route-Armee oder die Generäle der Neuen-Vierten-Route-Armee, also der Volksbefreiungsarmee. Und jetzt trug mein Bruder so einen um die Taille. Er hatte die Ärmel hochgekrempelt, dadurch fiel die Armbinde der Roten Garden locker über seinen Oberarm. Die Armbinden der Dörfler waren aus rotem Stoff genäht. Die Schriftzeichen darauf wurden mit Pappschablonen aufgebracht, auf die mit gelber Ölfarbe gemalt wurde. Die Armbinde meines Bruders war aus Qualitätskunstseide und die Schriftzeichen darauf mit goldgelber Nähseide gestickt. Es gab im ganzen Kreis nur insgesamt zehn solcher bestickten Armbinden. Tage- und nächtelang hatte eine besonders geschulte und erstklassige Kunsthandwerkerin in unserer kreiseigenen Manufaktur für kunstgewerbliche Produkte daran gestickt. Sie schaffte neuneinhalb Armbinden, über der zehnten fing sie an, Blut zu spucken und verstarb. Es war ein heroisch tragischer Anblick, als ihr Blut die Armbinde färbte. Eben diese Armbinde mit dem gestickten Schriftzeichen für „Rot", die vom Blut der Kunsthandwerkerin benetzt war, trug mein Bruder am Arm. Die zwei noch fehlenden Schriftzeichen hatte dann meine Schwester Ximen Baofeng aufgestickt. Mein Bruder hatte diesen kostbaren Schatz bekommen, als er seinen Freund, den Großen Brüllesel, im Rotgardisten-Hauptquartier der *Entflammten Affenkönige* in der Kreisstadt besuchte und nach langer Trennung zum ersten Mal wieder sah. Die beiden Brüllesel konnten es nicht fassen, sie lagen sich in den Armen und hielten sich an den Händen. Ich war damals ja nicht dabei, weiß aber ganz genau, dass der Große Brüllesel nach meiner Schwester gefragt haben muss. Er hatte Gestalt und Antlitz meiner Schwester offenbar noch in lebendiger Erinnerung.

Mein Bruder war in die Kreisstadt gereist, um dort von anderen zu lernen. Denn als die Kulturrevolution losbrach, wusste keiner im Dorf, wie wir dieses Mal revolutionieren mussten. Wie die Würmer kriechen, so tappten alle völlig im Dunklen. Die Begabung meines Bruders bestand darin, bei jeder Sache genau auf den Punkt zu kommen. Der Große Brüllesel gab ihm Bescheid: „So wie damals die gewaltherrlichen Grundbesitzer niedergemacht wurden, so werden wir nun die Kader innerhalb der Kommunistischen Partei zertreten!"

Natürlich konnten die reaktionären, reichen Großbauern, die die Kommunistische Partei schon einmal zu Fall gebracht hatte, auch dieses Mal nicht ungeschoren davon kommen. Mein Bruder verstand sofort, ohne Worte, nur mit dem Herzen. Sein Blut geriet in Wallung. Es begann zu kochen. Dann brach er auf. Der Große Brüllesel drückte ihm die unfertig bestickte rote Armbinde und einen Strang goldgelbes Seidengarn in die Hand: „Deine Schwester hat so geschickte Hände, finde ich. Lass sie es bitte für dich fertig sticken."

Mein Bruder fischte nun das Geschenk für den Großen Brüllesel, das ihm Baofeng mitgegeben hatte, aus seiner Umhängetasche: Es waren ein Paar Einlegesohlen, die sie mit fünferlei farbigem Seidengarn sorgfältig bestickt hatte. Bei uns hier bedeutet es, wenn Mädchen den Jungen solche Einlegesohlen schenken, dass sie sich ihrem Liebsten ganz schenken und hingeben wollen. Auf die Sohlen hatte sie ein Pärchen Mandarinenten beim Liebesspiel im Wasser gestickt. Die vielen zehntausend Stiche mit roter und grüner Seide und das liebreizende Motiv sprachen deutlich von unendlicher Liebe. Beiden Brülleseln stand die Schamesröte im Gesicht.

Der Große Brüllesel nahm die Sohlen entgegen: „Richte der Genossin Lan Baofeng bitte aus, dass Mandarinenpärchen und Schmetterlingspärchen etwas für die grundbesitzende, bürgerliche Klasse sind. Der Ästhetik des Proletariats entsprechen aber grünende Kiefernbäume, die rot glühende Sonne, Riesenozeane und schwindelnde Höhen, die Fackel, die Sichel, die Axt. Das sind die Dinge, die man sticken sollte, wenn man denn sticken will."

Mein Bruder nickte feierlich und versprach dem Kommandanten Großer Brüllesel, seine Worte in jedem Fall an Baofeng weiterzugeben. Der Kommandant zog seine Uniformjacke aus. Mit erhaben getragener Stimme sprach er: „Diese Uniform hat mir ein politischer Führungsoffizier im Militär gegeben. Schau, sie hat die vier Taschen, die die Rechte des Volkes symbolisieren. Sie ist eine originale, wertvolle Offiziersuniform. Der Typ aus dem Kreismetallwarengeschäft wollte sie gegen ein funkelnagelneues Fahrrad Marke *Golden Deer* tauschen, aber ich mochte ihm meine Jacke dafür nicht hergeben!"

Zurück in unserem Dorf gründete mein Bruder die dörfliche Zellengruppe der *Rebellischen Affenkönige* der Roten Garden. Vereint standen alle zusammen, als die Armeeflagge gehisst wurde. Die jungen Leute im Dorf, die meinen Bruder auch so schon unendlich bewunderten, wussten nun endlich, wie sie ihm Gefolgschaft leisten konnten. Sie besetzten mit Gewalt das Brigadequartier, holten ein Muli und einen Ochsen heraus und verscherbelten die beiden Tiere für 1.500 Yuan.

Von dem Geld kauften sie rotes Tuch und schnitten rote Armbinden, rote Fahnen, rote Quasten für die Speere, und sie kauften diese Hochleistungslautsprecheranlage. Für das restliche Geld erwarben sie zehn Eimer rote Farbe, mit der sie die Fenster, Türen und gleich noch alle Wände des Brigadequartiers rot strichen. Sogar den Aprikosenbaum im Hof malten sie an und machten daraus einen roten Baum. Vater schimpfte. Sun Hu strich ihm sofort mit dem Pinsel rote Farbe ins Gesicht, sodass das halbe Gesicht rot, die andere Hälfte blau war. Vater schimpfte laut, Jinlong schaute mit eiskaltem Blick zu ihm rüber, tat aber nichts. Vater wusste nicht mehr, wohin er ausweichen sollte. Zu Jinlong gewandt fragte er: „Junger Herr! Haben wir wieder einen Dynastiewechsel?"

Jinlong stemmte die Hände in die Hüften, streckte die Brust heraus und sagte knallhart: „Richtig! Das Regime ändert sich wieder."
„Meint Ihr, junger Herr, Mao Zedong soll nicht mehr Vorsitzender sein?"
Jinlong stockte die Stimme, nur ein Augenblick, dann tobte er Gift und Galle speiend: „Pinselt seine blaue Gesichtshälfte rot an!"
Die vier Suns, Long, Hu, Bao und Biao, stürzten sich auf Vater und griffen ihn, zwei hielten ihm die Arme auseinander, einer riss ihn an den Haaren, der vierte schwang den Ölfarbenpinsel und bestrich Vaters ganzes Gesicht satt mit einer dicken Schicht roter Farbe. Vater wetterte derb drauflos. Die Ölfarbe floss ihm dabei in den Mund und färbte seine Zähne rot. Er sah zum Fürchten aus, seine Augen zwei schwarze Löcher, die Ölfarbe in den Wimpern drohte jeden Augenblick unter das Lid direkt in das Auge hineinzulaufen. Mutter kam aus dem Haus gerannt. Völlig in Tränen aufgelöst schrie sie gellend: „Jinlong, das ist dein Vater! Wie kannst du ihm so etwas antun?"
Jinlong sagte nur eiskalt: „Wenn wir das ganze Land ausnahmslos in Rot tauchen, sparen wir nichts, aber auch gar nichts aus. Die große Kulturrevolution wird den bourgeoisen Elementen den Garaus machen. Die Grundbesitzer, die Konterrevolutionäre, die Privatwirtschaftler werden nicht geschont. Wenn er seine Privatwirtschaft immer noch nicht aufgeben will und am kapitalistischen Weg festhält, dann stecken wir ihn in ein Fass mit roter Ölfarbe. Da wird er eingelegt."
Mein Vater wischte sich mit beiden Händen über das Gesicht und spürte, wie die Farbe ins Innere seiner Augen zu sickern drohte. Aber … ach, war er bedauernswert! Je mehr er es zu verhindern versuchte, umso mehr Farbe wischte er sich in die Augen hinein! Ölfarbe führt zum Erblinden. Es tat ihm so teuflisch weh, dass er zu hüpfen begann, monströse Laute verließen seine Kehle. Seine Beine gaben nach, er wälzte sich auf dem Boden, sein Körper war im Nu voller Hühnermist. Mutters und Wu Qiuxiangs Hühner flatterten völlig hysterisch durch die Gegend. Erschreckt durch die rote Farbe und den rotgesichtigen Mann trauten sie sich nicht mehr in ihre Nester zurück, sondern flogen auf den Aprikosenbaum, auf den Dachfirst und auf die Mauer. Die Füße voller roter Farbe hinterließen überall, wohin sie liefen, rote Spuren. Mutter hörte nicht mehr auf zu weinen, völlig aufgelöst schrie sie nach mir: „Jiefang, schnell, mein Sohn, schnell, bring deine Schwester her. Du musst verhindern, dass Vater sein Augenlicht verliert!"

Ich hatte einen roten Quastenspeer, den ich aus den Händen eines Rotgardisten erbeutet hatte, in der Hand. Ich schluckte mit Gewalt alles herunter, doch heiß wie Feuer und beißend wie Kälte fühlte ich die Wut in meiner Kehle. Ich wollte auf dem Leib dieser Missgeburt, die ihre eigene Familie verriet und ans Messer lieferte, ein paar Stiche landen, Löcher, die Einblick verschafften, damit man mal sehen konnte, was für Blut aus so einem fließt. Ich glaubte fest, Jinlongs müsste von pechschwarzer Farbe sein. Mutters verzweifelte Bitte und Vaters entsetzlicher Zustand zwangen mich, mein Vorhaben, Jinlong mit dem Speer zu durchbohren, beiseite zu schieben. Zuerst musste ich Vaters Augen retten. Mit dem Speer in der Hand rannte ich auf die Dorfstraße.

„Hat jemand meine Schwester gesehen?", fragte ich eine alte Großmutter, die schüttelte nur den Kopf, während sie sich die Tränen abwischte, und schien gar nicht zu verstehen, was ich sie fragte. Einen glatzköpfigen Großvater fragte ich dasselbe: „Habt Ihr meine Schwester gesehen?"

Der Alte mit rachitisch verbogener Taille und einem dümmlichen Grinsen im Gesicht zeigte auf seine Ohren. Ein Tauber, der nicht hörte.

„Hast du meine Schwester gesehen?" Ich riss einen Fußgänger, der sein Fahrrad schob, an der Schulter. Das Fahrrad schlug hin. Mit hellem Klang fielen die glatten Kiesel aus seinem Fahrradkorb auf die Straße. Er lachte bitter, wurde aber nicht böse. Dabei wäre es durchaus verständlich gewesen, wütend zu werden, aber er schimpfte nicht. Es war Wu Yuan, der reiche Bauer aus unserem Dorf, der so gut Bambuslängsflöte spielte. Schluchzend, anrührend, dabei elegant und als sei er nicht von dieser Welt, so spielte er. Er ist ein sonderbarer Mensch, du erwähntest ihn. Ihn hatte mit dem despotischen Grundbesitzer Ximen Nao eine tiefe Freundschaft verbunden. Ich rannte wie der Wind die Straße entlang. Hinter mir las Wu Yuan die Kiesel in den Korb. Er sollte sie auf Befehl Jinlongs, Kommandeur unseres Rote-Garden-Dorfquartiers der *Entflammten Affenkönige*, in den Hof der Ximens bringen. Ich stieß frontal mit der die Straße herauf laufenden Huang Huzhu zusammen.

Fast alle Mädchen im Dorf ließen sich ihr Haar jetzt so kurz wie die Jungen schneiden. Ziemlich männlich schaute das aus, dunkel schimmerte der Kopf auf einem weißen Mädchenhals. Nur Huzhu

bestand darauf, ihren dicken Zopf zu behalten. Sie trug sogar ein rotes Zopfband. Dieses feudalistische, konservative und trotzige Festhalten an ihrem langen Haar konnte sich mit Vaters Bestehen auf seiner Privatwirtschaftlerei messen. Nach kurzer Zeit bekam ihr dicker Zopf eine Aufgabe. Li Tiemei aus der revolutionären Modelloper „Die Legende der roten Laterne" war so ein Mädchen mit dickem, geflochtenem Zopf, Huzhu brauchte sich noch nicht einmal zu schminken, alles passte genau. Sogar die Operndarstellerin aus der Operntruppe der Kreisstadt musste sich einen künstlichen Zopf anstecken. Nur unsere Li Tiemei besaß einen echten Zopf. Jedes einzelne Haar!
Nachdem wir also gerade ineinander gerannt waren, fragte ich sie: „Huzhu, hast du meine Schwester gesehen?"
Sie klappte den Mund auf und wieder zu, als wollte sie antworten und dann doch wieder nicht. Ziemlich abweisend und geringschätzig, als wenn es sie überhaupt nicht interessierte, war sie zu mir. Ich hatte keine Zeit, so etwas auch noch zu beachten. Mit schriller Stimme fuhr ich sie an: „Ich fragte, hast du meine Schwester gesehen?"
Sie fragte zurück, mit voller Absicht fragte sie mich das: „Schwester? Wer ist deine Schwester?"
„Du Fotze, du willst nicht wissen, wer meine Schwester ist? Wenn du das nicht mehr wissen willst, kannst du mir gleich sagen, du weißt nicht mehr, wer deine eigene Mutter ist! Meine Schwester, Lan Baofeng, Sanitäterin und Barfußärztin."
„Nach der fragst du?" Mit extrem verachtendem Blick zog Huzhu ihren kleinen Mund schief. Sie war unverkennbar krank vor Eifersucht, tat aber so, als wäre nichts und als bliebe sie höflich: „Die, ach so, jetzt fällt es mir ein, ist im Schulhaus. Sie ist mit Ma Liangcai am Rummachen. Lauf hin und schau's dir an. Läufige Hündin und spitzer Rüde, einer geiler als der andere. Die müssten gerade soweit sein, dass er abspritzt."
Ihre Worte machten mich ganz betroffen. Nie im Leben hätte ich gedacht, dass die edle, klassische Huzhu sich so rüde ausdrücken würde.

„Alles nur durch die Krawallmacherei während der Kulturrevolution!", entgegnete Großkopfkind Lan Qiansui unbeeindruckt. Ohne jeden Grund blutete sein Finger. Schnell gab ich ihm das Wundermittel, das ich schon vorbereitet hatte. Er betupfte den Finger mit etwas Arzneipuder. Er wirkte augenblicklich, und es hörte auf zu bluten.

Sie war knallrot. Ihre runden, prallen Brüste sagten mir alles. Obwohl es nicht unbedingt sicher war, dass sie für ihn schwärmte, konnte sie offensichtlich nicht damit umgehen, wenn sie Ma Liangcai so interessiert an meiner Schwester sah. Ich sagte: „Ich will mich jetzt nicht mit dir abgeben. Irgendwann anders kriegst du's noch mit mir zu tun. Du Schlampe, du bist doch in meinen Bruder verliebt... Nein, das ist nicht mein Bruder. Der ist längst nicht mehr mein Bruder, diese Missgeburt, die Ximen Nao hinterließ."
„Dann ist auch deine Schwester eine Missgeburt, die Ximen Nao hinterließ", sagte sie. Mit diesem einen Satz machte sie mich mundtot. Es war, als hätte ich im gleichen Moment ein Stück heißen Klebreiskuchen heruntegerschluckt. Ich antwortete: „Sie ist anders als er. Sie ist gut und lieb und zärtlich. Sie hat ein rechtschaffenes Herz, ihr Blut ist rot, und sie ist menschlich. Sie ist meine große Schwester."
„Schon bald hat sie nichts Menschliches mehr. Am ganzen Körper riecht sie streng nach Hund, nach einer von Ximen Nao mit einer Hündin gezeugten Missgeburt. An bewölkten, regnerischen Tagen entströmt ihr ein strenger Hundegeruch", sprach Huzhu mit knirschenden Zähnen. Ich drehte den roten Quastenspeer und wollte sie damit durchbohren. Während der Kulturrevolution waren lokal organisierte Exekutionen üblich. Die Kommune Xiashan hatte die Entscheidungsgewalt über Exekutionen auf die Dorfebene übertragen. Im Dorf Mawan waren an einem einzigen Tag und in einer einzigen Nacht dreiunddreißig Menschen getötet worden. Der älteste Exekutierte war 88 Jahre alt, der jüngste 13. Manche wurden einfach tot geknüppelt, andere kamen unter das Schneidemesser und wurden sauber entzwei getrennt. Ich hob den roten Quastenspeer in die Höhe und zielte auf ihren Brustkorb. Aber sie machte sich ganz gerade, streckte die Brust raus und bot sie mir dar: „Stoß zu. Wenn du was drauf hast, dann stich mich tot! Ich habe schon lange genug gelebt. Ich habe genug davon."
Als sie das sagte, flossen immerzu Tränen aus ihren hübschen Augen. Das stellte alles auf den Kopf. Niemals hätte ich das erwartet. Huzhu war von klein auf mit mir zusammen aufgewachsen. Als wir

noch ganz klein waren, saßen wir mit nacktem Po zusammen im Sand und spielten. Einmal wollte sie plötzlich den Pipimann zwischen meinen Beinen. Sie rannte brüllend nach Haus und wollte von ihrer Mutter Qiuxiang auch so einen und schrie: „Warum hat Jiefang das, ich will auch einen Pipimann haben!"
Wu Qiuxiang stand unter dem Aprikosenbaum und beschimpfte mich lauthals: „Jiefang, du Lump, wenn du noch einmal gemein zu meiner Huzhu bist, pass auf, dass ich dir nicht deinen Pimmel abschneide!"
Es stand mir vor Augen, als wäre es tags zuvor passiert. Doch plötzlich war Huzhu so verschlossen, dass ich nicht mehr durchblickte. Sie war rätselhafter als die Untiefen der Schildkrötenbucht am Fluss. Ich machte kehrt und rannte weg. Ich kann Frauen nicht weinen sehen. Wenn Frauen weinen, schnürt es mir die Luft ab, mir wird flau und ich drohe das Bewusstsein zu verlieren. Für diese Charakterschwäche musste ich mein ganzes Leben immer wieder bitter bezahlen. Ich rief ihr hinterher: „Ximen Jinlong hat rote Ölfarbe in Vaters Augen gekippt. Ich suche meine Schwester, damit sie Vaters Augenlicht rettet."
„Ach, schert euch doch zum Teufel, du und deine Familie. Ihr seid doch alle gleich mies, ein Hund beißt da den andern …", konnte ich sie von weitem noch grimmig rufen hören. Jetzt hatte ich Huzhu wohl abgeschüttelt. Ein bisschen hasste ich sie, ein bisschen fürchtete ich sie, und ich liebte sie ein bisschen. Trotzdem, und obwohl ich wusste, dass sie mich nicht mochte. Aber immerhin hatte sie mir doch gesagt, wo meine Schwester sich aufhielt.
Die Grundschule lag im Westen unseres Dorfes. Nahe beim Dorfwall in einem weitläufigen Kiefernwald stand ein einzelnes Gebäude, umgeben von einem großen Schulhof und eingefasst von einer Mauer, die aus Friedhofsteinen gemauert war. Viele Totengeister waren dadurch in die Schulmauer gelangt. Nachts spukte es hier und man hörte die Käuzchen und Eulen schreien, schrilles Rufen, das einem das Blut in den Adern gefrieren ließ. Dass der Wald das *Große Stahlschmelzen* beim *Sprung nach vorn* überlebt hatte und nicht längst abgeholzt worden war, grenzte an ein Wunder. Es war einzig und allein einer alten Zypresse zu verdanken. Wenn jemand die Axt bei ihr ansetzte, so fing sie in Strömen zu bluten an. Ein Baum, der blutet. Wer will das schon mal gesehen haben? Es scheint gerade so, als ob all

das, was letztlich überlebt und der Zerstörung entgeht, in irgendeiner Art und Weise selten und ungewöhnlich ist.
Und wirklich fand ich meine Schwester im Büro der Grundschule. Ich traf aber nicht auf ein eng umschlungenes Liebespaar, sondern fand meine Schwester damit beschäftigt, Ma Liangcais Wunden zu verbinden. Sein Kopf war, wer immer das auch getan haben mochte, mit einem Knüppel schwer verletzt worden. Nur ein Auge zum Sehen, zwei Nasenlöcher zum Atmen und ein Mund zum Essen, Sprechen und Trinken waren ausgespart. Alles andere hatte meine Schwester mit Mullbinden umwickelt. Er erinnerte an die von unserer kommunistischen Armee übel zugerichteten Kuomintang-Soldaten, die wir immer im Fernsehen zu sehen bekommen. Meine Schwester sah wie eine Krankenschwester aus. Keine Regung war ihrem Gesicht abzulesen, es war so kalt und glatt wie das einer in Marmor gehauenen Statue. Alle Fensterscheiben der Schule waren zu Bruch geschlagen. Die Glasscherben waren von den Kindern mitgenommen worden. Sie hatten sie ihren Müttern zum Kartoffelschälen mitgebracht. Die großen Scherben wurden benutzt, um sie in die Holzrahmen der eigenen Fenster einzupassen. So konnte man von drinnen hinaus schauen, und es schien sogar Sonnenlicht in den Raum.
Es war mitten im Herbst, der Abendwind wehte aus dem Kiefernhain in den Raum herein. Er trug den Duft von Kiefernnadeln und Harz herbei und wehte die losen Zettel vom Schreibtisch im Schulbüro zu Boden. Meine Schwester holte ein kleines Arzneiröhrchen aus ihrer lehmroten Rindsledertasche hervor. Sie schüttete ein paar Tabletten auf den Tisch, hob einen Bogen des zu Boden gefallenen Papiers auf und wickelte die Tabletten hinein: „Du schluckst täglich nach dem Essen drei mal zwei davon."
Er lachte bitter: „Nichts da, nach oder vor dem Essen. Ich esse nichts mehr. Ich faste, so wie beim Hungerstreik gegen die faschistischen Gewaltakte der Portugiesen im Jahr 1966 auf Macao. Bei uns zu Hause sind wir seit drei Generationen arme Lohnbauern gewesen. Einer Pflanze mit roten Wurzeln wächst ein gerader Spross! Wer gibt ihnen das Recht, mich zu schlagen?"
Meine Schwester schaute ihn voller Mitleid an und sagte mit gedämpfter Stimme: „Lehrer Ma, Sie dürfen sich nicht aufregen. Aufregung verträgt Ihre Wunde nicht."
Er nahm ergriffen die Hände meiner Schwester in seine. Es brach aus

ihm hervor: „Baofeng, oh, Baofeng. Sei mir bitte gut! Schon so viele Jahre verzehre ich mich nach dir. Ob ich nun esse, schlafe, gehe, ich denke unentwegt an dich. Es raubt mir die Sinne, raubt mir den Verstand. Wie oft bin ich gegen die Wand gelaufen, gegen einen Baum. Andere glauben, ich grüble über wissenschaftliche Fragen nach, aber ich denke in Wirklichkeit nur an dich ..."

Wie viele heißglühende Liebesschwüre den Mullverband verließen, war unglaublich. Es hörte sich richtig gelogen an. Sein eines Auge bekam einen ganz eigenen Glanz, wie von Wasser befeuchtete Kohle. Meine Schwester entzog ihm mit Gewalt ihre Hände und drehte sich zum Fenster. Sie schüttelte den Kopf links, rechts, links, seinem aus dem Verband ragenden Mund ausweichend.

„Erhöre mich ... erhöre mich", betete Ma Liangcai wie rasend. Der Typ war außer sich.

Ich schrie laut: „Schwester!"

Dann drückte ich mit einem Fuß die nur lose angelehnte Tür auf und platzte mit meinem roten Quastenspeer hinein. Ma Liangcai gab eilig die Hand meiner Schwester frei und ging torkelnd einen Schritt rückwärts. Er stieß eine Waschschüssel in einem Drahtgestell um. Das Schmutzwasser ergoss sich in einem Schwall über den Backsteinboden.

„Auf ihn!", brüllte ich und stieß den roten Quastenspeer in die Wand. Ma Liangcai fiel rückwärts auf den Hintern in einen Haufen gammeliger Zeitungen. Er hatte wohl vor Schreck das Bewusstsein verloren. Ich zog den Speer wieder aus der Wand und sagte zu meiner Schwester: „Baofeng, Jinlong hat den Leuten befohlen, Vaters Augen mit roter Ölfarbe zu bestreichen. Er wälzt sich vor Schmerzen auf dem Boden, Mama schickt mich, dich zu suchen. Ich habe das ganze Dorf abgesucht, dich aber jetzt erst gefunden. Komm schnell mit. Du musst unbedingt Vaters Augen retten!"

Baofeng nahm den Arztkoffer auf den Rücken, warf einen schnellen Blick auf den am Boden in der Ecke krampfenden Ma Liangcai und rannte mit mir zur Tür hinaus. Sie rannte schnell und hatte mich sofort überholt. Der Arzttornister wippte und schlug ihr beim Rennen im Takt auf den Po, er gab juchzende Geräusche von sich. Die Sterne standen schon am Himmel. Am westlichen Horizont sah man die funkelnde Venus, die den am Himmel stehenden Halbmond begleitete.

Vater kullerte durch den ganzen Hof. Keiner, auch nicht ein paar Männer gleichzeitig, konnten ihn festhalten. Er rieb sich wie wild die Augen und stieß grausige Schreie aus, die jedem die Haare zu Berge stehen ließen. Die Spießgesellen meines Bruders hatten sich allesamt still verdrückt. Nur seine vier Windhunde, die Suns, standen noch schützend um ihn herum. Mutter und Huang Tong hielten mit aller Kraft je einen von Vaters Armen fest und verhinderten, dass er sich die Augen rieb. Die Kraft in den Armen meines Vaters war jedoch ungeheuer groß. Wie zwei große, platte, schleimige Welse, die sich jeden Augenblick aus der Zwinge herauswinden. Keuchend, schwer nach Luft ringend, schmähte Mutter meinen Halbbruder: „Jinlong, welch gewissenlose, undankbare Missgeburt du bist. Auch wenn er nicht dein leiblicher Vater ist, hat er dich großgezogen. Wie kannst du so ein teuflischer, heuchlerischer Drahtzieher mit Henkershand sein …"

Meine Schwester stürzte in unseren Hof. Sie kam wie der Retter in der Not direkt vom Jadekaiser aus dem neunten Himmelspalast gesandt zu uns. Mutter rief Vater zu: „Vater, deine Tochter Baofeng ist da, nun halt still. Baofeng, du musst deinen Vater retten. Er darf nicht erblinden! Er ist starrsinnig, aber er ist ein guter Mensch. Er war nie geizig mit euch Zwillingen …"

Obwohl es noch nicht ganz dunkel war, schien die rote Farbe im Hof und die auf Vaters Gesicht jetzt, als sei sie grünschwarz. Im ganzen Hof roch es intensiv nach Ölfarbe. Meine Schwester stieß schwer keuchend hervor: „Schnell, holt Wasser!"

Mutter brachte eine Kelle Wasser aus dem Haus herbei.

„Das ist doch viel zu wenig! Ich brauche Wasser, je mehr, desto besser!"

Baofeng nahm die Kelle mit dem Wasser und musterte Vaters Gesicht: „Papa, mach deine Augen gut zu!"

Vater hatte die Augen sowieso schon die ganze Zeit geschlossen. Selbst wenn er gewollt hätte, sie gingen gar nicht mehr auf. Meine Schwester kippte die Kelle Wasser über Vaters Gesicht aus.

„Wasser! Wasser! Ich brauche Wasser!", brüllte sie wie eine Löwin. Ihre Stimme wurde heiser, versagte ihr, so laut schrie sie. Meiner zärtlichen Schwester entfuhren derartige Geräusche, dass ich es nicht zu glauben vermochte. Mutter brachte aus dem Haus einen ganzen Eimer Wasser herbei. Sie schwankte. Sogar Qiuxiang, Huang Tongs

Frau, diese streitsüchtige Person, die jedem nur Krankheit und Tod herbeiwünscht, schleppte aus dem Haus Wasser herbei. Im Hof war es jetzt noch dunkler. Aus dem Dunkel kamen die Befehle meiner Schwester: „Gießt ihm das Wasser übers Gesicht!"
Kelle um Kelle gossen sie Wasser über Vaters Gesicht. Es schwappte und platschte laut.

„Holt Licht!", befahl meine Schwester. Mutter rannte zurück ins Haus und brachte eine kleine Petroleumlampe. Mit der Hand schützte sie die Flamme und versuchte vorsichtig zu gehen, aber die Flamme flackerte zittrig, schon erfasste sie ein kleiner Windzug, und sie war erloschen. Meine Mutter stolperte und fiel der Länge nach hin. Die kleine Lampe war ziemlich weit weg geflogen. Ich konnte einen Petroleumgeruch bemerken, der von der Mauer herüber kam. Ich hörte Jinlong seine Windhunde anherrschen: „Lauft und zündet die Petroleumlampe wieder an."

Damals waren bei uns im Dorf die Petroleumlampen gleich nach der Sonne die stärksten Lichtquellen. Sun Biao war gerade erst 17, aber unser Fachmann im Entzünden von Petroleumlampen. Wozu andere eine halbe Stunde brauchten, damit konnte er in zehn Minuten fertig werden. Den anderen passierte es, dass der Asbestdocht kaputt ging. Ihm nie. Regelmäßig sah man ihn im grellen Schein der Lampe sitzen, wie er selbstvergessen ins Licht starrte. Seine Ohren liebten die zischelnden Geräusche der Lampe, man sah sein völlig verklärtes Gesicht. Er war vernarrt in diese Lampen. Im Hof war alles stockfinster. Aber im Haupthaus wurde es langsam hell, drinnen wurde wohl Feuer gemacht. Die Leute wunderten sich bereits, da kam Sun Biao mit der Petroleumlampe aus dem Dorfquartier der Rotgardisten *Rebellische Affenkönige* herausgelaufen, wobei er mit einem Stöckchen die Flamme justierte, als würde er die Sonneneinstrahlung einstellen. Die rot gestrichene Mauer und der rote Aprikosenbaum leuchteten im Lichtschein so rot, dass es die Augen blendete, rot wie eine Feuersbrunst. Mit einem Blick hatte ich alle Leute bei uns im Hof erfasst. Zu unserer Haustür hin stand wie eine Zierde der inneren Gemächer aus alten feudalen Zeiten der Großfamilien Huzhu und spielte mit ihrem Zopf. Unter unserem Aprikosenbaum stand mit flinken, rollenden Augen Hezuo und spuckte durch ihre Zahnlücken. Ihr Kurzhaarschnitt war etwas herausgewachsen. Wu Qiuxiang rannte beschäftigt kreuz und quer über den Hof. Sie hatte wohl viel zu erzählen, aber keiner nahm Notiz von ihr. Ximen Jinlong stand mit beiden Händen im Kreuz mitten auf dem Hof, während er, den Blick ernst und nach innen gekehrt, die Brauen kraus gelegt, über wichtige Fragen zu sinnieren schien. Die drei Brüder Sun standen fächerförmig, in einem Halbkreis schützend hinter Jinlong. Wie drei getreue Windhunde sahen sie aus.

Huang Tong schöpfte mit einer Kallebasse Wasser aus dem Eimer und goss es meinem Vater übers Gesicht. Papa saß zu ebener Erde, beide Beine gerade von sich gestreckt, seine großen Hände auf den Schenkeln, das Gesicht erhoben, das Wasser empfangend. Er war jetzt ganz ruhig, er wütete nicht mehr und brauste nicht mehr auf. Wahrscheinlich hatte ihn die Ankunft meiner Schwester zur Ruhe gebracht. Mutter kroch auf der Erde hin und her, während sie fortwährend murmelte, wo ihre Lampe wohl sein könnte. Sie war voller Matsch und sah erbärmlich aus. Im hellen Strahl der Gaslampe sah man, dass sie schon ganz graue Haare hatte. Dabei war sie keine fünfzig Jahre alt. Ich fühlte einen salzigen Geschmack im Mund, wie traurig ward mir. Die rote Farbschicht auf Vaters Gesicht war, obschon sein Gesicht noch unverändert rot war, dünner geworden. Das Wasser perlte von seinem Gesicht ab wie von einem Lotusblatt. Vor unserem Hof hatten sich eine Menge Leute versammelt, die zum Gucken gekommen waren. Ein schwarzes Menschengetümmel stand vor dem Haupttor. Meine Schwester stand völlig unbeeindruckt und ruhig da, sie glich einem General.

„Dreh die Lampe heller und komm her damit", sagte sie. Sun Biao näherte sich ihr in kleinen Schritten, er drehte das Licht der Lampe höher. Der zweitälteste der Suns, Sun Hu, hatte, wohl auf Anweisung meines Bruders, einen viereckigen Hocker aus dem „Hauptquartier" geholt, mit dem er herbeigerannt kam. Er stellte ihn zwei Meter seitlich von meinem Vater auf, damit Sun Biao die Lampe darauf absetzen konnte. Meine Schwester öffnete ihren Arzttornister, holte Watte und Pinzette heraus, nahm mit der Pinzette einen Wattebausch auf und tauchte ihn ins Wasser. Zuerst wischte sie um Vaters Augen herum, dann über die Augenlider. Obwohl sie sehr vorsichtig vorging, waren ihre Bewegungen geschwind und gezielt. Dann nahm sie eine große Spritze, sog damit Wasser auf, um Vaters Augen zu öffnen. Aber die Augen öffneten sich nicht.

„Wer zieht ihm die Lider auseinander?", fragte sie. Mutter, Schlamm und Erde im Schlepptau, kroch sofort herbei. Baofeng rief: „Jiefang komm her, du öffnest deinem Vater die Augenlider."

Unbewusst wich ich ein paar Schritte zurück, zu furchtbar war Vaters rotes Ölfarbengesicht.

„Mach schon!", rief meine Schwester. Ich trieb den rote Quastenspeer in den Boden und watete wie ein Huhn, das auf spitzen Krallen, nur eben den Boden berührend, durch den Schnee läuft, durch den Matsch zu meiner Schwester. Ich schaute zu ihr hinüber, wie sie mit gezückter Spritze auf mich wartete. Dann versuchte ich Vaters Lider auseinander zu ziehen. Er schrie vor Pein. Ein Schrei wie ein Dolchstoß war das. Ich erschrak so sehr, dass ich zur Seite sprang und mich in Deckung brachte. Baofeng brüllte mich böse an: „Was ist los mit dir? Lässt du Vater lieber erblinden, oder was?"

Huzhu, die nah bei ihrer Haustür stand, kam eilends herbeigelaufen. Sie trug eine rot karierte Jacke und eine geblümte Bluse. Der Kragen der Bluse war nach außen mit dem Jackenkragen übereinander gefaltet. Ihr großer Zopf schlängelte sich an ihrem Rücken herab. Wie viele Jahre das her ist! Und trotzdem steht mir dieses Bild so lebendig vor Augen, als wäre es erst gestern gewesen. Von ihrem Haus bis vor unseren Kuhstall waren es ungefähr dreißig Schritte. Diese dreißig Schritte, die sie im Schein der Lampe zurücklegte, lief sie mit einer entzückenden Anmut. Wie wunderhübsch war sie anzusehen! Alle blickten wie betäubt auf sie. Besonders aber ich, ich stand da wie ein Schaf. Gerade hatte sie meine Schwester noch mit den teuflischsten Flüchen bedacht. Und binnen eines Augenaufschlags tat sie sich mutig hervor, um ihr zu assistieren. Mit einem Schrei „Ich komme!" kam sie wie ein rotbrüstiges Vogelküken angeflattert. Schlamm und Pfützen waren egal, dass sie ihre fein genähten Schuhe mit den weißen Sohlen darin verschmutzte, auch. Huzhu war berühmt wegen ihrer Gewandtheit und der flinken Hände. Meine Schwester stickte die allerschönsten Schuhsohlen, aber Huzhu stickte noch schönere. Wenn der Aprikosenbaum in unserem Hof blühte, stand sie darunter, betrachtete die Blüten und ihre Finger flogen behände über ihre Handarbeit. Sie übertrug die Blüten des Aprikosenbaums auf die Schuhsohlen. Schließlich waren die Blüten auf ihren Schuhen noch farbenprächtiger und hinreißender anzuschauen als die Blüten am Baum. Die fertig gestickten Schuhsohlen stapelten sich unter ihrem Kopfkissen. Wem sie die wohl schenken wollte? Dem Gro-

ßen Brüllesel etwa? Oder Ma Liangcai? Oder vielleicht Jinlong? Oder vielleicht sogar mir? Im grellen Licht der Petroleumlampe leuchteten ihre Augen blitzblank, ihre Zähne blitzsauber. Es bestand kein Zweifel, sie war eine wunderschöne Frau. Eine schöne Frau mit runden, vollen Brüsten und einem runden, vollen Po. Ich hatte immer nur Augen für Vater und seine Privatwirtschaft gehabt und dabei tatsächlich übersehen, dass es gleich bei uns nebenan eine solche Schönheit gab. Während dieses kurzen Augenblicks, in dem sie von ihrer Haustür die dreißig Meter bis zu unserem Kuhstall lief, passierte es, dass ich mich unsterblich in sie verliebte. Sie beugte sich von hinten über Vater und öffnete ihm mit ihren feingliedrigen Jadefingern die Lider. Vater schrie vor Schmerz. Ich hörte ein feines, blubberndes Geräusch, wie wenn Fischchen im Wasser Blasen machen, als seine Lieder auseinander gerissen wurden. Ich sah, dass an seinen Augen eine Verletzung zu sein schien. Es quoll Blut aus seinen Augen hervor. Meine Schwester blickte ihm prüfend in die Augen. Sie hielt die Spritze hoch und drückte einen Strahl Wasser hervor. Sie spritzte den wie Silber glimmernden Strahl in sein Auge. Langsam und sachte spritzte sie. Sie kontrollierte genau den Wasserdruck. Bei zu langsamem Spritzen war der Druck zu gering. Wenn sie die Spritze zu schnell drückte, bestand Gefahr, dass sie ein Loch in den Augapfel stieß. Sowie Wasser ins Auge gelangte, sah es blutig aus. Das Blut floss aus seinem Auge langsam in sein Gesicht und von da aus den Hals herunter. Vater stöhnte vor Schmerzen. Beide, Schwester und Huzhu, die doch wie Todfeindinnen zueinander standen, spülten mit der gleichen Präzision, mit der gleichen geschwinden Geschicklichkeit, ohne ein einziges Wort zu verlieren und sich ideal ergänzend, Vaters zweites Auge. Dann spülten sie die Augen abwechselnd, immer das eine, und dann wieder das andere Auge, links, rechts, links, rechts. Zuletzt träufelte meine Schwester Tropfen in die Augen und legte einen Mullverband an.
„Jiefang! Bring Vater jetzt ins Haus", trug sie mir auf. Ich klemmte mich hinter ihn, stemmte meine Hände unter seine Achseln, zog ihn mit aller Kraft nach oben, bis er auf die Beine kam. Es kam mir vor, als würde ich einen riesigen, triefenden, dreckverklumpten Rettich aus der Erde ziehen. Im gleichen Moment hörten wir aus unserem Kuhstall einen merkwürdigen Laut, wie Weinen, Lachen und gleichzeitig wie Seufzen. Der Bulle hatte diesen Laut von sich gegeben.

„Was war das eigentlich damals bei dir, Weinen, Lachen oder Seufzen?"

„Erzähl weiter", entgegnete der Großkopfsäugling Lan Qiansui unbeteiligt. „Frag mich nicht danach."

Alle hatten einen Schreck gekriegt und schauten gleichzeitig zum Kuhstall hinüber. Im Kuhstall war es gleißend hell. Die Augen des Bullen waren wie zwei kleine, blaue Lampions. Der Leib des Bullen sandte in jede Richtung Licht aus, es war, als hätte man ihn mit einer Schicht goldener Ölfarbe überzogen. Mein Vater kämpfte darum, in den Kuhstall zu kommen und rief: „Schwarzer! Mein guter Stier! Du bist mein einziger Vertrauter!"
Vater erschien uns hoffnungslos verzweifelt und als hätte er uns alle aufgegeben. Unsere Herzen gefroren uns, als wir ihn so hörten. Denn obwohl Jinlong ihn verraten hatte, waren ihm doch Schwester und ich geblieben, und auch Mutter war ihm noch in Liebe zugetan. Papa, wie konnte er nur sagen, dass nur der Bulle noch zu seiner Familie gehörte und wir nicht mehr? Außerdem, wenn man es recht bedenkt, ist es doch so, dass der Bulle zwar im Leib eines Bullen steckte, sein Herz, seine Seele, eben alles, was ihn ausmachte, aber doch Ximen Nao gehörte! Wenn man sich vorstellt, welch chaotischer, nicht zu durchschauender brodelnder Brei da aus den zehntausend verschiedenen Verflechtungen des Hasses und der Liebe, aus den widerstreitenden Gefühlen, die auf den Bullen einstürzten, gerührt wurde, als er im Kuhstall das Treiben im Hof mit ansehen musste, seinem Sohn, seiner Tochter, seiner zweiten und dritten Frau und auch noch seinem Knecht und dem Sohn seines Knechts dort zusehen musste ...

„Denkbar und möglich ist aber auch", entgegnete der Großkopfsäugling Lan Qiansui, „dass ich mich damals an einem Büschel Gras, das mir im Hals stecken blieb, verschluckte, und ich nur deswegen dieses absonderliche Brüllen von mir gab. So eine lapidare Geschichte wird dann von dir völlig verdreht und auf den Kopf gestellt, sodass aber auch gar nichts mehr stimmt. Als ließe man einen Bären Mais pulen. Da wird nichts draus, was davon übrig bleibt, ist ein Topf mit heillosem Durcheinander aus zweitklassigen Zutaten."

Man kann getrost behaupten, dass die Welt zur damaligen Zeit ein chaotischer, undurchschaubarer Brei zweitklassiger Zutaten war. Wenn man klar Stellung beziehen will, kommt man in Schwierigkeiten. Aber lass mich noch mal auf ein Thema zurückkommen, das ich weiter oben schon angesprochen hatte: die Truppe, die durch die Straßen Parade laufen musste und den Dörflern vorgeführt wurde. Sie kam gerade mit schallenden Trommeln und Becken und geschwenkten roten Fahnen von Osten her über den Marktplatz. Jinlong und seine Rotgardisten eskortierten den früheren Brigadezellensekretär unseres Dorfes, Hong Taiyue, und den Brigadeleiter Huang Tong und ließen sie, um sie der Menge vorzuführen, wie auf Stockeseln durch die Straßen Spießruten laufen. Es folgten die uns altbekannten Bösewichte Yu Wufu, der Baojia-Vorsteher des Marionettenregimes von Wang Jingwei, der reiche Bauer Wu Yuan, der Verräter Zhang Dazhuang, die Grundbesitzerfrau Bai Shi und neu dazugekommen war mein Vater Lan Lian. Hong Taiyue warf mit wütenden Blicken um sich. Zhang Dazhuang sah entwürdigt und traurig aus. Wu Yuan weinte bitterlich. Bai Shi kam mit struppigem Haar und dreckverschmiertem Gesicht.

Vater hatte noch Ölfarbe im Gesicht, aus seinen blutroten Augen tropften Tränen. Dass mein Vater weinte, war nicht etwa als ein Anzeichen von Schwäche zu werten, sondern auf die schwere Hornhautverletzung durch die Ölfarbe zurückzuführen. Vater hing ein großes Pappschild um den Hals, worauf mein Bruder mit eigener Hand große Schriftzeichen gepinselt hatte: *Das dreckige, harte Stück Scheiße: der Privatwirtschaftler.* Vater hatte auf seiner Schulter seinen Holzpflug, sein Eigentum, welches er bei der Bodenreform erhalten hatte. Um die Taille war ihm ein Seil gebunden, an den der Führstrick eines Rindes geknotet war.

Das warst du, der als Bulle wiedergeborene, despotische Grundbesitzer Ximen Nao. Wenn du möchtest, kannst du mich unterbrechen und ablösen, denn das, was ich jetzt weiter berichte, kannst du eigentlich viel besser erzählen. Wenn ich es tue, so geschieht es aus dem Blickwinkel eines Menschen heraus. Aber dein Blickwinkel auf die Welt damals ist die des Rinds. Es ist spannender, wenn du es erzählst ...
Schon gut – wenn du nicht willst, dann mache ich eben weiter. Du

warst ein imposanter Bulle mit zwei Hörnern wie aus Eisen, breiten, mächtigen Schultern, gut entwickelten Sehnen und Muskeln und glänzenden Augen, die grimmig und furchterregend dreinschauten. Auf deine Hörner hatte der Bengel von den Suns, der so gern an den Petroleumlampen herumhantierte, zwei alte Schuhe gehängt. Er wollte dich lächerlich machen, aber meinte es wohl nicht symbolisch, so wie man bei uns sagt, jemand „treibt es in kaputten Schuhen" und damit meint, dass es jemand gleichzeitig mit mehr als einer Frau getrieben hat. Jinlong, dieser verdammte Bastard, hatte mich auch mit durch die Straßen defilieren lassen wollen, aber ich hatte mich ihm mit meinem roten Quastenspeer in den Weg gestellt und hätte auf Tod oder Leben gekämpft. Ich sagte, wer es wage, mich durch die Straßen zu schicken, den würde ich mit meinem Speer durchbohren. Obwohl Jinlong ein wirklich linker Typ ist, wurde er angesichts meines Todesmutes vorsichtig und legte es nicht drauf an. Ich finde, wäre Vater damals genauso unnachgiebig wie ich gewesen, hätte sein Fallmesser gezückt und es – zack! – in die Tür vom Kuhstall geworfen und dann so etwas wie „Mal sehen, wer es wagt, den schlitze ich auf!" gerufen, ich glaube, mein Bruder hätte es sein gelassen. Aber Vater war tatsächlich so kraftlos, dass er gehorchte und ihnen erlaubte, die Pappe um seinen Hals zu hängen. Ich glaube auch, dass, wenn der Bulle wild geworden wäre, ihm keiner die kaputten Schuhe auf die Hörner gesteckt, ihn durch die Straßen gezogen und vorgeführt hätte. Aber auch der Bulle gehorchte.

Mitten auf dem Marktplatz, vor dem Restaurant des Genossenschaftsladens, wurde der Zug vom Großen Brüllesel Tianhong, dem Kommandeur der Roten-Garden-Gruppe *Rebellische Affenkönige,* und dem zweiten Brüllesel Jinlong, Kommandeur unseres Dorfquartiers der *Rebellische Affenkönige,* die sich dort aufgestellt hatten, erwartet. Die beiden gaben sich die Hände und tauschten den revolutionären Gruß aus. Ihre Augen strahlten dabei rot, ihre Herzen kochten über vor heldenhaften Gefühlen für die Revolution. Vielleicht dachten sie dabei an den Zusammenschluss der chinesischen Roten-Arbeiter-und-Bauern-Armee auf dem Berg Jingangshan, wie sie die rote Fahne in die Erde ganz Asiens, Afrikas und Lateinamerikas rammen wollten, wie sie das notleidende Proletariat aus den Wasserfluten und Feuersbrünsten befreien würden. Die zwei Rote-Garden-Gruppen, die auf Kreisebene und die der Dorfebene, schlossen sich zusam-

men. Die Abweichler auf dem kapitalistischen Weg waren: Eselkreisvorsteher Chen Guangdi, Eselpenissekretär Fan Tong, der Rindsbeckenknochen schlagende Klassenaußenseiter Hong Taiyue und sein winselnder Windhund Huang Tong mit der Grundbesitzerfrau. Sie schauten heimlich einer zum anderen hinüber und warfen einander sich ihrer reaktionären Geisteshaltung versichernde Blicke zu.
„Senkt euren Schädel! Beugt euch! Beugt euch!"
Die Roten Garden ergriffen ihre Köpfe und drückten sie hinunter, noch mehr hinunter, so weit hinunter, bis es nicht niedriger ging, den Arsch hoch, bis er nicht höher rauszustrecken war.
„Gib Gas, du Arsch!" – Rumms! – „Hinknien!"
Nun fuhren sie ihnen mit einem Ruck ins Haar, die andere Hand zerrte am Kragen und katapultierte sie wieder in die Aufrechte. Papa wollte seinen Kopf auf den Tod nicht beugen. Wegen seines besonderen Verhältnisses zu Jinlong ließen die Rotgardisten Gnade walten. Der erste Redner war der Große Brüllesel, er stellte sich dazu auf einen quadratischen Tisch, den die Roten Garden aus dem Restaurant geholt hatten. Er stemmte die linke Hand in die Hüfte, mit der rechten gestikulierte er wild in der Luft. Mal sah es aus, als schälte er etwas mit einem Säbel, mal, als stoße er mit dem Dolch nach vorn zu, dann wieder, als erwürge er mit den Fäusten einen wütenden Tiger und schließlich, als spalte er mit der bloßen Hand wie ein Karatemeister einen Fels in zwei Hälften. Seine Bewegungen waren im Einklang mit seiner Rede, sein Tonfall rhythmisch ausgewogen, in den Mundwinkeln blubberte weißer Schaum, er sprach mordlustig, aber substanzlos. Es quoll aus ihm heraus wie prall aufgeblasene Luftballons. Wie riesige Ballons, denen man einen roten Anstrich verpasst hat. Diese Sprechballons hatten die Form langer Wintermelonen. Oben am Kopf der Melonenballons waren Nippel wie bei Kondomen. Die Kondommelonen tanzten in der Luft. Stießen sie gegen etwas, klatschte es geräuschvoll. Und wenn sie der Reihe nach platzten, knallte es laut. So war das. Bei uns in Nordost-Gaomi hat es mal eine Krankenschwester gegeben, die ein Kondom so weit aufgeblasen hat, dass es platzte. Dabei zog sie sich eine Verletzung am Auge zu. Den klatschhungrigen Dörflern war die Geschichte ein gefundenes Fressen, jeder erzählte sie in allen Einzelheiten.
Der Große Brüllesel ist ein begnadeter Schauredner. Damals imitierte er Lenin und Mao Zedong. Vor allem, wenn er den rechten Arm in

einem Winkel von 45 Grad in die Höhe hob, den Kopf so aufrichtete, dass er fast hintenüber kippte, den Blick in die Ferne auf einen hoch gelegenen Ort richtete und aus Leibeskräften schrie: „Wir gehen zum Angriff gegen den Klassenfeind über, wir gehen zum Angriff über, Angriff und nochmals Angriff, sage ich!" Dann hatte man das Gefühl, einen auferstandenen Lenin vor sich zu haben. Der Lenin von der Leinwand aus dem Kriegsfilm *Lenin im Jahre 1918* war leibhaftig in Nordost-Gaomiland erschienen. Die Zuschauer waren einen Augenblick mucksmäuschenstill, als hätte man ihnen den Hals mit der Zange verschlossen. Dann brauste Applaus los. Ein paar Jugendliche, die etwas gelernt hatten, schrien wie die Wahnsinnigen: „Ypa! Ypa!" Die, die nichts wussten, schrien: „Lang lebe er! Lang lebe er!" Obwohl „Ypa!" und „Lang lebe er!" natürlich nicht dem Großen Brüllesel galten, schwebte dieser trotzdem sofort wie ein aufgeblasenes Riesenkondom auf Wolken, im siebten Himmel sozusagen, und wusste gar nicht, wie ihm geschah. Einige flüsterten sich zu: „Diese Kanaille, was das nun wieder Besonderes sein soll, der nimmt das doch glatt wichtig!"

Auch ein Alter, der noch die private Klassikerschule von früher besucht hatte, schüttelte insgeheim den Kopf. Er kannte unzählige Schriftzeichen. Jedes Mal, wenn er beim Haareschneiden saß, sprach er die hereinkommenden Kunden selbstgefällig an: „Wenn jemand ein Schriftzeichen nicht kennt, so sind Fragen bei mir willkommen. Wenn ich Ihre Frage nicht beantworten kann, bezahle ich Ihnen den Frisör!"

Ein paar Mittelschullehrer suchten aus dem Wörterbuch einige seltene Zeichen heraus. Es war wirklich schwer, etwas zu finden, womit man ihn festnageln konnte. Ein Lehrer erfand ein Zeichen, das es – wie er annahm – nicht gab. Er schrieb einen Kreis, machte in die Mitte einen Punkt und fragte: „Welches Schriftzeichen ist das?"

Doch der Alte lachte spröde: „Du willst mich wohl verschaukeln, wie? Damit hast du kein Glück, dieses Schriftzeichen wird ‚dan' ausgesprochen. Es ist nämlich das Zeichen für das Geräusch, das man hört, wenn man einen Stein in einen Brunnen wirft."

Der Mittelschullehrer sagte: „Falsch, dieses Schriftzeichen habe ich mir ausgedacht."

Doch der Alte entgegnete gelassen: „Alle Zeichen hat sich doch jemand, als sie entstanden, ausgedacht."

Der Lehrer war wie vor den Kopf geschlagen, aber auf dem Gesicht des Alten zeigte sich etwas wie lässige Genugtuung. Nachdem der Große Brüllesel zu Ende gesprochen hatte, folgte der zweite Brüllesel, sprang auf den Tisch und hielt seinen Vortrag. Doch dieser war eine sudelige Parodie auf die Rede des Großen Brüllesels ...

Ximen Stier, jetzt kommst du dran, ich werde erzählen, wie du dich an diesem Markttag, der in unserer Erinnerung hartnäckig lebendig bleibt, aufführtest. Zuerst einmal warst du lammfromm. Du folgtest Vater auf Schritt und Tritt brav hinterdrein. Auf die Leute aber, und in besonderem Maße auf mich, wirkte dein braves, duldsames Auftreten gepaart mit deiner imponierenden Gestalt unpassend, irgendwie verbogen und unglaubhaft sah es aus. Du warst ein Stier mit Nerven wie Drahtseilen. Jahre vorher hattest du schon allen eindrucksvoll bewiesen, wozu du fähig warst. Hätte ich damals geahnt, dass im Körper des Bullen der hochmütige, eigenwillige Geist des Ximen Nao und dazu noch das großartige Andenken an den berühmten Esel verborgen war, wäre ich noch viel mehr von dir enttäuscht gewesen.
Du hättest dich wehren müssen. Du hättest den Markt auf den Kopf stellen müssen, hättest der Hauptdarsteller dieser Karnevalsveranstaltung sein müssen. So wie ein ruhmreicher Stier in einer spanischen Stierkampfarena, so hätte ich mir das eigentlich vorgestellt. Aber du, du standst mit hängendem Kopf da. Die kaputten Schuhe, dieses hässliche Symbol für einen Hurenbock auf den Hörnern, wie demütigend! Ruhig standst du da und warst am Wiederkäuen. Gurgelnde Geräusche waren aus deinem Magen zu hören. Das war alles. Vom Morgengrauen bis mittags ging das so, aus der Morgenkühle in die Wärme, so lange bis die strahlende Sonne hoch am Himmel stand und es köstlich nach knusprigen Hefenudeln aus dem Restaurant duftete.
Über den Markt kam ein Junge gelaufen. Über der Schulter eine kaputte wattierte Jacke, das eine Auge blind, auf einem Bein lahm, zerrte er einen beeindruckend großen, braunen Hund hinter sich her. Er war bekannt als Hundeschlachter. Aus ärmsten Verhältnissen kam er, und er war ein Waisenkind. Er ging auf Staatskosten zur Schule. Aber er hasste die Schule wie die Pest. Eine aussichtsreiche Zukunft machte er sich dadurch zunichte. Doch er wäre lieber gestorben, als

weiter zur Schule zu gehen. Er war ein Rumtreiber und wollte nicht vorwärts kommen. Auch die Partei hatte auf ihn keinen Einfluss. Er erlegte Hunde und verkaufte ihr Fleisch. Ihm ging es gut, Fleisch hatte er immer zu beißen. Damals war jede Art von Hausschlachtung strikt verboten. Ob es nun ein Schwein oder ein Hund war, der dran glauben sollte, das Schlachten unterlag immer dem Staatsmonopol. Trotzdem unternahm der Staat nichts, sondern ließ den jungen Hundeschlachter damit durchkommen. Solche Typen werden von allen Regierungen geduldet. Der Junge war der natürliche Feind aller Hunde. Er war von der Statur her klein, nicht gut zu Fuß und hatte dazu schlechte Augen. Hätte ein Hund ihn überwältigen wollen, wäre es ihm ein Leichtes gewesen. Trotzdem war es bei allen Hunden, egal ob sie lammfromm oder bissig wie Löwen und Tiger waren, immer das gleiche. Sie erblickten den Jungen, kniffen im gleichen Augenblick den Schwanz ein, duckten sich, die Augen blickten voll Entsetzen, und ihrem Maul entfloh nur noch klägliches Winseln. Sie fügten sich dem Bösen, leisteten keinen Widerstand, wenn er die Schlinge um ihren Hals legte und sie am nächsten Baum erhängte. Dann zerrte er die toten Hunde fort. Er schleppte sie unter die Steinbrücke in sein Schlupfloch, wo er sich eine Wohnstatt und einen Ort zum Schlachten der Hunde eingerichtet hatte. Noch bevor der Hund ganz tot war, schlachtete er ihn, spülte den ausgenommenen Hund im klaren Flusswasser rein und schnitt ihn in handliche Stücke. Er warf alles in einen großen Topf, setzte ihn aufs Feuer, türmte Holzscheite auf und kochte das Fleisch in sprudelndem Wasser über einem großen Feuer. Weißer Dampf trieb aus seinem Schlupfloch unter der Brücke nach oben und wehte in Richtung der Strömung auseinander. Bei der Brücke flussabwärts roch es überall nach Fleisch.
Ein übler Wind kam plötzlich auf und laut knallend flatterten die roten Fahnen. Eine Fahnenstange ging zu Bruch. Die Fahne mit der abgebrochenen Stange wirbelte kreisend in der Luft herum. Dann landete sie auf dem Kopf unseres Bullen. Da bist du völlig ausgerastet! Ich hatte ja schon darauf gewartet. Und die vielen Zuschauer auf dem Markt, die etwas zu sehen bekommen wollten, hatten auch darauf gewartet. Diese ganze Komödie, die sie da veranstaltet hatten, musste doch noch einen fetzigen Schluss haben. Zuerst schütteltest du nur aufgebracht deinen mächtigen Kopf, um das große rote Fah-

nentuch, das sich um deinen Kopf gewickelt hatte, abzuwerfen. Ich selber habe erlebt, wie es ist, wenn man eine rote Fahne um das Gesicht gewickelt hat und damit in die Sonne schaut. Es ist ein Gefühl, als wäre alles blutrot. So wie ein ganzes Meer voller Blut, wie die in einem Meer von Blut versinkende Sonne. Ein Gefühl von Weltuntergang. Ich bin aber kein Stier, und ich kann mir auch nicht vorstellen, wie es für dich mit dem riesigen roten Fahnentuch um den Kopf gewesen sein muss. Aber deiner heftigen Reaktion zufolge weiß ich, dass es für dich der pure Horror gewesen sein muss. Dann stießen deine zwei eisenharten Hörner zu. Zweifelsohne die Hörner eines Kampfstiers, wenn auf jedes deiner Hörner zwei spitze Dolche gebunden gewesen wären. Und Hörner, die frontal angriffen, Hörner, die alle Hindernisse hinwegfegen würden. Mehrere Male schütteltest du deinen mächtigen Kopf und schlugst mit dem Schwanz. Aber die rote Fahne fiel nicht herunter. Da gerietst du in Panik. Blind mit dem Tuch vor Augen ranntest du los. Dein Führstrick war um Vaters Taille gebunden. Und dein massiger Körper mochte 500 Kilo wiegen, nicht schmal, aber auch nicht fett um die Lenden warst du, gerade vier Jahre alt, in der Blüte deines Lebens und besaßt schier unerschöpfliche Kraft. Vater kollerte hinter dir her wie eine Maus, die an den Schwanz einer Katze gebunden ist.
Unser Bulle raste, Vater hinter sich herziehend, in die Menschenmenge, die sofort in Todesangst zu kreischen und zu brüllen begann. Da hätte der Vortrag meines Bruders der Hit sein können, es hätte doch keinen interessiert. Im Grunde waren die Leute ja sowieso nur gekommen, weil sie etwas erleben wollten. Keinen interessierte, ob da nun Revolution oder Konterrevolution war. Eine schrie: „Reißt ihm die rote Fahne vom Kopf!"
Aber wer war da, der den Mut dazu gehabt hätte? Und wer hätte das eigentlich gewollt? Dann wäre dieses spannende Riesentheater doch aus und vorbei gewesen. Die Leute suchten Deckung, brüllten wild, drängten sich intuitiv zusammen, die Frauen kreischten schrill, die Kinder schrien.
„Mama, Hilfe, du zertrittst meine Hühnereier!"
„Hilfe, ihr tretet ein Kind tot!"
„Ihr Hurensöhne zerbrecht meinen Steinkrug."
Wo damals die Wildgänse vom Himmel gefallen waren und die Leute aus allen Richtungen herbeigestürzt kamen, rannte jetzt der Stier

und vor ihm die Leute in alle Richtungen davon. Sie preschten nach beiden Seiten weg, dort suchten sie in eng gedrängten Trauben Deckung und pressten sich flach an die Wände wie dünne Pfannkuchen, versuchten beim Schlachterstand unterzuschlüpfen, um dann mit dem kostbaren Schweinefilet und -kotelett zusammen zu Boden zu stürzen, der Mund biss dabei noch hinein ins rohe Fleisch. Die Hörner unseres Stiers bohrten sich in die Rippen eines Mannes, die Hufe trampelten ein Ferkel tot. Zhu Jiujie, der das Fleisch verkaufte, war vom Schlachthof der Kommune. Er war ein rüder Bursche und mächtig wie ein Angehöriger der kaiserlichen Familie. Er fuhr mit seinem Schlachtermesser durch die Luft, visierte den Kopf unseres Bullen an und trieb sein Messer hinein. Ein lautes, berstendes Geräusch. Die Klinge des Schlachtermessers hatte ein Stierhorn durchgetrennt, das Messer flog zitternd, das halbe Horn fiel zu Boden. Die rote Fahne rutschte mit herunter. Dieser Hieb hätte unseren Stier um ein Haar ausgelöscht. Er stand still, keuchte laut, man sah es, die Brust wollte ihm platzen, so bebte sie. Vor seinem Maul stand ihm der weiße Schaum, aus den Augen rann Blut, während aus der Schnittstelle am Horn ein klare Flüssigkeit hervorsprudelte. In der Flüssigkeit wurde man Blutspuren dünn wie Fäden gewahr. Man nennt diese Flüssigkeit die „Essenz des Stieres" oder „Stierhornmark", und sie hat eine sehr stark potenzfördernde Wirkung. Die Wirkung ist zehnmal stärker als die des Strunks mit dem Fruchtknoten der Kokosnuss von der Insel Hainan.

Ein richtig verkommener Typ, ein Machthaber, den die Roten Garden aus dem alten Provinzkomitee ausgegraben hatten, so ein Typ mit graumelierten Koteletten, nahm sich eine Zwanzigjährige zur Frau, hatte aber eine Erektionsstörung. Er ließ sich von den Leuten auf dem Land eine Arznei aus der Volksmedizin empfehlen, eben dieses Stierhornmark. Seine Spießgesellen suchten in allen Höfen der Kreise und auf allen Staatsgütern mit aller Kraft einen jungen kräftigen Bullen, der nicht gelegt worden war und der auch noch nicht zur Zucht eingesetzt worden war, und drängten, dass er ihnen zugeführt werde. Der junge Stier wurde an einen geheimen Ort gebracht, das Horn abgetrennt, das Mark entnommen, danach der Knochen zersplittert und gemörsert und diesem hohen Beamten eingeflößt. Tatsächlich wurde dessen Haar wieder schwarz, die Falten verschwanden und der Schwengel wuchs und wuchs, bis er aussah wie ein x-beiniges Maschinengewehr, mit dem er dann tausend Frauen flachlegte.

Jetzt muss ich aber wirklich auf Vater zu sprechen kommen. Seine Augen waren damals noch nicht wieder verheilt, und er konnte nur ganz verschwommen sehen. Dann plötzlich dieses Fahnenunglück! Auf einen Schlag war er orientierungslos, es fehlte ihm das Gefühl dafür, wo rechts, links, oben oder unten, wo er überhaupt war. Deswegen rannte er zuerst taumelnd mit, dann kugelte er sich zusammen, den Kopf auf der Brust, beide Hände darüber und kullerte wie ein Fußball, halb unter, halb hinter dem Bullen her. Nur gut, dass er die wattierte Jacke trug, dass er hart im Nehmen war und keine größeren Verletzungen erlitt. Als das Horn abgeschlagen war und der Bulle stillstand, stand Vater schnell wieder auf. Den Führstrick löste er geschwind von der Taille, damit er nicht mehr an seinen Bullen angebunden war. Dabei sah er aber auch das halbe Horn seines Bullen auf dem Boden liegen und den erbärmlichen Zustand von dessen Kopf. Er schrie gellend auf, fast wäre er in Ohnmacht gefallen. Denn hatte er nicht gesagt, dass ihm allein der Bulle als einziger Vertrauter geblieben war? Wenn der engste, einzige Familienangehörige eine derartige Verletzung erleidet, sollte man da nicht in Unruhe, voll Schmerz und Wut sein? Er blickte in das rot aufgedunsene, schmierig glänzende, fette Schweinegesicht des Schweineschlachters Zhu Jiujie. In einer Zeit, in der in China unter der gesamten Bevölkerung ein hochgradiger Mangel an Fett herrschte, waren es einzig die Regierungsbeamten und Schweineschlachter, die es hinkriegten, sich die Wampe so vollzuhauen, dass ihnen Schweinebacken im Gesicht wuchsen. Sie lebten dermaßen selbstgefällig und auf hohem Fuße, dass sie es sich leisteten, auf andere herabzuschauen und das glückliche Leben in Freuden und Wohlstand, das der Kommunismus dem Menschen beschertе, in vollen Zügen auszukosten. Mein Vater, der privatwirtschaftete, hatte sich ohnehin nie für die Angelegenheiten der Volkskommunen interessiert. Doch weil der Schweineschlachter der Volkskommune unserem Bullen mit seinem Schlachtermesser das Horn abgeschlagen hatte, schrie mein Vater wie von Sinnen: „Mein Bulle …!"

Dann sank er ohnmächtig zu Boden. Ich wusste, wäre mein Vater nicht prompt in Ohnmacht gefallen, hätte er als erstes die schwere, breite Axt vom Boden aufgehoben und sie mit äußerster Kraft in den

Schädel des schweinebackigen Schweineschlachters getrieben. Es ist nicht auszudenken, was dann mit uns geschehen wäre. Es war eine gute Ohnmacht, in die er da fiel. Er fiel um, aber sein Bulle war umso wacher geworden. Man kann sich das Ausmaß an Schmerzen vorstellen, wenn das Horn bei lebendigem Leibe abgehauen wird. Der Bulle brüllte dröhnend, senkte den Kopf und preschte nach vorn auf den fetten Schlachter zu. Während dieses kurzen Augenblicks fesselte mich der Nabel am Bauch unseres Bullen. Da war dieses etwa 20 Zentimeter lange Büschel Haare, das wie ein großer Wolfshaarkalligraphiepinsel eine rhythmisch schwingende, hebende und senkende, dann kreisende und zuletzt abschließende Pinselbewegung machte. Als wenn das Nabelbüschel Schriftzeichen in der Pflaumenblüten-Siegelschrift in den Sand schriebe. Als ich meinen Blick von diesem göttlich beseelten Pinsel abwandte, sah ich, wie unser Bulle sein noch übrig gebliebenes, eisenhartes Horn schräg in die fette Wampe von Zhu Jiujie stieß. Der Stierkopf bewegte sich ununterbrochen in dem fetten Leib hin und her. Das Horn steckte noch nicht ganz bis zur Wurzel im Leib, da zog der Stier seinen Kopf mit einem Ruck hoch. Als würde ein Fleischberg mit einem Bergrutsch einbrechen, so fiel aus dem Loch in Zhu Jiujies Bauch glucksend und schwappend ein maisgelber, sülziger Riesenfettlappen heraus.
Als alle geflohen waren, kam mein Vater wieder zu Bewusstsein. Das erste, was er tat, war, das Riesenschlachterhackebeil aufzuheben. Sich damit schützend stellte er sich seitlich seines einhörnigen Bullen auf. Kein Wort sprach er, aber mit einer eindeutigen, keinen Zweifel zulassenden Pose gab er den herbeieilenden und ihn umstellenden Rotgardisten zu verstehen: Nur über meine Leiche rührt ihr den Bullen an. Diese besahen sich den Riesenhaufen Fettgewebe aus dem Bauch des Zhu Jiujie. Sie freuten sich im Grunde diebisch, denn sie erinnerten sich an dessen despotisches, gemeines Auftreten, das er sich leistete, weil er sich seiner Machtposition sicher war. So kam es, dass Vater mit dem Bullen am Strick und dem Schlachterhackebeil in der Hand wie der Held der Räuber vom Liang-Schan-Moor, der siegreich über den Scharfrichter auf dem Richtplatz war, gemessenen Schrittes nach Hause ging. Der strahlende Sonnenschein war grauen, sich am Himmel türmenden Wolken gewichen. Kleine Schneeflocken fielen tanzend in einem leichten Wind, der aus Nord wehte, auf das weite Land von Nordost-Gaomi.

Das achtzehnte Kapitel
Geschickte Hände bringen die Kleider in Ordnung, Huzhu verliebt sich. Das Dorf versinkt im Schnee, Jinlong reißt das Ruder an sich.

In diesem Winter, in dem es alle drei Tage nur wenig schneite, aber alle fünf Tage Unmengen von Schnee vom Himmel fielen, wurde die Telefonleitung bei uns im Dorf, durch die wir mit der Kommune und mit der Kreisstadt verbunden waren, durch den Druck der Schneemassen entzwei gerissen. Auch die im Kreis ausgestrahlten Hörfunkdurchsagen wurden über das Telefonkabel empfangen. Wenn das Telefon nicht mehr funktionierte, dann verstummten also auch die Lautsprecher, aus denen sonst die Übertragungen ertönten. Wege und Straßen waren nicht mehr passierbar, einen Zeitungsboten gab es schon gar nicht mehr. Dorf Ximen war damals vollkommen von der restlichen Welt abgeschnitten.

Qiansui, du erinnerst dich bestimmt an diesen harten Winter, in dem wir so viel Schnee hatten. Vater ging mit dir täglich frühmorgens hinaus vor das Dorf, seinen Spaziergang machen. Wenn es ein wolkenloser klarer Tag war und rot die Sonne aufging, reflektierte die Decke aus Schnee und Eis über der Erde das Licht, dass es blendete. Mit der Rechten führte dich Vater am Führstrick, in der Linken hielt er das Schlachtermesser, das er dem Schweineschlachter abgenommen hatte. Sein Mund, dein Maul, seine Nasenlöcher wie deine Nüstern bliesen rosa Atemwolken in die kalte Luft hinaus. Auf den Tasthaaren an deinem Maul, auf Vaters Bart und den Brauen waren Raureifblüten gewachsen. Ihr gingt der Sonne entgegen dem Grasland zu. Der Schnee unter euren Füßen und Hufen knirschte.

Mein Halbbruder Ximen Jinlong konnte seiner Phantasie freien Lauf lassen, seit er beseelt von heißer Begeisterung für die Revolution die *Vier Diamantenen Donnerkeile*, das waren die vier Sun-Brüder, und die *Krebsgeneräle und Krabbensoldaten*, ein Haufen kleiner Schlawiner, Rumtreiber, die alle nichts zu tun hatten, anführte. Ja, natürlich war auch noch eine Meute Erwachsener dabei, solche, die gern einen drauf machen, solche Brüder, die überall sind, wo man gaffen und was erleben kann. Diese Truppe führte er in eigener Regie und, als es bei uns Frühling werden sollte, ganz und gar unabhängig in das zweite Jahr der großen proletarischen Kulturrevolution.

In unserem Aprikosenbaum im Hof errichteten sie aus Holzbrettern eine Plattform. In das Geäst des Baums hatten sie wohl tausend rote Bänder gebunden, es sah aus, als stehe er in voller Blüte. Jeden Abend kletterte der Jüngste der Sun-Brüder auf den Hochstand im Aprikosenbaum und blies mit geblähten Backen zum Abendappell. Es war eine hübsche kleine Trompete, an der hinter dem Stimmzug rote Quasten baumelten. Als Sun Biao die Trompete gerade bekommen hatte, sah und hörte man ihn täglich von morgens bis abends üben. Mit vollen Backen, es klang wie Kuhmuhen. Am Abend vor Neujahr hatte er es geschafft und er blies schon beachtlich gut. Er trompetete beliebte Volks- und Opernlieder anrührend und geschickt. Er war ein Wunderkind! Was auch immer er anfing, er beherrschte es im Nu. Mein Bruder befahl seinen Leuten, oben auf dem Hochstand im Baum eine verrostete, selbst gebastelte Kanone festzumachen. Dann mussten seine Jungs in das Gemäuer um unseren Hof sechzig bis achtzig Schießscharten bohren. Neben den Schießscharten türmten sie Kieselsteinhaufen auf. Obwohl sie keine Feuerwaffen besaßen, sorgten sie für volle Gefechtsbereitschaft und standen täglich mit ihren roten Quastenspeeren bewaffnet bei den Löchern. Alle paar Stunden kletterte Jinlong auf den Hochstand und hielt mit einem selbst gebastelten Fernglas Ausschau, als wäre er ein hoher Offizier, der die Bewegungen des Feindes beobachtet.

Es war klirrend kalt. Wie in Eiswasser gespülte Radieschen sahen seine verfrorenen Hände aus, und seine Wangen waren tiefrot wie zwei Äpfel im Spätherbst. Um Stil zu beweisen, trug er nur seine Uniformjacke und eine ungefütterte Hose. Die Ärmel krempelte er immer noch ganz hoch. Das einzige, was er zusätzlich aufgesetzt hatte, war eine nachgemachte sandgelbe Militärmütze. Eitrig blutige Frostbeulen hatte er an den Ohren. Aus seiner Nase floss unaufhörlich der Rotz. Sein Geist war trotz seiner schlimmen körperlichen Verfassung hellwach. Man bemerkte es an seinen feurig blitzenden Augen. Als Mutter sah, dass er so verfroren war, nähte sie ihm eine neue wattierte Jacke. Damit die äußere Form gewahrt blieb und er immer noch wie ein Kommandeur ausschaute, ließ sie sich von Huzhu beim Zuschnitt helfen. Sie machte den Schnitt wie bei einer Uniformjacke. Auf den Kragen nähte sie mit weißer Nähseide sogar noch eine zusätzliche Borte. Mein Bruder weigerte sich jedoch, die wattierte Winterjacke zu tragen. Mit ernstem Ton verkündete er: „Mama, hör

auf, mich wie eine Glucke zu bemuttern. Der Feind kann jeden Augenblick angreifen! Ich kann mir doch nicht selbst eine wärmende Winterjacke überziehen, während meine Soldaten durch den Schnee kriechen oder frierend bäuchlings auf dem Eis liegen!"
Mutter blickte um sich und sah, dass meines Bruders Vier Diamantene Donnerkeile und seine eisernen Helfershelfer alle nur nachgemachte Uniformen aus ungefüttertem, sandgelb gefärbtem Tuch trugen, dass einem wie dem anderen der Rotz lief und die Nasenspitze wie eine gefrorene Sanddornbeere aussah. Aber auch in ihren Gesichtern wohnte ein göttergleicher, erhabener Ausdruck.
Morgens stellte sich mein Bruder immer auf den Hochstand im Baum und nahm seine aus einem Stück Blech gerollte Flüstertüte vor den Mund. Er hielt seinen Spießgesellen, die unten vor dem Hochstand im Hof standen, den Dörflern, die vorbeikamen, weil sie was erleben wollten, und dem von Schnee und Eis bedeckten Dorf seine tägliche Rede. In dem heldenhaften Tonfall, den er sich vom Großen Brüllesel abgeschaut hatte, feuerte er seine kleinen Revolutionsgeneräle und die armen Lohnbauern und Mittelbauern an: „Wischt eure Tränen ab! Seid wachsamer als jemals zuvor! Haltet die Stellung! Haltet durch bis zur letzten Sekunde! Ihr schafft das! Wenn der nächste Frühling kommt, warm die Sonne scheint und die Blumen blühen, werden wir uns mit dem Kommandeur Chang Tianhong, der die Haupttruppen befehligt, zusammenschließen!"
Seine Rede wurde immer wieder durch seinen schrecklichen Husten unterbrochen, seiner Brust entfloh ein Krächzen wie einem kranken Hahn, Würgegeräusche kamen aus seinem Hals. Wir wussten, dass er gegen den hochsteigenden Schleim in seinem Hals ankämpfte. Aber unser Kommandeur zog alsdann den Rotz hoch und ... ein Kommandeur rotzt nicht im hohem Bogen vom Hochstand herunter. Deshalb würgte mein Bruder seinen ekligen Schleim mit Gewalt wieder hinunter. Er wurde aber nicht nur durch sein ständiges Husten in seinen Ausführungen gestört, auch durch die von unten gebrüllten Parolen wurde er unterbrochen. Der Anführer des Sprechchors war der zweite Donnerkeil Sun Hu. Er besaß ein dröhnendes Organ und hatte ein bisschen mehr auf dem Kasten als die drei anderen, denn er wusste, an welchen Stellen er loslegen musste, um am besten die revolutionäre Stimmung anzuheizen.
An einem Tag schneite es so stark, dass es uns vorkam, als hätte je-

mand über uns in den Wolken zehntausend Gänsefederkissen aufgeschlitzt und ausgeschüttet. Mein Bruder kletterte in den Hochstand, nahm seine Tröte an die Lippen und wollte anfangen loszuschreien. Aber die Blechtröte entglitt ihm, fiel auf den Boden des Hochstands und sprang weiter hinab in den Schnee. Jinlong fiel sofort mit einem Rums hinterher. Es gab einen dumpfen Ton beim Aufprall. Alle waren für einen Moment starr vor Schreck. Dann folgte wildes, schrilles Kreischen, die Leute umringten ihn und bombardierten ihn mit Fragen: „Kommandant, was ist mit Euch? Kommandant, was ist mit Euch?"

Mutter kam laut weinend aus dem Haus gestürzt. Es war eiskalt, sie trug eine kaputte Schaffelljacke. Ihr Körper sah darin riesengroß wie unsere Getreidegarben aus. Dieser Pelz gehörte zu den kaputten Pelzmänteln, die damals der Leiter des öffentlichen Sicherheitstrupps, Yang Qi, von Händlern aus der inneren Mongolei gekauft hatte, unmittelbar bevor die Kulturrevolution losbrach. Am Fell klebten Kuhscheiße und eingetrocknete Milchkruste. Die Jacke trieb einem strengen Schafgeruch in die Nase. Yang Qi hatte die Fellmäntel verkauft und stand deshalb unter Verdacht, ein Spekulant und Schwarzmarkthöker zu sein. Hong Taiyue ließ ihn durch die Volksmiliz verhaften und abführen. Man brachte ihn auf die Wache und nahm ihn in Gewahrsam. Die Pelze wurden konfisziert und kamen in das Brigadelager, damit die Kommune sich damit befasste. Als die Kulturrevolution losbrach, kam Yang Qi wieder auf freien Fuß und wurde nach Hause geschickt. Zusammen mit Jinlong probte er den Aufstand. Als man dann in den öffentlichen Kampf- und Kritikversammlungen Hong Taiyue zu Fall brachte, wurde er zum wichtigsten von Jinlongs heldenhaften Kämpfern. Yang Qi schmeichelte sich nach Kräften bei meinem Bruder ein, denn er saß der utopischen Vorstellung auf, dass er es zum stellvertretenden Kommandeur der Roten-Garden-Zelle bei uns im Dorf bringen könnte. Doch er wurde von meinem Bruder eisern abgewiesen. Knallhart bestimmte der: „Unsere Rote-Garden-Zelle bedient sich der autoritären Diktatur. Es gibt keinen zweiten Kommandanten."

Aus tiefstem Herzen verachtete mein Bruder ihn. Yang Qis kleiner, schmutziger Kopf glich dem eines Iltis und seine Augen denen einer Ratte. Er hatte Pupillen, die vorstanden, und Augen, die unentwegt hin- und herrollten. Er hatte nie Gutes im Sinn, war niederträchtig von Grund auf. Abschaum und ein Vagabund, der destruktiv veranlagt war. Das einzige, was er konnte, war, andere Leute auszunutzen. Er war nicht zu gebrauchen, für gar nichts. Das vernahm ich aus meines Bruders eigenem Mund, als er sich zurückgezogen in seiner Kommandantur mit seinem vertrautesten Freund besprach ... Ich hörte es mit meinen eigenen Ohren. Als aus seinen Karriereplänen nichts wurde, geriet Yang Qi in eine üble Gemütsverfassung. Er machte mit Schlosser Han Liu gemeinsame Sache. Sie brachen den Speicher der Brigade auf, holten den Haufen Schaffellmäntel heraus und verkauften diese auf der Dorfstraße. Es stürmte und schneite. Die Eiszapfen an der Traufe waren sägemesserscharf und groß wie Stoßzähne. Wirklich ein Wetter, bei dem man einen Pelz tragen sollte! Die Dörfler drängten sich und wühlten in den dreckigen Pelzmänteln. Da waren die Haare vom Schaffell an manchen Stellen abgewetzt, Ratten- und Mäusedreck fiel beim Hochnehmen heraus, faulig stinkender Mief verpestete die Luft. Yang Qis Zunge war aalglatt und gespalten wie ein Oboenrohrblatt, er pries die fauligen Felljacken wie die feinsten Hermelinpelze an, die der Kaiser höchstpersönlich getragen hatte. Er hob eine kurze schwarze Ziegenfelljacke in die Höhe, klopfte die speckige, kahle Jacke aus (sie sah merkwürdig nackt aus, wie eine Frau ohne Schamhaare), es klatsche laut, dabei horchte er, befühlte sie, dann zog er sie an: „Beim ersten Ton ein Klang wie Bronze! Auf den zweiten Blick eine Jacke wie von Samt und Seide, auf den dritten eine Pelzfarbe so schwarz wie Urushi-Lack. Und zieht man sie über, fühlt man sich so mollig warm, dass man tüchtig schwitzt. Mit so einer Felljacke kann man durch den Schnee kriechen und auf dem Eis schlafen. Kalt wird einem da nicht mehr! Ich verkaufe euch diese schwarze Ziegenfelljacke, fast neu – so gut wie nicht getragen – für ganze zehn Yuan! Das ist doch geschenkt! Zhang, mein Guter, kommt her zu mir, probiert sie einmal an! Ich glaub's nicht! Mein Teurer, sie ist euch geradezu auf den Leib geschneidert! Als hätte der mongolische Schneider bei euch höchstpersönlich Maß genommen! Sitzt wie angegossen, keinen Zentimeter zuviel oder zuwenig. Wie fühlt es sich an? Ist euch schon zu warm? Nein? Fühlt eure Stirn! Da sind schon Schweißperlen zu sehen, ihr dampft ja schon! Und sagt noch, es sei euch nicht warm? Acht Yuan? Acht Yuan, das ist unmöglich! Wenn die Jacke hier nicht auf der Straße verkauft werden müsste, ich schwör's euch, für fünf-

zehn Yuan würdet ihr sie nicht bekommen. Nur acht Yuan wollt ihr zahlen? Mein Teurer, was soll ich euch darauf sagen? Letzten Herbst habe ich zwei Pfeifenköpfe Tabak mit euch geraucht. Ich bin euch einen Freundschaftsdienst schuldig! Der Freundschaft darf man nichts schuldig bleiben. Damit kann man nicht ruhig schlafen und sein Essen kriegt man dann auch nicht mehr runter. Ach, Schwamm drüber, neun Yuan, und ihr habt sie! Lagerverkauf ist das hier. Da macht man halt Verluste. Für neun Yuan zieht ihr sie über und sie gehört euch! Zu Hause wischt ihr euch zuerst mal den Schweiß aus dem Gesicht, sonst erkältet ihr euch noch, so schwitzt ihr, mein Guter! Was, acht Yuan? Gut, acht fünfzig! Ich gebe ja nach! Ihr seid am Zug! Wer sagt's denn. Ihr seid nun mal älter als ich, ihr könntet mein Vater sein! Jedem anderen hätte ich eine runtergehauen und ihn in den Fluss gefegt! Was, acht Yuan, dann eben acht Yuan, es ist ein Kreuz, auf so eine Quasselstrippe wie euch zu treffen. Da wird selbst der Himmelskönig mucksmäuschenstill. Wenn schon der Himmelskönig keinen Ton mehr sagt, kann ich, der ich doch nur Yang Qi heiße, nur meinen Mund halten! Ich werte das mal als Niederlage und verliere eine Ampulle meines frischen Blutes an euch. Mein Blut hat die Blutgruppe null, wie das von Dr. Henry Norman Bethune! Acht Yuan, abgemacht. Lassen wir's dabei! Zhang, alter Freund! Aber dieses Mal steht ihr bei mir in Freundschaftsschuld!"
Er zählte die klebrig weichen Geldscheine: „Fünf, sechs, sieben, acht Yuan. Wunderbar! Die Felljacke gehört euch! Zieht sie schnell über und zeigt sie zu Haus eurer Gattin. Ich wage zu garantieren, dass, wenn ihr während der nächsten ein, zwei Stunden angezogen mit dieser Jacke zu Hause sitzt, die dicke Schneeschicht auf eurem Haus zu schmelzen beginnt. Ich kann's doch von weitem sehen, wenn dann bei euch die warmen Dunstschwaden über dem First aufsteigen, im Hof der Schnee zu einem Bächlein wird und die dicken Eiszapfen mit Krach von der Traufe abfallen. Was mit dieser Jacke hier ist? Dies ist eine wunderbar weiche Lammfelljacke. Schaut, von außen sieht sie wie Brokatseide aus. Diese kleine Felljacke hat das hübscheste Mädchen aus der ganzen inneren Mongolei auf blanker Haut getragen! Haltet mal eure Nasen dran! Wie die duftet! Die riecht nach einem feinen Fräulein, ja! Lan Jiefang, lauf schnell nach Haus und bring das Portemonnaie von deinem Vater Privatwirtschaftler her! Dann kaufst du die Jacke und schenkst sie deiner Halbschwester Baofeng!

Überleg mal, wie viel sie erst hermacht, wenn sie mit dem Arzttornister und der feinen Lammfelljacke zu den Patienten auf Hausbesuch geht! Dann kann es ruhig einen Schneesturm geben, in 90 Zentimetern Entfernung über ihrem Kopf werden die Schneeflocken schon schmelzen und dann wie weggeblasen sein! Solch Lammfell ist doch wie eine kleine Ofenheizung. Wenn ihr da ein Hühnerei in der Tasche tragt, braucht ihr keinen Pfeifenkopf, und ihr habt ein hart gekochtes Ei in der Tasche. Nur zwölf Yuan will ich dafür von dir haben, Lan Jiefang. Weil deine Schwester meiner Frau das Kind geholt hat. Dafür mache ich es doch billiger, deswegen gebe ich sie dir doch für den halben Preis! Jeder andere bekäme dafür von mir noch nicht mal ein Büschel Fell von der Jacke! Unter 25 Yuan liefe da gar nichts. Wie bitte? Du möchtest nicht kaufen? Da lache ich aber! Ich habe dich immer noch für einen kleinen Jungen gehalten, dabei bist du schon ein ganzer Kerl! Ich seh' schon über deinen Lippen die Barthaare sprießen. Wie sieht's denn unten damit aus? Wenn die Jungs siebzehn, achtzehn Jahre alt sind, haben sie es doch schon büschelweise um den Pimmel herum und Bartstoppeln obendrein! So ein Siebzehn-, Achtzehnjähriger hat doch einen Stert wie ein Kuhhorn so dick! Ich weiß doch, dass du's auf die beiden Knospen von den Huangs abgesehen hast! Aber in einer neuen Gesellschaft und in einem neuen Land kann man nur noch eine Frau haben. Da musst du dich entscheiden, mein Junge. Hezuo oder Huzhu, zwei Frauen gleichzeitig kann man da nicht mehr heiraten. In der Epoche des Ximen Nao war das natürlich kein Problem. Da konnte der es mit seiner Hauptfrau und den zwei Nebenfrauen auch noch draußen munter treiben. Was? Du wirst rot? Ich habe über deine Mutter gesprochen? Ach komm, Kleiner. Lass gut sein, deine Mutter ist auch nur eine Leidtragende gewesen. Deine Mutter hatte es auch nicht einfach, dass sie dich groß gekriegt hat. Da kauf ihr mal die Lammfelljacke und zeig ihr, wie viel sie dir wert ist! Deine Mutter ist eine gute Frau. Sie war damals bei den Ximens die Nebenfrau. Sie hat die Bettler am Tor versorgt. Sie war großzügig und gab immer zwei dicke weiße Dampfnudeln auf einen Streich. Das wissen die Älteren unter uns alle noch genau. Wenn du sie für deine Mutter kaufst, dann gehe ich noch einmal mit dem Preis runter. Zehn Yuan, psst! Sag's keinem! Lauf schnell nach Haus und hol Geld. Ich lege dir die Jacke solang zurück. Lass dir eins gesagt sein, Kleiner. Käme hier bei mir der

Bastard Jinlong vorbei, ich täte sie ihm nicht für 100 Yuan verkaufen. Der und Kommandant! Der macht da einen Alleingang und ruft einen neuen Staat aus, und alles hinter verschlossener Türe. Ich scher mich doch nicht drum, ob ich unter dem Vizekommandant bin oder nicht! Pah, ich ernenne mich zum Generalfeldmarschall aller Armeen auf unserem Planeten. Ich werde über die feindlichen Truppen hinwegfegen und sie wie Heu niedermähen."
Hinter der Menschentraube war ein Schrei zu hören: „Die Roten Garden kommen!"
Mein Bruder Jinlong rückte gewichtigen Schrittes an. Seine Schutzmannschaft, die Vier Diamantenen Donnerkeile, marschierten mit geblähter Brust links und rechts von ihm im Gleichschritt mit. Von hinten umringte ihn eine Traube sich gegenseitig schubsender Rotgardisten. An der Taille meines Bruders fiel mir eine neue Waffe auf. Er hatte unserem Turnlehrer aus der Volksschule die Startpistole abgenommen. Die Nickellegierung glänzte silbern im Licht, der Lauf sah aus wie ein Hundepimmel. Die Vier Diamantenen Donnerkeile hatten auch jeder einen Ledergürtel umgebunden. Das Rindsleder stammte von dem West-Shandonger Luxi-Rind, das gerade in der Produktionsbrigade verhungert war. Es war das frische Leder eines gerade gestorbenen Tieres und noch nicht richtig durchgetrocknet. Teile vom Fell waren auch noch daran und dünsteten einen strengen Geruch aus. An den vier rindsledernen Gürteln der Vier Diamantenen Donnerkeile hingen vier Mauser C96, die vormals in unserer Operntruppe für die Aufführungen benutzt wurden. Der begnadete Tischlermeister Du Luban, der den gleichen Namen wie der Urahn der Tischlerhandwerkerzunft, Lu Ban, trug, schnitzte diese Pistolen aus Ulmenholz. Sie waren mit schwarzer Ölfarbe lackiert und sahen den echten C96 zum Verwechseln ähnlich. Geriete man in die Hände von Straßenräubern, wäre es möglich, sich mit diesen C96 den Fluchtweg freizukämpfen. Das meine ich ernst! Die Mauser C96, die bei Sun Long an der Taille baumelte, war hinten am Knauf ausgehöhlt und darin war eine Schlagfeder montiert. Dazu gab es noch den Schlagbolzen und ein Zündhütchen, das mit gelbem Schießpulver gefüllt war. Ihr Pistolenknall war lauter als der eines richtigen Gewehres. Die Startpistole meines Bruders funktionierte mit papierumwickelten Platzpatronen. Beim Abdrücken erfolgten hintereinander zwei Schüsse. Die Spießgesellen hinter den Vier Diamante-

nen Donnerkeilen hielten alle rote Quastenspeere in der Hand. Die Speerspitzen waren geschliffen, am Schleifstein hatten die Funken gesprüht. Nun besaßen sie die allerschärfsten Klingen. Trieb man sie in einen Baum, konnte man sie nur unter allergrößter Anstrengung wieder herausziehen. Im Sturmschritt rückte mein Bruder mit der Truppe heran. Der Schnee so weiß, die Quasten so rot. Ein Anblick, so schön wie ein Gemälde. Als sich der Trupp dem Straßenverkauf der schimmeligen Felljacken des Yang Qi auf fünfzig Meter genähert hatte, zog mein Bruder die Startpistole und feuerte gegen den Himmel ab: Peng! Peng! Zwei Rauchfahnen sah man im Himmel davonschweben. Mein Bruder befahl: „Genossen! Auf sie ...!"
Darauf stürzte der Trupp Rotgardisten mit gezückten roten Quastenspeeren und Schlachtgebrüll: „Dran – drauf – drüber!" auf die Menschen zu. Donnernder Krach ließ Himmel und Erde erzittern. Die dicke Schneeschicht wurde zu dreckigem Matsch, der glucksende Geräusche machte. Kein Augenblick, und sie standen vor uns. Mein Bruder gab ein Handzeichen, und die Roten Garden hatten Yang Qi und zwölf, dreizehn kaufwillige Dörfler umstellt. Jinlong schaute mich bitterböse an. Ich warf ihm einen bitterbösen Blick zurück. Aber ich fühlte mich eigentlich nur einsam. Ich wäre gern in seine Roten Garden eingetreten. Sie kamen mir so geheimnisvoll und erhaben vor, dass mein Herz laut pochte, wenn sie nur an mir vorbeigingen. Besonders die vier Mauser Broomhandle-Pistolen der Vier Diamantenen Donnerkeile hatten, obwohl sie nicht echt waren, für mich etwas derart Magisches, dass sie mich nicht mehr losließen. Ich bat meine Schwester darum, Jinlong auszurichten, dass ich bei den Roten Garden mitmachen wollte. Er antwortete: „Der Privatwirtschaftler ist Objekt der Revolution. So einer erfüllt die Voraussetzungen zur Aufnahme in die Roten Garden nicht. Aber wenn er mit seinem Stier der Kommune beitritt, nehme ich ihn auf, und ich werde ihm sogar die Verantwortung eines Gruppenführers übertragen."
Wie laut er sprach, er brüllte fast. Das brauchte meine Schwester mir nicht weiterzusagen. Es war bestens zu verstehen. Aber der Kommune beizutreten und das dann auch noch mit unserem Stier, war nichts, was ich allein für mich entschied. Damit hing noch viel mehr zusammen. Denn seit dem Zwischenfall auf dem Markt hatte Vater keinen einzigen Satz mehr gesagt. Seine Augen schauten starr gera-

deaus. Seinem Gesichtsausdruck nach schien er immer geistesabwesend zu sein. Da er sein Beil immer mit sich führte, kam er mir vor, als sei er jeden Augenblick bereit, auf Leben und Tod zu kämpfen. Den Bullen fand ich, seitdem man ihm das halbe Horn abgeschlagen hatte, auch dumpf und lahm. Sein Blick war trübe geworden. Menschen musterte er nur misstrauisch von der Seite, als wolle er jedem im nächsten Augenblick mit seinem noch unversehrten Horn den Bauch aufschlitzen und die Gedärme hervorziehen. Der Kuhstall, den Vater mit seinem Bullen zusammen bewohnte, war zu einem Ort geworden, an den sich in unserer Kommune niemand mehr heranwagte. Tag für Tag quälte mein Bruder mit seinen Roten Garden die Dörfler auf unserem Hof. Die Becken und Trommeln ruhten nicht mehr, die große Kanone wurde probegeschossen. Parolen wurden in Chören geschrien. Aber Vater und der Bulle kamen mir vor, als hätten sie ihre Ohren dauerhaft verschlossen. Hätte es jemand gewagt, in den Kuhstall einzudringen, das wusste ich genau, er hätte ein Blutbad heraufbeschworen. So wie die Dinge lagen, hätte sich der Bulle, selbst wenn Vater es mir erlaubt hätte, geweigert, mit mir in die Kommune zu gehen.
Nun stand ich auf der Dorfstraße, wo Yang Qi die Schaffelljacken an den Mann brachte. Es war wirklich ganz schön bescheuert, was er da machte. Mein Bruder hob den Arm und zeigte mit dem Lauf seiner Startpistole auf Yang Qis Brust. Ein Zittern war in seiner Stimme, als er den Befehl gab: „Nehmt den Spekulanten und Schwarzverkäufer fest!"
Die Vier Diamantenen Donnerkeile stürmten mutig vor. Von allen vier Seiten umstellten sie Yang Qi und richteten ihre Mauser Broomhandle-Pistolenläufe auf seinen Kopf, während sie wie aus einem Rohr schrien: „Hände hoch!"
Yang Qi grinste abschätzig: „Jungs, ihr schnitzt euch da so ein paar Ulmenholzstöckchen zurecht und wollt damit einen gestandenen Mann erschrecken? Kinder, wenn ihr was drauf habt, dann feuert ab! Da sterbe ich doch lieber als Held in unserer schönen Heimat!"
Sun Long zog am Abzug, es gab einen lauten Knall, gelber Schwefelrauch zischte nach oben weg. Den Pistolengriff der Mauser Broomhandle hatte es bei dem Schuss entzwei gerissen. Longs Hand war auch gerissen und blutete am Daumen- und Zeigefingerspann, eine nach Salpeter und Schwefel stinkende Qualmwolke hüllte alles ein.

Yang Qi bekam es mit der Angst zu tun. Duckmäuserisch glotzte er aus seinem gelben, mickrigen Gesicht. Eine halbe Ewigkeit regte er sich nicht, dann fing er an, auf sein Kinn zu trommeln. Er sah, dass in sein Baumwollhemd vor der Brust ein großes Loch hineingebrannt war: „Aber Kinder, ihr macht ja Ernst?!"
Mein Bruder sagte: „Revolution ist kein Kindergeburtstag. Revolution ist Gewalt."
Yang Qi entgegnete: „Ich bin auch Rotgardist."
Mein Bruder darauf: „Wir sind die Roten Garden des Großen Vorsitzenden Mao, du bist nur irgendeiner, aber kein richtiger Rotgardist."
Yang Qi wollte noch protestieren, aber mein Bruder forderte die vier Brüder auf, ihn festzunehmen und zur öffentlichen Kampf- und Kritikversammlung in die Kommandantur abzuführen. Dann erteilte er den Roten Garden Befehl, die Felljacken, die auf einem Strohhaufen an der Straße lagen, einzukassieren. Die öffentliche Kritik- und Kampfversammlung für Yang Qi wurde noch am selben Abend abgehalten. Im Hof hatte man einen Stoß Feuerholz angezündet. Das Feuerholz mussten die allseits bekannten Bösewichte aus unserem Dorf herbeischaffen, indem sie bei sich zu Hause die Tische, Stühle und Schemel zu Kleinholz zerlegten. Viele wertvolle Möbelstücke aus rotem Kaliaturholz und Palisander wurden an diesem Abend gedankenlos verbrannt.
Allabendlich wurde bei uns im Hof ein solches Freudenfeuer entzündet und irgendeine Kampfversammlung gegen irgendwen ausgerufen. Der Schnee auf dem Dach schmolz dahin. Überall blieb dreckiger Schneematsch zurück und im Matsch flossen schwarze Rinnsale dahin. Mein Bruder wusste, dass es im Dorf nicht mehr genug Feuerholz gab. Da lachten ihm plötzlich die Augen. Er hatte eine tolle Idee! Er hatte doch einmal Feng Jun, der durch die ganze Mandschurei bis hoch in den Norden gestreift war, den, der die Narben eines Tigers im Gesicht hatte, sagen gehört, dass Zypressen- und Kiefernholz so ölhaltig seien, dass man sie sogar frisch geschlagen anzünden könne. Also ließ er die Roten Garden die Bösewichte aus dem Dorf zum Kiefernholzfällen hinter der Volksschule abführen. Viele, viele mächtige Kiefern zogen die zwei dürren Gäule aus unserem Dorf auf die Dorfstraße bis vor die Kommandantur.
Auf der Kampf- und Kritiksitzung wurde Yang Qi dann hart range-

nommen. Man beschuldigte ihn des kapitalistischen Handelns, kritisierte, er habe die kleinen Generäle der Revolution beleidigt und gedemütigt, kritisierte, er säße utopischen Vorstellungen auf, weil er reaktionäre Gruppierungen ins Leben rufe. Dann prügelten und traten sie ihn gründlich und schmissen ihn aus dem Hof hinaus auf die Straße. Die Felljacken verteilte mein Bruder an die Rotgardisten, die Nachtschicht schoben. Von dem Zeitpunkt an, da die Wellen der Revolution wieder hochschlugen, schlief mein Bruder immer in Kleidung im ehemaligen Brigadebüro, das zur Kommandantur geworden war. Die Vier Diamantenen Donnerkeile und vielleicht fünfzehn seiner engen Spießgesellen leisteten ihm dort Gesellschaft. Sie schlugen ihr Lager auf dem Boden des Büros auf. Sie legten eine Schicht Stroh aus, darüber Heu und darauf zwei Strohmatten. Mit den dreißig, vierzig Felljacken hatten sie es nachts wärmer.

Qiansui, ich will nun den Faden von oben wieder aufnehmen. Wo war ich nur stehen geblieben? Ach ja, Mutter trug so eine Felljacke, mit der sie wie eine dicke Korngarbe aus dem Haus gelaufen kam. Die Jacke hatte mein Bruder meiner Schwester zugeteilt. Baofeng war zuerst Ärztin der Roten Garden gewesen, bevor sie Ärztin für uns Dörfler wurde. Sie war ihrer Mutter immer eine gute Tochter und vergaß sie nie. Von ihr hatte Mutter die Felljacke bekommen. Mutter warf sich vor meinem Bruder auf die Knie, nahm seinen Kopf in beide Hände und schrie laut schluchzend: „Kind, Liebes, was ist dir?"
Sein Gesicht war grün und violett. Die Lippen waren trocken und aufgerissen, die Ohren eitrig und blutig. Wie ein richtiger Held sah er aus.
„Wo ist Baofeng? Wo ist deine Schwester?"
Die Schwester war bei Chen Dafu, sie holte bei seiner Frau ein Kind.
Mutter weinte: „Jiefang, mein gutes Kind, lauf schnell und hol deine Schwester nach Haus!"
Ich schaute mir Jinlong an, dann diesen Haufen ohne ihren Führer kopfloser Rotgardisten. Ich schluckte die Tränen herunter. Immerhin hatte uns doch ein und dieselbe Mutter geboren. Dass er so offensichtlich seine Macht und Stärke demonstrieren konnte, machte mich neidisch. Aber eigentlich bewunderte ich ihn, denn ich war mir schon damals sicher, dass er ein Genie war. Und ich war mir si-

cher, dass ich nicht wollte, dass er starb. Ich rannte also wie der Wind vom Hof auf die Straße hinauf, geradeaus gegen Westen. Ich rannte wie ein Verrückter zweihundert Meter die Straße hinunter, dann gen Norden in eine kleine Gasse, rannte noch hundert Meter weiter, bis ich nahe am Flussdeich war. Beim ersten Gehöft, in einem der drei dazu gehörenden Schilfdachhäuschen, die von einer Einfriedung umgeben waren, lag der Hof des Chen Dafu. Der magere Hofhund der Chens bellte mich an. Aber ich bückte mich beim Laufen und warf einen Backstein nach ihm. Der Stein traf ihn am Bein. Laut jaulend hüpfte er auf drei Beinen zurück ins Haus. Einen dicken Knüppel hinter sich herziehend kam Dafu wutentbrannt in den Hof: „Wer schlägt da meinen Hund?"

„Ich war das!", sagte ich unwirsch mit bösem Blick. Sofort war er, ein Mann riesig wie die schwarze Eisenpagode von Kaifang, weich wie ein Stück Tofu. Alle Gesichtszüge entspannten sich sogleich und zeigten ein zwielichtiges Lachen. Warum er vor mir Angst hatte? Natürlich, weil ich etwas von ihm wusste, womit ich ihn hätte erpressen können! Ich hatte gesehen, wie er es mit Huang Tongs Frau Qiuxiang im Weidengebüsch am Flussufer gemacht hatte. Wu Qiuxiang war mit puterrotem Kopf und gebückt davongerannt. Sie hatte sogar die Waschschüssel mit der Holzrolle und der Wäsche stehen gelassen. Ein geblümtes Hemd war mit der Strömung den Fluss hinunter davongeschwommen. Chen Dafu hatte sich seinen Hosenriemen wieder festgeschnallt und mir gedroht: „Wenn du was sagst, dann mach ich Kleinholz aus dir!"

Ich erwiderte: „Da hätte ich aber Bedenken, dass Huang Tong dich nicht längst in Jenseits befördert hat, bevor du mich erwischst."

Sofort wurde er zahm. Mit schmeichelnden Worten umgarnte er mich, er wolle mir die Nichte seiner Frau zur Frau geben. Ich kannte sie, vor meinen Augen sah ich ein Mädchen mit braungelbem Haar, kleinen Ohren und grünem Rotz an den Lippen.

„Pfui! Die Nichte mit den gelben Haaren von deiner Frau will ich bestimmt nicht haben! Da habe ich lieber lebenslang den Pimmel überhaupt nirgendwo drin, als dass ich so eine Hässliche nehme!"

„Ach, Kleiner, du stellst aber Ansprüche. In jedem Fall werde ich dir dieses Mädchen geben!"

Ich sagte ihm, er solle lieber einen Stein heranschleppen und mich erschlagen. Er sagte darauf: „Freundchen, lass uns jetzt mal eine Ab-

machung unter Ehrenmännern treffen. Was du gesehen hast, davon kein Wort zu keinem! Und die Nichte meiner Frau bleibt dir erspart. Wenn du dich nicht an die Abmachung hältst, dann kommt sofort meine Frau mit ihrer Nichte zu dir ins Haus. Die werden dann auf dem Kang bei euch sitzen und sie wird erzählen, dass du sie bereits vergewaltigt hast. Da wollen wir doch mal sehen, wie du da wieder raus kommst!"
Da hatte er Recht. Säße dieses grässliche, dumme Mädchen bei uns zu Haus auf dem Kang und erzählte allen Ernstes, dass ich sie vergewaltigt hätte, hätte ich wirklich ein Problem. Obwohl ein Sprichwort sagt: „Ein gerader Mann fürchtet seinen schrägen Schatten nicht, wie eine feste Kackwurst auch nicht an der Wand kleben bleibt", fand ich dennoch, dass es schwierig geworden wäre, die Wahrheit zu beweisen. Deswegen willigte ich in Chens Abmachung unter Ehrenmännern ein. Mit der Zeit aber merkte ich an seinem Verhalten mir gegenüber genau, dass er mich mehr fürchtete als ich ihn. Deswegen erlaubte ich mir, seinem Hofhund einen großen Backstein zwischen die Beine zu schmeißen. Deswegen war ich ihm gegenüber auch unverschämt. Ich sagte also: „Wo ist meine Schwester? Ich will zu meiner Schwester."
„Freund", erwiderte er. „Deine Schwester ist gerade bei meiner Frau drinnen und holt ihr das Kind."
Ich sah die fünf kleinen Rotznasenmädchen im Hof, wie die Stufen einer Treppe, eins größer als das andere. Ich grinste: „Alle Achtung, deine Frau wirft wie eine Hündin, ein Wurf nach dem anderen."
Er bleckte die Zähne und grinste: „Freund, sag sowas nicht. Solche Worte verletzen. Du bist noch jung. Warte es ab, wenn du groß bist, wirst du es verstehen."
„Ich habe keine Zeit, hier viele Worte mit dir zu verlieren. Ich will zu meiner Schwester." Dann schrie ich durch das Fenster hinein: „Baofeng! Schwester! Mama schickt nach dir. Jinlong stirbt!"
Aus dem Zimmer ertönte das kräftige Brüllen eines Säuglings. Chen Dafu stob zum Fenster hin, als hätte er Feuer am Hintern: „Was ist es? Was ist es?" Die schwache Stimme einer Frau antwortete: „Es hat einen Schwanz."
Chen Dafu hielt sich beide Hände vors Gesicht, er schmiss sich in den Schnee und rollte dort vor Freude umher. Dabei weinte und rief er zugleich: „Allmächtiger Himmel, dieses Mal hast du mir Glück beschert! Ich habe jetzt einen Stammhalter für unsere Ahnen …"

Meine Schwester rannte wie unter Strom aus dem Haus und wollte von Jinlong erfahren. Ich konnte nur sagen: „Jinlong stirbt. Er ist kopfüber vom Hochstand im Baum heruntergefallen. Dann hat er die Beine von sich gestreckt und ist seitdem wie tot."
Meine Schwester arbeitete sich durch die Menge der Schaulustigen und kniete dann neben Jinlong nieder. Zuerst streckte sie zwei Finger aus und hielt sie prüfend unter seine Nasenlöcher, dann befühlte sie Hände und Stirn. Sie erhob sich und sagte Achtung gebietend: „Schafft ihn schnell ins Haus hinein."
Die Vier Diamantenen Donnerkeile hoben meinen Bruder hoch und trugen ihn zum Büro hin. Aber Baofeng sagte: „Tragt ihn ins Haus und legt ihn auf den warmen Kang!"
Sie drehten um und trugen ihn auf Mutters warmen Kang. Unsere Schwester streifte die Zwillinge Huzhu und Hezuo mit einem kurzen Blick. Die Augen der beiden waren voller Tränen und auf den Backen hatten sie Frostbeulen bekommen. Ihre Gesichtshaut war von Natur aus hell, die purpurfarbenen Frostbeulen sahen darin aus wie Kirschen auf Schnee.
Meine Schwester nahm meinem Bruder den Tag wie Nacht getragenen Rindsledergürtel ab und warf ihn zusammen mit der daran befestigten Startpistole in die Ecke an die Wand. Eine Maus, die sich vorgewagt hatte, bekam alles auf den Kopf und piepste schrill. Blut trat ihr aus der Nase und sie verstarb. Nun zog meine Schwester Jinlong die Hose herunter, der halbe Hintern schaute blaugrün verfroren hervor. Unmengen von Kleiderläusen krabbelten wild durcheinander. Sie runzelte die Stirn. Mit der Pinzette brach sie eine Arzneiampulle auf, zog eine Spritze auf und piekste diese dann wahllos in den Hintern meines Bruders. Sie gab ihm zwei Spritzen hintereinander. Dann hängte sie ihn an den Tropf. Sie war erstklassig. Sie machte nur einen Stich, und sie hatte sofort die Nadel in der Vene. Da kam auch schon Wu Qiuxiang mit einer Schale heißem, süßem Ingwertee, den sie meinem Bruder zu trinken geben wollte. Mama warf Baofeng einen fragenden Blick zu, aber meine Schwester nickte nur mit dem Kopf. Qiuxiang begann, meinem Bruder den Tee einzuflößen. Im gleichen Rhythmus, in dem sie den Löffel zum Mund meines Bruder führte und dieser den Mund auf und wieder zumachte, bewegte sie auch ihren Mund mit. Das ist ein so klassisch mütterlicher Gesichtsausdruck, den ich immer wieder bei Frauen beobachte, die ihre Kin-

der füttern. Sobald das Kind den Mund öffnet, öffnet sich der Mund der Mutter instinktiv mit. Genauso ist es, wenn das Kind kaut. Dann macht die Mutter die Kaubewegung mit. Darin zeigen sich wahre mütterliche Gefühle. So etwas ist immer echt. Deswegen wusste ich damals, dass Qiuxiang meinen Bruder auch als ihr Kind betrachtete. Ich wusste natürlich, dass ihre Gefühle meinem Bruder und meiner Schwester gegenüber komplizierter Natur waren. Unsere beiden Familien sind, was das angeht, wie Hahnenfedern in Lauchzwiebeln gebraten – eine echt katastrophale Mischung! Aber der Grund dafür, dass Qiuxiang mit meinem Bruder zusammen diese Mundbewegungen machte, ist ein anderer und hat weniger mit dem großen Durcheinander innerhalb unserer beiden Familien zu tun, als damit, dass sie von den Herzensangelegenheiten ihrer beiden Töchter wusste. Sie hatte auch beobachtet, dass die Fähigkeiten meines Bruders in dieser Phase der Revolution deutlich zum Ausdruck gekommen waren, weshalb sie entschieden hatte, eine ihrer beiden Töchter mit meinem Bruder zu verheiraten. Er schien in ihren Augen der einzig Richtige zu sein, um ihre Töchter glücklich zu machen. Wenn ich nur daran dachte, begann ich schon zu schwitzen und zu kochen, als hätte ich ein Pfund Chilies zu kauen. Mich kümmerte doch schon lang nicht mehr, ob mein Bruder überlebte oder starb. Oder etwa nicht? Und Qiuxiang hatte ich noch nie gemocht! Doch seit ich gesehen hatte, wie sie im Weidengebüsch gebückt davongerannt war, war ich ihr irgendwie näher gekommen, einfach weil sie von da an jedes Mal, wenn wir uns begegneten, errötete und meinem Blick auszuweichen versuchte. Ich bemerkte, wie beweglich sie in der Taille war, wie weiß ihre Ohren waren. Auf dem Ohrläppchen hatte sie ein rotes Feuermal. Ihr warmes, tiefes Lachen war elektrisierend. Eines Abends, als ich im Kuhstall meinem Vater den Bullen füttern half, kam sie heimlich hereingehuscht. Sie steckte mir zwei noch molligwarme Hühnereier zu, drückte meinen Kopf an ihre Brüste und flüsterte: „Mein liebes Kind, du hast nichts gesehen, nicht wahr?"
Die Augen des Bullen begannen im Dunkel des Stalls wie Fackeln zu glühen. Als er sein Horn gegen den Pfosten rammte, erschreckte sie sich, schob mich zur Seite und entwischte nach draußen. Meine Augen folgten ihrer im Licht der Sterne zerfließenden und mit der Dunkelheit eins werdenden Gestalt. Ein schwer zu fassendes, noch weniger zu beschreibendes Gefühl bedrängte mich.

Denn wenn ich ehrlich sein soll, als Wu Qiuxiang meinen Kopf in ihren Arm genommen und an ihrer Brust gerieben hatte, war mein Glied hart geworden. Ich fühlte mich furchtbar sündig und quälte mich wegen dieser Sache. Mit Huang Huzhu war das so, dass ich mich über beide Ohren in ihren Zopf verliebt hatte. Weil ich so in ihren Zopf vernarrt war, liebte ich sie. Ich baute mir Luftschlösser, wünschte mir sehnlichst, dass Qiuxiang ihre Hezuo mit dem Jungenhaarschnitt Jinlong zu Frau gäbe, damit ich Huzhu mit dem großen Zopf heiraten konnte. Aber es war doch sehr wahrscheinlich, dass sie Huzhu mit dem großen Zopf für meinen Bruder vorgesehen hatte. Denn obwohl es nur zehn Minuten waren, die Huzhu früher geboren war, war sie damit die Ältere der beiden. Auch eine einzige Minute hätte ausgereicht. Und wenn es ums Heiraten geht, wird natürlich zuerst die große Schwester verheiratet. Aber ich war es, der sie so über alles liebte. Dennoch würde sie mir sowieso niemals ihre Tochter zur Frau geben. Denn wir beide hatten doch etwas miteinander gehabt, als sie mir ihre Brüste im Gesicht rieb und mein Glied dabei steif wurde. Oh wie war ich unglücklich, sorgenvoll, liebeskrank, welch unerträgliche Gewissensbisse ich hatte. Dazu kam noch, dass ich mit Hu Bin Kühe hüten gewesen war. Dieser Rumtreiber hatte mir einen Wust von irgendwelchen Unwahrheiten über Sex erzählt. So was wie „Zehn Tropfen Schweiß wiegen nicht einen Tropfen Blut auf, zehn Tropfen Blut wiegen nicht einen Tropfen Sperma auf." Oder: „Wenn Männer erst einmal abgespritzt haben, dann wächst der Pimmel keinen Deut mehr."
Das und die abstrusesten Gedanken schwirrten mir im Kopf herum. Ich sah für meine Zukunft schwarz. Wenn ich, der Kleine mit dem mageren Körper, mich mit dem großen, starken Jinlong verglich – und dazu stellte ich mir dann noch Huzhu mit ihrem blühenden, üppigen Körper vor –, war ich verzweifelt hoffnungslos. Ich wollte nur noch tot sein. Damals malte ich mir aus, wie wunderbar es wäre, ein Bulle ohne die Fähigkeiten des Denkens zu sein. Jetzt bin ich da natürlich schlauer, ich weiß, dass Stiere diese Fähigkeit genauso besitzen. Dass sie nicht nur über ein funktionierendes Gehirn verfügen, sondern ihr Denken ungeheuer komplizierte Wege geht. Du hattest ja nicht nur die Oberwelt der Menschen zu bedenken, sondern hattest auch alles, was die Unterwelt betraf, in deine Überlegungen miteinbezogen. Und in deine Überlegungen wird die Gegenwart genauso wie die Vergangenheit und die Zukunft noch miteinbezogen.

Als bei meinem kranken Bruder eine erste Besserung eintrat, er aber noch ganz fahl im Gesicht ausschaute, hielt er schon wieder die Fäden in der Hand, um die Revolution voranzubringen. Während der paar Tage, an denen er bewusstlos auf dem Kang lag, hatte meine Mutter ihm die Kleider vom Leib geschält und sie auf dem Feuer gekocht. Die Kleiderläuse waren tot, aber seine wunderhübsche Polyester-Militäruniform war völlig knittrig und kraus geworden. Sie sah aus, als hätte unser Bulle sie durchgekaut und wieder hervorgewürgt. Bei seiner nachgemachten Uniformmütze war die Farbe völlig ausgewaschen und faltig war sie auch geworden. Ich fand, sie sah wie der Hodensack eines Ochsen aus. Als mein Bruder zu Gesicht bekam, was aus seiner Uniform und der Uniformmütze geworden war, überfiel ihn Panik. Er explodierte völlig. Aus seiner Nase spritzte in zwei Strahlen schwarzes Blut. Er tobte und meinte zu Mutter: „Mutter, da hättest du mich ja auch gleich töten können!"
Mama wurmte das furchtbar, sie wurde von einem bis zum anderen Ohr rot, konnte aber nichts als Entschuldigung vorbringen. Nachdem mein Bruder sich ausgetobt hatte, kam Traurigkeit in ihm hoch, er konnte die Tränen nicht mehr zurückhalten. Bitterlich weinend kroch er auf den Kang und versteckte sich mit dem Kopf unter der Decke. Er aß und trank nicht mehr, antwortete nicht. Zwei volle Tage und Nächte ging das so. Mutter wanderte ruhelos von drinnen nach draußen und von draußen nach drinnen, pausenlos. Am Mund platzten ihr vor Stress schon Herpesbläschen auf, während sie weiter endlose Selbstgespräche führte: „Was bin ich für ein Schussel, was mache ich nur ... Was für ein Schussel!"
Baofeng konnte es nicht mehr mit ansehen. Mit einem Handgriff schlug sie die Bettdecke hoch. Ein völlig ausgezehrter, unrasierter Bruder mit in die Augenhöhlen eingesunkenen Augäpfeln kam zum Vorschein.
„Bruder", meine Schwester sagte das ziemlich unwirsch. „Ist es nicht nur eine kaputte Militäruniform? Es kann doch nicht angehen, dass du es wegen eines Kleidungsstückes zulässt, dass Mutter sich aufhängt!"
Jinlong setzte sich auf, seine Augen blickten starr ins Leere. Er seufzte schwer, dabei hielt er die Augen geschlossen, aus denen ihm unablässig Tränen flossen: „Baofeng, du weißt nicht, was dieses Kleidungsstück für mich bedeutet! Wenn schon das Sprichwort sagt:

‚Kleider machen Leute, und an einem guten Sattel misst man das Ross.' Dass ich überhaupt in der Lage bin, Befehle auszusprechen, mir Bösewichte gefügig zu machen und sie zu bestrafen, ist einzig und allein auf diese Uniform zurückzuführen."
Baofeng entgegnete: „Es ist aber nun mal passiert, man kann es nicht wieder rückgängig machen. Wenn du dich weiter auf dem Kang totstellst, wirst du die Uniform damit auch nicht wieder zum Leben erwecken."
Da besann sich mein Bruder: „Gut, ich stehe auf. Ich möchte was essen."
Als Mutter das hörte, kam Leben in sie. In Windeseile fing sie an, Teig zu kneten, Eier zu braten. Auf dem ganzen Hof duftete es. Mein Bruder aß wie ein Wolf. Schüchtern trat Huang Huzhu zur Tür herein. Aufgeregt begrüßte meine Mutter sie: „Obwohl wir zusammen auf einem Hof wohnen, warst du bestimmt zehn Jahre nicht mehr hier bei mir im Haus! Komm herein, liebes Kind!"
Sie schaute sich Huzhu von oben bis unten an. In ihrem Blick lag etwas Intimes. Huzhu schaute weder meinen Bruder, noch meine Schwester oder Mutter an. Sie hatte nur Augen für das Bündel mit der Uniform: „Mutter, ich habe Schneiderin gelernt und kenne mich etwas in der Textilkunde aus. Ich weiß, dass ihr Jinlongs Uniform zu heiß gewaschen habt. Wollt ihr das tote Ross wieder fit machen? Dann gebt mir die Uniform mit, ich will sehen, ob ich sie wieder hinbekomme."
„Mein Mädchen", fest drückte Mutter mit feuchten Augen ihre Hand: „Mein liebes, gutes Kind! Wenn du Jinlongs Uniform wieder hinbekommst ... Kind ... ich mache drei Kniefälle und fünf Kotaus vor dir!"
Huzhu nahm nur die Uniform mit. Der falschen Uniformmütze gab sie einen Fußtritt, sodass sie an der Wand vor dem Mäuseloch landete. Huzhu ging und die Hoffnung kehrte zurück. Mutter hätte zu gern gesehen, mit welcher Zauberformel Huzhu die Uniform wiederherstellte. Aber beim alten Aprikosenbaum versagte ihr der Mut, denn Huang Tong stand mit einer Spitzhacke vor dem Haus und zerlegte mit scharfen Hieben einen Ulmenbaumstrunk. Die Holzsplitter flogen wie explodierende Schrapnells umher. Aber das eigentlich Schlimme war das undurchschaubare, mickrige Gesicht dieses Mannes. Er gehörte in unserem Dorf zur zweiten Gruppe der Abweichler

auf dem kapitalistischen Weg. Zu Beginn der Kulturrevolution hatte mein Bruder sich ihn schon einmal vorgeknöpft. Inzwischen stand er im Abseits. Bestimmt grollte er meinem Bruder so sehr, dass er ihn jederzeit bei lebendigem Leibe über dem Feuer gebraten hätte. Aber ich wusste, dass er tief in seinem Herzen hin- und hergerissen war. Er war seit Jahrzehnten gewohnt, mit den Kadern und Beamten im öffentlichen Leben umzugehen. Er kannte sich aus und wusste sein Fähnchen nach dem Wind zu hängen. Er konnte es nicht übersehen haben, dass seine zwei Schätzchen ein Auge auf meinen Bruder geworfen hatten.

Mutter wollte, dass Baofeng hinüberging und sich erkundigte. Baofeng aber rümpfte die Nase. Ich hatte keine Ahnung, wie das Verhältnis meiner Schwester zu den Zwillingen wirklich war. Aber sie mussten eine tiefe Abneigung gegeneinander hegen, hatte doch Huzhu mit so offen zu Tage getragenem Hass meine Schwester beleidigt. Also trug Mutter mir auf, hinüberzugehen und nachzuschauen, denn „kleinen Kindern macht gar nichts was aus". Ich war nach wie vor ihr „kleines Kind", das bekümmerte mich wirklich sehr. Aber ich wollte auch wissen, wie Huzhu meinem Bruder den Uniformrock reparierte. Also schlich ich heimlich hinüber. Als ich allerdings Huang Tong beim Zerhacken des Ulmenstrunkes sah, bekam ich erst einmal weiche Knie.

Am nächsten Vormittag kam Huzhu mit einem kleinen Paket zu uns nach Hause. Aufgeregt sprang mein Bruder vom Kang, die Lippen meiner Mutter zitterten, die Zähne klapperten, sagen konnte sie nichts. Huzhus Gesicht war ganz ruhig, man konnte aber einen zufriedenen Ausdruck in ihrem Gesicht erkennen, der in den Mundwinkeln begann, sich weiter zu den Brauen ausbreitete und sich oberhalb der Brauen verlief. Das Paket legte sie auf den Kang, öffnete es und zeigte uns eine sorgfältig zusammengefaltete Uniform. Obenauf lag eine neue Uniformmütze. Obwohl die Uniformmütze auch aus einem gelb eingefärbten, ursprünglich weißen Tuch gemacht war, war die Nadelarbeit äußerst fein. Sie war so sorgfältig gearbeitet, dass sie sich nicht von einer echten Militäruniformmütze unterschied. Was vor allem ins Auge stach, war der rote, fünfzackige Stern, den sie aus roter Stickwolle vorn auf die Stirn der Mütze gestickt hatte. Sie gab die Mütze meinem Bruder in die Hände, dann breitete sie die Uniform auf dem Kang aus. Obwohl noch Spuren einiger knittriger Stel-

len zu sehen waren, hatte sie im Grunde wieder ihre ursprüngliche Form und Gestalt angenommen. Huzhu war schüchtern und traute sich nicht, direkt in Mutters Gesicht zu schauen, sie wurde rot, als sie entschuldigend sagte: „Mutter, ihr habt sie etwas zu lange gekocht, mehr konnte ich nicht tun."
Beim Himmel, diese von wahrer Größe zeugende Bescheidenheit war so schwergewichtig, dass Mutters und Jinlongs Herzen weich wie Schmalz wurden. Dicke Tränen kullerten aus Mutters Augen. Jinlong war so ergriffen, dass er nicht an sich halten konnte und Huzhus Hand nahm. Einen Moment lang ließ sie es zu, dann zog sie ihre Hand langsam aus der seinen und setzte sich seitlich auf die Kante des Kangs. Mutter machte unseren Schrank auf und holte ein Stück Kandis hervor. Sie zerschlug ihn mit unserer Axt zu kleinen Stückchen und gab diese Huzhu zu essen. Huzhu wollte aber nicht, also stopfte Mutter ihr den Kandis mit Gewalt in den Mund. Mit vollem Mund, die Augen auf die Wand gerichtet, sprach sie: „Zieh alles einmal an, ob es auch passt. Ich kann es noch ändern."
Jinlong zog seine wattierte Jacke aus und die Militäruniform an, setzte die Uniformmütze auf, schnallte den Rindsledergürtel um, machte die Startpistole wieder am Gürtel fest. Aus ihm war wieder der Respekt heischende Kommandant geworden. Fast schien er an Format und Stärke noch gewonnen zu haben. Huzhu dagegen sah wie eine Schneiderin aus, eigentlich mehr noch wie seine Frau, fand ich, wie sie so im Kreis um meinen Bruder herumging, hier den Saum gerade zog, dort den Kragen richtete. Sie stellte sich frontal vor ihn, rückte ihm die Uniformmütze zurecht, wobei sie etwas enttäuscht sprach: „Sie sitzt ein wenig zu eng. Aber es gab nur dieses eine Stück Stoff. Wir geben uns bis zum nächsten Frühling vorerst damit zufrieden. Dann fahre ich in die Kreisstadt und kaufe ein paar Meter feinen Stoff, damit ich dir eine neue machen kann."
Ich wusste, dass ich nun endgültig abgeblitzt war.

Das neunzehnte Kapitel
Jinlong organisiert eine Opernvorstellung, um das Neujahr zu begrüßen. Lan Lian hält an seinen alten Überzeugungen fest, und wenn es sein Leben kostet.

Seit mein Bruder mit Huzhu zusammen war, war er wesentlich zahmer geworden. Die Revolution verformt die Gesellschaft, und die Frauen verwandeln die Männer. Im letzten Monat hatte er nicht eine einzige öffentliche Kritik- und Kampfversammlung einberufen, bei der geknüppelt, geschlagen und getreten wurde. Stattdessen hatte er etwa fünfzehn öffentliche Bühnenvorstellungen revolutionärer Modellopern organisiert. Nachdem Huzhu ihr schüchternes Getue abgelegt hatte, zeigte sie Mut, Durchsetzungsvermögen und ungehemmte Herzlichkeit. Niemand hätte für möglich gehalten, dass sie eine so schöne Stimme besaß und dass sie dazu noch so viele Szenen aus verschiedenen Modellopern beherrschte. Sie sang den Part der KP-Geheimdienstlerin Schwägerin Aqing, während mein Bruder den Part des Disziplinarkaders der Neuen-Vierten-Armee, Guo Jianguang, übernahm. Dann sang sie noch den Part der Eisenpflaumenblüte aus „Die Legende der roten Laterne", mein Bruder übernahm den Part des Li Yuhe. So, wie die auf eine Schnur aufgereihte Perlen einer Kette zusammengehören, wie die Jade im Rund der Bi-Scheibe ihre Vollkommenheit findet, wie Goldjüngling und Jademädchen, waren beide das ideale Paar. Sie waren wie geschaffen füreinander. Ich will nicht bestreiten, dass ich in meiner heißen, sehnsüchtigen Schwärmerei für Huang Huzhu einer Unke ähnelte, die ein Stück Schwanenfleisch fressen will, völlig verblendet.
Viele Jahre später eröffnete mir Mo Yan in dieser Angelegenheit sein Herz und vertraute mir an, dass auch er damals für Huzhu geschwärmt hatte und genau wie ich total verliebt in sie gewesen war. Wer hätte das gedacht, dass damals nicht nur der großen Unke das Wasser im Munde zusammenlief, weil sie dauernd ans Schwanenfleisch dachte, sondern dass selbst der kleinen Unke der Sinn schon nach Schwanenfleisch stand.
Wie über Nacht war eine Zeit angebrochen, in welcher der Ximensche Hof von Stabgeigen-, Bambusflötenmusik und den Duetten der Opernsänger und -sängerinnen widerhallte. Die Kommandozentrale des Revolutionsstabs hatte kurzerhand eine Metamorphose zum

Kultur- und Kunstverein vollzogen. Jeden Tag aufs Neue Kritik- und Kampfversammlungen und während des Gebrülls und der Schlägereien dämonisches, wölfisches Weinen und Schreien – so etwas konnte man eine kurze Zeit lang aufregend finden. Über kurz oder lang aber wurde es den Leuten zuviel. Mein Bruder gab von heute auf morgen seiner Auffassung von Revolution eine andere Form. Dieser neue, frische Wind, Neues für Augen und Ohren, machte alle fröhlich. Überströmende Freude zeigte sich auf den Gesichtern. Der reiche Bauer Wu Yuan, der so schön Stabgeige spielte, wurde in das Opernorchester aufgenommen. Ebenso Hong Taiyue, der reichlich Erfahrung im Singen hatte. Er schlug den ruhmreichen Stierbeckenknochen und wurde mit den Aufgaben eines Dirigenten betraut. Sogar die zur Zwangsarbeit verurteilten Bösewichte im Dorf, die den Schnee von der Dorfstraße zu räumen hatten, summten, während sie Schnee schippten, zur Musik die aus dem Hof herüberklang.

Am Abend vor dem chinesischen Neujahr machten sich Jinlong und Huzhu bei Schnee und eisigem Wind auf den Weg in die Kreisstadt. Beim zweiten Hahnenschrei brachen sie auf. Einen Tag später, gegen Abend, waren sie wieder zurück. Den Hinweg legten sie zu Fuß zurück, auf dem Rückweg fuhren sie auf dem Caterpillar-Traktor. Die Kommune hatte den Trecker der Marke *Der Osten ist Rot* aus dem Traktorenwerk in Loyang erhalten. Dieser Trecker mit Raupenantrieb besaß einen sehr leistungsstarken Dieselmotor. Die vielen PS brauchte er, weil die Kommune ihn dazu benutzte, den Pflug damit zu ziehen oder den Mähdrescher, wenn Korn gemäht wurde. Jetzt hatten ihn längst die Roten Garden an sich genommen und benutzten ihn wie ein Auto als Straßenverkehrsmittel. So konnte der größte Schneesturm aller Zeiten wüten und die Straße konnte im Matsch versinken. Aufgehalten wurde man dadurch dann nicht mehr. Mit dem Caterpillar benutzten sie nicht die einsturzgefährdete, schwankende Steinbrücke, sondern fuhren direkt über den zugefrorenen Fluss und dann einfach weiter geradeaus. Sie überrollten mit der Raupe den Flussdeich, um, der Dorfstraße folgend, mitten ins Dorf zu gelangen und von da aus dann blitzschnell direkt zu unserem Hof. Ohne Anhänger, nur der Trecker, in den höchsten Gang geschaltet und bei voll durchgedrücktem Gaspedal mit Höchstgeschwindigkeit, sausten sie dahin. Die riesigen Ketten gruben sich tief in den Schnee ein, der Schneematsch spritzte in hohem Bogen nach allen Seiten. Hinter dem Caterpillar blieben zwei tiefe, breite Rinnen von den Ketten zurück. Die Auspuffgase pufften in riesigen, weißen Schwaden aus dem Rohr auf der Kühlerhaube und nach oben weg. Es war, wie wenn Bronzetschinellen aufeinanderscheppern mit Krach, und wieder ... Krach ... tschingderassabumm, bumm, tschingderassabumm, bumm. Die Spatzen kreischten, die Krähen schrien erschreckt, alles flog, flüchtete, keiner wusste wohin. Die Leute sahen zu, wie Jinlong und Huzhu vom Fahrersitz des Treckers heruntersprangen. Dann hüpfte noch ein abgemagerter, schwermütig aussehender Junge hinterher, der einen kurz geschorenen Igelhaarschnitt hatte und auf der Nase eine schwarze Hornbrille trug. Seine Backenmuskeln zuckten ständig nervös und seine Ohren waren rot verfroren. Auf dem Leib trug er einen verwaschenen Arbeitsanzug mit einer beeindruckend großen Mao-Plakette, die er sich vorn an die Brust gesteckt hatte. Locker schlabberte seine rote Armbinde, die er nicht auf dem Oberarm, sondern an seinem Unterarm befestigt hatte. An seinem Gang erkannte man auf den ersten Blick einen Rotgardisten der ersten Stunde. Jeder wusste sofort, der war auf großem Parkett zu Hause.

Jinlong ließ Sun Biao unverzüglich zum Antreten blasen. Der blies Alarmstufe für augenblickliches Antreten. Im Grunde war es unnötig. Das ganze Dorf war längst versammelt, alle, die irgendwie zu Fuß gehen konnten, waren gekommen. Sie standen vor dem Raupentrecker und starrten ihn an. Wo die Augen nicht ausreichen, bewegte sich der Mund mit und beschrieb mit Worten dieses omnipotente, vor Kraft strotzende Riesenmonster. Einer, der etwas davon verstand, zeigte mit dem Finger darauf und sprach: „Bei diesem Burschen schweißt man nur einen Deckel drüber, eine Tür dran und eine Kanone drauf, und schon kann man ihn wie einen Panzer benutzen!"

Es dämmerte schon, von Westen färbte die Abendröte den Himmel tiefrot. Morgen würde es also wieder schneien. Mein Bruder befahl eilig: „Alle Gaslampen sind unverzüglich anzuzünden und Feuer zu entfachen. Es gibt eine große Freudennachricht zu verkünden."

Nachdem er den Befehl erteilt hatte, beeilte er sich, mit dem gestandenen Rotgardisten zu sprechen. Huzhu rannte nach Hause, um ihrer Mutter aufzutragen, zwei Schalen verlorene Eier zu kochen. Dann rannte sie zurück, um ihm und dem Fahrer, der die ganze Zeit

über auf dem Caterpillar saß und noch nicht einmal ins Haus hineingekommen war, die Eier anzubieten. Beide winkten dankend ab. Ins Büro kommen und sich aufwärmen wollten sie auch nicht. Wu Qiuxiang, die nie das Maß der Dinge kannte und immer alles auf die Spitze trieb, kam nun persönlich mit ihrer Tochter, die die zwei Schalen mit den dampfenden Eiern auf einem Tablett trug, aus dem Haus herbeigelaufen. Schmeichelnde Worte, lockendes Lachen, Verführung pur, genauso wie diese niederträchtigen Luder, die man in Kinofilmen sieht. Der Rotgardist lehnte wieder ab, auf seinem Gesicht zeigte sich Unmut. Jinlong schnauzte die beiden Frauen leise an: „Marsch, tragt das zurück! Wie das aussieht!"
Die Petroleumlampen waren defekt, die gelbe Flamme züngelte nach draußen und rußte stark. Aber das offene Feuer im Hof leuchtete hell, als es einmal brannte. Aus dem frischen Kiefernholz floss das Harz und verströmte intensiven Duft. Mein Bruder stieg in den Hochstand und stellte sich dort hoch motiviert, geradezu vor Begeisterung berstend in Positur. Er war wie ein Leopard, der gerade einen Goldfasan erwischt hat. Er sprach: „In der Kreisstadt sind wir vom Vizeleiter des Revolutionskomitees, Genosse Chang Tianhong persönlich, empfangen worden und haben ihm Bericht über den Stand der Revolution in unserem Dorf erstattet. Er ist mit unserer Arbeit für die Revolution sehr zufrieden. Der Vizeleiter stellte den Gruppenleiter für politische Arbeit des Kreisrevolutionskomitees, Genosse Luo Jingtao, bei uns in Dienst, um uns in der revolutionären Arbeit hier im Dorf anzuleiten. Dazu hat der Vizeleiter uns die Namensliste der Mitglieder, die in das dörfliche Revolutionskomitee aufgenommen wurden, mitgegeben. Genossen", jetzt schrie mein Bruder: „Noch nicht einmal unsere Kommune Milchstraße besitzt ein Revolutionskomitee, und da hat es unser Dorf geschafft, als erstes ein solches Komitee zu gründen. Dieser großartige Erfolg ist der Pionierarbeit des Vizeleiters Chang Tianhong zu verdanken. Das Revolutionskomitee wird unserem Dorf großen Ruhm bescheren. Nun bitte ich den Gruppenleiter Luo heraufzukommen, um zu uns zu sprechen und die Namensliste zu verlesen."
Mein Bruder sprang mit einem Satz vom Hochstand herunter und wollte dem Gruppenleiter hoch helfen. Der weigerte sich jedoch, nach oben zu steigen, und blieb ungefähr fünf Meter vom Lagerfeuer entfernt stehen. Sein Gesicht war zur Hälfte im Schatten, zur Hälf-

te hell vom Feuerschein erleuchtet. Er holte einen Bogen sorgfältig zusammengefaltetes Papier aus seiner Jackentasche hervor, entfaltete es bedächtig und las mit dunkel heiserer Stimme vor: „Hiermit wird Lan Jinlong auf den Posten des Leiters des Revolutionskomitees des Dorfes Ximen, Brigade Ximen der Kommune Milchstraße im Kreis Gaomi gestellt. Huang Tong und Ma Liangcai werden zu Vizeleitern ernannt."
Der Wind wehte dem Gruppenleiter Luo eine dicke Rauchschwade vor sein langes Gesicht. Er wich der Wolke gerade noch aus und gab dann meinem Bruder das Blatt Papier, ohne das Datum der Ernennung verlesen zu haben. Er sagte: „Auf Wiedersehen", schüttelte meinem Bruder eilig die Hand, machte auf dem Absatz kehrt und verschwand. Die Reaktion des Gruppenleiters verdutzte Jinlong. Er brachte keinen Ton heraus, sondern verzog den Mund und folgte Luo wortlos zum Trecker. Dort angekommen sah er zu, wie der aufsprang und auf dem Fahrersitz Platz nahm. Die Motoren des Caterpillars dröhnten auf, er wendete und fuhr los, die Straße hinunter. Hinter ihm blieben riesige Furchen zurück. Wir blickten dem Trecker hinterher, sahen den grellen Lichtkegel, den die zwei elektrischen Scheinwerfer abstrahlten und die unsere Dorfstraße in eine hell erleuchtete Gasse verwandelten. Und wir sahen die kleinen roten Rücklichter, die wie zwei glühende Fuchsaugen leuchteten.
Am dritten Tag nach der Bildung unseres Revolutionskomitees ertönte ein Knistern und Rauschen aus den Lautsprecherboxen, die die Roten Garden in unserem alten Aprikosenbaum aufgehängt hatten. Im nächsten Moment ertönte in ohrenbetäubender Lautstärke das Lied „Der Osten ist rot". Danach verlas eine Frauenstimme in aufgesetzt komischer Betonung die Nachrichten aus unserem Kreis. Die erste Nachrichtenmeldung galt der Gründung des ersten Revolutionskomitees auf Dorfebene im Kreis Gaomi: Man beglückwünschte das dörfliche Revolutionskomitee der Kommune Milchstraße, Brigade Ximen. Sie meldete weiter, dass das Führungsdreigestirn mit den Genossen Lan Jinlong, Huang Tong und Ma Liangcai den revolutionären Grundsatz der „Dreierverbindung" widerspiegle. Die Dörfler hielten inne, blickten auf und horchten. Jeder bewunderte meinen Bruder, wie dieser, jung an Jahren, es geschaffte hatte, selbst zum Leiter aufzusteigen, und dazu sogar noch seinen zukünftigen Schwiegervater Huang Tong und Ma Liangcai, der schon ewig an sei-

ner Schwester klebte und nicht locker ließ, um sie zu werben, zum Vizeleiter machte.

Tags darauf kam ein Bürschchen im grünen Arbeitsanzug mit einem Bündel Zeitungen und Briefpost auf dem Rücken ächzend und keuchend in unseren Hof. Das war der neue Postbote, ein knabenhaftes Kerlchen mit wachen Augen. Er legte die Zeitung und die Post ab und holte aus seiner grünen Posttasche einen quadratischen, ordentlichen kleinen Holzkasten, auf dem ein Einschreiben-Aufkleber und ein Abschnitt mit dem Rückschein befestigt waren. Das Kästchen händigte er Jinlong aus und ließ, nachdem er Heft und Stift hervorgeholt hatte, meinen Bruder die Empfangsbestätigung unterzeichnen. Jinlong nahm den Kasten hoch und schaute sich den darauf verzeichneten Absender an. Zu Huzhu, die rechts von ihm stand, sagte er: „Das hat mir der Vizeleiter Chang gesandt."

Ich wusste, dass das der Große Brüllesel war. Dieser Typ hatte mit seiner Rebellion Erfolg gehabt, er hatte nun die Vizeleitung des Kreisrevolutionskomitees inne und war zuständig für Propaganda, Kunst und Kultur. Das wusste ich, weil ich mitgehört hatte, als Jinlong es Baofeng erzählte. Und mir fiel auf, welch gequälten Gesichtsausdruck meine Schwester plötzlich bekam, als mein Bruder vom Brüllesel erzählte. Ich wusste, wie sehr meine Schwester ihn damals liebte, wie aufrichtig, ausschließlich sie ihm zugetan war. Seine Karriereambitionen waren ihrer Liebe zum Verhängnis geworden. Ein genialer Student der Musikhochschule und ein hübsches Mädchen vom Lande verlieben sich, das hätte vielleicht noch Zukunft gehabt. Aber ein noch nicht mal Dreißigjähriger, der schon auf Kreisebene ein Führungskader ist, der heiratet kein Mädchen vom Lande, so etwas ist so gut wie ausgeschlossen. Da nützt es nichts, wenn das Mädchen dann schön ist wie Xi Shi aus dem China der streitenden Reiche oder erotisch wie die viel besungene Mondfee Chang. Jinlong wusste natürlich Bescheid, wie es um das Herz unserer Schwester bestellt war. Ich hörte, wie er sie anflehte: „Nun finde dich doch mit den Tatsachen ab. Ma Liangcai war anfangs zwar ein Kaisertreuer und wollte das Kaiserhaus erhalten, später aber distanzierte er sich von seinen ursprünglichen Ansichten. Warum ist er wohl Vizeleiter geworden, was meinst du? Verstehst du denn nicht den Hintergedanken, den der Vizeleiter Chang dabei gehabt haben mag?"

„Hat er Ma Liangcai als Vizeleiter ausgesucht?"

Jinlong nickte bekräftigend.

„Wollte er, dass ich Ma Liangcai heirate?"

„Ist das denn nicht sonnenklar?", entgegnete Jinlong.

„Hat er das wörtlich so zu dir gesagt?"

„Glaubst du im Ernst, dass er das noch ausdrücklich sagen müsste?", fragte Jinlong zurück. „Was sich so ein hohes Tier denkt und auf den Weg bringen will, muss es doch nicht erst erklären! Er macht nur Andeutungen, und dir muss dann ein Licht aufgehen!"

„Nein, so nicht. Ich werde ihn besuchen. Wenn er mir dann sagt, ich soll Ma Liangcai heiraten, dann tue ich es auch!" Als sie das sagte, waren ihre Augen bereits voller Tränen.

Mein Bruder machte sich mit einer rostigen Schere an dem Holzkästchen zu schaffen. Darinnen war unter einer Schicht alter Zeitung, zwei Schichten weißem Fensterpapier und einer Schicht gelbem Krepp ein rotes Seidenstoffpäckchen. Er entfaltete das Stoffpäckchen, und sein Blick fiel auf eine aus Porzellan gefertigte Mao Zedong-Plakette, die den Durchmesser einer Teeschale besaß. Er nahm die Plakette hoch, dabei schossen ihm Tränen in die Augen. Ich weiß nicht, warum er so in Tränen ausbrach, ob ihn das mitleidsvolle Lächeln des Vorsitzenden Mao oder Tianhongs tiefer Freundschaftsbeweis so rührte. Mein Bruder reichte die Plakette ehrfurchtsvoll mit beiden Händen den Anwesenden zum Anschauen weiter. Es kam eine Stimmung ganz besonderer Art auf, feierlich, fast heilig kam sie mir vor. Nachdem alle nacheinander die Plakette bewundert hatten, steckte meine zukünftige Schwägerin sie meinem Bruder mit größter Vorsicht an die Brust. Sie war so schwer, dass sie den Uniformstoff der Jacke nach unten zog.

Am Chinesischen Neujahrsabend führten mein Bruder und seine Truppe die ganze Oper „Die rote Laterne" auf. Tiemei wurde natürlich von Huzhu gespielt. Wie ich schon erzählte, hatte ihr dicker, großer Zopf nun eine Aufgabe. Den Part des Li Yuhe hatte ursprünglich mein Bruder gesungen. Aber seine Stimme spielte nicht mit, er war heiser, deswegen sprang Ma Liangcai für ihn ein. Wenn ich ehrlich bin, passte Ma Liangcai viel besser in diese Rolle als mein Bruder. Der wollte natürlich nicht den Japaner Jiushan und noch weniger den Verräter Wang Lianju spielen. Deswegen übernahm er die Rolle des jungen Mannes vom Geheimdienst, der aus dem fahrenden Zug springt, um einen Geheimcode zu überbringen. Dieser erscheint ein einziges Mal auf der Bühne und opfert sein Leben heldenhaft. Das war nach meines Bruders Geschmack, sich für die Revolution zu opfern. Die anderen Rollen teilten die Jugendlichen schnell unter sich auf.

In jenem Winter besaßen wir mit den Opern etwas, bei dem alle mit Feuereifer dabei waren und das allen gefiel. Jeden Abend gab es im Büro des Revolutionskomitees Opernproben. Im hellen Schein der Petroleumlampen drängten sich die Dörfler dicht an dicht. Sogar auf den Balken saßen noch Leute. Viele kamen einfach, um etwas zu erleben. Hinter den Fenstern und an der Tür standen sie mäuschenstill und spähten hinein. Hatten sie ein paar Blicke werfen können, wurden sie von den nächsten, die auch etwas sehen wollten, nach hinten weggedrängt.

Hezuo hatte auch eine Rolle ergattert. Sie spielte die ältere Nachbarin der Tiemei, Gui Lianjie. Mo Yan folgte Jinlong auf Schritt und Tritt und bettelte beständig, er möge ihm auch eine Rolle geben. Jinlong beschimpfte ihn: „Verpiss dich! Du störst!"

Mo Yan zwinkerte Jinlong zu: „Kommandant, gebt mir eine Rolle, ich bin ein Operntalent."

Sofort fing er an, im Schnee Handstand und Flickflack zu machen. Mein Bruder meinte aber, dass er nicht die kleinste Rolle mehr übrig habe.

„Dann dichtest du eine dazu", antwortete Mo Yan.

„Gut", sagte mein Bruder: „Du spielst dann den kleinen Spion."

Großmutter Li war eine der Hauptrollen, die viel zu sprechen und zu singen hatte. Ein Mädchen ohne Bildung hätte so einen Part schwerlich meistern können. Wie man es auch drehte, es kam nur meine Schwester in Frage. Sie aber weigerte sich.

Zhang Cai aus unserem Dorf, der das ganze Gesicht voller Pockennarben hatte, besaß eine großartige, volle Stimme. Mutig kam er zu Jinlong und bot an, Großmutter Li zu spielen. Jinlong wies ihn ab, ohne ein Wort mit ihm zu wechseln. Zhang hatte aber tatsächlich eine prächtige Stimme. Er sang gefühlvoll und dazu bis in die höchste Stimmlage. Ma Liangcai, der künstlerisch fähig und begabt ist, besprach die Angelegenheit mit Jinlong: „Leiter, wir sollten die Begeisterung und den Eifer für die Revolution schützen und nicht verletzen. Ich finde, er sollte den Part der Mutter Feld übernehmen."

So bekam Zhang Cai eine Rolle, in der er genau vier Verse zu singen hatte: „Die Armen müssen zusammenstehen und sich gegenseitig helfen, denn keiner sonst wird ihnen helfen! Sie sollen zusammenstehen wie zwei Bittermelonen vom gleichen Stock. Wir müssen das Mädchen aus dem Maul des Tigers retten, damit es zur vordersten Front vordringen kann." Sobald er den Mund aufmachte, schien es, als würde er das Haus niedersingen, das Fensterpapier erzitterte und begann zu summen.

Für die Rolle der Großmutter Li war immer noch keine Besetzung gefunden. Dabei nahte das Jahresende, und zum Chinesischen Neujahr sollte doch schon die Aufführung sein. Vizeleiter Chang rief an und verkündete, er plane vorbeizukommen und persönlich eine Probe zu leiten, um uns zu helfen, in unserem Dorf den Stil der revolutionären Modellopern populär zu machen. Jinlong arbeitete wie ein Besessener. Vor Aufregung hatte er einen Furunkel am Mund bekommen und war so heiser, dass er keinen Ton mehr herausbrachte. Er versuchte es noch einmal bei meiner Schwester, bekräftigte, dass Vizeleiter Chang käme, um die Proben zu leiten. Baofeng willigte tränenüberströmt ein. Mit dickem Kloß im Hals sagte sie: „Ich spiele."

Seit dem Beginn der Kulturrevolution fühlte ich mich isolierter denn je, als Privatwirtschaftler war ich völlig im Abseits. Alle im Dorf, selbst die Lahmen und Blinden, machten bei den Roten Garden mit. Allein ich nicht. Enthusiastisch und mit ganzem Herzen kämpften sie für die Revolution, während ich mit flammenden Augen zusehen musste. In diesem Jahr war ich sechzehn geworden. Genau die Zeit, in der man nach den Sternen greifen will und die tiefste Ursache von allem zu ergründen sucht. Wo man alles umwirft und brausend leidenschaftlich ist. Wo das Buch des Lebens ein neues Kapitel schreibt. Wo Selbstzweifel, Unsicherheit und Zugzwang, Scham und Neid, Sehnsüchte und Träume, tausend Gefühle das Herz bestürmen. Einmal schon hatte ich meinen Mut zusammengenommen, mir eine Elefantenhaut zugelegt und mich gezwungen, den mir verhassten und mit mir verfeindeten Ximen Jinlong um etwas zu bitten. Um in der brausenden Welle der Revolution mitschwimmen zu dürfen, hatte ich mich entwürdigt, mein Haupt gesenkt und meinen Stolz heruntergeschluckt. Er jedoch hatte mich mit einem einzigen „Nein" barsch abgefertigt. Jetzt, da die Operntruppe mich lockte, senkte ich zum zweiten Mal mein stolzes Haupt.

Er kam von dem vorübergehend eingerichteten Gemeinschaftsklo westlich des Haupttors, wo eine Wand aus Maispflanzen als Paravent herhalten musste, seine Hände waren damit beschäftigt, die Knöpfe am Hosenstall zu schließen, sein Gesicht war in rotes Sonnenlicht getaucht. Die dicke Schneedecke auf dem Dach glitzerte, und aus dem Schornstein stieg in rhythmischen Wellen Rauch empor. Auf der Hofmauer hockten der große Hahn in seinem bunten und die alte Henne in ihrem bescheidenen Federkleid, ein Hund mit eingezogenem Schwanz rannte vorüber, eine schlichte, aber auf ihre Weise erhabene Stimmung. Es war die richtige Situation, um ein Gespräch zu beginnen. Ich beeilte mich, auf ihn zuzulaufen, um direkt seinen Weg zu kreuzen. Er war überrascht und herrschte mich an: „Was hast du vor?"

Ich sperrte den Mund auf, aber irgendwie gehorchte mir meine Zunge nicht. Meine Ohren glühten. Ich rang nach Atem, wisperte unverständlich irgendetwas, bis ich zwischen meinen Zähnen mit ungeheurer Anstrengung das Wort „Bruder" hervordrückte. Es war das erste Mal, dass ich ihn so nannte, seit er mich geschlagen hatte, seitdem ich standhaft mit Vater zusammen privatwirtschaftete. Stockend sprach ich: „Bruder ..., ich möchte in deine Roten Garden eintreten. Ich möchte den Verräter Wang Lianju spielen. Ich weiß, dass diese Rolle keiner übernehmen möchte. Die spielen da eher noch einen japanischen Teufel, aber einen Verräter will doch keiner spielen."

Er zog die Brauen hoch und musterte mich von Kopf bis Fuß und wieder zurück. Mit einem ungemein verachtenden Unterton in der Stimme sagte er dann: „Du erfüllst die Voraussetzungen dafür nicht!"

„Warum nicht?" Es stresste mich furchtbar. „Warum können Lü Tuzi und Cheng Xiaotou die japanischen Bösewichter-Soldaten spielen? Warum bekommt sogar Mo Yan eine kleine Rolle als Spion? Wieso bringe ich da die Voraussetzungen nicht mit?"

„Lü Tuzi ist der Sohn eines Lohnbauern, Cheng Xiaotous Vater wurde vom Heimkehrerkorps der KMT bei lebendigem Leibe begraben. Und auch wenn Mo Yan aus einer Mittelbauernfamilie stammt, hat aber seine Oma die verwundeten, kranken Soldaten der Achten-Route-Armee bei sich versteckt. Du dagegen bist Privatwirtschaftler. Das weißt du doch?"

Er fuhr fort: „Privatwirtschaftler sind noch weit schlimmere Reakti-

onäre als es die reichen Bauern und die Grundbesitzer sind. Die haben ehrlich und anständig ihre Umerziehung absolviert, die Privatwirtschaftler jedoch stehen unverhohlen und dreist im Widerspruch zu unseren Volkskommunen. Ein Antagonismus zu den Volkskommunen bedeutet auch ein Antagonismus zum Sozialismus. Und ein Antagonismus zum Sozialismus ist auch immer ein Antagonismus zur Kommunistischen Partei. Und ein Antagonismus zur Kommunistischen Partei ist ein Antagonismus zum Vorsitzenden Mao. Und einen Antagonismus zum Vorsitzenden Mao zu haben, heißt aus, aus, ein für alle Mal aus!"
Der Hahn auf der Mauer krähte gerade in jener Minute, dass es einem durch Mark und Bein ging. Ich erschreckte mich so, dass ich mir fast die Hose nass pinkelte. Jinlong blickte sich um. Er versicherte sich, dass keiner uns sah, dann sagte er mir mit gedämpfter Stimme: „Im Kreis gab es noch einen Privatwirtschaftler. Die armen Lohnbauern und die Mittelbauern haben ihn an einem Baum aufgehängt und bei lebendigem Leibe erschlagen. Der gesamte Besitz der Familie wurde konfisziert. Wenn ich dich und Vater nicht immer unauffällig schützen würde, dann wäret ihr längst nicht mehr von dieser Welt. Sag das Vater! Aber im Geheimen. Denn es soll keiner wissen. Sag Vater, er soll seinen Holzkopf einen Spaltbreit öffnen und beizeiten seinen Bullen in die Kommune einbringen, damit ihr in der kollektiven Großfamilie aufgehen könnt. Er soll seine Vergehen Liu Shaoqi anlasten. Er soll sagen, dass er durch Liu Shaoqi getäuscht wurde und dass ihn selbst deshalb keine Schuld trifft. Dann soll er die Lager wechseln und auf unserer Seite sein. Wenn er sich immer noch weigert, Vernunft anzunehmen, wenn er halsstarrig bis zum bitteren Ende bleibt, dann wird er schon sehen, dass er seine Kräfte überschätzt und einer Gottesanbeterin gleicht, die versucht, einen Karren anzuhalten. Er schaufelt sich sein eigenes Grab. Sag Vater, als wir ihn durch die Straßen haben laufen lassen, war es das freundlichste, was wir tun konnten. Der nächste Schritt gegen ihn folgt, wenn die Massen begriffen haben, was er tut. Dann bin ich mit meiner Kraft am Ende und kann nichts mehr verhindern. Wenn die revolutionären Massen euch beide dann hängen wollen, kann ich nur noch Gerechtigkeit walten lassen und die Familie nicht mehr schützen. Siehst du die beiden dicken Äste da am Aprikosenbaum? Die sind ungefähr drei Meter vom Erdboden weg. Sie haben die ide-

ale Höhe, um jemanden zu erhängen. Besser geht es nicht. Diese Worte wollte ich dir schon lange sagen, hatte aber nie Gelegenheit dazu. Bitte richte Vater alles aus. Wenn er erst in die Kommune eingetreten ist, sind Himmel und Erde weit. Es wird übergroße Freude herrschen, und er wird sich freuen, selbst der Bulle wird sich freuen. Wenn er jetzt aber immer noch nicht beitritt, so wird ihm jeder Schritt zur Qual werden. Himmel und Menschen werden ihn hassen. Ich sag dir noch etwas Unangenehmes. Wenn du weiter mit Vater privatwirtschaftest, fürchte ich, wirst du noch nicht einmal eine Frau finden. Auch die Lahmen und Blinden wollen jeden, aber bestimmt keinen Privatwirtschaftler."

Mein Bruder hatte mir mit seiner langen Rede gründlich Angst gemacht. Wenn man es mit einem damals geflügelten Wort sagen möchte: Er hatte in der Tiefe meiner Seele herumgerührt. Ich blickte die beiden dicken Äste des Aprikosenbaums an, einen geradeaus nach Süden, einen geradeaus nach Osten. Vor meinem inneren Auge sah ich mich und Vater – die zwei Blaugesichter – dort hängen mit der Schlinge um den Hals. Ein Bild des Grauens. Mit in die Länge gezogenem Körper, schwingend im eisigen Winterwind baumelnd, die Feuchtigkeit schon aus dem Körper und des ursprünglichen Gewichtes verlustig gegangen, hingen wir dort wie zwei vertrocknete und verschrumpelte große Luffagurken …

Ich ging in den Kuhstall, um Vater zu suchen. Dort entfloh er dem Kummer und der Not, hier war sein Versteck, sein Nest, wo er Sicherheit und das bisschen Freude suchte, das jeder braucht. Nach diesem Tag, an dem man ihn durch das Dorf getrieben und dann auf dem Markt an den Pranger gestellt hatte, nach diesem denkwürdigen Tag, der in der Geschichte von Nordost-Gaomi tiefe Spuren hinterlassen hatte, war mein Vater gänzlich verstummt. Wie ein Irrer war er der Sprache nicht mehr mächtig. Vater war noch keine Fünfzig, trotzdem war sein Haar völlig ergraut. Es war vorher schon hart gewesen, und seit es grau war, war es noch störrischer geworden. Wie Igelstacheln stand es ihm zu Berge. Der Bulle hinter der Krippe ließ den Kopf hängen. Mit dem halben ihm verbliebenen Horn war er weniger imponierend. Ein Sonnenstrahl fiel auf seinen Kopf. Dadurch leuchteten seine Augen dunkelviolett, wie zwei tieftraurige Kristalle, feucht glitzernd, dass einem ganz weh ums Herz wurde. Aus unserem Bullen, der einst berühmt für sein leicht reizbares

Temperament war, war ein anderer geworden. Ich weiß ja, dass sich der Charakter verändert, wenn ein Bulle gelegt wird. Ich weiß auch, dass dies beim Hahn, dem man seine Schwanzfedern ausrupft, genauso ist. Ich hätte nicht gedacht, dass es auch so einschneidende Veränderungen für den Charakter mit sich bringt, wenn man ein halbes Horn weghaut. Der Bulle warf mir einen Blick zu, als ich den Kuhstall betrat. Aber er senkte ihn sofort, als ahne er schon, was in mir vorging. Vater saß auf einem Heuballen neben der Krippe. Mit dem Rücken lehnte er an einem Sack voller Getreidestroh. Seine Hände hatte er in die Ärmel seiner wattierten Jacke gesteckt. Seine Augen hielt er geschlossen, er versuchte zu entspannen. Wieder huschte ein Sonnenstrahl in den Stall, fiel genau auf sein Gesicht und seinen Kopf. Das weiße Haar schimmerte leicht rötlich, und darin hingen Halme, als sei er gerade aus einem Strohhaufen gekrabbelt. Die Ölfarbe war fast von seinem Gesicht verschwunden, nur am Rand waren noch Spuren geblieben. Seine blaue Gesichtshälfte mit dem Feuermal hob sich wieder deutlich ab, sie war dunkler als zuvor, indigofarben.

Wenn ich mein eigenes Feuermal berühre, fühlt es sich an wie ein Stück raues Leder. Es ist das Markenzeichen meiner Hässlichkeit. Als ich klein war und man mich „Kleines Blaugesicht" nannte, habe ich mich deswegen nicht geschämt. Im Gegenteil, ich war sogar stolz darauf. Als ich größer wurde, habe ich mich mit jedem, der es wagte, mich Blaugesicht zu nennen, bis aufs Blut geprügelt. Ich habe Leute sagen hören, dass wir nur deshalb privatwirtschaften, weil wir blaue Gesichter haben. Und wieder welche sagten, dass wir beide, mein Vater und ich, tagsüber den Leuten ausweichen und nachts die Feldarbeit verrichten. Es stimmt, dass wir ein paar Mal bei Vollmond noch auf dem Feld arbeiteten, mit unseren blauen Gesichtern hatte es aber nichts zu tun. Es ist hanebüchener Unsinn, unsere Privatwirtschaft darauf zurückzuführen, dass wir eine geistige Anomalie besäßen, weil wir biologisch mangelhaft oder fehlentwickelt seien. Dass wir privatwirtschafteten, leitete sich allein aus einer tiefen Überzeugung her, einer Überzeugung, die uns sagte, dass es immer besser ist, seine Unabhängigkeit zu bewahren. Die Worte Jinlongs hatten mich schwankend gemacht. Genau genommen war ich ja schon von Anfang an nicht gänzlich gegen die Kommune gewesen. Ich fand es zuerst einfach nur spannend, mit Vater zusammen zu arbeiten. Nun waren da noch spannendere, noch größere, noch anspruchsvollere Sachen, die man zusammen tun konnte und die mich beständig riefen. Natürlich hatte mir auch das entsetzliche Ende des Privatwirtschaftlers aus Pingnan Angst gemacht, und dann erst die zwei Äste unseres Aprikosenbaums ... und am meisten machte mir zu schaffen, was mein Bruder über die Mädchen gesagt hatte. Da war ja wohl was dran. Keinen Zweifel gab es da. Sogar die verkrüppelten Blinden hüteten sich davor, einen Privatwirtschaftler zu heiraten. Und einen mit blauem Gesicht heiratete man dann doch erst recht nicht. Ich war nahe daran zu bereuen, diese Sache mit Papa überhaupt angefangen zu haben. Ich war ihm deswegen sogar ziemlich böse. Hasserfüllt blickte ich in sein blaues Gesicht. Es ist unleugbar, ich hasste ihn damals dafür, dass er mir sein blaues Gesicht vererbt hatte. So jemand wie Papa sollte gar nicht heiraten. Und wenn schon, dann soll er zumindest keine Kinder bekommen, dachte ich damals.

„Papa", schrie ich. „Papa!"

Papa öffnete langsam die Augen und blickte mich gerade an.

„Papa, ich will in die Kommune eintreten!"

Vaters Gesichtsausdruck blieb regungslos, er war über den Grund meines Kommens offensichtlich im Bilde gewesen. Er holte seine Pfeife aus der Weste hervor, stopfte sie und steckte sie sich in den Mund. Dann hielt er Feuerstahl und Feuerstein an einen Hirsehalm, schlug Funken, entzündete den Halm und blies die Flamme groß, sodass er sich damit die Pfeife anzünden konnte. Er saugte geräuschvoll und kräftig, bis er zwei schnurgerade Qualmfahnen aus seinen Nasenlöchern hinaus blies.

„Ich will der Kommune beitreten, Papa. Wir nehmen unseren Bullen und treten zusammen in die Kommune ein, ja? ... Papa, ich habe es lange genug ausgehalten."

Papa riss aufgebracht die Augen auf und starrte mich an, dabei sprach er langsam, Wort für Wort mit Zwischenpausen: „Du Verräter! Wenn du beitrittst, tust du das allein, ich trete nicht ein, und der Bulle auch nicht!"

„Papa, warum?" Geknickt und verdrossen war ich. „In der Welt stehen die Dinge mittlerweile so, dass die revolutionären Massen den Privatwirtschaftler aus dem Kreis Pingnan am Baum erhängt und totgeschlagen haben. Mein Bruder sagt, dass er dich durch die Straßen getrieben hat, war eine heimliche Schutzmaßnahme seinerseits.

Mein Bruder sagt, nachdem jetzt den dreckigen Grundbesitzern, reichen Bauern, Konterrevolutionären, Bösewichten und denjenigen, die den kapitalistischen Weg gehen, der Garaus gemacht worden sei, würden als nächstes die Privatwirtschaftler drankommen. Vater, Jinlong sagte noch, die zwei dicken Äste am Aprikosenbaum wären für uns beide vorgesehen!"
Vater klopfte laut seinen Pfeifenkopf an der Schuhsohle leer, erhob sich und griff sich das Heusieb, um dem Ochsen noch etwas Futter zu bereiten. Ich schaute seinen etwas buckligen Rücken an und seinen rostroten, breiten Nacken. Unvermittelt erinnerte ich mich plötzlich, wie ich früher auf seinen Schultern geritten war, wir beide zum Markt gegangen waren und uns Persimonen zu essen gekauft hatten. Ich fühlte, wie sich mir der Hals zuschnürte. Ergriffen fragte ich: „Papa, die Gesellschaft ist eine andere geworden. Kreisvorsteher Chen wurde zu Fall gebracht. Und dieser Minister, der uns diesen Schutzbrief ausstellte, ist bestimmt auch zu Fall gebracht worden. Daran festzuhalten, privat zu wirtschaften, hat überhaupt keinen Sinn mehr. Solange Jinlong den leitenden Posten innehat, sollten wir schnell der Kommune beitreten. Dann mehren wir seinen Ruhm, und das wird uns dann auch zugute kommen ..."
Vater brütete über irgendetwas, während er fortfuhr, das Heu zu sieben. Er hörte meinem Gebrabbel überhaupt nicht zu. Mir wurde es allmählich zu bunt: „Papa, es wundert mich nicht, dass die Leute sagen, du seiest wie ein Kloakenbackstein, steinhart und stinkend. Tut mir leid, Papa, ich kann mit dir diesen direkten Weg ins Verderben nicht mehr weitergehen. Wenn du dir keine Gedanken über meine Zukunft machst, muss ich mich selber aus dem Dreck ziehen. Ich bin schon groß, muss in das gesellschaftliche Leben hinaus und arbeiten, muss heiraten, ich muss dem hellen, breiten Weg folgen. Du musst sehen, wie du allein klarkommst."
Vater kippte das gesiebte Heu in die Krippe des Bullen und strich an dem halben Horn des Bullen entlang. Er wandte sich mir zu und blickte mir mit seelenruhigem Blick in die Augen: „Jiefang, du bist mein leiblicher Sohn. Natürlich möchte ich als dein Vater, dass es dir gut geht. Was sich da gerade bei uns abspielt, durchschaue ich ohne Frage. Das Herz dieses kleinmütigen Jinlong ist härter als Stein. Das Blut in seinen Adern ist giftiger als der Schwanz des Skorpions. Für seine so genannte ‚Revolution' bringt er alles fertig."

Vater hob den Kopf und blinzelte ins Licht. Er war voller Zweifel und ratlos: „Der Hausherr war großherzig. Wie kann es sein, dass er einen so abscheulichen Sohn besitzt?" Seine Augen waren voller Tränen: „Wir beide besitzen einen Morgen Ackerland, ich gebe dir einen halben Morgen. Den bringst du mit in die Kommune ein. Den Holzpflug hat unsere Familie während der Bodenreform als ‚Früchte des Sieges' bekommen. Den nimmst du auch mit. Unsere Stube, die nimmst du auch. Was du mitnehmen kannst, nimm mit. Wenn du beigetreten bist, wohne, wenn du magst, mit deiner Mutter und den anderen beisammen. Wenn du das nicht möchtest, dann such dir allein was Passendes. Dein Vater möchte gar nichts. Nur den Bullen und den Kuhstall und den halben Morgen Ackerland musst du mir lassen …"

„Papa, aber warum. Warum muss das so sein?" Mit tränenerstickter Stimme schrie ich: „Das macht doch gar keinen Sinn, alleine weiterzumachen!"

Vater sagte ruhig: „Richtig, es gibt keinen Sinn. Ich möchte eben sauber bleiben, da nicht rein gezogen werden. Ich will mein eigener Herr bleiben, möchte mich nicht von anderen verbiegen lassen."

„Jinlong sagt aber, wenn du beitrittst, kannst du tun und lassen, was dir beliebt. Keiner wird was von dir wollen."

„Wenn ich einmal sterbe, möchte ich auf meinem eigenen Grund und Boden begraben werden", sagte Vater mit Inbrunst.

„Wenn man tot ist, ist gar nichts mehr. Da ist es doch völlig egal, wo man begraben liegt!"

„Das ist falsch, was du da sagst, so kann man nicht reden", meinte Vater. „Spar dir deine Worte! Lauf zu Jinlong. Dem kannst du das erzählen."

Ich lief wirklich gleich zu Jinlong und sagte ihm: „Jinlong, ich habe das mit Vater geklärt. Beitreten, meint er."

Jinlong war sofort ganz aufgeregt, ballte beide Fäuste und trommelte sich damit gegen die eigene Brust: „Das ist ja Spitze! Klasse, das ist schon wieder eine der großen Errungenschaften der großen proletarischen Kulturrevolution! Der einzige Privatwirtschaftler des gesamten Kreises schwimmt nun endlich auch im großen Strom des Sozialismus mit. Das ist eine außerordentlich freudige Nachricht, die wir dem Kreisrevolutionskomitee mitteilen wollen!"

„Aber Vater tritt nicht bei, ich trete allein bei, ich mit einem halben Morgen Ackerland, mit dem Holzpflug und dem Drill."

„Wie kommt das?" Jinlongs Gesicht verdüsterte sich. Eiskalt fragte er mich: „Was treibt der für ein Spiel?"
„Papa sagt, er macht da nicht mit. Er ist es nicht gewohnt, irgendwo mitzumischen, er möchte nicht von anderen bestimmt werden, sondern lieber abgeschieden leben. Außerdem sagt er, wenn er einmal stirbt, möchte er auf seinem eigenen Grund und Boden begraben werden."
„Dieser Scheißkerl!" Mein Bruder schmetterte seine Fäuste so auf unseren alten Acht-Unsterbliche-Tisch, dass um ein Haar das Tuschefass umgekippt wäre. Huzhu tröstete ihn: „Jinlong, sei doch geduldig!"
„Wie sollte ich jetzt noch Geduld bewahren?" Leise sagte er weiter: „Ich wollte vor dem chinesischen Neujahr dem Vizeleiter Chang und dem Kreisrevolutionskomitee zwei große Geschenke bereiten. Das eine sollte die Aufführung der ‚Legende der roten Laterne' sein, das andere sollte sein, dass wir es geschafft haben, den letzten Privatwirtschaftler des Kreises, vielleicht sogar den letzten der ganzen Provinz, vielleicht den letzten Privatwirtschaftler ganz Chinas auszumerzen. Hong Taiyue hat das nicht geschafft. Aber ich, ich wollte es schaffen. Dann hätte ich mir auf der ganzen Linie Prestige erworben. Aber trittst nur du alleine bei und er nicht, bleibt immer noch ein Privatwirtschaftler übrig! Das geht nicht. Komm, wir gehen zu ihm. Ich rede mit ihm!"
Jinlong stürmte wutschnaubend in den Kuhstall. Einen Ort, den er schon jahrelang nicht mehr betreten hatte.
„Vater", sprach Jinlong. „obwohl es absolut unpassend ist, dich Vater zu nennen, Vater, aber ich will dir trotzdem noch eine Chance geben."
Vater winkte ab: „Nenn mich nicht so. Lass das bloß bleiben. Es ist mir peinlich, und ich möchte es mir nicht anmaßen."
„Lan Lian", versuchte Jinlong es erneut, „ich rede jetzt ein letztes Mal im Guten mit dir. Es geht um Jiefang. Und es geht um dich selbst. Ihr beide tretet jetzt der Kommune bei. Was ich dir jetzt sage, zählt. Darauf kannst du dich verlassen. Wenn du der Kommune beitrittst, werde ich dich nicht einen Tag länger schwer arbeiten lassen. Wenn du leichte Arbeit auch nicht verrichten magst, dann ruhst du dich eben aus. Du bist ja auch schon alt und solltest dein Leben sorgenlos genießen können."

„Ich bin kein mit Glück gesegneter Mensch", sprach Vater unbeeindruckt.

„Steig mal auf den Hochstand im Baum und dann schau hinunter in den Hof", antwortete Jinlong. „Schau in alle vier Himmelsrichtungen, lass deinen Blick über den Kreis Gaomi schweifen, betrachte die ganze Provinz Shandong und überblicke, außer Taiwan, Taiwan zählt nicht, alle anderen 29 Provinzen des Landes, seine Städte, seine autonomen Gebiete, seine Berge und Flüsse, alles rot, ausnahmslos. Allein auf unserem Dorf Ximen gibt es einen schwarzen Fleck. Dieser schwarze Fleck, der bist du!"

„Also so verflucht glorreich soll ich sein? Der schwarze Fleck auf unserem sauberen Vaterland!", antwortete Vater.

„Wir werden dich schwarzen Fleck wegwischen!" erwiderte Jinlong. Vater zog einen Strick, an dem Kuhscheiße klebte, unter der Krippe hervor und schmiss ihn Jinlong vors Gesicht: „Du willst mich doch am Aprikosenbaum aufhängen? Hier, bitte!"

Jinlong sprang wie vom Schlag getroffen einen Schritt rückwärts. Als hätte Vater nicht einen Strick, sondern eine giftige Schlange nach ihm geworfen. Der Mund stand ihm offen, sodass man die Zähne sah. Er ballte die Fäuste, entkrampfte sie wieder, steckte beide Hände in die Hosentaschen und zog sie wieder heraus. Er holte sich eine Zigarette aus der Jackentasche – seit er zum Leiter aufgestiegen war, hatte er mit dem Rauchen angefangen – und steckte sie sich mit einem goldenen Feuerzeug an. Er runzelte die Stirn. Offenbar dachte er nach. Ein paar Züge und er warf die Zigarette auf den Boden und zertrat sie mit dem Fuß. Dann sprach er mich an: „Jiefang, du gehst jetzt raus!"

Ich schaute mir den Strick auf dem Boden an, dann den hochgewachsenen, hageren Jinlong und meinen stämmigen, breitschultrigen Vater. Ich überlegte, welcher von beiden, wenn sie ein Handgemenge begännen, die Oberhand behalten würde. Und wenn sie sich nun wirklich prügelten, ob ich dann mit den Händen in den Taschen dabeistehen und Zuschauer sein sollte oder ob ich mich mit geballter Faust helfend einzubringen hätte. Und wenn ich meine Fäuste gebrauchen müsste, auf wessen Seite ich dann zu kämpfen hätte.

„Wenn du etwas zu sagen hast, dann raus mit der Sprache! Und wenn du was drauf hast, dann zeige es jetzt!", so mein Vater. „Jiefang wird nicht rausgeschickt. Er schaut hier zu. Und er hört zu."

„Gut, dann eben so", sagte Jinlong. „Du glaubst, ich wage es nicht, dich am Aprikosenbaum aufzuhängen?"
„Du wagst es", entgegnete Vater. „Du bist zu allem fähig."
„Unterbrich mich nicht!", fuhr ihn Jinlong an. „Ich tue es für Mutter, deswegen lasse ich dich laufen. Wenn du nicht in die Kommune eintrittst, dann nicht. Wir erzwingen nichts. Noch niemals hat das Proletariat vor dem Bürgertum geliebedienert und um einen Freundschaftsdienst gebettelt." Er fuhr fort: „Für morgen rufe ich eine Massenveranstaltung aus. Auf der werden wir Jiefang als unser neues Mitglied in der Kommune begrüßen. Den Acker soll er mit einbringen, den Pflug, den Drill und den Bullen. Wir werden Jiefang und dem Bullen eine rote Schleife anheften. Dann wirst nur noch du allein in diesem Kuhstall übrig sein. Wenn draußen die Trommeln und Becken erschallen, wenn ein Freudenfeuerwerk gezündet wird und du dann vor dem leeren Kuhstall stehst, dann wirst du sehr traurig sein. Du lehnst dich gegen die Massen auf und lässt all deine Freunde zurück, deine Frau ist ausgezogen, dein eigen Fleisch und Blut, dein Sohn, geht und lässt dich zurück. Dein Bulle, der einzige, der dich noch nicht verraten hat, wird dir mit Gewalt genommen werden. Welchen Sinn hat denn dein Leben noch? Wenn ich an deiner Stelle wäre", Jinlong trat mit dem Fuß nach dem dreckigen Strick und warf einen Blick auf den Querbalken im Kuhstall, „wenn ich an deiner Stelle wäre, würde ich den Strick da oben am Balken festknoten und mich selber aufhängen!"
Das sagte er, machte kehrt und verdrückte sich.
„Du erbärmlicher Bastard."
Papa sprang auf. Drei Worte schmähte er. Dann sank er gebrochen in den Heuhaufen vor der Krippe. Ich fühlte, wie sich jede Faser in meinem Mund zusammenzog, sauer wurde es mir im Rachen, ich kämpfte mit einem Kloß im Hals. Jinlongs infame Bösartigkeit hatte mich aufgeweckt und ließ mich nun klar sehen. Ich sah plötzlich, wie unbeschreiblich bemitleidenswert mein Vater war. Wie schämte ich mich dafür, ihn verraten zu haben. Es war genauso, wie ein Sprichwort sagt: Wer sich vor dem brüllenden Tiger fürchtet, der wird ihm bei seinen Schandtaten noch gute Hilfe leisten. Ich stürzte vor meinem Vater auf die Knie, ich ergriff seine Hände, ich heulte ganz furchtbar: „Papa, ich will der Kommune nicht mehr beitreten. Ich bleibe lieber völlig bloß und mit nacktem Pimmel hier mit dir zusammen, und wir privatwirtschaften und halten durch …"

Papa nahm meinen Kopf in seine Hände und seufzte schwer. Dann schob er mich weg. Er wischte sich die Augen. Dann richtete er sich kerzengerade auf und sprach: „Jiefang, schau, du bist nun schon groß und ein ganzer Mann. Auf dein Wort muss man sich verlassen können, was du einmal gesagt hast, kannst du nicht wieder rückgängig machen. Tritt nun auch der Kommune bei. Nimm den Holzpflug mit, nimm den Drill mit, den Bullen ...", Vater warf einen Blick auf den Bullen. Im selben Augenblick schaute auch der Bulle ihn an, „... den nimmst du auch mit."

„Papa", schrie ich außer mir, „willst du das wirklich machen, was der da gerade gesagt hat?"

„Keine Sorge, mein Sohn." Vater kam aus dem Heu hoch und stellte sich behände auf beide Beine: „Was andere mir aufgeben zu tun, werde ich bestimmt nicht tun. Ich entscheide und gehe meinen eigenen Weg."

„Papa, du darfst dich auf keinen Fall aufhängen ..."

„Wieso sollte ich das?", sprach er. „Jinlong besitzt noch einen kleinen Rest Gewissen. Es wäre ihm ein Leichtes, Leute zu organisieren, die mich zur Strecke bringen. So wie die Leute aus Pingnan ihren Privatwirtschaftler umgebracht haben. Er jedoch hat ein weiches Herz. Er hofft, dass ich von selber drauf gehe. Bin ich erst tot, ist der schwarze Fleck vom Kreis, aus der Provinz, ja aus ganz China verschwunden, hat sich dann selbst ausgelöscht. Aber das wird nicht passieren. Den Gefallen tu ich ihnen nicht. Wenn sie mich töten, gut, dagegen kann ich nichts unternehmen. Aber selber Hand anlegen und sterben? Nein, das ist völlig abwegig. Das mache ich nicht! Ich werde ganz vernünftig weiterleben. Ganz China wird mit diesem schwarzen Fleck leben müssen!"

Das zwanzigste Kapitel
Lan Jiefang verrät seinen Vater und tritt
in die Kommune ein. Ximen Stier stirbt
für Recht und Menschlichkeit.

Ich trat in die Kommune ein und brachte einen halben Morgen Acker, unseren Pflug, unseren Drill und dich, unseren Bullen, mit. Als ich dich aus dem Kuhstall hinausführte, knallten Feuerwerks-

körper los und Trommeln und Becken erschallten. Eine Horde vielleicht zwölfjähriger Kinder mit nachgemachten Militärmützen auf dem Kopf rannte im Salpeterqualm und Papierschnipselregen umher und raufte sich um die Kracher, an denen die Zündschnüre abgerissen waren. Mo Yan hatte nicht aufgepasst und hielt einen Böller ohne Zündschnur in der Hand, als der mit lautem Krachen explodierte. Der Spann zwischen Daumen und Zeigefinger war zerfetzt. Und was tat er? Mit einem peinlichen Schimpansengrinsen im Gesicht sagte er nur: „Ach du Scheiße."
Mit einem Mal stand mir deutlich vor Augen, wie Vater, als ich klein war und mir mit einem explodierenden Böller den Finger kaputt gebombt hatte, für mich Mehl anrührte und mir den Finger damit bestrich. Mich umschauend suchte ich meinen Vater. Mein Herz wollte mir schier zerplatzen. Vater saß in dem gehäckselten Strohhaufen. Vor seinen Augen lag wie eine Schlinge der dreckige Strick. Sorgenvoll sprach ich: „Papa, du darfst auf keinen Fall daran denken …"
Papa machte zwei abweisende Handbewegungen. Ich ging nun in die Sonne, Papa ließ ich im Dunkeln sitzen. Huzhu befestigte eine große rote Schleifenblume an meiner Brust und schenkte mir ein Lächeln. Ihrem Gesicht entströmte der Duft der Schönheitsseife „Sonnenblume". Huzhu machte eine ebenso große rote Papierblume an dem abgebrochenen Horn des Bullen fest. Der Bulle warf den Kopf hoch, wodurch die Papierblume auf dem Boden landete. Huzhu überreagierte völlig. Sie schrie schrill: „Der Bulle will mich auf die Hörner nehmen!"
Dann rannte sie, was sie konnte, und stürzte sich in die Arme meines Bruders. Unbeeindruckt schob mein Bruder sie beiseite und ging geradewegs auf den Bullen zu. Er klopfte ihm den Schädel und streichelte erst sein ganzes und dann sein halbes Horn.
„Stier, du gehst jetzt den strahlenden, breiten Weg. Wir heißen dich herzlich willkommen!"
Ich sah die Augen unseres Bullen wie Flammenzungen scharf auflodern. Doch in Wirklichkeit waren es Tränen. Der Bulle meines Vaters erschien mir wie ein Tiger, dem man die Schnurrbarthaare ausgezupft hat. Seine imponierende Größe und Stärke waren dahin. Er war nun artig wie eine kleine Katze.
Ich trat so, wie ich es gewollt hatte, den Roten Garden meines Bruders bei, und so, wie ich es gewollt hatte, bekam ich in der Oper

„Legende der roten Laterne" die Rolle des Wang Lianju. Bei jedem Mal, wenn Wang Lianju von Li Yuhe als „fieser Verräter!" beschimpft wurde, musste ich sofort an Vater denken, der mich auch einen Verräter genannt hatte. Ich spürte immer deutlicher, dass ich mit meinem Eintritt in die Kommune meinen Vater verraten hatte. Ich hatte große Angst, dass er es nicht überwinden würde, dass er sich in einer Kurzschlussreaktion doch etwas antun würde. Aber er baumelte nicht im Gebälk des Kuhstalls und er sprang auch nicht in den Fluss. Er zog aus seinem Zimmer im Haus aus und schlief von da an im Kuhstall. Er schichtete in einer Ecke des Kuhstalls einen Lehmofen auf. Zum Kochen benutzte er einen Militär-Stahlhelm, der ihm den gusseisernen Wok ersetzte. Da er nun kein Rind mehr besaß, das ihm beim Pflügen des Ackers half, benutzte er eine Hacke, um den Boden aufzureißen. Weil er die große Jaucheschubkarre allein nicht bewegen konnte und die Jauche damit nun nicht mehr auf den Acker bekam, benutzte er die Tragstange mit Körben zum Jaucheschleppen. Und weil auch der Drill zum Furchen ziehen und Säen nicht mehr da war, nahm er den kleinen Pickel, um Furchen zu ziehen und das spitze Ende einer Kalebasse als Pflanzstock zum Einbringen des Saatguts.

Von 1967 bis 1981 sah man den Acker meines Vaters inmitten der schier unendlichen Ackerfläche der Volkskommune hervorstechen wie den Dorn im Auge, wie den spitz hervorstehenden Knochen im Fleisch. Die Existenz meines Vaters wandelte sich von der grotesken Lüge zu wahrer Erhabenheit. Ihm, den jedermann bemitleidet hatte, wurde alsbald von allen Seiten Hochachtung entgegengebracht. In den siebziger Jahren erlebten wir noch einmal eine Phase, in der der wieder zum Brigadezellensekretär eingesetzte Hong Taiyue wiederholt versuchte, das „Ausmerzen des letzten Privatwirtschaftlers" in einer Kampagne durchzusetzen. Er kam bei meinem Vater damit aber kein einziges Mal durch. Vater schmiss ihm jedes Mal den Strick vor seine Füße und riet ihm: „Häng mich doch am Aprikosenbaum auf!"

Jinlong hatte geglaubt, dass er dadurch, dass ich erfolgreich in die Kommune eingetreten war, und dadurch, dass er eine revolutionäre Modelloper im Dorf aufgeführt hatte, erreichen würde, dass unser Dorf Ximen zum Vorbild-Dorf für den gesamten Kreis wurde und ihm, der die Leitung inne hatte, dann eine steile Karriere winkte. Aber

alles kam ganz anders, als er es sich vorgestellt hatte. Die erste Überraschung war, dass Tianhong, auf den Jinlong und meine Schwester tags wie nachts sehnsüchtig warteten, nicht, wie sie es sich vorgestellt hatten, im Caterpillar angefahren kam, um eine Probe der Oper zu leiten. Im Gegenteil hörte man verlauten, dass Tianhong wegen zwielichtiger Sex-Affären von seinem Posten abgerufen worden war. Mit dem Fall des Tianhong fiel das Trittbrett meines Bruders weg.
Qingming, das Gräberfest im Frühling, war vorüber, der Ostwind brachte das warme Sonnenwetter wieder. Das Yang wuchs und die Erdsäfte stiegen empor. Der Schnee an den Südhängen und überall, wo die Sonne hinkam, war geschmolzen, und alle Straßen weichten auf. Soweit das Auge reichte, verwandelte sich das Land in eine Schlammwüste. Bei den Weiden am Fluss spross es grün, und auch dem großen Aprikosenbaum in unserem Hof sah man die zarte Botschaft nahender Blütenknospen an. Mein Bruder benahm sich in diesen Tagen wie ein in einen Käfig gesperrter Leopard, er rannte und sprang bei uns durch den Hof, war reizbar und unruhig. Der Hochstand im Aprikosenbaum wurde zu dem Ort, an dem er die meiste Zeit verbrachte. Angelehnt an die schwarzborkige Astgabel rauchte er Zigarette um Zigarette. Das Kettenrauchen bekam ihm nicht und er fing an zu husten. Er räusperte sich ohne Pause, zog den Schleim hoch und spuckte ihn unflätig vom Baum herunter mitten in den Hof. Wie vom Himmel herabfallende Taubenkacke. Der Blick meines Bruders war verschwommen und leer, er machte ein trostloses Gesicht, denn er befand sich in einer misslichen Lage, war einsam, isoliert und bemitleidenswert.
Während langsam die warme Jahreszeit kam, verschlechterte sich die Situation meines Bruders immer mehr. Er wollte damit fortfahren, seine große revolutionäre Oper einzustudieren, um diese aufzuführen, aber die Leute hörten nicht mehr auf ihn. Ein paar alte Bauern, die aus den ärmsten Lohnbauernfamilien stammten, riefen ihm, wie er so geistesabwesend auf dem Hochstand im Aprikosenbaum Zigaretten rauchte, zu: „Kommandant Jinlong, sollten Sie nicht damit beginnen, die Feldarbeit einzuteilen? Wenn der Mensch nicht zur rechten Zeit den Acker besorgt, dann sorgt sich der Acker das ganze Jahr nicht um den Menschen. Wenn die Arbeiter in den Städten Revolution machen, bezahlt der Staat ihnen Geld in die Lohntüte. Die Bauern aber müssen das Feld bestellen, wenn sie überleben wollen!"

Während sie das sagten, konnte man Vater mit zwei Tragekörben Kuhmist aus dem Haupttor herausgehen sehen. Der frische Mistgeruch während der ersten Frühlingstage lässt jedes Bauernherz höher schlagen.

„Man darf nicht nur den Acker bestellen, man muss auch den Acker der Revolution bestellen. Man darf nicht nur Augen für die Produktion der Feldfrüchte haben, man darf auch die Revolution nicht aus den Augen verlieren!"

Mein Bruder spuckte die Zigarettenkippe zu Boden und sprang vom Aprikosenbaum herunter. Als er aufkam, verlor er das Gleichgewicht und fiel ziemlich unsanft hin. Die alten Bauern stürzten hinzu und halfen ihm, auf die Beine zu kommen. Er setzte ein peinlich berührtes Affengrinsen auf. Dabei wehrte er die helfenden Hände der alten Bauern ab: „Ich werde unverzüglich zum Revolutionskomitee der Kommune gehen und die Anweisungen entgegennehmen. Ihr habt hier still zu warten. Ihr unternehmt nichts Voreiliges!"

Er zog ein paar hohe Gummistiefel an und bereitete sich darauf vor, durch den Schlamm zur Kommune zu waten. Bevor er sich aufmachte, traf er auf Yang Qi, der wie er in dem vorübergehend eingerichteten Gemeinschaftsklo draußen vor dem Tor außerhalb der Mauer beim Pinkeln stand. Wegen der Lammfelljacken hatte Yang sich mit meinem Bruder verfeindet. Anmerken ließ er sich nichts, er machte gute Miene zum bösen Spiel und scherzte unverändert.

„Befehlshaber Ximen, wohin soll's denn gehen? So, wie Sie sich zurechtgemacht haben, sehen Sie gar nicht mehr wie ein Rotgardist aus. Wie die japanische Militärpolizei, so schau'n Sie aus", sagte Yang Qi lachend.

Jinlong drückte seinen Pimmel und schüttelte ihn ab. Dann schnaufte er geräuschvoll durch die Nase, womit er bedeutete, dass er Yang Qi im höchsten Maß verachtete.

Yang Qi sprach fröhlich lachend weiter: „Kleiner, deine breite Schulter, an die du dich immer anlehnen konntest, ist hin und weg. Das sieht mir ganz danach aus, dass du es auch nicht mehr lange machst. Nimm es gelassen und stoß keinen vor den Kopf. Mach den Posten frei für andere. Für Leute, die was von der Landwirtschaft verstehen. Vom Opernsingen regnet es keine Dampfnudeln."

Mein Bruder lachte abfällig: „Meinen Posten habe ich direkt von der Leitung des Kreisrevolutionskomitees bekommen. Wenn man mich

abberufen will, muss das das Kreisrevolutionskomitee machen. Das Revolutionskomitee der Kommune hat dazu keine Berechtigung."
Da, ausgerechnet als mein Bruder sich vor Yang Qi wutschäumend ereiferte, ging der Haken an seiner großen Porzellan-Mao-Zedong-Plakette auf und die Plakette fiel in die Grube. Meinen Bruder packte die Panik. Auch Yang Qi war geschockt. Als mein Bruder seinen ersten Schreck überwunden hatte und in die Jauchegrube hinab springen wollte, um die Plakette zu holen, hatte Yang Qi plötzlich eine niederträchtige Idee. Er packte meinen Bruder am Schlafittchen und schrie aus Leibeskräften: „Fasst den Konterrevolutionär! Den Konterrevolutionär auf frischer Tat ertappt, fasst ihn!"
Mein Bruder war wie die Grundbesitzer, Reichen, Konterrevolutionäre, Bösewichte und wie Hong Taiyue, der den kapitalistischen Weg ging, zum „Objekt unter kontrollierter Arbeit" geworden.
Ich wurde, nachdem ich der Kommune beigetreten war, der kommuneeigenen Viehaufzuchtstation zum Viehfüttern zugewiesen. Der ursprüngliche Futtermeister Fang Liu, der bei den Ximens schon die Tiere gefüttert hatte, und Häftling Hu Bin, der seine Strafe abgegolten hatte und entlassen worden war, wurden meine Lehrmeister. Auf der Aufzuchtstation beziehungsweise im Stall wurde das gesamte Vieh der Brigade gehalten und versorgt. Es gab einen Rappen, der früher als Kampfross gedient hatte. Weil er in einem Gefecht ein Auge verloren hatte, wurde er ausgemustert. Das Brandzeichen auf der Kruppe konnte beweisen, dass das Pferd im Militär gedient hatte. Dann gab es ein graues Muli, das ein jähzorniges Temperament besaß und bissig war. Wenn man mit ihm zu tun hatte, musste man jede Sekunde auf das Ärgste gefasst sein und sich zu schützen wissen. Das Muli und das Ross waren gemeinsam für das Ziehen des großen Wagens mit den Gummireifen zuständig. Das übrige Vieh waren alles Rinder, zusammen waren es achtundzwanzig. Weil unser Bulle gerade erst hinzugekommen war, gab es für ihn keinen Futterkrippenplatz im Ständer. Er musste vorerst zwischen dem Pferd und den Rindern stehen. Da es keine Krippe gab, stellte man ihm als Ersatz einen leeren halben Benzinkanister hin.
Weil ich nun Futtergehilfe war, holte ich mein Bett von zu Hause und richtete mir auf dem großen Gemeinschaftskang in den Viehstallungen mein Bett ein. Wie froh war ich, unseren Hof, den ich so liebte und mindestens genauso hasste, zu verlassen. Papa konnte ich auf

diese Weise den Platz freimachen, obwohl er, nachdem ich bekannt gegeben hatte, in die Kommune einzutreten, nur noch im Kuhstall schlief. Der Kuhstall war zwar in Ordnung, dennoch war er kein Haus, unser Haus jedoch, auch wenn es noch so kaputt war, immerhin eine menschliche Behausung. Ich sagte also zu meinem Vater: „Papa, zieh doch bitte wieder ins Haus ein!", und fügte hinzu: „Papa, du kannst ganz beruhigt sein. Ich werde den Bullen gut versorgen."
In den Viehstallungen und der Aufzuchtstation lag reichlich Heu herum. Wenn man sich dieses unter die Bettdecke auf den Kang legte, wurde einem heiß wie einem Eierkuchen in der Pfanne. Die fünf Jungs von Großvater Fang Liu schliefen mit ihm zusammen auf dem Kang. Die Fangs waren bitterarm und hatten keine Bettdecken, deswegen schliefen die fünf Söhne nackt und bloß; fünf kleine Fleischwürstchen, die auf dem Kang hin- und herkullerten. Als der Morgen graute, waren tatsächlich zwei Nackedeis mit unter meine Decke geschlüpft.

Der Kang war viel zu heiß, es tat auf der Haut weh. Ich wälzte mich hin und her und fühlte mich wie gebraten. Der Mond schien zum Fenster herein und erhellte den Kang mit den kleinen dort schlafenden Nackedeis. Wie Sägen schnarchten sie, während sie sich unruhig hin- und herwälzten. Das Schnarchen des Großvaters Fang klang so krächzend und trocken wie ein Blasebalg, der einem Huhn die gesamten Federn vom Leib geholt hat. Hu Bin schlief am äußersten Ende des Kangs. Er hatte sich eng in seine Decke eingerollt, weil er darauf bedacht war, keines von den Fangschen Bälgern unter seiner Decke wiederzufinden. Dieser komische Kauz behielt sogar beim Schlafen seine Schutzbrille aus dem Bergwerk auf. Das Mondlicht schlängelte sich wie eine giftige Schlange diebisch über sein Gesicht.

Um Mitternacht begannen das Pferd und das Muli mit den Hufen zu scharren und laut zu schnaufen. Die Glocke um den Hals des Mulis schellte klirrend. Das Schnarchen von Fang Liu setzte aus, er drehte sich um, setzte sich auf und klatschte mir mit der Hand gegen den Schädel. Dabei fuhr er mich laut an: „Aufstehen. Füttern!"

Es war nun das dritte Mal, dass ich Heu nachlegte. Wenn die Pferde in der Nacht nicht gefüttert werden, werden sie nicht fett, und auch die Rinder brauchen ihr Nachtfutter, um stark zu werden. Ich machte es wie Fang Liu, zog mir die Jacke über und rutschte vom Kang herunter. Als er die Lampe entzündet hatte, folgte ich ihm in das Dunkel

des Viehstalls. Muli und Pferd schlugen aufgeregt mit den Köpfen. Die im Ständer liegenden Rinder stellten sich eins nach dem anderen auf die Beine. Großvater Fang Liu zeigte mir, was ich zu tun hatte, obwohl es im Grunde unnötig war. Denn wie oft hatte ich meinem Vater dabei zugeschaut, wie er unserem Esel oder unserem Bullen Nachtfutter nachlegte. Ich griff mir das Heusieb, siebte zuerst dem Muli und dem Pferd Getreidestroh und schüttete es in ihren Trog. Die beiden steckten ihre Mäuler in das Stroh und wühlten es durch, fraßen aber nicht, denn sie warteten auf Getreidekuchen und Wasser. Fang Liu sah, mit welch geübter Hand ich das Stroh durchsiebte, sagte jedoch keinen Ton. Trotzdem wusste ich, dass er sehr zufrieden mit mir war. Aus der Futterwanne fischte er eine Blechkelle voller fertig eingeweichtem Sojapresskuchen und löffelte ihn in den Trog. Das wählerische Muli wollte Sojapresskuchen aus der Futterwanne stibitzen, aber Fang Liu hieb ihm mit der Heugabel kräftig aufs Maul. Das Muli verkniff den Schmerz und behielt den Kopf oben. In aller Eile wurde umgerührt, der Duft des Getreidestrohs mischte sich mit dem Duft des Sojapresskuchens. Dann sah man Muli und Pferd laut schmatzend in großen Bissen ihr Futter fressen. Im Schein der Öllampe schimmerten die Augen des Mulis blau. Aber Muliaugen, finde ich immer, reichen lange nicht an Rinderaugen heran, Rinder haben eben einfach die schönsten, größten und tiefgründigsten Augen. Unser Bulle fühlte sich, als alle Rinder uns den Kopf zuwandten und das frische Heu erwarteten, verlassen und einsam, wie ein Grundschüler, der die Schule wechseln musste und dann neu in eine fremde Klasse kommt. Wie sich herausstellte, stand er neben dem Pferd sehr vorteilhaft, denn er bekam als erstes Rind frisches Futter. In dieser Nacht fütterten wir erstklassiges Kuhfutter, nämlich gehäckseltes Bohnenstroh vermischt mit geschnitzeltem Kraut von rotschaligen Süßkartoffeln. Solches Futter ist sehr nahrhaft, duftet gut, und manchmal sind am Bohnenstroh auch noch Reste von daran hängen gebliebenen Bohnen.
Mein Bruder hatte die Kommunemitglieder angewiesen, während der Revolution die Arbeit in den Viehstallungen wie gewohnt zu verrichten. Und weil Großvater Fang Liu ein rechtschaffener Bauer war, war er auch niemals auf dem Hof der Ximens unterwegs gewesen. Nur die falsche Brillenschlange Hu Bin trieb sich bei uns auf dem Hof herum. Dann las man auf der Hofmauer Enthüllungen aus mei-

nes Bruders verborgener Vergangenheit; die Wandzeitungen, das sah mein Bruder auf den ersten Blick, waren alle in tadelloser Schrift geschrieben und konnten nur von der Hand Hu Bins stammen.

Ich nahm die aus Bambus geflochtene Schippe und füllte den Rindern ihr Grünfutter in die Krippen. Sie senkten die Köpfe in die Krippe und begannen geräuschvoll zu fressen. Ich verweilte ein wenig bei unserem Bullen und gab ihm noch eine halbe Schaufel, als Fang Liu gerade nicht hinschaute. Dann streichelte ich seine Stirn und die Nase, er streckte seine stachelige Zunge hervor und leckte mir die Hände. Er war das einzige Rind bei uns, das keinen Nasenring hatte. Ich fragte mich, ob er diesem Schicksal wohl dauerhaft entgehen konnte.

Noch bevor der Aprikosenbaum zur vollen Blüte kam und die Frühlingsfeldarbeit mit dem Ackerpflügen wieder begann, wusste ich, dass es ihm nicht erspart blieb. Großvater Fang Liu brachte mit mir und Hu Bin an diesem Tag in aller Frühe das Vieh auf den Hof. Dort putzten und striegelten wir es, rieben die Dreckkrusten weg und entfernten das alte Winterfell. Es war fast so, als stellten wir die Früchte unserer Arbeit eines ganzen Winters zur Schau.

Obwohl es Yang Qi gewesen war, der das vermeintliche Verbrechen meines Bruders aufgedeckt und damit bewirkt hatte, dass meinem Bruder sein leitender Posten abgenommen und ihm der Hut eines Konterrevolutionärs aufgesetzt wurde, kam er nicht in den Genuss, dass der Beamtenhut des Leiters an ihn weitergereicht wurde. Der leitende Posten unseres dörflichen Revolutionskomitees wurde vom Revolutionskomitee der Kommune an Huang Tong übertragen. Dieser verfügte über viele Jahre Erfahrung als Leiter unserer Produktionsbrigade. Er stand wie ein Generalfeldmarschall neben der Tenne und so, wie ein Marschall seinen Truppen verschiedene Aufgaben für den Einsatz zuweist, teilte er den Kommunemitgliedern ihre Arbeit zu. Die Kommunemitglieder, deren Familien die vom sozialistischen Standpunkt aus bessere Herkunft hatten, bekamen die leichtere Arbeit zugeteilt, während die bekannten Bösewichte alle zum Pflügen mussten. Mein Bruder stand mit Yu Wufu, dem Baojia-Vorsteher des Marionettenregimes Wang Jingweis, dem reichen Bauern Wu Yuan, dem Verräter Zhang Dazhuang, Tian Gui, dem Chef der Schnapsbrennerei, und mit dem Rechtsabweichler auf dem kapitalistischen Weg, Hong Taiyue, zusammen. Er kochte vor Wut. Hong Taiyue hatte ein ironisches Lächeln aufgesetzt, während den Bösewichten, die schon seit Jahren durch Arbeit umerzogen wurden, nichts anzumerken war. Das Pflügen im Frühling war nun schon so lange ihre Arbeit. Wer welchen Pflug und welche Rinder bekam, war fest geregelt. Sie schleppten den Pflug aus dem Speicher, holten die Leinen und spannten die ihnen zugewiesenen Rinder ein. Die Rinder hatten sich längst an sie gewöhnt. Fang Liu bat sie: „Die Rinder waren den ganzen Winter über im Stall, ihre Muskeln sind noch steif. Geht den ersten Tag langsam ans Werk. Es reicht völlig, wenn ihr mit der Schirrung klar kommt und ihnen folgen könnt."

Fang Liu half nun Hong Taiyue, seine Zugtiere zusammenzustellen, einen schwarzen Bohai-Meer-Ochsen und ein West-Shandonger Rind. Hong Taiyue brachte das Rind geübt und entschlossen in die Schirrung. Obwohl er einige Jahre Sekretär gewesen war, kam er doch ursprünglich aus einer Bauernfamilie und ging fachmännisch vor. Mein Bruder war anderer Leute angenommener Pflegesohn. Er stellte den Pflug gerade auf, ordnete die Zugstränge und beschimpfte Fang Liu aufgebracht: „Welche zwei Rinder soll ich nehmen?"

Fang Liu musterte meinen Bruder genau und antwortete in einem Tonfall, als würde er Selbstgespräche führen: „Junger Spund, du solltest das Eisen erst noch schmieden lernen, das beste Rind kann ich dir nicht geben, ich gebe dir eins zum Üben."

Dann holte er für meinen Bruder die mongolische Schlangenschwanzkuh aus dem Stall. Dieses Rind war mit meinem Bruder vertraut. Vor einigen Jahren, als wir im Vorfrühling am Flussufer täglich die Kühe grasen ließen, hatte die Kuh meinen Bruder stets gesehen. Sehr gehorsam stand sie neben ihm und war mit Wiederkäuen beschäftigt. Ein großes Büschel erneut durchgekautes Gras rutschte ihre Gurgel herunter, dann ihren Hals entlang und mit einem Glucksen in ihren Magen hinab. Jinlong legte ihr das Geschirr an und die Kuh war bemüht, alles folgsam mitzumachen. Fang Liu ließ seine Augen über die Rinder wandern, die noch angebunden waren. Sein Blick fiel auf unseren Bullen. Als würde er zum ersten Mal dessen Vorzüge bemerken, sah man seine Augen aufleuchten und man hörte ihn anerkennend mit der Zunge schnalzen.

„Jiefang, bring mal euren Bullen her. Wir lassen ihn mit seiner Mama zusammen gehen … Eigentlich kann der ja ohne Probleme einen Pflug alleine ziehen", sprach Fang Liu, während er in einem fort um unseren Bullen herumging: „Sieh mal einer an, ein breiter Schädel, eine gerade Stirn, das Maul groß, leuchtende Augen. Am Bug und an der Schulter ist er eine volle Handbreit höher, als er es hinten bei der Kruppe ist. Da wird die umgeworfene Erde klatschend zur Seite fallen. Alle Achtung, Vorderbeine hat er wie Bogenpfeile so gerade, und kraftvoll sind die. Die Hinterbeine sind schön gerundet wie bei einem Bogen, und gehen kann er so schnell wie der Wind. Nur schade, das mit dem halben Horn. Ansonsten ist er makellos, nicht den kleinsten Fehler hat er. Jinlong, diesen Bullen nimmst du. Sei gut zu ihm, er ist deines Vaters ein und alles, er liebt ihn mehr als sein Leben."

Jinlong nahm den Führstrick entgegen und wies den Bullen an. Er wollte ihn, so wie ihm befohlen ward, einschirren und ihn dafür vor und zurückbewegen, damit er ihm das Joch gut auf die Schultern aufpassen konnte. Aber der Bulle senkte den Kopf und machte nichts anderes, als langsam wiederzukäuen. Jinlong zog den Führstrick stramm, um ihn zu zwingen, vorwärts zu gehen, aber der Bulle bewegte sich nicht einen Zentimeter. Weil er keinen Nasenring hatte, konnte Jinlong ziehen, wie er wollte. Der Bullenkopf kam nicht vom Fleck, er stand starr wie ein Fels. Gerade, weil er so stark war, wurde ihm diese mörderische Folter mit dem Nasenring dann doch zuteil. Ximen Stier, du hättest diese Folterstrafe verhindern können, wenn du, so wie unter der Hand meines Vaters, alles, was der Mensch sagt und will, auf Anhieb verstanden hättest und den Befehlen willig gefolgt wärst. Du wärst bestimmt der erste Stier in der Geschichte Nordost-Gaomis geworden, dem kein Nasenring angelegt wurde. Aber wenn du nicht folgen wolltest, konnte dich niemand mehr von der Stelle bewegen, auch viele Männer mit vereinten Kräften brachten dich keinen Deut vor oder zurück.

Fang Liu sagte nun: „Wie soll man denn ein Rind ohne Nasenring dazu bewegen zu gehorchen? Besitzt Lan Lian etwa irgendeinen Zauberspruch, der das Vieh in Bewegung setzt?"

Ximen Stier, mein Freund, sie haben dir deine vier Beine mit einem Seil zusammengebunden. Zwischen das Seil haben sie einen Knüppel gesteckt, sodass das Seil sich weiter zuschnürte, wenn der Knüppel gedreht wurde. Dein Körper machte sich immer kleiner, du ducktest dich immer mehr, bis du nicht mehr stehen konntest und auf den Boden schlugst. Großvater Fang sagte selbst, um einem gewöhnlichen Bullen einen Nasenring einzupassen, bräuchte man niemals so viel Kraft aufzuwenden. Aber sie hatten Angst vor dir. Sie kannten deine heldenhafte Vergangenheit. Sie fürchteten, dass, wenn du erst einmal wild würdest, ein schweres Unglück nicht mehr abzuwenden sei. Nachdem du auf dem Boden lagst, ließ Fang Liu eine Eisenstange in der Esse glühend rot erhitzen. Dann wurde sie mit der Zange vom Feuer genommen und hergebracht. Ein ganzer Pulk unserer kräftigsten Männer drückte deinen Kopf nach unten. Sie rammten dir sogar noch dein eines Horn in die Erde. Fang Liu zog dir mit den Fingern die Nasenlöcher auseinander und suchte nach der dünnsten Stelle der Nasenscheidewand unter dem Nasenrücken. Dann wies er die Männer an, an dieser Stelle das glühende Eisen hindurch zu stoßen. Kräftig stießen sie zu und rührten darin herum, um das Loch groß zu machen. Gelber, nach verbrannter Haut riechender Qualm stieg auf. Du machtest tiefe Muhgeräusche. Rate mal, wer das wohl gewesen sein mag, der dir mit der glühenden Eisenstange das Loch in das Innere deiner Nase stieß? Natürlich mein Bruder Jinlong. Damals wusste ich nicht, dass du der wiedergeborene Ximen Nao warst. Deshalb verstand ich auch deine Empfindungen nicht, sie blieben mir unverständlich. Das Loch für den Ring war nun fertig. Und wer führte in dieses Loch nun den herzförmigen Nasenring ein? Dein leiblicher Sohn. Was magst du damals wohl dabei empfunden haben?

Nachdem der Nasenring eingehängt war, zogen sie dich daran auf den Acker hinaus. Der Frühling hatte die Natur wieder zum Leben erweckt, überall sah und roch man die Vorboten des sich rührenden Lebens. Ximen Stier, mein Freund, welch ergreifende Tragödie spielte sich zu dieser wunderschönen Frühlingszeit ab! Deine Hartnäckigkeit, deine Fähigkeit, größte körperliche Schmerzen hinzunehmen, deine Standhaftigkeit bis in den Tod und noch darüber hinaus ließen damals jeden vor Bewunderung mit der Zunge schnalzen. Deine Geschichte erzählen sich die Leute bei uns im Dorf bis heute wieder und wieder. Wir alle hielten dich schon damals für einen unglaublichen Bullen. Bis heute ist das nicht anders. Du bist zur Legende geworden. Und sogar ich, der deine besonderen persönlichen Umstände und deine Vergangenheit kennt, finde noch immer, dass dein damaliges Handeln jenseits jeder Vernunft, jenseits des Möglichen liegt. Du hättest dich damals wehren können. Es wäre dir ein

Leichtes gewesen. Du mit deinem Körper so groß wie ein Berg, mit deiner in dir schlummernden unermesslichen Kraft. So wie du dich gewehrt hast, als du den Aufruhr bei uns auf dem Hof veranstaltet hast, als die Zeremonie zur Aufnahme in die Kommune stattfand. Oder wie damals, als du am Flussufer diesen Hu Bin auf die Hörner genommen und wütend durch die Luft gewirbelt hast. Oder auf der öffentlichen Kritik- und Kampfversammlung, als du auf dem Markt, wo sie euch vorführten, wild geworden bist. Als du alle Kommunemitglieder, die den völlig verrückten Versuch unternahmen, dich zu bändigen, einen nach dem anderen auf die Hörner genommen und sie wie federleichte Pingpongbälle in die Luft geworfen hast, worauf sie schwer wie Steine in den schwammigen Matsch knallten und sich dort tief in den Modder bohrten, um sich wie in einer Grube wiederzufinden. Du hast diesen skrupellosen, grausamen Bestien die Knochen gebrochen, ihren Eingeweiden erdbebengleiche Stöße verpasst, dass sie wie die Frösche quakten.

Dass Jinlong dein Sohn ist? Na, und wenn schon! Das gehört in eine Zeit, die vor deinem Leben als Stier, ja noch vor deinem Leben als Esel verging. Wie viele Menschen aßen, während sie das sechsspeichige Rad der Wiedergeburten passierten, ihren eigenen Vater auf, wie viele hatten Sex mit der eigenen Mutter? Warum musstest du es da so genau nehmen? Es war doch so, dass Jinlong eine so degenerierte und kaltblütig brutale Natur besaß, dass er seine Frustration darüber, in der Politik gescheitert zu sein, und seinen Hass darüber, dass er damals unter einem Vorarbeiter körperliche Schwerstarbeit leisten musste, an dir, und das alles noch in verstärkter Form, ausließ. Auch wenn er damals nicht wusste, dass unser Bulle einmal sein leiblicher Vater gewesen war, und auch wenn das, was man unwissentlich tut, einem nicht anzulasten ist, auch dann darf man doch ein Rind niemals so kaltblütig und brutal misshandeln! Oh, mein Ximen Stier, ich ertrage es nicht, dir zu schildern, welch furchtbare Gewalt er gegen dich gebrauchte. Nun hast du im Anschluss an deine Wiedergeburt in den Leib eines Stiers noch vier verschiedene Wiedergeburten erlebt. Während du zwischen den Welten von Yin und Yang, vom Schatten ins Licht hin- und herwechseltest, sind dir vielleicht viele Einzelheiten nur noch verschwommen im Gedächtnis geblieben. Aber dieser Tag hat sich bei mir ins Gedächtnis gegraben. Wenn man den Verlauf dieses Tages mit einem mächtigen, grün sprießenden Baum voller Zweige vergleichen wollte, erinnere ich mich bei diesem Baum nicht nur an die dicken Äste. Jedes kleine Zweiglein, ja jedes einzelne Blatt hat sich klar in mein Gedächtnis eingebrannt. Ximen Stier, höre mich nun an, denn ich muss es erzählen, weil es doch nun mal stattgefunden hat. Was stattgefunden hat, ist das, was wir Geschichte nennen. Das zu berichten, die Einzelheiten der Geschichte festzuhalten und sie den Zeitgenossen, die die Einzelheiten vergessen haben, ins Gedächtnis zu rufen, ist unsere Aufgabe und Pflicht.

Als du an jenem Tag den Acker erreichtest, legtest du dich, ohne zu zögern, sofort nieder. Die Männer hinter den Pflügen waren alle erfahrene Kutscher. Alle hatten dich mit eigenen Augen pflügen gesehen. Sie hatten gesehen, wie du allein einen Pflug mit emsig fliegenden Hufen zogst und die Pflugschar den Acker aufschnitt und die schwere Erde wie schäumende Bugwellen zur Seite warf. Wie sie sahen, dass du dich niederlegtest und die Arbeit verweigertest, wurden sie neugierig und es ließ Zweifel bei ihnen aufkommen: „Was ist mit dem Bullen los?"

Mein Vater arbeitete an diesem Tage auch auf seinem Acker. Er hatte kein Rind mehr, deswegen benutzte er eine Hacke, um sein schmales, einen halben Morgen großes Stück Ackerland aufzureißen. Mein Vater arbeitete mit ganzem Herzen und mit voller Konzentration und blickte weder nach links noch nach rechts. Mit gebücktem Rücken trieb er die Hacke gleichmäßig wieder und wieder in den Boden. Einer der Bauern sagte: „Der Bulle sehnt sich nach seinem Herrn, er will mit Lan Lian weiter privatwirtschaften."

Jinlong ging ein paar Schritt rückwärts, machte seine Peitsche von der Schulter los und ließ sie kreisen. Dann ließ er sie mit Gewalt auf den Rücken unseres Bullen niederfahren. Auf deinem Rücken blieb eine weiße, geschwollene Peitschenstrieme zurück. Du warst ein Bulle in der Blüte seiner Jahre, gesund, mit kräftiger, weicher Haut, sehr elastisch noch dazu. Deine Haut konnte Schläge aushalten. Wäre es ein älteres, ein schwächeres Rind gewesen oder hätte es ein Jungrind getroffen, so hätte Jinlongs Peitschenschlag sicher tiefe, offene Fleischwunden hinterlassen. Denn alles, was Jinlong sich vornimmt, macht er besser als andere. Er gehört zu den fähigen Menschen. Man kann es nicht anders ausdrücken. Es gab nur ein paar Leute im Dorf, die gut mit einer vier Meter langen Peitsche umgehen konnten. Wenn

Jinlong sie jedoch benutzte, machte er es meisterhaft. Als die Peitsche auf deinen Körper traf, hörte man das dumpfe Geräusch noch weit entfernt. Ich glaube ganz bestimmt, dass mein Vater hörte, wie Jinlong dich schlug. Aber er ging gebückt und mit gesenktem Haupt weiter. Er hörte nicht auf zu hacken. Ich weiß, welch tiefe Liebe er für dich verspürte. Dass du solche Peitschenhiebe erleiden musstest, machte ihn bestimmt traurig, aber er achtete allein darauf weiterzuhacken, er kam nicht herbeigestürzt, um dich zu beschützen. Oh, mein Papa, du wurdest genau wie dein Bulle geschlagen und musstest die gleichen Qualen erleiden.

Jinlong verpasste dir zwanzig Peitschenhiebe. Dann war er so müde, dass er laut keuchte und seine schwitzende Stirn dampfte. Du aber lagst auf der Erde, dein Kinn auf dem Boden, die Augen fest geschlossen. Wieder weintest du, große, heiße Tränen flossen herab und färbten dein Fell um die Augen und an den Backen dunkel. Du machtest keine einzige Bewegung, keinen einzigen Ton gabst du von dir. Allein die Wellen, die sich unter deiner Haut abzeichneten, zeigten an, dass du noch lebtest. Sonst hätte dich jeder ohne den geringsten Zweifel für ein totes Rind gehalten. Mein Bruder trat vor dich und herrschte dich grob an, während er dir einen Fußtritt in deine Backe gab: „Aufstehen sollst du! Steh auf, sage ich!"

Aber du hieltest die Augen fest geschlossen und bewegtest dich nicht. Jinlong fing an, dich wie besessen anzubrüllen. Außer sich vor Wut trat er abwechselnd links, rechts, links, rechts mit voller Wucht gegen deinen Kopf, gegen dein Gesicht, gegen dein Maul, gegen deinen Bauch. Er war wie ein Schamane, der sich in Ekstase befindet, während er gegen einen mächtigen Gott kämpft. Du aber nahmst seine Tritte hin und rührtest dich nicht. Während er dich wie ein Verrückter überallhin trat, zitterte neben dir deine Mutter, die mongolische Ringelschwanzkuh, am ganzen Körper wie Espenlaub. Ihr gewundener Schwanz war stocksteif geworden, während sie so entsetzlich zitterte. Wie eine zu Eis erstarrte Riesenschlange. Mein Vater ackerte auf dem Feld, immer schneller, immer schneller trieb er die Hacke in den schweren Boden.

Die Männer hinter den anderen Pflügen hatten mit ihren Rindern die erste Runde beendet und kamen wieder vorbei. Als sie Jinlongs Rind immer noch auf dem Boden liegend erblickten, wunderten sie sich. Sie kamen einer nach dem anderen herbei und umringten den

Bullen. Der reiche Bauer Wu Yuan, der so gutherzig war, fragte: „Leidet der Bulle vielleicht an einer Krankheit?"

Tian Gui, der jedem am laufenden Band beweisen musste, wie sehr er für den Fortschritt zu haben war, sprach: „Der Bulle ist am ganzen Körper mit Muskeln bepackt, das Fell ist glatt und glänzend und letztes Jahr hat er Lan Lian noch den Pflug gezogen. Dieses Jahr liegt er da und markiert den Toten. Ich denke, das tut er, weil er die Volkskommunen ablehnt."

Hong Taiyue warf meinem Vater, der mit gesenktem Kopf sein Feld hackte, einen Blick zu. Ungerührt sprach er: „Da ist was dran, an dem Spruch, dass das Vieh immer nach seinem Herrn kommt!"

„Schläge verpassen! Ich glaube, dass man ihn doch durch Schläge hoch kriegt", war die Meinung des Verräters Zhang Dazhuang.

Die Menge stimmte ihm zu. So kam es, dass sieben oder acht Pflüger sich im Rund aufstellten, alle ihre Peitsche von der Schulter nahmen, diese mit Schwung hinter sich in voller Länge auswarfen, während sie den Peitschengriff senkrecht fest in der Hand hielten. Als sie eben ausholen wollten, brach die mongolische Kuh wie eine in sich zusammenstürzende Mauer zu Boden. Aber plötzlich rappelte sie sich, die Beine eng an den Körper angezogen, mit einem Ruck wieder auf. Sie schlotterte am ganzen Körper, ihr Blick war ängstlich, kleiner konnte sie sich nicht machen, den kringeligen Schwanz hatte sie eng unter ihrem Bauch eingeklemmt. Die Menge lachte, einer sagte: „Na, schau mal einer an. Wir haben noch nicht begonnen, und schon macht sich eine Kuh die Hosen voll."

Mein Bruder Jinlong, der die Kuh kannte, führte sie weg vom Geschehen. Als hätte man ihr das Leben gerettet, stand sie nun abseits, zwar noch zitternd, aber den Blicken wieder standhaltend.

Ximen Stier, mein Freund, noch immer lagst du still am Boden. Wie eine Düne bei uns am Fluss. Die Pflüger machten sich bereit, und auf „Los!" droschen sie mit ihren langen züngelnden Peitschen auf dich ein, als seien sie miteinander im Wettstreit und führten gerade ihre Peitschenkünste vor. Schlag auf Schlag, Knall auf Knall. Die Peitschenstriemen auf deinem Rücken liefen kreuz und quer, schließlich floss das Blut.

Die Peitschenschwänze waren nun nass und blutig und klatschten dadurch mit noch hellerem Ton, die Schlagkraft war von noch größerer Härte. Auf deinem Widerrist, auf deiner gesamten Wirbelsäule und deinem Bauch sah alles wie auf einem Hackbrett beim Metzger aus – ein Brei von Blut und Fleisch.

Von dem Zeitpunkt an, als sie damit begonnen hatten, dich zu schlagen, begann ich zu weinen. Ich schrie, heulte, flehte, wollte mich auf dich stürzen und dich retten. Ich wollte mich über deinen Rücken legen, damit es dir weniger wehtat. Aber die Schaulustigen, die etwas erleben wollten, hielten mich an beiden Armen fest. Sie nahmen es hin, dass ich sie trat und biss. Sie ließen einfach nicht los und wollten jede Sekunde dieser blutigen Tragödie mit ansehen. Ich verstehe nicht, wie aus meinen lieben Dorfnachbarn, aus diesen vielen Leuten, die ich Onkel und Großvater nenne, die ich Bruder und Schwägerin rufe, und selbst aus den kleinen Kindern im Dorf solche Bestien mit Herzen wie aus kaltem Stahl wurden.

Die Pflüger hatten sich endlich müde gepeitscht und rieben sich die schmerzenden Handgelenke. Dann gingen sie forschend auf dich zu. Warst du tot? Nein, noch nicht tot. Du hieltest deine Augen fest geschlossen. Aus den Backen hingen lose, von den Peitschen losgeschlagene Fleischklumpen, das Blut sammelte sich am Boden in einer Lache. Lautes Keuchen war von dir zu hören, dein Maul lag tief in der Ackererde. Wie bei einer Kuh, die im nächsten Augenblick ihr Kalb wirft, schlotterte dir dein Leib.

Die, die dich geschlagen hatten, seufzten aus tiefstem Herzen. Keiner hatte je ein so standhaftes, eigenwilliges Rind gesehen. Auf ihren Gesichtern sah man aber etwas Unnatürliches, es war, als trügen sie eine Maske, denn das, was sie sahen, war ihnen gar zu peinlich. Hätten sie einen Stier geschlagen, der sich nach Kräften gewehrt hätte, hätten sie sich beruhigt abgewandt. Aber sie hatten einen Stier geschlagen, der die ihm zugefügte Gewalt hinnahm. Der Zweifel nagte an ihnen. Alte Moralvorstellungen, Ansichten von Gut und Böse, alte Götter- und Geistergeschichten, die im Volk erzählt wurden, machten ihnen zu schaffen und ließen sie mit ungutem Gefühl im Herzen zurück. War der Bulle denn überhaupt ein Rind? Oder war er ein Gott? Vielleicht war er ein Buddha, dass er so gewaltiges Leid ertrug? Wollte er mit seiner Fleischwerdung die vom Weg abgekommenen, irrgläubigen Menschen zur Einsicht bringen?

„Ihr Menschen! Gebraucht keine Gewalt gegen andere Menschen. Auch gegen Rinder sollt ihr keine Gewalt anwenden. Ihr sollt damit aufhören, anderen Menschen euren Willen aufzuzwingen und sie zu

etwas zu nötigen, was sie nicht wollen. Ihr sollt auch damit aufhören, dies den Rindern anzutun." Die, die den Bullen geschlagen hatten, waren des Mitleids noch fähig, sie redeten Jinlong zu aufzuhören, es sein zu lassen. Aber er wollte nichts sein lassen. Die Unnachgiebigkeit, die euch beiden gemein ist, brannte wie ein loderndes Flammenmeer in ihm. Sie ließ seine Augen glühend rot brennen, Nase, Mund, Ohren und Zunge veränderten Aussehen, Platz, Position ... Üblen Gestank verspritzte sein nun schiefer Mund, sein Körper zitterte, obwohl er leichtfüßig, gleichsam schwebend vorwärts ging. Er ähnelte einem Volltrunkenen. Aber er war nicht betrunken. Er war nicht mehr bei Verstand, das Böse hatte von ihm Besitz ergriffen. So wie der Bulle lieber starb, als aufzustehen, als von seinem Willen abzuweichen, als würde er damit, dass er liegen blieb, seine Würde und Selbstachtung verteidigen, so waren auch Jinlong jeder Preis und jede Methode recht, um den Bullen auf die Beine zu stellen und damit sich selbst zu beweisen und seine Selbstachtung nicht einzubüßen. Das waren nicht zwei Todfeinde, die sich gegenseitig die Luft zum Atmen nahmen. Das war Halsstarrigkeit, die mit noch mehr Halsstarrigkeit kollidierte. Mein Bruder führte die mongolische Schlangenschwanzkuh nun genau vor Ximen Stier. Dann knotete er den Führstrick, der an dem neuen Nasenring des Bullen befestigt war, an den Schwengel hinter die Zugstränge, die zu der mongolischen Kuh gehörten. Himmel! Mein Bruder wollte mit der Kraft einer Kuh unseren Stier an der Nase wegziehen. Jeder weiß doch, dass die Nase dem Rind der allerempfindlichste Körperteil ist. Dass ein Mensch überhaupt über ein Rind befehligen kann, hat seinen Grund darin, dass Menschen ihm die Nasenscheidewand durchstechen und einen Nasenring einhängen. Ganz gleich wie bestialisch und wild sich ein Rind aufführen mag, so wird es, hat man sich einmal seiner Nase bemächtigt, binnen weniger Minuten lammfromm.
„Ximen Stier, mein Freund! Steh schnell auf, denn du hast schon viel mehr ertragen, als ein Rind aushalten kann. Jetzt musst du aufstehen. Es wird deinem heldenhaften Namen keinen Abbruch tun. Aber wenn du jetzt nicht aufstehst ...", ich wusste, du würdest nicht aufstehen. Wärest du aufgestanden, wärest du nicht unser Stier gewesen.
Mein Bruder versetzte der am ganzen Körper zitternden, mongoli-

schen Kuh einen derben Faustschlag auf die Kruppe. Die Kuh bewegte sich in der Hüfte und rannte dann wie wild los. Die Stränge wurden stramm, der Nasenring wurde natürlich ebenfalls stramm gezogen.

„Deine Nase! Weh dir! Ximen Stier! Du teuflisch perverser Dämon, gib meinen Bullen frei!"

Ich kämpfte mit aller Kraft, wand mich, boxte um mich, doch die mich haltenden Hände waren wie die eisigen Klauen von Steinmenschen. Die Nase meines Bullen war schon ganz lang gezogen, wie ein grauweißes Gummiband. Deine schöne feuchte Nase, deine hellviolette, luzernenblütenfarbene Nase würde jeden Moment zerreißen.

„Weiche zurück, mongolische Schlangenschwanzkuh! Wehr dich gegen diese Tortur, weißt du nicht, dass der hinter dir am Boden liegende Ximen Stier dein leiblicher Sohn ist? Mach dich nicht zum Handlanger der Bestie Jinlong. Wehr dich! Wenn du deine beiden scharfen Hörner nur einmal zur Seite schwingst, kannst du sie dieser Bestie bereits in die Brust schlagen. Dann ist Schluss mit diesem Gewaltakt."

Aber diese mongolische Kuh war ein herzloses Stück Vieh. Unter den Schlägen von Jinlong zog sie mit voller Kraft an und ging vorwärts. Ximen Stiers Kopf wurde mit Gewalt hochgerissen, aber sein Körper bewegte sich nicht. Ich sah wie seine beiden Vorderbeine sich anwinkelten. Aber es war eine Sinnestäuschung. Du hattest nicht vor aufzustehen. Aus deinen Nüstern kam ein Weinen wie von einem kleinen Baby. Mir wollte es das Herz zerreißen. Weh dir, Ximen Stier! Dann zerriss die Nase. Es war ein helles Knurpsen zu hören. Dein hoch gezogener Kopf knallte mit Wucht in den Acker, während die Schlangenschwanzkuh mit den Vorderbeinen strauchelte, fiel und sich wieder aufrappelte.

„Ximen Jinlong, jetzt bist du ja wohl fertig!"

Aber er war nicht fertig und gab keine Ruhe. Er war inzwischen völlig durchgedreht. Wie ein verwundeter Wolf knurrte er und rannte zum Wassergraben am Ackerrand. Er holte ein paar Bünde Maisrohr und schichtete sie hinter der Kruppe unseres Bullen übereinander zu einem Haufen. Was wollte dieser Satan, den Bullen in Brand setzen? Richtig. Er wollte den Bullen verbrennen. Er machte Feuer. Weißer Qualm, der einen leichten, frischen Duft verbreitete, stieg empor. Das war dieser ganz besondere Duft verbrennenden Maisstrohs. Die

Leute hielten den Atem an und machten große Augen, aber kein einziger war dabei, der nach vorn getreten wäre und dieser sadistischen Grausamkeit Einhalt geboten hätte.

„Weh dir, Ximen Stier. Weh dir, du mein Freund, der es vorzieht, im Feuer bei lebendigem Leib verbrannt zu werden, statt aufzustehen, um für die Volkskommune den Pflug zu ziehen."

Ich sah, wie mein Vater die Hacke hinschmiss, wie er sich flach auf den Boden legte, wie seine beiden Hände sich tief in die Erde gruben, wie sich sein Gesicht in die Erde grub, wie sein gesamter Körper zitterte, dann schlotterte wie bei einem Malariaanfall. Ich wusste, dass Vater und der Bulle die gleichen Folterqualen litten.

Die Haut des Bullen fing Feuer und brutzelte. Angebrannt stinkende Schwaden trieben gen Himmel, der Gestank verursachte Brechreiz, aber keiner kriegte das Kotzen. Ximen Stier, dein Maul hattest du in der Erde vergraben. Deine Wirbelsäule wand sich wie eine Schlange, die man mit dem Kopf bei lebendigem Leib auf der Erde festgenagelt hat. Du wandest dich. Die Zugstränge und die gesamte Schirrung standen in Flammen. Das Lederzeug gehört zum Kollektiveigentum. Das darf nicht beschädigt oder zerstört werden. Einer rannte hin und holte das aus Schnurbaumholz gefertigte Joch von den Schultern des Bullen herunter und warf es auf die Seite. Er trampelte auf den Flammen am Seil herum, sie wurden kleiner und erloschen. Weiße Qualmkringel stiegen auf, und der Gestank verpestete die Umgebung. Kein Vogel mehr weit und breit.

„Weh dir, Ximen Stier, mein Freund."

Zur Hälfte warst du verbrannt. Es war so grausig, dass man nicht hinschauen konnte.

„Ich werde dich bei lebendigem Leibe verbrennen!", brüllte Jinlong und rannte zum Graben mit dem Maisstroh. Immer noch hielt ihn keiner auf. Die Leute dachten wohl, je größer das vollbrachte Unheil, umso wirkungsvoller die daraus hervorgehende Katharsis. Auch Hong Taiyue, der den Mund immer so voll nahm, wenn er den Leuten predigte, sie hätten das Kollektiveigentum zu lieben und zu schützen, auch er stand dabei und schaute ungerührt zu. Dabei war unser Bulle durch meinen Beitritt in die Kommune doch zum Kollektiveigentum geworden. Und Rinder gehörten zum Großvieh und waren wichtige Produktionsmittel. Ein Rind, das zum Pflügen benötigt wurde, zu schlachten oder zu töten, war ein schweres Verbrechen. Warum, frage ich mich, passierte so ein Verbrechen, und die Leute schauten zu und schritten nicht ein?

Jinlong zog also wieder einige Bund Maisstroh aus dem Graben heraus und rannte schwankend herbei. Mein Stiefbruder war offenbar verrückt geworden. Jinlong, wenn du wüsstest, dass in unserem Bullen dir damals dein leiblicher, wiedergeborener Vater begegnete, was du dazu wohl sagen würdest? Ximen Stier, mein Freund, wie ist deine Meinung dazu, dass dich dein leiblicher Sohn so pervers grausam behandelte? Die Welt gleicht einem Meer der Bitternis! Wie viele Wohltaten, Rache, Liebe und Hass türmen sich in diesem großen Jammertal …

Genau in jenem Moment passierte das, was jeden Menschen wie vom Schlage gerührt erstarren ließ: Ximen Stier erhob sich und stellte sich am ganzen Leibe zitternd hin. Auf seinen Schultern ruhte kein Joch mehr, in der Nase war kein Ring mehr, am Hals und an den Flanken gab es keine Zugstränge mehr. Du standst da als ein Rind in Freiheit, das sich sämtlicher Anzeichen der Versklavung entledigt hat. Du quältest dich vorwärts. Mit schwachen Gliedern, die den Leib nicht zu stemmen vermochten, gingst du schwankend. Aus deiner zerrissenen Nase strömte blaues Blut, schwarz rann es auf deinen Bauch und tropfte als gallertartige Masse zur Erde. Du warst am ganzen Leib schwerstversehrt. Dass ein so verwundetes Rind sich auf seine vier Beine stellt und vorwärts geht, ist mystisch. Dich trug ein erhabener Glaube, dein machtvoller Geist, nicht deine leibliche Kraft ermöglichte deinen Beinen zu gehen. Es waren deine feste Überzeugung, deine Ideale, die dich antrieben. Die Schaulustigen, die um dich standen, machten große Augen. Der Mund blieb ihnen offen stehen. Der schrille Zwitscherlaut einer Feldlerche unterbrach die Grabesstille auf dem Acker. Welch kummervolle Stimmung, als die Lerche in den Wolken verschwand. Der Bulle ging Schritt für Schritt auf meinen Vater zu. Er verließ die Volkskommune und kehrte zurück auf das Land des Lan Lian, auf den einzigen privat bewirtschafteten Boden ganz Chinas. Dort brach er zusammen, wie eine mächtige Festung in sich zusammenstürzt.

Unser Stier starb auf dem Land meines Vaters. Sein Beispiel brachte so manchen, in den Zeiten der Kulturrevolution verstörten, getriebenen Menschen zur Besinnung. Ximen Stier, mein Freund, das, was du tatest, ist zum Mythos geworden. Nachdem du starbst, kamen Leute aus dem Dorf, die dein Fleisch essen wollten. Sie kamen mit dem Messer zu meinem Vater. Wie sie ihn sahen, mit blutigen Tränen, den Mund voller Erde, schlichen sie unverrichteter Schandtat von dannen.

Vater begrub dich genau in der Mitte seines Ackerlandes und türmte einen großen Grabhügel auf. Es ist das auch heute in Nordost-Gaomi noch viel besuchte Grab des als Märtyrer gestorbenen Rinds. Dein Ruhm, den du dir als Stier erwarbst, wird ewig unvergessen bleiben.

Das dritte Buch

Der Frohsinn des Schweins

Das einundzwanzigste Kapitel
Ximen Nao klagt erneut gegen das ihm
widerfahrene Unrecht im Palast des Yama,
wird wieder betrogen und kommt in
einem Wurf Ferkel als Schwein auf die Welt.

Befreit von der Haut des Stiers kreiste meine unbeugsame Seele ungebrochen über dem halben Morgen Ackerland des Lan Lian. Welch tragisches Leben mir die Wiedergeburt als Stier doch beschert hatte! Hatte doch Yama im Anschluss an mein Eselleben bei Gericht ein Urteil über mich gesprochen, das besagte, ich solle als Mensch wiedergeboren werden, und trotzdem musste ich mich dann durch den Geburtskanal der mongolischen Schlangenschwanzkuh ans Licht der Welt kämpfen. Jetzt hatte ich es eilig, bei Yama eine Audienz zu bekommen, um ihn zu rügen und zur Verantwortung zu ziehen, weil er mich an der Nase herumgeführt hatte. Andererseits mochte ich mich nicht von Lan Lian trennen und kreiste weiter über ihm, Runde um Runde. Ich sah den vor Blut und Fleischwunden nur undeutlich erkennbaren Körper des Rindes. Ich sah den weißen Hinterkopf Lan Lians, der sich über den Rinderkopf beugte und, völlig gebrochen, bitterlich weinte. Ich sah meinen hochgewachsenen Sohn Jinlong, mit diesem Blick eines Irren in den Augen, und dann das kleine Blaugesicht, welches meine Nebenfrau Yingchun geboren hatte. Und ich sah Mo Yan, den Freund vom kleinen Blaugesicht, wie er dastand, sein schmutziges Gesicht voll Rotz und Tränen. Und die vielen, vielen Gesichter von Leuten, die mir irgendwie bekannt waren. Mit dem Austreten der Seele aus dem Körper des Stiers verblassten auch die Erinnerungen des Stiers, während das Gedächtnis von Ximen Nao wieder erwachte.

„Ich bin ein guter Mensch und hätte nicht sterben dürfen, aber trotzdem hat man mich exekutiert. Selbst Eure Königliche Majestät Fürst Yama muss zugeben, dass mir Unrecht widerfahren ist. Und einen Haken hat die Sache: Dieser Fehler lässt sich schwer wiedergutmachen."

Fürst Yama entgegnete kühl: „Richtig, es war ein Fehler. Na, dann schieß los, wie ich den Karren wieder aus dem Dreck ziehen soll! Als Ximen Nao darf ich dich nicht wieder auf die Erde zurückschicken. Zweimal bist du inzwischen durch einen neuen Leib gegangen. Du weißt so gut wie ich, dass die Epoche des Ximen Nao der Vergangenheit angehört. Selbst seine Kinder sind inzwischen groß. Seine Leiche ist vermodert und zu Staub zerfallen. Seine Akte hier bei Gericht ist schon vor langer Zeit in Flammen aufgegangen und nur noch ein Häufchen Asche. Glaub mir, diese alten Kamellen sind längst abgehakt. Was hindert dich daran, diese unerfreulichen Geschichten vergangener Zeiten zu vergessen? Was, ein glückerfülltes Leben zu genießen?"

„Königliche Majestät", ich kniete auf dem eiskalten Marmorfußboden der Amtshalle des Palasts des Unterweltfürsten Yama und sprach leidend: „Euer alleruntertänigster Diener möchte selbst nichts lieber als vergessen können, er kann aber nicht. Diese schmerzhaften Erinnerungen sind wie Maden, die sich tief in sein Fleisch und seine Knochen fressen, wie hartnäckige Bazillen, die einfach nicht von ihm ablassen, ihn einschnüren, ihm die Luft nehmen. Sie ließen ihn in seinem Eselleben immer wieder den Hass und die Feindseligkeit Ximen Naos spüren. Und auch als der Eure als ein Bulle lebte, verfolgte ihn Ximen Naos Erbitterung. Allerdurchlauchtigster Yama, diese ewigen Erinnerungen, die ich nicht auszumerzen weiß, quälen mich furchtbar."

„Soll das heißen, dass die Suppe der Mutter Meng, die einen die eigene Seele vergessen lässt und die zehntausendmal stärker als jedes Betäubungsmittel wirkt, bei dir keinerlei Wirkung zeigt?", fragte Fürst Yama verständnislos, „Hast du die Suppe der Mutter Meng etwa nicht getrunken und bist einfach mir nichts, dir nichts zur Heimataussichtsplattform hingestürzt?"

„Allerdurchlauchtigster Yama! Um ehrlich zu sein, denn man soll ja immer bei der Wahrheit bleiben, als ich zum Esel wurde, habe ich, das will ich eingestehen, diese Suppe nicht angerührt. Als ich zum Rind wurde, haben mir die beiden petrolblauen Dämonen die Nase zugedrückt und mir gegen meinen Willen eine volle Schale eingeflößt. Um zu verhindern, dass ich sie erbrach, haben sie mir noch mit einem alten Lappen das Maul gestopft."

„Das ist ungewöhnlich", bedeutete Yama seinen Richtern, die links und rechts von ihm saßen. „Verehrte Kollegen, halten Sie es für möglich, dass Mutter Meng es wagt, bei der Suppe zu mogeln?"

Die Richter schüttelten einhellig verneinend die Köpfe.

„Du solltest dir darüber im Klaren sein, Ximen Nao, dass du den

Bogen gründlich überspannst. Ich bin mit meiner Geduld am Ende. Würde mir jede Seele solche Umstände machen, so würde in meinem Unterweltgerichtshof das Chaos ausbrechen. Ich erinnere mich, dass du in deinem Menschenleben Wohltaten anhäuftest und dass du in deinem Esel- und Rinderleben viel Leid ertragen musstest. Das Gericht gewährt dir ausnahmsweise mildernde Umstände. Wir werden dich für deine nächste Inkarnation in ein fernes Land schicken. Dort herrschen Sicherheit und Ordnung, die Menschen besitzen mehr als genug. Die Landschaft ist lieblich und alle vier Jahreszeiten sind schön wie der Frühling. Dein Vater ist gerade sechsunddreißig Jahre alt und der jüngste Bürgermeister seines Landes. Deine Mutter ist eine hübsche, sehr weibliche Opernsängerin, die viele internationale Preise gewonnen hat. Du wirst der einzige Sohn der beiden sein, von Geburt an der von beiden wie ihr Augapfel gehütete Schatz. Dein Vater wird lang währendes Glück mit seiner Karriere im Staatsdienst haben, mit achtundvierzig Jahren wird er Ministerpräsident eines Bundeslands dieses Staates sein. Deine Mutter wird später ihre künstlerische Karriere aufgeben und eine Kosmetikfirma besitzen. Mit ihr als Geschäftsführerin wird diese Firma beständig wachsen und die Marke international berühmt werden. Dein Vater wird eine Limousine der Marke Audi fahren, deine Mutter wird einen BMW fahren, während du einen Benz dein Eigen nennen wirst. Du wirst in deinem kommenden Leben unerschöpfliche Ehren und Reichtümer genießen, du wirst unzählige Geliebte und Romanzen haben, genug von allem, um dich über die Unbequemlichkeiten und entwürdigenden Behandlungen in deinen vorangegangenen Existenzen hinwegzutrösten."

Fürst Yama klopfte mit dem Knöchel auf den Richtertisch, während er seinen Blick in dem schwarz verrußten Gewölbe des Gerichtssaals schweifen ließ. Zuletzt sprach er bedeutungsvoll: „So werden wir es für dich vorsehen. Damit bist du jetzt wohl zufrieden gestellt. Oder etwa nicht?"

Aber der alte Halunke Fürst Yama hatte mich schon wieder zum Narren gehalten und böse betrogen. Für meine diesmalige Wiedergeburt verbanden die Dämonen mir, noch bevor wir aus der Amtshalle heraustraten, mit einem schwarzen Tuch die Augen. Als wir auf der Heimataussichtsplattform in schwindelerregender Höhe standen, trieb mir der feuchtkalte, erbärmlich stinkende Mief der Hölle entgegen.

Als ich es roch, fröstelte mich. Die alte Mutter Meng schmähte mit heiser krächzender Stimme den Fürsten Yama, der es gewagt hatte, ihr zu misstrauen. Sie nahm ihren harten Schöpflöffel und hieb mir damit auf den Schädel, dass es schallte. Dann packte sie mich am Ohr und flößte mir die Suppe Kelle um Kelle ein. Der Geschmack war sonderbar, wie Fledermausköttel, die man gründlich mit reichlich schwarzem Pfeffer gekocht hat.

„Totsaufen sollst du dich, du dummes Schwein! Du wagst zu sagen, ich hätte meine Suppe verdünnt! Ersaufen sollst du in meiner Suppe, ersaufen deine gesamte Erinnerung, ersaufen deine vorangegangenen Leben. Du wirst dich in deinem nächsten Leben nur noch an den Geschmack von Scheiße und Abwaschwasser erinnern!"

Während dieses böse Weib mich quälte, hatten mich die beiden Dämonen fest im Schwitzkasten und lachten ihr schäbiges, schadenfrohes Lachen.

Halb stolperte ich, halb fiel ich die turmhohe Plattform herunter. Die Dämonen packten mich fest unter den Armen und ab ging es in Höchstgeschwindigkeit. Meine Füße berührten den Boden nicht mehr. Sie stoben mit mir durch die Lüfte. Ich trat auf etwas Weiches, weich wie Schäfchenwolken. Mehrere Male wollte ich meinen Mund aufsperren und nachfragen, aber immer, wenn ich ihn öffnete, war da eine weiche, behaarte Pfote, die mir ein streng riechendes kugeliges Ding in den Mund stopfte. Dann roch ich plötzlich einen eklig sauren Geruch nach Vergorenem, so wie jahrealte Schlempe oder wie vergorene Sojapresskuchen. Es war doch tatsächlich der Geruch aus den Stallungen, die zur Brigade des Dorfes Ximen gehörten. Himmel! Mein Gedächtnis aus meinem Leben als Stier war mir geblieben! Oder war ich etwa immer noch Stier und alles, was zuvor passiert war, nur ein Traumgebilde? Als wenn es mein Leben gälte, so kämpfte ich mich von dem vermeintlichen Traumdämon frei. Mein Mund machte dabei quiekende Geräusche. Wie erschrak ich, als ich mich quieken hörte! Ich schaute genauer hin. Da entdeckte ich doch um mich herum viele sich hin- und herschiebende Fleischportionen. Unter den Fleischbatzen gab es Schwarze, Weiße, Gelbe und schwarzweiß Gescheckte. Quer vor den Fleischbatzen lag eine weiße Muttersau. Ich hörte eine mir vertraute Frauenstimme freudig ausrufen: „Das sechzehnte! Großer Himmel! Unsere alte Sau hat sechzehn Ferkel auf einen Schlag geworfen!"

Ich zwinkerte kräftig und versuchte, den zähen Schleim aus dem Auge zu kriegen. Obwohl ich mich immer noch nicht sehen konnte, wusste ich in dieser Minute schon, dass ich als Schwein wiedergeboren worden war. Mich packte die Wut. Wie hasste ich diesen verlogenen und durchtriebenen Fürsten der Unterwelt, der mich abermals zum Narren gehalten hatte. Ich hasse schmutziges Vieh, wie die Schweine es sind. Da wäre ich lieber als Esel oder als Rind wiedergeboren worden! Aber ein Schwein, das sich im eigenen Mist wälzt, wollte ich nie und nimmer sein. Ich beschloss, in den Hungerstreik zu treten und umgehend wieder an den Unterweltgerichtshof zurückzukehren, um Fürst Yama zur Rechenschaft zu ziehen.

An meinem Geburtstag herrschte eine glühende Hitze. Nach den Sonnenblumen zu urteilen, die hoch mit großen Blättern standen, aber noch nicht aufgeblüht waren, mussten wir Juli haben. Im Schweinestall brummten die Fliegen, und Libellenschwärme drehten über den Schweinen ihre Kreise. Ich spürte, wie meine vier Beine stramm wurden und meine Augen immer besser sahen. Ich konnte die beiden Menschen erkennen, die der Muttersau Geburtshilfe geleistet hatten. Es waren mein Sohn Ximen Jinlong und Huang Tongs große Tochter Huzhu. Sowie ich in das vertraute Gesicht meines Sohnes blickte, spürte ich, wie sich jedes Fetzchen Haut auf meinem Körper spannte. Mein Schädel blähte sich auf, schien jeden Moment zu bersten. Die Schmerzen waren kaum auszuhalten, als hätte man mich mitsamt meines menschlichen Körpers und meiner entfesselten Seele in den winzigen Körper eines Ferkels verbannt. Welche Beengung, ich kriegte keine Luft mehr. Welche Pein, welche Seelenqual.

„Lasst mich frei, lasst es zu, dass ich mich ausstrecke, lasst meinen widerlich schmutzigen Schweineleib bersten. Lasst mich wieder der stattliche Ximen Nao sein!"

Aber das war ja alles nicht möglich – nur zu gut wusste ich das. Ich wehrte mich unter Aufbietung meiner gesamten Kräfte, wurde aber trotzdem von Huang Huzhu mit einer Hand emporgehoben. Während sie mit ihren Fingern an meinen Ohren spielte, sagte sie zu Jinlong: „Schau nur, dieses Ferkelchen scheint Krämpfe zu haben."

„Ist doch scheißegal, wenn's krampft. Die Muttersau hat sowieso nicht genug Zitzen für alle. Ist doch gut, wenn da ein paar abkratzen…", entgegnete Jinlong angewidert.

„Nein, ist es nicht. Kein einziges Ferkelchen darf sterben." Huzhu rieb mir mit einem weichen roten Tuch den Körper ab. Sie tat es mit sanftem Druck, sodass mir ganz wohlig zumute wurde. Ohne dass ich es gewollt hätte, fing ich zu quieken an. Dieses Schweinegrunzen! Oh wie hasste ich das!

„Sind jetzt alle raus? Wie viele hat die Sau denn geworfen?", hörte ich eine hohe, laute Stimme von draußen. Ich schloss völlig entmutigt meine Augen, als ich sie wiedererkannte. Ich wusste nicht nur sofort, dass es sich um Hong Taiyue handelte, sondern hörte am Klang seiner Stimme auch, dass er seinen ursprünglichen Beamtenposten wieder zurückhatte.

„Oh, Fürst Yama, welch schöne Worte machtet ihr mir! Wie süß habt ihr mir meine nächste Wiedergeburt angepriesen! Einziges, wohlbehütetes Kind eines hochgestellten Regierungsbeamten in fernen Landen sollte ich werden. Aber mich dann in den Schweinestall unseres Dorfes werfen, damit ich ein Ferkel werde! Hundertprozentiger Betrug ist das! Ein abgekartetes Spiel! Demütigend! Verrat!"

Ich machte mit Kraft meinen Rücken gerade, befreite mich aus der Hand Huzhus und fiel zu Boden. Wieder hörte ich mich so scheußlich quieken, aber dann verlor ich das Bewusstsein.

Über mir erblickte ich die prächtig grünende Krone eines großen Aprikosenbaums, die mich vor der prallen Sonne schützte, unter mir fette, große Kalebassenkürbisblätter, auf denen ich bequem lag, als ich wieder zur Besinnung kam. Es roch nach Jod, und um mich herum standen verstreut ein paar glänzende Medizinampullen. An meinem Ohr und an meinem Po verspürte ich Schmerzen. Ich wusste, dass sie mir soeben das Leben gerettet hatten. Sie ließen mich nicht sterben. Im Geiste sah ich ein hübsches Gesicht vor mir. Bestimmt hatte sie mir die Spritze gegeben. Und tatsächlich war es meine Tochter Baofeng gewesen. Sie war gelernte Ärztin, die Menschen behandelte, hatte aber auch regelmäßig das Vieh zu kurieren. Sie trug eine hellblau karierte Bluse, ihr Gesicht war fahl und sorgenvoll, als hätte sie etwas auf dem Herzen. So einen Gesichtsausdruck hatte sie ständig. Ihre kühlen, federleichten Finger befühlten meine Ohren, als sie zu den um sie herum stehenden Leuten sagte: „Alles in Ordnung jetzt. Ihr könnt das Ferkel der Sau an die Zitze legen."

Im gleichen Moment kam Hong Taiyue vorbei. Mit seinen Riesenpranken streichelte er meine weichen, noch seidigen Borsten: „Baofeng, glaub nicht, dass du, wenn du ein Schwein kurierst, damit dein Licht unter den Scheffel stellst!"

„Parteisekretär, so denke ich doch gar nicht." Baofeng packte ihren Arztkoffer zusammen und sagte geradeheraus: „Meiner Auffassung nach sind die Menschen auch nicht anders als das Vieh."

„Wenn du zu den Dingen eine solche Einstellung gewonnen hast", meinte Hong Taiyue, „dann ist es gut. Mao Zedong ruft uns dazu auf, viele Schweine zu züchten. Schweinezucht ist jetzt Politik. Wenn wir darin erfolgreich sind, können wir dem Vorsitzenden Mao damit unsere Loyalität beweisen. Jinlong und Baofeng, habt ihr gut verstanden, was ich meine?"

Huang Huzhu beteuerte sofort, sie wolle alles ihr Mögliche tun. Jinlong lehnte mit der Schulter schräg am Baumstamm. Seinen Kopf hielt er schief und rauchte eine dieser minderwertigen Filterzigaretten für neun Fen die Packung.

„Jinlong, ich hab dich was gefragt!" Hong Taiyue wurde wütend.

„Ich habe alles mitgehört. Du glaubst doch nicht etwa", er lehnte noch immer schief am Aprikosenbaum, „dass ich dir jetzt sämtliche Anweisungen, die der Vorsitzende Mao zum Schweinezüchten gegeben hat, auswendig vorbete?"

„Jinlong, ich weiß wohl, dass du ständig unzufrieden bist", sagte Hong Taiyue, wobei er mir den Rücken streichelte. „Aber bedenke gut, während du deine Launen pflegst, wie es Li Renshun aus dem Dorf Taiping ergangen ist. Er wickelte ein Stück Stockfisch in einen Bogen alte Zeitung, die mit einem Foto vom Vorsitzenden Mao bedruckt war. Er kriegte acht Jahre Lager dafür. Er ist immer noch in dem Arbeitslager an der Küste direkt am Strand und wird dort umerzogen. Im Vergleich dazu ist deine Geschichte um ein Vielfaches schwerwiegender."

„Ich habe es im Gegensatz zu ihm nicht mit Absicht getan. Mein Fall liegt ganz anders."

„Wenn das vorsätzlich geschehen wäre, hätte man dich gleich exekutiert", entgegnete Hong Taiyue aufbrausend. „Weißt du eigentlich, warum ich dich decke?"

Hong Taiyue warf einen Blick auf Huzhu: „Wegen Huzhu. Und wegen deiner Mutter. Deine Mutter kniete vor mir und bettelte mich an, dass ich ein Wort für dich einlegen sollte! Der Hauptgrund ist aber der, dass ich mir längst eine Meinung über dich gebildet habe.

Du bist zwar von schlechtem Geblüt, aber von klein auf unter der roten Fahne groß geworden. Schon vor der Kulturrevolution bist du von uns gefördert worden, verfügst über Bildung, denn du hast die Mittelschule abgeschlossen. Die Revolution braucht Leute, die Kultur und Bildung haben. Glaube nicht, dass du deine Begabung nicht auch bei der Schweinehaltung unter Beweis stellen kannst. Gerade jetzt gibt es nichts Rühmlicheres als die Schweinezucht. Dass die Partei dir diese schwierige Aufgabe überträgt, bedeutet, dass wir deine Fähigkeiten prüfen und dass du dich der Partei auf dem revolutionären Weg des Vorsitzenden Mao beweisen darfst!"
Jinlong schmiss die Zigarette fort, trat vom Baum weg und stellte sich gerade hin, nicht ohne den Kopf einzuziehen, während er die Beschimpfungen des Hong Taiyue über sich ergehen ließ.
„Ihr habt riesengroßes Glück – ach was, das Proletariat spricht nicht von ‚Glück haben' – wir sagen ‚positive Umstände'." Hong Taiyue hielt mich mit beiden Händen am Bauch umfangen und hob mich hoch in die Luft: „Unsere Muttersau hat mit einem einzigen Wurf sechzehn Ferkel zu Welt gebracht. Das ist selten, in unserem Kreis, ja wahrscheinlich in der ganzen Provinz noch nie dagewesen. Man sucht bei uns in Gaomi gerade nach einem Zugpferd für das *Große Schweinezüchten.*" Hong Taiyue sprach nun plötzlich leiser: „Eine ‚Modell-Farm', hast du verstanden? Was Modellcharakter bedeutet, das weißt du doch? Dazhai hat den Rang eines Modell-Dorfes bei der Terrassenfeldwirtschaft, die Ölbohrungen von Daqing haben Modellcharakter, die Modell-Obstplantagen von Xiadingjia bei Longkou in unserer Provinz oder das Modell-Dorf Xuxiazhai, wo die Großmütter tanzen, all das sind Beispiele für solche Vorbilder. Wir mit unserer Schweinefarm können auch ein Musterbetrieb werden! Lan Jinlong, du hast doch vor einigen Jahren Modellopern aufgeführt, du hast es geschafft, dass Lan Jiefang in die Kommune eintrat. Damals wollest du auch, dass wir ein Muster-Dorf werden, nicht wahr?"
Jinlong hob den Kopf. Seine Augen blitzten vor Neugier. Ich kenne meinen Sohn und weiß, sobald sein genialer Kopf zu denken beginnt, hat er in rascher Folge die irrsinnigsten Ideen. Wenn man sich seine damaligen Ideen heute vorstellt, würde man sie lächerlich chaotisch finden. Aber damals konnte man damit nicht endenden, stürmischen Beifall ernten.
„Ich bin inzwischen alt", sagte Hong Taiyue: „Wenn wir es jetzt noch

einmal schaffen wollen, müssen wir unsere Arbeit im Dorf gut machen, nur so kann sie was werden. Wir müssen uns dem Vertrauen unserer Vorgesetzten und den revolutionären Massen würdig erweisen. Euch jungen Leuten liegt die Welt zu Füßen. Arbeitet ordentlich, denn der Erfolg, den ihr euch erarbeitet, gehört euch ganz allein. Wenn's Probleme gibt, übernehme ich die Verantwortung." Hong Taiyue sprach die Kommunemitglieder an, die gerade dabei waren, im Aprikosenbaumhain eine Jauchegrube auszuheben und eine Mauer zu bauen: „Wir wollen innerhalb eines Monats zweihundert Schweineställe mit Auslauf bauen. Wir wollen unser Ziel verwirklichen, dass auf einen Menschen fünf Schweine kommen. Denn haben wir viele Schweine, dann haben wir auch viel Jauche, und mit viel Jauche können wir auch viel Getreide anbauen. Und wenn wir viel Getreide ernten, können wir der Zukunft gelassen entgegen sehen. Der Vorsitzende Mao sagt, wir sollen tiefe Tunnel graben, überall Getreidevorräte anlegen und nach Hegemonie trachten. Damit unterstützen wir die Weltrevolution. Jedes Schwein ist eine Kanonenkugel, die wir gegen die imperialistischen Reaktionäre und ausländischen Verräter abfeuern. Deswegen sind die sechzehn Ferkelchen, die unsere alte Sau in einem einzigen Wurf zur Welt brachte, wie sechzehn Kanonenkugeln gegen die imperialistischen Reaktionäre und ausländischen Verräter. Das ist in Wirklichkeit eine Generaloffensive mit mehreren Flugzeugträgern, die unsere alte Sau mit diesem Wurf gestartet hat. Jetzt beginnt ihr wohl zu verstehen, warum ich euch junge Leute hier in diese Arbeitseinheit geholt habe?" Meine Ohren hörten die gewichtigen Worte, die Hong Taiyue da sprach, mit den Augen sah ich jedoch unverwandt Jinlong an. Nachdem ich inzwischen einige Male wiedergeboren worden war, war unsere Vater-Sohn-Beziehung nur noch eine verblasste Erinnerung. Wie die verblassten Schriftzeichen auf einem alten Familienstammbuch. Hong Taiyues Worte wirkten auf Jinlong wie ein starkes Aufputschmittel. Sie ließen ihn nicht mehr los, reizten ihn jede Minute, Herzklopfen, Hitzewallungen bekam er davon. Abwechselnd rieb er sich die Hände und ballte die Fäuste. Die Hände knetend stellte er sich direkt vor Hong Taiyue auf. Die schlechte Angewohnheit, mit den Backenmuskeln zu zucken, hatte er nicht abgelegt, seine durchscheinenden, großen Ohren zitterten mit. Ich wusste, dass dies die unmissverständlichen Vorzeichen einer seiner langen Reden waren.

Aber dieses Mal verschonte er uns. Die Rückschläge, die er in seinem Leben hatte einstecken müssen, hatten ihn offensichtlich reifen lassen. Er nahm mich aus Hong Taiyues Armen und drückte mich an seine Brust. Ganz eng hielt er mich umfangen. Ich war ihm so nah, dass ich sein Herz wild pochen spürte. Er neigte den Kopf und küsste mich auf meine Ohren. – Übrigens geriet dieser Kuss in der darauf folgenden Zeit zu einem Modell-Kuss. Denn als Jinlong von der Partei zum Modellschweinezüchter erkoren wurde, avancierte sein Kuss zum Meilenstein innerhalb seiner fortschrittlichen Lebensgeschichte. Es hieß, um das kleine, eben geborene Ferkel vor dem Ersticken zu retten, habe er es von Mund zu Mund beatmet. Des Schweinchens Schicksal war eigentlich besiegelt, aber dann quiekte das Schweinchen, das am ganzen Körper brennenden Juckreiz verspürte, als wäre es zu neuem Leben erweckt worden. Er hatte es gerettet. Jinlong war allerdings so geschafft, dass er im Schweinestall in Ohnmacht fiel. – Dann sprach Jinlong knallhart: „Sekretär Hong! Von heute an wird mir ein Eber wie mein Vater und eine Sau wie meine Mutter sein."
„So ist es recht", sagte Hong Taiyue in bester Laune. „Genau solche jungen Leute wie dich brauchen wir hier! Sie müssen die Schweine aus dem Kollektiv so aufmerksam wie die eigenen Eltern pflegen."

Das zweiundzwanzigste Kapitel
Schwein Sechzehn ergattert eine Zitze am Bauch der Sau, Bai Shi wird auserwählt, für die Schweine zu sorgen.

Und wenn schon! Da sollten sich meinetwegen die Leute doch den Mund fusselig reden und den Schweinen Ruhm und Ehre zuteil werden lassen. Schweine bleiben Schweine. Es war doch völlig egal, wie sehr sie mich liebten. Ich war entschlossen, meinem Schweineleben durch Hungerstreik ein Ende zu setzen. Ich würde eine Audienz beim Fürsten Yama bekommen, ich würde einen Riesenkrawall dort in der Amtshalle veranstalten. Ich würde mein Recht einfordern, als Mensch wiedergeboren zu werden, mein Recht, anständig zu leben. Sie trugen mich in den Schweinestall zurück, wo die Sau alle Viere von sich gestreckt im Heu lag. An ihrem Bauch drängten sich in einer Reihe dicht die Ferkel. Jedes Ferkel, das eine Zitze ergattert hatte, saugte schmatzend, was es nur konnte. Die Ferkelchen, die keine

Zitze abgekriegt hatten, quiekten in den allerhöchsten Tönen. Panisch drängten sie sich zwischen die saugenden Ferkel und bohrten sich nach Leibeskräften tiefer und tiefer. Manche schafften es, sich hineinzuzwängen, manche wurden weggedrängt, manche krabbelten auf den Bauch der Sau, hopsten dort herum und quiekten schrill. Die Sau hielt die Augen geschlossen und atmete schnaufend. Ich bedauerte sie, wie sie da lag, aber gleichzeitig hasste ich sie.

Jinlong ließ mich in Huzhus Hände gleiten. Dann bückte er sich und zog ein Ferkel, das gerade saugte, von der Zitze ab. Der kleine Kerl biss fest auf die Zitze, sie wurde lang wie ein Gummiband. Als sie frei wurde, kam sofort das nächste Schweinchen und nahm sie ins Maul.

Jinlong nahm alle Ferkel, die die Zitzen nicht loslassen wollten, aus der Bucht und legte sie draußen vor die Wand auf den Boden. Wie quiekten die kleinen Kerlchen da draußen! Da wurde mit harten Worten geschimpft. Vor dem Bauch des Mutterschweins blieben nur zehn Ferkel. Zwei Zitzen blieben frei. Sie waren von den Ferkeln ganz rot gebissen und vom ununterbrochenen Saugen angeschwollen. Mir wurde vom bloßen Hinschauen speiübel. Jinlong nahm mich aus Huzhus Armen und legte mich an den Bauch der Sau. Ich kniff meine Augen ganz fest zu. Von beiden Seiten drang mir das laute Schmatzen meiner Geschwister an die Ohren. Wie schämte ich mich, solche Geschwister zu haben. Mein Magen begann schrecklich zu rumoren, ich würgte, bekam Brechreiz, hatte jedoch nichts im Magen, was ich hätte erbrechen können. Ich sagte doch schon, dass ich sterben wollte. Es gab doch keinen Ausweg für mich! Die dreckigen Schweinezitzen konnte ich ja wohl unmöglich in den Mund nehmen. Ich wusste, dass alles, was mir an Menschlichem noch geblieben war, verblasst wäre, sobald ich die Zitzen des Viehs in meinen Mund genommen hätte. Dann wäre ich rettungslos in den Urgrund des viehischen Seins hinabgespült worden. Hätte ich die Zitzen der Sau in meinen Mund genommen, hätte das Wesenhafte eines Schweins ganz Besitz von mir ergriffen. Das Gemüt, die Vorlieben, den Trieb eines Schweins hätte ich mit der Muttermilch aufgesogen, sie wären durch meinen Körper gespült worden. Ich wäre zu einem Schwein geworden, das nur wenige Bruchstücke der Erinnerung an sein Menschenleben in sich getragen hätte. Damit wäre meine schmutzige, beschämende Wiedergeburt vollendet gewesen.

„Trink! Nun trink schon!"
Jinlong positionierte meinen Körper so, dass mein Mund direkt vor einer Zitze am prall gefüllten Gesäuge lag. Die klebrige Feuchte, die meine mir peinlichen Geschwister auf den Zitzen zurückgelassen hatten, benetzte meinen Mund. Mir wurde übel. Ich hielt mein Maul geschlossen, um dieser mich provozierenden Zitze zu widerstehen.
„So ein dummes Schwein! Dem legt man den Nippel direkt vors Maul, und es rafft noch nicht mal, den Mund aufzumachen", schimpfte Jinlong auf mich ein und gab mir einen Klaps auf den Po.
„Du bist viel zu grob zu dem Kleinen!", meinte Huzhu und schob Jinlong zur Seite. Mit ihren zarten Fingern kraulte sie mir sanft den Bauch. Es war wahnsinnig angenehm. Ich fing an zu grunzen. Ich wollte nicht, konnte es aber nicht lassen. Ich grunzte wie ein Schwein, wobei ich es nicht mehr so unerträglich fand wie zu Anfang. Mit schmeichelnder Stimme redete Huzhu auf mich ein: „Schwein Sechzehn, du kleiner Schatz. Du bist aber auch ein Dummerchen, dass du nicht weißt, dass es bei der Mama am besten schmeckt. Probier doch mal, komm Kleines, probier es. Wie willst du denn groß und stark werden, wenn du keine Milch trinkst?"
Ihrem Gemurmel entnahm ich, dass ich das Letztgeborene eines Wurfs von sechzehn Ferkeln war. Ich hatte mich nach allen anderen aus dem Bauch der Sau herausgearbeitet. In den Augen der Menschen war ich, obwohl ich außergewöhnliche Erfahrungen hatte, Oberwelt wie Unterwelt durchschaute und mich umfassend in Wissen und Instinkten der Menschen wie des Viehs auskannte, doch nur ein Schwein. Wie unfassbar trostlos! Das noch viel unfassbar Traurigere folgte aber noch.
Huzhu nahm einen Nippel der Sau und strich mir damit provozierend über Lippen und Nasenlöcher. In meinen Nasenlöchern kitzelte es und ich nieste kräftig. Ich spürte an einem Zucken in den Händen Huzhus, dass sie sich tüchtig erschreckt hatte. Dann hörte ich ihr Lachen: „Ich hätte nicht gedacht, dass Schweine niesen! Sechzehn, du Kleines. Wenn du niesen kannst, kannst du bestimmt auch Milch trinken."
Sie packte also die Zitze und hielt sie mir direkt vors Maul. Dann drückte sie ganz leicht etwas Milch ab. Eine warme Flüssigkeit spritzte mir in den Mundwinkel. Ich schleckte unwillkürlich mit der Zunge. Ach! Großer Gott! Allmächtiger Himmel! Nie im Leben hätte ich

für möglich gehalten, dass die Milch einer Sau, die Milch meiner Schweinemutter, so wunderbar süß, duftig, seidig ist. Sie war die Liebe selbst. Sie ließ mich im selben Augenblick sämtliche Schmach, die ich erdulden musste, vergessen. Sofort änderte ich meine Meinung in Bezug auf meine Umgebung. Meine Mutter, die quer vor mir im Stroh lag, um dort mich und meine zahlreichen Geschwister zu säugen, erschien mir plötzlich großartig, edel und rein wie eine Heilige, dazu blühend und schön. Ich konnte es nicht mehr erwarten, ihre Zitzen mit meinem Maul zu packen, fast hätte ich mich an Huzhus Fingerkuppe festgesaugt. Dann war es soweit, Milch benetzte mir die Kehle, ich schluckte sie hinunter, sie floss in meinen Magen, durchfloss meinen Darm. Dabei spürte ich deutlich, wie mit jedem Schluck, in jeder Sekunde, meine Liebe für meine Schweinemutter stärker wurde. Ich hörte Huzhu und Jinlong vor Freude lachen und in die Hände klatschen. Aus dem Augenwinkel sah ich ihre jugendlichen Gesichter wie voll erblühte Celosien leuchten. Sah, wie sie sich fest bei den Händen hielten. Wie blitzende Funken am Feuerstein stoben Bruchstücke meiner Erinnerung aus meinen früheren Leben durch meinen Kopf. Ich wollte mich in jenem Moment aber nicht erinnern, nur vergessen wollte ich. Ich schloss die Augen und erlebte die Freuden eines Milch saugenden Ferkels.

In der folgenden Zeit entwickelte ich mich zum tyrannischsten Ferkel von uns sechzehn Geschwistern. Mein Riesenappetit versetzte Jinlong und Huzhu in Erstaunen. Beim Saugen zeigte ich meine Stärke, das war mein großes Talent. Immer konterte ich mit genau der richtigen Bewegung, reaktionsschnell war ich zur rechten Zeit an Mutters Bauch und ergatterte jedes Mal die größte Zitze mit der meisten Milch. Meine Geschwister dagegen waren dumm. Sobald sie den Nippel fest im Mund hatten, schlossen sie die Augen. Ich dagegen behielt nun von Anfang bis Ende meine Augen offen. Während ich wie wild an dem größten Nippel saugte, schob ich meinen Körper über die Nachbarzitze. Ich war ständig auf der Hut und hatte zu beiden Seiten alles im Blick. Kam mir so ein armseliger Wurm bei dem vergeblichen Versuch, sich die Milchquelle zu erkämpfen, ins Gehege, stieß ich ihn vehement mit meinem Hintern zur Seite, sodass er seitwärts zu Boden ging. Ich war das Ferkel, welches am schnellsten einen vor Milch prallen Nippel schlaff trank und sich dann die nächste Zitze erkämpfte. Ich war damals stolz darauf, dass ich allein so viel wie drei meiner Geschwister zusammen trank. Zwar war es mir zeitweilig auch peinlich, aber ich trank nicht umsonst so viel. Denn mein rasant wachsender Körper war der Lohn, das, was ich den Menschen zurückgab. Sie sahen mich mit ganz anderen Augen, als sie meine Intelligenz, meinen Mut und meinen von Tag zu Tag mächtigeren Leib bemerkten. Mir war klar, dass ich, wenn ich als Schwein gewinnen wollte, wahnsinnig essen und wahnsinnig wachsen musste, dass ich nur dadurch Wohlwollen und Bewunderung erringen konnte. Was für ein Pech für die Sau, die mich geworfen hatte. Sie hatte meine ständige Sehnsucht nach ihren Zitzen mehr als gründlich satt. Ich hing ihr sogar noch an ihrer Zitze, wenn sie beim Fressen am Trog stand.

„Oh, mein Sohn", sprach meine Schweinemutter zu mir. „Lass deine Mutter mal etwas fressen. Wie soll sie euch Milch geben, wenn du sie nicht fressen lässt? Siehst du denn nicht, wie dürr deine Mutter inzwischen ist und dass sie nicht mehr auf den Hinterbeinen stehen kann?"

Als wir sieben Tage alt waren, fingen Jinlong und Huzhu acht meiner Geschwister ein. Sie kamen in die Nachbarbucht und wurden mit Hirseschleim weiter gefüttert. Es war eine Frau, der sie die Verantwortung für die Ferkel übertragen hatten. Aber zwischen den Buchten war eine Trennwand aus Lehmziegeln, weswegen ich sie nicht sehen konnte, sondern nur ihre Stimme hörte. Der Klang war mir so vertraut, erfreute mich so unbeschreiblich, aber mir wollten Gestalt und Name einfach nicht einfallen. Jedes Mal, wenn ich meine ganze Energie zusammennahm und versuchte, den Pfad, der mich zur Quelle meiner Erinnerung führte, wieder zu betreten, überrollte mich eine Woge der Müdigkeit. Die drei wichtigen Merkmale eines guten Schweins brachte ich vollends mit: Ich fraß viel, schlief viel und ich setzte viel Fleisch an. Manchmal war mir die Frauenstimme aus der Bucht nebenan, deren Murmeln voll Mutterliebe war, mein Schlaflied. Sechsmal am Tag gab sie den acht Ferkeln neben mir zu fressen, der herrliche Duft von Maisschleim oder Hirseschleim stieg auch mir in die Nase. Ich hörte meine Brüder und Schwestern von nebenan fröhlich quieken und schmatzen, hörte die Frauenstimme in einem fort „Schätzchen, so ist's brav, Schätzchen, verschluck dich nicht" murmeln und wusste, dass die Frau herzensgut war und die Ferkel wie ihre eigenen Kinder behandelte.

Als wir Ferkel einen Monat alt waren, war ich so gewachsen, dass ich mehr als doppelt so groß wie meine Schwestern und Brüder war. Die zwölf prallen Zitzen meiner Schweinemutter gehörten mir im Grunde allein, und wenn ein völlig ausgehungerter kleiner Kerl es doch einmal schaffte, sich eine Zitze zu schnappen, schob ich meine Nase unter seinen Bauch, hob ihn mit Leichtigkeit in die Höhe und warf ihn über den Rücken meiner Mutter in die hinterste Ecke der Bucht an die Wand. Machtlos meinte meine Mutter dann: „Sechzehn, lass die anderen doch auch mal was trinken! Ihr seid alle mein eigen Fleisch und Blut. Wie bin ich traurig, wenn einer, egal wer es ist, hungern muss."

Mir passte nicht, was meine Mutter sagte. Ich setzte mich darüber hinweg. Ich wollte nicht hören. Wie ein Wilder saugte ich weiter, bis sie die Augen verdrehte. Ich bemerkte, dass ich mit meinen Hinterbeinen genauso schwungvoll wie einst mit meinen Eselshufen ausschlagen konnte. Ich brauchte also, wenn mir jemand in die Quere kam und mir ans Futter wollte, den Nippel gar nicht mehr loszulassen, um zuzubeißen. Kamen sie von hinten an mich heran, quiekte ich schrill, bekam glühende Augen, wölbte den Rücken und schlug, mal mit beiden Hinterbeinen, mal mit einem aus. Dann stieß ich ihnen meine tonscherbenscharfen Klauen auf den Kopf. Nachdem sie die Prügel eingesteckt hatten, blieb ihnen nichts anderes übrig, als neidisch grunzend im Kreis zu rennen. Wenn sie es vor Hunger nicht aushielten, leckten sie die Reste aus dem leer gefressenen Trog unserer Muttersau.

Jinlong und Huzhu entdeckten bald, was bei uns vorging, und holten Hong Taiyue und Huang Tong, damit sie sich davon ein Bild machen konnten. Ich wusste, dass sie, wie sie so an der Buchtwandung standen, nicht wollten, dass ich sie bemerkte. Deswegen tat ich, als sähe ich sie nicht, und machte übertriebene Bewegungen beim Milchsaugen. Ich saugte, dass meine Schweinemutter laut stöhnte. Dann gebrauchte ich eine einzelne, die gelenkigere Klaue, oder beide, um kräftig zuzutreten. Meine armen Geschwister quiekten und krümmten sich vor Schmerzen auf dem Boden. Ich hörte Hong Taiyue in Rage: „Was ist denn das für eine Kacke, das ist doch kein Schwein! Der benimmt sich ja wie ein Esel!"

„Richtig, der schlägt mit den Klauen aus!", plapperte Huang Tong wie ein Papagei hinterher. Ich spuckte die erschlaffte Zitze aus und erhob mich. Mit schwingendem Schritt lief ich in der Bucht spazieren, hob den Kopf und grunzte sie an.

Hong gab die Anweisung: „Nehmt die sieben Kleinen auch noch raus. Den ziehen wir uns als Zuchteber heran. Die Milch der Muttersau soll er allein trinken, damit er groß und stark bleibt."

Jinlong sprang in die Bucht herein, murmelte irgendetwas und bückte sich zu den Ferkeln herunter. Die Muttersau schaute Jinlong drohend an. Der aber war enorm wendig, mit einem Griff hatte er sich zwei Ferkel geschnappt, die er kopfüber in den Händen hielt. Die Muttersau stürzte sich auf ihn, aber er wehrte sie mit einem schnellen Tritt ab. Die beiden Ferkel in seinen Händen quiekten, was das Zeug hielt. Mit ganzer Kraft nahm Huzhu ein Ferkel entgegen, das andere packte sich Huang Tong. Den Geräuschen nach zu urteilen wurden sie in die Nachbarbucht getan und kamen mit den schon früher aussortierten anderen acht Dummköpfen zusammen. Ich hörte, wie diese Armleuchter sofort nach den zwei Neuen bissen. Mitleid hatte ich nicht mit ihnen, im Gegenteil, ich freute mich wie ein Schneekönig. Jinlong holte nun die letzten fünf Geschwister aus der Bucht, er brauchte ebenso lange dafür wie Hong Taiyue zum Rauchen einer Zigarette. Nebenan im Stall war inzwischen der Teufel los. Die acht Stallbewohner hatten sich mit den neu hinzugekommenen sieben Ferkeln in eine Beißerei verwickelt. Nur ich war sorgenfrei und hatte meinen Frieden, während ich die anderen zanken hörte. Ich schaute verstohlen zu meiner Schweinemutter hinüber. Ich wusste, dass es sie bekümmerte, aber dass es ihr trotz alledem Erleichterung verschaffte. Sie war ja ein Schwein, nicht so gefühlsbetont wie die Menschen. Ich merkte, dass sie binnen weniger Augenblicke ihren Kummer über den Verlust ihrer Jungen schon vergessen hatte und am Trog nach Futter grunzte.

Der Futtergeruch wehte zu uns herüber und kam immer näher. Es war Huzhu, die mit einem Eimer in der Stalltür erschien. Sie trug ein weißes Brusttuch, auf welchem in kräftigem Rot gestickt war: *Schweinezuchtfarm Aprikosengarten der Brigade Dorf Ximen.* Dazu trug sie zwei weiße Ärmelschützer und eine weiße Baumwollstoffkappe, überhaupt sah sie einer Bäckerin sehr ähnlich. Als sie begann, das Futter mit einer Blechkelle in den Trog zu füllen, hopste meine Schweinemutter mit den Vorderfüßen in den Trog und reckte den Kopf hoch. Das Futter floss ihr über den Schädel, es sah aus, als rinne

ihr die Scheiße über den Kopf. Es roch sauer, vergoren, ein fauliger Geruch, den ich furchtbar hasste. Es war das von unserer Dorf-Intelligenzija ersten Grades, nämlich von Jinlong und Huzhu, gemeinsam entwickelte Mastfutter mit Schlempe. Dazu wurden Hühnermist, Kuhmist und Grünfutter mit Gärstoffen in einer großen Wanne gut vermengt. Wenn es vergoren war, konnte man es verfüttern. Jinlong hob jetzt den Eimer in die Höhe und schüttete den Rest in den Futtertrog. Die Sau fraß es resigniert.
Hong Taiyue fragte: „Gibt es für die Schweine nur dieses Futter zu fressen?"
„Bis vor wenigen Tagen gab es auf das Futter noch zusätzlich zwei Kellen Sojapresskuchen oben drauf", sagte Huzhu. „Seit gestern, so hat Jinlong es angeordnet, verfüttern wir keinen Sojapresskuchen mehr dazu."
Hong inspizierte den Schweinestall von innen und schaute sich die Muttersau genau an: „Um zu garantieren, dass dieser kleine Zuchteber sich gut entwickelt, muss die Sau Extrafutter und vor allem ausreichend gekochtes bekommen."
„Das Futter im Speicher unserer Brigade reicht jetzt schon nicht aus", meinte Huang Tong.
„Aber wir haben doch noch einen Speicher mit Mais, nicht wahr?", fragte Hong Taiyue zurück.
„Das sind doch Reserven für den Kriegsfall! Dafür brauchen wir eine Genehmigung vom kommunalen Revolutionskomitee", antwortete Huang Tong.
„Aber wir halten die Schweine, um eine Kriegsreserve zu besitzen!", wandte Hong ein. „Im Kriegsfall brauchen unsere Soldaten der Volksbefreiungsarmee Fleisch zu essen. Wie sollten sie sonst den Sieg erringen?"
Huang Tong war immer noch im Zweifel, doch Hong versicherte mit fester Stimme: „Sollte das Feuer der Kritik eröffnet werden und es zu Komplikationen kommen, übernehme ich die volle Verantwortung. Gleich heute Nachmittag werde ich zur Kommune gehen, Bericht erstatten und Instruktionen erbitten. Das *Große Schweinezüchten* ist unsere erste politische Pflicht und hat absolute Priorität. Dabei werden sie uns nicht behindern, denke ich. Wichtig ist", nun bekam Hongs Stimme einen geradezu mystischen Klang, „dass wir die Schweinefarm vergrößern, dass wir Stallungen anbauen. Der Korn-

speicher des ganzen Kreises wird dann der Speicher unserer Schweinefarm sein."

Ein Lächeln, das von Einigkeit zeugte, erschien auf Jinlongs und Hong Taiyues Gesichtern. Ein Duft von Hirseschleim nahte, doch die Quelle machte bei meinem Nachbarstall halt. Huang Tong ordnete an: „Bai Shi, du wirst ab morgen auch noch die Muttersau versorgen."

„Ja, Sekretär Hong."

„Gieß der Sau erstmal einen halben Eimer Hirseschleim in ihren Trog."

„Ja, Sekretär Hong."

Bai Shi, Bai Shi ... welch vertraut klingender Name, angestrengt versuchte ich mich zu erinnern, was dieser Name mit mir zu tun haben könnte. Ein vertrautes Gesicht tauchte vor meinem Stall auf. Als ich in das Gesicht blickte, dem man die Stürme und Nöte des Lebens ansah, begann ich am ganzen Körper zu zittern. Es war, als stünde ich unter Strom, es hörte nicht auf. Zeitgleich öffnete sich gewaltig das Tor zu meiner Erinnerung, als ob Schleusentore sich auftaten und die Wassermassen über mich hereinbrachen. Ich schrie auf: „Aprikosenkind, du bist am Leben!"

Aber als die Worte meine Kehle verließen, war es ein langes, schrilles Quieken. Dieser Ton erschreckte nicht nur die Menschen im Stall, auch ich selber war furchtbar geschockt. Der Schreck warf mich in die Wirklichkeit zurück, Bitterkeit holte mich ein. Jetzt war ich ein Schwein, längst nicht mehr irgendein Ximen Nao, sondern der Sohn der weißrosa Sau hier in meinem Stall.

Angestrengt rechnete ich, damit ich ihr Alter herausbekam. Aber der Duft der Sonnenblumen vernebelte mir die Sinne. Sie standen in voller Blüte auf kräftigen Stängeln, wie kleine Bäume mit großen dunklen Blättern und mit Blüten so riesig wie Waschschüsseln. Die Blütenblätter waren wie aus reinem Gold geschmiedet, und ein zentimeterlanger, weißer Stachelpelz wuchs an Blättern und Stängeln. Herrisch und anmaßend sahen sie aus. Obschon ich es nicht schaffte, ihr Alter auszurechnen, wusste ich, dass das Aprikosenkind älter als ein halbes Jahrhundert war. Denn ihre Schläfen waren ergraut, ihre schmalen, langen Augen umgab ein dichtes Geflecht unzähliger Falten, und selbst ihre wunderschönen weißen Zähne waren nun gelb und voller Lücken. Wie Schuppen fiel es mir von den Augen!

Während der vergangenen Jahre hatte sie sich nur von Gras ernährt. Hartes Bohnengestrüpp, trockenes Getreidestroh, das beim Kauen knirschte und krachte.

Mit einem Holzlöffel schöpfte sie den Hirseschleim langsam in den Trog. Die Muttersau stand, sich mit den Vorderfüßen auf der Buchttür abstützend, und empfing das wohlschmeckende Essen. Meine dummen Geschwister auf der anderen Seite der Wandung quiekten ohrenbetäubend, weil sie es nicht erwarten konnten. Als die Sau und die Läufer alle schmatzend beim Fressen waren, gab Hong Taiyue Bai Shi in ernstem Ton Anweisungen. Barsch waren seine Worte, doch der Blick seiner Augen ließ Warmherzigkeit erahnen. Mit hängenden Armen stand Bai Shi in der Sonne und empfing seine Anweisungen, wie Silber glänzte dabei ihr weißes Haar im Licht. Ich konnte durch den breiten Spalt, den die Stalltür offen ließ, sehen, wie ihr die Beine zitterten.

„Hab ich mich klar genug ausgedrückt?", fragte Hong Taiyue streng.

„Verlasst euch darauf, Sekretär Hong", antwortete Bai Shi mit Bestimmtheit: „Ich habe in meinem Leben nie Kinder bekommen und großgezogen. Diese Ferkel sind mir meine Kinder!"

„So ist es recht!", entgegnete Hong. „Solche Frauen wie dich brauchen wir hier! Sie müssen die Schweine aus dem Kollektiv so aufmerksam wie ihre eigenen Kinder pflegen."

Das dreiundzwanzigste Kapitel
Schwein Sechzehn zieht um in ein behagliches Heim, Schwein Halunke frisst schnapsgetränkte Dampfnudeln.

„Bruder ... oder soll ich sagen ... Großvater. Euch passt wohl nicht recht, was ich erzähle? Ich sehe Eure Lider geschwollen, kurz vorm Einschlafen, die Augen nur noch einen winzigen Spaltbreit geöffnet. Eurer Nase entfliehen Geräusche, die ich Schnarchen nennen möchte." Das Großkopfkind Lan Qiansui hatte mich mit herablassendem Ton angesprochen. „Wenn Ihr keine Lust auf das Leben des Schweins habt, nehmen wir den Hund und erzählen seine Geschichte."

„Oh nein, nein, nein! Ich habe Lust, mich interessiert es brennend. Ihr wisst doch, dass ich so gut wie nie bei Euch war, als Ihr als Schwein bei uns gelebt habt. Ich arbeitete anfangs zwar auf der Schweinefarm, war aber nicht dafür zuständig, Euch zu versorgen und zu füttern. Später musste ich mit Huang Hezuo zusammen in der Baumwollmanufaktur arbeiten. Euren Eindruck heischenden Namen kannte ich damals nur vom Hörensagen. Sehr gern möchte ich Euch erzählen hören. Alles ohne Ausnahme möchte ich erfahren. Bitte stört Euch auf keinen Fall an meinen Augenlidern. Halte ich meine Lider geschlossen, ist das nur ein unmissverständliches Anzeichen dafür, dass ich hochkonzentriert bin und Euch zuhöre."

Bis eben ließ sich ja alles noch einigermaßen erzählen, aber was danach passierte, ist so verwirrend viel und so widersprüchlich, dass ich Euch nur das Wichtigste und das, wo es wirklich hoch her ging, berichten kann. Obwohl Bai Shi die Sau dann eifrig versorgte, trank ich immer noch mit der gleichen Verbissenheit und Unersättlichkeit. Ich saugte meine Mutter aus. Ja, ich verursachte, dass ihre Hinterbeine lahm wurden. Sie glichen immer mehr zwei vertrockneten Luffagurken, die sie hinter sich herschleifte. Mit den zwei Vorderbeinen konnte sie sich gerademal wie ein Seehund aufsetzen. Sie robbte in der Bucht. Mein Körper war damals schon genauso groß wie der ihre. Meine Borsten glänzten, als ob sie mit einer Schicht Wachs überzogen gewesen wären. Meine Haut war schön rosa und duftete fein. Meine bedauernswerte Schweinemutter starrte am ganzen Körper vor Dreck, ihr Hinterleib lag in Pisse und Scheiße und sie stank erbärmlich. Jedes Mal, wenn ich ihr an die Zitzen ging, quiekte sie machtlos und Tränen rannen ihr in Strömen aus den dreieckigen Augen. Sie zog ihren versehrten Leib hinter sich her, während sie mir robbend auszuweichen versuchte und mich anflehte: „Liebes Kind, verschone mich! Siehst du denn meinen erbärmlichen Zustand nicht? Du saugst mir das Mark aus den Knochen. So ein großes Schwein kann wirklich selbständig fressen."
Aber ich ignorierte ihr Bitten und Flehen, stieß ihr mit der Schnauze auf den Rücken und schnappte nach zweien ihrer Nippel gleichzeitig. Während die Sau schrill schrie, als würde man sie mit dem Messer zerteilen, war es mir, als sei ihr einst mit schönster Milch reich gesegnetes Gesäuge inzwischen wie ein Pfuhl von Gift. Die Zitzen hatten einen flauen, dumpfen Geschmack wie zwei alte Radiergummis. Das, was ich heraussaugen konnte, war salziger, übel riechender Schleim. Vor Wut stieß ich sie mit der Schnauze, sodass sie eine Dre-

hung nach hinten machte. Sie grunzte vor Schmerzen und quiekte wütend: „Sechzehn, du entartete Missgeburt, dein Vater ist niemals ein Schwein. Der ist ein Wolf ..."
Wegen der Lähmung der Sau wurde Bai Shi von Hong Taiyue streng getadelt. Mit Tränen in den Augen erklärte sie sich: „Sekretär, versteht bitte, es ist nicht so, dass ich nicht sorgfältig gewesen wäre. Das kleine Läuferschwein ist schuld. Ihr solltet es euch ansehen, wenn es bei der Sau trinkt. Wie ein Wolf, wie ein Tiger sieht es dabei aus. Da reicht eine Sau nicht aus, auch ein Rind würde dieser Läufer lahm trinken ..."
Hong Taiyue stand mit der Hand auf die Wand der Bucht gestützt und schaute. Ich hatte Lust, mir mit ihm einen Spaß zu machen, hob mit Schwung meine Vorderbeine in die Höhe und stellte mich aufrecht hin. Ich hatte gar nicht damit gerechnet, dass ich auf meinen Hinterbeinen meinen ganzen Körper hochstemmen konnte. Das waren doch Kunststücke von Schweinen, die jahrelang im Zirkus geübt hatten, und ich machte es mit links. Mit meinen beiden Vorderpfoten stellte ich mich auf die Wandung, mein Schädel berührte dabei um ein Haar das Kinn des Hong Taiyue. Er erschrak und wich nach hinten aus. Er äugte nach links und nach rechts, damit ihn auch keiner sah, und wisperte Bai Shi zu: „Ich habe dich zu Unrecht gerügt. Ich schicke sofort jemanden, der diesen Leiteber von der Sau trennt, damit er allein in einer Bucht weitergefüttert werden kann."
„Ich habe das dem Vizevorsitzenden Huang schon lange vorgeschlagen, aber er meinte, wir sollten auf Eure Rückkehr warten, damit Ihr es persönlich untersuchen könnt ..."
„Dieser Schwachkopf", erwiderte Hong Taiyue. „Selbst vor so einer kleinen Entscheidung drückt der sich!"
„Alle bringen Euch großen Respekt entgegen", Bai Shi schaute ganz kurz zu Hong Taiyue auf, blickte ihm in die Augen und murmelte: „Ihr seid ein erfahrener Revolutionär. Ihr seid rechtschaffen und habt Anstand, Ihr seid unparteiisch und gerecht ..."
„Es reicht. Sowas sagst du bitte nicht noch mal", Hong Taiyue winkte mit der Hand ab. Nervös blickte er in das errötete Gesicht der Bai Shi: „Wohnst du noch in den zwei Zimmern des Grabwächters? Du könntest auch mit in den Aufzuchtstall ziehen, mit Huzhu und allen anderen dort zusammenwohnen."
„Besser nicht", antwortete Bai Sh.: „Ich bin von schlechter Herkunft,

bin alt und starre vor Dreck. Die jungen Leute werden das nicht mögen ..."

Hong Taiyue schaute Bai Shi einige Male tief in die Augen. Er drehte das Gesicht weg und schaute zum Fenster hinaus auf die großen fleischigen Sonnenblumenblätter. Mit leiser Stimme sprach er zu ihr: „Bai Shi, wenn du doch nur keine Grundbesitzervergangenheit hättest, wie wunderbar wäre das ..."

Ich grunzte sie an, um sie meine komplizierten Gefühle wissen zu lassen. Ehrlich, ich hatte damals keine wirklich heftige Eifersuchtsattacke. Aber diese von Tag zu Tag geheimnisvollere Beziehung zwischen den beiden verursachte mir in der Tiefe meiner Seele Unbehagen. Diese Sache zwischen den beiden war damit nämlich nicht vorbei. Das tragische Ende dieser Geschichte kennst du. Trotzdem werde ich es dir in allen Einzelheiten erzählen.

Sie brachten mich in eine besonders geräumige Bucht. Als ich den Ort, an dem ich geboren worden war, verließ, warf ich einen letzten Blick auf meine Muttersau, die dort in der Ecke allmählich verdorrte. Ich verspürte keinen Funken Mitleid mit ihr. Man konnte es drehen, wie man wollte, ich war durch ihren Geburtskanal gegangen und ich hatte durch sie das Licht der Welt erblickt. Ihre Milch hatte mich genährt und mich wachsen und gedeihen lassen. Sie hatte die Gnade besessen, mich aufzuziehen. Es gehörte sich, dass ich ihr meinen Dank erwies. Mir fiel nichts, aber auch gar nichts ein, wie ich es ihr hätte vergelten können. Zuletzt machte ich es dann so, dass ich meine Blase in ihren Trog entleerte. Es heißt doch, dass der Urin von Jungebern jede Menge endokrine Hormone enthält und damit für Muttersauen, die durch Überbeanspruchung während der Laktation beginnen zu lahmen, gute Heilwirkung zeigt.

Meine neue Behausung lag abgelegen in einem separaten Schweinestall. Dort war ich in der allergrößten Bucht untergebracht, hundert Meter entfernt von den zweihundert neu gebauten Stallungen. Hinter meiner neuen Behausung gab es einen großen Aprikosenbaum, dessen ausladende Krone sich über dem Stall ausbreitete. Der war offen, die hintere Traufe war lang, die vordere kurz, sodass das Sonnenlicht ungehindert hinein schien. Im ganzen Stall lag Backsteinboden, in den Ecken waren Abflusslöcher. Darauf steckten metallene Abflusssiebe, damit die Jauche abfließen konnte. In meinem Schlafgemach hatte man mir in einer Ecke an der Wand einen Haufen goldgelbes Getreidestroh aufgeschichtet, dem ein frischer Duft entströmte. Ich drehte eine um die andere Runde in meinem neuen Heim und sog den Geruch des Backsteinbodens, von frischer Erde, von jungem Ginkgoholz und von frischem Sorghumstroh ein. Ich war sehr zufrieden. Verglichen mit dem niedrigen, dreckigen Loch bei der alten Sau war mein neues Heim die reinste Reiche-Leute-Villa. Alles war gut belüftet, es gab fantastische Lichtverhältnisse, die Baumaterialien waren allesamt natürlich und wiederverwertbar und garantiert nicht gesundheitsschädlich. Ich warf einen Blick auf die Dachbalken. Es waren frisch geschlagene Ginkgostämme. Die Schnittstellen waren schneeweiß und sonderten ein bitteres Harz ab. Das Haus besaß ein Strohdach, das im Schachbrettmuster geflochten und aus frischem Sorghumstroh gefertigt war. Es war noch feucht, und ihm entströmte ein süßsaurer Geruch. Bestimmt schmeckte es wunderbar... Ich hätte mein Heim niemals aus purer Fresssucht kaputt gebissen. Aber kurz mal knabbern, nur um zu kosten, dagegen war ja wohl nichts einzuwenden. Es war mir ein Leichtes, mich dazu auf meine Hinterbeine zu stellen. Ich konnte auch auf zwei Beinen vorwärts laufen. Wie ein Mensch! Aber diese ungewöhnliche Fähigkeit wollte ich geheim halten.

Mich befiel der Verdacht, dass ich in eine nie dagewesene Blütezeit des Schweins geboren worden war. In der gesamten Menschheitsgeschichte hatte es niemals dergleichen gegeben, das Schwein als ein Wesen von Noblesse! Das Schwein als Kreatur von gewichtiger Bedeutung, von weitreichendem Einfluss. Auf Befehl des großen Vorsitzenden würden Millionen und Abermillionen von Menschen vor den Schweinen ihr Haupt beugen und sie wie Götter verehren. Ich glaubte zu spüren, dass in diesem goldenen Zeitalter der Schweine nicht wenige Menschen davon träumten, als Schwein wiedergeboren zu werden. Es war also so, dass ich zur rechten Zeit im rechten Körper war, ich hatte Glück gehabt. So gesehen hatte Fürst Yama mich gar nicht schlecht behandelt. Ich nahm mir vor, dass ich in der Epoche der Schweine Wunder vollbringen würde. Aber die Zeit war noch nicht reif. Ich musste den Dummen spielen und mich bedeckt halten. Ich würde meine Chance nicht verpassen, bis dahin wollte ich strotzen vor Stärke. Körper und Willenskraft würde ich trainieren, damit ich für die feuerrote Hochzeit gewappnet wäre. Deshalb wollte ich meine wundersame Fähigkeit, dass ich auf zwei Beinen laufen konnte, geheim halten. Mein Instinkt sagte mir, dass mir das noch nützen sollte. So übte ich immer nachts, wenn alles schlief, das aufrechte Laufen.

Ich stellte mich mit angespannter Nase an die obere Kante der Wandung. Dann stampfte ich mit dem Hinterfuß auf den Backsteinboden, um mich abzustoßen. Ein Ziegelstein ging zu Bruch. Ich stellte mich ganz aufrecht hin, mit der Schnauze reichte ich an das Strohdach im Gebälk. Ich biss nur ganz leicht hinein und hatte sofort den Mund voller Hirsestroh. Um keine Spuren zu hinterlassen, fraß ich alles bis zum letzten Krümel auf. Im Hof – fürs erste konnte man den Auslauf wohl Hof nennen – stellte ich mich aufrecht an den Aprikosenbaum. Meine Vorderfüße stützte ich auf eine Astgabel, die die Stärke eines Spatenstiels besaß. Nach einer eingehenden Prüfung der Umgebung war ich im Bilde. Für irgendein beliebiges Schwein konnte der Koben wohl als solide und haltbar gebaut gelten. Für mich kam er einem Spielzeug aus Pappmaché gleich. Keine halbe Stunde hätte ich gebraucht, um ihn dem Erdboden gleich zu machen. Ich war natürlich klug genug, das zu unterlassen, bevor die Zeit reif dafür war. Meine eigene Behausung wollte ich nicht zerstören. Ich ließ sie nicht nur heil, ich liebte und pflegte meinen Stall. Hygienisch rein wollte ich ihn halten, einen Ort für meine Notdurft festlegen und dem Drängen meiner mich ständig juckenden Schnauze widerstehen, den Boden durchzuwühlen. Den gepflegtesten Eindruck wollte ich machen. Wenn man alleinherrschender König werden will, beginnt man zuerst einmal damit, ein guter Bürger zu sein. Ich war ein historisch allumfassend gebildetes Schwein, Wang Meng, der Begründer der westlichen Han-Dynastie um acht nach Christus war mein Vorbild.

Größte Freude bereitete mir, dass ich in meinem Stall tatsächlich elektrisches Licht hatte. Vom höchsten Balken im Dachstuhl baumelte eine Glühbirne mit 100 Watt. Später erfuhr ich, dass alle Schweineställe an das Stromnetz angeschlossen worden waren, die Glühbirnen bei ihnen aber nur 25 Watt hatten. Die Schnur, an der die Glühlampe ein- und auszuschalten war, hing an der Wand herunter. Ich hob einen Vorderfuß, klemmte mir die Schnur zwischen die zwei Klauen und zog einmal ganz leicht. Es machte „klick" und die Birne leuchtete hell. Welch ein Spaß! Da konnte man ja mal richtig die Sau rauslassen. Moderne Zeiten brachen an, ein frischer Wind wehte durch unser Dorf, nachdem wir dem Ostwind der Kulturrevolution so lange standgehalten hatten. Das wurde aber auch Zeit.

Schnell zog ich wieder an der Schnur und schaltete das Licht aus, damit keiner erfuhr, dass ich es anmachen konnte. Sie hatten die Lampen bei uns in den Stallungen natürlich montiert, um uns zu überwachen, das war ja klar. Damals malte ich mir eine Technik aus, die ihnen erlaubt hätte, bequem vom Wohnzimmer aus und ohne einen Finger krumm zu machen, sämtliche unserer Aktivitäten mit einem Blick im Auge zu haben. Später wurden die Stallungen tatsächlich mit diesen bis heute gern genutzten Überwachungskameras ausgestattet, die wir aus Fabriken, Parkhäusern, Hörsälen und Banken kennen. Sogar in öffentlichen Toilettenanlagen ist es heute völlig normal, eine Videoüberwachung zu installieren. Ich sag dir, sehr früh schon hatte man bei uns eine solche Anlage in den Ställen. Bei mir im Stall montierten sie auch eine Kamera, ich schmierte aber das Objektiv mit Kot voll, damit sie nur Scheiße auf ihrem Bildschirm sehen konnten.

Als ich in meinen separaten Stall einzog, war es Herbst. Die Sonnenstrahlen hatten eine immer rötlichere und weniger weiße Farbe. Das rote Licht färbte alles Blattwerk meines Aprikosenbaums rot, rot wie das Ahornlaub in den Westbergen Pekings. Natürlich wusste ich, wo die Westberge waren. Und ich wusste, dass rotes Laub für Liebe steht. Man kann auf ein rotes Blatt sogar ein Gedicht schreiben. Wenn morgens die Sonne auf- und abends wieder unterging, war bei unseren Schweinestallknechten Essenszeit. Dann war es im Schweinestall immer ungewöhnlich ruhig. Ich stand jedes Mal mit zwei vor der Brust angewinkelten Vorderpfoten aufrecht am Aprikosenbaum, zupfte mir die blutroten Blätter herunter und stopfte sie mir ins Maul. Aprikosenbaumblätter besitzen einen leicht bitteren Geschmack, sind reich an Rohfaser, wirken blutdrucksenkend und reinigen beim Kauen das Gebiss. Für mich war das Aprikosenbaumblätterkauen eine Angewohnheit vergleichbar mit dem Kaugummikauen der Jugend von heute. Ich wandte meinen Blick nach Südwesten in Richtung der vielen Schweinestallungen, die in Reih und Glied wie auf einem Kasernenhof vor mir lagen. Dazu einige hundert Aprikosenbäume, deren Schatten mit der Sonne spielten. Es war ein unvergleichliches Bild, wenn in der ziegelroten Abendsonne oder im Licht der Morgensonne das Aprikosenbaumlaub pinkfarben leuchtete oder rot wie Feuer loderte. Damals hatte niemand einen Sinn für die Schönheiten der Natur, weil das Geld für Kleidung und Essen sehr knapp war. Stünden die Schweineställe und Aprikosenbäume heute noch, so wären sie zweifelsohne ein Ausflugsziel für die Städter, um bei einem Spaziergang die beliebten Naturschauspiele wie das bunte Laub in der Abendsonne zu genießen. Im Frühling könnte man noch ein Aprikosenblütenfest veranstalten, im Herbst ein Fest des bunten Laubs, die Städter könnten in den Schweinestallungen essen und übernachten und einmal so richtig Landluft schnuppern. Oh, Entschuldigung, jetzt bin ich abgeschweift. Ich bin eben ein besonders phantasievolles Schwein. Mir schwirren die unglaublichsten Traumgebilde im Kopf umher. Regelmäßig überfallen mich die unmöglichsten Bilder, sie jagen mir eine Höllenangst ein, sodass ich nicht mehr an mich halten kann und mir die Pisse an den Beinen herunter rinnt, oder sie belustigen mich so, dass ich laut lachen muss. Pissende, kackende Schweine sind ja nicht ungewöhnlich. Aber laut lachende Schweine schon, da bin ich einzigartig. Doch davon werde ich später berichten, im Augenblick soll es uns noch nicht interessieren.

Während dieser Tage, in denen wir im roten Laub der Aprikosenbäume schwelgten, es war wohl der zehnte des zehnten Monats nach dem Bauernkalender, jetzt erinnere ich mich, es war der 10.10., stimmt genau. Ich kann meinem Gedächtnis vertrauen. Als der Morgen des 10.10. graute und die Sonne im Begriff war, riesig, rot und sanft aufzugehen, genau zu diesem Zeitpunkt erschien der lange von der Bildfläche verschwundene Lan Jinlong wieder. Dieser Bursche hatte mit den vier Sun-Brüdern, die ihm nicht von der Seite wichen, und dem Brigadebuchhalter Zhu Hongxin für nur 5000 Yuan in den Yinmeng-Bergen 1057 Schweine gekauft. Jedes dieser Schweine hatte weniger als fünf Yuan gekostet. Fünf Yuan waren ein Spottpreis für ein Schwein. Ich war gerade bei meinem morgendlichen Training: Mit meinen Vorderklauen stützte ich mich auf den dicken, in meinen Stall ragenden Ast des Aprikosenbaums und machte Klimmzüge. Der Ast war biegsam und gleichzeitig stabil. Er federte prima. Während mein Körper mit der Bewegung des Astes vom Boden auf- und abhüpfte, rieselten ohne Unterlass die mit Raureif besetzten, rot leuchtenden Blätter herab. Ich bin so ein Typ, der immer gleich drei Fliegen mit einer Patsche schlagen muss. Erstens trainierte ich meinen Körper, zweitens genoss ich das Glücksgefühl, wenn der Körper vom Boden abhob und in die Höhe schwebte, und drittens schob ich alle herunter gerieselten Aprikosenbaumblätter auf meinen Schlafplatz und machte mir dort ein weiches, warmes Bett zurecht. Mein Instinkt sagte mir, dass ein harter Winter im Anmarsch war, und ich traf schon einmal Vorkehrungen, um mich gegen die Kälte zu schützen.

Während ich so mit dem Hintern über dem Ast hängend wippte, hörte ich einen Motor aufheulen. Ich blickte auf und sah, wie auf dem Sandweg vor unserem Aprikosenbaumhain drei Autos mit Anhängern angefahren kamen. Hinter den Autos sah man eine Staubwolke aufwirbeln, so als kämen sie geradewegs aus der Wüste angefahren. Auf den Kühlerhauben lag eine dicke Schicht Sand. Es war nicht auszumachen, welche Farbe die Fahrzeuge wohl haben mochten. Mit Gerumpel schaukelten sie auf unsere Farm und kamen auf dem freien Gelände hinter den neu gebauten Schweineställen zum Stehen. Ziegelsteine und Getreidestroh lagen dort verstreut im Matsch herum. Die drei Autos, die wie Monster mit Schwänzen zu groß zum Wedeln aussahen, quälten sich lange, bis sie richtig still standen. Dann sah ich, wie aus dem ersten Auto Jinlong mit dreckverkrustetem Gesicht und wildem Haar stieg. Aus dem Auto hinter ihm krabbelten der Buchhalter Zhu Hongxin und Sun Long, der älteste der vier Suns, hervor. Auf der Ladepritsche des dritten Autos standen die drei kleinen Sun-Brüder und der kleine rotznasige Mo Yan. Die Gesichter der vier Bengel starrten vor Dreck. Wie das lebendige Abbild der Tonkrieger des ersten Kaisers von China sahen sie aus. Aus den Anhängern und von den Ladepritschen her hörte ich Schweinequieken. Immer lauter, immer schriller quiekten unzählige Schweine durcheinander. Wie aufregend! Ich spürte, dass die Hochkonjunktur der Schweine angebrochen war. Noch hatte ich die Schweine vom Yimengberg nicht gesehen, hörte sie nur grunzen und roch den seltsamen Geruch ihrer Pisse und Scheiße. Mir schwante Übles, das mussten eklige Typen sein.

Hong Taiyue kam auf einem nagelneuen Fahrrad der Marke Golden Deer angefahren. Damals hatten Fahrräder bei uns noch Seltenheitswert. Nur die Brigadeparteizellensekretäre konnten ein Fahrrad erwerben, und das auch nur auf Bezugsschein. Hong Taiyue lehnte sein Fahrrad an den Aprikosenbaum, dem auf der einen Seite die halbe

Krone abgeschlagen worden war, neben den Platz hinter den Ställen. Er nahm sich nicht einmal Zeit, sein Rad abzuschließen. Man merkte deutlich, dass er ungewöhnlich aufgeregt war. Als würde er einen von weit her aus der Schlacht heimkehrenden Soldaten begrüßen, so rannte er Jinlong mit weit ausgebreiteten Armen entgegen. Glaub aber nicht, dass er Jinlong umarmt hätte. So etwas machen nur die Ausländer. Zur Zeit des *Großen Schweinezüchtens* galt so etwas noch als peinlich. Hong Taiyue breitete seine Arme zwar weit auseinander, ließ sie aber in dem Augenblick, da er Jinlong erreichte, herabsinken, um eine Hand auszustrecken und Jinlong auf die Schulter zu klopfen: „Du hast sie bekommen!"

„Ja, es sind 1057 Schweine. Ich habe meine Pflicht weit über das Soll erfüllt!", antwortete Jinlong und schon geriet sein Körper ins Schwanken. Hong Taiyue schaffte es nicht mehr, ihn aufzufangen. Jinlong schlug mit dem Kopf auf die Erde. Gleich nachdem Jinlong ohnmächtig zu Boden gegangen war, verloren auch der Buchhalter und die vier Suns ihr Gleichgewicht. Allein Mo Yan schrie aufgeregt und schwenkte die Arme: „Wir sind tatsächlich zurück! Wir sind wieder da! Wir haben es geschafft!"

Die tiefroten Strahlen der Morgensonne auf ihren Gesichtern machten Helden aus ihnen. Eine heroisch-tragische Stimmung umgab sie. Hong Taiyue rief die Brigadekader und die Milizionäre herbei, damit sie die völlig erschöpften, aber erfolgreichen Schweinekäufer mitsamt den drei Fahrern stützend, wo sie noch stützen konnten, und tragend, wo kein Stützen mehr half, in das Stallgebäude schafften, in dem sich die Unterkunft des Futtermeisters und seiner Leute befand. Hong Taiyue schrie mit lauter Stimme: „Huzhu, Hezuo, holt Frauen herbei und macht ihnen Nudeln, kocht Eier, damit sie wieder zu Kräften kommen. Alle anderen helfen die Autos entladen!"

Als die Ladeklappe sich öffnete, erblickte ich sie. Das waren doch niemals Schweine! Das waren Monster! Alle waren verschieden groß und unterschiedlich schwarz, braun, rot behaart, aber ausnahmslos voll mit Scheiße, und sie dünsteten den übelsten Mief aus. Ich schnappte mir eilig ein paar Aprikosenbaumblätter und stopfte mir damit die Nasenlöcher zu. Ich hatte eigentlich erwartet, dass sie ein paar hübsche kleine Sauen angeschafft hätten, die mir Gesellschaft leisteten, damit ihr zukünftiger Stammeber in vollen Zügen die Freuden des Lebens ausschöpfen konnte. Nie hätte ich gedacht, dass

bei uns ein Haufen Ungeheuer, die aussahen wie eine Mischung aus Wolf und Wildschwein, aufkreuzen würde. Ich hatte mir schon vorgenommen, sie keines Blickes mehr zu würdigen, doch machte mich ihr starker Akzent neugierig. Lan, alter Freund, du darfst von mir nicht zuviel erwarten. Denn obschon in mir damals noch ein Funken meiner menschlichen Seele übrig war, war ich doch schließlich ein Schwein. Wenn schon die Menschen alle neugierig sind, sollten es da die Schweine nicht mindestens genauso sein?
Ich verstopfte mir die Ohren mit Kügelchen, die ich mir aus weich gekneteten Aprikosenbaumblättern formte, weil mir das Trommelfell von dem schrillen Gequieke wehtat. Meine Hinterbeine stemmte ich mit Kraft in den Boden, während ich mit den Vorderbeinen hoch kam, die beiden Aprikosenbaumäste herunter hielt und mir so ein weites Blickfeld schuf, damit ich die leere Fläche vor den neuen Ställen genau in Augenschein nehmen konnte. Ich wusste, dass eine wichtige Verantwortung auf meinen Schultern lastete. Dass ich einmal eine wichtige Rolle in Nordost-Gaomis Geschichte der siebziger Jahre spielen würde. Und dass der Bengel Mo Yan meine Geschichte einmal in einen großen Roman einfließen lassen würde. Deswegen wollte ich meinen Körper lieben und gut behandeln, meine Sehkraft, meinen Geruchssinn und mein Gehör und alles, was dazu gehörte, verantwortungsvoll schützen. Denn das waren die Voraussetzungen, die ich mitbringen musste, wenn ich zur Legende werden wollte.
Ich stützte mich also mit den Vorderklauen und dem Kinn auf die Astgabel, um das Gewicht, das auf meinen Hinterbeinen lastete, zu reduzieren. Die Astgabel senkte sich unter der Last meines Körpers und zitterte leicht. Ein Specht hing am Baumstamm und guckte mir neugierig mit schief gelegtem Kopf aus seinen kleinen schwarzen Knopfaugen zu. Ich verstand die Vogelsprache nicht und konnte nicht mit ihm sprechen. Doch ich wusste, dass ich ihn mit meiner Pose sehr neugierig machte. Ich blickte durch die schmalen Aprikosenbaumblätter hindurch und beobachtete die Kerle, die dort aus dem Auto ausstiegen. Einer wie der andere waren sie zum Umfallen müde. Mit weichen Knien schwankten sie umher. Sie sahen erbärmlich aus. Eine Sau mit einer Schnauze wie ein Drahtkasten und zwei Spitzohren fiel, weil sie wohl alt und schwach war und die Schaukelei im Wagen nicht vertragen hatte, augenblicklich bewusstlos hin, als sie das Auto verließ. Sie lag auf der Seite im Sand, verdrehte die

Augen und hatte weißen Schaum vor dem Maul. Da waren auch zwei kleine Jungsauen, die ganz manierlich aussahen. Mir schienen sie beide von derselben Mutter abzustammen. Sie wölbten den Rücken und erbrachen sich. Ihr Erbrochenes war ansteckend wie Influenza oder Vogelgrippe. Da wölbte auch schon die Hälfte der anderen ausgeladenen Schweine den Rücken und erbrach sich. Der Rest dieser Typen lief krumm und schwankend herum, kroch am Boden oder schubberte sich an der Rinde der Aprikosenbäume geräuschvoll den Rücken. Himmel, was die für grobe Haut besaßen! Sie hatten Läuse und die Räude! Da sollte ich gewarnt sein und strikt Abstand halten.

Ein schwarzer Eber erregte meine Aufmerksamkeit. Dieser Bursche war dürr, dabei durchtrainiert und stark. Seine Schnauze war ungewöhnlich lang, sein Schwanz hing bis auf den Boden herab, sein Borstenkleid stand dicht und struppig. Seine Schulter war groß und breit, die Kruppe zeigte spitz nach oben, während ihn vier kräftige Beine trugen. Ziemlich kleine Augen besaß er, aber einen stechenden Blick. Die zwei gelbbraunen Hauer ragten zu beiden Seiten aus dem Maul heraus. Dieser Bursche war doch im Grunde ein nicht domestiziertes Wildschwein. Er konnte, während alle anderen Schweine nach der langen Autofahrt körperlich längst schlapp machten, immer noch sorglos umherlaufen und die Aussicht genießen. Der Eber wirkte wie ein mit verschränkten Armen vor sich hin pfeifender Gauner. Es vergingen ein paar Tage, und der Bursche hatte von Jinlong seinen Namen weg: Diao Xiaosan, *Halunke Drei*. Diao Xiaosan ist der Bösewicht aus der damals populären Modelloper Sha Jiabin, der dem jungen Mädchen die Tasche stiehlt und sie selber dann gleich noch mit entführen will. Ich habe mit Halunke zusammen viel erlebt. Später komme ich darauf zu sprechen.

Ich sah, wie die Kommunemitglieder unter den Anweisungen Hong Taiyues die Schweine in die Ställe mit den je zweihundert Buchten sperrten. Das Einfangen der Schweine war zuvor mit ohrenbetäubendem Tumult vonstatten gegangen. Diese dummen Kerle, die nur über einen niedrigen IQ verfügten und die es gewohnt waren, in den Yimeng-Bergen frei herumzustreunen, verstanden nicht, dass sie in den Ställen in Saus und Braus und dazu noch hoch angesehen lebten. Sie meinten, ein Schweinestall käme einem Schlachthof gleich. Sie schrien wie am Spieß, stoben durcheinander, flüchteten panisch in

jede Richtung, mit allerletzter Kraft kämpften sie vergeblich, wie wilde Tiere es in der sich immer enger ziehenden Schlinge tun. Hu Bin, der während der Epoche des Stiers so viel Böses getan hatte, bekam von einem durchgedrehten weißen Schwein einen Stoß in den Unterleib. Er fiel nach hinten auf den Rücken, rappelte sich aber mit aller Kraft auf und kam zum Sitzen. Sein Gesicht war kreideweiß, kalter Schweiß stand ihm auf der Stirn, stöhnend hielt er sich mit der Hand den Unterleib. Er war aber auch ein Pechvogel. Und er führte immer etwas im Schilde. Dazu war er sehr von sich selbst eingenommen und wollte überall im Mittelpunkt stehen. Doch letztendlich war er immer im Nachteil. Er war gemein und doch ein armes Schwein. Du kannst dich noch daran erinnern, als ich ein Stier war, oder? Als ich damals auf dem endlosen Strand am Yunliang-Fluss diesen Bruder mal so richtig in Form brachte? Es waren ein paar Jahre vergangen, und schon war er alt geworden. Die Schneidezähne fielen ihm aus. Beim Sprechen störte die Zahnlücke. Als Schwein war ich damals gerade ein halbes Jahr alt. Ich stand in der Blüte meiner Jugend, es war meines Lebens goldene Zeit. Man soll vom Kreislauf der Wiedergeburten nicht nur wie von etwas Bitterem sprechen. Auch die Vorteile des Karmas sollte man bedenken. Ein Borg mit einem halb weggerissenen Ohr und einem Eisennasenring in der Schnauze geriet in Rage und biss Chen Dafu in den Finger. Dieser Widerling, der, du erinnerst dich, eine Affäre mit Qiuxiang gehabt hatte, brüllte so laut, als hätte ihm das Schwein die ganze Hand abgebissen.
Im Gegensatz zu den nutzlosen Mannsbildern standen die älteren Frauen Yingchun, Qiuxiang, Bai Lian und Zhao Lan alle mit gebeugten Rücken und vorgestreckten Händen um die Schweine herum, die sich mit dem Rücken ängstlich an die Mauer pressten. Sie lockten und schnalzten fortwährend mit der Zunge, während sie sich den Schweinen mit freundlich lächelnden Gesichtern ganz langsam näherten. Obschon die Yimengberg-Schweine erbärmlich stanken, war auf den Gesichtern der Frauen nicht der geringste Anflug von Unmut zu bemerken. Sie lächelten so ehrlich, dass die Schweine, wenn sie auch immer noch ängstlich quiekten, doch schon nicht mehr panisch die Flucht ergriffen. Die Frauen scheuten den Dreck nicht, sondern streckten die Hände aus und kraulten die Schweine am ganzen Körper. Diese konnten nicht mehr umhin, es angenehm zu finden, und wurden gefügig. Die Frauen begannen, sie zu loben. Der

Kampfgeist der Schweine war in kürzester Zeit gebrochen und sie lagen eins wie das andere mit blinzelnden Augen und sich wohlig räkelnd am Boden. Die Frauen nahmen die Schweine auf den Arm und brachten sie, nicht ohne sie weiter zwischen den Beinen zu kraulen, in den Schweinestall.

Hong Taiyue lobte die Frauen überschwänglich, während er die grobschlächtigen Mannsbilder nur abschätzig belächelte. Zu dem stöhnend am Boden sitzenden Hu Bin sagte er spitz: „Ach was, hat dir ein Schwein deinen Schwengel abgebissen? Wie du aussiehst! Man muss sich ja schämen! Verzieh dich und mute uns diesen Anblick nicht länger zu!"

Zu dem vor Schmerzen schreienden Chen Dafu sprach er: „Und du erst! Du willst ein Mann sein? So ein Gebrüll macht man nicht einmal, wenn einem zwei Finger weggebissen worden sind!"

Chen Dafu hielt sich den Finger: „Parteisekretär! Das ist ein Arbeitsunfall. Der Staat muss mir die Arzneikosten bezahlen und zusätzliche Essensmarken zur Stärkung geben."

Hong Taiyue antwortete: „Ach, geh nach Haus und warte, bis das ZK für Militärangelegenheiten dir ein Flugzeug vorbeischickt, um dich nach Peking ins Krankenhaus zu fliegen. Vielleicht winkt dir noch die Aussicht, den Chef des ZK persönlich zu sehen!"

„Parteisekretär! Es tut nicht Not, mich zu verspotten. Ich bin zwar dumm, doch kann ich zwischen gut und bös gemeinten Worten unterscheiden!"

Hong Taiyue spuckte Chen Dafu ins Gesicht und trat ihm dann in den Hintern: „Verpiss dich, du Hurensohn! Bist du etwa nicht dumm, wenn du's heimlich mit andrer Leute Frauen treibst? Und wenn du mit anderen um Arbeitslohnpunkte rangelst auch nicht, oder wie?"

Wieder trat er zu. Chen schrie ihn an, während er den Tritten auszuweichen versuchte: „Werden die Menschen unter der Kommunistischen Partei immer noch geschlagen?"

Hong erwiderte kalt: „Die Kommunistische Partei schlägt die guten Menschen nicht. Gegen so minderwertige Typen wie dich ist kein anderes Kraut gewachsen. Geh mir aus den Augen, du deprimierst mich! Ist der Arbeitspunktekontrolleur des zweiten Trupps zur Stelle? Jeder, der heute Morgen die Schweine mit eingefangen hat, kriegt einen halben Arbeitspunkt gutgeschrieben. Hu Bin und Chen Dafu bekommen gar nichts."

„Wie kommst du dazu?" Chens Stimme überschlug sich.
„Wie kommst du dazu?", schrie auch Hu Bin mit schriller Stimme.
„Es passt mir so, denn ich kann eure Nasen nicht leiden!"
„Arbeitspunkte sind die Lebensgrundlage der Kommunemitglieder!" Chen hatte seine Verletzung an der Hand vergessen und hielt Hong die geballte Faust unter die Nase: „Willst du, dass meine Frau und meine Kinder verhungern, indem du mir meine Arbeitspunkte abziehst? Heute Abend noch werde ich mit meinen Kindern und meiner Frau bei dir zu Haus übernachten!"
Abschätzig erwiderte Hong: „Du glaubst doch nicht im Ernst, dass ich mich jemals von irgendwem hätte ins Bockshorn jagen lassen? Mehr als zwanzig Jahre Revolution habe ich hinter mir. Die verworrensten Dinger habe ich gedeichselt. Die krummen Touren von einem räudigen Köter wie dir mögen bei anderen ihre Wirkung zeigen. Mich interessiert das einen Scheißdreck!"
Hu Bin wollte mit Chen zusammen Krawall machen. Aber seine Frau Bai Lian knallte ihm mit ihrer dicken Hand, die von Schweinescheiße klebte, eine Backpfeife herunter und sprach mit einem fröhlichen Lachen zu Hong: „Parteisekretär! Ich bitte euch, nehmt es ihm nicht krumm!"
Hu Bin machte einen Schmollmund und setzte die Leidensmiene eines Gedemütigten auf. Hong meinte: „Steh auf, Mann. Oder sollen wir erst mit der Sänfte kommen und dich wegtragen?"
Hu Bin rappelte sich auf und schlich geduckt mit eingezogenem Kopf hinter seiner hochgewachsenen, kräftigen Bai Lian nach Hause.
Mit Ausnahme von Dreien wurden die 1057 Schweine alle eingefangen und mit viel Getöse und Gerangel in die Stallungen verbracht. Eine braune Sau ging dabei drauf, ein schwarzweiß geschecktes Läuferschwein auch. Das dritte der nicht eingefangenen Schweine war der schwarze Wildschweineber Halunke. Er war unters Auto gekrochen und wollte ums Verrecken nicht hervorkommen. Der Basismilizionär Wang Chen holte einen Ginkgoholzknüppel aus den Stallungen und wollte ihn damit hervorstochern, doch kaum fuchtelte er damit unter dem Auto herum, hatte Halunke den Knüppel auch schon mit dem Maul gepackt. Keiner von beiden gab auf, ein Tauziehen zwischen Mensch und Schwein begann. Obwohl ich den Eber unter dem Auto nicht sah, konnte ich ihn mir dort bestens vorstellen. Mit gesträubten Borsten, giftiggrün blitzenden Augen, den Knüppel fest

zwischen den Zähnen! Haus- und Nutztier konnte man ihn nicht nennen, vielmehr Raubtier, das passte zu ihm. Von ihm lernte ich in den darauf folgenden Jahren noch eine Menge. Zuerst war er mein Feind, später mein Ratgeber. Aber davon später.
Zuerst einmal waren da der Milizionär mit einem Körper so groß wie ein Baum und Halunke unter dem Auto, die sich ein erbittertes Kräftemessen lieferten. Es herrschte Gleichstand. Der Ginkgoknüppel ging nur minimal vor und zurück. Alle starrten wie gebannt auf das Gerangel unter dem Auto. Hong Taiyue bückte sich und lugte schräg darunter. Viele machten es ihm nach, bückten sich und glotzten wie er unter das Auto. Ich guckte mir die seltsamen Zuschauer an und versuchte mir dieses Schwein vorzustellen, diesen unbezähmbaren und unbeherrscht wilden Burschen. Schließlich hatte einer die Eingebung, Wang Chen zu Hilfe zu kommen. Ich begann, diese Leute mit Nichtachtung zu strafen. Es musste doch gerecht zugehen, einer gegen einen, und nicht eine ganze Horde Menschen gegen ein einziges Schwein. Was waren das eigentlich für Typen? Ich war besorgt, dass sie das Schwein jeden Moment mit dem Knüppel unter dem Auto hervorziehen würden, so wie man einen großen Rettich aus der Erde zieht. Aber stattdessen hörte ich ein lautes Knacken und sah, wie die Männer an dem Knüppel alle hintenüber auf einen Haufen fielen. Das Ginkgoholz war in zwei Hälften gebrochen. Die Bruchstelle war blendend weiß, ohne Zweifel hatte Halunke es durchgebissen.
Die Menge brüllte begeistert los. Die Existenzen des gesamten Kosmos sind sich doch alle gleich. Kleine Bösewichte und kleine Sonderlinge werden gehasst, aber richtig Böse und wirklich Sonderbare sind bei den Menschen hoch angesehen und werden stets bewundert. Das Verhalten von Halunke war zwar noch nicht richtig böse und sonderbar, aber schon weit mehr, als es sich ein kleiner Bösewicht erlaubt hätte. Wieder stieß einer den Knüppel unter das Auto, aber das knackende Geräusch darunter ließ ihn so zusammenschrecken, dass er den Knüppel wegwarf und fortrannte. Die Menge quasselte durcheinander. Jeder hatte Ideen, einige meinten, man solle mit der Flinte schießen, andere sagten, man sollte mit dem Bajonett stechen, wieder andere schlugen vor, man sollte Feuer machen. All diese barbarischen Ratschläge lehnte Hong Taiyue ab. Er sprach mit gewichtiger Miene: „Diese Ratschläge stinken schlimmer als Schei-

ße. Was wir wollen, ist das *Große Schweinezüchten,* nicht das *Große Schweinetöten!*"

Einer empfahl, eine mutige Frau unter das Auto zu schicken, damit sie dort das Schwein kraule und besänftige. Jedes noch so brutale Schwein wisse doch, dass man Frauen zu respektieren habe. Und jedes noch so brutale Schwein werde doch, wäre es erst einmal gekrault, seine Wildheit ablegen! Das war ein guter Ratschlag. Nur wen sollte man unter das Auto schicken, das war die Frage. Huang Tong, immer noch Vizeleiter des Revolutionskomitees, aber ohne Befugnisse, sprach: „Wenn wir sie reich belohnen, muss sich doch eine mutige Frau finden lassen. Wer unter das Auto kriecht und sich das Schwein gefügig macht, den belohnen wir mit Arbeitspunkten für zwei volle Tage!"

Hong lachte abfällig: „Na, dann lass doch deine Frau hineinkriechen!"

Qiuxiang verbarg sich sofort hinter den Leuten und schimpfte: „Deine Schwatzhaftigkeit lässt dich wie immer alt aussehen! Dass ich nicht lache, für zwei volle Tage! Da kannst du mir Arbeitspunkte für dreihundert Tage anbieten, unter das Auto krieche ich nicht!"

Die Situation war wieder festgefahren. Da sah ich Jinlong ganz hinten aus dem Wohnheim im Aprikosengarten kommen. An der Tür konnte ich die zwei Süßen der Huangs sehen, wie sie ihn, eine von rechts, die andere von links, stützten. Er ging einige Schritte, dann schüttelte er die beiden ab. Sie rannten Schulter an Schulter hinter ihm her wie zwei Bodyguard-Schönheiten. Ihnen dicht auf den Fersen folgten Ximen Baofeng mit dem Arzttornister, Lan Jiefang, Bai Shi und Mo Yan. Ich sah das von den Strapazen der Reise ernste und schmutzverkrustete Gesicht Jinlongs, und ich sah die Futterbütten mit dem von Bai Shi und zehn, zwanzig Futterknechten fertig angerührten Schweinefutter. Obwohl ich mir mit Aprikosenblättern die Nasenlöcher zugestopft hatte, stieg mir der Duft des Futters in die Nase. Es war ein aus Baumwollsaatpresskuchen, getrockneten roten Süßkartoffeln, geschnetzelten schwarzen Bohnen und rotem Süßkartoffelkraut gerührter Brei. Die dampfenden Bütten standen im goldenen Sonnenschein, der köstliche Duft schwängerte die Luft. Aus der Futterküchentür sah ich weiß duftende Schwaden wallen. Diese bunt gemischte Mannschaft aus Futterleuten hatte eine beachtliche Menge aufgefahren, als wären sie die Kantinenmannschaft für den Fronteinsatz einer kämpfenden Truppe. Ich wusste, dass die Yimengberg-Schweine, die schon kurz vor dem Verhungern waren, nun gleich in Saus und Braus mit vollen Backen futtern würden. Ihr Leben im Glück hatte eigentlich schon begonnen.

„Ich bin von nobler Herkunft, aber schäme mich auf keinen Fall, mit euch zu verkehren. Wenn ich nun schon als Schwein lebe, dann passe ich mich auch euren Gepflogenheiten an und behandele euch als meine Artgenossen und Brüder und Schwestern. Ich wünsche euch Glück, wünsche euch guten Appetit und gute Gesundheit!", rief ich ihnen zu. „Ich wünsche euch, dass ihr euch schnell bei uns einlebt. Dass ihr im Dienste des Sozialismus mehr scheißt, mehr pisst und schneller fett werdet. So wie die Menschen hier sagen: ‚Ein Schwein ist eine kleine Fettfabrik. Der Körper des Schweins ist ein Schatz: Das Fleisch wohlschmeckende Speise, die Haut gutes Leder, die Knochen für die Leimherstellung, die Borsten zum Bürstenmachen und die Galle für heilende Arznei.'"

Alle schrien, als sie Jinlong kommen sahen, „Hossa!" und „Prima!". „Er kommt!" Genau wie der Zen-Meister sagt: „Die Glocke um des Tigers Hals muss der, der sie ihm umhängte, auch wieder abnehmen." Wenn Jinlong dieses Wildschwein aus den Yimeng-Bergen herbeigeschafft hatte, dann konnte er es auch bestimmt unter dem Auto hervorholen. Hong Taiyue gab ihm eine Zigarette und zündete sie ihm eigenhändig an. Wenn der Parteisekretär einem eine Zigarette anbietet, so ist das eine Geste von allerhöchster Bedeutung. Mit kreidebleichen Lippen, tiefdunklen Ringen unter den Augen und wirrem Haar machte Jinlong einen furchtbar erschöpften Eindruck. Durch den anstrengenden, aber erfolgreichen Schweinekauf hatte er unter den Kommunemitgliedern wieder Anerkennung gewinnen und zugleich das Vertrauen des Sekretärs Hong wiedererlangen können. Er fühlte sich über die Maßen geschmeichelt, als Hong ihm die Zigarette anbot. Die halb gerauchte Zigarette parkte er auf einem Backstein – Mo Yan nahm sie stillschweigend und rauchte sie flugs zu Ende –, zog seine verwaschene, an den Schultern und Ellenbogen schon ausgebeulte alte Militäruniformjacke aus und stand nun in einem rotvioletten Sporthemd mit Polokragen da. Vorn auf der Brust waren die drei Zeichen 井冈山 der Jingangshan-Yimeng-Berge im Schriftduktus von Mao Zedong aufgedruckt. Jinlong krempelte die Ärmel hoch, bückte sich und wollte unter das Auto kriechen.

Hong Taiyue hielt ihn am Arm fest: „Jinlong, überstürze nichts! Dieses Schwein da unten ist völlig ausgerastet. Ich möchte nicht, dass du es verletzt, noch weniger möchte ich, dass du dich verletzt. Du und das Schwein, ihr seid beide zu wertvoll für unsere Dorfbrigade." Jinlong ging in die Hocke und schielte unter das Auto. Dann schmiss er einen raureifbedeckten Ziegel darunter. Ich glaube, Halunke sperrte damals nur das Maul auf, schnappte den Ziegel und fraß ihn, dass es nur so krachte. Seine Augen funkelten bestimmt böse mit einem Blick, der jeden erzittern ließ. Jinlong kam wieder hoch, seine Mundwinkel entspannten sich und zeigten ein Lächeln. Diesen Gesichtsausdruck kannte ich nur zu gut. Er war ein untrügliches Zeichen dafür, dass er eine Idee hatte. Er neigte sich zu Hong hinüber und flüsterte es ihm ins Ohr, als befürchte er, das Schwein unter dem Auto höre mit. Seine Vorsicht war unnötig, denn ich bin mir sicher, dass außer mir kein anderes Schwein auf diesem Globus der Menschensprache mächtig ist. Dass ich diese Sprache verstehe, ist eine Ausnahme und nur darin begründet, dass bei mir die Suppe der Mutter Meng ihre Wirkung verfehlt. Ansonsten erginge es mir genau wie allen anderen Existenzen, die von Wiedergeburt zu Wiedergeburt wandern und, einmal die Schale mit der Suppe heruntergespült, alles aus ihrem vorherigen Leben restlos vergessen. Ich beobachtete, wie sich auch auf Hongs Gesicht ein Lächeln breitmachte. Er klopfte Jinlong die Schulter: „Mein Junge, sowas kann aber auch nur dir einfallen!"
Es dauerte eine halbe Zigarettenlänge, da sah ich Ximen Baofeng mit zwei schneeweißen Hefenudeln herbei rennen. Die Dampfnudeln waren prall und schwer und rochen intensiv nach Schnaps. Sofort wusste ich, was Jinlong vorhatte. Er wollte Halunke betrunken machen, damit er keinen Widerstand mehr leisten konnte. Wäre ich an seiner Stelle gewesen, ich wäre Jinlong nicht auf den Leim gegangen. Aber Halunke war ein Schwein mit wenig Verstand, dafür aber mit einer unbezähmbaren Wildheit. Jinlong schmiss nun die mit Schnaps getränkte Hefenudel unter das Auto. Im Stillen fing ich an zu beten: „Mensch Bruder, friss das nicht! Du tappst in eine Falle."
Aber Halunke hatte die Nudel augenscheinlich gefressen, denn ich bemerkte den böse freudigen Ausdruck auf den Gesichtern von Jinlong und Hong Taiyue, der deutlich verkündete, dass ihr böser Trick funktionierte. Ich sah Jinlong in die Hände klatschen und hörte ihn

rufen: „Er fällt, er fällt!" Dieser noch heute gerne verwendete Ausspruch stammt aus dem klassischen Roman über die Räuber vom Liang-Schan-Moor. Diese Recken aus dem alten Roman mischten dem Schnaps ein Schlafmittel bei. Das ließen sie die in die Falle tappenden Opfer trinken. Als sie sich dann in die Hände klatschten und „Er fällt, er fällt!" riefen, gingen die Betrogenen zu Boden. Jinlong kroch nun unter den Wagen und zog den sternhagelvollen Halunke unter dem Auto hervor. Der seufzte nur. Er konnte sich nicht mehr wehren, als die Leute ihn aufhoben und in meine Nachbarbucht warfen. Unsere zwei Buchten waren separat von den anderen Stallungen gelegen. Sie sollten nur für die Zuchteber sein. Dass die Leute Halunke mit mir zusammen unterbrachten, hieß, dass sie ihn genau wie mich als Stammeber heranziehen wollten. Ich empfand dies als eine völlig unpassende, falsche und lächerliche Entscheidung. Ich besaß starke, gesunde Gliedmaßen, einen langen, schmalen Körperbau, rosa Haut und weiße Borsten, eine kurze Schnauze und fleischige Ohren. Ich war, was man einen gut aussehenden Jungeber nennt. Dass aus mir ein Zuchteber wurde, war so einleuchtend, dass es keiner Erklärung bedurfte. Was aber Halunke betraf – welche äußere Gestalt er besaß, das wissen wir ja bereits – welche Nachkommenschaft war denn von einer so minderwertigen Erbsubstanz zu erwarten?

Lange Jahre vergingen, bis mir klar wurde, dass Jinlongs und Hong Taiyues Entscheidung richtig gewesen war. In den siebziger Jahren, als es an allem und jedem materiellen Gut fehlte, als das Angebot an Schweinefleisch sehr, sehr rar war, damals mochten die Leute solches Fleisch, das so fett war, dass es auf der Zunge zerging. Jetzt hat sich der Lebensstandard völlig gewandelt. Die Leute haben einen feineren Geschmackssinn. Ihnen genügt der Geschmack des Hausviehs nicht mehr und sie ziehen Wildfleisch vor. Halunkes Nachkommenschaft besaß diesen Wildgeschmack und ließ sich wie Wildschweinfleisch verkaufen. Aber das gehört in ein späteres Kapitel. Vorerst will ich nicht davon berichten.
Natürlich wusste ich als außergewöhnlich intelligentes Schwein, wann es an der Zeit war, sich um die eigene Sicherheit zu kümmern. Ich ahnte sofort, was sie im Schilde führten, als sie Halunke zu mir herüber trugen. Ich nahm fix die Beine vom Aprikosenbaum und kroch klammheimlich auf mein Heu- und Laublager in der Ecke an

der Stallwand. Ich hörte den lauten Aufprall, als sie Halunke in meiner Nachbarbucht fallen ließen. Ich hörte sein Stöhnen und ich hörte Hong Taiyue und Jinlong mich loben. Heimlich blinzelte ich durch einen schmalen Augenschlitz und beobachtete die Männer auf der anderen Seite der Wandung. Die Sonne stand schon hoch am Himmel, ihre Gesichter glänzten im Sonnenschein. Sie schimmerten wie mit Goldstaub gepudert.

Das vierundzwanzigste Kapitel
Die Kommunemitglieder feiern die politischen Neuigkeiten mit einer Konferenz und entzünden Bambuslaternen. Heimlich horcht der Stammeber und lernt viel über Amerika.

Das Großkopfkind Lan Qiansui sprach mich im Pekinger Dialekt an: „Ach, alter Kamerad! Kumpel! Jetzt sollten wir etwas gemeinsam machen! Lass uns von dem goldenen Herbst jenes Jahres erzählen. Von den strahlendsten Tagen dieses grandiosen Herbstes! Die wollen wir uns ins Gedächtnis zurückrufen."

Am Eröffnungstag der Konferenz funkelte das bunte Laub vor einem grenzenlos blauen Himmel. Es war das erste und auch das letzte Mal, dass wir in unserer Brigadeschweinefarm „Aprikosengarten" die Bühnenveranstaltung *Das Große Schweinezüchten* für ganz Gaomi ausrichteten. Diese Veranstaltung wurde damals als beispielhaft schöpferische Arbeit herausgestellt. Die Provinzzeitungen berichteten in langen Artikeln über jede Einzelheit. Auch wie aufgrund dieser Aktion einige beteiligte Kreis- und Kommunekader in höhere Positionen aufsteigen konnten, und welche es waren. Die Veranstaltung ging in die Annalen von Gaomi ein und mehrte Glanz und Glorie der Geschichte unseres Dorfes.

Um das Fest vorzubereiten und zu planen, hatten alle Kommunemitglieder unserer Dorfbrigade unter der Leitung Hong Taiyues und unter den genauen Arbeitsanweisungen von Jinlong, dabei betreut und angewiesen durch unseren Brigadekader, den Vizeleiter des kommunalen Revolutionskomitees, Guo Baohu, eine volle Woche fieberhaft tags wie nachts gearbeitet. Ein Glück aber auch, dass es mit der Jah-

reszeit für die Bauern passte. Die Felder waren abgeerntet, da blieb, wenn das ganze Dorf für die Versammlung arbeitete, die Feldarbeit wenigstens nicht liegen. Aber wäre es mitten zur Erntezeit gewesen, wenn alle Hände voll zu tun war, wäre es auch egal gewesen. In jenen Jahren kam die Politik sowieso immer zuerst, die Produktion war sekundär. Schweinezucht war Politik, und etwas anderes existierte nicht. Alles geschah nur im Dienste der Politik.
Nachdem bekannt geworden war, dass die auf Kreisebene abzuhaltende Konferenz und Bühnenveranstaltung *Das Große Schweinezüchten* bei uns stattfinden sollte, verfiel das gesamte Dorf sofort in Festtagsstimmung. Es begann damit, dass der Brigadezellensekretär Hong Taiyue mit hoher Stimme ins Megaphon schreiend die freudige Nachricht verkündete. Aufgeregt kamen alle Dorfbewohner aus ihren Häusern heraus und versammelten sich auf der Straße. Es war abends nach neun. Die Internationale, die jeden Abend aus dem Megaphon schallte, war schon verklungen, wie immer hatten sich die Dörfler auf dem Kang Schlafen gelegt. Die frisch vermählten Eheleute Wang, die am Westrand des Dorfes wohnten, begannen gerade, miteinander zu schlafen. Doch die freudige Nachricht unterbrach sie dabei. Von der ersten Sekunde an begann für die Dörfler ein neues Leben.

Warum unterbrichst du mich nicht und fragst mal nach, wie ich, ein Schwein im abgelegensten Schweinestall des Aprikosengartens, an all diese Informationen über die Vorgänge im Dorf gelangte? Ich will ja kein Geheimnis daraus machen, dass ich damals längst damit begonnen hatte, nachts aus der Bucht zu springen und die Schweinestallungen zu inspizieren. Ich flirtete eine Runde mit den Sauen aus den Yimeng-Bergen und schlenderte dann ins Dorf in gefährliche Gefilde. Die bestgehüteten Geheimnisse des Dorfes kannte ich bis ins kleinste Detail.

Die Kommunemitglieder liefen mit leuchtenden Laternen und Fackeln durch die Straßen, fast überall sah ich nur lachende Gesichter. Wie kam es nur, dass sich alle so freuten? Damals war es so, dass dem Dorf Profit und das große Geld winkten, wenn es zum Musterdorf auserkoren wurde. Zuerst versammelten sich alle im Hof des Brigadequartiers und warteten darauf, dass der Parteizellensekretär und die leitenden Köpfe der Brigade sich zeigten und redeten. Hong Taiyue stand mit seiner wattierten Jacke über den Schultern im hellen Schein der Gasleuchten. Wie man ihm seine Freude ansah! Er strahlte in allen Regenbogenfarben wie ein antiker, mit Sandpapier blinkend geschliffener Bronzespiegel: „Liebe Genossen unserer Kommune. Wir werden in unserem Dorf die Konferenz und Bühnenveranstaltung des Kreises *Das Große Schweinezüchten* abhalten. Das haben wir der fürsorglichen Liebe der Partei zu verdanken. Die Partei stellt uns damit aber auch auf die Probe. Wir müssen das Fest unter Einsatz allergrößter Bemühungen tadellos vorbereiten. Im Fahrtwind dieser Konferenz werden wir die Schweinehaltung zu neuen Ufern führen. Wir haben bisher nur 1.000 Schweine, wir wollen aber noch 5.000 mehr, noch 10.000 mehr Schweine halten, bis wir 20.000 Schweine haben. Dann werden wir zum großen Vorsitzenden Mao in die Hauptstadt fahren und ihm ehrenvoll die Glücksbotschaft überbringen."

Seine Rede war vorüber, aber die Leute gingen nicht auseinander. Vor allem die Jugend, die nicht wusste, wohin mit ihrer Kraft und Energie, und der der Sinn danach stand, alles kurz und klein zu hauen, Leute umzulegen und zu brandschatzen, gegen die Imperialisten und ausländischen Verräter die alles entscheidende Schlacht zu schlagen, wie hätte die an einem solchen Abend noch Schlaf finden sollen? Die vier Sun-Brüder preschten ohne die Erlaubnis des Parteisekretärs ins Büro und holten die seit langem im Schrank vergrabenen Gongs und Trommeln hervor. Mo Yan, der nichts mehr hasste, als übergangen zu werden, ergatterte als erster eine Trommel und schnallte sie sich auf den Rücken. Es machte ihm nichts aus, wenn die anderen ihn wegschubsten, er hatte sich ein dickes Fell zugelegt und wollte bei allem dabei sein. Die übrigen Jugendlichen holten sich die bunten Fahnen, die sie einst während der Kulturrevolution benutzt hatten, aus dem Schrank. Dann zog die Truppe los, mit Pauken und Trompeten und wild die Fahnen schwenkend kreuz und quer über die Straßen durch das ganze Dorf. Sie machten einen solchen Lärm, dass die Krähen in Scharen aus den Schnurrbäumen aufflogen. Zuletzt versammelte sich der Umzug im Zentrum der Schweinefarm „Aprikosengarten". Auf dem freien Platz links von meinem Stall und hinter den 200 Stallungen, wo die Yimengberg-Schweine untergebracht waren, dort, wo sie einst das Wildschwein

Halunke betrunken gemacht hatten, hatte Mo Yan mutig und ohne jede Bedenken aus dem Holz der Aprikosenbäume, die wegen des Baus der Schweinställe geschlagen worden waren, ein offenes Feuer gemacht. Die Flammen züngelten wild gen Himmel und schwängerten die Luft mit dem Amaretto-Duft der brennenden Aprikosenkerne und -äste. Hong wollte Mo Yan anherrschen, sah aber, wie die jungen Leute leidenschaftlich singend um das Feuer tanzten. Er konnte selbst auch nicht mehr an sich halten. Die Menschen waren vor Freude außer sich, die Schweine im Stall überrascht und hingerissen. Mo Yan schichtete immer mehr Holz auf, die Flammen ließen sein Gesicht wie einen bunt bemalten Geist auf einem Tempelgemälde in allen Farben des Regenbogens scheinen. Ich war zwar noch nicht offiziell zum Stammeber der Rotte gekrönt worden, hatte mir aber schon einen Namen unter den Schweinen erworben. Ich rannte so schnell ich konnte los, jedem Schwein in der ersten Bucht aller Buchtenreihen berichtete ich von der Neuigkeit. Zu Blumenkohl, der klügsten der fünf Sauen in der ersten Bucht auf dem ersten Gang, sagte ich: „Sag allen, keiner soll sich mehr fürchten! Jetzt nahen gute Zeiten für uns!"
Zu Heulender Wolf, dem verschlagensten Borg der fünf Schweine in der ersten Bucht auf dem zweiten Gang, sagte ich: „Sag allen, keiner soll sich mehr fürchten! Jetzt nahen gute Zeiten für uns!"
Zu Schmetterlingstraum, der hübschesten Jungsau von fünfen in der ersten Bucht auf dem dritten Buchtengang, sagte ich: „Sag allen, keiner soll sich mehr fürchten! Jetzt nahen gute Zeiten für uns!"
Schmetterlingstraum mit ihrem Schlafzimmerblick sah entzückend aus. Im Überschwang mich plötzlich bestürmender Gefühle küsste ich ihr die Wange. Sie quiekte auf. Ich unterdrückte das Glücksgefühl, das mir Herzklopfen bereitete, rannte zur ersten Bucht im vierten Buchtengang und rief den vier Börgen zu: „Sagt allen, keiner soll sich mehr fürchten! Jetzt nahen gute Zeiten für uns!"
Die vier glotzten blöd: „Was sagst du?"
„Die Konferenz und Bühnenveranstaltung *Das Große Schweinezüchten* wird bei uns abgehalten. Deswegen kommen gute Zeiten für uns!", brüllte ich und sauste in meinen Stall zurück, denn ich wollte vermeiden, dass irgendein Mensch meine nächtlichen Streifzüge ahnte, solange ich nicht ausdrücklich der König der Rotte war. Hätten sie es gewusst, hätte es mich aber auch nicht abgehalten. Ich hat-

te schon wenigstens drei geheime Fluchtwege aus dem Stall hinaus in die Freiheit gefunden. Aber ich hielt es für besser, mich dumm zu stellen. Ich versuchte beim Rennen dem Schein des Feuers auszuweichen. Es war fast unmöglich. Die hoch zum Himmel emporschlagenden Flammen erleuchteten den gesamten Aprikosengarten. Ich sah mich – den zukünftigen König der Rotte – dahinpreschen und am ganzen Körper leuchten. Als trüge ich hautengen Seidensatin! Ich rannte in Windeseile, es sah aus, als sauste ein bunt leuchtender Blitzschweif dem Stall des Stammebers zu. Mit meinen Vorderfüßen, die so geschickt waren, dass ich damit zwei Stempel zum Fälschen amerikanischer Dollars hätte schnitzen können, umklammerte ich die tief hängende Astgabel des Aprikosenbaums. Wie eine Spindel so flink nutzte mein graziler Körper das Federn des Astes aus und beförderte mich so über die Buchtmauer hinweg, um direkt in meiner Schlafecke am Boden zu landen.

Ich hörte ein Quieken und spürte, wie meine Klauen auf etwas Elastischem schabten. Als ich klar sah, packte mich die Wut. Da hatte Halunke, dieser Bastard von nebenan, die Gelegenheit ergriffen und auf meinem Bett geschlafen. Augenblicklich juckte es mich am ganzen Körper, augenblicklich verfinsterte sich mein Blick. Ich fand ihn so eklig, so dreckig, wie er da in meinem Nest lag, mit dem ich mir so viel Mühe gegeben hatte. Schade um das goldgelbe Weizenstroh! Schade um das blutrote, Amarettoduft atmende Aprikosenlaub! Dieser Bastard hatte mein Bett beschmutzt, seine Läuse und Krätzemilben auf meinem Bett abgeladen. Und ich wage zu behaupten, dass er das nicht zum ersten Mal machte. Ich kochte vor Wut, sie staute sich in meinem Schädel, schon hörte ich mich die Zähne fletschen und furchtbar knurren. Aber dieser Lump lag immer noch da und grinste auch noch, bar jeden Schamgefühls. Er nickte mir zu und verzog sich unter den Ast des Aprikosenbaums, um dort hinzupinkeln. Ich war ein wohlerzogenes, auf Sauberkeit bedachtes Schwein. Wenn ich pinkeln musste, dann nur an eine bestimmte Stelle, vorne links in die Mauerecke, da wo der Abfluss nach draußen war. Jedes Mal zielte ich genau in das Abflussloch hinein, damit die Pisse nach draußen floss. So gut wie nie ging mir ein Tropfen daneben. Unter dem Ast des Aprikosenbaums machte ich für gewöhnlich meinen Sport. Dort war der Boden glatt wie Marmorplatten. Wenn ich dort meine Klimmzüge übte, gab es einen klirrenden Aufprall, sobald meine Klauen den Boden berührten. So ein wunderschöner Ort war nun durch die stinkende Pisse dieses Bastards völlig versaut! „Wenn jemand sich so etwas erlaubt, dann ist er zu allem fähig!", war damals ein beliebtes Zitat von Konfuzius. Heute hört man es nur noch selten. Jede Zeit hat ihre eigene Sprache und ihre eigenen Sprüche. Ich konzentrierte meine Kräfte wie ein Qigong-Meister, der mit dem Kopf eine Steinstele zertrümmern will. Dann nahm ich mutig die fetten Hoden dieses Bastards ins Visier und stieß brutal zu. Der starke Rückstoß ließ mich zwei Schritte rückwärts machen, die Hinterbeine versagten mir, mit dem Hinterteil kam ich auf dem Boden zu sitzen. Ich beobachtete, wie dieser Bastard den Po spitzte und einen Strahl flüssiger Scheiße abließ. Sein Körper schoss pfeifend wie eine Kanonenkugel an die Wand und prallte von dieser ab. Das alles geschah im Bruchteil einer Sekunde, als wäre es halb Traum, halb Wirklichkeit. Der Bastard – das war bittere Realität – lag wie eine Leiche in der Mauerecke. Haargenau dort, wo ich mein Klo hatte. Genau der passende Ort für so einen Drecksack! Er zuckte am ganzen Körper, die Beine hatte er angezogen, den Rücken gekrümmt wie eine Katze, die einen Buckel macht, die Augen verdreht, sodass man nur noch das Weiße sah. Er sah genau wie ein bourgeoiser Intellektueller aus, wie diese armseligen Typen, die von der Arbeiterklasse am meisten verachtet werden. Ich fühlte leichten Schwindel, in meiner Nase machte sich dieses sauer-taube Gefühl breit, die Augen füllten sich mit Tränen. Diesmal hatte ich alles gegeben. Wäre ich nicht in diesen Bastard gerannt, ich wäre auf der anderen Seite der Mauer wieder herausgekommen und hätte in der Wand ein rundes Loch hinterlassen. Als ich wieder bei Sinnen war, bekam ich es mit der Angst zu tun. Dass dieser Hurensohn die Unverschämtheit besessen hatte, unerlaubt mein duftendes Bett zu verdrecken, war verdammt mies. Aber die Todesstrafe hatte er dafür nicht verdient. Ich hatte ihm gründlich eins auf den Deckel geben wollen. Aber es wäre übertrieben gewesen, wenn er dafür hätte sterben müssen. Wenn Ximen Jinlong und Hong Taiyue übereingekommen wären, dass ich es gewesen sein musste, der Halunke getötet hatte, hätten sie mir natürlich trotzdem nichts angetan, denn sie hofften ja, dass mein Pinsel ihnen noch viele Ferkel bescherte. Wenn Halunke in meiner Bucht gestorben wäre, wäre es selbstverschuldet gewesen. Er hatte – wie es im Kantoner Dialekt heißt – die Grenze überschritten. Dem Menschen ist sein eigen Grund und Boden heilig. Er verteidigt sein Territorium leidenschaftlich unter Einsatz seines Lebens. Wie sollte es da bei den Schweinen nicht genauso zugehen? Alle Tiere haben ihr eigenes Revier: Tiger, Löwen, Hunde, bei allen ist es das Gleiche. Wäre ich in Halunkes Bucht gesprungen und hätte ihn dort totgebissen, so wäre es meine Schuld gewesen. Aber er war es, der bei mir eingedrungen war und sich auf meinem Bett schlafen gelegt hatte. Er war es gewesen, der dort, wo ich immer meinen Sport machte, hingepisst hatte. Er hatte sich alles selbst zuzuschreiben. Während ich darüber nachdachte, beruhigte ich mich. Das einzige, was mir Gewissensbisse verursachte, war, dass ich ihn angegriffen hatte, als er gerade am Pinkeln war, also aus dem Hinterhalt. Obwohl ich ja keine Wahl gehabt hatte, bewusst irgendetwas zu entscheiden, kam ich mir jämmerlich vor. Wäre mein Angriff als hinterhältig bekannt geworden, hätte das meinen guten Ruf ruiniert.

So wie die Sache aussah, würde dieser Bastard zweifelsohne sterben. Ehrlich gesagt wollte ich das nicht. Denn ihm haftete etwas Wildes, Unbezähmbares an, etwas, das aus den Wäldern und Bergen, aus der ursprünglichen Natur herstammte. Etwas, bei dem ich sofort an archaische Höhlenmalereien denken musste und an uralte, mündlich überlieferte Heldenepen. Ihm haftete ein Geruch aus vorgeschichtlichen Zeiten an. Er selbst war wie ein aus uralten Zeiten überliefertes Kunstobjekt. Genau das fehlte uns doch in der damaligen, übertrieben schwülstigen Zeit. Und auch unserer heutigen Zeit, die von einer manieristischen Künstelei gezeichnet und verweichlicht ist, sich dabei aber auf Schritt und Tritt lässig gibt, fehlen diese Eigenschaften. Ich hatte das Gefühl, einen Seelenverwandten getroffen zu haben. Mit tränenvollen Augen trat ich nah an ihn heran, hob den Vorderklaue und kratzte auf seinem rauen Bauch. Der Bauch zuckte, den Nasenlöchern entfuhr ein Seufzer. Er war noch nicht tot! Wie froh ich war. Ich kratzte wieder, er seufzte erneut. Beim Seufzen zeigte sich das Schwarze in seinen Augen, sein Körper war aber noch vollkommen taub und unbeweglich. Ich schätzte, dass seine Hoden durch den Schlag zerstört worden waren. Eine solche Verletzung verläuft meist tödlich. Die dreisten Frauen bei uns im Dorf bückten sich fix, wenn sie mit den Männern handgreiflich wurden, und griffen ihnen in die Hoden. Kriegten sie sie zu packen, so wurde jeder Kerl gefügig und ließ alles mit sich geschehen. Bei diesem Bastard ließ sich wohl nichts mehr machen. Denn zwei zerbrochene Hühnereier kann man auch nicht wieder zusammensetzen.

Dass der Harn von Männchen, die noch nicht sexuell aktiv geworden sind, eine lebensrettende Wirkung besitzt, wusste ich aus den *Pressestimmen aus aller Welt.* Im *Buch heilender Kräuter* vermerkt der alte Mediziner Li Shizhen, der es vor fünfhundert Jahren verfasste, diesen Sachverhalt auch, aber er äußert sich nicht detailliert dazu. Damals war die Zeitung *Pressestimmen aus aller Welt* die einzige Zeitung, die einen Bruchteil der Wahrheit berichtete. Alle anderen Zeitungen und Radioübertragungen waren ausnahmslos erlogenes, bedeutungsloses Geschwafel. Deshalb war ich wild nach dieser Zeitung. Wenn ich ehrlich bin, im Grunde streifte ich nachts umher, um heimlich Mo Yan beim Lesen dieser Zeitung zuzuhören. Auch er liebte die *Pressestimmen aus aller Welt* abgöttisch. Der Bengel mit dem kackbraunen Schopf, den gelben Zähnen, den Ohren voller Frostbeulen, trug am Körper eine kaputte wattierte Jacke und an den Füßen ebensolche Strohsandalen. Mit seinen mickrigen Schlitzaugen sah er erbärmlich hässlich aus. Dieser Volltrottel gab doch tatsächlich vor, mit dem Vaterland im Herzen die Welt zu erkunden. Er bat Hong Taiyue darum, den Nachtwachedienst im Brigadequartier übernehmen zu dürfen, damit er das Recht erhielt, die *Pressestimmen aus aller Welt* zu lesen.

Das Brigadequartier war in der großen Empfangshalle des Hofs der Ximens untergebracht. Im Zimmer befand sich ein altmodisches Telefon, an der Wand hing eine riesengroße Anodenbatterie für den Radioempfang, außerdem gab es einen Tisch mit drei Schubladen aus der Zeit des Ximen Nao, und in der Ecke an der Wand stand ein kaputtes Bett mit drei wackligen und einem abgebrochenen Bein. Aber auf dem Tisch gab es eine Lampe mit Glasschirm. Damals über eine künstliche Lichtquelle verfügen zu können, war eine Seltenheit. Sommer wie Winter, von Mücken gequält oder frierend in eisiger Kälte, las Mo Yan dort am Tisch unter der Lampe die *Pressestimmen aus aller Welt.*

Das Haupttor vom Hof der Ximens war während des *Großen Stahlschmelzens* zerhackt worden und als Feuerholz in den Öfen verbrannt. Seitdem befand sich an der Stelle nichts mehr, es stand hässlich offen, wie der zahnlose Mund eines alten Mannes, und verschaffte mir somit bequemen Zutritt auf meinen heimlichen Streifzügen.

Weil ich inzwischen zum dritten Mal wiedergeboren war, war der Ximen Nao in mir immer mehr verblasst. Aber welch Nervosität überkam mich, als ich Lan Lian sah, wie er, klobig wie ein Bär daherkommend, im Mondschein sein Feld pflügte, als ich Yingchun wegen ihrer arthritischen Gelenke stöhnen, als ich Qiuxiang mit Huang Tong streiten hörte.

Ich kannte zwar viele Schriftzeichen, aber wie hätte ich Gelegenheit bekommen sollen, selbst zu lesen? Mo Yan las den vollen Abend die *Pressestimmen aus aller Welt* herauf und herunter. Er las mit lauter Stimme. Manchmal schloss er die Augen dabei und rezitierte das Gelesene laut. Der Bengel verfügte anscheinend über zu viel Energie. So ein Humbug. Wie konnte man nur die *Pressestimmen aus aller Welt* auswendig lernen! Mit roten Pupillen und vom Rauchen schwarzer Stirn saß er vor der staatseigenen, für ihn kostenfreien Lichtquelle und las, ohne ans Schlafen zu denken. Dank seiner Stimme wurde ich zum gebildetsten, kulturvollsten Schwein der siebziger Jahre, weltweit! Ich wusste vom amerikanischen Präsidenten Nixon, der mit einer großen Delegation in einem silber-blau-weißen Flugzeug, seiner Boeing *The Spirit of 76,* in Peking auf dem Flugplatz gelandet war. Und ich wusste, dass der Vorsitzende Mao Zedong ihn in seiner Bibliothek, die voll von klassischen chinesischen Büchern mit rechtsbündiger Fadenheftung in blauen Schubern war, empfangen hatte. Außer dem Dolmetscher waren noch Zhou Enlai, der Kanzler des Auswärtigen Amtes, und auch der US-Außenminister Henry Alfred Kissinger mit dabei gewesen. Ich wusste, dass Mao Zedong einen Witz gemacht und zu Nixon gesagt hatte: „Bei der letzten Wahl habe ich Ihnen meine Stimme gegeben!" Nixon hatte dann auch mit Humor geantwortet: „Da haben Sie das kleinere Übel gewählt!" Ich wusste auch von dem amerikanischen Astronauten, der die *Apollo 17* bestiegen hatte und damit zum Mond geflogen war. Und ich wusste, dass der Astronaut auf dem Mond verschiedenste Gesteinsproben für die Weltraumforschung genommen hatte, dass er die amerikanische Flagge auf dem Mond gehisst und dass er dann auf den Mond gepinkelt hatte. Wegen der geringen Anziehungskraft auf dem Mond war sein Urin dort wie gelbe Kirschen herumgeflogen. Ich wusste noch, dass amerikanische Kampfflugzeuge Vietnam in nur einer einzigen Nacht in die Steinzeit zurück bombardiert hatten. Und dass der Panda Chi-Chi, den China an England verschenkt hatte, am 4. Mai

1972 unglücklicherweise im Londoner Zoo gestorben war, weil man kein Mittel gegen seine Krankheit hatte finden können. Er hatte ein Alter von fünfzehn Jahren erreicht. Ich erfuhr noch, dass sich einige Mitglieder der intellektuellen Elite Japans regelmäßig mit Urin behandelten. Urin von unverheirateten jungen Männern wurde dort zu horrenden Preisen verkauft. Teurer als der kostbarste und erlesenste Wein ... Ich wusste von so vielem, ich kann es nicht einzeln aufzählen. Wichtiger aber ist, dass ich eben nicht so ein Trottel bin, der Pauken zum Selbstzweck betreibt, bei mir ist es so, dass ich Gelerntes auch anwenden will. Ich besitze den Mut, etwas exemplarisch in die Tat umzusetzen. In diesem Punkt ist mir Ximen Jinlong ähnlich. Schließlich war ich vor vierzig, fünfzig Jahren einmal sein leiblicher Vater.

Ich pinkelte eine Ladung Schweineknabenurin genau in das offene Maul von Halunke. Beim Pinkeln schaute ich mir seine gelben Hauer an: „Du Hurensohn! Jetzt putz ich dir auch noch die Zähne!"
Eine große Ladung meines heißen Harns ergoss sich über ihn, und obwohl ich mich bemühte, mich zu beherrschen, pinkelte ich ihm auch in seine Augen: „Du Bastard, hier hast du auch noch Augentropfen, keimtötend und desinfizierend. Die Wirkung ist mindestens so gut wie die von Chloramphenicol."
Halunke schmatzte und schluckte. Er gähnte und schlug die Augen auf. Es war also wirklich so ein Zaubertrunk, der einen vom Tod ins Leben zurückholte. Wenige Minuten waren seit dem Pinkeln vergangen, und schon hatte er sich aufgesetzt, stand auf und versuchte, ein paar Schritte vorwärts zu laufen. Der hintere Teil seines Körpers schlingerte dabei hin und her wie die große Schwanzflosse eines Fisches, der im seichten Wasser schwer vorwärts kommt. Er stützte sich mit dem Körper auf der Wandung ab, schüttelte den Kopf und beschimpfte mich: „Ximen Schwein! Ich fick deine Oma, du Knecht!"
Das versetzte mich in Erstaunen. Dieser Hurensohn wusste meinen Namen! Also ehrlich, einige Wiedergeburten lagen hinter mir, ich hatte selber schon Schwierigkeiten, mich als diesen Pechvogel Ximen Nao wiederzuerkennen. Die Leute im Dorf ahnten nichts von meiner Herkunft. Wie konnte dieser Bastard aus den Yimeng-Bergen mich Ximen Schwein nennen? Wie rätselhaft! Eine meiner charakterlichen Stärken war, dass ich Probleme, für die sich durch Nachdenken

keine Lösung finden ließ, einfach aus meinem Gedächtnis radierte! Also, was soll's. Dann eben Ximen Schwein. Ximen Schwein der Gewinner im Gegensatz zu dem Verlierer Halunke.

„Halt's Maul, Halunke. Heute hab ich's dir mal gezeigt. Krieg dich wieder ein wegen der Pisse. Nichts für ungut, du warst am Abkratzen und ich hab dir das Leben gerettet. Wenn ich das nicht getan hätte, dann würdest du das rauschende Fest morgen nicht miterleben. Und als Schwein sollte man beim morgigen Fest dabei sein. Das Schwein, das das nicht miterlebt, hat vergeblich gelebt! Deshalb sei mir dankbar. Und sei den japanischen Wissenschaftlern dankbar, die die orale Urinbehandlung erfanden. Dann solltest du noch dem alten Li Shizhen danken. Und Mo Yan, der tags wie nachts die *Pressestimmen aus aller Welt* vor sich herbetet. Fühlst du dich immer noch steif und unwohl, dann sind es die Läuse, die bei dir kein Blut mehr zu saugen kriegen und sich aus dem Staub machen. Läuse scheinen stockdumm zu sein, dabei sind sie blitzschnell. Man sagt sogar, Läuse können fliegen. Aber wie sollten Läuse, die keine Flügel haben, fliegen können. In Wirklichkeit reiten sie auf dem Wind, deswegen sind sie schnell. Stirbst du, so fliegen sie zu mir rüber und ich habe Pech. Ein verflohtes Schwein wird nämlich nicht zum Stammeber gekürt. Schon allein deshalb hoffe ich, dass du am Leben bleibst, und lasse dich nicht sterben. Nun nimm deine Läuse und verschwinde wieder in deine Bucht. Da, wo du hergekommen bist, dahin gehst du gefälligst wieder zurück!"

„Mit dir bin ich noch nicht fertig", knurrte Halunke zähneknirschend. „Es kommt der Tag, an dem du die Yimeng-Schweine kennen lernst. Dann kapierst du mal, dass ein Tiger kein Weichei ist und dass der Erdgott einen Schwengel aus Stein hat."

Was es mit dem Schwengel des Erdgottes auf sich hat, kann man in Mo Yans Roman *Fortsetzung des Traums der roten Kammer oder The New Story of the Stone* nachlesen. Dort beschreibt er einen Steinmetz, der keine Nachkommen hat. Um Gutes zu tun und so Wohltaten anzuhäufen, haut er aus einem besonders harten Kalksandstein einen Erdgott heraus und stellt ihn am Dorfrand im Schutzgotttempel auf. Weil der Erdgott aus Stein gehauen ist, ist der Penis, es ist ja immerhin ein Körperteil des Gottes, selbstverständlich ebenfalls aus Stein. Das Jahr darauf gebiert die Frau des Steinmetzes ihrem Mann einen großen Jungen mit dickem Kopf und riesengroßen, Glück bringenden Ohrläppchen. Alle im Dorf sagen, der Steinmetz sei für seine gute Tat belohnt worden. Der Junge des Steinmetzes wächst zu einem jähzornigen Banditen heran. Vater und Mutter beschimpft und schlägt er. Wie ein Raubtier benimmt er sich. Als die Dörfler sehen, wie der Steinmetz mit einem versehrten, steifen Bein, welches sein Sohn ihm mit einem Knüppel zerschlug, über die Straße kriecht, seufzen sie schwer betroffen. Es kann sich tatsächlich immer alles in sein Gegenteil verkehren. Sogar das Gesetz von Wirkung und Ursache lässt sich nicht erklären und erscheint oft völlig verdreht und undurchsichtig.

Die Drohung Halunkes nahm ich mit einem Lachen auf. Ich sprach: „Nach Euch! Ich nehme die Herausforderung an! Ein Berg fasst nicht zwei Tiger, genauso wie in einer Box keine zwei Esel Platz haben. Der Schwengel des Erdgottes ist steinern, doch was die Erdgöttin sagte, ist auch kein Quatsch. In einer Schweinerotte kann es nur einen Stammeber geben. Früher oder später ist für uns ein Kampf auf Leben und Tod unvermeidlich. Der Kampf heute war keiner unter Ehrenmännern. Er war ekelerregend, schändlich, hündisch … Beim nächsten Mal werden wir uns wie ganze Kerle benehmen. Damit ich dich klar und für alle deutlich unterwerfen kann, sodass du willig alles schlucken wirst, werden wir uns ein paar alte, angesehene Schweine zum Schiedsrichter wählen, die sich mit den Spielregeln auskennen, und die für ihr gerechtes Urteil bekannt sind. Jetzt folge bitte meinem Wunsch und verlass meine Unterkunft."

Ich hob die Vorderklaue mit einer galanten, ihn hinauskomplimentierenden Geste. Mein Klauenhorn leuchtete im Schein des Feuers wie eine Schnitzerei von feinster Jade. Ich erwartete eigentlich, dass mich dieser wilde Bastard beim Verlassen meiner komfortablen Behausung irgendwie linken würde. Aber nichts da, er enttäuschte mich bitter. Er duckte sich, drückte sich zwischen den Streben der Eisentür hindurch und gelangte so ins Freie. Seinen Kopf presste er mit äußerster Anstrengung hindurch und rüttelte an der Eisenpforte, sodass sie grunzende Geräusche von sich gab. Als der Kopf hindurch war, konnte er den Körper leicht hindurchzwängen. Ich ersparte mir einen Blick in seine Bucht. Ich wusste, dass er auf dem gleichen Weg dorthin zurückgelangte, den er gekommen war. Löcher wühlen und sich durch Ritzen zwängen hat doch etwas Hündisches. Ein stattliches Schwein mit ehrlichen Absichten und großen Zielen sollte sich solcher Methoden erst gar nicht bedienen. Schließlich wurde man als Schwein geboren! Da frisst man und schläft, oder man schläft und frisst. Man setzt für seinen Herrn Fett und Fleisch an und wird von ihm sodann in den Schlachthof verbracht. Oder man macht es wie ich, man denkt sich etwas vollständig Neues aus und versetzt die Leute mal so richtig in Erstaunen. Deswegen hatte ich schon mit Halunke abgeschlossen und blickte auf ihn herab, als ich sah, dass er sich wie ein räudiger Hund durch die Pforte quetschte.

Das fünfundzwanzigste Kapitel
Auf der Bühnenveranstaltung gibt es von den hohen Kadern bemerkenswerte Beiträge. In schwindelnder Höhe baumelt das Schwein im Aprikosenbaum und glänzt mit seltenen Kunststücken.

Ich muss mich entschuldigen, dass ich immer noch nicht detailliert von der hinreißenden Bühnenveranstaltung auf unserer Schweinefarm erzählt habe. Dabei strengten sich alle Kommunemitglieder im ganzen Dorf eine volle Woche lang an. Ich werde nun der Beschreibung dieses mitreißenden Festes ein eigenes Kapitel widmen. Lasst mich bei den Stallmauern beginnen.
Die Mauern der Schweineställe wurden frisch gekalkt. Es heißt ja, dass Kalk keimtötend wirkt. Die weiße Wand war in roten, großen Schriftzeichen dicht an dicht mit Parolen zur Schweinehaltung und Weltrevolution beschrieben. Der Parolenschreiber war Jinlong. Ist doch klar, wer wohl sonst! In unserem Dorf gab es gerade einmal zwei junge Leute mit Talent, der eine war Jinlong und der andere Mo Yan. Hong Taiyues Einschätzung zu beiden war: „Jinlong besitzt eine rechtschaffene, geradlinige Begabung. Mo Yan ist ein schräger Finsterling auf dem falschen Weg."
Dazu kam, dass Mo Yan sieben Jahre jünger war als Jinlong. Während Jinlong schon groß herausgekommen war, sammelte Mo Yan noch wie ein kleiner, dicker Bambussspross unter der Erde seine Kräfte. Niemand nahm von diesem Winzling Notiz. Er war selten hässlich und benahm sich komisch. Regelmäßig sprach er von Sachen, die keinem in den Kopf wollten. Niemand mochte diesen schrägen Vogel. Man traute ihm nicht über den Weg. Selbst die eigene Familie

hielt ihr Kind für einen missratenen Dummkopf. Einmal zeigte seine große Schwester mit dem Finger auf ihn und fragte: „Mama, ist der ein Findelkind, das Papa hinter dem großen Maulbeerbaum gefunden hat, als er frühmorgens Scheiße zum Düngen aufsammeln ging? Oder hast du den tatsächlich selbst geboren?"
Mo Yans große Schwestern und Brüder sind allesamt ansehnlich gewachsene junge Leute. Sie sind groß an Statur und haben fein geschnittene Gesichter. Sie können es mit den Ximens, mit Jinlong, Baofeng, Huzhu und Hezuo, locker aufnehmen. Mo Yans Mutter seufzte: „Als ich mit dem Kleinen in den Wehen lag, sah euer Vater im Traum einen Winzling mit einem großen Stift in der Hand die Wohnhalle unseres Hauses betreten. Vater fragte ihn, woher er komme. Der sprach: ‚Vom Amtshof der Schattenwelt. Ich diene dem alten Yama in der Hölle als Schreiber.' Euer Vater verfiel darüber ins Grübeln. Da horchte er plötzlich auf. Das gellende Schreien eines Säuglings schallte aus den inneren Gemächern herüber. Die Hebamme kam und meldete: ‚Herr und Gebieter, Sie haben großes Glück! Die Frau des Hauses hat einen Jungen geboren.'"
Ich schätze mal, die Mutter von Mo Yan erfand die Geschichte zum großen Teil. Damit Mo Yan von den Leuten besser angesehen wurde. Solche Geschichten kennt man in großer Zahl aus den volkstümlichen Opern der Landbevölkerung. Wenn man heute ins Dorf kommt – jetzt ist Ximen längst neue Wirtschaftssonderzone und nennt sich Phönixstadt –, sieht man auf den fruchtbaren Feldern vergangener Tage die Hochhäuser emporschießen. Eine Geschmacksverirrung, nichts Chinesisches und auch nichts Westliches. Die Rede davon, dass Mo Yan eine Wiedergeburt des Schreibers des Unterweltfürsten Yama sei, verbreitete sich damals rasend, und auch heute noch reden die Leute ständig darüber. Die siebziger Jahre des zwanzigsten Jahrhunderts gehörten noch ganz in die Epoche Jinlongs. Mo Yan hatte damals noch zehn Jahre zu warten. Danach brach seine Zeit an. Vorerst bot sich meinem Auge ein Ximen Jinlong, der mit dem Farbpinsel eifrig Parolen auf die weiß gekalkten Stallmauern schrieb. „Vorbereitung für das große Fest in der Schweinemästerei!" Jinlong stand da, ausgerüstet mit blauen Vorsteckärmeln und weißen Baumwollhandschuhen. Huang Huzhu hielt ihm den Farbtopf mit der roten Farbe, die Schwester Hezuo den gelben Farbtopf hin. Die Luft war geschwängert vom strengen Geruch der Ölfarbe. Die Parolen

im Dorf schrieb man für gewöhnlich mit Reklame-Kreide. Dass es diesmal Ölfarbe war, lag daran, dass die Kreisregierung ausreichend finanzielle Mittel für die Sitzung genehmigt und bereitgestellt hatte. Wie Jinlong schrieb, war sehr beeindruckend. Mit dem von roter Farbe triefenden Pinsel schrieb er die Überschriften in großen Schriftzeichen. Für die Umrandungen tauchte er einen kleinen Pinsel in den Topf mit der goldgelben Farbe. Rote Schrift mit Goldrand stach natürlich ganz besonders ins Auge. Es fiel genauso auf, wie es heutzutage die Plakatwände mit den ausländischen Schönheiten mit rot geschminkten Lippen und blauen Augen tun. Die Leute umringten ihn und gafften, während er schrieb. Die Ausrufe der Bewunderung wollten nicht enden. Qiuxiangs Freundin, die Frau von Ma Liu, die eine noch viel schlimmere Sirene als die kleine Qiuxiang war, sprach mit weich schmeichelnder Stimme: „Mensch, Jinlong, großer Junge! Wäre ich zwanzig Jahre jünger. Ich würde alles dran setzen, deine Frau zu werden. Hauptfrau oder Nebenfrau, es wär mir schnurzpiepegal …"

Einer aus der Reihe der Gaffer gleich neben ihr unterbrach sie: „Nebenfrau! Du! Das glaubst du doch selbst nicht, dass du da mal dran wärst."

Ma Lius Frau blickte mit glasigen Augen auf Hezuo und Huzhu: „Da ist was dran. Neben diesen zwei elfengleichen, frisch knospenden Schwestern bin ich als Zweitfrau natürlich uninteressant. Jinlong, mein Junge, pflück diese Blütenknospen, solange sie frisch sind. Wartest du, so kosten andere von diesen Delikatessen."

Die Schwestern Huang standen da mit glühendroten Gesichtern. Jinlong wurde es peinlich, er fühlte sich nicht mehr wohl in seiner Haut und hob drohend den mit Ölfarbe getränkten Pinsel: „Halt den Mund, du Vettel, sonst stopf ich dir dein Maul mit dem Ölfarbenpinsel!"

Lan Jiefang, ich weiß wohl, dass es dir stinkt, wenn ich über diese Geschichte mit Jinlong und den zwei Schwestern Huang spreche. Aber wenn wir schon die alten Kamellen von früher wieder aufwärmen, können wir diese Geschichte nicht außen vor lassen. Ich kann mich noch zügeln und nicht davon sprechen. Aber Mo Yan, dieser grüne Junge, der wird sowieso alles aufschreiben. Seine weithin übel verschrienen Bücher halten den Leuten aus unserem Dorf den Spiegel vor die Nase. Da findet sich jeder wieder.

So weit so gut. Jinlong hatte die Parolen fertig geschrieben. Den Aprikosenbäumen auf der Farm, die nie einen Pinsel gesehen hatten, hatte man den Stamm auch gleich mit weiß gekalkt. Auf ihren Ästen krabbelten kleine Grundschüler wie Äffchen herum und banden bunte Papierstreifen ins Geäst.

Jede Kampagne oder Veranstaltung war farblos und todlangweilig, wenn die Schüler nicht mitmachten. Sobald sie aber dazukamen, ging es hoch her. Obschon der Magen knurrte, herrschte allerbeste Festtagsstimmung. Unter der Führung Ma Liangcais und der neuen jungen Lehrerin mit dem dicken geflochtenen Zopf und der hochchinesischen Aussprache wurden die über hundert Grundschüler aus dem Dorf zu einer flinken Eichhörnchenschar, die in den Aprikosenbäumen geschwind auf- und abturnten. Nur fünfzig Meter südlich von meiner Bucht konnte ich die kleinen Jungs in den Bäumen wild Affenschaukel spielen sehen. Sie hingen in den beiden fünf Meter auseinander stehenden, großen Aprikosenbäumen, deren Kronen dicht ineinander verwachsen waren. Ihre kaputten Steppjacken hatten sie hinuntergeschmissen. Sie spielten mit bloßem Oberkörper, nur mit ihren zerschlissenen wattierten Hosen bekleidet. Am Hosenbund quollen die Baumwollflocken wie die dreckigen Schwänze von turkestanischen Wollschafen hervor. Die Kinder zerrten an den elastischen Papierstreifen in den Zweigen herum. Immer hin und her, herauf und herunter schaukelten sie, bis der Schwung am größten war. Dann ließen sie los, um sich wie kleine Äffchen in die nächste Aprikosenbaumkrone zu katapultieren. Sie flogen von Baum zu Baum, sogar auf die Bäume hinauf katapultierten sie sich.

Nun gut, wenden wir uns wieder der Bühnenveranstaltung zu. Alle Aprikosenbäume waren lächerlich mit diesen grellfarbigen Bändern in den Kronen ausstaffiert und verkleidet wie aufgedonnerte alte Weiber. Auf dem freien Platz häuften die Kader Erde zu einer Bühne auf. An den Querseiten der Bühne wurden Bastmatten zur Begrenzung aufgestellt. Diese Seitenwände behängte man mit rotem Stoff. Über die Bühne wurde von links nach rechts ein Spruchband gespannt. Denn an der Stirn der Bühne muss immer etwas zu lesen sein. Diese Art von Versammlungsbühne kennt jeder Chinese, da muss ich nicht viel erläutern.

Wovon ich berichten will, ist, wie Huang Tong für die Bühnenveranstaltung einen Esel vor den Karren spannte und zum Einkaufen fuhr.

Er kutschierte den Karren zum Genossenschaftsladen, kaufte dort eine riesige Bütte aus Boshan, dann dreihundert irdene Reisschalen, zehn Blechlöffel, zehn Pfund braunen und zehn Pfund weißen Zucker. Das bedeutete, dass alle in unserer Schweinemästerei „Aprikosengarten" dieses Mal während der Versammlung kostenlos Zuckerwasser serviert bekamen. Ich wusste genau, dass Huang Tong bei diesem Einkauf wieder ein hübsches Sümmchen in seine eigene Tasche wandern ließ. Denn ich beobachtete, wie wirr und ängstlich er wurde, als er bei der Brigade die Einkäufe abgab und beim Buchhalter die Quittung vorlegte. Der Kerl schob den Grund für die knapp bemessene Zuckerration auf den Genossenschaftsladen. Dabei hatte er auf dem Rückweg heimlich Unmengen von Zucker genascht, so viel, dass er sich auf dem Heimweg hinter einem Aprikosenbaum versteckte und sich dort elendig krümmte, wobei er die schäumende Magensäure ausspie. Ein eindeutiger Beweis, dass die Zuckermengen in seinem Magen brodelten.

Was ich unbedingt erzählen will, ist diese waghalsige, aber völlig übertriebene Schnapsidee, die Jinlong mit den Schweinen hatte. Jinlong erläuterte Hong Taiyue, die Bühnenveranstaltung der Schweinefarm gelte ohne Zweifel den Schweinen und niemandem anders. *Sie* seien die eigentlichen Hauptakteure des Festes. Deshalb entscheide allein *ihr* Aussehen über Erfolg oder Misserfolg des Festes. Auch wenn die Schweinefarm „Aprikosengarten" wie eine frische Blüte glänze, so werde es niemanden überzeugen, wenn die Schweine nicht hübsch anzuschauen seien. Denn der Renner der Bühnenveranstaltung sei es doch, wenn alle gemeinsam mit den Delegationen die Schweineställe besichtigten. Welch Malheur, wenn die Schweine in den Ställen nicht gut aussähen. Aus der Traum für uns Dörfler aus Ximen. Von wegen „Modell-Schweinefarm des ganzen Kreises, der gesamten Provinz, ganz Chinas". Und mit Berühmtwerden laufe dann sicher auch nichts.

Als Hong Taiyue das Ruder zum zweiten Mal in die Hand nahm, erkor er, es war nicht zu übersehen, Jinlong als Nachfolger. Seitdem dieser im Yimeng-Gebirge die schwarzen Schweine eingekauft hatte, galt sein Wort in der Kommune. Man hörte ihm zu, wenn er etwas zu sagen hatte. Parteisekretär Hong Taiyue unterstützte Jinlongs Einwände mit Nachdruck.

Jinlong plante, die schmutzigen schwarzen Yimengberg-Schweine dreimal mit Kernseife zu waschen. Dazu würde man ihre langen schwarzen Haare mit der Haarschneidemaschine in Form bringen. Huang Tong wurde ein zweites Mal losgeschickt. Zusammen mit dem Brigadedepositär kaufte er fünf große Woks, 200 Pfund Pottasche, 50 Haarschneidemaschinen und dazu 100 Stück feinste, parfümierte Schönheitsseife „Luoguo", das war damals die teuerste auf dem Markt. Wie schwierig es werden sollte, das Vorhaben umzusetzen, überstieg Jinlongs Vorstellungen um ein Vielfaches. Man brauchte sich die schwarzen Yimeng-Schweine nur mal anzuschauen! Diese schlauen, gerissenen Kerle hatten es drauf. Sie wussten, sich zu winden und einem aus den Armen zu schlüpfen. Um sie zu baden, muss man sie erstmal niederringen, ansonsten hat man keine Chance. Drei Tage vor Beginn der Abendveranstaltung begann das Schweinebaden. Einen ganzen Vormittag quälten sich alle. Sie schafften es nicht einmal, ein einziges Schwein in Form zu bringen. Im Gegenteil, eins hatte dem Brigadedepositär noch ein Stück Pobacke abgebissen.

Jinlong vermochte seinen Plan nicht umzusetzen. Richtiggehend psychotisch wurde er darüber. Zwei Tage waren es noch bis zur Eröffnung der Veranstaltung! Dann plötzlich fiel der Groschen. Abrupt schlug er sich vor die Stirn. Wie aus einem tiefen Traum erwacht, sprach er verwundert: „Ja, wie kann ich nur so dumm sein? Wie kann das zugehen! Wie kann ich nur so dermaßen dumm sein?"

Nachdem er die Schweine geholt hatte, hatte er doch den fuchsteufelswild gewordenen Eber Halunke mit einer mit Schnaps getränkten Hefenudel flachgelegt! Auf der Stelle musste Sekretär Hong Taiyue von seiner Idee erfahren. Dem fiel es ebenso wie Schuppen von den Augen. Rasch kauften sie Schnaps beim Genossenschaftsladen. Um die Schweine in Volltrunkenheit zu befördern, war jeder Fusel recht. Dafür reichte der billige Branntwein aus Süßkartoffeln für fünf Fen den halben Liter. Die Hefenudeln konnten die Familien im Dorf bei sich zu Hause dämpfen ... Ach was, sie gaben den Plan mit den Dampfnudeln auf. Um mit den Schweinen fertig zu werden, brauchten sie keine schneeweißen Nudeln. Die schluckten ja sogar Steine. Noch nicht einmal Maismehlbrötchen brauchten sie. Man konnte einfach den Branntwein in den Trog schütten, aus dem die Schweine täglich ihren Zuckerrübenbrei fraßen. Das genügte. Sie stellten also die große Schnapskruke direkt neben den Kessel zum Futterkochen.

Jedem Eimer Schweinefutter mengten sie drei Schöpfkellen Schnaps bei. Mit einem großen Holzlöffel rührten sie gründlich um. Dann trugen Lan Jiefang und seine Kumpel die Eimer zu den Schweineställen, wo sie sie in die Tröge ausleerten. An diesem Tag schwängerte der Branntwein die Luft auf der Schweinefarm dermaßen, dass die nicht ganz trinkfesten Schweine schon einen Schwips hatten, bevor sie zum Trog gelangten.

Ich war der Zuchteber der Herde. Schon sehr bald musste ich mit dieser ganz eigenen Schwerstarbeit des Belegens beginnen. Mein Herr, Ximen Jinlong, Leiter der Schweinefarm „Aprikosengarten", wusste besser als jeder andere, dass diese Arbeit eine äußerst gute körperliche Konstitution voraussetzte. Deswegen bekam ich vom ersten Tag an besseres, eigens für mich gekochtes Futter. Ich bekam keinen Baumwollsaatpresskuchen, da dieser das Pflanzenphenol Karbolsäure enthält. Das vergiftet und tötet die Samenfäden des männlichen Viehs. In mein Futter tat man deshalb Sojakuchen, getrocknete Süßkartoffeln, Weizenkleie und wenig, ausgesucht feines Grünzeug. Es duftete gut, schmeckte hervorragend und war besonders nahrhaft. Mit solch einem Futter konnte man zweifelsohne nicht nur Schweine füttern! Auch Menschen ließen sich damit problemlos ernähren. Heute würde es als urgesunde Kost für jedermann gelten. Die enthaltenen Nährstoffe waren weit wertvoller und unbedenklicher als die in Huhn, Ente, Fisch und Fleisch und in den feinen Getreidesorten. So haben sich die Zeiten gewandelt.

Tatsächlich mengten sie auch meinem Futter eine Kelle Schnaps bei. Ich bin trinkfest, das wage ich zu sagen. Obwohl ich nicht von mir behaupte, dass mich gar nichts umhaut. Aber ein halber Liter Schnaps beeinträchtigt meine Reaktionsfähigkeit und Beweglichkeit noch lange nicht. Dass ich wie dieser Waschlappen Halunke aus der Nachbarbucht nach zwei mit Schnaps getränkten Dampfbrötchen binnen einer Viertelstunde zu Boden gehe, kann mir nicht passieren. Aber eine Kelle fasst einen ganzen Liter Schnaps. Meinem halben Eimer feinem Futter beigemengt, zeigte er schon zehn Minuten, nachdem ich alles aufgefressen hatte, seine Wirkung.

Ach du Scheiße! Mein Kopf rammdösig, ich war völlig benebelt. Die Knie wurden mir weich. Ich fühlte mich, als würde ich in der Luft hängen. Wenn ich vorwärts ging, war mir, als würde ich durch Wolle waten. Der Boden sackte mir unter den Füßen weg. Mein Körper schwebte empor. Die Stallungen um mich herum begannen sich zu drehen. Die Aprikosenbäume kippten von links nach rechts. Die Yimengberg-Schweine hört man selten grunzen. Jetzt aber schallte es laut wie ein Volkslied an mein Ohr. Als grölten sie einen Ohrwurm. Au Backe, ich war sturzbesoffen! Halunke schlief volltrunken nebenan. Er verdrehte die Augen, dass man das Weiße durch die halb geöffneten Lider sehen konnte. Er schnarchte und furzte donnernd in einem fort. Bei mir verhielt es sich anders. Sturzbetrunken war mir nach Tanzen und Singen zumute. Schließlich war ich der Stammeber. Auch betrunken wahrte ich Form und Anstand. Aber ich vergaß, meine persönlichen Neigungen zu verstecken. Ich hielt mich nicht mehr bedeckt. Unter aller Augen ließ ich mich plötzlich gehen. Ich tanzte los, immer größere Sprünge vollführte ich. Es sah aus, als feierten die Erdenbewohner ihre Landung auf dem Mond. In meinen ungestümen Tanzsprüngen landete ich mit meinem doch unverkennbar und beeindruckend massigen Körper im Geäst des Aprikosenbaums. Zwei Äste klemmten unter und zwischen meinen vier Beinen. Sie wippten nun rechts und links herunter, sodass mein Körper guten Schwung bekam. Äste von Aprikosenbäumen sind biegsam und halten einiges aus. Sie sind so elastisch, dass ich bäuchlings darauf liegen konnte. Als würde ich durch eine wild aufgewühlte See schwimmen und Gischt schäumende Wellen reiten. Unter mir sah ich Lan Jiefang und die anderen Träger mit den Futtereimern im Aprikosenbaumhain hin- und herhasten. Ich sah die vor den Schweineställen aufgestellten Futterkessel. Ich sah das Wasser in ihnen brodeln und rosafarben dampfen. Ich sah, wie mein Nachbar Halunke im Rausch alle viere gen Himmel streckte. Hätte ihm jemand die Brust aufgeschlitzt, er hätte nicht einmal gestöhnt. Ich konnte den hübschen Schwestern Huang und den großen Schwestern von Mo Yan in ihren schneeweißen Arbeitsuniformen zusehen. Vorn auf der Brust waren in roten Schriftzeichen im Duktus der Song-Dynastie die Worte *Schweinefarm Aprikosengarten* aufgedruckt. In den Händen hielten sie die Haarschneidemaschinen. Gerade lauschten sie der belehrenden Einweisung durch Friseurmeister Lin, der extra vom Standquartier der Kommune herübergekommen war. Sonst schnitt er nur den Kadern die Haare. Das Haar von Meister Lin war hart und struppig wie unsere Schweineborsten. Sein Gesicht war schmal und knochig und er hatte breite Hand-

gelenke. Er sprach einen überaus schwer verständlichen südchinesischen Akzent. Die Mädchen, die von ihm die Haarschneidekunst lernen sollten, schauten den redenden Friseurmeister mit verwirrten Gesichtern an.
Ich schaute der neuen Lehrerin mit dem dicken Zopf und der hochchinesischen Aussprache zu, wie sie auf der Bühne mit den Schilfmattenseitenwänden stand und mit viel Geduld die Stücke für die Aufführung plante. Wir sollten schon bald den Titel der Oper, die aufgeführt wurde, erfahren: *Schweinchen Rot kommt nach Peking*. Diese Oper war damals äußerst modern und hochbeliebt! Sie verwendete Melodien aus unseren traditionellen Lokalopern: *Ich schaue nach meinem Liebsten* war eine volkstümliche Melodie, zu der gesungen und getanzt wurde. Schweinchen Rot wurde vom hübschesten Mädchen aus dem Dorf gespielt, während die anderen Schauspieler alle Jungen waren, die Masken mit Schweinsgesichtern trugen. Wie die Kinder so tanzten und sangen, regte sich auch bei mir die künstlerische Ader. Mein Körper wippte zur Musik, die Zweige des Aprikosenbaums wippten rauschend unter meinem Gewicht mit. Aus voller Kehle hub ich zu singen an, dass es weithin schallte. Mir fiel nicht ein, dass ich ja wie ein Schwein grunzte. Wie erschrak ich über mein Grunzen! Ich hatte wirklich geglaubt, dass ich mit menschlicher Stimme ein Liedchen schmettern könnte! Ich hatte nicht auch nur im Geringsten daran gezweifelt! Mein Grunzen stimmte mich traurig. Aber ich ließ mich nicht verunsichern. Schließlich gab es ja auch sprechende Haubenmainas oder Beos. Und Katzen und Hunde, die die Menschensprache beherrschen, sollte es auch geben. Wenn ich mich scharf erinnere, hatte ich mir damals auch schon selbst mit menschlicher Stimme Gehör verschafft. Nur in elementar entscheidenden Situationen, versteht sich. Das war mir aus meinen vorangegangenen Leben als Esel und als Stier im Gedächtnis geblieben. Lauthals donnerte ich damals los, als müsse ich jeden Tauben hörend machen.
Mein Grunzen erregte Aufmerksamkeit bei den Mädchen, die unter mir den Gebrauch der Haarschneidewerkzeuge probten. Zuerst stieß Mo Yans Schwester einen verwunderten Schrei aus: „Schaut nur, der Eber sitzt im Baum!"
Irgendwo inmitten der Leute stand Mo Yan. Er bemühte sich schon lange, in den Schweineställen eine Arbeitsstelle zu bekommen. Aber

jedes Mal wurde er von Hong Taiyue abgewiesen. Nun antwortete er mit einem zwinkernden Auge: „Die Amerikaner sind längst auf dem Mond gelandet, wen wundert's da, wenn ein Schwein auf einem Baum landet?"
Er fügte noch hinzu: „Im Regenwald Südamerikas lebt eine Art Wildschwein, die im Geäst der Bäume ihr Nest baut. Obwohl es Säugetiere sind, wachsen ihnen am ganzen Leib Federn. Sie legen Eier und brüten sieben Tage, bis ihre Ferkelchen die Schale sprengen und schlüpfen."
Was er sagte, ging völlig im Gekreische der Mädchen unter. Keiner hörte davon auch nur ein Sterbenswörtchen. Doch in mir wuchs ein großes Begehren. Wie gern wollte ich mit diesem Bengel eine Männerfreundschaft beginnen. Ich wollte ihm lautstark zurufen: „Mensch, Kumpel. Du verstehst mich. Lass uns zusammen einen heben. Ich lade dich auf ein paar Kurze ein, wenn du nächstes Mal Zeit hast."
Aber auch mein Grunzen wurde vom schrillen Kreischen der Mädchen restlos verschluckt. Nun hieß Jinlong die Mädchen, sich meiner anzunehmen. Gleich kamen sie mit freudestrahlenden Gesichtern gerannt. Sie liefen direkt auf mich zu. Ich hob die linke Vorderpfote und winkte beiden: „Hallo, guten Tag ihr zwei!"
Leider verstanden sie nicht, was ich sagte. Wohl aber meine freundschaftlichen Absichten, die verstanden sie prima. Denn beide verbeugten sich in meine Richtung. Dabei lachten sie schallend. Reserviert entgegnete ich: „Was lacht ihr denn? Könnt ihr das hier mal ernst nehmen!"
Aber sie lachten lauthals weiter. Jinlong runzelte die Stirn: „Alle Wetter. Das ist ein Pfundskerl. Der hat Kung Fu-Begabung. Morgen bei der Bühnenveranstaltung will ich dich auf den Baum klettern sehen!"
Er öffnete das Eisengatter der Schweinebucht und bedeutete den Leuten hinter ihm: „Los jetzt! Mit dem fangen wir an."
Unter dem Aprikosenbaum angekommen, fing er an, mir so herrlich den Bauch zu kraulen, dass ich mich vor Wonne sterben und gleichzeitig wie ein Engel empor getragen fühlte.
„Schwein Sechzehn, wir baden und frisieren dich jetzt. Wir putzen dich zum allerschönsten Schwein auf der ganzen Welt heraus! Bitte fall uns nicht in den Rücken und geh den anderen Schweinen mit gutem Beispiel voran."

Er machte eine Handbewegung in Richtung der hinter ihm wartenden Leute. Sofort drängten vier Volksmilizionäre vor, rissen mir, ohne die geringste Vorwarnung, jeder ein Bein unter dem Bauch weg und hievten mich vom Baum herunter. Mit ihren grobschlächtigen, wilden Bewegungen und ihren Pranken taten sie mir überall weh. Es war Schwerstarbeit, sich loszureißen. In äußerster Wut beschimpfte ich sie: „Ihr feigen Memmen, zum Räucherkerzen anzünden seid ihr nicht in den Tempel gekommen, wie?"
Meine Schmähreden verpufften im Nichts. Sie schleppten mich völlig unbeeindruckt rücklings zum großen Seifenlaugenzuber. Dann stemmten sie mich hoch und ließen mich reinplumpsen. Eine Urangst aus den verborgenen Tiefen meiner Seele verschaffte mir übernatürliche Kräfte. Im selben Augenblick tat der Liter Schnaps, den ich mit dem Futter zu mir genommen hatte, seine Wirkung. Ich war in eiskalten Schweiß gebadet. Mit Wucht ernüchtert. Mir standen plötzlich etwas aus der Mode gekommene Methoden des Schweineschlachtens vor Augen. Als die Schweine noch mitsamt ihrer Schwarte verzehrt wurden, warfen die Menschen die zu schlachtenden Schweine in solche Zuber. Darin stach man sie ab und nahm sich auch gleich der Borsten an, die mit scharfem Messer noch in der Seifenlauge abrasiert wurden. Die Pfötchen wurden von den Beinen abgehackt, die Brust geöffnet und der Bauch aufgeschlitzt. Dann konnte man die Schweine für den Fleischverkauf aufknüpfen. Sowie ich den Kesselboden unter die Füße bekam, stieß ich mich mit aller Kraft ab. Ich sprang hinaus. Mein Sprung kam so abrupt, dass alle fassungslos vor Staunen waren. Mein Pech war jedoch, dass ich zwar aus dem Kessel heraussprang, aber in den nächsten, einen noch größeren Zuber, gleich wieder hineinfiel. Ein Schwall warmes Wasser ergoss sich über mich und deckte mich zu. Aber da war ein schwer in Worte zu fassendes wohliges Gefühl, das mich plötzlich einlullte. Meine Entschlossenheit zur Flucht schwamm mit dem Wohlgefühl davon. Ich besaß keine Energie mehr, aus dem Zuber herauszuspringen. Gleich drängten sich die Mädchen um mich. Jinlong gab ihnen Anweisungen, und sie schrubbten mir mit einer Wurzelbürste die Haut. Es war so angenehm, dass ich grunzen musste. Meine Augen hatte ich nur noch einen Spalt breit geöffnet, ich schlummerte fast ein.
Anschließend hoben mich die Volksmilizjungs aus der Wanne heraus. Kühler Wind streichelte sanft meinen Körper, faul und an-

triebslos stand ich herum. Immer leichter ward mir zumute, wie wenn ich in die Gefilde der Genien fliegen sollte. Die Mädchen nahmen die Haarschneidemaschinen hervor. Sie schoren mir das Schädelhaar zu einem Militär-Kurzhaarschnitt. Meine Borsten stutzten sie mir zu einem Bürstenhaarschnitt. Jinlong hatte sich vorgestellt, dass die Mädchen links und rechts an meinem Bauch das Bild eines Pflaumenblütenreliefs herausrasieren würden. Es gelang ihnen aber nur ein kahl rasierter Fleck. Ungehalten beschrieb Jinlong meinen Bauch daraufhin mit zwei Parolen. Mit roter Ölfarbe schrieb er links *Besamen im Auftrag der Revolution*. Rechts schrieb er *Glück für das Volk erschaffen*. Zum Schmuck malte er mir in Rot und in Goldgelb neben die Parolen noch eine Pflaumenblüte und eine Sonnenblume. Er machte aus mir eine wandelnde Litfasssäule. Als er sein Werk beendet hatte, trat er zwei Schritte zurück, um es zu begutachten. Der Schabernack stand ihm ins Gesicht geschrieben! Aber vor allem war er zufrieden. Das sah man deutlich. Die uns umringenden Leute beklatschten mich begeistert. Voll des Lobes schrien alle durcheinander, welch hübsches Schwein ich sei.

Wenn sie alle Schweine der Farm „Aprikosengarten" so fein wie mich herrichteten, so würden wir allesamt lebendig herumlaufende Kunstwerke sein. Es war aber eine ungemein zeitraubende Arbeit. Das Baden in Kernseife wurde kurzerhand wegen zu großen Aufwands gestrichen, denn die Bühnenveranstaltung stand kurz bevor. Diese Abstriche machte Jinlong, denn er hatte keine Wahl. Seinen ursprünglichen Plan konnte er nicht mehr umsetzen. Er überlegte sich eine einfache, aus nur wenigen Strichen zu malende Maske für alle Schweine. Dann wies er zwanzig geschickte Mädchen und Jungen an und gab ihnen Pötte mit Ölfarbe und Pinsel. Damit ließ er den Schweinen, solange sie noch betrunken waren, farbige Operngesichter aufmalen. Die weißen Schweine bekamen Masken aus roter Ölfarbe, die schwarzen bekamen weiße Masken aufgemalt. Alle anderen Schweine bekamen gelbe Operngesichter. Bei den ersten paar Dutzend zeichneten die Mädchen und Jungen noch sorgfältig, aber nachdem jeder ein paar Schweine bemalt hatte, fingen einige an, grob zu malen und Unsinn zu machen. In den Schweineställen stank es erbärmlich, obwohl schon Herbst war und die Luft vom Wind frisch und rein. Da musste einem die Laune vergehen, wenn man in so einem Mief arbeitete. Die Mädchen, die immer etwas gewissenhafter als die Jungen waren, hatten zwar schlechte Laune, beschwerten sich jedoch nicht und machten auch keinen Blödsinn. Da waren die Jungen anders. Sie tauchten die Pinsel tief in die Töpfe und malten wild drauflos. Viele der weißen Schweine bekamen rote Tupfen. Sie sahen aus, als hätten sie soeben eine Ladung Schrot abbekommen. Die schwarzen Schweine mit ihren weiß bemalten Gesichtern sahen aus wie verlogene und durchtriebene, abtrünnige Regierungsbeamte. Der Bengel Mo Yan mogelte sich unter die Jungs und malte vier schwarzen Schweinen mit weißer Ölfarbe breite Brillen auf ihre Schnauzen. Dazu malte er vier weißen Säuen die Klauennägel rot an.

Endlich konnte die Bühnenveranstaltung *Das Große Schweinezüchten* beginnen. Meine einzigartige Kunst, Bäume zu besteigen, war ja nun schon bekannt. Ich ließ mich also nicht lange bitten und katapultierte mich wieder auf den Aprikosenbaum. Die anderen Schweine lagen volltrunken – wie die Toten – in ihren Buchten. Man wollte, dass die Tiere während der Veranstaltung ruhig blieben und vor allem den Leiter des Komitees nicht störten. Alles sollte bei ihm einen wunderbaren Eindruck hinterlassen. Deswegen hatte man sicherheitshalber dem Futter die doppelte Portion Kraftfutteranteil beigemischt und auch die anteilige Branntweinmenge auf das Doppelte erhöht. Die Luft in der Schweinefarm „Aprikosengarten" war vom Schnaps getränkt. Jinlong aber erläuterte ohne mit der Wimper zu zucken und ohne rot zu werden, dass sich die Kommune gerade mit vollem Erfolg in der Geschmackstestphase eines neuartigen, aus Schlempe bestehenden Mastfutters befände. Dieses Futter gewährleiste bei gleichzeitiger Senkung des Kraftfutteranteils eine erstaunlich hohe Nahrhaftigkeit. Die Schweine fräßen es ohne Murren. Sie blieben ruhig und spröngen und liefen nicht mehr unnötig in ihren Buchten herum. Sie zeigten prächtigen Masterfolg, wären frohwüchsig und schliefen viel. Der Mangel an Kraftfutteranteilen aus Getreide sei doch schon seit Jahren das zentrale Problem der Schweinmast. Da biete die Entwicklung der Mastfütterung mit Schlempe nun endlich den Weg zur ursächlichen Lösung dieses Problems. Unsere Kommune zeige damit allen Volkskommunen im Land einen einfachen, gangbaren Weg zur Schweinemast.

Am Rednerpult auf der Bühne sprach Jinlong wie ein Wasserfall: „Verehrte Führungskader, liebe Genossen. Wir können stolz verkünden: Unser Mastfutter aus Schlempe, das wir gerade entwickeln, schließt eine international vorhandene Lücke. Aus Laub, Kraut, Stroh und Heu stellen wir durch Verzuckerung Mastfutter her. Die Schlempe ist es also, aus der das köstliche Schweinefleisch entsteht, das die Volksmassen mit Nährstoffen versorgt und womit wir den ausländischen Verräterstaaten ihr Grab schaufeln werden ..."

Ich hing schlummernd auf der Astgabel im Aprikosenbaum, derweil ein Lüftchen rauschend meinen Bauch kühlte. Ein Grüppchen waghalsiger Spatzen landete todesmutig auf meinem Kopf. Mit ihren spitzen Schnäbeln pickten sie in meinen Ohren herum. Sie fraßen das Futter, das mir jedes Mal in die Ohren spritzte und dort kleben blieb, wenn ich es in großen Happen herunter schlang. Während ihre kleinen harten Schnäbel emsig pickten, wurde mir davon in den Ohren ganz wohlig zumute. Denn wegen der Blutgefäße und Nervenfasern bin ich am Ohr so über die Maßen sensibel. Es war ein Kribbeln, als ob mir die Ohren taub würden. Es schmerzte auch ein wenig, fast wie bei einer Akupunktur. Dann überfiel mich ein schlimmer Anfall von Müdigkeit. Meine Lider schlossen sich, so fest, als seien sie mit Rübensirup verklebt. Mir war klar, dass der Bengel Jinlong hoffte, dass ich auf der Astgabel im Tiefschlaf schnarchen würde. Dieser Schleimscheißer, der jedes tote Schwein lebendig reden konnte. Wenn ich schlief, würde er sofort wieder das Blaue vom Himmel faseln. Aber ich wollte nicht schlafen! Ich wollte miterleben, wie das allererste Mal in der Geschichte der Menschheit wegen uns Schweinen ein Empfang gegeben wurde. Ob es etwas Derartiges jemals wieder geben würde, konnte man nie wissen. Sollte ich jetzt also diesen historischen Festempfang für uns Schweine verschlafen, so würde ich mich bis ans Ende aller Zeit grämen. Als ein Schwein, das in Rang und Ehren gehalten und in jeder Hinsicht bevorzugt wurde, konnte ich mir das Schlafen immer und nach Belieben leisten. Diesmal aber galt es, nicht einzuschlafen. Ich schüttelte meine Ohren, dass sie mir klatschend links und rechts um die Backen schlugen. Daran konnten alle erkennen, dass es sich bei meinen Ohren um klassische Schweineohren handelte. Ich hatte nicht diese spitzen, am Kopf hochstehenden Hundeohren der schwarzen Yimengberg-Schweine.

Natürlich sieht man in letzter Zeit auch viele Stadthunde mit zwei wie kaputte Strümpfe herabbaumelnden Schlappohren. Die Leute von heute haben zu viel Zeit, sodass sie Tiergattungen, die nicht zusammenpassen, miteinander kreuzen. Monsterhafte Kreaturen entstehen dabei. Es ist eine schamlose Beleidigung des höchsten Gottes. Diese Menschen werden eines Tages noch ihre Strafe bekommen. Ich warf den Kopf zurück und verscheuchte die Spatzen von meinen schlackernden Ohren. Dann streckte ich einen Lauf aus und riss mir ein blutrotes Aprikosenbaumblatt ab. Ich steckte es mir ins Maul und schmatzte genüsslich. Der bittere, astringierende Geschmack hatte auf mich schon immer die gleiche anregende Wirkung wie Tabak. Er verscheuchte meine Müdigkeit, sodass ich mit wachen Augen und gespitzten Ohren von hoher Warte aus alles genau verfolgen konnte. Jedes Wort auf der Bühnenversammlung hörte ich und speicherte es in meinem Gehirnkasten ab, genauer als es die besten und modernsten Maschinen von heute tun. Denn nicht nur Ton und Bild nahm ich auf, sondern speicherte noch dazu alle Gerüche und meinen persönlich gewonnenen Eindruck ab.

Jiefang, komm mir jetzt nicht damit, dass du klüger bist als ich! Du hast dir doch von der kleinen Tochter Pan Hus den Kopf verdrehen lassen. Obschon du jetzt gerade mal die Fünfzig überschritten hast, ist dein Blick bereits trüb, deine Reaktion geschwächt, alles Anzeichen einer beginnenden Altersdemenz. Hör auf damit, immer nur stur auf deiner Meinung zu beharren. Liefere dir mit mir nicht mehr solch nichtsnutzige Diskussionen. Ich weiß dir verlässlich zu sagen, dass unser Dorf Ximen noch nicht an das Stromnetz angeschlossen war, als wir die Bühnenveranstaltung *Das Große Schweinezüchten* ausrichteten. Es stimmt, was du sagst. In der Tat rammten damals schon Männer Strommasten aus Zement bei uns in die Felder vor dem Dorf. Die führten den Strom aber zur Starkstromleitung des Staatsguts auf der anderen Seite des Flusses. Die Staatsgüter unterstanden damals dem Militärgebiet Jinan. Die Truppenbezeichnung lautete *Unabhängiges Bataillon des Produktions- und Aufbaukorps*. Nur die Funktionäre der Bataillone und Kompanien waren Dienst tuende Soldaten. Alle übrigen Leute dort waren Jugendliche aus den Schulen, die aufs Land verschickt worden waren. Einheiten wie diese brauchten natürlich Strom aus dem Netz. Bis unser Dorf Ximen ans Netz angeschlossen wurde, vergingen noch zehn Jahre. Langer Rede kurzer Sinn. Während der Tage, an denen wir die Bühnenveranstaltung *Das Große Schweinezüchten* ausrichteten, herrschte bei uns im

Dorf nach Einbruch der Nacht tiefste Dunkelheit. Mit Ausnahme der Stallungen und der Brigadegebäude der Schweinefarm war alles tiefschwarz wie Urushi-Lack.

Ich erwähnte ja bereits, dass in meinem Schweinestall eine einhundert Watt Glühbirne montiert war. Ich lernte sogar, den Schalter mit dem Vorderlauf zu bedienen. Der Strom war unser eigener Strom, Eigenproduktion unserer Schweinefarm „Aprikosengarten". Ein 12-PS-Dieselmotor betrieb einen Generator. Dadurch erhielten wir unseren Strom. Es war Ximen Jinlongs Erfindung. Wer die Geschichte nicht glauben will, der frage doch Mo Yan. In Jinlongs Kopf geistern grundsätzlich verstiegene Ideen herum. Er löste auf diese Weise damals eine böse Geschichte aus, die lange Zeit in aller Munde war. Davon berichte ich jetzt zuerst einmal.

An den zwei zu beiden Seiten der Veranstaltungsbühne aufragenden Pfosten hingen zwei riesige Megaphone, die die Stimme Jinlongs mindestens fünfhundertfach verstärkten. Ich glaube, der gesamte Landkreis Nordost-Gaomi hörte diesen Prahlhans mit lauter Stimme dröhnen. Im hinteren Teil der Bühne befand sich der lange Podiumstisch der Vorsitzenden, dafür waren sechs Schulbänke aus der Grundschule herangeschleppt und in einer Reihe aufgestellt worden. Die Schulbänke hatte man mit einem großen roten Tuch bedeckt. Hinter diesem langen Tisch gab es sechs schmale Sitzbänke, die ebenfalls aus der Grundschule stammten. Auf ihnen hatten nebeneinander die Kreis- und Kommunenbeamten in ihren blauen und grauen Arbeitsuniformen Platz genommen. Der Fünfte von links trug eine weiße, verwaschene Militäruniform und war ein leitender Kader aus dem Armeeregiment. Er war gerade erst auf die zivile Ebene zurückversetzt worden und nun unser Verantwortlicher für die Produktionsleitung im Kreisrevolutionskomitee. Ganz rechts saß Hong Taiyue, der Brigadezellensekretär aus unserem Dorf Ximen. Frisch rasiert war er. Die Haare hatte er sich auch schneiden lassen, und um seine beginnende Glatze zu verstecken, hatte er eine graue militärisch aussehende Uniformmütze aufgesetzt. Sein Gesicht glühte feuerrot wie eine schmierige Ölpapierlaterne in schwarzer Nacht. Wahrscheinlich träumte er soeben von seiner Beförderung: Hong im steilen Aufstieg, genau wie sein Leitstern Chen Yonggui aus dem Dorf Dazhai in Shenxi! Wenn der Staatsrat nun einen Kommandostab *Das Große Schweinezüchten* ins Leben riefe, würde man ihn doch nach Peking abberufen! Ihm würde die Position des leitenden Stabskommandeurs angetragen.

Dicke wie dünne Beamte hatten ihr Gesicht dem Osten zugewandt, der rot glühenden Sonne entgegen. Ihre Gesichter erstrahlten eins wie das andere in leuchtendem Rot. Dabei kniffen sie blinzelnd die Augen zu. Einer, ein schwarzer, fetter, trug eine für damalige Verhältnisse seltene Sonnenbrille auf der Nase. In seinem Mundwinkel wippte eine Kippe. Man hätte ihn für einen Gangsterboss halten müssen.

An einem ebenfalls unter rotem Tuch versteckten Tisch, aber vorne auf der Bühne, saß Jinlong und redete. Auf seinem Tisch stand ein in rotes Nylon gewickeltes Mikrophon. Der neugierige Mo Yan ergriff zwischendurch die Gelegenheit und huschte ungesehen auf die Bühne, um zweimal wie ein Hund ins Mikrophon zu bellen. Das Gebell schallte in jede Richtung und weite Entfernung. Der ganze Aprikosengarten hallte davon wieder. Ein richtiger Gute-Laune-Effekt, erfrischend und lustig. Mo Yan, der grüne Junge, hat sich darüber später in einer Kurzgeschichte ausgelassen.

Der Strom für Megaphon und Mikrophon unserer Konferenz *Das Große Schweinezüchten* kam also nicht etwa, wie man glauben mochte, aus den staatlichen Hochspannungsleitungen, sondern wir hatten ihn mit Dieselmotor und Generator in unserer Schweinefarm selber produziert. Ein fünf Meter langer, zwanzig Zentimeter breiter Gummikeilriemen verband den Dieselmotor mit dem Generator. Wenn der Motor lief, dann lief der Generator mit und erzeugte auf diese Weise ständig fließenden Strom. So ein Ding war wirklich magisch, nicht nur die zurückgebliebenen Bauern aus dem Dorf, denen das Hirnschmalz fehlte, wunderten sich über alle Maßen. Auch mich Schwein – und ich war ein mit ungewöhnlich gutem Denkvermögen ausgestattetes Schwein – verblüffte die Sache. Ja, was hatte es mit dieser unsichtbaren Energie eigentlich auf sich? Wie entstand und wie verschwand sie wieder? Verbrennt man Feuerholz, bleibt Asche zurück. Wird Nahrung verdaut, bleibt davon Kot übrig. Und Strom? Was wurde aus Strom? Ich dachte an die beiden Maschinenräume, die aus rotem Backstein gemauert waren und in denen die Maschinen aufgestellt waren. In der Nähe eines alten Aprikosenbaums standen sie, ganz im Südosten der Farm. Tagsüber fleißig in Betrieb, arbeiteten sie auch nachts weiter durch. Diese mystische Strommaschine lockte viele neugierige Dörfler herbei. Fast alle Leute, von denen ich bisher erzählte, waren unter den Gaffern. Der nervtötende Mo Yan drängte sich dauernd in die erste Reihe. Er gaffte nicht nur, sondern hatte auch noch jede Menge zu sagen. Ein Punkt, der Jinlong äußerst missfiel. Immer wieder kniff Huang Tong Mo Yan ins Ohr und zog ihn aus dem Maschinenraum ins Freie. Aber jedes Mal dauerte es keine halbe Stunde, und er drängelte sich wieder nach vorn. Dabei reckte er den Kopf dermaßen nach dem Generator, dass ihm die Spucke fast auf Jinlongs von Schmieröl schwarzen Handrücken tropfte.

Ich traute mich nicht zu den Schaulustigen hinein. Auch konnte ich nicht den großen Aprikosenbaum vor dem Maschinenraum hinaufklettern, weil dieser Hundesohn von einem Baum einen zwei Meter hohen, verdammt glatten Stamm hatte. Das Astwerk wuchs wie bei einer nordwestchinesischen Pappel schlank am Stamm anliegend in die Höhe. Wie nach oben züngelnde Flammen sah es aus. Aber der Himmel meinte es gut mit mir. Hinter dem Haus war ein großes Grab, in dem ein heldenhafter Hund begraben lag, der ein Kind aus dem Fluss gerettet hatte. Ein schwarzer Rüde war es gewesen, der sich in die tosenden Wellen des Yunliang-Flusses gestürzt und aus den Fluten ein Mädchen gerettet hatte, aber nach vollbrachter Rettung selbst entkräftet im Fluss sein Leben ließ. Ich stand auf dem Grabhügel des schwarzen Hundes und schaute in Richtung des Maschinenraums. Schneeweißes Licht einer Karbidlampe leuchtete aus dem Raum nach draußen in die pechschwarze Dunkelheit. Mir fiel sofort die damals beliebte Klassenkampfparole *Der Feind steht im Licht, wir stehen im Dunkeln* dazu ein. Ich konnte sie begaffen, wie ich wollte. Sie aber waren drinnen und konnten mich nicht sehen. Ich sah Jinlong in der ölverschmierten Maschinenbeschreibung blättern. Mit gerunzelter Stirn kritzelte er etwas mit einem Bleistift auf den Rand einer alten Zeitung und rechnete angestrengt. Hong Taiyue zog eine Zigarette hervor und zündete sie an. Er nahm einen Zug und steckte sie Jinlong in den Mund. Sekretär Hong war damals einer der wenigen Kader, die es zu würdigen wussten, wenn jemand Kenntnisse und Fähigkeiten besaß. Dann waren da noch die Schwestern Huang, die nicht ruhten, mit Taschentüchlein Jinlong den Schweiß von der Stirn zu tupfen.

Obschon es mich damals völlig kalt ließ, Hezuo dabei zuzuschauen, wie sie Jinlong den Schweiß abwischte, spürte ich mein Gesicht vor Eifersucht brennen, als ich Huzhu dabei zusehen musste.

Jiefang, du an maßloser Selbstüberschätzung leidender Macher. Du hast uns später allen noch zur Genüge bewiesen, dass dich dein Feuermal nicht im Geringsten daran hinderte, Frauen zu verführen. Es wurde dir doch zum Passierschein für jedes Frauenherz! Ende der neunziger Jahre pfiffen es bei uns in der Kreisstadt die Spatzen von den Dächern:

Glaub nicht, dass er nur,
weil er mit seinem Feuermal
zum Fürchten aussieht,
so und so wäre,
der Liebhaber, der engelgleich schöne Augen macht.
Frau und Kinder lässt er im Stich,
will den Kreisvorstand nicht mehr,
bricht aus und verschwindet nach Changan.

Jiefang, ich will dich mit diesem Lied nicht lächerlich machen. Ich bringe dir meine Hochachtung entgegen. Darin bist du wohl einzigartig unter dem Himmel. Ein stattlicher Vizekreisvorsteher, ein ganzer Mann, der ohne ein einziges Wort alles im Stich lässt und mit seiner Geliebten durchbrennt. Nur um mit ihr das armselige Leben eines Habenichts zu führen! Aber Schluss mit der Tratscherei.

Als die Maschine angeschlossen und in Betrieb genommen war, bestand sie den ersten Stromtest. Jinlong war, wenn man es recht betrachtet, der zweitwichtigste Mann im Dorf. Jiefang, wenn du auch gegen deinen Halbbruder immer voreingenommen bist, so musst du doch zugeben, dass du es durch ihn um einiges einfacher hattest. Hättest du es ohne ihn bis zum Gruppenführer in der Schweineaufzucht gebracht? Und hättest du ohne ihn im Herbst des darauf folgenden Jahres diesen Saisonjob als Kontraktarbeiter in der Baumwollmanufaktur bekommen? Was wäre gewesen, wenn du damals diesen Saisonjob nicht gemacht hättest? Wie hätte es mit deinem Glück ausgesehen, Beamter zu werden? Dass du schließlich tief fallen musstest, dafür kannst du niemandem die Schuld zuschieben. Die trifft dich ganz allein. Da kannst du deinem Schwanz zürnen, dessen du nicht mehr Herr wurdest. Aber wozu sage ich das? Das kann Mo Yan in seine Romane schreiben.

Die Konferenz verlief wie geplant. Alles lief wie am Schnürchen. Nachdem Jinlong seine fortschrittlichen Ideen vorgestellt hatte, meldete sich der Beamte aus dem Kommandostab der Produktion, dieser ehemalige Militär in der abgetragenen Uniform, zu einem Schlusswort. Mit militärischem Schneid kam er behände nach vorn ans Pult und redete völlig frei und aus dem Stegreif. Alles mit außergewöhnlicher Bravour und Größe. Vornüber gebeugt rannte jemand, dem Aussehen nach ein Sekretär, schnell auf die Bühne und richtete ihm das Mikrophon. Er zog den Mikrohals soweit wie möglich heraus, aber der reichte nicht, um das Mikrophon auf Mundhöhe des Beamten zu bekommen. Deswegen packte der Sekretär in der Eile einen kleinen Hocker und stellte ihn auf den Tisch. Das Mikrophon stellte er oben auf den Hocker. – Der Kleine war ganz schön auf Draht! Als er zehn Jahre später dazu auserkoren wurde, die Leitung des Büros des Kreisausschusses zu übernehmen, sollte sich dies deutlich zeigen. – Augenblicklich donnerte die gewaltige Stimme des ehemaligen Generals des Armeekorps und jetzigen Leiters des Produktionskommandostabs in jede Richtung.

„Jedes lebende Schwein ist eine Kanonenkugel, die wir gegen die Bastion der imperialistischen Reaktionäre und ausländischen Verräter abfeuern!", brüllte der Beamte, mit geballter Faust wild gestikulierend, in höchstem Maße aufwieglerisch. Als weltgewandtes Schwein fiel mir bei dieser Stimme und diesen Posen sofort eine Sequenz eines berühmten Filmes ein. Es kam mir noch in den Sinn, was das wohl für ein Gefühl sein müsste, in der Luft zu fliegen, nachdem man, in ein Kanonenrohr eingeführt, abgefeuert wurde. Wohl eine ganz schön Schwindel erregende Zitterpartie. Und ginge dann so ein fettes Schwein plötzlich auf die Festung der Imperialisten, Reaktionäre und Revisionisten nieder? Ha, diese fiesen Bösewichte würden sich freuen!

Es war schon nach zehn. Die Rede schien überhaupt nicht enden zu wollen. Ich sah, wie sich etwas weiter entfernt von der Bühne neben den beiden grasgrünen Geländewagen zwei weiß behandschuhte Chauffeure an den Autounterstand lehnten. Einer rauchte entspannt, der andere schaute gelangweilt auf seine Uhr. Damals war ein Geländewagen um ein Vielfaches Respekt einflößender, als es heute vielleicht ein Benz oder ein BMW ist. Einer Armbanduhr kam der Rang zu, den heute ein Brillantring besitzt. Der Großteil der Jugend fühlte sich von der Armbanduhr, die da im Sonnenlicht golden glitzerte, angezogen. Hinter den beiden Geländewagen standen einige hundert Fahrräder, ordentlich abgestellt in Reih und Glied. Das waren die Fahrzeuge der Kader auf Kreis-, Bezirks- und Dorfebene, damals die Statussymbole dieser Leute. Etwa fünfzehn Volksmilizionäre aus der Basiseinsatztruppe standen dort im Halbrund mit geladenen Gewehren in der Hand. Sie bewachten diesen wertvollen Reichtum.

Der Leiter des Kommandostabs der Produktion deklamierte mit tanzenden Armen, kraftstrotzenden, energischen Posen und generösem Gehabe: „Wir wollen dem urgewaltigen Ostwind der großen Kulturrevolution aufsitzen. Wir wollen die höchste Weisung des *Großen Schweinezüchtens* unseres großartigen Führers Vorsitzender Mao Zedong beherzigen. Wir wollen sie in die Tat umsetzen! Wir wollen von den Erfahrungen der Brigade Dorf Ximen lernen. Wir wollen wie sie die Schweinezüchterei mit politischem Kalkül betreiben!"

Funkelnde Schaumperlen säumten seine Mundwinkel. Sein Mund sah aus wie ein Krebs, dem man mit Reisstroh die Scheren zusammengebunden hat.

Im Pferch nebenan erhob sich Halunke mit schwerem Kopf und schweren Gliedern aus seiner Pissecke. Er riss sein grobes langes Maul weit auf. Dann blinzelte er mich mit seinen vom Schnaps rot aufgedunsenen Augen an und fragte: „Was ist passiert?"

Mir war nicht danach, diesem Hohlkopf etwas zu erwidern. Der Hanswurst versuchte, die Vorderläufe zu heben und sich mit dem Kinn auf der Mauerkante abzustützen, damit er nach draußen schauen konnte. Aber er war so besoffen, dass er das Gleichgewicht nicht halten konnte. Sowie er hochkam, knickten ihm hinten sofort die Beine weg, und sein massiger Körper rutschte in die eigene Pisse zurück. Dieser unhygienische Drecksserl schiss in jede Ecke seiner Bucht. Ich hatte wirklich Pech, dass ich mit so einem Dreckschwein Seite an Seite wohnen musste. Ich bemerkte die weiße Ölfarbe, in die er mit seinem Kopf geraten war. Die zwei Hauer, die ihm aus dem Maul hervorstanden, waren mit gelber Ölfarbe verschmiert. Als hätte er sich, wie es bei den Neureichen beliebt ist, vorne zwei Goldzähne einsetzen lassen.

Nun sah ich dort bei der Bühne einen schwarzen Schatten im Gewühl der Zuschauer. Er drängte sich durch die Menge und kämpfte sich frei. Sehr viele Zuhörer waren anwesend. Die angekündigte *Zehntausend-Menschen-Versammlung* war es zwar nicht, aber dreieinhalbtausend waren mit Sicherheit gekommen. Der Schatten huschte zu den beiden großen Boshan-Steingut-Bütten unter dem Aprikosenbaum. Er beugte sich über den Rand eines Bottichs und spähte hinein. Der Schlingel wollte Zuckerwasser trinken. Es war natürlich längst keins mehr da. Während die Leute noch zur Veranstaltung eintrafen, war es schon alle gewesen. Keiner hatte aus Durst getrunken. Jeder stillte nur sein Verlangen nach Süßem. Denn Zucker konnte man nur auf Marken kaufen, es herrschte landesweit Knappheit. Und Zucker gehörte zu den absoluten Glücklichmachern, wahrscheinlich wirksamer als guter Sex mit der Frau deines Herzens. Die Brigadeleiter des Dorfes Ximen hatten beschlossen, dass das Dorf eine gute Figur vor dem gesamten Kreis machen sollte. Eine eigens einberufene Brigademitgliedervollversammlung fasste Beschlüsse über Punkte, die in der Dorfbrigade für die Dauer der Veranstaltung gelten sollten. Ein Punkt war das strikte Verbot für Brigademitglieder des eigenen Dorfes – egal, ob es nun Kinder oder Erwachsene waren –, von dem dargebotenen Zuckerwasser in den großen Bütten zu trinken. Wer es wagte, dagegen zu verstoßen, dem sollten hundert Arbeitslohnpunkte, das waren soviel wie zehn Tage Arbeit, abgezogen werden. In welch peinlicher und hässlicher Art und Weise die Leute, die aus den anderen Dörfern zu uns herübergekommen waren, sich das Zuckerwasser einverleibten, ließ mich vor Scham erröten. Und es machte mich umso stolzer auf unsere eigenen Dörfler. Ich war beeindruckt von ihrem hohen Maß an Disziplin. Ich war stolz auf ihre Fähigkeiten zur Mäßigung. Ich bemerkte zwar bei einigen diesen sonderbaren Blick in den Augen, wenn sie den Besuchern beim Zuckerwassertrinken zuschauten. Ich wusste um den Schwierigkeitsgrad dieser Übung.
Schließlich gab es eben doch einen, der nicht an sich halten konnte. Um wen es sich handelte, brauche ich wohl nicht zu erwähnen. Meine Leser können es sich denken. Denn Mo Yan war das größte Leckermaul, das unser Dorf Ximen in den hundertfünfzig Jahren seit seiner Entstehung zu Gesicht bekommen hatte. Der grüne Junge steckte mit dem ganzen Oberkörper in der Schöpfbütte. Dabei war

sein Hals zu kurz, um tief genug hinabzureichen. Die Schweine gerieten in Aufruhr. Im Suff gurgelten sie vor sich hin: „Aufhören! Es knirscht!"
Hatte dieser Typ etwa die zwei großen Bottiche umgekippt und war hineingekrochen? Leckte er nun den Grund ab? Ungeheuerlich, dass jemand so verfressen sein konnte. Schließlich kroch er wieder hervor. Ich sah seine kaputte Kleidung feucht schimmern, roch die zuckrige Süße. Wäre Frühling gewesen, hätte ihn sicherlich ein Schwarm Bienen und Schmetterlinge umkreist. Jetzt, zu Beginn des Winters, schwärmten nur ein paar fette Fliegen um ihn herum. Surrend ließen sich zwei auf seinem schmutzig verknäulten Haarfilz nieder.
„... Wir wollen mit zehnfacher Begeisterung und hundertfachen Bemühungen die fortschrittlichen Erfahrungen des Dorfes Ximen propagieren. In jeder Kommune, jeder Brigade, müssen alle mit Hand anlegen. Die Arbeiter-, Jugend-, Frauen- und Massenorganisationen müssen mit voller Kraft zusammenwirken. Wir wollen die Bogensehne des Klassenkampfes stramm spannen, den Kampf gegen Grundherren, Großbauern, Konterrevolutionäre, üble Elemente und Rechte verstärken. Wir werden sie massiv kontrollieren. Wir werden allen Klassenfeinden ihre hinterhältigen und destruktiven Machenschaften vereiteln ..."
Auf dem Gesicht Mo Yans spiegelten sich Glück und Zufriedenheit, er pfiff ein Liedchen und schlenderte schwankend zu den beiden Maschinenräumen hinüber. Ich folgte ihm mit den Augen. Als er den einen Maschinenraum betrat, lief der alte Dieselmotor auf vollen Touren, die Keilriemen qualmten, ein deutliches Quietschen der Riemenscheibe am Schwungrad war zu hören, laut ratterte der Motor. Hier entstand der Strom, der das Megaphon schallen ließ.
„... Die Lagerhalter der Produktionsbrigaden haben den Gebrauch der Unkrautvernichtungsmittel und Insektizide streng einzudämmen. Sie werden darüber wachen und verhindern, dass Klassenfeinde Pestizide stehlen und den Schweinen Gift unter das Futter mischen ..."
Als der wachhabende Maschinist Jiao Er, der an die Wand gelehnt in der Sonne briet, eingeschlafen war, setzte Mo Yan seinen zerstörerischen Plan in die Tat um. Er löste den Gürtel, zog die Hose bis auf den Hintern herunter, griff mit beiden Händen seinen kleinen Pimmel – bis hier erriet ich noch nicht, was dieser Bengel da anstellte –,

dann zielte er auf den sich windgeschwind drehenden Keilriemen. Ein hell leuchtender Harnstrahl ergoss sich darüber. Dann ein seltsames Geräusch, der Keilriemen rutschte zu Boden und lag da wie eine riesengroße tote Pythonschlange. Der hohe Ton aus dem Megaphon erstarb abrupt. Der Dieselmotor jagte hoch und kreischte schrill. Die dreitausend Zuhörer mussten sich vorkommen, als seien sie mit einem Mal unter Wasser auf den Meeresboden gesunken. Die Stimme des vortragenden Beamten wurde schwach und flach. Sie war nicht viel mehr als ein Geräusch, wie es vom Blubbern der Rotfedern vom Grund eines Teiches heraufdringt. Das war das Aus, die Stimmung war restlos verdorben. Ich sah Hong Taiyue aufstehen, sah auch, wie Jinlong aus der Menge heraustrat und mit gewaltigen Schritten in Richtung des Maschinenraums stürmte. Welch Unglück hatte Mo Yan da heraufbeschworen! Der würde sein Süppchen noch auszulöffeln haben!
Der Krawallmacher versuchte nun aber nicht etwa, unerkannt zu bleiben. Nein. Mo Yan blieb dumm und dreist mit einem trübsinnigen Gesichtsausdruck vor dem Keilriemen stehen. Ich konnte mir denken, dass sich der Bengel überlegte, warum der Keilriemen nach einem Mal Draufpinkeln wohl plötzlich abgerutscht war? Das erste, was Jinlong tat, als er in den Maschinenraum gerannt kam, war, Mo Yan eine Ohrfeige zu verpassen. Das zweite war ein treffsicherer Tritt in den Hintern. Dann erst bückte er sich, griff sich den Keilriemen und hängte ihn wieder auf das sich drehende Generatorrad. Dann zog er am Keilriemen auf dem Generatorrad und zerrte das andere Ende zum Dieselmotor. Geschafft. Er hängte den Riemen über das Schwungrad. Der Riemen hing richtig, kein Zweifel. Dennoch rutschte er, sobald er ihn losließ, gleich wieder ab. Der Grund war der destruktive Urin des Mo Yan. Jinlong nahm eine Eisenstange und fixierte den Keilriemen so, dass er nicht mehr herunterrutschen konnte. Dann bückte er sich, nahm ein schwarz glänzendes Band mit Bienenwachs und drückte es gegen den Keilriemen. Der Keilriemen begann zu laufen, das Wachs wurde zerrieben, der Riemen nutzte die Reibung und konnte schließlich nicht mehr abfallen. Jinlong stauchte Mo Yan zusammen: „Wer hat dir erlaubt, das zu tun?"
„Ich wollte …"
„Warum tust du so was?"
„Ich wollte den Riemen kühlen …"

Der Leiter des Kommandostabs der Produktion war durch den Stromausfall am Mikrophon so schockiert, dass er eilig seinen Vortrag beendete. Es fing an, chaotisch zu werden. Gerade noch rechtzeitig trat unsere schöne junge Dorfgrundschullehrerin Jin Meili auf die Bühne und sagte den nächsten Beitrag an. In schmeichelndem Hochchinesisch gab sie dem Publikum unten vor der Bühne, und was noch viel wichtiger war, den zu beiden Seiten auf der Bühne platzierten zehn Kadern, bekannt: „Der nächste Programmpunkt ist eine künstlerische Darbietung: Ein Theaterstück aufgeführt von den Grundschülern aus dem Propagandatrupp für Maoistisches Denken!"
Der elektrische Strom floss wieder ungehindert. Das Megaphon kreischte ab und an schrill in den Himmel, als wolle es die kleinen, durch die Luft flatternden Vöglein bajonettieren. Für die heutige Aufführung hatte sich Jin Meili ihren langen Zopf abgeschnitten. Sie trug nun einen Pagenkopf genau wie Ke Xiang aus der berühmten Modelloper. Sie sah damit heldenhafter, blühender, tüchtiger und hübscher aus als je zuvor. Ich bemerkte, wie die Kader zu beiden Seiten der Bühne ihre Augen nicht mehr von ihr abwandten. Manche betrachteten aufmerksam ihren Kopf, manche ihre Taille. Der erste Sekretär der Kommune Milchstraße, Cheng Zhengnan, hatte nur Augen für ihren Hintern. Zehn Jahre später wurde Jin Meili nach endlosen Nöten und Kümmernissen dann endlich die Frau dieses Komiteesekretärs der Abteilung für Politik und Recht. Damals waren alle gegen die Heirat und kritisierten die beiden scharf, da er sechsundzwanzig Jahre älter war als sie. Heutzutage würde dies nicht einmal kommentiert werden.
Im Anschluss an ihre Ansage trat sie in den seitlichen Bühnenraum zurück, wo man ihr schon einen Stuhl reserviert hatte. Auf dem Stuhl stand ein wunderschönes Schifferklavier bereit. Die Emaille um die Tastatur herum schimmerte im strahlenden Sonnenlicht. Neben dem Stuhl stand in aufrechter Haltung Ma Liangcai. In der Hand hielt er eine Bambusflöte, auf seinem Gesicht spiegelten sich Feierlichkeit und Stolz. Lehrerin Jin Meili zog das Akkordeon über die Schultern, setzte sich aufrecht hin und zog den Balg auseinander. Sie begann zauberhaft zu spielen. Dazu ertönte die fröhlich klirrende Flöte des Ma Liangcai. Die Musik war so bewegend, sie hätte die Wolken aufreißen und selbst Steine zerspringen lassen kön-

nen. Nachdem ein kleiner instrumentaler Durchgang gespielt war, turnte kullernd eine Horde kleiner, fetter Schweinchen übermütig auf die Bühne. Stramme, kurze Beinchen schritten vorwärts. Vor die Brust gebunden trugen sie rote Lätzchen, auf denen in Gelb gestickt das Wort „Treue" zu lesen war. Es waren Jungeber, dumm und gänzlich naiv. Es fehlte ihnen an Köpfchen. Jungeber wissen nichts, sie brauchen die Anleitung einer starken Persönlichkeit. Zu ihnen kam die Jungsau Rosarosa auf die Bühne. Angetan mit roten Schühchen schlug sie Purzelbäume. Ihre Muttersau stammte von den feinen Schweinen aus Qingdao ab und hatte eine künstlerische Ader. Rosarosa verfügte über gute Erbanlagen. Was sie auch machte, es gelang ihr auf Anhieb. Egal, was sie spielte, das, was sie darstellte, war täuschend echt. Ihr Bühnenauftritt war von anhaltendem Applaus begleitet, die Jungschweine ernteten eine Lachsalve. Ich beobachtete, mit welcher Freude die Horde bei der Sache war. Noch nie in der Geschichte der Menschheit waren Schweine auf eine Menschenbühne gebeten worden. Dies war ein historischer Durchbruch, Ruhmestat von uns Schweinen und unser ganzer Stolz!

Von meiner Aprikosenbaumastgabel aus hob ich meinen Vorderhuf zum revolutionären Gruß in Richtung der Lehrerin Jin Meili. Auch Ma Liangcai wollte ich einen achtungsvollen Gruß hinüber schicken, denn er spielte fraglos hervorragend Querflöte. Rosarosas Muttersau wollte ich ebenso meinen Respekt erweisen. Dass sie sich mit den Landschweinen paarte, ferkelte und so für ausgesuchte Nachkommenschaft sorgte, verdiente Hochachtung. Auch, dass sie ihr Tanztalent ihrer Tochter weitervererbte. Und schließlich verdiente Lob, dass sie im Hintergrund ihre Töchter beim Singen begleitete. Die Stimme der Muttersau war ein klang- und kraftvoller Mezzosopran. – Mo Yan, der Bengel, schrieb später in einem seiner Romane, dass sie ein Alt gewesen sei. Damit handelte er sich ein, dass ihn Musikexperten auslachten. – Natürlich war es aus heutiger Sicht lächerlich. Heute wäre ein solches Lied natürlich völlig unpassend. Damals war es aber durchaus normal. Denn ihre Stimme entfloh ihrem Rachen und tanzte taumelnd wie ein überschwerer Seidenschal im leeren Raum: „Wir sind die revolutionären roten Jungschweine und kommen aus Gaomi direkt auf den Platz des himmlischen Friedens."

Unsere Dorfgrundschule machte mit der kleinen revolutionären Oper bei den Kreistheateraufführungen mit und bekam dort den ers-

ten Preis für die beste Darbietung. Unsere Jungschweinehorde wurde daraufhin vom höchsten leitenden Sekretär Lu im Bezirk Changwei empfangen. Das Foto mit Sekretär Lu, der die Jungsau Rosarosa auf dem Arm hält, wurde auf Provinzebene überall veröffentlicht. – So wird Geschichte gemacht! Man soll sie nicht verfälschen! – Wie die Jungsau auf der Theaterbühne mit ihren roten Opernschühchen über Kopf nur auf ihren Vorderbeinchen einher lief, die zwei Hüfchen hoch erhoben und gleichzeitig damit den Takt schlagend. Es gab tosenden Beifall auf der Bühne und unten im Zuschauerbereich tobte das Publikum ... Die Aufführung wurde erfolgreich beendet. Der nächste Programmpunkt war die Farmbesichtigung. Aber vorher, im Anschluss an unsere Läuferschweine, war es an mir, etwas vorzuführen. Ich hatte mir fest vorgenommen, mich tadellos zu benehmen, die leitenden Funktionäre zum Lachen zu bringen und Jinlongs Ruhm zu mehren. Denn seitdem ich als Schwein wiedergeboren worden war, zeigte sich Jinlong mir gegenüber, ich bekunde das aus vollem Herzen, über die Maßen großzügig. Und das, obschon wir nicht mehr die besondere Vater-Sohn-Beziehung aus den früheren Jahren besaßen.
Leicht bewegte ich meinen Körper. Aber mir wurde sofort schwindelig. Vor den Augen verschwamm mir alles und die Ohren sausten mir. Fünfzehn Jahre später sollte ich, als ich in der Kreisstadt auf dem Himmelsblumenplatz nachts und bei Vollmond um mich eine Horde Hunde zur Vollmondsaufparty scharte, den Grund für meine Unfähigkeit von damals erahnen. Die Rüdenbrüder und Hündinnenschwestern tranken mit mir Fünfer-Korn aus Sichuan, Maotai-Schnaps aus Guizhou, Weinbrand aus Frankreich und Whisky aus England. Ich fühlte die gleichen Kopfschmerzen, mir verschwamm alles vor den Augen und ich bekam Ohrensausen. Ebendies verspürte ich jetzt bei der Konferenz *Das Große Schweinezüchten*. Auf dem Himmelsblumenplatz wusste ich endlich, dass so etwas nichts mit fehlender Trinkfestigkeit zu tun hat, sondern allein auf den miserablen Fusel aus getrockneten Kartoffeln zurückzuführen ist. Man muss zwar zugeben, dass es um die Moral der Leute von damals überhaupt nicht gut stand. Aber dass sie Industriealkohol gegen Korn ausgetauscht hätten, ist dennoch überzogen.
Es scheint mir um die Moral der Chinesen so bestellt zu sein, wie es mir ein gut befreundeter Artgenosse sagte, als ich später als Hund

wiedergeboren unter den Menschen lebte. Er war Wachhund der städtischen Leichenhalle, Deutscher Schäferhund mit schwarzem Satteldeckhaar, viel herumgekommen und immer redselig. Er fasste es so zusammen: In den Fünfzigern waren die Leute unverderbter, in den Sechzigern von einem manischen Fanatismus besessen, in den Siebzigern verzagte Feiglinge, in den Achtzigern verkamen sie zu Schnüfflern und Intriganten. Seit den Neunzigern aber besitzen sie ein nicht zu überbietendes Maß an Ruchlosigkeit.

Ich bitte meine Leser um Verzeihung. Wieder kann ich es nicht erwarten und schweife auf später Vorgefallenes ab. Wie leichtsinnig bin ich dem schlechten Einfluss von Mo Yan erlegen, dessen garstige Angewohnheit dies ist.

Als die Leute mitbekamen, welch ungeheuerliches Delikt Mo Yan bei den Maschinen begangen hatte, drängten Alt und Jung in die Maschinenräume. Auch der eben wieder erwachte Maschinenwachmann Jiao Er stürzte dort hin und her und schrie auf Mo Yan ein: „Du Hund, was hast du hier zu suchen? Willst du hier kaputtmachen?"

„Großer Bruder Jinlong hat mich hier abgestellt!", sprach Mo Yan mit Inbrunst und Mut.

„Großer Bruder Jinlong. Dass ich nicht lache! Der reicht mir nicht mal an den Schwanz, der mir in der Hose sitzt!", erwiderte Jiao Er großkotzig.

„Gut", sprach Mo Yan. „Das sage ich Jinlong."

„Hiergeblieben, Bürschchen!"

Jiao Er packte Mo Yan am Kragen und zog ihn wieder zurück. Dabei platzten die drei Knöpfe an dessen wattierter Jacke ab. Sie flogen in hohem Bogen davon, die Jacke ging auf und sein Bauch lugte hervor. Wie ein roter Tonkübel sah er aus.

„Wenn du es wagst, das auszuplaudern, schlag ich dich tot."

Jiao Er fuchtelte mit geballter Faust vor seinem Gesicht herum.

„Wenn ich nichts sagen soll, musst du mich schon umbringen!", entgegnete Mo Yan ungerührt …

Sollten die sich doch in dem Maschinenraum weiter bekriegen. Was geht uns das an. Bei den beiden handelte es sich ohnehin um die zwei nichtsnutzigen Nullen unseres Dorfes.

Unter der Führung Jinlongs war soeben die ehrwürdige Delegati-

on zur Besichtigung vor meiner Bucht angelangt. Jinlong brauchte nichts zu sagen, die Truppe wurde sofort lustig und geriet in beste Laune. Natürlich waren sie es gewohnt, dass die Schweine auf dem Boden lagen, niemals zuvor hatten sie ein Schwein in einem Baum auf einer Astgabel liegen sehen. Auch waren sie die mit roter Farbe geschriebenen Parolen an Wänden gewohnt, aber rote Parolen auf Schweinebäuche gepinselt, so etwas war ihnen völlig neu. Laut lachten die Kreis- und Kommunekader, die Kader des Produktionsstabs der Brigade lachten dümmlich mit. Der Verantwortliche des Kommandostabs der Produktion mit der verwaschenen Uniform blickte mich scharf an und fragte dann Jinlong: „Ist der Eber da selbst auf den Baum geklettert?"
„Ja, da ist er selbst hochgeklettert."
„Kannst du ihn das mal vormachen lassen?", fragte der Verantwortliche des Kommandostabs der Produktion. „Ich meine, lass ihn erstmal vom Baum runter kommen und dann lässt du ihn wieder auf den Baum raufklettern."
„Das kann ganz schön schwierig werden! Aber ich tue mein Bestes, den Eber dazu zu bewegen", entgegnete Jinlong. „Die Intelligenz dieses Schweins ist außergewöhnlich. Außerdem hat es kräftige Beine mit hartem Klauenhorn. Dieser Eber ist ein mutiger Starrkopf, der sich im Normalfall nicht um andere schert. Er tut, was ihm gefällt, und macht keinem den Kasper."
Jinlong piekste mir sachte mit einem Zweiglein auf den Schädel. Zärtlich sein Ton, gesprächsbereit und um Ausgleich bemüht fragte er mich: „Schwein Sechzehn, sei so gut, wach auf! Schlaf nicht mehr! Komm vom Baum, vertritt dir die Beine und geh mal pinkeln."
Er war es doch, der gewollt hatte, dass ich den Beamten die hohe Kunst des Liegens auf der Astgabel im Aprikosenbaum vorführte. Und jetzt wies er mich an, herunterzukommen und pinkeln zu gehen? Das war doch eine schamlose Lüge. Ich geriet ziemlich in Wallung. Stinksauer war ich. Ich verstand natürlich, wie bemüht Jinlong in dieser Sache war. Er sollte zufrieden sein dürfen. Aber unterwürfig gehorchen wollte ich nicht. Sein Wort war mir nicht gleich Befehl. Dann wäre ich nicht das charakterstarke Schwein, welches ich stolz war zu sein. Ich wäre zu einem Mops verkommen, der seinem Herrchen zuliebe Purzelbaum schlägt. Ich schmatzte ein paar Mal geräuschvoll. Dann gähnte ich lange und verdrehte die Augen, wäh-

rend ich mich reckte und streckte. Die Kader lachten auf: „Hey, ist das überhaupt ein Schwein? Das ist wohl eher ein Mensch. Der kann ja schier alles!"

Ihr Pappnasen, ihr glaubt wohl im Ernst, ich verstünde eure Sprache nicht? Ich verstehe den Dialekt aus Gaomi, den Dialekt aus den Yimengbergen und den aus Qingdao. Und noch eins, sogar zehn Sätze Spanisch lernte ich von einem gebildeten Schüler, der hier im Dorf ständig davon träumt, zum Studium nach Übersee zu reisen. In gewaltiger Lautstärke grunzte ich ihnen einen Satz Spanisch entgegen. Oh, diese Schwachköpfe! Sie starrten wie blöd, dann lachten sie laut.

„Na wartet, ich bringe euch so zum Lachen, dass ihr daran ersticken sollt!"

Sollte ich nicht vom Baum herunter und Pinkeln gehen? Pinkeln kann ich auch von hier oben. Je höher ich stehe, desto weiter der Strahl der Schiffe. Ich frönte einer teuflischen Schadenfreude, als ich dieses eine Mal meine gute Gewohnheit der festen Pinkelecke aufgab. Aufs Geradewohl, so wie ich wohlig ausgestreckt auf dem Baum lag, erleichterte ich mich. Die lange zurückgehaltene Schiffe ging mal in scharfem Strahl, mal als plätscherndes Bächlein hernieder. Die Pappnasen lachten sich halbtot. Ich machte große Augen und fragte aufgeräumt, betont förmlich: „Gibt's da was zu lachen? Ein wenig mehr Ernsthaftigkeit bitte! Ich bin eine Kanonenkugel, die wir gegen die Bastion der imperialistischen Reaktionäre und ausländischen Verräter abfeuern! Dass die Kanonenkugel pinkelt, zeigt nur, dass das Schwarzpulver nass geworden ist. Und da bleibt euch das Lachen nicht im Halse stecken?"

Das Grüppchen Pappnasen schien mich wohl verstanden zu haben. Sie prusteten und schnappten nach Luft vor Lachen. Dann ging einem nach dem anderen die Luft aus. Ihr Lachen erstarb. Der Kader in der verwaschenen alten Uniform machte nun auch eine andere Miene. Auf dem stahlharten Gesicht ging gleich blitzenden Sternchen ein Lächeln auf: Wie der gelbgoldene Weizenkeim, der, wenn das Korn von der Spelze befreit ist, zum Vorschein kommt. Er zeigte auf mich und sprach: „Wirklich ein gutes Schwein. Man sollte ihm einen Goldorden verleihen."

Ich halte nicht viel von Ruhm und Berühmtheit. Aber diese Schmeichelei aus dem Munde des hohen Beamten freute mich so, dass ich nicht mehr zu halten war. Ich wollte es der Jungsau Rosarosa gleichtun und mich auf diesem sich wiegenden, zittrigen Ast im Aprikosenbaum hinstellen. Das war schwer. Würde ich das schaffen? Das würde doch wie der Blitz einschlagen! Mit beiden Vorderklauen hielt ich mich stabil in der Astgabel fest, die Hinterbeine streckte ich, der Po zeigte nach oben. Der Kopf schaute nach unten, steckte genau in der Astgabel. Meine Kraft schien nicht mehr auszureichen. Ich hatte am Morgen zu viel gefressen, mein Bauch war zu voll. Doch dann drückte ich mit ganzer Kraft auf die Astgabel, bis sie sich bewegte und schwankte. Indem ich den Schwung des schwankenden Astes ausnutzte, vollbrachte ich das Kunststück. Gut, ich stand. Ich sah den Boden unter mir. Auf den zwei Vorderbeinen lastete mein ganzes Gewicht. Das Blut aus meinem Körper drückte mir in den Kopf. Die Augäpfel schmerzten, als wollten sie mir aus den Augenhöhlen springen. Ich musste standhalten. Zehn Sekunden und ich hätte gewonnen. Ich hörte Applaus und wusste, dass ich es geschafft hatte. Was für ein Pech. In letzter Sekunde rutsche ich mit dem linken Vorderklaue aus und verlor das Gleichgewicht. Mir wurde schwarz vor Augen. Ich spürte nur noch, wie ich mit dem Schädel auf etwas Hartes stieß. Ein lautes Dröhnen. Dann wurde ich ohnmächtig. Zum Teufel auch. An allem war dieser saumiese Fusel Schuld.

Das sechsundzwanzigste Kapitel
Vor Neid rastet Halunke Drei im Schweinestall aus.
Lan Jinlong weiß sich gewitzt über den
strengen Winter zu helfen.

Der Winter 1972 war für die Schweinefarm „Aprikosengarten" eine Feuerprobe auf Leben und Tod. Obschon der Kreis der Dorfbrigade Ximen eine Gratifikation über 20.000 Pfund Viehfutter für die Ausrichtung der Konferenz *Das Große Schweinezüchten* hatte zukommen lassen, gab es bislang nur den Bescheid mit der Zahl, der noch der tatsächlichen Ausführung durch den Genossen Jin, der der Kommunegetreidestelle vorstand, bedurfte. „Goldratte" war sein Spitzname, denn mit Vorliebe aß er Rattenfleisch. Selbst eine Ratte von Leiter, teilte er uns in mehreren Schüben seit Jahren die in einer Ecke im Speicher vor sich hinschimmelnden getrockneten Süßkartoffeln und altes Hirsegetreide zu. Es gab einen kräftigen Mengenrabatt. Die Ladung schimmligen Getreides enthielt eine volle Tonne Mäusekot, der unserer Schweinefarm den gesamten Winter über einen merkwürdig süßlichen Gestank bescherte. Richtig, vor, während und nach dem Fest erhielten wir das schmackhafteste Futter, das man sich vorstellen kann. Es stimmt schon, wir lebten in diesen paar Tagen ein verderbtes Leben wie die grundbesitzende bürgerliche Klasse. Aber es vergingen keine vier Wochen, da kamen aus der Brigade schon alarmierende Huferufe nach Futter. Die Tage wurden kälter und kälter. Romantisch sah es aus mit dem weißen Schnee, aber dieser brachte durch Mark und Bein gehende Eiseskälte mit sich. Wir litten Hunger und Kälte. Große Not breitete sich aus. Wir hatten in diesem Winter ungewöhnlich viel Schnee. Ich übertreibe nicht. Beim Kreiswetterdienst und in den Kreisannalen ist es dokumentiert. Auch Mo Yan kommt in seinem Roman *Aufzeichnungen über das Schweinemästen* darauf zu sprechen.

Mo Yan liebte schon immer Gerüchte und Täuschungsmanöver. Man ist sich nie sicher, ob das, was er in seinen Romanen schreibt, ernst zu nehmende Wahrheiten sind, ob in jedem Fall Zweifel angebracht sind oder ob es nur zum Teil die Wahrheit wiedergibt. In den *Aufzeichnungen über das Schweinemästen* stimmen die Zeiten und Orte alle haargenau, die Details über den Schnee sind auch korrekt, nur was Zahl und Herkunft der Schweine angeht, hat Mo Yan die Unwahrheit geschrieben. Wie alle wissen, stammen die Schweine aus den Yimengbergen. Aber er ändert es einfach in Wulianshan-Gebirge. Und jeder weiß, dass es 1057 Schweine waren, er aber muss 900 schreiben. Doch eigentlich ist es nicht nötig, einen Schriftsteller, der das Ganze für einen Roman verwertet, auf solche Einzelheiten festzunageln.

Meine Artgenossen, die Yimengberg-Schweine, betrachtete ich mit Geringschätzung. Sie beschämten mich, trotzdem war ich einer von ihnen: „Stirbt der Hase, trauert der Fuchs. Jeder beweint seine Artgenossen." Das stetige, nicht enden wollende Sterben der Yimengberg-Schweine stürzte die Schweinefarm „Aprikosengarten" in tiefe Trauer. Um meinen Körper zu schonen und weniger Energie zu verbrauchen, reduzierte ich meine nächtlichen Streifzüge. Ich schob das inzwischen krümelige Laub und das zu Mehl zerriebene Stroh an die Wand. Am Boden blieben die Kratzspuren meiner Klauen, die wie ein mit Sorgfalt gewebtes Netzmuster aussahen. Da lag ich, umkränzt von meinem krümeligen kleinen Laubwall, legte den Kopf auf beide Vorderpfoten und sah den wirbelnden Schneeflocken zu. Ich sog die frische Luft ein, die immer so besonders duftet, wenn es schneit, und ließ mich in meiner Tristesse dahintreiben. Ehrlich, ich war kein Schwein mit starkem Hang zur Sentimentalität. Ich war eher der sanguinische, ausgelassene Typ und eine Kämpfernatur obendrein. Im Grunde lag mir dieses bourgeoise Gejammer nicht.

Der Nordwind heulte, auf dem Fluss krachte das Eis, als wenn die Erde auseinander risse. Vor unserem Stall lag der Schnee so hoch, dass er fast an die schneebeladenen Aprikosenzweige stieß. Immer wieder war der helle Ton des Splitterns der unter der Schneelast brechenden Zweige zu hören. Dann folgte dumpf das Geräusch des von oben nachrutschenden Schnees, der mit dem brechenden Zweig herabstürzte. Soweit das Auge reichte, erblickte ich in jenen Nächten Weiß und nichts als ein planes Weiß. Weil auch der Diesel fehlte, gab es bei uns längst keinen Strom mehr. Da nützte alles Ziehen an der Lampenschnur nichts, ich hätte sie abrupfen können, kein Lichtstrahl war mehr herauszuholen. In Nächten, in denen die Welt unter weißem Schnee zugedeckt daliegt, sollten eigentlich Märchen und Traumbilder auffliegen. Aber Kälte und Hunger zerbrachen die Märchen und Traumgebilde, noch bevor sie Gestalt annehmen konnten. Ich möchte ja nicht fälschlich den Eindruck erwecken, dass es mir ebenso dreckig ging wie den anderen. Denn ich muss zugeben, dass Ximen Jinlong mir, auch als die Futterknappheit am größten war, noch immer besseres Futter dazu gab. Die Yimengberg-Schweine bekamen nur matschiges, faules Laub und leere Baumwollsaatkapseln zu fressen, die die Brigade zukaufte, und hielten sich damit nur notdürftig am Leben. Ich dagegen bekam im Verhältnis eins zu drei Kraftfutter beigemischt. Das bestand zwar nur aus gammeligen Süßkartoffeln, war aber immer noch besser als Bohnenstroh und leere Baumwollsaatkapseln.

Während der endlos langen Nächte dämmerte ich halb träumend, halb bei Bewusstsein vor mich hin. Am Himmel leuchteten von Zeit zu Zeit ein paar Sterne mit einem glitzernden Blinken auf. Ich fand keinen Schlaf, denn ich hörte das qualvolle Stöhnen der verhungernden Yimengberg-Schweine. Mein Herz krampfte sich zusammen. Ich dachte an vergangene Zeiten, und Tränen füllten meine Augen.

Die Tränen gefroren zu Eisperlen, sowie sie mir in meinen Backenbart tropften. Halunke neben mir winselte auch. Er bekam nun die Quittung für sein unhygienisches Verhalten. Es gab keinen einzigen trockenen Flecken mehr in seiner Bucht, der Boden war übersät von zu Eis gefrorenen Scheiße- und Pisseklumpen. Er bellte wie ein Wolf, während er in seinem Stall im Kreis herumrannte. Er gab dem Echo der tatsächlich in der Ferne heulenden Wölfe Antwort. Schrill quiekend schimpfte er in einem fort über die Ungerechtigkeit in der Welt. Immer, wenn gefüttert wurde, musste ich mit anhören, wie er Hong Taiyue, Ximen Jinlong und Lan Jiefang beschimpfte. Am schlimmsten quiekte er bei Bai Shi, der Gattin des längst zu Staub gewordenen, despotischen Grundbesitzers Ximen Nao, die immer noch nicht tot war und die für unser Futter zu sorgen hatte. Bai Shi schleppte für uns beide immer zwei Futtereimer an der Tragstange herbei. Sie quälte sich mit ihren kleinen eingebundenen Lotusfüßen den schmalen Weg entlang, zu dessen Seiten sich der Schnee mauerhoch türmte. Ihr kleiner Körper in dem zerschlissenen Baumwollkleid schlingerte mühsam durch den Schnee. Um den Kopf trug sie ein blaues Tuch, aus Mund und Nase entwich der warme Atem, während Brauen und Haaransatz mit Raureif bedeckt waren. Rissige Hände wie verbranntes Holz hatte sie. Die Schöpfkelle mit dem langen Stiel benutzte sie als Krückstock, während sie sich mit der Tragstange vorwärts arbeitete. Die Futtereimer dampften nur schwach, aber sie rochen mächtig. Am Geruch konnte man unterscheiden, ob es schlechtes oder gutes Futter war. Der vordere Eimer war immer für mich, der hintere für Halunke.
Bai Shi setzte die Eimer vor der Tür ab, schippte mit der Kelle die Tür vom Schnee frei und betrat den Stall. Zuerst machte sie immer meinen Trog sauber. Dann hob sie mit ganzer Kraft den Futtereimer und schüttete den dunklen Brei über die Wandung hinweg. Jedes Mal stürzte ich mich sofort auf das Futter, und der Brei landete auf meinem Kopf und meinen Ohren. Und jedes Mal kratzte sie mir dann mit der Kelle das Futter vom Kopf. Es war unappetitlich, man durfte nicht kauen, denn sonst kam sofort der schimmlige Geschmack durch, und den bekam man nicht mehr aus dem Hals und dem Maul heraus. Wenn ich laut schmatzend in großen Happen fraß, lobte mich Bai Shi jedes Mal überschwänglich: „Schwein Sechzehn, du feines Schwein, was bist du für ein guter Futterverwerter und überhaupt nicht wählerisch!"

Erst dann fütterte sie Halunke. Allein schon, dass sie mich mit Beherztheit fressen sah, machte sie glücklich. Hätte Halunke sich nicht jedes Mal durch wildes Quieken bemerkbar gemacht, hätte sie ihn womöglich vergessen. Ich werde nie den zärtlichen Blick von Bai Shi vergessen, mit dem sie mir beim Fressen zusah. Ich wusste, warum sie mir gut war, aber ich wollte nicht tiefer gehen, zumal die Sache schon so viele Jahre zurücklag und Mensch und Tier ihrer Wege gegangen waren.
Ich hörte, wie Halunke in die Schöpfkelle biss, ich sah, wie er sich mit den Vorderpfoten auf der Mauer abstützte und sich im Stehen mit böse glühenden Augen und gefletschten Zähnen über die Wandung lehnte. Bai Shi schlug ihm auf die Nase. Sie füllte ihm sein Futter in den Trog und schimpfte leise: „Dass du nicht längst in deiner Scheiße erfroren bist, du Dreckschwein in deinem Loch, wo du frisst und scheißt."
Halunke fraß einen Bissen und giftete sie an: „Ungerechte, bösartige Bai Shi! Das Kraftfutter bekommt Schwein Sechzehn, und in meinem Trog ist nur vergammeltes Laub. Ich fick dich, du Oma, du miese Schlampe!"
Wie er so schimpfte, fing er mit leisem, hellen Ton zu weinen an. Bai Shi hatte seine Beleidigungen gar nicht beachtet, sie hob den Eimer, nahm die Kelle und humpelte schwankend davon.
Halunke stützte sich auf die Mauer, lehnte sich zu mir herüber und machte seinem Ärger Luft. Seine dreckige Spucke tropfte in meinen Stall, aber ich sah seinen bösen, neidischen Blick nicht, weil ich mit gesenktem Kopf mein Fressen verschlang. Er sagte: „Die Welt steht kopf, Schwein Sechzehn! Warum bekommen zwei, die beide Schweine sind, eine völlig unterschiedliche Behandlung? Doch nicht, weil ich schwarze und du weiße Borsten hast? Doch nicht, weil du von hier stammst, ich aber zugezogen bin? Doch nicht, weil du hübsch aussiehst und ich unattraktiv bin? Außerdem siehst du Lump gar nicht unbedingt besser aus als ich …"
Aber was soll man so einem Armleuchter schon erwidern? Es ist doch auf der Welt nie besonders gerecht zugegangen. Kommt der Generalmarschall auf dem Pferd dahergeritten, heißt das doch nicht, dass seine Soldaten auch ein Pferd bekommen. Oder doch? In der Roten Reiterarmee der UdSSR unter Marschall Budjonny ritt der Generalmarschall zu Pferde und auch die Soldaten waren alle berit-

ten. Der Generalmarschall ritt ein edles Ross, die Soldaten bekamen die miesen Klepper. Man sieht, die Behandlung war trotz alledem eine andere.

„Es kommt der Tag, an dem ich diese Typen alle tot beiße. Ich werde ihnen die Bauchdecke aufschlitzen, ihre Gedärme rausziehen …"
Er blieb mit beiden Vorderpfoten auf der Mauer, die unsere Schweinebuchten teilte, und sagte mit gefletschten Zähnen: „Wo es Unterdrückung gibt, gibt es auch Widerstand, oder etwa nicht? Es bleibt dir selbst überlassen, ob du das glauben willst. Ich halte es für eine unbestreitbare Tatsache!"

„Richtig gesprochen", ich hielt es nämlich für unzweckmäßig, diesen Idioten vor den Kopf zu stoßen, und redete ihm deswegen nach dem Maul. „Ich bin überzeugt, dass du über große Fähigkeiten und Kraft verfügst, und warte schon auf den Tag, an dem du das Welterschütternde wahr machst."

„Hm", antwortete er sabbernd, „dann gibst du mir also den Rest deines Futters?"

Ich schaute mir seinen gierigen Blick und sein dreckiges Maul an und fing vor Wut an zu kochen. Ich hatte so schon nichts von ihm gehalten, jetzt aber hielt ich ihn für völlig verkommen. Ich stellte mir vor, wie sein Dreckmaul meinen Trog beschmutzte. Wie mir davor graute! Aber diese ohnehin schon entwürdigende Bitte einfach zurückzuweisen, das kam mir auch nicht über die Lippen. Deshalb sagte ich zweideutig: „Freund, ich sag dir was, mein Futter und dein Futter sind gar nicht so unterschiedlich … Es ist doch kindisch, anderen immer auf den Teller zu schielen, ob die wohl das größere Kuchenstück abgekriegt haben könnten."

„Ach, fick die Möse deiner Mutter, ich lass mich doch nicht verarschen!", entgegnete Halunke wütend, der seine Felle davonschwimmen sah. „Du kannst nichts dagegen tun, dass ich es sehe, aber dass ich es rieche, kannst du nicht verhindern! Eigentlich auch nicht, dass ich es sehe."

Er schmiss ein Stück seines Futters, das er mit der Vorderpfote aus seinem Trog fischte, mit hocherhobenem Lauf in meinen Trog. Es sah vollkommen anders aus als das, was in meinem Trog übrig war.

„Wirf einen Blick drauf, was du und was ich zu fressen bekommen! Fick dich! Da sind zwei, die einer wie der andere Eber sind. Wo ist die Berechtigung für diese Ungleichbehandlung? Du besamst ‚im Auftrag der Revolution' und ich? Ich besame ‚im Auftrag der Konterrevolution', oder wie? Wenn sich die Menschen alle in revolutionär und konterrevolutionär aufteilen, müssen die uns Schweine doch nicht ebenfalls in Klassen aufteilen? Das sind völlig selbstsüchtige Erwägungen, die alles zerstören. Ich sehe, wie Bai Shi dich ansieht. Wie eine Frau, die ihren Ehegatten ansieht, genau so. Will sie sich von dir belegen lassen? Wenn du das tust, gebiert sie im nächsten Frühling einen Wurf Ferkel mit Menschenköpfen. Na das wäre erst was!", giftete mich Halunke an.

Die unanständigen Verleumdungen machten ihm seinen giftigen Groll erträglicher. Er fing an, gemein zu lachen. Ich holte mit der Vorderpfote sein Futter aus meinem Trog und schleuderte es mit Schwung über die Wandung. Ich musterte ihn mit Verachtung: „Eigentlich war ich gerade dabei, mir zu überlegen, dass ich deinem Wunsch doch nachgeben könnte. Aber wenn du mich so verunglimpfst, Bruder, dann tut's mir leid, da werfe ich den Rest noch lieber in den Abort, als ihn dir zu fressen zu geben."

Ich wischte mit meinem Lauf den Rest Futter aus dem Trog und warf ihn in den Abfluss, in den ich immer kackte. Dann legte ich mich wieder bäuchlings auf mein trockenes Lager und sagte ihm leichthin: „Wenn du das fressen willst, tu dir keinen Zwang an, bitteschön!"

Giftig grün blitzten Halunkes Augen, er ließ seine Kiefer geräuschvoll aufeinander schlagen: „Schwein Sechzehn, die Alten sagen: Erst wenn einer aus dem Wasser kommt, sieht man, ob seine Füße voller Schlamm sind! Ich sage nur: Will man beim Eselreiten die Rechnungsbücher prüfen, muss man abwarten können! Der gelbe Fluss hat immer sein Bett geändert, dreißig Jahre fließt er ostwärts, dreißig Jahre westwärts! Die Sonne wandert im Laufe des Tages von Osten nach Westen, sie wird nicht ewig dein Bett bescheinen!"

Sein grimmiges Gesicht verschwand von der Mauerkante. Ich hörte ihn in seiner Box neben mir erregt umher laufen, die Eisentür in einem fort mit seinem Schädel rammen und die Mauer mit den Pfoten traktieren. Später hörte ich nebenan einen merkwürdigen Ton. Ich fragte mich ewig, was das zu bedeuten hatte, bis ich verstand. Er hatte sich doch tatsächlich hingestellt und, um sich zu wärmen, aber auch, um seine Wut abzulassen, mit dem Maul das Stroh aus dem Gebälk vom Dach gerupft. Sogar die Dachfläche über mir war in Mitleidenschaft gezogen worden.

Ich lehnte mich mit dem Kopf so weit wie möglich über die Wandung, indem ich mich mit den Vorderläufen aufstützte, und beschwerte mich: „Halunke, ich verbiete dir das."
Er biss fest in ein Hirserohr und zerrte mit aller Kraft daran, bis er es heruntergezogen hatte, dann trennte er es mit seinen Hauern kurz und klein.
„Ach, fick deine Oma", pöbelte er. „Wenn wir schon draufgehen, dann aber alle. Ist die Welt ungerecht, dann reißen die Kobolde den Tempel ein!"
Er stellte sich auf die Hinterbeine, biss in ein Mohrenhirserohr und riss es mit dem ganzen Gewicht seines daran hängenden Körpers nach unten. Im Dach des Schweinestalls war plötzlich ein Loch, ein roter Ziegel fiel herunter und brach in Stücke. Es gingen in einem fort Schneebatzen auf Halunke nieder. Er schüttelte den Schädel, die giftig grünen Lichtblitze aus seinen Augen trafen die Wand wie Glassplitter. Er war ganz offensichtlich verrückt geworden! Seine Zerstörungswut nahm kein Ende. Ich blickte hoch zum Dach. Ich stand unter Strom und drehte mich wie wild um mich selbst, wollte über die Zwischenwand springen und ihn daran hindern. Aber mit so einem Wahnsinnigen einen Kampf auf Leben und Tod beginnen, dabei würden wir beide draufgehen. In höchster Not quiekte ich los. Ich traute meinen Ohren nicht, es klang wie Fliegeralarm. Beim Singen revolutionärer Lieder quälte ich meine Stimme vergeblich. Aber einen Fliegeralarm schaffte ich täuschend echt.
Ich erinnere mich an meine Kindheit. Um gegen einen Überraschungsangriff der Imperialisten gewappnet zu sein, wurde im gesamten Kreis eine Luftabwehrübung durchgeführt. In jedem Dorf, in jeder Dienststelle dröhnten die Großlautsprecher, es begann mit einem tiefen Brummen. Das war der Ton, wenn schwere Bomber im Luftraum über uns auftauchten. Dann kam eine kindische Ansagestimme und es ertönte ein scharfes Kreischen, das jedes Trommelfell zerplatzen ließ: „Jetzt fliegen die feindlichen Bomber Tiefflugmanöver."
Es ertönte ein Heulen wie von Geistern und Wölfen.
„Wir bitten die Kreiskader der Revolution, die armen Lohnbauern und unteren Mittelbauern genau hinzuhören, wenn der Ton des international gültigen Luftalarmsignals erschallt."
Dann hatten alle sofort ihre Arbeit niederzulegen und in den Luft-

schutzbunkern Schutz zu suchen. Gab es keinen Luftschutzbunker, so hatte man mit beiden Händen den Kopf zu schützen und sich flach auf den Boden zu legen ...
Ich freute mich unbeschreiblich, denn ich kam mir vor wie ein Opernliebhaber, der nach jahrelangem Besuch der Vorstellungen plötzlich die richtige Tonlage trifft. Ich drehte mich quiekend im Kreis. Damit mein Alarmsignal noch weiter zu hören war, sprang ich wild auf die Astgabel. Der Schnee fiel herunter wie Mehl, wie Baumwollflocken. Mal rieselte er fein und dicht, mal rutschte er weich und schwer wie eine Lawine herunter. Die violetten Zweige des Aprikosenbaums kamen unter dem Schnee zum Vorschein. Glatt und hart, wie rote Korallen vom Meeresgrund. Ich kletterte von Ast zu Ast höher, bis ich hoch oben in der Krone des Aprikosenbaums saß und die gesamte Schweinefarm „Aprikosengarten" wie auch unser Dorf überblickte. Ich sah den Rauch der Öfen in Spiralen über den Dächern aufsteigen, ich sah zehntausend Baumwipfel wie schneeweiße Riesenhefenudeln. Und ich sah viele, viele Menschen aus ihren unter dem Schnee vergrabenen Häuschen, die aussahen, als müssten sie unter dem Gewicht gleich zusammenstürzen, heraus laufen. Schwarze Menschen im weißen Schnee. Bis zum Knie sanken sie ein und kamen kaum vorwärts. Sie ruderten wie Stehaufmännchen nach links und nach rechts. Sie waren alle durch mich in Alarmbereitschaft versetzt worden. Ximen Jinlong und Lan Jiefang kamen als erste aus dem warmen Haus mit den fünf Zimmern herausgelaufen. Sie drehten sich um die eigene Achse und starrten zum Himmel hoch – ich wusste, dass sie ihn nach den Bombern der Imperialisten absuchten –, dann legten sie sich, die Hände schützend den Schädel umfassend, flach auf den Boden. Ein Schwarm Krähen flog kreischend über sie hinweg. Der Schwarm flog jeden Tag zu uns in den Aprikosengarten, um etwas von unserem Futter zu ergattern. Die Nester waren im Pappelwald am östlichen Ufer des Yunliang-Flusses. Dann rappelten die Dörfler sich alle wieder auf. Sie blickten nach der Schneenacht in den strahlend blauen Morgenhimmel. Sie blickten zu Boden auf Schnee und Eis, die die schlummernde Erde bedeckten; so lange, bis sie die Quelle des Luftalarms entdeckten.
Lan Jiefang, jetzt habe ich über dich zu berichten. Du kamst mit hocherhobener Pferdepeitsche angerannt, mit der langen Bambuspeitsche des Kutschers. Weil der Weg durch die Bäume spiegelglatt

war von Schweinefutter, das täglich verkleckert wurde und dann gefror, fielst du zweimal hin. Einmal vornüber wie ein Hund beim Scheißefressen, einmal auf den Rücken wie eine Schildkröte, die sich den Bauch sonnt. Es war strahlender Sonnenschein, eine hinreißende Schneelandschaft. Auf den Flügeln der Krähen meinte man Blattgold glitzern zu sehen. Genauso prächtig strahlte deine blaue Gesichtshälfte. Unter den Leuten bei uns im Dorf warst du von Anfang bis Ende niemals eine Hauptfigur, nur Mo Yan steckte ständig mit dir zusammen und redete auf dich ein. Die anderen beachteten dich gar nicht. Sogar ich, obwohl ich ein Schwein war, habe nie einen Blick auf dich geworfen, obschon du der so genannte Vorarbeiter für das Futter warst. Aber als du mit der Peitsche in der Hand angerannt kamst, bemerkte ich erstaunt, dass du inzwischen ein schmaler, hochgewachsener junger Mann geworden warst. Ich zählte es danach an den Läufen ab. Du warst schon 22 Jahre alt, also zweifellos erwachsen.

Ich hielt mich im Geäst fest und schnupperte in die Sonnenstrahlen, die zwischen den Wolken hervorlugten, öffnete meine Schnauze und ließ ein langes und kreischendes Luftabwehrsignal ertönen. Die sich keuchend unter dem Aprikosenbaum versammelnden Leute machten ein peinlich berührtes Gesicht, sie wussten nicht, ob ihnen nach Lachen oder Weinen zumute sein sollte. Ein Alter namens Wang sagte sorgenvoll: „Wenn das Reich kurz vor dem Untergang ist, erscheinen Monster und Missgeburten!"

Aber Jinlong wehrte die Anmerkung des Alten sofort ab: „Alter Freund Wang, hüte deine Zunge!"

Der alte Wang wusste, dass er zu viel gesagt hatte und schlug sich mit der flachen Hand vor den Mund: „Das ist mir herausgerutscht. Das war falsch! Sekretär Lan, mit vollem Respekt, wollt ihr es bitte uns kleinen Leuten nicht krumm nehmen. Verschont mich, es war mein erster Fehltritt!"

Jinlong war zu dieser Zeit schon ordentliches Mitglied der Kommunistischen Partei, war aufgestiegen zum Parteizellenmitglied sowie Parteizellensekretär des kommunistischen Jugendverbandes der Brigade Dorf Ximen. Es war die Zeit, in der er sich stolz und siegesgewiss hohe Ziele steckte. Er wedelte dem Alten mit der Hand zu: „Ich weiß, dass du solch frevelhafte Bücher wie den *Drei Reiche Roman* gelesen hast, Betroffenheit vorgibst und nur mit deiner Bildung prah-

len willst. Ich könnte dich mit diesem Satz jetzt auf frischer Tat ertappen und festnehmen."
Die Stimmung war sofort todernst. Jinlong nutzte die Chance, um eine seiner Reden zu platzieren. Er redete davon, dass je schlechter das Wetter sei, die Imperialisten umso eher einen Überraschungsangriff planten, und dass natürlich auch die sich unter den Dörflern versteckenden Klassenfeinde bei schlechtem Wetter am ehesten ihre zerstörerischen Kräfte entfesselten. Anschließend lobte er mich: „Obwohl der Eber ein Schwein ist, ist sein Bewusstseinsstand ein höherer, als es bei vielen Menschen der Fall ist!"
Ich freute mich so sehr über dieses Lob, dass ich den eigentlichen Grund meines Alarms tatsächlich vergaß. So wie ein Schlagersänger durch den überschwänglichen Beifall völlig abhebt, war ich voller Enthusiasmus und wollte erneut ein Signal absetzen. Der Ton war noch nicht ganz heraus, da sah ich Lan Jiefang, die Peitsche schwingend, unter den Baum stürzen. Die Peitschenschnur zuckte wie ein Blitz vor meinen Augen. An den Ohren fühlte ich einen kurzen heftigen Schmerz, mein Kopf wurde mir schwer wie Stein, meine Beine schwach. Ich kippte und fiel vom Baum. Mit dem halben Körper versank ich im Schnee.
Als ich mich aus dem Schnee wieder an die Oberfläche gequält hatte, sah ich überall Blut. Mein rechtes Ohr war drei Zentimeter lang eingerissen. Dieser klaffende Riss begleitete mich in den großartigen Jahren meiner zweiten Lebenshälfte und er grub einen tiefen Graben in meinem Herzen zwischen dir, Lan Jiefang, und mir. Wenn ich später auch begriff, warum du mit so wölfischer Grausamkeit zuschlugst, wenn ich das theoretisch auch alles nachvollziehen konnte, für mich war danach nichts mehr, wie es vorher war. Es stand etwas zwischen uns, worüber ich einfach nicht hinwegkam.
Obwohl ich ungezählte Peitschenschläge einsteckte und für mein ganzes Leben gezeichnet war, war es doch kein Vergleich zu dem, was in der Bucht neben mir passierte. Du peitschtest Halunke zu Brei. Ich war auf den Baum gestiegen und hatte Flugalarm gegeben. Daran konnte man vielleicht noch ein Tüpfelchen Nettes finden. Halunke jedoch hatte die Gesellschaft diffamiert, das Haus kurz und klein gebissen, das war Vandalismus und kriminell. Wenn man anführt, dass viele Leute dagegen waren, als Jiefang mich mit der Peitsche schlug, dann muss man gleichermaßen zugeben, dass die Leute,

als du Halunke auspeitschtest und das Blut in Strömen floss, alle ungeteilten Lobes waren.

„Schlag zu, schlag diesen Bastard tot!", schrien viele Münder zur gleichen Zeit. Zuerst sprang Halunke wütend herum und brach dabei auch zwei daumendicke Eisenstreben aus dem Gatter der Bucht. Aber er war nach kürzester Zeit völlig erschöpft. Dann öffneten ein paar Männer die Eisenpforte und zogen ihn an den Hinterbeinen hinaus in den Schnee in den Auslauf vor dem Stall. Jiefang war mit seinem Hass noch nicht am Ende. Er stand beide Beine weit auseinander, angewinkelt und leicht in der Hocke, in der Taille etwas vorgebeugt, den Kopf leicht zur Seite geneigt. So hieb er mit der Peitsche auf den Yimengberg-Eber ein. Jeder Peitschenhieb hinterließ eine blutende Strieme. Sein schmales blaues Gesicht zuckte vor Anspannung. Weil er die Zähne so fest aufeinander biss, traten auf den Backen links und rechts harte Wölbungen hervor. Mit jedem Peitschenhieb entfuhr ihm ein Schimpfwort: „Wollüstige Schlampe! Nutte!"

Wenn die linke Hand müde wurde, wechselte er zur rechten Hand. Dieser Typ war ein Ambidexter, mit beiden Händen gleich geschickt. Zu Anfang rollte Halunke sich noch auf dem Boden, nach dreißig, vierzig Peitschenhieben lag er steif und starr wie ein totes Stück Fleisch. Aber Jiefang war mit ihm noch nicht fertig. Jeder wusste, dass er an dem Schwein seinen gesamten aufgestauten Hass ausließ. Keiner traute sich vor, um ihn zurückzuhalten. Es war offensichtlich, dass Halunke es nicht mehr lange machen würde. Jinlong trat vor, hielt Lan Jiefang am Handgelenk fest und sprach kühl: „Du …, es reicht."

Halunkes Blut beschmutzte den reinen Schnee. Mein Blut war rot, seines dagegen schwarz. Mein Blut besaß die göttliche Farbe, seines dagegen war Dreck. Um ihn für seine Tat zu bestrafen, zogen sie ihm zwei Eisennasenringe durch die Schnauze. Dazu banden sie ihm die Vorderbeine mit einer schweren Eisenkette aneinander. In den kommenden Jahren hörte man die Eisenkette rasseln, wenn dieser Gauner im Stall hin und her lief. Wenn im Dorf aus dem zentralen Großlautsprecher die revolutionäre Modelloper *Die Legende der roten Laterne* und daraus die berühmte Arie von Li Yuhe übertragen wurde – es heißt an der entsprechenden Stelle in der Arie: „Glaube nicht, dass die Ketten, die ich an beiden Füßen und Händen trage, mich davon abhalten, mit erhabenem Geist und ehernem Willen gen Himmel in

die Gefilde der Genien zu fliegen" –, immer dann empfand ich für meinen alten Feind neben mir in der Box eine schwer zu beschreibende Hochachtung. Es war mir jedes Mal, als wäre er der Held, ich dagegen der Verräter, der ihn denunziert hatte.
  Richtig! Es war genau so, wie Mo Yan es in seinen *Aufzeichnungen der Rache* beschreibt. Als es auf das chinesische Neujahr zuging, brach die schwierigste Zeit für die Schweinefarm „Aprikosengarten" an. Das Futter war restlos aufgefressen. Auch die zwei Haufen matschigen Bohnenstrohs waren bis zum letzten Blatt verfüttert. Das einzige, was noch übrig war, was man jedoch schwerlich als Futter bezeichnen konnte, waren die verschimmelten und mit Schnee vermischten Baumwollsaatschalen. Die Lage war beunruhigend. Dazu lag Hong Taiyue schwer erkrankt danieder, sodass alle Verantwortung auf Jinlongs Schultern lastete. Jinlong hatte gerade damals einige Unannehmlichkeiten in seinem Liebesleben. Man muss eigentlich annehmen, dass er damals Huzhu mehr liebte als alle anderen Mädchen. Sie war es, die ihm die Uniform genäht hatte. Schon damals begann beider Liebe, und beide taten lange schon alles, was sonst nur Ehepaare miteinander tun. Aber auch Huang Hezuo war ständig bemüht, ihn zu erobern. Deswegen begann er auch mit ihr das Regen-und-Wolken-Spiel. Mit zunehmendem Alter forderten beide, mit Jinlong verheiratet zu werden. Außer mir, diesem allwissenden Schwein, das immer Bescheid wusste, kannte noch Lan Jiefang die Einzelheiten dieser Geschichte. Ich hatte mit der Sache nichts zu tun, aber Lan Jiefang, der Huzhu heiß und innig liebte und dessen tiefe Liebe unerwidert blieb, war gefangen in entsetzlichen Leiden und Eifersucht.
Das war der Grund, warum du mich mit einem Peitschenschlag vom Baum herunterholtest und warum du Halunke wie ein grausiger Henkersmann lynchtest. Wenn du heute daran zurückdenkst, findest du dann nicht auch, dass diese Liebesdinge, die dich damals so grenzenlos leiden ließen, kaum der Rede wert waren, verglichen mit dem, was in der Zukunft dann noch alles passierte? Aber wir können nun mal nicht in die Zukunft sehen. Da der Himmel euer gemeinsames Schicksal vorgesehen hatte und dein Schicksal dir diese Frau versprochen hatte, so musste sie am Ende natürlich auch deine werden. Es ist doch so, dass Huzhu schließlich noch mit dir in einem Bett schlief, nicht wahr, Jiefang?

Damals fand man auf der Farm jeden Morgen Kadaver erfrorener Schweine, die aus den Ställen ins Freie geschafft werden mussten. Jede Nacht wurde ich von dem Quieken der Yimengberg-Schweine geweckt, die ihre toten Schwestern und Brüder beweinten. Morgens sah ich durch die Eisenstreben meines Gatters, wie Lan Jiefang und die anderen, die die Aufgabe hatten, die Schweine zu füttern, tote Schweine in die Futterküche zerrten, spindeldürre Gerippe allesamt, denen die Beine stockgerade vom Körper abstanden. Heulender Wolf mit dem hitzigen Temperament war tot, Blumenkohl, die laszive Kleine, auch. Anfangs waren es täglich drei bis fünf Schweine, die zu beklagen waren. Kurz vor dem chinesischen Neujahr waren es Tag für Tag fünf bis sieben, die starben. Am 23., eine Woche vor Neujahr, schafften sie sechzehn Kadaver aus den Ställen. Grob überschlug ich die Zahlen, bis zum Neujahrsfest waren über zweihundert Schweine verhungert. Wo ihre Seelen hinkamen, in das himmlische Paradies oder an den Gerichtshof der Schattenwelt, vermag ich nicht zu sagen. Aber die Kadaver türmten sich im Dunkeln hinter dem Wohnheim bei der Futterküche. Ohne Unterlass kochten Ximen Jinlong und die anderen Mahlzeiten aus den Leichen, nie werde ich es vergessen können.

Wie der Trupp Männer unter der Lampe um das im Herd prasselnde Feuer stand und den im Topf sprudelnd kochenden, in Stücke gehackten Schweineleichen zusah, das hat Mo Yan in seinem Roman *Aufzeichnungen über das Schweinemästen* wunderbar detailliert beschrieben. Er schreibt über den Duft, der den brennenden Obstbaumzweigen entströmte, und den strengen Gestank, der den sich im sprudelnden Wasser auf und ab bewegenden Leichenteilen entwich. Dann beschreibt er, wie die Menschen, die fürchterlich hungerten, mit großen Bissen das Schweineaas hinunterschlangen, sodass heute jedem bei dem Gedanken daran speiübel wird. Mo Yan erlebte diese Hölle selbst mit, und mit feinem Gespür beschreibt er, wie Schatten und Licht der spärlichen Schein spendenden Lampe mit dem gleißenden Feuerschein des hoch brennenden Feuers im Herd kontrastierte. Er beschreibt diesen unklaren, zwielichtigen Gesichtsausdruck auf den Gesichtern der Hungernden, sodass jeder sie deutlich vor Augen sieht. Er legt sein ganzes Gefühl in die Beschreibung dieser Szene. Uns ist, als könnten wir die Flammen knistern hören, das Wasser sprudeln, die Menschen keuchen. Als könnten wir den modrigen Geruch der verwesenden Schweinekadaver riechen, die kalte Luft der Schneenacht, die durch die Türritzen dringt, spüren, und die Stimmen der Menschen verstehen, die sich anhören, als würden sie im Schlaf sprechen.

Ich habe dem nur eine Kleinigkeit hinzuzufügen, die Mo Yan übersehen haben muss: Als die Schweine der Schweinefarm „Aprikosengarten" kurz davor waren, alle bis auf das letzte zu verhungern – es war gerade der Neujahrsabend und eben zündeten einige vereinzelte Böller, um das alte Jahr zu verabschieden und das neue zu begrüßen –, da schlug sich Jinlong mit der flachen Hand klatschend vor den Kopf: „Das ist die Lösung! Die Schweinfarm kann gerettet werden!" Einmal Schweineaas essen, das kriegt man schon irgendwie herunter. Aber beim zweiten Mal fängt man schon an zu kotzen, wenn man nur den Geruch in die Nase bekommt. Jinlong hatte angeordnet, die Schweinekadaver zu Schweinefutter zu verarbeiten. Zuerst merkte ich am Geruch des Futters, dass da etwas nicht normal war. Dann spähte ich bei einem meiner nächtlichen Streifzüge in die Futterküche und kam der ganzen Sache auf den Grund. Ich gebe zu, dass es für so einen naiven Gehirnkasten, wie ihn die Schweine besitzen, nichts Nervenaufreibendes haben mag, die eigenen Artgenossen aufzufressen, aber in so einer seltsam bizarren Seele, wie ich eine war, löste dieses Futter tragisch schmerzhafte Assoziationen aus. Der Trieb zu überleben siegte dennoch schnell über die seelische Tragödie. Denn machte ich mir nicht nur selbst das Leben schwer? Denn wenn ich mich doch als ein Mensch sah, konnte daran, Schweinefleisch zu essen, nichts Verwerfliches sein. Menschen scheinen dazu bestimmt zu sein. Wenn ich mich nur als Schwein sah? So musste ich mir eingestehen, dass die anderen Schweine das Schweineaas mit großem Appetit fraßen. Was hatte ich da also noch zu vermelden? „Nun friss, mach die Augen zu und friss!"
Nachdem ich den Fliegeralarm nachgeahmt hatte, wurde mein Futter auf das gleiche umgestellt, das alle Schweine bekamen. Ich wusste, dass dies keine Strafmaßnahme sein sollte, sondern nur daran lag, dass auf der Schweinefarm kein Kraftfutter mehr existierte. Ich magerte mehr und mehr ab, hatte Verstopfung und der Harn wurde rot. Doch ich hatte immer noch einen Vorteil gegenüber meinen Artgenossen, denn ich schlich mich nachts hinaus und suchte im Dorf nach Gemüseabfällen. Freilich waren auch die etwas Seltenes. Hät-

ten wir damals nicht diese ungewöhnliche Nahrung zu uns genommen, die uns Jinlong anmischte, so hätte auch ich, dieses hyperintelligente Schwein, den Winter niemals überstanden und den Frühling nicht mehr erlebt. Jinlong mischte das Schweineaas mit Pferdeäpfeln, Kuhfladen und krümeligen roten Süßkartoffelranken zu Futter und rettete uns Schweinen das Leben. Auch Halunke war unter den Überlebenden.

Im Frühling 1973 wurde eine große Ladung Futter bereitgestellt und die Schweinfarm „Aprikosengarten" erholte sich wieder. Bis dahin waren über 600 Yimengberg-Schweine zu Eiweiß, Vitaminen und zu anderen lebenserhaltenden Substanzen geworden und hatten damit die 400 übrigen Schweine am Leben gehalten. Lasst uns zusammen drei Minuten grunzen, was das Zeug hält, und unseren heldenhaften Schwestern und Brüdern, die tragisch ihr Leben für uns gaben, Respekt erweisen!

Während wir grunzten, taten die Aprikosen ihre Blüten auf. Milchigweißes Mondlicht ergoss sich über unsere Schweinefarm „Aprikosengarten". Blütenduft füllte unsere Nasen, und die romantische Jahreszeit öffnete langsam ihren Vorhang.

Das siebenundzwanzigste Kapitel
Im wogenden Meer der Eifersucht drehen die Brüder durch. Den glattzüngigen Mo Yan packt der Neid.

Die Sonne war an jenem Abend noch nicht hinter den Bergen verschwunden, da stand der Mond bereits am Himmel. Das Licht der Abendröte schuf im Aprikosengarten eine Aura, die von Blütenduft, Wärme und romantischen Gefühlen geschwängert war. Mein Instinkt sagte mir, dass an einem solchen Abend etwas Bedeutungsvolles passieren würde. Ganz nah war der Duft der Aprikosenblüten und füllte meine Nase, als ich in den Baum kletterte und mich auf die Astgabel setzte. Ich hob den Kopf und sah durch die Aprikosenblütenzweige hindurch einen wagenradgroßen Silberteller am Himmel aufsteigen, der wie aus Alufolie ausgeschnitten zu sein schien. Ich traute meinen Augen nicht. Das konnte doch nicht der Mond sein! Doch weil der Teller immer stärker leuchtete, glaubte ich es schließlich doch.

Ich war damals ein Schwein mit kindlichem Gemüt und voller Neugier. Begegnete mir etwas Ungewohntes, war ich jedes Mal so aufgeregt, dass ich mich nicht beherrschen konnte, die wunderlichen Neuigkeiten allen Schweinen mitzuteilen und mit ihnen gemeinsam zu genießen. Genau darin war ich Mo Yan ähnlich. Es gibt von ihm eine Kurzgeschichte mit dem Namen *Wie Aprikosenblüten sind*. Darin verschwinden Jinlong und Huzhu eines Mittags miteinander in der Krone eines voll erblühten Aprikosenbaums und treiben es dort so wild, dass die Blütenblätter wie ein Schneegestöber herabregnen. Mo Yan, der dies beobachtet, rennt in heller Aufregung los, seinen Freund zu holen, um sich dieses romantische Rendezvous gemeinsam anzuschauen. Bei der Futterkammer findet er Lan Jiefang beim Mittagsschlaf und rüttelt ihn wach.

… Der fuhr hoch und rieb sich die vom Schlaf geröteten Augen: „Was ist denn?"
Ich sah deutlich das sich auf seinem Gesicht abzeichnende Muster, das die Schilfmatte hinterlassen hatte. Geheimnisvoll sagte ich zu ihm: „Kumpel, komm mal eben mit."
Ich führte Lan Jiefang um den separaten Schweinestall herum, in dem wir unsere Stammeber hielten, und ging mit ihm weit in den Aprikosenhain hinein. Es war Mai, schönstes Wetter, träge lag alles in der Sonne, die Schweine schnarchten im Tiefschlaf. Nicht einmal der verrückte Eber, der immer Unsinn anstellte, machte an diesem Tag eine Ausnahme. Bienenschwärme schwirrten summend von Blüte zu Blüte und nutzten die Frühlingszeit, um emsig Nektar zu sammeln. Die chinesischen Nachtigallen hüpften wie hübsche, grelle Lichtpunkte in den Zweigen umher und ließen ihr herzzerreißendes Lied hören. Ihr Schnarren klang wie reißende Seide. Lan Jiefang brummte genervt: „Bist du blöd oder was? Wo führst du mich hin?"
Ich legte meinen Zeigefinger an die Lippen: „Pst!" Dann flüsterte ich leise hinter vorgehaltener Hand: „Bück dich und komm mit."
Geduckt schlichen wir in Zeitlupentempo vorwärts. Ich sah zwei Hasen sich unter dem Aprikosenbaum jagen und einen Fasan mit prächtigbuntem Schwanz gackernd in die Büsche bei den Gräbern flattern. Wir kamen an den beiden Maschinenräumen vorbei, die wir für den Stromgenerator benutzten. Dort standen die blühenden Bäume besonders dicht beieinander. Dreißig, vierzig Bäume, die so groß waren,

dass es zwei Männer brauchte, den Stamm zu umfassen. Sie waren so mächtig, dass alle Baumkronen untereinander verzahnt ein Dach bildeten. Die Zweige waren voller Blüten in Tiefrot, Rosé und Schneeweiß. Von weitem war es, als blicke man in Perlmuttwolken. Weil die Bäume zu mächtig, die Wurzelstöcke zu groß geworden waren und solche Baumriesen von den Dörflern wie Götter verehrt wurden, wurden sie 1958 während des „Großen Stahlschmelzens" und 1972 während der Katastrophe beim „Großen Schweinezüchten" verschont. Ich hatte mit eigenen Augen gesehen, wie Jinlong und Huzhu wie zwei Eichhörnchen am Stamm eines alten, schräg stehenden Baumes hinaufgeklettert waren. Doch jetzt sah ich sie nirgends mehr. Überall, wo sachte der Wind wehte, bewegten sich die Kronen schwingend und Blütenblätter rieselten wie Schnee von den voll erblühten Bäumen herab. Am Boden watete man durch Jadeschnee.

„Mann, was soll der Scheiß, was willst du mir zeigen?" Lan Jiefang wurde laut und ballte die Fäuste. Ich wollte mich hüten, ihn in Rage zu bringen. Bei allen im Dorf, ja in ganz Nordost-Gaomi, waren Vater und Sohn Lan für ihre Starrköpfigkeit und ihr aufbrausendes Temperament bekannt. Ich sagte: „Ich habe mit eigenen Augen gesehen, wie die auf den Baum rauf sind."

„Wer?"

„Jinlong und Huzhu!"

Jiefang reckte sofort heftig den Hals. Als hätte ihm ein unsichtbares Wesen einen Faustschlag in die Herzgegend verpasst. Seine Ohren fingen an zu vibrieren, seine eine Gesichtshälfte strahlte im Sonnenlicht prachtvoll und grün wie Feicui-Jade. Er schien zu zaudern, schien mit sich zu kämpfen. Aber teuflische Kräfte schoben ihn vorwärts unter jenen Aprikosenbaum… Er hob das Gesicht … das halbe Gesicht grün wie Feicui-Jade… Er schrie vor Schmerz und ging getroffen zu Boden… Blütenblätter schneiten herab, als wollten sie ihn begraben… Die Aprikosenblüte in unserem Dorf ist weithin berühmt. Schon seit den neunziger Jahren kommen regelmäßig die Städter mit Kind und Kegel im Auto zu uns ins Dorf gefahren, um die Aprikosenbaumblüte zu bewundern …

Am Schluss schreibt Mo Yan in seiner Kurzgeschichte: *… Ich hätte nicht gedacht, dass es Lan Jiefang so viel ausmachen würde. Man musste ihn bewusstlos vom Aprikosenbaum weg auf den Kang tragen.*

Dort stemmten sie ihm seine fest zusammengebissenen Zähne mit zwei Stäbchen auseinander und flößten ihm scharfen Ingwertee ein, damit er wieder das Bewusstsein erlangte. Die Leute fragten mich, was das gewesen sei, was er auf dem Baum gesehen und was ihn derart verhext habe. Ich sagte nur: „Der hat den Eber, der die kleine Sau Schmetterlingstraum mit auf den Aprikosenbaum genommen hat, beim Liebemachen gesehen."
Die Leute fragten argwöhnisch zurück: „... Ach was?"
Als Jiefang wieder zu sich gekommen war, wälzte er sich wie ein Esel auf dem Kang bei uns in der Futterkammer und heulte mit einem Ton, dass es sich anhörte wie der Fliegeralarm, den unser Eber einmal nachgeahmt hatte. Er hämmerte sich vor die Brust, raufte sich das Haar, zerkratzte sich die Augenlider und die Backen. Um zu verhindern, dass er sich selbst verletzte, fesselten ihm die Leute, die es gut mit ihm meinten, die Hände auf dem Rücken ...

Es drängte mich zurück, um meinen Artgenossen von den prächtigen Wettervorhersagen für die nächsten Tage zu erzählen, aber die Schweinefarm glich wegen des plötzlich verrückt gewordenen Jiefang einem Hexenkessel. Der von seiner Krankheit noch nicht vollständig genesene Parteisekretär Hong eilte herbei, als er von der schlimmen Nachricht erfuhr. Er ging am Stock, sein Gesicht war fahlgelb, seine Augen eingefallen, die graumelierten Bartstoppeln am Kinn struppig. Die schwere Krankheit hatte aus dem knallharten Kommunisten einen alten Mann gemacht. Er stand vor dem Kang und stocherte mit seinem Stock im Boden, als müsse er Wasser aus einem Felsen schlagen. Das in den Augen blendende elektrische Licht ließ sein Gesicht totenbleich erscheinen. Das Gesicht von Jiefang, der flach auf dem Kang lag und laut heulte, war noch grausiger anzusehen.
„Was ist mit Jinlong? Wo steckt der?", fragte Hong Taiyue atemlos.
Alles blickte stumm von einem zum anderen. Keiner wollte wissen, wo er war. Schließlich war es Mo Yan, der schüchtern antwortete: „Er ist wahrscheinlich im Maschinenraum, wo der Generator ..."
Erst da bemerkten alle, dass sie soeben das erste Mal wieder Strom bekommen hatten, nachdem den ganzen Winter über der Generator außer Betrieb gewesen war. Jinlong machte es einem wirklich schwer, da blickte keiner durch, was der vorhatte.
„Lauf und hol ihn!"

Mo Yan verdrückte sich wie eine Ratte und rannte los. Im gleichen Moment hörte ich von der Straße her eine Frau so todunglücklich weinen, dass sich mir schier das Herz im Leib zusammenkrampfte. Mein Gehirn bekam nicht genug Sauerstoff, ich hatte für wenige Augenblicke einen Filmriss. Dann sprudelte meine Vergangenheit in mir hoch. Sie rollte heran, ohne sich aufhalten zu lassen. Ich hockte auf dem Holzhaufen aus Aprikosenbaumwurzeln und -zweigen, der vor dem Futterhaus aufgeschichtet war, als mich meine im Nebel verborgene Vergangenheit bedrängte und während ich, konfrontiert mit der Realität, die festgefahrenen Miseren auf der Farm beobachtete. Die Knochen der im letzten Jahr verhungerten Yimengberg-Schweine türmten sich vor dem Futterhaus. Im Mondschein leuchteten sie mit blinkenden Lichtpunkten fahlgrün und verströmten einen üblen Gestank. Schon sah ich jemanden wie eine Tänzerin den kleinen Weg zwischen den Aprikosenbäumen heraufkommen und dem wie Quecksilber leuchtenden Mond entgegengehen. Sie hob das Gesicht. Es schimmerte gelb wie das angelaufene Eisen einer alten Schöpfkelle. Der vom lauten Weinen aufgerissene Mund stach daraus schwarz wie ein Mäuseloch hervor. Ihre Arme hingen angewinkelt vor ihrer Brust. Sie hatte solche O-Beine, dass man einen Hund hätte hindurchjagen können. Mit ihren Spreizfüßen wankte sie beim Gehen stark von links nach rechts. Im Vergleich dazu fiel die Vorwärtsbewegung gar nicht mehr ins Gewicht. Auf diese hässliche Art und Weise kam sie angerannt. Obschon sie Yingchun, wie ich sie aus meiner Zeit als Stier in Erinnerung hatte, nicht mehr ähnelte, hatte ich sie auf den ersten Blick erkannt. Ich strengte mich mit aller Kraft an, mich ihres Alters zu erinnern, aber mein menschliches Bewusstsein wurde von dem des Schweins völlig verdeckt, und beides verschwamm ineinander und verschmolz zu einem untrennbaren Ganzen, sodass ich schließlich nur eine starke Aufregung und gleichzeitige Trauer verspürte.

„Mein Junge, was ist dir?"

Durch das kaputte Fenster sah ich Yingchun vor dem Kang knieend mit dem Oberkörper vor Jiefang liegen und bitterlich weinen. Sie rüttelte ihren Sohn ohne Unterbrechung mit beiden Händen. Lan Jiefangs Hände waren gefesselt und konnten sich nicht bewegen, aber mit den Beinen trampelte er mit aller Kraft gegen die wackelige Wand, sodass diese gefährlich zu schwanken begann. Der graue

Putz glich einem Blätterteigfladen, wie sie bei uns zum Frühstück gemacht werden, nur viel größer. Schicht um Schicht fiel er ab. In dem Zimmer war der Teufel los. Hong Taiyue gab einen Befehl: „Schafft ein Seil her. Die Beine bindet ihr ihm auch noch fest!"
Lü Biantou, ein alter Mann, der auch auf der Schweinefarm arbeitete, kam mit einem Seil. Mit dem einen Ende in der Hand krabbelte er schwerfällig auf den Kang. Lan Jiefangs Beine strampelten wie die Hufe eines durchgehenden Pferdes. Lü Biantou konnte nichts ausrichten, weil er Jiefang nicht zu packen kriegte.
„Nun mach schon mit dem Seil!", schrie Hong Taiyue mit lauter Stimme.
Biantou beugte sich über Jiefang und presste sich mit dem Bauch auf seine Beine, Yingchun riss ihn an der Jacke und schrie weinend: „Binde meinen Sohn los! Schnell, hilf ihm!"
Hong Taiyue brüllte. Jiefang beschimpfte alle: „Viehisch seid ihr, nichtswürdiges Vieh! Ihr seid Schweine!"
„Mach das Seil drum, Mensch!"
Sun Bao stürzte herein.
„Schnell, hilf Biantou!"
Das Seil schnürte sich um Jiefangs Beine. Biantous Arme, die Jiefangs Beine in der Klammer hatten, wurden gleich mitgefesselt. Dann wurde das Seil stramm gezogen.
„Halt, halt, mach das Seil locker, ich muss meinen Arm rausziehen!"
Jiefangs Bein schlug sofort kräftig nach oben, das Seil wurde zur wilden Schlange.
„Au, Mama…!" Biantou kippte hintenüber und fiel vom Kang. Hong Taiyue wurde von ihm mitgerissen und fiel ebenfalls hin. Suns Dritter war ein starker, junger Mann. Er setzte sich, Yingchun konnte zerren, schubsen und schmähen, wie sie wollte, mit seinem Hintern mitten auf Jiefangs Bauch. Ruckzuck hatte er das Seil stramm gezogen und Jiefangs Beine konnten sich nicht mehr rühren. Biantou hielt sich vor dem Kang die blutende Nase. Schwarz rann das Blut zwischen seinen Fingern hervor und tropfte herab.
Mein Freund, ich weiß, dass du diese Sachen nicht wahrhaben willst. Aber glaube mir, nicht ein einziges Wort davon ist gelogen. Ein Mensch, der von Sinnen ist, entwickelt übermenschliche Kräfte. Das war kein normales Strampeln. Der alte Aprikosenbaum zeigt

immer noch einige hühnereigroße Eindrücke wie Narben, die davon herrühren, dass du damals, als du durchdrehtest, andauernd deinen Kopf gegen den Baumstamm schlugst. Der Schädelknochen hält unter normalen Bedingungen so etwas gar nicht aus. Man kann einen Schädelknochen schließlich nicht mit dem Stamm eines Aprikosenbaums messen. Wenn aber ein Mensch verrückt wird, wird er hart im Kopf. Nur deshalb konnte auch der Mythos entstehen, zu dem der taoistische Klassiker *Huainanzi* vermerkt: „Gong Gong schlägt seinen Kopf gegen den Buzhoushan-Berg. Dadurch brechen die Himmelspfeiler, und die Verankerungen zur Erde reißen ein."
Als du mit aller Wucht deinen Kopf gegen den Aprikosenbaum schlugst, rieselten die Aprikosenblütenblätter wie ein Sack ausgeschütteter Gänsedaunen zu Boden. Der starke Rückstoß warf dich hintenüber. Auf deiner Stirn wölbte sich eine dicke Beule. Die äußere Rinde des bedauernswerten Aprikosenbaums schälte sich herunter und das feuchte Weiß des nackten Stammes kam zum Vorschein.
Der an Händen und Füßen gefesselte Lan Jiefang wand sich. Es war, als würden riesige Energien freigesetzt, die chaotisch aus ihm hervorbrachen. Er sah aus wie die Leute aus den Schwertkämpferromanen, die nur wenig Kongfu beherrschen, dann aber von Kongfu-Meistern Energien übertragen bekommen, die sie gar nicht in ihrem Körper unterbringen können. Er sah furchtbar leidend aus. Der sich immer wieder schreiend öffnende, schließende und wieder aufreißende Mund blieb die einzige Möglichkeit für seinen Körper, die Energien irgendwie nach außen abzuleiten. Einige der Anwesenden trichterten ihm kaltes Wasser ein, um damit das Satansfeuer zu löschen. Aber er verschluckte sich daran und begann wie wild zu husten. Als ihm dann aus Mund und Nase in feinem Tröpfchennebel Blut spritzte, sank Yingchun mit einem Aufschrei ohnmächtig neben ihm zusammen. Es gibt eben Frauen, die können gelassen und ohne Probleme Blut trinken, andere wieder fallen in Ohnmacht, sobald sie es nur sehen.
Gerade eilte Ximen Baofeng mit dem Tornister auf dem Rücken im Eilschritt herein. Sie arbeitete pflichtbewusst. Sie stürzte nicht deswegen in Panik herbei, weil es sich um die eigene Mutter handelte, die ohnmächtig vor dem Kang, und den eigenen Bruder, der blutspuckend auf dem Kang lag, sondern weil sie eben eine versierte und erfahrene Barfußärztin war. Aschfahl war ihr Gesicht, der Blick sor-

genvoll. Sommers wie Winters hatte sie eiskalte Hände. Ich wusste, dass ihre Bitternis von ihrer unerwidert gebliebenen Liebe herrührte, der Ursprung ihres nicht enden wollenden Kummers der Große Brüllesel Chang Tianhong war. Das war Geschichte gewordene Tatsache. Ich hatte es mit eigenen Augen beobachtet und auch in Mo Yans Romanen kann man es nachlesen. Sie öffnete den Tornister, um eine flache Blechschachtel herauszuholen. Dieser entnahm sie eine blinkende Akupunkturnadel, zielte genau auf das Philtrum und stach die Nadel ohne zu zögern tief hinein. Yingchun stöhnte und öffnete die Augen. Baofeng bedeutete den Leuten, den auf dem Kang zu einem Bündel gefesselten Jiefang ein Stück herüberzuschieben. Sie fühlte ihm nicht einmal den Puls und hörte ihn auch nicht ab. Fieber maß sie nicht, den Blutdruck überprüfte sie ebenso wenig. Es war, als hätte sie all das erwartet, ja als wäre sie es, die der Behandlung bedurfte, und nicht ihr Bruder. Sie holte zwei Ampullen aus ihrem Tornister hervor. Mit der Pinzette brach sie die Köpfe ab und zog mit dem Inhalt von beiden eine Spritze auf. Dann hielt sie die Spritze mit der Kanüle nach oben vor das helle elektrische Licht, klopfte gegen die Spritze und drückte wenige Tropfen der kristallklaren Injektionslösung heraus. Welch klassisches Bild, welch erhabene, heilige Pose. Auf den Propagandatafeln, in Filmen und Fernsehspielen waren regelmäßig solche Aufnahmen und Szenen zu sehen. Leute, die so arbeiteten, nannte man gemeinhin „Weiße Engel". Sie trugen weiße Mützen, lange weiße Kittel, riesige Mundschutze und schauten aus großen schwarzen Augen mit langen Wimpern darüber hinweg. Bei uns im Dorf war es nicht möglich, dass Ximen Baofeng eine weiße Mütze und einen Mundschutz trug, auch ein weißer Kittel war nicht zu haben. Sie trug einen blauen Gabardineblazer mit großem Revers, darunter eine weiße Bluse, deren Kragen über das Revers des Blazers geschlagen war. Das war die Mode. Junge Leute trugen immer schichtweise übereinander geschlagene Kragen. Wenn die Familie arm war und sie es sich nicht leisten konnten, mehrere Unterkleider mit Kragenaufschlägen zu kaufen, dann konnte man für ein paar Groschen immer noch falsche, aufknöpfbare Kragen kaufen. An jenem Abend aber trug Baofeng unter ihrem Blazer eine Bluse und nicht nur einen falschen Kragen. Ihre ungesund bleiche Gesichtsfarbe und ihr schwermütiger Gesichtsausdruck entsprachen genau dem, was man als Portraitansicht einer rechtschaffenen Person in einem Roman erwartet. Sie nahm einen alkoholgetränkten Wattebausch und fuhr damit leicht über den großen Muskel von Lan Jiefangs Oberarm. Dann setzte sie die Spritze. Es dauerte keine Minute und die Lösung war injiziert, die Kanüle herausgezogen. Sie spritzte in den Oberarm und nicht, wie eigentlich üblich, in die Pobacke. Vielleicht hing es damit zusammen, dass Jiefang gefesselt war. Für Lan Jiefang, der geistig wie körperlich äußerst mitgenommen war, spielte es längst keine Rolle mehr, was man mit seinem Arm machte. Man hätte ihn amputieren können, keinen Mucks hätte er von sich gegeben.

Natürlich übertreibe ich jetzt ein bisschen. Aber das passt in den Kontext der damaligen Zeit. Es passte genau. Jeder hätte Befindlichkeiten und Zustände solchen Ausmaßes für normal und niemals für überzogen gehalten. Den Leuten, Lan Jiefang eingeschlossen, saßen große Worte ziemlich locker. Solche „Harte-Männer-Sprüche" wie „Und wenn mich von oben der Tai-Berg drückt, beuge ich mich keinen Deut!" und „Ich nehme die Enthauptung nicht schwerer, als fegte mir der Wind die Mütze vom Kopf!" oder „Pah, ist mir doch scheißegal, recht soll's mir sein, wenn ihr meinen Leib in Stücke reißt und die Knochen zermahlt!", waren normal. Mo Yan war darin ein Experte. Das passte auf keine Kuhhaut, was dieser Phrasendrescher so im Munde führte. Nachdem er ein so genannter „Schriftsteller" geworden war, hinterfragte er diese Art der Ausdrucksweise und bereute sie. Er sagte mir: „Der Grad der pompösen Schwülstigkeit einer Sprache lässt auf den Grad der Verlogenheit in der Gesellschaft schließen, die Gewaltsprache ist der Vorreiter von Gewalttätigkeiten in der Gesellschaft."

Jiefang, nachdem dir Baofeng dieses starke Beruhigungsmittel injiziert hatte, wurdest du zusehends leiser. Deine Augen blickten starr ins Leere, aber der Nase und dem Rachen entflohen Schnarchgeräusche. Die nervöse Stimmung aller im Raum Anwesenden entspannte sich wieder. Es war, als würde sich ein Geigenwirbel plötzlich herausdrehen und die Saite erschlaffen oder als würde das Fell einer Trommel feucht. Auch ich atmete spontan auf. Jiefang, du warst zu keiner Zeit mein Sohn und bist es auch nicht! Ob du nun tot oder lebendig, wahnsinnig geworden oder geistig behindert bist, kann mich doch einen Furz interessieren oder etwa nicht? Aber mir fiel trotzdem ein Stein vom Herzen. Schließlich bist du aus Yingchuns Bauch

gekrochen, so denke ich, und ihr Bauch war in den grauen Vorzeiten einer weit zurückliegenden Wiedergeburt Schatz und Besitz des Ximen Nao. Eigentlich müsste mir doch an Ximen Jinlongs Schicksal gelegen sein. Er ist mein Fleisch und Blut! Noch im selben Moment, als mir das wie Schuppen von den Augen fiel, preschte ich im Schutz des dunkelblauen Mondlichts los, dem Maschinenhaus zu. Tausende Aprikosenblütenblätter schwebten wie Mondlichtsplitter herab, während der Aprikosenhain vom Donnern des ständig laufenden Dieselmotors erzitterte. Ich hörte die langsam wieder zur Besinnung kommenden Yimengberg-Schweine unverständliche Worte vor sich hingrunzen, manche tauschten flüsternd Heimlichkeiten aus.
Ich sah den schwarzborstigen Halunke im dunkelblauen, luftigleichten Mondlichtmantel vor der Stalltür unserer lasziven kleinen Sau Schmetterlingstraum sitzen, zwischen seinen Klauen klemmte ein ovaler Spiegel. Der zierliche Spiegel war in roten Kunststoff gefasst und warf das Mondlicht in den Schweinestall auf Schmetterlingstraums mit Rouge gepuderte Wangen. Dieser Gauner protzte mit seinen zwei langen Hauern, und auf seinem Gesicht lag ein dümmliches Lachen. Er war so geil auf die kleine Sau, dass ihm die Spucke in dünnen Fäden aus den Mundwinkeln über das Kinn floss. Ich spürte eine brennende Eifersucht in mir aufsteigen. Ich kochte vor Wut. Das Blut in den Adern meiner Ohren pulsierte so stark, dass es mir vorkam, als würden mir lauter Pickel aufplatzen. Instinktiv wollte ich lospreschen und mit ihm einen Kampf bis aufs Blut beginnen. Aber ein Aufblitzen meiner Vernunft erhellte und bremste mich in meinem impulsiven Wutausbruch. Unter Tieren ist es üblich, dass das Recht zur Paarung aus einem Nahkampf auf Leben und Tod resultiert. Der Gewinner paart sich fröhlich, während der Verlierer zur Seite weicht und zuschaut. Ich war aber kein gewöhnliches Schwein. Auch Halunke war kein dummes Stück Vieh. Wir beide würden uns noch messen, nur war die Zeit dafür noch nicht reif. Im Aprikosengarten roch es für uns Eber schon nach Sauenrausche. Die Jahreszeit zum Decken hatte noch nicht begonnen, und deswegen war auch der Geruch noch nicht intensiv. Es dauerte noch bis zur Hauptrauschzeit, in der die Sauen stehen und den Geschlechtsakt dulden. Ich würde jetzt also noch nicht um mein Recht buhlen, sondern Halunke, diesen Lüstling, erst einmal seiner Geilheit bei der aufspringenden kleinen Sau frönen lassen.

Im Maschinenraum, in dem wir den Strom produzierten, hing eine 200-Watt-Glühlampe, die ein weißes, stechendes Licht abgab, in das man sich nicht hineinzuschauen traute. Ich sah Jinlong mit dem Hintern auf dem Ziegelsteinfußboden sitzen. Mit dem Rücken lehnte er an der Wand, die beiden schnurgeraden, langen Beine hatte er auf dem Boden ausgestreckt, seine nackten Füße übereinander geschlagen. Vom wild donnernden Motor herab tropfte der Diesel auf seine Zehen und den Spann. Der klebrig dickflüssige Treibstoff sah wie Hundeblut aus. Er hatte sein Hemd geöffnet, und man sah sein rotviolettes, schulterfreies Rippenhemd darunter. Sein Haar fiel lose herab, seine Augen waren gerötet. Er sah vollkommen irre aus. Er war ein richtig lässiger Typ. Neben ihm stand eine grasgrüne Schnapsflasche. An dem Etikett konnte man sehen, dass es sich um den besten Schnaps handelte, den man damals in Nordost-Gaomi bekommen konnte, den berühmten *jingzhi baigan* mit dem Sesamduft aus Jingzhi. Dieser Schnaps wird aus vergorener Mohrenhirse gebrannt und ist wegen seines Bouquets der Sorte der *Maotai*-ähnlichen Schnäpse zuzurechnen, seidig und unaufdringlich, aber mit lange nachwirkendem Geschmack. Mit seinen 62 Prozent Alkohol gehört er zu den richtig harten Schnäpsen. Er hat ein Feuer wie das hitzige Ross mit der roten Mähne aus der gleichnamigen Pekingoper, die die Geschichte des berühmten Liebespaars *Wang Baochuan und Xue Pingui* erzählt. Ein Viertelliter davon haut jeden um. Gewöhnliche Leute trinken solch teuren, feinen Schnaps niemals ohne Anlass. Das hätte sich damals auch niemand leisten können. Dass Jinlong diesen exquisiten Schnaps einfach so heruntergeschüttete, zeigte deutlich, wie miserabel es um ihn stand. Er dachte offenbar daran, sich tot zu trinken und das Handtuch zu werfen, weil er einen grandiosen Fehlpass gespielt hatte. Ich konnte neben den ausgestreckten Beinen meines Sohns eine leere Schnapsflasche liegen sehen. Die Flasche in seiner Hand war nur noch zu etwa einem Viertel voll. Sollte er sich zwei halbe Liter von diesem harten Kurzen aus Jingzhi, der sofort lichterloh brennt, wenn man ihn anzündet, hinter die Binde und in den Magen gegossen haben, würde er, sofern er nicht starb, zumindest einen schweren bleibenden Schaden im Kopf davontragen.

Mo Yan, dieser grüne Junge, stand neben Jinlong stramm und sagte, aus seinen kleinen Schlitzaugen blinzelnd, eilig: „Schnell, hör auf zu trinken, großer Bruder Ximen! Hong Taiyue will, dass du redest und Anweisungen gibst!"

„Sekretär Hong?", fragte Jinlong zurück, nicht ohne das Gesicht zu verziehen: „Was will dieser Schwanz? Dass ich rede und Anweisungen gebe! Der spinnt ja! *Ich* verlange von *ihm*, dass er redet und Anweisungen gibt."

„Großer Bruder Jinlong, Jiefang hat gesehen, dass du es mit Huzhu auf dem Aprikosenbaum getrieben hast", ließ Mo Yan ihn böse wissen. „Der ist sofort durchgedreht. Zwölf Männer auf einen Schlag können den nicht mehr festhalten. Eine fingerdicke Eisenstange hat er mit einem Mal durchgebissen. Du solltest da schon hingehen. Er ist doch schließlich dein leiblicher Bruder."

„Der mein leiblicher Bruder? Hä? Wer hier soll dessen leiblicher Bruder sein? Wenn das überhaupt einer ist, dann ja wohl am ehesten noch du!"

„Großer Bruder Jinlong, es ist deine Entscheidung, da hinzugehen oder es bleiben zu lassen", bemerkte Mo Yan, „auf jeden Fall werde ich denen alles ausrichten, was du gesagt hast."

Mo Yan hatte zu Ende gesprochen, aber er dachte gar nicht daran zu gehen. Er streckte ein Bein vor und schob sich damit die auf der Erde liegende Schnapsflasche direkt vor die Füße. Dann hob er flink wie ein Wiesel die Flasche auf, blinzelte hinein – seine Augen sahen bestimmt nur Grün –, kippte sich die restlichen Tropfen in den Rachen, leckte sich begierig nach mehr die Lippen, schnalzte mit der Zunge und lobte anerkennend: „Harter Kurzer aus Jingzhi, nicht übel ... der trägt seinen großen Namen nicht umsonst!"

Jinlong führte die Schnapsflasche, die er in der Hand hatte, zum Mund, reckte den Hals und kippte sich das Zeug geräuschvoll gluckernd in den Rachen. Der ganze Raum roch nach Schnaps. Dann schmiss er Mo Yan die leere Flasche vor die Füße. Mo Yan nahm die Flasche, aus der er getrunken hatte, und reagierte prompt. Die beiden Flaschen trafen klirrend aufeinander und gingen zu Bruch. Der Alkoholdunst war nun noch stärker.

„Verpiss dich!", schrie Jinlong ihn an. „Verpiss dich, du Wichser!"

Mo Yan wich Schritt für Schritt zurück. Jinlong griff wahllos nach Schuhen, Schrauben, Schraubenschlüsseln, was gerade neben ihm lag, und schleuderte es in seine Richtung: „Du verräterische Sau, du durchtriebene Memme! Verpiss dich! Aber dalli! Ich halt dich nicht aus!"

Mo Yan ging in Deckung und brummte: „Der ist verrückt geworden.

Bei dem einen geht's nicht mehr weg, der andere dreht jetzt auch noch durch!"

Jinlong stand schwankend auf, wie ein Stehaufmännchen, das links und rechts Backpfeifen bekommt. Mo Yan hüpfte, was er konnte, geschwind ins Mondlicht nach draußen. Sein kahl geschorener Kopf schimmerte fahl blaugrün wie eine Wassermelone. Ich hatte mich hinter dem Aprikosenbaum versteckt und beobachtete die zwei bizarren Missgeburten. Ich fürchtete, dass sich Jinlong auf den sich windgeschwind drehenden Keilriemen stürzen und, wie durch einen Fleischwolf gedreht, zu Hackfleisch verarbeitet würde. Er stieg schon über den Keilriemen hinweg. Dann stieg er wieder zurück, dabei schrie er: „Ihr seid doch alle verrückt geworden! Voll das Irrenhaus! Ihr Arschwichser, ihr Irren …"

Wild griff er einen Besen aus der Ecke an der Wand, dann schnappte er noch nach dem Blecheimer, mit dem wir immer den Diesel einfüllten. Der starke Dieselgeruch vermischte sich mit dem Aprikosenduft der mondhellen Nacht. Jinlong sprang in schwerer Schieflage auf die eine Seite des Dieselmotors und beugte den Kopf zum Motor herunter, als wolle er mit dem Schwungrad Zwiesprache halten. „Vorsicht, mein Sohn!", rief ich ihm im Geiste zu – jeder Muskel meines Körpers war in höchster Anspannung bereit, loszuspringen und ihm zu Hilfe zu kommen. Mit seiner Nasenspitze berührte er jeden Moment den blitzschnell laufenden Keilriemen.

„Mein Sohn, sei vorsichtig! Einen Millimeter näher dran und deine Nase ist abrasiert!"

Zu dieser Tragödie kam es nicht, denn Jinlong streckte die Hand aus und stellte den Gashebel des Motors auf Maximum. Der drehte hoch, er machte die gleichen Kreischgeräusche wie ein Mann, dem man in die Eier kneift. Die Maschine zitterte, Diesel sprühte in jede Richtung, aus dem Auspuffrohr zischte schwarzer Qualm und die Schrauben, mit denen der Motor auf den Holzsockel geschraubt war, schlackerten, als wollten sie jeden Moment aus den Muttern herausfliegen. Gleichzeitig war am Schaltschrank beim Spannungsmesser eine wild nach oben ausschlagende Messnadel zu sehen, die im Nu das Maximum überschritten hatte. Die Glühlampe mit der hohen Wattzahl leuchtete mit grellem weißem Licht auf, um dann mit einem Knall zu zerspringen. Die Glassplitter flogen an alle vier Wände und hoch bis an die Balken. Später erst erfuhr ich, dass in diesem Augenblick nicht nur die Glühlampe im Maschinenraum explodiert war, sondern gleichzeitig alle Glühlampen in den Schweineställen zerborsten waren. Mit dem Maschinenraum, der im Dunkel versank, versanken auch alle Räume in den Schweineställen in pechschwarzer Nacht. Später erfuhr ich dann auch, dass der Keiler Halunke, der vor der Tür von Schmetterlingstraum herumlungerte, durch den Knall der Explosion erschreckt, den Spiegel schnell in seinem Maul verschwinden ließ und wie der Blitz in seiner Bucht verschwand. Er sah schmierig aus, wie eine fettige Zibetkatze. Der Dieselmotor dröhnte noch einmal mit voller Lautstärke. Dann gab er den Geist auf. Ich hörte, wie der gerissene Keilriemen gegen die Wand klatschte und dann, wie Jinlong einen Schmerzensschrei ausstieß. Mein Herz rutschte mir in die Knie. – Oh weh! Jetzt war alles aus. – Ich vermutete, dass mein Sohn Ximen Jinlong eben sein junges Leben ausgehaucht hatte.

Das Schwarz der Nacht wich, als das helle Mondlicht in den Raum fiel. Ich konnte nun Mo Yan sehen, der sich beim Knall der Glühlampe vor Angst auf den Boden geworfen und den Po nach oben gestreckt dort gekauert hatte und nun anfing, sich langsam aufzurappeln. Der Bengel war neugierig, aber genauso war er ängstlich. Er konnte gar nichts und war völlig naiv. Dazu dumm und verschlagen. Der würde in seinem Leben niemals etwas von Bedeutung erreichen, etwas, das jedermann im Gedächtnis bleiben würde, und er würde auch niemals etwas wirklich Böses tun, was alle erschrecken würde. Er würde immer jemand bleiben, der anderen nur Arbeit und Umstände bereitet, und jemand, der sich beschwert und ungerecht behandelt fühlt. Ich kenne seine Geschichte zur Genüge, jede unangenehme Sache, und ich habe sein Herz erforscht. Als der Bengel sich in den vom Mondlicht erleuchteten Maschinenraum verkroch, schlich er wie ein ängstlicher Wolf geduckt mit eingezogenem Kopf auf seinen Platz. Ximen Jinlong sah ich quer am Boden liegen. Das Mondlicht, das durch die Fensterläden trat, wiederholte in Karolichtpunkten das Rautenmuster der Schnitzerei. Es malte ein unruhiges Gitter auf seinen Körper, wodurch er wie eine von einer Bombe zerfetzte Leiche aussah. Ein Mondstrahl fiel auf sein Gesicht, natürlich auch auf seinen wirren Haarschopf. Man sah schillernde Blutspuren in Rinnsalen wie kriechende Tausendfüßler vom Haaransatz auf das Gesicht fließen. Mo Yan beugte den Rücken. Er sperrte den

Mund auf, streckte zwei Finger – schwarz wie dreckige Schweinesterte – hervor und tunkte sie in das Blut. Erst musterte er es, dann roch er daran, schließlich leckte er es mit der Zunge ab. Was hatte dieser Bengel eigentlich vor? Welch rätselhaft komisches Benehmen legte der eigentlich an den Tag? Selbst ich – intelligenter als all die Menschen um mich herum – hatte keine Idee, worauf er hinauswollte. Der würde doch nicht, weil er Ximen Jinlongs Blut begutachtete, daran roch und es schmeckte, auf tot oder lebendig schließen? Oder wollte er durch diese Untersuchung feststellen, ob es sich bei dem Tupfer auf seiner Fingerkuppe um echtes Blut oder um rote Farbe handelte? Als ich gerade über sein seltsames Verhalten ins Grübeln verfiel, schrie er plötzlich, als würde er aus einem Alptraum erwachen. Dann sprang er auf die Beine und rannte schrill brüllend aus dem Maschinenraum hinaus.

„Schnell, kommt und guckt euch das an! Ximen Jinlong ist tot …"

Vielleicht hatte er mich aus meinem Versteck hinter dem Aprikosenbaum hervorlugen gesehen, vielleicht hatte er mich aber auch gar nicht bemerkt. Denn das Licht der im Mondlicht bunt flirrenden Aprikosenblüten und Aprikosenbäume im Hain hatte etwas Betäubendes. Dass er es war, der den plötzlichen Tod des Ximen Jinlong entdeckt hatte, war für ihn wohl das Größte, das in jedem Fall und mit erster Priorität überall hinausposaunt werden musste. Aber es den Aprikosenbäumen zuzurufen, das war ihm nicht genug. Er rannte, die Neuigkeit hinausschreiend, den Weg zwischen den Bäumen hinauf, zwischendurch rutschte er noch auf Schweinescheiße aus und rappelte sich wieder auf. Den Mund voller Scheiße rannte er weiter. Ich heftete mich an seine Fersen. Verglichen mit seiner tölpelhaften Rennerei war mein Galopp der Flug eines trainierten Kampfkunstmeisters.

Die Leute in Jiefangs Zimmer hörten das Geschrei und traten hinaus. Der Mond tauchte ihre Gesichter in ein fahles gelbes Licht. Im Zimmer war jetzt alles still. Jiefang hatte aufgehört zu schreien, was bedeutete, dass die Betäubungsspritze ihn ruhig gestellt hatte. Baofeng betupfte sich mit einem in Isopropylalkohol getränkten Wattebausch eine Schnittwunde auf ihrer Wange, die sie von den Glassplittern der eben geplatzten Glühlampe davongetragen hatte. Als diese Verletzung verheilt war, blieb eine undeutlich sichtbare, helle Narbe zurück, die diese chaotische Nacht für alle Zeit dokumentierte.

Die Leute rannten alle stolpernd, sich boxend, kreuz und quer und völlig konfus zum Maschinenraum. Mo Yan führte die Horde an. Noch während er rannte, drehte er schon den Kopf zurück und berichtete alles, was er gesehen hatte, völlig überzogen und überreich ausgeschmückt. Ich spürte, dass alle, ob es nun die mit Jinlong verwandten oder bekannten waren, eine Wut auf diesen Typen mit dem schäbigen Mundwerk hatten.

„Halt dein dreckiges Maul!"

Ich stürzte blitzschnell einige Schritte vor. Im Schutze eines großen Baums wühlte ich einen Ziegelstein aus der Erde. Er war zu groß, deswegen biss ich ihn in zwei Hälften. Ich klemmte ihn mir in die Klauenspalte der rechten Vorderhand, verlagerte alle Kraft auf meine Hinterbeine und kam wie ein Mensch in den aufrechten Stand. Ich nahm Mo Yans glänzendes Gesicht ins Visier, das aussah, als hätte es einen Anstrich mit Tungöl erhalten, neigte mich soweit nach vorn, bis ich für meinen Vorderhuf den Schwerpunkt gefunden hatte, um dann den Ziegelstein mit Schwung von mir weg zu schleudern. Leider hatte ich vergessen einzuplanen, dass ich etwas früher werfen musste, weil ich den Zeitfaktor der Vorwärtsbewegung hätte berücksichtigen müssen. Deswegen traf der Ziegelstein nicht das Gesicht Mo Yans, sondern knallte Yingchun mitten auf die Stirn.

Dazu fallen jedem sofort zwei Sprichwörter ein: „Zu einer Undichte im Dach kommt es mit Vorliebe an Schlechtwettertagen" und „Der Marder beißt nur kranke Enten". Als ich den Aufprall des Ziegelsteins auf Yingchun hörte, wurde ich starr vor Schreck. Aus unergründlichen Tiefen hervorsprudelnd, bemächtigte sich meiner für einen Augenblick eine schemenhafte Erinnerung an meine einstige Nebenfrau: „Yingchun, du meine wunderbare Frau! Du bist am heutigen Abend diejenige, die von allen Beteiligten das größte Unglück trifft. Deine beiden Söhne trifft es: der eine verrückt, der andere tot. Deine Tochter trägt eine Schnittwunde im Gesicht davon, und sogar du selbst wirst von mir mit brutaler Gewalt verletzt."

Ich litt so unsäglich, es war ein so furchtbarer Schmerz, dass ich ein langgezogenes Quieken von mir gab. Ich rammte meine Schnauze in den Boden. Reue und Hass kamen zusammen. Ich zermalmte den Rest des Ziegelsteins, den ich nicht geworfen hatte, zu klitzekleinen Bröseln. Ich sah Yingchun – es war genau wie im Film, wenn etwas in extremer Zeitlupe mit einer CMOS-Kamera aufgenommen

wird –, die einen Schmerzschrei ausstieß, der wie eine lange silberne Schlange im Mondlicht tanzte, und ihren nach hinten wegkippenden Leib, der aussah wie ein Strang Watte in Menschenform. – Denkt bloß nicht, ich wäre ein Schwein und Schweine verstünden nichts von CMOS-Kameratechnik. Pah! Heutzutage kann doch jeder mal flink den Regisseur spielen! Man verwendet einen CMOS-Sensor, schaltet einen Low-Pass-Filter davor, schiebt, zieht mit Live View, benutzt Weitwinkel für Vista Size-Bilder, macht Nahaufnahmen, hält alle Veränderungen zwischen Himmel und Erde fest. So würde man dann diesen winzigen Augenblick dokumentieren, in dem der Ziegelstein mit Yingchuns Stirn zusammenstieß und die Tonscherben in jede Richtung flogen, gefolgt vom spritzenden Blut. Und dann würde man noch flink die entsetzten Blicke der Menschenmenge zeigen, wie sie weit die Münder aufsperrten …
Yingchun lag am Boden. „Mutter!", hörte man Baofeng panisch aufschreien. Sie versorgte die Schnittwunde in ihrem Gesicht nicht mehr, der platt gedrückte Wattebausch segelte zu Boden. Sie kniete neben der Mutter, den Arzttornister hatte sie achtlos zur Seite geworfen. In der rechten Armbeuge hielt sie Mutters Hals und musterte die Stirnwunde: „Mutter, was ist dir passiert? Wer hat das getan?"
Hong Taiyue stürzte mit wütendem Gebrüll in meine Richtung, aus der der Ziegelstein geflogen war. Ich hätte nur einen winzigen Augenblick gebraucht und wäre spurlos verschwunden gewesen. Aber mir war bewusst, dass die Sache dumm gelaufen war. Deswegen wich ich ihm gar nicht erst aus. Ich hatte etwas Gutes tun wollen, aber es war mir zum Gegenteil geraten. Ich wollte willig die Strafe erdulden. Hong Taiyue war der erste, der den Bösewicht, der den Ziegelstein aus dem Hinterhalt geworfen hatte, festnehmen wollte. Aber er war es nicht, der mich hinter dem Aprikosenbaum entdeckte. Er war alt und eingerostet, hatte Wendigkeit und Scharfsicht eingebüßt. Es war dieser schreckliche Mo Yan – geschmeidiger, flinker Wildkatzenleib, gepaart mit krankhafter Neugierde –, der zuerst hinter den Baum kroch und mich ausmachte.
„Der war es!", verkündete er den sich wie ein Bienenschwarm um ihn drängenden Leuten mit freudiger Überraschung. Ich hockte starr und steif da, meiner Kehle entfuhr ein tiefes, trauriges Grunzen, womit ich mich reumütig zeigte und zu verstehen gab, dass ich die gerechte Strafe erwartete. Ich sah in den vom Mondlicht erleuch-

teten Gesichtern der Leute einen rätselhaft fragenden Gesichtsausdruck. „Ich kann euch hundertprozentig versichern, dass er es getan hat!", sprach Mo Yan. „Ich habe mit eigenen Augen gesehen, dass er mit einem Zweig in der Klauenspalte Schriftzeichen in den Sand schrieb!"
Hong Taiyue klopfte Mo Yan auf die Schulter und sprach höhnisch: „Hast du denn auch gesehen, wie er mit dem Schnitzmesser zwischen den Klauen deinem Vater einen Namensstempel schnitzte, Freund? Und dass er die Schriftzeichen auf dem Stempel sogar im Stil der Pflaumenblütensiegelschrift schnitzte?"
Mo Yan wusste nicht, was er davon halten sollte, dachte aber daran, loszuquasseln und den Sachverhalt zu erklären. Doch da kam schon der dritte Sun-Bruder und stürzte sich auf ihn wie ein wütender Hund, der weiß, dass er seinen Herrn hinter sich hat, kniff ihn ins Ohr, rammte das Knie in seinen Po, nahm ihn in den Schwitzkasten und raunte ihm ins Ohr: „Heh, du Knecht! Halt die Fresse … Verstanden, du Unglücksrabe?!"
„Wie kommt es, dass der Eber draußen herumläuft?", schimpfte Hong Taiyue aufgebracht. „Wer ist für die Eber verantwortlich? Dieser Mangel an Verantwortungsgefühl muss mit dem Abzug von Arbeitspunkten geahndet werden."
Bai Shi kam auf ihren Lotusfüßchen den vom Mondlicht beschienenen, kleinen Weg zwischen den Aprikosenbäumen heraufgetrippelt, als tanze sie das Reispflanzerlied. Sie wirbelte die Aprikosenblütenblätter mit ihren Drei-Zoll-Füßchen auf. In den Tiefen meines Unterbewusstseins verschüttete Erinnerungen wirbelten herauf wie der Sand am Grund eines Flusses, der, in Bewegung geraten, das Wasser trübt. Ich spürte mein Herz schmerzhaft krampfen.
„Treib das Schwein in die Bucht zurück! Das ist unmöglich! Wo gibt es denn so was!", polterte Hong Taiyue.
Dann bekam er einen schlimmen Hustenanfall und verschwand in Richtung Maschinenraum. Ich glaube, Yingchun kam so schnell wieder zu Bewusstsein, weil sie wegen ihres Sohns in Sorge war. Sie versuchte mit aller Kraft, irgendwie hoch und auf die Beine zu kommen.
„Mama!", schrie Baofeng, mit einer Hand hielt sie weiter den Kopf der Mutter, mit der anderen öffnete sie den Arztkoffer. Huang Huzhu tat intuitiv, was zu tun war. Mit klinisch unbeteiligtem Blick nahm

sie mit der Pinzette einen in Alkohol getränkten Wattetupfer und reichte ihn Baofeng.

„Jinlong, mein Kind ...", Yingchun machte sich mit einer Armbewegung von Baofeng frei. Sie stützte sich mit einer Hand auf dem Boden ab und drückte sich ruckartig in die Höhe. Die Vehemenz ihrer Bewegung ließ sie schwanken, ihr war offensichtlich schwindelig. Unter Tränen nach Jinlong schreiend, schwankte sie in Richtung Maschinenraum.

Der erste, der in den Maschinenraum gerannt war, war aber nicht Hong Taiyue oder etwa Yingchun gewesen, sondern Huzhu. Der zweite war Mo Yan. Obwohl er vom drittältesten Sun-Bruder in den Schwitzkasten genommen worden war und ganz schön was abgekriegt hatte, obwohl Hong Taiyue ihn verhöhnt hatte, blieb er davon wie ungerührt. Nachdem er sich aus den Eisenfäusten des Sun befreit hatte, stob er wie der Blitz zu den Maschinenräumen. Huang Huzhu setzte soeben ihren zweiten Fuß in den Raum, da tat er schon den ersten Schritt über die Schwelle. Ich wusste, dass diejenige, der an diesem Abend am meisten Unrecht widerfahren war, Huzhu war. Und sie war es, deren Situation die peinlichste war. Ihr romantisches Stelldichein auf dem alten, schiefnackigen Aprikosenbaum hatte dazu geführt, das Jiefang verrückt geworden war. In der Krone des alten Aprikosenbaums, in einem Meer von Blüten Sex zu haben, war eigentlich eine traumhaft schöne, fantasievolle Sache gewesen. Aber Mo Yan, dieser gemeine Typ, hatte alles zunichte gemacht. Er hatte sich bei uns zu Hause in Gaomi schon allerhand zu Schulden kommen lassen. Er war nirgends mehr willkommen, trotzdem war er der Meinung, dass er der überall beliebte, brave Junge war. Es hatte etwas von Fröschen, die plötzlich laut in einen stillen, hellen Teich platschen, wie die Menschen in den vom Mond erleuchteten Maschinenraum einfielen, wie sie den wie Jadesplitter anmutenden Aprikosenblütenblätterschnee mit lautem Getöse aufwirbelten. Als Huzhu den vom Mondlicht erleuchteten Jinlong mit der blutenden Stirn dort liegen sah, war sie im nächsten Augenblick von Kummer übermannt. Mit einem Mal waren ihr Peinlichkeit, Anstand und alles egal, sie wölbte sich mit ihrem ganzen Körper über Jinlong, wie eine Leopardin, die ihr Junges beschützt.

„Der hat zwei Flaschen von dem harten Kurzen aus Jingzhi getrunken!" Mo Yan zeigte, während er Auskunft gab, mit dem Finger auf die am Boden verstreuten Schnapsflaschenscherben. „Dann hat er beim Diesel auf Vollgas gestellt und: peng! ist die Birne explodiert." Wie Mo Yan da im starken Schnaps- und Dieselmief mit Händen und Füßen die Geschichte bis ins Detail erzählte, war völlig aberwitzig. Wie ein Clown kam er mir vor.

„Schafft diesen Typen hier raus!", brüllte Hong Taiyue scheppernd mit sich überschlagender Stimme. Sun Bao umklammerte also Mo Yans Hals und schaffte ihn aus dem Maschinenraum hinaus ins Freie, wobei die Füße kaum den Boden berührten. Mo Yan redete währenddessen in einem fort weiter, als gelte es sein Leben, wenn er nicht alles und jedes, was er beobachtet hatte, zum Besten gab.

„Was halten Sie eigentlich von so einem? Wie kann es möglich sein, dass bei uns in Nordost-Gaomi, in diesem seit Jahrtausenden vom Heldentum beseelten Land, so ein böses Blag geboren wird?"

„Dann war da ein *Raaaatsch* zu hören, und der Keilriemen war entzwei gerissen ..." Mo Yan vergaß nicht, während Sun Bao seinen Hals umklammerte, noch die kleinsten Details hinzuzufügen: „Der Keilriemen ist an der Nahtstelle auseinandergerissen. Ich schätze mal, dass es bestimmt die Eisenklammer an der Naht war, die gegen sein Gehirn peitschte. Der Dieselmotor ist völlig ausgerastet, er machte 80 Umdrehungen pro Sekunde. Der hatte eine solche Energie, dass man schon sagen könnte ‚Lieber Glück im Unglück als Pech in der Strähne!', dass ihm durch den Keilriemen nicht das Gehirnschmalz in hohem Bogen hinausgepeitscht wurde!"

„Hören Sie sich den mal an! Der spricht dabei noch gesalbt in Sprichwörtern. Wie ein Dorfgelehrter, der die Klassiker auswendig kann. Was ist denn das für ein Scheiß: ‚*Lieber Glück im Unglück als Pech in der Strähne*'!"

Der muskelbepackte Sun Bao hob Mo Yan nun vollständig in die Höhe und schleuderte ihn in hohem Bogen nach draußen. Während der kurzen Flugzeit sah man Mo Yan tatsächlich weiter brabbelnd die Lippen bewegen. Er fiel mir geradewegs vor die Füße. Ich hatte angenommen, ihm wären alle Knochen gebrochen. Wie war ich überrascht, dass er einen Purzelbaum machte und ins Sitzen kam. Unmittelbar vor meinem Rüssel ließ er einen übel stinkenden Furz fahren. Wie ekelhaft! Er schrie dem ihm den Rücken kehrenden Sun Bao hinterher: „Glaub nicht, dass ich nicht die volle Wahrheit spreche! Ich habe alles mit eigenen Augen gesehen. Sollte ich irgendwo etwas übertrieben haben, so sind aber 95 Prozent auf jeden Fall die hundertprozentige reine Wahrheit."

Sun scherte sich nicht um ihn und antwortete ihm auch nicht. Also wandte Mo Yan sich mir zu: „Schwein Sechzehn, was meinst du dazu? Sage ich die Wahrheit oder nicht? Komm mir jetzt nicht damit, dass du mich nicht verstehst. Du brauchst dich vor mir nicht zu verstellen. Ich weiß, dass du ein in ein Schwein verwandelter Geist bist und nicht nur der menschlichen Sprache mächtig, sondern in allen Dingen geschickt bist. Als Sekretär Hong den Witz mit dem Siegelschnitzen machte, wollte er mich verhöhnen. Das hab ich gleich kapiert. Aber im Prinzip weiß ich doch ganz genau, dass es für dich eine Kleinigkeit ist, Siegelschriftzeichen in einen Stempel zu schnitzen. Ich bin übezeugt davon, dass du mir sogar das Uhrwerk einer Armbanduhr reparieren könntest, wenn ich dir Uhrmacherwerkzeug gäbe. Du bist mir doch schon lange aufgefallen. Als ich damit begann, im Brigadequartier Nachtwache zu halten, wurde ich bereits auf deine Fähigkeiten aufmerksam. Im Grunde las ich die *Pressestimmen aus aller Welt* doch nur deswegen laut, damit du auch was davon hattest. Wir beide sind alte Seelenverwandte. Ich weiß sogar, dass du in einer früheren Existenz einmal ein Mensch gewesen bist, dass deine Verflechtungen mit unserem Dorf Ximen mannigfaltig und kompliziert sind. Stimmt doch, was ich sage, oder etwa nicht? Wenn ich richtig liege, dann nicke jetzt bitte mit dem Kopf."

Ich schaute mir dieses kleine schmutzige Gesicht mit diesem listigen Gesichtsausdruck an, der frech verkündete, dass er dem Rätsel auf die Spur gekommen sei. *Wenn im Plumpsklo gesprochen wird, stehen draußen die Leute und hören mit.* Wenn alle im Dorf um meine Vergangenheit und mein Geheimnis wüssten, dann hätte ich doch überhaupt keinen Spaß mehr. Also grunzte ich nur ein paar Mal. Als er nicht aufpasste, biss ich ihm kräftig in den Bauch – allerdings nicht zu fest, denn ich wollte sein Leben nicht auslöschen. Ich hatte nämlich schon damals eine Vorahnung davon, dass dieser Bengel für unser Nordost-Gaomiland noch von Bedeutung sein sollte. Hätte ich ihn totgebissen, hätte ich es am Ende noch mit dem alten Höllenfürsten Yama zu tun gekriegt – denn mit einem richtigen Biss hätte es ihm die Gedärme zertrennt. Ich gebrauchte deswegen nur ein Drittel meiner Kraft. Durch seine verschwitzte, stinkende Joppe hindurch hinterließen meine Zähne auf seinem Bauch vier blutige Abdrücke. Der Ben-

gel schrie vor Schmerzen. In dem Durcheinander kratzte er mir in die Augen, machte sich frei und rannte weg. Ich hatte mit voller Absicht mein Maul aufgesperrt und ihn laufen lassen. Wie hätte er sich ansonsten wohl von mir frei machen können? Als er mir mit seinen Krallen in die Augen kratzte, liefen mir die Tränen in Strömen die Backen herunter. Ich konnte nur verschwommen sehen, wie er panisch wie von Sinnen flüchtete und sich in ungefähr zwanzig Metern Entfernung in Sicherheit brachte. Dort zog er seine Joppe hoch, um sich die Bauchwunde anzuschauen. Ich hörte ihn knurrend schimpfen: „Schwein Sechzehn! Du wagst es, mich zu beißen, du hinterhältiger, gemeiner Kerl! Es kommt der Tag, an dem du mich kennen lernst."
Ich lachte mir eins, als ich diesem Bengel dabei zusah, wie er einige Erdklumpenbatzen vermischt mit Blütenblättern aufnahm und sie auf die Wunde drückte. Er brabbelte: „Erde ist Terramycin, Blüten sind Knospen. Alles beides wirkt entzündungshemmend und entgiftend. Alter Schwede! Ich hab nochmal Glück gehabt!"
Dann zog er seine Joppe wieder herunter und verzog sich zu den Maschinenräumen, als wäre nichts gewesen. Im selben Moment kam Bai Shi zu mir. Halb kroch, halb kullerte sie. Verschwitzt und völlig außer Atem sprach sie mich an: „Schwein Sechzehn, wie konntest du nur aus deiner Bucht laufen?"
Dann tätschelte sie mir den Kopf: „Du musst gehorchen. Sei brav und geh in die Bucht zurück, sonst bekomme ich es mit Sekretär Hong zu tun. Du weißt doch, dass ich Grundbesitzerfrau und von schlechter Geburt bin. Der Sekretär meint es gut mit mir, nur deswegen darf ich dich füttern. Mach mir keinen Ärger, sonst geschieht mir ein Unglück ..."
Es war mir, als zerreiße mein Herz. Tränen kullerten mir platschend über die Schweinebacken.
„Schwein Sechzehn, du weinst ja?"
Sie war überrascht, mehr noch, sie litt mit mir. Tieftraurig streichelte sie mich. Als spräche sie zum Mond, hörte ich sie sagen: „Hausherr, wenn Jinlong stirbt, dann haben wir Ximens ganz verloren ..."
Natürlich war Jinlong nicht tot. Wäre er tot gewesen, dann wäre die Oper aus gewesen und es hätte nichts mehr zu berichten gegeben. Während Baofeng alles tat, sein Leben zu retten, kam er zu Bewusstsein, aber schreiend und schimpfend, tobend und um sich tretend, die Augen blutunterlaufen und wie jemand, der die eigene Familie

verraten und ans Messer geliefert hat: „Ich will nicht mehr leben! Ich will tot sein, tot, verdammt noch mal tot …"
Er kratzte sich mit beiden Händen über die Brust: „Mama, ich halt es nicht aus, ich mag nicht mehr, Mama …"
Hong Taiyue kam zu ihm, packte seine Schulter und schüttelte ihn wütend: „Jinlong! Was ist das für ein Benehmen? Benimmt sich so ein Mitglied der Kommunistischen Partei? Benimmt sich so der Sekretär der Zweiggruppe des kommunistischen Jugendverbandes? Ich bin bitter enttäuscht von dir! Ich schäme mich für dich!"
Yingchun stürzte hinzu, riss seine Hand von Jinlongs Schulter, stellte sich Hong Taiyue in den Weg und schrie ihm ins Gesicht: „Ich erlaube dir nicht, so zu meinem Sohn zu sprechen!"
Dann drehte sie sich weg und nahm ihren sie mehr als eine Haupteslänge überragenden Sohn in die Arme, streichelte sein Gesicht und sprach kosend zu ihm: „Mein liebes Kind, hab keine Angst. Mama ist bei dir. Mama beschützt dich …"
Huang Tong schüttelte den Kopf und schlich, dicht an der Wand und tunlichst den Blicken aller umherstehenden Leute ausweichend, aus dem Maschinenraum. Draußen lehnte er sich an die Mauer und drehte sich mit geübter Hand eine Zigarette. Als er sie anzündete, sah ich im Feuer des brennenden Spans die krausen, gelben Bartstoppeln am Kinn dieses kleinen Männchens. Jinlong schob seine Mutter weg, entledigte sich der hinzustürzenden, ihn umringenden Leute und preschte, sich mit angewinkelten Ellenbogen vor der Brust den Weg bahnend, hinaus. Das Mondlicht fiel wie ein hellblauer Satinvorhang auf seine Arme und malte seinen nun folgenden Kollaps in weicheren Tönen. Er fiel wie ein Esel nach getaner Arbeit in den Sand und wälzte sich dort.
„Mama, ich halt's nicht mehr aus, ich will tot sein. Gib mir noch zwei Flaschen von dem Schnaps, gib her die zwei Flaschen …"
„Ist der nun auch verrückt geworden oder ist er besoffen?", befragte Hong Taiyue Baofeng streng. Sie hatte ein Zucken um die Mundwinkel, auf ihrem Gesicht zeigte sich ein kühles Grinsen: „Der wird betrunken sein."
Hong Taiyue blickte in die Runde: Yingchun, Huang Tong, Huzhu, Hezuo … Resigniert schüttelte er den Kopf. Er glich einem willensschwachen, kraftlosen Vater. Tief aufseufzend sprach er: „Ihr enttäuscht mich."

Dann ging er schwankend fort. Er nahm nicht den kleinen Weg, der durch den Hain führte, sondern lief querfeldein durch die Bäume mitten durch den Aprikosenhain. Er watete durch die den Boden bedeckenden Blütenblätter und hinterließ eine hellblaue Fußspur.
Jinlong war immer noch damit beschäftigt, sich wie ein Esel auf dem Boden vor dem Maschinenraum zu wälzen. Wu Qiuxiang flüsterte: „Schnell, wir müssen ihm Essig einflößen. Huzhu, schnell, hol den Essig aus dem Haus."
Huzhu stand da und presste sich fest mit dem Gesicht und dem ganzen Körper an einen Aprikosenbaum, als wolle sie mit dem Baum zusammenwachsen.
„Huzhu, nun geh schon und hol den Essig!"
Aber Huzhus Schatten war schon in weiter Ferne mit dem Mondlicht verschmolzen. Nachdem Hong Taiyue gegangen war, gingen auch alle anderen ihrer Wege, sogar Baofeng schulterte ihren Arzttornister und ging. Yingchun schrie: „Baofeng, gib deinem Bruder eine Spritze. Der Schnaps wird noch seine Eingeweide verbrennen."
„Hier kommt der Essig! Der Essig ist da!", Mo Yan kam in Windeseile mit einer Flasche Essig unter dem Arm herbeigerannt. Der Bengel hatte wirklich flinke Beine. Und herzlich war er auch. Und er dachte mit. Einer, dem man, wenn Wind aufkommt, nicht erst noch sagen muss, dass es gleich zu regnen beginnt. Er sagte zu den Anwesenden: „Ich hab die Tür vom kleinen Laden aufgekriegt. Liu Zhongguan wollte Bargeld dafür, aber ich sagte ihm, dass Hong Taiyue den Essig verlangte, er solle das bei ihm anschreiben. Da hat er nichts mehr gesagt und mir eine Flasche abgefüllt."
Der sich auf dem Boden herumwälzende Jinlong machte dem dritten Sun-Bruder schwer zu schaffen. Dieser presste ihn auf den Boden, damit er sich nicht bewegte. Jinlong trat und biss um sich. Er war nicht weniger durchgedreht als der gerade irre gewordene Jiefang. Qiuxiang steckte ihm die Flasche in den Mund und schüttete den Essig hinein. Aus seinem Rachen kam ein seltsamer Schrei. Wie von einem Hahn, der versehentlich einen giftigen Tausendfüßler verschluckt hat.
„Du Viper willst du meinen Sohn ersäufen ...", brüllte Yingchun unter Tränen. Huang Tong klopfte Jinlong den Rücken, bis ihm eine sauer stinkende Flüssigkeit aus Mund und Nase gleichzeitig herausspritzte ...

Das achtundzwanzigste Kapitel
Hezuo heiratet gegen ihren Willen Jiefang.
Huzhu folgt ihrem Herzen und wird Jinlongs Frau.

Es waren zwei Monate vergangen, doch die beiden Brüder Lan Jiefang und Ximen Jinlong hatten ihren Irrsinn nicht kuriert. Die Nerven der beiden Schwestern Huang waren augenscheinlich ebenfalls völlig überspannt. Mo Yans Roman zufolge war die Verrücktheit Jiefangs echt, während Jinlong nur markierte. Die gespielte Verrücktheit war ein grellrotes, die Scham bedeckendes Feigenblatt. Jinlong zog es sich über sein Gesicht – und damit waren alle Peinlichkeiten verdeckt. Wenn die Menschen schon durchdrehen, ernstlich verrückt werden, dann erübrigt es sich eigentlich, noch weitere Worte zu verlieren.

Zu jener Zeit war die Schweinefarm bereits weithin berühmt. In der kurzen Pausenzeit, bevor die Gerstenernte begann, wollte der Kreis eine Veranstaltungsrunde organisieren, in der man die Farm „Aprikosengarten" besichtigen und von den Erfahrungen in der Schweinezucht der Brigade Ximen lernen konnte. Es sollten nicht nur alle aus dem Kreis dabei sein, auch von außerhalb sollten die Leute kommen. In dieser alles entscheidenden Zeit war Jinlongs und Jiefangs Schwachsinn für Hong Taiyue, als hätte man ihm beide Arme abgeschlagen. Das Revolutionskomitee der Kommune rief an, die Logistik-Truppen des Militärgebiets würden auch eine Delegation vorbeischicken, um von den Erfahrungen zu lernen, und die Verantwortlichen auf Kreis- und Dorfebene würden alle höchstpersönlich kommen. Hong Taiyue versammelte alle wichtigen Köpfe im Dorf, um eine Strategie zu entwickeln. Mo Yan schreibt in seinem Roman, Hong Taiyue hätte Schaum vor dem Mund gehabt und die Augen seien blutunterlaufen gewesen. Dann schreibt er noch, dass du, Jiefang, auf dem Kang lagst, mit starr nach oben gerichteten Augen, aus denen ununterbrochen Tränen liefen, und dass du warst wie ein Wal, dem seine zwölf Hirnnerven durchtrennt und ausgefallen sind, während im Zimmer nebenan Jinlong wie weggetreten auf dem Stuhl saß, wie ein Huhn, das weißes Arsen gefressen hat und das man wieder ins Leben zurückgeholt hat. Weiter heißt es in Mo Yans Buch, dass Jinlong, wenn er jemanden ins Zimmer kommen sah, die Lippen spreizte und wie ein Idiot grinste.

Und dann behauptet Mo Yan in seinem Roman, dass er, als alle wichtigen Köpfe aus dem Dorf zusammensaßen und verzweifelt und niedergeschlagen waren, weil ihnen keine Strategie einfallen wollte, mit einem fertigen Programm im Kopf zu den Leuten in das Besprechungszimmer ging, so wie der Maler Wen Tong, der schon den fertig gemalten Bambus im Kopf hatte, bevor er den Pinsel ansetzte. Man darf Mo Yan nicht alles glauben. Was der so in seinen Romanen schreibt, ist nur Schall und Rauch, nebulöses Geschwafel und nichts dahinter. Man sollte dort höchstens mal hineinlesen.

Mo Yan schreibt noch, dass ihn Huang Tong hinausjagen wollte, sowie er den Fuß in den Besprechungsraum setzte, dass er sich aber nicht nur nicht vom Fleck rührte, sondern – eins, zwei – hoch hüpfte und auf der Tischplatte zu sitzen kam. Seine kurzen Beine baumelten wie Luffagurken an der Pergola vom Tisch. Sun Bao, der inzwischen zum Feldwebel bei den Volksmilizionären und nebenbei zum Leiter des öffentlichen Sicherheitsdienstes aufgestiegen war, sprang auf, direkt vor ihn hin, und kniff ihn in die Ohren. Hong Taiyue machte eine abwehrende Handbewegung, die Sun Bao bedeutete, ihn loszulassen.

„Aber hallo, Kamerad, sind Sie jetzt auch noch verrückt geworden?", sprach Hong ihn spöttisch an. „Was haben wir denn hier in Ximen für ein sonderbares Feng Shui, dass wir lauter derartig imposante Persönlichkeiten hervorbringen?"

„Ich bin nicht verrückt", so zitiert sich Mo Yan in seinem übel verrufenen Roman *Aufzeichnungen über das Schweinemästen*. „Meine Nerven sind stark und unverwüstlich wie Kalebassenranken, sie schaukeln zehn große Flaschenkürbisse in Sturmwind und Regen und reißen niemals. Deshalb kann meinetwegen die ganze Welt durchdrehen, ich werde nicht verrückt." Und er schreibt: „Das sage ich so zum Spaß, obschon eure beiden Generalissimi verrückt geworden sind. Ich bin mir bewusst, dass ihr euch deswegen die Haare rauft und ins Kinn kneift, ihr deswegen in Unruhe seid wie eine Horde Affen, die man im Brunnenschacht festgebunden hat."

„So ist es", antwortete Hong Taiyue. „Wir sind noch ärger dran als eine Affenhorde. Wir sind wie Esel, die in ein Schlammloch gefallen sind. Was sagen Sie dazu, Herr Mo Yan, wie wir da wieder raus kommen?"

Mo Yan schreibt: *Hong Taiyue faltete beide Hände vor der Brust zur Faust und machte die Geste des Dankes. Genau wie in alten Romanen war es, wenn die weisen Herrscher edlen Beratern mit gebührender Höflichkeit begegnen. Aber er wollte mich nicht ehren, sondern mich verspotten und lächerlich machen. Spott und Ironie begegnet man am besten, indem man sich einfach dumm stellt, damit dann die so grandiose Gehirnleistung zu einem Abgesang vor Schweinen und einem Klavierständchen vor Kühen im Stall verkommt und die ganze Geschichte somit völlig daneben geht. Ich streckte einen Finger aus und zeigte damit auf die ausgebeulte aufgenähte Tasche an Hongs Uniform, die er fünf Winter und sechs Sommer lang nicht gewaschen und nicht gewechselt hatte.*

„Wie bitte?", Hong Taiyue blickte an sich herab und auf seine dicke Jackentasche.

„Zigaretten", sagte ich. „Ich meine die Zigaretten, die ihr da in der Tasche habt, diese Zigaretten Marke Bernstein."

Bernstein-Zigaretten kosteten pro Packung drei Jiao und neun Fen und waren damit fast so teuer und berühmt wie die damals teuerste Zigarettenmarke Da Qian Men. Solche Zigaretten wagten nicht einmal die Kommunesekretäre oft zu rauchen. Hong Taiyue kramte ziemlich genervt die Packung aus der Tasche hervor und ließ sie herumgehen.

„Du Knecht, du hast wohl Röntgenaugen, oder wie? Dass du hier in unserm Dorf aufwachsen und bleiben musst, damit haben wir dich ganz schön unterfordert oder wie?"

Ich versuchte die Zigarette so zu rauchen, dass es sehr geübt aussah. Drei Ringe paffte ich in die Luft und eine Rauchsäule. Dann sagte ich: „Ich weiß schon, dass ihr mich nicht achtet, dass hier alle finden, dass ich ein kleiner Junge bin, der von Tuten und Blasen keine Ahnung hat. Dabei bin ich schon achtzehn und volljährig. Dass ich kleinwüchsig bin und ein Kindergesicht habe, bedeutet gar nichts, denn ich habe so viel Verstand, dass es hier im Dorf keiner mit mir aufnehmen kann!"

„Ach was?", lachte Hong Taiyue, spöttisch in die Runde blickend. „Mensch, da hab ich glatt übersehen, dass der junge Mann schon achtzehn ist! Noch weniger ist mir aufgefallen, dass er über einen herausragenden Verstand verfügt."

Alle grinsten herablassend.

Mo Yan schreibt weiter: *Während ich meine Zigarette rauchte, sprach ich in gewählten Worten und mit Anstand zu ihnen: „Bei Jinlong wie bei Jiefang hat die Krankheit ihren Ursprung in der Liebe. Dagegen ist kein Kraut gewachsen. Da kann man nur eine altertümliche Lösung wählen, zu den Göttern um Hilfe und Beistand beten und Jinlong und Huzhu wie auch Jiefang und Hezuo heiraten lassen. Im Bauernjargon sagen wir dazu: ‚Glücksspülen'. Eigentlich müsste es heißen: ‚Das Glück spült weg', es spült nämlich das Unglück weg."*

Ob die Idee, euch beiden Brüder an ein und demselben Tag mit den beiden Huangs zu verheiraten, nun von Mo Yan stammte oder nicht, müssen wir hier nicht lang und breit erörtern. Aber eure Heirat wurde wirklich als Doppelhochzeit gefeiert. Und ich habe die gesamte Zeremonie mit eigenen Augen gesehen. Obwohl die Hochzeit in großer Hast vollzogen wurde, übernahm Hong Taiyue persönlich das Kommando. Diese eigentlich private Angelegenheit wurde wie ein Ereignis von öffentlichem Interesse behandelt. Viele flinke Frauenhände aus dem ganzen Dorf waren daran beteiligt, und deswegen wurde aus der Doppelhochzeit auch ein lautes, rauschendes Fest.

Der Zeitpunkt der Hochzeit wurde nach dem chinesischen Glücks-Schriftzeichen für *vollendet* und *rund* ausgewählt. Es war der Sechzehnte des vierten Mondmonats. Am Fünfzehnten rundete sich der Mond im Mai zum Vollmond. Welch riesengroßer Mond, der tief am Himmel stand, als wäre er extra zur Hochzeit angereist und verweile nur deswegen im Aprikosengarten, um auch Hochzeitsgast zu sein. Diese befederten Pfeilspitzen, die man immer am Mond entdeckt, schoss in grauen Vorzeiten ein Mann dorthin, der wegen einer schönen Frau verrückt wurde. Die verschiedenen kleinen Sternenbanner pflanzten US-amerikanische Astronauten dort auf.

Die Schweine bekamen, wahrscheinlich weil eure Heirat gefeiert werden sollte, besseres Futter. Zu rotem Süßkartoffelkraut, das den intensiven Geruch von Schlempe verströmte, bekamen wir gestampfte und zu Brei vermischte Mohrenhirse und schwarze Bohnen. Wir Schweine hauten uns die Wampe voll und fraßen, dass sich alle sauwohl fühlten. Die einen lagen entspannt in der Mauerecke, die anderen lehnten sich über die Mauern und grunzten ein Liedchen. Was war mit Halunke? Verstohlen stützte ich die Hufe auf der Mauer ab, stellte mich auf die Hinterbeine und schielte auf sein Lager. Ich entdeckte, dass der Rüpel den Spiegel in die Mauer eingepasst hatte. Zwischen den Klauen der Rechten hatte er einen – keine Ahnung, wo er den aufgeklaubt hatte – roten, halb abgebrochenen Plastikkamm und kämmte sich die Borsten an seinem Hals. Ihm ging es in letzter Zeit prächtig, an seinen Backen waren ihm zwei Batzen Fleisch gewachsen, die ihm tüchtig hervorstanden und seinen langen Rüssel kürzer erscheinen ließen. Sein brutaler Gesichtsausdruck wurde dadurch etwas abgemildert. Wenn der Kamm mit seiner groben Schwarte in Berührung kam, ertönte ein in den Ohren schmerzendes Schrubbergeräusch. Außerdem flogen Gerstenkleiekrümel umher. Sie schwirrten im Mondlicht wie die Schneeflockenwürmchen im Herbst auf der Izu-Halbinsel von Honshu in Japan. Während der Typ sich die Borsten kämmte, schaute er in den Spiegel und fletschte dazu die Zähne. Seine Selbstverliebtheit zeigte deutlich, dass der Kerl eine Liebesgeschichte am Laufen hatte. Ich war mir aber sicher, dass er einseitig in Sehnsucht entbrannt war. Ich glaubte nicht, dass die junge, unreife Schmetterlingstraum sich mit diesem Keiler einlassen würde. Nicht einmal die alten Muttersauen, die schon mehrere Würfe hinter sich hatten, hätten auf so einen Lust.

Halunke entdeckte in seinem kleinen Spiegel, dass ich ihn beobachtete. Er schnaubte und wandte noch nicht einmal den Kopf, als er sprach: „Kumpel, lass das Glotzen! Jeder will gern schön sein, nicht nur die Menschen. Bei den Schweinen ist es das gleiche. Dafür, dass dein Kumpel sich kämmt und schönmacht, muss er sich nicht vor dir schämen. Es ist nur recht und billig."

„Wenn du dir deine zwei Hauer, die dir zum Maul rausragen, ziehen lassen würdest, sähst du besser aus", sagte ich mit einem abfälligen Grinsen.

„Das geht unmöglich", antwortete Halunke mir todernst, „auch wenn sie etwas lang geraten sind, habe ich sie doch von meinen Eltern vererbt bekommen. Ich halte sie in Ehren, das bin ich meinen Eltern schuldig. Das sind die sittlichen Grundregeln, an die sich die Menschen halten müssen, genauso gelten sie für uns Schweine. Außerdem kann es doch sein, dass es gerade meine langen Hauer sind, die einer der Sauen besonders gefallen?"

Halunke hatte viel gelesen, viel gesehen, kannte sich aus und konnte hervorragend reden. Bei unseren Streitgesprächen hatte ich kein leichtes Spiel. Peinlich berührt zog ich mich zurück. Rülpser vom Essen kamen mir hoch. Ein ekliger Geschmack war das. Ich stützte mich mit den Vorderhufen auf den Ast, streckte mich, sperrte das Maul auf und riss ein paar noch grüne Aprikosen vom Baum. Ich kaute schmatzend, mir lief die Spucke im Maul zusammen und ich hatte ein saures, adstringierendes Gefühl an den Zahnhälsen. An der Zunge schmeckte es leicht süß. Wie ich die Zweige so dick mit Früchten bepackt sah, dass sie fast auf dem Boden schleiften, wuchs in mir plötzlich ein wahnsinniges Gefühl der Überheblichkeit. Noch zehn bis fünfzehn Tage, Halunke, dann stehst du daneben und darfst schnuppern und zuschauen, wie ich fresse. Dir wird das Wasser im Munde zusammenlaufen, dass dir Hören und Sehen vergeht, du Hurensohn!

Nachdem ich die grünen Aprikosen verdrückt hatte, legte ich mich hin, um meine Energien zu schonen und Kräfte zu sammeln, wobei ich gleichzeitig über verschiedene Fragen nachdachte. Die Zeit verstrich unmerklich. Ohne dass man sich's versah, stand die Gerstenernte bevor. Der Südwind blies, alles spross und wuchs in dicken Trauben. Es war beste Paarungszeit. Die Luft war geschwängert vom Geruch der Sauen zur Hauptrauschzeit. Dreißig blutjunge, kerngesunde, hübsche und wohlgewachsene Sauen hatten sie, das wusste ich, zur Zucht ausgesucht, die alle kleine Ferkel bekommen sollten. Die ausgewählten Sauen wurden in Einzelbuchten untergebracht und gefüttert, der Anteil an Kraftfutter wurde auf das Höchstmaß heraufgesetzt. Die Sauenhaut wurde von Tag zu Tag glatter und weicher, die Blicke jeden Tag liebestoller. Das große Paaren konnte jeden Tag beginnen. Ich wusste ganz genau, welcher Rang mir auf der Schweinefarm zukam. Bei diesem Paarungstheater würde ich der Stammeber sein, der immer als erster belegte. Halunke war nur ein Endstufeneber, der ersatzweise in Frage kam. Nur wenn ich wegen Erschöpfung ausfallen sollte, musste Halunke ran und mich als Deckeber ersetzen, so wie die so genannten Hilfsmänner, die zur Unterstützung des Hausherrn in eine Familie geholt werden. Die Schweinezüchter wussten nicht, dass Halunke und ich keine gewöhnlichen Eber waren. Sie wussten nicht, dass wir analytisch dachten, unsere körperliche Beweglichkeit überragend war, wir genauso leicht über Mauern sprangen wie wir in der Ebene spazierten. Nachts, wenn uns niemand kontrollierte, waren unser beider Chancen, uns mit den Sauen zu paaren, gleich. Es musste dann wie nach Schwarzwildregeln unter Keilern zugehen. Ich musste Halunke besiegen, bevor ich die Bachen beschlagen konnte. Zum einen sollten die Sauen wissen, dass sie alle mir gehörten, auf der anderen Seite sollte Halunke mir

physisch wie psychisch gründlich unterlegen sein. Er sollte, sobald er eine Sau erblickte, impotent sein und nicht aufspringen können.
Während ich meinen Überlegungen nachging, hing der riesige Vollmond in dem schiefnackigen, alten Aprikosenbaum, der im Südosten unseres Hains stand, und machte dort eine Pause. Jiefang, du weißt, welch romantischer Baum das ist. Als Jinlong mit Huzhu während der trunkenen, wolllüstigen Aprikosenblütenzeit dort oben im Baum Sex hatte, hatte das schlimme Konsequenzen. Aber alles hat natürlich immer zwei Seiten. Auf der einen Seite führte der Geschlechtsverkehr im Aprikosenbaum dazu, dass du durchdrehtest. Auf der anderen Seite erwirkte sie einen enormen Fruchtbarkeitsschub bei dem Baum und eine nie dagewesene Ernte. Der uralte Baum trug schon seit vielen Jahren nur noch sporadisch einige wenige Aprikosen. Dieses Jahr war er voll davon, die Früchte wogen so schwer, dass sich die Äste bogen und fast den Boden berührten. Um zu verhindern, dass sie unter dem Gewicht brachen, trug Hong Taiyue den Leuten auf, sie mit Böcken zu stützen. Im Allgemeinen sind Aprikosen erst reif, wenn die Gerstenernte vorüber ist. Der alte Aprikosenbaum war jedoch eine besondere Sorte. Schon jetzt färbten sich seine Früchte goldgelb und der Duft stieg einem in die Nase. Hong Taiyue befahl Sun Bao, Tag wie Nacht bei dem Baum Wache zu schieben, damit die Aprikosen geschützt waren. Bao schickte die Volksmilizionäre in den Hain auf Patrouille. Sie hatten Anweisung, auf jeden Aprikosendieb scharf zu schießen, ohne Rücksicht auf Leben und Tod. Ich riskierte natürlich nichts, obschon mir bei dem Gedanken an den romantischen Aprikosenbaum das Wasser im Munde zusammenlief. Mit der Aussicht, von einem Volksmilizionär mit der Schrotflinte abgeknallt zu werden, war nicht zu spaßen. Eine viele, viele Jahre zurückliegende Erinnerung, die ich nie vergessen konnte, ließ mich beim Anblick einer Schrotflinte wie Espenlaub erzittern. Halunke konnte sich auch keinen Fehltritt erlauben. Der hatte so schon genug Dreck am Stecken.
Der riesige Vollmond war gelb wie eine Aprikose. Er hing in der Krone des Aprikosenbaums und drückte die tief hängenden Äste noch tiefer zu Boden. Ein von der Anspannung halb wahnsinniger Volksmilizionär feuerte einen Schuss auf den Mond ab. Der Mond schüttelte sich. Es war ihm kein Härchen gekrümmt. Immer milder entsendete er mir sein Licht und schickte mir Nachrichten aus prähistorischer

Zeit. Musik klang mir lieblich ans Ohr und ich sah ein Grüppchen mit Laub- und Fellschürzen bekleideter Menschen im Mondlicht tanzen. Die Frauen tanzten mit bloßem Oberkörper, ich sah ihren wippenden, vollen Brüsten und erigierten Brustwarzen zu. Schon wieder feuerte ein Milizionär einen Schuss ab. Eine dunkelrote Flamme schoss hervor, dann die volle Ladung Schrot, die wie ein Schwarm Schmeißfliegen herausflog und über den Mond herstürzte. Der Mond wurde für einen Augenblick dunkel, sein Gesicht fahl. Dann hüpfte er ein paar Mal in den Zweigen des Aprikosenbaums auf und ab, um sodann wieder bedächtig emporzusteigen. Während er stieg, wurde er kleiner, seine Strahlung dagegen stärker. In sechzig, siebzig Metern Höhe über der Erde blieb er am Himmel hängen, uns unverändert fixierend – mit einem Blick, als könne er niemals von uns lassen. Ich glaube, dieser Mond kam als Hochzeitsgast. Wir hätten ihn mit einem edlen Tropfen und goldgelben Aprikosen bewirten sollen, damit er oft und gern in unserem Aprikosengarten Halt machte. Aber stattdessen schossen die beiden hitzigen Volksmilizionäre auf ihn. Seinen Körper konnten sie nicht verletzen, seine Seele aber schon. Trotzdem ist am 16. Tag des vierten Mondes nach dem Bauernkalender, genau zu Ende des Aprikosenblütenfestes, bei uns Shandongern der Aprikosenhain im Dorf Ximen der weltweit herausragendste und schönste Ort zum Bewundern des Vollmondes. Bei uns ist er wunderbar groß, kreisrund, gefühlvoll, verletzlich und melancholisch. Ich weiß, dass Mo Yan einen Roman mit dem Titel *Im Stakenkahn nach dem Mond fischen und eine Frau angeln* schrieb. Der Roman ist wie ein Traumgebilde.
Er schreibt darin: ... *während dieser seltsamen Jahre feierten wir bei uns auf der Schweinefarm an diesen besonderen Festtagen zur Zeit der Aprikosenblüte ein prächtiges, stattliches Hochzeitsfest für die vier Verrückten. Wir nähten aus gelbem Stoff zwei Kostüme, mit denen wir die zwei Bräutigame als labbrige Gurken verkleideten. Aus rotem Stoff nähten wir zwei Kostüme, womit wir die beiden Bräute wie saftigknackige Mohrrüben herrichteten. Zu Essen gab es nur zwei Gerichte, Gurken, angerichtet mit Schmalznudeln, und Mohrrüben, angerichtet mit Schmalznudeln. Eigentlich hatte jemand anregen wollen, für das Fest ein Schwein zu schlachten, aber Hong Taiyue war strikt dagegen gewesen: „Dorf Ximen ist doch wegen seiner Schweine im ganzen Kreis berühmt. Schweine sind doch das, worauf wir stolz sind. Da können wir sie doch nicht schlachten!"*

*Hong Taiyue hatte recht. Die Gurken, angerichtet mit Schmalznudeln, und die Mohrrüben, angerichtet mit Schmalznudeln, waren so reichlich, dass wir mit vollen Backen kauten. Der Schnaps, den es zu trinken gab, war schlecht. Es war dieser aus getrockneten Süßkartoffeln schnell gebrannte und in einen Kanister zusammengeschüttete Branntwein, ein ganzer Fünfzig-Kubikkanister voll. Der Lagerhalter unserer Brigade, der damit betraut worden war, Schnaps zu kaufen, war faul gewesen und hatte den Ammoniakkanister nicht ordentlich sauber geschrubbt. Der Schnaps hatte daher einen stechenden Geruch. Das machte den Bauern aber nichts aus, denn sie waren die Jauche genau wie ihre Gerätschaften bestens gewohnt. Schmeckte der Schnaps nach Ammoniak, mochten sie ihn gerade gern. Es war das erste Mal in meinem Leben, dass man mir mit der gleichen Höflichkeit wie einem Erwachsenen begegnete. Beim Bankett durfte ich am Haupttisch der zehn Tische sitzen. Schräg gegenüber von mir nahm Sekretär Hong Platz. Ich wusste, dass sie mich deshalb höflich behandelten, weil ich ihnen mit meinen pfiffigen Ideen geholfen hatte. Nach dem Tag, an dem ich ins Brigadequartier gestürzt war und ihnen meine Ratschläge vorgetragen hatte, getraute sich keiner mehr, mich gering zu schätzen. Sie hatten bemerkt, dass ich jemand Besonderes war, wie bei einem Schlachtermeister, der das Schlachtermesser nur kurz zur Hand nimmt, und jeder sieht auf den ersten Blick, dass ein Meister am Werk ist. Als ich zwei Schalen Schnaps intus hatte, spürte ich, wie der Boden unter meinen Füßen emporschwebte. Meinem Körper schienen unbegrenzte Energien innezuwohnen. Ich stürmte weg von den Hochzeitsgästen und rannte dem Aprikosenhain zu. Ich sah einen drei volle Meter durchmessenden, goldgelben Vollmond stabil in der Krone des berühmten Goldaprikosenbaums sitzen, der mit Früchten voll hing. Der Mond hatte ganz deutlich dort Platz genommen, weil er mich erwartete. Es war der Mond, auf den die Mondfee Chang'e geflohen war. Aber er war es auch wieder nicht, denn schließlich waren auf ihm die amerikanischen Ausländer gelandet, aber das stimmte auch wieder nicht, denn der Mond, auf dem die Amerikaner gelandet waren, war er doch auf keinen Fall. Er war die Seele dieses Himmelskörpers.
‚Mond, ich komme!', ich rannte, als würden meine Füße auf Schäfchenwolken treten. Im Laufen griff ich mir vom Rand des Brunnens die leichte, elastische Ginkgoholzstange, die wir zum Wasserhochholen benutzten. Ich hielt sie mir gerade wie eine Lanze, die ein reitender Krie-*

ger hoch zu Ross trägt, vor die Brust. Ich wollte nicht etwa den Mond bajonettieren, nein, denn der Mond war mein Freund. Ich wollte mit Hilfe der Stange zum Mond hinauffliegen. Ich hatte im Brigadequartier viele Jahre lang den Nachtwachedienst innegehabt und dabei die ‚Pressestimmen aus aller Welt' tagtäglich rauf und runter gelesen. Ich wusste, dass der sowjetische Stabhochspringer Sergej Bubka 6,15 Meter hoch gesprungen war. Ich war auch oft auf dem Schulhof der Mittelschule für Agrarwirtschaft unterwegs gewesen, um mir die Zeit zu vertreiben und alles anzusehen. Ich hatte dort selbst gesehen, wie der studierte Sportlehrer Feng Jinzhong die Schülerin Pang Kangmei, die eine Begabung für den Stabhochsprung hatte, als Modellsportlerin in dieser Disziplin ausbildete. Ich hatte mit angehört, wie Feng Jinzhong, der ursprünglich beim ‚Pekinger Erster-August-Geschwader' für sportliche Ausbildung in der Volksarmee tätig war und wegen einer Knieverletzung ausgemustert wurde, der Tochter des Pang Hu, ehemals Geschäftsleiter unseres Kreisgenossenschaftsladens und dann Fabrikleiter der Baumwollmanufaktur sowie Parteigeneralsekretär, und dessen Frau Wang Yueyun, die ursprünglich im Genossenschaftsladen Verkäuferin gewesen war und damals die Buchhaltung für die Kantine der Baumwollmanufaktur gemacht hatte, die Regeln des Stabhochsprungs erklärte, denn ihre Tochter Kangmei besaß zwei ellenlange Beine wie ein Kranich. Ich war mir sicher, dass ich es mit dem Stab bis zum Mond hinauf schaffen konnte, und ich war mir sicher, dass ich es genau wie Pang Kangmei machen würde, die mit dem Stab in der Hand schnell wie der Wind losrannte, ihn aufspießte, den Körper hinaufschwang und binnen eines Augenaufschlags kopfüber mit den Füßen in die Höhe fuhr, dann den Stab losließ und sich elegant in den Sand plumpsen ließ. So wollte ich auf dem Mond landen. Ich dachte beständig an den in den Ästen des Aprikosenbaums ausruhenden Mond, der bestimmt weich und elastisch war. Und würde ich mich zu ihm emporgeschwungen haben und dann auf ihn herunterfallen, ich würde lange wie auf einem Trampolin auf ihm auf- und abhüpfen, während er mich langsam aber stetig immer höher tragen würde. Die Menschen auf dem Hochzeitsbankett würden hinzulaufen und mir und dem Mond zum Abschied winken. Ob Huang Huzhu mir wohl folgen würde? Ich würde den Gürtel nehmen und ihr ein Ende zuwerfen. Und hoffen, dass sie es noch schaffen würde, es zu erwischen und festzuhalten. Dann würde ich sie mit aller Kraft zu mir heraufziehen und der Mond würde uns *beide zusammen in die Höhe tragen. Wir würden sehen, wie die Bäume und Häuser unter uns immer kleiner wurden, die Menschen nur noch wie Ameisen waren. Wir würden sie dumpf und verschwommen von unten herauf schreien hören, doch wir hingen schon im glasklar schimmernden, grenzenlosen leeren Raum.*

Das ist mal ein Roman, dessen einzelne Kapitel alle aus Träumen bestehen, aus Mo Yans jahrelangen Erinnerungen an die Gedankengebilde, die damals in seinem Kopf herumschwirrten, als er dem Schnaps so kräftig zugesprochen hatte. Was an diesem Abend auf unserer Schweinefarm wirklich passierte, das weiß nur ich richtig und wahrheitsgetreu zu berichten. Jiefang, hör auf, die Stirn kraus zu ziehen. Du hast kein Recht, dich dazu zu äußern. Mo Yan schreibt in diesem Roman zu 99 Prozent frei erfundene Dinge. Nur ein einziger Satz darin entspricht der Wahrheit, und das ist: Du und Jinlong, ihr trugt nachgemachte Militäruniformen, die aus gelbem Tuch geschneidert waren. Wie zwei schlabberige Senfgurken saht ihr darin aus. Was beim Hochzeitsbankett passierte, das wirst du nicht sinngemäß berichten können. Was dann im Aprikosengarten passierte, das weißt du noch weniger. Heute ist Halunke wahrscheinlich längst auf Java wiedergeboren worden. Doch selbst, wenn er als dein Sohn wiedergeboren worden wäre, hätte er niemals meine außergewöhnliche Begabung, die es mir ermöglicht, gegen die Suppe der Mutter Meng, die alle Erinnerungen aus der vorangegangen Existenz löscht, immun zu sein. Deshalb bin ich der einzige, der jetzt das Recht hat zu sprechen. Ich erzähle die historische Wahrheit. Das, was ich bestreite, das ist die verfälschte Geschichte.

An jenem Abend trank Mo Yan eine einzige Schale Schnaps. Danach war er betrunken. Keiner wollte ertragen, dass er aufsässig wurde und herumpöbelte. Deswegen packte ihn der bärbeißige Sun Bao am Schlafittchen und warf ihn hinaus auf den gammeligen Misthaufen. Oben auf den Kadavern der Yimengberg-Schweine, die im Winter verhungert waren, konnte er liegen. Vornüber gebeugt schlief er auf den grün phosphoreszierenden Knochen seinen Rausch aus. Den Stabhochsprung zum Mond hinauf muss er wohl oben auf dem Misthaufen geträumt haben. – Nun höre mir geduldig zu. – Die beiden Volksmilizionäre, die nicht das Glück hatten, zur Hochzeit eingeladen zu werden, sondern Wache schieben mussten, feuerten Schüsse

auf den Mond ab. Mehr Wahres ist an seiner Geschichte nicht dran. Zuletzt schossen sie den Mond weg. Die Schrotladung landete aber gar nicht auf dem Mond. Die Aprikosen hatten den Schrot abbekommen. Es knallte, und die goldgelben Früchte regneten herab. Eine dicke Schicht Aprikosen bedeckte den Boden. Viele waren zerschossen, der Saft spritzte in alle Richtungen. Süßer Aprikosenduft mischte sich mit dem brenzligen Geruch des Schießpulvers, die Schweine wurden dadurch nur noch mehr angelockt. Das perverse Betragen der Volksmilizionäre brachte mich in Rage. Unterdessen blickte ich wie in Trance und voll Trauer dem höher und höher entschwindenden Mond hinterher. Ich hatte das Gefühl, dass etwas Schwarzes vor meinen Augen vorbeihuschte. In meinem Gehirn spürte ich ein Blitzen wie Funken am Feuerstein. Da begriff ich, dass der schwarze Schatten Halunke war, der über die Stallmauer gesprungen war und nun auf den romantischen Aprikosenbaum zurannte. Wir hatten vor den mit Flinten bewaffneten Volksmilizionären Angst und trauten uns nicht, von den Aprikosen zu naschen. Aber nachdem sie das Feuer auf den Mond eröffnet hatten, brauchten sie mindestens dreißig Minuten, um die leer geschossene Büchse wieder mit Pulver zu füllen. Diese halbe Stunde würde reichen, um sich den Bauch voll zu schlagen. Halunke war in der Tat ein kühl kalkulierender Kopf. Ein paar Gehirnzellen weniger bei mir, und ich hätte mir noch nicht einmal Vorwürfe zu machen gehabt, wenn er mir überlegen gewesen wäre. Ich wollte ihm in nichts nachstehen, also hüpfte ich ohne Anlauf direkt aus dem Stand über die Stallwandung und rannte Halunke, der auf die Aprikosen zupreschte, hinterher. Wenn ich es schaffen könnte, ihn vorher noch umzustoßen, wären die Aprikosen unter dem Baum alle mein. Aber gleich darauf passierte etwas, und ich begriff wieder, dass mir das Glück unverhofft treu war. Halunke wollte sich eben eine Aprikose schnappen, und ich setzte gerade an, um ihn mit meiner Schnauze in den Bauch zu stoßen. Ich sah, wie der Milizionär, dessen rechte Hand nur dreieinhalb Finger besaß, ein Ding wegschleuderte, das goldgelbe Funken sprühte und sich wie der Blitz auf dem Boden drehte.
„Hilfe! Gefährlich!" Mit aller Kraft stemmte ich sofort meine Hinterbeine in die Erde, um dem Schub des nach vorn stürzenden Körpers entgegenzuwirken. Es kam mir vor, als hätte ich einen Mercedes Benz, der bei durchgedrücktem Gaspedal mit Höchstgeschwindigkeit fährt,

abrupt abgebremst. Dann merkte ich, dass mir am Nacken und am Rücken Schürfwunden bluteten. Ich hatte einen Purzelbaum gemacht und war aus dem gefährlichsten Terrain heraus. Zu meiner Bestürzung sah ich, wie der Bastard von Halunke wie ein Hund diesen sich drehenden Riesensprengsatz aufschnappte und wie wild schüttelte. Ich wusste, dass er die höfliche Geste der beiden Milizionäre erwidern und ihnen den Riesenböller wieder zuwerfen wollte. Betrüblicherweise war diese Granate aber mit einer Schnellzündung ausgestattet. Als Halunke sie im Maul hatte und den Kopf zu schütteln begann, explodierte sie sofort. Mit dem Donnerschlag verließen gelbe Feuerflammen sein Maul. Ich muss schon sagen, als in dieser brenzligen Situation alles auf Messers Schneide lag, reagierte Halunke mit Schneid. Resolut handelte er, wie ein alter Krieger, der erfahren auf dem Schlachtfeld ist. Dabei bewahrte er einen kühlen Kopf und einen mutigen, forschen Geist. Wir sehen im Fernsehen oft, wie alte Berufssoldaten ihnen vom Feind zugeworfene Handgranaten zurückwerfen. So eine Heldentat verkommt dann, wenn die Zündschnur zu kurz ist, zu einer Tragödie. Halunke kam nicht einmal mehr dazu, einen Jauchzer zu machen, so schnell ging er zu Boden. Starker Salpetergeruch schwängerte die Luft unter dem Aprikosenbaum. Langsam verströmte er in jede Richtung. Ich sah Halunke bäuchlings am Boden liegen und verspürte ein undeutliches Gefühl, ein Gemisch aus Bewunderung, Trauer, Furcht und dem unverhofften Glück, noch einmal davongekommen zu sein. Ehrlich gesagt war auch eine Spur von Schadenfreude dabei. Ordentlichen, ehrbaren Schweinen ist eine solche Gefühlslage fremd. Doch ich konnte nichts dagegen tun. Es überkam mich.
Die beiden Volksmilizionäre rannten, was sie konnten. Ein paar Schritte, und sie hielten inne und wandten sich um. Wie versteinert, starr vor Schreck, tauschten sie nur einen Blick aus. Kein Wort fiel, als sie langsam ganz nah an den Keiler herangingen. Ich wusste, dass den beiden verwegenen Burschen jetzt das Herz in die Hose gerutscht war. So wie Hong Taiyue immer sagte: „Schweine sind der wertvollste Schatz unter allen Schätzen, die wir unser Eigen nennen." Die siebziger Jahre hatten sich das Schwein als ein bildkräftiges Zeichen ihrer gesamten Politik auf die Fahnen geschrieben. Schweine hatten dem Dorf Ximen Ehren und Geld eingebracht. Ohne triftigen Grund ein Schwein zu töten, und dazu noch einen Eber, der für die Zucht vorgesehen war – auch wenn es sich nur um den Er-

satzeber handelte –, war eine schwerwiegende Straftat. Mit todernsten Gesichtern standen beide vor Halunke und versuchten ängstlich, irgendetwas zu entdecken, als er einen Jauchzer tat, ruhig hochkam und sich aufsetzte. Er schüttelte seinen Schädel. Er sah dabei aus, wie die Rassel, die ein Kind rüttelt, und er machte ein krächzendes Geräusch wie Hühnergeschrei. Er kam in den Stand, drehte eine Runde, aber die Hinterbeine knickten ihm weg, sodass er wieder in den Hundesitz fiel. Ich wusste, dass ihm schwarz vor Augen war und seine Schnauze saumäßig schmerzte. Den beiden Milizionären kam ein Lachen auf die Lippen. Der eine sagte: „Ich hätte nie im Leben gedacht, dass das ein Schwein war."
Der andere sagte: „Ich dachte, das ist ein Wolf."
„Willste Aprikosen fressen und bringst es nicht raus? Wir pflücken jetzt welche und bringen sie dir in die Bucht."
„Jetzt kannste welche fressen."
Hasserfüllt grunzend beschimpfte Halunke die beiden, die jedoch seine Schweinesprache nicht verstanden: „Scheißtypen! Fresst doch die Fo ... eurer Mutter!"
Dann stand er auf und kehrte schwankend in seinen Stall zurück. Ich heuchelte Anteilnahme, als ich ihm entgegenkam: „Hey, Kumpel. Alles klar?"
Er schaute mich kühl an, spuckte einen Mund voll Blut aus und nuschelte: „War doch 'ne kleine Nummer. Mann, du Arsch, ich habe in den Yimengbergen noch ganz andere Dinger gedreht. Über zehn Granaten am Stück habe ich da weggehauen ..."
Ich weiß, er sagte so sehr die Wahrheit wie ein kranker Esel harte Scheiße äppelt. Aber ich konnte nicht umhin, seine Härte und seinen Mut zu bewundern. Es hatte ihn ganz schön zerfetzt. Die Schnauze war voller Sprengstoffschmauch, die Schleimhaut schwer verletzt, der linke Hauer war zur Hälfte weggesprengt und die Backenhaare weggeschmort. Ich dachte, er würde den plumpen Weg wählen, um wieder auf sein Lager zu kommen, und sich durch die Spalten zwischen den Eisenstreben des Gatters hindurchzwängen. Aber weit gefehlt! Er nahm ein paar Schritte Anlauf, schwang sich in die Höhe und flog darüber hinweg, um mit einem schweren Plumpsen in seine Schlammkuhle zu fallen. Heute Nacht würde der Gauner bitter schmoren, denn er würde sich trotz des intensiven Rauschegeruchs der Säue, trotz des schmachtenden Grunzens der liebestollen

Schmetterlingstraum nur leeren Träumen hingeben und im Matsch liegen bleiben. Die beiden Milizionäre warfen Halunke einige Aprikosen in seine Ecke, als wollten sie sich entschuldigen. Ich neidete sie ihm nicht. Er hatte sie sich redlich verdient mit dem furchtbaren Preis, den er gezahlt hatte. Auf mich warteten keine Aprikosen, sondern die wohlschmeckendsten Früchte des ganzen Erdballs: Sauen wie Blumen in voller Blüte, mit lachenden kleinen Augen, die wie mit Reißzwecken am Kopf angepinnte Sojabohnenraupen aussahen, und sich kringelnden, kleinen Schwänzen. In der zweiten Hälfte der Nacht, wenn alle Menschen schliefen, konnte mein glückerfülltes Leben beginnen. „Halunke, tut mir leid, du gehst leer aus."
Weil Halunke nun verletzt war, musste ich mir seinetwegen und der kleinen Sauen wegen keine Sorgen mehr machen und konnte mir in Ruhe die große Hochzeitsfeier anschauen. Der Mond hing in neunzig bis hundert Metern Höhe über mir und blickte kühl auf mich herunter. Ich streckte die rechte Klaue in die Höhe und warf dem Mond, den wir unhöflich in Bedrängnis gebracht hatten, eine Kusshand hinauf. Dann drehte ich ihm meinen Kringelschwanz zu und verschwand mit sternschnuppengleicher Geschwindigkeit in den Norden unserer Schweinefarm, zu den Häusern, die sich längs der Dorfstraße reihten. Es waren zusammen achtzehn, die alle von den Farmleuten genutzt wurden, der Reihe nach die Schlafräume, die Futterkammer zum Zubereiten des Futters, die Futterküche zum Dämpfen und Kochen, der Futterspeicher, das Schweinefarmbüro und der Raum, wo die Orden und Auszeichnungen, die den Schweinen verliehen worden waren, ausgestellt wurden. Die drei Zimmer ganz rechts hatten die Leute für die zwei frisch verheirateten Paare hergerichtet. Der mittlere Raum war das Wohnzimmer, zu beiden Seiten davon gingen die Schlafzimmer für die Hochzeitsnacht ab.
Mo Yan schreibt in seinem Roman: *In dem großen Zimmer in der Mitte waren zehn Tische aufgestellt. Auf den Tischen standen Waschschüsseln, in denen man die Gurken, angerichtet mit Schmalznudeln, und die Mohrrüben, angerichtet mit Schmalznudeln, angerichtet hatte. Im Gebälk hing eine Petroleumlampe, die den Raum mit weißem Licht füllte ...*

Dieses Bürschchen erzählt schon wieder Lügengeschichten. Der Raum maß lediglich fünf mal vier Meter. Wie hätte man denn da je-

mals zehn große Tische hineinkriegen sollen? Nicht nur im Dorf Ximen war so etwas unvorstellbar. In ganz Nordost-Gaomi hätte man keinen Wohnraum gefunden, der zehn große Tische gefasst hätte, an denen man hundert Leute zum Abendessen hätte bewirten können. Die Hochzeitsgesellschaft fand auf dem schmalen, langen Terrain vor dem langen Haus Platz. Zu beiden Seiten des Platzes waren Berge von verrottetem Holz aufgeschichtet, dazu haufenweise verschimmeltes, fauliges Stroh, worin sich die Igel und Marder eingenistet hatten. Für das Hochzeitsessen gab es nur einen großen viereckigen Tisch. Das war der Palisanderholztisch mit den geschnitzten Blütenranken an den Tischkanten aus dem Brigadebüro. Auf ihm standen für gewöhnlich ein altmodisches Telefon, zwei Tuscheflaschen, in denen die Tusche längst eingetrocknet war, und eine Petroleumlampe mit einem Glasschirm. – Diesen Tisch riss sich Jinlong später, nachdem er reich geworden war, unter den Nagel. Hong Taiyue meint, dass der Sohn des despotischen Grundbesitzers es damit den armen und Mittelbauern heimzahlte und dass es ein konterrevolutionärer Gegenschlag von ihm war. Jinlong stellte den Tisch in sein helles, geräumiges Büro und behandelte ihn wie ein wertvolles Familienerbstück. Hach, was habe ich für einen Sohn? Da weiß man nicht, ob man ihn schimpfen oder loben soll. Nun gut, das Gerede, das nachfolgte, will ich jetzt mal außen vor lassen. – Sie holten aus der Grundschule zwanzig rechteckige Doppelschulbänke mit schwarzen Tischplatten und gelbbraunen Beinen. Die Tischplatten waren voller rotschwarzer Tuscheklexe und mit kleinen Messern hineingeritzter frecher Schimpfwörter. Schließlich holten sie noch vierzig rotlackierte Bänke herbei. Die Tische wurden in zwei Reihen, die Bänke in vier Reihen auf dem freien Platz vor dem Haus aufgestellt. Fast sah es wie eine Freiluftschule aus. Es waren keine Gasleuchten vorhanden, noch weniger gab es elektrisches Licht. Lediglich eine blecherne Sturmlaterne, die in der Mitte auf Ximen Naos Palisandertisch stand, spendete ein weiches, gelbes Licht. Die davon angelockten Motten schwirrten um den Lampenschirm herum und prallten von ihm ab. An diesem Abend war die Lampe im Grunde jedoch überflüssig, weil der Mond dicht über der Erde schwebte. In seinem Licht hätte eine Frau problemlos sticken können.
Männer und Frauen saßen sich, jung wie alt und insgesamt ungefähr hundert an der Zahl, an den vier Tischreihen gegenüber. Vor sich das

leckere Essen und den schönen Schnaps, gerieten alle in helle Aufregung. Rot brannten ihre Gesichter in Erwartung, gleich zuzugreifen. Doch sie mussten sich noch gedulden, da Sekretär Hong, der hinter dem viereckigen Palisandertisch stand, soeben seine Rede hielt. Nur unter den Kindern gab es ein paar Leckermäuler, die heimlich mit der Hand in die Schüsseln griffen, sich Schmalznudelstücke abkniffen und schnell in den Mund steckten.

„Liebe Genossen, liebe Kommunemitglieder! Heute Abend wollen wir mit Lan Jinlong und Huang Huzhu und mit Lan Jiefang und Huang Hezuo Hochzeit feiern. Diese vier jungen Leute aus unserem Dorf sind etwas ganz besonderes. Sie haben sich beim Aufbau der Schweinefarm hervorgetan und Entscheidendes geleistet. Sie sind unser Leitstern für die revolutionäre Kaderarbeit. Sie sind Leitsterne für eine späte Heirat. Nun alle bitte: *Stürmischen Applaus und Glückwünsche für die Hochzeitspaare!*"

Ich hatte mich hinter dem faulen Geäst versteckt und folgte mucksmäuschenstill dem Geschehen. Der Mond, der bei der Hochzeit hatte dabei sein wollen, aber grundlos verschreckt worden war, konnte nur einsam zuschauen. Sein Licht ermöglichte mir, den Gesichtsausdruck eines jeden genau zu studieren. Eigentlich aber schaute ich mir nur die Leute am Palisandertisch an, die anderen an den zwei langen Tischreihen streifte mein Blick nur flüchtig. Auf der Holzbank links des Palisandertischs saßen Jinlong und Huzhu, auf der Holzbank rechts davon Jiefang und Hezuo. Am Tischende saßen Huang Tong und Qiuxiang. Ihre Gesichter konnte ich nicht sehen, sie saßen mit dem Rücken zu mir. An der Stirnseite des Tisches, dem Ehrenplatz bei diesem Hochzeitsfestessen, stand Hong Taiyue, Yingchun saß mit gesenktem Kopf daneben. Der Ausdruck auf ihrem Gesicht war tief bewegt, schwer zu sagen, ob es Freude oder Kummer war. Jeder kann, glaube ich, gut nachvollziehen, dass ihre Gemütslage an diesem Tag von verworrenen, widerstreitenden Gefühlen bestimmt war. Mir fiel plötzlich auf, dass am Gastgebertisch dieses Festes eine wichtige Persönlichkeit fehlte: unser Lan Lian, Nordost-Gaomis berühmter Privatwirtschaftler. Jiefang, das ist dein leiblicher Vater und der namentliche Vater Jinlongs! Jinlongs vollständiger Name lautet Lan Jinlong, denn er heißt nach dem Nachnamen seines Ziehvaters. Da heiraten seine beiden Söhne und der Vater sitzt nicht dabei? Das ist doch unmöglich! Peinlich! So etwas darf nicht sein!

Seit ich als Schwein wiedergeboren worden war, war mir Lan Lian fremd geworden. Mein alter, treuer Freund, mit dem ich als Esel und als Stier Tag und Nacht verbracht hatte. Plötzliche Erinnerungen aus der Vergangenheit bestürmten mein Herz. Ich spürte ein dringendes Verlangen, ihn zu sehen. Hong Taiyue hatte soeben zu Ende gesprochen, als Fahrradgeklingel ertönte, und drei Fahrradfahrer stießen zur Hochzeitsgesellschaft hinzu. Wer kam denn da? Pang Hu, der einmal Geschäftsleiter unseres Kreisgenossenschaftsladens gewesen war und der nun Fabrikleiter der Baumwollmanufaktur und dazu noch Parteigeneralsekretär geworden war, kam vorbei. Die Kreiswirtschaftsbehörde und die Baumwoll- und Hanfmanufaktur gingen zusammen und erbauten in Nordost-Gaomi ihr fünftes Werk. Die Fabrik lag nur vier Kilometer von unserem Dorf entfernt. Auf dem Dachboden des Werkes wurde die Baumwolle verpackt. Das Licht der Halogenlampen dort konnte man bei uns hinterm Dorf am Flussdeich noch deutlich sehen. Pang Hu hatte seine Frau Wang Yueyun mitgebracht. Während der vergangenen Jahre, in denen wir sie nicht gesehen hatten, war sie noch dicker geworden. Sie kam mir wie eine Walze vor, ihr Gesicht war rosig und glänzend. Man konnte deutlich sehen, dass sie über den Hunger aß. Die dritte Radfahrerin war ein hochgewachsenes, dünnes, junges Ding. Auf den ersten Blick wusste ich, dass dies Pang Kangmei sein musste, die Mo Yan in seinem Roman beschrieben hatte. Sie war das Mädchen, das während meiner Eselzeit um ein Haar am Straßenrand zur Welt gekommen wäre. Sie trug eine Bluse mit zartrotem Karomuster, das Haar hatte sie zu zwei kurzen Pinselzöpfen geflochten, über der Brust steckte eine Plakette – weißer Grund, rote Schrift: das Schulabzeichen der Akademie für Landwirtschaft. Die Arbeiter-, Bauern- und Soldatenstudentin Pang Kangmei studierte an der Akademie Viehwirtschaft. Einen halben Kopf größer als ihr Vater, einen ganzen Kopf größer als ihre Mutter war sie, graziös wie ein Jadebambus, schlank wie eine Pappel. Auf ihrem Gesicht lag ein wohlerzogenes Lächeln. In der damaligen Zeit war ein Mädchen aus einer Familie mit einem solchen gesellschaftlichen Hintergrund unerreichbar wie die Mondfee Chang'e aus dem Mondpalast. Für Mo Yan war sie augenblicklich die Frau seiner Träume. In seinen vielen Romanen begegnet diese langbeinige Frau seinem Leser immer wieder unter verschiedenen Namen. Und diese Familie war nun extra zu eurer Hochzeit erschienen.

„Glück wünschen wir euch! Herzlichen Glückwunsch!" Pang Hu und Wang Yueyun strahlten über das ganze Gesicht, als sie allen gratulierten: „Herzlichen Glückwunsch den Brautleuten!"
Hong Taiyue unterbrach seine Rede und sprang von seiner Bank auf, um eilig den Gästen entgegenzustürzen. Eng hielt er Pang Hus Hand umschlossen und schüttelte sie hinauf, hinunter, nach links und nach rechts. Bewegt sprach er: „Leiter Pang – nein, ich meine Sekretär Pang, Fabrikdirektor Pang. Sie sind ein seltener Gast bei uns! Schon längst erreichte uns die Nachricht, dass Sie in unserem Nordost-Gaomiland die Führung der neuen Fabrik übernehmen. Ich habe mich nicht getraut, Sie bei der Arbeit zu stören."
„Hong, alter Freund, ich bin nicht höflich genug gewesen!", lachte Pang Hu. „Wenn ihr im Dorf so eine große Brautgesellschaft habt, hättet ihr doch mal eine Einladung vorbeischicken können. Hattet ihr Bedenken, dass ich euch den Hochzeitsschnaps wegtrinke?"
„Was sind denn das für Reden! Einen solchen Ehrengast hätten wir doch mit der großen Sänfte und acht Trägern abgeholt. Die einzige Sorge wäre gewesen, dass wir euch nicht schnell genug hierher getragen hätten!", antwortete Hong Taiyue. „Dass Sie uns beehren, ist für unser Dorf Ximen …"
„… wie wenn helles Licht eine ärmliche Hütte erleuchtet", fügte der an einer der langen Tischreihen sitzende Mo Yan mit kräftiger Stimme hinzu. Sein Zitat erregte die Aufmerksamkeit Pang Hus, besonders aber die von Pang Kangmei. Sie zuckte überrascht mit den Augenbrauen und schaute aufmerksam zu Mo Yan hinüber. Alle Augen fixierten sein Gesicht. Zufrieden grinste er und zeigte einen Mund voll großer gelber Zähne. Es sah unbeschreiblich aus. Er ließ wirklich keine Gelegenheit aus, wenn es darum ging, eine Schau abzuziehen.
Pang Hu ergriff die Chance und zog schnell seine Hand aus der des Hong Taiyue. Als er die Hände wieder frei hatte, streckte er sie aus und trat herzlich auf Yingchun zu. Die Eisenfaust des Helden, die früher Gewehrverschlüsse entriegelt und Handgranaten geschleudert hatte, war nach jahrelanger Pflege weich, wabbelig und dick geworden. Yingchun geriet in Hektik, sie war tief bewegt und dankbar, sodass sie die Lippen zwar bewegte, aber keinen Ton herausbrachte. Pang Hu ergriff ihre Hand und schüttelte sie, während er ihr immer wieder gratulierte: „Schwägerin, viel Glück zu diesem Freudenereignis!"

„Freuen, freuen, freuen sollen sich hier alle", antwortete Yingchun mit tränennassen Augen.
„Glück allen miteinander! Glück allen miteinander!", fiel ihr Mo Yan ins Wort.
„Schwägerin, wie kommt es, dass ich hier meinen Kameraden Lan Lian nicht entdecken kann?"
Pang Hus Blick streifte die links und rechts am Tisch sitzenden Leute. Seine Frage schlug derart ein, dass Yingchun, mit weit geöffnetem Mund und wie versteinert, keinen Ton mehr herausbrachte. Hong Taiyue wurde rot vor Peinlichkeit. Mo Yan vergaß nicht, die Gelegenheit zu nutzen und dazwischenzurufen: „Der wird mit dem Spaten auf seinem halben Morgen Ackerland sein und dort im Mondenschein umgraben!"
Sun Bao, der neben Mo Yan am Tisch saß, hatte ihm wohl kräftig auf den Fuß getreten, als Mo Yan völlig überzogen aufschrie: „Was soll das, mich zu treten?"
„Mach dein Drecksmaul zu! Wir wissen, dass du nicht stumm bist!", raunte Sun Bao ihm zu und kniff ihm unter dem Tisch in den Oberschenkel. Mo Yan schrie vor Schmerz und wurde blass.
„Nun, ist ja gut", tönte Pang Hu in die Runde, brach das peinliche Schweigen und wandte sich mit ausgestreckten Händen den Brautleuten zu, um ihnen Glück zu wünschen. Jinlong bleckte die Zähne und grinste dümmlich, Jiefang bleckte auch die Zähne, ihm war aber zum Heulen, Huzhu und Hezuo verzogen keine Miene. Pang Hu rief Frau und Kind zu: „Nun reicht die Geschenke her!"
„Sekretär Pang, Ich sehe schon, Sie kommen und bringen helles Licht in unsre arme Hütte. Sie haben wieder teuer eingekauft!", sprach Hong Taiyue.
Pang Kangmei hielt einen Glasrahmen im Arm, auf dem in roter Lackfarbe geschrieben stand: „Herzlichen Glückwunsch, Lan Jinlong und Huang Huzhu, zum Ehebund für die Revolution." Hinter Glas eingerahmt war ein Foto des Vorsitzenden Mao im langen chinesischen Oberkleid zu sehen, in der Hand ein geschnürtes Kleiderbündel und einen Regenschirm, auf dem Weg, die Bergleute in der Mine von Anyuan zum Aufstand zu ermuntern. Wang Yueyun hatte genauso einen Glasrahmen im Arm. Auf dem stand in roter Lackfarbe geschrieben: „Herzlichen Glückwunsch, Lan Jiefang und Huang Hezuo, zum Ehebund für die Revolution." Hinter Glas einge-

rahmt war auch ein Foto vom Vorsitzenden Mao, aber in einen Flanellmantel gekleidet und am Strand von Beidaihe. Eigentlich hätten Jinlong und Jiefang aufspringen und das Geschenk entgegennehmen müssen, aber die beiden unreifen Jungen blieben unverfroren sitzen. Hong Taiyue blieb nichts anderes übrig, als Huzhu und Hezuo vorzuschicken. Die Zwillinge wussten sich wenigstens einigermaßen zu benehmen, als sie die glasgerahmten Bilder entgegennahmen. Huzhu verneigte sich tief vor Yueyun. Als sie wieder hochkam, waren ihre Augen bereits voller Tränen. Sie trug ein rotes chinesisches Oberteil und eine rote Hose, ihr großer, dicker Zopf war lackschwarz und reichte ihr bis über die Kniekehlen. In den Zopf hatte sie rote Bänder eingeflochten. Wang Yueyun strich lieb über den Zopf: „Den magst du nicht abschneiden, nicht wahr?"

Endlich konnte Wu Qiuxiang auch etwas sagen: „Verehrte Großtante! Der Grund ist nicht, dass sie sich nicht davon trennen kann, sondern dass das Haar unserer Kleinen anders ist als das anderer Leute. Beim Schneiden blutet es."

„Seltsam! Deswegen fühlt es sich so fleischig an! Ist ja klar – dabei öffnen sich die Blutadern und Qi-Kanäle", entgegnete Wang Yueyun.

Hezuo bekam das Hochzeitsbild von Kangmei überreicht. Sie machte keine Verbeugung, sondern nickte nur mit dem Kopf und sprach leise: „Danke."

Kangmei reichte ihr freundschaftlich die Hand: „Ich wünsche dir, dass du glücklich wirst!"

Als sie Kangmeis Hand schüttelte, musste sie das Gesicht wegdrehen, sie musste weinen und sagte mit knapper Not: „Danke."

Hezuo trug ihr Haar, wie es damals modern war, im Pagenschnitt wie Ke Xiang aus der berühmten Modelloper, sie hatte eine schlanke Taille, schöne Kurven und eine dunkle Hautfarbe. Meiner Meinung nach war sie weitaus schöner als Huzhu. Jiefang, dass du eine solche Frau abbekommen hast, da kannst du dir was drauf einbilden! Sie hätte sich gekränkt fühlen können, aber du bestimmt nicht. Du erschreckst doch die Leute mit deinem handtellergroßen Feuermal zu Tode! Du solltest, statt unter den Menschen den Beamten zu spielen, lieber im Gerichtshof der Unterwelt dem Fürsten Yama den Türsteher machen! Aber wider alle Vernunft wurdest du zum Staatsdiener erkoren, und tatsächlich schien dir Hezuo nicht zu gefallen. Was auf der Welt passiert, ist doch völlig bar jeder Logik und Vernunft.

Dann kümmerte sich Hong Taiyue um einen Sitzplatz für die drei Pangs: „Hey da!" Hong zeigte auf die Plätze, wo Mo Yan saß, und rief, keinen Widerspruch zulassend: „Ihr da! Rückt mal zusammen. Macht eine Bank frei!"
Es entstand ein kleines Chaos, und man hörte aufgebrachtes Schimpfen, weil wegen des engen Gedränges keiner hinaus konnte. Mo Yan schleppte die freigewordene Bank herbei. Er ließ es sich nicht nehmen, noch mit einem Sprüchlein aus dem I Ging anzugeben: „Da kommen ungebetene Gäste drei, ehre sie, so kommt am Ende Heil."
Pang, der ehemalige Held der Freiwilligenarmee, verstand den tieferen Sinn des Zitats wohl nicht so richtig, denn er stierte geradeaus und machte ein irritiertes Gesicht. Die Universitätsstudentin Kangmei zog erstaunt die Brauen kraus: „Ach! Hast du das I Ging gelesen?"
„Ich möchte ja nicht sagen, dass ich der alle an Genie überragende Tausendsassa Cao Zhi bin, und ich habe auch nicht fünf Wagenladungen Klassiker auswendig gelernt ...", entgegnete Mo Yan großspurig.
„Es reicht, Freundchen, hör auf vor Konfuzius' Türe Stümperscheiße aufzusagen. Vor einer Universitätsstudentin so geschraubt zu reden, ist blamabel!", meldete sich Hong Taiyue.
„Da ist was dran", gab Kangmei zu und nickte. Mo Yan wollte weiter labern, aber Sun Bao, der den Wink von Hong verstanden hatte, ergriff – es sah äußerlich wie eine freundschaftliche Geste aus – sein Handgelenk und tönte lachend: „Trink! Trink!"
Lasst uns einen heben! Die Leute konnten es schon lange nicht mehr aushalten, noch weiter auf das Essen zu warten. Wie wild gewordene Affen kamen sie auf die Beine, griffen gehetzt die Schnapsschalen und prosteten sich zu. Klirrend stießen sie die Schalen aneinander. Dann plumpsten sie wieder auf die Bänke, schnappten sich die Stäbchen und legten alle gleichzeitig los, um das Stück zu ergattern, das sie sich in den Schüsseln schon lange ausgeguckt hatten. Die Gurken und die Mohrrüben waren im Vergleich zu den Schmalznudeln zweitklassig. Deswegen griffen immer ruckzuck viele Stäbchenpaare gleichzeitig nach den Schmalznudeln. Mo Yan war überall bekannt für seine Verfressenheit, an diesem Abend aber konnte man sein Verhalten als gesittet bezeichnen. Der Grund war Pang Kang-

mei. Obschon er an den zweitrangigen Tischen bei den zweitklassigen Leuten auf den schlechten Plätzen saß, war er mit ganzem Herzen beim Haupttisch der Gastgeber dabei. Er blickte immer wieder hinüber zur Studentin Kangmei, die ihn völlig gefangen genommen hatte. Er hat es in seinem chaotischen Geschreibsel selber treffend beschrieben: *In demselben Augenblick, da ich sie zum ersten Mal erblickte, schwoll mein Herz an, es war um mich geschehen. Huzhu, Hezuo, Baofeng, die ich immer für geniengleiche Schönheiten gehalten hatte, waren mit einem Mal nur noch vulgäre Trampel. Nur wenn ich es schaffte, raus aus diesem Kaff, weg aus Nordost-Gaomi zu kommen, konnte ich so ein Mädchen wie Kangmei bekommen. Solch ein Mädchen mit langen grazilen Gliedmaßen, mit schneeweißen Zähnen, heller, klarer Stimme und einem zartduftigen Körpergeruch.*

Wie ich oben schon sagte, trank Mo Yan eine einzige Schale Schnaps. Dann war er volltrunken und wurde von Sun Bao am Schlafittchen gepackt und auf den Misthaufen geworfen, wo er Kopf an Kopf mit den Schweineknochen lag. Am Gastgebertisch gluckerte Jinlong eine halbe Schale Fusel hinunter und taute zusehends auf. Yingchun mahnte ihn schon voll Sorge: „Sohnemann, trink nicht so viel."
Hong Taiyue jedoch sprach mit fester Stimme: „Jinlong. Die Vergangenheit haken wir jetzt ab. Und wir merken uns als Losung: *Heute beginnt mein neues Leben.* Von jetzt an gilt: *Den zweiten Akt der Oper singe ich perfekt.*"
Jinlong antwortete: „Während der letzten zwei Monate war mir, als hätte ich einen Knoten im Kopf, eine Verstopfung in den Qi-Adern, die alles verschwommen machte. Jetzt ist plötzlich der Nebel weg und alles im Fluss."
Er nahm die Schnapsschale und stieß mit ihm und dem Ehepaar Pang an: „Lieber Sekretär Pang und liebe Tante Wang! Ich danke euch, dass ihr zu meiner Hochzeit gekommen seid. Ich danke euch für die kostbaren Geschenke, die ihr uns gemacht habt."
Dann stieß er mit Kangmei an: „Genossin Kangmei. Sie sind Universitätsstudentin und Intellektuelle ersten Grades. Wir freuen uns darauf, wenn sie uns bei der Arbeit auf der Schweinefarm Ratschläge geben. Bitte nehmen Sie kein Blatt vor den Mund und sprechen Sie uns an. Sie sind studierte Viehwirtschaftlerin. Wenn Sie nichts von der Materie verstehen, wer dann auf unserem Erdball?"

An diesem Tag und in dieser Minute endete die markierte Verrücktheit des Jinlong. Die Verrücktheit des Jiefang sollte sich auch in wenigen Augenblicken in Nichts auflösen. Jinlong war wieder Herr der Lage und stieß mit allen Gästen an, mit denen er anzustoßen hatte, dankte allen Gästen, denen er zu danken hatte. Dann beging er den nicht wieder gutzumachenden Fehler – denn ein einmal gesprochenes Wort lässt sich nicht wieder wegwischen –, nahm die Schnapsschale zum Mund und wünschte Hezuo und Jiefang: „Glück in Hülle und Fülle und traute Zweisamkeit wie zwei Schwäne, bis in den Tod."

Huang Hezuo drückte Jiefang das in Glas gerahmte Foto des Vorsitzenden Mao in den Arm, stand auf und nahm ihre Schnapsschale mit beiden Händen hoch bis vor ihre Brust. Der Mond am Himmel hüpfte drei Meter höher, schrumpfte ein wenig und schüttete einen wie Quecksilber schimmernden Lichtstrahl nach unten, der alles, was er traf, leuchten ließ. Die Marder lugten aus dem Heuhaufen hervor und schauten sich die wunderbare Aussicht an, die Igel suchten mutig zwischen den Beinen der Menschen nach Essensresten. Alles ging rasend schnell. Huang Hezuo kippte Jinlong den Schnaps ins Gesicht und schmiss die Schale auf den Tisch. Der Zwischenfall ließ alle vor Schreck erstarren. Der Mond hüpfte wieder drei Meter höher, das sich auf den Platz ergießende Mondlicht rieselte silbern hernieder. Hezuo bedeckte ihr Gesicht und weinte.

Huang Tong sagte: „Ach Kind ..."

Qiuxiang mahnte: „Hezuo, was hat das zu bedeuten?"

Yingchun sagte: „Ach, Kinder, dass ihr euch aber auch immer alles verbaut ..."

Hong Taiyue wandte sich ab: „Sekretär Pang, tun Sie mir den Gefallen, ich möchte mit Ihnen anstoßen. Die haben einen kleinen Zwist ... Ich hörte, die Baumwollmanufaktur will neue Arbeiter auf Vertrag einstellen. Ich möchte Sie für Hezuo und Jiefang um eine Gefälligkeit bitten. Die beiden jungen Leute gehören genauso zur vorbildlichen Jugend. Es liegt mir am Herzen, dass sie einen Ortswechsel machen, hier rauskommen. Sie sollten sich herausfordern und abhärten."

Huang Huzhu erhob ihre Schale, zielte auf ihre Schwester und kippte ihr den Schnaps ins Gesicht: „Du bist wohl nicht ganz dicht, dass du so was machst?"

Niemals zuvor sah ich Huang Huzhu so in Wut! Ich hätte mir sowieso niemals vorstellen können, dass sie überhaupt in Wut geraten könnte. Sie nahm ihr Taschentuch hervor und tupfte Jinlong das Gesicht ab, er schob ihre Hand weg, aber sie hörte nicht und fing wieder damit an. Was soll ich sagen? Mich intelligentes Schwein schafften diese Frauen aus Ximen dermaßen, dass ich im Kopf ganz kirre war. Mo Yan krabbelte aus dem matschigen Heuhaufen heraus und hüpfte wie ein wildes Kind, dem man Kegelfedern unter die Füße geschnürt hat, nach links und rechts schwankend, an den Tisch, nahm eine Schale Schnaps und hob sie, mit beiden Händen fassend, hoch über seinen Kopf. Keine Ahnung, ob er mit dieser Geste Li Bai oder Qu Yuan imitierte. Jedenfalls schrie er klirrend aus vollem Leibe: „Mond! Prost! Ich trinke auf dich!"
Er schüttete den Schnaps aus der Schale in hohem Bogen in Richtung Mond, wie ein dunkler Wasservorhang flog der Schnaps durch die Luft. Der Mond tat einen ordentlichen Ruck erdwärts, um dann sachte zu steigen, bis er seine gewohnte Höhe wieder erreicht hatte. Wie ein silberner Teller blickte er kühl vom Himmel hinab in die Menschenwelt. Das Fest ging inzwischen seinem Ende zu. Ich wollte nicht mehr bleiben. Meine Zeit war kostbar, denn ich hatte in dieser Nacht noch viel vor. Zuerst wollte ich Lan Lian besuchen gehen. Ich wusste, dass er die Angewohnheit hatte, in Mondnächten zu arbeiten. Als ich ein Stier war, sagte er mir einmal: „Stier, alter Freund, die Sonne gehört denen, der Mond gehört uns."
Auch mit geschlossenen Augen fand ich den langen Ackerstreifen sofort, der von allen Seiten von den Feldern der Volkskommune umschlossen lag. Dieser halbe Morgen privaten Ackers, der aus dem Ozean wie ein Fels in der Brandung herausragte und niemals unterging! Lan Lian war in der ganzen Provinz als negatives Beispiel verpönt. Ich hatte großen Ruhm damit erlangt, dass ich ihm Esel und Stier gewesen war, aber es war reaktionärer Ruhm. *Nur wenn uns unser Grund und Boden auch gehört, können wir über unseren Grund und Boden auch gebieten,* sagte Mao Zedong.
Bevor ich zu Lan Lian ging, machte ich, weil es auf dem Weg lag, noch einen Abstecher bei mir vorbei. Ich ging auf Schleichwegen und, so kann man sagen, mucksmäuschenstill. Halunke stöhnte immer noch schwer. Er hatte ernste Verletzungen erlitten. Die beiden Volksmilizionäre saßen unter dem Baum und aßen Aprikosen.

Ich sprang im Jagdgalopp im Schatten der Aprikosenbäume dahin, dabei fühlte ich mich leicht wie eine Schwalbe, ganz von selbst kamen die Galoppsprünge. Ich brauchte nur wenig mehr als fünfzehn Sprünge, da hatte ich den Aprikosengarten bereits hinter mir gelassen. Plötzlich tauchte längs vor meinen Augen ein fünf Meter breiter, mit klarem Wasser gut gefüllter Kanal auf. Die Wasseroberfläche war wie ein Spiegel so glatt, der Mond auf dem Wasser beobachtete genau, was ich tun würde. Ich war mir instinktiv bewusst, dass ich schwimmen konnte, obwohl ich seit meiner Geburt niemals im Wasser gewesen war. Aber um den Mond im Wasser nicht zu belästigen und zu beunruhigen, beschloss ich, über den Kanal hinweg zu springen. Ich ging ungefähr zehn Meter rückwärts, holte einige Male tief Luft, um dann loszurennen. Ich preschte in Höchstgeschwindigkeit, der hellweiße Richtweg am Ufer des Kanals war der beste Punkt für den Absprung. Meine Vorderklauen traten auf den harten Untergrund, mit den Hinterbeinen stieß ich mich mit aller Kraft ab. Sodann flog mein Leib wie eine durch die Haubitze abgefeuerte Granate durch die Luft. Ich spürte, wie mir ein kühler Wind den Bauch entlang strich, der Mond im Wasser zwinkerte einmal, da kam ich auch schon am anderen Ufer des Kanals an. Die feuchte Erde an der Uferkante verschaffte mir ein etwas unangenehmes Landegefühl. Dieser kleine Schönheitsfehler war aber auch alles, was sich beanstanden ließ. Ich überquerte den breiten Sandweg, der von Nord nach Süd führte. Die Blätter der Zitterpappeln am Wegesrand glitzerten. Dann stürmte ich einen von Osten nach Westen führenden Sandweg weiter, links und rechts des Weges war alles dicht mit Scheinindigo zugewachsen. Wieder sprang ich über einen breiten Wassergraben, um weiter einen Sandweg Richtung Norden entlang zu rennen. Ich lief zum Flussdeich und von dort weiter nach Osten. Vorbei ging es an neben mir aufblitzenden Feldern der Produktionsbrigade, Mais, Baumwolle und eines mit Gerste, die bald reif war. Der Grund und Boden meines früheren Herrn lag vor meinen Augen. Ich konnte das zwischen den Produktionsbrigadefeldern eingeklemmte lange Stück Land schon sehen. Links davon war der Mais, rechts davon die Baumwolle der Produktionsbrigade. Bei Lan Lian wuchs Weizen, Getreide, das keine Grannen hatte. Weizen hatte die Brigade aus ihrem Saatgut herausgenommen, weil der Ertrag niedrig war und es spät reifte. Lan Lian benutzte keinen Kunstdünger, spritzte nicht, hatte kein gutes Saatgut und ließ sich nichts zuschulden kommen. Er war immer ein typischer altmodischer Bauer, er änderte sich nicht. Aus heutiger Sicht müsste man sagen, dass das von ihm damals angebaute Getreide einwandfrei biologisch produziert war. Die Produktionsbrigade spritzte im großen Stil chemisches Insektenschutzmittel und Unkrautvernichter und trieb ihm die Schädlinge aufs Feld. Jetzt hatte ich ihn entdeckt.

„Mein treuer Freund, wie lange haben wir uns nicht gesehen? Wie ist es dir ergangen? Lieber Mond, komm etwas tiefer und spende Licht, damit ich ihn deutlicher erkennen kann."

Der Mond kam tiefer, er sank langsam herunter wie ein riesenhafter Gasballon. Ich hielt den Atem an und kam näher. Heimlich versteckte ich mich in seinem Weizenfeld. Das war sein Land. Obwohl die Sorte uralt war, stand der Weizen prächtig. Die Halme reichten ihm bis zum Bauch. Die Ähren hatten keine Grannen, das leuchtende Mondlicht tauchte sie in Gelb. Er trug dieses mir so vertraute, chinesische Hemd mit den unzähligen Flicken aus grobem, handgewebtem Stoff. Um die Taille hatte er einen weißen Stoffgürtel gebunden, auf dem Kopf trug er den aus Mohrenhirse und Bambusstreifen geflochtenen, kegelförmigen Bauernhut. Sein Gesicht war größtenteils von der Hutkrempe verschattet, trotzdem konnte ich seine blau strahlende Gesichtshälfte sehen. In der Hand hielt er eine lange Bambusstange, an die rote Stoffstreifen gebunden waren. Er schwenkte die Bambusstange, dabei schlugen die Stoffstreifen wie ein Pferdeschweif gegen die Ähren. Die schädlichen Motten flogen mit ihren Bäuchen voller Eier in Schwärmen auf und ließen sich in den Baumwoll- und Maisfeldern der Produktionsbrigade nieder. Mit diesen verschrobenen, altertümlichen Methoden schützte er sein Land. Es sah aus, als kämpfe er gegen die Schädlinge, in Wirklichkeit kämpfte er gegen die Volkskommunen.

„Alter Freund, ich kann dir nicht mehr helfen! Als ich dir Esel und Stier war, konnten wir in guten wie in schlechten Zeiten Freud und Leid teilen, aber ich bin der Stammeber der Volkskommune geworden."

Ich dachte daran, einen Haufen auf sein Feld zu kacken und seinem Land etwas organischen Dünger zuzufügen. Aber dann kam mir der Gedanke: Was, wenn du hineintrittst? Wäre aus der gut gemeinten Tat dann nicht eine schlechte Tat geworden? Ich könnte vielleicht den

Mais auf dem Feld der Volkskommune abbeißen, die Baumwollpflanzen herausreißen. Aber Mais und Baumwolle sind nicht deine Gegner, gegen die du zu kämpfen hast. Treuer Freund, halte durch! Werde nicht wankelmütig! Du bist der einzige Privatwirtschaftler auf chinesischer Erde! Allein daran festzuhalten bedeutet Sieg. Ich hob den Kopf und schaute zum Mond. Der nickte zustimmend. Dann rutschte er plötzlich in die Höhe und schwenkte gen Westen. Es war spät, ich musste zurück. Gerade als ich aus dem Weizenfeld herausschlüpfen wollte, sah ich Yingchun, einen Bambuskorb über dem Arm, mit raschem Schritt herbeikommen. Der Weizen strich ihr laut raschelnd an der Taille vorbei. Ihr Gesichtsausdruck war der einer Ehefrau, die, weil die Zeit knapp ist, ihrem Mann das Essen aufs Feld zur Arbeit bringt. Sie waren zwar auseinander gezogen, aber sie hatten sich nie scheiden lassen. Obwohl sie nicht geschieden waren, gab es für beide schon lange keine gemeinsamen Freuden im Bett mehr. Welch Trost für mich. Eigentlich ist das schamlos, ein Schwein, das sich in die Liebesangelegenheiten zwischen Mann und Frau einmischt. Aber ich war schließlich Ximen Nao und früher einmal ihr Gatte gewesen. In der frischen, reinen Luft auf dem Feld konnte man deutlich den Schnaps riechen, den ihr Körper ausdünstete. Sie blieb zwei Meter vor Lan Lian stehen und schaute ihm zu, wie er mechanisch die Bambusstange schwenkend die Insekten verscheuchte. Das verursachte ein rauschendes Windgeräusch. Die schädlichen Motten flogen behäbig, weil sie taunasse Flügel hatten und an ihren prallen Bäuchen schwer trugen. Er wusste bestimmt, dass sich jemand von hinten näherte. Und ich glaube, er wusste ebenso, dass es Yingchun war. Aber er hörte nicht auf, seine Stange zu schwenken, nur langsamer wurde er, er schwenkte langsamer und ging langsamer vorwärts.
„Vater… ", begann Yingchun schließlich.
Die Bambusstange fegte noch zweimal durch die Luft, dann blieb sie steif in der Luft stehen. Er stand still, wie eine Vogelscheuche.
„Die Kinder sind verheiratet. Deswegen brauchen wir uns nun nicht mehr zu sorgen." Sie stieß einen langen Seufzer aus. „Ich bringe dir eine Flasche Schnaps. Auch wenn Jiefang schlecht ist, ist er doch immer noch dein Sohn."
„Äh …", nuschelte Lan Lian, die Bambusstange kreiste zweimal.
„Leiter Pang kam mit Frau und Tochter. Er schenkte jedem Paar ein glasgerahmtes Bild des Vorsitzenden Mao …" Yingchun sprach nun

bewegt und etwas lauter in höherer Stimmlage: „Leiter Pang ist befördert worden und ist nun Fabrikdirektor der Baumwollmanufaktur. Er hat zugesagt, Jiefang und Hezuo als Arbeiter zu sich in die Fabrik zu nehmen. Sekretär Hong hat ihn darum gebeten. Sekretär Hong behandelt Jinlong, Baofeng und Jiefang gut. Eigentlich ist er ein guter Mensch. Vater, wir haben es eigentlich gut getroffen."
Die Bambusstange begann wieder wild durch die Luft zu fegen, die Stoffstreifen an der tanzenden Stange erwischten ein paar Motten, die über dem Weizen schwirrten, worauf diese leidklagend zu Boden fielen.

„Ist ja gut, Vater, ich habe etwas Dummes gesagt. Zürne mir bitte nicht", sprach Yingchun: „Bleib bitte, wie du bist! Wir sind dich alle so gewohnt. Aber weil es doch schließlich der Schnaps zur Hochzeit deines Sohnes ist … ich bin die ganze Nacht gelaufen, um dir davon zu bringen. Bitte trink einen Schluck. Dann gehe ich auch wieder."
Yingchun holte eine im Mondschein funkelnde Schnapsflasche aus dem Korb hervor, zog den Korken ab, folgte ihrem Mann einige Schritte und ging dann um ihn herum, um schließlich vor ihm zu stehen. Die Bambusstange hörte wieder auf, durch die Luft zu tanzen. Der Mensch stand still. Ich konnte die Tränen in seinen Augen glitzern sehen. Seine Bambusstange richtete sich auf, lehnte sich gegen seine Schulter und schob ihm den Bambushut ins Genick. Er blickte in den nach Westen zeigenden Vollmond. Der Mond blickte, wie hätte es anders sein sollen, traurig zurück. Er nahm die Flasche entgegen, aber er wandte noch nicht einmal den Kopf dabei: „Vielleicht habt ihr alle Recht, und nur ich allein liege falsch. Aber ich habe es geschworen. Und sollte ich falsch liegen, so werde ich es bis zum letzten Atemzug bleiben."

„Vater, wenn Baofeng verheiratet ist, dann trete ich aus der Kommune aus und bleibe bei dir."

„Nein. Wenn ich schon Privatwirtschaftler bin, dann will ich es auch richtig sein. Ich will auf mich allein gestellt bleiben. Ich brauche gar niemanden. Ich bin nicht gegen die Kommunistische Partei, ich bin auch nicht gegen den Vorsitzenden Mao, ich bin auch nicht gegen Kommunen und nicht gegen die Kollektivierung. Ich mag es eben, allein privat zu wirtschaften. Die Krähen am Himmel sind alle schwarz. Aber warum soll es nicht auch weiße Krähen geben? Ich bin eben eine weiße!"

Er sprengte Schnaps aus der Flasche dem Mond entgegen und mit einer bewegenden Geste, wie ich sie selten sah, voller Trauer, unendlich trostlos, schrie er in den Himmel: „Mond, seit über zehn Jahren warst du bei meiner Arbeit mit mir. Du bist die Laterne, die mir der allmächtige Himmel schenkte! Du leuchtetest mir beim Pflügen und beim Eggen, beim Säen und beim Keimlinge verziehen, beim Korn mähen und beim Dreschen ... Du bist schweigsam und verschwiegen, nie wütend und zürnst mir nicht, ich bin dir Dank und Freundschaft schuldig! Heute will ich dir Schnaps opfern. Ich will dir zeigen, wie sehr ich dir von Herzen danke. Mond, ich danke dir!"
Der kristallklare Schnaps spritzte durch die Luft wie nachtblaue Perlen. Der Mond zitterte und zwinkerte Lan Lian lange zu. Er imponierte mir sehr. In einer Zeit, als alles die Sonne besang und bedichtete, war da einer, der zum Mond eine tiefe Freundschaft aufgebaut hatte. Lan Lian goss sich den restlichen Schnaps in den Mund. Dann reichte er die leere Flasche zurück: „Nun ist es gut, du kannst gehen."
Lan Lian schwenkte wieder die Bambusstange und ging dabei vorwärts. Yingchun kniete mit gefalteten Händen am Boden. Sie hob die Hände gen Himmel und zeigte damit auf den Mond. Der sandte ein weiches, milchiges Licht, leuchtete auf ihre in Strömen fließenden Tränen, ihr schlohweißes Haar, ihre zitternden Lippen ...
Wegen ihrer beider Liebe stand ich ohne Furcht vor möglichen Konsequenzen und ohne jeden Kompromiss auf und stellte mich aufrecht hin. Ich glaubte fest, dass sie beide den sechsten Sinn besaßen, dass sie spüren konnten, wer ich war, und dass sie mich nicht für einen Geist halten würden. Meine Vorderhufe drückten die weichen, biegsamen Weizenhalme auseinander, in der Furche kam ich auf sie zu. Ich grüßte sie höflich mit verschränkt gefalteten, erhobenen Vorderhufen. Sie blickten mich wie versteinert an. Bestürzt und verwundert. Ich grunzte: „Ich bin Ximen Nao."
Ich konnte deutlich hören, dass meinem Hals menschliche Töne entkamen. Doch sie zeigten keinerlei Reaktion. Eine ganze Weile, dann schrie Yingchun schrill auf. Lan Lian richtete die Bambusstange auf mich und sprach: „Schweinegeist, wenn du mich totbeißen willst, dann nur zu. Aber ich bitte dich, zertritt meinen Weizen nicht."
Grenzlose Trauer überkam mich. Mensch und Tier gehen verschiedene Wege, sie können sich nicht verständigen. Ich ließ die Hufe sin-

ken und lief aus dem Weizenfeld heraus. Ich war völlig verzweifelt. Als ich dem Aprikosengarten wieder nah war, änderte sich meine Stimmung und ich war gespannt. Alle Lebewesen unter dem Himmel sind nun eben verschieden. Freude und Leid, Getrenntsein und Zusammenbleiben, alles gehorcht seinen Regeln. Man kann sein Schicksal nicht abwenden. Wenn ich jetzt schon Eber war, dann wollte ich das, was in der Verantwortung eines Ebers liegt, auch gut machen. Lan Lian blieb Kraft seiner Sturheit allein und vermischte sich nicht mit der Menge. Ich, Schwein Sechzehn, wollte ebenso Kraft meiner Intelligenz, meines Mutes, meiner herausragenden Körperkraft Weltbewegendes leisten. Ich würde Kraft meines Schweineleibes in die Menschengeschichte eingehen.

Wieder im Aprikosengarten, verdrängte ich alle Gedanken an Yingchun und Lan Lian. Denn ich sah, dass Halunke die kleine Sau Schmetterlingstraum so angemacht hatte, dass sie ganz liebestoll war. Von den anderen neunundzwanzig Sauen waren vierzehn bereits aus ihren Buchten herausgesprungen. Die restlichen fünfzehn rammten mit ihren Schädeln die Stalltüren und grunzten schrill den Mond an. Der Vorhang zum großen Paarungsakt öffnete sich langsam und das Vorspiel begann. Noch bevor der Hauptdarsteller auf der Bühne erschienen war, hatte der Nebendarsteller sich vorgewagt und wollte der Erste sein.

„Ach du Scheiße! Das darf doch nicht wahr sein!"

Das neunundzwanzigste Kapitel

Schwein Sechzehn trägt mit Halunke einen erbitterten Kampf aus. Das neckische Strohhutlied wird zum Tanz von den Samen der Treue gespielt.

Halunke lehnte mit dem Rücken an dem berühmten Aprikosenbaum, mit der linken Klaue hielt er den mit gelben Aprikosen gefüllten Strohhut. Ohne Pause langte er mit der rechten Klaue in den Hut, griff eine Aprikose und warf sie sich treffsicher in den Rachen. Schmatzend aß er das Fruchtfleisch und spuckte den Kern mit Schwung ein paar Meter weit von sich. Seine lässige Haltung ließ in mir Zweifel darüber aufkommen, ob er sich mit dem Sprengsatz, auf den er gebissen hatte, tatsächlich schwer verletzt hatte. Drei, vier

Meter weiter stand Schmetterlingstraum unter einem zierlichen, schlanken Aprikosenbaum. Mit der einen Klaue hielt sie den kleinen Spiegel, in der anderen klemmte der gebrochene Plastikkamm. Sie warf den Kopf herum, bewegte sich hier, streichelte sich da und stellte ihre Geilheit zur Schau. Sauen! Deren Schwäche ist doch, dass sie immer nur auf irgendeinen Gewinn aus sind! Da haben sie einen kleinen Spiegel, einen halb zerbrochenen Kamm, und schon sind sie dahin und werfen sich dem Erstbesten in die Arme. Zehn Meter weiter quiekten schmachtend vierzehn Sauen, die über die Stallwand gesprungen waren. Dabei schauten sie fortwährend zu Halunke hinüber. Der warf in einem fort Aprikosen aus dem Strohhut zu den Sauen hin. Bei jeder Aprikose quiekten sie wie irre. Dann kreischten und grapschten sie nach der Frucht.

„Halunke, dritter Bruder! Sei nicht nur auf Schmetterlingstraum aus! Wir lieben dich auch, wir alle wollen für deine Nachkommenschaft sorgen!"

Die Sauen lockten ihn mit schlüpfrigen Worten. Er sah sich schon mit Unmengen von Haupt- und Nebenfrauen zusammen und fühlte sich so geschmeichelt, dass er völlig abhob. Er schwebte auf Wolke Neun. Er schritt mit schlaksigen Beinen einher, summte ein Liedchen zwischen den Hauern. Dabei hüpfte er mit dem Strohhut in der Klaue ein Tänzchen. Die vierzehn Säue sangen sein Liedchen mit, manche wirbelten im Kreis herum, manche wälzten sich auf dem Boden. Wie zweitklassig, wie niveaulos sie doch waren! Ich verachtete sie. Gerade in diesem Moment legte Schmetterlingstraum Spiegel und Kamm bei der Baumwurzel nieder und begann damit, Po kreisend und Schwanz wackelnd, auf Halunke zuzugehen. Als sie ganz nah bei ihm stand, nahm sie plötzlich den Kopf herunter und streckte den Po hoch und spitz nach vorn.

Ich machte einen Riesensatz und landete wie ein afrikanischer Wüstenspringbock zwischen Halunke und Schmetterlingstraum. Das gerade beginnende Vergnügen war Illusion geworden. Mein Erscheinen brachte Schmetterlingstraums Wollust sofort zum Erkalten. Sie wandte mir ihren Kopf zu und verschwand unter dem dünnen Aprikosenbaum, um mit ihrer violetten Zunge ein paar rote Aprikosenblätter vom Boden aufzuklauben, die sich vom Madenfraß verfärbt hatten und vom Baum gefallen waren. Schmatzend kaute sie diese Leckerbissen. Ach, Sauen sind doch wie fließend Wasser und Wei-

denkätzchen im Wind. Sie sind von Natur aus flatterhaft! Bei denen gilt doch: aus den Augen, aus dem Sinn. Aber im Grunde gibt es da nichts zu kritisieren. So erst ist garantiert, dass die Spermien mit den allerbesten Genen den Weg in die Gebärmutter finden und dort mit den Eiern verschmelzen. So erst wird exzellente Nachkommenschaft ausgetragen und aufgezogen. Das ist ganz einfach. Jedes Schwein kapiert das. Das wird Halunke mit seinem hohen IQ ja wohl auch kapieren. Den Strohhut, der ihm zwischen den Klauen hing, schleuderte er mir mitsamt den darin noch übrigen Aprikosen entgegen. Mit gefletschten Zähnen knurrte er böse: „Du Hundesohn hast mir meine Braut verscheucht!"
Ich wich aus, mit klarem Blick und schneller Klaue fasste ich den Strohhut noch an der Krempe. Mit meinen auffußenden Hinterbeinen kam ich sodann in den freien Stand. Schnell drehte ich meinen Körper, um mit dem linken Bein fest auf dem Boden zu stehen, als wollte ich Wurzeln schlagen. Mit dem frei schwingenden rechten Bein drehte ich mich sodann schnell wie der Blitz um eine und eine halbe Drehung und schmiss, den gewaltigen Schub wie ein voll trainierter Diskuswerfer ausnutzend, den mit Aprikosen gefüllten Strohhut in hohem Bogen von mir weg. Der goldene Strohhut flog in wunderschön anzusehendem Bogen dem schon in weiter Ferne am Himmel hängenden Mond entgegen. Die Melodie des bewegenden Strohhutliedes hörte man donnernd am Himmel: „Lalala ~ laya, laya, laya ~ Mamas Strohhut fliflafliegt da ~ Mamas Strohhut fliflafliegt zum Mond ~ laya, laya, laya."
In das Freudengekreische der Sauenhorde – es war inzwischen nicht mehr die kleine Horde von vierzehn Sauen, sondern viele hundert Schweine – stimmten alle Schweine der Schweinefarm mit ein. Die, die springen konnten, sprangen über die Stallmauer ins Freie, die, die es nicht schafften, stellten sich mit den Vorderbeinen auf die Wandung und schauten zu mir herüber. Ich kam wieder mit allen vieren auf dem Boden zu stehen. In Ruhe, aber fest entschlossen, sagte ich: „Halunke, es ist nicht so, dass ich dir alles kaputtmachen will, es geht mir um die Gene unserer Nachkommen."
Mit den Hinterbeinen sprang ich fest auf den Boden, den Leib bäumte ich auf. So stürzte ich mich auf Halunke. Er tat das Gleiche und stürzte auf mich zu. Wir trafen in einer Höhe von zwei Metern über dem Boden aufeinander. Schnauze traf scheppernd auf Schnauze.

Ich spürte das harte Maul meines Rivalen und roch den üblen, säuerlichen Geruch, der diesem entstieg. Dann spürte ich einen dumpfen Schmerz in der Schnauze, im Ohr hallte mir das Strohhutlied wider, das aus der Luft auf mich niederging. Ich machte einen Purzelbaum und rappelte mich wieder auf, hob die Klaue und berührte kurz meine Nase. An der Klaue hatte ich blaues Blut. Ich sagte grollend: „Machs deiner Oma, du Arsch!"
Halunke machte einen Purzelbaum und rappelte sich wieder auf, hob die Klaue und berührte kurz seine Nase. An der Klaue hatte er blaues Blut. Er sagte grollend: „Machs deiner Oma, du Arsch!"
„Layala ~ laya, laya, laya ~ Der Strohhut, den ich von Mama hab, ist verschwunden ~" Das Echo des Strohhutliedes hing in der Luft. Der Mond rollte wieder zu uns herüber, über unseren Köpfen machte er halt. Er schwankte auf und ab, wie ein schaukelndes Luftschiff. Der Strohhut kreiste erhaben um den Mond wie ein Satellit in seiner Umlaufbahn.
„Layala ~ laya, laya, laya ~ Der Strohhut, den ich von Mama hab, ist verschwunden ~" Die Schweine sangen das Lied im Chor, manche klatschten, manche stampften den Takt mit. Ich las ein Aprikosenbaumblatt auf, kaute es zu Brei, nahm es zwischen die Klauen und stopfe es mir in mein blutendes Nasenloch. So rüstete ich mich für den zweiten Angriff. Halunke blutete aus beiden Nasenlöchern. Ich sah, wie das Blut zur Erde tropfte und fluoreszierend wie ein Geisterfeuer glänzte. Ich freute mich im Geheimen. In der ersten Runde hatte ich, obwohl es zunächst ausgesehen hatte, als wären wir unentschieden daraus hervorgegangen, bereits die Oberhand gewonnen. Mir blutete nur das eine Nasenloch, ihm bluteten beide. Ich war mir im Klaren darüber, dass mir hier die Sprengladung geholfen hatte. Ansonsten wäre es für mich nicht so glimpflich ausgegangen. Denn meine Schnauze war seiner, die es gewohnt war, in den Yimengbergen Felsbrocken zu rammen, nicht gewachsen. Halunkes Augen kreisten mit verstohlenem Blick, als suche er nach Aprikosenbaumblättern.
„Jüngelchen! Du suchst wohl nach Aprikosenbaumblättern, um dein Nasenbluten zu stillen? Mit mir nicht!"
Ich knurrte dunkel, mit messerscharfem Blick durchbohrte ich ihn. Gleichzeitig spannte ich jeden meiner Muskeln an, nahm meine ganze Kraft zusammen und stieg abrupt... Halunke, listig wie er war,

war nicht gestiegen und hatte nicht noch einmal meinen Schädel gerammt, sondern war wie ein Steinbeißer nach vorn geschnellt, während ich mich ins Leere stürzte. Mein Leib glitt durch die Luft und bohrte sich direkt in die Krone des schiefnackigen Aprikosenbaums. Ich hatte ein Bersten, dann ein Krachen im Ohr. Direkt neben mir stürzte ein Ast von der Stärke eines Menschenarms zu Boden. Mit dem Kopf stieß ich zuerst auf die Erde, dann mit dem Rückgrat. Mein Körper machte eine volle Drehung. Dann rappelte ich mich wieder auf. Mir war schwindlig und schwarz vor Augen, meine Schnauze war voll mit Erde.

„Layala ~ laya, laya, laya ~", die Sauen klatschten im Takt und sangen im Chor. Diese Sauen hielten nicht etwa zu mir und jubelten mir zu. Sie hängten ihr Fähnchen immer nach dem Wind. Wie sich wiegendes Gras krochen sie immer dem, der gerade siegte, in den Arsch. Der Sieger wurde zum Stammeber. Halunke stellte sich erfreut hin und dankte den jubelnden Sauen, die verschränkten Klauen hoch vor der Brust schwenkend. Kusshände warf er ihnen zu. Und die jubelten ihm begeistert zu, obschon ihm das schmutzige Blut aus der Nase tropfte und seine ganze Brust verschmierte. Halunke war dermaßen zufrieden mit sich, dass er tatsächlich großspurig unter den Baum zu mir kam, dort den heruntergestürzten, mit Aprikosen voll hängenden Ast anhob und unter meinem Hinterteil hervorzog. Das war zu provokant!

„Bubi ..." Mir war schwindlig. „Laya, la ~ laya, laya, laya ~ " Ich starrte ihm mit großen Augen nach, wie er den schweren Ast voller Aprikosen rückwärts wegschleifte. Er machte immer ein paar eilige Schritte rückwärts, hielt dann ein paar Sekunden inne und schöpfte Luft, um das nächste Stück weiterzugehen. Der Ast fegte mit lautem Rascheln über den Boden.

„Laya, la ~ laya, laya, laya ~ Dritter Bruder, du bist Spitze."
Ich kochte über vor Wut. Wie hasste ich es, dass ich mich jetzt nicht auf ihn stürzen konnte... Aber mir war schwindlig. Halunke schleifte den Ast Schmetterlingstraum vor die Füße. Wie ein weiß behandschuhter Gentleman stand er aufrecht, das rechte Bein einen Schritt zurück, den rechten Vorderhuf vorgestreckt und mit dem Huf einen Halbkreis beschreibend: „Hier bitteschön, Fräulein ~ laya, laya, laya!" Dabei winkte er den vierzehn Sauen und den weiter weg stehenden Börgen zu. Die Schweineherde brüllte begeistert, tumultartig hat-

te sie den Aprikosenbaumast in tausend Stücke zerrissen. Ein paar mutige Börge wollten sich gerade vorwagen und sich dem Aprikosenbaum nähern, da erhob ich mich. Ich sah eine kleine Sau, die einen Zweig voll mit Aprikosen ergattert hatte. Stolz schüttelte sie den Kopf, wobei ihre dicken Ohren laut an ihre Schweinbacken klatschen. Halunke trabte im Kreis und warf mit Kusshänden um sich. Ein verschlagener Borg steckte die Vorderklaue in die Schnauze und pfiff einen schrillen Ton. Alle Schweine waren sofort still.

Ich gab mir Mühe, zur Ruhe zu kommen. Ich wusste, dass wenn ich jetzt mit Vehemenz und Mut aufs Ganze ginge, es mir noch schlimmer als beim ersten Mal ergehen würde. Das wäre jedoch nur eine Kleinigkeit im Vergleich dazu, dass, wenn ich nichts unternehmen würde, die Sauen allesamt zu Frauen und Nebenfrauen des Halunke würden. Fünf Monate später wären einige hundert Spukgespensterferkel mit langen Schnauzen und Spitzohren auf unserer Schweinefarm dazugekommen. Ich wackelte mit dem Ringelschwanz, lockerte meine Muskeln, hustete alle Erde aus meinem Maul und pflückte mir gleich noch einige Aprikosen ab. Der Boden war mit einer dicken Schicht Früchte bedeckt, die allesamt die Wucht meines Leibes heruntergerissen hatte. Sie besaßen die richtige Reife, das Fruchtfleisch duftete fein und schmeckte zuckersüß wie Honig.

„Laya, la ~ laya, laya, laya ~ Mamas Strohhut fliflafliegt um den Mond herum! Manchmal ist der Mond goldgelb, manchmal silberweiß."

Ich aß ein paar Aprikosen, die mich beruhigten. Der Aprikosensaft in meinem Maul und Rachen war so angenehm, dass ich mir Zeit ließ und diese Mahlzeit bewusst langsam genoss. Ich sah zu, wie Halunke Schmetterlingstraum mit einer Aprikose füttern wollte, sie aber den Kopf wegdrehte und sich zierte.

„Meine Mutter sagte mir, dass ich von fremden Keilern nichts nehmen darf", sprach sie mit betörend süßer Stimme.

„Einen Quatsch redet deine Mutter da", antwortete Halunke und steckte ihr die Aprikose mit Gewalt ins Maul, dabei küsste er sie noch schnell laut schmatzend auf die Ohren. Die Horde Schweine grölte laut: „Einen Kuss, der muss! Noch einen Kuss, der muss! Laya, la ~ laya, laya, laya ~"

Die hatten mich wahrscheinlich längst abgeschrieben. Die dachten wohl, Sieger und Verlierer seien schon entschieden, und ich hätte längst das Handtuch geworfen. Die meisten waren mit Halunke zu-

sammen aus den Yimengbergen gekommen und standen ohnehin auf seiner Seite.
„Machs doch deiner Oma, du Arsch, jetzt reicht's mir!"
Ich nahm meine ganze Kraft zusammen, galoppierte auf Halunke zu und bäumte mich auf. Halunke machte den gleichen Trick noch mal und machte sich unter meinem Bauch auf und davon. Jungchen, darauf habe ich gewartet! Ich kam geschickt unter dem schlanken Aprikosenbaum wieder auf die Beine, genau neben Schmetterlingstraum. Wir hatten somit die Plätze getauscht. Ich hob den Vorderhuf und knallte ihr eine auf die Schweinebacke, dann stieß ich sie zu Boden. Sie quiekte schrill und jaulte. Ich wusste, dass Halunke sich nun auf mich stürzen würde und ihm meine zwei Riesenhoden, meine verletzlichsten und kostbarsten Körperteile, gute Angriffsfläche boten. Wenn er sie mit dem Schädel gerammt oder wenn er hineingebissen hätte, dann wäre alles aus gewesen. Also zog ich das Schwert und warf die Scheide fort, ich setzte alles auf eine Karte, und es war ein verdammt brutaler Schachzug von mir. Aus den Augenwinkeln schielte ich hinter mich, um Strecke und Zeit genau im Blick zu haben. Ich sah, wie dieses Raubtier die Schnauze aufsperrte und blutigen Schaum aus dem Maul spritzte, während seine Augen mich durchbohrten. Ich gab ihm keine Chance, Widerstand zu leisten. Meine zwei spitzen Vorderhufe trafen brutal in seine bösen, nach jeder Seite blitzenden Augen.
„Laya, la ~ laya, laya, laya ~ Mamas Strohhut fliflafliegt zum Mond ~ laya, laya, laya ~ und trägt meine Liebe und meine Ideale davon ~"
Das war sehr gemein gewesen. Aber nun bloß nicht auf den frömmelnden Sermon von Gut und Böse hören. Man durfte das Ziel nicht aus den Augen verlieren. Halunke hatte mich wild strampelnd auf seinem Rücken, bis ich endlich herunter fiel. Aus seinen Augenhöhlen floss blaues Blut. Er hielt sich die Augen und wälzte sich auf dem Boden. Während er sich wälzte, brüllte er: „Ich sehe nichts mehr! Ich kann nichts mehr sehen ..."
„Laya, la ~ laya, laya, l..." Die Schweinehorde verstummte, jedes Schwein setzte sofort eine ehrfürchtige und ernste Miene auf. Der Mond stieg höher und höher, der Strohhut schwebte zu Boden, vom Strohhutlied war kein Ton mehr zu hören. Nur Halunkes schrilles Grunzen und Jaulen hallte im Aprikosenhain wider. Die Börge waren mit eingeklemmtem Ringelschwanz schnell in ihre Buchten zu-

rückgeschlichen. Die Sauen hatten auf Geheiß ihrer Rottenführerin Schmetterlingstraum um mich herum einen Kreis gebildet und schauten eine wie die andere akkurat über die Schulter, während sie sich anbiederten und mir ihre Hintern anboten. Mit ihren Rüsseln quiekten sie durcheinander: „Herr und Gebieter, wir gehören nur Euch. Ihr seid unser Stammeber und wir Eure nichtswürdigen Kebsen. Wir sind bereit, Mütter Eurer Kinder zu werden."
Der zu Boden segelnde Strohhut war unter den sich auf der Erde wälzenden Halunke geraten und plattgedrückt worden. In meinem Hirn herrschte völlige Leere. An meinem Ohr meinte ich das Strohhutlied noch nachklingen zu hören. Der Nachhall verschwand schließlich wie die zum Grund hinab sinkende Perle im tiefen See. Alles war wie zuvor. Das Mondlicht floss wie Wasser. Es wurde so kalt, dass ich unmerklich zitterte und am ganzen Körper eine Gänsehaut bekam. So war es also, wenn man sich die Macht zum Herrschen erkämpfte. So erzwang man unumschränkte Alleinherrschaft? Wozu brauchte ich überhaupt so viele Sauen? Wenn ich ehrlich sein soll, hatte ich damals nicht mehr die geringste Lust, mich mit ihnen zu paaren. Aber wie die ihre Hintern so hochstreckten, wie ein unverwüstlicher Stadtwall, der mich einschloss und aus dem es kein Entrinnen gab! Ich wäre am liebsten mit dem Wind durch die Lüfte auf und davon. Aber von scheinbar hoher Warte aus schien mich eine Stimme erinnern zu wollen: „Du bist Stammeber. Du hast nicht das Recht zu türmen, genau wie Halunke kein Recht hat, sich mit ihnen zu paaren. Die Paarung mit ihnen ist deine heilige Pflicht!"
„Laya, la ~ laya, laya, laya ~", das Strohhutlied schwoll wieder an, gleichwie die Perle vom Grund langsam an die Wasseroberfläche aufsteigt. Beim Herrscher zählt die Familie nicht, am Pimmel des Herrschers hängt die Politik. Ich hatte meinen Job ernst zu nehmen und mich pflichtgetreu mit den Sauen zu paaren. Ich musste ihnen mein Sperma in die Gebärmutter spritzen, unwichtig, ob sie schön oder hässlich, weiß oder schwarz, jungfräulich oder schon von anderen Ebern bestiegen worden waren. Ich hatte die Qual der Wahl. Sie hatten es alle gleich eilig, sie waren alle gleich heiß. Mit welcher sollte ich denn nun zuerst? Welcher sollte ich, so sollte ich vielleicht sagen, als erstes meinen königlichen Besuch abstatten? Ich hatte das dringende Bedürfnis, mir in dieser Sache von einem Borg helfen zu lassen. Die Börge waren ja da, aber jetzt war dazu keine Zeit mehr. Der

Mond hatte sein Pensum für die Nacht fast erfüllt, sträubte sich aber noch, in den Westen hinabzutauchen. Er verweilte noch eine Weile, mit rotem, großem Gesicht zwischen den Zweigen der Aprikosenbäume hervorlugend. Im Osten glitzerte es bereits am Horizont haifischbauchfarben silberweiß. Der Morgen wollte grauen. Am Morgen leuchten die Sterne immer besonders schön. Ich stupste meinen harten Rüssel in Schmetterlingstraums Hintern, um ihr anzuzeigen, dass sie die erste sein sollte, die ich beehren wollte.

„Mein König, mein Gebieter, wie sehr hat Eure Kebse diesen Augenblick herbeigesehnt …", grunzte sie mir mit schmeichelndem Stimmchen entgegen.

Für diesen Augenblick vergaß ich, was vor mir lag, mich kümmerte auch nicht mehr, was hinter mir lag. Ich war nur noch Eber, ich stieß mich mit den Vorderhufen in die Höhe und bestieg den Rücken der Sau Schmetterlingstraum …

„Laya, la ~ laya, laya, laya ~", das Strohhutlied tönte wieder in voller Lautstärke. Dann sang ein Tenor mit voller Stimme und gewaltigem Pathos, unterstrichen durch die schnelle Rhythmen spielende Bigband im Hintergrund: „Mamas Strohhut fliflafliegt zum Mond hinauf ~ und nimmt meine Liebe und meine Ideale mit auf den Weg ~."

Die Sauen, die tatsächlich keine Spur von Eifersucht zeigten, bissen sich gegenseitig auf ihre Ringelschwänze und tanzten zur Begleitung des Strohhutliedes im Kreis um Schmetterlingstraum und mich herum. Mit einem Mal ertönte lautes Vogelgezwitscher in der Dunkelheit. Dann dämmerte feuerrot der Morgen. Ich hatte mich zum ersten Mal gepaart, und es war mir gut geglückt.

Als ich von Schmetterlingstraum herunterkam, sah ich Lady Bai Shi mit den Schweinefuttereimern an der Tragstange und der langstieligen Schöpfkelle herbeikommen. Ich nahm meine letzte Kraft zusammen, hopste wieder über die Wandung in meine Bucht und erwartete Bai Shi, damit sie mich fütterte. Schwarze Bohnen und Gerstenkleie ließen mir nur so das Wasser im Maul zusammenlaufen. Ich hatte jetzt großen Hunger. Bai Shi leuchtete im Schein der Dämmerung feuerrot über das ganze Gesicht, als sie von draußen hereinkam. Ihr Blick war tränenverschleiert, als sie tief bewegt zu mir sprach: „Sechzehn! Jinlong und Jiefang haben geheiratet, und du hast es auch getan. Nun seid ihr alle ausgewachsen."

Das dreißigste Kapitel
Haare mit Zauberkraft retten Halunke das Leben.
Die Schweine sterben alle am Schweinerotlauf.

Der August jenes Jahres war ungewöhnlich heiß und feucht. Es herrschte Dauerregen, als hätte der Himmel ein Loch. Das Regenwasser in den Bewässerungskanälen um die Schweinefarm war über die Ufer getreten, der Boden vom Wasser aufgeweicht und aufgegangen wie ein Hefeteig. Die vierzig, fünfzig Jahre alten Aprikosenbäume hielten die dauernd nassen Füße nicht aus. Sie hatten bereits alles Laub abgeworfen und boten einen jammervollen Anblick, wie sie dastanden und auf den Tod warteten. Die Pappel- und Weidenbaumstämme, die bei uns in den Stallungen als Balken und Stützen dienten, trieben aus und hatten lange grüne Zweige bekommen. Das Hirsestroh auf dem Dach war mit einer grauweißen Schicht von Schimmel überzogen. Die Schweinegülle und der Mist gärten und in den Stallungen roch die Luft schimmelig. Eigentlich wartete jeder darauf, dass die Frösche sich für den Winterschlaf bereitmachten. Doch sie begannen wieder damit, sich zu paaren. Sobald die Dunkelheit einsetzte, hörte man sie auf den Feldern ringsum laut quaken. Kein Schwein kriegte mehr ein Auge zu! Vor kurzem hatte es in einer entfernten Provinz ein verheerendes Erdbeben gegeben. Die Auswirkungen des Bebens waren noch bei uns zu spüren. An die fünfzehn Ställe, die auf schlechten Fundamenten errichtet worden waren, stürzten zusammen. Auch die Balken in meinem Stall knarrten laut. Dann gab es einen Meteoritenregen, bei dem ein gewaltiger Meteor mit mächtigem Donnern und blendendem Lichtstrahl den lackschwarzen Himmelsraum zerriss und krachend zu Boden ging, sodass die Erde ringsum erzitterte. Zu jener Zeit sollten meine zwanzig, dreißig hochträchtigen Sauen, deren Bäuche dick und fett angeschwollen und deren Zitzen schon prall gefüllt waren, jeden Tag werfen.
Halunke wohnte immer noch in der Bucht neben mir. Nach dem Kampf mit mir war sein linkes Auge völlig erblindet, auf dem rechten war ihm eine geringe Sehkraft geblieben. Welch Unglück für ihn. Ich bedauerte es zutiefst. Im Frühling hatte ich ihn gebeten, sich mit zwei Sauen zu paaren, die ich wiederholt beschlagen hatte, die aber immer noch nicht aufgenommen hatten. Gleichzeitig sollte es auch

meine Bitte um Vergebung an ihn sein. Er antwortete mit dunkler Stimme: „Schwein Sechzehn! Man darf einen Krieger im Kampf töten, aber man darf ihn nicht beleidigen! Ich bin dir unterlegen gewesen, daran lässt sich nichts ändern. Bitte handle mit Würde und erniedrige mich nicht auf diese Art und Weise!"
Nie hätte ich geglaubt, ihn solche Worte sprechen zu hören. Sie hatten mich zutiefst berührt. Von da an sah ich meinen Konkurrenten vergangener Tage mit ganz anderen Augen. Jiefang, ich kann dir sagen, Halunke wurde sehr verschlossen, nachdem er gegen mich verloren hatte. Seine beiden Schwächen, die Verfressenheit und die Schwatzhaftigkeit, waren wie weggefegt. Aber ein Unglück kommt selten allein, so sagt man, und tatsächlich sollte es für ihn noch schlimmer kommen. Man kann der Meinung sein, dass es mit mir zu tun hatte. Man kann aber auch der Ansicht sein, dass mich in dieser Angelegenheit nicht die geringste Schuld traf. Die Arbeiter auf der Schweinefarm wollten die beiden Sauen, die von mir nicht trächtig geworden waren, von Halunke beschlagen lassen. Halunke jedoch saß still und ohne jede Regung, gefühlskalt, als wäre er aus Stein gehauen, hinter den rauschigen Sauen. Deshalb nahmen die Arbeiter an, er wäre impotent. Um die Fleischqualität eines Ebers zu verbessern, muss man ihn kastrieren. Das macht ihr immer, es ist eine dieser erniedrigenden Erfindungen von euch Menschen. Diese Tortur hatte Halunke nun zu erdulden. Ein Ferkel vor der Geschlechtsreife zu kastrieren, ist ein kleiner Eingriff. Das ist in ein paar Minuten gemacht. Aber einen ausgewachsenen Keiler wie Halunke kastrieren – er hatte in den Yimengbergen bestimmt einige feurige Romanzen gehabt –, bedeutet eine lebensbedrohliche, große Operation.
Vielleicht fünfzehn Milizionäre brachten ihn unter den schiefnackigen Aprikosenbaum und hielten ihn dort fest. Halunke wehrte sich beispiellos, mindestens dreien zerbiss er den Handrücken so übel, dass das blutende Fleisch in Fetzen herunterhing. Jeder Milizionär riss an einem seiner Beine, sodass er in der Rückenlage gen Himmel schaute. Auf seinen Nacken pressten sie einen dicken Knüppel, die beiden Enden wurden von je einem Milizionär heruntergedrückt. In seine Schnauze hatten sie ihm mit Gewalt einen Stein von der Größe eines Enteneis geschoben. Der war zu groß, um ihn auszuspucken, und zu groß, um ihn herunterzuschlucken. Der Kerl, der das Messer hatte und Hand an ihn legen sollte, war ein Glatzkopf, dem nur an

den Schläfen und am Hinterkopf ein paar grauweiße Haare geblieben waren. Instinktiven Hass verspürte ich auf diesen Kerl. Erst als sie ihn beim Namen riefen, fiel es mir wie Schuppen von den Augen, dass dies mein Erzfeind Xu Bao aus meiner vorletzten Existenz war. Der Kerl war ein alter Mann geworden. Dazu hatte er starkes Asthma, bei der geringsten Bewegung hustete und keuchte er. Während die anderen Halunke einfingen, stand er in einiger Entfernung und schaute mit vor der Brust verschränkten Armen zu. Erst als sie Halunke unter Kontrolle hatten, lief er hinzu. Seine Augen funkelten vor Aufregung, es war dieser berufsmäßig stechende Blick. Dass dieser Scheißkerl immer noch nicht unter der Erde war! Mit geübter Hand schnitt er Halunke die Hoden heraus. Sodann holte er eine Handvoll Kalkpuder aus seiner Tasche, schmierte ihn flink über die Wunde, griff die beiden gewaltigen Hoden, die eine hellviolette Farbe und die Größe von Mangos hatten, und sprang damit zur Seite. Ich hörte Jinlong fragen: „Xu Bao, willst du das nicht mit ein paar Stichen nähen?"
Der sagte nur japsend: „Von wegen, da kann ich mich ja blöd nähen!"
Die Milizionäre schrien: „Hepp!" und sprangen nach vier Seiten auseinander. Halunke rappelte sich langsam hoch. Es gelang ihm, den Stein auszuspucken. Von der qualvollen Verstümmelung zitterte er am ganzen Körper, die Borsten standen ihm auf dem Rücken wie bei einer Bürste senkrecht empor. Die Wunde blutete in Strömen. Halunke stöhnte nicht, noch weniger jaulte er. Er biss die Zähne zusammen, dass sie laut knirschten. Xu Bao stand mit Halunkes Hoden in der blutverschmierten Hand unterm Aprikosenbaum und musterte sie eingehend. Er konnte seine Freude nicht verhehlen. Das war seinem faltigen Gesicht deutlich anzusehen. Ich wusste noch, dass dieser gewalttätige Kerl immer Appetit auf Hoden hatte. Bruchstückhafte Erinnerungen an meine Vergangenheit als Esel bestürmten mich und mir fiel ein, wie er mir mit seinem Kunstgriff, den er „im Gebüsch Pfirsiche stehlen" nannte, einen Hoden abgetrennt und ihn mit viel Chili kurzgebraten verspeist hatte. Einige Male wollte ich über die Mauer springen und dieser Memme die Eier abbeißen, ich wollte die Verstümmelung Halunkes rächen, mich selber rächen und die unzähligen Hengste, Stiere und Eber, die unter seiner Hand verstümmelt worden waren. Ich hatte niemals wirklich Angst vor

Menschen. Aber ich gebe frei und ohne Umschweife zu: Ich fürchtete mich vor diesem Bastard Xu Bao. Für uns männliche Tiere war er naturgegeben tödlich. Was seinem Körper entströmte, war kein Geruch, auch nicht irgendwie eine spürbare Hitze. Es waren Botschaften, die mir starr vor Entsetzen die Haare zu Berge stehen und mein Blut in den Adern gefrieren ließen. Genau! Es war ein magnetisches Kräftefeld. Eine Aura, in der es vom Leben in den Tod geht. Eine Aura der Kastration.

Unser Halunke schleppte sich mit Mühe unter den großen Aprikosenbaum. Er lehnte seitlich mit dem Bauch an dem Baumstamm, seine Kräfte nahmen rapide ab. Das Blut sprudelte wie aus einem kleinen Springbrunnen. Es färbte seine Hinterbeine und den Boden hinter ihm rot. Es war ein heißer Sommertag, aber er hatte Schüttelfrost und schlotterte am ganzen Leib wie ein Sieb, das man zum Zuckersieben schüttelt. Er war so gut wie blind, deswegen konnte ich seinen Augen nicht entnehmen, wie er sich fühlte. „Laya, la ~ laya, lala, laya, layala ~" die Melodie des Strohhutlieds erklang wieder, nur waren die Liedverse jetzt völlig andere: „Mama, meine Hoden sind nicht mehr ~ Mama, die Hoden, die ich von dir habe, sind nicht mehr ~" Meine Augen waren voller Tränen. Zum ersten Mal spürte ich, was es heißt, das Unglück der eigenen Art zu beweinen, und es beschämte mich, dass ich ihm im Kampf ein ehrenhaftes Verhalten schuldig geblieben war.

Ich hörte, dass Jinlong den alten Xu Bao beschimpfte: „Verdammt nochmal Xu, was hast du mit dem angestellt? Hast du ihm die Adern zerschnitten?"

„Freund, nun mach mal halblang! Bei so einem alten Keiler ist das immer so." Xu Bao ließ das völlig kalt.

„Solltest du da nicht etwas unternehmen? Wenn der so in Strömen blutet, stirbt er", sprach Jinlong ganz in Aufruhr.

„Er stirbt? Das passt doch gut, wenn er stirbt!" Xu Bao lachte hintertrieben: „Der hat doch noch eine Schicht Schweinebauch auf den Rippen, 200 Kilo bringt er doch noch auf die Waage. Eberfleisch, auch wenn der Bursche hier schon älter ist, schmeckt doch besser als Tofu."

Halunke starb nicht, aber ich weiß, dass er es sich bestimmt gewünscht hatte. Ein Eber, der so etwas durchmacht, muss schlimmste Pein an Körper und Geist erleiden. Nicht nur das körperliche Leid, sondern besonders die Schmach wiegt schwer. Halunke verlor viel Blut, genug, um zwei Waschschüsseln zu füllen. Das Blut sog der alte Aprikosenbaum auf, und als er im nächsten Jahr Früchte trug, waren auf dem goldgelben Fruchtfleisch leuchtendrote Blutspuren zu sehen. Halunkes Körper wurde schrumplig, vertrocknete und schrumpfte. Vom Dach des Maschinenraums, in dem der Generator stand, den keiner mehr benutzte, holte ich ein Stück Kürbisranke herunter und pflückte einen zarten jungen Kürbis. Den legte ich Halunke mit der Schnauze vor die Füße.

„Halunke, friss doch etwas. Vielleicht geht es dir dann besser …"
Er legte den Kopf schief und blickte mich mit dem bisschen Sehkraft, das ihm auf der linken Seite noch geblieben war, an. Zwischen den fest aufeinander gebissenen Zähnen presste er mühsam einige Grunzer hervor: „Sechzehn …, das, was ich heute bin, das wirst du morgen sein. Das ist das Schicksal von uns Ebern …"
Die Worte waren heraus, da sackte sein Kopf herunter. Es war, als fielen sämtliche Knochen seines Körpers lose durcheinander.
„Halunke!", grunzte ich außer mir. „Du darfst nicht sterben …"
Aber Halunke antwortete nicht mehr. Nun weinte ich, die Tränen flossen in Strömen. Es waren Tränen der Reue und Tränen des Hasses. Ich machte mir Vorwürfe, ich hasste mich, ich bereute so sehr, was ich getan hatte. Denn oberflächlich betrachtet war Halunke zwar von der Hand des Xu Bao gestorben, aber in Wirklichkeit war ich sein Mörder. „Laya, la ~ laya, laya, laya ~"
„Halunke, du lieber Freund. Geh hin in Frieden! Ich wünsche deiner Seele baldige Ankunft beim Gerichtshof der Unterwelt! Möge Fürst Yama dir eine gute Wiedergeburt auswählen. Ich wünsche dir, dass du als Mensch wiedergeboren wirst. Geh mit leichtem Herzen in einen neuen Leib! Mach dir keine Sorgen wegen des Hasses, den du hinterlässt. Ich werde dich rächen! Ich werde es Xu Bao heimzahlen und Gleiches mit Gleichem vergelten …"
Mir ging es nicht aus dem Kopf, es verfolgte mich. Da sah ich Baofeng, angeführt von Huzhu mit ihrem Arzttornister auf dem Rücken hurtig herbeieilen. Jinlong saß derweil, das durfte man annehmen, bei Xu Bao zu Haus auf dem klapprigen Mahagonilehnstuhl und trank Schnaps zu Xu Baos gekonnt kurzgebratenen Schweineeiern mit Paprika. Männer haben nun mal kein so gutes Herz wie Frauen es haben. Jiefang, schau dir Huzhu an. Sie war völlig schweißgebadet!

Als wäre Halunke nicht ein ekeliger Keiler, sondern ihr vertrautester Liebster. Es war bereits April, und seit eurer Hochzeit waren schon fast zwei Monate vergangen. Vier Wochen zuvor warst du mit Hezuo zu Pang Hu in die Baumwollmanufaktur umgezogen und hattest angefangen, dort zu arbeiten. Die Baumwollblüte begann gerade, bald waren die Samenkapseln reif. Bis die neue Baumwolle auf den Markt kommen konnte, dauerte es noch drei Monate.

Qiansui, während dieser Zeit war ich, Lan Jiefang, doch zusammen mit dem Leiter des Untersuchungslabors für Baumwolle und einer Gruppe von Mädchen, die aus den verschiedensten Dörfern und Kreisstädten kamen, damit beschäftigt, auf dem Fabrikhof Unkraut zu jäten und dann den Hof zu befestigen, damit wir eine Tenne bekamen, in der wir die Baumwolle aufschichten konnten und die wir gleichzeitig für den Baumwollverkauf nutzen konnten. Zur Baumwollmanufaktur Nummer Fünf gehörte Grund und Boden von 330 Morgen, das ganze Gebiet war ringsum von einer Steinmauer eingefasst. Die Steine hatte man von den Gräbern auf dem Friedhof weggeklaut. Das war auch so eine von Pang Hus pfiffigen Methoden zum Senken der Baukosten. Neue Backsteine kosteten einen Groschen das Stück. Grabsteine kosteten drei Pfennig das Stück. Lange wussten die Menschen in der Fabrik gar nicht, dass Huang Hezuo und ich verheiratet waren. Ich wohnte im Männerwohnheim, sie im Frauenwohnheim. In Fabriken wie Baumwollmanufakturen, in denen die Arbeit jahreszeitenbedingt schwankte, war es unmöglich, den verheirateten Arbeitern separate Zimmer zur Verfügung zu stellen. Aber hätte es solche Zimmer gegeben, hätten wir dort ohnehin nicht wohnen wollen. Ich empfand unsere eheliche Beziehung als nicht ernst zu nehmenden Kinderkram, sie entsprach überhaupt nicht den Tatsachen. Es war ungefähr so, als wachte man eines Morgens auf, und jemand sagte: „So, und ab heute ist sie deine Ehefrau und du bist ihr Ehemann." So etwas ist furchtbar verlogen. So etwas kann man gar nicht akzeptieren, das schafft man nicht. Ich fühlte etwas für Huzhu, aber nichts für Hezuo. Das war die Wurzel allen Leids. Gleich an dem Vormittag, als ich in die Baumwollmanufaktur kam, sah ich Pang Chunmiao. Sie war damals fast sechs Jahre alt, mit hübschen Augen wie zwei Sterne, weißen Zähnen in einem roten Mund und glänzender Haut. Ein zerbrechliches, zartes Geschöpf. Einfach

ein entzückendes Kind! Sie übte gerade beim Haupttor der Fabrik Handstand. Auf dem Kopf hatte sie Haarspangen mit roten Schleifen, sie trug einen blauen, kurzen Matrosenrock und eine schneeweiße, kurzärmlige Bluse, dazu weiße Söckchen und rote Plastiksandalen. Unter den anstachelnden Zurufen der Menge beugte sie sich, setzte beide Hände auf den Boden, stemmte dann die Beine hoch über ihren Kopf und ging, den Körper rund wie ein Flitzebogen, mit beiden Händen auf dem Boden spazieren. Die Menge applaudierte und jubelte im Chor. Ihre Mutter Wang Yueyun rannte hinzu und bog ihr die Beine wieder zurück auf den Boden: „Schätzchen! Hör mit den Dummheiten auf!"
Aber sie wollte nicht: „Ich will weitermachen…"
Das sehe ich lebendig und leibhaftig vor meinen eigenen Augen, als wäre es gestern und nicht vor inzwischen fast dreißig Jahren gewesen. Selbst wenn Wiedergeburten von solch begnadeten Denkern wie Zhu Geliang und Liu Bowen damals dabei gestanden und zugeschaut hätten, wären auch sie niemals auf den Gedanken gekommen, dass ich, Lan Jiefang, nur einige Jahre später um der Liebe willen Beamtenposten und Familie hinschmeißen, mit diesem kleinen Mädchen durchbrennen und damit den größten Skandal in der gesamten Geschichte Nordost-Gaomis heraufbeschwören sollte. Aber ich glaube fest, dass dieser einstige Skandal eines Tages Billigung, ja Anerkennung ernten würde. Mein Freund Mo Yan prophezeite es mir, als es mir am allerschlechtesten ging. Folgendes…

„Also ehrlich." Großkopfsäugling Qiansui haute mit der Faust auf den Tisch, so wie der Staatsanwalt mit dem Richterhammer schlägt, und holte mich wieder aus meinen Erinnerungen zurück in die Realität. „Nun stiehl dich mal bloß nicht aus der Verantwortung, sondern hör mir zu: Für diese bescheuerte Geschichte haben wir noch mehr als genug Zeit. Jetzt jedoch konzentrier dich und höre, welch glorreiche Geschichte ich schrieb, als ich noch ein Schwein war! Wo war ich stehen geblieben?" Richtig, deine Schwester Baofeng und deine Schwägerin Huzhu – sie ist deine Schwägerin, daran lässt sich nichts ändern –, die beiden waren in Windeseile zu dem schiefnackigen Aprikosenbaum gerannt, um Halunke, der wegen des Eingriffs von Xu Bao verblutete, das Leben zu retten. Es ist doch gar nicht lange her, da verlorst du mit Schaum vor dem Mund vor Wut das Bewusstsein, sobald man auf den schiefnackigen Aprikosenbaum zu sprechen kam. Jetzt kann man dich unter diesen Baum stellen wie einen Kriegsveteranen, der den Körper voller Narben sich an das Schlachtfeld geschlagener Schlachten erinnert – und du lässt gerade mal mit einem Seufzen die Vergangenheit Revue passieren. Die Zeit heilt wohl alle Wunden! Sie ist der beste Arzt. Wie schlimm ein Leid auch sein mag, mit der Zeit vergeht es, und es bleiben nur Narben zurück. Verdammt, was soll dieses ernsthafte, tiefschürfende Getue von mir! Ich war doch damals ein Schwein!

Stehen geblieben war ich bei Baofeng und Huzhu, die unter den Baum kamen, um Halunke zu behandeln. Ich stand wie sein Freund dabei, die Tränen liefen mir in Strömen das Gesicht herunter. Zuerst meinten sie genau wie ich, dass Halunke bereits tot sei. Aber nachdem sie ihn untersucht hatten, stellten sie fest, dass sein Herz noch ganz schwach pochte. Er befand sich kurz vor dem Eintritt ins Totenreich. Sofort traf Baofeng eine Entscheidung. Die Arznei im Tornister, die nur für die Menschen vorgesehen war, spritzte sie Halunke: Ein Herzstimulanz, einen Blutstiller, hochdosierte Traubenzuckerlösung, alles, was sie hatte, setzte sie ein. Und besonders betonen möchte ich, wie Baofeng seine Wunde vernähte. Sie hatte keine medizinische Spezialnadel und keinen entsprechenden Faden zum Nähen von Wunden in ihrem Arzttornister. Doch Huzhu hatte eine Eingebung. Sie holte die vorne an ihrem Hemd steckende Nähnadel hervor – Jiefang, du weißt doch, dass verheiratete Frauen am Hemd oder im aufgesteckten Haar immer eine Nadel bei sich tragen –; die Nadel hatten sie nun, aber keinen Faden. Huzhu dachte nur einen Moment nach. Dann sprach sie, wobei sie leicht errötete: „Können wir mein Haar als Faden verwenden?"

„Dein Haar?", fragte Baofeng erstaunt.

„Mein Haar ist lang und darin sind Blutadern", meinte Huzhu.

„Schwägerin", antwortete Baofeng bewegt. „Mit deinem Haar sollte man Menschen die Wunden vernähen. Für ein Schwein ist es wirklich zu schade."

„Schwester, wenn ich dich so höre", Huzhu wurde ganz aufgeregt. „Mein Haar ist doch wie Rosshaar oder Schweineborsten. Es ist überhaupt nichts wert. Wenn es nicht diesen Knacks hätte, hätte ich es längst abgeschnitten. Man kann es nicht schneiden, aber man kann es auszupfen."

„Macht es dir wirklich nichts aus?"
Baofeng fragte noch, aber Huzhu hatte sich schon zwei Haare ausgerissen. Ihr Haar war wundersam, geheimnisvoll und kostbarer als jedes andere auf der ganzen Welt. Damals war es einen Meter fünfzig lang und hatte eine dunkelblonde Farbe. – Das galt seinerzeit als hässlich. Heute dagegen findet man so etwas vornehm und hübsch. – Es war auch viel dicker als das Haar von gewöhnlichen Leuten. Man sah mit bloßem Auge, dass es ein beträchtliches Gewicht besaß. Huzhu fädelte ein Haar durch das Öhr und gab die Nadel an Baofeng weiter. Die säuberte Halunkes Wunde mit Jod, nahm die Nadel mit dem zauberkräftigen Haar mit der Pinzette auf und vernähte damit die klaffende Wunde.
Huzhu und Baofeng bemerkten mich, wie ich tränenüberströmt dabei stand und zusah. Sie waren tief bewegt von meiner Treue und Freundschaft. Huzhu hatte sich zwei Haare ausgerissen, eines hatte genügt, um Halunkes Wunde zu nähen, das andere hatte Huzhu achtlos weggeworfen. Baofeng hob es sorgfältig auf, wickelte es in Verbandsmull ein und steckte es in den Arzttornister. Die beiden Schwägerinnen beobachteten Halunke eine Weile aufmerksam. Sie meinten, nun läge es an ihm, ob er überlebte. Sie hätten alles getan, was in ihrer Macht stünde. Dann gingen sie gemeinsam.
Ich weiß nicht, was schließlich geholfen hat, die Spritzen oder Huzhus Haar. Jedenfalls blutete Halunkes Wunde nicht mehr, und sein Herzschlag war wieder normal. Bai Shi brachte ihm eine halbe Waschschüssel voll gekochtem, dünnem Kraftfutterbrei. Er soff langsam schlürfend im Knien. Er hatte auf wundersame Weise überlebt. Huzhu berichtete Jinlong von dem Wunder. Es sei alles nur Baofengs herausragender ärztlicher Kunst zu verdanken gewesen. Mein Gefühl sagte mir jedoch, dass Huzhus zaubermächtiges Haar gewirkt hatte.
Nach der Kastration enttäuschte Halunke diejenigen, die gehofft und beabsichtigt hatten, dass er übermäßig fraß und trank und in kürzester Zeit rund wie eine Kugel war. – Der Tag, an dem ein Borg fett ist, ist der Tag, an dem er geschlachtet wird. – Er fraß im Gegenteil sehr kontrolliert. Und ich weiß, dass er darüber hinaus noch jede Nacht Liegestütze machte. Er trainierte so lange, bis ihm der Schweiß den Rücken hinab lief und sein Borstenkleid klatschnass war. Ich bewunderte ihn, aber ich machte mir auch Gedanken um ihn und frag-

te mich ängstlich, was er wohl vorhatte. Ich erriet nicht, was mein schwer gedemütigter Kumpel eigentlich tat. Er war von den Toten auferstanden, hüllte sich tagsüber in tiefschürfende Gedanken und trainierte nachts seine Muskeln. Nur eines wusste ich todsicher, dass er nämlich ein Held war, der sich nur vorübergehend auf unserer Schweinefarm aufhielt. Sein ganzes Wesen war ureigentlich heldenhaft. Der Schnitt des Xu Bao hatte ihn nur darauf gestoßen und ihm mit Nachdruck bewusst gemacht, dass er schneller trainieren musste, um wieder in sein Heldenleben zurückzukehren. Ich hielt es für ein Ding der Unmöglichkeit, dass er sich nach einem Leben in Bequemlichkeit sehnte und im Schweinestall alt würde. Mit Sicherheit hatte er erhabene Ziele vor Augen. Sein erstes Ziel musste die Flucht von der Schweinefarm sein. – Doch was kann ein fast erblindetes Schwein, das von der Farm flieht, schon ausrichten? – Aber lassen wir jetzt das Spekulieren und widmen uns dem, was im August jenes Jahres vorfiel.

Es ereignete sich in den Tagen vor und nach dem 20. August 1976, kurz bevor meine Sauen werfen sollten, dass sich jene grauenvolle Seuche mit Vehemenz bei uns ausbreitete.

Zuerst war es ein mit Namen Dummkopf gerufener Borg, der anfing zu husten, fieberte und nicht mehr fraß. Dann infizierten sich die vier Börge, die mit ihm die Bucht teilten. Ihr Schweinehalter machte sich aber keine Gedanken, denn seit jeher waren jedem auf der Schweinefarm die vier Börge mit ihrem Anführer Dummkopf verhasst. Sie gehörten zu dieser Sorte von kleinwüchsigen Minischweinen, die nicht größer als drei bis fünf Monate alte Schweine wurden. Von weitem hielt man sie für normal ernährte und entwickelte Läuferschweine. Wenn man sie aber aus der Nähe besah, erschrak man über ihr trockenes, welkes Borstenhaar, die grobe Haut und ihren durchtriebenen, bösen Blick. Sie waren mit allen Wassern gewaschen und überall herumgekommen. Weil sie viel fraßen, aber nicht wuchsen, waren sie damals in den Yimengbergen alle zwei Monate weiterverkauft worden. Sie waren die geborenen Futtervergeuder, kleine Ungeheuer, die keinen Dünndarm zu besitzen schienen. Die Nahrung rutschte ihnen vom Schlund in den Magen und dann geradewegs in den Dickdarm. Auch das feinste Kraftfutter brauchte, einmal gefressen, keine ganze Stunde, bis es mit üblem Gestank wieder draußen war. Sie schienen überhaupt ständig hungrig zu sein, sie grunzten nach Futter, was das

Zeug hielt. Wurden sie nicht gefüttert, glühten ihre kleinen Augen wütend, und sie rammten ihre Schädel gegen die Trennwände und die Eisentür. Je mehr sie sich dagegen warfen, umso wilder wurden sie. Der Schaum stand ihnen vor dem Maul, dann kippten sie ohnmächtig um, nur um, nachdem sie sich wieder aufgerappelt hatten, weiter die Wand zu rammen. Wer sie gekauft hatte, hielt sie höchstens zwei Monate lang. Sobald klar wurde, dass sie nicht zunahmen und schlechte Angewohnheiten hatten, wurden sie auf dem nächsten Markt schnell und unter Preis wieder verkauft. Manchmal fragte jemand ungläubig: „Warum werden die nicht geschlachtet und gegessen?" Jiefang, du hast die Dummkopf-Schweine ja gesehen. Dir brauche ich es nicht zu erklären. Ich bin mir sicher, dass kein Zweifelnder, nachdem er sie einmal mit eigenen Augen gesehen hat, je wieder das Schlachten und Essen ihres Fleisches ansprechen würde. Sie sind ekeliger als die dünnen Unken im Klo. Fleisch von solchen Schweinen isst niemand. Die kleinwüchsigen Schweine hatten es diesem Umstand zu verdanken, dass sie ein nicht unbeträchtliches Alter erreicht hatten. Sie waren wieder und wieder verkauft worden, zuletzt hatte Jinlong sie in den Yimengbergen für einen geringen Preis erstanden. Sie waren wirklich billig gewesen. Aber behaupten, dass sie keine Schweine waren, kannst du ja auch nicht. Sie waren eine nicht zu übersehende Größe innerhalb unseres Bestands auf der Schweinefarm „Aprikosengarten" der Brigade Ximen.

Wenn diese Schweine also husteten, Fieber bekamen und nicht mehr fraßen, dann wunderte es keinen, dass es ihren Schweinewärter nicht kümmerte. Derjenige, der für ihr Futter und für das Ausmisten ihrer Buchten verantwortlich war, war unser Herr Mo Yan. Das hatte ich weiter vorne schon einmal flüchtig erwähnt, und ich werde auch später noch einmal kurz darauf zu sprechen kommen. Er hatte alles in Bewegung gesetzt, jeden Trick, jeden Umweg genommen, war jedem in den Arsch gekrochen, bis er es endlich zum Schweinewärter geschafft hatte. Dass er ein Buch wie die *Aufzeichnungen über das Schweinemästen*, das ihn überall berühmt machte, überhaupt schreiben konnte, hat einiges damit zu tun, dass er bei uns in der Schweinefarm „Aprikosengarten" Schweinewärter war. Angeblich will der berühmte Regisseur Ingmar Bergman die *Aufzeichnungen über das Schweinemästen* auf die Leinwand bringen, aber wo will er so viele Schweine herbekommen? Die Schweine von heute, ich habe welche mit eigenen Augen gesehen, sind genau wie die Hühner und Enten mit den Konzentratfuttermitteln und chemischen Zusatzstoffen zugedröhnt, die sind auf jeden Fall stockdumm. Sie sind niemals so kluge, eindrucksvolle Erscheinungen, wie wir Schweine es damals waren! Bei uns hatten manche kraftvolle Beine mit steinharten Hufen, manche waren außergewöhnlich klug, manche listige, alte Füchse, manche rhetorisch hochbegabt. Wir verfügten alle über ein lebhaftes Minenspiel und unterschiedliche, markante Charakterzüge. So eine Schweinerotte findet man auf dem ganzen Erdball nicht mehr. Diese geistig minderbemittelten Idioten von heute, die in fünf Monaten 150 Kilo Fleisch zulegen, gäben im Film noch nicht mal Statisten ab. Deswegen glaube ich, dass dieses Gerede über Bergmans Film wohl nur ein Gerücht ist. Träume sind Schäume! Na klar, Jiefang, darauf brauchst du mich nun nicht zu bringen! Ich kenne doch wohl noch Hollywood und digitale Spezialeffekte. VFX, solche Späße kenne ich zu Genüge. Erstens sind sie schweineteuer, zweitens sind sie technisch aufwendig. Und was für mich zuallererst kommt: Ich glaube einfach nicht, dass so ein digitales Schwein genau so beeindruckend sein könnte wie der Eber Schwein Sechzehn, der ich damals war. Und was ist mit Halunke, mit Schmetterlingstraum, mit den Dummkopf-Schweinen? Die könnte man niemals digital nachbauen!

Mo Yan ist doch nie ein guter Bauer gewesen. Er stammt zwar vom Lande, sehnte sich aber immer nach der Stadt; stammt aus einer armen Familie, dürstete aber immer nach Reichtum. Er ist hässlich, lief aber immer den schönen Frauen nach. Er hat von nichts eine Ahnung, markierte aber immer den Akademiker. Und schafft es dann doch tatsächlich bis zum Schriftsteller! Angeblich isst er in Peking täglich Teigtäschchen, während ich, das rechtschaffene, couragierte Schwein Ximen ... ach, auf der Welt gibt es unzählige Sachverhalte, bei denen uns Reden nicht weiterbringt und die uns unverständlich bleiben. Mo Yan ist auch nie ein guter Schweinewärter gewesen. Dass dieser Lümmel nicht für mich verantwortlich war, war ein wahres Glück. Gut, dass mir Bai Shi vergönnt war. Ich denke, da kann das beste Schwein daherkommen, einen Monat Futter von Mo Yan, und es ist verrückt und tobsüchtig. Man sollte dankbar dafür sein, dass die Dummkopf-Schweine bereits alle durch die Hölle gegangen waren, bevor sie zu uns kamen. Wie sonst hätten sie Mo Yans Fütterung überstehen können?

Andererseits war Mo Yan, als er mit der Schweinewärterei begann, hoch motiviert und hatte viele Ideen. Denn er ist von Natur aus neugierig, dazu ist er ein Fantast, der es liebt, nach den Sternen zu greifen. Er hatte anfangs keine besondere Abneigung gegen die Dummköpfe. Er nahm an, dass der Grund dafür, dass sie fraßen, ohne Fleisch anzusetzen, darin lag, dass die Nahrung zu kurze Zeit in ihrem Darm verblieb und dass die Nährstoffe aus dem Futterbrei aufgenommen würden, wenn man nur die Zeit des Verbleibs im Darm in die Länge zog. Damit hatte er doch wohl das Übel an der Wurzel gepackt, so meinte er. Im Anschluss daran begann er zu testen. Die primitivste Idee war, den Schweinen am After ein Ventil anzubringen. Den Ventilverschlusshahn würde ein Mensch bedienen. Diese Idee ließ sich natürlich nicht umsetzen. Deswegen begann er, nach einem Nahrungsergänzungsmittel zu suchen. In der westlichen wie in der traditionellen chinesischen Medizin gibt es viele wirksame Arzneien gegen Diarrhöe. Aber die sind teuer. Das wäre zuviel verlangt gewesen. Zuerst mischte er dem Futter Pflanzenasche bei. Aber die Dummköpfe rammten wie verrückt ihren Kopf in die Mauer. Es nahm gar kein Ende mehr. Mo Yan blieb jedoch hart, die Dummköpfe hatten keine Wahl, sie mussten es fressen. Ich hörte mit, wie er, wenn er mit den Futtereimern kam, zu ihnen sprach: „Fresst schön, Asche macht die Augen klar, Asche macht das Herz strahlend, Asche macht euren Darm wieder gesund."
Als die Asche keine Wirkung zeigte, versuchte Mo Yan es mit Zement. Der zeigte zwar deutliche Wirkung, aber es fehlte nicht viel, und die Dummköpfe hätten es mit dem Leben bezahlt. Sie hatten solche Bauchkrämpfe, dass sie sich auf dem Boden wälzten. Schließlich drückten sie Scheiße wie Steine heraus und waren dem Tode entronnen.
Sie hassten ihn hernach bis aufs Blut. Auch Mo Yan, der eine Stinkwut auf diese unheilbar kranken Typen hatte. Du warst damals schon lange mit Hezuo in der Baumwollmanufaktur. Er war bei uns geblieben und hasste inzwischen seine Arbeit bei uns. Er kippte den Futtereimer über ihrem Trog aus und sagte zu den hustenden, fiebernden, keuchenden Dummköpfen: „Was ist los mit euch, ihr Teufel? Tretet ihr in den Hungerstreik? Wollt ihr euch umbringen? Nicht schlecht, dann hab ich euch endlich vom Hals! Ihr seid gar keine Schweine! So darf man euch nicht nennen! Ihr seid Konterrevoluti-

onäre, ihr verprasst die wertvollen Futtermittelressourcen der Volkskommune!"

Am nächsten Tag hatten die Dummkopf-Schweine ihr Leben schon ausgehaucht. Die toten Körper waren übersät mit groschengroßen, violetten Quaddeln. Die weit aufgerissenen Augen starrten ins Leere. Es sah so aus, als seien sie im Groll gestorben und würden nun zu bösartigen Geistern werden. Wie ich schon sagte, hatten wir im August jenen Jahres ununterbrochen Regen. Der Himmel war ständig grau. Es war heiß und feucht, überall sirrten riesige Fliegen- und Mückenschwärme. Als der alte Tierarzt Guan vom Veterinäramt der Kommune es schließlich geschafft hatte, mit dem Floß den wild tosenden Fluss, der Hochwasser führte, zu überqueren, und auf der Schweinefarm ankam, waren die Kadaver der Dummköpfe schon auf Paukengröße aufgedunsen und stanken erbärmlich. Der alte Guan kam in kniehohen Gummistiefeln und Gummiregenzeug. Mit Mundschutz stand er an der Buchtmauer und warf einen kurzen Blick hinein: „Perakuter Schweinerotlauf, sofort verbrennen und vergraben!"

Die Schweinefarmer – Mo Yan machte natürlich keine Ausnahme – zogen die fünf Dummköpfe unter Anweisung des Tierarztes aus dem Stall heraus und an das südöstliche Ende des Aprikosenhains. Dort hoben sie eine Grube aus – nur einen halben Meter tief, denn das Grundwasser sprudelte wild nach oben –, schmissen die Schweine hinein, gossen Petroleum darüber, zündeten sie an und verbrannten sie. Der August ist bekanntlich die Jahreszeit, in der der Wind meistens aus Südost weht. Er trug den erbärmlich stinkenden Qualm zu uns herüber und hüllte die Schweinefarm darin ein. Auch ins Dorf wehte der Qualm weiter. – Oh Mann, diese Scheißkerle hatten den falschen Ort zum Verbrennen der Kadaver gewählt. – Ich steckte die Schnauze tief in die Erde, um mich des schrecklichsten aller Gerüche zu erwehren. Danach erst erfuhr ich, dass Halunke noch in der Nacht, bevor die Schweine verbrannt wurden, aus dem Stall ausgebrochen, durch den Bewässerungskanal geschwommen und weiter gen Osten in das weite Grasland geflohen war. Die giftigen Schwaden auf unserer Farm hatten seine Gesundheit nicht mehr gefährdet.

Wie es bei uns dann weiterging, kennst du bestimmt vom Hörensagen. Du hast es aber nicht miterlebt. Die Krankheit verbreitete sich rasant. Die über achthundert Schweine auf der Farm, dazu die acht-

undzwanzig Sauen, die jeden Tag werfen sollten, steckten sich alle ohne Ausnahme an. Ich überlebte dank meiner guten Abwehrkräfte, außerdem hatte Bai Shi mir große Mengen Knoblauch in mein Futter gemischt. Sie redete pausenlos auf mich ein: „Sechzehn, friss das scharfe Zeug. Gegen Knoblauch kommt kein Gift an."
Ich wusste nur zu gut um die Gefährlichkeit des Schweinrotlaufs und fraß – was macht es schon aus, wenn es scharf ist, wenn man dafür am Leben bleibt? – nicht eimerweise Futter, sondern eimerweise Knoblauch! Mir liefen von dem scharfen Zeug die Tränen die Schweinebacken herab und der Schweiß den Schweinebauch herunter. Die Maulschleimhaut war verletzt. Aber ich blieb verschont.
Als dann die ganze Rotte erkrankt war, kamen wieder ein paar Veterinäre über den Fluss zu uns. Unter ihnen gab es eine breit gebaute, muskulöse Ärztin, deren ganzes Gesicht voller Mitesser war. Die Leute riefen sie Stationsleiterin Yu. Sie erteilte mit kühler, eisenharter Stimme Befehle. Sie hatte alles fest unter Kontrolle. Wenn sie im Farmbüro mit dem Kreis telefonierte, konnte man ihre Stimme auf der Straße noch anderthalb Kilometer weit hören. Unter ihrer Anleitung gaben ein paar Tierärzte den Sauen Spritzen und ließen sie zur Ader. Gegen Abend soll noch ein Luftkissenboot den Fluss heruntergekommen sein und eilige Medikamente gebracht haben. Aber die Schweine, die sich infiziert hatten, starben trotzdem fast alle. Die Schweinefarm „Aprikosengarten", die eine ganze Zeit lang so hohes Ansehen genossen hatte, fiel wie ein Kartenhaus zusammen. Die Kadaver der toten Schweine türmten sich bergehoch. Verbrennen war nicht mehr möglich, man hätte sie nur noch vergraben können. Tiefe Gruben waren wegen des Grundwassers auch nicht möglich. Nachdem die Veterinäre fort waren, packten die Leute, weil sie sich nicht anders zu helfen wussten, die toten Schweine auf Karren, zogen sie zum Flussufer und kippten sie einfach ins Wasser. Dort schwammen sie den Fluss hinab, niemand weiß, wie weit.
Es wurde Anfang September, bis man mit den Schweinekadavern fertig war. Dann hatten wir noch einige schwere Regenfälle. Weil die Stallungen sehr provisorisch gebaut waren, weichten die Fundamente vom Regen auf. Eines Nachts stürzte mehr als die Hälfte der Stallungen ein. Ich hörte Jinlong aus dem nördlich gelegenen Stall lauthals weinen. Ich kenne sein Herz und weiß, wie besessen er von Ehrsucht ist. Hatte er doch immer darauf gehofft, dass er im Zuge der

Aktionen, die die Inspektionseinheit der Logistikabteilung unseres Militärgebiets plante und die wegen der schweren Regenfälle aufgeschoben worden waren, seine Kenntnis und Eignung würde unter Beweis stellen können und befördert würde. Jetzt war alles aus. Die Schweine tot, die Stallungen eingestürzt, alles ein elender Haufen Müll. Wie traurig war mir beim Anblick dieser chaotischen Verwüstung zumute, als ich an unsere erfolgreichen Zeiten zurückdachte.

Das einunddreißigste Kapitel
Mo Yan nutzt die Gunst der Stunde und macht sich beim Gruppenleiter lieb Kind. Lan Lian, der voller Ingrimm ist, beweint den Tod des Vorsitzenden Mao.

Am 9. September passierte es. Es war verhängnisvoll, als berste ein Gebirge oder als tue sich die Erdkruste bei einem Erbeben auf. Euer Vorsitzender Mao verschied, da die verordneten Medikamente keine Wirkung zeigten. Ich könnte natürlich auch sagen, er wäre mein Vorsitzender Mao gewesen. Damals war ich jedoch ein Schwein, und es wäre respektlos, wollte ein Schwein das von sich behaupten. Weil hinter dem Dorf bei dem großen Kanal der Deich brach, die Wassermassen auf die Straße stürzten und die Telefonmasten wegrissen, wurde unser Telefon im Dorf zur Attrappe, die per Kabelübertragung funktionierenden Hochfrequenzlautsprecher stumm. Die Nachricht vom Tod des Vorsitzenden Mao hörte Jinlong im Radio. Das hatte er von seinem Freund Chang Tianhong geschenkt bekommen. Chang Tianhong war vom damals zuständigen Unterkomitee für öffentliche Sicherheit, das dem Militär unterstand, festgenommen worden, wurde später jedoch mangels Beweisen wieder auf freien Fuß gesetzt. Er wurde hin und her versetzt, bis er Vizedirektor der Operntruppe unserer lokalen *Katzenoper* in der Kreisstadt wurde. Vom Meisterschüler an der Musikakademie zum Vizedirektor der Operntruppe – er machte genau das, was er gelernt hatte. Mit Feuereifer war er bei der Arbeit. Neben den acht Modellopern, die er vollständig in unsere Katzenoperntonarten umschrieb und bei denen er auch die Choreographie und alles andere anpasste, schrieb und choreographierte er noch eine eigene, ganz neue Oper mit dem Namen „Aufzeichnungen über das Schweinemästen", worin er die

Geschehnisse auf unserer Schweinefarm verarbeitete – Mo Yan hat im Nachwort zu seinem Roman *Aufzeichnungen über das Schweinemästen* diese Oper von Chang erwähnt. Auch, dass er an dem Libretto der Oper beteiligt war. Ich bin der Meinung, dass er da vieles einfach dazugeflunkert hat. Es stimmt, dass Chang Tianhong zu uns auf die Schweinefarm kam, um bei uns ein Gefühl für das wirkliche Leben zu entwickeln, und dass Mo Yan ihm wie ein Hund auf Schritt und Tritt folgte. Unwahr aber ist, dass er beim Libretto mitschrieb. In seiner revolutionären, modernen Katzenoper schöpfte er aus dem Vollen, wie turkestanische Himmelspferde, unbändig, als würde er in den Wolken galoppieren. Er ließ die Schweine auf der Bühne sprechen, er ließ die Schweinefraktion sich in zwei Lager teilen, eines, das im Dienste der Revolution prasste, fraß, schiss und Speck und Fleisch ansetzte, das andere, in dem die Klassenfeindschweine aus den Yimengbergen, allen voran die nicht fett werdenden Dummköpfe, mit ihrem Rottenführer Halunke gemeinsame Sache machten. Auf seiner Schweinefarm tobte nicht nur unter allen Menschen der Klassenkampf, unter den Schweinen tobte er genauso erbittert. Der Klassenkampf unter den Schweinen war sein vorrangiges Thema. Die Menschen waren nur Nebendarsteller. Chang Tianhong hatte auf der Universität westliche Musik studiert und war Experte für westliche Opern. Er führte nicht nur Innovationen bei der Handlung ein, sondern reformierte in unserer Katzenoper auch den Gesang und die Melodie. Er hatte für den Stammeber Klein Weiß, den Hauptdarsteller der Guten, eine sehr gefühlvolle, lange Arie entworfen, ein wirklich brillantes Musikstück. – Von Anfang bis Ende vermutete ich, dass er mich mit diesem Klein Weiß meinte. Aber Mo Yan erläutert im Nachwort zu seinem Roman *Das große Schweinezüchten*, dass es sich bei dem Stammeber um ein Symbol handelt, das Energien verkörpert: ansteigende Lebensenergie, Gesundheit, Fortschritt und die Energie, die einen jeden antreibt, sein Glück zu machen. Der redet wirklich das Blaue vom Himmel herunter, macht aus Schwarz einfach Weiß. – Ich weiß, welche Mengen an Energie Chang Tianhong in das Stück steckte. Er wollte mit dieser Oper das Primitive mit dem Komplizierten, Innovativen verschmelzen. Romantik und Sachlichkeit sollten nebeneinander erstrahlen. Der Modellcharakter einer ernsten Thematik, brillant eingebettet in eine lebendig bewegte Kunstform. Wenn der Vorsitzende Mao ein paar Jahre später gestorben wäre, dann hätte es in China wahrscheinlich nicht nur acht, sondern neun Modellopern gegeben. Diese neunte hätte dann geheißen: Gaomis Katzenopernmelodien „Aufzeichnungen über das Schweinemästen".

Ich erinnere mich noch daran, dass Chang Tianhong in einer Vollmondnacht unter dem schiefnackigen Aprikosenbaum saß und in der Hand die mit kleinen Kaulquappen beschriebene Partitur der „Aufzeichnungen über das Schweinemästen" hielt, während er den jungen Leuten Jinlong, Huzhu, Baofeng und Ma Liangcai – er war damals schon zum Leiter unserer Dorfgrundschule aufgestiegen – die Szene mit der großen Arie des Ebers Klein Weiß vorsang. Der Bengel Mo Yan war auch dabei. Mit der Linken hielt er Changs Trinkflasche mit dem rotgrün geflochtenen Plastiküberzug, in der sich sein Stimmbändertee – Sterkuliensamen mit heißem Wasser aufgegossen – befand. Mo Yan war darauf eingerichtet, jederzeit sofort den Verschluss abzudrehen und ihm die Flasche zu reichen, damit Chang sich den Mund befeuchten konnte. In der Rechten hielt er einen schwarzen Tongöl-Papierfächer, mit dem er ihm am Rücken betont fleißig Luft zufächelte – es ekelte mich an, wie er sich hündisch anbiederte. Auf diese Weise hatte er also beim Libretto der Oper mitgewirkt.

Alle hatten noch Tianhongs beleidigenden Spitznamen *Großer Brüllesel* im Ohr, den man ihm wegen seiner Bildung und den feinen Manieren verliehen hatte. Aber mehr als zehn Jahre waren seitdem vergangen. Die Dörfler waren weniger stur und hatten ein anderes Verständnis für Chang Tianhongs Belcanto entwickelt. Der Tianhong, der zu ihnen kam, um ein Gefühl für das Farmleben zu bekommen und daraus seine Kreativität für die neue Oper zu schöpfen, war in den zehn Jahren, die seit dem ersten Besuch vergangen waren, ein ganz anderer geworden. Das hohle, arrogante Getue, das die Dörfler früher so gehasst hatten, war spurlos verschwunden, wie weggeblasen. Nun war sein Blick schwermütig, sein Gesicht blass. Ein stoppeliges Kinn hatte er und die Schläfen wurden bereits grau. Man hätte ihn für einen russischen Dekabristen oder italienischen Carbonari gehalten. Alle beteten ihn an, die Augen an seine Lippen geheftet warteten sie darauf, dass er zu singen begann. Ich lehnte mit verschränkten Vorderläufen auf den zittrig schwankenden Aprikosenästen, stützte mit der linken Klaue mein Kinn und betrachtete

die berückende Abendaussicht unter dem Aprikosenbaum. Ich genoss den Anblick dieser entzückenden jungen Leute. Ich sah, wie Baofeng ihr Kinn auf der rechten Schulter ihrer Schwägerin abgestützt hatte, wobei ihre linke Hand auf Huzhus Schulter lag, während sie aufmerksam in das dem Mondlicht zugewandte schmale Antlitz mit dem naturgelockten Haarschopf sah. – Er hatte sich den damals topmodernen Pilzkopf schneiden lassen – Obwohl ihr Gesicht im Schatten war, konnte man ihren sehnsuchtsvollen Augen die tiefe Verbitterung ansehen. Denn alle, sogar jedes Schwein bei uns auf der Farm, wussten, dass Chang Tianhong und die Tochter von Pang Hu, die nach ihrem Abschluss an der Universität dem Kommandostab der Produktion zugeteilt worden war, ein Liebespaar waren. Wir hatten gehört, dass am Nationalfeiertag Hochzeit sein sollte. Während Chang Tianhong bei uns dem Farmleben nachspürte, war sie bereits zweimal zu Besuch gewesen. Sie war gut gebaut und gesund, hatte leuchtende Augen und strahlendweiße Zähne. Offen und herzlich war sie, kein bisschen wie die Städter und Akademiker, die immer irgendwelche dämlichen Allüren haben. Tier und Mensch hatten einen guten Eindruck von ihr. Weil sie im Kommandostab der Produktion für die Viehwirtschaft verantwortlich war, inspizierte sie jedes Mal gleich noch unsere Stallungen und warf einen Blick auf die Mulis, Pferde, Esel und Rinder. Ich denke, dass Baofeng nur zu gut wusste, dass Kangmei die Richtige für Chang Tianhong war. Kangmei schien zu wissen, was Baofeng bewegte. Ich sah beide eines frühen Abends unter dem schiefnackigen Aprikosenbaum sitzen und lange reden. Zuletzt lehnte Baofeng an ihrer Schulter und schluchzte bitterlich. Auch Kangmei hatte die Augen voller Tränen und streichelte Baofeng tröstend das Haar.
Über dreißig Verse lang war die prächtige Arie aus den *Aufzeichnungen über das Schweinmästen*, die Chang Tianhong vorsang. Der erste Vers lautete: „Heute Nacht funkeln die Sterne so hell." Der zweite: „Der Südwind trägt den Duft der Aprikosenblüten herbei, ein Gefühlsausbruch lässt mich kein Auge zutun." Der dritte lautete: „Klein Weiß bin ich, auf den Ast gestützt stehe ich und schaue in den blauen Himmel." Der vierte: „Als wär der ganze Erdenkreis voll mit flatternden, roten Fahnen und blühenden bunten Blumen." Und der fünfte: „Der Vorsitzende Mao ruft ganz China auf, die Schweinewirtschaft im großen Stil voranzutreiben." Anschließend folgte noch ein Stück,

das so ging: „Ein Schwein ist eine Kanonenkugel, die wir gegen die imperialistischen Reaktionäre und ausländischen Verräter abfeuern. Ich, der Eber Klein Weiß, kenne die schwere Verantwortung auf meinen Schultern nur zu gut. Ich muss meine Kräfte schonen und Energie sammeln, denn ich werde dem Aufruf gehorchen und weltweit alle Sauen beschlagen …"

Ich meinte, Chang Tianhong von mir singen zu hören. Ich spürte, wie nicht er, sondern ich das Stück sang. Es war die Melodie meines Herzens und ich legte mein ganzes Herz in den Gesang. Mein linker Huf klimperte dazu im Takt, ich wurde übermütig, ich flippte völlig aus. Euphorisiert schwitzte ich am ganzen Körper. Meine Hoden schwollen an und spannten, der Penis lugte aus meinem Schlauch hervor. Ich hielt es nicht mehr aus, ich musste sofort die Sauen bespringen. Absamen im Dienste der Revolution, Glück für das Volk, die imperialistischen Reaktionäre und ausländischen Verräter auslöschen, alle Menschen auf Erden erretten, die es im tiefen Wasser nicht bis ans Ufer schaffen, die in den Feuersbrünsten fast ersticken, furchtbar Not leiden! „Heute Nacht funkeln die Sterne so hell ~ funkeln die Sterne so hell ~", tönte der Chor der Sängerinnen, die mich begleiteten. Schweine wie Menschen fanden nur noch schwer in den Schlaf. Tianhongs Stimme besaß ein beeindruckendes Volumen. Er hatte angeblich einen Stimmumfang von drei Oktaven. Seine hohe Stimmlage klang prachtvoll strahlend, die Töne wie im freien Fall einzeln aufleuchtende Brillanten. Seinen Körper hielt er ruhig, er schaukelte nicht wie die Schlagersänger von einem Fleck zum anderen. Anfangs versuchten wir Schweine noch auseinanderzuhalten, welche Strophe, welchen Text er gerade sang. Dann merkten wir, dass die Liedverse keinerlei Bedeutung hatten, wir lauschten nur trunken dem Klang seiner Stimme. Er sang unvergleichlich. Obschon es auf der Welt unzählige Musikinstrumente gibt, obschon unzählige Tiere die wunderbarsten Stimmen besitzen, wie zum Beispiel das in den russischen Romanen immer wieder beschriebene Schlagen der Nachtigallen, das Singen der balzenden Walmännchen in den Tiefen der Ozeane, wie die schnarrenden chinesischen Nachtigallen in den Käfigen der alten Männer. Sie verfügen über zauberhaft schöne Stimmen, können sich aber mit Tianhong nicht messen. Mo Yan wusste von westlicher Musik rein gar nichts, erst später kam er in die große Stadt und hörte sich dort einige Konzerte an, las auch einige Komponistenbiographien und schnappte ein paar Sachen auf. In seinen Aufsätzen nennt er die Tenorstimme Tianhongs in einem Atemzug mit Pavarotti. Ich habe Pavarotti nie im Konzertsaal erlebt, seine Schallplatten nicht gehört. Ich will ihn weder sehen noch hören. Denn ich war immer fest davon überzeugt, dass die Tenorstimme Tianhongs die beste weltweit ist. Er war und ist der weltbeste *Große Brüllesel*. Während er unter dem Baum saß und sang, zitterte das Laub. Die Tonleitern, die seinem Mund entflohen, tanzten wie bunte Seidenschals im Wind. „Wenn die Jade klirrend auf dem Weltendach im Kungebirge zerbricht, schreit gellend der Phönix." Der Eber war von Sinnen und die Sauen tanzten dazu. Wenn der Vorsitzende Mao ein paar Jahre später gestorben wäre, hätte diese Oper rauschende Erfolge gefeiert. Zuerst wäre sie in der Kreisstadt eingeschlagen, dann in der Provinzstadt, dann nach Peking gekommen, und dort wäre nahe beim Platz des Himmlischen Friedens vor dem Ahnentempel des Kaisers eine Bühne errichtet worden. Darauf wäre sie dann gespielt worden. So wäre Chang Tianhong berühmt geworden. Dann hätte der Kreis Gaomi ihn nicht mehr halten können und seine Hochzeit mit Pang Kangmei wäre wohl auch ins Wanken geraten. Dass diese Oper nie aufgeführt wurde, ist fraglos schade. Dazu hat Mo Yan dann doch einige Sätze geschrieben, denen ich zustimmen möchte. Er schreibt, diese Oper sei ein Relikt ihrer Zeit, sie verbreite Lügen, sei aber auch erhaben und bunt. Sie sei ein lebendiges Specimen der Postmoderne. Ob das Libretto der Oper wohl noch vorhanden ist? Ob die dicke Mappe mit der ganzen Partitur wohl noch existiert?

Ich rede immer nur von Tianhong und seinem Operngesang. Dabei hat es nichts mit unserer Geschichte zu tun. Ich wollte doch eigentlich von dem Radio berichten. Chang Tianhong schenkte Jinlong ein Transistorradio der Marke *Red Lantern* aus Qingdao. Er hatte es zwar nicht dazugesagt, aber das Radio war sein Hochzeitsgeschenk. Und jeder wusste, dass Tianhong Jinlong das Radio geschenkt hatte. Dabei war es Kangmei gewesen, die es gekauft hatte, als sie in Qingdao auf Geschäftsreise war. Und obwohl jeder sagte, Jinlong wäre der Beschenkte gewesen, hatte Kangmei es persönlich Huzhu überreicht und ihr beigebracht, die Batterie zu wechseln, es ein- und auszuschalten und den Sender einzustellen. Und ich, das Schwein, das sich Abend für Abend aus seiner Bucht davonmachte und draußen herumstreunte, sah diesen Schatz noch am selben Abend. Jinlong stellte einen Tisch an dem Ort auf, wo er seine Hochzeit mit den Gästen gefeiert hatte, stellte eine Sturmlaterne darauf, entzündete sie, das Radio daneben, säuberlich, genau in die Mitte, drehte an dem Regler und wählte einen Sender, bei dem der Ton am lautesten und klarsten übertragen wurde. Dann drehte er auf volle Lautstärke und führte den Männern und Frauen, die ihn staunend und horchend umringten, sein Radio vor. Dieser Zauberkasten war ein rechteckiger, klobiger Bursche von 50 Zentimetern Länge, 30 Zentimetern Tiefe und 35 Zentimetern Höhe. Die Front hatte eine goldig funkelnde Samtverkleidung, auf der das Markenzeichen mit der roten Laterne klebte. Der Rahmen schien, wenn man ihn sich genauer anschaute, aus einem braunen Holzklotz zu bestehen. Es war ein edel gefertigtes Stück, ein wunderschönes Modell. Jeder, der es sich ansah, wünschte sich, es anzufassen und darüber zu streichen. Aber wer hätte sich schon getraut, heranzutreten und es zu befühlen? Solch ein Präzisionsgerät musste doch unglaublich teuer sein. Wenn man beim Anfassen etwas kaputt gemacht hätte, wäre man außerstande gewesen, es zu ersetzen. Allein Jinlong putzte mit einem roten Kunstseidentuch den hölzernen Rahmen. Die gaffende Menge stand in drei Metern Entfernung und hörte eine Frauenstimme herausschallen, die im Falsett ein Lied schmetterte. Was sie sang, kümmerte keinen. Worum es jedem ging, war herauszufinden, wie diese Frau in das kleine Kästchen gekommen war. Ich war natürlich nicht so strohdumm und wusste, dass es hier um Elektronik ging. In unserer Familie versteht man etwas davon. Ich wusste damals nicht nur Bescheid darüber, dass es auf dem ganzen Globus verstreut viele, viele Radios gab. Ich wusste auch, dass es darüber hinaus ja auch noch die viel anspruchsvolleren Fernsehapparate gab. Ich wusste, dass die Amerikaner auf dem Mond gelandet waren, wusste, dass die Sowjets Raumfähren ins All geschossen hatten und dass das erste Lebewesen, das eine Reise ins All unternommen hatte, ein Schwein gewesen war. Wenn ich von „denen" spreche, ist Mo Yan damit natürlich nicht gemeint. Er war schließlich durch die *Pressestimmen aus aller Welt* fast ein Universalgelehrter und kannte sich überall aus. Und dann waren da noch andere, die sich von den Geräuschen aus dem Kasten angezogen fühlten. Das waren die Igel und Marder, die sich hinter dem gammeligen Misthaufen versteckten. Ich hörte, wie

ein zierlich gebautes Marderweibchen zu dem neben ihm sitzenden Mardermännchen sprach: „Glaubst du, dass mir die Mardersängerin in dem Kasten dort ähnlich ist?"
„Dir...? Hä?", fragte das Mardermännchen zurück.
„Pfff...t!", erwiderte das Marderweibchen geringschätzig.
Es war am 9. September nachmittags um zwei Uhr, würde ich sagen. Ich komme erstmal auf das Wetter zu sprechen. Der Himmel war im Prinzip wolkenlos blau, eine graue Riesenwolke war zu sehen, aber sonst nichts. Windrichtung Nordwest, Windstärke vier bis fünf. „Der Nordwestwind schließt den Himmel auf", besagt eine alte Regel, die alle Bauern in Nordchina kennen. Der Wind aus Nordwest trieb in hoher Geschwindigkeit große schwarze Wolken am Himmel gegen Südost. Der Aprikosenhain lag im Nu von der schwarzen Wolkenwand verschattet wie im Dunkel. Die Erde dampfte förmlich. Unken groß wie Pferdehufe krochen im Aprikosenhain umher. Etwa fünfzehn Arbeiter von der Schweinefarm waren damit beschäftigt, Eimer um Eimer dünne Kalkmilch herbeizutragen und damit die noch übrig gebliebenen Schweineställe zu besprengen. Die Schweine waren so gut wie alle tot und die Aussichten für die Schweinefarmer schlecht. Sie alle hatten bedrückte Gesichter. Sie schrubbten die Wände meiner Bucht mit Kalkmilch, sie schrubbten sogar die in den Auslauf meines Stalls hereinreichenden Äste des Aprikosenbaums. Konnte Kalkmilch gegen den Schweinerotlauf etwas ausrichten?
„Das ist doch völlig für'n Arsch, so ein Theater..."
Ich hörte heraus, dass von uns Schweinen, mich mit eingerechnet, nur wenig mehr als siebzig übrig waren. Ich hatte seit dem Ausbrechen des Schweinerotlaufs nicht mehr gewagt, bei den anderen Schweinen herumzulungern, weil ich gefürchtet hatte, mich anzustecken. Ich hätte nur zu gern gewusst, welche siebzig Schweine überlebt hatten. Ob darunter wohl einige Schwestern und Brüder aus meinem Wurf dabei waren? Oder ob sie zu diesen wilden Burschen wie Halunke gehörten? Als ich eben anfangen wollte, mich diesen Gedanken hinzugeben, und als die Schweinefarmer anfingen, düstere Spekulationen über ihre und die Zukunft der Farm anzustellen, als die Bauchdecke eines der wenigen unter der Erde verscharrten toten Schweine dumpf zu glucksen begann, weil die Sonne so heiß geschienen hatte, und als ein riesiger Vogel mit einem bunten Paradiesvogelschwanz, ein Riesenvogel, wie noch nicht einmal ich, der

weit herumgekommene Eber, ihn je gesehen hatte, im Tiefflug herbeigeflogen kam, sich auf dem vom Dauerregen kahlen, schiefnackigen Aprikosenbaum niederließ und – so einen prächtigen Schwanz hatte dieser zauberhafte Vogel, dass er damit fast den Erdboden berührte – mit vor Aufregung klapperndem Schnabel die Weltfrieden verkündende Botschaft „Phönix!" zwitscherte, kam Jinlong stolpernd mit dem Radio unter dem Arm aus seinem Hochzeitsnachtschlafzimmer herbeigerannt. Mit einem aufgewühlten Gesicht und völlig von Sinnen, die Augen weit aufgerissen und unfähig zu sprechen, spuckte er mir entgegen: „Der Vorsitzende Mao ist tot!"

Der Vorsitzende Mao ist *tot*. War das nicht faules Gerede, war das nicht nur ein Gerücht, böswillige Anfeindung? Du sagst, der Vorsitzende Mao ist tot. Gräbst du dir damit nicht dein eigenes Grab? Der Vorsitzende Mao kann doch gar nicht tot sein! Haben nicht alle gesagt, dass er zumindest 158 Jahre alt wird? Zahllose Zweifel, unangenehme Fragen schwirrten jedem Chinesen durch den Kopf, der diese Nachricht zum ersten Mal hörte. Selbst bei einem Schwein wie mir machten sich beklemmende Gefühle und Angst breit. An Jinlongs ernsthafter Miene und seinem tränenüberströmten Gesicht konnte ich deutlich ablesen, dass er nicht log und auch nicht an eine Lüge glaubte, als er die klangvolle Stimme des Nachrichtensprechers des China National Radio CNR im Radio hörte, der mit einem leicht nasalen Ton in ehrwürdigem Tonfall die Nachricht über das Dahinscheiden des Vorsitzenden Mao durchgab. Ich schaute in den von schwarzen Wolken verhangenen Himmel und sah auf die kahlen Aprikosenbäume, die nahezu restlos eingestürzten Schweineställe, hörte das nicht in die Jahreszeit passende Krötengequake, das von den Feldern herüber an mein Ohr drang, und dazwischen das laute Glucksen vom Platzen der Bäuche der toten Schweine unter der Erde, ich roch auch den strengen Leichengeruch von den Feldern, den modrigen Gestank, den Geruch von Schimmel. Mir kam die nicht abreißende Folge von bizarren Vorfällen ins Gedächtnis, ich dachte an das plötzliche Verschwinden Halunkes und seine wunderlichen letzten Worte. Ich verstand, der Vorsitzende Mao war ohne Zweifel ganz sicher tot.

Es ging nun so weiter: Jinlong trug das Radio mit beiden Händen vor der Brust, wie ein pietätvoller Sohn, der mit ehrwürdigem Blick die Urne seines verstorbenen Vaters vor sich her durchs Dorf trägt. Jeder auf der Farm warf sofort das Werkzeug aus der Hand und blickte mit ehrfürchtiger Miene hinter ihm her. Der Tod des Vorsitzenden Mao war nicht nur ein Verlust für die Menschen, er war auch ein Verlust für uns Schweine. Denn ohne den Vorsitzenden Mao gäbe es kein Neues China, ohne das Neue China nicht die Schweinefarm „Aprikosengarten" der Brigade Dorf Ximen, und ohne die Schweinefarm „Aprikosengarten" der Brigade Dorf Ximen kein Schwein Sechzehn! Deswegen folgte ich Jinlong und den anderen hinaus auf die Straße und war mit Fug und Recht genauso tief berührt wie sie.

Damals tönte aus allen Sendern aller Provinzen ganz Chinas zeitgleich und störungsfrei dieselbe Radioansage. Jinlong drehte während der Ansage den Regler auf volle Lautstärke. Die Lautsprecher hatten eine Leistung von fünfzehn Watt. Wenn gerade kein Motorenlärm störte und im Dorf alles ruhig war, hörte man das Radio mit dieser Lautstärke durch das ganze Dorf schallen. Jedem Menschen, den Jinlong traf, teilte er mit derselben Miene und tonloser Ekstase mit: „Der Vorsitzende Mao ist tot!" Manche, die die Nachricht hörten, starrten ihn nur mit weit aufgerissenen Augen und Mündern an, manche bleckten die Zähne und verzogen gequält den Mund. Manche schüttelten nur den Kopf. Sie fühlten sich bestätigt, es war ihnen Freude anzusehen. Andere wieder machten einen völlig gebrochenen Eindruck. Alle reihten sich hinter Jinlong ein und zogen brav hintereinander im Trupp durchs Dorf. Als wir uns unweit des Marktplatzes befanden, hatte ich bereits eine sehr, sehr lange Menschenschlange hinter mir.

Hong Taiyue trat aus dem Brigadequartier heraus und wollte Jinlong gerade fragen, was denn los sei, als dieser auch schon sprach: „Der Vorsitzende Mao ist tot!" Seine erste Reaktion war, dass er die Hand hob und ihm mit der Faust eins aufs Maul geben wollte. Aber die Hand blieb in der Luft hängen. Hongs Blick streifte die Menschen, die mit Jinlong und mir gekommen waren. Alte, Kinder, Männer und Frauen, alle standen sie da. Er streifte den in voller Lautstärke zitternd kreischenden Radioapparat, den Jinlong ans Herz gedrückt hielt. Seine Faust senkte sich wieder. Dann hämmerte er sich gegen die Brust und schrie schrill: „Vorsitzender Mao… Ihr seid von uns gegangen… Wie sollen wir denn ohne Euch weiterleben…"

Das Radio spielte Trauermusik. Als die langsamen, schmerzlichen Töne erklangen, begannen die Frauen – Huang Tongs Frau machte den Anfang, dann stimmten alle Frauen aus dem Dorf mit ein – laut und brüllend zu weinen. Sie weinten bis zur Besinnungslosigkeit. Dann setzten sie sich – die aufgeweichte, matschige Erde war ihnen einerlei – auf den Boden. Manche klopften sich ihren Platz fest – sofort kam das Grundwasser hoch –, manche schauten zum Himmel auf, dabei drückten sie sich ihr Taschentuch auf den Mund. Manche pressten es sich vor die Augen. Sie weinten auf tausend verschiedene Arten und Weisen. Sie weinten, brüllten nach Kräften, denn das Klagen würde sich in Glück verkehren und sie wären fein heraus.

„Vorsitzender Mao, Ihr seid unser Himmel, und wir sind Eure Erde – sterbt Ihr, so stürzt über uns der Himmel ein – weh uns –"

Während die Trauermusik aus dem Radio erklang und die Frauen laut klagend weinten, ertönten auch bei einigen Männern Klageschreie, andere weinten tonlos. Sogar die Grundbesitzer, Konterrevolutionäre und reichen Bauern rannten herbei, als sie die Nachricht vernahmen, und vergossen stille Tränen.

Was mich betrifft, muss ich zugeben, dass ich, obwohl auch meine Nase dieses sauer-taube Gefühl bekam und mir die Augen kurzzeitig brannten, einen klaren Kopf behielt. Denn ich gehörte schließlich nicht den Menschen, sondern den Tieren an. Ich lief zwischen den brüllenden Menschen umher, zwängte mich hier, zwängte mich dort durchs Gedränge, schaute zu, dachte nach. Niemals seit Anbeginn der chinesischen Geschichte hat der Tod eines Menschen so massive und deutlich sichtbare Auswirkungen auf die Menschen gehabt wie der Tod Mao Zedongs. Wie viele Menschen weinten sich die Augen rot, die beim Tode der eigenen Mutter keine einzige Träne vergossen hatten! Aber es gibt natürlich immer Ausnahmen. Unter den tausend und mehr Einwohnern des Dorfes, eingeschlossen die Grundbesitzer und reichen Bauern, die schniefend Tränen vergossen, die mitten in der Arbeit ihr Werkzeug fortwarfen, als sie die Nachricht hörten, gab es zwei, die sich nicht in lautem Klagen und Weinen ergingen, die auch nicht still vor sich hinschluchzten, sondern weiter ihrem Tagewerk nachgingen und sich anschickten, Vorkehrungen für ihr zukünftiges Leben zu treffen. Der eine war Xu Bao, der andere Lan Lian.

Xu Bao verschwand unerkannt im Gedränge und war mir auf den Fersen. Anfangs war mir das egal, aber dann bemerkte ich seinen lüstern gierenden Blick mit dem brutalen Funkeln in den Augen.

Meine Wut und meine Furcht waren größer als jemals zuvor, als ich nun wahrnahm, dass er seinen Blick stur an meine zwei mangogroßen Hoden geheftet hatte. Im Augenblick des Todes des Vorsitzenden Mao hatte Xu Bao doch tatsächlich nur Augen für meine Hoden. Es war deutlich zu sehen, dass ihn diese Nachricht nicht im Geringsten bekümmerte. Wenn es mir möglich gewesen wäre, den Trauernden sein Ansinnen mitzuteilen, wäre er wahrscheinlich an Ort und Stelle von der tobenden Menge gemeuchelt worden. Leider brachte ich jedoch keine menschlichen Laute hervor. Und leider waren die Menschen so sehr mit ihrer eigenen Trauer beschäftigt, dass niemand Xu Bao bemerkte. „Xu Bao, wart's ab", dachte ich, „ich gebe zu, ich hatte damals Angst vor dir. Auch heute fürchte ich mich vor deiner blitzschnell ritzenden Hand. Aber wenn sogar jemand wie der Vorsitzende Mao stirbt, dann fürchte auch ich den Tod nicht. Heute Nacht, Xu Bao, werde ich es mit dir aufnehmen, du elender Hurensohn. Ich werde dich fertigmachen. Aber aus unserem Zweikampf wird nur einer lebendig hervorgehen."

Der zweite, der keine Träne um Mao Zedong vergoss, war Lan Lian. Als alle im Hof der Ximens versammelt waren und durcheinander weinten und brüllten, saß er allein auf der Türschwelle seines kleinen Zimmers im Westhaus und wetzte mit einem dunklen Schleifstein seine Sichel, die über und über mit rotem Rost bedeckt war. Das kreischende Geräusch, mit dem der Schleifstein über die Sichel fuhr, verursachte Zahnschmerzen und ließ einen frieren. Es war unpassend und anzüglich dazu. Jinlong, der es nicht mehr aushielt, drückte seiner Frau den Radioapparat in den Arm, rannte zu Lan Lian, riss ihm den Schleifstein aus der Hand und donnerte ihn mit Karacho zu Boden. Der Schleifstein zerbrach in zwei Hälften.

„Bist du überhaupt noch ein Mensch?", fluchte Jinlong mit knirschenden Zähnen.

Lan Lian kniff die Augen zusammen und musterte den vor Wut zitternden Jinlong. Die Sichel in der Hand stand er langsam auf: „Auch wenn er tot ist, habe ich doch weiterzuleben. Das Getreide auf dem Feld muss geschnitten werden."

Jinlong hob einen kaputten Blecheimer mit durchgerostetem Boden neben dem Kuhstall auf und schmetterte ihn Lan Lian entgegen. Lan Lian wich nicht einmal aus, als der Eimer ihm vor die Brust knallte, um dann zu Boden zu fallen.

Jinlong war rot vor Wut und ergriff mit glühenden Augen ein Tragholz, stemmte es mit ganzer Kraft in die Höhe und wollte es Lan Lian auf den Kopf donnern. Glücklicherweise konnte Hong Taiyue es packen, ansonsten hätte es Lan Lian den Schädel gespalten. Hong Taiyue sprach aufgebracht: „Lian, jetzt reicht es aber mal!"
Lan Lian fing nun an zu weinen und kniete auf dem Boden nieder. Voller Gram und Entrüstung sprach er: „Allerliebster Vorsitzender Mao. Ich bin keines von diesen miesen Arschlöchern hier!"
Sofort herrschte Grabesstille. Alle blickten wie versteinert auf ihn.
Lan Lian ließ die Arme hängen und weinte bitterlich.
„Vorsitzender Mao – ich bin auch ein Kind Eures Volkes – Ihr habt mir meinen Boden zugeteilt – das Recht, darauf privat zu wirtschaften, habt Ihr mir zugesprochen –."
Yingchun kam weinend herbei. Sie wollte ihm helfen aufzustehen, aber seine Knie waren, als hätten sie im Boden Wurzeln geschlagen. Ihr wurden auch die Knie weich, und dann kniete sie vor ihm.
Ein gelber Zitronenfalter, groß wie ein verdorrtes Aprikosenbaumblatt, segelte vom Aprikosenbaum herunter und ließ sich, nachdem er eine ganze Zeit lang herauf- und heruntergeflattert war, auf der Chrysantheme nieder, die sie im Haar trug.
Wenn man um das engste Familienmitglied trauert, steckt man sich eine weiße Chrysantheme an, so ist es im Dorf der Brauch. Die Frauen liefen los, um sich von dem Chrysanthemenbusch, der bei Yingchun vor der Türe wuchs, auch eine Blüte abzuzupfen und sie sich ins Haar zu stecken, in der Hoffnung, der Schmetterling käme dann zu ihnen geflogen. Der aber faltete, nachdem er sich auf Yingchun niedergelassen hatte, seine Flügel zusammen und rührte sich nicht mehr von der Stelle.

Das zweiunddreißigste Kapitel
Xu Bao kostet seine Gier das Leben. Schwein Sechzehn folgt die ganze Nacht dem Mond und wird Gebieter über die Wildschweine.

Ich machte mich heimlich aus dem Staub und verließ den Hof Ximen mit den handlungsunfähigen, ratlosen Menschen, die Lan Lian umringten. Ich sah die bösen Augen von Xu Bao, der sich in der

Menge versteckte, und dachte mir, dass dieser Langfinger es noch nicht wagen würde, mir hinterherzukommen, was mir genug Zeit verschaffte, den Angriff vorzubereiten.

Die Schweinefarm lag wie ausgestorben da. Die Sonne würde bald untergehen, es war Fütterungszeit, und die rund siebzig Schweine, die den Rotlauf überlebt hatten, quiekten hungrig in ihren Buchten. Ich hätte so gern die Eisentüren zu ihren Buchten geöffnet und sie alle herausgelassen, ließ es aber dennoch sein, weil ich fürchtete, dass sie mich mit Fragen löchern würden und ich sie nicht mehr los würde. Kumpels, quiekt ruhig weiter! Macht richtig Krach! Ich kann mich im Moment nicht um euch kümmern, weil ich den fettig schmierigen Xu Bao unter dem schiefnackigen Aprikosenbaum hocken sehe... Tatsächlich spürte ich damals den eiskalten Hauch des Todes, der diesem brutalen Kerl entströmte. Mein Gehirn arbeitete in Höchstgeschwindigkeit, ich legte mir eine Strategie zurecht. In der Bucht auf meinem Lager zu bleiben, mit dem Hinterteil fest in eine Ecke gedrückt, die Wände zu beiden Seiten als Schutzschild für meine Hoden nutzend, war ganz offensichtlich das Beste. Ich legte mich auf den Bauch und stellte mich dumm. Aber ich war gewappnet und wusste genau, wie ich mich verhalten würde. Ich hielt Ausschau, wartete und verhielt mich still. Xu Bao, trau dich, wenn du dir meine Hoden schnappen willst, damit du sie heute Abend zum Schnaps braten kannst! Du Knecht, *ich* werde *dir* die Hoden zermalmen! Ich werde alles Vieh, das du grausam verstümmelt hast, heute noch rächen!

Die Dämmerung nahm zu, vom Boden sah man feuchte Nebel aufsteigen. Die Schweine waren so hungrig, dass sie nicht mehr quiekten. In den Ställen herrschte Totenstille. Man hörte vereinzelt das Quaken von Fröschen. Mein Instinkt sagte mir, dass der Hauch des Todes im Anzug war. Diese Memme wollte zuschlagen. Über die niedrige Mauer hinweg lugte das fettige, dreckige, kleine und trockene Walnussgesicht. Er hatte keine Augenbrauen, keine Wimpern, von Bartstoppeln ganz zu schweigen. Er grinste mich tatsächlich an. Sowie er grinste, bekam ich Harndrang. Ach, fick deine Oma, du Scheißkerl! Egal, wie du lachst, ich werde die Pisse zurückhalten. Er machte die Tür zu meiner Bucht auf, stand in der Tür und winkte mir zu, während er „Luoluo" säuselte, um mich aus dem Stall zu locken. Ich hatte sofort durchschaut, was er vorhatte. Er wollte, sobald ich

durch die Tür aus dem Stall herausging, geschwind die Gelegenheit beim Schopfe packen und mir die Eier wegschneiden. Du Knecht, ich sag dir nur eins: Was du dir da so schön zurechtgelegt hast, wird nichts. Schwein Sechzehn bleibt heute hart! Selbst wenn das Stalldach einstürzte, ich würde nicht vom Fleck weichen, und wenn der beste Kraftfutterbrei direkt vor meiner Schnauze stünde, ich würde ihn nicht anrühren. Xu Bao holte ein halbes Maismehlbrötchen hervor und warf es mir an die Buchttür. Du Knecht, klaub es doch selber auf und stopf dir den Magen! Xu Bao machte ein herrliches Affentheater vor meiner Bucht. Ich aber lag auf dem Bauch in der Ecke und rührte mich nicht.
„Verdammt, dieses Schwein ist verhext!", keifte der Affenarsch voller Hass.
Wenn Xu Bao aufgegeben hätte und von dannen gezogen wäre, hätte ich dann den Mut besessen, ihm hinterher zu springen und ihn niederzuzwingen? Schwer zu sagen. Ich weiß es nicht. Ich muss es ja auch nicht wissen. Der entscheidende Punkt ist, dass Xu Bao eben nicht wegging. Dieser Hoden fressende Bastard fühlte sich von den zwei Rieseneiern zwischen meinen Hinterbeinen dermaßen angezogen, dass er sogar bereit war, durch den Morast zu kriechen. Und tatsächlich duckte er sich und kam zu mir in den Stall.
Entsetzliche Angst und brennende Wut trafen aufeinander. Es war, als züngelten blaue und orangegelbe Flammen in meinem Kopf. Der Zeitpunkt, an dem mir Genugtuung widerfahren sollte, war nun da. Ich biss die Zähne zusammen, unterdrückte meine schäumende Wut und versuchte nach Kräften, zuerst einmal Abstand zu bewahren. Du Knecht, komm her, wenn du dich traust! Los, noch einen Schritt … und noch einen Schritt. Den Feind zum Nahkampf ins Haus hereinbitten … komm, wenn du dich traust … Zweikampf bei Nacht … na, mach schon, du Memme! Er schlingerte in drei Meter Entfernung vor mir herum, zog Grimassen und veranstaltete einen Zirkus, damit ich ihm ins Netz ginge. Du Mistkerl, spar dir den Blödsinn. Komm schon … weiter, trau dich herein. Ich bin doch nur ein blödes Schwein, das nichts gegen dich ausrichten kann … Offensichtlich dachte Xu Bao, er habe meine Intelligenz wohl überschätzt, und stellte seine Alarmbereitschaft ein paar Stufen herunter. Dann näherte er sich mir langsam. Er dachte wahrscheinlich daran, mich wegzutreiben. Schließlich bückte er sich und hockte sich in nur ei-

nem Meter Abstand vor mich hin. Ich spürte, wie sich jeder meiner Muskeln anspannte, als würde man eine starke Sehne am Bogen bis zum vollen Rund spannen. Und wenn man dann den Pfeil abschoss und angriff, so würde der Angegriffene, auch wenn er Beine so flink wie ein Floh hätte, schwerlich ausweichen können.

In jener Tausendstelsekunde war es nicht mein Geist, der meinen Körper dirigierte. Mein Körper funktionierte wie programmiert, ganz von selbst erfolgte der Angriff. Der vehemente Aufprall erfolgte direkt in Xu Baos Bauch. Sein Körper flog in die Höhe, als wäre er wie ein Federchen so leicht. Mit dem Schädel stieß er gegen die Wand. Dann fiel er zu Boden, und zwar in die Ecke, wo ich für gewöhnlich hinmachte. Er war bereits am Boden aufgekommen, da hing sein Schmerzensschrei noch in der Luft. Er hatte seine Kampfkraft eingebüßt und lag wie eine Leiche in der Ecke in meiner Scheiße. Um aller Freunde willen, die er grausam verstümmelt hatte, wollte ich nun noch meinen Plan zu Ende bringen: Ich wollte ihn mit seinen eigenen Waffen schlagen. Wie du mir, so ich dir! Ich fand es irgendwie abstoßend. Ich mochte es gar nicht über mich bringen. Aber ich hatte es mir doch vorgenommen. Deswegen wollte ich es nun auch bis zu Ende durchziehen. Ich biss mit roher Gewalt zwischen seinen Beinen zu. Aber meine Schnauze fühlte sich leer an. Als hätte ich nur auf ein dünnes Stück Stoff seiner ungefütterten Hose gebissen. Ich packte die Hose im Schritt fest mit den Zähnen, und sie riss mit einem Ruck entzwei. Ein entsetzlicher Anblick! Xu Bao war doch tatsächlich als Eunuch geboren worden! Es war eine plötzliche Erleuchtung, alles um diesen undurchsichtigen Xu Bao herum war mir nun sonnenklar. Ich begriff, warum er einen solchen Hass gegen die Hoden der männlichen Tiere verspürte, begriff, warum er die Kunst des Eierabschneidens so geübt beherrschte, begriff, warum er so nach gebratenen Hoden gierte. Man muss schon sagen, er war ein Unglücksrabe. Vielleicht war er abergläubisch und so verblendet, dass er daran glaubte, dass wenn man das aß, woran man krankte, gesund würde, dass er verzweifelt hoffte, an Steinen würden doch noch Melonen sprießen und der abgestorbene Baum würde wieder neu austreiben. Es war schon fast dunkel, als ich zwei violette Rinnsale Blut wie Regenwürmer aus seinen beiden Nasenlöchern kriechen sah. Sollte es möglich sein, dass der Kerl so ein Schlappschwanz war, dass er beim ersten kleinen Rüffel schon ins Gras biss?

Ich streckte einen Huf aus und hielt ihn probeweise unter seine Nasenlöcher. Da war kein Atem. Oh weh, die Memme war wirklich tot. Ich hatte als Zaungast den Ärzten des Kreiskrankenhauses bei einem Schnellkurs in Erster Hilfe für die Dörfler zugehört. Ich hatte Baofeng sogar schon einem ertrunkenen Jugendlichen das Leben retten sehen. Ich richtete also seinen Körper schnurgerade aus, genau wie ich es gesehen hatte. Dann presste ich beide Hufe fest auf seine Brust und drücke zu, wieder und wieder, mit voller Kraft, da hörte ich, wie seine Rippen glucksten, und sah, wie immer mehr Blut aus Mund und Nase strömte…

Ich stand an der Tür zu meiner Bucht und traf binnen zweier Minuten die wichtigste Entscheidung meines Lebens: Der Vorsitzende Mao war tot, auf die Menschen kamen jetzt gewaltigen Veränderungen zu, und in diesem Moment war ich zu einem Menschen mordenden Schwein geworden. Wenn ich jetzt stur hier bliebe, erwarteten mich das Schlachtermesser und der Kessel mit kochendem Wasser. Es war mir, als hörte ich eine Stimme aus weiter Ferne rufen: „Brüder, rebelliert!"

Bevor ich ins Grasland floh, half ich meinen Kameraden, die bei der Seuche mit dem Leben davongekommen waren, die Stalltüren zu öffnen und ließ sie alle hinaus. Ich stellte mich an einen höher gelegenen Fleck und grunzte ihnen zu: „Brüder, rebelliert!"

Sie schauten mich wirr an und verstanden nicht im Geringsten, was ich meinte. Eine kleine Jungsau – klein und dünn, dabei schneeweiß und nur mit zwei kleinen schwarzen Abzeichen am Bug – rannte aus der Rotte heraus und kam zu mir: „Mein König, mein Gebieter, ich gehe mit dir." Die restlichen Schweine liefen nur auf der Suche nach Fressen herum, manche legten sich auch faul wieder in den Matsch in ihrer Bucht und warteten, dass einer käme, der sie fütterte.

Ich nahm die kleine Sau mit, wir liefen gen Südosten. Der Boden war so aufgeweicht, dass man bis zu den Knien im Morast versank. Hinter uns blieben von unseren Fußabdrücken vier tiefe Rinnen im Matsch. Als wir zu dem über zehn Meter tiefen Wassergraben kamen, fragte ich die kleine Sau: „Wie ist dein Name?"

„Die anderen nennen mich Fleckchen, mein König."

„Warum nennen sie dich Fleckchen?"

„Weil ich am Bauch zwei schwarze Flecken habe, mein König."

„Kommst du aus den Yimengbergen, Fleckchen?"

„Nein, mein König."
„Aber wenn du nicht aus den Yimengbergen stammst, woher dann?"
„Ich weiß es nicht, mein König."
„Keiner von ihnen wollte mir folgen. Warum wolltest du mit mir kommen?"
„Ich bete Euch an, oh, mein König."
Wie ich die kleine gescheckte Sau hörte, die so eine naiv ehrliche Art hatte und so gedankenlos aussprach, was sie fühlte, war ich gerührt, aber auch wehmütig. Ich stupste sie als Zeichen der Freundschaft mit der Schnauze in den Bauch.
„Ist gut, Fleckchen, inzwischen haben wir uns von unseren Machthabern befreit und sind wieder so frei wie unsere Vorfahren, die Wildschweine, es sind. Aber von jetzt an fressen wir, was wir gerade finden, und kampieren bei Dunkelheit unter freiem Himmel. Von jetzt an müssen wir jede Not und Unbill erdulden. Wenn es dir leid tut, mitgekommen zu sein, ist es jetzt allerhöchste Zeit, schnell umzukehren."
„Ich bereue nichts, Gebieter", sagte Fleckchen voller Inbrunst.
„Dann ist es gut, sogar sehr gut. Fleckchen, kannst du schwimmen?"
„Ja, mein König, das kann ich."
„Das passt ja prima!" Ich hob meinen Huf, gab ihr einen Klaps und sprang als erster in den Kanal.
Das Wasser war lauwarm und weich, es war sehr angenehm, darin zu baden. Ursprünglich hatte ich hindurch schwimmen wollen, um dann auf der anderen Seite weiter zu laufen. Im Wasser aber änderte ich meinen Plan. Die Wasseroberfläche des Kanals hatte von oben betrachtet ganz ruhig ausgesehen, nun erst spürte ich, dass das Wasser mit großer Geschwindigkeit gen Norden floss. Dort lag der gischtschäumende Yunliang-Kanal, auf dem während der Mandschu-Zeit der Reis verschifft wurde. Auch die Litschibäume, die vor 250 Jahren der Kaiserin und den Nebenfrauen des Kaisers geschenkt worden waren, waren auf dem Yunliang mit den Dschunken heraufgereist. An beiden Seiten des Kanals sah man Treidler mit krummem Rücken die Füße in den Boden stemmen, ihre zweiköpfigen Wadenmuskeln waren angespannt und eisenhart, ihr Schweiß tropfte zu Boden. *Wo es Unterdrückung gibt, gibt es auch Widerstand*, hat Mao

Zedong gesagt. Der Marxismus lehrt doch im Grunde immer wieder einen einzigen Lehrsatz. Er wurzelt aus Myriaden von verschiedenen Gesichtspunkten immer wieder in ein und derselben Maxime: *Rebellion ist vernünftig!* Das hat Mao Zedong auch gesagt. In dem warmen Wasserkanal zu schwimmen, kostete nicht die geringste Anstrengung, denn der Körper schwamm durch den Auftrieb oben und trieb mit dem schnell fließenden Kanalwasser wie von selbst vorwärts. Ich hatte nur eben mit den Vorderfüßen gerudert, und schon schnellte ich wie ein Hai im Wasser dahin. Ich drehte mich zu Fleckchen um, die Kleine hielt sich dicht hinter mir. Mit ihren vier Beinchen machte sie Tempo, während sie den Kopf emporgereckt mit strahlenden Äuglein geräuschvoll aus ihren kleinen Nasenlöchern schnaufte.

„Alles klar, Fleckchen?"

„Ja ... mein König ..."

Weil sie mir geantwortet hatte, hatte sie Wasser in die Schnauze bekommen und nieste, dabei kamen ihr die Pfötchen aus dem Takt. Ich streckte einen Vorderhuf unter ihren Bauch und zog sie vorsichtig wieder an die Wasseroberfläche, bis ihr Körper zum großen Teil über Wasser war.

„Kleines Kerlchen, du machst das prima. Uns Schweinen ist das Schwimmen angeboren. Es kommt nur darauf an, dass man dabei nicht nervös wird. Damit diese fiesen Typen keine Spur von uns entdecken können, habe ich beschlossen, auf der Wasserstraße zu bleiben und das Land zu meiden. Kannst du das schaffen?"

„Ja, mein König", antwortete Fleckchen prustend und keuchend.

„Komm, Kleines, krabble auf meinen Rücken", bot ich ihr an, aber sie wollte nicht. Sie wollte mir zeigen, dass sie es allein schaffen konnte. Ich tauchte unter sie, mein Körper bekam Auftrieb, und schon hatte ich sie auf meinem Rücken.

„Halt dich gut an mir fest. Egal, was auch passiert, lass mich keinesfalls los!"

Mit Fleckchen auf dem Rücken schwamm ich den Bewässerungsgraben östlich der Schweinefarm „Aprikosengarten" entlang und von dort aus in den Yunliang-Kanal. Der floss wild mit schäumenden Wellen ostwärts dahin. Im Westen brannte ein dünnes Band am Horizont. Rot loderten die Wolken. Das Abendrot leuchtete in tausend Farben und Formen – blaugrüne Drachen, weiße Tiger, Löwen und Wildhunde, die alle am Himmel dahinschwammen. Als die Wolken aufrissen, fluteten Myriaden von Abendsonnenstrahlen hinab auf den Fluss und ließen die Wasseroberfläche wie Brillanten funkeln. Zu beiden Seiten waren die Deiche gebrochen. Man konnte deutlich sehen, wie das Kanalwasser innen am Deich herabfloss, vor beiden Deichen hatten sich große, flache Pfützen gebildet. Dort waren dicht an dicht pelzige kleine Tamarisken gewachsen. Die weichen Zweige neigten sich alle gen Osten. Man sah deutlich, dass sie immer wieder überspült worden waren, denn Zweige und Laub waren mit einer dicken Schicht Schlamm bedeckt. Obschon die brandende Wassergewalt sich oberflächlich beruhigt hatte, spürten wir sie im sprudelnden Wasser noch ganz deutlich und unverändert. Welch beeindruckende, gewaltige Wucht! Der Fluss stimulierte uns, weil wir stundenlang im Schein der Glutwolken dahinschwammen. Es war unfassbar. Man muss es selbst erlebt haben, um dieses Gefühl zu begreifen.

Jiefang, ich will dir eins sagen, das war eine Heldentat in der Geschichte von Nordost-Gaomi, wie ich damals den Strom entlang schwamm. Du warst damals weiter oben am Kanal auf der anderen Seite. Um eure Baumwollmanufaktur vor dem Hochwasser zu schützen, wart ihr alle auf den Deich gestiegen. Ich schwamm mit Fleckchen auf dem Rücken stromabwärts gen Osten und erlebte so die hohe Kunst der Tangzeitlichen Lyrik am eigenen Leib. Im Wasser treiben und getrieben werden. Wir jagten die Wellen, die Wellen jagten uns, und die Wellen jagten die Wellen. Woher nimmst du deine gewaltigen Kräfte, großer Strom? Kies und Sand führst du mit dir, den Mais, die Mohrenhirse, die Reben der Süßkartoffeln und ganze Bäume, die mitsamt ihrer Wurzel ausgerissen wurden, das alles bewegst du hinab zum ostchinesischen Meer. Einmal hinab geflossen, gibt es kein Zurück mehr. Du hast viele unserer toten Schweine in den Tamariskenbüschen stranden lassen, ihnen die Leiber mit Wasser aufgetrieben, dass sie faulig wurden, bis sie zum Himmel stanken. Als ich die bestialisch stinkenden Kadaver erblickte, spürte ich intensiv, dass ich während meiner und Fleckchens schneller Stromabwärtsfahrt meine Schweinexistenz überwinden konnte. Ich überwand den Schweinerotlauf und ich überwand die nun beendete Epoche Mao Zedong.

Ich kenne die Stelle aus Mo Yans Roman *Aufzeichnungen über das Schweinemästen*, in der er die in den Fluss geworfenen und dort im Wasser treibenden Schweinekadaver beschreibt.

Über tausend tote Schweine aus der Schweinefarm „Aprikosengarten" segelten in einer beachtlichen Formation auf dem Wasser dahin, wo sie faulig wurden, die Leiber mehr und mehr vom Wasser aufgetrieben, wo sie platzten, von Maden zerfressen, von Raubfischen zerbissen, immer weiter, ohne Halt zu machen, den Strom hinab trieben, um zuletzt in den zahllosen Wellen des gewaltigen Ostchinesischen Meeres zu vergehen. Dort verschluckt und gefressen, sich auflösend und zersetzt in alle einzelnen Stoffe, eingehend in den grandiosen, ewig bleibenden und nie vergehenden stofflichen Kreislauf allen Lebens ...

Man kann nicht sagen, dass dieser Bengel das schlecht beschrieben hätte. Nur eins, dieser grüne Junge hat eine gute Gelegenheit verpasst. Denn er hätte mich, den Stammeber Sechzehn mit der kleinen Sau Fleckchen huckepack im dunkelgoldenen Wasser mit den Wellen stromabwärts treiben sehen sollen! Er hätte dann nicht all das Tote beschrieben, sondern hätte das Leben besungen, er hätte uns, er hätte mich besungen. Ich bin Lebenskraft pur. Herzlichkeit, Freiheit, Liebe, bin schönstes Wunder des Lebens weltweit.
Wir trieben schwimmend stromabwärts dem Mond entgegen, nach dem Bauernkalender der 16. Tag des achten Mondes, eine ganz andere Mondnacht als die bei deiner Hochzeit, Jiefang. Damals war der Mond vom Himmel heruntergekommen. An jenem Abend aber tauchte er aus den Fluten des Stromes auf. Groß, blühend und voll war er, aber auch von blutroter Farbe, als er über der Wasseroberfläche auftauchte. Als würde des Universums Vulva ein Neugeborenes freigeben, brüllend, weinend, blutend, so sehr blutete sie, dass sich das Wasser davon rot färbte. Süß, aber unglücklich war der Mond, als er zu eurer Hochzeit kam. In jener Nacht war der Mond tragisch und öde. Wir sahen Mao Zedong auf dem Mond reiten – sein massiger Körper drückte den Mond so zusammen, dass er wie ein Baseball aussah –, Mao hatte eine rote Fahne um die Schultern gehängt. In den Fingern hielt er eine Zigarette, hob leicht den schweren Schädel. Sein Gesicht hatte einen nachdenklichen Ausdruck.
Ich schwamm mit Fleckchen auf dem Rücken mit der Strömung den Fluss hinab, dem Mond auf den Fersen und auch dem Mao Zedong. Wir wollten dem Mond näher sein, damit wir das Gesicht Mao Zedongs etwas deutlicher sehen konnten. Doch sowie wir uns bewegten, bewegte sich auch der Mond. So kraftvoll wir auch ruderten und

auch, wenn wir schnell wie Torpedos, den Leib auf die Wasseroberfläche gelegt, dahinglitten, blieb der Mond doch immer gleich weit entfernt. Fleckchen auf meinem Rücken strampelte mit den Hinterbeinen an meinem Bauch und rief immer wieder: „Hoppa, hoppa!", als wäre das unter ihr ein Pferd und nicht ich.

Da entdeckte ich, dass es nicht nur wir beide waren, die dem Mond hinterher jagten. Unzählige Wasserbewohner, Schwärme von Karpfen mit goldenen Flossen, Unagi-Aale mit dunkelgrünem Rücken und weißem Bauch, riesige Weichschildkröten schwammen in diesem großen Strom dahin. Die Karpfen sprangen, die Strömung ausnutzend, in den Wellen. Wie kostbare Schätze von Gold und Silber sah man ihre Leiber im Mondlicht schillernd über die Wasseroberfläche fliegen. Die Unagi-Aale schlängelten sich durch das Wasser, es war, als schlitterten sie auf der Wasseroberfläche dahin, ihre Leiber wie weißes Silber über dem Wasser, das aussah wie Eis. Die Weichschildkröten glitten blitzschnell wie Luftkissenboote über das Wasser, sie verließen sich dabei auf ihren flachen Panzer, der ihnen Auftrieb gab, und auf dessen biegsamen Rocksaum, auf die beachtliche Schubkraft ihrer vier Schwimmhäute und ihrer wulstigen Ruderbeine, obwohl sie doch eigentlich einen so plump aussehenden Leib besitzen. Einige Male kam es mir vor, als wären ein paar rotgolden schillernde Karpfen bis zum Mond hinauf gesprungen und neben dem sitzenden Mao Zedong aufgekommen. Aber als ich den Mond genau betrachtete, wusste ich, dass es nur Einbildung gewesen war. Auch den Wasserbewohnern, die mit uns auf dem Weg waren, gelang es nicht, den Mond einzuholen, egal, wie eifrig sie es auch versuchten.

Eine ganze Zeit lang später, als ich wiedergeboren als Hund unter euch lebte, hörte ich einmal Mo Yan zu dir sagen, dass er seinen kleinen Roman *Aufzeichnungen über das Schweinemästen* zu einem richtig großen Roman umschreiben wolle. Er sagte weiter, wenn man ihn und sein Werk anhand der *Aufzeichnungen über das Schweinemästen* mit den großen Werken wirklich bedeutender Romanciers, die sich auf das „Große-Romane-Schreiben" verstünden, vergleichen wolle, so sei es, als würde sich ein klotziger Wal mit seinem eben geborenen, nach Blut riechenden Jungtier, mit dessen klobigem Riesenleib und plumpem Atem mit den hübsch geschickten Haifischen vergleichen, die sich vorsichtig zu benehmen wissen, sich arrogant

und distanziert verhalten. Ich erinnere mich noch, wie du ihn angingst, er solle doch ein etwas „erhabeneres" Thema wählen. Er solle doch über Liebe, über Freundschaft, über Naturschönheiten und die angenehmen Seiten des Lebens schreiben. Was er denn mit der Schreiberei über die Schweinehaltung bezwecke? Ob Schweine denn überhaupt so etwas wie „Größe" besäßen? Jiefang, du warst noch auf deinem Beamtenposten, als du bereits heimlich mit Pang Chunmiao geschlafen hast. Du umgabst dich nach außen hin mit einem Heiligenschein und tatest furchtbar bieder. Deswegen sagtest du dem Mo Yan auch so einen Quatsch. Vor Ärger machte ich Schnappbewegungen mit den Zähnen. Ich wollte an dir hochspringen und dich beißen, damit sich dein blöde „erhabenes" Maul endlich schloss. Es hängt doch nicht davon ab, *was* man schreibt, wenn man damit Erhabenheit beweist. Maßgeblich ist doch, *wie* etwas geschrieben ist. Außerdem ist „Erhabenheit" ein völlig schwammiger Begriff. Wenn, wie das zum Beispiel bei dir der Fall war, ein verheirateter Familienvater ein zwanzig Jahre jüngeres Mädchen entjungfert und schwängert, dann seine Familie im Stich lässt, seinen Beamtenposten über Nacht an den Nagel hängt, sodass die Vögel von den Dächern der Kreisstadt pfeifen, welch ruchloser Schuft der ist, während Mo Yan, der Bengel, dich doch allen Ernstes in höchsten Tönen preist und die Tat, mit dem Mädchen durchzubrennen und alles einfach so hinter sich abzubrechen, als „erhaben" lobt! Schon damals war ich der Meinung, dass Mo Yan seinen ehrgeizigen Traum wahrscheinlich verwirklicht hätte, wenn er in seinen *Aufzeichnungen über das Schweinemästen* beschrieben hätte, wie wir im Yunliang-Kanal gemeinsam mit allen Fischen dem Mond und Mao Zedong hinterherjagten. So genossen seine *Aufzeichnungen über das Schweinemästen* nur einige wenige Menschen. Der große Teil der Leute, eben die ehrenhaften und anständigen, lehnen dieses Buch jedoch ab.
Da, wo das Nordost-Gaomi-Land und der Kreis Pingdu aufeinander treffen, teilte eine Insel namens Wus Sandmaul den Strom in zwei Arme, von denen einer Richtung Nordost, einer Richtung Südost weiterfloss, um sich auf der Grenze der beiden Kreise wieder zu vereinen. Die Flussinsel besaß eine ungefähre Fläche von acht Quadratkilometern, und es hatte um die Frage, welchem Kreis die Insel nun gehören sollte, schon heftige Auseinandersetzungen gegeben. Später hatte man die Insel kurzerhand dem Produktions- und Auf-

baukorps des der Provinz unterstellten Militärgebiets zugeteilt. Das Korps hatte auf der Insel ein Gestüt betrieben, bis die Pferdezucht aus organisationstechnischen Gründen aufgegeben wurde. Die Insel fiel zurück in den Zustand eines Ödlands, wo so weit das Auge reichte nur Tamariskenwälder und Schilf wuchsen. Auf jene Insel schiffte der Mond den Mao Zedong. Dann machte er einen heftigen Satz, blieb für einen Moment über den Tamariskenbüschen stehen, um dann windgeschwind am Himmel aufzusteigen. Das herunterspritzende Flusswasser war wie ein Platzregen. Der Fluss teilte sich plötzlich, einige wenige Flussbewohner hatten schnell genug reagiert, um mit der Fließbewegung mitzugehen. Aber die meisten waren aus Gründen der Massenträgheit – na ja, die materielle Anziehung durch den Mond und die psychische Anziehung durch Mao Zedong waren da auch noch gewesen – direkt senkrecht nach oben geflogen. Und dann wieder herab gefallen in die Tamariskenbüsche und die Schilfwiesen. Jiefang, bitte stell dir vor: Der reißend dahinströmende Kanal teilt sich urplötzlich in der Mitte. Aus dem entstehenden Spalt fliegen scharenweise rotgoldene Karpfen, Unagi-Aale, schwarze Riesenweichschildkröten in einer unfassbar romantischen Pose zum Mond. Aber angelangt an dem kritischen Punkt, wo die Schubkraft nicht mehr ausreicht, werden sie von der Erdanziehungskraft wieder zurückgezogen. Es war ein spektakuläres Schauspiel, ein am Himmel wunderschön anzusehender Bogen, in dem das Wassergetier wieder zur Erde zurückfiel, aber es war eine Tragödie, grauenvoll, grausam, wie sie zu Boden purzelten. Fast alle waren verletzt, die Schuppen eingerissen, die Flossen abgerissen, die Kiemen zerfetzt, die Kiemenklappen zertrümmert. Sie wurden von den dort wartenden Füchsen und Wildschweinen gefressen. Nur wenige besaßen das selten glückliche Karma und dazu noch die unglaubliche Körperkonstitution, die es ihnen erlaubte, zurückzufedern und wieder ins Wasser zu gelangen, um nach Südost oder Nordost weiter zu schwimmen.

Weil mein Körpergewicht enorm war, und ich dazu noch die kleine Sau auf dem Rücken trug, schnellte ich in diesem entscheidenden Augenblick zwar auch wie die anderen in die Luft, aber schon aus drei Metern Höhe fiel ich wieder hinab. Die wunderbar elastischen Tamariskenbaumkronen waren ein hervorragender Puffer und federten unseren Aufprall ab, sodass wir unverletzt blieben. Was die

Füchse betrifft, so waren wir klobigen Riesenviecher einfach zu groß. Sie konnten uns nicht fressen. Und was die von vorn so gut bestückten Wildschweine mit ihren spitz aufragenden Hinterteilen anbetraf, hatten wir uns zu ihren engen Verwandten zu rechnen. Sie fraßen nicht ihresgleichen. Auf dieser Sandbank gelandet zu sein, bedeutete, dass wir in Sicherheit waren, so hofften wir.

Fressen gab es in Hülle und Fülle, und es war nahrhaft. Besonders nahrhaft sogar, denn alle Füchse und Wildscheine waren hier unförmig und fett. Es ist normal, dass Füchse sich auch von Fischen ernähren. Aber als wir den Wildschweinen dabei zuschauten, fanden wir das ziemlich überraschend. Sie waren inzwischen so wählerisch geworden, dass sie nur das Fischgehirn und den Rogen fraßen. Das fette Fleisch rührten sie nicht an. Sie schnupperten noch nicht einmal daran.

Die Wildschweine blickten wachsam zu uns herüber. Langsam kamen sie näher und umringten uns. Mit ihren böse blitzenden Augen und den ellenlangen Hauern, die fahlweiß im Mondlicht leuchteten, sahen sie furchterregend aus. Fleckchen drückte sich ganz nah an meinen Bauch. Ich spürte, dass sie am ganzen Körper wie Espenlaub zitterte. Ich nahm Fleckchen, wich einen Schritt zurück, noch einen Schritt, immer auf der Hut, damit sie sich bloß nicht alle gleichzeitig auf uns stürzten. Ich zählte ... neun Wildschweine, es waren Bachen und Keiler darunter, keiner unter hundert Kilo und alle mit steinharten, langen Schädeln und ellenlangen Rüsseln. Alle hatten diese spitzen, nach oben stehenden Wolfsohren und dichtes, langes Borstenfell. Es glänzte schwarz. Keine Frage, ihnen ging es prächtig. Bestens genährt, strotzten sie nur so vor Wildheit und Energie. Ich selbst wog zweihundertfünfzig. Mein Leib glich an Größe und Länge einem Boot, ich hatte zwei Wiedergeburten als Esel und als Stier hinter mir und besaß Intelligenz und Kraft. Jeden für sich alleine hätte ich locker erledigt, sie waren keine mir ebenbürtigen Gegner. Aber wenn ich gegen alle neun gleichzeitig hätte kämpfen sollen, wäre ich garantiert ein totes Schwein gewesen. Alles, was mir einfiel, war schrittweise langsam rückwärts zu gehen, bis ich ans Wasser gelangte, dann mit meinem Körper Fleckchen Deckung zu geben, damit sie fliehen und sich retten konnte. Dann wollte ich mich den neun Keilern und Bachen stellen und mit vollem Einsatz kämpfen. Mit soviel Fischhirn und Fischrogen im Bauch musste ihr Verstand mindestens dem der schlauen Füchse gleichkommen. Jeden Plan oder Trick hätten die sofort durchschaut. Ich sah, wie zwei Keiler sich von der Seite herum hinter mich schlichen, sie wollten mich von dort angreifen. Bevor ich das Ufer erreicht hätte, würden sie mich bereits umzingelt haben. Mir fiel wie Schuppen von den Augen, dass blindlings zurückzuweichen dumm war. Es war Selbstmord, denn von dort würde ich nicht wegkommen. Ich musste forsch angreifen, mir klotzend und hauend eine Bresche schlagen, die Umzingelung durchbrechen und in das weitläufige Zentrum der Insel vordringen. Dort müsste ich es mit Mao Zedongs Guerillamethoden probieren, sie in Bewegung bringen, auseinandertreiben und dann einen nach dem anderen überwältigen. Ich schubberte mich ein wenig an Fleckchen, damit sie wusste, was ich vorhatte.

„Gebieter", quiekte sie mir leise zu, „renn alleine los. Ich komme hier schon klar."

„Das kommt gar nicht in Frage!", sagte ich. „Wir sind doch beide aufeinander angewiesen. Wir lieben uns wie Bruder und Schwester, solange ich bin, wirst auch du sein."

Ich preschte dem mich frontal bedrängenden Eber mit brutaler Gewalt entgegen, in panischer Aufregung wich er zurück. Aber mein Körper schwenkte abrupt zur Seite und rammte den Schädel der dort stehenden Bache. Als unsere Schädel zusammenstießen, krachte es, wie wenn ein Haufen Ziegel bricht. Ich sah, wie sich ihr Körper überschlug und sie zwei, drei Meter weit rollte. In den Kreis, mit dem sie mich umzingelt hielten, war ein Loch gerissen. Aber hinter mir konnte ich schon ihr wildes Schnaufen hören. Ich grunzte einen schrillen, lauten Ton und raste Richtung Südost los. Fleckchen war mir nicht gefolgt. Ich machte eine Vollbremsung, drehte mich ungestüm um und raste zu ihr, um sie zu holen. Aber die Arme, die Herzallerliebste, die einzige, die mir folgen und immer mit mir gehen wollte, die hingebungsvoll treu war, war von einem brutalen Keiler in den Hintern gebissen worden. Der Mond wurde bleich wie Schnee von ihrem gellenden Schmerzensschrei. Ich grunzte in höchster Erregung „Lass sie los!" und stürzte mich ohne Umschweife auf den Keiler.

„Lauf weg, mein König, kümmere dich nicht um mich!", quiekte Fleckchen.

Jiefang, beeindruckt dich das nicht, wenn du mich so erzählen hörst?

Findest du nicht, dass wir – Schweine oder nicht – in Worten und Taten „Erhabenheit" zeigen? Der Kerl hatte sich in Fleckchens Hintern verbissen und biss immer tiefer, immer Besitz ergreifender zu. Fleckchens schrilles Quieken machte mich fast rasend. Fast? Nein, ich raste wie ein Besinnungsloser. Aber zwei Keiler stürzten sich von der Seite auf mich und versperrten mir den Weg. Strategie und Kampfmethode griffen nicht mehr, rasend zielte ich nur noch auf den einen der beiden und stürzte mich auf ihn. Er war nicht schnell genug ausgewichen, sodass ich ihn in den Nacken biss. Ich spürte, wie sich meine Zähne durch seine lederne Haut bohrten und auf seine Halswirbel trafen. Er machte einen Überschlag und entwischte mir. Meine Schnauze war voll mit seinem streng stinkenden Blut und seinen stacheligen, juckenden Borsten. Im Moment, in dem ich mich in seinen Schweinenacken verbissen hatte, rammte ein anderer Keiler seine Zähne in mein Hinterbein. Mit aller Kraft schlug ich aus wie ein Muli – sagen wir besser Esel, denn diese Technik hatte ich, als ich ein Esel war, erlernt –, und meine Hufe trafen seine Schweinebacke. Ich wandte den Kopf und stürzte mich auf ihn. Er grunzte knurrend und rannte, was er konnte. Mein Hinterbein schmerzte furchtbar. Der Schuft hatte mir ein Stück Haut abgebissen, das Blut strömte aus der klaffenden Wunde. Ich konnte mich um mein Hinterbein nicht kümmern, denn ich stieß mit der Missgeburt, die mein Fleckchen gebissen hatte, zusammen. Ich hatte während des heftigen Aufpralls ein Gefühl, als hätte ich ihm sämtliche Eingeweide zerrissen. Keinen Seufzer, nichts gab er mehr von sich, als er tot zu Boden ging. Mein Fleckchen atmete nur noch ganz flach. Ich schob sie mit dem Vorderhuf hoch zum Sitzen, aber ihr quollen schwappend die zerrissenen Gedärme aus dem Leib. Ich wusste mir nicht mehr zu helfen. Was sollte ich gegen diese dampfend warme, glitschig rutschige, streng riechende Masse ausrichten? Ich war ratlos. Mich brachte der Schmerz um sie halb um.

„Fleckchen, du mein Herzblatt, ich habe dich nicht beschützt…"

Fleckchen nahm alle Kraft zusammen, um noch einmal die Augen zu öffnen. Die Augen blauweiß verschattet, schwer atmend, spuckte sie Blut und Schaum: „Ich nenne dich nicht mehr mein König, Gebieter … ich nenne dich Bruder … darf ich das?"

„Ja … tu das … bitte …", weinte ich. „Liebe kleine Schwester, du bist mir das Liebste auf der Welt …"

„Bruder ... ich bin so glücklich ... ich bin so glücklich ...", dann stockte ihr der Atem. Ihre vier Beine wurden stramm und gerade. Wie vier Knüppel standen sie ab.

„Schwesterchen ..." Ich weinte. Dann stand ich auf. Entschlossen und todesmutig ging ich – wie Xiang Yu, der zum Wu Jiang-Fluss ging und sich das Leben nahm – mit eisernen Schritten auf die verbliebenen Wildschweine zu.

Sie hatten sich in Reih und Glied aufgestellt und wichen in panischer Furcht zurück, ohne aber ihre Formation aufzugeben. Ich stürzte auf sie zu, sie öffneten ihre Reihe und hatten mich umstellt. Ich wollte nichts davon wissen und warf den Kopf herum, biss, rammte mit dem Rüssel, mit der Schulter, völlig verzweifelt kämpfend, jedem der Wildschweine Verletzungen beibringend, ich, der ich doch selbst schon unzählige Wunden an meinem Körper hatte. Während wir kämpfend immer mehr ins Zentrum der Sandinsel vordrangen, sah ich vor dem zerfallenen Gemäuer des Kavalleriegestüts neben einem schon halb zu Staub zerfallenen Pferdetrog eine mir vertraute Gestalt sitzen.

„Bis du es, Halunke?", grunzte ich gellend.

„Freund, ich wusste, dass du kommen würdest", sprach er mich an. Dann in Richtung der Wildschweine: „Ich werde nicht mehr euer Stammeber sein. Nur er kann König sein."

Einen Moment lang zögerten sie verwirrt. Dann knieten sie gleichzeitig mit ihren Vorderbeinen nieder, den Rüssel tippten sie auf die Erde und grunzten ehrerbietig im Chor: „Unser König! Lang soll er leben!"

Zuerst wollte ich ein paar Worte sprechen. Aber was hätte ich sagen sollen, wo die Sache schon so klar war? Da war ich nun, ohne darauf gefasst gewesen zu sein, zum Stammeber der Flussinsel geworden und nahm die Huldigungen der Wildschweine entgegen. Der Herrscher über die Menschen saß derweil auf dem Mond und war inzwischen 380.000 Kilometer hoch über der Erde in die Höhe gestiegen. Der Riesenmond schrumpfte auf Silbertellergröße. Den kleinen Schatten des Herrschers über die Menschen konnte man auch mit einem Teleskop nur noch ganz schwer ausfindig machen.

Das dreiunddreißigste Kapitel
Schwein Sechzehn hat Heimweh und besucht
sein altes Dorf. Hong Taiyue pöbelt
sturzbetrunken bei einem Trinkgelage.

Tage und Monde flogen dahin wie ein Weberschiffchen. Die Zeit schoss pfeilschnell fünf Jahre weiter, fünf Jahre, in denen ich Rottenführer der Wildschweine in diesem menschenleeren Ödland des Yunliang-Stromlandes war.
Anfangs machte ich mich noch stark für die Paarbeziehung und Monogamie. Ich dachte mir eigentlich, dass ich mit diesem Prinzip, das doch ein kulturvolles Reformmoment der Menschheit darstellt, begeisterte Zustimmung ernten würde. Ich hatte nicht damit gerechnet, dass ich auf brüske Ablehnung stoßen würde. Es waren nicht nur die Bachen, die Widerstand anmeldeten. Sogar die Keiler, die doch eigentlich immer nur nach ihrem Vorteil schielten, murmelten etwas von wegen, sie seien mit dieser Regelung nicht einverstanden. Ich wusste mir keinen Rat, deswegen bat ich Halunke um Unterstützung.
„Du kannst es ablehnen, Rottenführer und Stammeber zu sein. Solange du es aber bist, solltest du dich auch an die Regeln halten."
Ich musste diese grausamen und lieblosen Urwaldmethoden also stillschweigend akzeptieren. So schloss ich die Augen, stellte mir die kleine gescheckte Sau Fleckchen vor, stellte mir Schmetterlingstraum vor, stellte mir verschwommen die Gestalt einer Eselin vor, sogar ein paar Frauengestalten kamen mir schemenhaft in den Sinn, als ich wahllos die Wildschweinbachen beschlug. Was ich vermeiden konnte, ließ ich. Aber nach ein paar Jahren gab es auf der Sandinsel an die fünfzig bunt gescheckte Bastarde mit goldbraunem, schwarzbraunem und einige mit geflecktem Borstenhaar. Die mit den vielen kleinen Flecken sahen aus wie diese Dalmatiner-Hunde, die bei euch immer in der Fernsehreklame zu sehen sind. In der Rotte hatte sich das meist wilde Aussehen der Mutterbachen weitervererbt, aber die Intelligenz der Bastarde war um ein Vielfaches höher als die der Bachen. Je mehr die kleinen Schweine heranwuchsen, desto weniger mochte ich der anstrengenden Pflicht des Beschlagens nachkommen. Wenn die Bachen rauschig wurden, machte ich mir einen Spaß daraus, sie warten zu lassen und wie vom Erdboden ver-

schluckt zu sein. Der Stammeber war weg, aber die Bachen waren in der Hauptrauschzeit und versessen darauf, sich zu paaren. Ihnen blieb nur eins, sie mussten ihre Ansprüche herunterschrauben. Und so geschah es, dass nahezu jeder Keiler beschlagen durfte. Die Nachkommenschaft der Rotte war bunter denn je. Manche waren wollig wie Schafe, andere glichen Hunden, wieder andere dem Luchs. Eine der Bachen warf sogar einen kleinen Bastard, der einen monströsen Elefantenrüssel besaß.

Im April 1981, während der Aprikosenblüte und zur Rauschzeit der Bachen, schwamm ich an der Stelle, wo sich der Fluss gabelt, hinüber zum Südufer. Flussaufwärts war das Wasser wärmer, flussabwärts kühler. Da, wo das warme Wasser kühler wurde, sah ich lauter kleine Fischschwärme. Sie schwammen auf ihrer Wanderung gegen die Strömung flussaufwärts und kehrten an ihre Laichplätze zurück. Sie fürchteten weder Not noch Gefahr, noch den Märtyrertod. Mit welcher Geisteskraft sie da mutig immer weiter stromaufwärts schwammen! Es war aufrüttelnd. Lange stand ich in dem seichten Wasser und schaute ihnen zu, wie sie fleißig die Schwanzflossen hin- und herbewegten und wie ihre grauweißen Leiber sich weiter stromaufwärts mühten. Lange beschäftigte es mich.

In den vergangenen Jahren war ich wie vom Erdboden verschluckt gewesen. Nicht ein einziges Mal hatte ich die kleine, üppig bewachsene Insel verlassen. Im Süden gab es eine riesige Sanddüne mit einem Wald aus Tausenden von Masson-Kiefern. Unter den Kiefern war alles dicht mit Büschen bedeckt. Es war der ideale Ort zum Untertauchen. Nichts war da einfacher. Aber in jenem Jahr trieben mich plötzlich abstruse Hirngespinste – es waren, wenn man es genau nimmt, weniger abstruse Hirngespinste, als ein aus den Tiefen meiner Seele an die Oberfläche drängendes inneres Bedürfnis. Es war wie eine verbindliche Verabredung, die ich vor vielen Jahren getroffen hatte, die ich einhalten musste und nicht verschieben durfte, als ich spürte, dass ich zurück in mein Dorf musste, zurück auf die Schweinefarm „Aprikosengarten".

Meine Flucht mit Fleckchen lag inzwischen fast vier Jahre zurück. Aber der warme Westwind trug den Aprikosenblütenduft mit sich, und außerdem war die Farm ja mein Zuhause. Ich hätte selbst mit verbundenen Augen wieder zurückgefunden. Ich lief am Deich den schmalen, aber ebenen Weg entlang in Richtung Westen. Südlich des

Deichs lag das endlose Grasland, im Norden sah man Tamariskenwälder, so weit das Auge reichte. An beiden Böschungen des Deichs wuchs überall trockener, dürrer Scheinindigo, dicht überwachsen mit rankenden Haarblumen. Diese alles wild überwuchernden Schlangengurkenranken waren übersät mit unzähligen weißen, zipfligen Blüten, die intensiv nach Flieder dufteten.

Es war eine schöne Vollmondnacht, aber kein Vergleich zu den beiden Mondnächten, die ich dir ausführlich geschildert habe. Der Mond an jenem Abend stand in weiter Ferne hoch am Himmel. Es sah aus, als wäre er geistesabwesend, mit ganz anderen Dingen als mit uns beschäftigt. Er kam nicht tiefer, er änderte nicht sein Licht, um mich zu begleiten und mir nachzufolgen. Diese Luna saß in einem Pferdewagen mit hoher Achse, trug eine Vogelfederkappe auf dem Kopf, ihr Gesicht, mit einem weißen Schleier verhangen, rauschte wie eine feine Dame in Eile am Himmel entlang.

In schnellem Trab folgte ich dem Mond immer westwärts. Als ich bei Lan Lians halbem Morgen starrsinnigen Flecken Erde vorbeikam, hielt ich inne und schaute südwärts. Ich sah unter den großen, üppig belaubten Maulbeerbäumen, die längs des Ackers auf dem Brigadeland standen, wie im Mondlicht ein paar Frauen aus dem Dorf Maulbeeren pflückten. Es versetzte mich in Erstaunen. Seit Mao Zedong tot war, hatte sich viel verändert. Auf Lan Lians Feld wuchs immer noch die gleiche altertümliche Sorte Weizen. Die Maulbeerbäume zu beiden Seiten seines Ackers entzogen, das war deutlich zu sehen, dem Boden mit ihrem weiten Wurzelgeflecht die Nährstoffe. Es waren bestimmt vier Furchen, in denen der Weizen nur noch kümmerlich wuchs: niedrig und kraftlos, die Ähren winzig wie Fliegen. Das war bestimmt so ein fieser Trick, den sich Hong Taiyue ausgedacht hatte: *Sieh zu, Privatwirtschaftler, was du gegen uns ausrichten kannst.* Ich sah im Mondschein einen Menschen bei den Maulbeerbäumen herumhantieren. Er war mit nacktem Oberkörper dabei, einen Graben zu ziehen. Er wagte es, der Volkskommune gegenüber auf seinem Recht zu bestehen. Während er zwischen seinem und dem Land der Brigade einen tiefen Graben zog, hackte er eine Menge der gelben Maulbeerbaumwurzeln weg. Was er da tat, hatte Seltenheitswert. Es gibt ja nichts dagegen einzuwenden, wenn man bei sich auf dem eigenen Grund und Boden einen Graben aushebt. Aber Baumwurzeln, die der Brigade gehörten, abzuhacken, das war Zerstörung des Kollektiveigentums. Ich sah dem alten Lan dabei zu, wie er dort mit tollpatschigen Bewegungen, grob wie ein Bär, zur Sache ging. Wären die Maulbeerbäume zu beiden Seiten seines Lands ausgewachsen gewesen, mit Baumkronen bis in den Himmel, wäre Lan Lians Grund und Boden zur Einöde verkommen. Es dauerte nicht lange, bis ich erkannte, dass ich die Dinge völlig falsch eingeschätzt hatte. Es war die Zeit, da die Produktionsbrigade wie ein Kartenhaus in sich zusammenfiel. Die Volkskommune bestand nur noch dem Namen nach. Die Reformen auf dem Lande waren bereits so weit fortgeschritten, dass den einzelnen Bauern schon wieder eigenes Ackerland zugeteilt wurde. Die Ackerflächen zu beiden Seiten Lan Lians waren nun von Land umgeben, das einzelnen Bauern gehörte. Ob da Maulbeerbäume wuchsen oder Korn angepflanzt wurde, oblag deren Entscheidung.

Meine Beine trugen mich endlich zur Schweinefarm „Aprikosengarten". Die alten Aprikosenbäume standen noch, nur von den Schweineställen war nichts mehr übrig. Auch ohne Schild erkannte ich den schiefnackigen alten Aprikosenbaum auf den ersten Blick. Der Baumstamm war zum Schutz mit einem Lattenzaun verkleidet. Ein Schild war an die Latten genagelt: *Goldaprikosen mit zinnoberroter Maserung.* Als ich das las, dachte ich sofort an Halunke, der mit seinem warmen, sprudelnden Blut diesen Aprikosenbaum gegossen hatte. Ohne sein Blut hätte es diese Aprikosen mit der blutroten Maserung niemals gegeben. Ohne sein Blut auch keinen Aprikosenbaum, der für seine außergewöhnlichen Früchte so berühmt war, dass die Kreisregierung sie alljährlich zu horrenden Preisen verkaufte. Sein Verdienst war es auch, dass Jinlong, der anstelle Hong Taiyues nun Brigadeparteizellensekretär war, mit den leitenden Kadern auf Kreis- und Stadtebene so enge Beziehungen aufbauen konnte. Halunke war es gewesen, der ihm für seinen späteren Aufstieg und wirtschaftlichen Höhenflug den Weg geebnet hatte. Ich erkannte natürlich auch den alten Aprikosenbaum wieder, dessen Äste zu mir in den Auslauf hineingeragt hatten, obwohl von meinem Stall nichts mehr vorhanden war. Da, wo ich einst geschlafen oder Luftschlösser bauend meinen Gedanken nachgegangen hatte, war jetzt ein Erdnussfeld. Mit Schwung bäumte ich mich auf. Dabei stützte ich mich auf die Astgabel, die ich immer zum Aufstützen benutzt hatte. Ich spürte sofort, dass ich viel größer, massiger und behäbiger war als früher. Das Aufrechtstehen wie ein Mensch war mir, auch weil ich es lange nicht geübt hatte, ungewohnt. Als ich an jenem Abend im Aprikosengarten herumstromerte, die alten Plätze wieder besuchte, wurde ich wehmütig. Welch Stimmung! Für einen Eber, muss man sagen, war ich nicht mehr jung. Ich hatte meine Erfahrungen gemacht und die Wechselfälle des Lebens erfahren.

Mir fiel auf, dass die zwei Reihen Stallgebäude mit der Unterkunft und der Futterküche der Schweinewärter und Futtermeister inzwischen für die Seidenraupenzucht genutzt wurden. Ich sah das grelle Licht in den Anzuchträumen. Das Dorf Ximen war nun also auch an das staatliche Stromnetz angeschlossen. Ich erblickte die vielen Schubladen mit den Seidenraupen in den hohen Regalen. Bai Shi, deren Kopfhaar inzwischen schneeweiß geworden war, stand gebückt über den Laden und arbeitete. In einer aus geschälten Tamariskenzweigen geflochtenen Korbschippe brachte sie den Raupen die fleischigen Maulbeerblätter. Sie streute die Blätter über die blendendweißen Seidenraupen. Sofort hörte man ein prasselndes Geräusch. Jiefang, auch eure Hochzeitsschlafzimmer waren zu Seidenraupenanzuchträumen geworden. Ich schloss daraus, dass ihr alle neue Wohnungen bekommen hattet.

Ich nahm die Dorfstraße, die inzwischen auf das Doppelte verbreitert und geteert worden war. In Richtung Westen waren die niedrigen, schilfgedeckten Häuschen mit den Lehmwänden verschwunden und durch schnurgerade, gleich hohe Häuserreihen mit roten Ziegeldächern ersetzt worden. Auf dem freien Platz vor einem kleinen zweistöckigen Haus direkt an der Straße saßen ungefähr hundert Leute, zumeist Frauen und Kinder, um einen japanischen 21-Zoll-Fernsehapparat der Marke Panasonic herum und schauten eine Folge der US-Fernsehserie „Der Mann aus dem Meer", einer Science-Fiction-Geschichte über einen gutaussehenden, jungen Mann mit Schwimmhäuten zwischen den Fingern und Zehen, der elegant wie ein Hai durchs Wasser schießt. Ich sah ihnen dabei zu, wie sie gebannt auf den Bildschirm starrten und hingerissen in einem fort laut aufseufzten. Der Fernsehapparat stand auf einem violettroten, viereckigen Hocker, den man auf einen viereckigen Tisch gestellt hatte. Neben dem eckigen Tisch saß ein Alter mit schlohweißem Haar, über dem Arm eine rote Armbinde, auf der *Öffentliche Sicherheit* geschrieben stand. Vor sich in beiden Händen hielt er einen langen dünnen Knüppel, den er auf die Zuschauer gerichtet hatte. Er blickte mit scharfem Blick wie die Lehreraufsicht beim schriftlichen Universitätseintrittstest auf die Zuschauer. Ich wusste damals nicht, um wen es sich bei dem Mann handelte.

„Das war Wu Fang, der große Bruder von Wu Yuan", warf ich ein, „er war früher Programmchef beim Radiosender der Kuomintang und Oberst bei der 54. Armee der Kuomintang. 1947 wurde er gefangen genommen. Nach der *Befreiung* wurde ihm der Prozess gemacht. Das Urteil war: konterrevolutionärer Krimineller, Arbeitslager, einsperren ohne Bewährung. Er kam zur Umerziehung in ein Arbeitslager nach Turkestan. Damals war er gerade wieder freigekommen. Weil er zu alt war, um noch zu arbeiten, und weil er keine Verwandten hatte, die ihn hätten versorgen können, kam er in den Genuss der staatlichen Grundversorgung für arbeitsunfähige Bauern. Dazu bekam er von der Kreiszivilverwaltung noch 15 Yuan monatlich für zusätzliche Ausgaben des täglichen Lebens ..."

Mehrere Tage berichtete mir das Großkopfkind nun schon wie ein sprudelnder Wasserhahn. Die Dinge, von denen es erzählte, erschienen mir mal glaubwürdig, dann wieder wie imaginäre Hirngespinste. Ich fiel in eine Zwischenwelt zwischen Traum und Wirklichkeit. In diesen Strudel hineingezogen, folgte ich ihm in die Hölle, folgte ihm in den Unterwasserpalast, mir schwirrte der Kopf, bis ich nicht mehr klar denken konnte, mir verschwamm alles vor Augen, ich war wie in Trance. Manchmal hatte ich etwas Eigenes hinzuzufügen, wurde von seinem Redefluss aber sogleich wieder gefangen genommen, als würden Wasserschlingpflanzen meine Hände und Füße festhalten. Ich war bereits zu seinem Zuhörsklaven geworden. Aber ich wollte kein Sklave sein. Deswegen ergriff ich dann doch das Wort und redete ihm wegen diesem Wu Fang dazwischen, gab zum Besten, was ich darüber wusste, damit die ganze Geschichte realitätsnah wurde. Das Großkopfkind aber sprang wutentbrannt auf den Tisch und trampelte mit seinen Füßchen, die in kleinen Lederschühchen steckten, wild darauf herum: „Mund halten!" Aus seiner Babyhose mit offenem Schritt holte er seinen fetten, hässlichen Riesenpimmel hervor, der von Geburt an schon ohne Vorhaut war und der überhaupt nicht zu seinem Alter passte. Damit pinkelte er mich an. Seine Schiffe hat-

te einen intensiven Geruch nach Vitamin B, er pinkelte mir direkt in den Mund. Ich verschluckte mich, musste in einem fort husten. Die Klarheit, die ich gerade noch verspürt hatte, war im selben Augenblick aus meinem Kopf verschwunden. „Halt deinen Mund und hör mir zu. Es ist noch nicht an der Zeit, dass du mit Reden dran bist. Du bist noch nicht dran." Er benahm sich kindisch und weise wie ein alter Mann zugleich. Er erinnerte mich an das dämonische kleine rote Kind aus der *Reise nach dem Westen* – sowie es zu brüllen anfing, entwichen seinem Mund lodernde Flammen –, außerdem dachte ich an den heldenhaften Götterjungen Nataku aus dem alten Roman *Die Amtseinsetzung der Götter*, der im Unterwasserpalast gegen den Longnkönig kämpft – der Kleine läuft auf Feuerrädern, in der Hand hält er den goldenen Schlagring. Er braucht nur einmal mit seiner Schulter zu rucken. Sofort gebiert sie drei Schädel und sechs Arme. Ich dachte an Louis Chas Schwertkämpferroman *Semigötter und Demiteufel*, in dem eine über neunzigjährige Oma vorkommt, die das Antlitz eines kleines Kindes besitzt, die *Kindsoma aus dem Tianshangebirge*. Wenn diese Kindsoma einmal mit beiden Füßen aufstampft, fliegt sie sofort in die Wipfel der allerhöchsten Bäume. Wenn sie dann auf den Ästen hockt, die bis in die Wolken reichen, fängt sie an, wie ein Vogel zu pfeifen. Und ich dachte natürlich an den allmächtigen Eber in den *Aufzeichnungen über das Schweinemästen* meines Freundes Mo Yan.
„Ich bin doch dieser Eber." Das Großkopfkind war wieder auf seinen Platz zurückgekehrt und sprach in rauem Ton und mit selbstgefälliger Geste.

Ich wusste später auch, dass der Alte Wu Fang, der Bruder des reichen Bauern Wu Yuan war. Und ich erfuhr, dass Jinlong, der das Amt des Brigadeparteizellensekretärs übernommen hatte, ihn dafür einsetzte, Telefondienst im Büro der Brigade zu tun und dafür zu sorgen, dass allabendlich das einzige Farbfernsehgerät des Dorfes auf den Vorplatz geschafft wurde, damit die Kommunemitglieder gucken konnten. Hong Taiyue, der in Rente gegangen war, sah das gar nicht gern und redete Jinlong ins Gewissen. Er kam mit der Jacke lose über den Schultern, den Füßen lose in den Schuhen wie in Latschen angeschlurft. Sehr nachlässig, fast wie ein Landstreicher, sah er aus – angeblich war er ja, seit er den Posten des Parteizellsekretärs abgegeben hatte, immer so aufgetreten. Es war natürlich nicht sein Wunsch gewesen, seinen Posten aufzugeben. Das kommunale Parteikomitee hatte ihn aus Altersgründen in den Ruhestand versetzt. Wer war wohl der Sekretär des kommunalen Parteikomitees? Was meinst du? Es war Pang Hus Tochter, Pang Kangmei, die jüngste Parteisekretärin des ganzen Kreises! Ein funkelnder neuer Stern am Himmel der Politik! Wir werden später noch viel über sie zu berichten haben. Angeblich war Hong Taiyue zu acht Zehnteln betrunken, als er sich zum Brigadehauptquartier begab – vor seinen Augen lag dieses zweistöckige, kleine, neu gebaute Haus –, der Pförtner Wu Fang nickte ihm zu und verbeugte sich. Wie ein Baojia-Vorsteher, der einem japanischen Militär begegnet. Hong Taiyue zog geräuschvoll die Nase hoch, richtete sich kerzengerade auf und schritt hoch erhobenen Hauptes vorbei. Angeblich zeigte er mit dem Finger auf den Glatzkopf des Pförtners am Eingang, der seinen Dienst dort sehr ernst nahm, und maßregelte Jinlong wutschnaubend.

„Freund, du begehst einen schweren politischen Fehler! Du weißt doch, wer dieser Mann ist! Oberst und Programmchef bei der Kuomintang. So einer gehört zwanzig Mal exekutiert. Wenn man so einen Hund am Leben lässt, hat man Gnade über Recht walten lassen. Aber du lässt ihn auch noch in den Genuss der staatlichen Grundversorgung kommen. Was ist mit deinem Klassenbewusstsein geschehen, wenn ich fragen darf?"

Angeblich hatte Jinlong reagiert, indem er eine beachtlich teure Import-Zigarette hervorholte, diese mit seinem Feuerzeug, das mit einer Gasflamme brannte – wahrscheinlich war es tatsächlich aus echtem Gold geschmiedet –, anzündete und Hong Taiyue die brennende Zigarette dann in den Mund steckte. Es sah aus, als hätte er einem Schwerbehinderten geholfen, der selbst nicht in der Lage dazu war. Dann drückte er ihn in seinen Lederdrehstuhl, eine Seltenheit für damalige Verhältnisse. Er selbst dagegen hob seinen Hintern und setzte sich auf seinen Büroschreibtisch.

„Onkel Hong, du hast mich selbst zu deinem Nachfolger herangezogen. In allen Dingen wünsche ich mir immer, in deine Fußstapfen zu treten. Aber die Welt hat sich verändert. Oder besser gesagt, die Zeiten haben sich geändert. Dass Wu Fang in den Genuss der staatlichen Grundversorgung kommt, hat die Kreisregierung beschlossen. Er bekommt aber nicht nur die staatliche Grundversorgung, dazu bekommt er von der Kreiszivilverwaltung noch 15 Yuan monatlich, um zusätzliche Ausgaben zu decken. Onkel, das ärgert Euch, nicht war? Aber Onkel, Ihr dürft Euch darüber keinesfalls aufregen. Denn das ist jetzt die Politik unseres Staates. Es führt zu nichts, wenn Ihr Euch darüber aufregt."

Angeblich hatte Hong Taiyue geantwortet: „Dann waren mehr als zwanzig Jahre Revolution wohl für die Katz?"

Jinlong hopste vom Tisch und gab dem Drehstuhl einen Schubs, dass er eine halbe Drehung machte und Hong Taiyue nun zum Fenster hinaussah, wo strahlender Sonnenschein auf das nagelneue, rote Ziegeldach fiel: „Onkel, diese Worte dürft Ihr auf keinen Fall irgendwen hören lassen! Der Grund für das Entfachen der Revolution durch die Kommunistische Partei liegt nicht darin, dass die Kuomintang gestürzt werden musste, dass Chiang Kai-shek in die Flucht geschlagen werden sollte. Der eigentliche Grund für das permanente Wiederentfachen der Revolution liegt in dem Wunsch der Kommunistischen Partei, dem Volk ein Leben in Wohlstand und Sattheit zu ermöglichen. Chiang Kai-shek stand der Kommunistischen Partei dabei im Weg. Deswegen wurde er geschlagen. Deswegen, Onkel, sage ich, wir gehören alle zum Volk. Man muss sich keine Gedanken darüber machen, durch wen, sondern darüber, ob wir durch ihn zu mehr Wohlstand gelangen können. Den unterstützen wir dann."

Angeblich schrie Hong Taiyue dann Jinlong an: „Du redest das Blaue vom Himmel herunter! Das ist revisionistisch! Ich werde dich auf Provinzebene anzeigen!"

Jinlong soll nur gelacht haben: „Onkel, wer, glaubst du, hat Muße, sich mit so einem Fliegendreck von allerunterster Ebene wie uns abzugeben? Wie ich das beurteile, damit solltest du dich zufrieden geben, Onkel. Wenn du genug Schnaps zum Saufen, genug Fleisch zum Essen und genug Geld zum Ausgeben hast. Im übrigen solltest du machen, was dir Spaß macht."

Angeblich sagte Hong Taiyue starrsinnig: „So geht das nicht. Da ist der Weg falsch! Wenn die Parteizentrale wirklich dem Revisionismus gehorcht, dann sperr deine Augen auf und schau zu, wie die Welt kopfsteht."

Ich hielt mich ungefähr zehn Minuten lang hinter den Dörflern beim Fernseher auf. Dann ging ich weiter in Richtung Westen. Jiefang, du weißt ja, wohin man kommt, wenn man immer in Richtung Westen der Straße folgt! Ich vermied es, die Dorfstraße zu benutzen. Denn ich wusste, dass ich, weil ich Xu Bao totgebissen hatte, in ganz Nordost-Gaomi bekannt wie ein bunter Hund geworden war. Wenn sie mich zu Gesicht gekriegt hätten, dann wäre Chaos ausgebrochen. Nicht, dass ich nicht mit denen fertig geworden wäre, aber ich fürchtete, dass in so einer Extremsituation Unschuldige verletzt werden würden. Ich war besorgt um das Wohl der anderen, nicht darum, ob ich Schwierigkeiten bekam oder nicht. Ich ging also auf der linken Straßenseite im Schatten der Häuserreihe Richtung Westen. Schnell war ich beim Hof der Ximens.

Das Tor stand offen, der alte Aprikosenbaum blühte immer noch reich und üppig wie eh und je, man roch den betörenden Duft der Aprikosenblüten schon draußen auf der Straße. Ich hielt mich im Schatten des Tores verborgen. Acht eckige Tische mit Plastiktischdecken waren unter dem Aprikosenbaum aufgestellt, und eine elektrische Lampe, zu der man provisorisch eine Leitung gelegt hatte, hing im Geäst des Baumes und erleuchtete den ganzen Hof. Um den Tisch herum saßen an die zwanzig Leute. Ich erkannte sie wieder. Da saßen sie, die Bösewichte von früher, vereint am Tisch. Da waren der Baojia-Vorsteher des Marionettenregimes Wang Jingweis, Yu Wufu, der Verräter Zhang Dazhuang, der Grundbesitzer Tian Gui, der reiche Bauer Wu Yuan ... an einem weiteren Tisch saßen der ursprüngliche Leiter des öffentlichen Sicherheitsdienstes, Yang Qi, und die beiden Sun-Brüder Long und Hu, alle schon mit ergrauten Haaren. Auf den Tischen standen durcheinandergeworfen benutzte Schüsseln, Teller und Gläser, auch dem Schnaps hatten sie schon überreichlich zugesprochen. Später erfuhr ich, dass Yang Qi damals einen Handel mit dem Verkauf von Bambusrohr angefangen hatte. – Er war sowieso nie ein ordentlicher und rechtschaffener Bauer gewesen. – Er transportierte den Moso-Bambus aus den Jingangshan-Bergen mit der Eisenbahn nach Gaomi. Dann weiter mit dem Lkw von Gaomi nach Ximen und verkaufte die ganze Ladung da an Ma Liangcai, der gerade einen neue Schule baute. Er machte ein Riesengeschäft. Im Nu war Yang Qi dadurch zum Neureichen geworden, und er zeigte jedem deutlich, dass er der reichste Mann im Dorf war, als er unter dem Aprikosenbaum sitzend Schnaps trank. Er trug einen grauen Westanzug, dazu eine kräftig rote Krawatte. Die Ärmel

hatte er hochgekrempelt, sodass man seine Digitaluhr sehen konnte. Seinem ursprünglich kleinen, dünnen Gesichtchen waren dicke Schweinebacken gewachsen. Aus einer rotgoldenen amerikanischen Packung nahm er eine Zigarette hervor, gab sie Sun Long, der gerade ein geschmortes Schweinepfötchen abnagte, und holte noch eine hervor, die er Sun Hu, der sich gerade mit der Serviette den Mund abwischte, zuwarf. Dann quetschte er die leere Zigarettenpackung platt und schrie: „Wirtin!"
Die Wirtin kam prompt herausgelaufen. Ups! Sieh mal einer an! Wu Qiuxiang war Wirtin geworden. Da erst fiel mir die weiß gekalkte Wand rechts am Eingang zum Hof auf, und dass darauf in großen roten Schriftzeichen geschrieben stand: „Qiuxiangs Kneipe". Die Kneipenwirtin Wu Qiuxiang war schon hinter Yang Qi getreten. Ihr Gesicht war dick gepudert, sie trug ein Lächeln auf dem Gesicht, über ihrer Schulter hing ein Wischlappen, um die Taille hatte sie eine blaue Schürze gebunden. Wirklich ein helles Persönchen, tüchtig, herzlich, professionell, eine echte Tante Aqing, genau wie die aus der Shanghai-Oper *Shijiabin*. Es war wirklich alles ganz anders als früher. Reformiert, liberalisiert, das Dorf Ximen hatte ein neues Gesicht. Qiuxiang fragte Yang Qi mit einem gewinnenden Lächeln: „Chef Yang, zu Ihren Diensten ..."
„Wie nennst du mich?" Yang Qi warf ihr einen unwirschen Blick zu: „Ich bin nur ein kleiner Bambusverkäufer. Mir steht der Name ‚Chef' nicht zu."
„Chef Yang, seien Sie nicht so bescheiden! Sie haben mehr als 10.000 Rohr Bambus verkauft. An jedem Rohr haben Sie 10 Yuan verdient. Da sind Sie doch 100.000 Yuan schwer. Wenn man so viel im Beutel hat, na ... wenn man sich da nicht Chef nennen will ... Wer bei uns in Nordost-Gaomi hätte da sonst wohl ein Recht drauf?"
Qiuxiang trug dick, dicker geht's nicht, auf. Sie streckte den Mittelfinger aus und strich auf Yang Qis Schulter entlang: „Wenn ich dich so in diesem Aufzug sehe. Von Kopf bis Fuß neu eingekleidet, alles gekauft, nichts ausgelassen. Das hat doch wohl mindestens 1000 Yuan gekostet, hä?"
„Meine alte Freundin reißt ihren Wolfsrachen auf und beklatscht mich. Von morgens bis abends nur Warmduschen, ich bin schon so aufgedunsen wie damals diese toten Schweine bei uns auf der Schweinefarm. Warts ab, Peng macht's und ich platze noch vor Stolz.

Ha, und du freust dich und kannst es nicht erwarten, wie?", erwiderte Yang Qi.

„Ist gut, Chef, deine Taschen sind leer. Ich höre es in deinem Geldbeutel klimpern, weil dort nur noch drei Fen ein einsames Dasein fristen. Reicht es so? Ich bin dich nie um Geld angegangen und tu's auch nicht. Vorher mach ich meinen Laden lieber dicht", Qiuxiang zog einen Schmollmund. Dann sagte sie mit gespielter Wut: „Heraus mit der Sprache, was willst du?"

„Ach, ist die Kleine wütend? Bitte mach keinen solchen Schmollmund, schmollt dein Mund, schwillt mein Schwanz, du!"

„Ach, verpiss dich und mach's deiner Mutter!" Qiuxiang zog Yang Qi mit dem öligen, dreckigen Wischlappen eins über den Schädel: „Nun los, was willst du?"

„Gib mir eine Schachtel *Good Companion*-Zigaretten."

„Und das ist alles? Keinen Schnaps?" Qiuxiang beäugte die beiden Sun. „Die Brüder Hu und Long haben aber noch nicht genug getrunken!"

Sun Long sprach mit schwerer Zunge: „Wenn der Chef uns einlädt, bleiben wir besser bescheiden."

„Mann, du Knecht, du beleidigst deinen großen Bruder! Auch wenn euer Kumpel kein Millionär ist, das Geld für euren Schnaps hat er! Macht mal halblang, ihr zwei Brüder! Euer Sambal Oelek der Marke ROT wird doch schon überall verkauft. Ihr werdet doch nicht immer mit zwei Woks unter freiem Himmel als Sambal-Küche auskommen? Der nächste Schritt, Kumpels, ich sag euch was, wenn ich an eurer Stelle wäre, dann würde ich über das Ganze zwanzig hübsche Betriebsräume stülpen. Die Sache groß aufziehen, mit zweihundert großen Woks, zweihundert Arbeiter einstellen, ab ins Fernsehen damit und zwanzig Minuten richtig Reklame machen, damit mit eurem Sambal Oelek so richtig die Post abgeht. In Gaomi, in Shandong, in ganz China muss den jeder kennen. Dann, Kumpels, stellt ihr immer mehr Leute ein und habt richtig Geld. Dann schmier ich euch beiden Reichen Honig ums Maul!"

Yang Qi kniff Qiuxiang in den Po: „Schon gut, lassen wir meine Ex nochmal zwei kleine schwarze Krüge *Erguotou* bringen!"

„*Erguotou*-Schnaps ist doch wohl nicht angebracht. Wenn wir so einem Reichen Schnaps anbieten", meinte Qiuxiang, „dann darf es doch wohl mindestens *Kleiner Tiger*-Schnaps sein."

„Da fick ich doch ... Mensch, Qiuxiang, du kannst einem die Worte im Mund verdrehen, da wird einem ja ganz heiß", fiel ihr Yang Qi leicht empört ins Wort. „Na dann los, bring uns *Kleinen Tiger-Schnaps*!"

Sun Long und Sun Hu tauschten einen schnellen Blick aus, Hu sprach: „Long, der Chef hat echt fitte Ideen."

Long druckste herum: „Mir ist, als würden die Geldscheine vom Himmel wie die Blätter vom Baum herabregnen."

„Ihr beiden, was meint ihr wohl", fragte Yang Qi. „Warum kam Liu Bei dreimal zu Zhu Geliang in seine schäbige Hütte gelaufen und bat ihn mitzukommen? Hatte er nichts besseres zu tun, als da immer wieder hinzulatschen? Nein, hatte er nicht, denn er wollte eine Strategie für Frieden und Sicherheit in seinem Reich. Die Worte des Zhu Geliang wiesen Liu Bei die Richtung. Von da an war das Reich dreigeteilt. Das, was ich euch beiden jetzt sage, soll euch schon beim ersten Mal die richtige Strategie an die Hand geben. Wenn ihr dann reich geworden seid, vergesst euren Generalmarschall, der euch den Weg wies, nicht."

„Große Woks kaufen, eine Produktionshalle bauen, Arbeiter einstellen, dieses Geschäft riesengroß aufziehen, ist eine Sache. Aber wo ist das Geld dazu?", wollte Hu wissen.

„Fragt Jinlong! Er soll euch mit einem Darlehen helfen!" Yang Qi haute sich klatschend auf die Schenkel. „Damals, als Jinlong hier auf dem Hochstand im Aprikosenbaum Revolution machte, da habt ihr vier Brüder wie treue Windhunde zu ihm gehalten."

„Yang, alter Freund, es ist immer das Gleiche. Wenn du dich zu einer Sache äußerst, erscheint sie sofort in einem ganz anderen Licht. Was soll denn das, dass wir uns mit speichelleckenden Windhunden vergleichen lassen müssen? Wir waren *eng vertraute Kampfgefährten!*", erwiderte Hu.

„Ist schon gut, dann eben eng vertraute Kampfgefährten. Eins steht jedenfalls fest: Ihr Brüder könnt es euch leisten, ihn um Hilfe anzugehen."

„Yang, alter Freund", stotterte Long: „Dieses Darlehen müssen wir doch wieder zurückzahlen, nicht wahr? Wenn wir gut verdienen, geht das klar. Aber was, wenn wir Verluste machen? Woher sollten wir dann Geld nehmen?"

„Ihr habt aber nun wirklich nur Grütze im Kopf!", warf Yang Qi ein.

„Das wäre doch das Geld der Kommunistischen Partei. Wenn ihr es nicht ausgebt, wer sonst? Wenn ihr gemachte Leute seid, wollen sie es, das ist durchaus möglich, noch nicht einmal wiederhaben. Wenn ihr Verluste macht und sie es wiederhaben wollen, so habt ihr eben keins da. Aber macht mal halblang: Diese Marke ROT Sambal Oelek muss wie eine Bombe einschlagen, das klappt, es sei denn, ihr nehmt zum Feuermachen beim Braten nicht Feuerholz, sondern Geldscheine. Da könnt ihr nicht Pleite machen."

„Dann müssen wir also Jinlong fragen, damit er uns hilft, ein Darlehen zu bekommen?", wollte Hu noch einmal wissen.

„… lehen, nicht leihen", korrigierte ihn Long.

„Wenn wir das Darlehen gekriegt haben, kaufen wir große Woks, bauen, stellen Leute ein, machen Reklame?"

„Kaufen, Leute einstellen, bauen, produzieren!"

„So ist es recht! Dass ihr euren Holzkopf aber auch endlich mal einen Spaltbreit öffnet!" Yang Qi schlug sich wieder auf die Schenkel: „Das Holz, das ihr zwei Chefs für eure Fabrikhallen braucht, werde ich anliefern. Der Moso-Bambus aus den Jingangshan-Bergen ist unverwüstlich und supergerade, in hundert Jahren verrottet der nicht. Sein Preis beträgt gerade mal die Hälfte von dem, was man für Balkenholz vom Urweltmammutbaum hinblättern müsste. Der Preis ist unschlagbar günstig. Obendrein ein schönes Produkt. Wenn ihr zwanzig Produktionsräume baut und dafür 400 Holzbalken braucht, kostet euch das mit Moso-Bambus 30 Yuan pro Balken weniger. Allein damit könnt ihr schon 12.700 Yuan einsparen."

„Jetzt hast du so einen Umweg gemacht, um uns schließlich zu erklären, dass du deinen Moso-Bambus an den Mann bringen willst!", meinte Hu.

Qiuxiang brachte die zwei Flaschen *Kleiner Tiger* und zwei Schachteln *Good Companion* herbei, Huzhu kam hinter ihr her, in der rechten Hand trug sie einen Teller Gurken mit gehacktem Knoblauch und hauchdünn geschnittenen Schweineohrenstreifen. Auf der Linken balancierte sie einen Teller mit frisch frittierten Erdnüssen. Qiuxiang stellte den Schnaps mit lautem Knall auf dem Tisch ab. Die Zigaretten legte sie Yang Qi direkt vor die Nase. Spöttisch sagte sie: „Keine Angst, die beiden Platten sind für die zwei Sun-Brüder zum Schnaps. Geschenk des Hauses, geht auf meine Rechnung."

„Wirtin Wu achtet mich wohl gering?" Yang Qi klopfte sich auf sei-

ne vor Geld pralle Jackentasche. „Ich will ja nicht von mir behaupten, dass ich vermögend wäre, aber das Geld für einen Teller Gurken habe ich noch."
„Ich weiß, dass du Geld hast", antwortete Qiuxiang, „aber mit diesen beiden Tellern will ich den Sun-Brüdern was Gutes tun. Ihr beide, ich glaube auch, dass euer Sambal Oelek wie eine Bombe einschlagen kann."
Huzhu stellte den beiden lächelnd die Platten vor die Nase. Sie erhoben sich auf der Stelle von ihren Plätzen und beeilten sich zu sagen: „Schwägerin, das wäre doch nicht nötig gewesen, dass ihr euch selbst herbei müht, um uns …"
„Och, ich hatte gerade nichts zu tun, da bin ich rübergekommen, um mitzuhelfen", sagte Huzhu lächelnd.
„Wirtin, nicht immer nur den großen Chef bedienen, wir wollen auch bedient werden!" Wu Yuan saß an dem Tisch mit der eingeschweißten Speisekarte in der Hand, verscheuchte eine weiße Motte. „Wir wollen Essen bestellen."
„Nun trinkt schön! Trinkt, wie ihr wollt. Trinkt soviel, wie ihr braucht, und hört auf damit, für ihn bei der Getränkerechnung zu sparen." Qiuxiang goss den beiden die Schnapsgläser voll. Den Blick auf Yang Qi gerichtet, sprach sie: „Ich kümmere mich kurz um die Bösewichte."
„Die Bösewichte haben genug Leid ertragen. Jetzt sind die mal an der Reihe, noch ein paar Jahre ein menschenwürdiges Leben zu führen", meinte Yang Qi.
„Grundbesitzer, reicher Bauer, Baojia-Vorsteher, Vaterlandsverräter, Konterrevolutionär …", sprach Qiuxiang, während sie sich dem Tisch zuwandte. Ob sie es ernst meinte oder sich nur einen Spaß machte, war schwer zu entscheiden. Sie zeigte gleichzeitig mit dem Finger auf jeden einzelnen der um den Tisch herum Sitzenden: „Wie ich sehe, haben sich die Bösewichte unseres Dorfes heute fast vollständig hier versammelt. Was liegt an? Was hat das zu bedeuten, dass ihr euch hier versammelt? Wollt ihr eine Rebellion anzetteln?"
„Wirtin, vergiss nicht, dass auch du die Kebse eines despotischen Grundbesitzers bist!"
„Ich bin euch allen kein bisschen ähnlich."
„Ähnlichkeit hin, Ähnlichkeit her", sprach Wu Yuan. „Diese beleidigenden Bezeichnungen, schwarzen Hüte, Eisenhelme, Unglückshü-

te, gehören alle der Vergangenheit an. Wir gehören nun auch wie alle anderen als ehrbare und anständige Kommunemitglieder dazu!"
Yu Wufu sagte: „Diesen Hut, den man uns verpasst hat, tragen wir seit einem ganzen Jahr nicht mehr."
„Wir unterstehen nicht mehr der Überwachung durch den öffentlichen Sicherheitsdienst", meinte Zhang Dazhnang.
Tian Gui schaute mit einem etwas furchtsamen Blick zu Yang Qi hinüber und sprach mit leiser Stimme: „Wir werden auch nicht mehr mit der Rute geschlagen."
„Heute genau jährt sich der Tag, an dem wir die ‚Schandhüte' ablegen durften. Seit heute sind wir ein ganzes Jahr lang wieder unbescholtene Bürger. Für unsereins, die wir einen über dreißigjährigen Arrest hinter uns haben, ist dies ein glückverheißender Freudentag", sprach Wu Yuan. „Dass wir hier zusammentreffen, trauen wir uns auch gar nicht ‚feiern' zu nennen, nur ein bisschen begießen wollen wir das ..."
Yu Wufu zwinkerte mit seinen stark geröteten Augen: „Im Traum hätte ich das nicht geglaubt, dass wir noch mal ... im Traum hätte ich es nicht für möglich gehalten ..."
Tian Gui sagte mit Tränen in den Augen: „... und ich Scheißkerl bin im letzten Jahr tatsächlich Soldat der Volksbefreiungsarmee geworden, Soldat der Volksbefreiungsarmee ... als wir Neujahr feierten, hängte der Sekretär Jinlong tatsächlich persönlich eine Ehrentafel mit der Aufschrift ‚Ehrenwerte Familie' an unsere Haustür ..."
„Wir danken dem erleuchteten Führer und großen chinesischen Vorsitzenden Hua Guofeng!", fiel Zhang Dazhuang ein.
„Wirtin, unsereins ist gewohnt, dass er auch von Gras zwischen den Zähnen satt wird, es ist uns alles recht, gib uns gerade das, was da ist. Wir möchten nur wenig bestellen, wir haben alle schon zu Haus zu Abend gegessen und sind nicht hungrig ..."
„Ihr solltet wirklich ordentlich feiern", antwortete Qiuxiang. „Wenn man es genau nimmt, bin ich auch eine Grundbesitzerfrau. Ich habe Glück gehabt, dass ich von Huang Tongs Ruhm profitieren konnte. Man kann nicht oft genug sagen, dass unser alter Sekretär Hong ein guter Mensch ist. In jedem anderen Dorf wären ich und Yingchun nicht mit heiler Haut davongekommen. Von uns Dreien musste nur Ximen Naos Hauptfrau büßen ..."
„Mutter, was redest du denn da!" Huzhu stupste Qiuxiang von hinten an, als sie die Teekanne und Teeschalen herbeitrug. Mit einem

Lachen im Gesicht sprach sie: „Verehrte Großonkel, hier bringe ich erst einmal Tee für euch!"

„Wenn ihr mir vertraut, dann werde ich euch etwas aussuchen", sagte Qiuxiang nun.

„Natürlich, tu das bitte", antwortete Wu Yuan: „Huzhu, du bist Frau Parteisekretär und schenkst uns eigenhändig den Tee ein. Vor vierzig Jahren wäre niemand im Traum darauf gekommen."

„Da brauchst du aber nicht vierzig Jahre zurückzudenken …", murmelte Zhang Dazhuang. „Vor zwei Jahren hätte ich so etwas nicht zu träumen gewagt …"

„Jiefang, ich habe so lange berichtet. Willst du nicht auch mal zwei Sätze dazu sagen? Deinem Unmut mal ein bisschen Luft machen? Mal deinen Eindruck von der Sache kundtun?", meinte das Großkopfkind. Ich schüttelte den Kopf und antwortete: „Ich habe dazu nichts zu sagen."

Lan Jiefang, ohne Verdruss beschreibe ich dir hier, was sich an jenem Abend auf dem Hof der Ximens zutrug, gebe an dich weiter, was ich damals als Eber mitangesehen und mitangehört habe. Meine Absicht ist dabei, eine Überleitung zu der wichtigen Person Hong Taiyue zu finden. Nachdem ein neues Bürogebäude für die Brigade Ximen fertiggestellt worden war, wurden die fünf Zimmer des Ximen Nao'schen Haupthauses, die vormals das Brigadequartier gewesen waren, zur Privatwohnung Jinlongs und Huzhus umgebaut. Außerdem gab Jinlong, nachdem er alle üblen Elemente rehabilitiert hatte, bekannt, fürderhin nicht mehr seinen angenommen Nachnamen Lan zu tragen, sondern wieder Ximen mit Familiennamen zu heißen. Die Auswirkungen von alldem führten bei Hong Taiyue, dem treuen Befürworter der Revolution, zu einer tiefgehenden Verwirrung. Als er zu dieser Stunde auf der Dorfstraße seine Runde drehte, hatten die Dörfler die allabendliche Fernsehsendung schon zu Ende gesehen. Wu Fang, der sich strikt an die Regeln hielt, ließ sich nicht auf das dumme Gerede der Jugend ein, sondern bestand darauf, den Fernseher auszustellen, und schob den Apparat wieder ins Haus zurück. Ein junger Kerl, der sich ein wenig in Geschichte auskannte, murmelte böse: „Du alter KMT-Mann, warum hat die Kommunistische Partei dich eigentlich nicht exekutiert?"

Der alte Wu Fang sagte nichts zu dieser giftigen Bosheit, obwohl er alles genau gehört hatte, denn schwerhörig war er ja nicht. Der Mond schien heller denn je. Es war eine wunderbar angenehme Nacht. Die Jungen und Mädchen, die nichts zu tun hatten, lungerten auf der Straße herum, flirteten und neckten sich, andere hockten unter der Straßenlaterne und spielten Karten. Ein Junge mit einer Stimme wie ein Ganter stänkerte: „Shanbao ist heute in die Stadt gefahren und hat dort ein Moped gewonnen. Er ist doch eigentlich an der Reihe, uns eine Runde Schnaps auszugeben!"
„Das muss drin sein, das ist ja wohl klar. Wird man reich im Glücksspiel und gibt nichts ab, straft einen der Himmel mit Katastrophen. Shanbao, komm jetzt, wir gehen zu Qiuxiangs Kneipe!"
Ein paar gingen zu Shanbao hinüber, der unter der Straßenlaterne am Boden hockte und dort Karten spielte, und zogen ihn in die Höhe. Shanbao wehrte sich. Wie eine Gottesanbeterin teilte er an die ihn hoch zerrenden Leute nach links und rechts Faustschläge aus. Wutentbrannt schimpfte er: „Nur faule Sackeier eines elenden Hurensohns sahnen einen Gewinn ab. Nur faule Sackeier eines Schildkrötenhurensohns würden dann auch noch ein Moped abgreifen!"
„Wie ich sehe, bist du so geschockt, dass du lieber als Sackei eines Schildkrötenhurensohns herumläufst, als zuzugeben, dass du etwas gewonnen hast!"
„Wenn ich einen Preis gewinnen würde ...", murmelte Shanbao, um dann plötzlich lauthals loszuschreien: „Ich habe einen Preis gewonnen, ich habe eine Limousine gewonnen, da könnt ihr Bastarde euch alle mal schwarz ärgern!"
Als es aus ihm heraus war, hockte er sich mit dem Rücken an einen Strommast gelehnt nieder und sagte völlig außer Atem: „Ich spiel nicht mehr weiter. Ich gehe nach Haus schlafen. Morgen in der Früh löse ich meinen Preis ein!"
Alle lachten im Chor. Es war wieder die Ganterquakstimme, die behauptete: „Hier will sowieso keiner mit Shanbao tauschen! Der hat eine Frau, die geizig jeden Pfennig umdreht und immer schon vorher den Preis ausgerechnet hat. Wir legen Geld zusammen, jeder zwei Yuan, damit machen wir bei Qiuxiang einen drauf. An so einem fantastischen Abend wie heute! Alle mit Frau jetzt ab nach Haus und ins Bett! Alle ohne Frau kommen mit! Was sollen wir denn zu Haus? Mit unserm Schaltknüppel das Flugzeug bedienen? Als Gue-

rillakrieger Gewehrverschlüsse entriegeln und losballern? – Los, alle ohne Frau kommen mit mir! Wir gehen zu Wu Qiuxiang! Qiuxiang hat ein Herz für uns. Brüste begrabschen, Schenkel betatschen, ins Gesicht fassen und einen Kuss draufschmatzen!"
Seit Hong Taiyue in Rente war, entwickelte er die gleichen krankhaften Symptome wie Lan Lian: Tagsüber blieb er im Haus und tat keinen Schritt vor die Tür. Aber es brauchte nur der Mond vom Himmel zu scheinen, schon ging er nach draußen. Lan Lian arbeitete beim Mondenschein auf dem Acker, Hong Taiyue passte die Mondnächte ab, um sich draußen herumzutreiben. Er lief die Dorfstraße ab, lief wie die Nachtwächter früher durch alle Gassen im ganzen Dorf. – Jinlong sagte: „Der alte Parteizellensekretär hat ein starkes Verantwortungsgefühl, dass er für uns jeden Abend Streife geht." – Das war natürlich überhaupt nicht das, was Hong Taiyue bei seinen nächtlichen Streifzügen antrieb. Er streifte umher, weil er sich nicht an das Neue gewöhnen konnte, weil er immer besorgt und in Unruhe war. Er trug schwer an der Schmach, war kopflos geworden! Wenn er unterwegs war, hatte er immer Schnaps bei sich, in einer Art Flachmann, ursprünglich eine Wasserflasche, die, so sagte man, die Soldaten der Achten-Route-Armee bereits benutzt hatten. Bekleidet war er mit einer alten Militäruniformjacke, um die Taille und quer vor der Brust trug er einen rindsledernen Sam-Browne-Gürtel. Seine Füße steckten in Strohsandalen. Die Hosenbeine hatte er mit Strumpfbändern umwickelt. Er sah haargenau wie ein Soldat der Achten-Route-Armee aus. Das einzige, was ihm noch fehlte war, war die am Po baumelnde Broomhandle Mauser C96. Alle zwei Schritte hielt er an und trank einen Schluck, dann noch einen Schluck und pöbelte zwei Mal. Wenn er den Flachmann leer hatte und der Mond bereits auf einer Höhe mit dem Horizont stand, war er so betrunken, dass er torkelte. Manchmal schaffte er es noch nach Hause, manchmal blieb er einfach neben dem Misthaufen liegen und schlief dort, bis die Sonne rot am Himmel aufging. Viele Male wurde er von den Dörflern, die frühmorgens zum Markt gingen, gesehen, wie er da schlafend am Misthaufen lehnte. Manchmal kam es auch vor, dass es ihn plötzlich packte, dass er auf den Acker hinaus torkelte und sich dort mit Lan Lian ein paar Wortgefechte lieferte. Er wagte es natürlich nicht, einen Fuß auf den Grund und Boden Lan Lians zu setzen, immer stand er auf anderer Leute Land und stritt mit Lan Lian.

Wenn Lan Lian so beschäftigt mit seiner Hände Arbeit war, dass er auf Hongs Wortfetzen nicht gleich antwortete, so redete dieser allein weiter, pausenlos wie ein Wasserfall. Aber sowie Lan Lian seinen Mund öffnete und etwas erwiderte – es waren immer Boshaftigkeiten, steinhart und messerscharf, die er Hong entgegen schleuderte –, hatte der nichts dagegen aufzubieten und schwieg wie vor den Kopf gestoßen. Er wurde so wütend, dass ihm ganz schwindelig davon wurde. Zum Beispiel sprach Hong Taiyue zu Lan Lian, als man 1982 damit begann, dass eigenverantwortlich geführte Familienbetriebe zwar noch gemeinsam produzierten, aber gemäß der erbrachten Leistung abrechneten: „Das ist doch Restauration des Kapitalismus! Was sagst du dazu, Lan Lian, das ist doch der ‚Reiz des Materiellen', dem damit wieder gefrönt wird?"
Lan Lian erwiderte, in sich hineinmuffelnd: „Das Beste kommt zum Schluss, ich sag nur, wart's ab!"
Als die Reformphase so weit fortgeschritten war, dass die Bauern in eigenverantwortlichen Betrieben arbeiteten und gemäß der Ablieferungsquoten, die nach Bauernhaushalten errechnet wurden, ihre Steuern bezahlten, sprang Hong Taiyue auf dem Feld neben Lan Lian völlig im Dreieck.
„Da, fick deine Mutter, verdammt noch mal! Volkskommunen, dreistufiges Eigentum mit der Produktionsbrigade als Grundlage, jeder nach seinen Fähigkeiten, jedem nach seiner Leistung. Gilt das jetzt alles nicht mehr und kommt in die Tonne, oder wie?"
Lan Lian entgegnete völlig ungerührt: „Früher oder später kommt eben die Privatwirtschafterei."
Hong Taiyue erwiderte: „Davon träumst du wohl!"
„Ich sag nur: Wart's ab!"
Als die Reformen so weit waren, dass eigenverantwortlich geführte Familienbetriebe den Kollektivboden bewirtschafteten, kam Hong Taiyue laut weinend und sternhagelvoll zu Lan Lian ans Feld. Als wäre Lan Lian der große Reformer, der alles auf den Kopf stellt, schimpfte er wutschäumend: „Verdammt noch mal, fick deine Mutter, Lan Lian! Du mieser Hund hast den Nagel auf den Kopf getroffen! Was sind denn ‚eigenverantwortlich geführte Familienbetriebe, die den Kollektivboden bewirtschaften' für eine Scheiße? Das ist doch Privatwirtschafterei! Da strengt man sich dreißig Jahre lang an, nimmt Not und Entbehrungen in Kauf. Und dann? Über Nacht ist

man plötzlich wieder in die Zeit vor der Befreiung versetzt. Das lasse ich mir nicht gefallen! Ich gehe nach Peking. Auf den Platz des Himmlischen Friedens, zum Mausoleum Mao Zedongs. Dort werde ich vor dem Leichnam des großen Vorsitzenden weinen. Ich werde ihm berichten. Ich werde sie allesamt vor ihm anklagen. Ich lasse nicht zu, dass unsere wie Eisen im Feuer geschmiedete Macht, unsere rote Regierung, einfach die Farbe wechselt!"

Hong Taiyue grollte laut lamentierend, verlor darüber fast die Besinnung. Er rollte sich vor Wut auf dem Boden, achtete nicht mehr auf die Grenze zu Lan Lians Acker und rollte mit dem ganzen Körper auf Lans Land rüber. Der war gerade damit beschäftigt, Bohnen zu schneiden, als der sich wie ein Esel am Boden wälzende Hong Taiyue seine Bohnenhülsen plattwalzte. Die Schoten platzten, die Bohnen sprangen heraus, man hörte es prasseln. Lan Lian drückte Hong Taiyue mit der Sichel fest auf den Acker und sprach in strengem Ton: „Du liegst auf meinem Land. Nach unserer vor Jahren getroffenen Abmachung sollte ich dir jetzt eigentlich die Sehnen an deinen Füßen durchtrennen! Aber ich lasse es mir heute gefallen, dich zu verschonen und laufen zu lassen!"

Hong Taiyue rollte sich mit einer Drehung von Lan Lians Acker herunter an den Rand. Dort stützte er sich auf einen kümmerlichen kleinen Maulbeerbaum und zog sich daran hoch, damit er wieder auf die Beine kam.

„Lan Lian, ich lasse mir das nicht gefallen. Ich habe dreißig Jahre durchgehend Krach gemacht, den Aufstand geprobt. Und nun? Jetzt sollst du im Recht sein? Und was ist mit uns? Den immer Treuen, die bis zuletzt für die Sache eintreten? Die sich quälen, die weiterkämpfen, voll Blut und voll Schweiß. Sollen die jetzt alle Unrecht gehabt haben?"

Lan Lian fragte in einem entspannteren Ton: „Als der Boden an die einzelnen Familien verteilt wurde, wurde dir doch auch ein Stück zugeteilt, oder etwa nicht? Keiner hätte gewagt, dir auch nur einen Deut zu wenig zuzuteilen! Du hast alles bekommen, was dir zusteht. Und die jährliche Rate von 600 Yuan Pension der im Ruhestand befindlichen Kader geht dir doch auch pünktlich zu? Die zusätzlichen 30 Yuan monatliche Unterstützung für verdiente Soldaten des Volkes hat man dir doch auch nicht weggenommen. Das wird doch auch weitergezahlt! Keiner wagt es, dir etwas abzuziehen. Du kommst nicht zu kurz. Du hast etwas geleistet für die Kommunistische Partei, und sie bezahlen dich reichlich dafür, Sümmchen für Sümmchen geht es dir monatlich zu."

Hong Taiyue erwiderte: „Das sind zwei völlig verschiedene Paar Schuhe. Womit ich mich nicht abfinden werde, ist, dass du, Lan Lian, jetzt die Vorhut bist. Dabei warst du schon immer ein historischer Stolperstein, der von allen aufgegebene, der, der ganz hintenan kam. Und jetzt verkehrt sich alles in sein Gegenteil? Bist du jetzt zufrieden mit dir? Alle in Nordost-Gaomi, der gesamte Kreis Gaomi lobt deine Weitsicht!"

„Du bist kein Weiser und kein Gott. Nur Mao Zedong ist ein Weiser und Gott, nur Deng Xiaoping ist ein Weiser und ein Gott", entgegnete Lan Lian aufgebracht. „Gottmenschen, Weise verändern und formen die Welt. Aber ich? Was soll ich schon ausrichten? Die einzige unverrückbare Tatsache, die ich Sturkopf gründlich verstanden habe, ist: Wenn sogar leibliche Brüder auseinander gehen und eigene Familien gründen, wie soll das angehen, dass man einen Haufen Leute, die alle verschieden heißen und nicht miteinander verwandt sind, auf Teufel komm raus zusammenpfercht. Was soll da Gutes entstehen? Ich hätte nicht gedacht, dass ich damit so dermaßen richtig lag." Lan Lian konnte die Tränen nun nicht mehr zurückhalten, als er weitersprach: „Hong, du alter, bissiger Köter. Mein ganzes Leben hast du mich wie ein Wahnsinniger gequält. Nun endlich kannst du mir nichts mehr anhaben! Ich war wie eine Unke, die mit gebeugtem Rücken den Tisch hochhält. Und wenn sie dreißig Jahre halten muss, sie tut es, und sollte es ihr Leben kosten. Aber jetzt kann ich mich endlich wieder aufrichten! Gib mir mal deinen Flachmann rüber …"

„Wie? Du willst auch Schnaps trinken?"

Lan Lian tat einen großen Schritt von seinem Acker herunter und nahm von Hong die Schnapsflasche entgegen. Er machte den Hals gerade und leerte die Flasche bis auf den letzten Tropfen. Dann schleuderte er den Flachmann mit Schwung zum Mond hinauf. Er rief den Mond voller Freude, mit strömenden Tränen an: „Mein alter Kumpel, du siehst, dass ich durchgehalten habe. Von heute an darf auch ich im Angesicht der Sonne meinen Acker bestellen …"

Das habe ich nicht mit eigenen Augen gesehen, ich habe es die Leute erzählen hören. Mo Yan, der Romanschreiber, der auch von hier stammt, hat noch so einige an den Haaren herbeigezogene Lügen mit der Wahrheit vermischt, sodass man Unwahres und Wahres nur noch schlecht auseinander halten kann. Jiefang, was ich dir berichte, ist alles, was ich auch selber erlebt, was ich mit eigenen Augen gesehen, was ich selbst gehört habe. Es tut mir sehr leid, dass Mo Yan in seinen Romanen immer etwas hinzufügt, so wie man die Nadel in die offene Stelle piekt und so dem Erzählten eine falsche Richtung gibt. Wir wissen, dass Mo Yan einen nicht gerade sehr angesehenen Roman, *Kämpfer der späteren Revolution,* schrieb. Nach der Veröffentlichung war er schnell vergessen. Ich glaube nicht, dass ihn mehr als hundert Leute gelesen haben. Aber er schuf für diesen Roman einen ungewöhnlich charakterstarken Protagonisten. „Der Eisenmann" war ein KMT-Soldat, den man überrumpelt und mit Gewalt in den Militärdienst gezwungen hatte. Später war er dann Kriegsgefangener der Volksbefreiungsarmee, trat in die Volksbefreiungsarmee ein, erlitt Kriegsverletzungen, wurde ausgemustert und konnte nach Hause aufs Land zurückkehren. So jemand ist mit hundert- und tausendprozentiger Sicherheit durch und durch ein typischer kleiner Mann, nichts besonderes. Er aber betrachtete sich immer als bedeutende Persönlichkeit. Er glaubte daran, dass alles, was er tat, Auswirkungen auf das Schicksal und Fortkommen des ganzen Staates hatte und historische Reichweite besaß. Als die vier Feinde der Revolution, die Grundherren, Großbauern, Konterrevolutionäre und üblen Elemente, in die Schusslinie gerieten, als die Rechten umerzogen wurden und auch, als in den Dörfern nach Haushalten festgesetzte Ablieferungsquoten eingeführt wurden und fortan nach diesen abgerechnet wurde, ging er immer in Uniform zu allen hin und besuchte sie. Wenn er wieder ins Dorf zurückkam, gab er damit an, wen er großartiges gesehen und wer ihn alles empfangen hätte. Diese herausragenden Kader berichteten ihm von den revisionistischen Tendenzen in der Zentrale und dass es zwischen den verschiedenen Lagern zu erbitterten Kämpfen kam. Alle Dörfler nannten den Eisenmann „Der mit dem Revolutionsnervenleiden". Es besteht kein Zweifel darüber, dass Mo Yan diese Romanfigur Hong Taiyue nachempfunden hat. Dass Mo Yan nicht seinen wirklichen Namen benutzte, zeigt, dass er ihn nicht kompromittieren wollte.

Wie ich bereits sagte, hielt ich mich draußen vor dem Hof der Ximens in einer dunklen Ecke versteckt und beobachtete von dort aus, was im Hof vor sich ging. Ich sah, wie der volltrunkene Yang Qi mit einer Schale Schnaps torkelnd zum Tisch der ehemaligen „Bösewichte" des Dorfes wankte. Alle am Tisch erinnerten sich, weil der Grund ihrer Zusammenkunft diese besondere Bedeutung besaß, an diesem Abend an die in alten Zeiten erlittenen grausamen Qualen. Alle waren innerlich aufgewühlt. Schnell gerieten sie, auch ohne dass sie viel getrunken hätten, in eine berauscht erregte Stimmung. Als sie den ehemaligen Leiter des öffentlichen Sicherheitsdienstes auf sich zukommen sahen, dieses Sinnbild der Diktatur des Proletariats, den, der die Menschen immer mit der Peitsche geschlagen hatte, waren sie etwas überrascht. Wut kam in ihnen hoch. Yang Qi war an ihrem Tisch angelangt. Mit einer Hand hielt er sich an der Tischkante fest, mit der anderen hielt er die Schnapsschale. Seine Zungenwurzel kam ihm wie gelähmt vor. Aber er brachte, als er sprach, die einzelnen Worte deutlich heraus.

„Liebe Brüder! Liebe Freunde! Ich, Yang Qi, habe mich damals an euch versündigt und euch Unrecht getan. Heute möchte ich euch dafür in aller Form um Verzeihung bitten …"

Er hob die Schnapsschale zum Mund und leerte sie in einem Zug, fast alles lief an seinem Hals hinab. Der vom Schnaps durchnässte Schlips störte. Er versuchte den Schlips locker zu ziehen, aber dieser zog sich im Gegenteil immer enger um seinen Hals. Er strangulierte sich derart, dass er grünviolett im Gesicht wurde. Es schien, als würde er mit seinem quälenden Kummer nicht mehr fertig und wolle sich auf diese Art und Weise nun das Leben nehmen, um sich endlich von aller Schuld zu befreien.

Der frühere Staatsfeind und Verräter Zhang Dazhuang besaß Großmut. Er erhob sich, um mit Yang Qi Frieden zu schließen. Er half ihm, den Schlips abzunehmen, und hängte diesen in den Baum auf eine Astgabel. Yang Qis Hals war grünrot geschwollen, seine Augen blickten starr geradeaus.

„Freunde, der westdeutsche Bundeskanzler Willy Brandt kniete im Schneesturm vor dem Ehrenmal des jüdischen Ghettos der in Polen von den Deutschen ermordeten Juden nieder. Er legte ein Schuldbekenntnis für die Gräueltaten des deutschen Hitlerreiches ab. Er sühnte die Schuld der Deutschen. Ich, Yang Qi, Leiter des damaligen öffentlichen Sicherheitsdienstes, knie nieder, bekenne mich schuldig und sühne hiermit meine Schuld!"

Er kniete sich hin, dabei leuchtete grelles elektrisches Licht weiß auf sein Gesicht, die über der Astgabel hängende Krawatte sah wie ein über ihm hängendes, bluttriefendes Schwert aus. Wie ein Damoklesschwert. Die ganze Situation wirkte irgendwie lächerlich. Sie beeindruckte mich jedoch zutiefst. Dieser klotzige wie brutale Yang Qi wusste tatsächlich über Willy Brandts Warschauer Kniefall Bescheid. Er hatte tatsächlich ein Gewissen, das ihm sagte, dass er sich bei den Menschen, die er geschlagen hatte, zu entschuldigen hatte. Ich war gezwungen, ihn mit anderen Augen zu sehen. Schemenhaft fiel mir der Kniefall Willy Brandts ein. Mo Yan muss das laut vorgelesen haben. Es muss eine Nachricht aus den *Pressestimmen aus aller Welt* gewesen sein.

Wu Yuan, der Anführer der „Bösewichte", beeilte sich, Yang Qi hochzuziehen. Der klammerte sich jedoch am Tischbein fest und fing laut zu weinen an: „Ich habe Unrecht auf mich geladen, Fürst Yama, Eure Dämonen schlagen mich mit der Peitsche ... Auweh, au, es tut weh, verdammt weh ... verdammt weh."

Wu Yuan sprach: „Yang, Freund, das ist vorüber. Wir haben das längst vergessen. Mach dir darüber keine Gedanken mehr! Wenn ich was dazu sagen soll, das waren die gesellschaftlichen Umstände, die es erzwungen haben. Wenn du es nicht getan hättest, so hätte sich jemand anderes gefunden – Li Qi, Liu Qi. Steh auf, steh auf! Wir haben durchgehalten, sind rehabilitiert, haben jetzt Geld. Wenn dich dein Gewissen peinigt, dann nimm einen Teil deines Geldes und spende es für den Bau eines buddhistischen Tempels."

Yang Qi brüllte weinend: „Ich spende nichts! Mit Blut und Schweiß habe ich hier einen kleinen Batzen Geld verdient. Warum soll ich den jetzt weggeben und davon einen Tempel bauen? ... Ich will, dass ihr mich zurückschlagt. So oft, wie ich euch damals geschlagen habe, so oft will ich wieder geschlagen werden. Es ist nicht, dass ich euch etwas schuldig bin, sondern ich habe die Quittung von euch noch nicht bekommen."

Gerade in jenem Moment, als ein Riesendurcheinander entstand – denn es stürmte eine Horde junger Leute in den Ximenschen Hof, die Yang Qi, als sie ihn verrückt spielen sahen, verhöhnten und Krawall machten –, sah ich Hong Taiyue torkelnden Schrittes von weitem näher kommen. Als er an mir vorbeiging, roch ich den starken Schnapsgeruch, der seinem ganzen Körper entströmte. Das war nach meiner jahrelangen Flucht das erste Mal, dass ich mir ihn, der in der Vergangenheit jahrelang der höchste Kader der Brigade Ximen gewesen war, aus der Nähe anschaute. Kein schwarzes Haar hatte er mehr, aber die dicken, struppigen Haare standen ihm noch immer eigenwillig vom Kopf ab. Sein Gesicht war aufgedunsen, einige Zähne waren ihm ausgefallen, es sah widerspenstig und etwas dumm aus. Im gleichen Moment, als er über die Schwelle des Hoftors schritt, klappten alle Münder der Krachmacher wie auf einen Schlag zu. Offensichtlich hatte man vor diesem Menschen, der jahrelang als Machthaber über das Dorf geherrscht hatte, immer noch einen Rest Angst. Aber keine Minute verging, da fingen ein paar Jugendliche mit höhnischem Grinsen an.

„Hey, Großvater Hong, bist du von deiner Trauerfahrt zum Mao-Mausoleum aus Peking wieder zurück? Hast du die Provinzparteikomiteekader getroffen? Was macht ihr dagegen, dass es im ZK jetzt revisionistische Tendenzen gibt? ..."

Qiuxiang kam eilig heraus, um ihn zu begrüßen. Die ehemaligen „Bösewichte" vergangener Zeiten waren alle reflexartig von ihren Plätzen aufgesprungen. Weil sie so abrupt reagiert hatten, war Tian Gui dabei die Reisschale mit den Stäbchen zu Boden gerutscht.

„Lieber alter Sekretär!", rief Qinxiang herzlich; ihr Tonfall hatte etwas Intimes, dabei drückte sie Hong Taiyues Arm. Es erinnerte mich sofort an einen Film, den ich auf der Tenne während meiner Zeit als Stier mit angesehen hatte. Darin gab es eine Szene, in der die geile Frau eines widerwärtigen Klassenfeindes einen revolutionären Kader verführte. Man merkte, dass sich die Jugendlichen am Tisch auch sofort an die revolutionäre Modelloper *Schwägerin Aqing* erinnert fühlten, in der die im Untergrund arbeitende Kommunistin Aqing sich um den Kommandanten der gemischten Truppenverbände, Hu Chuankui, kümmert. Sie äfften die Opernarie der Aqing mit einer komischen, lächerlichen Stimme nach: „Ach, Kommandant Hu, welch Wind war das, der dich zu mir hereingeweht hat?"

Hong Taiyue war diese übertriebene Vertrautheit von Qiuxiang offensichtlich nicht gewohnt. Er machte seinen Arm mit einem Ruck los und stürzte dabei um ein Haar. Qiuxiang kam ihm sofort zu Hilfe und stützte ihn. Er wehrte sich nun nicht mehr und ließ sich von ihr am Arm zu einem sauberen Tisch führen, wo er sich setzte. Weil es nur Hocker ohne Lehnen gab, schien es jede Minute, als würde Hong

Taiyue entweder vornüber oder aber hintenüber vom Hocker kippen. Huzhu, die die Lage mit einem Blick erfasst hatte, holte sofort einen richtigen Stuhl und setzte ihn darauf. Einen Arm hatte Hong auf dem Tisch liegen, er hatte sich zur Seite gedreht und betrachtete mit verschwommenem Blick die Leute unter dem Aprikosenbaum. Er hatte Schwierigkeiten zu fixieren und konnte zuerst gar nichts erkennen. Qiuxiang fuhr, wie es ihre Gewohnheit war, mit einem Lappen über die Tischfläche vor Hong Taiyues Platz und fragte ihn in herzlichem Ton: „Lieber alter Sekretär, was möchtet Ihr bestellen?"
„Was ich bestelle ... was ich bestelle ...", er zwinkerte mit schweren Augenlidern. Dann schlug er schallend mit der flachen Hand auf den Tisch und knallte den zerbeulten alten Flachmann aus Revolutionszeiten auf den Tisch. Wutschäumend brüllte er: „Du fragst, was ich bestelle? Schnaps! Füll mir nochmal ein Achtel Benzin in den Tank!"
„Lieber Sekretär", Qiuxiang zeigte ihm ein reizendes Lächeln, „ich sehe es Euch an, dass Ihr genug Schnaps hattet. Morgen trinken wir weiter. Heute wird Euch Huzhu eine gute Moorkarpfensuppe gegen den Kater machen. Die trinkt Ihr schön heiß, damit Euch warm wird, und dann legt Ihr Euch zu Haus schlafen. Na, klingt das gut?"
„Was soll das hier, Suppe gegen den Kater? Du hältst mich für betrunken?" Er zwang sich mit aller Kraft, seine geschwollenen, schweren Lider offen zu halten – in den Augenwinkeln hatte er zwei dicke gelbe Klumpen Schlaf. Dabei brüllte er unwirsch: „Ich bin nicht besoffen, und wenn schon, dann höchstens mein Körper. Mein Herz ist leuchtend klar und rein wie der am Himmel strahlende Mond. Blank wie ein Spiegel. Ihr wollt mich wohl hinters Licht führen? Pah! Keine Chance! Das sag ich euch! Wo bleibt der Schnaps? Ihr Kapitalistenschweine, kleinen Geschäftemacher, Marktschreier und Krämerleute. Ihr Pack seid doch wie Lauch, der den harten Winter übersteht. Selbst mit fauligen Blättern und vertrockneter Wurzel bleibt ihr immer noch am Leben und beginnt sofort, wenn das Wetter wieder einigermaßen passt, in die Höhe zu sprießen und Blüten zu treiben. An was anderes als ans Geld glaubt ihr wohl nicht, he? Nur Geld weist euch den Weg, was anderes kennt ihr doch gar nicht. Aber ich habe Geld! Pah! Her mit dem Schnaps!"
Qiuxiang warf Huzhu einen Blick zu. Die kam eilig mit einer weißen Schale aus dem Haus: „Lieber alter Sekretär, trinkt erst einmal das hier."

Hong Taiyue nahm einen Schluck. Dann spie er alles wieder in hohem Bogen aus und wischte sich den Mund mit dem Ärmel ab. Er knallte den Flachmann auf den Tisch und brüllte mit tragisch trauriger Stimme: „Huzhu! Das hätte ich dir nicht zugetraut, dass du mich betrügen würdest... Ich will Schnaps und du schenkst mir Essig ein. Ich bin schon sauer genug! Die Rotze, die ich ausspucke, ist lange schon saurer als Essig. Und du gibst mir Essig zu trinken! Wo ist Jinlong? Wo ist dieser Waschlappen, dieses Hasenbalg, dieses Weichei? Schaff mir Jinlong hierher. Ich will den fragen, ob wir in unserem Dorf noch Kommunismus haben oder nicht!"
„Hossa!" Die schon die ganze Zeit über auf Krawall gebürstete Jugend feuerte Hong Taiyue, der auf Jinlong schimpfte, an. Sie riefen ihm zu: „Großvater Hong! Von uns kriegst du Schnaps, wenn die Wirtin dir keinen mehr gibt!" Ein schüchterner kleiner Bengel brachte Hong Taiyue eine Flasche an den Tisch und stellte sie vor ihn. „Grrrrrr!", brüllte Hong Taiyue auf und erschreckte den Kleinen so, dass dieser wie ein erschrecktes Känguru einen Riesensatz zur Seite machte. Hong Taiyue zeigte auf die grasgrüne Bierflasche und fragte mit verächtlichem Blick: „Das soll doch nicht etwa Schnaps sein? Pfui, Pferdepisse! Wenn ich saufen will, will ich Schnaps – wo ist der Schnaps, den ich wollte?"
Er zog wirklich eine furchtbare Show ab. Die Flasche Bier wischte er mit einem Ruck vom Tisch – peng! knallte sie auf den Boden. Alle Gäste an den anderen vier Tischen waren erschrocken.
„Habe ich hier etwa mit Falschgeld bezahlt? Hört man doch immer, ,je größer die Kneipe, umso schlimmer die Betrügereien'. Wer hätte gedacht, dass in einem so winzigen Lokal die Kunden so schimpflich behandelt werden ..."
„Lieber Sekretär", Qiuxiang brachte rennend zwei kleine schwarze Krüge *Erguotou* herbei: „Meine Tochter war in Sorge um Euch! Wenn es Euch wirklich noch nicht genug ist, dann sagt doch was! Geld hin, Geld her ... unsere Kneipe hat doch nur ihre Pforten geöffnet, damit Ihr den Schnaps greifbar habt!"
Qiuxiang öffnete die schwarzen Schnapskrüge, befüllte Hongs blechernen Flachmann und gab ihm die volle Flasche zurück: „Trinkt, wohl bekomm's! Wollt Ihr was zum Knabbern dazu? Schweineohrenstreifen? Shishamo-Fisch?"
„Verschwinde!", Hong Taiyue schwenkte mit den Armen und ver-

scheuchte Qiuxiang. Seine Hände zitterten gewaltig – so schlimm, dass, hätte er ein Glas zum Mund führen müssen, er den ganzen Schnaps verschüttet hätte –, er packte ruckartig seinen Flachmann, senkte den Kopf und sog lange, lange an der Flasche. Dann hob er den Kopf, atmete tief durch und nahm nochmal einen großen Schluck. Er atmete aus. Sein verkrampfter Körper entspannte sich wieder. Auch die angespannte Haut im Gesicht hing wieder labberig herunter. Zwei dicke, große, gelbe Tränen kullerten ihm aus den Augen.
Er war, sobald er den Hof betreten hatte, in den Brennpunkt der Aufmerksamkeit aller gerückt. Alle – einschließlich des am Boden knienden Yang Qi – blieben in ihrer Position, so wie sie gerade waren, und rührten sich nicht vom Fleck. Sie grinsten ein Schimpansengrinsen und betrachteten aufmerksam sein lautes Theater. Erst als er seine ganze Aufmerksamkeit dem Schnapstrinken zuwandte, atmeten sie auf.
„Ihr, in jedem Fall müsst ihr mich schlagen. Ihr müsst mir jeden Hieb, den ich euch damals verpasste, zurückgeben …", wehklagte Yang Qi laut. „Wenn ihr mich nicht schlagt, dann seid ihr gar nicht wie Menschen, dann müsstet ihr aus Pferden, Eseln, Hühnern herangezüchtet sein, aus Eierschalen gekrochenes Geflügel …"
Es war wirklich eine richtige Bühnenvorstellung, die Yang Qi uns darbot. Die dummen Jugendlichen brachte er damit zu lautem Lachen. Einer von ihnen, der immer nur Flausen im Kopf hatte, schlich sich ungesehen zu Yang Qi hin und schüttete langsam eine halbe Flasche Bier über den roten, im Baum hängenden Schlips. Das Bier lief daran herunter, floss in seinem dreieckigen Ende zusammen und tropfte in großen, schnell aufeinander folgenden Tropfen wie die Perlen an einer Kette herab auf Yang Qis Kopf. Gleichzeitig brüllten die Brüder Sun Long und Sun Hu mit Ach und Weh los und begannen, Schere-Stein-Papier zu spielen: „Los Brüder – rote Chillies, acht Gäule, 100.000 Yuan", weil sie durch Yangs großartige, unglaubliche Schilderung ihrer glorreichen Zukunft und ihres baldigen Reichtums völlig erregt waren.
„Gebt ihr mir keine Hiebe, so seid ihr Monster, wie die Nachkommenschaft, die entstünde, wenn sich der Eber, der Xu Bao totbiss, mit einer Zirkusbärin paarte", keifte und quäkte Yang Qi. „Hier bringt mich keiner hoch, ich knie hier, bis mir die Pisse an den Beinen herunterrinnt."

Wu Yuan, der die „Bösewichte" alle versammelt hatte, sprach: „Yang Qi, Großvater Qi, Ahnherr Qi! Eins ist gewiss, wir alle sind doch schon lange erledigt. Als du uns damals auspeitschtest, handeltest du auf Geheiß der Regierung. Wie hätten wir ohne deine Schläge erfolgreich umerzogen werden können? Wie hätten wir unser damaliges Ich hinter uns lassen und aufgeben sollen, aufs Neue zu Menschen werden sollen? Das hast du doch damals alles mit deiner Peitsche aus uns herausgeknüppelt. Jetzt steh auf!" Wu Yuan sagte zu den „Bösewichten": „Helft mal mit, wir trinken jetzt alle zusammen auf ihn und danken ihm für gute Zucht und Erziehung."
Die „Bösewichte" erhoben nun alle ihre Schnapsschalen und wollten auf Yang Qi anstoßen, aber der, das Gesicht voller Bierschaum, blieb halsstarrig: „Hört bloß auf mit sowas. Das funkt bei mir nicht. Wenn ihr mich nicht schlagt, steh ich nicht wieder auf. Der Mörder bezahlt mit dem eigenen Leben. Der Schuldner bezahlt mit Geld. Ich bin euch Hiebe auf mich schuldig. Bei mir nützen nur Peitschenhiebe."
Wu Yuan blickte um sich und sagte entnervt: „Großvater Qi, auch wenn du darauf besteht, werden wir dich nicht schlagen. Es ist nicht möglich. Das Einzige, was ich zuwege bringe, ist, dir in Vertretung von uns allen eine Backpfeife zu verpassen. Damit ist die Rechnung dann beglichen."
„Nur eine Backpfeife reicht nicht", erwiderte Yang Qi. „Was ich euch damals verpasste, waren mindestens 3.000 Peitschenhiebe. Heute sollt ihr mir 3.000 Backpfeifen geben. Es darf keine weniger sein."
„Yang Qi, du Bastard! Du treibst uns noch in den Wahnsinn. Wir alten Leidensgenossen kommen hier heute einmal alle zusammen und wollen gemeinsam einen schönen Abend verbringen, und du funkst uns so gewaltig dazwischen? Soll das etwa deine Entschuldigung sein? Das ist schon wieder etwas, womit du uns piesacken willst ... Ich sage dir, heute traue ich's mir zu. Ich werde keine Angst mehr vor dir haben, und das Siebengestirn bist du für mich erst recht nicht. Und ich knall dir jetzt eine ..." Wu Yuan trat hinzu und knallte Yang Qi eine schallende Backpfeife in dessen birnenförmiges Gesicht. Es klatschte. Yang Qi schwankte, fast wäre er gestürzt. Aber er richtete sich schnell wieder auf. „Schlagt zu!", schrie er in höchster Erregung: „Das war nur die erste, es ist noch früh am Abend. Wenn ihr mir nicht meine 3.000 Backpfeifen verpasst, seid ihr es nicht wert, Menschen genannt zu werden."

Genau zeitgleich knallte der still seinen Schnaps in sich hineinschüttende Hong Taiyue mit Gewalt seinen Flachmann auf den Tisch. Er erhob sich. Seinen wild schwankenden Körper immer wieder ins Gleichgewicht bringend, stand er da mit pfeilgerade nach den „Bösewichten" ausgestrecktem Arm und Zeigefinger, wie die Kanone eines Schlachtschiffs auf hoher See: „Nieder mit euch! Ihr Grundbesitzer, reichen Bauern, Staatsfeinde und Verräter, Spione, historischen Konterrevolutionäre, ihr Feinde des Proletariats. Ihr wagt es, hier wie Menschen zu sitzen und Schnaps zu trinken? Ihr steht jetzt sofort auf!"
Obwohl Hong schon viele Jahre seines Postens enthoben und im Ruhestand war, besaß er immer noch einen Rest an Autorität. Noch hatte er seinen arroganten Befehlston, sein brutales Gehabe. Die gerade rehabilitierten „Bösewichte" waren ihren früheren Angewohnheiten entsprechend sofort aufgesprungen. Gleich war ihnen wie in alten Zeiten der Angstschweiß übers Gesicht und in Strömen hinab geflossen.
„Du!", mit dem Finger zeigte Hong nun auf Yang Qi, seine Stimme überschlug sich fast vor Wut, die Worte spuckte er aus sich heraus: „Du Vaterlandsverräter, du Weichei, du vor den Klassenfeinden katzbuckelnder und in die Knie gehender, dich geschlagen gebender Versager. Steh auf, du!"
Yang Qi stand auf. Aber als sein Hinterkopf den vom Baum hängenden, klatschnassen Schlips berührte, verloren seine Beine, als wären sie nur aus Gummi, jeden Halt und knickten ein, sein Po bewegte sich rückwärts und blieb am Stamm des Aprikosenbaums lehnen.
„Ihr, ihr, ihr …" Hong Taiyue stand wie auf einem kleinen Schiff, das sich bei hohem Wellengang auf offener See im Sturm befindet. Sein Körper schwankte, er zeigte hin und her auf die Leute am Tisch unter freiem Himmel. Dann hielt er eine Rede. Sie glich der Rede des „Revolutionswahnsinnigen" in Mo Yans Roman *Später Kämpfer der Revolution* fast aufs Wort: „Ihr Bösewichte, glaubt nicht, dass ihr jetzt frohlocken könnt! Schaut euch um, schaut nur, alles unter dem Himmel …", er wollte den Arm hochheben und zum Himmel zeigen, aber um ein Haar wäre er hingefallen. „… alles unter dem Himmel gehört immer noch unserer Kommunistischen Partei. Es sind nur vorübergehend einige graue Wolken aufgezogen. Ich sage euch, darauf, dass man euch rehabilitiert hat, ist kein Verlass. Das

ist eine vorübergehende Erscheinung. Das hält nicht lange vor. Ihr kriegt euren Hut wieder aufgesetzt. Verlasst euch drauf, einen Eisenhelm, einen Stahlhelm, einen Bronzehelm wird man euch aufschweißen, mit einem Elektroschweißgerät direkt auf dem Kopf festschweißen. Den werdet ihr bis an euer Lebensende tragen. Der bleibt auch im Sarg noch drauf. Das ist meine Meinung, die Meinung eines echten Kommunisten." Er zeigte nun auf den am Aprikosenbaum lehnenden, schon vor sich hinschnarchenden Yang Qi und beschimpfte ihn: „Du Wortbrüchiger! Verräter! Du vor den Klassenfeinden in die Knie gehender, dich geschlagen gebender Versager. Obendrein Spekulant, der die Kollektivwirtschaft unterminiert!" Dann drehte er sich zur Seite und zeigt mit dem Finger auf Qiuxiang: „Und du erst, Qiuxiang! Damals hatte ich Mitleid mit dir. Ich habe dir diesen Hut nicht aufgesetzt. Aber deine Ausbeuterklasseninstinkte hast du nicht geändert. Kaum dass das Klima dir passend erscheint, sprießen sie wieder hervor. Ich sage euch eins. Unsere Kommunistische Partei, wir Parteimitglieder Mao Zedongs haben unzählige Zerreißproben in verschiedenen Lagern hinter uns gebracht. Wir Kommunisten stählten uns im stürmischen Klassenkampf. Ein Bolschewik beugt vor keinem sein Haupt, ein Bolschewik lässt sich von keinem unterwerfen. Von wegen ‚den Boden den einzelnen Familien zuteilen', das ist doch nichts weiter, als die großherrliche Klasse der armen und Mittelbauern ein zweites Mal Not leiden und den Sündenbock spielen zu lassen!" Er reckte den Kopf himmelwärts und schrie: „Wir wollen den totalen Kampf! Wir wollen Lan Lian ausmerzen! Wir wollen diesen schwarzen Fleck weghacken! Das ist heilige Pflicht der Kommunistischen Parteimitglieder und die heilige Pflicht der Armen und Mittelbauernklasse unserer Dorfbrigade Ximen! Wir durchleben eine vorübergehende Dunkelheit, eine vorübergehende Kälteperiode ..."
Es ertönte ein Motorengeräusch. Zwei grellweiße Scheinwerferlichtkegel kamen von Osten her näher. Ich beeilte mich, mich nah an die Mauer zu drücken, um unentdeckt zu bleiben. Das Motorengeräusch verstummte, die Lichter gingen aus. Aus dem alten grünen Jeep sprangen Jinlong und Sun Bao. So ein Auto ist heute nur einen Dreck wert. Aber in den achtziger Jahren und dann noch auf dem Dorfe wirkte es überheblich und anmaßend. Daran konnte man genau erkennen, dass Jinlong, dieser kleine Parteizellensekretär eines

winzigen Bauerndorfes, von unerhörter Wichtigkeit war. Damals waren, wie man sieht, schon Anzeichen vorhanden, die seinen späteren Höhenflug erahnen ließen.

Hong Taiyue hatte mit seiner Rede eine hinreißende Darbietung aufs Parkett gelegt. Ich war völlig hingerissen, war dabei regelrecht ausgeflippt. Ich fand, dass der Hof der Ximens einer Theaterbühne glich. Der alte Aprikosenbaum, die Tische und Hocker waren allesamt Requisiten. Alle anwesenden Menschen waren einer wie der andere völlig in ihrer Schauspielerei aufgehende Bühnendarsteller. Gipfel der Schauspielkunst! Nicht mehr zu überbietende Perfektion! Hong Taiyue war wie die Staatsschauspieler ersten Grades, Tony Leung und Maggie Cheung rechnet man beispielsweise dazu, diese erhabenen Filmstars, die die Hauptrollen in großen Filmen spielen. Hong hob noch den Arm und rief seinen Fans „Hoch leben die Volkskommunen!" zu.

Jinlong kam mit einer Heldenpose zum Tor hereingeschritten. Sun Bao folgt ihm dicht auf den Fersen. Aller Augen richteten sich sofort auf den höchstrangigen Kader des Dorfes Ximen. Hong Taiyue zeigte mit dem Finger auf Jinlong und brüllte wutentbrannt: „Ximen Jinlong. Ich war blind. Ich meinte glauben zu dürfen, dass du, unter der roten Fahne geboren und aufgewachsen, einer der unseren bist. Doch ich habe mich getäuscht. In deinen Adern fließt das giftige Blut des despotischen Grundbesitzers Ximen Nao. Ximen Jinlong, du hast mich dreißig Jahre lang getäuscht, ich bin dir auf den Leim gegangen ..."

Jinlong warf Sun Bao und seinen Leuten einen Blick zu. Sie stürzten sofort vor. Links und rechts packten sie Hong Taiyue unter den Achseln. Hong Taiyue wehrte sich und schmähte: „Ihr Konterrevolutionäre! Ihr Arschkriecher und Liebediener der Grundherrenklasse! Spießgesellen! Helfershelfer! Konsorten! Ich werde im Leben mein Haupt nicht vor euch beugen!"

„Es reicht, Hong Taiyue. Hör auf mit dem Theater." Jinlong hängte Hong Taiyue seinen Flachmann um den Hals. „Geh nach Haus und schlaf dich aus. Ich habe mich schon mit Großmutter Bai Shi besprochen. Ich werde einen Tag aussuchen lassen, damit ihr heiraten könnt. Warts ab, bald steckst du auch im Sumpf der Grundherrenklasse mit drin."

Sun Bao schleppte Hong Taiyue zum Hof hinaus. Hong Taiyues Beine

schlurften wie Luffagurken auf dem Boden hinterher. Aber er wehrte sich immer noch, den Kopf drehend und Jinlong anbrüllend: „Ich erhebe Einspruch! Mao Zedong hat im Traum zu mir gesprochen. Er sagte mir, in der Zentrale sind die Revisionisten am Werk ..."
Jinlong grinste in die Menge: „Ich glaube, auch für euch ist es Zeit, sich auf die Socken zu machen!"
„Jinlong, lasst uns Bösewichte alle zusammen auf Euch das Glas erheben ..."
„Jinlong ... großer Bruder ... Sekretär Jinlong. Wir wollen das mit dem Sambal Oelek der Marke ROT jetzt ganz groß aufziehen. Der ganze Globus soll die Sambal-Marke ROT kennenlernen. Hilf uns, damit wir ein Darlehen über 100.000 Yuan bekommen können ...", stotterte Sun Long.
„Jinlong, müde siehst du aus!" Ungewöhnlich herzlich sprach Qiuxiang mit ihrem Schwiegersohn. „Ich sage Huzhu, dass sie dir eine Schale Drachenbartnudeln machen soll ..."
Huzhu stand mit gesenktem Kopf am Seitenhaus, ihr geheimnisvolles Haar hatte sie über ihrem Kopf hoch aufgetürmt. Mit dieser Frisur sah ihr Antlitz aus wie das einer Palastdame, die verborgen in ihrem Herzen Verbitterung trägt.
Jinlong runzelte die Brauen: „Ihr müsst dieses Gasthaus hier zumachen. Der Ximensche Hof soll wieder sein ursprüngliches Gepräge annehmen. Alle müssen hier ausziehen."
„Das geht unter keinen Umständen, Jinlong", warf Qiuxiang eilig ein. „Meine Geschäfte laufen prächtig."
„Prächtig – in diesem kleinen Dorf? Das kann doch wohl nicht dein Ernst sein? Wenn du richtig Geld machen willst, musst du einen Laden in einer Kleinstadt oder in der Kreisstadt aufmachen!"
Als er so sprach, kam gerade Yingchun aus dem Westhaus heraus. Sie trug einen Säugling im Arm. Es war das Söhnchen von Jiefang und Hezuo. Und du sagst, du hättest für Hezuo nichts empfunden! Jiefang! Bitteschön, wenn's keine Liebe zwischen euch gab, wie seid ihr denn zu eurem Söhnchen gekommen? Retortenbabys gab's damals noch nicht! Pfui! Du alter, falscher Drecksker!
„Großmutter", rief Yingchun Qiuxiang zu. „Ich bitte dich sehr zu schließen. Bei diesem Krach jede Nacht, diesem Küchendunst und diesen Schnapsschwaden bekommt auch dein Enkel nie seinen Schlaf."

Alle Darsteller, die auftreten sollten, waren nun auf der Bühne erschienen. Nur Lan Lian fehlte noch. Aber der kam nun auch herbei. Er trug einen Spaten und zusammengebundene Maulbeerbaumwurzeln auf dem Rücken. So trat er durch das Hoftor der Ximens. Ohne links und rechts zu schauen ging er schnurgerade zu Wu Qiuxiang: „Eure Maulbeerbäume wachsen mit ihren Wurzeln alle auf meinen Acker rüber. Ich habe die Wurzeln gekappt. Hier habt ihr sie."
„Och, was hast du Starrkopf denn noch alles auf Lager! Das gibt's ja wohl nicht!", rief Qiuxiang erstaunt.
Huang Tong, der die ganze Zeit über auf einem Bambusliegestuhl geschlafen hatte, kam gähnend herbeigelaufen: „Wenn es dir nicht zu mühsam ist, kannst du die Maulbeerbäume auch gleich ganz ausgraben. Heutzutage verdienen doch nur noch dumme Schweine mit der Landwirtschaft ihr Geld!"
„Alle verschwinden!" Stirnrunzelnd machte Jinlong auf dem Absatz kehrt und verschwand im stattlichen Haupthaus.
Keiner muckste mehr, im Nu waren alle in ihren Häusern verschwunden.
Das Haupttor des Ximenschen Hofs schloss sich mit einem heftigen Schlag. Der Hof lag schweigend. Nur ich und der Mond, der kein Zuhause besaß, wohin er hätte zurückkehren können, bummelten noch auf dem Hof herum. Das Mondlicht fiel wie federleichter, kühler Sand auf meinen Rücken, meinen ganzen Körper ...

Das vierunddreißigste Kapitel
Hong Taiyue vergisst sich und büßt seine
Männlichkeit ein. Zottelohr erringt die Königswürde.

Mo Yan beschreibt in seinen *Aufzeichnungen über das Schweinemästen* detailliert, wie ich Hong Taiyue die Hoden abbiss und ihn zu einem Krüppel machte. Er schreibt, ich hätte mich, als sich Hong Taiyue unter einen schiefen Aprikosenbaum gehockt und dort erleichtert hätte, von hinten angeschlichen und ihn überfallen. Er ist sogar so unverschämt, noch das Mondlicht der Nacht, den Duft der Aprikosenblüten und die Honigbienen, die im Schein des Mondlichts von Blüte zu Blüte flogen, zu beschreiben. Dazu schreibt er – man muss sagen, das hat er sehr schön ausgedrückt –, der Weg in unserem Aprikosenhain hätte im Schein des Mondlichts wie ein dahinplätscherndes Flüsschen von Milch ausgesehen. Der Bengel beschreibt mich, als wäre ich ein pervertiertes, Menschenhoden fressendes Monsterschwein gewesen. Eigentlich wäre ich nichts anderes gewesen als eine Memme, die aus niederen Motiven einen edel gesinnten Herrn angreift. Wie soll das bitteschön angehen? Ich, der immer hochanständige und couragierte Eber, soll einen Mann, der gerade am Scheißen war, aus dem Hinterhalt angegriffen haben? Der schreibt ohne jedes Schamgefühl und weidet sich an Dreck und Ekeligkeiten. Beim Lesen wird mir übel. Er schreibt noch, dass ich in diesem Frühling auf der Flucht gewesen sei, weil ich den Bauern zehn, zwanzig Milchkühe totgebissen hätte. Und ich hätte sie mit erniedrigenden, miesen Methoden getötet. Er schreibt noch, dass ich die Rinder immer, wenn sie gerade am Kacken waren, von hinten in den After gebissen und ihnen den ganzen Darm herausgezogen hätte. Er schreibt: *Dort blieb der grauweiße Darm dann in großen Schlingen kreuz und quer liegen, überall Gedärme, darüber und drum herum Matsch ... die Kühe rannten wie besessen in höchster Not, die ihnen aus dem Leibe hängenden Gedärme hinter sich her ziehend, um ihr Leben. Zuletzt stürzten sie zu Boden und waren tot ...*

Dieser Bengel benutzt seine bösartige Phantasie, um mich als ausgemachten Teufel zu beschreiben. Dabei war der eigentliche Verbrecher, der die Milchkühe totgebissen hatte, ein alter Wolf, der aus dem Gebirge an der koreanischen Grenze herübergekommen war. Er hatte nur Schleichwege genommen, alle Spuren verwischt. Deswegen hatten die Leute mir all seine Verbrechen angelastet. Später hatte sich der Wolf zu uns auf die Wus-Sandmaul-Flussinsel geflüchtet. Es war nicht nötig gewesen, dass ich selbst mit ihm kämpfte. Meine brutalen Wildschweinenkel hatten sich über ihn hergemacht, ihn plattgetrampelt und in Fetzen gerissen.
In Wahrheit war es an jenem besagten Abend so, dass ich dem einsamen Mond Gesellschaft leistete, auf der Dorfstraße und in den kleinen Gassen immer mit ihm mitlief und das Umkehren vergaß. Als wir am Aprikosenhain vorbeikamen, bemerkte ich, dass Hong Taiyue dort war. Er schien hinter dem Grab des heldenhaften Hundes hervorgekrochen gekommen zu sein. Ich sah, wie er unter dem schiefen Aprikosenbaum pinkelte. Sein Flachmann hing ihm vor der Brust. Seinem Körper entströmte Schnapsgeruch. Dieser Mann, der

schon immer eine beachtliche Trinkfestigkeit besessen hatte, war zu einem hundertprozentigen Trinker geworden. Um es mit Mo Yans Worten zu sagen: *Hong war Werkzeug seines Schnapsglases, das den in ihm wohnenden Trübsinn mit Schnaps begoss.* Nachdem er fertig gepinkelt hatte, schimpfte er übel und konfus.

„Ihr sollt mich alle in Ruhe lassen, ihr Speichellecker und Handlanger ... mir Arme und Beine binden, mir das Maul stopfen wollen! Ich sage nur: Bei mir habt ihr keine Chance! Und wenn ihr mich zu Gehacktem verarbeitet, das stahlharte Herz einen Kommunisten kriegt ihr nicht klein. Ihr Memmen und Hasenfüße, glaubt ihr das etwa nicht? Wenn ihr's nicht glaubt, ich glaube es, sowieso ..."

Von seinem Gerede angelockt, folgten ich und der mich begleitende Mond ihm von Baum zu Baum stromernd durch den ganzen Hain. Immer wenn ein Aprikosenbaum so unvorsichtig war, ihm in die Quere zu kommen, verpasste er ihm wilde Faustschläge und fuhr ihn wutschnaubend mit bösem Blick an: „Verdammt nochmal, du wagst es, mich anzufassen! Hier hast du eine Kostprobe der Eisenfaust des Proletariats ..."

Er schwankte zu den Seidenraupenzuchträumen hinüber und trommelte dort mit beiden Fäusten gegen die Tür. Die öffnete sich, Licht floss heraus und vereinigte sich mit dem Mondlicht der Nacht. Ich blickte in das hell erleuchtete Gesicht der Lady Bai Shi. Sie kam mit der Korbschütte voller Maulbeerblätter an die Tür und öffnete. Der frische Maulbeerblätterduft, die Fressgeräusche der Seidenraupen, die wie Regenrauschen im Herbst klangen, und der Lichtschein aus dem Innern des Anzuchtraums drangen gleichzeitig nach draußen. Sie schaute völlig überrascht auf Hong Taiyue: „Sekretär Hong ... was treibt Euch denn hierher ...?"

„Wen hast du denn erwartet?" Hong Taiyue versuchte angestrengt, seinen Körper im Gleichgewicht zu halten, aber seine Schulter stieß immer wieder gegen die übereinander gestapelten Schubladen. Er sagte in einem furchtbar verschrobenen Ton: „Ich höre, du bist rehabilitiert worden. Ich komme, um dich zu beglückwünschen ..."

„Aber ... ich habe doch alles Euch zu verdanken, Ihr habt Euch doch für mich eingesetzt ...", Lady Bai stellte die Korbschütte nieder. Sie griff nach ihrem Hemdzipfel und wischte sich damit die Tränen ab: „Wenn Ihr mich damals nicht geschützt hättet, wäre ich von denen doch längst erschlagen worden ..."

„Rede nicht solchen Unsinn!", entgegnete Hong Taiyue aufgebracht. „Wir Kommunisten haben dir von Anfang bis Ende einen revolutionären Humanismus angedeihen lassen!"
„Ich verstehe ja, Sekretär Hong. Ich begreife, dass ..." Lady Bai sprach wirr. „Immer schon wollte ich Euch das sagen. Aber damals mit der Eselkappe auf dem Kopf traute ich mich nicht. Jetzt ist es gut, jetzt bin ich diese Schande endlich los. Ich bin auch Kommunemitglied ..."
„Was willst du sagen?"
„Jinlong beauftragte jemanden, mir anzutragen, mich um Euch zu kümmern und für Euer tägliches Leben zu sorgen ..." Lady Bai sprach sehr schüchtern. „Ich antwortete ihm, wenn Sekretär Hong mir nicht abgeneigt wäre, dann wollte ich ihm bis an mein Lebensende dienstbar sein ..."
„Bai Shi, warum musst du Grundbesitzerin sein?", murmelte Hong Taiyue leise.
„Ich trage diese Eselkappe nicht mehr. Ich bin jetzt auch eine Staatsbürgerin, ich bin Kommunemitglied. Jetzt gibt es keine Klassen mehr ...", sprach Bai Shi mit weicher Stimme.
„Unsinn", Hong Taiyue erregte sich wieder und sprach mit erhabener Stimme, während er Bai Shi Schritt um Schritt näher kam. „Auch wenn du rehabilitiert bist, bleibst du eine Grundbesitzerin. In deinen Adern fließt Grundbesitzerblut. Dein Blut ist giftig!"
Bai Shi wich zurück. Immer weiter, bis sie direkt vor den Seidenraupenladen stand. Hong Taiyue sprach grimmig mit gefletschten Zähnen, aber seine Augen leuchteten lüstern.
„Für immer bist du unsere Feindin!", schrie er sie an. Aber aus seinen Augen leuchtete es blank wie glitzerndes Wasser, dabei streckte er die Hände aus und ergriff Bai Shis Brüste. Sie stöhnte und sprach sich ihm widersetzend: „Hong Taiyue, in meinen Adern fließt Gift, passt auf, dass Ihr damit nicht in Berührung geratet ..."
„Ich werde über dich herrschen, werde über dich triumphieren. Kapier endlich, dass du immer eine Grundbesitzerin bleibst, auch wenn dir die Eselkappe abgenommen wurde!" Hong Taiyue packte mit beiden Händen fest ihre Taille. Gleichzeitig scheuerte er seinen mit Bartstoppeln umwachsenen Mund, dem in Schwaden die Schnapsfahne entwich, über Bai Shis Gesicht. Die Ladenregale mit den Seidenraupen, die hoch wie Mohrenhirse – also bestimmt zwei oder

drei Meter – aufgestapelt waren, stürzten mit lautem Gepolter unter dem Gewicht der beiden Menschen zusammen. Überall auf den beiden Leibern krabbelten sich kringelnde, weiße Raupen, wurden zerdrückt oder auch nicht, und fraßen ihre Maulbeerblätter weiter ...
In derselben Minute schob sich eine Wolke vor den Mond. Sie nahm mir das Licht und alles verschwamm vor meinen Augen. In Schemen tauchte die vergangene Epoche des Ximen Nao vor mir auf. Auf einmal fühlte ich alles, was ich erlebt hatte, deutlich in meinem Herzen. Als Schwein hatte ich meine fünf Sinne prächtig beieinander und konnte klar entscheiden. Als Mensch aber vernebelte sich vor mir alles. Richtig, ich war schon lange Jahre tot. Einerlei, ob mir nun Unrecht angetan und ich in den Tod getrieben, zu Unrecht gemeuchelt worden war oder im Hass hatte sterben müssen, und einerlei, ob ich nicht hätte sterben dürfen oder sowieso hätte sterben müssen. Es war ihr gutes Recht, mit einem anderen Mann Beischlaf zu haben. Aber ich konnte nicht tolerieren, dass Hong Taiyue sie übel beschimpfte und sie gleichzeitig fickte. Das war erniedrigend. Damit erniedrigte er Bai Shi. Und er erniedrigte damit Ximen Nao. Als hätten sich in meinem Kopf ein paar Glühwürmchen aufgemacht, seien da herumgeschwirrt, hätten sich zusammengerottet, wären immer mehr und mehr geworden, wären zu einem hell brennenden Feuer angewachsen, brannte alles lodernd hellrot in meinen Augen. Überall grellgrüne Irrlichter, die Seidenraupen grün, die Menschen grün... Ich stürzte mich auf die beiden. Ich hatte Hong Taiyue eigentlich nur von ihrem Körper herunter stoßen wollen. Aber seine Hoden stießen an meine Schnauze. Ich sah keinen Grund, sie nicht abzubeißen ...
Richtig. Was ich aus Wut heraus tat, sollte ein nie versiegender Quell des Unglücks werden. Bai Shi erhängte sich noch in der gleichen Nacht im Gebälk der Seidenraupenzuchträume. Hong Taiyue wurde ins Kreiskrankenhaus eingeliefert und dort behalten, bis er außer Lebensgefahr war. Er entwickelte sich, nachdem er entlassen worden war, zu einem ruchlosen Monster. Das Schlimmste war, dass ich dadurch selbst zu einem furchtbaren Raubtier wurde. Die Gerüchte, die über mich im Umlauf waren, wurden zu immer unglaublicheren Phantasmen. Die Leute verbreiteten, ich wäre gewalttätig wie ein Tiger, grausam wie ein Wolf, listig wie ein Fuchs, draufgängerisch wie ein Wildschweinkeiler. Dazu begann man in großem Stil mit viel Geld Leute zu mobilisieren, die auf Schweinejagd gehen sollten.

Weil Mo Yan schrieb, dass ich flüchtete, nachdem ich Hong Taiyue beim Kacken gebissen hatte, und dass ich auf der Flucht in Nordost-Gaomi die Rinder der Bauern zu Tode brachte, deswegen wagten sich die Leute über lange Zeit nicht mehr, draußen in die Landschaft zu kacken. Sie fürchteten, dass ihnen bei lebendigem Leibe die Gedärme herausgezogen würden. Aber wie man sieht, hat er das frei erfunden. Die Wahrheit ist, dass ich, nachdem ich blind vor Wut Hong Taiyue zum Krüppel gebissen hatte, noch in derselben Nacht auf die Wus Sandmaul-Flussinsel zurückfloh. Ein paar Sauen umdrängten mich. Unwirsch fegte ich sie zur Seite. Ich hatte eine Vorahnung, dass diese Sache so nicht einfach aus und vorbei war. Deswegen wollte ich mir mit Halunke zusammen eine Strategie zurechtlegen.

Ich schilderte ihm nur grob den Hergang der ganzen Geschichte. Er antwortete nach dreimaligem tiefen Seufzen: „Sechzehn, Bruderherz. Liebe lässt sich nicht einfach vergessen. Ich habe schon früh bemerkt, dass es zwischen dir und Lady Bai Shi eine enge Seelenverwandtschaft gab. Jetzt, wo nun alles schon passiert ist, sollte man nicht mehr über Richtig oder Falsch nachdenken. Lass uns denen mal so richtig die Hölle heiß machen!"

Das Nachfolgende beschreibt Mo Yan dann wieder richtig. Halunke ließ mich sämtliche jungen, kräftigen Wildschweine um mich versammeln. Wir bezogen oben auf der Sanddüne vor dem Kiefernwald Stellung. Halunke sah wie ein erfahrener Oberbefehlshaber aus, der auf eine ruhmreiche Schlachtengeschichte zurückblickte, die unsere Vorfahren mit den Menschen, mit den Tigern und Leoparden ausgefochten hatten. Sämtliche Tricks und Techniken, die uns unsere Vorfahren überliefert hatten, gab er an uns weiter. Er sagte: „Mein König! Sag deinen Kindern, dass sie sich an den Kiefern schubbern sollen, damit sie das Kiefernöl in den Borsten haben. Wenn sie die Borsten voller Kiefernöl haben, sollen sie sich im Sand wälzen. Dann sollen sie sich nochmal an den Kiefern schubbern, danach nochmal im Sand wälzen ..."

So machten wir es einen ganzen Monat lang. Danach hatten wir am ganzen Körper eine goldgelbe Rüstung, die keinen Speer und kein Schwert mehr durchließ. Stießen wir an Stein oder an Baumstämme, schallte es krachend. Anfangs fühlten wir uns in unseren Körpern plump und langsam, aber wir gewöhnten uns schnell um. Halunke lehrte uns noch wichtiges Allgemeinwissen der Kriegskunst: Wie man einen Hinterhalt vorbereitet, wie man einen Überraschungsangriff ausführt, wie eine Belagerung, wie man Einheiten abzieht und wie einen Rückzug vorbereitet. Er erklärte es sehr genau, wie ein alter Veteran, der so etwas hunderte Male erlebt hat. Wir seufzten vor glühender Bewunderung. „Halunke, in einer früheren Existenz musst du ein General gewesen sein." Er aber lachte nur reserviert und gab uns ein unlösbares Rätsel auf. Der mit allen Wassern gewaschene alte Wolf war hinüber auf die Flussinsel geschwommen. Gerade angekommen, hatte er noch keine Notiz von uns genommen. Aber als er einen von uns zwischen die Zähne bekam und bemerkte, dass unsere Haut eisenhart und messerscharf war und dass wir dadurch unverletzlich waren, wurden ihm die Läufe weich. Meine Enkel – ich habe es oben schon erwähnt – machten Pfannkuchen aus ihm. Den Plattgetrampelten zerfetzten sie in tausend Stücke.

Im August regnete es wieder ohne Unterlass, und der Fluss führte Hochwasser. In jeder strahlend weißen Mondnacht fielen dann Unmengen von Fischen und schwarzen Riesenweichschildkröten, weil sie dem Mond hinterher gejagt waren, erschöpft auf den Strand. Ich war gerade dabei, massenhaft davon in mich hineinzustopfen, weil ich die gute Chance, etwas Energie zu horten, nicht ungenutzt lassen wollte. Da es auf der Flussinsel immer mehr wilde Tiere gab, wurde der Kampf ums Überleben Tag für Tag erbitterter. Unsere Wildschweinrotte und die Fuchsmeute waren ernsthaft aneinandergeraten, weil sich unsere Territorien überschnitten. Wir verließen uns auf unsere gelben Rüstungen aus Kolophonium-Sand und konnten die Fuchsmeute zuletzt aus unserem nahrungsreichen Territorium verdrängen. Uns gehörte jetzt die dreieckige Spitze der Insel, die wie ein gespitzter Mund aussah, allein. Im großen Krieg gegen die Füchse erlitten etliche meiner Enkel Verletzungen und endeten als Kriegsversehrte. Der Grund war, dass wir unsere Ohren und Augen nicht mit dem gelben Kolophonium-Sand schützen konnten. Diese Füchse ließen also genau im entscheidenden Moment einen übel stinkenden Furz fahren, der erbärmlich stank und furchtbar in den Augen biss. Das war wirklich ein teuflischer Schachzug. Die Schweine unter uns, die über eine gute mentale und körperliche Verfassung verfügten, konnten diesem Gestank noch standhalten, aber die etwas Schwächeren warf es auf der Stelle einfach um. Sofort rannten dann die Füchse, was sie konnten, zerbissen den am Boden liegenden Schweinen mit ihren messerscharfen Zähnen die Ohren und zerkratzen ihnen mit ihren spitzen Krallen die Augen. Später teilten wir auf Geheiß Halunkes dann unsere Truppe in zwei Abteilungen, eine *Sturm-* und eine *Bereitschaftstruppe*, die auf Befehle wartete. Sobald die Füchse ihre giftigen Gase fahren ließen und zum Schlag ausholten, hatte die Bereitschaftstruppe in ihren Nasenlöchern Tod und Teufel abwehrende Moxa stecken. So stürzten sie sich auf die Füchse. Unser Generalmarschall Halunke wusste, dass Füchse nicht am Stück furzten, sondern der erste noch kräftig, der zweite dann aber schon schmächtig ausfallen musste. Und für die durch den Furzgeruch betäubten Schweine war es selbstverständlich, mit größtem Mut weiterzukämpfen. Dabei war es egal, dass ihnen die Füchse die Augen heraushebelten und die Ohren zerbissen. Sie hielten sie fest zwischen den Zähnen, bis die Bereitschaftstruppe herbeistürzte und zum alles vernichtenden Schlag ausholte. Nach einigen heftigen Zusammenstößen war mehr als die Hälfte aller Füchse ihren Verletzungen erlegen. Überall am Strand verstreut lagen ihre zerstückelten Leichen. Im undurchdringlichen Tamariskengebüsch sah man ein paar rot lodernde Fuchsschwänze hängen, die dort hingeweht worden waren. Übersatt gemästete Fliegen hingen in Trauben in den Ästen, die nicht mehr schmal und weich waren, sondern jetzt dick und schwarz herunterhingen, wie von Früchten überladene Obstbäume sahen sie aus. Die Wildschweinrotte der Flussinsel war aus den erbitterten Kämpfen mit der Fuchsmeute als schlagkräftige Kriegstruppe hervorgegangen. Es war eine Einsatztruppe entstanden, die auf Anhieb effektiv zuschlug. Dies war nur der Anfang von dem großen Krieg, der jetzt zwischen den Menschen und den Schweinen losbrechen sollte.

Obwohl ich und Halunke schon eine Vorahnung hatten, dass die Leute in Nordost-Gaomi zur Schweinejagd mobilisieren würden, war das Mittherbstfest schon einen halben Monat herum, ohne dass sich etwas bewegt hatte. Halunke schickte ein paar junge Läuferschweine mit besonders gutem Instinkt los, über den Fluss zu schwimmen und Neuigkeiten auszuhorchen. Aber sie wurden nicht wieder gesehen. Es war, als hätte man sie den Wölfen zum Fraß vorgeworfen. Ich schätze, die kleinen Kerlchen gingen damals den Menschen auf den Leim, wurden gefangen genommen, die Haut wurde ihnen abgezogen, sie wurden geschlachtet und zu Gehacktem in Dampfnudeln verarbeitet. Der gestiegene Lebensstandard hatte damals schon deutliche Auswirkungen. Den Leuten stand der Sinn nach Wildfleisch, die guten Mastschweine vom Bauern waren ihnen über. Deswegen hieß die groß angelegte Wildschweinjagd zwar hochtrabend „Rettet die Landbevölkerung – Rottet den Schweinsteufel aus", in Wirklichkeit ging es den Leuten aber um die Befriedigung der Gelüste der einflussreichen Kader und Regierungsbeamten nach Wildbret.

So wie viele Sachen von ungeheurem Ausmaß wie ein Spiel beginnen, so begann auch der große Krieg zwischen den Menschen und den Schweinen wie ein Spiel. Es war am ersten Vormittag der Urlaubstage anlässlich des Nationalfeiertags. Es war strahlender, prächtiger Sonnenschein, und die Herbstluft war frisch und rein. Auf der Flussinsel verströmten die wilden Herbstastern ihren blumigen und die Kiefernbäume ihren harzigen Duft. Dazu verströmten auch die Beifußkräuter ihren arzneiartigen Moxaduft. Unangenehme Gerüche gab es natürlich auch zu Genüge, aber das soll jetzt nicht unser Thema sein. Die lange Friedensperiode hatte meine angespannten Nerven wieder beruhigt. Den Wildschweinen ging es gut, und sie hatten genug zu fressen. Sie brauchten sich um nichts zu sorgen. Manche spielten im Gebüsch Verstecken, manche genossen von einer Anhöhe aus die Aussicht hinab in die weite Landschaft. Manche waren mit Liebesdingen beschäftigt. Ein junger Keiler, der geschickte Klauen besaß, flocht aus den weichen Tamariskenzweigen einen Kranz. Auf dem Kranz steckte er Wildblumen fest und stülpte ihn einer jungen Bache über den Kopf. Glücklich wedelte die Bache mit dem Ringelschwänzchen und lehnte sich an den Keiler. Sie sah dabei aus wie ein Stück dahinschmelzende Schokolade.

An einem solch schönen Tag kamen zehn, fünfzehn Boote über den Fluss an den Strand gerudert. Auf den Booten sah man rote Wimpel flattern. Das Anführer-Boot war ein aus Metall gefertigtes Motorboot mit Gongs und Trommeln an Bord. Das Getrommel war ohrenbetäubend laut. Anfangs ahnte keiner von uns, dass dies das Vorspiel zu einem großen Abschlachten war. Wir dachten, dass es Leute von der Fabrik seien, welche von der Behörde des kommunistischen Jugendverbandes, oder dass es vielleicht ein von der Gewerkschaft organisierter Herbstausflug sei.

Ich stand mit Halunke auf der Sanddüne und sah die Boote am Ufer ankommen und die Leute auf allen Booten durcheinander rufen und

von den Booten herunter an Land kommen. Mit gedämpfter Stimme berichtete ich Halunke unentwegt, was sich unten tat. Halunke legte den Kopf schief und stellte die Ohren auf, um das Treiben dort in der Ferne besser verfolgen zu können. Es waren an die hundert Mann. Ich sagte ihm, sie sähen aus, als wären sie zum Vergnügen unterwegs. Einer blies in eine Trillerpfeife. Alle versammelten sich am Strand. Als hielten sie eine Sitzung ab, so sagte ich zu Halunke. Was der Mann, der in die Trillerpfeife geblasen hatte, redete, trug der Wind in Fetzen zu uns herüber. Er sagte, alle sollten sich aufstellen, wiederholte Halunke mir, die Netze einholen, sie fertig machen, nicht ohne besondern Grund scharf schießen, sie ins Wasser treiben.
„Was? Die haben Gewehre?", fragte ich überrascht.
„Die sind gekommen, um uns hier auszuradieren", entgegnete mir Halunke. „Der gibt das Startsignal und versammelt seine Truppen."
„Nun komm schon", sagte ich, „dir ist gestern beim Fischessen eine Gräte im Hals steckengeblieben, komm schon."
Er atmete tief durch und hob mit halb geöffnetem Maul den Kopf, während er tief aus dem Rachen einen schrillen, hohen Ton ausstieß, der sich wie Fliegeralarm anhörte. Auf der Flussinsel gerieten alle Bäume und Sträucher ins Schwanken, alle Grasauen in Bewegung, überall kam das Schwarzwild, großes, kleines, altes und junges, aus jeder Richtung zu uns auf die Sanddüne gestürmt. Die Fuchsmeute wurde aufgescheucht, der Dachs, genauso die Hasen. Manche von ihnen rannten verstört fort, so schnell sie konnten, manche versteckten sich in ihren Nestern, manche rannten auf der Stelle im Kreis und hielten Ausschau.
Unsere Leiber waren von dem gelben Kolophonium-Sand-Gemisch überzogen, und wir erschienen alle, soweit das Auge reichte, wie eine Riesenfläche in Gelbbeige. Mehr als zweihundert Wildschweine mit hoch erhobenem Schädel, Schnauzen mit gebleckten Zähnen, mit blank hervorstehendem Gewaff, blinkenden Äuglein, das war meine Truppe. Sie waren fast alle mit mir verwandt oder befreundet und warteten erregt und unter ängstlicher Anspannung darauf, loszupreschen, zuzubeißen, mit den Hufen loszustampfen.
Ich sagte: „Kinder, wir haben Krieg. Die haben Gewehre. Unsere Strategie muss sein, Lücken zum Abhauen zu finden und mit ihnen Katz und Maus zu spielen. Wir dürfen uns von ihnen nicht in Richtung Osten treiben lassen. Wir müssen hinter ihnen bleiben!"

Ein Keiler, der ein brutales Gebaren an den Tag legte, sprang auf und grunzte laut: „Ich bin dagegen! Ich will, dass wir zusammenbleiben, einen Frontalangriff starten und sie in den Fluss jagen!"
Seinen richtigen Namen kannte ich nicht, der Keiler wurde von allen Zottelohr gerufen. Er war ungefähr 350 Pfund schwer, sein riesiger Schädel war mit einer dicken Schicht Kolophoniumsand überzogen. Ein halbes Ohr fehlte ihm, das hatte er heldenhaft im Kampf gegen die Fuchsmeute eingebüßt. Seine Kiefermuskulatur war enorm entwickelt, die Zähne messerscharf. Ich erinnerte mich, dass er einem Fuchs mit einem einzigen Biss den Schädel zermalmt hatte. Er war mein stärkster Herausforderer. Er hatte keinerlei Blutsverwandtschaft mit mir und war einer der Rottenführer der Wildschweine auf der Flussinsel. Er hatte schon einmal einen Kampf mit mir ausgefochten, als er noch nicht ausgewachsen war. Inzwischen war er es. Ich habe schon weiter oben offen darüber gesprochen, dass mir nichts an der Königswürde eines Stammebers lag. Aber sie an einen brutalen, kaltblütigen Burschen wie diesen abzutreten, dabei war mir auch nicht wohl zumute.
Halunke kam vor, um mir beizustehen: „Du hast unserem Stammeber Gehorsam zu zollen!"
„Wenn unser König uns heißt, uns geschlagen zu geben, müssen wir uns dann etwa ergeben?", murmelte Zottelohr grollend.
Ich hörte viele Schweine mit ihm im Chor grunzen. Mir war schwer ums Herz. So eine Truppe war schwer zu befehligen. Wenn ich Zottelohr nicht unter Kontrolle brachte, bedeutete das die Spaltung meiner Truppe. Aber wenn wir den Feind unmittelbar vor uns hatten, war keine Zeit, sich um innere Zwistigkeiten zu kümmern. Ich sprach in strengem Ton: „Meinem Befehl ist Folge zu leisten. Geht auseinander!"
Der große Teil der Schweine führte meinen Befehl aus. Sie verschwanden tief in den Wald und tief in die Schilfauen. Aber vierzig, fünfzig Schweine gehörten offensichtlich zum harten Kern von Zottelohrs Gefolgsleuten und folgten ihm zuverlässig. Mit aufschneidender Pose schritten sie auf die Leute am Strand zu.
Nachdem diese ihre Instruktionen bekommen hatten, bildeten sie eine lange Menschenschlange von West nach Ost und kamen so Schritt für Schritt näher. Einige trugen Strohhüte, andere hatten Segeltuchkappen auf dem Kopf. Manche trugen Sonnenbrillen, manche eine

normale Brille. Manche hatten Lumberjacks an, manche trugen auch westliche Freizeitkleidung. Manche waren in Lederschuhen, manche in Sneakern, manche hatten einen Bronzegong im Arm, den sie während des Gehens kräftig schlugen, manche hatten Knallfrösche in der Hosentasche, die sie knallen ließen. Manche waren mit Knüppeln unterwegs und traktierten beim Laufen das hohe Gras, manche hatten eine Büchse umgeschnallt und schrien, während sie vorwärts gingen. Nicht nur junge Leute waren dabei, auch Alte mit grauen Schläfen, trübem Blick und krummem Rücken. Es waren auch Frauen darunter, sogar einige hübsche, junge Mädchen waren dabei.

„Whom – whom –", hörte man Doppelknaller, die immer synchron losgingen, ein Weißer nach oben in den Himmel, ein Gelber nach unten, da, wo man hinkommt, wenn man tot ist. Diese Chinakracher nannten die Leute *Tritt zweimal zu*.

„Gong ...", ein Schlag von einem scheppernden Gong, wie er in der Lokaloper aus Sichuan benutzt wird.

„Zeigt euch! Wenn ihr nicht rauskommt, eröffnen wir das Feuer ...", schrie plötzlich jemand mit einem Knüppel in der Hand.

Dieser Chaotentrupp sah nicht wie beim Kesseltreiben auf einer Treibjagd aus, mehr wie bei der 1958 von Mao Zedong angeordneten Spatzenscheucherei. Weißt du, Jiefang, ich erkannte die Arbeiter aus Werk 5 der Baumwollmanufaktur wieder. Ich erkannte sie, weil ich dich unter ihnen sah. Du gehörtest inzwischen offiziell zu den Arbeitern der Fabrik und warst Vorarbeiter im Labor für die Baumwolluntersuchungen. Deine Frau Hezuo war inzwischen auch offiziell Arbeiterin, sie war Köchin in der Fabrikkantine geworden. Du hattest die Ärmel von deinem eisengrauen Le Coq-Hemd umgekrempelt und zeigtest deine blinkende Armbanduhr. Deine Frau war auch in dem Trupp, sie war wohl mitgekommen, um das Wildschweinfleisch zur Fabrik zurückzutransportieren: Für die verbesserte Lebensqualität der Fabrikangestellten... Dann waren noch Verwaltungsbeamte der Kommune, die Leute vom Genossenschaftsladen und viele andere aus Nordost-Gaomi mit von der Partie. Der mit der Trillerpfeife um den Hals führte offensichtlich das Kommando über die gesamte Aktion. Wer konnte das wohl sein? Ximen Jinlong! Ich hatte Grund, ihn meinen Sohn zu nennen, und hatte genauso Grund, jenen großen Krieg zwischen den Schweinen und den Menschen als einen Krieg zwischen Vater und Sohn zu begreifen.

Die durcheinander rufenden Leute hatten die Störche in den Tamarisken aufgescheucht. Im Schwarm flog die Kolonie augenblicklich von ihren unzähligen Nestern auf. Durch die Luft segelten Daunenfedern herab. Die Menschen blickten zu den Störchen am Himmel auf. Immer aufgeregter wurden sie. Ein paar Füchse flüchteten aus ihrem Bau. Wie loderndes Feuer huschten sie ins tiefe Gras. Mit stolz geschwellter Brust ging dieses Himmelfahrtskommando ungefähr tausend Meter vorwärts, um geradewegs mit Zottelohrs Truppen zusammenzutreffen.

Schrill aufschreien hörte man es aus der Horde: „Der Stammeber!" Aus der langsam vorwärts schreitenden, locker zusammengefügten Gruppe wurde ein Haufen chaotisch aufeinander zulaufender Menschen. Als sie von der Schwarzwildrotte noch fünfzig Meter entfernt waren, standen sie still. Es war wie in Urzeiten, wenn zwei feindliche Heere auf dem Schlachtfeld gegeneinander Stellung bezogen, um dann aufeinander zu treffen. Zottelohr saß wie ein Hund an der Spitze seiner Schweine-Truppe. Hinter ihm hatten an die dreißig brutal dreinschauende Keiler Stellung bezogen. Bei den Menschen war es Ximen Jinlong, der an der Spitze stand. In der Hand hielt er ein Luftgewehr, so eine Vogelflinte. Während er mit der einen Hand die Flinte festhielt, hob er mit der anderen Hand das Fernglas zum Auge. Ich wusste, dass er direkt in die rüde dreinblickenden Augen Zottelohrs schaute und ihn die wölfische Wut des Keilers wie ein Feuer erfasste. Er geriet in Panik: „Schlagt in die Becken!", hörte ich ihn angsterfüllt schreien. „Ihr sollt schreien!" Er wollte also mit der gleichen Methode, die er zum Spatzenscheuchen angewandt hatte, vorgehen. Die Becken schallen lassen, Geschrei machen, die Schweinerotte in Angst und Schrecken versetzen. Sie sollten in Richtung Osten die Flucht ergreifen, damit er sie in den Fluss treiben konnte. Später erfuhr ich, dass am äußersten Ende der Flussinsel, auf der Sandbank, dort wo sich das Wasser aus beiden Richtungen wieder vereinigt, noch zwei Motorboote vor Anker lagen. Auf jedem der Motorboote wartete ein Kampftrupp aus erfahrenen Jägern und ausgemusterten Soldaten. Die drei Wolfsjäger von damals waren auch unter ihnen. Qiao Feipeng, dem Ximen Esel mal ein Stück Schulter weggebissen hatte, war inzwischen so gealtert, dass er keinen einzigen Zahn mehr im Mund hatte. Liu Yong und Lü Xiaopo aber waren im besten Alter und bei besten Kräften. Sie waren einer wie der andere Meisterschützen. Sie benutzten Schnellfeuerwaffen vom Typ 69, die in China damals nach sowjetischem Vorbild gefertigt wurden. Jedes Wechselmagazin fasste fünfzehn Schuss, und die Waffe war mit einer Automatikfunktion ausgestattet. Die Funktionalität solcher Gewehre ließ nichts zu wünschen übrig. Sie schossen äußerst genau. Ihr Schwachpunkt war die geringe Durchschlagkraft. Auf kurze Distanz bis etwa fünfzig Meter hätten sie noch mit Ach und Krach durch unsere Schutzrüstungen hindurch schießen können. Aber schon bei einer Entfernung von hundert Metern wäre die Erfolgsquote gegen Null gegangen. Während des ersten großen Zusammenpralls der Schlacht flüchtete ein Teil der Wildschweine ans äußerste Ende der Flussinsel. An die fünfzehn kamen durch Kopfschüsse zu Tode. Aber der große Teil von uns war unverletzt geblieben.

Bei der Menschentruppe erklangen scheppernd alle Gongs auf einmal, und das Schreien der Leute schallte bis zum Himmel hinauf. Aber sie machten nur Krach. Nach vorn anzugreifen getrauten sie sich nicht. Zottelohr stürmte mit einem langgezogenen Aufheulen vor und griff beherzt an. Dem Menschentrupp gehörten fünfzehn Leute an, die ein Luftgewehr besaßen, aber nur Jinlong brachte es fertig, einen Schuss abzufeuern. Die komplette Ladung landete auf einer Tamariske, zerstörte dabei ein Vogelnest und verletzte einen Storch. Als von Seiten der Schweine der Angriff erfolgte, machten Jinlong und seine Truppe auf dem Absatz kehrt und ergriffen panisch die Flucht. Besonders die schrillen Angstschreie der Frauen hoben sich von dem Geschrei der Truppe ab. Huang Hezuos Schreie klangen am herzzerreißendsten. Sie wurde beim Davonrennen von Zottelohr angerempelt, sodass sie stolperte. Als sie auf die Nase fiel, ragte ihr Hintern spitz in die Höhe. Zottelohr biss sofort zu. Danach war sie ein Leben lang gezeichnet, ein Mensch mit nur einer Pobacke. Sie konnte nur noch schief humpeln. Ein Bild des Jammers! Die Schwarzwildrotte fiel über den Menschentrupp her und tobte sich dort brutal aus. Alle brüllten wie wahnsinnig, es klang, als heulten Geister und Wölfe gemeinsam los. In dem Chaos schlugen sie mit den Flinten und Knüppeln auf die Wildschweine ein, konnten die Schweine aber nicht ernsthaft damit verwunden. Irgendjemand warf einen scharfen Speer, traf einen einäugigen Keiler im Rachen und verletzte ihn schwer. Jiefang hatte sich eigentlich schon wieder auf das Boot geflüchtet, sprang aber, als er sah, dass Hezuo verletzt worden war, sofort mutig vom Boot herunter, griff sich eine dreizinkige Mistforke und stürmte ihr zu Hilfe den Strand hinauf. Jiefang, du hast dich mutig geschlagen, wie du da mit der einen Hand Hezuo stütztest, in der anderen Hand die Mistforke drohend gezückt hieltest, während du dich mit ihr rückwärts aufs Boot zurückzogst. Du erwarbst dir damit großes Lob und einen klingenden Namen. Auch ich bewunderte dich dafür sehr. Nachdem Jinlong wieder zur Ruhe gekommen war und er einem anderen eine zierliche Jagdflinte, die aber einen breiten, wenn auch kurzen Lauf besaß, abgenommen hatte, versammelte er einige mutige Kerle, um mit ihnen zusammen Jiefang zu Hilfe zu kommen. Ihn hatte wohl der Mut seines kleinen Bruders angesteckt, sodass er nun beherzt und mit einem klaren Plan im Kopf siegesgewiss gegen Zottelohr das Feuer eröffnete. Eine donnernde Explosion folgte, und Flammen loderten auf Zottelohrs Bauch auf. Der Schrot konnte nicht in die harte Schale seiner Rüstung eindringen, sprühte aber gewaltige, lodernde Flammen. Zuerst flüchtete Zottelohr mit den züngelnden Flammen am Körper, dann aber warf er sich zu Boden und wälzte sich im Sand, um das Feuer zu ersticken. Nachdem ihr Oberbefehlshaber verletzt war, zog sich die Truppe geschlossen zurück. Als die Flinte losging, platzte der Holzkolben auseinander und zersprang in tausend Stücke. Jinlongs Gesicht war vom Schießpulver lackschwarz. Sein Daumen-Zeigefingerspann war an beiden Händen aufgeplatzt. Frisches Blut floss in Strömen.

Bei dieser Schlacht, die Zottelohr durch seine Gehorsamsverweigerung heraufbeschworen hatte, lagen, so musste man wohl meinen, die Schweine klar in Führung. Die Schuhe, Strohhüte, Krückstöcke, alles, was die Leute auf ihrer Flucht, um ihr Leben rennend, verloren hatten, bewiesen eindeutig den Sieg der Schweinerotte. Die mit Aggressivität gepaarte Arroganz von Zottelohr steigerte sich noch, er schien jeden Augenblick soweit, mich zum Abdanken zwingen zu wollen. Schon mehr als die halbe Schweinerotte stand inzwischen hinter ihm. Sie folgten ihm auf Schritt und Tritt, schleppten die Sachen, die die Menschen zurückgelassen hatten, wie Kriegstrophäen mit sich und zogen feiernd um die ganze Insel.

„Halunke, was machen wir nun?", fragte ich meinen alten Freund, der immer alles mit Weitblick und großer Erfahrung zu beurteilen wusste, um Rat. Ich war in einer Vollmondnacht ohne Sterne heimlich zu Halunke in seine Höhle auf dem Sandberg gekrochen: „Soll ich freiwillig abdanken und die Königswürde an Zottelohr abtreten?"

Halunke lag auf dem Bauch, sein Kinn ruhte auf seinen Vorderklauen. In der Dunkelheit sah ich ein schwaches Funkeln in seinen blinden Augen. In der Höhle hörte man das laute Aufschlagen der brandenden Wellen, die an den sich ihnen in den Weg stellenden Kiefernwurzeln klatschend zerschellten.

„Halunke, sag doch was. Ich werde auf dich hören."

Er atmete einen langen Atemzug aus. Das spärliche Funkeln in seinen schwachen Augen verschwand. Ich schubste ihn an. Weich war er, sein Körper reagierte nicht. „Halunke!", rief ich erschrocken. „Lebst du noch? Du bist doch nicht etwa tot?"

Aber er war wirklich tot. So oft ich auch nach ihm rief, er erwachte nicht wieder zum Leben. Heiße Tränen rannen mir über die Wangen, tiefe Trauer übermannte mich.

Als ich aus seiner Höhle heraus trat, leuchtete mir ein Riesenmeer von grün blitzenden Augen aus dem Dunkel der Mondnacht entgegen. Vor der Rotte hockte mit bitterbösem Blick Zottelohr. Angst hatte ich nicht. Das Gegenteil war der Fall, ich fühlte etwas wie Erleichterung in mir aufsteigen. Der Fluss erschien mir wie Wellen schlagendes Quecksilber. Ein blendendes, funkelndes Licht ging von ihm aus. Das Zirpen unzähliger Grillen aus dem Wald und dem Schilf drang an mein Ohr. Wie mannigfaltig das viele Grillenzirpen zusammenklang! Ich sah auch die im Wald flimmernden Glühwürmchen, ein Geflecht wie von ineinander verwobenen grünen Seidenbändchen. Der Mond war schon bis über die Baumwollmanufaktur westwärts gewandert. Für die Autos, die die entkörnte Baumwolle zur Weiterverarbeitung abholten, war auf dem Dach der Fabrikhalle zum Hof hin eine flackernde Halogenlampe angebracht. Der leuchtende Lichtstrahl hopste, dass es aussah, als wenn der Mond ein grünes Ei gelegt hätte. Ich konnte den dunkel hektischen Taktschlag des elektrischen Gesenkschmiedehammers aus der Schmiede der Werkzeugmaschinenfabrik beim Hämmern des Stahls hören. Es war, als hätte ich fortwährend Faustschläge gegen meine Brust und aufs Herz bekommen.

Mit kühlem Kopf ging ich auf Zottelohr zu, bis ich direkt vor ihm stand: „Mein allervertrautester Freund Halunke ist gestorben. Ich bin zutiefst getroffen und möchte meine Königswürde abgeben."

Zottelohr hatte wohl nicht damit gerechnet, dass ich dergleichen sagen würde. Instinktiv war er ein paar Schritte zurückgewichen, um einen Überraschungsangriff von mir abwehren zu können. Ich musterte mit scharfem Blick seine Augen, wobei ich sprach: „Wenn du natürlich unbedingt einen Machtkampf um die Königswürde ausfechten willst, so soll es mir eine Ehre sein, und ich werde kämpfen!"

Zottelohr und ich blickten uns lange gegenseitig in die Augen. Er wog Vor- und Nachteile gegeneinander ab. Über 500 Pfund wog ich, ich hatte einen Schädel hart wie Granit, dazu scharfe Zähne wie Eisennägel. Natürlich bereitete ihm das erhebliche Sorgen. Zuletzt grunzte er doch: „Gut, so soll es sein! Aber verlass bitte sofort die Flussinsel. Du darfst niemals wieder hierher zurückkehren."

Ich nickte, um mein Einverständnis kundzutun. Dann hob ich die Klaue, winkte den zahlreichen Wildschweinen, kehrte ihnen den Rücken und ging. Ich machte mich auf in den Süden der Insel und verließ sie von dort durch den Fluss. Ich wusste, dass mir bestimmt fünfzig Wildschweine gefolgt waren, die mir das Abschiedsgeleit gaben, und dass ihnen die Tränen in den Augen standen. Aber ich wandte mich nicht um. Ich sprang mit einem Kopfsprung ins Wasser und tauchte hinab auf den Grund. Mit ganzer Kraft tauchte ich und schwamm am Grund des Flusses zum anderen Ufer hinüber. Meine Augen hielt ich geschlossen, Tränen und Flusswasser mischten sich.

Das fünfunddreißigste Kapitel
Ein Gewehrschuss trifft Zottelohr tödlich.
In Windeseile kommt Schwein Sechzehn an
Bord des Schiffs und rächt die Tat.

Es vergingen zwei Wochen. Dann traf die Wildschweine der alles vernichtende Schlag. Über diese Katastrophe berichtet Mo Yan detailgenau in seinen *Aufzeichnungen über das Schweinemästen: Am 3. Januar 1982 bestiegen der strategische Berater und der Sondertrupp der Schweinejäger das Motorboot, setzten auf die Flussinsel über und gingen mit einem Mordskrach an Land. Dem erfahrenen Jäger Qiao Feipeng war die strategische Beratung des anstehenden Gefechts auf der Flussinsel übertragen worden. Zum Anführer des kleinen Sonder-*

trupps der Schweinejäger war Zhao Yonggang auserkoren worden, der im chinesisch-vietnamesischen Krieg beim so genannten „Verteidigungsschlag gegen Vietnam von 1979" gekämpft hatte, ein demobilisierter Soldat, der für seine Kriegsteilnahme mit Orden dekoriert worden war. Die Jagdeinheit verhielt sich anders, als es solche Sondertrupps für gewöhnlich tun. Nicht verschwiegen, still und heimlich. Sie schien es geradezu darauf anzulegen, sich lautstark bemerkbar zu machen. Sie wollten auffallen. Insgesamt zehn Jäger waren sie, ausgerüstet mit sieben chinesischen Kalaschnikows AK-47, den chinesischen Sturmfeuergewehren vom Typ 56 und siebenhundert Kopf speziell panzerbrechender Munition auf Gurten. Diese Sorte AP-Munition war zwar nicht in der Lage, zuverlässig jeden Panzer zu durchbohren, aber für die Wildschweinbäuche reichte sie allemal. Völlig egal, dass sich die Wildschweine etliche Male in Kiefernharz und Sand gewälzt hatten und dass die steinharte Schicht aus Sand und Kolophonium an ihren Bäuchen dicker als der dickste Pfannkuchen war. Aber nicht die Maschinenpistolen und auch nicht die panzerbrechende AP-Munition war es, die dieser kleinen Jagdeinheit so gewaltigen Rückhalt gab. Es waren ihre drei Flammenwerfer, die zu benutzen sie gar nicht erwarten konnten.

Diese Spielzeuge sahen schon merkwürdig aus. Bei genauerer Betrachtung ähnelten sie Pflanzenspritzmittelflaschen aus der Zeit der Volkskommunen. Damals hatte man Zerstäuber benutzt, mit denen der chemische Pflanzenschutzpuder aufgestäubt worden war. Vorne besaßen sie eine lange, spitze Metalltülle, das Flammrohr, und eine Vorrichtung für das Treibmittel, den Brennstoffzylinder und eine Zündung. Dahinter war der kugelige Metalltank für das Öl. Drei demobilisierte Soldaten, die Erfahrungen im Schützengraben gesammelt hatten, bedienten die Flammenwerfer. Um sich gegen Verbrennungen durch die starken Flammen zu schützen, trugen sie vor der Brust und um den Kopf herum dicke Schutzkappen aus Asbest.

Mo Yan schreibt weiter: *Natürlich erregte die kleine Sondereinheit der Jäger, die mit solchem Höllenlärm an Land ging, die Aufmerksamkeit der Wildschweinrotte. Zottelohr hatte die Königswürden empfangen und erwartete begierig den Beginn der großen Schlacht, um seine Machtposition zu etablieren. Nachdem er Bericht erhalten hatte, war er so aufgeregt, dass seine Äuglein sich röteten. Mit schrillem Ton grunzte er seine Truppen zusammen. Es waren über zweihundert Wildschweine. Wie die Banditen in den Schwertkämpferromanen, die einer Geheimlehre verpflichtet sind, es immer mit ihren Räuberhauptmännern machen, so grunzten alle einmal mit schrillem Ton.*

Sodann beschreibt Mo Yan das grausame, heftige Schlachten. Es geht mir so nah, dass ich es gar nicht zu Ende lesen mag. Schließlich, … schließlich bin ich doch auch ein Schwein gewesen. Er schreibt: … *Es lief ähnlich wie schon beim ersten Zusammenprall. Auf der einen Seite des Schlachtfelds standen die Truppen der Wildschweine. Wie beim ersten Mal hockte Zottelohr wie ein Hund an der Spitze. Hinter ihm hatten seine Truppen in der Formation eines Schwalbenschwanzes, zu beiden Seiten immer breiter werdend, Stellung bezogen. Es standen über hundert Schweine in Reih und Glied. Dazu kamen zwei weitere Einheiten von jeweils ungefähr fünfzig Schweinen. Sie liefen eilig an den beiden Seitenflügeln und waren dazu bestimmt, den Gegner einzukreisen. Im Nu war der kleine Wildschweinjägertrupp in einem dreischenkligen Kessel eingeschlossen. Hinter den Jägern sah man die brausenden Wellen des Flusses. Mit so einer Truppenformation war der Sieg eigentlich schon sicher, dennoch blieben die zehn Jäger völlig bedenkenlos und witterten keine Gefahr. Drei der Jäger standen vorn. Der mit dem Blick gen Osten war frontal dem Stammeber Zottelohr und seinen Wildschweintruppen zugewandt. Der Linke blickte nach Norden, der Rechte nach Süden und beide somit genau in Richtung der Truppenflanken. Die drei Mann, die die Flammenwerfer schleppten, standen ganz hinten. Sie hielten nach allen Seiten Ausschau und machten einen völlig sorglosen, entspannten Eindruck. Sie alberten herum, während sie ostwärts vorrückten. Der Kessel der sie umzingelnden Schweine wurde immer kleiner. Als sie sich dem Stammeber Zottelohr auf fünfzig Meter genähert hatten, gab Zhao Yonggang den Befehl: „Feuer!" Sieben Sturmfeuergewehre eröffneten nach allen drei Seiten zugleich das Feuer. Diese Schussgeschwindigkeit, dieses Ausmaß an Gewalt lag völlig jenseits des für ein Wildschwein überhaupt Vorstellbaren. Sieben MPs feuerten in noch nicht einmal fünf Sekunden 140 Patronen scharfe AP-Munition auf sie ab. Bei den drei Truppeneinheiten der Wildschweine waren wenigstens dreißig Schweine getroffen zu Boden gegangen. Die Einschüsse verteilten sich fast alle auf die Schä-*

del der Schweine, die panzerbrechenden Patronen der MPs waren in die Schädel eingedrungen und explodiert. Die Wildschweine starben einen grausamen Tod, manchen spritzte das Gehirn aus dem Kopf heraus, anderen platzten die Augen aus den Augenhöhlen. Zottelohr hatte, als die MPs losfeuerten, kraft seines Stammeberinstinkts rechtzeitig den Kopf eingezogen. Ein Patronenhagel zerfetzte sein noch gesundes Ohr bis zur Unkenntlichkeit. Er stieß einen Schmerzensschrei aus und warf sich der kleinen Wildschweinjägereinheit entgegen. Zeitgleich traten die drei Jäger mit den Flammenwerfern auf dem Rücken mit geübten Bewegungen, die deutlich zeigten, dass sie ein gründliches Training absolviert hatten, drei Schritt nach vorn. Sie warfen sich bäuchlings zu Boden, während sie zur gleichen Zeit die Flammenwerfer zündeten. Es war, als würden drei Drachen Feuersbrünste spucken. Dazu hörte man einen Ton, als ob tausend Gänse mit Durchfall auf ein Mal loskackten. Eine gewaltige Flamme aus der Spitze eines Feuerdrachens züngelte nach vorn und legte sich um den Stammeber Zottelohr. Urplötzlich schlugen die Flammen drei Meter in die Höhe. Der Stammeber war verschwunden. Einen rasenden Feuerball sah man, dann ein rollendes Feuer. Nach zwanzig Sekunden bewegte sich nichts mehr. Das, was er gewesen war, verbrannte am Boden. Die beiden anführenden Schweine links und rechts ereilte das gleiche Schicksal. Durch die dicke Kolophonium-Schicht auf dem Körper waren sie extrem leicht entzündlich geworden. Sobald das brennende Flammöl in Kontakt mit ihrem Körper kam, und sei es, dass sie nur einige Spritzer abbekamen, fingen sie Feuer und brannten lichterloh. An die fünfzig Schweine rannten brennend, schrill quiekend um ihr Leben. Nur die besonders Klugen wälzten sich auf dem Boden, die Einfältigeren rannten panisch ins Nirgendwo, in die Tamariskenwälder, ins Schilf, ins Grasland, und verursachten eine riesige Brandkatastrophe. Die gesamte Flussinsel stand in Flammen, über der Insel ballten sich dicke Rauchschwaden. Der brenzlige Geruch trieb gen Himmel und erfüllte die ganze Gegend. Die Wildschweine, die von dem Kugelhagel verschont blieben und die nicht in den Flammen verbrannten, waren so traumatisiert, dass sie ihre Fähigkeit zu denken völlig verloren. Wie kopflose Fliegen rannten sie panisch in alles und jedes hinein. Die Männer aus der Jägereinheit hielten ihre Maschinengewehre im Arm. Im Stehen schossen sie zielsicher, Schuss für Schuss die Schweine einzeln ab und schickten Wildschwein für Wildschwein auf Besuch zum Fürsten Yama in die Unterwelt ...

Mo Yan schreibt weiter: *Dieses chaotische Schlachten muss, von einem ökologischen Blickwinkel der Ressourcenschonung aus betrachtet, als eine Wahnsinnstat bewertet werden, die ihresgleichen sucht. Wildschweine so grausam zu töten, kann nur verabscheuungswürdig genannt werden. Kein Wunder, dass Zhuge Liang, der Kanzler von Shu, schwer seufzte und bitterlich weinte, als er die Soldaten in Rattanrüstung verbrannte. 2005 reiste ich nach Korea in die entmilitarisierte Zone Panmunjon und sah dort auf der zwei Kilometer breiten, menschenleeren Sperrzone zu beiden Seiten des 38. nördlichen Breitengrads riesige Wildschweinrotten, die dort ihren Schabernack trieben. Die Bäume waren voller Vogelnester, ganze Kolonien flogen aus den Bäumen zum Himmel auf. Mir fiel dieses große Schlachten auf unserer Flussinsel ein. Auch wenn damals nur das verschlagene Schwarzwild abgeschlachtet worden war, machte sich bei mir eine üble Betroffenheit breit. Durch die bei dieser Schlachterei eingesetzten Flammenwerfer kam es zu einem die ganze Flussinsel überziehenden Flächenbrand. Der größte Teil der Masson-Kiefernwälder und der Tamariskenauenwälder brannte ab. Das Grasland mit dem Röhricht war dem katastrophalen Brand schutzlos ausgeliefert. Alles, was Flügel besaß, versuchte zu fliehen. Die Tiere ohne Flügel verkrochen sich, suchten Schutz in Höhlen, flohen ins Wasser. Zum großen Teil aber starben sie in den Flammen, sie fingen Feuer und fanden gebraten den Tod ...*

An jenem Tag stand ich im Tamariskengehölz am Südufer des Yunliang-Flusses und blickte auf die riesigen Feuersbrünste und Rauchschwaden über der Flussinsel. Ich hörte das Knallen der Gewehre, als machte jemand Popcorn. Ich hörte die wie wahnsinnig quiekenden Schweine. Den üblen Gestank, der mit dem Wind von Nordwest herüberzog, roch ich natürlich auch. Er nahm mir die Luft zum Atmen. Hätte ich die Königswürde nicht abgegeben, so hätte mich das gleiche Schicksal ereilt. Verwunderlich war, dass ich mich nicht darüber freuen konnte, diesem grausamen Tod entkommen zu sein. Ich fühlte mich wertlos, würdelos mit meinem mir gebliebenen Leben. Ich hätte mich besser gefühlt, wenn ich zusammen mit den Wildschweinen in den Feuersbrünsten den Tod gefunden hätte.
Nach der Katastrophe schwamm ich zur Flussinsel hinüber. Ich schaute mir die Wüstenei der verkohlten Holzhaufen an, die von den Wäldern geblieben waren. Ich schaute auf die zu Kohle verbrann-

ten Wildschweinkadaver, die sich am gesamten Ufer rund um die Insel türmenden, vom Wasser aufgedunsenen Tierkadaver. In mir wallte Wut, dann wieder Trauer auf. Zuletzt fühlte ich mich vor Wut und Traurigkeit so zerrissen, dass es war, als hätte sich eine bösartige Giftschlange in meinem Herzen festgebissen ...
Ich hatte nicht das Bedürfnis, die Tat zu rächen. Es war ein brennendes Feuer in mir, das tief in mir Leiden verursachte. Dieser Gefühlszustand ließ mich nicht los. Er war wie die Angst, die ein Soldat, der bei schlechter körperlicher Konstitution ist, am Abend vor der Schlacht empfindet. Ich durchkämmte flussaufwärts die Insel. Ich folgte einer Fährte. Immer weiter trieb es mich vorwärts. Ihr Geruch bestand aus einer Mischung aus verbranntem Dieselbenzin und angebrannten Schweinekadavern. Zeitweilig mischte sich noch der scharfe Geruch von Tabak und Korn mit hinein. Nachdem ich dieser Fährte lange gefolgt war, sah ich vor meinen Augen langsam, so wie die Gestalt einer Landschaft aus einem dichten Nebel wieder auftaucht, dieses grässliche Motorboot.
Es war ungefähr zwanzig Meter lang. Die Bootshaut war aus zwei Zentimeter starken Stahlplatten zusammengeschweißt. Die Schweißnaht war grob. Der Stahl war von bläulicher Farbe, an den spitzen Bootskanten hingen hellgrüne Wasserpflanzen. Es war ein klobiges und primitives Monster aus Stahl. Zwei Boote hatten die Wildschweinjägereinheit, die zusammen zehn Leute umfasst hatte, damals flussaufwärts zur Insel gebracht. Die sechs demobilisierten Soldaten der Jägereinheit, die in der Kreisstadt arbeiteten, waren gleich nach getaner Pflicht mit dem einen Boot wieder abgefahren und waren längst mit dem öffentlichen Autobus in die Stadt zurückgekehrt.
Vier Leute waren auf dem verbliebenen Boot, es waren der Truppführer Zhao Yonggang und die Jäger Qiao Feipeng, Liu Yong und Lü Xiaopo. Aufgrund einer ganzen Kette von Ursachen wie der Bevölkerungsexplosion, dem Rückgang an Ackerfläche, der Zerstörung der Vegetation und der industriellen Umweltverschmutzung, war im ganzen Gebiet von Nordost-Gaomi der Bestand an Wildhasen und Fasanen so stark zurück gegangen, dass man Wild nur noch selten sah. Berufsjäger hatten alle längst den Beruf gewechselt. Nur diese drei bildeten eine Ausnahme. Damals hatten sie die mutige Großtat des Esels, der die zwei Wölfe niedermachte, für sich beansprucht und dadurch Berühmtheit im ganzen Kreis erlangt. Diese Wildschwein-

jagd ließ sie noch heldenhafter erscheinen. In aller Munde waren sie, und in Zeitungen, Rundfunk und Fernsehen waren die drei Helden tagelang in den Schlagzeilen. Sie fuhren mit dem Kadaver Halunkes wie mit einer Jagdtrophäe am Flussufer entlang. Sie wollten damit bis zur fünfzig Kilometer weit entfernten Kreisstadt. Mit solch einem Stahlmotorboot, dessen Höchstgeschwindigkeit bei zehn Stundenkilometern lag, mussten sie also morgens aufbrechen, um gegen Abend dort anzukommen. Die drei Jäger machten aus dieser Fahrt allerdings eine Demonstrationsfahrt, auf der sie mit ihren Erfolgen hausieren gingen. Bei jedem kleinen Dorf am Fluss machten sie Halt, damit die Dörfler den toten Stammeber begutachten konnten. Sie schleppten die Leiche Halunkes aus dem Boot an Land, legten sie auf eine freie Fläche und ließen die Dörfler sie aus der Nähe besichtigen. Ein paar wohlhabende Dörfler, die einen Fotoapparat besaßen, ergriffen gleich die Gelegenheit und ließen ihre Familie, Nachbarn und Freunde vor dem Stammeber posieren und sich zusammen mit ihm zur Erinnerung ablichten. Die Journalisten der Kreiszeitung und des Kreisfernsehsenders verfolgten in ihrer Berichterstattung präzise jede Einzelheit. Die Journalisten schrieben bei so einer Top-Geschichte schnell in einem besonders frivolen Stil. Was sie nicht alles zum Besten gaben: *Die ganze Stadt wegen dem Schwein auf den Beinen* oder *Die Zuschauer stehen so dicht wie eine Wand*. Lü Xiaopo aus der Wildschweinjägereinheit hatte bei seinem Truppführer Zhao Yonggang die Idee vorgebracht, Eintrittskarten zu verkaufen: Ein Yuan Eintritt für die Besichtigung. Drei Yuan für ein Foto, bei dem man die Hauer anfasste. Fünf Yuan für eines, bei dem man auf der Schweinetrophäe saß, zehn Yuan für ein gemeinsames Foto mit den Jägern und der Leiche des Stammebers. Qiao Feipeng und Liu Yong fanden seinen Vorschlag interessant, nur Zhao Yonggang war dagegen. Dieser Typ war groß an Statur, einen Meter achtzig maß er, mit schmalen Lenden, breiten Schultern und mit für einen Menschen ungewöhnlich langen Armen. Er zog den linken Fuß etwas nach. Sein mageres Gesicht war markant geschnitten, stark und tapfer wirkte er. Er sah überaus männlich aus. Ein ganzer Kerl. Bei jedem Halt, den sie einlegten, wurden sie von den örtlichen Dorfkadern überschwänglich empfangen und bewirtet. Der Schnapsausschank war mehr als reichlich und die Tische waren gedeckt mit den erlesensten Köstlichkeiten. Jedes Mal gab Qiao Feipeng die Geschichte der Wildschweinjagd zum Besten, während

Liu Yong und Lü Xiaopo sie mit Einzelheiten ausschmückten. Jedes Mal kamen neue Details hinzu, wurde noch mehr Öl ins Feuer gegossen, wurde die Geschichte immer romanhafter. Jedes Mal trank Zhao Yonggang missmutig einen Schnaps nach dem anderen, bis er völlig betrunken war. Jedes Mal stieß er die Leute mit seinem grimmigen Lachen vor den Kopf.

Jiefang, die Beschreibung dieses Zechgelages habe ich natürlich aus Mo Yans Roman. Ich hätte ihnen niemals am helllichten Tage am Flussufer folgen können, sondern nur im Fluss schwimmend.

An ihrem letzten Abend herrschte eisige Kälte. Ein fast voller, runder Mond schaute mit fahlem Gesicht vom Himmel herab. Mit der aschfahlen und grauenhaften Blässe des Gesichts eines an Quecksilbervergiftung Gestorbenen leuchtete er auf die stille, wie erstarrt scheinende Wasseroberfläche. Der Fluss floss deutlich langsamer. Im flachen Wasser am Ufer war die Wasseroberfläche schon von einer dünnen Eisschicht überzogen, die von einem stechenden, beängstigenden Blau war. Ich hockte am rechten Flussufer im Tamariskengebüsch und schaute durch das nackte, rote Geäst mit dem gefrorenen, verkümmerten Blattwerk. Ich betrachtete aufmerksam den ins Wasser hinausreichenden, aus runden Hölzern gezimmerten Bootssteg und das am Steg festgemachte Motorboot. Der Bootssteg gehörte zum Dorf Lüdian, dem größten Dorf im Kreis Gaomi. Der Name Lüdian bedeutet Eselmarkt und entstand vor hundert Jahren, als die Eselhändler hier ihre Tiere feilboten. In dem dreistöckigen kleinen Regierungsgebäude des Dorfvorstehers brannte helles Licht. Die Hauswände waren mit dunkelroten Keramikklinkern vermauert, als hätte man sie mit einer dicken Schicht Schweineblut eingeschmiert. Soeben wurde in dem größten Raum des kleinen Hauses das Festmahl für die Wildschweinjägerhelden abgehalten. Lauthalses Zuprosten schallte herüber. Auf dem Marktplatz vor der Dorfverwaltung – sogar im kleinen Dorf Ximen hatten wir einen Marktplatz, natürlich gab es da einen in dem großen Dorf – war alles hell erleuchtet. Auf dem Markt herrschte lärmende Geschäftigkeit. Ich wusste, ohne es zu sehen, dass das die Dörfler waren, die sich Halunkes Leichnam anschauten. Ich wusste auch, dass Polizisten mit Schlagstöcken bei dem Schwein Wache standen.

Ich schätze, dass es gegen neun Uhr abends war. Mein Warten hatte sich gelohnt. Zuerst sah man zehn prächtige Burschen, die ein Türblatt, auf dem die Leiche Halunkes lag, sich gegenseitig laut anfeuernd an vier Stützen zum Bootsteg trugen. Zwei blutjunge Mädchen in roten Kleidern gingen ihnen mit roten Papierlampions voraus, um ihnen den Weg zu weisen. Hinter ihnen her ging ein weißhaariger Alter, der mit düsterer Stimme eine einfache Melodie mit groben Versen sang, um ihrer Schrittfolge Takt zu geben.

„Stammeber – komm aufs Boot – Stammeber – komm aufs Boot –."
Halunkes Leiche stank erbärmlich. Sie war schon völlig erstarrt. Allein das kalte Wetter hatte sie vor dem Faulen bewahrt. Sie stellten die Leiche auf dem Boot ab, das sofort einen deutlichen Tiefgang bekam. Ich denke, dass Halunke unter uns Dreien – außer ihm noch Zottelohr und ich, Schwein Sechzehn – eigentlich der einzige Stammeber war, der die Königswürde wirklich verdient hatte. Obwohl er doch tot war, erschien er, wie er bäuchlings auf dem Motorboot lag, jedem respektheischend und majestätisch. Wie lebendig sah er aus. Das fahle Licht des Mondes verstärkte diesen Eindruck noch. Es schien, als wollte Halunke jeden Augenblick über den Fluss an Land springen.

Die vier sturzbetrunken zum Boot torkelnden Jäger bekam ich nun endlich auch zu Gesicht. Sie wankten, gestützt auf die Dorfkader, in Richtung Bootssteg. Auch ihnen gingen zwei hübsche Mädchen in roten Kleidern mit roten Lampions voraus. Ich hatte mich dem Bootsanleger auf zwölf, dreizehn Meter genähert. Schon verpesteten mir ihre Schnapsfahne und Tabakgeruch die Luft, die ich einatmete. Ich wurde völlig ruhig. Es war, als hätte das, was sich vor meinen Augen abspielte, nicht das Geringste mit mir zu tun. Ich sah ihnen beim Besteigen des Bootes zu.

Sie begaben sich an Bord und sprachen zu den ihnen Geleit gebenden Gastgebern höfliche, inhaltsleere Dankesworte. Diese antworteten dankend mit den gleichen höflichen Floskeln. Dann setzten die Vier sich ins Boot. Liu Yong steckte die Handkurbel ans Schwungrad des Diesels und setzte den Motor in Bewegung. Wahrscheinlich war die Kälte schuld, dass die Maschine schlecht ansprang. Er musste Feuer machen und die Motorkammern vorwärmen. Er benutzte einen Docht Baumwolle, den er in Petroleum tunkte und anzündete. Die gelbe Flamme verdrängte das Mondlicht und erleuchtete das ockergelbe Gesicht des Qiao Feipeng mit seinem schrumplig geschrumpften Mund, das aufgedunsene Gesicht des Lü Xiaopo mit seiner fetten Nase und das grimmig grinsende Gesicht des Zhao Yonggang. Und sie erleuchtete den abgebrochenen Hauer meines Freundes Halunke. Ich wurde immer ruhiger. Ich fühlte mich wie ein vor einer Buddhastatue meditierender alter Mönch.

Schließlich sprang der Diesel an. Der hässliche Lärm ließ die Luft und das Mondlicht über dem Fluss erzittern, während das Boot sich langsam in Bewegung setzte. Ich ging auf der dünnen Eisschicht am Flussufer entlang und stolzierte forsch auf den Bootssteg. Zwei der Laternen der jungen Mädchen fingen in dem entstehenden Tumult Feuer. Die zwei lodernden Feuer untermalten heldenhaft meine Pose, als ich zum Sprung ansetzte und vom Steg schnellte.

Ich dachte an nichts. So wie Mo Yan mit seiner ewig plappernden Papageienstimme wieder und wieder erzählt: Ich bestand aus reiner Bewegung, Vorwärtsbewegung. Es war eine rein physische Reaktion. In Bezug auf meine Umgebung blieb ich völlig kalt, versteinert geradezu, nicht Fisch nicht Fleisch. Mein Kopf war leer, keine Gefühle und keine Gedanken beschwerten mich. Ich sprang einfach, federleicht sprang ich gestreckt los. Ein romantischer Sprung wie zu Anfang der traditionellen Pekingoper „Geschichte von der weißen Schlange", in der die weiße Schlange in Gestalt eines wunderhübschen Mädchens mit grazilerBewegung auf das Schiff springt. Mir war, als könnte ich das romantische, leichte instrumentale Zwischenspiel der Hauptstadtgeige hören, fast hörte ich sogar den Gongschlag, der das Schwanken des Schiffes markiert, wenn die Schlange hineinspringt. Ich befand mich in einer romantischen Geschichte wie der, die am Westsee in Hangzhou spielt. Dabei hatte sie aber nicht das Geringste mit Nordost-Gaomi und dem Yunliang-Fluss zu tun. Es war eine Geschichte wie die der weißen Schlange, aus der das Opernliedgut wurde, wieder und wieder gesungen, überliefert und weiterentwickelt, wieder und wieder als Oper aufgeführt. Es stimmt, Jiefang, ich konnte in diesem Augenblick nicht denken, nur fühlen. Diese intensiven Gefühle glichen der Traumwelt. Die Traumwelt aber ging, wie bei einer physikalischen Brechung, in die Realität über. Ich fühlte, wie der Schiffskörper abrupt sank. Als die Wassermassen fast schon über die Wände in das Innere drangen, wurde das Boot langsam wieder nach oben gedrückt. Um den Schiffskörper herum war kein Wasser, sondern es waren himmelblaue Glasscherben, die nach allen vier Seiten wegspritzten. Kein Ton! Und wäre tatsächlich etwas zu hören gewesen, dann in weiter, weiter Ferne. So wie wenn ein Mensch oder ein Schwein am Grund des Flusses tief unter Wasser Geräusche vom Ufer hört. Jiefang, du bist Mo Yans vertrautester Freund. Erzähl ihm von dem Geheimrezept dieses Romans: Jedes Mal, wenn es eine wichtige Szene gibt, aber Unsicherheiten bei den Figuren, sie exakter beschrieben sein könnten oder alles exaltierter sein müsste, werden alle Personen unter Wasser gedrückt, und dann wird weitergeschrieben. Unter Wasser siegt die Stille über das Laute. Unter Wasser siegt das Farblose über das Bunte. Es muss so sein, als wäre alles unter Wasser passiert. Wenn Mo Yan sich daran hält, dann darf man ihn als einen herausragenden Autor bezeichnen. Jiefang, ich sage dir das nur, weil du mein Freund bist. Weil nämlich dein Freund Mo Yan damit auch mein Freund ist, nur deswegen lasse ich dich ihm meine Worte ausrichten.

Das Motorboot krängte gewaltig. Halunke sah aus, als würde er sich gerade hinstellen. Der runde Mond sah in diesem Augenblick genauso aus, wie der Gehirnkasten eines Schriftstellers sich in diesem Augenblick fühlt: Gähnende Leere auf einer planen, weißen Fläche. Der gerade mit dem Anlassen des Dieselmotors beschäftigte, gebückt dastehende Liu Yong hing schon mit dem Kopf im Wasser. Der Dieselmotor tuckerte und kam aus dem Takt. Er spuckte dicken, schwarzen Qualm aus. Immer leiser wurde das Motorengeräusch. Sehr gut! Es hörte sich an, als hätte ich die Ohren voll Wasser. Lü Xiaopo verlor das Gleichgewicht. Mit weit aufgerissenem Mund spuckte er Luft und Alkohol, dann kippte er hinten über, der halbe Körper war noch im Boot, die andere Hälfte war über Bord. Mit der Lende hing er über der harten Stahlumrandung des Bootes. Dann tauchte er mit dem Kopf unter Wasser, es spritzte stark. Kein Ton! Die himmelblauen Glasscherben spritzten hoch. Ich hopste im Boot herum. Mit meinen 250 Kilogramm ließ ich das kleine Boot mächtig hüpfen. Der strategische Berater des Sondertrupps der Schweinejäger, Qiao Feipeng, mit dem ich vor vielen, vielen Jahren zu tun gehabt hatte, bekam weiche Knie. Er kniete im Boot und machte einen Kotau nach dem anderen. Es sah peinlich aus. Kein einziger Gedanke ging mir mehr durch den Kopf, noch weniger konnte ich den verschütteten Erinnerungen in meinem Unterbewusstsein nachspüren. Ich senk-

te den Kopf wie ein Stier und stieß Qiao Feipeng über Bord in den Fluss. Nur Zhao Yonggang, der immer noch grimmig dreinschaute, hatte sich einen Knüppel gegriffen – war es der Duft frisch geschlagenen Kiefernholzes, der dem Knüppel entströmte? –, nahm meinen Schädel ins Visier und trommelte los. Es klang, als würde ein Ton aus den Tiefen des Gehirns zum Trommelfell schnellen. Der Knüppel war entzwei gebrochen. Das eine Ende war ins Wasser gefallen, das andere noch in seiner Hand. Ich hatte keine Zeit, über die Frage nachzugrübeln, ob ich Kopfschmerzen hatte oder nicht. Ich blickte auf die Hälfte, die da im Mondlicht herumrührte. Er stieß mir den Stock genau in die Schnauze. Ich biss zu. Er zerrte am Stock. Mit beachtlicher Kraft. Ich schaute in sein puterrot angelaufenes Gesicht. Wie ein Lampion im Wettstreit mit dem Mondlicht! Dann ließ ich den Stock los. Man könnte meinen, ich hätte ihm eine Falle gestellt, aber es geschah völlig ohne Absicht. Mit dem Kopf gen Himmel fiel er hintenüber in den Fluss. Im gleichen Moment waren alle Geräusche, alle Farben, alle Gerüche explosionsartig wieder da.
Ich streckte den Körper und sprang in die Fluten. Wasser und Gischt spritzen mehrere Meter hoch. Das Wasser war eiskalt und dickflüssig, wie lange in Fässern gelagerter Schnaps. Ich hatte die vier auf dem Wasser treibenden Männer sofort im Blick. Liu Yong und Lü Xiaopo waren schon so betrunken gewesen, dass sie völlig kraftlos und wirr im Kopf waren. Bei ihnen brauchte ich nicht mehr nachzuhelfen, sie waren schon tot. Zhao Yonggang schien ein ganzer Kerl zu sein. Wenn er es schaffte, sich ans Ufer zu retten, dann sollte er meinetwegen überleben. Qiao Feipeng paddelte verzweifelt neben mir im Wasser. Violett und geräuschvoll schniefend schaute seine Nase aus dem Wasser hervor. Er ekelte mich an. Ich gab ihm eins mit dem Huf auf die Glatze. Da war er still und bewegte sich nicht mehr. Mit dem Po über Wasser trieb er im Fluss.
Ich schwamm mit der Strömung flussabwärts. Wasser und Mondlicht mischten sich zu einer silberweißen Flüssigkeit wie Eselmilch, die kurz vor dem Gefrieren ist. Hinter mir trieb das Boot mit dem wie verrückt kreischenden Dieselmotor. Vom Ufer war lautes Schreien zu hören. Ich verstand nur: „Schießen! Schießen sollt ihr!"
Die Maschinenpistolen hatten die sechs demobilisierten Soldaten, die gleich wieder in die Stadt zurückgekehrt waren, längst mitgenommen. Dass man in Friedenszeiten solch fortschrittliche Waf-

fen eingesetzt hatte, um Wildschweine zu vernichten, sollte die Verantwortlichen von damals später noch sehr unangenehm zu stehen kommen.
Wie ein herausragender Schriftsteller es täte, tauchte ich also unter Wasser und beseitigte damit alle Geräusche.

Das sechsunddreißigste Kapitel
Die Erinnerung an die Vergangenheit drängt sich Schwein Sechzehn übermächtig auf, all seine Kindeskinder kann er retten, sich selbst aber nicht mehr.

Als der März vorüber war, starb ich.
Es war an einem Nachmittag, an dem die Sonne nicht herauskam, als auf dem mit einer dicken grauen Eisschicht bedeckten Kanal hinter unserem Dorf Ximen ein Grüppchen Kinder spielte. Zehnjährige Kinder waren darunter, sieben-, achtjährige und ein paar kleine, die erst drei und vier Jahre alt waren. Manche sausten im Schlitten über das Eis, manche spielten mit Peitschenkreiseln. Ich hockte versteckt im Gebüsch und schaute von dort meiner Nachkommenschaft, der Jugend aus unserem Dorf Ximen, zu, als ich eine mir vertraute Stimme vom Ufer her rufen hörte.
„Kaifang! – Geming! – Fenghuang! – Huan! Kommt nach Haus, meine Schätzchen!"
Eine alte Frau stand am anderen Ufer, ihr blaues Kopftuch wehte im scharfen Wind. Ich erkannte sie. Das war doch Yingchun! Eine Stunde später sollte ich tot sein, aber zunächst sprudelte wie aus den Tiefen des Meeres meine über vierzigjährige Vergangenheit an die Oberfläche meines Bewusstseins. Ich vergaß meinen Schweineleib. Kaifang, das war mir klar, musste Lan Jiefangs und Huang Hezuos Söhnchen sein, Geming das von Ximen Baofeng und Ma Liangcai, Huan musste Ximen Jinlongs und Huang Huzhus Sohn sein, während Fenghuang die Tochter von Pang Kangmei und Chang Tianhong war. Fenghuang, das wusste ich auch, war ein Kuckucksei und Jinlong ihr leiblicher Vater. In unserem Aprikosengarten unter dem berühmten romantischen Aprikosenbaum hatte Jinlong Pang Kangmei den Hahnentritt gegeben. In einer strahlend weißen, mondhellen Nacht, die Aprikosen standen in voller Blüte, hatte Ximen Jin-

long die zukünftige Parteisektretärin auf der breiten Astgabel mit unserem herausragenden genetischen Material der Ximenschen Sippe besamt. Damit hatte vorzügliches Sperma den Weg in die Gebärmutter der schönsten Frau des Kreises Gaomi gefunden.

Mo Yan schreibt dazu in seinem Roman: *Als Jinlong sich anstellte, Pang Kangmei den Rock zu lüften, griff Kangmei ihn links und rechts am Ohr. Sie murmelte mit weicher Stimme die furchtbar strengen Worte: „Ich bin Parteisekretärin!" Jinlong drückte ihren Körper kraftvoll mit seinem Körper auf die breite Astgabel: „Genau diese Parteisekretärin ist es, die ich ficke. Während andere dich mit Geld bestechen, besteche ich dich mit meinem Schwanz!" Pang Kangmei wurde, sowie er das sagte, unter ihm weich wie Gummi. Wie Schnee rieselten Aprikosenblütenblätter auf sie beide herab und bedeckten ihre Körper. Es kam, wie es kommen musste, Pang Fenghuang wurde zwanzig Jahre später zur bezauberndsten Schönheit aller Zeiten: Gene, Zeit und Ort ihres Entstehens hatten genauestens gestimmt. In einer Atmosphäre poetischer Gefühle und in malerischer Umgebung hatte die Befruchtung stattgefunden. Wäre sie nicht zu einer solchen Schönheit herangewachsen, der Himmel hätte es nicht geduldet.*

Die Kinder spielten so ausgelassen, dass sie nicht ans Ufer kommen wollten, also ging Yingchun schließlich mit einem beklemmenden Gefühl und zitternd vor Angst den Flussdeich herunter. Im Moment, da sie unten ankam, krachte auf dem Fluss das Eis. Die Kinder brachen ein und gingen im eisigen Fluss unter.
Als ich das sah, war ich kein Schwein mehr. Ich sah es als Mensch. Nicht als Held, der bin ich nicht, nur als ein guter Mensch mit lauterem Herzen. Als ein Mensch, der Not sieht und, ohne nachzudenken, beherzt für die gerechte Sache handelt. Ich sprang in den eisigen Fluss und schnappte nach dem Kleiderzipfel eines Mädchens. Ich schwamm mit der Kleinen dorthin, wo das Eis noch nicht gebrochen war, hob sie empor und stieß sie aufs Eis. Yingchun lief den Deich wieder hinauf und schrie aus Leibeskräften nach den Dörflern um Hilfe. „Danke! Du meine Geliebte, du meine Frau, die mir die allerliebste von allen dreien war und ist." – Ich spürte die Kälte des Flusses nicht. Ja, das Wasser war lauwarm. Im ganzen Körper wurde die Blutzirkulation angeregt, ich hatte mehr Kraft und bewegte mich schneller. Es war nicht so, dass ich nur meine drei kleinen Äffchen

retten wollte, mit denen mich so viel verband. Jeden, der mir gerade in die Quere kam, den wollte und würde ich retten. Diesmal war mein Gehirnkasten nicht leer, dieses Mal bestürmten mich alle möglichen Gedanken. Ich ähnelte der Anna Karenina in Tolstois gleichnamigem Roman, mir ging genauso viel im Kopf herum wie ihr, bevor sie sich vor den Zug warf. Mir war der Kopf genauso voll wie dem Jungen in Mo Yans Roman *Explosion*, als er von seinem Vater böse eine gelangt kriegt. Oder wie Ouyang Hai aus dem berühmten Modellroman *Die Gesänge des Ouyang Hai*, diesem Buch, das kurz vor Ausbruch der Kulturrevolution erschien. Darin stürzt Ouyang Hai auf die Schienen, um ein scheu gewordenes Pferd von dort weg zu holen, und wird mit ihm zusammen vom Zug erfasst. So viel, wie Ouyang Hai während dieses winzigen Augenblicks durch den Kopf schwirrte, spürte ich, als ich die Kinder aus dem Fluss herausholte. Ein einziger Tag dauert manchmal länger als hundert Jahre, eine einzige Sekunde länger als ein Tag.

Ich biss in die wattierte Jacke eines kleinen Jungen und hievte ihn aus dem Wasser hinaus aufs Eis. Mir fiel Yingchun ein, die ich vor vielen, vielen Jahren einmal dabei beobachtete, wie sie ein kleines Kind mit einer Hand im Arm festhielt und das Kind ihre Brustwarze schnappte und an ihrer Brust Milch saugte. Wie süß die beiden dabei ausgesehen hatten. Dieser ganz besondere, geheimnisvolle Milchduft, der eines Menschen Herz trunken macht, schien sich mit dem Eiswasser des Flusses zu mischen. Eins nach dem anderen rettete ich die Kinder aus dem eisigen Wasser und schob sie aufs Eis hinauf. Die Kinder krochen langsam bäuchlings vorwärts. Ihr klugen Kinderchen! So ist es recht, krabbelt weiter. Versucht bloß nicht aufzustehen! Ich schnappte mir den Fuß von dem dicksten der Kinder. Auch ihn zog ich aus dem Wasser auf Eis hinaus. Als ich oben auftauchte, blubberten mir lange Ketten von Luftblasen aus dem Maul. Ich war wie ein Fisch. Während ich auftauchte, hatte ich ganz abrupt den Kreisvorsteher Chen Guangdi vor meinem inneren Auge. Welch warmen, gefühlvollen Blick er doch in seinen Augen gehabt hatte, als er mit dem Esel allein unterwegs war. Als ich das dicke Kind auf die Eisfläche schob, brach das Eis ein. Ich schnappte nach seinem weichen Bauch, mit meinen vier Hufen schwamm ich unter Aufbietung meiner ganzen Kraft – ich paddelte mit meinen vier Hufen, aber war trotzdem ein Mensch –, ich mühte mich sehr, den Kopf hoch zu bekommen und schleuderte den Jungen aufs Eis zum Ufer hin. Ich dankte dem Eis, dass es hielt! Ein heftiger Rückstoß stieß mich in die Tiefe des Flusses. Ich bekam Wasser in die Nase und verschluckte mich. Als ich wieder nach oben kam, hustete und keuchte ich. Ich sah eine Gruppe Menschen, die vom Deich herunter ans Ufer rannten. Ihr dummen Menschen, bleibt wo ihr seid! Wieder tauchte ich auf den Grund des Flusses und holte ein Kind an die Wasseroberfläche. Es hatte ein rundes Gesicht. Als es aus dem Wasser kam, war es wie zu Eis gefroren. Ich sah die geretteten Kinder über das Eis kriechen und weinen. Ihr Weinen bedeutete mir, dass die Kleinen noch lebten. Kinderchen, weint bitte alle! Mir fielen die Mädchen des Dorfes ein, wie sie bei uns im Hof eins nach dem anderen in den Aprikosenbaum kletterten. Die, die es am allerhöchsten geschafft hatte, ließ doch tatsächlich einen fahren. Alle lachten, dann rutschten sie den Baum herunter und lagen zusammen auf einem Haufen und lachten sich schief. Sofort hatte ich ihre Gesichter vor meinem inneren Auge. Da war Baofengs lachendes Gesicht, Huzhus lachendes Gesicht und Hezuos lachendes Gesicht. Ich tauchte hinab auf den Grund des Flusses und schwamm dem von der Strömung abgetriebenen Jungen hinterher. Über uns war die dicke Eisschicht. Unter Wasser ging mir die Luft aus. Die Brust schien mir jeden Augenblick zu platzen. Ich zog den Jungen hinter mir hinauf und rammte die Eisdecke über uns, aber sie brach nicht. Wieder versuchte ich es, aber ich schaffte es nicht. In größter Eile kehrte ich um, gegen die Strömung musste ich vorwärts. Als ich endlich aus dem Wasser nach oben kam und nach Luft schnappen konnte, sah ich vor meinen Augen nur blutiges Rot. War es das Abendrot? Ich legte das Kind, das schon fast ertrunken war, noch mit letzter Kraft auf das Eis. In dem blutigen Rot vor meinen Augen sah ich unter den Leuten Jinlong, Huzhu, Hezuo, Lan Lian. Es waren noch viel mehr … alle sahen wie Blutgestalten aus, so rot, wie sie waren. Mit Bambusstangen, Seilen und Eisenhaken in den Händen drängten sie vor. Auf allen vieren krochen sie über das Eis zu den Kindern hin … kluge, gute Menschen waren das. Dankbarkeit spürte ich, tiefe Dankbarkeit, sogar denen gegenüber, die mich gequält hatten. Ich sah vor meinem inneren Auge eine mir geheimnisvoll anmutende Opernaufführung auf einer Bühne, die wie in die Wolken gebaut schien. Ich verfolgte die Aufführung von einem Zauberwald aus, in dem die Bäume Zweige aus Gold und Blätter aus Jade trugen. Musik drang von der Bühne an meine Schweineohren. Eine am ganzen Körper bunt mit Lotusblättern bekleidete Opernsängerin in der Rolle der *Huadan* trällerte eine Arie. Ich war ergriffen. Wie war ich ergriffen und wusste doch nicht, warum! Heiß wurde mir, das Wasser immer wärmer. Wie angenehm, dachte ich, während ich auf den Grund des Flusses sank.

Zwei mir von früher altbekannte blaugesichtige Dämonen grinsten mich an: „Mensch, Alter, auch mal wieder da!"

Das vierte Buch

Die Geistesschärfe des Hundes

Das siebenunddreißigste Kapitel
Der alte, zu Unrecht Gestorbene wird als Hund wiedergeboren. Eine kleine Süße fährt mit ihrer Mutter in die Stadt.

Die zwei blauen Dämonen zerrten an meinen Armen und hievten mich aus dem vereisten Fluss heraus. Wütend schnauzte ich sie an: „Schnell ihr beiden Scheißkerle, bringt mich zum Fürsten Yama. Ich habe mit diesem alten Hund ein Hühnchen zu rupfen!"
„Ho, ho, mach mal halblang, Alter", lachte Dämon Nr. 1. „Da sehen wir uns ewig nicht, und du bist immer noch so stressig und gleich in Rage!"
„Wie heißt es so schön? Die Katze lässt das Mausen nicht, und ein Hund lässt sich das Scheißefressen nicht abgewöhnen!", warf Dämon Nr. 2 spitz ein.
„Pfoten weg von mir!", grollte ich böse. „Ihr glaubt doch nicht etwa, ich würde den alten Hund nicht selbst finden?"
„Mann, reg dich ab", erwiderte Dämon Nr.1. „Wir sind doch alte Bekannte, die sich jahrelang nicht gesehen haben. Kumpel, wir haben dich glatt vermisst."
„Wir bringen wir dich hin zu dem alten Hund", sagte Dämon Nr. 2. Die beiden Dämonen nahmen mich in ihr Schlepptau. Blitzschnell ging es auf unserer Dorfstraße in Ximen entlang. Ich spürte, wie mir kalter Wind ins Gesicht blies. Leichter Schnee rieselte vom Himmel, Flocken blieben wie Gänsedaunen auf meinem Gesicht kleben. Hinter mir trieb der Wind trockenes Laub dicht über dem Boden vor sich her. Als die Straße am Hof der Ximens vorbeiführte, blieben die beiden Dämonen abrupt stehen. Dämon Nr. 1 packte meinen linken Arm und mein linkes Bein, Dämon Nr. 2 meinen rechten Arm und mein rechtes Bein. So hoben sie mich hoch und fingen an, mich vor und zurück zu schaukeln, so wie man eine Ramme vor und zurück stößt. Dann ließen mich beide gleichzeitig los, sodass ich durch die Luft nach vorn flog. Dabei riefen sie mir zu: „Hier kommst du zu deinem alten Hund!"
In meinem Schädel brummte es, als wäre ich wirklich wie eine Kanetsuki-Ramme gegen eine riesige Ritualglocke in einem Zen-Tempel geschlagen worden. Mir wurde schwarz vor Augen. Für einen Augenblick verlor ich das Bewusstsein. Als ich wieder einen klaren

Kopf hatte, war ich, ich brauche es gar nicht zu sagen, denn du kannst es dir denken, ein Hund geworden, der in der Hundewurfkiste deiner Mutter Yingchun zur Welt gekommen war. Dieser kriminelle Schurke! Um zu verhindern, dass ich ihn in der großen Gerichtshalle lauthals zur Rechenschaft zog, hatte dieser Yama doch glatt zu solch niederträchtigen Methoden gegriffen, dass er den festen Ablauf vom Tod bis zur nächsten Wiedergeburt einfach aushebelte und mich ohne viel Federlesens in die Gebärmutter einer Hündin steckte, von wo ich als letzter von vier kleinen Welpen durch den Geburtskanal der Hündin kriechend das Licht der Welt erblickte.

Die Hundehütte war, alles was recht ist, wirklich unfassbar armselig: Die Wände – es gab nur zwei Seitenwände, und die waren noch dazu sehr niedrig – waren aus kaputten Backsteinen aufgetürmt. Quer darüber hatte man Holzknüppel gelegt und darauf eine Schicht Dachpappe genagelt. Das war die Bleibe meiner Hundemutter. Ich rief sie Mama, denn ich hatte nun mal zwischen ihren Pobacken hervorkriechend das Licht der Welt erblickt – das war meine Kinderstube. In unserem Nest hatten wir eine Schippe voll zusammengeklaubter Hühnerfedern und Laub. Das musste uns als Bett genügen.

Wenn die dicken Flocken vom Himmel rieselten, war auf dem Boden schnell alles mit Schnee bedeckt, aber unter dem Dach unserer Hütte hing eine Glühbirne, die unser Nest hell erleuchtete. Ich sah die Schneeflocken durch die Ritzen der Dachpappe hindurch auf uns herabrieseln. Die Kälte ging uns durch Mark und Bein, sodass wir zitterten. Ich verkroch mich an Mutters warme Brust, meine Brüder und Schwestern taten es mir gleich. Ich hatte mich, da ich inzwischen einige Male wiedergeboren worden war und den Grundsatz der Reinkarnation begriffen hatte, mit dem zu beherzigenden Grundsatz abgefunden: *Anpassung ist alles.* Wächst man im Schweinestall auf und will nicht an den Zitzen der Muttersau saugen, so muss man verhungern. Kommt man in einem Wurf Welpen zur Welt, so sucht man tunlichst Schutz an der Brust der Hündin, sonst muss man erfrieren. Unsere Hundemutter war eine große Hündin mit weißem Fell, nur die zwei Vorderpfoten und die Schwanzspitze waren schwarz.

Sie war eine Promenadenmischung, da bestand kein Zweifel. Aber unser Vater war der reinrassige Importhund der Brüder Sun. Er war aus Deutschland, ein beeindruckend gefährlicher Deutscher Schäferhund. Ich bekam ihn später zu Gesicht, er war groß und kräftig, hatte eine schwarze Decke, eine schwarze Rute, Bauch und Gliedmaßen waren vanillegelb. Er – so einer war unser Vater – trug eine dicke Kette um den Hals und war auf dem Hof des Fabrikgebäudes des Sambal Oelek-Werkes der Gebrüder Sun festgemacht. In seinem Napf waren lauter Sachen, die bei den Geschäftsessen abfielen: Ganze Brathähnchen und Fische, sogar eine nicht angerührte schwarze Riesenweichschildkröte. Aber er würdigte das alles keines Blickes. Er sah mit seinen gelbgoldenen, blutunterlaufenen Augen, den spitzen Stehohren und seinem grimmigen Blick gefährlich und verschlagen aus.

Mit unserem reinrassigen Vater und der Mischlingsmutter waren wir vier hundertprozentige Promenadenmischungen. Obwohl wir als ausgewachsene Hunde alle sehr verschieden aussahen, waren wir uns als Welpen zum Verwechseln ähnlich. Wohl nur Yingchun brachte es fertig, uns der Geschwisterreihe entsprechend auseinanderzuhalten. Jiefang, deine Mutter brachte dann meiner Hundemutter einen Napf Knochenbrühe. Der heiße Dampf stieg in Kringeln über der Brühe auf. Die Schneeflocken schwirrten ihr wie weiße Motten um den Kopf. Ich sah ihr Gesicht nur verschwommen, weil ich von Geburt an schlechte Augen hatte. Aber ich konnte den ihr eigenen Körperduft riechen. Sie roch nach weichen, wohlschmeckenden Surenbaumblättern. Auch der kräftige Geruch der Schweineknochenbrühe überdeckte diesen Duft nicht. Meine Hundemutter schleckte vorsichtig die Brühe auf, man hörte deutlich ihr gleichmäßiges Schlucken. Deine Mutter nahm den Besen und fegte damit den Schnee von der Hundehütte, er kam mit einem Rumms vom Dach gerutscht. Als der Schnee herunter war, trat Tageslicht durch die Ritzen im Dach in die Hütte und mit ihm die eisige Kälte. Deine Mutter hatte es gut gemeint, aber schlecht gemacht. Sie war doch eine Bauersfrau. Wusste sie denn nicht, dass der Schnee die jungen Sämlinge des Winterweizens wie eine Bettdecke schützt? Sie wusste es bestimmt. Da musste sie sich doch denken können, dass er auf der Hundehütte die Welpen schützte! Frauen! Wie kann man nur so dumm sein! Im Kinderkriegen äußerst bewandert, aber keine Ahnung von naturwissenschaftlichen Zusammenhängen. Hätte sie über ein solch breites Wissen verfügt wie ich, hätte sie auch gewusst, dass die Eskimos in aus Schneeblöcken errichteten Iglus wohnen und dass die Schlittenhunde am Nordpol nachts in Schneehöhlen vor der Kälte Schutz suchen, und dann hätte sie natürlich den Schnee nicht abgefegt, und uns wäre am frühen Morgen auch nicht so bitterlich kalt geworden. Andererseits wären wir dann aber wohl schwerlich in den Genuss von Yingchuns mollig warmem Kang gekommen.

Als deine Mutter uns auf ihren warmen Kang trug, flüsterte sie uns beständig liebe Worte zu: „Ihr armen kleinen Schätzchen, ihr Kleinen …"

Sie brachte nicht nur uns Welpen auf ihren Kang, auch unsere Hundemutter holte sie ins warme Haus.

Wir sahen deinem Vater Lan Lian dabei zu, wie er vor dem Ofen hockte und Feuer machte. Draußen war heftiges Schneegestöber, der Schornstein zog gut und qualmte, was er konnte. Im Ofen prasselte ein loderndes Feuer. Es knackte, wenn die Zweige verbrannten. Im ganzen Haus roch man nur den feinen Duft des verbrennenden Maulbeerbaumholzes. Kein Qualm entwich dem Ofen und drang ins Zimmer. Deines Vaters Gesicht hatte die Farbe uralter Bronzen, in seinem grauen Haar leuchtete golden glänzendes Licht. Er trug eine dicke wattierte Jacke und schmauchte ein Pfeifchen. Inzwischen sah er ganz wie ein zufriedener Großvater aus. Seit der Boden wieder den einzelnen Familien zugeteilt wurde, waren die Bauern wieder ihr eigener Herr. Eigentlich war es nichts anderes als der Zustand der Privatwirtschafterei längst vergangener Jahre. So war es dazu gekommen, dass deine Eltern wieder aus einem Topf aßen und auf einem Kang schliefen.

Ziemlich warm war es auf ihrem Kang, unsere frostigen, steifen Leiber wurden im Nu wieder warm. Dann begannen wir munter herumzukriechen. Anhand der Gestalt meiner Schwestern und Brüder erahnte ich mein eigenes Aussehen. Genauso war es mir in den ersten Tagen als Schwein ergangen. Wir wuscheligen Fellkugeln stolperten tapsig über den Kang, wir waren bestimmt sehr niedlich. Auf dem Kang spielten vier Kinder, die alle um die drei Jahre alt waren, ein Mädchen und drei Jungen. Wir Welpen waren auch zu viert, drei Rüden, eine Hündin. Deine Mutter sagte freudig überrascht: „Vater, was sagst du dazu? Der Wurf passt zu unseren Kindern ja wie der Deckel zum Topf!"

Lan Lian sagte weder ja noch nein, er brummelte nur, während er aus dem Ofen ein verbranntes Eierpaket einer Gottesanbeterin holte. Er pulte es auf. Die Eier kamen dampfend und duftend zum Vorschein. Er gab sie Yingchun.

„Wer hat hier ins Bett gemacht?", fragte dein Vater. „Wer ins Bett gemacht hat, kriegt die leckeren Eierchen zu essen!"
„Ich war das!", sagten zwei Jungs und das Mädchen gleichzeitig wie aus einem Mund.
Nur einer sagte keinen Piep. Der Kleine mit den großen, fleischigen Ohren, Kulleraugen und dem Blütenknospenmund setzte einen wütenden Schmollmund auf. Du kannst dir denken, dass das Jinlongs und Huzhus kleiner Adoptivsohn sein musste, nicht wahr? Angeblich waren die Eltern zwei sechzehnjährige Schüler aus der neunten Klasse der Highschool. Jinlong war genial im Geldverdienen, war einflussreich ohne Ende, konnte jedes Bestechungsgeld mit Leichtigkeit zahlen und konnte jedes Hindernis aus dem Weg schaffen. Wegen dieser Adoptivsache hatte Huzhu ein paar Monate Schaumstoff unter ihrem Pullover getragen. Trotzdem wusste jeder im Dorf Bescheid. Der Kleine hieß Ximen Huan. Das Ehepaar rief ihn Huan. Er war ihnen ein kostbar gehüteter Schatz, ihr Augapfel.
„Die Bettpinkler kriegen jetzt mal nichts, der, der's nicht war, darf heute jubeln!", sagte Yingchun. Dabei ließ sie die heißen Gottesanbeterinneneier von einer Hand in die andere rollen, wobei sie pustete, damit sie ein wenig abkühlten. Dann gab sie sie Huan: „Huan, iss schön!"
Ximen Huan klaubte die Eierchen aus ihrer Hand, würdigte sie keines Blickes, sondern pfefferte sie achtlos auf den Boden, wo sie genau vor die Nase meiner Hundemutter kullerten. Mutter verspeiste die Eier sofort.
„Was ist das nur für ein schlimmes Kind!", sagte Yingchun zu Lan Lian.
Der schüttelte den Kopf: „Der Apfel fällt eben nicht weit vom Stamm. Zeig mir deine Kinderstube, so sage ich dir, wer du bist!"
Die vier Kleinen schauten uns Hundchen mit neugierigen Augen an. Jeden Moment streckten sich Händchen aus und streichelten uns. Yingchun sprach: „Für jeden ein Hundchen, passt genau."
Vier Monate später, als im Hof der Ximens der Aprikosenbaum Knospen trug, sprach Yingchun zu den Ehepaaren Ximen Jinlong und Huang Huzhu, Ximen Baofeng und Ma Liangcai, Lan Jiefang und Huang Hezuo und zu Chang Tianhong und Pang Kangmei.
„Ich habe euch hergebeten, damit ihr eure Kinder wieder mit nach Hause nehmt. Wir beiden Alten sind Analphabeten. Wenn wir die

Kinder weiter hierbehalten, müssen wir uns Sorgen um ihre Zukunft machen. Der zweite Grund ist, dass wir beide alt sind, das Haar ist grau, die Sehkraft schwach, die Zähne sitzen locker. Wir haben unser ganzes Leben viel Not leiden müssen. Gebt uns bitte mal zwei Tage Pause, wir können nicht mehr. Genosse Chang und Genossin Pang! Dass wir euer Kind hierbehalten durften, war unser ganzes Glück. Aber ich habe mit meinem Mann genau überlegt, was das Beste für Fenghuang ist. Sie ist aus gehobener Familie, sie sollte in den städtischen Kindergarten gehen."

Die letzte Viertelstunde glich das ganze einer feierlichen Übergabezeremonie: Die vier Kinder standen in einer Reihe rechts vom Kang, die vier Hundchen saßen in einer Reihe links auf dem Kang. Yingchun nahm Ximen Huan auf den Arm, gab ihm einen Kuss auf das Gesicht, drehte sich zu Huzhu, die ihren Sohn aus ihren Armen nahm und an die Brust drückte. Yingchun nahm den erstgeborenen Welpen vom Kang herunter, streichelte seinen Kopf und setzte ihn Ximen Huan auf den Arm: „Huan, das ist deiner."

Sie nahm nun Ma Gaige auf den Arm, küsste sein Gesicht und gab ihn an Baofeng weiter, die ihn an die Brust drückte. Yingchun nahm den zweitgeborenen Welpen vom Kang herunter, streichelte seinen Kopf und setzte ihn Ma Gaige auf den Arm: „Gaige, das ist deiner."

Yingchun nahm nun Pang Fenghuang auf den Arm, musterte ihr rosiges, samtiges Gesichtchen eingehend. Ihre Augen waren voller Tränen, als sie ihr rechts und links einen Kuss auf die Wangen drückte. Dann drehte sie sich zu Pang Kangmei, doch es brauchte einige Zeit, bis sie es über sich brachte, ihr die kleine Fenghuang in die Arme zu geben: „Drei kleine Jungs wiegen ein Elfenmädchen nicht auf."

Sie nahm das drittgeborene Hundemädchen auf den Arm, klopfte sein Köpfchen, streichelte sein Schnäuzchen, strich ihm das Schwänzchen glatt und setzte es dann Pang Fenghuang in die Arme: „Fenghuang, das ist deines."

Nun nahm sie Lan Kaifang, der wie alle Lans über dem halben Gesicht ein Feuermal trug, streichelte sein deutliches Mal, seufzte schwer und weinte, dass ihr die Tränen in Strömen flossen: „Du armes Kleines, dass dich auch dieses Schicksal ereilen musste ..."

Sie drückte Lan Kaifang Hezuo in die Arme. Hezuo drückte ihn fest an die Brust. Weil ihr vom Wildschwein der Po zerbissen worden war, konnte sie ihr Gleichgewicht schlecht halten und kippte zur Seite. Jiefang, du versuchtest noch, ihr Kaifang – die dritte Generation der Blaugesichter und eure Nachkommenschaft – abzunehmen, aber Hezuo wollte ihn in ihren Armen behalten.

Yingchun hob mich, Hund Vier, vom Kang hoch auf ihren Arm und gab mich dem kleinen Kaifang: „Kaifang, das ist deiner. Er ist der allerklügste aus dem Wurf."

Die ganze Zeit über hatte Lan Lian neben dem Platz der alten Hündin gehockt und ihr mit einem schwarzen Tuch die Augen zugehalten, während er sie unentwegt auf dem Kopf streichelte, damit sie sich beruhigte.

Das achtunddreißigste Kapitel
Jinlong redet sich in Rage und verfolgt große Ziele. Hezuo schweigt und kann das alte Unrecht nicht vergessen.

Ich musste mich schwer beherrschen, um nicht von dem Rattanstuhl aufzuspringen. Es kostete mich meine ganze Kraft. Ich steckte mir eine Zigarette an. Einen tiefen Zug nahm ich, um meine Nerven zu beruhigen. Verstohlen blickte ich von der Seite in die träumerischen, blauen Augen des Großkopfkinds. In seinen Augen sah ich unseren Hund, der über fünfzehn Jahre mit uns in meiner Familie gelebt hatte, den Hund, der auf Gedeih und Verderb und in Freud und Leid meiner Exfrau und meinem Sohn treu gewesen war. Ich sah seinen kalten und verachtenden Blick. Aber im gleichen Moment konnte ich in seinen Augen den Blick meines verstorbenen Sohnes wiederentdecken. Welche Ähnlichkeit zwischen den beiden! Die gleiche Kühle, die gleiche Verachtung, die gleiche Unerbittlichkeit.

Damals war ich schon zur Versorgungs- und Absatzgenossenschaft versetzt worden, und ich war Leiter des Referats für politische Arbeit geworden. Eigentlich kann man sagen, dass ich ein Schreiberling geworden war. Regelmäßig schrieb ich unter dem Pseudonym „Kolumnengeneral" kleine Aufsätze für die Provinzzeitung. Mo Yan war damals aushilfsweise in das Kreispropagandaamt, Abteilung Berichterstattung, versetzt worden. Obwohl er immer noch in unserem Dorf als Bauer gemeldet war, war er besessen von seiner Arbeit. Der Name dieses Fanatikers war im ganzen Kreis bekannt. Tag und Nacht schrieb er ohne Pause mit wildem Haar und entsetzlichem Tabakgeruch am ganzen Körper. Immer, wenn es regnete, zog er einfach seine Kleider aus und hängte sie, damit sie nass und sauber wurden, in den Regen. Zum Vergnügen schrieb er Knittelverse wie: *Am 29. ist der Tag des Sparens wieder da, ich sag's dem Himmel, dass er meine Kleider waschen muss, hurra!* Meine Ex mochte diesen Liederjan. Kam er zu Besuch, bewirtete sie ihn reichlich mit Tee und Zigaretten und saß mit ihm zusammen. Unser Hund und mein Sohn aber schienen etwas gegen ihn zu haben. Wenn er kam, bellte der Hund wie verrückt, seine Kette rasselte, während er sich halb umbrachte. Einmal machte mein Sohn ihn heimlich von der Kette los. Wie der Blitz stürzte der Hund sich auf Mo Yan. Er nahm seine ganze Kraft zusammen und sprang behände wie ein Schwertkämpfer sich auf Dächern bewegt oder wie ein professioneller Dieb auf das Dach unseres Seitenhauses. Kurz nachdem ich in die Kreisversorgungs- und Absatzgenossenschaft versetzt worden war, wurde auch Hezuo in die Bahnhofsgaststätte der Kreiskommune versetzt. Ihre Arbeit war von da an, chinesische Schmalznudeln zu frittieren. Seitdem roch sie tagtäglich nach Frittierfett. Besonders bei Regenwetter war dieser Geruch unglaublich intensiv. Ich habe niemals auch nur ein Sterbenswörtchen gegen sie als Frau vorgebracht, niemals habe ich an ihr irgendetwas kritisiert. Als ich mich von ihr scheiden lassen wollte, fragte sie mich weinend aus: „Jiefang, sag mir, was an mir falsch ist!" Auch mein Sohn zwang mich, Gründe zu nennen: „Papa, was hat dir Mama getan? Was ist an ihr falsch?" Meine Eltern beschimpften mich: „Aber als du noch nicht zum Beamten aufgestiegen warst, da war dir Hezuo noch gut genug, oder wie?" Meine Schwiegereltern beschimpften mich: „Du blaugesichtiger kleiner Bastard. Wenn du dem Spiegel nicht glaubst, pinkel dir eine Pfütze, damit du mal siehst, dass du ein ausgemachtes Schildkrötenei bist." Mein Vorgesetzter wies mir wiederholt mit ernsten Worten den Weg: „Genosse Jiefang, der Mensch muss wissen, was er tut!" Richtig! Ich gebe es zu. Huang Hezuo war nicht schuld, und an ihr war auch nichts falsch. Und sie war auch nicht meiner unwert geworden. Aber ... ich liebte sie nun einmal nicht.

An jenem Tag, als Mutter die Kinder und die Hunde weggab, hieß die damals als stellvertretende Leiterin der Organisationsabteilung des Kreiskomitees fungierende Pang Kangmei ihren Chauffeur, ein Foto von uns allen zu machen. Wir vier Ehepaare standen mit unse-

ren vier Kindern und unseren vier Hunden versammelt unter unserem alten Aprikosenbaum im Ximenschen Hof. Wir sahen aus wie in Freundschaft vereint, aber in Wirklichkeit hatte jeder von uns insgeheim Dreck am Stecken. Von diesem Foto wurden viele Abzüge gemacht. Bei allen sechs Familien hing es eingerahmt an der Wand. Aber jetzt existiert davon wahrscheinlich kein einziges mehr.
Nach unserem Gruppenfoto boten Pang Kangmei und Chang Tianhong an, uns im Auto mit zurück in die Stadt zu nehmen. Ich dachte gerade darüber nach, aber Hezuo wollte noch eine Nacht zu Hause bei ihren Eltern bleiben. Deswegen lehnten wir ab. Als Pang Kangmeis Wagen abgefahren und in der Ferne verschwunden war, wollte sie plötzlich doch weg. Sie nahm Kind und Hund auf den Arm. Alle redeten auf sie ein, doch noch zu bleiben. Aber sie hörte nicht. Die alte Hündin zwängte sich aus meines Vaters Arm, das schwarze Tuch fiel ihr auf den Hals herab. Wie ein schwarzes Halsband sah es aus. Sie jagte direkt auf Hezuo zu. Ich reagierte nicht schnell genug, da hatte der Hund meine Frau auch schon tief in die linke Pobacke gebissen. Sie schrie vor Schmerz, fast stolperte sie, schaffte es aber gerade noch, nicht hinzufallen. Trotzdem wollte sie abfahren. Baofeng rannte nach Hause und holte den Arzttornister, um die Wunde zu versorgen. Jinlong zog mich zur Seite, gab erst mir eine Zigarette und steckte sich dann selbst eine an. Zigarettenqualm hüllte uns ein. Ich sah, wie er seine Stirn in Falten legte, die Lippen schürzte, das eine Nasenloch zumachte und den Qualm durch das andere Nasenloch hinauspustete. Ich hatte ihn unzählige Male rauchen sehen. So aber sah ich ihn zum ersten Mal. Ich blickte ihn an. Wie hässlich er war! Er blickte mir durchdringend in die Augen. Schwer zu entscheiden, ob er mitleidsvoll blickte oder mich belächelte, als er sagte: „Hältst es nicht mehr aus, wie?"
Dieses Gesicht von ihm schaute ich mir nicht an. Ich blickte auf die Straße hinaus, sah zwei Hunden zu, die sich jagten, und einem Mopedfahrer, der eine Spritztour machte. Auf unserer öden, kaputten Dorfbühne stand ein Grüppchen junger Leute, die mit viel Krach ein querformatiges Streifenplakat mit der großen, hässlich schiefen Aufschrift *Die Blitz- und Donnertänzerinnen aus Südchina kommen* aufhängten. Ich antwortete kühl: „Mir geht es gut."
„Dann ist ja gut", sagte er. „Ist ja immer so, dass die Fehler meistens auf irgendwelchen Missverständnissen beruhen. Eins kommt zum

anderen. Aber du musst dir ja nicht alles bieten lassen. Frauen! Die ticken doch alle gleich!" Er steckte seinen linken Daumen anzüglich zwischen Zeige- und Mittelfinger. Dann beschrieb er mit beiden Händen einen klassischen Beamtenhut in der Luft und sagte: „Wenn du von beidem genug zu bieten hast, kriegen die den Hals gar nicht voll von dir."

Mir schwante, worauf er anspielte. Mit aller Gewalt versuchte ich zu verhindern, dass mir die alten Geschichten von früher wieder einfielen.

Hezuo kam, von Baofeng gestützt, auf mich zu. Mein Sohn hielt in einem Arm den Hund Vier, mit der anderen Hand hielt er sich an einem Zipfel von Hezuos Jacke fest. Dabei blickte er zu ihr auf und schaute ihr ins Gesicht. Baofeng gab mir eine Packung mit Tollwutimpfstoff.

„Wenn ihr nach Haus kommt, leg den Impfstoff in den Kühlschrank. Auf der Packung gibt es eine ausführliche Beschreibung. Vergiss bitte auf keinen Fall, dass du es pünktlich, genau wie auf der Packung beschrieben, spritzen musst. Sollte etwas passieren, dann …"

„Ich danke dir, Baofeng", antwortete Hezuo. Sie warf mir einen kühlen Blick zu: „Nicht mal der Hund kann mich leiden."

Qiuxiang rannte der alten Hündin mit einem Stock in der Hand hinterher und schlug auf sie ein. Die Hündin verschwand in ihrer Hütte, fletschte die Zähne und knurrte Qiuxiang mit grün blitzenden Augen an.

Huang Tong, der inzwischen einen krummen Buckel hatte, zeigte mit dem Finger auf meinen Vater und meine Mutter, während er sie beschimpfte.

„Bei euch Lans ist es ja üblich, seine eigene Familie zu verraten und ans Messer zu liefern. Nicht mal der Hund weiß, wer zur Familie gehört! Macht hin, dass ihr den Köter am nächsten Baum aufhängt. Wenn nicht, brenn ich euch die Hundehütte ab."

Mein Vater nahm einen Bambusbesen und stieß ihn kräftig in die Hundehütte, der alte Hund jaulte laut auf vor Schmerz. Mutter lief humpelnd herbei und entschuldigte sich wieder und wieder.

„Schwiegertochter, Mutter meiner Enkel, wie tut mir die Sache leid. Unser alter Hund wollte nur seine Welpen beschützen. Er wollte dich nicht beißen …"

Hezuo überhörte das flehentliche Bitten von Mutter, Baofeng und

Huzhu. Sie bestand darauf zu gehen. Jinlong hob das Handgelenk und warf einen Blick auf seine Armbanduhr.
„Der erste Bus ist schon weg. Der zweite kommt in zwei Stunden. Wenn euch mein kaputter Wagen nicht stört, bring ich euch nach Hause."
Hezuo warf ihm einen abschätzigen Blick zu. Dann nahm sie ihr Kind an die Hand und ging grußlos, den Körper wegen ihrer Behinderung nach links geneigt, zum Dorf hinaus. Unser Sohn hielt seinen Hund auf dem Arm und drehte sich wieder und wieder nach seinen Großeltern um. Ich folgte ihnen.
Mein Vater holte mich ein und ging mit mir Schulter an Schulter. Infolge des fortschreitenden Alters war seine blaue Gesichtshälfte inzwischen nicht mehr so deutlich blau, wie sie es in seinen jungen Jahren gewesen war. Der Abendsonnenschein leuchtete auf sein Gesicht und ließ ihn dadurch noch älter aussehen. Ich blickte auf meine vor mir hergehende Frau, auf meinen Sohn mit seinem Hund und blieb stehen.
„Papa, geh ruhig nach Haus!"
„Ach", seufzte mein Vater schwer. Mit hängendem Kopf, tieftraurig sagte er: „Wenn ich früher gewusst hätte, dass das Feuermal sich weitervererbt, dann hätte ich damals meinen Schwanz besser gezügelt."
„Papa, denk sowas bitte nie wieder!", entgegnete ich. „Ich finde an diesem Mal nichts peinlich. Wenn es Kaifang stört, kann er, wenn er größer ist, eine Hauttransplantation machen lassen. Solche OPs sind auf dem heutigen Stand medizinischer Forschung durchaus möglich, sogar üblich."
„Jinlong und Baofeng stehen mir weniger nah als du. Woran mein Herz hängt, und worum ich mich sorge, das seid ihr", antwortete Vater.
„Vater mach dir keine Sorgen um uns. Denk zuerst an dich selbst."
„Es ist mir in den letzten drei Jahre besser gegangen als je zuvor", sprach Vater wieder. „Wir haben zu Haus über dreitausend Pfund Weizen. Dazu noch mehrere hundert Pfund anderes Getreide und Bohnen. Selbst wenn wir drei Jahre nicht ernten würden, hätten deine Mutter und ich genug zu essen."
Jinlongs Jeep fuhr holpernd auf uns zu.
„Papa", sagte ich. „Papa, du kannst ruhig nach Haus gehen. Sobald ich wieder Zeit habe, komme ich dich besuchen."

„Jiefang", Vater stockte, er schaute zu Boden. Dann sagte er traurig: „Deine Mutter lässt dir sagen: Es ist die Vorsehung, die bestimmt, wer mit wem verheiratet ist. Man soll sich gegen sein Leben nicht auflehnen." Wieder stockte er. „Mutter bat mich darum, dich zu bitten, nicht nach anderen Frauen zu schauen. Sie lässt dich eine seit alters her gültige Wahrheit wissen. Alle, die auf einem Beamtenstuhl sitzen und sich ein feines Leben machen, sollten dieses weise Wort beherzigen: *Wenn man sich von seiner Frau scheiden lässt, so hat man den Rest seines Lebens verspielt.* Dieses Wort sollst du dir zu Herzen nehmen."

„Ja, Vater, ich habe verstanden." Wie ich so in Vaters hässliches, ernstes Gesicht schaute, wurde mir mit einem Mal mein Herz ganz schwer. Ich sagte: „Sag unserer Mutter, sie kann sich auf mich verlassen."

Jinlong stoppte den Wagen neben uns. Ich öffnete die Autotür und setzte mich auf den Beifahrersitz.

„Jetzt verlang ich dir ja wieder was Großes ab, danke dir …", sagte ich.

Jinlong legte den Kopf schief und spuckte die glimmende Zigarettenkippe, die er im Mundwinkel hatte, zum Fenster hinaus. Er unterbrach mich: „Du hast was Großes in der Hose, du Scheißer!" Ich musste losprusten: „Wenn gleich mein Sohn mit dabei ist, dann hüte deine Zunge." Er machte eine läppische Handbewegung: „Mensch, ist doch egal! Männer sollten von ihrem fünfzehnten Lebensjahr an Sex haben. Dann werden sie auch nicht wegen Frauen sentimental."

Ich antwortete: „Na, dann fang mal bei Huan damit an. Wollen mal sehen, ob du dir damit einen ganzen Kerl heranziehen kannst." Jinlong erwiderte: „Nur erziehen bringt nichts, der muss auch das Zeug dazu haben."

Der Jeep fuhr nun neben Hezuo her, er stoppte. Jinlong lehnte seinen Kopf zum Fenster raus: „Schwesterchen, Prachtneffe, kommt, steigt ein!"

Kaifang trug das Hundchen im Arm, Hezuo hatte Kaifang an der Hand. So gingen beide. Obschon sie einen schiefen Gang hatte, ging Hezuo erhobenen Hauptes am Auto vorbei.

„Hey! Das nenne ich Charakter!" Jinlong schlug mit der Hand aufs Lenkrad – der Jeep hupte kurz auf – den Blick geradeaus, sagte er zu mir: „Kumpel, mach dich auf was gefasst. Das Mädchen hier war noch nie besonders einfach. Die ist keine Lampe, die auf kleiner Flamme brennt."

Das Auto fuhr im Schritttempo neben ihnen her, Jinlong hupte noch einmal und lehnte den Kopf aus dem Wagen: „Gnädigste Schwägerin, gefällt dir die Schrottkarre deines Schwagers nicht?"

Immer noch ging Hezuo mit stolzem Schritt und scharfem Blick stur geradeaus. Sie trug eine hellgraue Hose, links eingefallen, rechts wohlgerundet. Man sah einen Blutfleck. Oder war es Jod? Ich hatte Mitleid mit ihr, aber in der Tiefe meines Herzens mochte ich sie nicht, ich konnte sie einfach nicht leiden! Ihr Kurzhaarschnitt, der ihren blassen Nacken frei ließ, ihre mageren, ohrläppchenlosen Ohren, ihr Leberfleck mit dem langen und dem kürzeren Haar auf ihrer Backe und dann erst ihr Körpergeruch, der vom Frittieren herrührte, ekelten mich an.

Jinlong fuhr das Auto an ihr vorbei und stoppte vor ihr mitten auf der Straße. Er schlug die Tür auf und sprang hinaus. Die Hände in die Taille gestemmt und mit einem höchst provozierenden Gesicht stand er neben dem Jeep. Ich zauderte kurz. Dann stieg ich auch aus.

Eine verfahrene Situation, keiner wollte nachgeben. Ich dachte damals, wenn Hezuo über Kampfkünste wie die in den alten Sagen verfügte, würde sie sich in eine Riesin verwandeln und dann zuerst auf mir und dann auf Jinlong herumtrampeln. Sie würde den Jeep zertreten und, weder links noch rechts schauend, vorübergehen. Sie würde keinen Schritt zuviel machen! Die Abendsonne schien ihr in das Gesicht mit den zwei über der Nasenwurzel so gut wie eine Linie bildenden, viel zu dichten Brauen, den dünnen Lippen und den zwei Schlitzaugen, die die Tränen schon nicht mehr zurückhalten konnten. Ich bemitleidete sie und fand, dass sie es wirklich nicht leicht hatte. Aber trotzdem spürte ich überwiegend Abneigung.

Jinlong setzte eine verdrossene Miene auf. Dann grinste er breit.

„Schwesterchen, ich hab's geschnallt, dass dich diese kaputte Kiste beleidigt. Ich kapier, dass du mich ungehobelten Bauern verachtest. Du wirst dich nicht ins Auto setzen. Lieber noch läufst du zu Fuß in die Kreisstadt. Du bist gut zu Fuß, Kaifang aber nicht. Und wenn du's nur meinem Prachtneffen zuliebe tust, lass ihn bitte bei seinem großen Onkel mitfahren!"

Jinlong ging vor, beugte sich hinunter und nahm Kaifang und das Hündchen auf den Arm. Hezuo zerrte ein paar Mal, aber schnell hat-

te Jinlong ihr die Beiden abgenommen. Er öffnete die hintere Tür des Jeeps und steckte alle beide auf die Rückbank. Kaifang rief „Mama!" Mit heiserer Stimme schluchzte er. Der Hund bellte. Ich riss die Beifahrertür auf, schaute wüst zu ihr hinüber und sagte in bissigem Ton: „Bitte sehr, Gebieterin!"
Sie zögerte. Jinlong alberte mit einem unverschämten Grinsen im Gesicht: „Tante von Huan! Würden wir beide jetzt nicht vor den Augen deines Göttergatten stehen, ich nähme dich auf den Arm und trüge dich zu mir ins Auto!"
Hezuo wurde puterrot, als er das sagte. Sie äugte zu Jinlong hinüber. Welch verwirrender Blick in ihrem Gesicht! Ich wusste natürlich, woran sie jetzt dachte. Meine totale Abneigung gegen sie hatte nichts damit zu tun, dass sie mit Jinlong geschlafen hatte. Genauso wie ich kein Problem damit gehabt hätte, mich in eine verheiratete Frau zu verlieben, die in der Vergangenheit mit einem anderen Mann geschlafen hatte. Sie stieg dann tatsächlich ein. Allerdings nahm sie nicht die von mir angebotene Beifahrertür, sondern stieg hinten ein, da wo Jinlong Kaifang hingesetzt hatte. Ich stieg ebenfalls ein und knallte die Tür zu. Jinlong schloss die Fahrertür.
Er startete den Motor und fuhr mit Vollgas an. Ich konnte im Rückspiegel sehen, wie Hezuo den Sohn und der Sohn den Hund eng umschlungen hielt. Sie war so verbittert, dass sie unentwegt murmelte: „So ein Theater geht zu weit …"
Eben fuhr der Jeep über die schmale Steinbrücke, da riss sie die Tür auf und wollte die Brücke hinabspringen. Jinlong lenkte mit der linken Hand weiter, während er sie mit der Rechten noch am Haarschopf erwischte. Wie wild schmiss ich mich nach hinten und ergriff gerade noch ihren Arm. Das Kind weinte, der Hund bellte. Als der Wagen über den Brückenkopf fuhr, stieß Jinlong mit der Faust nach hinten und erwischte mich empfindlich an der Brust. Er schrie mich an: „Du Scheißkerl!" Dann stoppte er und sprang aus dem Wagen. Mit dem Ärmel wischte er sich den kalten Schweiß von der Stirn. Er versetzte der Autotür einen Tritt und brüllte Hezuo an: „Du bist genauso ein Sauschwein! Egal, wir drei, du, ich oder er, können gern draufgehen! Aber was ist mit Kaifang? Hey, Mann, der ist drei Jahre alt! Der hat doch keinem was getan!"
Kaifang weinte entsetzlich laut, Hund Vier bellte.
Jinlong ging mit beiden Händen in der Tasche auf und ab und zisch-

te irgendetwas vor sich hin. Er öffnete die Autotür und kroch zu Kaifang auf die Rückbank. Er wischte dem Kleinen die Tränen ab und tröstete ihn: „Ist ja gut, kleiner Mann. Weine nicht mehr. Wenn du mich das nächste Mal besuchen kommst, dann hole ich dich mit einem VW Santana von der Busstation ab." Er gab dem Hund einen Klaps und schimpfte mit ihm: „Du Sohn einer Hündin, du! Was soll das Gekläff, du Scheißer?"
Der Jeep raste wie im Flug dahin. Er rauschte an ungezählten Pferdefuhrwerken, Eselkarren, Treckern, Einachsschleppern, Radfahrern und Fußgängern vorüber, die jedes Mal in einer Staubwolke verschwanden. Damals war die asphaltierte Straße, die unser Dorf mit der Kreisstadt verband, nur ein fünf Meter breiter Streifen, links und rechts war Sand. Jetzt, seitdem unser Dorf Wirtschaftssonderzone ist, hat man die Straße in die Kreisstadt längst zu einer vierspurigen Autobahn mit Betonfahrbahn ausgebaut. Zu beiden Seiten stehen sauber geschnittene Stechpalmen, alle zehn Meter ein Baum. Dazu wächst dort noch kerzenförmiger, wie ein Stupa gewachsener Wacholder. Auf den Mittelstreifen zwischen die Schutzplanken hat man gelbe und rosafarbene Rosenbüsche gepflanzt. Der Jeep zitterte beim Fahren und machte dabei quietschende Geräusche. Jinlong besaß einen provokanten Fahrstil. Wie der Teufel fuhr er. Immer wieder drückte er auf die Hupe. Mal kurz wie Hundebellen, mal drückte er lang, dass der Ton jedem wie Wolfsgeheul durch Mark und Bein ging. Ich hielt mich verkrampft am Metallgriff auf dem Armaturenbrett fest und machte einen Witz: „Kumpel, hast du die Radmuttern auch festgezogen?"
„Ruhig Blut, du hast es mit einem Formel-1-Weltmeister zu tun."
Als er das sagte, drosselte er deutlich das Tempo. Nachdem wir Lüdian hinter uns gelassen hatten, schlängelte sich die Straße längs des großen Flusses durch die Landschaft. Die Sonne ließ die Wasseroberfläche goldgelb glitzern. Ein blauweiß gestrichenes Rennboot flitzte im Wasser parallel neben uns her. Jinlong meinte: „Kaifang, Prachtneffe! Dein Onkel schuftet wie besessen, damit unser Nordost-Gaomiland das Paradies auf Erden wird. Ich will, dass unser Dorf Ximen die strahlende Perle am Yunliang-Fluss wird. Eure schäbige Kreisstadt wird dann nur noch Vorort unseres Dorfes sein. Glaubst du mir?"
Kaifang antwortete nicht. Ich wandte mich nach hinten und fiel ein: „Dein Onkel fragt dich was!" Aber der kleine Kerl war schon eingeschlafen. Die Spucke tropfte ihm aus dem Mundwinkel auf Hund

Vier. Der schaute benebelt drein. Ihm war wohl schwindelig. Hezuo schaute zum Fenster hinaus auf den Fluss. Die Gesichtshälfte mit dem Mal war mir zugewandt. Sie machte einen Schmollmund. Sie war wohl immer noch wütend.
Nahe der Kreisstadt erblickten wir Hong Taiyue, der auf einem kaputten Fahrrad – ein Relikt aus der Zeit des „Großen Schweinezüchtens" – mit einem zerfledderten Strohhut auf dem Kopf, gebeugtem Rücken und schlenkernden Schultern kräftig in die Pedale trat. Seine Jacke war auf dem Rücken klatschnass vom Schweiß und von oben bis unten mit Lehm beschmutzt.
„Das ist Hong Taiyue!", sagte ich.
„Den hab ich längst entdeckt", antwortete Jinlong: „Der ist wohl wieder auf dem Weg zum Kreisausschuss, um Klage einzureichen."
„Gegen wen?"
„Alle, die er zu fassen kriegt." Jinlong stockte einen Moment. Dann sagte er lachend: „Er ist eigentlich Vaters genaues Gegenteil, wie Kopf und Zahl einer Münze." Jinlong haute auf die Hupe, als wir an Hong vorbeirauschten. „Das sind vielleicht zwei Brüder, einer schlimmer als der andere!"
Ich blickte mich um. Dabei sah ich, wie Hong mit dem Fahrrad ins Schleudern kam. Er konnte sich gerade noch fangen und stürzte nicht. Dann war er auch schon in der Ferne verschwunden. Nur eine Salve in scharfem Ton uns hinterher geschrieener Beleidigungen erreichte uns noch.
„Ximen Jinlong! Ich hasse deine Ahnen! Du Hundebalg eines despotischen Grundbesitzers …"
„Seine Schmähreden kenne ich schon auswendig", lachte Jinlong: „Im Grunde ist der doch ein netter alter Kauz."
Vor unserem Haus stoppte Jinlong den Wagen. Bei laufendem Motor sprach er: „Jiefang, Hezuo, was meint ihr: Dreißig, vierzig Jahre haben wir rum. Bis heute haben wir eins ja wohl kapiert: Man kann nicht mit jedem zurande kommen, alles scheißegal! Nur mit sich selbst, da muss man klarkommen. Da muss man höllisch drauf achten."
„Goldene Worte aus deinem Mund", kommentierte ich.
„Ach, scheiß drauf!", entgegnete er. „Letzten Monat habe ich das einem hübschen Mädchen in Shenzhen erklärt. Sie hatte so einen Lieblingssatz: *Du darfst mich nicht ändern wollen!* Ich entgegnete ihr: *Ich ändere mich selber!*"

„Was meinst du damit?" fragte ich.

„Na, dann grübel mal schön!" Er drehte den Wagen einmal um sich selbst, wie ein Stier sich dreht, weil er in die vom Matador dargebotene rote Capote stoßen will. Dann streckte er eine weißbehandschuhte Hand aus dem Fenster, machte eine seltsam verdrehte Handbewegung, um gleich darauf auf und davon zu rauschen. Ein braunes Huhn, das der Muhme bei den Nachbarn gehörte, war unter sein Auto gekrochen und wurde plattgefahren. Er nahm gar keine Notiz davon. Also hob ich das Huhn auf und klopfte bei der Muhme. Keiner machte auf. Nach kurzem Überlegen zog ich zwanzig Yuan aus meiner Tasche und steckte dem Huhn die Geldscheine zwischen die Krallen. Das Huhn mit dem Geld schob ich unter dem Tor hindurch in den Hof hinein. Damals konnte man bei uns in der Kreisstadt noch Hühner und Gänse halten. Unser Nachbar hatte bei sich den halben Hof abgetrennt, den Untergrund mit einer Schicht Sand aufgeschüttet und hielt dort zwei Strauße.

Hezuo stand im Hof und sagte zu Kind und Hund: „Schaut, hier sind wir zu Haus."

Aus dem Portemonnaie holte ich den Tollwutimpfstoff und sagte kühl, während ich ihn ihr in die Hand gab: „Leg ihn schnell in den Kühlschrank. Alle drei Tage brauchst du eine Injektion. Du darfst es auf keinen Fall vergessen."

„Deine Schwester sagt, Tollwut verläuft immer tödlich, nicht wahr?", fragte sie mich.

Ich nickte.

„Aber das trifft sich doch gut, dann liefe bei dir doch alles genau nach Plan, so wie du es dir wünschst!" Sie nahm die Tollwutmedizin und ging in die Küche zum Kühlschrank.

Das neununddreißigste Kapitel
Lan Kaifang freut sich an seinem neuen Haus.
Hund Vier vermisst seine Kinderstube.

In der ersten Nacht bei euch zu Hause habt ihr mich wirklich fürstlich behandelt. Ich, ein Hund, durfte bei euch sogar mit ins Haus. Deinen Sohn hattet ihr, als er ein Jahr alt wurde, ins Dorf zu eurer Mutter gegeben, damit sie ihn behielt und aufzog. Von da an war er kein einziges Mal mehr bei euch gewesen. Ihm ging es genau wie mir, er fühlte sich völlig fremd, war aber auch neugierig auf sein neues Zuhause. Ich folgte ihm auf Schritt und Tritt auf seinen Wanderungen durchs ganze Haus. Es dauerte nicht lang, und wir kannten uns aus.

Es war ein ziemlich feines Zuhause. Wenn man es mit meiner Hundehütte unter dem Dachvorsprung an Lan Lians Haus vergleichen wollte, so musste man es ja geradezu als Palast bezeichnen. Gleich beim Hereinkommen betrat man einen quadratischen Empfangsraum. Der Fußboden war mit rotem Marmor aus Laiyang ausgelegt. Er glänzte frisch gebohnert. Man musste sehr aufpassen, dass man nicht ausrutschte. Dein Sohn war vom Fußboden sofort gefangen genommen. Er bückte sich und betrachtete darin sein Spiegelbild. Auch ich sah mein Spiegelbild. Dann fing er an, wie auf dem zugefrorenen Yunliang-Fluss beim Schlittschuhlaufen, darauf hin und her zu schlittern. Ich sah verschwommen den großen, zugefrorenen Fluss bei uns hinter dem Dorf vor meinen Augen. Durch die durchscheinende, jadegrüne Eisfläche hindurch konnte ich das unter dem Eis dahinfließende Wasser und die langsam darin schwimmenden Fische sehen. Ein riesengroßes Schwein tauchte langsam aus den Tiefen des Marmorfußbodens an die Oberfläche. Wie grausig! Als wollte es mich verschlingen! Schnell hob ich den Kopf, um es nicht weiter sehen zu müssen. Ich sah zu allen vier Seiten um mich herum die orange gefärbte Buchenholzvertäfelung, darüber schneeweiße Wände. An der ebenfalls schneeweißen Zimmerdecke hing ein hellblauer Kronleuchter, die einzelnen Kronen waren Maiglöckchenblüten nachempfunden. Ich sah noch ein riesiges Poster an der Stirnwand hängen. Darauf war ein Laubwald an einem blaugrünen See abgebildet, auf dem zwei Schwäne dahinschwammen und an dessen Ufer goldgelbe Tulpen in einem riesigen Beet blühten. Rechts neben dem Wohnzimmer gab es ein langgestrecktes Arbeitszimmer. Eine Wand des Raums wurde von einem Bücherregal verdeckt. Auf den Borden befanden sich, locker verteilt, gerade mal sechzig, siebzig Bücher unterschiedlicher Größe. An der Wand standen noch ein Bett und daneben ein Schreibtisch mit Schreibtischstuhl. Der Raum hatte einen farblos lackierten Dielenfußboden aus Kampesche. Von der Wohndiele ging links der Westgang ab, von dem man in die Schlafräume kam. In jedem Raum stand ein Bett, und jeder hatte einen lackierten Dielenfußboden aus Kampesche. Im Rücken der Wohndiele lag die Küche.

Es war vermessen, luxuriös, der Wahnsinn! So dachte ich damals. Schon bald, nachdem ich meine Hundeschwester zu Hause besucht hatte, wurde ich eines Besseren belehrt. Da sah ich, was es heißt, modern eingerichtet zu wohnen, und was man unter opulenter Pracht versteht. Aber freilich mochte ich euer Haus, das ja auch mein Zuhause war, am liebsten, auch wenn es im Vergleich zu anderen schäbig erscheinen mochte. Ein Hund schert sich nicht um arm oder reich, geschweige denn, dass er überhaupt irgendetwas für arm hält. Ein Haus mit vier Zimmern, ein Raum rechts, drei Räume links neben einer quadratischen Wohndiele, dazu 350 Quadratmeter Garten, darin vier große Ginkgobäume und ein Brunnen mit einer sprudelnden Quelle. Jiefang, dein Haus und dein Garten sprachen eine deutliche Sprache. Dir ging es prächtig. Obwohl dein Beamtenrang nicht hoch war, warst du ein hohes Tier und hattest eine Menge zu sagen. Als Hund, ob klein oder groß, verrichtet man seine Hundepflichten. Da war ich nun schon mal ein Hund, deswegen war es mir heilige Pflicht, wenn ich an einen neuen Ort kam, ihn durch das Abspritzen einer Portion Urin als den meinen zu markieren. Zum einen, weil er dadurch zu meinem Territorium wurde, zum anderen, damit ich, falls wir einmal von weit her nicht mehr zurückfänden, immer der Nase nach wieder nach Hause zurücklaufen konnte.

Das erste Bächlein strullerte ich rechts an den Türrahmen. Ich hob das rechte Bein, und intensiver Wohlgeruch verströmte. Sei sparsam damit! Da sind noch viele Orte, an denen wir unsere Duftmarke setzen müssen. Die zweite Portion strullerte ich an die Wandvertäfelung im Wohnzimmer. Zwei Spritzer, der gleiche Geruch wie eben, ich wollte sparsam sein. Die dritte Portion setzte ich an dein Bücherregal. Ich hatte mein Bein gehoben und schon einen Spritzer gemacht, da tratst du mit dem Fuß nach mir. Den zweiten Spritzer verkniff ich mir und hielt mit aller Kraft ein. Jiefang, die ganzen vierzehn, fünfzehn Jahre meines Hundelebens konnte ich deinen Tritt nicht vergessen. Obschon du unser Hausherr warst, habe ich dich nie als meinen Herrn betrachtet. Zuletzt habe ich dich sogar wie meinen Widersacher und Feind behandelt. Meine Herrin war natürlich die Frau mit dem halben Hintern, gefolgt von dem kleinen Jungen mit der blauen Gesichtshälfte. Verdammte Scheiße, du warst in meinen Augen ein Nichts …

Deine Frau stellte einen Strohkorb im Gang auf. Den Korb polsterte sie mit Zeitungen aus, dein Sohn tat noch einen kleinen Ball dazu. Das Ganze sollte mein Körbchen sein. Das war natürlich fein. Wirklich edel, sogar noch ein Spielzeug im Körbchen zu haben. Doch nicht lange währte mein Glück. Nur die halbe Nacht schlief ich in meinem Körbchen, dann trugst du den Korb mit mir auf dem Westgang entlang bis zum Kohlenhaufen, wo du mich achtlos hinwarfst. Und warum? Weil ich es vor Heimweh nicht ausgehalten und unter strömenden Tränen gewinselt hatte. Weil ich im Dunkeln an meine Hundehütte zu Hause in Ximen gedacht hatte und an die warme Brust meiner Hundemutter, an die ich mich immer gekuschelt hatte. Außerdem hatte ich mich nach dem Geruch der mitleidvollen alten Großmutter gesehnt. Jiefang, dein Sohn schlief doch auch in den Armen seiner Großmutter und suchte mitten in der Nacht nach ihrer Brust. Bei Hunden ist das nicht anders. Menschen und Hunde ähneln sich. Dabei war dein Sohn damals schon drei Jahre, ich aber gerade mal zwölf Wochen alt. Wie sollte das zugehen? Noch nicht mal nach meiner Mutter durfte ich Heimweh haben. Und ich sehnte mich nicht nur nach meiner Hundemutter, nach deiner Mutter sehnte ich mich auch! Aber wozu die vielen Worte! Mitten in der Nacht kamst aus der Tür heraus und warfst den Korb mit mir darin ans Ende des Westgangs neben den Kohlenhaufen. Du schimpftest: „Bastard, mieser Köter, noch ein Ton und ich dreh dir den Hals um!"

Dabei hattest du gar nicht geschlafen. Du hattest dich in deinem Arbeitszimmer verschanzt und geräuschvoll einen Band „Ausgewählte Werke von Lenin" auf den Schreibtisch geworfen. Gerade du, der den Kopf voll verderbter, bourgeoiser Ideen hat! Du und Lenins Werke lesen? Dass ich nicht lache. Pfui, kann ich da nur sagen! Das sind doch die altbewährten Tricks von solch einem Waschlappen wie dir! Deine Methode, es zu vermeiden, mit der Herrin gemeinsam ins Bett gehen zu müssen. Eine Kippe nach der anderen hast du weggequalmt. Die Wände in deinem Arbeitszimmer waren schon so verfärbt, dass man meinen konnte, die Handwerker hätten sie nicht weiß, sondern gelb gestrichen.

Licht trat aus deinem Arbeitszimmer durch den Türspalt ins Wohnzimmer und leuchtete unten in den Gang nach draußen. Dem Licht folgte stinkender Zigarettenqualm. Ich winselte, aber gleichzeitig tat ich das, was mir als Hund zukam. Ich merkte mir diese erdige, bittere Geruchsmischung, die, verdeckt unter dem Zigarettengeruch, deinem Körper anhaftete, dann die von zu häufigem Weinen streng riechende, saure Geruchsmischung, die, verdeckt von Frittieröl- und Jodgeruch, deiner Frau anhaftete. Der Geruch deines Sohnes, der aus einer Mischung deines und ihres Geruchs bestand, sowohl bitter-erdig wie auch sauer, war mir ja schon lange vertraut. Zu Hause in Ximen konnte ich mir mit geschlossenen Augen aus einem Haufen unterschiedlicher Schuhe den seinen herausschnappen. Du Waschlappen, du wagst es, mich aus dem Haus hinaus auf den Gang hinten zum Kohlenhaufen zu stellen! Welcher Hund will schon mit euch Menschen unter einem Dach wohnen? Um eure Schweißfüße zu riechen? Um eure Fürze zu schnuppern? Oder den Schweißgeruch unter euren Achseln? Vielleicht, um euren Mundgeruch einzuatmen? Damals war ich doch klein, mich eine Nacht mit im Haus schlafen zu lassen, hätte dir doch gar nichts ausgemacht. Es wäre eine Gnade gewesen, du Waschlappen! Unsere Feindschaft hat ihren Ursprung in jener Nacht.

Auf dem Gang war es finster. Für einen Hund aber war das Licht ausreichend. Der Kohlengeruch war intensiv, zersetzt mit Salpetergeruch und dem Schweißgeruch der Bergleute. Sogar Blutgeruch haftete den Kohlen an. Es waren die besten großen, glänzenden Kohlen. Damals musste man beim Genossenschaftsladen nehmen, was es gerade gab. Wer solche Kohlen verbrannte, gehörte nicht zu den einfachen Durchschnittsfamilien. Ich sprang aus dem Korb und machte einen Gang durch den Garten, schnupperte das aus dem Brunnen hochsprudelnde Quellwasser, sog den Duft der Ginkgoblüten ein, roch den Geruch des Klos links hinten im Hof. Ich schnüffelte auf dem kleinen Gemüsebeet am Knoblauch und am Spinat. Ich schnupperte den Duft des eingelegten Gemüses rechts auf dem Ostgang, ich roch die Knoblauchwürste, den Geruch von gammeligem Reis. Ich roch alle möglichen Sorten von Holz, Eisengerätschaften, Plastik, Elektrogeräten. An allem schnupperte ich. An den vier Ginkgobäumen setzte ich meine Marke, auch am Haupttor. Überall, wo man hinstrullern sollte, tat ich es. Jetzt hatte ich mein Revier abgesteckt. Ich war von meiner Mutter weg an einen neuen, fremden Ort gekommen, der nun meiner werden sollte. Von heute an würde ich auf mich allein gestellt sein.

Als ich mit meinem Rundgang durch den Hof fertig war und mich mit allem vertraut gemacht hatte, kam ich wieder an der Wohndiele vorbei. Ich sprang an der Tür hoch, kratzte ein paar Mal mit den Pfoten am Türblatt, weil mich plötzlich so ein Gefühl überkam. Ich winselte. Aber nicht lange, dann hatte ich mich wieder im Griff und ging zurück in meinen Korb. Ganz erwachsen fühlte ich mich dabei. Ich sah den Halbmond langsam am Himmel aufsteigen, sein Gesicht war rötlich wie das eines schüchternen Bauernmädchens. Der grenzenlose, sternenklare Himmelsraum breitete sich über die vier großen Ginkgobäume aus. Die ungezählten lila Blüten wogten wie Schmetterlinge im milchigen Mondlicht. Es war, als würden sie jeden Augenblick ausgelassen zu tanzen beginnen. Ich horchte auf die fremden, geheimnisvollen Geräusche der nächtlichen Kreisstadt, roch das verwirrende Gemisch aller nur möglichen Gerüche. In welch riesenhafte, neue Welt hatte man mich hineingeworfen! Ich war voller Erwartung auf den nächsten Tag.

Das vierzigste Kapitel
Pang Chunmiao vergießt Tränen. Lan Jiefang kostet erstmals einen Kirschmund.

Innerhalb von sechs Jahren war ich vom Leiter des Referats für politische Arbeit der Versorgungs- und Absatzgenossenschaft zum Vizeparteisekretär der Versorgungs- und Absatzgenossenschaft und dann zum Leiter der Versorgungs- und Absatzgenossenschaft aufgestiegen. Nebenher hatte ich immer das Amt des ersten Parteisekretärs innegehabt. Im Anschluss daran wurde ich Vizekreisvorsteher und leitender Kreiskader, verantwortlich für Kultur, Bildung und Hygiene im Kreis. Ich hatte eine steile Karriere gemacht. Zwar machten sich die Leute so manche Gedanken dazu, doch ich hatte ein reines Gewissen. Obschon das Leben von Pang Kangmei, der ehemaligen Leiterin der Organisationsabteilung und späteren Vizesekretärin, zuständig für die Disposition und Organisation der leitenden Kader, von ihrer Geburt an mit meinem Vater verknüpft war – denn er war es gewesen, der ihre jeden Augenblick gebärende Mutter mit seinem Esel zum Kreiskrankenhaus gebracht hatte –, obschon mein Halbbruder Jinlong zu Kangmei Beziehungen von ganz besonderer Art pflegte, obschon ich mit ihrem Vater, ihrer Mutter und mit ihrer kleinen Schwester sehr vertraut war, obschon sogar mein Sohn mit ihrer Tochter die gleiche Klasse besuchte, obschon sogar mein Hund und ihr Hund Welpen aus dem gleichen Wurf waren, obschon es so ungezählt viele „obschons" sind, führe ich es auf meinen eigenen, persönlichen Einsatz zurück, dass ich es bis zum Vizekreisvorsteher gebracht habe. Meine eigenen Fähigkeiten, mein Fleiß, meine mühsam erarbeiteten erstklassigen Kontakte, meine Verbundenheit mit der Basis. Wenn ich ehrlich bin, beinhaltet diese hochtrabende Beschreibung meiner Voraussetzungen natürlich die Förderung, die mir durch die verschiedenen Organe zuteil wurde, und Hilfe und Unterstützung durch die Genossen. Aber kein einziges Mal habe ich bei Pang Kangmei vorgesprochen. Sie schien mich auch nicht sonderlich zu mögen.

Kurz nachdem ich meinen Posten übernommen hatte, passierte es mir einmal, dass ich ihr zufällig im Hof des Kreiskomitees begegnete. Sie reckte den Hals nach links und rechts. Dann sprach sie mich doch tatsächlich an: „Ich habe dir meine Stimme nicht gegeben, du potthässlicher Wurm. Trotzdem bist du aufgestiegen."

Mir war, als hätte ich eins mit dem Knüppel vor den Kopf gekriegt, eine Zeit lang schnappte ich wie betäubt nach Luft. Damals war ich vierzig. Ich hatte bereits einen Bauch. Auch das Haar auf dem Kopf wuchs nur noch spärlich. Sie war genauso alt wie ich, aber schlank und rank wie eh und je und ihre Haut immer noch zart und glatt. Ihr Gesicht wirkte jugendlich. Auf ihrem Körper hatte die Zeit so gut wie keine Spuren hinterlassen. Wie von einer andern Welt sah ich ihr nach, betrachtete ihr hübsch geschnittenes, kaffeebraunes Kostüm, ihre braunledernen Pumps, ihre strammen Waden, die schlanke Taille und die ausgeprägten Schultern. Ich war verwirrt.

Wenn die Sache mit Pang Chunmiao nicht passiert wäre, wäre ich wohl noch höher aufgestiegen. Ich wäre versetzt und woanders Kreisvorsteher oder Parteisekretär geworden. Das Schlechteste, was mir dabei hätte passieren können, wäre gewesen, wenn ich nur in den Volkskongress oder in die politische Konsultativkonferenz berufen und dort auf irgendeinem Vizeamt geparkt worden wäre. Dann wäre ich geschäftsessend und mich amüsierend, stetig, aber ohne jede Veränderung, gealtert. Es wäre niemals zu jener Situation gekommen, ich wäre niemals in Verruf geraten, niemals zusammengeschlagen worden, hätte nicht den ganzen Leib voller blutiger Wunden gehabt, wäre nicht würdelos mit meinem mir gebliebenen Leben... Aber ich bereue nichts.

„Ich weiß, dass du nicht bereust", sagte das Großkopfkind. „Von einer bestimmten Warte aus halte ich dich für einen ganzen Kerl." Es lachte schäbig dabei. In seinem Gesichtsausdruck konnte ich den Blick unseres Hundes lesen wie auf Fotopapier, das im Entwicklerbad schwimmt und auf dem langsam das Bild erscheint.
Als Mo Yan sie das erste Mal mit in mein Büro brachte, wurde mir, als hätte ich eine plötzlich Eingebung, mit einem Mal klar, wie die Monate und Jahre an mir vorbeigerauscht waren. Ich hatte immer das Gefühl gehabt, dass ich mit der Familie Pang sehr, sehr vertraut war und wir uns immer regelmäßig gesehen hatten. Aber wenn ich mich an Chunmiao zu erinnern versuchte, hatte ich immer nur das Bild vor Augen, das sie als kleines Mädchen vor dem Tor der Baumwollmanufaktur Werk 5 im Handstand auf den Händen laufend zeigte.
„So groß bist du inzwischen tatsächlich geworden...", sagte ich zu ihr und musterte sie, wie es vielleicht ihr Vater getan hätte. Tief bewegt sagte ich: „Damals, da hast du einfach so, schwupp, die Beine senkrecht empor geschwungen..."
Ihr schneeweißes Gesicht wurde rot, und auf der Nasenspitze hatte sie eine Schweißperle. Jener Tag war ein Sonntag, der 1. Juli 1990. Heiß war es. Aus meinem geöffneten Bürofenster im dritten Stock blickte ich direkt in die üppig grüne und ausladende Krone einer ahornblättrigen Platane. Im Baum zirpten Zikaden laut wie rauschender Regen. Sie trug ein rotes Kleid mit herzförmigem Kragen und Spitzenborte. Was für einen zierlichen Hals sie hatte! Das Schlüsselbein trat deutlich hervor, um den Hals trug sie ein rotes Band mit einem grasgrünen kleinen Anhänger daran. Es war wohl Jade. Zwei große Kulleraugen und ein kleiner Mund mit vollen Lippen schauten aus einem ungeschminkten Gesicht hervor. Weiße Zähne blitzten auf, die Schneidezähne standen etwas zu dicht. Am Hinterkopf hing ihr tatsächlich ein klassischer, langer Zopf den Rücken herunter. Er bezauberte mich ungewöhnlich. Mo Yan schrieb einmal einen Roman mit dem Titel *Zopf*, worin er die Geschichte einer außerehelichen Liebesbeziehung zwischen einer Comic-Verkäuferin der *Neues China*-Verlagsbuchhandlung und einem Vizeabteilungsleiter des Kreispropagandaamtes beschreibt. Der Ausgang des Ganzen ist bizarr.

Aber aus unserer urbildhaften Liebesgeschichte holte er sich ganz offensichtlich die Inspiration zu seiner Geschichte im *Zopf*. Wenn man mit Schriftstellern befreundet ist, wird man, wenn man Pech hat, zu Romanstoff verarbeitet und landet im nächsten Buch. Mo Yan, ach fick deine Oma, du Scheißkerl.

„Setzt euch doch, kommt setzt euch", sagte ich, während ich mich darum kümmerte, ihnen Tee einzuschenken. „Dass aus der kleinen Chunmiao so schnell ein schlanker, frischer Jadebambus werden konnte!"

„Onkel Lan, mach bloß keine Umstände! Der Lehrer Mo Yan hat mich gerade schon auf der Straße zu einer Limonade eingeladen." Vorsichtig hatte sie auf der Sofakante Platz genommen.

„Hier stimmt was nicht", fiel Mo Yan ein, „Kreisvorsteher Lan ist im gleichen Jahr wie deine Schwester geboren, und seine Mutter ist die Adoptivmama deiner Schwester."

„Was ist denn das schon wieder für ein Quatsch, *Adoptivmama, Patentante*." Ich schmiss ihm ein Päckchen *Chunghwa Filter Cigarettes* zu. „Wir haben nie jemanden Adoptivbruder oder -mama genannt, sowas machen doch nur Idioten." Ich stellte ihr eine Schale mit Longjing-Tee hin und sprach: „Nenn mich bloß nicht Adoptivbruder oder so'n Quatsch. Nenn mich, wie du magst, und hör nicht auf diesen Phrasendrescher… Du arbeitest in der *Neues China*-Verlagsbuchhandlung?"

„Kreisvorsteher Lan, jetzt hast du aber mal wieder reichlich den Bürokratenhengst rausgekehrt!" Mo Yan ließ das Päckchen Zigaretten in seine Tasche gleiten, während er eine Zigarette hervorzog. „Fräulein Pang Chunmiao ist Fachverkäuferin in der Kinderbuchabteilung der *Neues China*-Buchhandlung. Sie ist Hobbykünstlerin, spielt Akkordeon, kann den Pfauentanz der *Dai*-Minderheit tanzen, singt Liebeslieder und hat im Feuilleton der Provinzzeitung Essays veröffentlicht."

„Wirklich?", fragte ich überrascht. „Na, ist sie denn nicht viel zu schade für die Kinderbuchabteilung der Buchhandlung?"

„Sag ich doch!", erwiderte Mo Yan. „Weißt du, ich sag zu ihr: Komm, wir gehen zum Kreisvorsteher Lan! Der soll dich zum Fernsehen bringen, an den lokalen Fernsehsender versetzen."

„Lehrer Mo Yan", sie war puterrot geworden und blickte mich dabei an, „das habe ich nicht gemeint …"

„Du bist erst zwanzig Jahre alt, nicht wahr?", fragte ich. „Du solltest die Universitätseintrittsprüfung machen. Eine Aufnahmeprüfung an der Hochschule für bildende Kunst."
„Ich kann das nicht ...", sie blickte zu Boden, „ich hab immer nur getrödelt und nicht fleißig gelernt. Ich hab die Prüfung nicht bestanden. Als ich ankam, war ich so nervös, dass ich, als wir die Prüfbögen bekamen, ohnmächtig geworden bin."
„Es ist völlig unnötig, erst auf die Uni zu gehen", meinte Mo Yan. „Künstler wird man sowieso nicht durch ein Universitätsstudium. Schau mich an!"
„Die Elefantenhaut in deinem Gesicht wächst zusehends", sagte ich ihm. *Eigenlob macht den Meister nicht.*"
„Das bei mir ist elitäre Künstlermentalität, die unbändige Wildheit eines nicht Angepassten."
„Soll ich Li Zheng Gong dazuholen?", fragte ich.
Li Zheng Gong war Oberarzt in der städtischen Psychiatrie und mit uns beiden gut befreundet.
„Jetzt Spaß beiseite und Tacheles geredet!", sagte Mo Yan. „Wir sind unter uns, da wage ich mal, dich nicht mit Kreisvorsteher anzureden, sondern dich einfach meinen großen Bruder zu nennen. Bruderherz Lan, du solltest dich wirklich mal ein wenig um unser kleines Schwesterchen kümmern."
„Selbstverständlich", bemerkte ich, „allerdings sollten wir auch noch Parteisekretärin Pang miteinbeziehen. Wenn es richtig was nützen soll, bin ich vielleicht der Falsche, und ihr solltet euch an sie wenden."
„Da sprichst du eine mir höchst sympathische Seite Chunmiaos an", entgegnete Mo Yan. „Bisher hat sie es immer vermieden, ihre Schwester um Hilfe anzugehen."
„Ist schon gut, du hauptberuflicher Schriftsteller in spe. An was schreibst du denn in letzter Zeit?"
Während Mo Yan mir in einem nicht enden wollenden Redefluss von seinem aktuellen Roman erzählte, hörte ich ihm mit gespielter Aufmerksamkeit, mich leicht zu ihm hinneigend, zu. In Wirklichkeit dachte ich jedoch die ganze Zeit an Chunmiao. Ich schwöre zum Himmel, dass ich sie an jenem Tag nicht als Frau wahrgenommen hatte. Auch noch lange Zeit später hatte ich in ihr niemals die Frau, immer nur ein Kind gesehen. Ich hatte sie damals mit Wohlwollen

angeschaut, mehr nicht. Ein klitzekleines bisschen hatte ich so eine Anwandlung – wir sagen immer, sag niemals nie, selbst blaues Meer kann zu einem grünen Maulbeerhain werden –, als der Bodenventilator, der in der Ecke an der Wand stand und in schweigenden Drehungen seinen Kopf kreisen ließ, ihren frischen Körpergeruch mit einem Luftzug zu mir herüberwehte, da war mir mit einem Mal so leicht, so frisch, so froh ...
Zwei Monate später war mein Leben plötzlich wie auf den Kopf gestellt. Es war wieder ein Sonntagvormittag. Genauso ein heißer Tag wie beim ersten Mal, aber keine Spur mehr von den Zikaden in der Platane vor dem Fenster. Zwei Elstern hopsten kreischend in den Zweigen umher. Elstern bringen Glück. Ich nahm es als ein glückliches Omen, als ich das Elsternpaar sah. Da kam sie. Allein. Die Quasselstrippe Mo Yan war durch meine Hilfe zu einem Schriftstellerseminar gefahren, das von einer Universität angeboten wurde, und tat dort Wichtiges für seine Aus- und Weiterbildung. Wenn er wiederkam, dann wollte ich ihm behilflich sein, seinen Bauernstatus beim Einwohnermeldeamt aufzuheben. In letzter Zeit war sie mich ein paar Mal allein besuchen gekommen. Sie hatte mir vom Berg Huangshan Houkuei-Tee mitgebracht. Ihr Vater sei dort gewesen, und ein alter Kriegsgefährte habe ihm den Tee geschenkt. Ich fragte sie nach dem Befinden ihres Vaters.
„Gut", sagte sie. „Der kraxelt auf dem Huangshan herum und braucht nicht mal einen Stock."
Ich brachte meine Verwunderung und Bewunderung darüber überschwänglich zum Ausdruck. Fast hörte ich das Quietschen seines Holzbeins an meinem Ohr. Ich faselte davon, sie habe doch zum Fernsehen gewollt. Alles kein Problem, wenn sie nur wollte, ich bräuchte den Leuten das nur zu sagen, dann wäre sie drinnen, eine Kleinigkeit. Ich sagte ihr, mit mir hätte das gar nichts zu tun, ich hätte keinen so großen Einfluss. Ausschlaggebend sei die Tatsache, dass ihre Schwester dieses hohe Amt bekleide. Sie warf ganz aufgeregt ein: „Hör nicht auf Lehrer Mo Yans Gerede. Ich will das alles überhaupt nicht. Gar nirgendwo geh ich hin, ich bleibe in der Buchhandlung und verkaufe Bilderbücher. Wenn Kinder da sind, die welche kaufen wollen, dann verkaufe ich ihnen welche, und wenn keiner kommt, dann lese ich selber. Damit bin ich sehr zufrieden."
Die *Neues China*-Verlagsbuchhandlung war schräg gegenüber vom

Kreisamt gelegen. Die Entfernung betrug keine zweihundert Meter Luftlinie. Wenn ich morgens mein Bürofenster öffnete, so konnte ich von oben auf das unter mir gelegene, zweistöckige, baufällige Gebäude herabblicken. Die vier großen Schriftzeichen 新华书店 in der Kalligraphie Mao Zedongs waren abgeblättert. Die rot lackierten Schriftzeichen sahen aus wie ohne Arme und Beine. Dieses Mädchen war anders als alle anderen. Wofür andere sich halb umbrachten, jeden erdenklichen Weg gingen, um zu Pang Kangmei, die über große Macht verfügte, einen guten Draht zu bekommen, dem ging sie aus dem Weg. Es hätte sie nicht die Mühe gekostet, die nötig war, um vom Tisch ein Staubkorn wegzupusten, und sie hätte eine locker zu bewältigende, wunderbar bezahlte Arbeit bekommen. Aber sie machte es nicht. Wie kam es, dass ein Mädchen aus solch einflussreicher Familie so gar kein höheres Ziel verfolgte? War es möglich, dass sie sich so sehr an Gesetze und Regeln hielt? Aber wenn sie so gar nichts von mir wollte, warum – diese wichtige Frage drängte sich mir auf – kam sie mich dann, wann immer es passte, besuchen? Wozu? Die schönste Zeit ihrer Jugend sollte sie dazu nutzen, sich zu verlieben. Sie war nicht das, was man eine Pfingstrose unter den Blumen nennen würde, keine stark geschminkte und üppige Schönheit. Sie war jedoch von einer extremen Frische, unaufdringlich wie eine Aster. Sie musste doch viele Verehrer haben! Sie hatte es doch gar nicht nötig, mit einem Vierzigjährigen wie mir, der noch dazu ein Feuermal mitten in seinem hässlichen Gesicht hatte, Umgang zu pflegen. Wenn sie keine solche Schwester gehabt hätte, die letztlich auch über meinen Auf- oder Abstieg entschied, hätte man das alles noch nachvollziehen können. Aber mit so einer Schwester? Ich verstand gar nichts mehr.

Während der letzten zwei Monate war sie mich sechs Mal besuchen gekommen. An jenem Tag kam sie zum siebten Mal. Bei den ersten Besuchen hatte sie sich dort hingesetzt, wo sie beim ersten Mal gesessen hatte. Immer hatte sie jenes rote Kleid getragen. Gesetzt hatte sie sich jedes Mal nur so eben auf die Kante, nie mit dem vollen Gewicht. Von Anfang an war sie stets zurückhaltend gewesen. Nicht wie mit Mo Yan. Als sie mit ihm da war, hatte sie geredet, als gälte es ganze Armeen feindlicher Truppen hinwegzufegen. Selbst wenn man einen kurzen Moment des Schweigens gewünscht hätte, es wäre nicht möglich gewesen. Mo Yan hatte sie nur zweimal zu mir begleitet. Nachdem er abgefahren war, war sie immer allein gekommen.

Ohne ihn hatte die Situation für uns etwas Peinliches bekommen. In Unmut darüber hatte ich ein paar Bücher, die sich mit Kunst und Literatur befassten, aus dem Bücherschrank genommen und ihr zu lesen gegeben. Das erste hatte sie aufgeschlagen, darin geblättert und gemeint, sie hätte es schon gelesen. Das zweite hatte sie genauso aufgeschlagen, darin geblättert und gemeint, auch das hätte sie schon gelesen. Ich hatte gesagt: „Na, dann schau doch bitte selbst nach einem, das du noch nicht gelesen hast."
Sie hatte ein Buch aus dem *Fachverlag für den bäuerlichen Lebensraum* mit dem Titel „Praxishandbuch Nutztierkrankheiten" aus dem Regal genommen und gemeint, dies kenne sie noch nicht. Ich hatte gelacht. Dieses Mädchen amüsierte mich. Na, dann sollte sie mal lesen! Ich hatte mir einen Stapel Akten, den ich zur Einsichtnahme vorgelegt bekommen hatte, vorgenommen und sie im Schnelldurchgang überflogen. Heimlich hatte ich ein paar Mal zu ihr hinübergeblickt. Sie hatte mit ihrem ganzen Gewicht und ganzem Po auf dem Sofa gesessen, auch den Rücken hatte sie angelehnt. Das „Praxishandbuch Nutztierkrankheiten" hatte sie auf den Knien liegen gehabt und es Zeile für Zeile aufmerksam und leise jedes Wort mitsprechend durchgelesen. Diese Art zu lesen praktizierten die alten Bauersleute auf dem Dorf, die nur über geringe Bildung verfügten. Ich hatte verstohlen gelacht. Ab und an waren Leute bei mir im Büro vorbeigekommen, die etwas von mir gewollt hatten. Sofort hatten sie eine peinlich berührte Miene aufgesetzt – sehr unangenehm. Aber sobald ich ihnen mitgeteilt hatte, dass es sich um die kleine Schwester der Parteisekretärin Pang handelte, war sofort jeder Anflug von Missbilligung aus ihren Gesichtern gewichen und hatte Respekt und Höflichkeit Platz gemacht. Ich konnte mir denken, was sie sich dachten. Sie wären nicht im Traum auf die Idee gekommen, dass ihr Kreisvorsteher Lan eine undurchsichtige Geschichte mit Pang Chunmiao am Laufen hatte. Sie hatten alle eine besonders geartete Beziehung zwischen ihrem Kreisvorsteher und der Parteisekretärin Pang vermutet. Ich gebe zu, dass ich an den Wochenenden zwar nicht ihretwegen im Büro geblieben war, aber, weil sie erschienen war, war ich noch weniger motiviert gewesen, am Wochenende nach Hause zu gehen.
An jenem besonderen Wochenende trug sie das rote Kleid nicht. Vielleicht deswegen, so dachte ich mir, weil ich sie damit im Spaß

aufgezogen hatte. Beim letzten Mal hatte ich einen genauen Blick auf ihr Kleid geworfen: „Chunmiao, gestern habe ich deinen Vater angerufen und darum gebeten, dass er dir an meiner statt ein neues Kleid kauft, das ich dir schenken will."
Sie wurde sofort rot: „Wie kannst du sowas machen?"
Ich sagte sofort: „Stimmt doch gar nicht, war nur ein Spaß."
Diesmal trug sie dunkelblaue Jeans, dazu eine weiße, kurzärmlige Hemdbluse, wieder mit herzförmigem Ausschnitt und Spitzenkragen, Häkelspitze oder so etwas in der Art, und dazu ihre kleine rote Kette mit dem Jadeanhänger. Wie immer saß sie auf ihrem Platz, aber bleich und völlig neben sich. Mit den Augen starrte sie geradeaus. Ich fragte eilig: „Aber was ist denn?"
Sie warf mir einen Blick zu, kniff die Lippen zusammen. „Uuuh", hörte ich noch, dann weinte sie. An diesem Sonntag, das wusste ich, waren noch andere da, die Überstunden machten. Ich wusste mir nicht zu helfen, ratlos beeilte ich mich, die Tür zu öffnen, doch ihr Weinen war wie ein Schwarm Vögel, der durch die Tür auf den Flur hinaus flog. Im Nu hatte ich die Tür wieder geschlossen. Die Fenster schloss ich auch gleich mit. In so einer heiklen Lage hatte ich mich mein Lebtag noch nicht befunden. Ich knetete meine Finger und geriet in Panik wie ein Affe, den man gerade in einen Käfig gesperrt hat. Ich drehte Kreise im Zimmer und murmelte unablässig und flehentlich: „Chunmiao, hör mit dem Weinen auf! Ich bitte dich, Chunmiao, hör mit dem Weinen auf ..."
Aber sie weinte bedenkenlos weiter, immer lauter wurde ihr Klagen. Ich wollte wieder die Tür aufreißen, doch ich konnte mich gerade noch bremsen, weil mir klar wurde, dass ich *das* auf keinen Fall durfte. Ich setzte mich ihr zur Seite, meine schweißnasse rechte Hand ergriff ihre eiskalte Rechte, während ich ihr mit dem anderen Arm über den Rücken fuhr und ihr die Schulter klopfte.
„Wein doch nicht. Sag deinem großen Bruder, was dir auf dem Herzen liegt. Wer bei uns in Gaomi wagt es, unsere kleine Chunmiao zu ärgern? Sag's mir! Ich drehe jedem den Hals um."
Sie weinte wie ein halsstarriges Kind mit weit geöffnetem Mund. Dabei rannen ihr perlengroße Tränen bächeweise aus den Augen. Ich sprang auf – um mich wieder zu setzen. Was hatte das zu bedeuten? Sonntagnachmittags weint ein blutjunges Mädchen lauthals auf dem Sofa des Kreisvorstehers in seinem Büro ... Später fiel mir ein, hätte

ich damals so ein Schmerzpflaster gegen stumpfe Sportverletzungen zur Hand gehabt, ich hätte das Pflaster zur Hand genommen und ihr den Mund zugeklebt. Später fiel mir auch ein, wenn ich damals – wie ein Kidnapper – grausam meine stinkenden Socken zusammengeknüllt und sie ihr mit Gewalt in den Mund gestopft hätte, hätte die Sache doch noch einen anderen Ausgang nehmen können. Von einem bestimmten Blickwinkel aus betrachtet wählte ich damals die allerdümmste Methode. Von anderer Warte aus betrachtet könnte man auch meinen, dass es die klügste Methode war: Ich nahm ihre Hand fest in meine, fasste sie um die Schulter und schloss ihr mit meinem Mund den Mund ...

Ihr Mund war klein, meiner groß. Alles war fest zu, wie wenn eine Teeschale sich über ein Schnapsglas stülpt. Ihr lautes Weinen dröhnte mir gewaltig in meinen Rachen, dass ich es tief in meinen Ohren donnern spürte. Sie heulte noch einen winzigen Augenblick laut auf, und dann weinte sie nicht mehr. Ich wurde von dem einem Wunder gleichkommenden Gefühl überwältigt, wie ich es während meines gesamten Lebens nie erlebt hatte.

Obwohl ich verheiratet war und sogar einen Sohn hatte, hatte ich mit meiner Frau – eigentlich muss man sagen, diese Ehe war die reinste Lüge – in vierzehn Ehejahren nur genau neunzehn Mal Geschlechtsverkehr (anders kann ich diesen Vorgang nicht bezeichnen, denn es gab keine Liebe). Geküsst hatte ich sie, wenn man das überhaupt so bezeichnen kann und dazurechnen will, höchstens ein einziges Mal. Das war nach einem ausländischen Liebesfilm passiert, den wir uns zusammen angeschaut hatten. Ich war durch die Filmszenen so gefangen genommen gewesen, dass ich sie wie trunken in den Arm genommen hatte und mich ihr mit meinem Mund genähert hatte. Sie hatte mit dem Kopf geruckt, sie hatte sich gewunden und war mir gezielt ausgewichen. Zuletzt hatte ich es in einem chaotischen Hin und Her doch geschafft, irgendwie ihren Mund zu erwischen. Aber ich hatte Feindschaft gespürt, als hätte ich einen knurrenden, schnappenden Hund küssen wollen. Und dann war da ihr Mundgeruch gewesen, ein übler Gestank wie Gammelfleisch. Er hatte mich wie eine Faust ins Gesicht geschlagen. Sofort hatte ich sie losgelassen. Nie mehr hatte ich solche Anwandlungen bekommen. Bei unserem Geschlechtsverkehr, die paar Mal kann ich ja noch an den Fingern abzählen, hatte ich mich, so gut ich gekonnt hatte, ihrem Mund mög-

lichst ferngehalten. Ich hatte ihr geraten, zum Zahnarzt zu gehen. Aber sie hatte mir eiskalt in die Augen gesehen und gefragt: „Ach ja? Ich habe nichts an den Zähnen, warum sollte ich zum Zahnarzt?" Ich hatte ihr geantwortet: „Du scheinst so etwas wie Mundgeruch zu haben."
Sie hatte nur wutentbrannt erwidert: „Und in deinem Mund ist Scheiße."
Ich habe Mo Yan später von diesem Kuss an jenem Nachmittag erzählt, und mit welcher Urgewalt er mich gerührt hatte. Dieser erste Kuss hatte mich in der Tiefe meiner Seele berührt. Ich saugte sie aus, schmeckte schmatzend ihre vollen, kleinen Lippen, als wollte ich sie ganz und gar aufsaugen. Damals verstand ich, was Mo Yan in seinen Romanen damit meint, wenn er die im Feuer der Liebe entbrannten Männer zu ihren Liebsten sprechen lässt: „Ach, könnte ich dich doch nur ganz und gar schlucken." In dem Augenblick, da sie meinen Mund küsste, wurde ihr Körper von Kopf bis Fuß hart wie Holz. Ihre Haut wurde am ganzen Körper eiskalt. Dann wurde sie weich, ihr zarter, kraftloser Körper öffnete sich, schwoll an, wurde weicher, als hätte sie keine Knochen im Leib, dabei wurde sie immer heißer wie ein im Ofen prasselndes Feuer. Am Anfang hielt ich die Augen noch geöffnet, aber dann schloss ich sie. Ihre Lippen wuchsen in meinem Mund, ihr Mund öffnete sich in dem meinen, und ein feiner Geschmack von frischen Jakobsmuscheln füllte meinen Gaumen. Instinktiv steckte ich ihr meine Zunge in den Mund und spielte mit ihrer Zunge. Unser beider Zungen schraubten sich ineinander und waren miteinander verschlungen. Als ich ihr Herz wie einen kleinen Vogel an meiner Brust pochen spürte, hatte sie bereits beide Arme um meinen Hals gelegt. Ich vergaß die Welt um mich herum. Ihre Lippen, ihre Zunge, ihr Geruch, ihre Wärme, ihr Seufzen hielten mich in Bann. Ich weiß nicht, wie lange wir uns so küssten, zuletzt unterbrach uns das Klingeln des Telefons. Ich machte mich von ihr los, um das Gespräch entgegenzunehmen. Weil mir die Knie weich wurden, kniete ich am Boden. Ich spürte, dass mein Körper sich nicht aufrecht halten konnte. Der Kuss hatte aus mir eine Flaumfeder gemacht. Ich konnte das Gespräch nicht annehmen, ich zog das Telefonkabel aus der Buchse und machte dem mörderischen Geklingel ein Ende. Ich sah sie auf dem Sofa mit schneeweißem Gesicht und rot geschwollenen Lippen liegen. Wie eine Tote!

Ich wusste, dass sie nicht tot war, Tränen kullerten ihr die Wangen herab. Als ich ihr Gesicht mit Papiertaschentüchern abtupfte, öffnete sie die Augen und schlang mir ihre zarten Arme um den Hals. „Mir ist schwindlig", murmelte sie. Ich erhob mich und zog sie mit hoch in den Stand. Ihr Kopf ruhte auf meiner Schulter, ihr Haar kitzelte mich an den Ohren. Auf dem Flur erklang die schallende Stimme des Hausmeisters der Kreisbehörde. Jeden Sonntagnachmittag hörte ich ihn, wie er täuschend echt die Volkslieder der Bauern aus Nord-Shaanxi sang, während er in den Toilettenräumen den Wischmopp ausspülte.

„Bruder, reist du gen Westen in die Wüste, bleibt deine kleine Schwester traurig allein zurück ..."

Ich wusste, dass, sobald sein Gesang erklang, nur noch wir beide im Gebäude der Kreisregierung übrig waren und dass er dann saubermachte. Mein Verstand kehrte wieder zurück. Ich schob sie von mir und öffnete die Bürotür einen Spalt weit.

„Chunmiao, es tut mir leid, dass das passiert ist, ich konnte plötzlich nicht an mich halten ...", sagte ich mit falscher Stimme.

Sie weinte wieder furchtbar: „Magst du mich nicht leiden?"

„Ich mag dich, ich mag dich viel zu sehr ...", beeilte ich mich zu sagen. Sofort stürzte sie wieder in meine Arme, aber ich hielt ihre Hand und sprach zu ihr: „Liebe Chunmiao, der Putzmann kommt gleich und wird hier saubermachen. Geh jetzt nach Hause. Warte ein paar Tage, dann möchte ich dir ganz viel erzählen ..."

Wie gelähmt saß ich in meinem Drehstuhl und lauschte ihren langsam im Gang verklingenden Schritten.

Ich hatte soeben das Telefonkabel wieder in die Dose gesteckt, da zerriss auch schon die Klingel wie ein Schuss die Stille. Es war Jinlong, der mir berichtete, dass Vater sich doch tatsächlich mit Hong Taiyue gegen ihn und seinen Plan, das Dorf umzugestalten, zusammen getan habe. Er sagte, Vater posaune überall herum, wer es wage, sein Land anzurühren, mit dem kämpfe er bis aufs Blut. Ich entgegnete ihm: „Du musst ihn nicht erzürnen. Lass ihn doch!"

Jinlong antwortete, es gebe eine für alle einheitliche Planung. Ich erwiderte wieder: „Aber der Plan ist doch von Menschen für Menschen gemacht?"

Jinlong wollte, dass ich nach Hause ging und mit Vater redete. Als ich auflegte, war ich verwirrt wie nie zuvor ...

Das einundvierzigste Kapitel
Jiefang betrügt seine rechtmäßige Frau. Hund Vier wird Bodyguard und bringt Kaifang zur Schule.

Wenn man es recht bedenkt, habe ich an jenem Abend, schon als du bei uns vor dem Tor standst, einen speziellen Geruch an deinem Körper erschnüffelt, einen für Menschen angenehmen und sogar für Hunde erfreulichen Geruch. Er war anders als der Geruch, der dir anhaftete, wenn du einer Frau die Hand gegeben hattest, wenn du mit einer zusammen am gleichen Tisch gegessen hattest oder wenn du mit einer Arm in Arm einen Abend lang getanzt hattest. Sogar anders als dein Geruch, nachdem du mit einer Frau Geschlechtsverkehr gehabt hattest. „Meine Nase ließ sich nicht betrügen, die lüftete jedes Geheimnis sofort", erzählte das Großkopfkind mit glänzenden Augen.
Bei seinem Gesichtsausdruck wurde mir sofort klar, dass jetzt nicht dieses Wunderkind, das Pang Fenghuang zur Welt gebracht hatte und zwischen dem und meiner Person diese komplizierten Verbindungen bestanden, zu mir sprach, sondern dass unser vor einigen Jahren gestorbene Hund das Wort an mich richtete.
„Meiner Nase entging nichts", sagte er selbstbewusst. 1989 fuhrest du wegen, so hieß es, einer Nachforschung nach Lüdian. Eigentlich war es aber so, dass du dich dort mit deinen Busenfreunden trafst – dem Parteisekretär von Lüdian, Jin Douchen, dem Dorfvorsteher Lu Taiyü und dem Leiter der Versorgungs- und Absatzgenossenschaft, Ke Lidun, um nach Strich und Faden zu futtern, zu trinken und den Frauen und dem Kartenspiel zuzusprechen. Bei allen Kadern war es üblich, sich aufs Land zu verdrücken, sobald das Wochenende im Anmarsch war, und sich dort zu Ess- und Trinkgelagen, zum Amüsieren und zum Pokern zu treffen. Ich roch an deinen Händen Jins, Lus und Kes Geruch. Die waren schon mal bei uns zu Hause gewesen, die erkannte ich unter den Gerüchen, die ich auf der Chipkarte in meinem Kopf abgespeichert hatte, wieder. Wenn ich deren Geruch wahrnahm, fielen mir die dazugehörigen Gestalten und Stimmen sofort ein. Deine Frau und deinen Sohn konntest du ja betrügen, mir aber konntest du nichts vormachen. Ihr hattet zu Mittag Riesenweichschildkröte aus dem Yunliang-Fluss, dazu die dort berühmte Spezialität *Goldgelb frittierte und dann gedämpf-*

te *Hähnchenteile* und junge Zikadenmaden und Zikadenpuppen gegessen und einen Haufen irgendwelcher anderer Sachen, die ich mir spare aufzuzählen. Das ist alles nicht weiter schlimm. Was ich aber für erwähnenswert halte ist, dass ich bei dir den kühlen Duft eines gewissen Sekrets, dazu den Geruch von Kondomen, erschnüffelte. Das beweist, dass ihr, nachdem ihr genug gefuttert und euch einen angetrunken hattet, dann noch zu den Nutten gefahren wart und dort abgespritzt hattet. Im Dorf Lü am großen Fluss gab es alles, was man sich nur wünschen konnte. Die Landschaft war lieblich, und am Flussufer aufgereiht fand man wohl siebzig, achtzig Restaurants, Schönheitssalons für den Herren, Massagesalons. Dort gab es reichlich hübsche Mädchen, die, nicht ganz öffentlich, dem ältesten Gewerbe der Menschheit nachgingen, und du und deine Freunde kanntet euch dort bestens aus. Ich bin ein Hund und nicht dafür zuständig, Lügen aufzudecken. Dass ich hier durchblicken lasse, dass du so ein Lustmolch warst, der gern zu Nutten und Bardamen ging, hat einen anderen Grund. Auch wenn du mit anderen Frauen Sex hattest, blieb deren Duft an deinem Körper über deinem eigenen Körpergeruch haften. Hattest du dich gründlich gewaschen, ein Deo und Rasierwasser benutzt, war so ein Geruch weg oder vom Parfum überdeckt. Diesmal war es jedoch völlig anders. Dir haftete kein Spermageruch und kein weiblicher Sekretgeruch an, sondern ich schnüffelte einen höchst reinen und frischen Geruch heraus, der sich mit deinem eigenen Körpergeruch vermischt hatte. Dein persönlicher Geruch hatte sich mit verändert. Daran erkannte ich, dass du und diese Frau euch über beide Ohren ineinander verliebt hattet. Eure Liebe hatte eure sämtlichen Körpersäfte verändert, sich in euer Blut und in euer Knochenmark gemischt. Mit welcher Gewalt auch immer, ihr beide wart einfach nicht mehr zu trennen.

Dein Auftritt an jenem Abend, so muss man wirklich sagen, war reine Zeitvergeudung, fehlinvestierte Liebesmüh, Plackerei. Nachdem du zu Abend gegessen hattest, standst du doch tatsächlich in der Küche beim Abwaschen. Dann fragtest du deinen Sohn sogar noch nach seinen Fortschritten in der Schule. Dein ungewohntes, seltsames Benehmen beeindruckte deine Frau so sehr, dass sie dir ungefragt ein Glas Tee aufgoss. In jener Nacht hattest du mit deiner Frau Geschlechtsverkehr. Nach deiner Statistik war es das zwanzigste Mal unter euch Eheleuten, und es war das letzte Mal. Nach der Intensität des Geruchs beurteilt kann ich sagen, dass der Sex an jenem Abend noch halbwegs gut war, aber er war verlorene Liebesmüh. Da war ich mir ganz sicher. Denn dein schlechtes Gewissen, das dir deine moralische Selbstdisziplin während dieses Geschlechtsverkehrs abverlangte, konnte die Abneigung, die du ihr gegenüber empfandst, flachhalten. Aber der Geruch der anderen Frau hatte dir schon bald die aufbrechende und zur Blüte kommende Saat eingepflanzt, die dich, egal mit welcher Macht man dagegen vorgehen mochte, noch mehr von deiner Frau entfernen würde. In mir war durch deinen veränderten Geruch eine Vorahnung gewachsen. Du schienst bereits neu geboren zu sein. Und das neue Erwachen deiner selbst deutete den Untergang der Familie an, in der ich lebte.

Für einen Hund geht es beim Riechen nun mal um Leben und Tod. Hunde lernen die Welt über den Geruch kennen. Beschaffenheit und Charakter der Dinge beurteilen sie nach deren Geruch. Er bestimmt unser Handeln. Der Instinkt leitet uns dabei, diese Fähigkeiten brauchen wir nicht erst durch Training zu entwickeln. Spürhunde, die ein Spezialtraining durch die Menschen bekommen, haben danach nicht etwa eine feinere Nase. Das Training vermittelt den Hunden nur eine Handhabe, wie sie den festgestellten Geruch einem Menschen, der nicht über ihren Geruchssinn verfügt, visuell begreiflich machen. Zum Beispiel suchen sie den Schuh des Verbrechers aus einem Haufen Schuhe heraus. Für einen Hund bedeutet so etwas tatsächlich, den Geruch eines Menschen herauszusuchen. Der Mensch sieht das nicht. Er sieht, dass der Hund den Schuh eines Mannes heraussucht. Sieh es mir bitte nach, wenn ich jetzt endlos labere, ich will dir nur begreiflich machen, dass du vor einem Hund keine Privatsphäre hast und keine Möglichkeit, etwas zu verheimlichen. Alles kommt sofort ans Tageslicht.

Es verging an jenem Abend, als du zur Tür hereintratest, eine einzige Sekunde, und ich wusste Bescheid über Chunmiaos Geruch, und ihre Gestalt entstand vor meinem inneren Auge. Sogar die Kleider, die sie an jenem Tag getragen hatte, alles stand mir deutlich vor Augen, es war, als spielte sich alles, was in deinem Büro am nämlichen Nachmittag vorgefallen war, noch einmal vor meinem inneren Auge ab. Ich erfuhr sogar mehr von ihr, als es dir vergönnt war. Ich konnte an deinem Körper den Duft ihrer Menstruation erschnuppern. Das blieb dir verborgen.

Zwischen dem Tag, an dem ich in euer Haus gekommen war, und jenem Tag, an dem du dich mit Chunmiao küsstest, lagen fast sieben Jahre. Ich war von einem kleinen, wolligen Hundewelpen zu einem respektheischenden großen Hund geworden. Dein Sohn war von einem Kleinkind zu einem Grundschüler der vierten Klasse herangewachsen. Was in der Zwischenzeit passierte, füllt gut und gern ein dickes Buch, man kann aber auch mit nur zwei Worten darüber hinweggehen. Ohne jede Übertreibung darf ich bemerken, dass jede Häuserecke und jeder Strommast unserer kleinen Kreisstadt ein *strull, strull* von mir abbekam, wobei natürlich klar ist, dass auch andere Hunde meine bestrullerten Stellen ständig mit neuen Duftmarken zu überdecken versuchten. Die Kreisstadt hatte 47.600 Einwohner mit erstem Wohnsitz, dazu zweitausend zeitweilig in der Stadt lebende Menschen und über 600 ständig wohnhafte Hunde. Die Kreisstadt gehörte also sowohl den Menschen als auch den Hunden. Was ihr an Straßen, Vierteln, Gruppierungen und leitenden Kadern hattet, das hatten wir Hunde ganz ähnlich. Unter den über sechshundert Hunden bei uns gab es über vierhundert Mischlingshunde, die aus der Kreisstadt stammten. Sie hatten sich untereinander frei vermehrt. Ihre Blutsverwandtschaft war nicht mehr festzustellen, ihre Blickweise von den Dingen beschränkt, sie waren ängstlich und wollten nicht auffallen, waren immer nur auf ihren eigenen Vorteil bedacht und ungemein kleinlich. Hunde von Format, mutige, die Farbe bekannten, fand man nicht. Es gab bei uns 120 Deutsche Schäferhunde mit schwarzer Decke, aber reinrassige waren nicht viele darunter. Darüber hinaus waren noch an die fünfundzwanzig pekinesische Möpse bei uns in der Stadt, vier schwanzkupierte Deutsche Rottweiler, zwei ungarische Magyar Vizsla-Vorstehhunde, zwei norwegische Huskies, zwei holländische Stabyhoun-Vorstehhunde, zwei kantonesische Shar-Peis, ein englischer Golden Retriever, ein australischer Border Collie, eine Do Khyi-Tibetdogge und einige italienische Windspiele, japanische Chin-Spaniel und Chihuahuas, die aber eigentlich gar nicht Hund genannt werden können. Dann gab es bei uns noch einen, von dem man nicht genau wusste, woher er stammte. Er war Blindenhund und wich seinem Frauchen, der blinden Mao Feiying, nicht von der Seite. Während sie auf dem Markplatz die zweisaitige chinesische Erhu-Geige spielte, lag er immer still vor ihren Füßen. Hunde, die sich ihm näherten und mit ihm anbandeln wollten, ignorierte er strikt. Dann gab es noch so einen englischen Gentleman, einen Basset, den hatte die Chefin eines Damenfriseursalons im Aprikosenblüten-Viertel angeschleppt. Er sah mit seinen dicken Stummelbeinen und seinem geraden, ellenlangen Körper wie eine Sitzbank aus. Ein solcher Körper war an sich schon hässlich genug, noch hässlicher aber machten ihn seine beiden pfannkuchenartigen, auf dem Boden schleifenden Hängeohren. Dazu waren seine Augen voller geplatzter Äderchen, er hatte bestimmt eine akute Bindehautentzündung. Die aus dem Kreis stammenden Hunde waren allesamt ein hirnloser, ungeordneter Haufen, deswegen muss man sagen, dass unsere Kreisstadt ganz in der Hand von uns Deutschen Schäferhunden lag. Weil du ein Regierungsbeamter warst, war mein Fressen immer fürstlich. Deiner Frau bliebst du ihrem Mund unten zwar Etliches schuldig, dafür hast du ihrem Mund oben jedoch alles geboten. Besonders wenn wir Feiertage oder Festtage hatten, kamen die köstlichsten Speisen in Tüten und Kartons nur so herbeigeflogen, sodass der Kühlschrank überquoll. Deswegen schafftet ihr noch eine große Kühltruhe an, aber trotzdem wurden viele gute Sachen schlecht. Es war schade darum. Hühnerfleisch, Entenfleisch und Fisch kamen aus innerchinesischen Provinzen, also nicht von weit her, waren nicht der Rede wert … Die wirklich feinen Sachen waren Kamelhaxen aus der Inneren Mongolei, Haselhühner aus dem hohen Norden vom Fluss Heilongjiang, Bärentatzen vom Fluss Mudanjiang, Hirschpenis aus dem Changbaishan-Gebirge an der koreanischen Grenze, Riesensalamander aus Guizhou, Pflaumenblütenseewalzen aus Weihaiwei von der Shandong-Halbinsel, Haifischflossen aus Kanton … alles, was bekannt ist an Meeresfrüchten und Wildspezialitäten, bekamen wir nach Haus. Wenn es gebracht wurde, wanderte es immer zuerst in den Kühlschrank. Früher oder später wanderte es in meinen Magen. Weil du höchst selten zu Hause aßt und weil deine Frau einen Schmalznudelmagen hatte. Sie frittierte sie, verkaufte sie, aß sie. Selten machte sie sich die Mühe, noch etwas anderes zuzubereiten. Wie war ich mit gutem Fressen gesegnet! Welcher Hund sonst besaß solch einen Speiseplan! Jiefang, es gab viele Hunde in der Kreisstadt, deren Besitzer einen höheren Beamtenrang als du besaßen, aber kein Hund hatte einen so erlesenen Speiseplan wie ich. Hörte ich die Hunde von den Boten, die die Präsente brachten, erzählen, so waren es meistens

Geld oder Gold und Schmuck, was da kam, nicht wie bei uns, wo die Präsente immer aus Lebensmitteln bestanden. Man hätte meinen können, dass die Präsente gar nicht für dich waren, sondern mir, eurem Hund Vier, zugedacht waren. Ich hatte diese Meeresdelikatessen und Wildspezialitäten kein volles Jahr genossen, da war aus mir äußerlich der kapitalste Deutsche Schäferhund unter allen 120 Deutschen Schäferhunden unserer Kreisstadt geworden. Als ich drei Jahre alt war, hatte ich eine Schulterhöhe von 70 Zentimetern, eine Länge vom Kopf bis zum Schwanz von 150 Zentimetern und wog 65 Kilo. Jiefang, das hat dein Sohn alles ganz genau ausgemessen, es ist nicht übertrieben. Ich besaß zwei spitze Stehohren, bernsteinfarbene Augen, einen beeindruckend großen und kräftigen Schädel, scharfe, weiße Zähne, ein riesiges Krokodilmaul, lackschwarzes Deckhaar, strohfarbenes Bauchhaar, einen waagerecht getragenen, an der Spitze nach oben gekringelten Schwanz und natürlich einen alle anderen Hunde überragenden Geruchssinn und ein ebensolches Gedächtnis. Um es geradeheraus zu sagen: Es gab bei uns im Kreis Gaomi nur einen einzigen Hund, der es mit mir aufnehmen konnte, und das war diese braune Tibetdogge. Aber dieser Bursche war vom tibetischen Hochland aus dem tiefen Schnee zu uns an die Küste des gelben Meeres gekommen. Er schien nie bei klarem Bewusstsein. Angeblich hatte er eine Sauerstoffvergiftung. Eine Beißerei wäre unmöglich gewesen, nach einigen Schritten schnellen Laufens keuchte er schon laut. Sein Frauchen war die Chefin des ROT-Sambal Olek-Fachgeschäfts bei uns in der Kreisstadt. Diese Frau war die Gattin des Sun Long aus Ximen. Das Haar färbte sie sich flammend rot, den Mund hatte sie voller Echtgold-Zahnkronen, und sie ging regelmäßig ins Kosmetikstudio. Ihre Tibetdogge folgte ihr keuchend auf Schritt und Tritt, wenn sie mit ihrem übergewichtigen, fetten Körper durch die Gegend schaukelte. Kumpels, im tibetischen Hochland wäre die Dogge spielend mit jedem Wolf fertiggeworden. In Gaomi aber konnte sie sich nur mit eingeklemmtem Schwanz vorwagen. Dieses viele Gerede war jetzt deutlich, nicht wahr? Verstehst du, was ich meine, Jiefang? Die Kader aus Gaomi waren alle damit befasst, sich mit Pang Kangmei gut zu stellen. Die Hundemeute von Gaomi huldigte mir. Trotzdem gehören Hunde und Menschen einer Welt an, und Hunde- und Menschenleben sind immer aufs Engste ineinander verzahnt. Ich berichte erst einmal davon, wie ich deinen Sohn täglich zur Schule brachte und ihn auch wieder abholte. Mit sechs Jahren wurde dein Sohn in die Phönix-Grundschule, die beste im ganzen Kreis, eingeschult. Die Schule war zweihundert Meter südwestlich vom Gebäude der Kreisregierung gelegen. Die Neues China-Verlagsbuchhandlung, das Kreisamt und die Phönix-Grundschule lagen in den Winkeln eines gleichschenkligen Dreiecks. Ich war damals gerade drei Jahre alt und in der schönsten Jugendzeit. Das Kreisstadtrevier hatte ich der Meute in voller Größe abgerungen. Wenn ich sage, dass mir weit über hundert Mitstreiter bedingungslos auf Zuruf folgten, übertreibe ich auf keinen Fall. Wenn ich in einem bestimmten Tonfall bellte, sodass die Meute wusste, dass ich von jedem die Ansage erwartete, an welchem Platz er sich gerade befand, dauerte es keine fünf Minuten, und antwortendes Hundegebell erklang in großem Chor über die gesamte Stadt und aus jeder Richtung. Wir gründeten einen Hundeverband, dessen Hauptmitglieder und fester Kern die Deutschen Schäferhunde waren. Verbandsvorsitzender und Präsident war natürlich ich. In Anlehnung an die Straßenviertel wurden zwanzig Zweigverbände gegründet mit Vorsitzenden der einzelnen Zweige. Es waren immer Deutsche Schäferhunde, die den Vorsitz übernahmen. Das Amt des Vizepräsidenten ist sowieso immer nur pro forma und reine Augenwischerei. Das konnten die Mischlinge machen, solche Nachfahren eines West-Rassehundes, in denen sich chinesische Promenadenmischungen verewigt hatten. Damit konnten wir Deutschen Schäferhunde doch unsere Großherzigkeit zur Schau stellen. Jiefang, soll ich dir sagen, um welche Tageszeit ich diese Verbandsarbeit erledigt hatte? Ich will es dir verraten: Normalerweise war ich damit zwischen ein Uhr nachts und vier Uhr morgens beschäftigt. Ob wir strahlend weiße Mondnächte hatten oder Nächte, in denen am Himmel die Sterne funkelten, ob es Winternächte waren, in denen uns die Kälte durch Mark und Bein ging, oder Sommernächte, in denen die Fledermäuse in der milden Luft herumschwirrten, immer ging ich, wenn sonst nichts anlag, raus und kundschaftete unsere Gegend aus, pflegte Freundschaften, hatte Reibereien, Liebesabenteuer oder hielt eben Sitzungen ab ... alles, was ihr Menschen so tut, das gibt es bei uns Hunden ganz genauso. Im ersten Jahr zwängte ich mich durch die Kloakenrinne, die durch die Mauer in die Gosse rausging, nach draußen. Vom Sommer des zweiten Jahres an hörte ich damit auf, mich so erniedrigend durch die Gossenmulde hindurchzuzwängen und rannte durch die Tür auf dem Westgang nach draußen auf und davon. Mit dem ersten Sprung landete ich auf dem Brunnenrand. Mit dem zweiten Satz sprang ich schräg auf das Fenstersims. Mit dem dritten Satz sprang ich vom Fenstersims auf die Mauer und von da aus hinab in die Tiefe und landete direkt vor deinem Haus in der Mitte auf der gut zu überschauenden Tianhua-Gasse. Der Brunnenrand, das Fenstersims und die Mauer waren alle sehr schmal. Wenn ich sage *draufspringen*, dann meine ich nichts weiter, als nur eben die Pfoten darauf zu setzen. So wie eine Libelle die Wasseroberfläche berührt. Mein Sprung über die Mauer hatte Schönheit und war genau abgepasst, in einem Atemzug zu Ende gebracht. Bei der Kreisstaatsanwaltschaft gibt es Material mit Video-Aufzeichnungen meines *Dreifachen-Mauer-Sprungs*. Ein Staatsanwalt aus der Abteilung gegen Korruption, der zwanghaft bemüht war, Verdienste anzuhäufen, er hieß übrigens Guo Hongfu mit Namen, verkleidete sich als Elektriker, der das Stromnetz zu überprüfen hat, und brachte bei dir unter dem Dachvorsprung eine versteckte Kamera an. Er konnte nichts filmen, was er gegen dich hätte verwenden können. Aber er filmte meinen *Drei-Schritt-in-der-Schräge-über-die-Mauer-Sprung* in voller Länge. Gou Hongfus Hund war bei uns im Rotepflaumenblüten-Viertel Vizeleiter. Noch in derselben Nacht trafen wir beim Springbrunnen auf dem Tianhua-Platz zusammen. Mit schmeichelnder Stimme sprach er mich an: „Herr Präsident! Euer *Drei-Schritt-in-der-Schräge-über-die-Mauer-Sprung* sieht einfach superklasse aus, sowas von gefährlich aber auch! Mein Herrchen und mein Frauchen schauten sich das Video zehn-, zwanzigmal hintereinander an, jedes Mal klatschten sie dabei begeistert in die Hände. Mein Herrchen meinte, er wolle empfehlen, dass Ihr bei den Agility-Vorführungen für Heimtiere mitmacht." Nachlässig machte ich: „Pah", und sagte kühl: „Heim- und Schmusetiere? Ich soll ein Heimtier sein?" Der Spitz merkte, dass er sich im Wort vergriffen hatte, und hatte es eilig, sich zu entschuldigen. Dabei fegte er mit dem Schwanz wedelnd den Boden und bleckte unterwürfig die Zähne. Er holte noch ein Hundekauspielzeug mit Sahnebonbongeschmack aus der Tasche seines Schafwollwestchens, welches ihm sein Frauchen eigenhändig gestrickt hatte, und bot es mir an. Ich lehnte ab. So ein Kinderkram! Da schimpft sich einer Hund und ist gar keiner! Dieser längst zum Heimtier degradierte Spitz will Hund heißen! Der beschmutzt Ruhm und Ehre unserer Gattung.

Jetzt komme ich aber auf deinen Sohn zu sprechen und wie ich ihn jeden Tag zur Schule gebracht und auch wieder abgeholt habe. Übrigens, glaub nicht, dass ich unnütz labere! Wenn ich die Dinge jetzt nicht beim Namen nenne, verstehst du das Anschließende nicht richtig.

Tatsächlich war dein Sohn seiner Mutter ein sehr braves, folgsames Kind. Nachdem er eingeschult worden war, brachte und holte ihn deine Frau mit dem Fahrrad. Aber Beginn und Schluss der Unterrichtszeit der Schule überschnitten sich ständig mit der Arbeitszeit deiner Frau. Es war furchtbar mühsam für sie. Wenn deine Frau überanstrengt war, machte sie jedes Mal ihrem Unmut Luft. Das endete immer in Beschimpfungen, die sich über dich ergossen. Dein Sohn stand dann mit krauser Stirn und gerunzelten Brauen dabei. Daran sieht man auch, dass dich dein Sohn trotzdem liebte. Er sprach dann zu seiner Mutter: „Mama, bring mich da nicht mehr hin. Ich gehe und komme alleine wieder." „Aber das geht nicht, mein Junge. Was machen wir denn, wenn dich ein Auto anfährt? Oder wenn dich ein Hund beißt? Wenn böse Kinder nicht nett zu dir sind? Wenn da ein Mitschnacker kommt, weil du ein Kaderkind bist? Und wenn du da mitgehst? Wenn dich nun irgendein Rüpel kidnappt?" Deine Frau hatte in einem Atemzug fünf *Was machen wir, wenn ...* genannt. Damals war es um die öffentliche Sicherheit tatsächlich nicht gut bestellt. Man redete von sechs wandergewerbetreibenden Frauen aus dem Süden, die sich in der Kreisstadt aufhielten. Sie hießen bei allen nur Mitschnacker und Abschlepper. Sie verkleideten sich als Blumenverkäuferin, Bonbonverkäuferin, Hühnerfederstaubwedelverkäuferin und trugen versteckt immer Betäubungsmittel bei sich. Wenn sie ein hübsches Kind entdeckten, klapsten sie ihm kurz vor die Stirn, das Kind wurde davon benommen und ging brav mit. Und stell dir vor, als der Sohn des Bankdirektors Hu Lanqing von der *Industrie- & Commerzbank China* ICBC von ein paar Kidnappern entführt wurde, wollten die für ihn zwei Millionen RMB, aber der Direktor traute sich nicht, die Polizei einzuschalten. Er bezahlte zuletzt 1,8 Millionen Yuan und kaufte sich seinen Jungen zurück. Dein Sohn klopfte sich auf seine blaue Gesichtshälfte: „Die klapsen doch nur hübschen Kindern an die Stirn. So einen wie mich wollen die doch gar nicht, den würden sie wegjagen! Wenn sich ein Trupp Kidnapper auf mich stürzt, wie willst du denn als einzelne Frau da ein-

schreiten? Du kannst noch nicht mal wegrennen." Dein Sohn blickte auf ihren versehrten Hintern mit der fehlenden Pobacke. Deine Frau weinte. Sie war schwer verletzt, mit roten Augen und tränenerstickter Stimme sagte sie: „Kind, du bist überhaupt nicht hässlich, Mama ist hässlich, Mama hat nur einen halben Hintern." Dein Sohn hielt deine Frau umfangen: „Mama, du bist nicht hässlich! Du bist die allerschönste Mama! Mama, du brauchst mich wirklich nicht mehr zur Schule zu bringen. Das kann unser Vier doch machen." Ihre Blicke wanderten zu mir rüber. Ich begann sofort kräftig zu bellen, was bedeutete, dass sie mein Versprechen hatten: „Geht klar, ich mache das, halst mir gern die Verantwortung auf."
Deine Frau und dein Sohn kamen zu mir. Dein Sohn legte beide Arme um meinen Hals: „Vier, du bringst mich zur Schule, nicht wahr? Mama ist nicht gesund, und sie muss immer so lange arbeiten."
„Wau, wau, wau!" Mein Bellen war so laut, dass der Ginkgobaum rauschte und die beiden Strauße von gegenüber ängstlich aufkreischten. Ich wollte doch nur bellen: „Mach – ich – kein – Proble – em!"
Deine Frau streichelte mir den Kopf, ich wedelte sie an.
„Jeder fürchtet unseren Vier, ist doch so, Sohnemann, nicht?"
„Ja, Mama, das stimmt", antwortete dein Sohn.
„Vier, dann vertraue ich dir also meinen Kaifang an. Ihr beide stammt aus Ximen, seid zusammen aufgewachsen und seid wie Brüder, stimmt's?" „Wau, wau! Stimmt haargenau!" Meine Frauchen war bewegt. Sie streichelte mich wieder und machte die dicke Kette von meinem Hals los. Dann winkte sie mich herbei und ging mit mir ans Tor: „Vier, nun hör gut zu: In der Früh muss ich zur Arbeit und Schmalznudeln verkaufen. Aber euer Frühstück mache ich euch vorher fertig. Halb sieben gehst du zu Kaifang rein, weckst ihn, ihr beide esst, und halb acht brecht ihr zur Schule auf. Der Schlüssel zum Haupttor hängt Kaifang um den Hals. Kaifang darf unter keinen Umständen vergessen, das Tor abzuschließen. Vergisst er es, halt ihn am Ärmel fest und lass ihn nicht gehen. Dann geht ihr beide zur Schule. Aber nicht den kürzesten Weg, sondern ihr nehmt die Hauptstraße. Auch wenn es ein Umweg ist. Zuerst kommt die Sicherheit. Auf der Straße haltet euch rechts. Wenn ihr die Straße überqueren müsst, schaut erst links, dann auf der Mittellinie angekommen, schaut nach rechts. Passt auf die Motorradfahrer auf, vor allen Dingen auf die mit

den schwarzen Kunstlederjacken. Das sind die schlimmsten Rowdies. Die rasen wie farbenblind und beachten die Ampeln nicht. Vier, du bringst Kaifang bis zum Schultor, dann läufst du rechts ein Stück die Straße runter, überquerst sie und läufst geradeaus Richtung Norden weiter zur Bahnhofsgaststätte. Seitlich des Bahnhofsplatzes bin ich beim Schmalznudeln frittieren. Bell zweimal, damit ich mir keine Sorgen mache. Dann läufst du stracks nach Haus, den kürzesten Weg durch den Gang beim Viehmarkt schnurgeradeaus gen Süden, über die Brücke beim Tianhua-Fluss rüber, dann links, und du bist zu Hause. Du bist ausgewachsen und passt durch die Maueröffnung für die Abwassermulde nicht mehr hindurch. Würdest du durchpassen, verböte ich es dir trotzdem. Das ist viel zu schmutzig! Das Tor ist verschlossen, du kommst also nicht hinein. Bitte nimm die Entwürdigung auf dich und warte an der Tür auf mich. Bei prallem Sonnenschein geh quer rüber in die Gasse, rechts zur Muhme und leg dich dort vors Haus unter den Wacholderbaum. Dort findest du Schatten. Wenn du dich da hinlegst, kannst du ruhig ein Nickerchen machen. Aber schlafe nicht fest ein, du musst unser Tor im Auge behalten. Manche Einbrecher haben einen Dietrich bei sich. Sie täuschen vor, gut bekannt mit einem zu sein, und klopfen ans Tor. Öffnet keiner, benutzen sie den Dietrich und dringen gewaltsam ein. Unsere Verwandtschaft kennst du allesamt. Solltest du einen Fremden kommen sehen, der sich an unserem Torschloss zu schaffen macht, so zögere nicht und beiße ihn. Vormittags halb zwölf bin ich wieder zurück. Dann lasse ich dich rein und du trinkst was. Du brichst aber sofort wieder auf und läufst auf kürzestem Weg zurück, um Kaifang von der Schule abzuholen. Wenn du ihn am Nachmittag wieder hinbringst, mach nochmal den Umweg bei mir vorbei und bell zweimal. Dann läufst du direkt zurück, bewachst kurz unser Haus und musst dann auch schon wieder los zur Schule. Auf der Phönix-Grundschule haben sie nachmittags nur zwei Stunden. Nach Schulschluss ist es noch früher Nachmittag. Deswegen musst du unbedingt aufpassen, dass Kaifang nach Haus geht und seine Schulaufgaben macht. Lass ihn nicht trödeln ... Vier, hast du mich verstanden?"
„Wau, wau, wau, verstanden."
Wenn deine Frau nun zur Arbeit ging, stellte sie den Wecker draußen auf dem Fenstersims im Gang ab und warf mir ein Lächeln zu. Tag für Tag hatte sie für mich dieses liebe, schöne Lächeln. Ich bellte

„Wau, wau", während ich ihr nachschaute. „Wau, wau! Mach dir keinen Sorgen!" Ihr Geruch verschwand aus der Tür geradeaus die Gasse runter, dann rechts rum, dann wieder geradeaus. Immer dünner wurde ihre Geruchsfahne und mischte sich in die Morgengerüche der Kreisstadt, bis nur noch ein spärliches Fähnlein übrig war. Wenn ich all meine Energie zusammennahm und dieser Fährte folgte, kam ich direkt beim Bahnhof an ihrem Stand vor der Bahnhofsgaststätte vor ihrem Wok, in dem sie die Schmalznudeln frittierte, an. Aber das war unnötig. Ich drehte ein paar Runden bei uns im Hof und genoss das „Herrchen"-Gefühl. Dann klingelte auch schon der Wecker. Ich sauste in Kaifangs Zimmer. Welch ein Geruch! Ich wollte nicht laut losbellen, um ihn nicht zu erschrecken. Also schleckte ich ihm über sein Gesicht. So lieb war ich zu ihm! Es war ein zarter Flaum auf seiner blauen Gesichtshälfte. Er öffnete die Augen: „Vier! Ist es schon Zeit?" „Wau, wau, steh auf, es ist Zeit!" Er zog sich sogleich an, putzte sich eins-zwei-drei die Zähne und fuhr sich, wie die Katzen es machen, einmal flink mit der nassen Hand übers Gesicht. Dann frühstückte er Schmalznudeln mit Sojamilch oder Schmalznudeln mit Kuhmilch. Manchmal aß ich mit ihm zusammen, manchmal ließ ich das Frühstück aus. Ich konnte selber den Kühlschrank öffnen, die Kühltruhe kriegte ich auch alleine auf. Die Lebensmittel aus der Kühltruhe musste ich zeitig herausschnappen und erst auftauen lassen. Von gefrorenem Fressen bekommt man schlechte Zähne! Und auf die eigenen Zähne zu achten, ist Wertschätzung des eigenen Lebens! Am ersten Tag benutzten wir den Weg, den uns deine Frau beschrieb. Ich hatte ihre Witterung in der Schnauze, die uns in geringer Entfernung folgte. Ich verstand gut, dass sie uns nachfolgte und Acht gab. Es war die Sorge einer Mutter um ihr Kind. Ich trabte deinem Sohn in einem Meter Entfernung wie ein Luchs mit den Augen und Ohren überall hinterher. Es kam ein Auto in zulässigem Tempo angefahren. Es war noch zweihundert Meter entfernt von uns, sodass wir auf jeden Fall noch die Straße hätten überqueren können. Dein Sohn wollte das auch, aber ich schnappte seinen Jackenärmel und hielt ihn zurück. „Vier, was soll das, du Feigling!", beschwerte sich dein Sohn. Ich ließ ihn aber nicht los, sondern ging meinem Frauchen zuliebe auf Nummer Sicher. Erst nachdem das Auto an uns vorbeigerauscht war, sperrte ich die Zähne wieder auf. Dann überquerte ich in höchster Alarmbereitschaft, jede Minute bereit, sofort loszuspringen und den mir Anvertrauten zu retten, mit deinem Sohn die Straße. Ich merkte es am Geruch deiner Frau, dass sie sich keine Sorgen mehr machte. Bis zum Schultor folgte sie uns, dann sah ich sie eilig auf ihr Fahrrad steigen, nach rechts abbiegen und geradeaus zum Bahnhof fahren. Ich ging ihr nicht im Schritt, sondern im geschnürten Trab hinterher, wobei ich immer hundert Meter Abstand hielt. Als sie ihr Rad angeschlossen und ihre Arbeitskleidung übergezogen hatte, vor dem Wok stand und anfing zu arbeiten, rannte ich mit Rumpeldipumpel hinüber. „Wau, wau, alles in Ordnung", bellte ich leise. Auf ihrem Gesicht zeigte sich Freude, ich schnupperte aus ihrem Geruch Liebe heraus. Nach drei Tagen begannen wir beide damit, die Abkürzung zu nehmen. Zeit zum Aufstehen war nun eine halbe Stunde später um Punkt sieben. Ob ich die Uhr denn lesen konnte? Du machst wohl Witze! Manchmal machte ich auch den Fernseher an und schaute mir Fußballpokalspiele an, die Fußballeuropameisterschaft und die Fußballweltmeisterschaft sah ich mir auch an. Den Heimtiersender schaute ich mir aus Prinzip nicht an. So ein Blödsinn aber auch! Die darin sehen gar nicht lebendig aus, eher wie langhaariges Elektronikspielzeug. Da, fick deine Oma, Hundeviecher gibt's, die verkommen zum Heim- und Schmusetier. Es gibt aber auch Hunde, die machen aus Menschen Heimtiere! Welcher Hund aus dem Kreis Gaomi, aus der Provinz Shandong, aus ganz China, aus der ganzen Welt außer mir ist damit wohl gemeint? Bei welchem Hund sonst ist nicht der Mensch, sondern der Hund das Herrchen! Solange eine Tibetdogge in Tibet bleibt, ist sie dem Menschen ebenbürtig. Eine starke Erscheinung, die Würde besitzt. Kommt sie nach China, stürzt sie völlig ab und wirkt verkommen. Du hättest dir dieses Hundevieh von Sun Longs Frau mal ansehen sollen. Er sah toll nach was aus, wie Tiger und Wolf in einem. Aber er war der totale Schlappschwanz, weibisch … ein keuchender Schlaffi. Wirklich tragisch! Zum Jammern! Dein Sohn war übrigens mein Schmuse- und Heimtier, deine Frau auch. Deine kleine Geliebte Pang Chunmiao war auch mein Schmuse- und Heimtier. Wären wir beide nicht schon damals jahrelang eng verbunden gewesen … Du, als du mit dem Geruch von diesem Mädchen, das so nach frischen Muscheln duftete, auf deinem Körper nach Hause kamst und deiner Frau erklärtest, du wolltest die Scheidung, du … ich hätte dich am liebsten tot gebissen. Wenn wir dann zum Tor rausgingen, nahmen wir den Weg quer über die große Drachentempel-Straße, die bei uns vorbeiführte, dann gingen wir geradeaus durch die Boji-Gasse, überquerten die Baihua-Brücke und liefen linkerhand vom Viehmarkt immer geradeaus die lange Tanhua-Gasse entlang. So kamen wir direkt auf der großen Renmin-Straße vor der Kreisverwaltung heraus. Dann ging es noch 200 Meter die Straße entlang und wir erreichten den Haupteingang der Phönix-Grundschule. Wenn wir diesen Weg benutzten, konnten wir die Schule, auch wenn wir so langsam machten wie ein Huhn, das sich einen Platz zum Eier legen sucht, bequem in fünfundzwanzig Minuten erreichen. Wenn wir rannten, brauchten wir gerade mal fünfzehn Minuten. Ich weiß auch, dass du, nachdem dich deine Frau und dein Sohn von zu Haus fortgejagt hatten, immer an deinem zur Straße gehenden Bürofenster standst und uns mit einem russischen Fernglas in der Hand dabei beobachtetest, wie wir aus der Tanhua-Gasse auf die große Renmin-Straße traten. Wenn mittags die Schule aus war, hatten wir es nicht eilig, sofort nach Haus zu kommen. Dein Sohn fragte mich jedes Mal: „Vier, wo ist die Mama jetzt gerade?" Ich schnupperte konzentriert und nahm die Witterung deiner Frau auf, keine zwei Minuten vergingen, und ich wusste, wo sie sich befand. Wenn sie noch arbeitete, drehte ich mich in Richtung Bahnhof und bellte zweimal, wenn sie schon auf dem Weg nach Haus war, drehte ich mich rückwärts und bellte in Richtung zu Hause zweimal. Wenn sie schon daheim war, dann zerrte ich deinen Sohn mit aller Gewalt nach Hause. Wenn sie aber noch am Wok stand, Schätzchen, dann machten wir Luftsprünge vor Freude. Du hattest wirklich einen feinen Sohn. Niemals tat er es den schlimmen Kindern aus der Schule nach und lungerte nach der Schule mit dem Ranzen auf dem Rücken in den Läden an der Straße herum. Das Einzige, was ihm Spaß machte, war, nach der Schule in die *Neues China*-Verlagsbuchhandlung zu gehen und sich dort Bilderbücher auszuleihen. Manchmal kaufte er sich auch ein Buch, meist aber lieh er sie aus. Die Bilderbücherfachverkäuferin, die Verkauf wie Ausleihe betreute, war deine Geliebte. Obwohl sie es damals, als wir zum Bücherlesen hingingen, eigentlich noch nicht war. Sie war zu deinem Sohn immer besonders nett, aus ihrem Geruch konnte ich Zuneigung herausschnuppern. Gar nicht mal, weil wir so gute Kunden waren, sie mochte ihn einfach. Ihr Aussehen interessierte mich nicht so, in ihrem Geruch aber schwelgte ich wie trunken. Alle 200.000 verschiedenen Gerüche unseres Städtchens hatte ich im Griff. Von den Pflanzen zu den Tieren, von den Mineralien zu den Chemikalien, von den Esswaren zu den Kosmetika gab es keinen, den ich so sehr mochte wie Chunmiaos Geruch. Es gab, wie ich fand, unter den gutaussehenden Frauen unserer Kreisstadt nur vierzig Frauen, die gut rochen. Jedoch war bei allen diesen vierzig Frauen der ihnen anhaftende Wohlgeruch übertüncht von anderen Gerüchen. Man schnüffelte kurz, es roch gut, aber jedes Mal war dann noch ein anderer Geruch da, der einem in die Nase kam und der den Wohlgeruch verunreinigte. Allein Chunmiao entströmte reiner, frischer Wohlgeruch, der wie ein leichter Bergwind war, der von einer klaren Quelle aus dem Gebirge herüberweht. Der ihre war der Einzige, der seine Substanz behielt. Wie dürstete ich danach, von ihr ein paar Mal gestreichelt zu werden. Natürlich war es keines dieser Bedürfnisse, die ein *Heimtier* verspürt, mich quälte etwas anderes, ich wünschte … Da, fick deine Mutter, verdammt nochmal! Auch einem noch so großartigen Hund kann es passieren, dass er sich für einen Augenblick vergisst. Ein Hund?! Der hätte doch noch nicht einmal in den Buchladen hineingedurft. Mir aber war es vergönnt, weil ich Chunmiaos Sondererlaubnis besaß. Die Buchhandlung war der Laden unserer Kreisstadt mit den wenigsten Kunden. Stille Erhabenheit machte sich breit, zumeist waren im Laden nur die drei Verkäuferinnen, zwei Frauen mittleren Alters und Chunmiao, anzutreffen. Unter den beiden älteren Frauen hatte Chunmiao schwer zu leiden. Sie piesackten sie, wo sie nur konnten. Mo Yan war einer der seltenen Stammkunden, die dieser Laden besaß. In der Buchhandlung meinte er, sich produzieren zu müssen. Der Prahlhans tönte zu allem und jedem groß herum. Man wusste nicht, ob er da nur eigenes Bauchgefühl verbreitete oder ob er bewusst das Blaue vom Himmel herunterlog. Er liebte es, Sprichwörter querzureden und zu zerstückeln und machte sich einen Witz daraus, sie dadurch zu verulken. Aus „Jung, unbedarft und ohne Argwohn" machte er „Jung und unbedarft…", aus „Liebe auf den ersten Blick" machte er „Den ersten Blick immer auf die Uhr", aus „Feige Hunde, die beißen, wenn's Herrchen daneben steht" machte er „Feige Herrchen". Chunmiao wurde, sowie er in den Laden trat, fröhlich. Auch die zwei alten Schachteln ließen sich von ihr anstecken. Wie schräg der mit der Sprache umging, war nicht auszuhalten. Die Einzige, die das schluckte und die Mo Yan sogar noch leiden mochte, war das wohlriechendste und deswegen hübscheste Mädchen aus ganz Gaomiland. Mo Yan bemerkte den kleinen Lan Kaifang konzentriert lesend in der Ladenecke, in der die Bücher zum Ausleihen standen. Er zupfte ihn am Ohr und stellte ihn Chunmiao vor: „Der Kleine hier ist der Sohn vom Kreiskommuneleiter Lan." Chunmiao antwortete: „Das habe ich schon lange vermutet." Im gleichen Moment bellte ich zweimal, um Kaifang daran zu erinnern, dass seine Mutter Arbeitsschluss hatte und ihr Geruch schon beim Eisenwaren- und Elektrogerätehandel angelangt war. Wenn wir nicht sofort aufbrächen, dann könnte es passieren, dass sie vor uns zu Hause einträfe. Chunmiao sagte: „Lan Kaifang, schnell, du musst los, dein Hund bellt schon." Zu Mo Yan gewandt fuhr sie fort: „Dieser Hund ist vielleicht klug! Manchmal liest sich Kaifang fest und hört nicht, wenn man ihn ruft. Dann kommt der Hund in den Laden gerannt, nimmt ihn mit der Schnauze am Ärmel und zerrt ihn hinaus." Mo Yan warf einen Blick auf mich und seufzte hingerissen: „Was für ein Prachthund!"

Das zweiundvierzigste Kapitel
Lan Jiefang macht Liebe im Büro. Huang Hezuo verliest im Osthaus Mungbohnen.

Nach unserem ersten Kuss dachte ich daran, mich zurückzuziehen. Ich wollte fliehen. Obwohl ich so glücklich war, verursachte er mir Angst. Natürlich hatte ich ganz schreckliche Gewissensbisse. Das zwanzigste und letzte Mal Beischlaf mit meiner Frau war das Produkt dieser widerstreitenden Gefühle in mir gewesen. Obschon ich mich nach Kräften mühte, alles besser zu machen, war es am Ende nur schrecklich. Ich brachte die Sache unehrenhaft zu Ende.
In den sechs darauf folgenden Tagen war mein Kopf, egal, ob ich mich gerade auf einer Dienstfahrt auf dem Land befand, in einer Sitzung saß, ob ich die rote Festschleife auf einer Eröffnungsfeier durchschnitt oder bei einem Bankett aß, ob ich im Auto saß oder auf dem Bürostuhl, ob ich stand oder ging, wachte oder träumte, voll von Chunmiaos verschwommener Gestalt. – Je näher ich ihr war, umso mehr verschwamm ihr Bild vor meinen Augen. – Ich versank schwelgend in die mich mit Haut und Haar gefangen nehmenden

Gefühle. Ich wusste, dass es, wie immer man es auch drehte, für mich kein Entrinnen mehr gab. Eine innere Stimme dröhnte mir durch den Kopf: Bis hierher und nicht weiter, bis hierher und nicht weiter! Aber meine innere Stimme wurde immer tonloser.

Am Sonntagmittag erwarteten wir Gäste von der Provinzebene. Ich musste im Kreisamt an einem Festmahl teilnehmen und traf im Gästehaus auf Pang Kangmei. Sie trug ein dunkelblaues, langes Kleid, um den Hals ein schimmerndes Perlencollier, hatte ein dezentes Make-up aufgelegt. Sowie ich sie sah, sirrte es in meinem Gehirnkasten und ich war wie benebelt. Einer der Gäste war ein Leiter der Organisationsabteilung des Provinzparteikomitees, der ehemals in Gaomi beschäftigt gewesen war. Er hieß mit vollem Namen Sha Hualian, Opernheld. Uns beide verband eine drei Monate lange Freundschaft aus der Zeit, in der wir Klassenkameraden auf der Provinzkomiteekaderschule gewesen waren. Eigentlich war er Gast der Organisationsabteilung, aber er hatte ausdrücklich erklärt, mich sehen zu wollen. Deswegen war ich hergekommen und leistete ihm Gesellschaft. Während des Essens saß ich wie auf glühenden Kohlen. Meine Zunge war wie lahm. Ich redete nur dummes Zeug. Wie ein Vollidiot kam ich mir vor. Pang Kangmei saß auf dem Platz der Gastgeberin und führte den Vorsitz. Sie regte ihre Gäste zum Schnapstrinken an, ließ feinste Speisen auftischen und redete ohne Pause das Richtige. Sie gab dem Abteilungsleiter kaum Gelegenheit zu sprechen, bis er gar nichts mehr sagte und ihr nur noch mit verschwommenem Blick folgte. Ich bemerkte, dass Kangmei mich mehrmals scharf anschaute, wie Messer durchbohrten mich ihre Blicke. Schließlich war das Essen dann doch vorbei. Wir geleiteten den Abteilungsleiter auf sein Zimmer im Gästehaus. Sie zeigte ein strahlendes Lächeln und verabschiedete jeden persönlich. Ihre Limousine war die erste, die vorfuhr. Als wir uns zum Abschied die Hand gaben, konnte ich ihre Abneigung durch den Händedruck hindurch spüren. Dennoch sagte sie überzogen freundlich: „Vizekreisvorsteher Lan! Schlecht sehen Sie heute aus. Sind Sie etwa krank? Machen Sie uns bloß nicht schlapp!"

Als mir auf dem Rückweg im Auto ihre Worte durch den Kopf gingen, fühlte ich, wie mir Eiseskälte den Rücken hinaufkroch. Unablässig wies ich mich selbst zurecht: Lan Jiefang, sieh endlich klar! Wenn du dich und deinen Ruf nicht zugrunde richten willst, musst du das Pferd vor dem Abgrund zügeln ... Als ich dann am Fenster meines Büros stand und rechts hinunter auf das fleckige Ladenschild der *Neues China*-Buchhandlung schaute, waren Angst und Besorgnis restlos gewichen und hatten einer nicht auszuhaltenden Sehnsucht Platz gemacht. Sehnsucht, die mir das Herz zerriss. Es war ein Liebesbedürfnis, wie ich es in meinem ganzen vierzigjährigen Leben bisher niemals verspürt hatte. Ich nahm meinen UdSSR-Militärfeldstecher, den ich mir aus der Mandschurei hatte beschaffen lassen, stellte die Entfernung ein und betrachtete aufmerksam die Ladentür. Die beiden braunen Türflügel mit den Eisengriffen waren lose angelehnt. Die Türgriffe hatten Rostflecke. Manchmal trat jemand heraus, was mir jedes Mal heftiges Herzklopfen verursachte. Wie hoffte ich, ihren grazilen Körper aus der Tür treten zu sehen. Dann würde sie leichtfüßig die Straße überqueren. Dann würde sie leichtfüßig in meine Arme kommen. Aber immer waren es nur fremde Gesichter alter oder junger Leser, die durch die Tür auf die Straße traten. Die Gesichter der Männer wie der Frauen, die mir vor die Linse kamen, schienen mir alle den gleichen öden Ausdruck zu besitzen. Es machte mich nachdenklich, erregte meine Besorgnis. War in der Buchhandlung etwas passiert? War ihr gar etwas zugestoßen? Ich war kurz davor, unter dem Vorwand, ein Buch kaufen zu wollen, hinüberzugehen und mich mit eigenen Augen davon zu überzeugen, dass auch alles in Ordnung war. Aber der winzige Rest von Vernunft, der mir noch geblieben war, verhinderte, dass ich wirklich losging. Mein Blick fiel auf die Digitaluhr, die an der Wand hing. Genau halb zwei. Noch zwei ganze Stunden bis zum vereinbarten Wiedersehen musste ich ausharren. Ich nahm den Feldstecher herunter und zwang mich zu einem Mittagsschläfchen auf dem Feldbett hinter dem Paravent in meinem Büro. Ich konnte keine Ruhe finden. Deswegen putzte ich mir die Zähne, wusch mir das Gesicht, rasierte mich, schnitt mir die Nasenhaare. Ich stand vor dem Spiegel und blickte forschend in mein Gesicht. Halb blau, halb rot, ich war wirklich hässlich. Ich klopfte meine blaue Gesichtshälfte strafend: Du hässlicher Kauz! Mein Selbstbewusstsein stand auf der Kippe, drohte zu kollabieren. Unfreiwillig kam mir auch noch in den Sinn, welchen Unsinn Mo Yan mir zuliebe einmal abgelassen hatte. „Freund", hatte er gesagt, „mit deinem Gesicht kriegst du jede Frau rum. Halb rot, wie der rote General Guan Yu, und halb blau wie der Schwert-

kampfheld Kou Erdun. Die beiden sind der Inbegriff von Kraft und Mut. Der Ladykiller! *Cool, Clean, Love Machine.*" Obwohl ich wusste, dass er das Blaue vom Himmel redete, kehrte mein Selbstvertrauen langsam zurück. Mehrmals passierte es mir, dass ich von weitem immer näher kommend den hellen Klang flink auftretender Schuhe auf dem Flur vernahm. Ich eilte zur Tür, um sie zu begrüßen, und blickte in einen menschenleeren Gang. Erbärmlich fühlte ich mich, als ich mich dort, wo sie damals bei mir Platz genommen hatte, hinhockte und auf sie wartete. Ich blätterte im „Praxishandbuch Nutztierkrankheiten", das sie bei mir gelesen hatte. Ihr Anblick, wie sie so ins Lesen vertieft auf dem Sofa saß, tauchte vor meinem inneren Auge auf. Im Buch war ihr Geruch haften geblieben, ihr Fingerabdruck auch. ... *Erysipeloid (Schweinerotlauf) ist den pandemisch verlaufenden Krankheiten zuzurechnen. Die Krankheit wird durch das Bakterium Erysipelothrix rhusiopathiae hervorgerufen. Nach Ausbruch breitet sich die Seuche rasant aus. Der Verlauf der Krankheit ist fast immer tödlich. Die Übertragung ...* So ein Buch hatte sie mit größtem Interesse tatsächlich durchgelesen. Sie war wirklich ein seltsames Mädchen ...
Schließlich hörte ich tatsächlich ein Klopfen an meiner Tür. Es lief mir eiskalt über den Rücken. Augenblicklich zitterte ich. Meine Zähne klapperten schrecklich, ich konnte es nicht stoppen. Hastig schlug ich die Tür auf. Ihr bezauberndes Lächeln berührte mich auf dem tiefsten Grund meiner Seele. Ich vergaß alles. Alles, was ich mir zurechtgelegt hatte, was ich hatte sagen wollen. Die dunklen Andeutungen der Kangmei, die Angst vor dem mich verschlingenden Abgrund – vergessen. Ich umarmte sie, zog sie an mich, küsste sie. Sie legte die Arme um mich, sie küsste mich. Ich trieb auf den Wolken, sank auf den Grund des Ozeans. Ich will nichts anderes, ich will nur dich. Ich fürchte nichts, ich will nur dich.
Im Moment des Kusses öffneten sich unsere Augen. Wie nah mein Auge dem ihren war. Ich sah ihre Tränen und leckte sie ab. Sie schmeckten frisch. „Liebes ... Chunmiao, warum? Ist es ein Traum? Warum, Liebes?" „Bruderherz, ich bin dein, ganz und gar, ich will dich, nimm mich ..." Ich quälte mich, es kostete mich meine ganze Kraft. Ich fühlte mich wie ein Ertrinkender, der den rettenden Strohhalm umklammern will, doch kein Halm, kein Stroh weit und breit, das er hätte fassen können ... Wieder hingen unsere Lippen im Kuss

aneinander. Auf die Küsse, die uns ersterben ließen und wieder zum Leben erweckten, folgte, wie hätte es anders sein sollen ... es ließ sich nicht mehr verhindern.
Wir lagen uns auf dem Feldbett in den Armen. Für uns reichte das Bett. „Chunmiao ... Liebste, ich bin zwanzig Jahre älter als du. Ich bin hässlich. Ich will dich nicht ins Unglück stürzen. Was habe ich nur getan. Ich sollte tot sein, Chunmiao ...", murmelte ich wirr. Sie berührte meine Bartstoppeln, sie streichelte mein Gesicht. Ihr Kinn presste sich an mein Ohr. Es kitzelte, als sie mir ins Ohr sprach: „Ich liebe dich ..."
„Warum?"
„Ich weiß es nicht."
„Du kannst dich auf mich verlassen, ich werde alles tun ..."
„Du brauchst nichts zu tun, ich will dich, ich selbst will dich. Ich will dich hundertmal, dann verlasse ich dich."
Wie ein ausgehungerter alter Büffel, der endlich hundert frische Grashalme vertilgt. Hundert Mal!
Hundert Mal waren schnell vorbei, aber ich konnte nicht mehr von ihr lassen.
Beim hundertsten Mal wollten wir, dass es niemals aufhören sollte. Sie streichelte mich, ihre Tränen tropften mir auf die Brust: „Schau mich an, behalte mich im Gedächtnis, vergiss mich nicht ..."
„Chunmiao, ich will dich zur Frau."
„Ich will nicht, dass du mich heiratest."
„Ich habe mich längst entschieden", sagte ich ihr. „Uns erwartet wahrscheinlich ein zehntausend Meter tiefer Abgrund, aber ich habe keine Wahl."
„Dann lass uns zusammen springen", sagte sie.
Noch am selben Abend ging ich nach Hause zu meiner Frau. Ich wollte nun endgültig mit offenen Karten spielen. Sie war gerade im Osthaus damit beschäftigt, mit der Siebschütte Mungbohnen zu verlesen. In dieser schwierigen Arbeit war sie sehr geübt, man konnte es deutlich sehen. Unter dem elektrischen Licht hopsten im Gleichschritt mit ihren sich ruckartig auf- und abbewegenden Armen tausende Mungbohnen mal vor, mal zurück, sodass aller Unrat, alle Steinchen und Hülsen mit dem Wind weggepustet wurden.
„Was machst du?", fragte ich, weil mir sonst nichts einfiel.
„Opa hat jemandem Mungbohnen für uns mitgegeben." Sie blickte

mich von der Seite an, dabei las sie mit den Fingerspitzen ein Steinchen aus den Bohnen: „Die hat er selbst gezogen. Wenn andere Sachen bei uns auch oft vergammeln, die Bohnen hier dürfen wir nicht verkommen lassen. Ich siebe sie und gebe Kaifang die frischen Sprossen zu essen."
Sie begann wieder damit, das Sieb zu schütteln, die Mungbohnen rasselten hin und her.
„Hezuo", ich ließ es heraus, brachte es hinter mich, „lass uns die Scheidung einreichen."
Sie hielt inne. Wie betäubt blickte sie in mein Gesicht, als hätte sie nicht verstanden, was ich gesagt hatte. Ich sagte: „Entschuldige, Hezuo, bitte lass uns die Scheidung einreichen."
Die Schütte, die sie vor der Brust hielt, sank tiefer und noch tiefer. Zuerst fielen einige, dann hunderte, immer mehr Mungbohnen kullerten herunter. Zuletzt gingen sie alle zu Boden. Tausende Mungbohnen kullerten auf dem glatten Steinfußboden herum.
Die Schütte fiel ihr aus der Hand und landete auf dem Boden. Dann schwankte sie und verlor das Gleichgewicht. Ich wollte sie stützen, aber sie lehnte schon an dem Wandbord, in dem die Porreestangen und die getrockneten Sojabohnenhautstangen lagen. Sie presste sich die Hand vor den Mund. Die Tränen schossen ihr in die Augen. Sie fing an, laut loszuheulen. Ich sagte: „Es tut mir ehrlich leid, aber ich bitte dich, mir zu helfen …"
Mit einer heftigen Bewegung riss sie die Hand vom Mund und wischte sich mit dem angewinkelten rechten Zeigefinger die Tränen vom rechten Auge, mit dem linken Zeigefinger die am linken Auge. Dann sprach sie mit fest aufeinandergebissenen Zähnen: „Da kannst du warten, bis ich tot bin!"

Das dreiundvierzigste Kapitel
Huang Hezuo macht ihrer Wut beim Pfannkuchenbacken Luft. Hund Vier mildert mit Schnapstrinken Missmut und Trauer.

Als du mit dem starken Geruch, der von dem wilden Liebesspiel mit Chunmiao auf deinem Körper haften geblieben war, bei uns auf den Gang kamst und im Osthaus deiner Frau reinen Wein einschenktest und die Scheidung in Aussicht stelltest, saß ich unter der Traufe und blickte in tiefe Gedanken versunken zum Mond. Der große, liebe Mond war ein wenig irre geworden. Wir hatten wieder Vollmond, alle Hunde aus unserem Kreisgebiet sollten heute Nacht auf dem Tianhua-Platz zusammenkommen. Es gab zwei Anlässe für unser Treffen. Der erste war eine Gedenkfeier für unsere Tibetdogge, die den niedrigen Luftdruck nicht vertragen konnte und schließlich, nachdem ihre inneren Organe verkümmert waren, an inneren Blutungen gestorben war. Der zweite Grund war die Monatsfeier für die Kinder meiner Schwester, die vor vier Monaten von dem norwegischen Husky, der der Familie des Vorsitzenden der politischen Konsultativkonferenz auf Kreisebene gehörte, in freier Liebe trächtig geworden war und die nun pünktlich drei kleine weißgesichtige und gelbäugige Mischlingswelpen geworfen hatte. Ich hörte von der japanischen Spitzhündin der Familie Guo Hongfu, die regelmäßig bei Kangmei vorbeiging, dass meine kleinen Nichten und Neffen alle wohlauf seien. Sie hätten ein einziges Manko, und das sei, dass alle drei einen heimtückischen Blick hätten und wie kleine Verräter aussähen. Wenngleich ihr Aussehen zu wünschen übrig ließ, wurden die drei kleinen Verräterchen dennoch sofort von wohlhabenden Familien für gutes Geld reserviert. Angeblich waren das Beträge von 100.000 Yuan für jeden Welpen.

Der kantonesische Shar-Pei, der mein Vizekontaktmann war, hatte seine Versammlungsmeldung schon gemacht. Ein nicht abreißendes Bellen verschiedener Hundestimmen hub an. Es wogte von einem zum anderen wie Wellen, die auf einen Punkt zurollen. Ich jaulte dreimal langgezogen gen Mond und teilte den anderen mit, wo ich mich gerade befand. Auch wenn es wichtige Veränderungen bei meinem Herrchen und Frauchen gab, musste ich dennoch meines Amtes walten.

Jiefang, du warst ja schnell wie der Wind wieder weg! Als du gingst, warfst du mir einen eindringlichen Blick zu. Ich bellte dir zum Abschied zu: „Ich denke, Kumpel, das schöne Leben einer Made im Speck hast du hinter dir." Ich verspürte ein wenig, aber nicht übermäßig Hass, da deinem Geruch der von Chunmiao beigemischt war, was ihn milderte.

Dein Geruch sagte mir außerdem, dass du, zu Fuß und nicht mit dem Auto, den gleichen Weg genommen hattest, den ich immer

nahm, wenn ich deinen Sohn zur Schule brachte. Deine Frau machte einen Riesenkrach im Seitenhaus. Die Tür stand offen, ich sah, wie sie ein blitzendes Hackebeil in der Hand hielt und mit roher Gewalt auf die Porree- und die Schmalznudelstangen einhackte. Der scharfe Geruch des Porrees und der ranzige der Schmalznudeln trieb herüber. Zur selben Zeit war dein Geruch bereits bei der Tianhua-Brücke angelangt und mischte sich mit dem üblen Gestank des Abwassers unter der Brücke. Mit jedem Schlag des Beils knickte Hezuos linkes Bein weg. Gleichzeitig entkam ihrem Mund ein „Ich hasse dich! Ich hasse dich! Ich hasse dich!" Dein Geruch war beim Westende des Viehmarkts angekommen. Dort war ein langes, einstöckiges Gebäude errichtet worden, in das etwa fünfzehn Südchinesen eingezogen waren, die mit Textilien handelten. Sie hielten einen australischen Border Collie. Ihm fiel sein langes, dichtes Fell weit über die Schultern. Sein Kopf war schmal und langgestreckt. Zu zwei Dritteln glich er einem Hund, zu einem Drittel einem Schaf. Einmal hatte er versucht, deinem Sohn den Weg zu versperren. Mit erhobenem Kopf und gefletschten Zähnen knurrte er ihn an. Es war ein gefährliches Knurren und drohendes Bellen, sodass dein Sohn schnell zurückwich und hinter mir Schutz suchte. Ich machte mir nicht die Mühe, diesen Kerl, der gerade neu dazugekommen war und die Regeln hier bei uns nicht kannte, mit einer Beißerei zurechtzuweisen. Wie konnte dieser völlig verflohte Collie aus dem Gebäude der Textilhändler, wo es feucht war und vor Schmutz starrte, es wagen, ein Schulkind, das unter meinem Schutz stand, nicht vorbeizulassen? Ich sah direkt vor meiner Schnauze auf dem Boden einen spitzen Stein liegen. Geistesgegenwärtig drehte ich mich und trat mit der linken Hinterpfote dagegen. Der Stein flog in die Höhe und traf den Collie mitten auf die Schnauze. Er jaulte auf und drehte sich mit gesenktem Kopf im Kreis. Dunkles Blut quoll aus seiner Schnauze, beide Augen tränten. Ich knurrte ihn streng an: „Hüte dich, verdammt nochmal! Ich werde dir deine Schafsaugen blenden!" Der Typ wurde später einer meiner treuesten Freunde, wie wahr sagt doch unser Sprichwort *Aus einer Schlägerei ist schon so manche Freundschaft hervorgegangen.*
Ich bellte scharf in Richtung Viehmarkt hinüber und meldete dem Collie den Befehl: „Schafgesicht, erschreck den Mann, der gerade bei eurem Gebäude vorbeikommt, und schlag ihn in die Flucht." Nahezu im gleichen Moment hörte ich Schafgesichts Knurren und Bellen wie das

eines wütenden Wolfes herüberschallen. Wie ein roter Faden war die Witterung, die ich von dir in der Schnauze hatte. Sie kam pfeilschnell die Tanhua-Gasse entlang und dann an meine Schnauze geweht. Dahinter hing noch eine braune Witterung, die mutig auf Verfolgung beharrte. Das war der Geruch von Schafgesicht, der dich packte und biss. Dein Sohn kam aus dem Schlafzimmer ins Osthaus gelaufen und schrie in heller Aufregung: „Mama, was machst du denn?"
Die Wut deiner Frau war lange nicht erloschen, sie hackte noch zweimal auf den matschigen Porree ein, dann schmiss sie das Beil auf das Hackbrett, drehte sich mit dem Gesicht zur Wand und wischte sich mit dem Ärmel die Tränen ab: „Kind, warum schläfst du denn noch nicht? Du hast doch morgen Schule!"
Dein Sohn betrat das Zimmer und ging um deine Frau herum, um ihr Gesicht zu sehen: „Mama, du weinst ja?"
Deine Frau entgegnete ihm: „Ich, weinen? Warum sollte ich weinen? Das ist der scharfe Porree, der mir die Tränen in die Augen treibt."
„Warum musst du um Mitternacht Porree hacken?", murmelte dein Sohn.
„Nun marsch ins Bett. Ich werde dir den Hintern versohlen, wenn du deine Schule vernachlässigst!", brüllte deine Frau außer sich vor Wut und völlig fertig mit den Nerven deinen Sohn an. Dabei nahm sie das Hackmesser wieder auf. Dein Sohn murmelte völlig verschreckt etwas und wich Schritt für Schritt zurück.
„Komm sofort hierher", schrie deine Frau. Mit einer Hand hielt sie das Hackmesser hoch, mit der anderen streichelte sie seinen Kopf: „Kind, du musst dich anstrengen! Sei fleißig in der Schule! Mama macht dir leckere Porreepfannkuchen!"
„Mama, Mama", weinte dein Sohn laut. „Ich will keine Pfannkuchen, du sollst dir keine Arbeit machen. Du hast viel zu viel Arbeit. Das ist viel zu anstrengend für dich. Du muss doch auch mal schlafen..."
Deine Frau schob deinen Sohn zur Tür hinaus: „Braves Kind, Mama ist nicht müde, aber du musst jetzt schlafen gehen..."
Dein Sohn ging ein paar Schritte, hielt aber wieder inne und blickte zurück: „Papa war hier, nicht?"
Deine Frau zuckte zusammen und sagte schnell: „Ja, der war da und ist wieder weg, er macht Überstunden..."
Dein Sohn murmelte: „Wieso muss der immer Überstunden machen?"

Was in jener Nacht passierte, setzte mir furchtbar zu. In der Hundegemeinschaft am Ort war ich lieblos und knallhart, in meiner Menschenfamilie dagegen zärtlich und liebevoll. Auf der Tianhua-Gasse radelten ein paar Jugendliche, die stark nach Schnaps rochen, auf ihren klapprigen, rostig riechenden Rädern vorbei. Einen Schmalzschlager schmetterten sie in die Nacht hinaus.

„Immer hast du ein weiches Herz, ein weiches Herz ... alle Last trägst du allein auf deinen Schultern ..."

Ich reckte den Hals und die Schnauze gen Himmel und heulte los. Ich hatte immer noch die beiden Witterungen in der Schnauze und merkte, dass sie sich immer noch folgten und inzwischen bald auf Höhe der Tanhua-Gasse angelangt waren. Ich beeilte mich, Schafgesicht sofort Meldung zu machen und bellte: „Es reicht. Stell die Verfolgung ein!"

Die Witterung änderte sich, die beiden teilten sich wieder in Rot und Braun, Rot driftete nach vorne weg, Braun kam wieder näher.

„Schafgesicht, du hast ihn doch nicht ernstlich verletzt?"

„Nur ein paar Schrammen, es blutet wahrscheinlich nicht einmal. Aber der Bursche hat sich ganz schön die Hosen vollgemacht."

„Dann ist es gut, bis gleich."

Deine Frau fing wirklich mitten in der Nacht an, Porreepfannkuchen zu backen. Sie knetete Teig für die Fladen. Volle dreißig Minuten knetete sie. Es wurde ein Riesenfladen. Wollte sie auch alle Klassenkameraden Kaifangs zum Porreepfannkuchenessen einladen? Ich sah zu, wie schnell sich ihre schmalen Schultern beim Kneten zusammenzogen und wieder öffneten. Daher kommt wohl der lobende Ausdruck *Teig, von einer Frau geknetet, die von ihrem Mann geschlagen wird*, für besonders zarten und wohlschmeckenden Knetteig. Ihr floss der Schweiß den Rücken hinab. Ihr Hemd war tropfnass. Immer wieder kamen ihr die Tränen, sie weinte und weinte, Tränen der Wut, Tränen der Kümmernis, Tränen der Rührung, an was dachte sie nicht alles zurück. Sie tropften ihr auf die Brust, auf den Handrücken und wurden in den geschmeidigen Teig hineingeknetet. Immer weicher wurde der Teig. Er verströmte einen leicht süßlichen Geruch. Sie fügte noch etwas Mehl hinzu und knetete weiter. Von Zeit zu Zeit weinte sie plötzlich laut auf, aber jedes Mal hielt sie sich sofort den Ärmel vor den Mund und erstickte das Geräusch. Ihr Gesicht war fleckig vom Mehl, sie sah lächerlich und zugleich bemitleidenswert aus. Von Zeit zu Zeit hielt sie inne und ging mit hängenden Armen im Raum umher, als suche sie nach etwas. Einmal rutschte sie dabei auf den Mungbohnen aus und fiel auf den Po. Sie saß wie betäubt, den starren Blick geradeaus auf die Wand gerichtet, als würde sie dem Gecko an der Wand zusehen, aber dann hielt sie sich nur ihre beiden vom Teigkneten mehligen Hände vors Gesicht und weinte herzzerreißend. Als sie eine Zeit lang geweint hatte, stand sie auf und knetete weiter. Wieder nach einer Weile tat sie etwas von dem gehackten Porree und den gehackten Schmalznudeln in eine glasierte Steingutschale. Sie gab Öl dazu, dachte eine Weile nach, dann fügte sie Salz dazu, wieder fing sie an nachzudenken, dann nahm sie wieder die Ölflasche und goss noch ein wenig Öl nach. Ich konnte deutlich sehen, dass sie völlig konfus war und keinen klaren Gedanken mehr fassen konnte. Mit einer Hand hielt sie die Steingutschale, mit der anderen die Stäbchen und verquirlte die Mischung. Während sie das tat, drehte sie Runde um Runde im Raum und blickte suchend mal nach links, mal nach rechts. Die Mungbohnen am Boden ließen sie wieder ausrutschen. Diesmal stürzte sie schlimm der ganzen Länge nach mit dem Rücken auf den glatten kalten Steinboden. Wie durch ein Wunder behielt sie die Steingutschale in der Hand, noch unglaublicher war, dass sie sie dabei sogar noch gerade hielt. Ich wollte schon einen Satz machen und ihr zu Hilfe kommen, aber sie war schon dabei, sich aus eigener Kraft langsam wieder hochzurappeln. Sie stand aber nicht auf, sondern blieb tieftraurig am Boden sitzen, wo sie wie ein kleines Mädchen laut schluchzend immerfort weinte. Dann war sie mit einem Mal still. Sie schob sich jetzt auf dem Po Stückchen für Stückchen vorwärts. Dabei musste sie sich wegen der Behinderung an ihrem Gesäß weit nach links hintenüber lehnen. Die Steingutschale mit der Pfannkuchenfüllung behielt sie jedoch während der gesamten Zeit aufrecht in der Hand. Sie beugte sich vor und stellte sie auf dem Hackbrett ab. Sie schaffte es nicht aufzustehen. Mit beiden Beinen nach vorn ausgestreckt saß sie, den Kopf fast bis auf die Knie vornüber gebeugt, am Boden. Als praktiziere sie eine seltsame Kampfsportübung, so sah sie in dieser Pose aus. Es war lange nach Mitternacht, der Mond stand ganz oben am Himmel und spendete sein hellstes Licht. Die alte Wanduhr bei den Nachbarn links von uns schlug so dröhnend laut die vollen Stunden in die stille Nacht hinaus, dass ich jedes Mal wie vom Schlag getroffen war. Es war nur noch eine Stunde bis zu unserer Hundevollversammlung. Ich hörte, dass schon viele Kollegen beim Springbrunnen auf dem Tianhua-Platz eingetroffen waren und dass noch viele auf den Straßen und Gassen unserer Kreisstadt dorthin unterwegs waren. Ich war in Bedrängnis, denn ich wollte mein Frauchen jetzt unter keinen Umständen allein lassen, da ich fürchtete, sie könne sich in der Küche etwas antun. Ich roch den Geruch aus dem Pappkarton in der Zimmerecke, in dem das Hanfseil lag. Ich roch auch den Gasgeruch aus der Kunststoffleitung, der an der Nahtstelle der Leitung minimal austrat, und auch das DDT aus der Flasche, die dick in Packpapier eingewickelt in einer Zimmerecke stand. Das waren alles Dinge, die jemanden schnell unter die Erde bringen konnten. Sie hätte sich natürlich auch mit dem Hackmesser die Pulsadern aufritzen können, die Halsschlagader aufschneiden, mit der Hand in eine Starkstromquelle fassen, mit dem Kopf die Wand rammen können. Es gab wirklich genug Gründe, die mich davon abhalten konnten, die Vollmondversammlung an jenem Abend zu leiten. Schafgesicht und der russische Spitz aus dem Haus Guo Hongfu, die mich abholen gekommen waren, bellten am Eingangstor und scharrten mit der Pfote am Holz. Der Russenspitz jaulte schmeichelnd: „Herr Präsident, wir warten am Tor."

Mit leisem Jaulen ließ ich sie wissen: „Geht schon mal vor. Eine dringende Angelegenheit hält mich hier fest. Wenn ich es nicht rechtzeitig schaffen sollte, lasst den Vizepräsidenten Ma die Versammlung leiten."

Vizepräsident Ma war der Haushund des Fabrikleiters der zentralen Fleischwarenfabrik, ein Deutscher Schäferhund, und hatte den gleichen Nachnamen Ma wie sein Herrchen. Schafgesicht und der Spitz gingen also ohne mich miteinander flirtend die Tianhua-Gasse hinunter. Ich harrte weiter bei meinem Frauchen aus und beobachtete sie.

Schließlich hob sie doch ihren Kopf. Mit den Händen schob sie die Mungbohnen, die um sie herum auf dem Boden lagen, zu einem Haufen zusammen. Dann robbte sie im Sitzen weiter, indem sie auf ihrem halben Hintern mühsam über den Boden rutschte, und sammelte alle Mungbohnen vom Boden zusammen. Sie türmte sie zu einem spitzen Haufen auf. Wie ein feiner, hübscher Grabhügel sah er aus. Eine Weile starrte sie reglos auf den Mungbohnengrabhügel. Die Tränen liefen ihr in Strömen über die Wangen. Mit einer heftigen Bewegung griff sie eine Handvoll Bohnen und schmiss sie hoch, dann noch eine Handvoll. Die Mungbohnen flogen im Seitenhaus kreuz und quer durch die Luft, prasselten gegen die Wand, gegen den Kühlschrank und fielen in den Mehlbottich. Das Prasseln im Zimmer klang wie ein Hagelschauer, der auf vertrocknetes Laub niedergeht. Sie schleuderte noch zwei Hände voll weg, dann hörte sie damit auf. Sie hob den Saum ihres Hemdes hoch und putzte sich mit dem Hemdzipfel gründlich das Gesicht trocken, dann reckte sie sich und zog die Siebschütte zu sich, um Hand für Hand die Mungbohnen wieder hineinzufüllen. Sie schob die Schütte zur Seite und kam unter großen Anstrengungen auf die Beine. Dann ging sie zum Hackbrett und knetete den Teig noch ein paar Mal, rührte auch noch ein paar Mal die Füllung um, um zuletzt den Teigfladen in Fetzen zu reißen und platte Pfannkuchenfladen zu formen. Sie schob die Pfanne auf den Gasherd, entzündete die Flamme und gab mit geübter Hand ein wenig Öl in die Pfanne. Als sie die ersten Porreepfannkuchen in die Pfanne gleiten ließ und sie im siedenden Öl brutzelten, schnupperte ich den köstlichen Duft. Er füllte den ganzen Hof, trieb weiter die Gasse hinab, durch das Viertel und wogte durch die ganze Kreisstadt. Erst jetzt entspannte ich, der ich die ganze Zeit wie unter Strom gestanden hatte, mich wieder. Ich hob den Kopf und blickte in den Mond, der im Westen sank. An den Geräuschen, die vom Tianhua-Markt herüberschallten, und an der Witterung, die mir von dort vor die Schnauze kam, erkannte ich, dass die Vollmondversammlung noch nicht begonnen hatte und alle auf mein Erscheinen warteten. Um mein Frauchen nicht zu erschrecken, mied ich den eleganten, direkten Sprung über die Mauer und verschwand, indem ich beim Klo auf einen Stoß alter Ziegel sprang, auf die linke Hofmauer hopste und von dort hinab in den Hof unserer linken Nachbarn. Dann setzte ich über deren niedrige Mauer an der linken Grundstücksseite in eine schmale Gasse, hielt mich südlich, bog rechts ab in die Tianhua-Gasse und rannte geradeaus weiter. Der Wind sauste mir laut in den Ohren, das Mondlicht floss wie ausgegossenes Wasser meinen Rücken hinab. Am Ende der Tianhua-Gasse gelangte man auf die große Lixin-Straße. An der rechten Straßenecke sah man vor den Toren des Städtchens die versorgungs- und absatzgenossenschaftliche Biergroßhandlung im Mondlicht funkeln, besser gesagt die mit

Kunststoffband zusammengeschnürten Pakete zu je zehn Flaschen, die dort aufgetürmt waren. Ich sah sechs Deutsche Schäferhunde, jeder mit einem Bierflaschenpaket im Maul, die Straße überqueren. Sie hielten wie ein Trupp gedrillter Soldaten untereinander genau den gleichen Abstand, marschierten in gleicher Pose und im Gleichschritt. Für so etwas taugen eben doch nur wir Deutschen Schäferhunde. Jeder andere Hund würde da versagen. Ich spürte so etwas wie einen Rassestolz in mir. Ich wagte nicht, ihnen einen Gruß zuzubellen. Sie hätten die Höflichkeit erwidern müssen, aber dann wären die sechs Pakete auf den Boden gefallen. Ich lief an ihnen vorbei. Dann kam ich an der Stelle mit den Wistarien vorbei, deren Äste von ihrer überreichen Blütendoldenlast herabgebogen wurden, und bog diagonal in den Tianhua-Platz ein. Im Zentrum des Platzes saßen um den Springbrunnen herum einige hundert Hunde versammelt, die, als sie mich kommen sahen, alle zusammen auf die Beine kamen, Haltung annahmen und mir freudig einen Gruß zuriefen.
Im Rücken den Vizepräsidenten Ma, den Vizepräsidenten Lü und an die fünfzehn Zweigverbandsleiter, hüpfte ich auf das Präsidentenpodest. Es war ein Marmorsockel, auf dem ursprünglich die Plastik einer Venus, der ein Stück Nase fehlte, gestanden hatte. Die Venus war gestohlen worden. Ich machte Platz auf dem Marmorsockel und begann mit Atemübungen. Von weitem musste ich einer imposanten Hundestatue gleichen. Aber, mit Verlaub! Ich war keine Statue, sondern der imposante Alpharüde des Rudels unseres Kreises Gaomi! Ich trug die hervorragende Erbmasse eines Deutschen Schäferhundes und einer weißen Gaomi-Hündin weiter. Ich war drachen- und tigergleich. Bevor ich zu meiner Rede ansetzte, machte ich eine Kunstpause von einigen Sekunden, um mich zu konzentrieren. Ich konzentrierte mich auf meinen Geruchsinn und prüfte eine Sekunde lang die Witterung deiner Frau, um ihr Befinden festzustellen: Der Porreepfannkuchenduft aus dem Osthaus hielt unverändert an und war so intensiv wie vorher, alles war in Ordnung. In der zweiten Sekunde prüfte ich deine Witterung: In deinem Büro roch es streng nach Zigarettenqualm, du standst ans Fenster gelehnt und blicktest in Gedanken versunken auf die vom Mondlicht beschienene Straße hinab. Bei dir stimmte auch alles. Ich bellte also mit heller Stimme dem Heer vor meinem Sockel funkelnder Hundeaugen und den leuchtenden Hundefellen zu.

„Liebe Schwestern und Brüder. Hiermit erkläre ich die 18. Vollmondparty für eröffnet!"

Lautes Hundebellen in allen Tonlagen antwortete mir.

Ich hob die rechte Pfote und winkte ihnen zu, bis das Jubelbellen abebbte.

Ich bellte: „In diesem Monat ist unser geliebter Bruder, die Tibetdogge, von uns gegangen. Lasst uns alle dreimal bellen und seine Seele damit auf die Hochebene ins Grasland zurückschicken."

Einige hundert Hunde bellten dreimal im Chor. Die Erschütterung versetzte die ganze Stadt in Schwingungen. Meine Augen wurden feucht, zum einen, weil die tibetische Dogge von uns gegangen war, zum anderen wegen des wahrhaftigen, warmherzigen Geleites, das die Hunde ihm gegeben hatten.

Anschließend bat ich: „Nun lasst uns alle singen, tanzen, uns unterhalten, Bier und Schnaps saufen, leckere Kleinigkeiten fressen und das Monatsfest der drei kleinen Hundebabys meiner großen Schwester feiern."

Alle Hunde bellten freudig.

Meine Hundeschwester stand am Fuß des Podests und reichte mir einen Welpen hinauf. Ich gab ihm mit der Schnauze einen Kuss auf seine Backe und hob ihn in die Höhe, damit ihn alle sehen konnten. Alle Hunde bellten freudig. Dann warf ich ihn wieder hinunter. Als nächstes reichte meine Hundeschwester mir ein Welpenmädchen herauf, ich gab ihm einen Schnauzenkuss, zeigte es der Hundemeute und alle bellten freudig. Dann warf ich es wieder hinunter. Der Dritte wurde hochgereicht, ich küsste ihn flüchtig, zeigte ihn den Hunden und warf ihn wieder hinab. Alle Hunde bellten freudig.

Dann sprang ich selbst vom Podest hinab. Meine Schwester kam wedelnd zu mir und bellte ihren Welpen zu: „Nennt ihn Onkel, er ist mein leiblicher Bruder."

Die Welpen bellten mit zartem Stimmchen „Onkel!"

Ich sagte ungerührt zu meiner Schwester: „Wie ich höre, sind alle längst verkauft?"

Sie entgegnete stolz: „So simpel war das nicht. Gleich nachdem ich geworfen hatte, kamen die Interessenten in Scharen und ließen uns keine ruhige Minute. Zuallerletzt verkaufte unsere Hausherrin sie dem Parteisekretär Ke Lidun aus dem Dorf Lüdian, dem Verwaltungsbehördenleiter Hu von der Verwaltungsbehörde Industrie &

Kommerz und dem Verwaltungsbehördenleiter Tu von der Gesundheitsbehörde."
„Waren es nicht hunderttausend je Welpe?", fragte ich kalt.
„Sie brachten hunderttausend, aber unsere Hausherrin hat jedem von ihnen zweitausend Yuan zurückgegeben. Die Hausherrin gehört bestimmt nicht zu denen, die gleich große Augen machen, wenn sie Geld sehen."
„Da, fick deine Mutter, das hat mit Hundekaufen nichts mehr zu tun", bellte ich, „das ist doch eindeutig ..."
Meine Schwester unterbrach mich mit einem schrillen Bellen: „Onkel meiner Kinder, hüte deine Zunge!"
„Nun gut, ich sage dazu nichts mehr", sagte ich mit leiser Stimme zu meiner Schwester. Dann bellte ich allen Hunden laut zu: „Tanzt! Singt! Sauft!"
Ein Deutscher Dobermann mit kupierten Ohren und schmalen Lenden servierte mir zwei Flaschen Bier. Er riss mit seiner Schnauze die Korken heraus, und der Bierschaum floss am Flaschenhals hinab.
„Herr Präsident, wohl bekomm's!"
„Auf Ex! Prost!", bellte ich. Er bellte das Gleiche zurück.
Wir steckten uns den Flaschenhals in die Schnauze und gluckerten, während wir die Flasche mit beiden Pfoten hielten, das Bier hinunter. Ständig kam ein Hund, der mir zuprostete. Ich erwiderte es jedes Mal höflich und wir soffen. Hinter mir türmte sich innerhalb kürzester Zeit ein Haufen leerer Bierflaschen. Ein weißes Mopsmädchen mit einem Haarzöpfchen mitten auf dem Kopf, einem Halsband mit Schleifchen und einem Schinkenwürstchen aus der zentralen Fleischwarenfabrik in der Schnauze kullerte wie ein kleines Wollknäuel zu mir herüber. Ihrem Körper entströmte ein Hauch von Chanel No. 5. Es war ein weißhaariger Langhaarmops mit silbern blinkendem, sauberem Fell.
„Herr Präsident ...", das Hündchen begann zu stottern: „Herr Prä... Präsident, bitteschön, kosten Sie die Schinkenwurst."
Mit seinen kleinen Zähnchen öffnete es die Verpackung und reichte sie mir auf beiden Pfötchen direkt vor meine Schnauze. Ich biss einen walnussgroßen Happen ab und kaute würdevoll. Vizepräsident Ma kam mit seiner Bierflasche zu mir, prostete mir zu und bellte: „Wie schmeckt die Schinkenwurst?"
„Gut", bellte ich zurück.

„Eine Scheiße ist das! Sage ich denen, sie sollen mir einen Karton zum Probieren rausholen, und sie holen mir über zwanzig aus dem Lager. Da kriegt der Lagerhallenmeister Wei eins aufs Dach", knurrte der Vizepräsident grimmig.

„Vizepräsident, darf ich mit Ihnen anstoßen ...", bellte das Möpschen unterwürfig schwanzwedelnd.

„Herr Präsident, das ist Marie, gerade aus Peking bei uns eingetroffen." Er hob die Pfote in ihre Richtung, während er mir zubellte.

„Wer ist dein Herrchen?", wollte ich von ihr wissen.

„Mein Frauchen", bellte das Möpschen stolz, „ist Gong Ziyi, die schönste Frau in ganz Gaomiland!"

„Ziyi?"

„Die Leiterin des Gästehauses!"

„Ach, die ..."

„Marie ist klug und flink, und sie ist willig. Sie sollte die Sekretärin des Präsidenten werden", knurrte der Vizepräsident vielsagend.

„Das klären wir ein andermal", bellte ich.

Mein reserviertes Verhalten verletzte Marie. Sie hielt den Kopf schief und jaulte abschätzig, während sie den am Springbrunnen wild fressenden und saufenden Hunden zusah. „Ihr Hunde in Gaomi seid rüde Burschen. Wenn wir Pekinesen in Peking Vollmondparty feiern, tragen wir Edelstein- und Perlenhalsbänder und tanzen zu feiner Musik. Wir führen kunstsinnige Gespräche, und wenn wir saufen, saufen wir in Maßen Rotwein und dazu eisgekühltes Wasser. Wenn wir fressen, dann spießen wir die Wurststückchen auf Zahnstocher, wir fressen zum Vergnügen. Bestimmt nicht so, wie der schwarze Köter mit den weißen Pfoten. Schau dir den mal an!"

Ich schaute zu dem Hund hinüber, einem für unsere Gegend typischen Mischling. Er hockte über drei Flaschen Bier, drei großen Stücken Schinken und einem Haufen Knoblauchzehen. Er soff einen Schluck Bier, riss eine Schnauze voll Schinken ab und klaubte mit den Pfoten die Knoblauchzehen auf, die er sich treffsicher in seine Schnauze warf. Neben ihm saß niemand. Er schmatzte laut und gab sich völlig der Freude des Fressens hin. Ein bisschen weiter saßen ein paar besoffene Mischlingshunde, die laut den Mond anheulten. Einige von ihnen rülpsten, jaulten und bellten dazu. Natürlich war ich mit deren Benehmen nicht zufrieden, aber ich wollte genauso wenig dieses launische Gejaule von Marie aus Peking hinnehmen.

„Andere Länder, andere Sitten! Das erste, was du tun musst, wenn du nach Gaomi kommst, ist, Knoblauch essen lernen!"

„Iih!", bellte Marie völlig überzogen. „Das ist scharf und stinkt!"

Ich reckte meinen Kopf, blickte zum Mond und wusste, dass das Fest bald zu Ende war. Zu Beginn des Sommers haben wir lange Tage und kurze Nächte. Keine Stunde war es mehr, bis es dämmerte und die Vögel den Morgen begrüßen würden. Dann kämen die Leute, die ihre Vögel im Käfig spazieren führen, und die Frühsportler, die Taiqi und Kongfu auf dem Tianhua-Platz machen. Ich stupste Vizepräsident Ma an die Schulter: „Beende die Party!"

Er warf sofort die Bierflasche fort, reckte den Hals in Richtung Mond und heulte mit durchdringendem Ton. Alle Hunde warfen ihr Bier fort. Egal, ob sie besoffen waren oder nicht, sie konzentrierten sich auf das, was ich ihnen mitzuteilen hatte. Ich sprang also auf das Podest und begann zu bellen.

„Die Versammlung des heutigen Abends ist hiermit beendet. Binnen drei Minuten darf sich auf diesem Platz kein einziger Hund mehr aufhalten. Wann unsere nächste Versammlung sein wird, werde ich später festsetzen. Nun geht auseinander!"

Vizepräsident Ma heulte wieder schrill. Ich sah den mit dicken Bäuchen von dannen ziehenden Hunden zu. Schnell liefen sie in alle vier Himmelsrichtungen auseinander. Ich sah die Saufbrüder, die nicht mehr geradeaus laufen konnten und sich gegenseitig stützten, die halb rollten, halb krochen und nicht wagten, auch nur eine einzige Minute innezuhalten. Meine Schwester und ihr weißer Huskymann packten ihre Welpen in einen teuren japanischen Kinderwagen. Einer schob, einer zog. Im Nu waren sie verschwunden. Die drei kleinen Welpen hatten die Pfötchen auf den Karrenrand gestützt und bellten aufgeregt. Drei Minuten später war das laute Getöse einer Totenstille gewichen. Allein umherkullernde leere Bierflaschen blitzten im Morgensonnenschein, Duft von Schinkenwurstresten und strenger Gestank hunderter Pfützen Hundepisse schwängerten die Luft auf dem Platz. Ich nickte. Der Vizepräsident und ich gaben uns zufrieden die Pfote zum Abschied.

Still und heimlich schlich ich mich wieder ins Haus. Im Osthaus sah ich deine Frau immer noch Porreepfannkuchen backen. Diese Arbeit schien ihr Freude und Beruhigung zu verschaffen. Ihr Gesicht zeigte ein geheimnisvolles Lächeln. Auf dem Ginkgobaum tschilpte ein Spatz. Zehn Minuten später wurde unsere Kreisstadt in das Morgenzwitschern der Vögel eingehüllt. Der Mond wurde blasser und blasser, und der Morgen begann zu grauen.

Das vierundvierzigste Kapitel
Jinlong will einen Gedenkpark für die
Kulturrevolution in Gaomi erbauen.
Jiefang vertraut sich dem Fernglas an.

Ich hatte eine Akte zur Durchsicht vorgelegt bekommen, die zu genehmigen war, eine Akte, die ein paar Dokumente enthielt, die mit Jinlong in Zusammenhang standen. Er hatte vor, unser Dorf Ximen in einen Freizeitpark zur Kulturrevolution zu verwandeln. Ximen sollte sein Äußeres vollends bewahren oder wiederherstellen, um so auszusehen, wie es während der Kulturrevolution ausgesehen hatte, und damit Touristen von überallher anziehen. In seinem Antragsbericht zur Durchführbarkeit des Projekts legte er im Stil einer Streitschrift dar: *Die große proletarische Kulturrevolution zerstörte nicht nur die Kultur, sie erschuf auch gleichzeitig eine Kultur.* Er wollte die Parolen, die abgekratzt worden waren, wieder an die Wände pinseln. Er wollte den Hochleistungslautsprecher wieder im Dorf aufstellen. Er wollte den Aussichtshochstand wieder in den Aprikosenbaum hineinbauen und die Schweineställe der „Schweinefarm Aprikosengarten", die damals während der schweren Regenfälle eingestürzt waren, wieder aufbauen lassen. Dazu wollte er einen 1.650 Morgen großen Golfplatz im Osten des Dorfes anlegen lassen. Was die Bauern, die aufgrund des Golfplatzbaus ihr Land verlieren würden, betraf, so hatte er vor, diese ihr Tagwerk verrichten zu lassen, so wie es während der Kulturrevolution üblich gewesen war. Sie hätten im Stil einer „Kulturvorführung" im Dorf das getan, was sie während der Kulturrevolution getan hatten: Täglich große Kampf- und Kritikversammlungen abhalten, die „Rechtsabweichler auf dem kapitalistischen Weg" durch die Straßen treiben, Modellopern aufführen, den „Tanz vom Samen der Treue" tanzen. Er schrieb in dem Projektantrag, er könne auch im großen Stil Produktimitate aus der Zeit der Kulturrevolution herstellen lassen, wie zum Beispiel gestickte rote Armbinden, rote Quastenspeere, Flugblätter, Wandzeitungen. Und er sagte an gleicher Stelle, er wolle über das gesamte Land des Privatwirtschaftlers Lan Lian eine riesige Glasglocke stülpen lassen. Unter Glas sollte eine Skulpturengruppe zu sehen sein. Für jede Epoche sollten die primitiven Gerätschaften und Werkzeuge, die Lan Lian verwendet hatte, ausgestellt werden, und man sollte anschauen können, wie der Privatwirtschaftler sie damals für sein Tagwerk benutzt hatte. Er bemerkte weiter, dass diese im Sinne eines Postmodernismus bedeutenden Aktionen die Städter und die Ausländer garantiert interessieren würden und dass, wenn deren Interesse vorhanden wäre, man beruhigt von großzügiger Projektunterstützung ausgehen dürfte. Um wie viel deren Geldbörse schlanker würde, um so viel würde unsere Geldbörse an Umfang zulegen! Außerdem bemerkte er, sowie diese Touristen die „Sightseeing Tour durchs Dorf der Kulturrevolution" hinter sich gebracht hätten, sollten sie gleich anschließend in eine moderne, mit allem erdenklichen Luxus, Tanz und Erotik ausgestattete Vergnügungs- und Genussgesellschaft weitergeschleust werden. Er war tatsächlich von folgender, völlig überzogener Idee besessen: Das ganze Gebiet östlich vom Dorf Ximen bis hin zu Wus Flussinsel sollte zu einem exklusiven Golfplatz internationalen Standards umgewandelt werden. Dazu sollte ein Vergnügungspark riesigen Ausmaßes, der sämtliche international bekannte Vergnügungen bereithielte, errichtet werden. Er plante außerdem, auf der Flussinsel eine Therme im Stil des antiken römischen Kaiserhofs und ein Spielkasino in den Ausmaßen der Spielcasinos von Las Vegas zu erbauen. Und er wollte einen modernen Park erschaffen, der Skulpturen zum Thema des vor zehn Jahren ausgefochtenen schrecklichen Krieges der Menschen gegen die Schweine ausstellen sollte. In diesem Skulpturenpark sollten die Menschen über die Umweltschutzproblematik reflektieren können. Animistische Anschauungen sollten hier eine Heimat bekommen, und das Opfer, das der Eber gebracht hatte, als er aus dem vereisten Fluss alle Kinder rettete und dabei selbst ertrank, sollte mittels einer Skulpturengruppe ausdrucksstark dargestellt werden. In dem Projektantrag kam dazu noch die Errichtung eines Kongresszentrums vor, wo jährlich ein Kongress zum Thema „Heimtier" abgehalten werden sollte, um von auswärts kommende Gäste und auswärtiges Kapital anzulocken. Ich konnte nur schweren Herzens den Kopf schütteln und seufzen, als ich diese Anfragen an die entsprechenden Behörden und Ämter auf

Kreisebene, dieses unverschämte Papier zur Durchführbarkeit des Projekts und die belobigenden Genehmigungen des Kreisparteikomitees und der wichtigen leitenden Kader las. Vom Wesen her bin ich ein altmodischer Mensch. Ich liebe das Ackerland da draußen bei uns auf dem Land. Ich liebe es, den Geruch von Kuhmist in der Nase zu haben. Ich würde mit Freuden ein Bauernleben auf dem Land führen. Solchen traditionsbewussten alten Bauern wie meinem Vater, die die Auffassung vertreten, dass ihr eigenes Ackerland ihr Leben bedeutet, bringe ich höchste Ehrerbietung entgegen. Solche Bauersleute hinken der heutigen Zeit hinterher. Sie können sie nicht mehr einholen. Schließlich habe ich mich auch Hals über Kopf in eine andere Frau verliebt, will sie zur Frau haben und habe die Scheidung verlangt. Das ist auch so eine altmodische Lebensauffassung von mir, die heutigen Ansichten von Liebe nicht mehr entspricht. Ich war nicht imstande, eine Meinung zu diesem Projektantrag kundzutun. Deswegen machte ich nur einen Kringel bei meinem Namen, der bewies, dass ich den Antrag gesehen hatte. Mir fiel plötzlich etwas ein: Wer konnte diesen aufgeblasenen, überspitzten Antrag wohl geschrieben haben? Mo Yans dreckig grinsendes Gesicht erschien schemenhaft vor meinem Fenster. Ich wunderte mich, wie das wohl zuging, dass sein Gesicht vor meinem Fenster im dritten Stock und zehn Meter über dem Erdboden auftauchte. Dann hörte ich einen lauten Krach auf dem Flur. Ich beeilte mich, die Tür zum Flur zu öffnen und nachzuschauen. Aber da war nur Hezuo mit einem Hackmesser in der einen Hand und mit einem langen Seil in der anderen. Mit wirrem Haar, bluttriefendem Mund und wie von Sinnen kam sie mir entgegengehumpelt. Mein Sohn folgte ihr dicht auf den Fersen mit völlig ausdruckslosem Gesicht, mit dem Ranzen auf dem Rücken und mit einem Bund dampfender, öltriefender Riesenschmalznudeln in der Hand. Hinter meinem Sohn sah ich den respektheischenden, kalbsgroßen Hund. Um den Hals trug er die Echtharz-Trinkflasche, die mein Sohn immer zur Schule mitnahm. Die Flasche war mit Trickfilmbildchen bemalt, und weil das Umhängeband zu lang für den Hund war, schlug sie ihm bei jedem Schritt gegen die Vorderbeine …
Ich fuhr schreiend hoch, denn ich hatte geträumt, und mir wurde klar, dass ich auf dem Sofa eingeschlafen war. Mein Kopf war vom kalten Schweiß klatschnass. Ich fühlte mich aufgewühlt, dabei aber ausgebrannt. Die Nebenwirkungen der Schlaftabletten führten dazu,

dass sich mein Kopf hölzern anfühlte und das Tageslicht, das vom Fenster in mein Büro schien, in meinen Augen ein schmerzhaftes Stechen verursachte. Ich quälte mich irgendwie hoch und wusch mir mit kaltem Wasser das Gesicht. Dann blickte ich auf die Digitaluhr an der Wand. Es war schon halb sieben Uhr morgens! Das Telefon klingelte, ich nahm ab. Kein Ton. Ich wollte nicht riskieren, irgendetwas Unüberlegtes zu sagen, und wartete horchend am Hörer. „Ich bin es, ich konnte die ganze Nacht nicht einschlafen", hörte ich sie, die, während sie sprach, immer wieder schwer schluckte.
„Mach dir keine Sorgen um mich, mir geht es gut."
„Ich bringe dir was zu essen vorbei."
„Komm auf keinen Fall hierher", sage ich zu ihr, „nicht, dass ich vor irgendwas Angst habe, ich würde mich mit dem Megaphon aufs Dach stellen und hinausposaunen, dass ich dich liebe, aber was das nach sich ziehen würde, ist im Moment völlig unvorstellbar."
„Verstehe."
„Wie werden uns in allernächster Zukunft nur noch wenig sehen, damit sie mich nicht völlig in ihrer Hand hat."
„Ich verstehe, ich finde, dass ich dir das nicht antun darf."
„Hör auf, sowas zu sagen! Wenn sich hier jemand etwas zu Schulden kommen lässt, dann bin ich es. Aber warum hätte Engels schreiben sollen, dass es nichts Amoralischeres gibt als eine Ehe ohne Liebe. Deswegen trifft uns keine Schuld."
„Ich habe dir ein paar Dampfnudeln gemacht. Ich lege dir sie in den Faxraum, ja?"
„Ich sage dir doch, dass du auf keinen Fall hierherkommen sollst. Mach dir keine Sorgen um mich. Ich verhungere nicht, genauso wenig wie ein Regenwurm in der Erde verhungert. Was später einmal sein wird, interessiert mich im Moment nicht. Im Moment bin ich noch Vizekreisvorsteher und gehe im Gästehaus in der Kantine essen. Dort gibt es alles."
„Ich wünsche mir so sehr, dich zu sehen."
„Ich auch. Wenn du gleich zur Arbeit gehst, dann schau bitte, sobald du bei der Ladentür ankommst, zu meinem Fenster hinauf. Dann sehe ich dich."
„Aber dann kann ich dich nicht sehen."
„Sei brav, Schatz, du wirst mich spüren! Mein Frühling, mein Sämchen …"

Ich ging aber nicht in die Kantine essen, denn seit wir uns berührt und geküsst hatten, war ich wie ein verliebter Frosch. Ich hatte keinen Appetit mehr und bestand nur noch aus sprudelnder Leidenschaft. Aber auch ohne Appetit muss man was essen. Ich kramte die Süßigkeiten, die sie irgendwann mitgebracht hatte, hervor und stopfte mir das Zeug in den Mund. Ich schmeckte nichts, wusste nur, dass es meine Körperwärme aufrecht erhielt und mich mit lebenserhaltenden Nährstoffen versorgte.

Ich hockte mit dem Feldstecher in der Hand am Fenster meines Büros und begann, wie ein Junge, der Schulaufgaben macht, mit dem mir zur täglichen Gewohnheit gewordenen Beobachten. In meinem Kopf hatte ich einen exakt funktionierenden Stundenplan. Im Süden unseres Kreisstädtchens gab es damals keine mehrstöckigen Gebäude, und der schweifende Blick wurde durch nichts behindert. Wenn ich gewollt hätte, hätte ich mir die Gesichter der alten Leute, die auf dem Tianhua-Platz Frühsport trieben, mit dem Fernglas heranholen und genau betrachten können. Ich visierte mit meinem Fernglas zuerst die Tianhua-Gasse an. Tianhua-Gasse Nr. 1, das war meine Hausnummer, so wie sie bei uns am Türschild stand. Das Haupttor war fest verschlossen. An das Tor hatten die Feinde meines Sohns Kreideschmierereien und böse Sprüche gekritzelt. Links war ein kleiner Junge mit einem breiten Grinsen zu sehen, sein halbes Gesicht war mit Kreide weiß ausgemalt, die andere Hälfte war frei gelassen. Beide dünnen Arme streckte er hoch über den Kopf, als würde er sich ergeben. Seine zwei langen, dünnen Beine machten eine breite Grätsche, im Schritt war ihm ein riesenhaftes, in keinem Verhältnis zu seiner Körpergröße stehendes Geschlechtsteil angemalt. An den Penis war unten eine weiße Linie gemalt, die bis ganz auf die Torkante reichte. Das sollte bestimmt seine Piesche sein. Auf den rechten Türpfosten war ein Mädchen mit zwei kurzen Pippi-Langstrumpf-Zöpfen, zwei fahrradklingelgroßen Augen und einem breiten Mondsichelgrinsen gemalt. Ihre dünnen Arme hielt sie auch ausgestreckt über den Kopf. Ihre langen, dünnen Beine waren breit gegrätscht und im Schritt war eine weiße Linie angemalt, die auch bis auf die Torkante reichte. Links neben der Jungenzeichnung stand mit krummen Zeichen *Lan Kaifang* geschrieben, rechts neben der Mädchenzeichnung waren drei krakelige Schriftzeichen *Pang Fenghuang* geschmiert. Ich verstand, was der Graffitibengel damit sagen wollte. Mein Sohn ging mit der Tochter von Pang Kangmei zusammen in eine Klasse, und Fenghuang war seine Klassensprecherin. Vor meinem inneren Auge zogen eins nach dem anderen die Gesichter von Chunmiao, Pang Hu, Wang Yueyun, Pang Kangmei, Chang Tianhong und Ximen Jinlong vorbei. Mein Herz fühlte sich chaotisch an wie eine Müllhalde.

Ich hob das Glas etwas an, und mit einem Mal war die Tianhua-Gasse ganz kurz geworden, der Tianhua-Platz erschien in meinem Blickfeld. Der Springbrunnen war abgestellt. Um ihn herum zankte sich ein Grüppchen Raben um das Fressen. Schnipsel von Schinkenwurstresten und andere Dinge waren der Grund ihrer Querelen. Ich konnte ihr Krächzen nicht hören, wusste aber genau, wie laut es sein musste. Wenn einer es schaffte, mit einem Wurstzipfel im Schnabel aufzufliegen, stürzten sofort zehn hinterher. Sie kämpften in einem Knäuel in der Luft. Die Federn, die sie dabei ließen, segelten durch die Luft wie die Aschefetzchen, die immer über dem brennenden Papier umherflattern, das für die Toten abgebrannt wird. Eine Müllfrau mit weißer Mütze, großem Mundschutz und großem Besen geriet gerade wegen der unzähligen auf dem Boden herumkullernden leeren Bierflaschen mit einem Mann aneinander, der eine große karierte Perlonreisetasche mit Reißverschluss trug und den Müll einsammelte. Das Amt für Stadtreinigung unterstand mir. Ich wusste, dass die wichtigste und einträglichste Einnahmequelle der Müllfrauen der Verkauf von leeren Bierflaschen war. Jedesmal, wenn der Alte eine Bierflasche in seine Tasche gleiten ließ, stieß die Müllfrau einmal mit ihrem Besen zu. Sie stieß ihn brutal gegen den Kopf. Jedesmal, wenn der Alte einen Schlag gegen den Kopf kriegte, rappelte er sich auf und schoss der Müllfrau mit dem Fuß eine Bierflasche entgegen, worauf diese mit dem Besen in der Hand wegrannte. Der Alte versuchte nicht, sie zu erwischen, sondern ging sofort zurück, bückte sich und sammelte, so schnell er konnte, Bierflaschen in seine Tasche, so lange, bis die Müllfrau mit ihrem Besen wieder im Anmarsch war, um ihn wegzustoßen. Ich musste, wie ich den beiden zusah, an eine Folge aus der Fernsehreihe *Unsere Tierwelt* denken. Der Müll aufsammelnde Alte glich einem Löwen, die Müllfrau von der Stadtreinigung einer Hyäne.

In einem Kurzroman von Mo Yan, der den Titel *Vollmond* trägt, las ich, dass sich in den Vollmondnächten bei uns im Kreis Gaomi die Hunde immer auf dem Tianhua-Platz zur *Vollmondparty* versam-

meln. Sollte es sich bei den leeren Bierflaschen und Schinkenresten etwa um die Überreste einer solchen Hundeparty handeln?
Ich fokussierte und stellte das Glas so scharf, dass ich den Tianhua-Platz und die Tianhua-Gasse genau unter die Lupe nehmen konnte. Plötzlich bekam ich starkes Herzklopfen, denn Hezuo erschien im Bild. Sie schleppte ihr Fahrrad mühsam die drei Stufen vom Eingangstor hinunter. Als sie sich zum Abschließen umdrehte, bemerkte sie die Schmierereien am Tor. Sie stieg die drei Stufen hinab und hielt nach allen Seiten Ausschau. Dann überquerte sie die Gasse, knickte sich einen Kiefernzweig ab, kehrte zurück und bürstete die Kreidebildchen gründlich weg. Ich konnte ihr Gesicht nicht sehen, wusste aber, dass sie fluchte. Nachdem sie alles weggewischt hatte, setzte sie sich aufs Fahrrad und fuhr los. Wie sie die letzte Nacht wohl überstanden haben mochte? Ob sie schlaflos geblieben war? Oder ob sie wie sonst schnarchend und fest geschlafen hatte? Ich hatte keine Idee. Obschon ich sie diese vielen Jahre lang nie geliebt hatte, war sie mir nah wie niemand sonst, denn sie war ja die Mutter meines Sohnes. Ich sah sie nun auf dem Weg, der in die große Straße einmündete, die zum Bahnhofsplatz führte. Auch beim Radfahren konnte sie sich nicht richtig gerade halten. Während sie hastig in die Pedale trat, schwankte ihr Körper in großem Bogen auf dem Rad hin und her. Ich sah, dass ihr Gesicht fast vollständig von einer Schicht Asche bedeckt war. Bekleidet war sie mit einem schwarzen Oberteil, das vorn auf der Brust mit einem goldenen Phönix bedruckt war. Ich wusste, dass sie eine Menge Kleider besaß, denn ich hatte ihr einmal auf einer Geschäftsreise, als ich mich in einer seltsamen Stimmung befand, wie unter Zwang zwölf Kleider auf einen Schlag gekauft. Sie hatte die Kleider jedoch ganz zuunterst in ihre Truhe gelegt und nie getragen. Ich dachte, dass sie, als sie am Kreistag vorbeifuhr, vielleicht einmal zu meinem Bürofenster aufschauen würde. Sie tat es aber nicht. Mit stur geradeaus gerichtetem Gesicht fuhr sie in großer Entfernung schnell vorbei. Ich seufzte tief, denn ich wusste, diese Frau würde mich nicht so einfach gehen lassen. Das Schlachtfeld war abgesteckt, die Fronten geklärt, sie würde bis zum bitteren Ende auf dem Fortbestand der Ehe bestehen.
Ich suchte die Tianhua-Gasse mit meinem Feldstecher nach unserer Haustür ab. Obwohl sie Gasse genannt wurde, war sie mit ihren über zehn Metern Breite eigentlich eine Straße. Die Leute aus dem Sü-

den der Kreisstadt, die ihre Kinder morgens zur Phönix-Grundschule brachten, nahmen alle den Weg durch sie. Es war gerade die Zeit, in der alle Kinder auf dem Weg in die Schule waren und geschäftiges Leben in der Gasse herrschte. Die Schüler der höheren Klassen waren allein mit dem Fahrrad unterwegs. Die meisten Jungen fuhren auf Mountainbikes mit dicken Rädern. Die Fahrräder der Mädchen sahen etwas traditioneller aus. Die Jungen lagen fast mit ihrem gesamten Oberkörper auf der Fahrradstange und dem Fahrradlenker, den Po hatten sie nach oben gespitzt. So fuhren sie dicht an den Mädchen vorbei oder sausten halsbrecherisch zwischen zwei nebeneinander herfahrenden Mädchen hindurch.

Mein Sohn machte sich mit seinem Hund zusammen auf den Weg. Zuerst sah ich den Hund herauskommen, dann sah ich, wie sich mein Sohn seitwärts herausquetschte. Er öffnete das Tor nur ganz wenig. Klug, wie er das machte. Hätte er die beiden Türflügel der schweren Eisentür geöffnet und wieder geschlossen, hätte es ihn viel Kraft und viel Zeit gekostet. Nachdem die beiden abgeschlossen hatten, hüpften sie die drei Stufen auf die Straße mit einem Satz hinab und gingen die Gasse hoch. Mein Sohn hatte wohl einen mit dem Fahrrad an ihm vorbeirauschenden Jungen gegrüßt. Der Hund hatte dem Jungen ein paar Mal zugebellt. Die beiden kamen beim Tianhua-Herrenfriseur-Laden vorbei, in dem es auch spezialangefertigte Aquarien zu kaufen gab und in dem der Friseur zusätzlich noch einen Zierfischhandel betrieb. Die Ladentür leuchtete in der strahlenden Morgensonne. Der Ladeninhaber, ein rüstiger und gutaussehender Rentner, der früher in der Lagerhaltung und beim Transport für die Baumwollmanufaktur gearbeitet hatte, war gerade damit beschäftigt, die Aquarien nacheinander aus dem Laden hinaus auf die Straße zu schleppen. Mein Sohn und sein Hund hockten vor einem langen Aquarium und schauten dickbäuchigen Goldfischen dabei zu, wie sie schwerfällig hin- und herschwammen. Der Ladeninhaber schien meinem Sohn irgendetwas zuzurufen, mein Sohn senkte sofort schnell den Kopf. Seinen Mund konnte ich nicht sehen. Ich wusste nicht, ob er geantwortet hatte oder nicht.

Die beiden liefen weiter die Gasse hinauf und waren nun bei der Tianhua-Brücke angelangt. Mein Sohn hatte wohl unter die Brücke gewollt, aber sein großer Hund hatte ihn mit dem Maul schnell am Jackenärmel gepackt und festgehalten. Welch braver, treuer Hund!

Mein Sohn und sein Hund rangen miteinander, dabei war schnell klar, dass der Junge es mit dem Hund nicht aufnehmen konnte. Doch er schaffte es noch, einen Stein aufzuklauben und ihn unter die Brücke zu werfen. Wasser spritzte hoch. Ich denke, er traf die Kaulquappen. Ein gelbbrauner Hund bellte unseren Hund an und wedelte freudig mit dem Schwanz. Die grüne Plastikplane des Unterstands auf dem Viehmarkt leuchtete blinkend in der Morgensonne. Mein Sohn musste bei jedem Laden anhalten und gucken, wurde aber jedes Mal vom Hund mit dem Maul an der Jacke gepackt, mit der Schnauze in die Kniekehlen gestupst und vorwärtsgetrieben. Als sie in die Tanhua-Gasse eingebogen waren, gingen sie schneller. Nun war es soweit, dass ich mit dem Feldstecher über die Tanhua-Gasse hinwegschweifte und gleichzeitig den Ort vor der Ladentür der Buchhandlung absuchte.

Mein Sohn holte seine Zwille aus der Hosentasche und nahm einen Vogel im Birnbaum ins Visier. Der Birnbaum stand im Garten meines Arbeitskollegen, Vizekreisvorsteher Chen. Chen hatte einen Tanhua in der Familie. Er war ein Nachfahr des unter Kaiser Daoguang drittbesten Absolventen bei den kaiserlichen Beamtenprüfungen in der Hauptstadt. Der in voller Blüte stehende Birnbaum streckte seine Blütenzweige über die Mauer von Chens Anwesen. Der kleine Vogel saß genau auf einem dieser Zweige. Als wäre sie vom Himmel herabgestiegen, war Chunmiao an der Ladentür der Buchhandlung aufgetaucht. Ade Sohn! Ade Hund! Mich kümmert jetzt nur noch sie. Chunmiao trug ein schneeweißes Kleid. Es war nicht nur, dass ich sie schön fand, weil ich so verliebt in sie war, sie war wirklich wunderhübsch anzuschauen. Ein blitzsauber gewaschenes Gesicht, nichts bemalt, nichts übercremt. Ich roch fast den frischen Sandelholzduft der Seife, roch fast ihren mich betörenden, mich wild, trunken, engelsgleich, sterben machenden Duft. Sie lächelte und schaute mir mit strahlenden Augen und leicht geöffnetem Mund, der ihre blitzblanken porzellanweißen Zähne sehen ließ, ins Gesicht. Sie wusste, dass ich sie betrachtete. Es herrschte Berufsverkehr. Alles strömte zur Arbeit. Mopeds flitzten schwarze Abgaswolken ausspuckend rücksichtslos auf dem Bürgersteig zur Arbeit. Fahrradfahrer sausten tollkühn in beiden Richtungen die Straße entlang, während die Autos sich hochnäsig hupend den Weg bahnten. Dies alles hasste ich normalerweise. Heute aber war in meinen Augen alles schön.

Chunmiao blieb so lange vor der Ladentür stehen, bis die anderen Verkäuferinnen von innen die Tür aufstießen und sie hereinriefen. Sie warf mir noch eine Kusshand zu, erst dann folgte sie und verschwand im Geschäft. Ihr Kuss glich einem Schmetterling, flatterte die Straße hoch und zu mir ans Fenster, wo er auf und ab flog, bis er auf meinen Lippen landete. Wirklich ein liebes Mädchen, das für mich durchs Feuer ging und nichts bereute. Sie würde mir nicht grollen.

Der Sekretär kam und teilte mir mit, dass ich am Vormittag der Vollversammlung des Kreiskomitees beizuwohnen hätte. Es wurde zum runden Tisch gerufen, um gemeinsam die Frage zu erörtern, ob man das Dorf Ximen für den Tourismus erschließen und zu diesem Zweck eine Tourismus-Sonderzone aufbauen sollte. Der Sitzung wohnten die Mitglieder der ständigen Ausschüsse, alle Vizekreisvorsteher, das gesamte Kreiskomitee, alle leitenden Kader der verschiedenen Ressorts der Kreisregierung und die leitenden Köpfe aller Banken bei. Ich wusste, dass Jinlong diesmal alles auf eine Karte setzte und mit *Think Big* einen großen Fisch an Land ziehen wollte. Aber das, was ihn, und das, was mich erwartete, schienen nicht nur frische Blumen und ein ebener Weg zu sein. Ich hatte so eine üble Vorahnung, dass uns Brüder ein schweres Schicksal treffen würde und dass wir beide ein Einhalt gebietendes Wort stur ignorieren würden. In dieser Beziehung waren wir wirklich zwei Brüder in gleicher Not.

Als ich meine Unterlagen zusammengepackt hatte und mein Büro verlassen wollte, setzte ich mich noch einen Augenblick an mein Fenster und warf einen letzten Blick durch meinen Feldstecher. Ich sah, wie der Hund meines Jungen meine Frau über die Straße führte und mit ihr im Schlepptau geradewegs auf die Ladentür der *Neues China*-Buchhandlung zutrabte. Ich habe ein paar Kurzromane von Mo Yan gelesen, die von Hunden handeln und in denen er die Hunde als fast klüger als die Menschen beschreibt. Ich habe ihn damit immer aufgezogen, weil ich es für Unsinn hielt. Ich wurde jedoch eines besseren belehrt.

Das fünfundvierzigste Kapitel
Hund Vier ist Chunmiao auf der Fährte.
Huang Hezuo beißt sich in den Finger
und schreibt eine blutige Botschaft.

Jiefang, als ich deinen Sohn zur Schule brachte, fuhr ein silbergrauer Toyota Crown im Schritttempo vor dem Schultor vor und ein auffällig hübsch gekleidetes Mädchen entstieg dem Wagen. Dein Sohn winkte dem Mädchen betont lässig zu, es sollte wie bei den Ausländern aussehen: „Hi, Fenghuang!" Das Mädchen winkte ihm zurück: „Hi, Kaifang!" Dann gingen beide Schulter an Schulter zum Schultor hinein.

Ich blickte dem davonrauschenden Auto hinterher und spürte noch, wie ich den Geruch von Kangmei in die Nase bekam. Früher war ihr Geruch säuerlich wie frisch geschlagenes Schnurbaumholz gewesen, jetzt allerdings mischte er sich mit allerlei anderen Aromen von frisch gedruckten Geldscheinen, von französischem Parfum, von feiner Markengarderobe und teurem Schmuck. Ich drehte mich um und warf einen Blick auf den engen, kleinen Schulhof der berühmten Phönix-Grundschule, die so überfüllt war, dass sie einem goldenen Käfig glich, in dem eng zusammengepfercht die prächtigsten, buntesten Vögel lebten. Gerade marschierten die Schulkinder in Trupps auf dem Schulhof auf und richteten ihren Blick auf die rote Fahne, die langsam zur aus dem Megaphon ertönenden Nationalhymne gehisst wurde.

Ich überquerte die Straße, bog rechts ab und lief dann hoch zum Bahnhof. Zum Frühstück hatte mir deine Frau vier Porreepfannkuchen hingeworfen. Ich hatte sie nicht enttäuschen wollen, denn sie hatte es gut gemeint, und hatte alle vier restlos aufgegessen. Sie lagen mir schwer wie Backsteine im Magen. Der ungarische Magyar-Vizsla-Vorsteherhund vom Hotel an der großen Straße witterte mich und bellte mir zur Begrüßung zweimal entgegen. Ich hatte keine Lust zurückzubellen, denn mir war gar nicht wohl zumute. Ich hatte bereits eine Vorahnung, dass jener Tag Mensch wie Hund übel zu schaffen machen würde. Und wirklich kam deine Frau schon – ich war noch gar nicht bei ihr und dem Wok mit dem siedenden Öl angelangt – auf mich zugeradelt. Ich bellte ihr zweimal zu, um sie wissen zu lassen, dass ihr Sohn sicher in der Schule angekommen war, als sie auch schon vom Fahrrad sprang und auf mich einredete.

„Vier, du hast alles gesehen. Er will uns verlassen." Ich schaute sie mitleidsvoll an und drückte mich schwanzwedelnd an sie, um sie zu trösten. Ich mochte den ranzigen Geruch nach altem Öl zwar nicht leiden, aber sie war mein Frauchen.
Sie stellte ihr Fahrrad ab und setzte sich auf die Bordsteinkante, um mir zu bedeuten, dass ich zu ihr kommen sollte. Ich gehorchte und hockte mich ganz nah vor sie. Die herabregnenden weißen Blüten der Schnurbäume an der Straße bedeckten den Gehsteig. Einer Pandabärmülltonne aus Keramik, die am Straßenrand stand, entwich ein entsetzlicher Gestank. Ein Dreirad-Trecker kam mit einer Ladung grünen Gemüses die Straße heruntergefahren. Der Motor ratterte laut, und aus dem Auspuff qualmte es rabenschwarz. Er wurde von einem Verkehrspolizisten angehalten, als er die Kreuzung erreichte. Der Straßenverkehr in unserer Kreisstadt war wirklich ein einziges Chaos, noch tags zuvor waren zwei Hunde unter einem Auto ums Leben gekommen. Deine Frau streichelte mir die Schnauze, während sie wieder auf mich einredete.
„Vier, er hat hinter meinem Rücken noch eine andere. Ich habe ihren Geruch an ihm bemerkt, du mit deiner feinen Nase hast es bestimmt auch gerochen."
Sie holte aus ihrer schwarzen, an den Kanten abgestoßenen Lederhandtasche in ihrem Fahrradkorb ein Briefchen Papier hervor, faltete es auseinander und zeigte mir zwei lange schwarze Haare. Sie hielt sie mir dicht vor die Schnauze und sagte: „Das ist sie. Das habe ich in seinen Kleidern gefunden, die er zu Haus abgelegt hat. Mein Guter, such mir die Frau, ja?" Sie packte das Haar wieder ein, stützte sich auf der Bordsteinkante ab und kam hoch: „Vier, such! Such sie!" Ich sah ihre Augen feucht werden, aber gleichzeitig wütend auflodern.
Ich zögerte keinen Augenblick, denn was sie von mir verlangte, war meine ureigenste Pflicht. Die zwei Haare hätte ich nicht erst abschnüffeln müssen. Ich wusste auch so, wen ich zu suchen hatte. Ich lief ihrem Fahrrad in langsamem Trab voran und suchte die nach Glasnudeln duftende Witterung. Sie fuhr mir auf dem Rad hinterher. Wegen ihrer Behinderung am Gesäß fiel es ihr schwer, bei unserem langsamen Tempo das Gleichgewicht zu halten.
Als ich bei der *Neues China*-Verlagsbuchhandlung angekommen war, zögerte ich. Der wunderbare Geruch Chunmiaos nahm mich unendlich für sie ein. Aber als ich deine schwankende, humpelnde

Frau sah, war für mich alles klar: Ich als Hund musste meinem Frauchen treu sein. Ich bellte also zweimal vor der Ladentür der Buchhandlung. Deine Frau drückte die Tür auf und ließ mich hinein. Ich bellte Chunmiao, die gerade dabei war, die Ladentheke mit einem feuchten Tuch abzuwischen, zweimal an. Dann ließ ich den Kopf hängen, denn ich brachte es nicht fertig, ihr in die Augen zu sehen.
„Wie soll das angehen? Das ist sie?", fragte mich deine Frau. Ich winselte leise. Deine Frau hob den Kopf wieder und blickte in Chunmiaos puterrotes Gesicht. Tief verletzt, resigniert und trotzdem mit einem Zweifel in der Stimme: „Wie kommt es, dass du es bist? Wie kann das sein, dass du es bist?"
Nun wandten sich die beiden anderen Verkäuferinnen mit einem fragenden Blick uns zu. Eine mit rotem Gesicht und dem Geruch nach eingelegtem Tofu und Zwiebeln schnauzte uns an: „Wessen Köter ist das? Sofort raus mit ihm!"
Die andere, deren Hintern nach Hämorrhoidensalbe roch, raunte ihr zu: „Ist das denn nicht Kreisvorsteher Lans Hund und dort seine Frau ..."
Deine Frau drehte sich um und blickte die beiden hasserfüllt an. Beide senkten sofort den Kopf. Deine Frau sagte dann mit schriller Stimme zu Chunmiao: „Komm mal mit nach draußen, der Klassenlehrer meines Sohnes schickt mich zu dir!"
Dann drückte sie die Ladentür auf, ließ zuerst mich hinaus und ging dann selbst nach draußen. Sie schaute sich nicht um, sondern ging geradewegs auf ihr Fahrrad zu, schloss es auf und schob es die Straße hinunter. Ich folgte ihr. Dann hörte ich die Ladentür der Buchhandlung klappen, ich brauchte mich nicht umzudrehen, ich wusste auch so, dass Chunmiao hinter uns herkam, denn ihr Körpergeruch war wegen ihrer Nervosität ungewöhnlich intensiv.
Beim ROT-Sambal Oelek Fachgeschäft & Großhandel blieb deine Gattin stehen. Ich setzte mich an ihre Seite. Meine Schnauze schaute in Richtung der großen Ladenreklame: Eine Frau lächelte mir mit grellrotem, großem Mund entgegen und hielt dabei ein Glas mit ROT-Sambal Oelek in die Höhe. Ihr Lächeln war unnatürlich, genau wie das gequälte und trotzdem voll zufriedene Lächeln, das man macht, wenn man gerade einen großen Happen Chili gegessen hat.
ROT-Sambal Oelek – Seit vielen Generationen überliefertes Familienrezept. Gesund und gut für die Schönheit. Einmalig köstlicher Duft.

Ich musste an die arme Tibetdogge denken, die eines so bitteren Todes hatte sterben müssen. Ich spürte in meinem Herzen einen Anflug von Trauer. Deine Frau umfasste mit beiden Händen den Stamm einer ahornblättrigen Platane, denn ihr zitterten die Beine. Chunmiao kam unsicher näher, drei Meter vor deiner Gattin blieb sie stehen. Die starrte den Baumstamm an, Chunmiao starrte auf den Boden, ich starrte mit dem linken Auge auf deine Frau, mit dem rechten auf Chunmiao.

„Als wir in die Baumwollmanufaktur kamen, warst du gerade mal sechs Jahre alt", sagte deine Frau. „Wir sind volle zwanzig Jahre älter als du. Wir gehören einer anderen Generation an."

Der hellbraune Blindenhund kam mit seinem Frauchen, der Musikerin Mao Feiying, an uns vorbei. Er hatte bisher an keinem unserer Vollmondfeste teilgenommen, aber durch seine unbedingte Treue gegenüber seinem Frauchen den Respekt der gesamten Hundemeute erworben. Die blinde Mao Feiying trug auf dem Rücken den Beutel mit der Geige, die Hand hielt die Lederleine, die am Halsband des Hundes festgemacht war. Beim Gehen fehlte ihr das Gleichgewicht, deswegen lehnte sie sich leicht nach hinten. Den Kopf hielt sie dabei etwas schief.

„Er hat dich bestimmt verführt", sagte deine Frau, „er ist verheiratet und hat eine Frau zu Haus, du dagegen bist unverheiratet, blutjung und unberührt. Das ist die Tat eines als Mensch verkleideten Raubtiers! Er benimmt sich völlig verantwortungslos. Er stürzt dich ins Unglück!" Deine Frau stand mit der Schulter an den Baumstamm gelehnt, als sie ihr Gesicht nun Chunmiao zuwandte und sie mit giftigem Blick anstierte: „Sein halbes Gesicht ist durch das Feuermal verunstaltet. Er schaut nur zu drei Zehnteln wie ein Mensch aus, zu sieben Zehnteln sieht er wie ein Dämon aus. Wenn du dich mit so einem einlässt, ist es, als stecktest du eine frische Blüte in einen Haufen Kuhscheiße."

Zwei Polizeiwagen rasten mit heulenden Sirenen auf der breiten Straße vorbei. Mit bösem Blick schauten ihnen die Fußgänger aus den Augenwinkeln hinterher.

„Ich habe ihm bereits klar gesagt, dass er sich nur über meine Leiche von mir scheiden lassen kann, ich will mich nicht scheiden lassen!" Kochend vor Wut sprach deine Frau weiter: „Das musst du doch verstehen können, dein Vater, deine Mutter, deine Schwester sind Per-

sönlichkeiten des öffentlichen Lebens. Die sind erledigt, wenn eure Geschichte auffliegt. Mit dieser Blamage können sie sich nirgendwo mehr blicken lassen. Einer am Hinterteil Versehrten wie mir kann das egal sein. Ich habe ohnehin nicht viel Gesicht zu verlieren. Aber wenn ihr hier die Pferde scheu macht, dann garantiere ich für nichts! Dann lasse ich alles auffliegen, mein Ruf ist mir dann völlig egal."
Die Kinder des Kindergartens der Kreisverwaltung überquerten gerade die Straße, vorn bahnte eine Kindergärtnerin ihnen den Weg, ganz hinten schloss der Trupp mit einer Kindergärtnerin ab. An beiden Seiten der Kinder lief jeweils eine weitere Erzieherin, in einem fort mahnend und rufend, vor und zurücklaufend, mit. Der Autoverkehr stoppte, um die Kinder vorbeizulassen.
„Lass die Finger von ihm! Verliebe dich, heirate und bekomme ein Kind. Ich garantiere dir, dass ich dich dann nicht schlecht mache und dir dein guter Ruf bleibt", so deine Frau. „Ich bin zwar hässlich und mit mir ist nichts los, aber auf mein Wort kann man sich verlassen!" Deine Frau wischte sich mit ihrem rechten Handrücken die Tränen aus den Augen. Dann steckte sie sich den Zeigefinger in den Mund, blähte die Backen und zog dann den Finger wieder aus dem Mund heraus. Im selben Augenblick witterte ich frisches Blut. Blut quoll aus ihrer Zeigefingerkuppe. Sie hob den Finger und beschrieb den glatten Stamm der ahornblättrigen Platane mit drei, zwar etwas lückenhaften, aber lesbaren Schriftzeichen:
離開他 — VERLASSE IHN.
Chunmiao stöhnte auf, hielt sich die Hand vor den Mund, ihr Körper wand sich. Dann rannte sie stolpernd und die Passanten anrempelnd weg, die Straße zurück. Sie rannte ein paar Schritte, ging dann ein paar Schritte, rannte wieder ein paar Schritte und ging dann wieder. Ihre Hand hatte sie nicht vom Mund genommen ... Beklommen folgte ich ihr mit meinen Blicken. Sie lief nicht zurück in die Buchhandlung, sondern bog in eine enge Gasse ein, die neben der Buchhandlung von der Straße abging. Es war die Ölmühlengasse. Die Leute, die das Sesamöl pressten, wohnten dort. Einer unserer Zweigverbandsleiter auch. Weil er immer Sesampaste zu fressen kriegte, hatte er ungewöhnlich strahlende Augen und glänzendes Fell.
Als ich wieder zu deiner Frau blickte, sah ich ihr vergrämtes, bleiches Gesicht. Wie kalt war mir mit einem Mal ums Herz. Ich wusste genau, dass Chunmiao deiner Frau nicht im Geringsten gewachsen

war. Auch deiner Frau ging es schlecht. Tränen standen ihr in den Augen, unablässig schossen sie hervor. Ich fand, dass sie jetzt eigentlich mit mir nach Haus gehen sollte, aber ihre Fingerkuppe blutete noch. Sie wollte nichts verkommen lassen. Geduldig füllte sie die drei Stellen, an denen die Schriftzeichen unvollständig geblieben waren, aus und zog die undeutlichen Striche noch einmal nach. Es war immer noch Blut übrig. Also schrieb sie unterhalb der drei Zeichen noch ein Ausrufezeichen. Noch immer kam Blut. Sie fügte noch ein Ausrufezeichen hinzu und dann ein drittes.

Sie stand davor, als wäre sie noch nicht fertig, als hätte sie noch etwas anzufügen. Aber es wäre des Guten zuviel gewesen, einer Schlange malt man keine Beine. Sie schüttelte ihren Finger und steckte ihn wieder in den Mund. Mit der linken Hand fuhr sie unter ihre Hemdschließe und zog von ihrer linken Schulter ein Rheumapflaster ab. Damit verband sie sich den blutenden Zeigefinger.

Ein letztes Mal blickte sie prüfend auf ihre in Blut verfasste Parole. Sie war ihr an Chunmiao gerichteter Drohbrief, ihr Druckmittel, das sie ihr entgegensetzen wollte. Über ihr Gesicht huschte ein zufriedenes Lächeln. Sie schob das Fahrrad rechts die Straße runter. Ich lief ihr mit drei Metern Abstand hinterher. Einige Male drehte sie sich noch nach der Blutschrift um, als befürchte sie, dass irgendjemand sie abwischen könnte.

Als wir an der Ampel auf Grün warteten, waren wir immer noch sehr in Aufruhr. Nicht zuletzt, weil dort viele Typen mit schwarzen Kunstlederjacken und frisierten Mopeds herumhingen, die sich einen Scheißdreck um Rot oder Grün scherten, weil die Fahrer vieler Luxuslimousinen den Ehrgeiz hatten, sich nicht von den Ampeln bremsen zu lassen, und auch weil es gerade so eine neue Motorradgang gab, in der alle auf gleichfarbigen Hondas unterwegs waren und durch die Gegend cruisten, nur um Hunde totzufahren. Totfahren allein reichte ihnen nicht einmal aus. Sie fuhren so oft über die von ihnen überfahrenen Hunde hinweg, bis deren Gedärme die Straße bedeckten. Dann steckten sie zwei Finger zwischen die Lippen, pfiffen einmal und waren so schnell wieder fort, wie sie gekommen waren. Was war wohl der Grund ihres Hundehasses? Ich verfiel in düstere Grübeleien, wusste mir aber keinen Reim darauf zu machen.

Das sechsundvierzigste Kapitel
Hezuo schwört sich, ihren dummen Mann das Staunen zu lehren. Hong Taiyue trommelt die Leute zusammen und randaliert vor dem Kreisamt.

Der Runde Tisch, der sich mit Jinlongs fantastischem Vorhaben befassen und dessen Für und Wider erörtern sollte, dauerte bis zwölf Uhr mittags. Erst dann gingen die Leute.
Der alte Kreisparteisekretär Jin Bian – er war der kleine Schmied aus meiner Kindheit, der damals den Esel meines Vaters beschlagen hatte – war zum Vizepräsidenten des städtischen Volkskongresses befördert worden. Dass Kangmei seine Nachfolgerin werden würde, war schon fest beschlossene Sache. Denn sie war die Tochter eines *Helden der Revolution*, hatte eine Universitätsausbildung, war gerade vierzig Jahre alt, machte einen hervorragenden Eindruck, erhielt Unterstützung aus den unteren Reihen und erntete Gefallen in den oberen. Sie brachte alle Voraussetzungen mit, die man sich denken konnte. Während der Sitzung wurde heiß debattiert. Keiner wollte auf den anderen zugehen. Die Fronten verhärteten sich. Kangmei hatte schließlich das letzte Wort: „Wir machen es! Zuerst mal stellen uns die anwesenden Banken im Rahmen eines Gesamtfinanzierungsplans dreißig Millionen Yuan zur Verfügung, die wir investieren. Dann gründen wir eine Gesellschaft, um Partner, Geldgeber und Kapital zu rekrutieren und chinesische wie ausländische Investoren anzuziehen."
Während der Sitzung war ich ständig in Unruhe. Ich verließ den Sitzungsraum einige Male mit der Entschuldigung, austreten zu müssen, um dann zum Telefon zu laufen und die *Neues China*-Buchhandlung anzurufen. Der strenge Blick Kangmeis durchbohrte mich. Ich lächelte gezwungen und fühlte mich zum Heulen, während ich mit dem Finger auf meinen Unterleib zeigte und mich an ihr vorbei nach draußen verdrückte.
Ich rief dreimal beim Verkauf der Buchhandlung an. Erst beim dritten Anruf meldete sich eine grob klingende Frauenstimme, die aufgebracht in den Hörer rief: „Schon wieder du! Ruf nicht mehr an! Sie ist hier nicht wieder erschienen, seit sie von der lahmen Frau des Sekretärs Lan aus dem Laden gerufen wurde."
Ich rief zu Hause an. Keiner nahm ab.

Ich saß auf meinem Stuhl am runden Tisch im Sitzungssaal, als hätte ich auf einer rotglühenden Pfanne Platz genommen. Ich muss zum Fürchten ausgesehen haben. Lauter entsetzliche Bilder gingen mir durch den Kopf. Das grausamste war das von meiner Frau, die an irgendeinem entlegenen, menschenleeren Ort bei uns in der Kreisstadt, oder war es mitten im Menschengewühl, ich kann das schlecht sagen, erst Chunmiao ermordete und dann an sich selbst Hand anlegte. Noch im Augenblick ihres Todes drängten Unmengen von schaulustigen Leuten herbei. Die Sirene des Polizeiautos, das zum Tatort raste, heulte schrill auf ... Ich sah verstohlen auf die wie ein Wasserfall redende und mit dem Zeigestock auf den von Jinlong erdachten Plan auf der Blaupause zeigende Kangmei und dachte versteinert vor Angst: In der nächsten Minute, in der nächsten Sekunde, jetzt gleich wird dieser Riesenskandal auffliegen und noch im Sitzungsraum mit einem berstenden Knall platzen wie die Bombe eines Selbstmordattentäters, die Fleischfetzen und explosives Material durch die Luft schleudert.

Just in jenem Augenblick wurde die Sitzung unter Applaus, dessen Klang die vielschichtigen Befindlichkeiten der Teilnehmer durchblicken ließ, für beendet erklärt. Ohne Umschweife stürzte ich aus dem Sitzungssaal. Ich hörte, wie jemand neben mir böswillig mit erhobener Stimme sagte: „Der Vizekreisvorsteher Lan hat sich wohl die Hosen vollgemacht."

Ich rannte zu meinem Wagen. Mein Chauffeur Hu sprang eilig aus dem Auto, aber noch bevor er mir die Wagentür öffnen konnte, hatte ich sie selbst aufgerissen und war hineingesprungen.

„Mensch, fahr!", sagte ich völlig entnervt.

„Daraus wird nichts", entgegnete er.

Wie wahr! Ein unterer Abteilungsleiter unserer Verwaltung hatte alles schön aufeinander abgestimmt und die Autos so parken lassen, dass alle der Höhe ihres Beamtenrangs entsprechend abfahren konnten. Kangmeis silbergrauer Toyota Crown kam an erster Stelle und parkte direkt vor dem Eingangsbereich unseres Kreisamtes. Hinter dem Crown folgte an zweiter Stelle der Nissan des Kreisvorstehers, dann der schwarze Audi des Vorsitzenden der politischen Konsultativkonferenz, dann der weiße Audi des Präsidenten des städtischen Volkskongresses ... mein Santana stand an zwanzigster oder auch fünfundzwanzigster Stelle. Bei allen Autos liefen gleichmäßig brum-

mend die Motoren. Manche Leute waren wie ich schon in ihren Wagen gestiegen. Manche standen aber auch im Eingangsbereich und warteten dort darauf, dass ihr Wagen vorfuhr, während sie sich noch leise unterhielten. Alles wartete auf Kangmei. Aus der Eingangshalle des großen Verwaltungsgebäudes des Kreisamtes tönte ihr schallendes Lachen. Wie gerne hätte ich dieses schallende Lachen am Schlafittchen gegriffen und sie daran, so wie man das Chamäleon an seiner langen, hervorschnellenden Zunge packt, mit einem Ruck aus dem Bürogebäude herausgezerrt. Endlich kam sie. Sie trug ein lapislazulifarbenes Kostüm, am Revers leuchtete silbern eine Brosche. Sie behauptete, ihr gesamter Schmuck sei nur Modeschmuck. Chunmiao sagte mir einmal, dass ihre Schwester einen ganzen Wassereimer voller Schmuck besäße. Chunmiao, meine intimste Liebste, mir näher als das Blut dem Fleische, wo bist du? Als ich kurz davor war, die Autotür aufzureißen, herauszuspringen und auf die Straße zu rennen, bestieg Kangmei endlich ihren Crown und war bereit abzufahren. Die Limousinen fuhren eine nach der anderen vom Hof. An der Toreinfahrt hatte der Wachtposten mit angespanntem Gesicht Haltung angenommen und hob die Rechte zum militärischen Gruß. Die Limousinenkolonne fuhr durch das Haupttor und bog rechts ab. Aufgeregt fragte ich meinen Chauffeur: „Wohin fahren wir?"
„Zum Bankett, das Ximen Jinlong ausrichtet." Hu reichte mir eine goldrot schillernde Einladungskarte nach hinten.
Mir fiel undeutlich wieder ein, dass mir bei der Sitzung jemand ins Ohr geflüstert hatte: „Wozu noch Für und Wider besprechen, wenn die Tische zur Feier der Projektbewilligung längst eingedeckt sind?"
Ich stieß hastig hervor: „Sofort umdrehen."
„Wohin soll ich fahren?"
„Zurück ins Büro."
Mein Chauffeur war offensichtlich wenig begeistert. Ich wusste, dass die Fahrer bei Banketten wie diesem genau wie die geladenen Gäste mit vollen Backen schmausten und sich volllaufen ließen und dass sie dazu noch ein Geschenk erhielten. Die Generosität des Aufsichtsratvorsitzenden Ximen Jinlong war im Kreis Gaomi weithin bekannt. Ich versuchte zu beschwichtigen und fand eine Ausrede.
„Dir dürfte die Beziehung zwischen mir und Ximen Jinlong hinlänglich bekannt sein."
Hu sagte keinen Ton. Er schaute nach einer Gelegenheit zum Wen-

den und fuhr den Santana auf direktem Weg auf den Hof des Kreisamtes zurück. An jenem Tag war am Südtor Markttag. Die Leute waren mit Fahrrädern, Traktoren, Eselkarren und zu Fuß unterwegs. Alles drängte auf die große Renmin-Straße. Hu hupte unentwegt, kam aber mit dem Fahrzeugstrom nur im Schritttempo vorwärts.

„Da, fick deine Mutter! Die Bullen sind auch alle zu Jinlong Saufen gegangen!", murmelte Hu grollend.

Ich erwiderte nichts. Wie hätte ich auch? Ich hatte meine Gedanken wirklich woanders als bei den Bullen und ihren Sauftouren. Endlich hatte der Wagen es bis zum Haupteingang des Kreisamtes geschafft. Ein Grüppchen Leute stand plötzlich, als wäre es dem Erdboden entstiegen, um meinen Santana herum.

Ich sah einige alte Frauen in Lumpen, die sich direkt vor meinem Wagen mit dem Hintern auf die Erde setzten. Mit den Händen trommelten sie voll Trauer auf den Boden und heulten brüllend. Ein paar Männer mittleren Alters hatten Parolen auf querformatige Spruchbänder geschrieben. Wie Mantras! Auf den Spruchbändern stand *Gebt mir mein Land zurück! Nieder mit den korrupten Beamten!* Ich sah sechzehn, siebzehn Leute hinter den zerlumpten, laut klagenden Alten knien und ein riesiges weißes Tuch voller Schriftzeichen mit beiden Händen hoch über ihren Kopf halten. Da waren auch zu beiden Seiten ein paar Leute hinter meinem Wagen, die bunte Flugblätter aus ihren Jackeninnentaschen hervorzogen und in die Menge warfen. Sie brachten beste Voraussetzungen für diese Aufgabe mit, glichen sie doch zum einen den Roten Garden aus der Zeit der Kulturrevolution und zum anderen den Trauerklageleuten, die man bei uns auf dem Land bestellt, damit sie während der Trauerfeier Totengeld in die Menschenmenge werfen. Immer mehr Leute kamen wie brandende Wellen auf uns zugerollt. Mein Auto war inmitten einer Riesentraube Menschen eingeschlossen. Ihr lieben Nachbarn von früher! Ihr habt den Falschen umzingelt! Ich bin einer von euch! Ich bemerkte, dass Hong Taiyue mit schlohweißem Haar, gestützt von zwei Jugendlichen, von der rechten Seite des Haupteingangs, wo die Himalaya-Zeder steht, vor mein Auto lief. Er stellte sich zwischen die sitzenden alten Bauersfrauen und die dahinter knienden Bauern. Man hatte ihm offensichtlich einen Platz freihalten wollen. Es war eine gut organisierte Gruppe, die ihr Bittgesuch planvoll vorbrachte. Natürlich wurden sie von Hong Taiyue angeführt. Mein Vater und

Hong Taiyue waren die zwei berühmten verschrobenen Alten aus Nordost-Gaomi. Hong sehnte mit heißblütigem Verlangen das große Kollektiv der Volkskommunen wieder herbei. Mein Vater hielt halsstarrig an seinem Privatwirtschaftlertum fest. Beide waren wie zwei Riesenglühbirnen, die ihr Licht in alle vier Himmelsrichtungen strahlen, wie eine rote und eine schwarze Riesenfahne, die über allen hoch oben im Wind flattern. Hong Taiyue holte aus seiner Tasche den vergilbten, alten Stierbeckenknochen mit den neun am Kamm eingelassenen Bronzeringen hervor, hielt ihn hoch, wieder runter, wieder hoch ... überaus geübt schüttelte er ihn auf und ab und entlockte ihm ein rhythmisches Rasseln. Der Stierbeckenknochen war ein wichtiges Requisit seiner glanzvollen Vergangenheit, wie es die Hellebarde dem Krieger ist, der mit ihr etliche Feinde durchbohrt. Die Stierbeckenknochenrassel zu rütteln war seine ureigenste Begabung. Er sprach dazu rhythmisch:
„*Schal-la-la-la, schal-la-la-la*
wenn ich den Beckenknochen schlag,
ich immer was zu sagen hab.
Welcher Teil der Geschichte ist denn heute dran?
Fangen wir mal bei dem wieder erstarkenden Jinlong an ..."

Immer mehr Leute liefen zusammen, das Stimmengewirr schwoll flutartig an – Radau und plötzliche Stille.

„*Es war einmal das Dorf Ximen,*
das in aller Munde kam.
Fast dreißig Morgen groß war dort
die Aprikosengartenschweinefarm.
Für Schweine war das Dorf berühmt
in der Stadt und auf dem Land.
Bei Feldfrüchten fuhr es reiche Ernte ein!
Das Vieh gedieh!
Das Funkeln der Revolution des Vorsitzenden Mao
beleuchtete das goldene Zeitalter ..."

Als er mit seinem Singsang so weit gekommen war, schmiss er den Stierbeckenknochen hoch in die Luft, ruckte mit dem Körper herum, um jedermann zu zeigen, mit welch präzisen Bewegungen und mit welchem Schneid er den Stierbeckenknochen auffing. Die ganze Zeit hindurch rasselte der Stierbeckenknochen mit lautem Klang, als wären ihm Leben und Seele eingehaucht worden. „Bravo! Bravo!" Tosender Beifall hub an, Bravoschreie gefolgt von anhaltendem Applaus. Hong Taiyues Miene änderte sich schlagartig, als er im Sprechgesang weiterreimte.

„*Doch den despotischen Grundbesitzer Ximen Nao*
es im Dorf noch gab,
der einen weißäugigen wölfischen Bastard
hinterlassen hat.
Jinlong hieß die böse Memme.
Von klein auf versteckte sie
hinter Lügenmärchen und gescheiten Sprüchen
ihre wahre Natur.
Unter dem Deckmantel des Fortschritts
trat Jinlong unserer Truppe bei.
Unter dem Deckmantel der Fortschrittlichkeit
mogelte er sich in die Kommunistische Partei,
riss Macht und Gewalt in der Partei an sich
und holte, um es uns heimzuzahlen,
zum konterrevolutionären Gegenschlag aus.
Er verteilte Ackerland zur Privatwirtschafterei
und restaurierte die verderbte alte Ordnung.
Die Ersparnisse der Volkskommune
verprasste er,
die reichen Bösewichte und Grundbesitzer
rehabilitierte er.
Rinderteufel und Schlangengeister
hatten es wieder fein.
Red ich davon,
schmerzt mich mein Herz vor Kummer und Pein.
Der Rotz läuft und Tränen strömen
über mein Gesicht
in zwei Rinnsalen herunter ..."

Er schleuderte den Stierbeckenknochen in die Höhe, fing ihn mit der rechten Hand auf und wischte mit der Linken die Tränen aus dem linken Auge, schleuderte den Knochen wieder hoch, fing ihn mit der linken Hand auf und wischte sich mit der Rechten die Tränen aus dem rechten Auge. Der zwischen seinen beiden Händen hin- und herhüpfende Stierbeckenknochen war flink wie ein Wiesel. Es gab donnernden Applaus. Man hörte von fern die Streifenwagen der Polizei, aber Hong Taiyue sprudelte immer enthusiastischer:

*„Es war im Jahre 1991, als diese fiese Memme
erneut am Böse-Netze-Legen war.
Die Bauern soll'n nun alle fortgejagt,
sie will das ganze Dorf für sich und 'nen Tourismuspark.
3.000 Morgen Ackerland
soll'n einfach untergeh'n.
Kasino, Fußballplatz, Bordell und Saunabad
soll'n dort stattdessen stehn.
Das sozialistische Dorf Ximen
wird zum Imperialismus-Vergnügungspark.
Genossen, Dörfler, liebe Freunde! Hand aufs Herz!
Der Klassenkampf muss wieder her
und ihn vernichten!
Verdient Ximen Jinlong nicht den Tod?
Wir haben keine Angst davor,
dass er reich, potent und so ein harter Brocken ist.
Wir haben auch keine Angst davor,
dass sein Bruder Jiefang Kreiskader ist,
und beide, wenn sie sich zusammentun,
zu noch mehr Macht gelangen.
Wir merzen die Reaktionäre aus!
Denn wenn wir sie ausmerzen ...
wenn wir sie ausmerzen ..."*

Der Haufen Zuschauer wurde wilder und wilder. Die Aufgehetzten fingen an, zornig zu pöbeln. Andere lachten. Einige begannen zu trampeln und in die Höhe zu springen. Vor dem Kreistag war der Teufel los. Ich hatte eigentlich daran gedacht, eine günstige Gelegenheit abzupassen und auszusteigen, um im Verlass darauf, dass ich einer der ihren wäre und vertraut mit den Gegebenheiten unseres Dorfes, sie zu bewegen, doch auseinander und wieder ihrer Wege zu gehen. Aber Hong Taiyue hatte mich in seinem Stierbeckenknochengesang schon Jinlongs Helfershelfer genannt. Wenn ich ausgestiegen und dieser aufgewiegelten Meute entgegengetreten wäre, wäre das Ende nicht auszudenken gewesen. Um mein Gesicht zu bedecken, setzte ich meine Sonnenbrille auf und spähte nach hinten durch die Rückscheibe. Ich hoffte auf ein schnelles Eintreffen der Polizei, damit sie mich aus der Umzingelung befreite. Dann sah ich fünfzehn, sechzehn Schlagstöcke schwenkende Polizisten von außen auf die Menschentraube zukommen. Eigentlich waren sie mitten in der Menschentraube, denn immer mehr herbeistürmende Leute kamen dazu und umringten sie.

Ich rückte meine Sonnenbrille gerade. Ich fand noch eine blaue Kappe, die ich mir auf den Kopf setzte, und öffnete dann die Wagentür, stets bemüht, meine Gesichtshälfte mit dem Feuermal zu verdecken.

„Kreisvorsteher, verlassen Sie unter keinen Umständen den Wagen!", rief mein Chauffeur mir noch zu.

Ich zwängte mich aus dem Auto heraus. Gebückt hastete ich vorwärts. Ich fiel über ein ausgestrecktes Bein und knallte der Länge nach auf den Boden. Ein Brillenbügel war abgebrochen. Die Kappe war mir vom Kopf geflogen. Mein Gesicht stieß auf den von der Mittagssonne heiß gewordenen Asphalt. Lippen und Nase taten verdammt weh. Eine außerordentliche Resignation ergriff Besitz von mir. Jetzt einfach nur sterben! Das macht doch alles einfacher! Wahrscheinlich würde ich glorreich als Märtyrer im öffentlichen Dienst mein Leben hingeben. Aber ich dachte an Chunmiao. Ich konnte doch nicht sterben, ohne sie noch ein letztes Mal gesehen zu haben. Selbst wenn sie tot war, so wollte ich noch ihren Leichnam sehen. Ich rappelte mich hoch. Wie ein Granatregen ging von überall her Gebrüll auf mich nieder.

„Lan Jiefang, Blaugesicht! Hier, der macht's möglich, dass Ximen Jinlong uns unser Dorf wegnehmen kann!"

„Haltet ihn! Lasst ihn nicht laufen!"

Vor meinen Augen wurde mir einmal schwarz, einmal weiß. Die mich umzingelnden Gesichter bogen sich und strahlten stahlblaues Licht ab wie gerade durchs Feuer gegangene Hufeisen. Ich spürte, wie man mir beide Arme umdrehte und hinter meinem Rücken zusammenhielt. In der Nase wurde mir warm. Es kribbelte, als krö-

chen mir zwei Würmer daraus hervor und über meine Lippen. Jemand stemmte mir von hinten die Knie in den Hintern, ein anderer trat mir mit den Füßen in die Waden, ein dritter kniff mir brutal in den Rücken. Ich sah, wie das Blut aus meiner Nase beständig auf den Asphalt tropfte und sofort zu schwarzem Qualm wurde.
„Jiefang, bist du es wirklich?" Ich hörte eine vertraute Stimme vor meinem Gesicht. Sofort bemühte ich mich, zur Besinnung zu kommen. Ich zwang meinen benebelten Kopf, seine Denktätigkeit aufzunehmen, zwang meine Augen, nicht mehr zu flimmern, sondern zu sehen. Ich sah nun deutlich das von großer Bitternis und tiefem Hass gezeichnete Gesicht des Hong Taiyue. Unverständlicherweise bekam ich dieses kribbelnde Gefühl in der Nase. Meine Augen wurden heiß und die Tränen schossen mir hervor, als erschiene mir in ärgster Not mein mir allerliebster Freund und Retter. Mit tränenerstickter Stimmer presste ich die Worte hervor: „Onkel, zeigt Gnade und lasst mich frei ..."
„Hört sofort auf, Hand an ihn zu legen! Lasst ihn los ...", hörte ich Hong Taiyue brüllen. Ich sah, wie er seinen Stierbeckenknochen wie ein Dirigent den Taktstock durch die Luft tanzen ließ und dabei johlte: „Wir wollen nicht Waffengefechte, wir wollen Wortgefechte!"
„Jiefang, du bist Kreisvorsteher, du bist unser *Kreisvater*. Du musst für deine Freunde, alle alten und jungen Dörfler, eine Entscheidung treffen und darfst nicht zulassen, dass Ximen Jinlong alles, wie es ihm gerade in den Kram passt, ins Unrechte verkehrt", sprach Hong Taiyue. „Dein Vater wollte diesen Bittgang eigentlich mitmachen. Aber deine Mutter ist erkrankt, deswegen konnte er nicht fort."
„Onkel Hong, du weißt gut, dass ich und er, obwohl uns die gleiche Mutter geboren hat, einen völlig verschiedenen Charakter besitzen. Ich bin genauso gegen diese Sache wie ihr. Lasst mich frei!"
„Habt ihr das gehört?" Hong Taiyue ließ den Stierbeckenknochen tanzen. „Kreisvorsteher Lan steht hinter uns!"
„Ich werde eure Forderungen nach oben weitergeben. Nun verschwindet schnell von hier!" Ich arbeitete mich durch die Menge.
„So etwas zu tun, verstößt gegen die Gesetze!"
„So können wir den nicht gehen lassen. Der muss uns eine Garantieerklärung schreiben!"
Ich hatte plötzlich eine Stinkwut in mir. Ich streckte die Hand nach Hong Taiyues Stierbeckenknochen aus und bekam ihn irgendwie zu

packen. Ich ließ ihn tanzen, aber nicht wie einen Taktstock, sondern wie ein Beil. Alle, die mir im Weg standen, wichen zurück und machten Platz. Der Stierbeckenknochen hatte jemanden an der Schulter getroffen. Dann sauste er auf jemandes Kopf nieder. Einer schrie: „Der Kreisvorsteher schlägt zu!" Und wenn schon: Dann schlage ich eben zu! Dann mache ich eben Fehler! Für jemanden wie mich spielt das keine Rolle. Fehler oder nicht, Kreisvorsteher oder nicht! Verpisst euch! Ihr alle! Ich bahnte mir mit dem Stierbeckenknochen einen Weg aus der Menschentraube heraus und preschte vor zur Tür des Kreisamts. Mit jedem Schritt drei Stufen nehmend eilte ich hoch in den dritten Stock zurück in mein Büro. Vom Fenster aus sah ich auf die wogende Fläche leuchtender Menschenköpfe vor der Tür. Es schallten dumpfe Geräusche herauf. Rosarote, auseinanderdriftende Schwaden schwebten vor meinem Fenster vorbei. Ich wusste, die Polizei hatte keine Wahl mehr und schoss mit Tränengasgranaten. Es war ein riesiger Tumult. Ich schleuderte den Stierbeckenknochen in die Ecke und schloss die Fenster. Was draußen vor sich ging, hatte im Moment nichts mit mir zu tun. Ich war kein guter Kader, denn ich war mehr für meine persönlichen Belange als für die Nöte des Volkes eingenommen. Ich verspürte sogar etwas wie Schadenfreude und hieß diese rechtswidrige Demonstration gut. Jetzt konnte Pang Kangmei die Suppe, die sie sich da eingebrockt hatte, mal schön wieder auslöffeln. Ich ergriff den Telefonhörer und wählte die Nummer der *Neues China*-Buchhandlung, aber keiner nahm ab. Ich rief bei mir zu Hause an, jemand nahm ab. Mein Sohn war dran. Meine sich über die ganze Zeit angestaute Wut war fast verflogen. Ich bemühte mich gelassen zu sprechen.

„Kaifang, hol mal die Mama ans Telefon."

„Papa, was für einen Streit hast du mit Mama?", fragte er aufgebracht.

„Ach, nichts weiter, hol sie mal ans Telefon", sagte ich nur.

„Sie ist nicht da. Der Hund hat mich auch nicht abgeholt", antwortete mein Sohn. „Sie hat mir auch kein Essen gemacht und nur einen Zettel dagelassen."

„Was für einen Zettel?"

„Ich lese ihn dir vor", sagte er: „*Kaifang, mach dir selbst etwas zu essen. Wenn Papa anruft, schick ihn zur großen Renmin-Straße zu Sambal Oelek Marke ROT. Da kann er mich finden. Was bedeutet das wohl?"*

Ich erklärte es meinem Sohn nicht und sagte nur: „Kind, ich kann dir dazu im Moment gar nichts sagen."
Ich schmiss den Hörer auf die Gabel, mein Blick streifte den Stierbeckenknochen auf meinem Schreibtisch. Ein Gefühl, als wäre da etwas, was ich mitnehmen müsste, überkam mich. Aber mir fiel nichts ein. Deswegen ließ ich es und rannte nur hastig wieder die Treppen hinunter. Ich sah den Tumult am Eingang. Die Leute waren in einer Menschentraube zusammengepresst. Strenger Gestank stieg mir in die Nase. Husten, rüdes Schimpfen und schrille Schreie mischten sich. Wenn auf der einen Seite der Menschentraube das Chaos gerade weniger zu werden schien, wurde es auf der anderen Seite umso chaotischer. Ich hielt mir die Nase zu und rannte durch das Gebäude zum Hintereingang. An der Rückseite des Gebäudes gab es eine kleine Tür, durch die ich entwischte. Ich lief durch die kleinen Seitengassen hinter der Hauptstraße rechts herunter, immer geradeaus gen Osten bis zur Schustergasse neben dem Kino. Dann wieder rechts herum und nach Süden, bis ich wieder auf die große Renmin-Straße gelangte. Die Flickschuster zu beiden Seiten der Schustergasse schauten ängstlich verwirrt auf ihren Vizekreisvorsteher. Sie dachten sich bestimmt ihren Teil, als sie ihn, wie um sein Leben rennend, vorbeistürzen sahen und gleichzeitig den Krach vom Aufstand vor dem Kreisamt hörten. Pang Kangmei kannte man nicht unbedingt, aber mich kannte jeder in unserer Kreisstadt.
Auf der großen Renmin-Straße erblickte ich sie. Du Bastard von einem Hund, du saßt hinter ihr! Die Renmin-Straße war von flüchtenden Menschenmassen verstopft, es war kein Durchkommen mehr. Der Verkehr war komplett zum Erliegen gekommen. Unzählige Autos und Unmengen von Menschen waren ineinander verkeilt. Das ohrenbetäubende Hupen der Autos nahm kein Ende. Ich hopste wie ein Kind beim Kästchenhüpfen über die Straße. Einigen fiel ich auf, doch die meisten beachteten mich nicht. Keuchend und völlig außer Atem stand ich schließlich vor ihr. Ihre Augen blickten starr auf jenen Baum, und du, Bastard von einem Hund, starrtest mir mit deinem wüsten Hundeblick in die Augen.
„Wo hast du sie hingebracht?", fragte ich scharf.
Sie verzog den Mund. Auf ihrer Backe zuckte es verdächtig, und über ihr Gesicht huschte etwas wie ein eiskaltes Lächeln. Aber sie hielt ihren Blick starr auf den Baumstamm gerichtet. Keinen Augenblick

schweifte ihr Blick ab. Zuerst sah ich an der Rinde nur vier dunkle, sattgrüne ... ja was war das? Als ich näher hinschaute, sah ich, dass dort Schwärme von Schmeißfliegen krabbelten. Es waren die grünen, die allerekeligste Sorte von Schmeißfliegen. Ich schaute noch einmal genauer hin und sah, dass dort drei Schriftzeichen und drei Ausrufezeichen waren. Es roch nach Blut. Mir war, als würde ich ohnmächtig. Mir wurde schwarz vor Augen. Fast stürzte ich, denn ich glaubte, das Allerschrecklichste wäre schon passiert. Sie hatte sie umgebracht und hatte mit ihrem Blut eine Warnung an den Baum geschrieben. Aber ich zwang mich trotzdem, sie zu fragen.
„Was hast du mit ihr gemacht?"
„Ich habe gar nichts mit ihr gemacht." Zweimal trat sie nach dem Stamm, sodass die Fliegen mit einem beängstigenden Brummen aufschwärmten. Sie hob ihren mit einem Rheumaschmerzpflaster verbundenen Finger und sprach zu mir: „Das ist mein Blut. Ich habe mit meinem eigenen Blut drei Worte an den Baum geschrieben und ihr geraten, dich zu verlassen!"
Mir fiel ein Stein vom Herzen. Auf der Stelle überfiel mich eine extreme Müdigkeit, sodass ich mich sofort hinknien musste. Meine Hände waren so verkrampft, dass sie wie Hühnerkrallen aussahen. Ich versuchte mühsam, an meine Zigaretten in der Jackentasche zu gelangen. Ich schaffte es. Ich schaffte es, eine anzuzünden und tat einen tiefen Zug. Ich fühlte den Zigarettenrauch wie eine kleine Schlange durch mein Gehirn kriechen. Durch die gewundenen Rillen meines Großhirns zog er und hinterließ dort ein angenehm entspanntes Lustgefühl. Im gleichen Moment, in dem die Brummer aufflogen, sprang diese dreckige Parole mit ihrer ganzen Tragik in mein Blickfeld. Doch im Nu hatten die Brummer sie wieder bedeckt. Es war nichts mehr von ihr zu sehen. Man hätte schwerlich erraten, was sich unter ihnen verbarg.
„Ich sagte ihr", meine Frau blickte mich immer noch nicht an, sondern schaute wie versteinert geradeaus und sprach mit hölzerner Stimme, „wenn sie dich aufgibt, so lasse ich keinen Ton verlauten. Kein Laut kommt mir dann über die Lippen. Sie kann sich verlieben, heiraten, ihr Kind bekommen und ihr Leben genießen. Wenn sie dich nicht in Ruhe lässt, dann werde ich uns beide, sie und mich, restlos ruinieren."
Meine Frau drehte sich schnell um und hielt mir ihren mit Schmerz-

pflaster verbundenen Zeigefinger ins Gesicht. Mit brennendem Blick, wie ein Hund, der in die Enge getrieben wird, und mit schriller Stimme heulte sie: „Wenn sie dich nicht in Ruhe lässt, dann schreibe ich mit dem Blut dieses Fingers eure schmutzige Geschichte an die Tür des Kreisamts, an die Tür des Kreisparteitags und an die Tür zum Sitzungssaal der Kreiskonsultativkonferenz. Ich schreibe sie an die Tür zum städtischen Volkskongress, an die Tür der Polizeiwache, ans Gericht, an die Kreisstaatsanwaltschaft, an das Pekingoperntheater, ans Kino und an die Tür zum Krankenhaus. Und an jeden Baum, jede Mauer ... ich schreibe bis zu meinem letzten Tropfen Blut!"

Das siebenundvierzigste Kapitel
Die verlassene Ehefrau fährt nach Hause aufs Land, um Schlimmes zu verhindern. Das verwöhnte Kind zerstört eine teure Importuhr, weil es ein Held sein will.

Deine Frau trug ein knöchellanges, violettes Kleid und hatte auf dem Beifahrersitz deines Santana Platz genommen. Ihrem Kleid entwich ein stechender Geruch von Mottenkugeln. Der Brustbesatz und der Rücken waren über und über mit schillernden Pailletten bestickt, sodass ich mir vorstellte, dass sie sich, würde sie in diesem Kleid in den Fluss gestoßen, gewiss sofort in einen Fisch verwandeln würde. Sie hatte ihr Haar mit Haarspray eingesprüht und ihr Gesicht so sehr gepudert, dass der Farbunterschied zwischen ihrem gipsweißen Gesicht und ihrem beigen Hals stark ins Auge fiel. Man hätte meinen können, sie trüge eine Maske. Sie trug auch eine goldene Halskette und zwei goldene Fingerringe. Ohne Zweifel: Sie war eine mit Perlen und Edelsteinen reich geschmückte Lady. Chauffeur Hu machte ein langes Gesicht, aber nur solange, bis deine Frau ihm eine Stange Zigaretten zusteckte. Dann lächelte er.
Ich saß neben deinem Sohn im Fond. Um uns herum stapelten sich haufenweise bunte Geschenkkartons mit Schnaps, Tee, Kuchen und Stoff. Es war das erste Mal, dass ich in unser Dorf zurückkehrte, seitdem ich mit Ximen Jinlongs Jeep in die Kreisstadt gekommen war. Damals war ich ein zwölf Wochen alter Welpe gewesen, und nun war ich ein ausgewachsener, an Erfahrung reicher und großer Hund. Ich war tief bewegt. Meine Augen konnten der am Fenster vorbeirasenden

Landschaft gar nicht schnell genug folgen. Die Straße war breit und schnurgerade. Zu beiden Seiten grünte und blühte alles üppig. Die Straße war wenig befahren, und Hu bretterte wie der Teufel. Der Santana flog dahin, als wären ihm Flügel gewachsen. Mir war aber, als wären nicht dem Auto, sondern mir selbst an den Rippen Flügel gewachsen, mit denen ich nun dahinflog. Ich sah, wie die Blumen und Bäume nach hinten wegknickten, um dann nach unten zu fallen. Dann war mir, als gliche die Straße einer schwarzen Wand, die langsam abhob und in die Senkrechte kam. Wir kletterten dieses schwarze Band, welches direkt zum Horizont reichte, entlang, während gleichzeitig der Fluss neben uns wie ein riesiger Wasserfall tosend hinabstürzte …

Während ich aufgeregt und unruhig war, war dein Sohn still und gefasst. Er saß neben mir, hielt in seinen Händen einen Gameboy und spielte Tetris. Er war völlig abgetaucht. Er nagte an seiner Unterlippe, während die Daumen geschickt die Spielknöpfe betätigten. Immer wenn er einen Fehler machte, stampfte er ärgerlich mit dem Fuß auf den Boden und seinem Mund entkam ein „Menno!".

Es war das erste Mal, dass deine Frau unter deinem Namen den Geschäftswagen benutzte. Sie war sonst immer mit dem Bus oder mit dem Fahrrad mit deinem Sohn auf dem Gepäckträger nach Hause aufs Land gefahren. Es war das erste Mal, dass deine Frau geschminkt und in feiner Garderobe wie eine Regierungsbeamtengattin nach Hause fuhr. Sonst war sie immer ungeschminkt und unfrisiert, in ihren nach Frittieröl stinkenden Klamotten wie eine Bauersfrau gefahren. Nun kam sie das erste Mal mit teuren Geschenken. Vorher hatte sie jedes Mal nur ein paar frisch frittierte Schmalznudeln mitgenommen. Und es war das erste Mal, dass sie auch mich mitnahm. Sonst hatte sie mich jedes Mal im Hof eingeschlossen, damit ich aufpasste. Seit ich für sie deine Geliebte ausfindig gemacht hatte, war sie zu mir viel freundlicher, oder besser gesagt, sie nahm mich viel wichtiger, als es früher der Fall gewesen war. Nun erzählte sie mir regelmäßig und ausführlich alles, was ihr auf dem Herzen lag. Sie betrachtete mich gewissermaßen als ihren Abfalleimer, der ihren gesamten Seelenmüll schluckte. Und nicht genug damit, dass sie mich als ihren Vertrauten betrachtete, dem sie ihr Herz ausschüttete, für sie war ich obendrein zu ihrem hundeköpfigen Generalfeldmarschall avanciert, der ihr jegliche Entscheidung abnahm. Regelmäßig fragte sie mich, wenn sie im Zweifel über etwas war.

„Hund, sag mir, was soll ich nur tun?"
„Hund, sag, was denkst du, wird sie ihn verlassen?"
„Hund, was meinst du, wird sie ihn in Jinnan besuchen, wohin er jetzt auf die Sitzung gefahren ist?"
„Hund, was sagst du, ist der vielleicht gar nicht nach Jinnan auf die Sitzung gefahren, sondern mit ihr irgendwo anders hin und verbringt jetzt mit ihr intime Stunden?"
„Hund, was denkst du? Ob es wirklich Frauen gibt, die es gar nicht aushalten können, ohne mit einem Mann intim zu sein?"
Ihre endlosen Fragen in ihren stetig aufeinander folgenden Kolumnen beantwortete ich alle mit Schweigen. Ich konnte sie nur mit Schweigen beantworten. Ich hörte ihr aufmerksam, aber schweigend zu. Meine Stimmung schwankte im gleichen Maß, wie die Inhalte in ihren Fragen hoffnungsvoll oder hoffnungslos waren. Mal schwebten wir in paradiesischen Gefilden, mal glaubten wir, durch die Hölle zu gehen.
„Hund, was denkst du denn nun? Wie ist deine Meinung zu dieser Geschichte? Bin ich im Recht, oder ist er im Recht?"
Sie saß auf einem kleinen Hocker und hatte sich mit dem Rücken gegen das Hackbrett auf der Arbeitsplatte in der Küche gelehnt. Dabei hielt sie einen rechteckigen Schleifstein in der Hand, mit dem sie unser verrostetes Hackmesser, den Pfannenknecht und die Schere schliff. Sie wollte wohl diese Aussprache mit mir dazu nutzen, gleich auch all unser Metallgerät in frischem Glanz erstrahlen zu lassen. Sie fragte mich: „Ich bin nicht so jung wie sie, nicht so hübsch. Aber ich bin mit ihm von meiner Jugendzeit an, als ich hübsch war, zusammengewesen. Was sagst du dazu? Ist das richtig, was er macht? Außerdem bin nicht nur ich nicht mehr jung und nicht mehr hübsch. Er doch auch nicht! Ist er nicht, genau wie ich, alt und hässlich geworden? Der war noch nicht mal schön, als er jung war! Wenn der mit seinem halben blauen Gesicht nachts das Licht anknipste, erschreckte ich mich jedes Mal so, dass ich unter der Decke wie Espenlaub zitterte. Hund, mein Guter, wenn mir nicht dieser Ximen Jinlong meinen Ruf ruiniert hätte, hätte ich den doch bestimmt nicht geheiratet. Hund, Lieber, mein ganzes Leben haben diese zwei Brüder mir zerstört ..." Jetzt war sie wieder bei der bewegenden Stelle angelangt, bei der ihr jedes Mal die Tränen in Strömen flossen und ihr das Hemd nässten. „Jetzt bin ich alt, bin ich hässlich. Er ist zum

Regierungsbeamten aufgestiegen und hat sich entwickelt. Jetzt wirft er mich fort wie kaputte Schuhe und zerlumpte Strümpfe! Hund, Lieber, wo bleibt die Gerechtigkeit? Hat er denn kein Gewissen?" Voller Energie schärfte sie das Messer. Dabei sprach sie Wort für Wort betonend: „Ich will gerade und aufrecht sein! Ich will hart werden! Ich werde allen alten Rost von meinem Körper abschleifen. Wie ein Messer werde ich dann wieder strahlen." Sie prüfte mit dem Fingernagel die Schärfe der Schneide. Die Klinge hinterließ eine weiße Rille. Das Messer war scharf. „Hund, morgen fahren wir nach Hause. Du kommst auch mit! Wir werden sein Auto nehmen. Mehr als zehn Jahre sind es, in denen ich kein einziges Mal sein Auto benutzt habe. Ich habe mir nicht eine einzige Bequemlichkeit auf Kosten des Staates gegönnt. Immer war ich um seinen tadellosen Ruf besorgt. Dass er das volle Vertrauen eines jeden genießt, ist nicht zuletzt mein Verdienst. Hund, die guten Menschen werden von den Menschen betrogen, so wie die guten Pferde von den Menschen geritten werden. Von heute an werden wir nicht mehr immer alles einstecken, ohne aufzumucken. Wir machen es jetzt so wie die anderen Beamtenfrauen und zeigen mal, wer wir sind! Damit die Leute mal mitbekommen, dass Lan Jiefang eine Frau besitzt! Damit die Leute wissen, dass er sich mit seiner Frau auch sehen lassen kann …"
Der Wagen überquerte nun die neugebaute Reichtum-Brücke und gelangte so ins Dorf Ximen. Die niedrige kleine Steinbrücke vergangener Tage ließ man rechts neben der neuen Brücke verfallen. Ein Grüppchen nackter Jungen stand auf der alten Brücke, sie hopsten, fielen, sausten einer nach dem anderen in verschiedensten Posen ins Wasser, sie plantschten und platschten, dass die Wasserfontänen nur so durch die Gegend spritzten. Erst jetzt blickte dein Sohn von seinem Gameboy auf und schaute zum Wagenfenster hinaus. Auf seinem Gesicht war ein sehnsüchtiges Leuchten zu sehen. Deine Frau sagte zu deinem Sohn: „Kaifang, da ist Huan, der Sohn deiner Tante Huzhu."
Ich erinnerte mich undeutlich an Huans und Gaiges Gesichter. Huan hatte so ein vertrocknetes, hageres, kleines Gesichtchen. Gaiges Gesicht dagegen war samtigweiß und schön rund. Dafür lief ihm der grüne Rotz immer bis auf die Lippe herunter. Ihr Geruch aus der Zeit, als sie Kleinkinder waren, war mir im Gedächtnis geblieben. Als ich mich daran erinnerte, wogte ein breiter Strom verschiedens-

ter Gerüche aus meinem Gedächtnis an die Oberfläche meines Bewusstseins, in dem sich die abertausend Gerüche unseres Dorfes, wie es vor acht Jahren gewesen war, vermischten.

„Dass die schon so groß sind und immer noch nackig spielen!", murmelte dein Sohn, schwer zu entscheiden, ob er es verächtlich oder bewundernd gemeint hatte.

„Wir sind gleich zu Hause", sagte deine Frau. „Versprich mir, lieb, freundlich und höflich zu sein, wenn wir ankommen. Du musst Opa und Oma und auch meinen Eltern, deinem zweiten Opa und deiner zweiten Oma, eine große Freude machen und ihnen richtig Honig ums Maul schmieren. Alle Verwandten und Freunde sollen mich um meinen feinen Sohn beneiden."

„Oh, Mama! Hast du denn auch ein Glas Honig für mich dabei?"

„Du Lümmel! Auch wenn du dann wütend auf mich bist", erwiderte deine Frau, „den Bienenhonig, den wir mitgebracht haben, den gibst du deinen zwei Opas und Omas. Persönlich wirst du ihn überreichen. Dann sagst du ihnen, du hättest ihn eigenhändig für sie eingekauft."

„Aber ich habe doch gar kein eigenes Geld!", entgegnete dein Sohn provozierend. „Sie würden es nicht glauben."

Noch während des Wortwechsels, den sich deine Frau mit ihrem Sohn lieferte, gelangte das Auto auf die große Dorfstraße. Auf den in den achtziger Jahren ordentlich uniform wie Militärkasernen gebauten roten Backsteinhäusern waren an den Außenwänden riesige Schriftzeichen mit weißer Kreide aufgemalt. Es war immer das gleiche Zeichen: 拆 – *Abzureißen*. Im Süden des alten Dorfkerns waren bei den Feldern schon lautstark die Bagger zugange. Auch zwei Kräne waren schweigend bei der Arbeit und streckten griffbereit ihre orangeroten Riesenarme in die Höhe. Der Bau des neuen Dorfes Ximen hatte bereits begonnen.

Der Wagen stoppte direkt vor dem Haupttor des alten Anwesens der Ximens. Hu drückte auf die Hupe. Sofort öffnete sich das Tor, und eine Menge Menschen stürmte auf uns zu. Ich roch ihre Körper und sah ihre Gesichter. Ich förderte die alten, in meinem Gehirn gespeicherten Informationen zutage. Alle hatten etwas Speck angesetzt, und in ihren Gesichtern waren Falten hinzugekommen: Das blaue Gesicht von Lan Lian, das braune von Yingchun, das gelbe von Huang Tong, das weiße von Qiuxiang und das rote Gesicht von Huzhu.

Deine Frau blieb sitzen und wartete, bis der Chauffeur Hu um das Auto herum kam und ihr die Tür öffnete. Sie ergriff den Rocksaum ihres Kleides und stieg aus dem Wagen. Weil sie es nicht gewohnt war, auf hochhackigen Schuhen zu laufen, wäre sie um ein Haar gestürzt. Ich sah, wie sie sich mit äußerster Kraft bemühte, ihren Körper im Gleichgewicht zu halten, um ihre Behinderung an der linken Pobacke zu vertuschen. Die Stelle, an der sich eigentlich ihre Pobacke befunden hätte, hatte eine Wölbung und roch nach Watte. Es war deutlich zu sehen, wie viel Mühe sie diese bedeutungsschwangere Heimfahrt gekostet hatte.

„Meine Tochter, mein Schatz!", rief Qiuxiang freudestrahlend und stürzte ihr als erste entgegen. Die ungestüme Bewegung ließ vermuten, dass sie ihre Tochter umarmen würde. Als sie vor ihr stand, erstarrte sie plötzlich. Ich schaute mir die früher so anmutige, grazile Frau an: Heute hingen ihr beide Backen herab. Dazu hatte sie diesen unterwürfigen, ganz besonders liebevollen Gesichtsausdruck, wie ihn Frauen, die einen sich vorwölbenden Unterleib besitzen, bekommen. Ich schaute ihr zu, wie sie ihre krummen Finger vorstreckte und den Paillettenbesatz auf dem Kleid deiner Frau befühlte. Übertrieben bewundernd – das war eigentlich der Ton, der ihr schon immer am besten entsprochen hatte – sagte sie: „Ach du lieber Himmel, ist es wirklich wahr, dass das meine zweite Tochter ist? Und ich denke, hier steigt ein Engel vom Himmel herab!"

Deine Mutter Yingchun kam auf den Stock gestützt auf sie zu. Sie ging am Stock, weil eine Seite ihres Körpers sehr steif und ihr Oberkörper sehr schwach geworden waren, sodass sie ihn ohne Hilfe nicht mehr aufrecht halten konnte. Sie sprach zu deiner Frau: „Wo ist Kaifang? Wo ist mein Enkelschatz?"

Der Chauffeur öffnete die Tür des Fonds und nahm die Pakete heraus. Ich sprang hinterdrein ins Freie.

„Ist das Vier? Das ist ja unglaublich, der ist ja so groß wie ein Kalb geworden!", sagte Yingchun.

Dein Sohn schien gar nicht aussteigen zu wollen.

„Mein Kaifang ...", rief Yingchun laut. „Komm, lass dich anschauen, mein Junge. Da hat dich deine Oma ein paar Monate nicht zu Gesicht bekommen, und schon bist du wieder ein Stück gewachsen."

„Hallo, Oma", sagte dein Sohn, und zu deinem Vater, der auch herbeikam und deinem Sohn über den Kopf streichelte: „Opa." Zwei

Blaugesichter, ein grobes, altes und ein zartes, blühendes, so nebeneinander zu betrachten, ergab ein tolles Bild und bereitete großes Vergnügen. Dann grüßte dein Sohn einen nach dem anderen: Seine beiden Großeltern mütterlicherseits und seine Tante. Deine Frau störte sich daran und meinte, dass er ihre Schwester doch hätte förmlicher begrüßen sollen. Doch Huzhu winkte ab: „Das bleibt sich doch gleich. Wenn er mich einfach *Tante* nennt, ist es doch viel schöner und vertrauter."
Dein Vater fragte deine Frau: „Und sein Vater? Was ist mit dem? Warum ist der nicht mitgekommen?"
„Er ist zu einer Sitzung auf Provinzebene nach Jinan gefahren."
Deine Mutter stieß ihren Gehstock auf den Boden und sagte im gebieterischen Ton eines Familienoberhauptes: „Kommt jetzt rein, Kinder!"
„Hu, du kannst erstmal fahren. Pünktlich um drei holst du uns bitte wieder ab."
Das Grüppchen folgte deiner Frau und deinem Sohn, die bunten Pakete unter dem Arm, durch das Haupttor auf den Ximenschen Hof. Du denkst wohl, ich kam mir einsam und verlassen vor? Im Gegenteil! Während die Menschen sich über das Wiedersehen im Kreise der Familie freuten, huschte ein schwarzweiß getigerter Hund aus dem Hof nach draußen ins Freie. Ich hatte sofort den intensiven, mir vertrauten Geruch meiner Familie, meiner Brüder und Schwestern aus meinem Heimatdorf in der Nase. Längst Vergangenes bestürmte mich. „Hundebruder! Bruderherz!", bellte ich aufgeregt. „Vier! Mein kleiner Bruder!" Er kläffte und fing an herumzutoben. Unser Gebell fiel Yingchun auf. Sie wandte den Kopf und schaute zu uns herüber. „Na, ihr beiden Hundebrüder! Wieviele Jahre ist es her, dass ihr euch gesehen habt? Lasst mich einmal nachrechnen …" Sie fing an, mit den Fingern abzuzählen: „Eins, zwei, drei … auwei, acht lange Jahre habt ihr euch nicht gesehen. Acht Jahre sind ja fast ein ganzes Hundeleben …"
„Das kann man so nicht sagen", warf Huang Tong ein, der bis jetzt noch keine Gelegenheit zum Reden bekommen hatte. „Es ist nämlich so: Ein zwanzig Jahre langes Hundeleben entspricht einem hundertjährigen Menschenleben."
Wir beschnupperten uns lange, Schnauze an Schnauze, leckten uns die Backen, rieben unsere Hälse aneinander, standen Schulter an

Schulter, um unserer Rührung und Freude über unser Wiedersehen nach so langer Trennung Ausdruck zu verleihen.

„Vier, ich habe gedacht, ich sehe dich nie im Leben wieder", winselte mein Bruder tränenüberströmt. „Du weißt nicht, wie sehr wir beide, ich und dein zweiter Bruder, uns immer nach dir und unserer Schwester sehnen."

„Wo ist mein zweiter Bruder?", bellte ich aufgeregt, gleichzeitig schnupperte ich und begann nach seiner Witterung zu suchen.

„Dein Bruder hat gerade einen Trauerfall in der Familie", bellte mein Hundebruder mitleidig. „Du erinnerst dich doch noch an Ma Liangcai? Richtig, der Schwager deines Herrchens. Ein braver Mann, der Querflöte und Geige spielte, schrieb, malte, der einfach alles konnte. Er war als Grundschulleiter sehr erfolgreich, ein hervorragender Volksschullehrer. Jeder brachte ihm Ehrerbietung entgegen. Aber er kündigte doch tatsächlich seine Stellung, um Jinlongs Assistent zu werden. Irgendein leitender Kader aus dem Kreisschulamt kritisierte ihn ein wenig. Es setzte ihm so sehr zu, dass er abends in bedrückter Stimmung nach Haus kam. Er trank ein paar Glas Schnaps, sagte, er wolle mal pinkeln gehen, stand von seinem Hocker auf, schwankte, stürzte zu Boden und starb. So war das. Was soll man dazu sagen: Ein Menschenleben ist flüchtig wie Laub, das im Herbst rot wird und den Winter nicht erlebt. Aber nicht, dass wir das nicht wüssten. Wie sollte es anders sein?" Mein Bruder meinte noch: „Aber komisch, haben sie die traurige Nachricht deinem Herrchen gar nicht mitgeteilt?"

„Mein Herrchen hat sich seit kurzem an ein junges Mädchen rangemacht. Was glaubst du, wer das ist? Die kleine Schwester des Frauchens unserer Schwester! Er kam nach Haus und wollte sich von der …", mit der Schnauze zeigte ich in Richtung Hezuo, die sich mit der Hand am Aprikosenbaum abstützte und sich mit Huzhu unterhielt. Leise winselte ich: „… scheiden lassen. Seitdem ist sie kurz davor, wahnsinnig zu werden. In den letzten Tagen ist sie ein wenig zur Besinnung gekommen. Schau sie dir an! Sie ist extra nach Haus gekommen, um Lan Jiefang jede Rückzugsmöglichkeit zu nehmen."

„Sowas gibt es wirklich in allen Familien", sprach mein großer Bruder. „Davon kann ich ein Lied singen! Uns Hunden steht allein an, die Anweisungen unserer Herrchen zu befolgen und alles für sie zu tun. Diese unangenehmen Dinge gehen uns nichts an. Warte, bis ich

deinen zweiten Bruder geholt habe. Dann machen wir drei uns einen feinen Tag. Da kommt er schon."
Ich sah, wie von links mein zweiter Bruder und sein Frauchen Baofeng kamen. Der Hund lief vorneweg, Baofeng hinterher. Ihr folgte ein schmaler, hoch gewachsener Junge. Ich spürte Gaiges Witterung in meiner Schnauze. Die Erinnerung an ihn wurde wieder deutlich. Der Junge war wirklich hoch aufgeschossen. Die Menschen nehmen gemeinhin an, wir Hunde würden zu ihnen aufschauen. Und sie benutzen unseren Namen als Schimpfwort. Pfui! Das ist hohles Geschwätz. Denn es stimmt nicht, wir Hunde sehen sehr genau, ob jemand wirklich Größe besitzt oder nicht.
Mein großer Bruder kläffte los: „Bruder, schau wer da kommt!" „Bruder", bellte ich so laut ich konnte und preschte meinem zweiten Bruder entgegen. Er war rabenschwarz, bei ihm hatten sich die Gene meines Vaters deutlich vererbt. Sein Kopf war ähnlich wie meiner, nur seine Statur war wesentlich kleiner. Wir drei Brüder verknäuelten uns ineinander. Wir stupsten und schubsten uns, rieben uns aneinander und kraulten uns gegenseitig, um unserer Freude über das Wiedersehen nach so langer Trennung Ausdruck zu verleihen. Nachdem wir eine ganze Zeit lang herumgetobt hatten, wollten sie von mir alles über unsere Schwester wissen. Ich bellte: „Der geht es prima. Sie hat drei Welpen geworfen, die für gutes Geld verkauft worden sind." Ich wollte von ihnen wissen, wie es meiner Hundemutter ging. Sie blieben einen Augenblick still. Dann winselten sie mit tränenvollen Augen: „Mutter ist gestorben, nicht an einer Krankheit, sondern einfach, weil sie alt war. Ihren unversehrten Leichnam begrub unser altes Herrchen Lan Lian. Er zimmerte einen Holzkasten und grub sie darin auf seinem Land ein. Er hat sie mit allen Ehren beerdigt."
Baofeng wurde auf uns aufmerksam. Überrascht musterte sie uns. Ich denke, es war wahrscheinlich mein ungewöhnlich großer Körper und mein gesetztes Auftreten, die sie verblüfften: „Bist du etwa unser kleiner Hund Vier?", fragte sie. „Wie bist du denn so riesengroß geworden? Du warst doch damals unser kleiner Nachzügler."
Während sie mich betrachtete, musterte ich sie ebenfalls. Nachdem ich inzwischen viermal wiedergeboren worden war, war das Gedächtnis des Ximen Nao zwar nicht erloschen, aber seine Erinnerungen waren von ungezählten neuen Erinnerungen überlagert und

befanden sich nun ganz zuunterst. Ich spürte Angst bei dem Gedanken, dass alles in meinem Kopf durcheinander geriet, wenn ich jetzt das schon lange Vergangene wieder nach oben zerrte. Und dass ich, wenn ich unvorsichtig wäre, schizophren davon würde. Denn die Geschichte eines jeden ist wie ein Buch, das man, um es zu lesen, Seite für Seite weiterblättern muss. Der Mensch muss nach vorn schauen, er sollte nur sparsam in lange Vergangenem herumwühlen. Der Hund sollte genauso mit der Zeit vorwärts gehen und sich der Realität stellen. Wenn ich im großen Buch der Geschichte zurückblätterte, war ich ihr Vater und sie meine Tochter. Aber meine tatsächlichen Lebensumstände, in denen ich mich damals befand, besagten, dass ich ein Hund war. Und sie war das Frauchen meines Hundebruders und auch die Halbschwester meines Herrchens. Sie sah schlecht aus. Alle Farbe war ihr aus dem Gesicht gewichen. Obschon ihr Haar noch nicht ergraut war, war es trocken und brüchig wie das welke Gras auf der Mauer nach dem ersten Frost. Sie war schwarz gekleidet und trug Schuhe mit weißem Tuch über dem Spann. Wegen Ma Liangcai ging sie in Trauer. Dabei entströmte ihrem Körper der muffige Geruch von jemandem, der mit einem Toten zu tun gehabt hat. In meiner Erinnerung war sie eigentlich nie glücklich, sondern immer schwermütig gewesen. Das Gesicht blass, selten ein Lachen. Wenn sie wirklich einmal lachte, war ihr Lachen wie Licht, das sich auf dem Schnee spiegelt, tragisch und bitterkalt. Es ging einem nicht mehr aus dem Kopf. Der kleine Ma Gaige, der hinter ihr herkam, hatte die hohe Statur und den schmalen Körperbau seines Vaters geerbt. Als Kleinkind hatte er einen runden Eierkopf und war ein weißer, weicher Dickmops gewesen. Nun hatte er ein langes Gesicht mit zwei Segelohren und trockener Haut. Erst elf, zwölf Jahre war er alt und hatte trotzdem schon eine Menge grauer Haare auf dem Kopf. Er trug eine kurze blaue Hose, ein weißes, kurzärmeliges Hemd – die Schuluniform der Grundschüler unseres Dorfes – und an den Füßen weiße Plastikschuhe. In seinen Händen trug er eine grüne Plastikschüssel voller frischer, dunkelroter Kirschen.

Ich folgte meinen Hundebrüdern auf einer Runde durchs Dorf. Obschon ich als kleiner Welpe von zu Hause weggekommen war, obwohl ich inzwischen viel gesehen hatte, war das Dorf für mich meine Heimat, in der ich aufgewachsen war. *Die Erde der Heimat ist mein eigen Fleisch und Blut,* schreibt Mo Yan in einer seiner Aufsätze. Ich war gerührt, als ich die Gassen und Feldwege unseres Dorfes ablief. Ich entdeckte ein paar Gesichter, die mir bekannt vorkamen. Ich hatte die Schnauze voller Gerüche, die es damals bei uns noch nicht gegeben hatte, und einige der Gerüche von früher vermisste ich. Der durchdringende Geruch der Kühe und Mulis war spurlos verschwunden. Dieser typische Geruch unseres Dorfes war nun durch den Geruch nach rostigem Eisen ersetzt, der mir von vielen Höfen entgegenschlug. Daran konnte ich erkennen, dass der große Traum der Volkskommunen von der Mechanisierung der Landwirtschaft Wirklichkeit geworden war, nachdem die Ackerfläche verteilt und die Privatwirtschafterei realisiert worden war. Ich spürte, dass über dem Dorf eine nervöse und zugleich ängstliche Stimmung lag, die Ruhe vor einem großen Sturm. Auf den Gesichtern der Leute lag ein brennender Gesichtsausdruck, als ob etwas Großes unmittelbar bevorstünde.

Auf unserer Runde durch das Dorf trafen wir auf viele andere Hunde. Meine Brüder wurden immer ausgiebig begrüßt. Mir warfen die anderen jedes Mal ehrerbietige Blicke zu. Meine beiden Hundebrüder gaben großspurig mit mir an: „Das ist unser kleiner Bruder, der aus der Kreisstadt zu Besuch ist. Dort amtiert er als Präsident des örtlichen Hundeverbands und befehligt über 10.000 Hunde!" Meine Brüder hatten es raus, den Mund zu voll zu nehmen.

Sie gaben meiner Bitte nach und führten mich zu der Stelle, wo unsere Hundemutter begraben lag. Ich ging damals nicht nur wegen der Grabstätte meiner Mutter dorthin. Es waren verworrene Gefühle, die tief in meiner Vergangenheit verschüttet lagen, die mich trieben, die ich meinen Brüdern aber nicht zu erklären vermochte. Von Ximen Nao zu Ximen Esel, vom Esel zu Ximen Stier, vom Stier zu Ximen Schwein und vom Schwein zu Ximen Hund: Mit diesem Stück Land, das mir wie eine Insel im wogenden Meer vorkam, verbanden mich unlöslich ineinander verflochtene Blutsbande. Ich blickte nach rechts in Richtung Osten. Dort sah man so weit das Auge reichte kleine Früchte an den Aprikosenbäumen hängen. Ich stellte mir das Land einen Monat früher vor: Es musste ein wogendes Meer von Aprikosenblüten gewesen sein. Jetzt waren sie den ungezählten samtigen Aprikosen an grüngelb belaubten Zweigen gewichen. Lan Lians halber Morgen Acker behauptete sich immer noch charakterstark zwischen den zu beiden Seiten hoch aufragenden Maulbeerbäumen. Die Planzen sahen klein und schwach aus. Aber wie wider-

standsfähig sie waren! Ich suchte in den tiefsten Gräben meines Gedächtnisses nach dem richtigen Namen und ein paar Einzelheiten. Buchweizen, schwarze Polenta, war es. Unempfindlich gegen Dürre und ebenso gegen nasse Füße und auch auf unfruchtbarem Boden noch kerngesund. Mit seiner Kraft, sich gegen alle Unbilden zu behaupten, steht er den Unkräutern in nichts nach. In Zeiten des Überflusses und der übersatten Bäuche kann dieses grobe „Getreide" zur lebensrettenden Medizin werden.
Vor unserer Hundemutter Grab legten wir drei Brüder eine Schweigeminute ein. Dann heulten wir lange und anhaltend wie die Wölfe, um unserer Trauer Ausdruck zu verleihen. Das sogenannte Grab war nur ein korbgroßer, wie eine Pobacke hochragender Erdhaufen. Junge Buchweizenhalme wuchsen auch darauf. Neben dem Grab unserer Mutter ragten nebeneinander drei weitere Erdhaufen in die Höhe. Mein Bruder zeigte mit der Pfote auf den vorderen Hügel: „Ich hörte, dass hier ein Schwein begraben liegt, ein ungewöhnlich bösartiges Schwein, das aber schließlich als Menschenretter sein Leben gab. Dein kleines Herrchen bei euch zu Haus, das kleine Herrchen bei deinem zweiten Bruder und noch ein paar Kinder aus unserem Dorf hat das Schwein aus dem Fluss gerettet, als das Eis brach, und ans Ufer gezogen. Die Kinder blieben am Leben, es selbst aber starb. Die beiden Hügel da hinten", bellte mein Bruder, „sind ein Stiergrab und ein Eselgrab. So habe ich gehört. Aber andere sagen, darunter wäre gar nichts begraben. Beim Esel wäre nur ein aus Holz geschnitzter Eselhuf unter der Erde und beim Stier nur ein Führstrick. Das ist alles schon sehr lange her. Was sich wirklich zutrug, werden wir niemals in Erfahrung bringen."
Am Ende des Ackers sah ich ein richtiges Grab. Rund wie eine Dampfnudel war es und mit weißen Steinen vermauert. Die Fugen hatte man fein mit Zementmörtel zugeschmiert. Vor dem Grab gab es einen marmornen Grabstein. Darauf waren in großer Siegelschrift die Schriftzeichen eingemeißelt:

先考西門公鬧及夫人白氏之墓
Hier ruhen unser Vater Ximen Nao und seine Frau Bai Shi

Als ich dieses Grab so unmittelbar vor meinen Augen sah, pochte mein Herz plötzlich laut vor Ergriffenheit. Bitterkeit überfiel mich.

Ich weinte Menschentränen aus meinen Hundeaugen. Die Brüder kratzten mit der Pfote an meiner Schulter und bellten leise: „Vier, warum bist du so traurig?" Ich schüttelte den Kopf, dass die Tränen spritzten: „Es ist nichts, mir ist nur gerade ein Freund eingefallen."
Mein Hundebruder bellte: „Diese Grabstätte hat Ximen Jinlong im zweiten Jahr seiner Parteisekretärsamtszeit für seinen verstorbenen leiblichen Vater errichten lassen. Im Grunde sind dort aber nur eine Ahnentafel der Bai Shi und des Ximen Nao vergraben. Ihre Knochen ... tut uns ja leid, die wurden längst von unseren Hunger leidenden Vorfahren gefressen."
Ich drehte drei Runden um das Grab der beiden. Dann hob ich mein Bein und pinkelte ein Bächlein gegen ihren Grabstein, ein Bächlein, mit welchem ich meine vielen wirren Gedanken alle hinaus- und vor ihren Grabstein spülte.
Meine zweiter Hundebruder bellte blass vor Aufregung: „Vier! Was du dich wagst! Wenn das Ximen Jinlong erfährt, nimmt er die Flinte und erschießt dich auf der Stelle!"
Ich bleckte bitter die Zähne: „Na, dann soll er mal schön! Wenn er mich abgeknallt hat, kann er mich ja auch auf diesem Acker begraben ..."
Meine Hundebrüder wechselten einen vielsagenden Blick und bellten auf einen Schlag: „Bruderherz, lass uns lieber nach Haus zurückkehren. Auf diesem Acker gibt es zu viele zu Unrecht gestorbene Seelen. Es spukt hier. Wenn hier ein böser Geist von dir Besitz ergreift, wird es ein schlimmes Ende mit dir nehmen." Von diesem Tag an wusste ich, wo ich meine letzte Ruhe finden würde. Obwohl ich in der Kreisstadt lebte, wollte ich nur hier begraben werden.
Wir drei trabten wieder auf den Ximenschen Hof. Auf den Fersen folgte uns Huan, der Sohn des Ximen Jinlong. Ich hatte seine Witterung sofort erkannt, obwohl er einen strengen Fisch- und Schlammgeruch am Körper hatte. Er kam mit nacktem Oberkörper und nackten Füßen. Untenherum war er nur mit elastischen Nylonshorts bekleidet. Ein T-Shirt hatte er über der Schulter hängen. In seiner Hand baumelte ein Bund weißschuppiger Maifische. Eine ziemlich vornehme Importarmbanduhr glitzerte an seinem Handgelenk in der Sonne. Der Bengel hatte mich gleich entdeckt. Er schmiss alles, was er gerade in Händen hielt, fort und wollte sich auf mich stürzen. Er hatte tatsächlich vor, auf mir zu reiten. Aber ein würdevoller Hund wie

ich würde niemals dulden, dass ein Mensch die Beine breit machte und auf ihm ritt. Ich wich ihm aus und hielt mich fern.

Seine Mutter Huzhu kam aus dem Haupthaus gelaufen und schrie hektisch: „Wo bist du denn gewesen? Wieso kommst du erst jetzt? Habe ich dir nicht gesagt, dass deine Tante uns heute mit Kaifang besuchen kommt?"

„Ich war Fische fangen!" Er hob das Bund Maifische hoch. Dann sprach er in einem versöhnlichen Ton, den man bei einem Kind seines Alters nicht erwartet: „Wenn wir solche Ehrengäste haben, brauchen wir doch frischen Fisch. Anders geht's doch nicht!"

„Mein Junge, du bist einer!" Huzhu hob die Kleider auf, die Huan auf den Boden geworfen hatte: „Was machen wir denn mit diesen zwei Minifischchen? Die kann man doch keinem vorsetzen!" Huzhu wischte Huan den Modder und die Fischschuppen aus dem Haar. Dabei fiel ihr ein: „Huan, wo sind deine Schuhe? Ich sehe deine Schuhe gar nicht."

Huan antwortete lachend: „Großmächtige Mama! Ich sage offen die Wahrheit. Ich habe die Schuhe gegen die Fische eingetauscht."

„Du missratener Sohn! Du ruinierst uns!", kreischte Huzhu: „Das waren *Nike*-Turnschuhe, die Papa dir über Kontakte aus Shanghai besorgt hatte. Über 1.000 Yuan haben die gekostet! Und die tauschst du gegen zwei traurige, kleine Alsen ein?"

„Mama, das sind nicht nur zwei", Ximen Huan zählte ernsthaft die Alsen am Tamariskenzweig: „Das sind neun Fische! Wieso sagst du, es wären nur zwei?"

„Kommt alle her und schaut euch mein strohdummes Kind an", Huzhu riss Huan das Bund Fische aus der Hand und hielt es in die Höhe, allen aus ihren Häusern heraustretenden Nachbarn entgegen. „Am frühen Morgen schon geht er zum Fluss, sagt mir, er wolle Fische für unsere Gäste fangen. Den ganzen Tag ist er draußen am Machen und Tun. Und? Dann kommt er mit einem Bund Winzlingsalsen wieder. Und hat sie noch nicht mal selbst gefangen, sondern sein nagelneues Paar *Nike*-Turnschuhe dafür hergegeben. Was sagt ihr, ist das nicht strohdumm?" Huzhu klatschte Huan das Bund Fische geräuschvoll gegen die Schulter: „Mit wem hast du die Fische getauscht? Lauf da schnell hin und tausch sie wieder zurück! Marsch jetzt!"

„Mama", Ximen Huan zog das Gesicht schief und schielte ein bisschen, als er antwortete: „Aber Mama, ein ganzer Kerl hält sein Wort!

Waren die Schuhe nicht schon ganz kaputt? Wir kaufen einfach ein paar neue. Papa hat doch so viel Geld!"
„Rotzlöffel! Halt den Rand, rat ich dir! Alles Humbug, dass dein Vater soviel Geld hat."
„Papa hat bestimmt Geld. Wer soll denn sonst Geld haben, wenn nicht Papa?" Huan verzog wieder das Gesicht. „Mein Papa ist ein Superreicher. Der ist der reichste Mann der Welt!"
„Blas dich weiter auf! Bleib weiter dumm!", sagte Huzhu. „Warte ab, bis Papa nach Haus kommt. Der wird dir deinen Hintern grün und blau hauen!"
„Was ist passiert?", rief Ximen Jinlong und stieg aus seinem Cadillac aus. Er war leger gekleidet. Das Gesicht und den Kopf hatte er sich rasiert, so sehr, dass er überall rote Stellen hatte. Der Bauch stand etwas hervor. In der Hand trug er ein Handy. Er kam wirklich wie ein vermögender Geschäftsmann daher. Nachdem er die Geschichte von Huzhu gehört hatte, tätschelte er seinem Sohn den Kopf.
„Wenn wir es von der wirtschaftlichen Seite her betrachten, ist es eine Riesendummheit, ein Paar 1.000 Yuan teure Turnschuhe gegen neun kleine Alsen einzutauschen. Wenn wir es von der Seite der Tugendhaftigkeit betrachten, ist es die heldenhafte Tat eines ganzen Kerls, der, um die erwarteten Ehrengäste gut zu bewirten, sogar seine 1.000 Yuan teuren *Nike*-Turnschuhe weggibt und sie gegen frischen Fisch für die Gäste eintauscht. Zu dieser Geschichte kann ich nichts sagen. Ich kann dich dafür nicht loben, aber ich kritisiere dich auch nicht dafür. Weswegen ich dich loben möchte, mein Sohnemann", er klopfte seinem Sohn anerkennend auf die Schulter, „ist, dass du gesagt hast, du willst ein *ganzer Kerl* sein und bei deinem Wort bleiben. Wenn das Wort eines Menschen den Mund verlässt, holen es auch vier Pferde nicht mehr ein. Getauscht ist getauscht, da kann man keinen Rückzieher machen!"
„Da kannste mal sehen!", sagte Huan zufrieden. Er hielt das Bund Alsen hoch und rief mit hellem Stimmchen: „Oma, ich habe Fisch für dich, damit du unseren Ehrengästen Fischsuppe kochen kannst!"
„Dann erzieh du ihn. Ich sag da nichts mehr. Wenn das so weitergeht, wird das noch böse enden." Huzhu warf Jinlong einen Blick zu und murmelte leise etwas. Zu ihrem Sohn, den sie schnell noch am Arm zu packen bekam, sagte sie: „Junior, lauf schnell nach Haus und zieh dich um. So kannst du dich vor unseren Gästen nicht sehen lassen …"

„Number One!", lobte mich Jinlong, als er auf mich aufmerksam wurde, und streckte zur Bekräftigung seinen Daumen in die Höhe. Dann trat er ins Haupthaus ein und begrüßte jedes einzelne der ihm schon entgegenkommenden Familienmitglieder. Er lobte deinen Sohn: „Kaifang! Prachtneffe! Auf den ersten Blick sehe ich, dass du dich nicht auf den Lorbeeren deines Vaters ausruhst. Der Papa ist Kreisvorsteher, und du wirst Provinzgouverneur von Shandong!" Er tröstete Ma Gaige: „Junge. Brust raus, Kopf hoch! Lass dich nicht ins Boxhorn jagen und traurig brauchst du auch nicht zu sein! Solange dein Onkel was zu beißen hat, ist auch für dich genug da." Zu Baofeng sprach er: „Quäl dich nicht so. Wenn einer erstmal ins Gras gebissen hat, wird er davon auch nicht wieder lebendig." Er nickte den beiden Elternpaaren zu: „Ich bin auch traurig. Sein Tod ist für mich, als hätte man mir einen Arm abgeschlagen." Deiner Frau sagte er: „Schwägerin. Ich will heute ordentlich auf dich trinken! Als wir letztens mit unserem Vorhaben zur Erschließung unseres Dorfes für den Tourismus durchgekommen sind, habe ich mittags im Tianguan-Restaurant ein Bankett zur Feier der Projektbewilligung ausgerichtet. Nur Jiefang geriet an diesem Tag schlimm in Bedrängnis. Der alte Knochen Hong Taiyue ist wirklich allerliebst starrsinnig. Er wurde deswegen in Arrest genommen. Da kann er mal ein bisschen seinen Horizont erweitern."

Während des Essens behielt deine Frau die Fassung. Sie war ganz die würdevolle Gattin eines Vizekreisvorstehers. Jinlong trank auf sie und setzte ihr gutes Essen vor. Er zeigte sich als herzliches Familienoberhaupt. Der Lebhafteste in der Runde war Ximen Huan. Er kannte sich mit den Gepflogenheiten des Trinkens bei Tisch offenbar gut aus. Ximen Jinlong ließ ihn gewähren, und der Junge schnappte ganz schön über. Er goss sich selbst ein Glas Schnaps ein. Dann goss er Kaifang ein und sagte förmlich: „Kaifang, Kumpel, trink ein Glas mit mir. Ich habe was mit dir zu besprechen ..."

Dein Sohn warf deiner Frau einen Blick zu.

„Schau doch nicht zur Tante rüber ... es ist eine Sache unter Männern. Wir selber entscheiden. Komm jetzt! Prost! Ich trinke auf dich."

„Huan! Es reicht!", schimpfte Huzhu.

„Na, dann nipp doch ganz kurz mal dran", sagte deine Frau zu deinem Sohn.

Die beiden Knirpse stießen also ihre Gläser zusammen. Huan streckte den Hals und kippte sich den Schnaps in den Rachen. Dann hielt er Kaifang das leere Schnapsglas vor die Nase: „Trink! Ich rechne es mir als Ehre an."
Kaifang berührte mit den Lippen sein Glas Schnaps und stellte es wieder auf den Tisch.
„Sei ein Mann, das darfst du mir nicht ausschlagen ..."
„Genug jetzt!" Jinlong tätschelte Huan den Kopf, während er das sagte. „Es reicht. Keiner wird zum Trinken gezwungen! Sowas macht ein ganzer Kerl nicht!"
„Papa ... Papa ... ich hör ja schon auf." Er stellte das Glas auf den Tisch, nahm seine Armbanduhr ab und schob sie Kaifang hinüber. „Das ist eine echte Schweizer Longines. Die habe ich gegen eine Zwille mit diesem Chef aus Korea eingetauscht. Jetzt will ich sie mit dir gegen deinen Hund tauschen."
„Auf keinen Fall!", entgegnete dein Sohn mit Inbrunst.
Ximen Huan passte diese Antwort ganz offensichtlich nicht. Er wurde nicht ausfallend, sagte aber mit Bestimmtheit: „Ich bin mir sicher, dass der Tag kommen wird, an dem du dich dazu bereit erklärst."
„Junge, beklag dich nicht", sagte Huzhu. „Schau, in ein paar Monaten gehst du auf die Mittelschule in der Kreisstadt. Und wenn du dann mit dem Hund spielen möchtest, dann gehst du bei deiner Tante vorbei. So einfach ist das."
Dann kamen die Leute am Tisch auf mich zu sprechen. Meine Tante sagte: „Wer hätte gedacht, dass Welpen aus einem Wurf sich so unterschiedlich entwickeln."
„Wir beide haben diesem Hund so viel zu verdanken", sagte deine Frau: „Kaifangs Vater arbeitet, ich arbeite auch. Das Haus bewachen und Kaifang zur Schule bringen und wieder abholen, das macht alles unser Hund!"
„Er ist wirklich ein stattlicher Hund mit besonderen Gaben", meinte Jinlong. Dabei nahm er mit den Stäbchen ein Stück gesottenen Schweinefuß auf, warf es mir vor die Pfoten und sprach dabei: „Hund Vier, auch wenn es dir jetzt gut geht, vergiss deine Heimat nicht. Komm uns immer mal besuchen!"
Ich roch das lecker duftende Schweinefleisch. In meinem Bauch rumorte es. Aber als ich den Blick meiner beiden Brüder sah, ließ ich das Stück Fleisch, wo es war, und rührte es nicht an.

„Der hat Stil! Da kommen wir nicht mit", sagte Jinlong bewundernd seufzend. „Huan! Nimm dir den Hund zum Vorbild und lerne von ihm." Er nahm diesmal zwei Stück Schweinefüße mit den Stäbchen auf. Eins warf er dem großen, eins meinem zweiten Hundebruder hin. Er sagte zu seinem Sohn: „Man muss sich wie ein Mann von Format benehmen!"

Meine Brüder hatten eilig die Stücke geschnappt und kauten laut schmatzend. Dabei knurrten sie, ohne dass sie es selbst bemerkten, um ihren Fleischbatzen zu verteidigen. Ich rührte das Stück immer noch nicht an, sondern schaute mit erwartungsvollem Blick zu deiner Frau hinüber. Erst als sie mir ein Handzeichen gab, biss ich ein kleines Stück ab, das ich langsam und geräuschlos kaute. Ich wollte Würde bewahren.

„Papa! Du hast recht." Huan nahm die Armbanduhr, die immer noch an Kaifangs Platz lag, wieder zurück. „Ich möchte auch ein Mann von Format werden!" Er stand auf, ging hinüber ins Nebenzimmer und kam mit einer Jagdflinte wieder.

„Huan, was hast du vor?", erschreckt war Huzhu von ihrem Platz aufgesprungen.

Jinlong antwortete ruhig lächelnd, ohne mit der Wimper zu zucken: „Jetzt interessiert mich aber mal, wie mein Sohn es schafft, sich als ein Mann von Format zu beweisen! Indem er den Hund seines Onkels erschießt? So etwas tut ein Ehrenmann nicht. Indem er unseren Hund und den seiner Tante erschießt? Das wäre erst recht die Tat einer Memme!"

„Papa, du unterschätzt mich sehr!", schrie Huan aufgebracht. Er schulterte das Jagdgewehr. Obwohl seine Schultern etwas zu zart erschienen, machte er dabei einen ganz geübten Eindruck. Er war wohl etwas frühreif. Mit hochgezogener Schulter hängte er die teure Schweizer Uhr an den Stamm des Aprikosenbaums und ging dann zehn Schritte rückwärts. Mit geübten Handgriffen legte er die Patronen ein. Dabei umspielte seine Mundwinkel ein grausames Lächeln. Er wollte wie ein Erwachsener aussehen. Die teure Uhr leuchtete in der strahlenden Mittagssonne. Als ich Huzhus erschrecktes Schreien hörte, wich ich zurück. Das Ticken der Uhr jedoch war so laut, dass es mir durch Mark und Bein ging. Ich spürte, dass Zeit und Raum zu einem stechenden Lichtstrahl verschmolzen. Als das Entsichern und Abfeuern des Gewehres ertönte, schnitt es dieses Lichtstrahlenband wie eine riesenhafte schwarze Schere in Stücke. Huans erster Schuss ging daneben und hinterließ im Stamm des Aprikosenbaums ein teeschalengroßes Loch. Mit dem zweiten Schuss traf er sein Ziel. In dem Augenblick, als die Patrone das Uhrengehäuse in tausend Stücke sprengte und das Zifferblatt auseinanderplatzte, zerbrach die Zeit in Scherben.

Das achtundvierzigste Kapitel
Die wütende Großfamilie macht Jiefang den Prozess. Die Brüder überwerfen sich wegen Liebesangelegenheiten

Jinlong rief mich an und sagte, Mutter sei schwerkrank und dem Tode nah. Als ich die große Empfangshalle der Ximens betrat, wusste ich gleich, dass ich einer Lüge aufgesessen war.
Unsere Mutter war krank, das stimmte, aber sie war beileibe nicht „dem Tode nah". Sie ging auf ihren stachligen Gelbholzkrückstock gestützt und nahm in der Halle links auf einer Bank Platz. Ihr Haupt mit dem schlohweißen Haar zitterte in einem fort, trübe Tränen liefen ihr unablässig die Wangen herab. Mein Vater saß zu ihrer Rechten. Sie hatte zwischen ihm und sich selbst einen so großen Abstand gelassen, dass noch eine Person dazwischen gepasst hätte. Als mein Vater mich hereinkommen sah, streifte er sich einen Schuh vom Fuß, brüllte in tiefem Ton irgendetwas und schnellte zu mir vor. Ohne jede Erklärung schlug er mir mit aller Wucht mit dem Schuh ins Gesicht. In meinen Ohren dröhnte es, vor den Augen tanzten Sterne und meine Wange brannte wie Feuer. Ich sah, wie in dem Augenblick, da mein Vater von der Bank aufsprang, diese an seinem Ende in die Höhe schnellte. Meine Mutter kam ins Rutschen, fiel und knallte mit dem Rücken auf den Boden. Der Krückstock in ihrer Hand zeigte in die Höhe wie ein Bajonett, das auf meine Brust gerichtet war. Ich weiß noch, dass ich aufschrie: „Mutter!", und zu ihr stürzen wollte, um ihr aufzuhelfen. Aber ich hatte meinen Körper nicht unter Kontrolle und kippte, ohne dass ich dagegen etwas tun konnte, hintenüber. Ich spürte von dem Aufprall auf die Türschwelle einen scharfen Schmerz am Steißbein. Dann fiel ich der Länge nach auf den Rücken. Im gleichen Moment, in dem ich den Schmerz am Hinterkopf, der

auf die Steinstufen am Eingang aufschlug, merkte, lag ich auch schon Kopf unter, Beine über, halb in und halb vor der Tür.
Niemand kam mir zu Hilfe. Ich rappelte mich wieder auf. Mir brummte der Schädel, ich hatte einen Geschmack im Mund, als hätte ich Rost geschluckt. Ich sah, wie sich mein Vater von der Wucht des Schlages gegen meine Schläfe noch ein paar Mal in der Halle drehte. Als er wieder zum Stehen kam, griff er sich den Schuh sofort wieder und stürzte sich auf mich. Sein Gesicht war halb blau, halb dunkelviolett. Seine Augen sprühten grüne Funken. Mein Vater hatte allen Stürmen der letzten Jahre getrotzt und war unzählige Male von Wut entbrannt, und ich kannte ihn, wenn er zornig wurde. Dieses Mal aber war seine Wut mit anderen Gefühlen vermischt, mit schlimmstem Schmerz und größter Scham. Er hatte mich nicht einfach nur so mit dem Schuh geschlagen. Mit der gesamten Kraft seines Körpers hatte er zugeschlagen. Wäre ich nicht gesund, im besten Alter und kräftig gewesen, mein Kopf wäre zertrümmert worden. Aber obschon ich gesund, im besten Alter und kräftig war, erlitt ich eine schwere Gehirnerschütterung. Als ich mich erhob, wurde mir schwindelig. Alles drehte sich, ich verlor das Bewusstsein, wusste nicht mehr, wo ich war. Die Menschen vor mir schienen schwerelos zu sein, sie schienen phosphoreszierend zu lodern, wie hin- und herzuckende Geister.
Es war wohl Ximen Jinlong, der den zweiten Angriff des alten Lan Lian auf mich verhinderte. Als man meinen Vater festhielt, wand er sich zuckend wie ein Riesenschlangenkopffisch an der Angel über der Wasseroberfläche. Dann schmiss er mit dem schwarzen, klobigen Schuh nach mir. Ich wich ihm nicht aus. Meine Reaktionsfähigkeit hatte ich verloren. Ich sah mit weit aufgerissenen Augen zu, wie mir der alte, hässliche Schuh entgegenflog wie ein Monster, aber als wäre es nicht mein Körper, sondern der irgend eines anderen, auf den er zusteuerte. Der Schuh stieß gegen meine Brust, verweilte für einen Moment, um dann nutzlos herabzuplumpsen und auf dem Boden weiterzurollen. Ich hatte wahrscheinlich den Kopf senken wollen, um diesem Monsterschuh nachzublicken, aber Schwindel und der Schleier vor meinen Augen verhinderten diese unpassende, völlig überflüssige Reaktion. Ich verspürte an meinem linken Nasenloch etwas Feuchtes, Heißes, dazu ein Kribbeln, als würden Würmer daraus hervorkriechen. Ich streckte die Hand aus und befühlte die

Stelle. Wegen des extremen Schwindelgefühls konnte ich nur mühsam erkennen, dass auf meinen Fingern etwas Schmieriges klebte, das dunkelrot schimmerte. Es war mir, als würde ich Chunmiaos sanftmütige Stimme ganz nah an meinem Ohr flüstern hören: „Du blutest aus der Nase." Mit dem Nasenbluten fühlte ich in meinem Gehirn einen Spalt, einen Riss, durch den klarer Wind hineinströmte, und der immer mehr anwuchs. Ich konnte mich aus dem Zustand eines geistig völlig Zurückgetretenen befreien. Mein Großhirn begann wieder zu arbeiten, das Nervensystem erholte sich und befand sich alsbald im Normalzustand. Das war das zweite Mal in zwei Wochen, dass ich Nasenbluten hatte! Das erste Mal war vor der Kreisregierung gewesen. Hong Taiyue hatte seine Leute aufgefordert, mir heimlich ein Bein zu stellen, damit ich mal auf die Nase fiel. Wirklich, ich war wie ein Scheiße fressender Köter mit dem Kopf auf die Straße geknallt und hatte mir die Nase aufgeschlagen. Glück gehabt! Ich konnte mich wieder erinnern. Ich sah, wie Baofeng der Mutter half aufzustehen. Mutters Mund stand schief, die Spucke tropfte ihr aufs Kinn, als sie wirr und undeutlich rief: „Mein Sohn ... Ich verbiete euch, meinen Sohn zu schlagen ..."

Ihr Gelbholzkrückstock lag wie eine Schlange auf dem Boden. Ich hörte tief in meinem Ohr ein vertrautes Lied widerhallen. Dazu summten laut Bienen um die schwebende Melodie: „Mutter, Mutter, allerliebste Mutter mit schlohweißem Haar." Ich fühlte mich ganz elend vor schlechtem Gewissen, entsetzlicher Kummer überwältigte mich. Heiße Tränen rannen mir in den Mund. Sie hatten wider Erwarten einen feinen Wohlgeschmack. Meine Mutter sträubte sich in den Armen von Baofeng vehement und mit solch unbändigen Kräften, dass Baofeng sie allein nicht annähernd festhalten konnte. Ich sah daran, wie meine Mutter sich bog und streckte, dass sie den Gelbholzkrückstock, der da wie eine tote Schlange auf dem Boden lag, aufheben wollte. Baofeng verstand, was sie wollte, hielt unsere Mutter mit beiden Händen umfangen, streckte ein Bein aus und zog den Stock mit dem Fuß zu sich heran. Dann hob sie den Krückstock auf und drückte ihn der Mutter in die Hand. Die hob den Stock in die Höhe und stieß ihn in Richtung meines Vaters, den Jinlong fest im Arm hielt. Aber weil ihr Arm nicht mehr genügend Kraft hatte, dem schweren Gelbholzstock eine bestimmte Flugrichtung zu geben, flog der Stock wieder zu Boden. Meine Mutter wehrte sich nicht

mehr, sondern schimpfte: „Du barbarischer Wolf ... ich erlaube dir nicht, meinen Sohn zu schlagen."
Dieses Chaos hielt lange an, bis langsam alle ruhiger wurden. Mein Gehirn hatte seine Basisfunktionen wieder aufgenommen. Ich sah meinen Vater mit beiden Händen vor dem Gesicht gebückt in der Ecke an der Wand hocken. Man konnte sein Gesicht nicht sehen, nur sein stoppeliges Haar, das ihm wie Igelstacheln vom Kopf stand. Die Bank stand schon wieder, Baofeng saß mit Mutter darauf. Jinlong hob den Schuh auf, stellte ihn meinem Vater vor die Nase und sprach mich kühl an: „Freund, ich sage dir was, in so eine Scheiße wollte ich eigentlich nicht hineingezogen werden. Die Alten hier haben das von mir verlangt, also hatte ich keine Wahl und musste gehorchen."
Jinlong zeichnete einen Halbkreis in die Luft, meine Augen folgten dem durch die Luft schwenkenden Arm. Ich bemerkte, dass meine Vorstellung hier vorüber war, sah meine bitterbösen, leidenden Eltern, sah die in der Mitte der Halle an unserem berühmten Acht-Unsterblichen-Tisch sitzenden Eheleute Pang Hu und Wang Yueyun – wie war es mir peinlich, die beiden zu sehen, ich konnte ihnen nicht in die Augen schauen –, ich sah in der Halle zur Rechten auf der Bank Schulter an Schulter die Eheleute Huang Tong und Wu Qiuxiang, und ich sah die sich dauernd mit ihrem Ärmel die Tränen abputzende Huzhu hinter den beiden stehen. Sogar in dieser chaotischen Aufregung fiel mir sofort ihr üppiges, dickes und geheimnisvolles Haar auf, das mit seinem schillernden Glanz jeden sofort gefangen nahm.
„Dass du dich von Hezuo scheiden lassen willst, weiß hier jeder", sagte Jinlong. „Und das, was du mit Chunmiao treibst, weiß auch jeder."
„Du gewissenloses, gemeines, kleines Blaugesicht ...", weinte Qiuxiang schrill. Sie breitete die Arme aus und wollte auf mich zustürzen, aber Jinlong verstellte ihr den Weg. Huzhu drückte sie wieder auf die Bank, während Qiuxiang lautstark weiterschimpfte: „Was hast du denn an unserer Tochter auszusetzen? Unsere Tochter ist nicht standesgemäß, oder was? Lan Jiefang, fürchtest du die Strafe des Himmels nicht? Fürchtest du nicht, dass der Blitz dich trifft?"
„Du denkst, man heiratet, und wenn es einem reicht, dann lässt man sich auch wieder scheiden? Wer warst du denn, als dich unsere Hezuo geheiratet hat? Ein Nichts! Da hast du's zu 'nem bisschen was ge-

bracht und gleich denkst du, du kannst uns mit einem Tritt loswerden? Da machst du's dir ja wohl ein bisschen zu einfach! So läuft das nicht!", schrie Huang Tong wütend. „Wir zeigen ihn an! Beim Kreisausschuss, beim Provinzparteikomitee, beim ZK zeigen wir ihn an!"
„Knirps, lass dir gesagt sein", sprach jetzt Jinlong vielsagend auf mich ein, „dich scheiden lassen oder nicht, ist deine Privatsache. Noch nicht mal die leiblichen Eltern haben das Recht, sich da einzumischen. Aber deine Geschichte hier zieht zu viel nach sich. Wenn das rauskommt, hat das ungeheure Auswirkungen. Hör dir mal an, was Großonkel und Großtante Pang dazu zu sagen haben."
Im Grunde meines Herzens gab ich in dieser Angelegenheit nicht viel auf meine Eltern und auf die beiden Huangs. Aber vor den beiden Pangs wäre ich vor Scham am liebsten in den Erdboden versunken.
„Ich sollte dich eigentlich nicht mehr Jiefang nennen, eigentlich sollte ich Vizekreisvorsteher Lan zu dir sagen", sagte Pang Hu spitz und hustete ein paar Mal. Er warf einen Blick auf die übermäßig korpulente Ehefrau an seiner Seite und fragte: „Wann sind die denn zu uns in die Baumwollmanufaktur gekommen?" Ohne ihre Antwort abzuwarten sprach er weiter: „1976 war das. Damals hattest du, Lan Jiefang, von nichts eine Ahnung! Ein Tölpel warst du damals, strohdumm noch obendrein. Ich aber habe dich in das Laboratorium gesteckt, damit du dort lerntest, die Baumwolluntersuchungen zu machen. Ein entspanntes und angesehenes Leben hast du mir zu verdanken. Viele junge Leute, die begabter waren als du, die besser aussahen als du, die aus besseren Familien stammten als du, mussten Baumwolle schleppen, die Körbe über 100 Kilo schwer, jede Schicht acht Stunden lang, manchmal neun. Wenn es viel zu tun gab, mussten sie alles im Laufschritt machen. Du weißt bestimmt, wie ein solches Leben schmeckt. Deine Arbeit war Saisonarbeit, nach drei Monaten hättest du nach Haus gemusst zur Feldarbeit. Aber ich habe immer an deinen Vater gedacht und daran, wie er mir einmal geholfen hat. Deswegen habe ich dich nie aufs Land geschickt. Dann brauchten sie jemanden im Kreiskomitee. Alles habe ich getan, um dir jeden Stein aus dem Weg zu räumen, und habe dich dort untergebracht. Weißt du, was der Kreisvorstand damals zu mir sagte? Die sagten: ‚Pang, alter Freund, wie konntest du uns denn einen blaugesichtigen Höllendämon hierher empfehlen?' Weißt du, was ich denen damals sagte? Ich sagte: ‚Auch wenn der Bursche ein bisschen hässlich ist, so ist er

doch treu, loyal und grundehrlich. Und er hat Bildung.' Selbstverständlich hast du dort ja auch alles erfolgreich geschafft. Schritt für Schritt bist du weiter aufgestiegen. Ich freute mich für dich, ich war stolz auf dich. Aber dir ist doch klar, dass, wenn ich dich nicht dorthin empfohlen hätte, wenn meine Kangmei für dich nicht immer die Fäden gezogen hätte, du gar nichts erreicht hättest. Als du satt und reich geworden warst, war dir deine erste Frau über, du wolltest eine jüngere dazu. So was kennen wir ja von früher. Hast du denn kein Gewissen deinem guten Schicksal gegenüber? Bist du denn völlig degeneriert? Wenn dir egal ist, dass alle schlecht von dir reden, dann geh doch! Scher dich zum Teufel! Such dir was Frischeres und nimm dir eine Zweitfrau! Was hast du mit uns Pangs zu schaffen? Aber du entarteter Wurm, wie kannst du es wagen, *unsere* Chunmiao ... so ein begabtes Mädchen, Lan Jiefang? Sie ist volle zwanzig Jahre jünger als du. Sie ist noch ein Kind! Du bist ja schlimmer als jedes Stück Vieh! Wie kannst du da deinem Vater, deiner Mutter noch in die Augen blicken? Wie deinem Schwiegervater, deiner Schwiegermutter? Und wie erst deiner Frau, deinem Sohn? Und wie willst du mir in die Augen schauen, mein Holzbein ansehen? Lan Jiefang, ich bin ein dem Tode Entronnener. Ich war mein ganzes Leben lang immer ehrbar und anständig. Ich war immer geradeheraus, lieber wollte ich zerbrechen, aber gebückt wollte ich nicht gehen. Seit mir eine Mine mein Bein wegsprengte, habe ich keine einzige Träne mehr vergossen. Als die roten Garden mich während der Kulturrevolution einen Scharlatan und falschen Helden nannten und mir mit meinem Holzbein auf den Kopf schlugen, habe ich keine einzige Träne vergossen. Aber du hast meine ...", Pang Hu weinte, dass ihm die Tränen in Strömen flossen. Seine Frau tupfte ihm die Tränen ab, doch er schob ihre Hand fort und sagte böse grollend: „Lan Jiefang, du bist meinen Hals geritten und hast mich vollgeschissen ..." Er bückte sich und keuchte schwer, riss sich sein Holzbein vom Körper, griff es mit beiden Händen und schmetterte es mir vor die Füße. In tragischem Ton sagte er zu mir: „Vizekreisvorsteher Lan. Bitte tu es für das, was dieses Holzbein hier wert ist, bitte tu es für die jahrelange Freundschaft, die mich mit deinem Vater und deiner Mutter verbindet. Verlass Chunmiao. Wenn du dir selber alles zerstören willst, können wir dich nicht davon abhalten, aber meine Tochter darf nicht ihr Leben für dich opfern!"

Ich entschuldigte mich nicht, bei keinem. Ihre Worte, besonders Pang Hus Worte, waren jedes einzelne wie mir vehement in die Brust gestoßene Messer gewesen. Ich hatte tausend verschiedene Gründe, die es eigentlich nötig gemacht hätten, ein Wort der Entschuldigung hervorzubringen. Aber ich sagte nichts. Ich hatte auch zehntausend Ausreden, die ausreichten, mit Pang Chunmiao zu brechen, um mit Huang Hezuo von vorne anzufangen. Aber ich wusste, dass ich es nicht mehr fertigbringen würde.

Es war nicht lange her, dass Hezuo mir mit ihrem eigenen Blut demonstrierte, was sie wollte. Ich hatte dies zum Anlass nehmen wollen, um endgültig mit Chunmiao Schluss zu machen. Aber je mehr Zeit verging, umso größer wurde meine Sehnsucht nach ihr, es war, als wäre meine Seele gestorben, ich konnte nicht mehr essen, nicht mehr schlafen, überhaupt nicht mehr arbeiten. Ich wollte, verdammt nochmal, auch gar nicht mehr arbeiten. Als ich aus der Provinzhauptstadt von einer Sitzung zurückkam, lief ich als erstes im Laufschritt und auf direktem Weg zur Kinderbuchabteilung in der *Neues-China-*Verlagsbuchhandlung, um Pang Chunmiao zu besuchen. An ihrem Arbeitsplatz stand eine fremde Frau mit dunkelrot glühendem Gesicht. Diese teilte mir in eisigkaltem Ton mit, dass Chunmiao wegen Krankheit beurlaubt sei. Ich sah, wie mich die mir wohlbekannten Verkäuferinnen im Laden alle mit vielsagendem Blick anschauten. Guckt ruhig und schimpft auf mich, mir ist alles egal. Ich lief zum Wohnheim für alleinstehende Mitarbeiter der Buchhandlung, fand Chunmiaos Tür aber verschlossen. Ich kletterte zum Fenster hinauf und spähte in ihr Zimmer, sah ihr Bett, ihren Tisch, ihre Waschschüssel in dem Ständer und den runden Spiegel an der Wand. Ich sah noch den rosa Stoffbären am Kopfende ihres Betts. „Chunmiao, meine Liebste, wo bist du?" Ich lief kreuz und quer durch die Kreisstadt, bis ich Pang Hus und Wang Yueyuns Haus gefunden hatte, ein Bauernanwesen wie unseres zu Hause mit einem großen Schloss am Haupttor. Ich schrie aus Leibeskräften nach ihnen, der Hund in der Nachbarschaft schlug an. Obwohl ich wusste, dass Chunmiao nicht bei Pang Kangmei sein konnte, lief ich trotzdem hin und pochte mutig an ihre Tür. Es war das erste Wohnheim des Kreisausschusses, zweigeschossige kleine Gebäude von einer hohen Mauer umgeben, eine streng bewachte und geschützte Anlage. Ich zeigte dem Pförtner meinen Ausweis, der mich als Vizekreisvorsteher auswies, so kam

ich mit knapper Not an ihm vorbei. Ich klopfte bei ihr an. Der Hofhund kläffte in einem fort. Ich wusste, dass an ihrer Haustür eine Videokamera installiert war. Wenn jemand zu Hause war, würde man sehen, dass ich es war. Aber niemand öffnete. Der Pförtner, der mich hereingelassen hatte, lief in ängstlicher Aufregung herbei, befahl nicht, aber flehte mich händeringend an zu gehen. Ich ging. Ich ging die laute, überfüllte Straße entlang. Ich wollte gern auf offener Straße laut losschreien: „Chunmiao, wo bist du? Ohne dich kann ich nicht sein, ohne dich will ich nur noch sterben. Ruf, Gesellschaftsstand, Familie, Geld ... nichts von alldem will ich mehr. Ich will nur dich. Wenn du mich verlassen willst, lass mich dich noch ein letztes Mal sehen. Dann sterbe ich auf der Stelle. Danach kannst du gehen ..."
Ich entschuldigte mich nicht bei ihnen. Noch weniger legte ich ihnen meine Sicht der Dinge dar. Ich kniete nieder und machte vor meinen Eltern, die mich geboren und aufgezogen hatten, einen Kotau, dann rutschte ich in die entgegengesetzte Richtung und machte vor den Huangs einen Kotau. Egal, wie man es sah, sie waren nun einmal meine Schwiegereltern. Schließlich rutschte ich so auf Knien weiter, dass ich genau gegen Norden zu Pang Hu schaute. Den feierlichsten, tragischsten Kotau vollführte ich vor Pang Hu und seiner Frau. Ich dankte ihnen für die Ausbildung und Hilfe, ich dankte ihnen, dass sie Chunmiao für mich zur Welt gebracht und aufgezogen hatten. Dann nahm ich mit beiden Händen und voller Ehrerbietung die Beinprothese, rutschte damit auf Knien weiter zum Acht-Unsterblichen-Tisch und legte sie darauf ab. Ich stand auf, rückwärts, das Gesicht nach Norden in Richtung aller Versammelten gewandt, und machte eine tiefe Verbeugung. Dann drehte ich mich um. Ich ging, ohne ein Wort zu sagen die Dorfstraße hinunter gen Westen und verließ das Dorf.
Mein Chauffeur Hu hatte mich schon wissen lassen, dass meine Beamtenkarriere bereits der Vergangenheit angehörte. Als ich aus der Provinzhauptstadt zurückgekehrt war, hatte er sich bei mir beschwert, meine Frau hätte unter meinem Namen angewiesen, dass ich in Zukunft mit dem Bus fahren würde. Als ich jetzt ins Dorf zurückkam, hatte er sich doch tatsächlich mit der Begründung, die Elektrik am Auto sei defekt, entschuldigt und war mich nicht abholen gekommen. Ich fuhr im Auto der Agrarwirtschaftsbehörde per Anhalter mit. Nun marschierte ich zu Fuß gen Westen aus dem Dorf hinaus in Richtung Kreisstadt. Aber wollte ich da überhaupt hin?

Was sollte ich da noch? Ich sollte dort hingehen, wo sich Chunmiao befand. Doch wo war sie?
Jinlong war mir in seinem Cadillac gefolgt und stoppte neben mir. Er öffnete die Fahrzeugtür: „Steig ein!"
„Nicht nötig, nur keine Umstände."
„Steig ein!", antwortete er, keine Widerrede duldend. „Ich will dich was fragen."
Ich krabbelte in seine Luxuslimousine.
Ich trat in sein Luxusbüro ein.
In sein weiches rotviolettes Rindslederluxussofa gelehnt, pustete er eine Qualmwolke seiner Zigarette in die Luft, die Augen hatte er auf die Kristallleuchte, die von der Decke herabhing, gerichtet. In selbstgefälligem, entspanntem Ton fragte er mich: „Bruderherz, was sagst du eigentlich so zu unserem Leben? Kommt es nicht einem Traum gleich?"
Ich sagte keinen Ton und wartete, was er sagen würde.
„Erinnerst du dich noch an die Zeit, als wir beide am Flussufer die Rinder hüteten?", sprach er weiter. „Damals musste ich dir täglich eine Tracht Prügel verpassen, bis du endlich der Kommune beigetreten bist. Wer hätte damals erwartet, dass nach zwanzig Jahren die Volkskommunen über Nacht wie aus Sand gebaute Häuschen in der Sandkiste ausgelöscht und hinweggefegt sein würden? Wir hätten damals nicht in unseren kühnsten Träumen vermutet, dass du es zum Vizekreisvorsteher bringen würdest und ich zum Aufsichtsratsvorsitzenden. So viele *heilige* Dinge, deretwegen unzählige Köpfe rollten, sind uns doch heute einen Dreck wert."
Ich sagte immer noch keinen Ton, denn ich wusste, dass er auf etwas ganz anderes hinaus wollte.
Er setzte sich aufrecht hin, drückte eine Zigarette, die er sich gerade erst angezündet hatte, im Aschenbecher aus, und sprach, mich mit stechendem Blick anschauend: „In der Kreisstadt gibt es mehr als genug schöne Frauen. Bist du nicht ganz richtig im Kopf, dass du dir so einen dünnen Affen wie dieses kleine Mädchen da hernimmst? Wenn's dich juckt, dann sag mir doch was! Was für eine darf's denn sein, um dich mal so richtig auszutoben? Dunkelhäutige, hellhäutige, dicke, dünne, ich kann dir jede Frau besorgen. Und wenn du mal auf was völlig Neues abfahren willst? Kein Problem. Wir haben hier Russinnen, die kriegt man schon für 1000 Yuan die Nacht!"

„Wenn du mich hierher geschleppt hast, um mir diesen Kram zu erzählen", ich erhob mich dabei, „dann gehe ich jetzt!"
„Hiergeblieben!", schrie er mir wütend entgegen und knallte mit der flachen Hand auf den Tisch. Die Asche im Aschenbecher hopste hoch und staubte. „Du absoluter Scheißkerl, du miese Sau! Der Hase frisst kein Gras, das um sein eigenes Nest herum wächst. Und in deinem Fall ist's noch nicht mal genießbar! Du gräbst deinen eigenen Leuten das Wasser ab!" Er zündete sich wieder eine Zigarette an, machte einen tiefen Zug, hustete, drückte die Zigarette aus: „Weißt du eigentlich, was ich mit Pang Kangmei habe? Sie ist meine Geliebte! Dass Ximen touristische Wirtschaftssonderzone werden soll, wenn man es mal richtig beim Namen nennen will, ist auf die Geschäftstüchtigkeit von uns beiden zurückzuführen. Unsere traumgleichen Zukunftsaussichten werden durch deinen herumstochernden Schwanz behindert!"
„Ich habe keinen Bock, mir euren Kram anzuhören", sagte ich. „Mich interessiert nur Chunmiao."
„Wie habe ich das zu verstehen? Du lässt immer noch nicht die Finger von ihr?", fragte er. „Willst du dieses Mädel wirklich heiraten?"
Ich nickte heftig.
„Es ist unmöglich, das kommt nicht in Frage!" Ximen Jinlong sprang auf. Er ging schnellen Schrittes in seinem großzügigen Büro auf und ab. Vor mir blieb er stehen und stieß mir brutal seine Faust in die Brust. Keine Widerrede duldend wies er mich an: „Du brichst sofort jeden Kontakt zu ihr ab. Wenn du xy ficken willst, gibst du mir Bescheid. Ist das klar? Wenn du genug gefickt hast, dann wirst du schon merken, wie die Frauen so ticken."
„Entschuldige", warf ich ein, „dein Gerede ekelt mich an. Du hast kein Recht, dich in mein Leben einzumischen. Noch weniger brauche ich von dir Hilfe bei meiner Lebensplanung."
Ich machte auf dem Absatz kehrt und ging. Er hielt mich an der Schulter fest und sagte in freundlichem Ton: „Schon klar, so was wie Liebe gibt es, verdammte Scheiße nochmal, vielleicht wirklich. Ich biete dir einen Kompromiss an: Du kommst erstmal zur Ruhe und hörst auf, von Scheidung zu sprechen. Nur vorübergehend triffst du dich nicht mit Pang Chunmiao. Wir verschaffen dir einen Posten außerhalb von Gaomi, oder besser noch weiter weg, in der Stadt, in der Provinzhauptstadt. Wenn sich dann alles etwas beruhigt hat und du

ein Weilchen gearbeitet hast, dann lassen wir dich befördern. Wenn es dann soweit ist, überlass diese Scheidungsgeschichte mit Hezuo nur mir. Wird halt ein bisschen was kosten. 300.000, 500.000, eine Million. Da, fick deine Mutter, verdammt noch mal! Keine Frau, die nicht für ein Sümmchen zu allem bereit wäre! Danach versetzen wir Pang Chunmiao auch dorthin. Und dann Prost! Dann könnt ihr beide die Liebe genießen! Aber", er hielt einen Moment inne, „freiwillig und gern tun wir das nicht. Wie viel Geld wir dabei verbraten! Aber ich bin ja nun mal dein Bruder, und Kangmei ist ihre Schwester."
„Danke, kann ich nur sagen", entgegnete ich. „Danke für eure pfiffige, einmalige Idee. Aber ich brauche das nicht. Wirklich nicht!" Ich ging zur Tür, machte wieder einige Schritte auf ihn zu und sagte: „Wenn ich mal darauf zurückkommen darf, was du da gerade von *Ich bin dein Bruder, und sie ist ihre Schwester* sagtest. Ich rate euch, euren Appetit zu zügeln. Der Himmel ist gerecht, und der Missetäter bleibt nicht ungestraft! Ich habe eine Affäre, im Grunde ist das nichts anderes als eine Frage der Moral, aber ihr treibt es ja wohl zu weit ..."
„Du wagst es, mich zu maßregeln?" Jinlong lachte kalt. „Darauf kann ich nur sagen: Sag nachher nicht, dass ich nicht höflich zu dir gewesen wäre! Und jetzt verpiss dich!"
„Wo habt ihr Chunmiao versteckt?", fragte ich ihn kalt.
„Verpiss dich!" Sein wütendes Schreien wurde von der mit Leder gepolsterten Tür verschluckt.
Ich lief unsere Dorfstraße herunter, mir schossen die Tränen in die Augen und rannen in Strömen mein Gesicht herunter. Die Abendsonne schien, ich sah einen Regenbogen durch meinen Tränenschleier. Ein paar zehn-, zwölfjährige Jungs rannten mir hinterher. Auch ein paar Hunde folgten mir. Ich machte Riesenschritte, die Kinder kamen nicht mehr mit und schienen aufzugeben. Aber um zumindest einen Blick auf mein tränenverschleiertes Gesicht erhascht zu haben oder um mein hässliches, mit einem Feuermal verunstaltetes Gesicht zu sehen, rannten sie wie der Wind noch einmal an mir vorbei, drehten sich um und beguckten mich von vorn.
Als ich an unserem Hof vorbeikam, wandte ich den Blick nicht, obwohl ich doch wusste, dass ich ein undankbarer, pietätloser Sohn war, obwohl ich es für möglich hielt, dass meine Eltern aus Kummer meinetwegen schon bald sterben würden. Ich blieb bei meiner Entscheidung.

Bei der großen Brücke wurde ich von Hong Taiyue aufgehalten. Er war schon halb betrunken und kam aus der Kneipe unter der Brücke herausgeweht. Mit eisenharten Fingern erwischte er mich vorn an der Brust am Hemd und schrie mich an: „Jiefang, du Hasenbalg! Weichei! Ihr habt mich einfach festgenommen und eingesperrt! Einen alten Revolutionär inhaftiert! Einen treuen Kampfgefährten Mao Zedongs eingesperrt! Einen Helden im Kampf gegen verrottete, moralisch verdorbene Elemente habt ihr eingesperrt! Meinen Körper könnt ihr ja inhaftieren, aber die Wahrheit, die könnt ihr nicht einsperren! Ein konsequenter Antikapitalist fürchtet sich vor niemandem und vor gar nichts, ich werde es euch zeigen!"

Ein paar Leute kamen aus der Kneipe und rissen Hong Taiyue von mir weg. Weil ich vor Tränen wie blind war, konnte ich nicht erkennen, wer die Leute waren.

Ich lief auf der Brücke entlang, das Wasser unter mir leuchtete golden wie ein bedeutender, erhabener Weg. Ich hörte Hong Taiyue mir hinterher schreien: „Du Weichei, Hasenbalg, gib mir meinen Stierbeckenknochen zurück!"

Das neunundvierzigste Kapitel
Im strömenden Regen putzt Hezuo das Klo. Brutal zusammengeschlagen entscheidet sich Jiefang.

Weil unsere Kreisstadt sich im Einzugsbereich eines Taifuns der Stärke neun befand, war der Regen, den wir an jenem Abend hatten, so stark, wie wir es selten erlebten. Im Allgemeinen war ich an Regentagen lustlos und träge, schlief viel und dämmerte vor mich hin. An jenem Abend jedoch war mir nicht im Geringsten nach Schlafen zumute. Mein Gehör und mein Geruchssinn befanden sich in höchster Alarmbereitschaft. Und meine Augen? Ich sah Lichtpunkte vor meinen Augen verschwimmen, weil ich in viele blauweiße, helle Blitze hineingeschaut hatte. Trotzdem konnte ich die Wassertropfen auf jedem Unkraut und in jeder Ecke unseres Hofes deutlich erkennen. Und ich sah die zitternden Zikaden unter den Blättern der Ginkgobäume bei uns im Hof in dem Moment, als der Blitz hell durch unseren Garten zuckte.

Der Regen hatte abends um sieben angefangen, und als wir neun

Uhr hatten, war auch nicht ansatzweise ein Nachlassen in Sicht. Immer wenn es blitzte, konnte ich sehen, wie vom Ziegeldach in einem großen Schwall das Wasser die Traufe herunterkam wie ein breiter Wasserfall. Beim flach gedeckten Seitenhaus schoss aus dem Kunststoffrohr, das einen Durchmesser von zehn Zentimetern hatte und als Regenfallrohr diente, ein gewaltiger Wasserstrahl hervor, der in hohem Bogen auf den Zementestrichgang niederging. Die Abwasserrinne auf dem Gang war durch Unrat verstopft, sodass sie im Nu übergelaufen war und das Wasser den Gang überflutete. Die Stufen beim Tor standen auch schon unter Wasser. Auch ein Igel, der den Holzhaufen in der Ecke an der Mauer bewohnte, war von den Wassermassen hervorgespült worden und kämpfte dort um sein Leben. Wie es aussah, würde er es nicht mehr lange machen.

Ich wollte gerade laut losbellen und deine Frau alarmieren, da ging auch schon das Licht auf dem Gang an und erleuchtete unseren Hof. Deine Frau hatte einen Strohhut, wie ihn die Bauern tragen, aufgesetzt und um die Schultern einen weißen Plastikregenumhang geworfen. Sie war nur mit einer Unterhose bekleidet, ihre knochendürren Beine schauten nackt unter dem Regenumhang hervor. Sie erschien schlurfend in Plastikschuhen, an denen das Schnallenbändchen abgerissen war, in der einen Spaltbreit geöffneten Tür. Ein wasserfallartiger Schwall kam von der Traufe beim Haupthaus herunter und erwischte sofort den Strohhut. Ein Windstoß blies ihn ihr endgültig vom Kopf. Im Nu waren ihre Haare klatschnass. Sie humpelte schnell zum Westhaus hinüber, griff sich dort von dem Kohlenhaufen hinter mir einen Spaten und humpelte damit wieder in den Regen. Das Wasser im Hof reichte ihr schon bis zu den Knien. Ein Blitz zuckte am Himmel und überlagerte einen Moment das gelbe Glühbirnenlicht auf dem Gang. Ihr Gesicht flackerte grellweiß auf. Das nasse Haar klebte in Strähnen auf dem kalkweißen Gesicht. Ihr Anblick jagte mir Angst ein.

Sie ging mit dem Spaten in der Hand zum Südgang seitlich des Tors. Ich hörte einen fürchterlichen Radau. Ich wusste, dass es dort außerordentlich dreckig war. Verschimmeltes Laub, Plastiktüten, die der Wind dorthin trug, Katzenkacke und haufenweise Müll türmten sich dort. Es ertönte ein Glucksen, dann Wasserrauschen. Das Wasser, das im Hof stand, sank wieder, so schnell, dass man es mit bloßem Auge mitverfolgen konnte. Die Kloake nach draußen auf die

Gasse war wieder frei. Aber deine Frau kam nicht zurück. Aus Richtung der Mauer hörte man kratzende Spatengeräusche und das harte Klirren des auf Stein treffenden Spatens. Und man hörte, wie platschend Wasser ausgeschüttet wurde. Ich witterte in der Mauerecke ganz deutlich deine Frau, eine Frau, die Kummer gewohnt war, die mit der Not umzugehen wusste, die nicht verzagte, die sich nie für etwas zu fein war.
Das Wasser strömte gurgelnd den Abwassergraben hinunter, der nach draußen auf die Gasse führte. Aller Unrat, der obenauf schwamm, floss mit in die Kloake hinein. Mitsamt dem Müll trieben auch ein rotes Quietschentchen und eine Puppe mit Schlafaugen auf dem Schmutzwasser dahin. Das waren alles so genannte Preise, die Kaifang von Chunmiao geschenkt bekommen hatte, wenn er mit mir zum Bilderbücher Lesen in die Buchhandlung gegangen war. Auch der Strohhut trieb mit dem Unrat zusammen der Kloake zu, strandete dann aber kläglich auf dem inzwischen wieder aus dem Wasser ragenden Zementestrichweg. Der Rosenbusch am Weg war umgekippt, nachdem der Untergrund abgesackt und weggeschwemmt worden war. Die Zweige lagen auf dem Weg. Eine halb aufgeblühte Rosenknospe, die auf dem Strohhutrand hängengeblieben war, erregte meine Aufmerksamkeit.
Endlich kam deine Frau aus der Mauerecke wieder hervor, von der aus unsere Abwasserrinne nach draußen in die Gosse führte. Obwohl ihr die dünne Regenhaut immer noch um den Hals hing, war sie am ganzen Körper nass. Immer wenn es blitzte, erschien ihre Haut noch bleicher, ihre Beine noch schmaler. Wie sie so mit krummem Rücken und Spaten in der Hand umherschlurfte, glaubte man, eine Geisterfrau, einen Rachegeist aus dem Märchen vor sich zu sehen. Dennoch zeigte sich auf ihrem Gesicht ganz deutlich Freude. Sie hob den Strohhut auf, schüttelte das Wasser heraus und hängte ihn an einen Nagel in der Mauer des Osthauses. Dann hob sie den umgefallenen Rosenbusch wieder auf. Sie hatte sich wohl an den Dornen gestochen, denn sie steckte einmal den Zeigefinger in den Mund. Als der Regen etwas nachzulassen schien, hob sie den Kopf und blickte in den Himmel. Der Regen peitschte ihr ins Gesicht, dass es aussah, als trommelte er auf einen alten Teller aus blauweißem Porzellan. „Es soll regnen! Es soll stärker regnen!" Nun legte sie einfach ihre Regenhaut ab, und ihr dünner, knochiger Körper kam deutlich zum Vorschein. Sie hatte

welke Brüste, von denen nur zwei dattelgroße Nippel übrig waren, die ihr auf den Rippen hervorstanden. So schlurfte sie zum Klo, das ganz hinten in der südwestlichen Ecke des Hofes gelegen war. Als sie die Abdeckplatte hochnahm, trieb sofort übelster Gestank heraus in den Regen. Weil die Kreisstadt noch mitten im Aufbau begriffen war und noch halb in den ursprünglichen bäuerlichen Lebensformen steckte, gab es bisher kein unterirdisches Abflussrohr. Die meisten der in einstöckigen Häusern wohnenden Leute besaßen bei sich auf dem Hof ein so genanntes Freiluft-Klo, einen offenen Abtritt, wie ihn die Bauern haben. Der Abtransport der Fäkalien war ein großes Problem. Deine Frau stand regelmäßig nachts auf und brachte ungesehen die Kacke zum Viehmarkt, wo sie sie heimlich in den nahegelegenen Tianhua-Fluss kippte. Alle Nachbarn aus unserem Viertel machten das so. Wenn deine Frau mit dem Holzeimer voller Kacke ängstlich, weil sie nicht erwischt werden wollte, im Schatten der Gemäuer heimlich die Gasse hinunterhumpelte, wurde ich jedes Mal traurig. Deshalb vermied ich es, zu Hause mein Geschäft zu verrichten. Normalerweise hob ich mein Bein am Rad des Audis, der deinem rechten Nachbarn Yin, diesem unmöglichen Direktor der Polypropylenfabrik, gehörte. Ich mochte den seltsamen Duft wie von verbranntem Haar, den ich immer in die Schnauze bekam, wenn die Piesche auf den Reifen traf. Jiefang, du weißt, ich war ein Hund mit starkem Gerechtigkeitsgefühl. Im Allgemeinen trabte ich dann ein Stück die Gasse hinunter bis zum Tianhua-Platz und setzte meinen Haufen in die Blumenrabatte auf dem Platz. Hundekacke ist hervorragender Dünger. Ich bin nicht nur gerecht, ich denke wissenschaftlich und handle mit Blick auf das Gemeinwohl. Ich verwandelte stinkende Hundekacke in duftende Blütenpracht.

Dieser Umstand war also der Grund, weswegen ich an deiner Gattin jedes Mal, wenn es zu regnen begann, ein freudiges Lächeln bemerkte. Sie stand dann neben dem Plumpsklo, rührte mit einer langstieligen Kelle darin herum und schöpfte allen Inhalt heraus, um ihn in die Abwasserrinne mit dem dahinrauschenden Regenwasser hinabgurgeln zu lassen. Die Regenmassen trugen ihn durch die Kloake auf dem Hof hinaus auf die Gasse. Wenn sie mit dem Schöpflöffel zugange war, ging es mir jedes Mal wie ihr. Ich hoffte auf Platzregen, der unseren Abtritt, der unseren Hof, der unsere Kreisstadt, diesen schmutzigen Unkenpfuhl, wieder rein spülte.

Als die Kratzgeräusche des Schöpflöffels, der schließlich auf dem Grund aus Zement herumfuhr, an mein Ohr drangen, wusste ich, dass deine Frau mit der Arbeit fast fertig war. Dann kamen die Schlussgeräusche: Sie setzte den Schöpflöffel ab und begann, den Abtritt mit einem halb kahlen Bambusreisigbesen geräuschvoll sauber zu schrubben. Sie bearbeitete beide Seitenwände, rieb eine Weile, nahm dann die Kelle und kratzte eine Weile. Ich sah es bereits vor meinem inneren Auge: Am nächsten Morgen würden wir wieder einen sauberen Abtritt mit sauberer Abwasserrinne haben. Das Scheuergeräusch wurde durch das Rufen deines Sohnes unterbrochen, der an der Tür zum Haupthaus stand.

„Mama, du musst das nicht mehr abkratzen, komm rein ins Haus!"

Deine Frau schien deinen Sohn nicht gehört zu haben. Sie fuhr mit dem kaputten Reisigbesen vor und zurück durch das Zementrohr, das das Klo mit der Abwasserrinne auf dem Hof verband. Das in der Kloake stehende Wasser geriet in Bewegung und half ihr dabei, das Rohr zu säubern.

Das Rufen deines Sohns verwandelte sich in ein Schluchzen, aber deine Frau ignorierte es. Jiefang, ich habe dir doch gesagt, dass dein Sohn ein braves, gutes Kind war. Er machte es genau wie ich. Um deiner Frau diese Last mit der Latrine zu erleichtern, ging er nur im äußersten Notfall zu Hause aufs Klo. Manchmal sahst du uns wie die Wilden die Tanhua-Gasse entlang rennen. Dass wir befürchteten, zu spät zu kommen, war nie der Grund. Wir rannten nicht zum Klassenraum, sondern zum Schulklo. Da fällt mir ein, einmal hat es deinen Kleinen wirklich arg getroffen, und er schämte sich tüchtig dafür. Er hatte hohes Fieber und Durchfall, bestand aber darauf, in die Schule zu gehen, weil er deiner Mutter nicht aufbürden wollte, seinetwegen das Klo zu putzen, und rannte also wie besessen zur Schule. Aber er kam nur bis zu unserem Frisier- und Kosmetiksalon „Sexy Beauty", wo er sich, weil er es nicht mehr zurückhalten konnte, hinter einen Fliederbusch hockte. Eine Frau mit grell gefärbtem Haar kam aus dem Laden und packte deinen Sohn an seinem roten Halstuch. Sie würgte ihn so sehr mit dem Tuch, dass er aus Atemnot kläglich die Augen verdrehte. Dieses brutale Frauenzimmer war die Geliebte des Vizeleiters der Kreiskriminalpolizei, Bai Shiqiao. Keiner hatte es jemals gewagt, sich mit ihr anzulegen. Ihr übel zotiges Geschimpfe, mit dem sie deinen Sohn bedachte und das gar nicht zu ihrem durchdringenden Parfumduft passen wollte, zog einen Haufen Schaulustiger an, die dann auch noch begannen, deinen Sohn zu beschimpfen. Kaifang weinte und entschuldigte sich wieder und wieder: „Tante, es tut mir leid, es war mein Fehler." Doch diese Frau wollte es nicht dabei bewenden lassen und bot ihm zwei Möglichkeiten an: Die eine war, dass sie ihn vor den Schullehrer zerrte, damit sich die Schule seiner annähme. Die andere Möglichkeit war, dass dein Sohn seine Notdurft selbst aß. Der Goldfischverkäufer war mit dem Spaten gekommen und hatte den Haufen wegschippen wollen, doch er hatte sich so von der Frau beschimpfen lassen müssen, dass er wort- und tatenlos wieder abzog. In diesem Moment verhielt ich mich als Hund meinem Herrchen gegenüber absolut treu. Ich hielt die Luft an und schlang die Notdurft deines Sohnes hinunter. Das alte Sprichwort *Ein Hund, der lässt das Scheißefressen nicht* kann man wirklich vergessen! Ein Hund wie ich, mit so untadeligem Lebenswandel, mit so würdevollem Benehmen und solcher Klugheit wird wohl alles andere als Sch..., aber ich unterdrückte den Ekel und fraß den Haufen deines Sohnes auf. Ich spülte mir danach unter dem Wasserhahn am Viehmarkt, der jeden Tag 24 Stunden lief, weil er nie repariert worden war, das Maul. Dann rannte ich wie der Blitz zurück zu deinem Sohn und stand ihm bei. Ich starrte dieser Frau mit der dicken Schicht Make-up auf ihrem platten Mondgesicht und dem roten Mund, der wie eine bluttriefende Wunde aussah, mit hasserfülltem Blick direkt in die Augen. Die Nackenhaare sträubten sich mir und ich knurrte drohend, worauf die Frau davon abließ, deinen Sohn mit seinem roten Halstuch zu würgen, und sich langsam rückwärts zur Ladentür zurückzog. Einen schrillen Schrei tat sie noch, und war dann auch schon, mit einem lauten Knall der Tür, im Innern des Ladens verschwunden. Dein Sohn legte seine Arme um meinen Hals und weinte bitterlich. An jenem Tag gingen wir dann ganz langsam. Wir blickten kein einziges Mal zurück, obschon wir doch wussten, dass uns die Blicke der Gaffer folgten.

Dein Sohn kam mit einem Regenschirm aus dem Haus gestürzt. Er lief zur Mutter und hielt ihr den Schirm, um sie vor dem Regen zu schützen. Er weinte bitterlich: „Mama, komm ins Haus. Wie nass du bist..."

„Du Dummkopf! Was weinst du denn? Es ist doch ein Segen, dass es so regnet. Da kann ich mich gar nicht genug freuen!" Sie schob

den Schirm wieder über den Kopf ihres Sohnes: „Es ist lange her, dass es richtig geregnet hat. Seit wir in die Kreisstadt gezogen sind, hat es noch nie so stark geregnet. Welch Segen! Noch nie haben wir es so schön sauber auf unserem Hof gehabt!" Deine Frau zeigte auf das Klo, zeigte auf die glänzenden Dachziegel, zeigte auf die beiden Zementestrichwege, die über den Hof führten und jetzt glänzendgrau wie der Rücken eines Schlangenkopffisches schillerten, zeigte auf die sattschwarz glänzenden Ginkgoblätter und sprach freudig erregt: „Nicht nur bei uns wird es jetzt schön sauber, sondern bei allen Familien in der Kreisstadt. Wenn kein Regen fiele, müsste unser Kreisstädtchen im Mief ersticken und im Unrat verfaulen."
Ich bellte zweimal, um ihre Aussage zu bekräftigen. Deine Frau sagte: „Hast du gehört, Kaifang? Ein kräftiger Regenguss freut nicht nur deine Mama, unser Hund freut sich genauso darüber."
Deine Frau schob deinen Sohn ins Haus zurück. Dein Sohn und ich, er stand vor der Haupthaustür, ich saß vor der Nebenhaustür, schauten ihr zu, wie sie in der Mitte unseres Hofes, wo sich beide Wege kreuzten, ihren Körper wusch. Sie wies deinen Sohn an, das Licht auf dem Gang auszuknipsen, sodass es im Hof dunkel war. Aber die ständigen Blitze beleuchteten wieder und wieder den Körper deiner Frau. Sie benutzte ein im Regen aufgeweichtes grünes Stück Schönheitsseife, das sie in ihrem Haar und auf ihrem ganzen Körper verrieb. Dann schäumte sie die Seife auf, bis sich der Schaum auf ihrem Kopf türmte und es im ganzen Hof nach der mit Vanille parfümierten Schönheitsseife roch. Der Regen wurde nun schwächer, prasselte nicht mehr. Es wurde wieder still. Nur das Wasser gurgelte wie ein Sturzbach die Gasse hinab. Nach dem Blitzen hörte man es immer noch laut donnern. Ein leichter Wind kam auf, der die Tropfen in Wasserfällen von den Ginkgobäumen schüttete. Deine Frau spülte sich die Seife mit dem Wasser aus dem Eimer auf dem Brunnenrand und aus ihrer Waschschüssel, in der sie Wasser aufgefangen hatte, vom Körper und wusch sich blitzblank. Jedes Mal, wenn es blitzte, konnte ich ihre versehrte Pobacke und ihr dichtes schwarzes Schamhaar sehen.
Endlich kam sie wieder ins Haus. Ich bekam den Geruch ihres frisch gewaschenen Haares und ihres sauberen Körpers in die Nase. Dann hörte ich, wie sie den Kleiderschrank öffnete, und schnupperte den trockenen, nach Mottenkugeln riechenden Kampfergeruch der fri-

schen Kleider. Endlich konnte ich aufatmen. „Frauchen, schnell unter die Bettdecke mit dir! Ich wünsche dir gute Nacht!"
Die alte Uhr bei unseren Nachbarn linkerhand schlug Zwölf. Mitternacht. Auf der breiten Tianhua-Gasse hörte man so wie in allen großen und kleinen Straßen und Gassen der Kreisstadt laut das Wasser rauschen. Für diese Stadt, die so gut wie kein Abwassersystem besaß, in der aber trotzdem viele moderne Gebäude neu errichtet worden waren, waren solche Regenfälle zweifelsohne eine Katastrophe. Als der Regen aufhörte, wurde bald deutlich, dass der Wolkenbruch nur denen zu sauberen Latrinen und Höfen verholfen hatte, deren Haus höher gelegen war als der übrige Teil der Stadt. Diejenigen jedoch, deren Haus auf niedrigerem Terrain gebaut war, versanken bis zum Bauch in der Scheiße. Das faulige, nirgends abfließende Schmutzwasser schuf chaotische Zustände. Viele der Mitschüler deines Sohns hatten die Nacht auf einem Tisch hockend verbracht. Als die Überflutung später wieder zurückgegangen war, war auch die große Renmin-Straße, die Vorzeige-Einkaufsstraße unserer Kreisstadt, völlig im Dreckschlamm versunken. Ertrunkene und aufgedunsene Katzen-, Ratten- und andere Tierkadaver steckten im Schlamm und verströmten einen bestialischen Gestank. Danach übertrug das Fernsehen ganze drei Tage lang in den Nachrichten, wie die gerade frisch zur Parteisekretärin ernannte Kangmei in Gummistiefeln, mit hochgekrempelten Hosenbeinen und einem Spaten in der Hand auf der Straße stand und dort die Mitglieder der ständigen Ausschüsse und die im Kreisamt arbeitenden Beamten anwies, auf der großen Straße den Unrat wegzuschippen.
In jener Regennacht witterte ich, kurz nachdem die Uhr zwölf geschlagen hatte, einen vertrauten Geruch auf der großen Renmin-Straße. Dann witterte ich einen stark Öl verlierenden Jeep, hörte das Spritzen eines im Schmutzwasser fahrenden Jeeps und das Aufheulen des auf vollen Touren laufenden Motors. Die Witterung und das Geräusch kamen langsam näher. Von der großen Straße im Süden der Stadt bogen sie in die Tianhua-Gasse ein und stoppten vor eurem Haus, natürlich auch vor meinem Haus.
Noch bevor jemand den Türklopfer betätigte, bellte und tobte ich, als wäre der Teufel im Anmarsch. Mit wenigen Sätzen, ich war mehr geflogen als gesprungen, befand ich mich unter dem Türsturz. Etwa zwanzig Fledermäuse, die dort ihr Nest hatten, scheuchte ich auf. Sie

flatterten in die rabenschwarze Dunkelheit hinaus – kein Stern erhellte in jener Nacht den Himmel – und drehten Runde um Runde. Draußen vor der Tür konnte ich dich wittern, außerdem noch ein paar fremde Männer. Sie pochten laut gegen die Tür. Entsetzlich beängstigend hörte es sich an.

Auf dem Gang wurde das Licht angeschaltet. Deine Frau hatte sich eine Jacke übergeworfen und kam auf den Hof gelaufen. Laut rief sie: „Wer ist da?" Es kam keine Antwort, aber das Trommeln gegen die Tür hielt an. Ich hatte mich auf die Hinterpfoten gestellt und knurrte und bellte rasend. Ich konnte dich wittern. Aber was mich wild toben und bellen ließ, waren die dich umringenden bösen Gerüche. Sie waren denen eines Schafes ähnlich, das von ein paar Wölfen geschnappt worden ist. Deine Frau knöpfte sich die Jacke zu und trat unter den Türsturz, wo sie Licht machte. Ein paar dicke Geckos hockten dort an der Mauer. Auch ein paar verbliebene Fledermäuse hingen kopfüber in den Hohlräumen der Langlochzementziegel des Türsturzes. „Wer ist da?", fragte sie wieder. Von draußen sagte jemand undeutlich: „Mach die Tür auf. Wenn du aufgemacht hast, siehst du es ja." Deine Frau erwiderte: „Es ist mitten in der Nacht. Wieso sollte ich euch aufmachen? Ich weiß doch nicht, wer ihr seid!" Draußen sagte jemand mit gedämpfter Stimme: „Kreisvorsteher Lan ist zusammengeschlagen worden. Wir bringen ihn!" Deine Frau zögerte, öffnete aber schließlich das Vorhängeschloss, zog den Riegel zurück und machte die Tür einen Spaltbreit auf. Tatsächlich! Dein abscheulich grausiges Gesicht, dein strähnig verklebtes Haar erschienen vor unseren Augen. Deine Frau schrie vor Schreck und riss die Tür weit auf. Die beiden Männer hievten dich mit geballter Kraft wie ein totes Schwein nach vorn. Dein schwerer Leib traf deine Frau völlig unvorbereitet. Sie stürzte rücklings unter dir zu Boden. Die Männer machten auf dem Absatz kehrt und sprangen die Stufen hinab. Wie ein geölter Blitz sprang ich einen nach dem anderen von hinten an. Die beiden trugen schwarze Gummiregenmäntel und schwarze Sonnenbrillen. Ein dritter saß auf dem Fahrersitz. Der Motor des Jeeps lief noch. Benzin und Motoröl kamen aus dem Dreckwasser an die Oberfläche und verbreiteten ihren intensiven Geruch. Die Gummimäntel waren vom Regen extrem glitschig geworden, sodass mir der Mann aus den Pfoten glitt. Er machte einen Sprung in die Mitte der Gasse und ging auf der gegenüberliegenden Seite des Jeeps in De-

ckung. Weil meine Pfoten abgeglitten waren, fiel ich ins Wasser. Das Wasser reichte mir bis über den Bauch. So kam ich nur langsam vorwärts. Aber ich stürzte mich noch mit ganzer Kraft auf den anderen Mann, der gerade dabei war, sich in den Jeep zu retten. Der Regenmantel schützte seinen Hintern. Ich konnte ihn nur in die Waden beißen. Ein monströser Schrei entfuhr ihm, und er knallte mit Gewalt die Autotür zu. Zwischen der Tür klemmte der Saum des Regenmantels, und meine Schnauze wurde schmerzhaft getroffen. Zu beiden Seiten spritzte das Wasser in mannshohen Fontänen hoch, als der Jeep losraste. Ich verfolgte ihn ein Stück, aber in dem Dreckwasser hatte ich nicht die geringste Chance.
Ich kam nur mit Mühe, mich vornüber neigend, gegen die Strömung an. Ich kämpfte mich bis zu den Stufen vor unserem Tor vor. Auf den Stufen schüttelte ich gründlich alles Schmutzwasser und allen Dreck aus meinem Fell heraus. An der gegenüberliegenden Wand konnte ich an den Wasserspuren sehen, wie hoch das Wasser vorher gestanden hatte. Daher wusste ich, dass es gesunken war und die Überschwemmung zurückging. Noch vor einer Stunde, als deine Frau mit Elan das Klo ausgekratzt hatte, war die Straße sicherlich ein stinkender, reißender Strom gewesen. Wenn diese drei Verbrecher eine Stunde früher gekommen wären, dann wäre der Jeep in den reißenden Fluten abgesoffen. Ich stand am Tor, steckte meine Schnauze in die Luft und schnupperte konzentriert: Woher waren sie gekommen? Wohin fuhren sie? So sehr ich mich auch bemühte, es war mir unmöglich, ihre Position genau zu bestimmen. Denn der üble Gestank und die tosenden Wassermassen verwischten die Witterung. Sogar meine sonst so überlegene Schnauze kapitulierte davor.
Ich kam wieder in den Hof und sah, wie der Hals deiner Frau unter deiner linken Achsel steckte, dein linker Arm hing deiner Frau schlenkernd über die Brust und sah dabei aus wie eine eingelegte Luffagurke. Mit ihrem rechten Arm hatte sie deine Lenden umfasst, während dein Kopf auf ihrem lag. Ihr Körper wurde fast von deinem erdrückt, aber unter Aufbietung all ihrer Kraft hielt sie deinem Gewicht stand und zog dich gleichzeitig vorwärts. Deinen Beinen war die Kraft, dich aufrecht zu halten, geblieben. Obschon sie sich schwerfällig bewegten, kamen sie von der Stelle. Es war der Beweis, dass du noch lebtest, dass du nicht nur lebtest, sondern sogar noch bei Bewusstsein warst.

Ich drückte für mein Frauchen die Haupttür zu. Dann trabte ich Runde um Runde durch unseren Hof, um irgendwie die bedrückte Stimmung loszuwerden, die mir wie ein Stein auf dem Herzen lag. Dein Sohn kam in Unterhose und Hemdchen herausgelaufen und rief laut mit hohem Stimmchen: „Papa, Papa!" Er fing sofort an, laut zu weinen und tat es seiner Mama gleich. Er schlupfte dir unter deine rechte Achsel, brachte deinen Körper ins Gleichgewicht und nahm seiner Mama etwas von der viel zu schweren Last ab. Ihr drei, Mutter, Vater und Kind, gingt so zusammen ungefähr fünfunddreißig Schritte vom Hof bis vor das Bett deiner Frau. Es war Schwerstarbeit, ein endlos langer Weg. Mir war, als wäret ihr ein volles Jahrhundert unterwegs gewesen.

Ich vergaß, dass ich ein mit Dreckwasser von der Straße verschmutzter, nasser Hund war und fühlte mich wie ein mit euch schicksalhaft verbundener Mensch. Winselnd folgte ich euch auf Schritt und Tritt bis vor das Bett deiner Frau. Am ganzen Körper warst du blutüberströmt, deine Kleidung zerrissen. Vielleicht hatte man dich ausgepeitscht. Viele Striemen, dicht an dicht. Deine nasse Hose stank erbärmlich nach Harn. Es bestand kein Zweifel, sie hatten dich so geschlagen, dass du dir die Hosen vollgemacht hattest. Obwohl deine Frau Sparsamkeit liebte und eine spartanische Lebenseinstellung besaß, war sie doch eine äußerst auf Sauberkeit bedachte Frau. Dass sie dich in diesem Zustand in ihr Bett ließ, beweist, dass sie dich immer noch sehr liebte.

Und nicht nur das: Sie ließ sogar mich, so verdreckt wie ich war, in ihrem Zimmer neben euch dreien hocken. Dein Sohn kniete laut weinend vor dem Bett: „Papa, was ist denn? Wer war das?"

Deine Augen öffneten sich für einen Augenblick, du hobst den Arm und streicheltest deinem Sohn den Kopf. Dir schossen die Tränen aus den Augen.

Deine Frau holte eine Waschschüssel mit heißem Wasser und stellte sie auf dem Hocker vor dem Bett ab. Ich roch, dass sie Salz im Wasser aufgelöst hatte. Sie warf einen Waschlappen in das heiße Wasser und begann dann, dich auszuziehen. Du wandest dich, krümmtest dich, deine Lippen formten ein *Nein*. Aber deine Frau drückte unnachgiebig deinen Arm zur Seite, kniete sich vor das Bett und öffnete die Knöpfe deiner Jacke und deines Hemdes. Es war deutlich, dass du nicht wolltest, dass sie sich um dich kümmerte, aber du hattest

keine Wahl. Dein Sohn half ihr, dich bis auf die Haut auszuziehen. Da lagst du nun – nackt im Bett deiner Frau. Sie nahm den warmen Waschlappen und wusch damit deinen Körper rein. Wie weinte sie! Ihre Tränen tropften dir unablässig auf die Brust. Auch dein Sohn weinte, du selbst auch, aber mit geschlossenen Augen.
Die ganze Zeit über fragte dich deine Frau kein einziges Wort. Auch du sagtest kein einziges Wort zu ihr. Nur dein Sohn fragte alle paar Minuten einmal: „Papa, wer war das, der dich so geschlagen hat? Ich gehe und werde dich rächen!"
Du gabst keine Antwort. Deiner Frau kam kein Ton über die Lippen. Es war, als wüsstet ihr beide längst bestens Bescheid. Deinem Sohn blieb nichts anderes übrig, als mich zu fragen: „Vier, wer hat Papa geschlagen? Bring mich da hin, damit ich Papa rächen kann!"
Ich winselte und zeigte deinem Sohn mein Bedauern darüber, dass ich nichts tun konnte. Der Taifun hatte doch jede Witterung durcheinander gewirbelt und verwischt.
Mit Hilfe deines Sohns zog dir deine Frau frische Kleidung an: Einen weißen Seidenpyjama, der locker saß und angenehm auf der Haut war. Dein Gesicht sah darin noch blauer aus. Sie tat deine schmutzigen Kleider in die Waschschüssel und wischte dann den Boden sauber. Als sie damit fertig war, tätschelte sie deinem Sohn den Kopf.
„Kaifang, du hast doch morgen Schule und es wird schon bald hell. Schlaf ein Weilchen, ja?"
Sie nahm die Waschschüssel und schob deinen Sohn gleich mit aus dem Zimmer hinaus. Ich erhob mich und folgte ihnen.
Sie wusch mit dem Regenwasser aus dem Wassereimer deine Kleidung sauber und hängte sie zum Trocknen über die Bambusstangen. Dann ging sie rechts zum Osthaus hinüber, knipste das Licht an und setzte sich mit dem Rücken zum Hackbrett auf den kleinen Schemel. Die Ellenbogen hatte sie auf den Schoß gestützt, in beiden Händen hielt sie ihren Kopf, während sie geradeaus starrte, als läge ihr etwas schwer auf dem Herzen.
Sie saß im Licht, ich im Dunkel. Ich sah ihr Gesicht gestochen scharf. Ich betrachtete ihre dunkelvioletten Lippen und ihren verstörten Blick. Was dachte diese Frau? Es war mir nicht möglich, das in Erfahrung zu bringen. Sie rührte sich nicht von der Stelle, bis der Tag die Nacht vertrieb und der Morgen graute.
Es folgte ein ungewöhnlich lebhafter Morgen. In jedem Winkel der

Kreisstadt waren Menschen zu hören: Einer tat Freude kund, der nächste Missmut, wieder einer beschwerte sich, und der nächste schimpfte zornig. Der Himmel war immer noch von düsteren Wolken verhangen, auch kamen immer wieder kleine Regenschauer herunter. Deine Frau begann, Essen zu machen. Sie schien Nudelteig zu kneten. Der Geruch des Mehls in diesem entsetzlichen Gestank, der von dem Unwetter überall geblieben war, kam mir besonders frisch und lecker vor. Ich hörte dich schnarchen. Oh, Mann! Du warst also doch noch eingeschlafen. Dein Sohn war schon wach. Mit verschlafenen Äuglein krabbelte er vom Bett und lief schnell auf den Hof zur Mauer neben dem Klo, um zu pinkeln. Im gleichen Augenblick roch ich Chunmiao, deren Witterung durch die hunderttausend verschiedenen Gerüche, die sich zu einer trüben Gallerte vermischten, zu mir gedrungen war. In schnellem Tempo kam sie näher. Ohne Zögern trat sie vor dein Haustor. Ich bellte nur einmal und senkte wieder den Kopf, weil ich mich bedrückt fühlte. Es war ein Gefühl, das mich erschaudern ließ, als ob eine Riesenhand meine Kehle würgte. Am Tor war Chunmiaos Pochen zu hören. Sie klopfte mit resoluter Bestimmtheit. Fast, so würde ich sagen, lag Groll in ihrem Klopfen. Deine Frau rannte zum Tor und öffnete. Beide standen an der Torschwelle und blickten einander ins Gesicht. Sie hätten sich zehntausende Worte zu sagen gehabt, aber sie sagten kein einziges. Chunmiao trat mit raschem Schritt über die Schwelle, genau genommen rannte sie. Sie rannte über den Hof. Deine Frau folgte ihr humpelnd. Dabei streckte sie eine Hand aus, als wollte sie Chunmiao aufhalten. Dein Sohn lief schnell auf den Hofweg und blieb da stehen, wo sich beide Wege, der Weg zum Tor und der Weg vom West- zum Osthaus, kreuzten. Wie war er in Panik! Fahrig drehte er sich ein paar Mal um sich selbst. Sein kleines Gesicht sah furchtbar angespannt aus. Dann rannte er zum Tor und schloss es.

Ich stellte mich mit den Pfoten ans Fenster und blickte durch die Scheibe. Chunmiao lief eilig durch den kleinen Flur und trat in das Schlafzimmer deiner Frau ein. Dann hörte ich sie aufschreien und laut weinen. Ich sah, wie deine Frau in ihr Zimmer trat. Sie weinte noch lauter als Chunmiao. Dein Sohn hockte am Brunnenrand und weinte, während er gleichzeitig mit beiden Händen Wasser schöpfte und sich fortwährend das Gesicht wusch.

Dann waren beide Frauen still, die Tränen versiegt. Sie schienen nun schwierige Verhandlungen aufzunehmen. Ein paar Sätze, die zu undeutlichen Sprachfetzen wurden, weil sie durch das Schluchzen verschluckt wurden, begriff ich nicht. Aber alle Worte, die in ganzen Sätzen ihre Münder verließen, hörte ich deutlich.

„Was seid ihr für Bestien! Ihn derart zu schlagen!" Das sagte Chunmiao.

„Pang Chunmiao. Ich habe niemals Grund gehabt, dich als meine Feindin zu betrachten. Die Welt ist voll von guten, hübschen, jungen Männern! Wie kommst du dazu, in meine Familie einzudringen und sie mir kaputt zu machen?"

„Große Schwester, ich weiß, dass ich dir Unrecht tue. Ich wollte ihn ja verlassen. Aber ich schaffe es nicht. Es ist mein Schicksal …"

„Lan Jiefang, entscheide du selbst", sagte deine Frau.

Eine Weile herrschte Schweigen, dann hörte ich dich sprechen.

„Hezuo, es tut mir leid. Aber ich will mir ihr gehen."

Ich sah dich, gestützt auf Chunmiao, aufstehen. Ihr kamt den Flur entlang, tratet zur Tür hinaus, kamt auf den Hof. Dein Sohn nahm die volle Waschschüssel und schüttete euch das Wasser vor die Füße. Dann kniete er auf dem Weg. Er kniete und hob das verweinte Gesicht.

„Papa, bitte verlass meine Mama nicht … es macht auch nichts, wenn Tante Chunmiao nicht mehr weggeht … meine Omas waren doch früher auch einmal beide die Frauen von Opa Ximen, nicht wahr?"

„Mein Kind, das war das alte China …", sagtest du bitter. „Kaifang, pass gut auf Mama auf. Sie trägt keine Schuld. Es ist meine Schuld. Ich werde mir, obwohl ich dieses Zuhause verlasse, weiterhin Mühe geben, mich um euch zu kümmern."

„Lan Jiefang. Dann geh meinetwegen. Aber merke dir, solange ich lebe, will ich nichts mehr von Scheidung hören", sagte deine Frau kühl lächelnd, als sie in der Tür des Empfangszimmers stand. Aber die Tränen liefen ihr die Wangen hinunter. Als sie die Stufen herabstieg, stürzte sie. Sie rappelte sich aber schnell wieder auf. Sie machte einen Bogen um dich und Chunmiao und ging zu ihrem Sohn, hob ihn vom Boden wieder auf beide Beine und sagte vorwurfsvoll: „Steh auf, mein Junge. Es heißt, Jungenkniescheiben sind von purem Gold. Sie sollten vor anderen nicht den Boden zu berühren." Deine Frau und dein Sohn standen mit den Füßen im Matsch neben dem Weg und ließen euch auf dem Weg vorbeigehen.

Du gingst, wie du gekommen warst. So, wie deine Frau dich gestützt und vom Tor ins Haus aufs Bett gebracht hatte, so schlüpfte jetzt auch Chunmiao unter deine linke Achsel, dein linker Arm hing ihr über die Brust, und mit ihrem rechten Arm umfasste sie deine Lenden. Ihr beide kamt mühsam voran. Dein schwerer Körper wollte das zarte, schwache Mädchen fast erdrücken. Aber sie strengte sich so sehr an, den Rücken aufrecht zu halten, und entwickelte eine solche Energie, dass sogar ich beeindruckt war.

Ihr gingt zum Tor hinaus. Es war ein verschwommenes Gefühl der Zuneigung, das mich trieb, euch ans Tor zu folgen und euch auf den Stufen stehend das Weggeleit zu geben. Ihr beide watetet durch das dreckige Wasser in der Tianhua-Gasse. Dein weißer Seidenpyjama war schon bald von Schlammspritzern übersät. Und genauso verschmutzte die schlammige Brühe das rote Kleid, das Chunmiao trug. An diesem trüben Tag fiel es ganz besonders ins Auge. Es regnete leicht. Die Leute auf der Straße, die entweder Regenmäntel trugen oder Regenschirme aufgespannt hatten, musterten euch mit neugierigen Blicken.

Tief getroffen kam ich auf den Hof zurück, ging auf meinen Platz, legte mich nieder und blickte aufs Osthaus. Dort saß dein Sohn auf dem viereckigen Hocker und weinte. Deine Frau stellte ihm eine Schale mit dampfenden Nudeln vor die Nase und fuhr ihn an: „Iss jetzt!"

Das fünfzigste Kapitel
Kaifang bewirft seinen Vater mit Dreck.
Pang Fenghuang bespritzt ihre Tante mit Ölfarbe.

Endlich waren Chunmiao und ich wieder zusammen. Den Weg von meinem Haus bis zur *Neues China*-Buchhandlung konnte ein gesunder Mensch in normalem Tempo in weniger als fünfzehn Minuten bewältigen. Wir aber brauchten fast zwei Stunden. Mo Yans Kommentar dazu war: *Es war genauso romantische Reise wie Erfahrung der bitteren Not. Es war Akt der Schamlosigkeit wie erhabene Tat. Es war Rückzug wie Angriff. Es war Kapitulation genauso wie Widerstand. Und es war Kampfansage wie Kompromiss.*

Er stellte noch viele weitere Gegensatzpaare auf. Manche trafen für mich den Nagel auf den Kopf, manche fand ich an den Haaren her-

beigezogen. Eigentlich finde ich nämlich, dass ich, als ich gestützt auf Chunmiao meine Familie verließ, nicht erhaben und auch nicht glorreich handelte, sondern, was an der ganzen Geschichte noch am ehesten erwähnenswert ist, mutig und geradeheraus.
Wenn ich jetzt davon erzähle, habe ich sofort die in allen Farben bunt schillernden Regenschirme und Regenjacken im Kopf und die in eine Schlammwüste verwandelte Hauptstraße, wo im Modder mühsam atmende Fische um ihr Leben kämpften und Scharen von Kröten unterwegs waren. Dieser Taifun mit seinen sintflutartigen Regenfällen Anfang der neunziger Jahre deckte so manchen Missstand auf, der in den vergangenen Jahren hinter einer Fassade von falschem Reichtum verborgen gewesen war.
Chunmiaos Zimmer im Wohnheim, das im Hinterhof der *Neues China*-Verlagsbuchhandlung gelegen war, wurde vorübergehend unser beider Liebesnest. „Ich war so tief gefallen, dass ich nichts mehr zu verstecken hatte", sagte ich zu dem Großkopfkind, das alles wie mit Röntgenaugen durchschaute. Wir waren nicht nur zusammen, weil wir uns küssen und miteinander schlafen wollten. Aber sofort, nachdem wir in ihrem Wohnheim angekommen waren, hingen wir mit unseren Lippen aneinander. Dann schliefen wir miteinander, obwohl ich es vor Schmerzen fast nicht aushielt, weil ich am ganzen Körper Verletzungen hatte. Unsere Tränen tropften uns gegenseitig in den Mund, unsere Haut erzitterte in lustvoller Erregung, unsere Seelen verschmolzen. Ich hatte sie nicht gefragt, wie sie es geschafft hatte, die vergangenen Tage zu überstehen. Sie hatte mich nicht gefragt, wer mich so brutal zusammengeschlagen hatte. Wir umfassten uns, lagen uns in den Armen, küssten uns, streichelten uns und vergaßen den Rest der Welt.
Dein Sohn hatte mit Ach und Krach eine halbe Schale Nudeln hinuntergewürgt, viele Tränen waren dabei in seine Schale getropft. Der Appetit deiner Frau dagegen war mächtig in Schwung gekommen. Sie aß ihre Schale Nudeln mit drei ganzen Knoblauchzehen auf. Dann vertilgte sie die von deinem Sohn übriggelassene halbe Schale Nudeln mit zwei weiteren Knoblauchzehen. Ihr Gesicht glänzte vom scharfen, strengen Knoblauch. Auf Stirn und Nasenflügeln stand ihr der Schweiß. Sie nahm einen feuchten Waschlappen und fuhr deinem Sohn damit über sein Gesicht. Dabei redete sie mit fester Stimme auf ihn ein.

„Sohnemann, Kopf hoch, Brust raus! Iss tüchtig, lern tüchtig und werde ein Mann wie ein Baum! Ein ganzer Kerl! Die wollen, dass wir untergehen, wollen uns gedemütigt und ausgelacht sehen. Dazu sag ich nur: Träumt weiter! Nicht mit uns!"
Als ich mich auf den Weg machte, deinen Sohn zur Schule zu bringen, begleitete uns deine Frau zum Tor. Dein Sohn schlang deiner Frau ganz fest beide Arme um die Taille, sie klopfte ihm den Rücken.
„Siehste wohl! Du bist ja schon größer als die Mama, mein Großer!"
„Mama, du darfst auf keinen Fall ..."
„Aber das ist doch lächerlich", lachte sie. „Glaubst du wirklich, ich würde wegen zwei solchen nichtswürdigen Verlierern in den Brunnen springen, mich aufhängen, Gift schlucken? Verlass dich auf mich. Mama geht auch gleich arbeiten. Alle brauchen frische Schmalznudeln, genauso wie alle eine Mama brauchen."
Wir gingen wie immer die Abkürzung. Der Pegel des Tianhua-Flusses war so angestiegen, dass er auf gleicher Höhe mit der kleinen Brücke war. Die Kunststoffplatten, die als Überdachung für den Viehmarkt dienten, waren zum Teil vom Sturmwind weggerissen worden. Ein paar Geschäftsleute aus Zhejiang hockten heulend vor ihren aufgeweichten Stoffen und Konfektionswaren. Obwohl es noch früh am Morgen war, herrschte schon stickige Schwüle. Im Matsch kringelten sich die vom Regen an die Oberfläche gespülten violettroten Regenwürmer und in der Luft schwirrten tief über dem Erdboden rote Libellen Runde um Runde. Dein Sohn machte einen Hopser und fing sich mit einem geschickten Handgriff eine Libelle. Er hopste noch einmal, und wieder hatte er eine Libelle gefangen. Er knetete beide Libellen in der Hand und fragte mich: „Hund, willst du die fressen?"
Ich schüttelte den Kopf.
Er knipste beiden ein Stückchen vom Hinterleib ab. Dann pflückte er sich einen dünnen, spitzen Grashalm und piekste dessen Enden jeweils in einen Libellenhinterleib hinein, sodass beide Tiere miteinander verbunden waren. Mit Schwung warf er sie in den Himmel und rief ihnen „Flieg, flieg!" hinterher. Sie flogen purzelbaumschlagend. Zuletzt stürzten sie abwärts in den Matsch.
Der Phönix-Grundschule war einer der Flügel mit den Klassenräumen in der Nacht eingestürzt. Das konnte man wirklich Glück im

Unglück nennen. Wäre das Gebäude während der Unterrichtszeit eingestürzt, so hätte Kangmei beim Anblick des Ausmaßes der Katastrophe wohl nicht mehr so getönt. Der ohnehin schon zu enge Schulhof war zu einem Trümmerfeld aus Dachziegelscherben und Müll verkommen. Die Kinder hopsten zwischen den kaputten Ziegeln und spitzen Scherben umher. Sie waren nicht traurig, sondern in freudiger Erwartung. Vor der Schule waren rund fünfzehn Luxuslimousinen vorgefahren, die alle von oben bis unten voller Schlammspritzer waren. Kangmei trug rosarote halbhohe Gummistiefel. Die Hosenbeine hatte sie bis auf die Oberschenkel hochgerollt, sodass man ihre elfenbeinweiße nackte Haut sehen konnte, die auch schon Schlammspritzer abbekommen hatte. Sie trug einen blauen Arbeitsanzug, dazu eine Sonnenbrille. In der Hand hielt sie ein Megaphon, in welches sie heiser hineinsprach.

„Liebe Lehrer und liebe Schüler! Das Unwetter, welches der Taifun der Stärke neun uns bescherte, verursachte große Schäden in unserem Kreis und nicht zuletzt an unserer Schule. Wir verstehen eure tiefe Bestürzung. Ich möchte stellvertretend für den Kreisparteitag und die Kreisregierung meine tiefe Betroffenheit zum Ausdruck bringen: Wir fühlen mit euch! Wir sind bei euch! Ich plädiere dafür, dass die Schule drei Tage unterrichtsfrei macht und wir alles daransetzen, gut organisiert unsere Kräfte zu bündeln, damit wir allen Dreck und Unrat beseitigen und die Klassenräume wieder in Ordnung bringen können. Noch ein Wort an unsere Schüler! Selbst wenn eure Parteisekretärin Pang Kangmei durch den Schlamm zu ihrem Schreibtisch waten muss, ihr Schüler sollt in geräumigen, hellen und sicheren Klassenzimmern unterrichtet werden!"

Kangmeis Rede erntete stürmischen Applaus. Zahlreiche Lehrer waren so ergriffen, dass sie feuchte Augen bekamen. Schließlich fügte Kangmei an: „In der Stunde der Not, in der unser aller Leben in Gefahr ist, sollen alle Kader aus unserem Kreis Gaomi persönlich hier bei euch sein und mit ehrlichem Mitgefühl die allerbeste Arbeit tun! Wer es wagt, jetzt faul und ignorant seine Pflichten zu vernachlässigen, wer sich aus der Affäre zieht, gegen den werden wir mit unerbittlicher Härte vorgehen!"

In diesem alles entscheidenden Moment der Not versteckte ich, der Vizekreisvorsteher und leitende Kader für Kultur, Bildung und Hygiene, mich eng umschlungen mit meiner Geliebten in einem kleinen Wohnheimzimmer, wo wir Liebe machten, die uns ersterben ließ und wieder zum Leben erweckte. Es war zweifelsohne ... verachtenswert! Sittenlos! Schamlos! Auch wenn sie es gewesen waren, die mich so zusammengeschlagen hatten, dass ich am ganzen Körper Verletzungen davongetragen hatte. Auch wenn ich nichts davon gewusst hatte, dass das eine Gebäude der Schule eingestürzt war. Auch wenn es mir nur um meine, mir durch Mark und Bein gehende Liebe und sonst gar nichts ging. So etwas konnte ich am Verhandlungstisch als Begründung nicht anführen. Deswegen reichte ich ein paar Tage später bei der Organisationsabteilung des Kreisparteitags meine Kündigung und meinen Austritt aus der Kommunistischen Partei ein. Der stellvertretende Abteilungsleiter der Organisationsabteilung grinste geringschätzig.

„Kumpel, du hast die Voraussetzungen für eine Berechtigung zur Kündigung und zum Parteiaustritt längst verloren. Auf dich warten jetzt Beseitigung deines Arbeitsplatzes und Aufhebung deines Amtes, Zwangsausschluss aus der Partei und Entlassung aus allen Ämtern des öffentlichen Dienstes!"

Wir hatten nur noch Sex: Von morgens bis abends erstarben wir und wurden neu geboren. In dem kleinen Zimmer war es feucht, stickig und heiß. Unser Schweiß nässte das Laken. Unser Haar war tropfnass, als hätten wir einen Wolkenbruch abgekriegt. Ich war unersättlich, ihrem Geruch nachzuspüren, gierig, ihre Augen im Halbdunkel in lustvoller Erregung wie phosphoreszierend auflodern zu sehen. Übermannt von Trauer und Freude sagte ich: „Chunmiao, mein Sämchen ... und wenn ich jetzt auf der Stelle sterben sollte, ich wär's zufrieden ..."

Ihre himbeerroten, stark geschwollenen, dazu schon blutig wunden Lippen drückten sich auf die meinen und schlossen mir im Sprechen den Mund. Ihre Arme legten sich fest um meinen Hals, und wir tauchten wieder hinab an die Grenze von Leben und Tod. Ich hätte niemals erwartet, dass in dem Körper dieses schmalen, kraftlosen Mädchens solch riesenhafte Liebesfeuer brannten. Ich hätte auch niemals erwartet, dass ein am ganzen Körper verwundeter Mann mittleren Alters mit der überbordenden Wellengewalt eines solchen Liebesverlangens mithalten könnte. Es war so, wie Mo Yan in seinen Romanen schreibt: *Es gibt Liebe, die ist wie ein mitten ins Herz getrie-*

bener Dolch. Aber nicht genug. Es gibt Liebe, die einem das Herz in tausend Stücke reißt. Es gibt Liebe, von der die Haare bluten. Liebe tolerante Menschen, seid bitte nachsichtig mit mir! In genau so eine Liebe tauchte ich hinab. Genau so war es, wenn wir miteinander Sex hatten. Genauso liebte ich sie. Der Hass auf diese Auftragskiller, die mir die Augen verbunden, mich in einen dunklen Raum geschleppt hatten, war verflogen. Sie hatten mir lediglich an einem Bein den Knochen beschädigt, die anderen Verletzungen waren nur Fleischwunden. Sie waren echte Könner, was das Verprügeln angeht. Sie waren Meisterköche, die das Steak ganz genau so zu braten verstehen, wie der Kunde es wünscht. Nicht nur der Hass auf die Killer war verflogen, auch auf die, die diese teuflische Schlägerei in Auftrag gegeben hatten. Ich hatte Schläge nötig gehabt. Hätte ich Chunmiaos inbrünstig brennende Liebe erfahren, ohne vorher die grausigen Schläge zu ertragen, ich hätte ein schlechtes Gewissen gehabt. Ich wäre nervös gewesen. Deswegen, ihr Killer und ihr Auftraggeber der Killer: Ich bin euch in der Tiefe meines Herzens dankbar. Ich habe zu danken, danke, danke ... In Chunmiaos perlengleich glänzenden Augen entdeckte ich mich selbst. Aus ihrem nach Orchideen duftenden Mund hörte ich genau die gleichen Worte, eins nach dem anderen: „Danke, danke ..."

Die Schule rief Ferien aus. Die Kinder waren begeistert. Die Naturkatastrophe, die große Verluste verursacht und die erschreckenden Zustände offengelegt hatte, war in den Augen der Kinder etwas Aufregendes, was Spaß machte. Die Kinder freuten sich. Als die über tausend Schüler der Phönix-Grundschule auf die große Renmin-Straße traten und in alle Richtungen auseinander liefen, wurde der ohnehin schon chaotische Straßenverkehr noch chaotischer. Jiefang, genau wie du es beschreibst, so war es an jenem Morgen. Handtellergroße Moorkarpfen schlingerten mit heftig pulsierenden Kiemen, schlagenden Schwanzflossen, silberweißen Bäuchen und sich gegen alle Unbilden behauptendem Lebenswillen durch die Straße. Man sah Silberkarpfen, die schon Minuten nach Verlassen des Wassers verendet waren, und fette, aprikosenfarbene Schlammpeitzger, die sich dort tummelten und sich im weichen Modder so richtig wohlfühlten. Noch zahlreicher waren die walnussgroßen Kröten, die vergnügt und ohne Ziel die Straße auf und ab hüpften. Manche versuchten, von der linken Straßenseite auf die rechte hinüberzuhüpfen. Andere flohen von der rechten zur linken Straßenseite. Zuerst machten sich noch Leute, mit Plastikeimer oder Plastiktüte bewaffnet, daran, die Fische auf der Straße einzusammeln. Aber im Nu kamen sie wieder aus ihren Häusern hervor und kippten die aufgesammelten Fische auf die Straße. Nur wenige brachten sie in das nahe gelegene Flüsschen. An jenem Tag wurde aus jeder Autofahrt auf der Straße eine Todesfahrt. Die Geräusche beim Überfahren der Fische versetzten jeden in Grausen. Wir Hunde gerieten in Panik. Die Geräusche beim Totfahren der Kröten waren die schlimmsten. Wie schmutzige Pfeile schossen sie mir direkt ins Trommelfell.

Mal fiel Regen, mal wieder nicht. Wenn es gerade einmal nicht regnete, riss die Wolkendecke auf und regennasses Sonnenlicht fiel hindurch. Aus jeder Straße der Kreisstadt dampfte feuchtheißer Nebel. Die Kadaver begannen zu vergammeln. Dem faulenden Fleisch entstieg bestialischer Gestank. Während dieser Zeit blieb man am besten zu Hause. Dein Sohn aber wollte nicht nach Hause. Vielleicht wollte er durch unsere chaotische Stadt schlendern, um sich von den schwer auf ihm lastenden Gedanken zu befreien? Gut, dann sollte es so sein. Ich begleitete ihn. Ich traf auf vierzehn, fünfzehn altbekannte Hundefreunde, die sich darum rissen, mir jeden Verlust zu melden, den wir Hunde wegen des Unwetters zu beklagen hatten. Zwei waren im Sturm umgekommen. Der eine war der Deutsche Schäfer vom Hof der Bahnhofsgaststätte. Er war unter einer einstürzenden Mauer begraben worden. Der andere war der Setter, der zum Holzgroßhandel am Fluss gehörte. Er war ins Wasser gefallen und ertrunken, weil er nicht aufgepasst hatte. Ich heulte, nachdem ich die Nachricht vernommen hatte, zweimal lang und anhaltend, wie die Wölfe es tun, in die jeweilige Richtung, in der beiden das Unglück zugestoßen war, um meiner Trauer Ausdruck zu verleihen.

Ich folgte deinem Sohn und wir kamen, ohne dass wir uns versahen, vor der Ladentür der *Neues China*-Verlagsbuchhandlung an. Trauben von Schulkindern verschwanden in der Buchhandlung. Dein Sohn betrat den Laden nicht. Sein blaues Gesicht sah verschlossen und kühl aus. Hart wie ein Ziegelstein. Wir erblickten Kangmeis Tochter Fenghuang. Sie trug ein orangerotes Regenmäntelchen und die dazu passenden, bis zu den Waden reichenden Gummistiefel. Wie eine grellorange Flamme sah sie darin aus. Ein junges, kräftig gebautes

Mädchen folgte ihr, offensichtlich ihre Leibwächterin. Den beiden hinterher lief meine adrette, frisch gebürstete Schwester, die übervorsichtig dem Dreckwasser auswich, sich aber dennoch die Pfoten schmutzig machte. Kaifangs Blick und Fenghuangs Blick trafen aufeinander. Sie spuckte hasserfüllt vor ihm aus und schrie bitterböse: „Verbrecher!" Der Kopf deines Sohns knickte augenblicklich nach vorn auf die Brust, als hätte man ihm mit dem Schwert einen Hieb ins Genick gegeben. Meine Hundeschwester fletschte die Zähne, sie warf mir einen seltsam geheimnisvollen Blick zu. Es tummelten sich bestimmt fünfzehn Hunde vor dem Buchladen. Einen Hund zu haben, der das Kind zur Schule brachte und auch wieder abholte, war in unserer Kreisstadt in letzter Zeit in Mode gekommen und gründete sich allein auf mein vorbildliches Verhalten, mit dem ich unübertroffene Treue und Mut bewiesen hatte. Aber ich wahrte Abstand gegenüber den anderen Hunden. Es waren auch zwei Hündinnen darunter, die sich früher einmal mit mir gepaart hatten und die sich mir mit schlaff hängendem Gesäuge anbiederten. Ich begegnete ihnen kühl, sodass sie peinlich berührt zurückwichen. Etwa fünfzehn Erst- und Zweitklässler hatten sich ein grausames Spielchen mit einer Sorte blassgrüner Kröten ausgedacht. Sie peitschten mit dünnen Zweigen ganz leicht auf sie ein, bis ihre Bäuche langsam dicker wurden. Wenn sie so angeschwollen waren, dass sie fast wie eine Kugel aussahen, ließen sie einen Backstein darauf fallen, sodass die Kröte platzte. Das Geräusch, das dabei entstand, konnte ich nicht ertragen. Ich biss in den Ärmel deines Sohns, um ihm zu bedeuten, dass ich nach Haus wollte. Er reagierte auch und folgte mir. Aber schon nach wenigen Minuten hielt er abrupt inne. Grünblau wie dunkle Jade war sein Gesicht dabei geworden und seine Augen waren voller Tränen. „Hund, wir gehen jetzt nicht nach Haus. Bring mich zu den beiden!"

Wir waren so erschöpft vom wiederholten Liebesspiel, dass wir in einen tranceartigen Zustand, halb Traum, halb Wachsein, gerieten. Aber auch während dieser Pausen in Trance bewegten sich unsere Hände, uns gegenseitig streichelnd, über unsere Körper. Ich hatte ein Gefühl, als wären meine Finger geschwollen, dabei fühlte sich die Haut an meinen Fingerbeeren glatt und dünn wie Seide an. Halbwach stöhnte Chunmiao und sprach wie im Traum: „Ich liebe dich wegen deines blauen Gesichts. Vom ersten Augenblick, als ich dich

sah, war ich schon in dich verliebt. Schon als Mo Yan mich das erste Mal zu dir in dein Büro brachte, wollte ich sofort mit dir schlafen."
Diese und noch mehr Verrücktheiten sagte sie mir. Sie nahm dann sogar total übermütig ihre Brüste in die Hände und hielt sie mir vor die Nase: „Nun schau doch! Die haben sich für dich aufgestellt ..."
Im Moment, da der ganze Kreis und alle Kader mit äußerster Energie gegen die Katastrophe ankämpften, machten wir beide Liebe und redeten von Sex. Es war wirklich unpassend. Wir hätten uns wirklich schämen sollen für solch ein abscheuliches Verhalten! Aber wir machten trotzdem weiter. Ich kann es vor dir nicht verbergen.
Wir hörten Geräusche an der Tür und am Fenster, und wir hörten dich vor der Tür bellen. Wir hatten uns geschworen, wir würden nie und nimmer jemandem aufmachen, und klopfte der Jadekaiser persönlich vor der Tür. Aber als ich dein Bellen hörte, reagierte ich wie auf einen Befehl, dem man unbedingt und unverzüglich Folge zu leisten hat. Ich konnte es nicht erwarten, sofort aus dem Bett zu kommen, denn ich wusste, dass du mit meinem Sohn zusammen gekommen sein musstest. Sex ist eine gute Medizin, alle möglichen Wunden zu heilen. Obwohl ich so schwere Verletzungen erlitten hatte, zog ich mich mit flinken Händen und Füßen geschwind an. Und obwohl ich weiche Knie und einen schweren Kopf hatte, stürzte ich beim Gehen nicht. Chunmiao, die aussah, als hätte man ihr sämtliche Knochen herausgezogen, half ich beim Anziehen, und ich half ihr auch dabei, ihre Haare zusammenzubinden.
Dann öffnete ich. Ein dunstiges Lichtband stach mir schmerzhaft in die Augen. Sofort flog mir ein schwarzer Schlammbatzen wie eine fette Kröte ins Gesicht. Ich wich ihm nicht aus, nicht mal unbewusst, sodass der Schlamm mir mit lautem Klatschen mitten ins Gesicht schlug.
Ich wischte mir mit den Fingern die stinkende Masse aus dem Gesicht. In mein linkes Auge hatte ich Schlamm bekommen, die Sandkörner schmerzten. Mit dem rechten Auge sah ich meinen vor Wut rasenden Sohn und den Hund, der mich mit kaltem Blick reserviert musterte. Ich sah, dass die Fenster und Türen alle mit Schlamm beschmiert waren und in den stinkenden Matsch vor der Tür bereits eine große Grube gewühlt war. Die Schultasche hatte mein Sohn noch über der Schulter. Beide Hände waren voller Matsch, im Gesicht und am ganzen Körper war er über und über mit Schlamm

bespritzt. Er versuchte, einen wütenden Gesichtsausdruck aufzusetzen, aber ihm liefen die Tränen in Strömen über beide Backen. Mir schossen die Tränen ebenfalls hervor, ich fühlte, ich hatte meinem Sohn so unendlich viel zu erklären. Aber mir stockte die Stimme. Als hätte ich Zahnschmerzen, brachte ich gequält hervor: „Schmeiß nur, Sohn ..."

Ich machte einen Schritt nach vorn und empfing, während ich mich am Türrahmen festhielt, um nicht umzukippen, mit geschlossenen Augen die Schlammbatzen, die mein Sohn auf mich schleuderte. Ich hörte, wie schwer er keuchte, als er mir Batzen um Batzen den stinkenden, warmen Matsch entgegenschleuderte. Manche schlugen mir mitten auf die Nase, manche knallten mir vor die Stirn, manche platschten mir vor die Brust, manche vor den Bauch. Ein steinharter Batzen, der aus Ziegelsteinscherben mit Modder bestand, traf meinen Penis. Der Schlag hatte solch eine Wucht, dass ich aufstöhnte und mit gekrümmtem Oberkörper in die Knie ging, weil mir die Beine den Dienst versagten. Ich konnte nicht anders, ich setzte mich auf den Boden.

Ich öffnete die Augen und konnte mit beiden wieder sehen, weil die Tränen die Augen reingespült hatten. Ich sah das wie ein Lederschuh über dem Feuer verbogene Gesicht meines Sohnes. Ein riesiger Matschbatzen fiel ihm aus der Hand auf den Boden, und er weinte laut auf. Dann schlug er beide Hände vors Gesicht und rannte davon. Der Hund bellte mich ein paar Mal laut an und rannte hinterher.

Während ich Zielscheibe der Wut meines Jungen wurde und vor der Tür den Schlammbatzenhagel hinnahm, blieb meine geliebte Chunmiao an meiner Seite. Der Angriff meines Sohnes galt mir, aber sie war ebenfalls am ganzen Körper mit Schlammspritzern übersät. Sie hakte ihren Arm unter den meinen und zog mich hoch. Dabei flüsterte sie mir zu: „Bruder, das haben wir zu ertragen ... ich bin fast froh darüber ... denn ich fühle mich dadurch etwas weniger sündig ..."

Während der gesamten Zeit, da mein Sohn mich mit den Schlammbatzen attackierte, standen dreißig, vierzig Leute auf dem Gang bei den Büroräumen im zweiten Stock der *Neues China*-Buchhandlung und schauten zu. Ich erkannte die leitenden Kader und Angestellten der Buchhandlung. Unter ihnen war so ein Kleiner mit Namen Yü, der für den Posten des Vizeleiters vorgeschlagen worden war und dem Mo Yan einst geholfen hatte, mich aufzusuchen. Er hatte eine gute, schwere Kamera in der Hand, knipste mich aus allen möglichen Blickwinkeln und dokumentierte meine Drangsal bis ins kleine Detail. Später einmal gab mir Mo Yan die zehn besten Fotos, die der Fotograf selbst ausgewählt hatte, zu sehen. Sie schockierten mich unsäglich. Es waren einige Werke darunter, die auf jeden Fall eines internationalen Preises würdig gewesen wären. Einerlei, ob man nun die Nahaufnahme meines von Schlamm getroffenen Gesichtes ansieht, oder das Foto, auf dem ich in ganzer Länge und von oben bis unten mit Schlamm bedeckt zu sehen bin, während Chunmiao, noch sauber, bloß ein tief verletztes Gesicht macht, oder ob man das reißerische Bild nimmt, auf dem ich mich krümme, weil ich am Penis getroffen bin, und Chunmiao mich mit einem von Panik gezeichnetem Gesicht hochzieht, oder das, bei dem ich und Chunmiao die Strafe ertragen, mein Sohn den Schlammbatzen schon geschleudert hat, aber noch mitten in der Bewegung steckt, während der Hund brav daneben sitzt, ratlos wie im Irrgarten, und alles genau verfolgt: Diese Fotos könnte man mit: *Abrechnung mit dem Vater* oder *Der Vater und seine Geliebte* betiteln, und sie würden als Album zu diesem fotografischen Thema sicher allgemeine Aufmerksamkeit erregen und in die Geschichte der klassischen Kunstfotografie eingehen.

Dann kamen zwei Personen aus dem Gang die Treppen herunter und direkt zu mir. Man sah ihnen an, dass es ihnen davor grauste. Wir kannten die beiden Männer, einer war der Parteizellensekretär der Verlagsbuchhandlung, der andere war der Leiter des Sicherheits- und Wachdienstes der Buchhandlung. Sie sprachen uns an, schauten aber dabei ganz woanders hin.

„Alter Freund Lan …", es war dem Parteizellensekretär sichtlich peinlich. „Es tut uns wirklich leid, aber wir sehen keine andere Möglichkeit … am besten zieht ihr von hier weg … ihr seid euch sicher im Klaren darüber, dass wir hier nur die Anweisungen des Kreisparteitags ausführen …"

„Ihr braucht euch mir nicht zu erklären", entgegnete ich. „Ich verstehe. Wir werden hier sofort ausziehen."

„Noch eins", nun nuschelte der Sicherheits- und Wachmann undeutlich: „Pang Chunmiao, du wurdest vom Dienst suspendiert. Dein Fall wird geprüft. Bitte zieh in den zweiten Stock um, dort kannst du einstweilen im Büro der Sicherheits- und Wachabteilung bleiben. Wir werden dir ein Bett aufstellen."

„Mich vom Dienst suspendieren, das könnt ihr machen", erwiderte Chunmiao, „aber aus der Prüfung wird nichts. Ich werde nicht einen Schritt von ihm weichen. Da müsstet ihr mich schon vorher töten!"
„Danke für dein Verständnis!", sagte der Sicherheits- und Wachmann sofort. „Wir haben euch alles gesagt, was wir mitzuteilen hatten."
Wir stützten uns gegenseitig auf dem Weg zum Wasserhahn im Hof des Wohnheims. Ich sprach den Parteizellensekretär und den Wachmann an: „Entschuldigt vielmals: Ist es vielleicht ausnahmsweise noch möglich, dass wir uns hier kurz unser Gesicht waschen, nur falls ihr damit einverstanden seid?"
„Ach, nicht doch, Lan", antwortete der Parteizellensekretär mit hoher Stimme. „Wir sind aber auch zu unhöflich zu euch." Wachsam blickte er sich um, ob er auch von niemandem gehört wurde, und sagte: „Es ist doch so: Uns kann es ganz egal sein, ob ihr auszieht oder nicht, obwohl ich euch rate, möglichst bald umzuziehen. Denn die Große Hausherrin ist diesmal außer sich vor Wut ..."
Unter aller Augen wuschen wir uns den Schlamm von Gesicht und Körper und verschwanden dann, verfolgt von den Blicken der Leute auf dem Gang, in Chunmiaos winzigem feuchten Zimmer, dessen Wände schon überall Schimmelflecken hatten. Wir lagen uns in den Armen und küssten uns ein paar Minuten lang.
„Chunmiao ..."
„Sag bitte nichts", unterbrach sie mich, um mit ruhiger Stimme fortzufahren: „Egal, wohin, und sei's drum, dass ich über Berge aus Dolchspitzen klettern oder in Krater voller Feuer springen muss, ich werde dir überall hin folgen!"

Gleich am Morgen des ersten Tages, an dem die Schule wieder begann, traf dein Sohn am Schultor auf Fenghuang. Er wandte sein Gesicht ab und wollte sie nicht sehen. Sie kam jedoch mit auffällig großen Schritten auf ihn zu und tippte ihm mit den Fingerspitzen an die Schulter, um ihm zu zeigen, dass er mit ihr zusammen gehen sollte. Sie hielt hinter einer ahornblättrigen Platane rechts vom Haupttor der Schule an. Mit glänzenden, wachen Augen sagte sie aufgeregt: „Kaifang, das war Spitze, was du gemacht hast!"
„Was habe ich gemacht? Ich habe doch gar nichts gemacht."
„Und jetzt auch noch bescheiden sein, oder wie? Ich habe doch ge-

hört, wie sie das meiner Mama berichtet haben. Du, meine Mama knirschte grimmig mit den Zähnen und sagte: ‚So muss man mit diesem schamlosen Pack umgehen!'"

Dein Sohn machte auf dem Absatz kehrt. Fenghuang streckte die Hand aus, hielt ihn fest und trat ihn in die Waden.

„Was soll das, wegzurennen? Ich will dir noch was sagen!"
Dieses kleine Elfenkind hatte ein so fein geschnittenes Gesicht und war so entzückend anzuschauen wie eine von Engelshänden gefertigte Elfenbeinschnitzerei. Ihre kleinen Brüste waren wie eben knospende Blüten. Einem hübschen Mädchen konnte man eben einfach nichts abschlagen. Äußerlich sah dein Sohn zwar aus, als wäre er furchtbar wütend. In Wirklichkeit aber hatte er sich längst geschlagen gegeben und war besänftigt. Unmerklich tat ich einen tiefen, langen Seufzer: Die wildromantische Love Story des Vaters war gerade erst richtig angelaufen, als auch schon die ersten, zarten Triebe der Love Story des Sohnes ausschlugen.

„Du hasst deinen Papa, und ich hasse meine Tante", sagte Fenghuang. „Sie ist wahrscheinlich ein angenommenes Kind meiner Großeltern und überhaupt nicht verwandt mit uns. Meine Mama und meine Großeltern haben sie drei Tage und drei Nächte lang eingeschlossen und dabei ständig auf sie eingeredet, sie solle deinen Vater verlassen. Meine Oma kniete sogar vor ihr, aber sie wollte nicht hören. Dann ist sie über die Mauern hinweg hinausgesprungen. Sie ist sofort zu deinem Vater gerannt!" Fenghuang nagte sich an der Lippe: „Du hast deinen Vater bestraft, und ich werde meine Tante bestrafen!"

„Die sind für mich gestorben", sagte dein Sohn. „Die sind ja wie die Hunde!"

„Du sagst es!", bekräftigte Fenghuang. „Die sind wie Hunde, genau das hat meine Mama gesagt."

„Ich mag deine Mutter nicht!", sagte dein Sohn.

„Wie kannst du es wagen, meine Mutter nicht zu mögen?" Fenghuang zeigte deinem Sohn die Faust und sagte bitterböse: „Meine Mutter ist Kreisparteisekretärin. Sie sitzt mit einer Kanüle im Arm auf unserem Schulhof und dirigiert die Rettungsarbeiten und die Beseitigung der Katastrophenschäden. Habt ihr zu Haus denn kein Fernsehen? Hast du im Fernsehen nicht gesehen, dass meine Mutter schon Blut hustet?"

„Unser Fernseher ist kaputt", antwortete dein Sohn. „Ich mag sie halt nicht. Das hat doch dir nichts auszumachen!"
„Pfui! Du bist doch nur neidisch!", erwiderte Fenghuang. „Du kleines Blaugesicht, du hässlicher Kauz!"
Dein Sohn zog einmal heftig am Schulterriemen ihrer Schultasche. Fenghuang stieß an die ahornblättrige Platane.
„Du hast mir weh getan …", sagte Fenghuang, „Gut! Schluss damit. Ich nenne dich nie wieder kleines Blaugesicht. Ich sage Lan Kaifang zu dir. Wir sind doch zusammen gewesen, als wir klein waren. Wir sind doch alte Freunde! Du musst mir helfen, meine Tante zu bestrafen."
Dein Sohn ging weiter, aber Fenghuang hüpfte ihm vor die Füße schaute ihm direkt ins Gesicht: „Hast du gehört, was ich gesagt habe?"

Wir hatten anfangs gar nicht daran gedacht, weit von zu Hause wegzugehen. Wir wollten nur ein abgeschiedenes, ruhiges Plätzchen, wo uns keiner behelligte. Dort wollten wir die rechtlichen Mittel und Wege ausschöpfen und die Probleme bezüglich meiner Scheidung aus dem Weg räumen.
Beim Busbahnhof für Überlandbusfahrten rief ich Du Luwen an, den neuen Sekretär des kommunalen Parteikomitees des Dorfes Lüdian, vormaliger Referatsleiter des Referats für politische Arbeit in der dortigen Versorgungs- und Absatzgenossenschaft. Er hatte meinen Posten damals übernommen und war mein Busenfreund. Ich bat ihn um Hilfe bei der Suche nach einem abgelegenen, stillen Haus für uns. Er zögerte eine Weile, aber dann sagte er mir doch noch zu. Wir fuhren nicht mit dem Autobus, sondern verdrückten uns klammheimlich ins Dorf Yutong, das am Ufer des Yunliang-Flusses in einiger Entfernung zur Stadt gelegen war. Am kleinen Bootsanleger im Dorf mieteten wir einen Kahn, mit dem wir uns flussabwärts rudern ließen. Die Bootseignerin war eine Frau mittleren Alters mit einem azuritfarbenen Gesicht und zwei großen Rehaugen. Bei sich im Boot hatte sie ihren kleinen, einjährigen Jungen. Um zu verhindern, dass der Kleine über Bord ging, war er mit einem roten Stoffstreifen, den sie ihm um den Knöchel gebunden hatte, an der Einfassung für die Abdeckung des Laderaums festgebunden.
Du Luwen kam höchstpersönlich mit dem Auto, um uns vom Boots-

anleger in Lüdian abzuholen. Er wollte uns in den drei kleinen Räumen auf dem Hinterhof der Versorgungs- und Absatzgenossenschaft des Dorfes unterbringen. Die Versorgungs- und Absatzgenossenschaft hatte wegen der selbständigen Einzelunternehmer schwere Verluste zu verkraften. Im Prinzip bestand sie gar nicht mehr. Fast alle Arbeiter und Angestellten arbeiteten jetzt als gewerbetreibende Selbstversorger. Es gab dort nur noch wenige alte Männer, die als Pförtner die Gebäude bewachten. Die Wohnung, die wir bezogen, war die ehemalige Wohnung des Sekretärs der Versorgungs- und Absatzgenossenschaft, der nun, da er in Rente war, in der Kreisstadt wohnte. Das Haus war noch vollständig eingerichtet. Du Luwen zeigte auf ein paar Lebensmittel: einen Sack Mehl, einen Sack Reis, zwei Kanister Speiseöl, ein paar Würste und ein paar Konserven.

„Ihr könnt euch hier einigeln. Wenn euch was fehlt, ruft bei mir zu Haus an. Lauft auf keinen Fall draußen einfach so herum. Parteisekretärin Pang hat dieses Gebiet als Obfrau übernommen. Sie liebt Überraschungsangriffe und kommt oft, um nach dem Rechten zu sehen, ohne dass jemand davon weiß."

Wir begannen sodann ein glückliches Lotterleben. Außer Essen und Kochen machten wir nur vier Dinge: Umarmen, Küssen, Streicheln und miteinander Schlafen. Es ist mir peinlich, aber ich sage es dir ganz offen: Bei unserer überstürzten Abreise aus der Kreisstadt hatten wir nicht einmal Kleidung zum Wechseln mitgenommen. Deswegen blieben wir die meiste Zeit nackt. Nackt miteinander zu schlafen ist üblich. Aber als wir uns beide nackt mit einer Schale Reisbrei in der Hand gegenübersaßen und unser Essen schlürften, fühlte ich mich verlogen und lächerlich. Mich selber belächelnd sagte ich spitz zu Chunmiao: „Wir wohnen im Garten Eden."

Wir unterschieden nicht mehr zwischen Tag und Nacht. Traum und Wirklichkeit flossen ineinander. Einmal fiel ich, während wir beide miteinander Sex hatten, in tiefen Schlaf. Chunmiao schob mich mit aller Gewalt von sich, setzte sich heftig auf und erzählte mir erschreckt: „Ich habe geträumt, der kleine Junge aus dem Boot läge in meinen Armen, riefe mich Mama und wollte an meinen Brüsten trinken."

Jiefang, dein Sohn war gegen die hübsche Fenghuang machtlos. Um ihr bei ihrem Plan, Chunmiao zu bestrafen, behilflich zu sein, log er deine Frau an.

Ich folgte deiner und Chunmiaos wie eine Kordel miteinander verknüpften Fährte. Fenghuang und Kaifang folgten mir. Auf dem gleichen Weg wie sie kamen wir so zu dem kleinen Anleger in Yutong. Wir fuhren mit dem gleichen kleinen Boot. Die Bootseignerin war die Frau mittleren Alters mit den Rehaugen. Auf dem Boot war ein dunkelbraun gebrannter kleiner Junge mit rotem Lätzchen am Laderaum festgebunden. Der Kleine konnte es gar nicht erwarten, dass ich aufs Boot stieg. Er grapschte nach meiner Rute und steckte sie sich in den Mund.

„Wohin soll ich euch fahren, ihr beiden?", rief uns die Bootseignerin herzlich zu, während sie am Heck des Bootes stand und mit der Hand das Ruder festhielt.

„Hund, wohin sollen wir fahren?", fragte mich Fenghuang.

Ich bellte zweimal in Richtung stromabwärts.

„Wir wollen stromabwärts", antwortete dein Sohn.

„Wenn es stromabwärts gehen soll, wollt ihr doch irgendwo an Land gehen", gab die Bootseignerin zu bedenken.

„Du ruderst uns erstmal stromabwärts. Wenn es Zeit zum Aussteigen ist, wird es dir unser Hund schon zu verstehen geben", sagte dein Sohn in bestem Vertrauen auf mich.

Die Bootseignerin lachte. Der Kahn befand sich bald in der Strommitte und glitt wie ein fliegender Fisch geschwind mit den Wellen stromabwärts. Fenghuang zog sich Schuhe und Strümpfe aus und ließ ihre Füße im Wasser baumeln. Zu beiden Seiten des Flusses blickten wir auf schier endlose Tamariskenwälder. Hin und wieder sahen wir eine Seidenreiherkolonie aus dem Gebüsch zum Himmel auffliegen. Fenghuang begann zu singen. Welch reine, helle Stimme sie besaß! Wie lange Ketten heller Silberglöckchen verließen die Töne ihre Kehle. Deines Sohnes Lippen bebten, und manchmal entkamen auch ihm zwei einsame Wörtchen. Er konnte die Lieder, die Fenghuang sang, genauso auswendig wie sie, aber er brachte es nicht über sich, sie laut zu singen. Der kleine Junge lächelte über das ganze Gesicht und öffnete seinen kleinen Mund, in dem schon vier Zähne zu sehen waren. Aus dem Mundwinkel lief ihm Spucke herab. Er sang brabbelnd mit. Wir gingen am kleinen Anleger von Lüdian an Land. Fenghuang bezahlte die Bootsfahrt überaus großzügig. Die Schiffseignerin bekam Angst und fühlte sich nicht mehr wohl in ihrer Haut, denn sie hatte viel mehr als den üblichen Preis bekommen.

Ich fand euch in eurem Versteck, ohne einen einzigen Fehler gemacht zu haben. Nachdem wir geklopft hatten und eingetreten waren, sah ich in eure ängstlich verschreckten und peinlich berührten Gesichter. Du warfst mir einen bösen Blick zu, worauf ich beschämt zwei Mal bellte. Ich wollte dir mitteilen: „Lan Jiefang, du hast uns verlassen und bist nicht mehr mein Herrchen. Dein Sohn ist es. Seinem Wort zu gehorchen, ist mir Berufung und heilige Pflicht."
Fenghuang öffnete den Deckel einer kleinen Blechdose und bespritzte Chunmiaos Körper mit Ölfarbe.
„Tante, du riesiger kaputter Schuh, du Flittchen!" Fenghuang schmetterte der zur Salzsäule erstarrten Chunmiao diesen schmählichen Satz entgegen. Dann winkte sie mit der Geste eines alten Generals, der zu befehlen gewohnt ist, deinen Sohn herbei und rief ihm zu: „Los, weg hier!"
Ich folgte Fenghuang und deinem Sohn zum Parteiquartier des Dorfes, wo wir den Parteizellensekretär Du Luwen antrafen. Fenghuang sprach in strengem Befehlston: „Ich bin Pang Kangmeis Tochter. Bitte schick uns in einem Auto zurück in die Kreisstadt!"

Du Luwen kam zu uns in unseren mit Ölfarbe beschmutzten Garten Eden und wisperte unverständlich: „Ihr zwei, vertraut dem nichtswürdigem Urteil eines niedrigen Dummkopfes! Macht euch hier aus dem Staub!"
Er schenkte uns ein paar Kleider zum Wechseln und gab uns einen Briefumschlag mit 1.000 Yuan.
„Ihr braucht es nicht abzulehnen. Ich leihe es euch."
Chunmiao wusste nichts zu erwidern, noch weniger zu tun, sie schaute mich nur mit weit aufgerissenen Augen an.
„Gib mir noch zehn Minuten und lass mich überlegen", sagte ich und erbat mir von Du Luwen eine Zigarette. Ich blieb auf dem Stuhl sitzen und rauchte Zug um Zug. Nach der halben Zigarette erhob ich mich: „Bitte bring uns beide heute Abend um sieben Uhr in den Kreis Liao zum Bahnhof."
Wir bestiegen den Zug von Qingdao nach Xian. Als wir Gaomi erreichten, war es bereits halb zehn Uhr abends. Wir pressten unsere Gesichter an die dreckigen Fenster im Zugabteil und blickten nach draußen auf den Bahnsteig und sahen den mit schweren Taschen bepackten Reisenden und ein paar ernst dreinblickenden Bahn-

hofsvorstehern zu. In der Ferne erkannten wir die hellen Lichter der Kreisstadt. Auf dem Bahnhofsplatz drängten sich die aufdringlich um Kunden werbenden Taxifahrer und die Imbissverkäufer der Garküchen, die in Marktschreiermanier laut ihr Essen anpriesen.

„Gaomi! Wann dürfen wir wohl in Würde offen und ehrlich wieder nach Hause kommen?"

Wir flohen nach Xian zu Mo Yan. Nachdem er einen Schriftstellerkurs *Kreatives Schreiben* absolviert hatte, war er bei einem kleinen Blatt als Reporter untergekommen. Er steckte uns in sein *Henan-Dorf*, so hieß der Ort, an dem er eine unmöglich heruntergekommene Wohnung gemietet hatte. Er selber verzog sich zum Schlafen ins Büro auf sein Sofa. Er schenkte uns eine Packung ultradünne, in Japan produzierte Präservative und lachte etwas dreckig.

„Das Geschenk wiegt zwar leicht, kommt dafür schwer von Herzen. Bitte seid freundlich und nehmt diese unbedeutende Kleinigkeit an!"

Jiefang, dann kamen die Sommerferien. Kaifang und Fenghuang befahlen mir, deine Witterung wieder aufzunehmen, und ich brachte sie zum Bahnhof. Ich jaulte mit tiefem Ton in Richtung eines Fernzugs, der in den Westen Chinas fuhr. Ich wollte ihnen damit zu verstehen geben: „Eure Witterung reicht in so weite Ferne wie die stahlblitzenden Eisenbahnschienen. Die Kraft meines Geruchsinns reicht dafür leider nicht aus."

Das einundfünfzigste Kapitel
Ximen Huan wird in der Kreisstadt Bandenführer.
Kaifang hackt sich in den Finger und testet die Zauberhaare.

In den Sommerferien des Jahres 1996 begingen wir ein denkwürdiges Jubiläum. Es waren fünf Jahre vergangen, seit du aus der Stadt geflohen warst. Dass du bei der kleinen Zeitung, bei der Mo Yan inzwischen als Chefredakteur fungierte, als Redakteur angefangen hattest und dass Chunmiao dort in der Kantine als Köchin arbeitete, war deiner Frau und deinem Sohn längst zu Ohren gekommen. Sie hatten dich allem Anschein nach aber gründlich aus ihrem Gedächtnis radiert. Deine Frau arbeitete nach wie vor als Schmalznudelbäckerin und hatte sich auch ihren guten Appetit beim Schmalznudelessen bewahrt. Dein Sohn ging in die zehnte Klasse, beziehungsweise die erste Klasse der Mittelschule, und war ein fleißiger, erfolgreicher Schüler. Pang Fenghuang und Ximen Huan waren mit ihm in einer Stufe. Die Noten der beiden ließen zwar zu wünschen übrig, aber das Mädchen war die Tochter der höchsten leitenden Führungsperson des Kreises, und der Junge war der Sohn des Gönners, der das mit der respektablen Summe von 500.000 Yuan dotierte *Jinlong-Stipendium* für die Mittelschule initiiert und gestiftet hatte.

Nach der Grundschule war Ximen Huan auf die Mittelschule der Kreisstadt Gaomi gewechselt. Seine Mutter Huang Huzhu war mit ihm umgezogen, um für ihn zu sorgen und sich um ihn zu kümmern. Sie wohnten mit in deinem Haus und ließen in den einsamen und verlassenen Hof wieder Leben einkehren. Manchmal ein bisschen zu viel Leben.

Huan war für Fleiß nicht geschaffen. Man fände kein Ende, wollte man all seine in diesen fünf Jahren begangenen bösen Taten aufzählen. Im ersten Jahr seines Stadtlebens führte er sich noch recht zahm auf. Aber mit Beginn des zweiten Jahres avancierte er zum Bandenchef der Südstadt. Er war zusammen mit dem kleinen Liu, der das Sagen über die Nordstadt hatte, Wang aus der Oststadt und Yü aus der Weststadt der Polizei unter dem Namen die „Vier Bösen Latten" bekannt. Huan hatte den Bogen gründlich überspannt. Alles, was man sich an Bosheit und Straftaten von so einem kleinen Jungen vorstellen kann, hatte er begangen. Auch vor Straftaten, die man sich nur von einem Erwachsenen vorstellen kann, war er nicht zurückgeschreckt. Doch von außen konnte man dem Kind nicht ansehen, dass es ein Krawallmacher und Straftäter war. Er trug immer gut aussehende, gut sitzende Markenkleidung und duftete stets frisch und angenehm. Auch war sein Haar immer akkurat kurz geschnitten, das Gesicht frisch gewaschen, ein sattschwarzer Oberlippenflaum stand ihm als ein Markenzeichen seiner Jugend im Gesicht. Sogar sein leichtes Schielen hatte man korrigiert. Seine Umgangsformen waren tadellos. Freundlich und zuvorkommend war er. Mit Schmeicheleien um sich werfen konnte er ohne Frage. Im Umgang mit deiner Frau sparte er nicht an Höflichkeit. In keinem Satz fehlte die herzliche Anrede, der freundlich vertraute Ton. Deswegen ergriff deine

Frau, als ihr Sohn ihr riet: „Mama, schaff Huan aus unserem Haus fort. Er ist ein böses Kind", für ihren Neffen das Wort und verteidigte ihn.

„Ach, ist er denn nicht ein feiner Junge? Er ist immer in Bewegung, weiß mit Worten umzugehen. Dass er ein so schlechter Schüler ist, liegt wohl daran, dass er keine Begabung zum Lernen hat. Ich denke, dass er trotzdem in seinem Leben leichter Erfolg haben wird als du. Du ähnelst deinem Vater, bist jeden Tag griesgrämig. Als wenn jeder in ganz China dir einen Batzen Geld schulden würde."

„Mama, du durchschaust ihn nicht. Er ist ein Scharlatan!"

„Kaifang", sagte deine Frau, „selbst wenn er wirklich ein böses Kind ist, so wird sein Vater allen Schaden, den er anrichtet, wiedergutmachen. Wir brauchen uns darum nicht zu sorgen. Du weißt doch, dass seine Mutter meine mir eng vertraute, leibliche Schwester, ja sogar meine Zwillingsschwester ist. Ich bringe es nicht über mich, ihr zu sagen, dass sie ausziehen soll. Lass uns noch ein paar Jahre ausharren. Wenn ihr dann mit der Schule fertig seid, geht ja so oder so jeder seiner Wege und macht was aus seinem Leben. Dann wird er wohl nicht bleiben, selbst wenn wir ihn dabehalten wollten. Für deinen Onkel mit seinem vielen Geld ist es doch eine Kleinigkeit, sich hier in der Stadt noch zusätzlich ein Haus einzurichten. Die beiden wohnen hier, damit wir uns umeinander kümmern können. Das wollen auch deine zwei Opas und Omas so."

Was fand deine Frau nicht alles für schwer zu entkräftende Argumente, um dem Ratschlag deines Sohnes zu widersprechen!

Die bösen Taten des Huan konnte man vor Hezuo verheimlichen. Auch seine Mutter ließ sich hinters Licht führen. Sogar dein Sohn erfuhr von vielem Bösen nichts. Meine Schnauze aber ließ sich nicht betrügen. Ich war zwar ein dreizehn Jahre alter Hund mit nachlassendem Geruchssinn. Um die Witterung der mir vertrauten Menschen aufzunehmen und die Orte, die sie besucht hatten, zu erkennen, reichte es jedoch allemal. Noch eins, da ich gerade bei meinem Alter bin: Das Präsidentenamt unseres örtlichen Kreishundeverbands hatte ich abgegeben. Mein Nachfolger war ein mit Namen *Schwarzer* gerufener, reinrassiger Deutscher Schäferhund. Unter den Hunden in unserer Kreisstadt sollten die Deutschen Schäferhunde auch weiterhin das Ruder in den Pfoten halten. Nachdem ich von meinem Amt zurückgetreten war, kam ich nur noch selten zu den

Vollmondversammlungen auf den Tianhua-Platz. Und wenn ich doch einmal dabei war, empfand ich es als todlangweilig. Bei unseren früheren Vollmondpartys hatte es immer Tanz und Gesang, Schnaps und Fleisch, Anbandeln und sich Paaren gegeben. Aber was die jungen Hunde von heute so machten, lag mir dermaßen fern, dass es mir einfach undenkbar erschien. Einmal zum Beispiel kam Schwarzer persönlich bei mir angetrabt, um mich zur Teilnahme zu bewegen. Er bellte, ich solle bei der mitreißendsten, geheimnisvollsten, romantischsten Party dabei sein. Ich bellte zustimmend, weil er mich so überschwänglich eingeladen hatte, und war pünktlich beim Tianhua-Platz. Ich sah hunderte von Hunden aus allen Richtungen wild herbeirennen. Weder beschnupperten die Hunde einander höflich, noch jaulten sie, um von des anderen Befinden zu erfahren, auch keine Flirts, keine Neckereien. Es war, als wären sie sich alle fremd. Die Hunde scharten sich um die wieder aufgestellte Statue der Venus mit dem abgebrochenen Arm, machten den Hals lang, hoben den Kopf und heulten, wie es Wölfe tun, dreimal laut zum Mond hinauf. Nach dem dritten Heuler drehten sie sich, einschließlich des Präsidenten, um und jagten los. Ohne Ausnahme. Sie kamen wie der Blitz und rauschten davon wie eine Sturmwindböe. Binnen eines winzigen Augenblicks fand ich mich verlassen als weit und breit einziger Hund auf dem einsamen, nur vom Mondlicht beschienenen Platz. Ich betrachtete die dunkel graublau leuchtende Venus und war mir nicht mehr sicher, ob ich nicht alles nur geträumt hatte. Später einmal verriet mir irgendein Hund, dass sie das moderne, lässige so genannte *Flash* gespielt hätten und die Spieler sich *Flash Dogs* nennen würden. Ich hörte, dass sie anschließend eine mich noch viel seltsamer anmutende Raserei veranstaltet hatten. Ich weigerte mich, an all dem teilzunehmen. Ich spürte, dass meine Sturm und Drang-Zeit endgültig vorbei war. Mich kümmerte das alles nicht mehr. Eine neue Epoche voller Reize und unglaublicher Phantasmen hatte begonnen. So sah es in unserer Welt der Hunde damals aus. Für die Welt der Menschen trifft im Prinzip das Gleiche zu. Kangmei hatte zwar zu dieser Zeit ihr Amt noch inne, und man munkelte, sie würde in Kürze befördert und auf Provinzebene versetzt werden, um dort eine wichtige Position zu übernehmen, aber die Zeit war nicht mehr fern, da sie vom *Parteikomitee zur Ahndung von Disziplinarverstößen und Kapitalfehlern* in „Shuangui-Gewahrsam" genommen und im Anschluss an diesen Arrest zum Tode verurteilt werden sollte, dessen Vollstreckung zwei Jahre aufgeschoben werden würde. Nachdem dein Sohn die Aufnahmeprüfungen für den Zweig der weiterführenden Mittelschule, deren Abschluss zum Universitätsstudium berechtigte, bestanden hatte, hörte ich auf, ihn zur Schule zu bringen und von dort abzuholen. Ich hätte tagein, tagaus im Westhaus auf der faulen Haut liegen, in Erinnerungen an vergangene Zeiten schwelgen und so mein Leben genießen können. Doch das wollte ich nicht, da ich damit dem Prozess der Alterung von Körper und Geist noch zugearbeitet hätte. Deswegen begleitete ich täglich deine Frau zum Bahnhof und schaute ihr dabei zu, wie sie Schmalznudeln buk und verkaufte. Einmal bekam ich beim Schnuppern im Bahnhofsviertel bei den zwielichtigen Herrenfriseurgeschäften Huans Witterung in die Schnauze. Ich fing an, darauf zu achten, und roch seine Witterung regelmäßig bei den Kneipen und Absteigen. Der wagte es doch, mit der Schultasche über der Schulter aus dem Haupttor Richtung Schule zu gehen, vollendet das brave Schulkind zu markieren und dann gleich an der Ecke auf ein schon wartendes Motorroller-Taxi zu steigen und sich geradewegs zum Bahnhof kutschieren zu lassen. Der Motorrollerfahrer war ein stämmiger Kerl mit fülligem Backenbart. Dass er bereitwillig den Privatchauffeur für einen Mittelschüler machte, konnte nur einen Grund haben: Huan schien ihn überaus großzügig zu bezahlen. Das Bahnhofsviertel kontrollierten die „Vier bösen Latten" gemeinsam. Hier prassten, hurten, soffen, feierten sie und vertrieben sich mit Glücksspielen die Zeit. Unter den vier bösen Buben herrschte ein ständiges Auf und Ab. Mal waren sie untereinander wie Busenfreunde, mal waren sie sich spinnefeind. Wenn sie sich wie Geschwister liebten, spielten sie in den Kneipen *Schere, Stein, Papier* und tranken um die Wette, vergnügten sich mit den illegal in den Friseurgeschäften arbeitenden Nutten und Erotikmassagefräuleins, spielten Mahjong, rauchten in den Stundenhotels und liefen Arm in Arm, wie vier mit Bindfäden zusammengebundene Krebse, in einer Reihe durch die Straßen. Wenn sie in Streit gerieten, bildeten sie immer zwei Lager. Sie gerieten wie wild gewordene Kampfhähne aneinander, wobei auch schon mal drei auf einen einprügelten. Aus den „Vier bösen Latten" entwickelten sich vier Jugendbanden, aus denen schließlich vier Mafia-Gangs wurden. Diese Straßenbanden waren sich mal gut, dann wieder verfeindet. Im Bahnhofsviertel flogen die Fetzen.

Deine Frau und ich verfolgten einmal einen ihrer grausigen Straßenkämpfe mit eigenen Augen. Doch deine Frau wusste nicht, dass der Drahtzieher der vier Gangs der gute Junge Ximen Huan war. Es war ein Mittag mit strahlendem Sonnenschein, und es passierte am helllichten Tage. Los ging es mit lauten Streitereien und Randale in einer Kneipe unten am Platz. Anschließend sahen wir vier Jugendliche blutüberströmt aus der Kneipe fliehen, verfolgt von sieben mit Knüppeln und einem mit einem Scheuerlappen bewaffneten Jugendlichen. Die vier rannten immer um den Bahnhofsplatz herum, Furcht oder Schmerz schienen sie trotz ihrer blutüberströmten, verletzten Gesichter nicht zu empfinden. Die Gesichter der Verfolger erschienen auch nicht etwa teuflisch und boshaft, sondern trugen ein dümmliches Grinsen zur Schau. Diese blutige, bewaffnete Straßenschlacht sah zu Anfang noch wie ein Spiel aus. Einer der vier Flüchtenden war so eine lange Bohnenstange mit einem Gesicht eckig wie ein Tempelblock, mit dem die Nachtwächter die Stunden schlagen. Es war Yü aus der Weststadt. Die vier waren nicht eindeutig auf der Flucht, denn während sie abhauten, starteten sie noch einen Gegenangriff. Yü zog einen Dolch hervor, seine drei kleinen Kumpels rissen sich die Ledergürtel von den Lenden und ließen sie mit lautem Gejohle durch die Luft tanzen. Dann stürzten sie sich auf ihre Verfolger. Sofort schlugen schallend die Knüppel auf die Köpfe, die Ledergürtel hieben klatschend auf die Backen ein. Das Toben und Schmerzgebrüll schallte zum Himmel. Es herrschte Chaos. Die Leute flüchteten in Panik vom Bahnhofsplatz. Die alarmierte Polizei war unterwegs. Da sah ich, wie Yü dem kleinen Dicken, der den Scheuerlappen durch die Luft schwang, den Dolch in den Leib stieß. Der Dicke schrie auf und ging zu Boden. Als die Verfolger ihren Kumpel schwer verletzt sahen, stob die Bande augenblicklich auseinander. Yü putzte mit einem Kleiderzipfel des Dicken das Blut von seinem Dolch. Dann brüllte er seine drei Jungs zusammen und stürmte links den Platz hinunter nach Süden und verschwand.

Während die beiden Jugendbanden sich auf dem Platz das blutige Gefecht lieferten, saß, so konnte ich beobachten, Huan mit einer Sonnenbrille auf der Nase entspannt rauchend an einem Fenstertisch in der Kneipe nebenan. Deine Frau sah am ganzen Körper wie Espenlaub zitternd der Straßenschlacht auf dem Platz zu. Sie hatte Huan überhaupt nicht bemerkt. Und hätte sie den hübschen jungen

Huan mit seinem hellhäutigen Gesicht in der Kneipe gesehen, hätte sie niemals für möglich gehalten, dass er der Drahtzieher dieser blutigen Straßenschlacht war. Er erhob sich und fischte aus seiner Hosentasche so ein damals gerade ultramodernes, aufklappbares Handy, drückte einen Knopf, nahm es ans Ohr, sprach ein paar Worte hinein und setzte sich dann wieder, um weiterzurauchen. Er rauchte wie ein alter Hase. Er sah dabei so edel aus wie die Mafiosi in den Gangsterfilmen aus Hongkong und Taiwan. Während er telefonierte und rauchte, war Yü mit seiner Bande bereits von dem Platz in die Xinmin-Gasse in die Südwest-Stadt abgebogen. Ein Motorrollertaxi kam wie der Blitz auf ihn zugerauscht und erfasste ihn frontal. Der Fahrer war der stämmige Kerl mit fülligem Backenbart. Yüs Körper flog, als wäre er leicht wie eine Feder, in hohem Bogen an den Straßenrand. Von weitem sah es gar nicht aus, als wäre sein Körper aus Fleisch und Blut. Er sah aus wie eine Puppe aus Montageschaum, der man Kleider übergezogen hatte. Der Motorroller war zu Boden geschleudert worden und der Backenbärtige verletzte sich schwer. Zur gleichen Zeit konnte ich beobachten, wie Huan sich von seinem Fensterplatz erhob, seine Schultasche schulterte und aus der Kneipe heraustrat. Er pfiff ein fröhliches Liedchen, kickte einen verschrumpelten Apfel vor sich her und lief die Straße Richtung Schule hoch. Eine Sache will ich dir noch erzählen, Jiefang, nämlich wie es dazu kam, dass Huan wegen einer Schlägerei drei Tage von der Polizei unter Arrest gesetzt wurde, und was dann zu Hause bei euch passierte, als er wieder frei kam.
Huzhu zerrte außer sich vor Wut an Huans Jacke und klagte gebrochen vor Kummer und Schmerz.
„Huan, Huan. Du enttäuschst mich bitter. Wie viel Energie habe ich darauf verwendet, mich darum zu kümmern, dass du ordentlich in die Schule gehst. Nicht einmal arbeiten gegangen bin ich, um bei dir zu bleiben. Deinem Vater war sein sauer verdientes Geld für dich nie zu schade! Er setzte alle Hebel in Bewegung, damit du auf eine gute Schule kamst. Und er erwartet, dass du seine Erwartungen nicht enttäuschst und lernst. Aber du hast doch tatsächlich ..."
Die Tränen kamen Huzhu hervorgeschossen. Ihr stockte die Stimme. Huan klopfte ihr in unvergleichlich eiskalter Manier auf die Schulter und sagte ohne mit der Wimper zu zucken: „Mama, trockne deine Tränen! Du weinst umsonst, denn du irrst dich. Es ist gar nicht so,

wie du denkst. Das sind Lügenmärchen, die dir andere zugeflötet haben, die mich zu Unrecht beschuldigen. Ich habe nichts Böses getan. Schau mich doch an! Sehe ich etwa wie ein Hooligan aus? Mama, ich bin nicht so, ich bin ein guter Junge!" Der gute Junge fing dann an, ein Liedchen trällernd im Hof herumzuspringen und benahm sich völlig albern. Der Scharlatan spielte das Unschuldsengelchen. Er neckte Huzhu, bis ihr vor Lachen die Tränen kamen. Ich fand es einfach nur peinlich. Es verursachte mir Zahnschmerzen.

Jinlong erfuhr von der Sache und eilte wutschnaubend herbei, doch Huan konnte ihn mit seinen gescheiten Sprüchen und falschen Schmeicheleien schon bald ebenfalls zum Lachen bringen. Eine Ewigkeit, so kam es mir vor, war vergangen, seit ich Jinlong das letzte Mal gesehen hatte. Auch ihn hatte die Zeit nicht geschont: Arm und Reich trifft es gleichermaßen. Obschon er von Kopf bis Fuß in internationale Spitzenmarken gekleidet daherkam, regelmäßig zu verschiedenen hochkarätigen Empfängen gebeten wurde, konnte auch er die beginnende Glatze, das Nachlassen der Sehkraft und den vorstehenden Bauch nicht verhindern.

„Papa, verlass dich ganz auf mich! Geh an deine großartigen Geschäfte zurück!", rief Huan seinem Vater mit einem offenen Lachen im Gesicht. „Du weißt doch: Wie der Vater so der Sohn, du kennst mich doch besser als jeder andere! Wenn an deinem Sohn etwas falsch sein soll, ist es doch nur die Angewohnheit, ein bisschen zu gelackt daherzureden, ein bisschen zu gern gut zu essen, ein bisschen zu wenig den eigenen Hintern hochzukriegen, ein bisschen zu sehr nach den hübschen Mädchen zu schauen. Aber das sind doch kleine Fehler, die hast du doch auch, oder etwa nicht?"

„Junior", sprach Jinlong, „deiner Mutter konntest du einen Bären aufbinden. Mir jedoch nicht. Wenn du das bis heute nicht durchschaut hast, brauche ich mir da draußen ja wohl auch nicht mehr den Arsch aufzureißen. Ich schätze mal, dass du in den letzten Jahren alles, was man an verbrecherischen Schlechtigkeiten zuwege bringen kann, getan hast. Einmal etwas Unrechtes zu tun, ist nicht schwer. Schon schwieriger ist es, in seinem Leben nur Unrechtes und gar nichts Rechtes zu tun. Ich halte es für an der Zeit, dass du mal was Gutes tust."

„Papa, was du sagst, ist klasse! Ich mache es immer so, dass ich

das Schlechte dann noch zum Guten wende", sprach Huan, dabei schmiegte er sich an Jinlong und nahm ihm mit einem patenten Handgriff seine wertvolle Armbanduhr vom Handgelenk: „Papa, du trägst ja eine nachgemachte! Das ist doch unter deiner Würde! Gib die mal besser mir zum Tragen, da bin ich lieber der, der sich unmöglich macht!"
„So ein Unsinn, das ist keine Falsche, es ist eine echte Rolex."
Ein paar Tage später sahen wir in den Fernsehnachrichten, wie ein Mittelschüler mit Namen Ximen Huan sich als ehrlicher Finder bewies. Er fand die Riesensumme von 10.000 Yuan und gab sie ehrlich in seiner Schule ab. Die goldglänzende Rolex sah ich vom gleichen Tag an nie wieder an seinem Handgelenk.
Dann brachte der gute Junge Huan das zweite berühmte Kind, die brave Tochter Fenghuang, mit zu uns nach Hause. Sie war inzwischen ein junges Mädchen geworden, das sofort auffiel: Modisch gekleidet, tolle Figur, kleine vorstehende Brüste und wohlgerundeter Po, nachlässiger Schlafzimmerblick, verwuscheltes Haar. Sie sah nicht wie ein ordentliches junges Mädchen aus. Die konservativen Schwestern Huzhu und Hezuo hatten einiges an dem Aufzug des Mädchens auszusetzen, doch Huan flüsterte den beiden Entrüsteten zu: „Mama, Tante, ihr seid altmodisch! Sie kleidet sich nach der allerneuesten Mode!"
Ich weiß ja, dass dich Huan gar nicht und auch Fenghuang nicht wirklich interessiert, sondern dass du etwas über deinen Sohn Kaifang erfahren möchtest. Aber bei dem, wozu ich jetzt komme, wird dein Sohn wieder eine Rolle spielen.
Jener Tag war ein windiger, frischer, dabei wunderschöner Herbsttag. Deine Frau und Huzhu waren beide nicht zu Hause. Die jungen Leute hatten sich verabredet und die Alten gebeten auszugehen.
Vorne rechts im Hof hatten die jungen Leute einen viereckigen Tisch unter den Ginkgobaum gestellt, an dem die drei braven Kinder Platz genommen hatten. Der Tisch war voll von frischem Obst der Saison, darunter eine große Platte mit Wassermelonenscheiben in Mondsichelform. Huan und Fenghuang waren nach dem letzten Schrei gekleidet, ihre Gesichter waren hübsch und lieblich. Dein Sohn trug abgetragene, schäbige Sachen, sein Gesicht war hässlich.
Ein so hübsches, sexy Mädchen, wie Fenghuang eines war, lässt keinen Mann kalt. Da machte dein Sohn natürlich keine Ausnahme. Jie-

fang, erinnere dich kurz an deinen Sohn, wie er war, als er dich im Wohnheim mit Schlamm bewarf. Dann erinnere dich kurz an ihn, wie er war, als er mich den Weg zu euch nach Lüdian suchen ließ. Merkst du, dass er schon ganz zu Anfang für Fenghuang freiwillig ein Lakai gewesen ist? Schon damals wurde der Samen für die grausigen Geschehnisse gesät, die später ihren Lauf nahmen.

„Kommen denn keine anderen Typen mehr?", fragte Fenghuang träge und lehnte sich an die Stuhllehne.

„Für heute gehört uns unser Hof hier ganz allein", meinte Huan.

„Und ihm!" Fenghuang zeigte mit ihren schmalen Jadefingern auf mich, der ich an der Wand auf dem Gang ein Nickerchen machte, und streckte sich dabei in der Taille: „Der alte Hund ist der Bruder unseres Haushundes."

„Er hat noch zwei Brüder in Ximen", sagte dein Sohn, sich bedeckt haltend, „einer gehört ihm", er zeigte mit dem Finger auf Huan, „und einer meiner Tante Baofeng."

„Unser Hund ist gestorben", sagte Fenghuang. „Er ist an den vielen Geburten gestorben. Wenn ich mich an die Zeit, als ich klein war, erinnere, hat er immer Junge bekommen, einen Wurf nach dem anderen." Dann fügte sie betont lässig an: „Wie ungerecht die Welt ist! Der Rüde macht sich, wenn er damit fertig ist, einfach davon, während die Hündin allein zurückbleibt und die Sache ausbaden muss."

„Deswegen preisen wir immer die Mütter", antwortete dein Sohn provozierend.

„Huan, hast du das gehört?" Fenghuang lachte mit breit geöffnetem Mund. „Worte mit solchem Tiefgang bringst du nicht über die Lippen. Ich auch nicht. Nur Lan kriegt sowas hin."

Beschämt sagte dein Sohn: „Mann, kannst du diese spitzen Bemerkungen auch sein lassen?"

„Ich habe keine *spitze Bemerkung* gemacht. Ich habe dir aus tiefstem Herzen ein Kompliment gemacht!" Sie knipste ihre weiße, echtlederne Umhängetasche auf, holte ein Päckchen Marlboro Lights und ein echtgoldenes Feuerzeug, das mit einem kleinen Brillanten verziert war, hervor und bemerkte: „Na, wenn das Ost- und Westhaus heute nicht kommen, dann können wir uns ja entspannen."

Sie klopfte mit ihren signalrot lackierten Fingernägeln gegen die Packung, bis eine Zigarette hervorlugte, packte sie mit ihrem vollen, kleinen Kirschmund und knipste das Feuerzeug an, das seine blaue

Flamme ausspuckte. Feuerzeug und Zigarettenpackung warf sie auf den Tisch, nahm einen tiefen Zug und lehnte sich dann weit nach hinten an die Stuhllehne. Mit dem Genick lag sie auf der Lehne und schaute in den Himmel. Dabei machte sie einen Schmollmund und blickte in das Blau über ihr. Sie machte so ein Getue, während sie den Rauch ausblies, man sah es ihr an, wie geübt sie darin war. Sie sah genau aus wie die Fernsehstars in den Vorabendserien, die im Film rauchen, es aber in Wirklichkeit überhaupt nicht gewohnt sind.
Huan holte eine Zigarette aus der Packung und warf sie zu Kaifang hinüber. Dein Sohn schüttelte ablehnend den Kopf. Keine Frage, er war ein guter Junge. Fenghuang schnaubte geringschätzig.
„Mensch, rauch! Lass das, dich vor uns als guter Junge aufzuspielen! Ich kann dir eins sagen, je früher du mit dem Rauchen anfängst, umso besser kann sich der Körper an das Nikotin gewöhnen. Der englische Premierminister Churchill rauchte schon mit acht Jahren den Pfeifentabak seines Großvaters und wurde über neunzig Jahre alt."
Dein Sohn nahm die Zigarette, zögerte einen Moment, aber zuletzt steckte er sie sich dann doch in den Mund. Huan half eifrig beim Anzünden. Dein Sohn hustete ohne Ende, er hustete so krampfhaft, dass sein Gesicht schwarz wie der Boden eines Woks wurde. Das war seine erste Zigarette. Aber es dauerte nicht lange, bis er zum Kettenraucher wurde.
Huan spielte mit dem echtgoldenen Feuerzeug mit dem eingesetzten Brillanten. Er sagte zu Fenghuang: „Verdammte Scheiße, dein Feuerzeug ist sowas von abgefahren edel!"
„Magst du es? Wenn du es magst, behalt es!", sagte Fenghuang, indem sie abschätzig wegblickte: „Das sind alles Geschenke, die diese speichelleckenden Scheißkröten vorbeibringen, die einen Beamtenposten wollen oder die einen Bauauftrag oder Montageauftrag wollen."
„Daran ist doch deine Mama…", dein Sohn wollte sprechen, ließ es dann aber wieder.
„Meine Mutter ist genauso eine Scheißkröte!" Fenghuang hielt die Zigarette mit graziös abgespreiztem Ring- und kleinem Finger. Sie zeigte auf Huan: „Dein Vater ist eine noch viel schlimmere Scheißkröte! Und dein Vater", Fenghuang zeigte auf deinen Sohn, „ist auch so eine Scheißkröte! Kriminelle Betrüger. Ihr Theater ist doch Scharlatanerie! Sie haben uns wieder und wieder eingetrichtert, wir sollten dies nicht und jenes nicht. Und sie selber? Sie machen das Gleiche!"

„Und wir müssen dann unbedingt dies und müssen dann unbedingt das!", meinte Huan.
„Genau, du sagst es. Die wollen, dass wir brave Kinder sind und dass wir nicht missraten", entgegnete Fenghuang wieder. „Aber was sind gute Kinder? Was sind missratene Kinder? Wir sind doch gute Kinder, wir sind die besten, die allerbesten Kinder überhaupt!" Fenghuang schnippte die Zigarettenkippe in die Krone des Ginkgobaums. Doch ihre Kraft reichte nicht aus. Die Kippe landete auf der Traufe und qualmte dort mit einem hellen Rauchfähnchen weiter.
„Du kannst meinen Vater eine verdammte Scheißkröte nennen", sagte dein Sohn, „aber ein krimineller Betrüger ist er nicht, und er ist auch kein Scharlatan. Wenn er anderen etwas vormachen könnte, wäre ihm das nicht passiert ..."
„Hey, da brichst du dem auch noch die Lanze!", warf Fenghuang ein: „Er hat euch beide, dich und deine Mutter, sitzen gelassen. Auf und davon mit seiner Geliebten ... Genau, diese Missgeburt, Tante Chunmiao, ist auch so eine verdammte Scheißkröte!"
„Ich bewundere meinen Onkel", sagte Huan. „Der besitzt Mut. Der haut mit seiner Geliebten ab, um die Liebe zu genießen, hängt seinen Vizekreisvorsteherjob einfach an den Nagel und verlässt dafür sogar Frau und Kind. Na, wenn das nicht cool ist!"
„Dein Papa ist einfach super, wenn wir es mal mit den Worten dieses Unglücksraben, dieses Schriftstellers Mo Yan aus unserem Kreis, sagen", meinte Fenghuang, „bei dem heißt es: *Die größten Helden aller Zeiten, die wirklich ganzen Kerle, und die übelsten Kröteneier und Scheißkerle aller Zeiten haben eins gemeinsam. Sie lieben und trinken am besten!*" Dann setzte Fenghuang einen strengen Blick auf: „Jetzt haltet euch mal kurz die Ohren zu. Das, was ich jetzt noch zu sagen habe, ist nicht für eure Ohren bestimmt! Hund Vier, hast du sowas schon mal gehört?", fragte Fenghuang, sich zu mir hindrehend. Dein Sohn und Huan hielten sich derweil brav die Ohren zu. „Jiefang und meine Tante können jeden Tag zehnmal miteinander schlafen, jedes Mal eine ganze Stunde lang."
Huan gluckste, weil er lachen musste. Fenghuang trat mit dem Fuß nach ihm und beschimpfte ihn: „Verräter! Du hast gelauscht."
Das Gesicht deines Sohnes färbte sich indigofarben, er machte eine Schnute, aber er sagte nichts.
„Wann fahrt ihr wieder mal nach Ximen?", fragte Fenghuang. „Wenn

ihr fahrt, nehmt mich mit. Ich habe gehört, dass dein Vater das ganze Dorf zu einem kapitalistischen Vergnügungspark umgebaut hat."
„Was laberst du für einen Blödsinn?", antwortete Huan. „Wie, bitteschön, sollte auf sozialistischer Erde wohl ein kapitalistischer Vergnügungspark möglich sein? Mein Vater ist Reformer! Held unserer Epoche!"
„So ein Schwachsinn!", entgegnete Fenghuang nur. „Der ist ein Kapitalverbrecher! Dein Onkel Jiefang und deine Tante Chunmiao sind die wahren Helden unserer Epoche!"
„Ihr sollt nicht über meinen Vater reden!", rief dein Sohn.
„Darüber, dass dein Vater mit meiner Tante durchgebrannt ist, hat sich meine Oma tot- und mein Opa krankgeärgert. Warum darf ich nicht über ihn sprechen?", meinte Fenghuang. „Wenn der mich richtig auf die Palme bringt, fahre ich nach Xian und krieg die beiden dort zu packen. Ich schlepp sie dann her und zerr sie vor die Menge: Einmal ab durch die ganze Stadt!"
„Echt geil", sagte Huan. „Lass uns doch nach Xian fahren und sie mal besuchen."
„Sauber! Die Idee ist gut", antwortete Fenghuang. „Da bin ich dabei. Ich nehm noch einen Topf Ölfarbe mit. Wenn ich die Tante sehe, sag ich ihr gleich ‚Tantchen, die Farbe hab ich mitgebracht, bin mal wieder da zum Tanteanpinseln.'"
Huan lachte schallend. Dein Sohn senkte den Kopf und schwieg.
Fenghuang kickte deinem Sohn mit ihren Füßen gegen die Beine: „Hey, Lan, hab dich mal nicht so! Wir fahren zusammen, okay?"
„Nein, mit mir nicht!", rief dein Sohn.
„Schlaffi, du Armleuchter!", meinte Fenghuang, und dann: „Ich hau ab, Leute. Ich bleib hier nicht länger."
„Nicht doch, nicht jetzt!", fiel Huan ein. „Wir haben doch unseren Partygag noch gar nicht gehabt!"
„Was für einen Partygag?"
„Die Zauberhaare, die Zauberhaare meiner Mama!", antwortete Huan.
„Na klar!", sagte Fenghuang: „Wie konnte ich das vergessen? Was hattest du noch gesagt? Du sagtest, du wolltest einem Hund den Kopf abhacken, um ihn dann mit dem Haar deiner Mutter wieder anzunähen. Und der Hund sollte dann sofort wieder essen und trinken können. War es das?"

„Sowas hab ich zwar noch nicht gemacht", meinte Huan, „aber wenn man einen tiefen Schnitt hat, und die Haare meiner Mutter, zu Asche verbrannt, darüber streut, vergehen keine zehn Minuten, und die Wunde ist wieder verschlossen, ohne dass eine Narbe zurückbleibt."
„Ich hörte, die Haare deiner Mama kann man nicht mit der Schere schneiden, denn sie bluten beim Abschneiden?"
„Genau."
„Ich hab auch gehört, dass deine Mutter sehr freigebig ist und sie sich immer, wenn im Dorf mal jemand verletzt war und sie aufsuchte, Haare ausriss, um sie ihm zu geben."
„Genau."
„Sieht sie da über die Jahre nicht schon wie eine abgenutzte Wurzelbürste aus?"
„Nicht die Spur! Das Haar wird sogar immer dichter!"
„Krass, dann hat man ja immer was in petto, wenns mal dicke kommt", meinte Fenghuang. „Da kann dein Papa die Karre ja ruhig in den Dreck fahren und wie eine arme Kirchenmaus daherkommen. Deine Mama verkauft ihre Haare, und ihr habt was zu beißen!"
„Bestimmt nicht! Und wenn ich auf der Straße betteln müsste, ich würde nie wollen, dass meine Mama ihre Haare verkauft!", sagte Huan mit Bestimmtheit und fügte sogar noch an: „Auch wenn sie nicht meine leibliche Mutter ist."
„Ach was?", Fenghuang war erstaunt. „Du bist nicht ihr leiblicher Sohn? Ja, wer ist denn dann deine leibliche Mutter?"
„Ich habe gehört, eine Mittelschülerin."
„Wie cool! Eine Mittelschülerin bringt ein uneheliches Kind zur Welt." Und als würde sie über etwas nachsinnen, fügte sie an: „Noch cooler als Tante Chunmiao."
„Na, dann krieg doch auch ein Kind!", antwortete Huan.
„Wo denkst du hin, du Blödkopf!", rief Fenghuang. „Ich bin ein ordentliches Mädchen."
„Wieso soll man, wenn man ein Kind kriegt, kein gutes Kind mehr sein?", fragte Huan.
„Was soll der Scheiß mit gut und missraten. Wir sind doch alle gute Kinder!", sagte Pang Fenghuang. „Dann los, lass uns den Test machen. Wollen wir den Kopf von Hund Vier abschlagen?"
Ich knurrte sofort böse und fletschte die Zähne. „Ihr Bastarde! Wer mich anrührt, den beiß ich tot."

„Ich erlaube nicht, dass jemand meinen Hund verletzt", rief dein Sohn sofort.
„Wie, und was nun?", fragte Fenghuang: „Da macht ihr so ein Affentheater und dann verarscht ihr mich nur! Ich gehe jetzt."
„Warte kurz", sagte dein Sohn. „Geh noch nicht."
Dein Sohn stand auf und ging in die Küche.
„Lan, ey, mach keinen Scheiß!", rief Fenghuang sofort.
Dein Sohn hielt seinen linken Mittelfinger in der rechten Hand und kam aus der Küche gelaufen. Das Blut triefte zwischen seinen Fingern hervor.
„Lan, bist du verrückt geworden?", schrie Fenghuang.
„Den hat mein Onkel gezeugt, keine Frage!", sagte Huan. „Im entscheidenden Augenblick geht der aufs Ganze."
„Du uneheliches Kind, hör auf zu labern und hol das Zauberhaar deiner Mutter her. Schnell jetzt!", schrie Fenghuang.
Huan rannte ins Haus, kam mit sieben langen, dicken Haaren wieder herausgerannt und verbrannte sie auf dem Tisch zu Asche.
„Lan, lass deine Hand los, dass ich da ran kann!" Fenghuang ergriff die verletzte Hand und drückte fest am Handgelenk zu.
Der Mittelfinger deines Sohnes war sehr schwer verletzt. Ich sah Fenghuang mit kreideweißem Gesicht, den Mund sperrangelweit auf, die Brauen gerunzelt, als empfände sie großen Schmerz.
Huan schippte die Asche mit einer nagelneuen, frischgedruckten Banknote auf und puderte sie gleichmäßig auf den verletzten Finger deines Sohnes.
„Tut es weh?", fragte Fenghuang.
„Nein, gar nicht."
„Du kannst jetzt sein Handgelenk wieder loslassen", sagte Huan.
„Das Blut wird dann aber die Asche fortspülen", meinte Fenghuang.
„Glaub mir."
„Wenn das Blut nicht gerinnt, sondern es weiter blutet", sagte Fenghuang bitterböse, „dann hacke ich dir deine Pfoten ab, verlass dich drauf!"
„Glaub mir."
Langsam lockerte sie den Griff um Kaifangs Handgelenk und ließ dann los.
„Da kannste mal sehen!", sagte Huan hochzufrieden.
„Wirklich zaubermächtig!", meinte Fenghuang.

Das zweiundfünfzigste Kapitel
Jiefang und Chunmiao spielen im Fernsehen ihr wirkliches Leben. Jinlong und Taiyue finden gemeinsam den Tod.

Jiefang, du hast für die Liebe deine Zukunft, deinen guten Ruf und dein Familienleben geopfert. Obwohl der Großteil der anständigen, ehrenhaften Leute dein Vorgehen missbilligt, ist da immer noch ein Schriftsteller, Mo Yan, der dich hymnisch besingt. Aber dass du, als deine Mutter starb, nicht nach Hause zur Beerdigung kamst, dieses pietätlose, ehrlose Verhalten deinen Eltern gegenüber wird noch nicht einmal Mo Yan, der ein Faible für Querdenker hat, entschuldigen.

Ich habe keine Nachricht von ihrem Tod erhalten. Nachdem ich nach Xian geflüchtet war, tauchte ich dort wie ein Serienstraftäter unter falschem Namen unter. Mir war klar, dass, solange Kangmei das Ruder in der Hand hielt, das Gericht meiner Scheidung nicht zustimmen würde. Da ich mich nicht scheiden lassen konnte, aber unbedingt mit Chunmiao zusammen sein wollte, hatte ich keine andere Wahl, als versteckt an einem fernen Ort meinem Zuhause fernzubleiben. Anfangs waren Chunmiao und ich bei einem mit ausländischem Kapital gegründeten Unternehmen beschäftigt. Es war eine Plüschtierfabrik. Der Fabrikbesitzer war ein so genannter Überseechinese aus den USA mit vorstehendem Bauch, Glatze und einem Mund voll gelber Zähne. Ein Lyrikfreak, der mit Mo Yan gut bekannt war. Er bemitleidete uns und war für unsere Geschichte heiß entbrannt. Ich bekam von ihm Arbeit im Büro, Chunmiao zählte Plüschtiere für die Statistik. In der Produktion gab es Unmengen von strengen Gerüchen, und es wirbelten Unmengen von Plüschflusen durch die Gegend, die ein Jucken in der Nase verursachten. Die Arbeiterinnen waren größtenteils Mädchen vom Land, die zum Arbeiten in die Stadt geholt worden waren. Sie waren höchstens dreizehn Jahre alt. Dann brach ein großer Brand aus und zerstörte die gesamte Fabrik. Viele Menschen starben in den Flammen. Die Überlebenden trugen fast alle ein Leben lang entstellende Brandnarben und Behinderungen davon. An jenem Tag lag Chunmiao krank zu Bett. So entkam sie dem bösen Schicksal. Eine endlose Zeit lang dachten wir tagein tagaus an nichts anderes als an das furchtbare Schicksal der kleinen Fabrikmädchen. Wir fanden darüber nicht mehr in den Schlaf. Später hat uns Mo Yan dann geholfen, eine Arbeitsstelle bei seiner kleinen Zeitung zu bekommen.

Einige Male fielen mir in Xian auf der Straße bekannte Gesichter aus meinem Heimatort auf, und jedes Mal wäre ich so gern auf sie zugegangen, um sie zu grüßen. Aber ich brachte es nicht übers Herz und wich ihnen nur mit gesenktem Kopf grußlos aus. Chunmiao und ich sehnten uns so sehr nach Hause, dass wir viele, viele Male in unserem kleinen Zimmer saßen und aus Sehnsucht nach unseren Familien jämmerlich weinten. Um unserer Liebe willen waren wir von zu Hause weggegangen, um unserer Liebe willen konnten wir nicht mehr nach Hause zurück. Wie viele Male hatten wir den Telefonhörer in der Hand und legten ihn tatenlos wieder auf. Wie viele Male hatten wir den Brief schon in den Kasten geworfen und warteten dann auf den Postboten, der den Kasten leeren kam, um ihn, irgendeine Ausrede erzählend, zu bitten, uns den Brief wieder auszuhändigen. Alle Informationen von zu Hause bekamen wir über Mo Yan. Doch er berichtete immer nur Schönes. Das Traurige ließ er weg. Er gehörte zu den Menschen, die nichts mehr fürchten, als dass nichts Furchtbares oder Außergewöhnliches passiert. Er betrachtete uns wahrscheinlich als seine Romanfiguren. Je tragischer unser Schicksal war, um so mehr gab die Geschichte her. Je theatralischer das war, was uns zustieß, umso besser passte es ihm in den Kram. Obschon ich keine Möglichkeit hatte, zur Beerdigung meiner Mutter zu gehen, spielte ich in jener Zeit infolge einer Reihe unglücklicher Zufälle dennoch die Rolle des pietätvollen Sohnes. Mo Yans alter Kommilitone aus seinem Schriftstellerkurs *Kreatives Schreiben* führte die Regie bei einem Fernsehspiel, das von einer Gruppe Banditen vernichtender Soldaten der Volksbefreiungsarmee handelte. Der Anführer der Bande, der in dem Fernsehspiel den Spitznamen *Blaugesicht* trug, war ein Serienmörder, der sich seiner Mutter gegenüber aber immer als guter, seinen Kindespflichten treu nachkommender Sohn verhielt. Damit ich etwas zusätzlich verdienen konnte, empfahl mich Mo Yan seinem Kommilitonen für die Rolle. Der Typ hatte einen Vollbart, eine Glatze wie Shakespeare und eine Hakennase wie Dante. Sowie er mich sah, klatschte er sich auf die Schenkel und rief: „Da, fick deine Oma! Den brauchen wir nicht mal mehr zu schminken!"

Wir fuhren mit dem Cadillac, den Jinlong uns vorbeigeschickt hatte, nach Ximen zurück. Der rotgesichtige Chauffeur des Wagens wollte mich nicht mit ins Auto lassen, doch dein Sohn wies ihn unwirsch und mit bösem Blick zurecht: „Du irrst dich, wenn du meinst, er wäre nur ein Hund und sonst nichts! Er ist ihr glühender Verehrer, ihr bedingungslos verpflichtet. Er liebt meine Oma mehr, als unsere gesamte Großfamilie es tut."

Als wir gerade aus der Stadt raus waren, fing es an zu schneien. Es fiel Pulverschnee, der körnig wie Gries war. Als der Wagen ins Dorf hineinfuhr, war der Boden ringsum schon überall weiß. Wir hörten einen entfernt verwandten Onkel, der seinen Beileidsbesuch abstattete, laut weinend rufen: „Alte Tante, alte Tante, warum musstet Ihr von uns gehen! Sogar Himmel und Erde haben weiße Trauerkleidung für Euch angezogen! Eure Tugendhaftigkeit und Menschlichkeit haben Himmel und Erde bewegt! Alte Tante!"

Sein lautes Weinen wirkte wie das Vorsingen des Kantors. Es antworteten viele Stimmen im Chor. Ich hörte das heisere Weinen von Baofeng heraus, ich hörte Jinlongs brüllendes Weinen, und ich hörte Qiuxiangs singendes Weinen.

Sowie wir ausgestiegen waren, schlugen sich deine Frau und deine Schwägerin sofort die Hände vors Gesicht und weinten laut. Dein Sohn und Huan stützten ihre Mütter. Ich jaulte kläglich und folgte ihnen ins Haus. Mein großer Bruder war zu jener Zeit bereits tot. Mein mittlerer Bruder lag an der Wand auf dem Gang und jaulte mir zur Begrüßung jämmerlich entgegen, denn er war alt und gebrechlich und konnte nicht mehr richtig laufen. Ich hatte den Kopf voll und war nicht in der Stimmung zurückzujaulen. Ich spürte, wie mir vier eiskalte Luftströme die Beine heraufwehten und wie dieser Wind in meinen Eingeweiden zu einem dicken Klumpen Eis gefror. Ich zitterte am ganzen Körper. Die Beine wurden mir steif, sodass sie mir nicht mehr gehorchen wollten. Ich wusste, dass ich selbst auch schon alt war.

Deine Mutter hatten sie schon wunderschön hergerichtet und im Sarg aufgebahrt. Der Sargdeckel lehnte hochkant an der Wand. Ihr Totenkleid war aus violettem Satin und mit einigen dunkelgoldenen Zeichen für ein langes Leben geschmückt. Jinlong und Baofeng knieten rechts und links vom Sarg. Baofengs Haar stand in wirren Strähnen vom Kopf ab, und Jinlong hatte sich die Augen rot und geschwollen geweint. Vorne auf seiner Jacke war ein großer, nasser Fleck.

Huzhu und Hezuo warfen sich vor dem Sarg auf die Knie, wölbten sich mit dem Oberkörper darüber und trommelten mit den Fäusten gegen die Sargwand. Unter lautem Weinen rief deine Frau schrill: „Mutter, wie konntest du einfach so von uns gehen, ohne auf unsere Rückkehr zu warten? Mutter, unser Fels in der Brandung! Ohne dich sind wir ohne Halt! Wie konntest du uns, den armen Waisenjungen und die arme Witwe, allein lassen ... Mutter ..."
Jiefang, das war das Wehklagen deiner Frau, wieder und wieder.
„Mutter, Mutter! Du hattest es dein ganzes Leben lang so schwer. Gerade ging es dir mal ein wenig gut, da musstest du von uns gehen ..."
Das war das Wehklagen von Huzhu.
Sie weinten Sturzbäche von Tränen, die in Strömen auf das Totenkleid deiner Mutter niedergingen und auf das quadratische, gelbe Opferpapier tropften, das man deiner Mutter über das Gesicht gelegt hatte. Die Tränen verliefen wie Tusche auf dem Papier, sie troffen herab, liefen auseinander, als wären es die Tränen der Toten.
Dein Sohn und Huan knieten hinter ihren Müttern, der eine mit einem Gesicht dunkel wie Eisen, der andere mit einem Gesicht hell wie Schnee.
Verantwortlich für die Verpflegung der Trauergesellschaft und den Ablauf der Zeremonie war das Ehepaar Xu Xuerong. Erschreckt schrie Frau Xu auf. Dabei zog sie Huzhu und Hezuo vom Sarg.
„Nun sieh sich das einer an! Ihr trauernden Kinder, Enkel und Schwiegertöchter! Passt auf, dass keine Tränen auf den Körper der Toten tropfen! Mit den Tränen eines Lebenden auf ihrem Körper kann sie nicht als Mensch wiedergeboren werden ..."
Der alte Herr Xu blickte in die Runde „Sind die Verwandten ersten Grades jetzt alle versammelt?"
Keiner antwortete.
„Sind die Verwandten ersten Grades jetzt alle versammelt?"
Die Verwandten zweiten und dritten Grades blickten sich an. Es antwortete immer noch niemand.
Ein entfernter Verwandter zeigte mit dem Finger auf das Westhaus und flüsterte hinter vorgehaltener Hand: „Es sollte mal einer zum alten Hausherrn rübergehen und ihn fragen."
Ich folgte dem alten Herrn Xu zum Westhaus. Dein Vater saß in der Ecke des Raumes an der Wand und flocht aus Mohrenhirsestroh und

Hanfschnur einen Wok-Deckel. An der Wand hing eine Öllampe, die mit ihrem milchig gelben Licht gerade die Ecke des Raums ausleuchtete. Das Gesicht deines Vaters war nur ganz verschwommen zu sehen, allein seine Augen sah man als zwei hell leuchtende Punkte. Er saß auf einem viereckigen Hocker und hatte das schon fertige Deckelgerüst zwischen die Knie geklemmt. Jedes Mal, wenn er die Hanfschnur durch die Hirsestrohhalme zog, raschelte es, als krieche eine Schlange durchs Stroh.

„Alter Hausherr", fragte Xu, „hat der Bote Jiefang den Brief gebracht? Was, wenn er es so kurzfristig nun nicht schaffen kann? Ich würde fast meinen …"

„Klapp jetzt den Sarg zu und Schluss!", sprach dein Vater und fügte an: „Da hält man sich besser einen Hund, als dass man einen Sohn aufzieht!"

Als wir erfuhren, dass ich in dem Fernsehfilm mitspielen sollte, wollte Chunmiao auch gern eine Rolle haben. Wir bettelten Mo Yan an. Mo Yan wiederum bat den Regisseur. Der schaute sich Chunmiao an und meinte: „Na, dann spielt sie eben *Blaugesichts* kleine Schwester." Es war eine Vorabendserie mit insgesamt dreißig Folgen, in denen zehn voneinander unabhängige Räubergeschichten verfilmt wurden. Zu jeder Geschichte wurden drei Folgen gedreht. Der Regisseur schilderte mir in groben Zügen die Handlung der ersten Geschichte. Zunächst war da der Verbrecher mit dem Spitznamen *Blaugesicht*, der, nachdem alle seine Bandenmitglieder vertrieben worden waren, weit ins Gebirge floh. Die Soldaten der Volksbefreiungsarmee wussten, dass der Bandit seiner Mutter ein liebender Sohn war. Sie überzeugten also Mutter und Schwester, ließen die Mutter sich tot stellen, die kleine Schwester ins Gebirge wandern und ihrem Bruder die Nachricht vom Tod der Mutter überbringen. *Blaugesicht* machte sich unverzüglich auf den Weg, nachdem er die Nachricht bekommen hatte, und stieg in Trauergewändern ins Tal hinab, um zu Hause vor dem aufgebahrten Leichnam zu knien. Die Volksbefreiungsarmeesoldaten, die sich unter die bunte Gruppe der bei der Beerdigung helfenden Freunde und Verwandten gemischt hatten, umstellten ihn sofort und drückten *Blaugesicht* zu Boden. Im gleichen Moment setzte sich die Mutter im Sarg auf und sprach: „Mein Sohn! Die Volksbefreiungsarmeesoldaten behandeln ihre Gefangenen gut. Nun ergib dich!"

„Und? Alles klar?", fragte uns der Regisseur.
„Ja, kapiert", antwortete ich.
Der Regisseur erklärte: „Wir haben Schneetreiben. Im Gebirge ist auch kein Durchkommen mehr. Da können wir draußen nicht drehen. Du benutzt jetzt einfach mal deine Fantasie und stellst dir vor, dass du so ein richtig gemeiner Verbrecher bist. Stell dir vor, du wärst schon lange auf der Flucht. Du bist in der Fremde irgendwo untergetaucht. Plötzlich bekommst du Nachricht vom Tod deiner Mutter. Ohne Umschweife fährst du sofort nach Haus, um sie zu bestatten. Kannst du das gefühlsmäßig nachvollziehen? Funkt's da bei dir? Ja? Wir probieren es mal, okay? Kinder, zieht ihm mal eben Trauerkleidung über!" Ein paar Mädchen kramten aus einem verschimmelt riechenden Kasten voller alter Kleider einen weißen, langen Trauermantel hervor und ließen mich hineinschlüpfen. Eine Trauerkapuze aus Rupfen war auch schnell gefunden, die sie mir über den Kopf stülpten. Um die Taille wurde mir eine grobe Hanfschnur gebunden. Ich fragte den Regisseur: „Brauche ich denn nicht noch ein Gewehr?" Der entgegnete: „Wenn du nichts gesagt hättest, hätte ich es glatt vergessen. *Blaugesicht* ist doch ein Doppelspeergeneral wie Dong Ping von den Räubern vom Liang-Schan-Moor. Requisite! Holt mal zwei Revolver und steckt ihm die Knarren an den Gürtel!" Es waren wieder die gleichen Mädchen, die mir auch meine Trauerkleidung angezogen hatten, die mir jetzt zwei hölzerne Pistolen an den Gürtel steckten. „So ein Revolver bringt doch keinen Ton heraus!", sagte ich dem Regisseur. „Wozu willst du, dass es knallt? Wenn deine Mutter sich im Sarg aufsetzt und von dir will, dass du dich ergibst, dann schmeißt du die Knarren auf den Boden und fertig! Hast du das verstanden?" „Ja, kapiert." „Na dann kann's ja losgehen. Drehfertig machen! Ton ab! Kamera ab! Bitte!" Das Sterbezimmer der Mutter mit dem aufgebahrten Sarg war in einem Haus eingerichtet worden, das sich in einer heruntergekommenen Häuserreihe neben unserer Bleibe im Dorf Henan befand. Ich hatte mit Chunmiao schon einmal versucht, dieses Gebäude anzumieten, weil wir daran gedacht hatten, original Shandonger Hefenudeln herzustellen und zu verkaufen. Aber die Miete wäre zu teuer gekommen, deswegen hatten wir den Plan aufgegeben. In der Gegend kannten wir uns bestens aus. Der Regisseur wollte, dass wir uns schon einmal in die richtige Stimmung brachten, damit wir vor dem Sarg auch weinten

und nicht etwa stocksteif und stumm davor hockten. Ich schaute auf Chunmiao, die, in das schwere Trauergewand gewickelt, mit ihrem schmalen, fahlen, unterernährten Gesichtchen aus dem Kapuzenmantel fast gar nicht mehr herausschaute. Grenzenlose Liebe überfiel mich, sodass mir sofort die Tränen aus den Augen schossen. Ich weinte und weinte. „Chunmiao! Meine kleine Schwester! Du hättest ein Leben in Saus und Braus haben können! Aber zu deinem Unglück bestiegst du mich sinkendes Schiff, um weit weg von der Heimat unter Fremden nur Not zu leiden." Chunmiao stürzte in meine Arme und weinte so sehr, dass sie am ganzen Körper zitterte. Wie ein kleines Mädchen, das tausend Kilometer weit umhergeirrt ist, um endlich ihren Bruder zu wiederzufinden! Der Regisseur schrie unwirsch: „Stopp, Stopp, so geht das nicht. Viel zu theatralisch!"

Bevor der Sargdeckel geschlossen wurde, lüftete die alte Frau Xu noch einmal das gelbe Opferpapier, das das Gesicht deiner Mutter verdeckte.
„Liebe trauernde Kinder, Enkel und Schwiegertöchter! Kommt alle her. Ihr könnt noch einen letzten Blick auf eure Mutter werfen! Aber reißt euch zusammen, damit mir keiner eine Träne auf das Gesicht eurer Mutter tropfen lässt!"
Das Gesicht deiner Mutter schien ein wenig geschwollen zu sein und hatte eine gelbliche Farbe angenommen, fast als wäre es zart mit Goldstaub eingepudert worden. Ihre Augen waren nicht ganz geschlossen. Aus den Augenschlitzen schossen zwei Strahlen kühlen Lichts hervor, als wolle sie allen, die ihr Totenantlitz sahen, einen Vorwurf machen.
„Mutter, dein Tod hat mich zum Waisenkind gemacht, oh Mutter …", weinte Jinlong laut, worauf zwei weniger nahe Verwandte ihn stützen und weggeleiteten.
„Mutter, meine liebe Mutter, nimm mich doch mit …" Baofeng stieß ihren Kopf gegen die Sargwand, dass es laut dröhnte. Sofort stürzten ein paar Männer auf sie zu, griffen ihr unter die Arme und zerrten sie vom Sarg weg. Ma Gaige, der, jung wie er war, schon graumeliertes Haar hatte, hielt seine Mutter fest, damit sie sich nicht mit Gewalt in den Sarg warf.
Deine Frau hielt sich am Sargrand fest, als sie das letzte Mal hineinblickte. Sie schrie heiser auf, verdrehte die Augen und stürzte be-

wusstlos hintenüber. Hastig zogen alle sie mit vereinten Kräften zur Seite. Manche begannen, ihr den Spann zwischen Daumen und Zeigefinger zu kneten, manche zupften am Philtrum zwischen Oberlippe und Nase. So quälten sie sie eine halbe Ewigkeit, bis sie langsam wieder zu Bewusstsein kam.
Der alte Xu rief die Tischler, die draußen im Hof warteten, mit ihren Werkzeugkoffern ins Zimmer herein. Mit größter Vorsicht hoben sie den Deckel über den Sarg und deckten die Frau zu, die noch im Tode vor Gram ihre Augen nicht schließen wollte. Als der Deckel mit dumpfem Knall zuklappte, schwoll das Brüllen und Weinen der trauernden Kinder, Enkel und Schwiegertöchter noch einmal an und erreichte seinen Höhepunkt.
In den darauf folgenden zwei Tagen knieten Jinlong, Baofeng, Huzhu und Hezuo in Trauerkleidung zu beiden Seiten des Sarges auf zwei Strohmatten und hielten dort Tag und Nacht Totenwache. Kaifang und Huan saßen vor dem Sarg auf zwei kleinen Schemeln, zwischen sich eine irdene Schüssel, in der sie Totengeld verbrannten. Auf dem viereckigen Tisch hinter dem Sarg war die Ahnentafel aufgestellt. Rechts und links davon brannten zwei dicke, rote Kerzen. Die weiße Totengeldasche wirbelte durch den Raum. Das Kerzenlicht flimmerte. Es war ein ernster, Ehrfurcht gebietender Anblick.
Die Flut der Beileidsbesuche wollte kein Ende nehmen. Der alte Herr Xu saß mit der Lesebrille auf der Nase am großen Tisch unter dem Aprikosenbaum und verzeichnete sorgfältig alles im Kondolenzbuch: Die Namen aller Trauergäste, das Trauergeld und alle Trauergeschenke wie Grabgaben, Kerzen, Totengeld. Das Opfergeld, das die Freunde und Nachbarn geschenkt hatten, türmte sich unter dem Aprikosenbaum zu einem kleinen Berg. Es war so klirrend kalt, dass der alte Xu immer wieder gegen seine Pinselspitze hauchen musste und schon Raureif im Bart hatte. Die Zweige des Aprikosenbaums waren dicht von Frost besetzt. Er sah damit aus wie ein Baum voller silbern glitzernder Wunderkerzen.

Wir beherrschten unsere Gefühle nach Kräften, nachdem uns der Regisseur zurechtgewiesen hatte. Ich flüsterte im Stillen unentwegt vor mich hin: „Ich bin nicht Lan Jiefang. Ich bin *Blaugesicht*, der Schwerverbrecher, der ohne mit der Wimper zu zucken Menschen mordet. Ich habe in der Vergangenheit meine Frau ums Leben gebracht, als ich eine Bombe unter den Herd legte und sie damit in die Luft sprengte, als sie morgens aufstand, um Essen zu machen. Ich habe einem Jungen, der mich bei meinem Spitznamen genannt hat, kaltblütig mit einem Messer die Zunge aus dem Mund geschnitten." Der Tod meiner lieben Mutter traf mich so, dass mir die Trauer fast das Herz brach, aber ich beherrschte mich aufs Äußerste, damit ich nicht losweinte. Ich verschloss meinen Kummer tief in meinem Herzen. Ich wollte meine kostbaren Tränen nicht mehr ständig wie fließendes Wasser in Strömen vergießen. Aber ich brauchte nur Chunmiao in der schweren Trauerkleidung, mit dem Gesicht voller Dreck, anzusehen, und schon überlagerte meine eigene Vergangenheit die Geschichte der Rolle im Film, und meine eigenen Gefühle ersetzten die der Person, deren Rolle ich spielte. Ich versuchte es noch einige Male, aber der Regisseur war nicht zufrieden mit mir. Als sich eines Tages Mo Yan am Drehort befand, redete der Regisseur pausenlos leise auf ihn ein. Ich hörte, wie Mo Yan ihn *Chruschtschow-Glatze* nannte, und er solle doch nicht so tun! Er müsse ihm dieses eine Mal helfen, sonst würde er den Kontakt mit ihm abbrechen. Dann zog Mo Yan uns auf die Seite und fragte: „Hey! Was ist los mit euch? Ihn weint zu sehr, sagt er. Chunmiao dürfe das, die dürfe sich seinetwegen totheulen. Aber du! Mensch! Vier, fünf Tropfen reichen da doch wohl! Da stirbt doch nicht deine eigene Mutter! Das ist die Mutter eines Schwerverbrechers, die stirbt. Denk doch mal nach! Drei Fernsehfolgen, jede Folge dreitausend Yuan, Chunmiao zweitausend Yuan, drei mal drei ist neun, drei mal zwei ist sechs, neun plus sechs sind fünfzehntausend. Mensch, mit diesem Batzen Geld steht ihr doch wirtschaftlich schon gut da! Ich gebe dir jetzt mal einen Tipp: Wenn gleich die Szene mit der Totenklage am Sarg dran ist, dann stell dir bei dem Menschen im Sarg nicht deine Mutter vor! Deine Mutter sitzt fein gekleidet bei euch im Dorf, isst was Leckeres und lässt es sich gut gehen! Dann stell dir vor, in dem Sarg liegen fünfzehntausend Yuan!"

Obwohl die Straßen verschneit waren und es gefährlich war, mit dem Auto zu fahren, kamen am Tag der Beisetzung über vierzig Limousinen durch Eis und Schnee zu uns hinaus ins Dorf. Der Schnee auf der Straße war durch die Reifen aufgeweicht und zu dreckigem Matsch geworden, der wieder zu grauen Eisklumpen gefroren war.

Die Autos parkten alle auf dem großen Platz gegenüber vom Ximenschen Hof. Der dritte der Sun-Brüder hatte eine rote Armbinde angelegt und dirigierte die Autos in die Parklücken. Weil die Wagen wegen der extremen Kälte Probleme beim Anspringen hatten, ließen alle die Motoren laufen. Die Chauffeure warteten im Wagen und wärmten sich dort. Abgase aus mehr als vierzig laufenden Automotoren trieben gen Himmel. Eine weiße Nebelschwade hing über dem Parkplatz. Die Trauergäste waren ausnahmslos angesehene, bedeutende Leute. Hauptsächlich waren Kreisbeamte gekommen. Einige wenige gute Freunde Jinlongs von weiter außerhalb waren auch darunter. Die Dörfler waren trotz der Kälte alle auf der Straße vor dem Ximenschen Hof zusammengekommen. Sich die Hände reibend standen sie da, schauten dem Spektakel zu und warteten auf den großen Moment, wenn der Sarg herausgetragen wurde und sich der Trauermarsch zur Beisetzung in Bewegung setzte. Die Menschen hatten mich nach ihrer Ankunft in Ximen wohl vergessen. Nachts kroch ich zu meinem Hundebruder aufs Lager. Tagsüber trottete ich im und vor dem Hof umher. Dein Sohn gab mir zweimal etwas zu Fressen. Einmal warf er mir eine Hefenudel zu, das andere Mal ein Paket mit angefrorenen Hühnerflügeln. Die Dampfnudel fraß ich, die Hühnerflügel nicht. Der Grund war, dass ich mit den Erinnerungen des Ximen Nao zu kämpfen hatte. Sie lagen in den Tiefen meines Gedächtnisses verschüttet, waren aber in jenen Tagen wieder hervorgekrochen und stimmten mich niedergeschlagen. Ich vergaß oft, dass ich, immer noch der Herr des Ximenschen Hofes, das Rad der Wiedergeburten inzwischen viermal weitergedreht hatte, dass ich den Schmerz über den Tod meiner Frau miterlebt hatte. Manchmal verstand ich dann wieder, dass die Schattenwelt und die Oberwelt getrennte Wege gehen, dass die zur Geschichte gewordene Vergangenheit eines jeden im Nebel liegt und dass das alles mit mir, dem Hund, nichts zu tun hatte.

Die Schaulustigen, die auf den Rummel der Beisetzung warteten, waren fast alles Alte und Kinder, denen die Rotznasen liefen. Die jungen Leute waren in der Stadt bei der Arbeit. Die Alten erzählten ihren Enkeln von Ximen Nao und der beeindruckenden Beerdigung, die er seiner Mutter einst ausgerichtet hatte: Einen zwölf Zentimeter dick gewandeten Sarg aus Zypressenholz habe sie bekommen, und nur mit 24 starken jungen Männern hätten sie den schweren Sarg damals vom Fleck gekriegt.

Zu beiden Seiten der Straße war eine endlose Zahl Unterstände aufgestellt, und alle fünfzig Meter war ein Zelt aufgebaut, aus dem die Trauernden sich Opfergaben für die Tote mitnahmen. Nicht nur Totengeld gab es dort, auch ein ganzes Schwein, ein ganzes Schaf, Wassermelonen und extra große Dampfnudeln. Ich trabte schnell davon, denn ich wollte nicht schon wieder von meinen Erinnerungen übermannt werden. Ich war doch nur ein Hund! Dazu war ich alt und mir blieb nur noch wenig Zeit zum Leben. Ich sah, dass die zur Beisetzung erschienenen Trauergäste alle wie uniformiert in schwarzen Mänteln mit schwarzen Wollschals gekommen waren. Einige wenige trugen schwarze Nerzkappen auf dem Kopf. Das mussten Leute mit spärlichem Haarwuchs oder Glatze sein. Die ohne Hut hatten alle schwarzes, volles Haar. Die Eiskristallblüten der Schneeflocken passten gut zu den weißen Trauerpapierblumen am Revers der Trauergäste.

Mittags pünktlich um zwölf Uhr erschien eine schwarze *Audi*-Limousine, die von einem *Hongqi-,* also *Rote Fahne*-Polizeiauto eskortiert wurde. Beide fuhren im Schritttempo vor und kamen dann vor dem Ximenschen Anwesen zum Stehen. Jinlong kam eilig vom Hof auf die Straße gelaufen. Der Chauffeur öffnete die Tür, aus der Pang Kangmei in einem schwarzen Mantel aus bestem Wolltuch hervorschlüpfte. Vielleicht war es der schwarze Mantel, der ihre Haut so besonders weiß erscheinen ließ. In den paar Jahren, in denen wir uns nicht begegnet waren, hatte sie um die Mundwinkel und um die Augen herum tiefe Falten bekommen. Ein Mann, anscheinend ihr Sekretär, befestigte am Revers ihres Mantels eine weiße Blüte. Sie machte ein würdevolles Gesicht, aber in ihren Augen – der normale Mensch hätte es nicht entdeckt, aber mir blieb es nicht verborgen – lag eine tiefe Kümmernis. Sie streckte eine schwarz behandschuhte Hand hervor und schüttelte Ximen Jinlong die Hand. Ich hörte sie mit einem deutlichen Unterton in der Stimme sagen: „Unterdrück deine Trauer und bleib gefasst. Jetzt darfst du dein Ziel nicht aus den Augen verlieren!"

Jinlong antwortete ihr mit einem würdevollen Nicken.

Aus dem Fond der Limousine kam die brave Tochter Fenghuang herausgekrochen. Sie überragte ihre Mutter um ein ganzes Stück.

Wirklich ein wunderhübsches Mädchen und wirklich im allerneusten Trend gekleidet! Sie trug eine weiße Daunenjacke, dazu dunkelblaue Jeans. Ihre Füße steckten in zwei weißen Lammlederballerinas. Auf dem Kopf trug sie eine weiße Strickmütze. Ihr Gesicht war nicht gepudert, und sie sah dadurch wunderbar rein und unschuldig aus.
„Das ist dein Onkel Ximen", stellte sie Jinlong ihrer Tochter vor.
„Guten Tag, Onkel", sagte Fenghuang mit leicht kratzbürstigem Ton.
„Gleich wirst du dich vor dem Sarg der Oma zu Boden werfen und einen Kotau machen. Sie hat dich sehr liebevoll erzogen, und du hast ihr viel zu verdanken."

Qiansui, ich stellte mir mit äußerster Konzentration die 15.000 Yuan im Sarg vor. Die Geldscheine lagen doch bestimmt nicht ordentlich gebündelt darin, sondern waren alle ungeordnet hineingeschüttet worden, und beim Öffnen des Sarges würden sie alle wirbelnd in die Höhe fliegen. Dieser Tipp war wirklich gut. Als ich dann Chunmiao sah, kam sie mir völlig affig vor, schon richtiggehend verlogen fand ich ihr Getue. Ihr Trauermantel schleifte auf dem Boden, und sie stolperte immer wieder, wenn sie versehentlich auf den Saum trat. Die Ärmel des Mantels hingen lang herab, sodass sie aussahen wie die Wasserärmel der Pekingoperndarsteller. Sie hatte eine Art Schimpansengrinsen im Gesicht, während sie beim Weinen ihre etwas schief stehenden Schneidezähne sehen ließ. Immer wieder wischte sie sich mit dem Ärmel die Tränen aus den Augen, ihr Gesicht hatte schwarze und graue Dreckschlieren wie ein gerade aus der Bütte entnommenes tausendjähriges Ei. Mit solchen Empfindungen war mir mit einem Mal nicht mehr nach Weinen zumute, sondern mir kam es so lächerlich vor, dass ich nur schwer verhindern konnte, nicht laut loszuprusten. Ich wusste jedoch, dass meine 15.000 Yuan wie ein Schwarm Vögel auf und davonflögen, sollte es mir in jenem Augenblick passieren, laut loszulachen. Um das zu verhindern, biss ich mit aller Gewalt die Zähne zusammen, ich sah Chunmiao nicht an, sondern blickte stur geradeaus, während ich mit großen Schritten in den Hof trat. Mit einer Hand zerrte ich Chunmiao am Arm. Ich spürte, dass sie hinter mir hergetrippelt kam, wie ein Kind, das seine Eltern erzürnt hat. Man hatte in der Vergangenheit im Hof des Gebäudes gebrauchtes Verbandzeug illegal zum nochmaligen Verkauf wiederaufbereitet. Obwohl über allem eine dicke Schneedecke lag, roch man den verschimmelten und vergorenen Müll noch. Ich stürzte in das Totenzimmer. Vor mir sah ich den braunviolett gestrichenen Sarg. Der Sargdeckel stand hochkant daneben an der Wand. Der Sarg war noch offen. Man erwartete meine Ankunft wohl. Um den Sarg standen zehn, fünfzehn Leute herum. Manche trugen Trauerkleidung, manche Straßenkleidung. Mir war klar, dass dies die getarnten Volksbefreiungsarmeesoldaten waren. Sie würden mich in wenigen Augenblicken zu Fall bringen. An der Zimmerwand klebte eine schwarze Schmiere. Es waren die Überreste der Baumwollflusen, die bei der Watteaufbereitung überall herumgeflogen waren. Dann sah ich die Mutter des Gewaltverbrechers *Blaugesicht* mit dem quadratischen, gelben Opferpapier über dem Gesicht im Sarg liegen. Sie trug ein dunkelviolettes Satintotenkleid, das mit dunkelgoldenen Zeichen für ein langes Leben geschmückt war. Ich warf mich vor dem Sarg auf die Knie und heulte laut.

„Mutter, dein ehrloser Sohn ist zu spät gekommen ..."

Jiefang, der Sarg deiner Mutter verließ unter dem lauten Weinen ihrer liebenden Kinder und Enkel, begleitet von Trauermusik der beliebten Blasmusikgruppe aus dem Nachbardorf, endlich den Hof. Am Tor auf der Straße kam Bewegung in die dort seit langem wartende Menge der Schaulustigen. Der Trauerzug wurde von zwei Männern angeführt, die mit langen Stangen den Weg freimachten. Die Stangen waren mit weißen Stoffstreifen geschmückt. Sie sahen aus wie die Vogelscheuchen, die man gegen die Spatzen auf dem Feld schwenkt. Hinter den beiden mit den langen Stangen marschierten zehn oder fünfzehn kleine Kinder, die Trauerfahnen und Seelenbanner vor sich hertrugen. Sie bekamen üppige Geldgeschenke für ihre Arbeit, das sah man deutlich an ihren Gesichtern. Auf die Ehrengarde der kleinen Kinder folgten zwei Männer, die nach links und rechts Totengeld in die Menge warfen. Sie waren sehr versiert, Könner ihres Fachs, denn die Opfergeldpacken flogen bestimmt fünfzehn Meter in die Höhe, um dann als Geldregen langsam herab zu schweben. Hinter ihnen kam eine Paradetruppe aus vier Männern, die einen kleinen, violetten Baldachin trugen, unter welchem sich die Ahnentafel deiner Mutter befand. Auf der Ahnentafel stand in großer Siegelschrift geschrieben:

西門公鬧元配夫人白氏迎春行凡神主
AHNENTAFEL DER XIMEN YINGCHUN, DER ERSTEN
RECHTMÄSSIGEN EHEFRAU XIMEN NAOS.

Alle, die diese Ahnentafel gesehen hatten, wussten, dass Jinlong seine Mutter Lan Lian wieder entrissen und sie zurück zu seinem leiblichen Vater gebracht hatte. Dazu hatte er sie noch von dem wenig angesehenen Stand einer Nebenfrau zu einer Hauptfrau gemacht. Das entsprach im Grunde nicht den Vorschriften und gehörte sich nicht. Eine Frau wie Yingchun, die wieder geheiratet hatte, hatte nicht das Recht, mit in das Familiengrab ihres ersten Mannes zu kommen. Jinlong hatte hier mit den alten Regeln und Sitten gebrochen. Im Anschluss an den Baldachin folgte der rotviolette Sarg deiner Mutter. Auf jeder Seite des Sarges gingen vier gutaussehende Männer in schwarzen Mänteln mit weißer Trauerpapierblume an der Brust. Den Sarg trugen sechzehn prächtige Burschen, die alle haargenau gleich groß waren, kahl geschorene Köpfe hatten und gelbe Festmäntel mit einem Kiefer-und-Kranich-Emblem trugen. Die Männer kamen von einem professionellen Bestattungsunternehmen aus der Kreisstadt. Die Sargträger gingen mit festem Schritt, aufrechter Haltung und ernstem Gesicht. Sie schienen nicht im Geringsten angestrengt. Gleich dahinter gingen die liebenden Kinder und Enkel gestützt auf Trauerhandstöcke aus Weidenholz. Dein Sohn, Ximen Huan und Ma Gaige trugen nur eine weiße Weste über ihrer Alltagskleidung, dazu hatten sie einen langen, weißen Schal mehrere Male um den Kopf geschlungen. Alle drei stützten ihre Mütter, die den groben Rupfentrauermantel trugen. Söhne wie Mütter weinten tonlos. Jinlong mit dem Trauerhandstock in der Hand kniete sich immer wieder hin und schrie vor Kummer. Aus seinen verweinten Augen flossen ihm rote Tränen. Baofeng brachte schon keinen Ton mehr heraus. Sie war so heiser vom vielen Weinen, dass sie nur noch stumm geradeaus stierte, den Mund weit aufgerissen, ohne eine einzige Träne. Deine Frau stützte ihr volles Körpergewicht auf den zarten, schwachen Körper deines Sohnes. Ein paar weniger enge Verwandte kamen hinzu und halfen ihm. Man kann eigentlich nicht sagen, dass sie zur Grabstätte lief, sie wurde geschleift. Das offene, wirre Haar Huzhus lenkte alle Blicke auf sich. Im Allgemeinen trug sie ihr Haar zu einem Zopf geflochten, den sie, in ein schwarzes Haarnetz verpackt, am Hinterkopf trug. Von weitem sah es immer aus, als trage sie ein schwarzes Paket huckepack. Jetzt, da sie sich der Sitte beugte, Trauerkleidung des ersten Grades zu tragen, fiel ihr offenes Haar über dem Rupfentrauermantel wie ein schwarzer Wasserfall von ihrem Kopf bis zu ihren Füßen am Körper herab. Die Haare schleiften mit den Spitzen am Boden durch den Dreck. Eine entfernte Verwandte lief zu Huzhu, bückte sich und hob das auf dem Boden schleifende Haar auf, um es in ihrer Armbeuge zu tragen. Die Schaulustigen steckten die Köpfe zusammen und diskutierten eifrig. Einer sagte: „Jinlong hat an allen zehn Fingern die schönsten Frauen. Soll ich euch sagen, warum der sich nicht scheiden lässt? Weil sein Schicksal von dem Schicksal seiner Frau abhängt. Nur das zaubermächtige Haar seiner Frau erhält seinen Reichtum und sein Glück."

Kangmei lief mit Fenghuang an der Hand zwischen den Beamten und Reichen, die in dem Trauerzug den engsten Familienmitgliedern folgten. Es waren noch drei Monate bis zu dem Tag, an dem sie unter *Shuanggui*-Arrest genommen werden würde. Ihre Amtszeit war schon komplett, aber die Beförderung ließ immer noch auf sich warten. Sie musste damals schon eine Vorahnung von ihrem nahenden Unglück gehabt haben. Unter diesen Umständen bei einer solchen Großveranstaltung, die im Nachhinein dann über mehrere Tage in den Medien breitgetreten wurde, derart großspurig aufzutreten, was hatte sie dazu wohl getrieben? Mir als Hund blieb diese Frage, obwohl ich mich auch schon damals als reichlich erfahren betrachtete, ein Buch mit sieben Siegeln. Man muss allerdings zugeben, dass diese Beerdigung, auch wenn Kangmeis Teilnahme nur sie selbst etwas anging, für ihre hübsche, rebellische Tochter Fenghuang von Bedeutung war. Denn deine Mutter hatte Fenghuang wie ihre eigene Enkelin großgezogen.

„Mutter, dein ehrloser Sohn ist zu spät gekommen ..." Nachdem ich es aus mir herausgeschrien hatte, war alles, was mich Mo Yan gelehrt hatte, plötzlich verflogen und die Tatsache, dass ich mich in der Rolle des *Blaugesicht* mitten im Dreh eines Fernsehspiels befand, nicht mehr präsent. Ich befand mich plötzlich in einem Traumzustand. Nein, es war nicht, als hätte ich geträumt. Ich spürte ganz real und ganz deutlich, dass die Frau in dem Sarg mit dem violetten Totenkleid und dem gelben Opferpapier über dem Gesicht meine leibliche Mutter war. Sechs Jahre waren vergangen, seit ich meine Mutter das letzte Mal gesehen hatte. Unser letztes Zusammentreffen stand mir plötzlich deutlich vor Augen. Meine eine Gesichtshälfte schwoll an und wurde heiß. Ich hatte Ohrensausen, weil mein Vater mir mit dem Schuh ins Gesicht geschlagen hatte. Vor meinen Augen sah ich meine Mutter mit schlohweißem Haar, ihre trüben Augen, die meinetwegen weinten, ihren wegen der verlorenen Zähne eingefallenen Mund, ihre mit Altersflecken übersäten, steifen Hände mit den hervortretenden Adern, den am Boden liegenden Gelbholzkrückstock, ihr verzweifeltes Schreien, als sie mich schützen wollte und es nicht konnte ... alles, was damals passiert war, sah ich vor mir. Mir schossen die Tränen in die Augen: „Mutter, dein Sohn ist zu spät gekommen. Mutter, wie hast du die vielen Jahre ausgehalten mit deinem ehrlosen Sohn, der von allen wegen seiner Schandtaten missachtet wird. Aber dein Sohn ist dir wie eh und je in Liebe ergeben. Mutter, dein ehrloser Sohn kommt dich zusammen mit Chunmiao besuchen. Mutter, bitte erkenne sie als deine Schwiegertochter an ..."

Die Grabstätte deiner Mutter hatten sie auf dem berühmten Stück Land deines Vaters erbaut. Jinlong waren zuletzt doch noch Bedenken gekommen, und er hatte es bleiben lassen, das Grab seines Vaters und Bai Shis zu öffnen, um seine Mutter mit Gewalt dazu zu stecken. Damit hatte er sich seinem Stiefvater und seiner Schwiegermutter gegenüber als taktvoll erwiesen. An der Südseite des Ackers ließ er links von seines Vaters und Bai Shis Grabstätte eine neue, luxuriöse Gruft für seine Mutter errichten. Wenn man die Steintür zur Grabkammer öffnete, tat sich ein tiefer Gang auf, dessen Ende man von der Tür aus nicht erahnen konnte. Das Grab war dicht von einer Menschenmenge umringt. Ich sah die das Spektakel erwartenden Gesichter der Schaulustigen. Ich sah das Grab des Esels, das des Stiers und das des Ebers. Ich sah den Acker, der von den darauf herumlaufenden Menschen hart wie Stein getrampelt worden war. Die Erinnerungen drängten sich mir übermächtig auf. Ich roch die Piesche, die ich vor einigen Jahren an den Grabstein des Ximen Nao und der Bai Shi gestrullt hatte. Wie eine kalte Brise erfasste eine schmerzhafte Trauer über das nahende Ende mein Herz. Ich trabte langsam auf ein freies Stück Acker neben dem Grab des Ebers und hob dort einige Male mein Bein. Dann legte ich mich dort nieder. Vor Tränen verschwamm mir alles vor Augen, als ich dachte: Liebe Familie Ximen oder alle Nachfahren, die mit euch Ximens eng verwandt sind, bitte versteht meinen großen Wunsch und begrabt die sterblichen Überreste meines als Hund wiedergeborenen Leibes an dem von mir selbst erwählten Platz!

Die Sargträger hatten die Tragstangen schon von den Schultern genommen. Sie hielten den Sarg so eng zwischen sich, dass sie aussahen wie ein paar gelbe Ameisen, die gemeinsam einen fetten Käfer forttragen. Sie hatten mit den Händen die dicken Seile unter dem Sarg ergriffen, bewegten ihn unter Anleitung des eine weiße Fahne schwenkenden Truppführers bis zur Grube und waren gerade dabei, ihn hinabzulassen. Die Kinder und Enkel knieten vor der Gruft, machten Kotaus und weinten dabei laut. Die Blasmusikgruppe der Bauern stand in Reih und Glied hinter dem Grab und spielte unter Leitung ihres Dirigenten, der einen Pekingopernkopfschmuck trug und einen roten Quastenspeer in der Hand hielt, einen sehr schnellen, zackigen Marsch, sodass die Sargträger aus dem Takt kamen und fast gestolpert wären. Aber keiner beschwerte sich, denn die meisten hatten gar nicht bemerkt, dass die Musik nicht passte. Einige wenige Leute, die etwas davon verstanden, wandten den Kopf. Die goldgelben Posaunen, Kornette und Waldhörner glänzten auch an diesem trüben Tag und brachten der düsteren Beerdigung ein wenig Licht.

Ich heulte mich fast ohnmächtig. Von hinten konnte ich jemanden schreien hören, aber ich verstand nicht, was er schrie. „Mutter, lass mich dich ein letztes Mal sehen …" Ich streckte die Hand aus und lüftete das gelbe Opferpapier über ihrem Gesicht. Eine alte Frau, die mit meiner Mutter nicht die geringste Ähnlichkeit hatte, setzte sich ruckzuck im Sarg auf und sprach in einem strengen Befehlston: „Mein Junge, die Soldaten der Volksbefreiungsarmee behandeln ihre Gefangenen gut. Gib deine Waffen ab und ergib dich!" Wie ein Tropf plumpste ich auf meinen Hintern. In meinem Hirn war gähnende Leere. Die den Sarg umringenden Leute umstellten mich sofort und drückten mich zu Boden. Zwei eiskalte Hände zogen mir unter meinem Gürtel erst den einen und dann den anderen Revolver hervor.

In dem Augenblick, in dem die Sargträger deiner Mutter Sarg ganz in die Grube hinabließen, stürzte stolpernd ein Mann in einer dicken, wattierten Jacke aus der Menge der Schaulustigen hervor. Seinem Körper entströmte starker Schnapsgeruch. Er torkelte, alle Leute anrempelnd, und streifte sich im Laufen seine Jacke vom Leib. Er warf sie hinter sich. Die Jacke fiel auf den Boden und blieb wie ein totes Schaf dort liegen. Mit Händen und Füßen erklomm er das Grabhäuschen und krabbelte aufs Dach. Dort stand er schwankend. Jeden Moment konnte er abrutschen, aber er rutschte nicht, sondern hielt sich oben. Hong Taiyue! Es war Hong Taiyue, der oben auf deiner Mutter Grab stand und mit aller Kraft sein Kreuz gerade machte und die Brust herausdrückte! Er trug eine kaputte, alte, sandfarbene Militäruniform, an der Taille ein Bündel dicker, roter Sprengkörper. Er hob seinen einen Arm so hoch er konnte.

„Genossen! Proletarierbrüder und Proletarierschwestern! Kampfgenossen Wladimir Iljitsch Uljanow Lenins und Mao Zedongs! Der Zeitpunkt ist gekommen, da wir gegen die liebenden Kinder und Enkel der Grundherrenklasse, gegen die Feinde der Proletarier weltweit, gegen die, die unseren Erdball zerstören, gegen Jinlong den Kampf eröffnen!"

Alle waren starr vor Schreck. Nur einen Augenblick später rannten einige, nicht links noch rechts blickend, davon. Andere warfen sich auf den Boden. Wieder andere waren völlig in Panik und wussten nicht wohin. Kangmei stellte sich instinktiv sofort vor ihre Tochter. Sie war außer sich vor Angst. Aber sie fing sich schnell wieder. Sie machte einen Schritt vorwärts und sagte in scharfem Ton: „Hong Taiyue! Ich bin Pang Kangmei, die von der Kommunistischen Partei Chinas eingesetzte Kreisparteisekretärin von Gaomi. Ich befehle dir, sofort dein dummes Betragen einzustellen!"

„Pang Kangmei! Geh mir mit deinem dämlichen Getue aus dem Weg! Du zählst überhaupt nicht als Kreisparteisekretärin der Kommunistischen Partei Chinas! Du hast dich mit Ximen Jinlong zusammengeschlossen. Ihr steckt unter einer Decke und restauriert in Nordost-Gaomi den Kapitalismus. Ihr macht aus unserem roten Gaomi ein schwarzes Gaomi. Ihr seid Verräter der proletarischen Klasse, ihr seid Volksfeinde!"

Ximen Jinlong erhob sich. Er streifte sich die Trauerkapuze vom Kopf, die Kapuze fiel zu Boden. Er streckte eine Hand vor, als wolle er einen wild gewordenen Stier beruhigen. Langsam ging er so Schritt für Schritt auf das Grab zu.

„Halt dich fern von mir!", schrie Hong Taiyue völlig außer sich, dabei streckte er seine rechte Hand nach der Pulverseele an seinem Gürtel aus.

„Onkel, lieber Onkel ...", sagte Jinlong nun freundlich und nett. „Du selbst hast mich erzogen und ausgebildet. Alles was du mich lehrtest, ist mir Wort für Wort in mein Herz eingraviert. Lieber Onkel! Wir erleben momentan gesellschaftlichen Fortschritt. Die Zeiten haben sich gewandelt. Alles, was ich tue, ist lediglich, mit der Zeit zu gehen! Onkel, sag doch mal ehrlich! Geht es uns hier auf dem Lande seit sechzehn, siebzehn Jahren nicht stetig besser?"

„Hör auf mit deinen gescheiten Sprüchen!"

„Onkel, kommt bitte runter!", bat Jinlong. „Wenn Ihr meint, ich hätte alles nur schlecht gemacht, werde ich sofort meinen Dienst quittieren und einen Fähigen ran lassen. Wenn sich kein Fähiger findet, dann könnt Ihr immer noch persönlich die Geschicke des Dorfes Ximen regeln."

Während Jinlong und Hong Taiyue miteinander sprachen, robbten die Polizeibeamten, die Kangmei eskortiert hatten, zum Grabhaus. Gerade, als die Polizisten aufspringen wollten, sprang Hong Taiyue vom Grab und riss Jinlong an sich.

Man hörte den dumpfen Knall der Detonation. Die Luft war sofort von Ammoniak- und Blutgeruch geschwängert.

Es verging eine Ewigkeit, bis die schockierten Menschen panisch losbrüllten und auf die beiden zurannten. Sie trennten die zwei nicht mehr auseinanderzuhaltenden, blutüberströmten, zerfetzten Männer voneinander. Jinlong war schon tot. Hong Taiyue keuchte noch. Keiner wusste, was sie mit diesem alten, sterbenden Mann machen sollten, und sie schauten ihm nur wie versteinert zu. Sein Gesicht war wachsgelb. Nur ein leises Hauchen war seine Stimme, als er, in einem fort Blut spuckend, flüsterte: „Das war ... das war mein letzter Kampf ... vereinigt euch und haltet zusammen bis morgen ... *die Internationale* ... wir müssen es schaffen ..."

Ein Mundvoll Blut spritzte in hohem Bogen einen ganzen Meter in die Höhe und sickerte dann in den Boden. Im gleichen Augenblick blitzten seine Augen auf. Es war das Aufglimmen von ins Feuer geworfenen Hühnerfedern. Es loderte auf, dann flackerte es einmal, dann noch einmal etwas schwächer. Dann flackerte es ganz schwach und erlosch.

Das dreiundfünfzigste Kapitel
Wenn die Menschen sterben, erlöschen die
guten Taten und der Hass mit ihnen. Obwohl
der Hund stirbt, entkommt er dem Kreislauf
der Wiedergeburten nicht.

Ich trug einen alten Ventilator, den mir ein Kollege aus der Redaktion, der befördert worden war und deswegen umziehen konnte, mitgegeben hatte. Chunmiao trug eine gebrauchte Mikrowelle, die uns der gleiche Kollege auch noch geschenkt hatte. So bepackt quetschten wir uns schweißüberströmt durch das Gedränge im Bus nach draußen auf die Straße. Dass wir keinen Pfennig für die zwei Elektrogeräte bezahlen mussten, freute uns riesig. Es war nicht mehr schlimm, dass wir schwitzten und total erledigt waren. Der Busbahnhof war noch zwanzig Minuten Fußmarsch von unserer Bleibe entfernt. Wir wollten kein Geld für eine Rikscha ausgeben, so blieb uns nichts anderes übrig, als die Sachen zu Fuß zu schleppen und zwischendurch Pausen einzulegen.

Im Juni glich Xian einer Sandwüste, die Städter saßen mit nacktem Oberkörper im heißen, staubigen Wind in den Garküchen am Straßenrand beim Biertrinken. Ich entdeckte unter einem Sonnenschirm versteckt sitzend Zhuang, einen Schriftsteller und Frauenhelden, der mit den Stäbchen an einer Reisschale einen Rhythmus schlug und dazu ein Opernlied aus Shaanxi im Qin-Stil grölte: „Johlen hört man es draußen vorm Vorhang, unvermittelt ein herzhaftes Lachen von Helden ..."

Seine beiden Geliebten, die sich so herzensgut wie Schwestern zugetan waren, saßen eine links, eine rechts von ihm und fächelten ihm von beiden Seiten Luft zu. Der Typ hatte eine Hakennase, einen Mund mit Hasenzähnen und nicht schließenden Lippen und stierte mit Stielaugen. Er sah wirklich nicht ansprechend aus, trotzdem hatte er ein Händchen dafür, sich die Frauen gefügig zu machen. Seine Geliebten waren ausnahmslos zarte, anmutige Schmusekätzchen. Er war ein Trink- und Fresskumpan von Mo Yan, und dieser brüstete sich stets damit, in die ganze Welt schrie er es hinaus. Ich machte Chunmiao mit einer unauffälligen Geste auf ihn und seine Geliebten aufmerksam. Sie reagierte genervt: „Die habe ich längst gesehen."
Ich sagte, die Frauen hier in Xian seien wohl ziemlich beschränkt.

Chunmiao antwortete: „Alle Frauen weltweit sind beschränkt." Ich lachte bitter und wusste nichts zu erwidern.

Als wir endlich bei unserer hundehüttengleichen Bleibe ankamen, dämmerte es bereits. Unsere fettleibige Wirtin sprengte in den Zimmern zur Kühlung Wasser auf den Boden. Dabei pöbelte sie lauthals in einem fort. Die zwei jungen Mieter unseres Nachbarzimmers machten sich einen Spaß daraus zurückzupöbeln. Ich sah vor unserem Zimmer eine große, hagere Gestalt auf uns warten. Sein halbes blaues Gesicht leuchtete im Zwielicht wie Bronze. Vehement stellte ich den Ventilator zu Boden. Eiseskälte durchfuhr mich.

„Was ist los?", fragte Chunmiao mich.

„Da ist Kaifang", antwortete ich. „Was hältst du davon, wenn du dich für eine Weile zurückziehst?"

„Weswegen soll ich mich verstecken?", meinte sie. „Wir müssen die Sache ja doch mal zu einem Ende bringen."

Wir ordneten also unsere Kleider ein wenig und versuchten, eine entspannte Miene beim Elektrogeräteschleppen aufzusetzen, um so vor meinen Sohn zu treten.

Er war mager, überragte mich inzwischen ein ganzes Stück, im Rücken war er etwas krumm. An solch einem heißen Tag trug er doch tatsächlich eins dieser langärmligen Le Coq-Sporthemden, eine schwarze Hose und Sneaker, deren Farbe nicht eindeutig zu benennen war. Seinem Körper entwich ein saurer Geruch und auf seinen Kleidern sah man ringförmige Schweißflecke. Er hatte kein Gepäck bei sich. In der Hand trug er eine weiße Plastiktüte.

Als ich meinen Sohn ansah, seine Gestalt und sein Auftreten, das so gar nicht zu seinem Alter passen wollte, musste ich schlucken, in der Nase hatte ich dieses kribbelnde Gefühl. Ich konnte die Tränen nicht zurückhalten. Ich warf den Ventilator achtlos hin und stürzte auf meinen Sohn zu. Ich wollte ihn an meine Brust drücken. Er aber benahm sich distanziert wie ein Unbekannter auf der Straße. Meine Arme blieben in der Luft stehen und hingen dann bleiern an meinem Körper herunter.

„Kaifang", sagte ich. Er schaute mich kalt an, als hasse er mein tränenverschmiertes Gesicht zutiefst. Er runzelte die Stirn wie seine Mutter, beide Brauen wuchsen dabei zu einem Strich zusammen. Kühl grinste er mich an: „Ihr habt sie ja nicht mehr alle, dass ihr euch in so einem Loch verkriecht."

Mir blieb die Spucke weg, der Mund stand mir offen, aber ich kriegte kein Wort heraus.
Chunmiao schloss die Tür auf und trug die beiden gebrauchten Elektrogeräte ins Zimmer. Unsere 25-Watt-Lampe zog sie zur Seite.
„Kaifang, wenn du jetzt schon mal hier bist, kannst du auch reinkommen. Wenn es was zu reden gibt, könnt ihr hier in Ruhe reden."
„Ich rede gar nicht mit dir." mein Sohn musterte mit einem Blick unser Zimmer. „Ich werde bestimmt nicht zu euch reinkommen."
„Kaifang, was du auch sagen magst, ich bin immer noch dein Vater", sagte ich. „Du hast einen so weiten Weg gemacht, da möchte ich dich gern mit Tante Chunmiao zum Essen in ein Restaurant einladen."
„Bitte, ihr beide geht da alleine hin, ich komme nicht mit", warf Chunmiao ein. „Bestell ihm was Gutes!"
„Ich nehme von euch nichts zu essen an." Mein Sohn schwenkte seine Plastiktüte ein wenig hin und her. „Ich habe mein Essen dabei."
„Kaifang ..." Mir schossen schon wieder die Tränen in die Augen. „Dein Vater kann dir gar nicht in die Augen blicken, bitte tu mir das nicht an ..."
„Oh Mann, hör auf damit!" Mein Sohn war genervt. „Glaubt nicht, dass ich euch hasse oder nicht ausstehen kann, dass ist überhaupt nicht so. Ich wollte auch gar nicht kommen. Mama hat mich geschickt."
„Sie? Oh, wie geht es ihr denn?", fragte ich beklommen.
„Sie hat Krebs", sagte mein Sohn tieftraurig. Ihm stockte die Stimme, dann sprach er weiter: „Sie ist schon im Endstadium und wird nicht mehr lange leben, deswegen möchte sie euch noch einmal sehen. Sie sagt, sie hat euch noch viel zu sagen."
Chunmiao fing furchtbar an zu weinen: „Wie kann sie denn an Krebs erkranken?"
Mein Sohn blickte sie kopfschüttelnd an, er wollte dazu nichts mehr sagen, sondern sprach mich an: „Okay, hier habt ihr den Brief. Ob ihr zu ihr fahrt oder nicht, könnt ihr ja wohl allein entscheiden."
Das war sein letztes Wort. Er machte auf dem Absatz kehrt und ging.
Ich erwischte ihn noch am Arm: „Kaifang ... wir fahren alle drei zusammen. Morgen brechen wir auf."
Er schüttelte meine Hand ab: „Ich habe meine Busfahrkarte für heute Abend schon gekauft, ich fahre nicht mit euch zusammen."

„Gut, dann fahren wir jetzt mit dir."
„Ich sagte doch, dass ich nicht mit euch zusammen fahre!"
„Gut, dann bringen wir dich zum Bahnhof", sagte Chunmiao.
„Nein, danke. Auf keinen Fall", entgegnete mein Sohn knapp.

Jiefang, als deine Frau erfuhr, dass sie an Krebs erkrankt war, wollte sie nur noch in unser Dorf zurück, nach Hause. Dein Sohn hatte die Oberschule noch nicht abgeschlossen. Deswegen brach er aus eigenen Stücken die Schule ab. Er entschloss sich, bei der Polizei eine Aufnahmeprüfung abzulegen. Der ehemalige Sekretär des kommunalen Parteikomitees des Dorfes Lüdian, dein Freund Du Luwen, war damals der Politkommissar in unserem Kreispolizeiamt. Ob er sich nun der alten Freundschaft erinnerte oder ob dein Sohn besonders geeignet erschien, wer kann das sagen. Er wurde angenommen und bekam eine Stelle bei der Kriminalpolizei.
Nach dem Tod deiner Mutter zog dein Vater wieder in sein südlich im Westhaus gelegenes, kleines Zimmer und begann wieder sein verschrobenes Einzelgängerleben aus Privatwirtschaftlerzeiten. Auf dem Hof der Ximens war er tagsüber nie zu sehen. Er arbeitete und aß ganz für sich allein, trotzdem sah man bei ihm nur selten tagsüber Rauch aus dem Schornstein steigen. Huzhu und Hezuo brachten ihm Essen vorbei, aber er stellte es nur neben dem Herd ab oder packte es auf seinen Tisch, wo es verschimmelte und vergor. Nur in tiefer Nacht, wenn alles schlief und sich niemand mehr rührte, kam er von seinem Lehm-Kang hoch, als erwache er aus der Totenstarre. Er machte alles genau, wie er es sich all die Jahre über angewöhnt hatte. Er füllte eine Kelle Wasser in seinen Wok, streute eine Hand voll Getreide hinein und köchelte eineinhalb Schalen so eben garen Brei, den er in langsamen Schlucken zu sich nahm. Oder er aß das Getreide roh und trank dazu einen Schluck kühles Wasser. Danach legte er sich dann wieder auf den Kang und ruhte weiter.
Als deine Frau wieder bei euch zu Hause einzog, wohnte sie in dem Zimmer, das deine Mutter einst bewohnt hatte, im Norden des Seitenhauses. Ihre Schwester Huzhu kümmerte sich um sie. Ich habe sie nicht ein einziges Mal stöhnen hören, obgleich sie doch so schwer an Krebs erkrankt war. Sie lag meist nur ganz still da, manchmal schloss sie die Augen und schlief, manchmal schaute sie mit starrem Blick an die Decke. Huzhu und Baofeng sammelten viele Arzneirezepte

und probierten sie aus. Zum Beispiel kochten sie Hirsebrei mit Unken, Schweinelunge schmorten sie mit den Blättern der Chamäleonpflanze, Schlangenhaut brieten sie ihr mit Hühnereiern, Geckos in Schnaps eingelegt wollten sie ihr einflößen. Aber sie biss die Zähne fest aufeinander und weigerte sich, so etwas zu sich zu nehmen. Zwischen ihrem Zimmer und dem deines Vaters gab es nur eine dünne, aus mit Lehm vermengtem Hirsestroh hochgezogene Trennwand. Beide hörten einander atmen und husten, aber Worte wechselten sie nicht miteinander.

Bei deinem Vater gab es eine Truhe mit Weizen, eine mit Mungbohnen, und an den Balken hingen noch zwei Bund Mais. Nachdem mein zweiter großer Bruder auch noch gestorben war, fühlte ich mich einsam und wusste nichts mehr mit mir anzufangen. Ich war antriebslos, völlig niedergeschlagen. Wenn ich nicht auf meinem Platz schlief, trottete ich ziellos im Ximenschen Haus umher. Ximen Huan trieb sich seit dem Tod seines Vaters nur noch draußen in der Kreisstadt herum. Wenn er zu Hause vorbeischaute, dann nur, weil er von Huzhu Geld wollte. Nachdem Pang Kangmei verhaftet und inhaftiert worden war, übernahmen die entsprechenden Abteilungen bei uns im Kreis das Management von Jinlongs Firma. Dies waren der Parteizellensekretär von Ximen Dorf und Kader, die aus der Kreisebene zur Übernahme abberufen worden waren. Die Firma war schon lange nur noch Schall und Rauch gewesen, zig Millionen Yuan Darlehen von der Bank hatten sich unter Jinlongs Hand in Nichts aufgelöst. Nichts, keinen Pfennig hatte er seiner Frau und seinem Sohn hinterlassen. Deswegen wurde Huan, nachdem er seiner Mutter auch noch ihre letzten Spargroschen abgenommen hatte, nicht mehr bei uns auf dem Hof gesehen.

Wenn ich zu jener Zeit in unser Haupthaus kam, konnte ich Huzhu, wann immer ich sie in ihrem Zimmer besuchte, an dem achteckigen Tisch beim Herstellen von Scherenschnitten zusehen. Sie hatte geschickte Hände, alle Blumen, Vögel, Insekten und Fische, die sie ausschnitt, sahen lebensecht aus. Sie legte die Scherenschnitte zwischen dünnes, weißes Papier und verkaufte sie, immer wenn sie hundert beisammen hatte, an die Souvenirläden bei uns in der Straße. Davon erwarb sie sich das wenige, was sie zum Leben brauchte. Manchmal sah ich ihr beim Haarekämmen zu. Sie stand dabei auf einem Hocker, trotzdem reichte ihr Haar bis zum Boden. Wenn ich ihr zu-

schaute, wie sie den Kopf dabei schräg hielt, wurde mir mein Herz ganz schwer, meine Augen schmerzten, als sei ein Splitter darin.
Bei deinem Schwiegervater ging ich auch jeden Tag vorbei. Huang Tong hatte die Wassersucht, die Leber und sein gesamter Unterbauch waren geschwollen. Er machte es bestimmt nicht mehr lange. Deine Schwiegermutter war noch bei Gesundheit, aber ihr Haar war schlohweiß, der Blick getrübt, von ihrer einstigen Anmut und Ausstrahlung war nichts mehr geblieben.
Aber meistens ging ich zu deinem Vater. Während ich vor und er auf dem Kang lag, schauten wir uns gegenseitig in die Augen. Über die Blicke, die wir miteinander tauschten, erzählten wir uns alles. Manchmal war es mir, als wisse er über meine Herkunft bereits Bescheid, denn als spräche er im Schlaf, so sprach er zu mir: „Hausherr, du bist zu Unrecht gestorben. Bestimmt bist du ein Geist und nicht als Mensch wiedergeboren worden! Aber in den letzten 40, 50 Jahren sind mehr als nur du zu Unrecht ermordet worden ..."
Ich winselte tief, um ihm zuzustimmen, aber er sprach sofort weiter: „Mein alter Hund, was winselst du? Habe ich etwas Falsches gesagt?"
An den Maisbünden, die über ihm an den Balken herabhingen, krabbelten und knabberten sorglos die Mäuse. Das war der Mais, der für die Aussaat im Folgejahr bestimmt war. Für einen Bauern bedeutet der achtsame Umgang mit dem Saatgut soviel wie die Achtung vor dem Leben. Aber deinen Vater ließen die knabbernden Mäuse völlig kalt, im Gegenteil ermunterte er sie auch noch.
„Fresst, ihr Mäuschen, fresst den Weizen und die Mungbohnen aus der Truhe, einen Sack Buchweizen haben wir auch noch. Helft mir alles aufzuessen, macht es mir leicht zu gehen ..."
In hellen Mondnächten ging dein Vater mit einer Eisenschaufel unterm Arm hinaus aufs Feld. Im Mondschein zu arbeiten war ihm über all die Jahre zur Gewohnheit geworden. Alle Dörfler, ja ganz Nordost-Gaomi kannte diese Angewohnheit von ihm.
Jedes Mal, auch wenn ich noch so schlapp war, begleitete ich ihn. Immer ging er ohne einen Umweg direkt zu seinem halben Morgen Land. In den über fünfzig Jahren, die der Boden in seinem Besitz geblieben war, hatte er sich in einen Friedhof der Ximens verwandelt. Ximen Nao und Lady Bai Shi lagen dort begraben, deine Mutter genauso, auch der Esel, der Stier und das Schwein waren dort be-

graben. Meine Hundemutter und Ximen Jinlong hatten sie ebenfalls dort begraben. Wo kein Grab war, wuchs dichtes Unkraut. Es war das erste Mal, dass sein Land brachlag. Ich folgte stark bruchstückhaften, schwachen Erinnerungen, als ich mir meinen Platz suchte. Dort legte ich mich nieder und jaulte klagend. Dein Vater sprach mir gut zu: „Mein treuer Hund, weine nicht, ich verstehe dich gut. Wenn du vor mir stirbst, dann werde ich dich eigenhändig an dieser Stelle begraben. Wenn du nach mir stirbst, werde ich von ihnen im Angesicht des Todes verlangen, dass sie dich hier an dieser Stelle begraben."
Dein Vater begann hinter dem Grab deiner Mutter ein Loch auszuheben, während er sprach: „Dieser Platz soll für Hezuo sein."
Der kummervoll dreinblickende Mond funkelte kristallklar und schien angenehm kühl, als ich deinem querfeldein auf seinem Land umhergehenden Vater hinterher trottete. Wir scheuchten zwei dort nächtigende Rebhuhnpärchen auf, die laut flatternd zum Nachbarn flogen. Als sie vor dem Mond vorbeiflatterten, sah man, wie sich zwei Spalten auftaten, die das Mondlicht aber im Nu wieder schloss. Am Nordrand, zehn, fünfzehn Meter entfernt von der Stelle, an der die Ximenschen Familienmitglieder alle begraben lagen, blieb dein Vater entschlossen stehen. Er schaute sich in allen vier Richtungen eine Weile aufmerksam um, dann trampelte er auf der Erde unter sich herum.
„Hier komme ich hin."
Schon fing er mit dem Spaten zu graben an. Er hob eine Grube von zwei Metern Länge und einem Meter Breite aus. Als er bei einem halben Meter Tiefe angelangt war, hörte er auf. Nun legte er sich in die Grube und schaute hinauf zum Mond. So ließ er ungefähr eine halbe Stunde vergehen, dann krabbelte er aus der Grube heraus und sagte: „Mein treuer Hund, du bist mein Zeuge, auch der Mond ist mein Zeuge, dass ich hier an diesem Platz schon gelegen habe und er von mir besetzt ist. Keiner macht ihn mir mehr streitig."
Dann grub dein Vater dort, wo ich gelegen hatte, eine Grube, die er genauso lang wie meinen Körper machte. Ich erfüllte ihm seinen Wunsch, hopste hinein und legte mich dort eine Weile hin, bevor ich wieder herauskam.
Dein Vater sprach zu mir: „Mein alter Hund, ich und der Mond sind deine Zeugen, dass dieser Platz dir allein gehört."

In Begleitung des kummervoll dreinblickenden Mondes kehrten wir über den Weg beim Flussdeich zurück zum Hof der Ximens. Der Hahn hatte mit seinem Krähen schon die zweite Hälfte der Nacht angezeigt. Die zehn, zwanzig Hunde bei uns im Dorf hatten es sich von den Stadthunden abgeguckt und hielten nun in Vollmondnächten auf unserem Hof ihre Treffen ab. Ich sah sie dort in einem Kreis um eine Hündin herum sitzen, die ein rotes Kunstseidentuch um den Hals geknotet trug und laut den Mond anheulte. Natürlich empfinden die Menschen dies immer als Hundegeheul, das jeden in den Wahnsinn treibt. Aber tatsächlich durfte man ihre Stimme als rein und lyrisch, ihr Lied als zauberhaft anrührend und die Liedverse als poetisch bezeichnen. Grob zusammengefasst heulte sie: „Luna, Luna, du erfüllst mich mit Melancholie … hübsche Luna, meine Gespielin, du machst mein Herz rasend …"
In dieser Nacht geschah es, dass dein Vater und deine Frau zum ersten Mal durch die Trennwand hindurch miteinander redeten. Dein Vater klopfte an die Wand und sprach: „Kaifangs Mutter, hörst du mich?"
„Ja, Vater, bitte sprich."
„Ich habe für dich einen Platz ausgesucht, genau zehn Schritt hinter deiner Mutter Grab."
„Vater, jetzt ist mir wohler. Ich bin eine von euch Lans, wenn ich sterbe, werde ich zum Geist der Lans."

Wir wussten, dass sie nichts von dem, was wir ihr kauften, essen würde, aber wir kauften trotzdem so viel wir nur konnten, Unmengen aller möglichen „Stärkungsmittel". Kaifang in seiner riesenhaften, wuchtigen Polizeiuniform holte uns mit seinem Motorradgespann ab und brachte uns ins Dorf. Chunmiao saß im Seitenwagen, im Arm, neben ihr und über ihr und überall unsere bunten Tüten und Pakete. Ich saß hinter meinem Sohn und hielt mich krampfhaft an dem verchromten Griff hinten am Sitz fest. Kaifangs Gesichtsausdruck war streng und sein Blick eisig. Auch wenn ihm die Uniform zu groß war, machte er einen Ehrfurcht gebietenden Eindruck damit. Seine blaue Gesichtshälfte passte ziemlich gut zu dem Blau der Uniform. Oh mein Sohn, du hast gut daran getan, Polizist zu werden, unsere blauen Gesichter, die wir in unserer Familie weitervererben, passen genau zum Gesicht eines gerechten, unparteiischen, nicht vor dem Gesetz weichenden Beamten.

Die Ginkgobäume am Straßenrand hatten Stämme so dick wie der Durchmesser von Satellitenschüsseln, an der Fahrbahnabsperrung in der Mitte der Straße blühten eierschalenweiße und tiefrote Kräuselmyrten. Die prächtigen Blüten standen so dicht, dass sich die Zweige der Sträucher nach unten bogen. In den Jahren meiner Abwesenheit hatte sich alles in meinem Heimatdorf deutlich gewandelt. Deswegen finde ich es auch ungerecht und wenig objektiv, wenn man an Jinlong und Pang Kangmei kein gutes Haar lässt, es stimmt nicht, dass sie nur Schlechtes taten.

Mein Sohn stoppte sein Motorrad vor dem Ximenschen Anwesen und führte uns auf den Hof.

„Was macht ihr zuerst, erstmal zu Opa oder gleich zu Mama?"

Beklemmung schnürte mir für einen Augenblick den Mund zu, aber dann antwortete ich: „So wie es sich gehört: Wir schauen zuerst bei deinem Opa vorbei."

Meines Vaters Tür war fest verschlossen. Kaifang klopfte, aber alles blieb still, er tat einen Schritt vor das Fenster und klopfte an die Fenstersprosse.

„Opa, hier ist Kaifang, dein Sohn ist nach Haus gekommen."

Im Zimmer blieb alles totenstill, schließlich war ein trostloser, langer Seufzer zu hören.

„Vater, dein pietätloser Sohn ist zurückgekehrt." Ich kniete vor seinem Fenster. Chunmiao hatte sich neben mich hingekniet. Mit schniefender Nase und furchtbar weinend brachte ich hervor: „Vater, bitte öffnet die Tür, damit ich Euch sehen kann …"

„Ich ertrage es nicht, dich zu sehen. Aber ich habe dir etwas aufzutragen, hörst du mir zu?", antwortete er.

„Vater, ich höre …"

„Das Grab für deine Frau wird zehn Meter südlich vom Grab deiner Mutter liegen. Ich habe dort zur Kennzeichnung schon einen kleinen Haufen Erde aufgeschüttet. Das Grab von unserem alten Hund wird links vom Grab des Schweines liegen, ich habe ihm schon eine Grube ausgehoben. Mein Grab wird dreißig Schritte westlich von Mutters Grab liegen, die Grube habe ich schon fast fertig. Wenn ich sterbe, will ich keinen Sarg. Ich will auch keine Trauermusik, ihr braucht auch keine Traueranzeige aufzugeben. Wickle mich in eine Schilfmatte und grabe mich still und ohne Aufhebens davon zu machen ein. Dann ist es gut. Das Getreide in meiner Truhe schütte mir alles in meine Grube, das Getreide soll meinen ganzen Körper und mein Gesicht bedecken. Es ist das Getreide, das ich meinem Land abgerungen habe; wenn ich sterbe, soll es auch wieder auf mein Land zurückkehren. Wenn ich sterbe, darf niemand weinen. Da gibt es nichts zu weinen. Was die Trauerfeier für die Beerdigung der Mutter Kaifangs angeht, habe ich keine Meinung, macht das nach eurem Dafürhalten unter euch selbst aus. Wenn dir auch nur ein Funken Ehrfurcht vor deinem Vater geblieben ist, dann tust du, was ich dir soeben aufgetragen habe!"

„Vater, ich habe mir alles gemerkt und werde alles nach Euren Wünschen ausrichten. Vater, bitte schließt die Türe auf, damit Euer Sohn Euch einmal sehen kann …"

„Geh zu deiner Frau, sie hat keine paar Tage mehr zu leben", antwortete mein Vater. „Was mich selbst angeht, habe ich wohl noch anderthalb Jahre. Das dauert noch."

Ich stand mit Chunmiao zusammen vor dem Kang meiner Frau. Kaifang stellte sich kurz dazu und rief sie einmal, dann machte er auch schon kehrt und ging nach draußen auf den Hof. Hezuo hatte gleich, nachdem sie gehört hatte, dass wir zurückgekommen waren, Vorkehrungen getroffen. Sie trug ein dunkelblaues chinesisches Hemd mit dem typischen, quer vor der Brust verlaufenden Verschluss, eine Hinterlassenschaft meiner Mutter – ihr Haar war glatt gekämmt, ihr Gesicht gewaschen. So saß sie auf dem Kang, als wir zu ihr ins Zimmer traten. Sie war so dünn geworden, dass sie nicht wiederzuerkennen war. Aus ihrem Gesicht war alles Fleisch gewichen, nur eine dünne Schicht gelber Haut bedeckte die Knochen, deren Umrisse sich darunter ganz genau abzeichneten. Chunmiao rief: „Schwester!", und schon schossen ihr die Tränen in die Augen. Die Pakete und Plastiktüten legte sie ihr auf den Kang.

„Ihr habt euer Geld völlig umsonst ausgegeben, das ganze Zeug nehmt ihr, wenn ihr gleich geht, wieder mit und gebt alles zurück."

„Hezuo …", sagte ich mit tränenüberströmtem Gesicht. „Ich habe dich zu Grunde gerichtet …"

„Dass du das jetzt sagst, wo alles zu spät ist, ist nicht nötig. Was sollen solche Worte jetzt noch bewirken?" Ihr Blick ruhte jetzt auf Chunmiao: „Ihr beide habt es in den letzten Jahren auch nicht leicht gehabt, auch du bist alt geworden, und du", sie sah wieder mich an, „hast auch bald kein einziges schwarzes Haar mehr auf dem Kopf

…" Dann musste sie husten, ihr Gesicht wurde purpurrot dabei, ein strenger Blutgeruch trieb vorüber, nach dem Hustenanfall nahm sie wieder eine goldgelbe Farbe an.
„Schwester, leg dich besser hin …", meinte Chunmiao. „Schwester, ich gehe nicht mehr weg. Ich bleibe bei dir und pflege dich …"
Chunmiao lag mit dem Oberkörper auf dem Kang und weinte.
„Es ist mir peinlich, ich hätte es mir niemals anmaßen dürfen …", Hezuo winkte ab. „Ich habe Kaifang euch holen lassen, weil ich euch sagen wollte, dass ich keine paar Tage mehr zu leben habe. Dass ihr euch nicht mehr verstecken müsst … Es war damals falsch von mir, dabei hätte ich euch helfen können …"
„Schwester …", weinte Chunmiao, „es ist alles mein Fehler gewesen …"
„Keinen von uns trifft die Schuld", entgegnete Hezuo. „Das ist unser Karma, der Himmel hatte es so für uns bestimmt. Seinem Karma kann man nicht entgehen …"
„Hezuo, gib nicht auf", sagte ich. „Wir bringen dich in ein großes Krankenhaus, wir suchen für dich den allerbesten Arzt …"
Sie lachte bitter: „Jiefang, wir beide können schon von uns sagen, dass wir eine Zeit lang ein Ehepaar gewesen sind, wenn ich tot bin, sei bitte gut zu ihr … sie ist wirklich ein guter Mensch … keiner deiner Frauen ist ein glückliches Schicksal beschieden … ich bitte dich sehr, dich gut um Kaifang zu kümmern. Der arme Junge hat mit mir ein furchtbar hartes Leben gehabt."
Ich hörte, wie sich mein Sohn draußen vor der Tür schrecklich laut die Nase schneuzte.
Drei Tage später war Hezuo tot.
Als die Beerdigung vorbei war, saß mein Sohn mit dem alten Hund im Arm vor dem Grab seiner Mutter. Er weinte nicht, er bewegte sich nicht. Von Mittags bis zum Sonnenuntergang saß er da.
Die beiden Huangs machten es genau wie mein Vater. Sie verschlossen die Tür und weigerten sich, mich zu sehen. Ich kniete vor ihrer Tür und machte dort für sie drei Kotaus, ich schlug meinen Kopf so laut auf die Erde, dass sie es drinnen hören mussten.
Einige Monate später starb Huang Tong.
Noch am selben Abend erhängte sich Qiuxiang an dem sich nach Südost neigenden, dicken Ast des großen Aprikosenbaums, der mitten auf dem Hof stand.

Nachdem wir auch noch die Beerdigung meiner Schwiegereltern ausgerichtet hatten, blieben Chunmiao und ich auf dem Ximenschen Hof. Wir wohnten in den beiden Zimmern, die meine Mutter und meine Frau bewohnt hatten und die nur durch die dünne Wand vom Zimmer meines Vaters abgetrennt waren. Tagsüber ging Vater nicht vor die Tür, nur abends sahen wir manchmal durch das Fenster seine gebückte Gestalt bei uns vorbeigehen. Der alte Hund wich ihm nicht von der Seite.

Wir hatten Qiuxiang nach ihrem letzten Willen bei uns Ximens begraben, rechts vom gemeinsamen Grab Ximen Naos und der Lady Bai Shi gelegen. Ximen Nao war nun schließlich unter der Erde doch noch mit seinen Frauen vereint. Und Huang Tong? Wir begruben ihn auf dem öffentlichen Friedhof im Dorf, keine zwei Meter weit entfernt vom Grab Hong Taiyues.

Am 5. Oktober 1998 hatten wir nach dem Bauernkalender den 15. Tag des achten Monats des Jahres Wuyin und somit Mittherbstfest. An diesem Abend kamen endlich alle vom Ximenschen Hof einmal zusammen. Kaifang kam mit dem Motorrad aus der Kreisstadt angefahren, der Seitenwagen des Motorrads war mit zwei Paketen Mondkuchen und einer Wassermelone beladen. Baofeng und Ma Gaige waren auch gekommen. Gaige, der bei einer privat geführten Fabrik gearbeitet hatte, in der die Baumwolle maschinell gebrochen, in der Putzerei-Anlage gereinigt und entkörnt wurde, hatte seinen linken Arm unter dem Sägeblatt des Baumwollbrechers verloren. Sein linker Ärmel hing leer hin- und herwehend an der Jacke herunter. Jiefang, du hattest irgendwie dein Bedauern zu dieser Tragödie ausdrücken wollen, aber dein Mund hatte nur ein paar Mal gezuckt, ohne einen Ton herauszubringen. Am gleichen Tag konntest du mit Chunmiao euren Ehschein abholen. Sogar mich alten Hund freute, dass aus euch beiden Liebenden, nachdem ihr so viele Qualen ausgestanden hattet, endlich noch eine Familie wurde. Dann knietet ihr beide bitterlich flehend vor der Tür deines Vaters.

„Vater ... wir sind nun ein gesetzlich verheiratetes Ehepaar. Du musst dich jetzt niemals mehr mit uns schämen ... Vater ... bitte öffne die Tür ... dein Sohn und deine Schwiegertochter bitten darum, dich sehen zu dürfen ..."

Endlich öffnete sich die verrottete Tür deines Vaters, und ihr rutsch-

tet auf Knien bis zur Schwelle, wo ihr ihm die tiefrote Hochzeitsurkunde mit beiden Händen ehrfürchtig hochreichtet.
Erst sagtest du: „Vater ..."
Dann sagte Chunmiao: „Vater ..."
Dein Vater hielt sich am Türrahmen fest, sein blaues Gesicht zuckte und wollte gar nicht mehr damit aufhören. Der blaue Bart zitterte, blaue Tränen flossen ihm in Strömen aus den blauen Augen. Schon leuchtete das Mondlicht des Mitherbstfests blau in die einbrechende Nacht, als dein Vater mit zitternder Stimme sprach: „Steht auf ... nun seid ihr endlich für alle Ewigkeiten ein Paar ... auch mir nehmt ihr damit die drückende Last vom Herzen."
Das Mitherbstfest feierte unsere Familie unter dem großen Aprikosenbaum im Hof. Auf unserem alten, eckigen Acht-Unsterblichen-Tisch standen die Mondkuchen, die Wassermelone und anderes gutes Essen. Dein Vater saß mit dem Blick gen Süden am Tisch, ich hatte mich neben ihm hingehockt. Zu seiner Rechten saßen du und Chunmiao, zu seiner Linken saßen Baofeng und Gaige, ihm gegenüber saßen Kaifang und Huzhu. Der große, runde Mitherbstvollmond warf sein Licht in jeden Winkel des Ximenschen Hofes. Der große Aprikosenbaum war schon seit Jahren abgestorben, aber im August jenen Jahres spross an einigen wenigen Zweigen tatsächlich zartes, grünes Laub.
Dein Vater erhob sein Glas und versprengte Schnaps in Richtung Mond. Der Mond erzitterte, dann wurde sein Licht plötzlich schwächer, als ob Nebel ihm sein Gesicht verschattet hätte. Einen Moment später leuchtete er wieder hell, noch sanftmütiger, noch einen Tick kühler als vorher. Alles im Hof, das Haupthaus und die Nebenhäuser, alle Bäume und Sträucher, alle Menschen und Hunde, alles sah aus, als wäre es in durchscheinende, hellblaue Tusche getaucht worden.
Dein Vater schüttete das zweite Glas Schnaps auf die Erde.
Das dritte Glas, diesmal voller Wein, schüttete er mir in die Schnauze. Es war ein schwerer, trockener deutscher Rotwein, den Mo Yans Freunde bei einem deutschen Winzer bestellt hatten. Er war dunkelrot, hatte ein intensives Bouquet und einen leicht erdigen Geschmack. Hatte man davon ein Glas genossen, fühlte man sich, als ob einem alles jemals Erlebte plötzlich wieder in den Kopf kam.

Diese Mittherbstfestnacht war unsere erste Nacht, die wir als gesetzlich verheiratetes Ehepaar gemeinsam verlebten. Wir waren tief bewegt, lange konnten wir nicht einschlafen. Das Mondlicht strömte wie Wasser durch alle Ritzen in unser Zimmer und tauchte uns in sein Licht. Wir beide knieten splitternackt voreinander auf dem Kang, auf dem Mutter und Hezuo geschlafen hatten, wir verschlangen einander mit Blicken, als begegneten sich unsere Gesichter und unsere Körper zum allerersten Mal. Im Stillen dachte ich mir Glückwünsche aus: „Mutter, Hezuo, ihr opfertet euch und schenktet uns eurer Glück."
Dann flüsterte ich Chunmiao ins Ohr: „Sämchen, lass uns jetzt Liebe machen, lass Mutter und Hezuo dabei zuschauen, damit sie wissen, dass wir in Glück und Frieden sind …"
Wir knieten eng umschlungen, dankbar, tränenreich, wie Fische im Licht des Mondes ihre Schwänze ineinander verschlingen, liebten wir uns. Unsere Körper wurden leichter, schwebten schwimmend zum Fenster hinaus, schwebten mit dem Mond in ein und derselben Höhe, unter uns schimmerten die Lichter von abertausend Wohnungen auf der riesenhaften, dunkelvioletten Erde. Ich sah Mutter, Hezuo, Huang Tong, Qiuxiang, Chunmiaos Mutter, Ximen Jinlong, Hong Taiyue und Bai Shi, wie sie jeder auf einem großen, weißen Vogel durch die Lüfte ritten. Sie flogen hinauf in die große Leere, entschwanden in die Endlosigkeit, in die unser Blick niemals reichen kann … Durch die Lüfte fliegend folgte ihnen der abgesägte Arm des Ma Gaige. Lackschwarz schwamm er dahin wie ein Schlangenkopffisch.

In der zweiten Hälfte der Nacht nahm mich dein Vater mit aufs Feld hinaus. Er wusste damals ganz sicher von meinen vorangegangenen und meinem gegenwärtigen Leben. Als er mit mir am Eingang zu unserem Anwesen stand, wurde er sentimental, wurde es immer mehr, aber gleichzeitig zeigte er mir, dass er dem Treiben auf dem Hof völlig ungerührt gegenüberstand und ihm keine Träne nachweinte. Als wir auf seinen Acker zugingen, hing der Mond bereits dicht über dem Feld und wartete dort auf uns.
Endlich waren wir auf dem halben Morgen Ackerland angelangt, diesem Stück Land, dem dein Vater die gleiche Ehrerbietung wie purem Gold entgegenbrachte. Der Mond hatte wieder eine andere Farbe angenommen. Zuerst war er blass hellviolett wie Auberginenblü-

ten, nun war er azurblau. Wir waren von allen Seiten in Azurblau gehüllt. Der im gleichen Blau wie die See schimmernde Mond und der unermessliche Himmelsraum waren ineinander geflossen und zu einem Ganzen verschmolzen. Wir waren darinnen wie zwei winzig kleine Lebewesen tief am Meeresgrund.

Dein Vater legte sich in sein Grab und sprach behutsam zu mir: „Hausherr, willst du dich nicht auch hineinlegen?"

Ich ging hin zu meiner Grube und hopste hinein. Als ich hineinsprang, fiel ich, immer tiefer fiel ich, ich flog hinab in die Tiefe zu dem glänzend erleuchteten, blauen Palast. Die Palastdämonen steckten sofort die Köpfe zusammen und tuschelten miteinander. Der an der Stirn der riesigen Amtshalle thronende Fürst Yama war mir fremd. Er wartete gar nicht, bis ich von selbst die Schnauze aufsperrte, sondern sagte gleich: „Ximen Nao, ich weiß über alles Bescheid, was dir widerfahren ist. Hast du immer noch Groll in deinem Herzen?"

Ich zögerte. Dann schüttelte ich zaghaft den Kopf.

„Zu viele Menschen auf der Welt sind besessen von Hass, grollen diesem und jenem", sprach der Fürst trübsinnig. „Wir wünschen es nicht, dass grollende Seelen in einem Menschenleib in die Oberwelt zurückkehren. Aber trotzdem gehen uns immer mal wieder welche durchs Netz."

„Königliche Majestät, ich habe keinen Hass mehr in mir!"

„Das stimmt nicht. Ich sehe in deinen Augen immer noch einen Rest des Hasses lodern", entgegnete mir der Fürst. „Ich werde dich noch für eine Runde in einen Tierleib stecken. Ich werde dich als Primaten zurück auf die Welt schicken, den Menschen schon nah verwandt. Ich will ehrlich zu dir sein, du kehrst als Affe zurück in die Welt, nur kurz, zwei Jahre, und du hast es hinter dir. Wir hoffen, dass du dich in diesen zwei Jahren deines Hasses entledigst. Wenn du den Groll abgearbeitet hast, ist es soweit, dass du wieder zum Menschen werden kannst."

So, wie es der letzte Wille meines Vaters gewesen war, schütteten wir allen Weizen aus der Truhe, alle Mungbohnen, den Buchweizen und die Mohrenhirse aus den Säcken und alle Bunde Mais von den Balken über ihm in seinem Grab aus. Sein Körper und Antlitz waren über und über von kostbarem Getreide bedeckt. Obwohl uns Vater nicht so angewiesen hatte, streuten wir auch über den Hund eine Schicht Getreide. Wir überlegten wieder und wieder, dann stellten wir entgegen dem letzten Willen meines Vaters einen Grabstein auf. Die Worte für den Grabstein schrieb uns Mo Yan, der alte Steinmetz Han Shan aus der Zeit, in der wir noch einen Esel besaßen, meißelte die Inschrift in den Stein: *Alles, was der Acker hervorbringt, kehrt auch wieder in den Acker zurück.*

Das fünfte Buch

Ende und Anfang

Sonnenfarben

Liebe, verehrte Leser! Mit dem Roman bin ich nun an einem Punkt angelangt, an dem ich eigentlich mit dem Schreiben aufhören sollte. Aber die Geschichte einiger Figuren aus dem Buch ist noch nicht richtig zu Ende. Und der Großteil der Leser möchte ja schließlich wissen, wie es zuletzt ausgegangen ist. Deswegen lassen wir die beiden Hauptprotagonisten und Erzähler meines Romans – Lan Jiefang und das Großkopfkind Lan Qiansui – erst einmal eine Pause einlegen. Ich – ihrer beider Freund Mo Yan – werde das von ihnen Berichtete fortspinnen, um mit dieser endlosen Geschichte doch noch zum Schluss zu kommen.

Nachdem Jiefang und Chunmiao den Vater und den alten Hund beerdigt hatten, dachten sie eigentlich daran, im Dorf zu bleiben, dort des Vaters Acker zu bestellen und so ihr restliches Leben zu verbringen. Unglücklicherweise kam jedoch hoher Besuch auf den Ximenschen Hof. Es war Jiefangs Klassenkamerad Sha Wujung, der mit ihm zusammen die Provinzkomiteekaderschule besucht hatte und gerade Kreisparteisekretär von Gaomi geworden war. Er wusste, was sein Freund Jiefang durchgemacht hatte, er wusste von seinem Einfluss und Ansehen in früheren Jahren, und ihn bestürzte der nun verlassen daliegende Ximensche Hof.

Wohlmeinend sagte er zu Jiefang: „Lieber Freund, dein Amt des Vizeparteisekretärs kann ich dir leider nicht wieder einrichten. Deine Parteimitgliedschaft wiederherzustellen ist auch schwierig. Aber eine Stellung im öffentlichen Dienst, eine Position, in der du alt werden kannst und die dir dein Auskommen sichert, das kann ich einrichten."

Jiefang antwortete: „Ich danke den leitenden Kadern für ihr Wohlwollen. Dennoch brauche ich so etwas nicht. Ich stamme hier aus Ximen vom Bauernhof und bin als Bauernjunge groß geworden. Lass mich hier in meinem Dorf auch mein Leben zu Ende bringen."

„Erinnerst du dich noch an den alten Parteisekretär Jin Bian?", fragte Sha Wujung. „Er wünscht sich auch, dass du in die Kreisstadt zurückkehrst. Er und dein Schwiegervater Pang Hu sind alte Freunde. Würdet ihr beide in die Kreisstadt ziehen, so könntet ihr euch um euren Schwiegervater kümmern. Im Ständigen Ausschuss ist es schon durch. Man hat beschlossen, dich zum stellvertretenden Direktor unseres Kulturforums zu machen. Was Genossin Chunmiao betrifft, kann sie, wenn sie möchte, ihre Arbeit in der *Neues China*-Buchhandlung wieder aufnehmen. Wenn sie dorthin nicht wieder zurück möchte, dann werden wir uns etwas anderes für sie überlegen."

Verehrte Leser! Lan Jiefang und Chunmiao hätten wirklich nicht wieder dorthin zurückgehen dürfen! Aber die Wiederherstellung der Position im öffentlichen Dienst, die Rückkehr in die Kreisstadt, dazu noch ohne Probleme für Chunmiaos alten Vater sorgen zu können, das hörte sich wirklich verlockend an. Meine beiden alten Freunde waren ja auch nur normale Menschen und keine Götter! Sie waren auch keine Hellseher! Deswegen dauerte es nicht lange, und sie waren zurück in der Kreisstadt. Natürlich war es eine Fügung des Schicksals, es hätte nichts genützt, sich dagegen aufzulehnen.

Beide wohnten fürs erste bei Pang Hu. Der Held, der damals geschworen hatte, Chunmiao nicht mehr als seine Tochter anzuerkennen, war ihr dann doch ein liebender Vater. Vor allem, weil er mit einem Fuß schon im Grab stand. Wie viele Tränen hatte er wegen seiner Tochter geweint, da konnte er, als er sie und Lan Jiefang, die beide so viel durchgestanden hatten und zuletzt doch ein rechtmäßiges, gesetzlich verheiratetes Ehepaar geworden waren, nicht zurückweisen. Er öffnete ihnen sein Tor, akzeptierte den Schwiegersohn und nahm beide bei sich auf.

Jiefang fuhr jeden Morgen mit dem Fahrrad zum Kulturforum zur Arbeit. Man hatte ihn auf Eis gelegt, es war eine schäbige Arbeit, die niemanden interessierte, die er da bekommen hatte. Der Posten des Vizedirektors war nichts anderes als ein klingender Name. Er hatte keinerlei Verantwortung zu tragen und keine Entscheidungen zu treffen. Alles, was er täglich zu tun hatte, bestand darin, an seinem Schreibtisch mit den drei Schubladen und der rissigen Platte zu sitzen, schwach aufgebrühten grünen Tee zu trinken, Billigzigaretten zu rauchen und in ein paar der dort abonnierten Zeitungen herumzublättern.

Chunmiao hatte dann doch wieder den Buchladen gewählt, wieder die Bilderbuchabteilung, und war mit neuen Kindern beschäftigt, die gerade in die Schule gekommen waren. Ihre Kolleginnen von früher waren alle schon in Rente gegangen. Die Verkäuferinnen, die ihre Stellen übernommen hatten, waren junge Mädchen um die Zwanzig. Chunmiao fuhr auch jeden Morgen mit dem Fahrrad zur Arbeit. Nach Arbeitsschluss fuhr sie auf dem Nachhauseweg immer am Pekingoperntheater vorbei und bog noch in die Straße ab, wo sie ein halbes Pfund Hühnerleber- und Hühnermagenaufschnitt oder ein Pfund Schafskopf kaufen konnte. Sie brachte das Fleisch ihrem alten Vater und ihrem Mann mit, damit die beiden etwas zum Schnaps hatten, den sie jeden Abend zusammen tranken. Jiefang und Hu waren nicht trinkfest, nach drei Gläschen Schnaps im Bauch hatten sie schon genug und fühlten sich leicht benommen. Sie vertrieben sich die Zeit, indem sie belangloses Zeug daherquatschten, genau wie zwei vertraute, alte Kumpel.

Nachdem das Jahr vergangen war, erwartete Chunmiao ein Baby. Diese frohe Botschaft erfüllte den über fünfzigjährigen Jiefang mit unbeschreiblicher Freude. Den alten, fast achtzigjährigen Pang Hu rührte es so, dass ihm die Tränen in Strömen flossen. Drei Generationen unter einem Dach! Ein traumhaft glückseliges Leben stand ihnen jetzt bevor! Aber das Unglück, das sie rücklings überfiel, ließ alles Glück wie eine Seifenblase zerplatzen.

An jenem Nachmittag hatte Chunmiao in der Seitenstraße beim Pekingoperntheater an einem Stand ein Pfund Eselfleisch gekauft. Sie summte ein Liedchen und bog dabei in die Liquan-Straße ein, als ein entgegenkommendes Auto sie erfasste und in die Luft schleuderte. Das Fahrrad war sofort ein Haufen Schrott, der Eselfleischaufschnitt lag über die Straße verstreut, ihr Hinterkopf war auf die Bordsteinkante geprallt. Als mein Freund Jiefang wie ein Wahnsinniger rennend den Unfallort erreichte, atmete Chunmiao schon nicht mehr. Der Wagen gehörte dem ursprünglich in Lüdian als Kreisparteisekretär amtierenden, jetzt zum Vizepräsidenten des städtischen Volkskongresses aufgestiegenen Du Luwen. Sein Chauffeur war der Sohn von Sun Biao, einem der früheren Kumpel von Jinlong.

Wie soll ich schildern, was Jiefang in diesem Augenblick empfand? Ich weiß es nicht, weil sich vor mir schon so viele großartige Schriftsteller daran erprobten und die Messlatte für die Schilderung solcher Gefühle in so schwindelnden Höhen dahinschwebt, dass ich dem niemals auch nur annähernd gerecht werden könnte. Zum Beispiel beschreibt der russische Schriftsteller und Literaturnobelpreisträger Michail Alexandrowitsch Scholochow, dessen Werk unzählige herausragende Literaturprofessoren und Schriftsteller in den Himmel loben, in seinem Roman *Der stille Don* die Gefühlslage des Grigori Melechow, als dessen Geliebte Axinja durch eine Granate stirbt, so: *Da stieß ihn eine geheimnisvolle Kraft vor die Brust, er taumelte zurück, fiel rücklings zu Boden, sprang aber, von Angst gepackt, sofort wieder auf. Und er stürzte noch einmal und schlug mit dem Kopf gegen einen Stein.* Und weiter: *Im nebligen Zwielicht des trockenen Steppenwindes ging über der Schlucht die Sonne auf. Ihre Strahlen versilberten die zahllosen grauen Fäden auf Grigoris unbedecktem Kopf und glitten über das bleiche, in seiner Starre schreckliche Gesicht. Wie aus einem schweren Schlaf erwacht, hob er den Kopf und erblickte über sich einen schwarzen Himmel und eine blendend strahlende schwarze Sonnenscheibe.*

Michail Scholochow lässt Grigori taumeln und rücklings zu Boden stürzen. Was soll ich tun? Soll ich Jiefang etwa auch einfach zu Boden taumeln lassen? Michail Scholochow lässt Grigori vor Entsetzen erstarrt sein und begreifen, dass alles zu Ende ist, dass das Schrecklichste, was im Leben nur geschehen kann, schon geschehen ist. Und ich? Soll ich Jiefang auch wie Grigori vor Entsetzen erstarren und begreifen lassen, dass alles zu Ende ist, dass das Schrecklichste, was im Leben nur geschehen kann, schon geschehen ist? Scholochow lässt Grigori dann zum Himmel emporschauen und in eine blendend schwarze Sonnenscheibe blicken. Ja, was mache ich da? Soll ich das mit Jiefang etwa auch so machen? Ihn in eine blendend schwarze Sonne hineinschauen lassen? Und wenn ich Jiefang dann nicht taumeln und rücklings zu Boden stürzen lasse, sondern ihn mit dem Kopf nach unten, umgekehrt auf den Boden hinstelle? Und wenn ich Jiefang dann nicht vor Entsetzen erstarrt sein und begreifen lasse, dass alles zu Ende ist, sondern ihn von tausend unmöglichen Gedanken überfallen lasse? Wenn ihn seine Gefühle zerreißen, er in einer einzigen Minute sämtliche Geschicke unseres Globus wie in einem einzigen Gedankengang durchlebt? Und wenn ich Jiefang nicht in eine blendend schwarze Sonnenscheibe hineinschauen lasse, sondern die Sonne, blendend oder nicht, weiß und grau, rot und blau gleichzeitig schimmern lasse, in die er da hineinblickt? Bin ich dann einzigartig gewesen und habe nicht kopiert? Nein, natürlich wäre dies ein Fall von dümmlicher Kopie eines klassischen Werkes.
Jiefang begrub Chunmiaos Asche auf dem berühmten Ackerland sei-

nes Vaters. Ihr Grab lag Schulter an Schulter mit Hezuos Grab. Auf ihren Gräbern waren keine Grabsteine aufgestellt. Anfangs ließen sich beide Gräber noch auseinanderhalten. Aber nachdem Chunmiaos Grab auch von einer Schicht Unkraut überwuchert war, sah es haargenau wie das Grab Hezuos aus. Nur kurze Zeit nach Chunmiao verstarb auch der Held Pang Hu. Jiefang schüttete die Asche aus der Urne seiner alten Schwiegermutter Wang Yueyun mit der seines Schwiegervaters zusammen in eine Urne und fuhr mit dieser im Rucksack auf dem Rücken zurück in sein Dorf. Er begrub die beiden neben dem Grab seines Vaters Lan Lian.

Eine Zeit lang später kam die in der Strafanstalt einsitzende Pang Kangmei, vielleicht hatte sie einen kurzen Blackout, zu Tode, indem sie sich einen angespitzten Zahnbürstenstiel ins Herz rammte. Chang Tianhong holte die Asche in der Strafanstalt ab, besuchte dann Jiefang und bat ihn um einen Gefallen: „Jiefang, sie gehört doch eigentlich zu eurer Familie." Jiefang verstand sofort, was er meinte, nahm die Urne an sich und fuhr damit nach Ximen. Er beerdigte die Urne hinter der Doppelurne des Ehepaars Pang.

Stellung beim Liebesakt

Lan Kaifang brachte meinen Freund Jiefang mit dem Motorrad zu seinem alten Haus in die Tianhua-Gasse Nr. 1 zurück. Den Seitenwagen des Motorrads hatten sie mit den Sachen vollgeladen, die er zum Leben brauchte. Er selbst saß hinter seinem Sohn. An jenem Tag hielt er sich nicht am Haltegriff hinten am Sitz fest, sondern hatte beide Arme eng um die Lenden seines Sohnes geschlungen. Sein Sohn war immer noch spindeldürr, aber sein Rückgrat war kerzengerade und hart wie ein Baumstamm. Mein Freund weinte die ganze Fahrt über wie ein Schlosshund – den ganzen weiten Weg vom Anwesen der Pangs bis zur Tianhua-Gasse Nr. 1. Seine Tränen durchnässten die Uniform seines Sohnes so sehr, dass sich auf dessen Rücken ein großer, dunkler Fleck bildete.

Nachdem sie bei ihrem alten Haus angekommen waren, konnte er erst recht keine Ruhe finden. Es war das erste Mal, dass er, seit er gestützt auf Chunmiao im Regen von zu Hause weggegangen war, den Fuß wieder über die Schwelle setzte. Die Stämme der vier Ginkgobäume im Hof waren inzwischen dick wie Hauswände geworden. Die Äste reichten bis über das Dach und über die Hofmauer. Wie heißt es doch: *Wenn die Bäume über die Jahre schon so gealtert sind, wie müssen es da erst die Menschen sein!* Meinem Freund aber blieb nicht viel Zeit für seine Trauer, denn kaum, dass er den Hof betreten hatte, erblickte er in dem Zimmer ganz rechts im Haupthaus, das ihm einst als Arbeitszimmer gedient hatte, am geöffneten Fenster durch das Fliegenfenster hindurch eine ihm ach so vertraute und liebe Erscheinung. Dort saß Huang Huzhu, vertieft in das Schneiden von Scherenschnitten.

Das konnte nur Kaifang so arrangiert haben. Dass mein Freund einen solch großherzigen, mitfühlenden und verständnisvollen Sohn hatte, war wirklich ein großes Glück. Kaifang brachte nicht nur seinen Vater mit seiner Tante Huzhu zusammen. Auch den völlig verzagten und kraftlosen Chang Tianhong brachte er mit seinem Motorrad nach Ximen und arrangierte ein Treffen zwischen ihm und seiner Tante Baofeng, die seit Jahren verwitwet war. Tianhong war für Baofeng immer der Mann ihrer Träume gewesen. Und auch Tianhong hatte Liebe für sie empfunden. Gaige besaß keine großen Ziele, war aber Beofang ein guter Sohn, ein anständiger und ehrlicher, fleißiger Bauer. Er stimmte der Heirat seiner Mutter mit Tianhong zu und ließ die beiden ein glückliches, zufriedenes Leben führen.

Mein Freund hatte seine erste Liebe mit Huzhu erlebt – richtiger gesagt, er hatte sich in Huzhus Haar verliebt. Nachdem schließlich alle Katastrophen ausgestanden waren, konnten die beiden zusammen sein. Kaifang hatte an seiner Arbeitsstelle einen Wohnheimplatz. Im Allgemeinen kam er nur selten nach Hause. Auch am Wochenende hatte er, weil er bei der Polizei war, oft zu arbeiten, sodass er auch dann nicht heim konnte. Auf dem großen Anwesen wohnten nur die beiden allein. Sie blieben für sich in ihren eigenen Zimmern. Nur die Mahlzeiten nahmen sie zusammen ein. Huzhu war immer schon ein schweigsamer Mensch gewesen. Jetzt sprach sie noch weniger. Wenn Jiefang sie etwas fragte, lächelte sie nur. Sie antwortete nicht mit Worten. Nach einem halben Jahr dieses Zusammenlebens änderte sich schließlich doch etwas.

Es war ein regnerischer Frühlingsabend. Sie hatten zusammen zu Abend gegessen und waren dabei, den Tisch abzuräumen, als sich ihre Hände versehentlich berührten. Beide spürten sofort, dass da noch etwas anderes war. Im richtigen Augenblick trafen sich ihre Blicke und sprachen Bände. Huzhu seufzte. Jiefang tat auch einen Seufzer. Dann sagte sie zaghaft und ganz leise: „… dann komm halt mit zu mir und kämme mir mein Haar."

Mein Freund folgte Huzhu in ihr Zimmer, nahm den Pfirsichholzkamm, den sie ihm hinüberreichte, aus ihrer Hand und begann ganz vorsichtig, den backsteinschweren Haarknoten in ihrem Nacken zu öffnen. Das zaubermächtige, wunderschöne Haar fiel wie eine brandende Welle über ihre Schultern, ihren Rücken hinab bis auf die Erde. Es war das allererste Mal, dass mein Freund das Haar, in das er schon als kleiner Junge abgöttisch verliebt gewesen war, berührte. Ein leichter Duft von Limonenöl stach ihm in die Nase. Er durchdrang seine Seele bis in den letzten Winkel.

Damit er ihr mehrere Meter langes Haar in voller Länge ausbreiten konnte, ging Huzhu ein paar Schritte nach vorn, bis sie mit den Knien an ihr Bett stieß. Mein Freund winkelte den Arm an und nahm das Haar in die Armbeuge. Dann fuhr er mit Vorsicht und allergrößter Zärtlichkeit mit dem Kamm durch das Haar. Stück für Stück, Strähne für Strähne, kämmte er immer weiter nach unten. Eigentlich war es nicht nötig, sie zu kämmen. Ihre Haare waren kräftig, schwer, glatt und glänzend. Sie waren nie gespalten. Und das Kämmen war mehr ein Streicheln, ihnen nahe sein, intimes Spüren. Er musste weinen. Seine Tränen kullerten auf ihr Haar. Sie fielen darauf, wie Wassertropfen auf das Federkleid der Mandarinenten spritzen. Ganz leise hörte man es tropfen. Die Tränen perlten am Haar ab und sprangen zu Boden.

Huzhu tat einen Seufzer. Dabei begann sie, ihre Kleider Stück für Stück auszuziehen. Mein Freund stand mit ihrem Haar über dem Arm zwei Meter entfernt hinter ihr, genau wie die Blumenkinder, die die Schleppe tragen, wenn die Braut zur Hochzeit durch die Tür in die Kirche eintritt. Er stand dort äußerst verwirrt und schaute auf das, was sich vor ihm abspielte.

„Dann lass uns tun, was deines Sohnes Herzenswunsch ist …", murmelte Huzhu mit zarter Stimme.

Mein Freund teilte das Haar und bahnte sich wie durch herabhängende Trauerweidenzweige seinen Weg zu ihr. Er watete, watete, bis zum Ziel. Huzhu kniete und empfing ihn.

Nachdem sie es fünfzig, sechzig Mal so gemacht hatten, wünschte mein Freund, sich mit ihr von Angesicht zu Angesicht zu lieben. Aber sie sagte kühl: „Nein! Hunde machen es immer in dieser Stellung."

Affentheater auf dem Markt

Im Jahre 2000, es waren ein paar Tage nach Neujahr, kamen auf dem Bahnhofsplatz in Gaomi zwei fahrende Gaukler mit einem dressierten Affen an. Meine verehrte Leserschaft hat bestimmt längst erraten, dass es sich bei diesem Affen um die Wiedergeburt des Ximen Nao – Esel – Stier – Eber – Hund – in einen Affen handelte. Der Affe war natürlich ein stattliches, männliches Tier und keines dieser putzigen, kleinen Rhesusäffchen, die wir oft auf der Straße zu sehen bekommen. Er war ein imposanter tibetanischer Bärenmakake. Er besaß ein graugrünliches, glanzloses Fell, das wie halbvertrocknetes Moos aussah. Seine Augen standen sehr dicht beieinander, lagen tief in den Augenhöhlen, und sein Blick war furchterregend. Er hatte enganliegende Ohren, die wie glänzende Lackporlinge aussahen. Er hatte nach oben zeigende Nasenlöcher, ein rissiges Maul mit einer sehr schmalen Oberlippe und zeigte bei jeder Bewegung seines Mauls die Zähne. Er schien ein brutaler Bursche zu sein. Er trug ein rotes Westchen, in dem er drollig aussah. Im Prinzip haben wir aber keinen Grund, ihn einen brutalen Burschen zu nennen. Auch drollig können wir ihn nicht nennen, denn wir wissen ja, dass Affen in lächerlichen Kleidchen nun einmal so aussehen.

Um den Hals trug er ein zierliches Halsband mit einer Kette, deren anderes Ende um das Handgelenk eines jungen Mädchens gewunden war. Ich muss wohl nicht erst sagen, um wen es sich bei dem Mädchen handelte. Meine Leser erraten auch selbst, dass Pang Fenghuang, die vor einigen Jahren spurlos aus dem Dorf verschwunden war, an diesem Tag wieder in Gaomi gesehen wurde. Der Junge, der mit ihr zusammen war, war der ebenfalls vor Jahren von der Bildfläche verschwundene Ximen Huan. Die beiden waren prall angezogen, sodass sie aussahen wie die Schneemänner. Die speckigen Daunenjacken starrten vor Dreck. Man hätte nicht erraten können, wie sie sauber ausgesehen hatten. Ihre Jeans waren schlammig und ausgefranst, die Turnschuhe zwar nachgemachte Markenturnschuhe, aber genauso dreckig wie alles andere. Fenghuang hatte sich die Haare strohblond färben lassen, ihre Augenbrauen zu einem schmalen, langen Strich gezupft, und sie trug im rechten Nasenflügel einen silbernen Ring. Huan hatte sein Haar rot färben lassen und trug über der rechten Augenbraue ein Piercing mit einem goldenen Ring.

Die Entwicklung des Kreisstädtchens Gaomi war in den letzten Jahren rasant verlaufen, aber verglichen mit den Großstädten ging das Leben hier immer noch sehr ländlich zu. Das Sprichwort: *Ein großer Wald beherbergt die komischsten Vögel* trifft es ganz genau, denn je kleiner der Wald, umso weniger Vögel sieht man darin. Diese beiden komischen Vögel und ihr anmaßender Affe zogen natürlich die Aufmerksamkeit aller Leute vor dem Bahnhof auf sich. Es fand sich sofort ein eifriger Bürger, der zur Polizeiwache beim Bahnhof rannte und die beiden dort meldete.

Ohne dass es jemandem so recht aufgefallen wäre, hatte sich um Fenghuang und Huan schon ein Kreis von Schaulustigen versammelt. Das war genau, was die beiden bezweckten. Schon holte Huan aus seinem Rucksack einen Gong hervor und begann damit Krach zu machen. Beim Ertönen der Gongschläge strömten die Neugierigen nur so herbei. Auf dem Platz standen die Leute so dicht, dass die Luft schlecht und kein Durchkommen mehr war. Schon erkannte jemand mit besonders scharfen Augen die beiden als Pang Fenghuang und Ximen Huan, aber die meisten beglotzten nur den Affen und kümmerten sich wenig um die beiden Gaukler.

Während Huan rhythmisch mit hellem Klang den Gong schlug, wickelte Fenghuang die Kette, an der der Affe festgemacht war, von ihrem Handgelenk und gab dem Tier mehr Bewegungsfreiheit. Aus ihrem Rucksack fischte sie einen Strohhut, ein kleines Tragjoch, zwei Körbchen, Pfeife und Tabakbeutel und ähnliche Utensilien, die sie neben sich bereitlegte.

Zu den rhythmischen Gongschlägen sang Fenghuang mit Fistelstimme, zwar etwas heiser, aber wunderschön melodisch. Um sie lief der Affe aufrecht wie ein Mensch immer im Kreis herum. Mit seinen krummen Beinen und von links nach rechts schaukelnd, den Schwanz auf dem Boden hinter sich herschleifend, machte er einen etwas gequälten Eindruck. Mit den Augen blickte er wachsam von einer zu anderen Seite, immer hin und her.

*Der Gong schallt „dingdong dongdong",
da weiß mein Affe „Aufpassen! Kunststückchen machen!"
Wir kommen erleuchtet vom heiligen Berg Emei Shan,
und kehr'n nach Haus zurück, weil wir da König werden woll'n.
Feine Kunststücke hab' ich meinen alten Heimatfreunden mitgebracht,
belohnt mich reich, alte Freunde, ich danke für alles, was ihr übrig habt...*

„Heh, geht auseinander! Heh, auseinander mit euch!" Lan Kaifang, noch nicht lange als Vizeleiter und Polizeikommissar in die Polizeiwache des kreisstädtischen Bahnhofs versetzt, zog die dicht stehenden Zuschauer auseinander und bahnte sich mit Gewalt einen Weg durch das Gedränge. Er war der geborene Polizist. Nachdem er zwei Jahre lang bei der Kriminalpolizei gedient hatte und dort mit der Ermittlung in zwei Fällen besonderen Erfolg gehabt hatte, war er im Alter von nur zwanzig Jahren schon zum vizeleitenden Kommissar in die Kreisstadt auf die Bahnhofswache befördert worden. Das Bahnhofsviertel war das Viertel, in dem die meisten Straftaten begangen wurden und die meisten Unglücksfälle passierten. Dass man ihn dorthin versetzt hatte, war Beweis für das Vertrauen, das man ihm von höherer Stelle entgegenbrachte.

*Spiel den Opa, der vergnügt sein Pfeifchen schmaucht,
und, die Arme im Rücken verschränkt, sich das Treiben auf dem Markt anschaut.*

So sang Fenghuang, während sie dem Affen gekonnt den kleinen Strohhut vor die Füße warf und der ihn mit schnellem Blick und schneller Hand fing und sich auf den Kopf setzte. Nun warf ihm Fenghuang die Tabakpfeife hin, die er geschickt, indem er einen kleinen Sprung tat, in der Luft packte und sich dann ins Maul steckte. Dann legte er die Hände im Kreuz zusammen, beugte sich vor, machte O-Beine, drehte den Kopf links, rechts, links, rechts und glotzte dabei auffällig in der Gegend umher. Wirklich wie ein Opa auf seinem Spaziergang über den Wochenmarkt! Der Affe erntete großes Gelächter und stürmischen Beifall.

„Heh, geht auseinander! Heh, Platz da!" Lan Kaifang drängte sich in die Menschentraube. Wenn er ehrlich war, musste er zugeben, dass, als er die Meldung bekommen hatte, sein Herz ganz laut gepocht hatte. Obwohl im Kreis schon lange Gerüchte kursiert hatten, dass Fenghuang und Huan von Menschenhändlern nach Südostasien verschleppt worden wären und der eine in die Schwerstarbeit, die andere in die Prostitution geraten sei, und wieder andere erzählt hatten, dass die beiden in Südchina drogensüchtig geworden und schon lange an einer Überdosis Rauschgift gestorben wären, hatte Lan Kaifang an beider Existenz immer geglaubt, denn er spürte sie und ganz besonders Fenghuang tief in seinem Herzen. Meine verehrten Leser haben bestimmt nicht vergessen, dass er sich wegen dieses Gags mit Huzhus zaubermächtigem Haar in den Finger geschnitten hatte und dass er mit diesem Schnitt seinen Herzenswunsch hatte durchblicken lassen. Deswegen ließ er, als ihm Meldung davon gemacht wurde, dass die beiden wieder in der Stadt waren, alles stehen und liegen und rannte auf den Bahnhofsplatz. Während er lief, stand ihm Fenghuangs Erscheinung lebendig vor Augen, wie sie gewesen war, als er sie das letzte Mal auf der Beerdigung seiner Oma gesehen hatte. Eine weiße Daunenjacke hatte sie getragen, eine weiße Strickmütze auf dem Kopf gehabt und ein rot verfrorenes Gesichtchen besessen. Sie hatte ausgesehen wie eine schneeweiße Eisprinzessin aus dem Märchen. Als er ihr heiseres Singen hörte, konnte der furchtlose Kriminalpolizist, der ansonsten eiskalt Schwerverbrecher verhaftete, schon nicht mehr klar aus den Augen schauen.

Spiel Gott Erlang, der den Berg auf Schultern tragend, den vollen Mond verfolgt.
Dann spiel den Phönix, der die Flügel ausbreitet und die Sonne zu erhaschen versucht.

Fenghuang tippte mit dem Fuß gegen das kleine Tragjoch mit den zwei Körbchen und stieß es in die Luft. Dann trat sie mit Schwung dagegen und ließ es in die Höhe sausen. Es war eine ziemlich schwierige akrobatische Übung, denn das Tragjoch mit den zwei vorne und hinten daran hängenden Körbchen kam gerade herunter und landete dem Affen genau an der richtigen Stelle auf der Schulter. Zuerst lief der Affe mit dem Tragjoch über der rechten Schulter, ein Körbchen vorn, eins hinter seinem Rücken, im Kreis herum. Das war Erlang, der den Berg auf Schultern trägt und den Vollmond verfolgt. Dann nahm er das Tragjoch auf den Nacken hinter seinen Kopf. Die

Körbchen waren nun rechts und links. Das sollte der seine Flügel ausbreitende Phoenix bei seiner Jagd nach der Sonne sein.

Wir haben unsre Kunst einmal gezeigt,
ihr alten Freunde aus der Heimat uns nun bitte gnädig Lohn erweist.

Der Affe warf das Tragjoch ab und fing einen roten Plastikteller, den Fenghuang ihm zuwarf. Mit beiden Händen den Teller hochhaltend ging er nun im Kreis an den Zuschauern vorbei und erbat Geld.

Liebe Großonkel, liebe Großtanten,
Liebe Großväter, liebe Großmütter,
Liebe Brüder, liebe Schwestern,
liebe Nachbarn aus unserm Dorf,
gebt mir nur einen Fen, ich finde nichts zu wenig. gebt ihr hundert Yuan, so müsst ihr der Bodhisattva Avalokiteśvara sein, der auf diesen Bahnhofsplatz herabkommt.

Während Fenghuang sang, gaben die Leute reichlich Geld in den von dem Affen hingehaltenen Teller. Es waren Einer, Zweier, Fünfer, Zehner, Fünfziger, bis zu Ein-Yuan-Münzen dabei. Sie schepperten auf dem Teller. Es waren auch etliche Scheine dabei, die fast kein Geräusch verursachten, als sie auf den Teller herabsegelten.

Als der Affe vor Lan Kaifang stand, legte dieser einen dicken Umschlag mit seinem gesamten Monatslohn für Januar und dazu noch seinem gesamten Überstundenlohn für Ferien- und Wochenendarbeit auf den roten Teller. Der Affe kreischte, kam mit allen Vieren auf den Boden, ergriff den Teller mit dem Maul und lief damit schnell zu Fenghuang.

Huan schlug dreimal den Gong und machte wie der Clown im Zirkus eine tiefe Verbeugung vor Kaifang. Dann richtete er sich wieder auf und sprach: „Dankeschön, Herr Polizist!"

Fenghuang nahm das Geld aus dem Umschlag und schlug das Bündel Geldscheine, das sie fest in der Rechten hielt, im Takt in die linke Hand und zeigte es voll Stolz dem Publikum. Dazu sang sie laut und extrem betont mit einem selbstgedichteten Text das Lied *Nordostchinesen sind alle Helden wie Lei Feng* in der Rock-Song Fassung, die damals ein Rockstar sang und die gerade sehr beliebt war.

Wir Dörfler aus Gaomi
sind alle Helden wie Lei Feng,
wie der, der mir ein Bündel Geldscheine schenkte
und noch nicht einmal seinen Namen hinterließ.

Der Schmerz des Einschnitts in die Haut.

Verehrte Leser, Kaifang hätte seine Amtsbefugnisse nutzen können, um Lorbeeren für eine Beförderung zu sammeln, indem er Huan, Fenghuang und ihren Affen des Bahnhofsvorplatzes verwies. Er tat es nicht.

Ich bin mit Jiefang immer schon eng befreundet gewesen. Eigentlich hätte sein Sohn mir wie ein Neffe sein müssen. Aber mehr als flüchtig bekannt war er mir nicht. Wir wechselten miteinander nicht einmal ein paar ganze Sätze. Ich vermute, dass dieser Junge mir gegenüber immer eine vorgefertigte Meinung hatte, Vorurteile noch und noch, weil ich es gewesen war, der Chunmiao in das Büro seines Vaters gebracht und somit diese ganze Tragödie ins Rollen gebracht hatte. Kaifang, Prachtneffe! Aber schließlich ist es doch so, dass, wenn es nicht Chunmiao gewesen wäre, irgendeine andere Frau in deines Vaters Leben getreten wäre. Darüber wollte ich immer einmal mit dir reden, eine Gelegenheit abpassen und dir sagen, wie ich darüber denke. Aber niemals bot sich dazu Gelegenheit.

Weil ich mit Kaifang keinen Umgang pflegte, bestand alles, was ich über sein Seelenleben wusste, nur aus Vermutungen.

Ich stellte mir vor, dass ihm in dem Moment, als er den Schirm seiner Uniformmütze ins Gesicht zog und aus der Menschentraube flüchtete, bestimmt furchtbar wirr im Herzen zumute war. So eine lange Zeit war Fenghuang Gaomis Prinzessin gewesen und Huan Gaomis Prinz. Die eine hatte die höchste leitende Führungspersönlichkeit des Kreises zur Mutter, der andere hatte den reichsten, potentesten Mann, der im ganzen Kreis das Sagen hatte, zum Vater. Sie waren in jeder Hinsicht lässig, generös, elegant, gutaussehend gewesen. Sie waren freizügig gewesen und hatten aus dem Vollen gelebt. Mit Geld hatten sie nur so um sich geworfen. Sie hatten einen großen Freundeskreis gehabt. Sie waren *das* Traumpaar gewesen, Goldjüngling und Jademädchen! Wer hatte die beiden nicht angehimmelt!

Wie viele neidische Blicke sie auf sich gezogen hatten! Aber binnen eines Augenaufschlags waren die hohe Beamtin und der Reiche aus dem Leben gegangen und aller Reichtum und Luxus nur noch Kot und Dreck! Das Traumpaar vergangener Tage trieb sich mittellos auf der Straße herum und lebte notdürftig mit einer Affendressur von der Straßenkunst. Welch Gegensatz! Furchtbar!
Ich glaube ja, dass Kaifang Fenghuang auch so noch sehr liebte. Auch wenn die Prinzessin von früher inzwischen eine heruntergekommene Gauklerin war. Auch wenn riesige Unterschiede zwischen ihr und dem dienststellenleitenden Polizeikommissar mit den fantastischen Zukunftsaussichten bestanden. Aber er schaffte es nicht, sein Minderwertigkeitsgefühl zu überwinden! Obwohl er doch seinen gesamten Monatslohn und dazu noch seine gesamten Überstundenbezüge dem Affen in den hochgehaltenen Teller gegeben und aus der Position des Stärkeren einen Schwächeren beschenkt hatte, war den beiden ihr Überlegenheitsgefühl vergangener Tage geblieben, und sie taten mit bissigen, ironischen Bemerkungen kund, wie unbedeutend in ihren Augen ein kleiner Polizist mit hässlichem Gesicht war. Sie machten seinen Plan, Huan seine Fenghuang wegzunehmen oder sie aus ihrer Not zu befreien, gründlich zunichte. Sein Selbstvertrauen und sein Mut waren sofort wie weggeblasen. Deswegen konnte er nichts anderes tun, als sich seinen Mützenschirm ins Gesicht zu ziehen und an allen vorbeipreschend das Weite zu suchen.
Die Nachricht darüber, dass Kangmeis Tochter und Jinlongs Sohn auf dem Bahnhofsplatz der Kreisstadt als fahrende Künstler mit einem dressierten Affen und Akrobatik auftraten, verbreitete sich wie ein Lauffeuer und erreichte auch die umliegenden Dörfer. Die Leute kamen aus dem ganzen Kreis zum Bahnhofsplatz, um die beiden zu sehen. Es waren zwar diffuse, schwer zu erklärende Gefühle, aber ein bei allen mehr als dringendes Bedürfnis, das sie so zahlreich dorthin trieb. Diese beiden Früchtchen Fenghuang und Huan waren schamlos, als hätten sie die Verbindung zu allem, was ihrer Vergangenheit angehörte, gründlich abgebrochen. Als seien sie in ein wildfremdes Land auf der anderen Seite des Globus gekommen und ihre Zuschauer wildfremde Menschen, mit denen sie niemals das Geringste zu tun gehabt hätten, führten sie eifrig ihre Kunststücke vor und baten herzlich um Geld. Unter den sie umringenden Zuschauern waren einige, die sie unverblümt bei Namen riefen, und andere, die hass-

erfüllt ihre Eltern beschimpften. Das ließ beide jedoch völlig unberührt. Als wäre alles gar nicht bis an ihre Ohren vorgedrungen, präsentierten sie ihrem Publikum von Anfang bis Ende nur ein strahlendes Lächeln. Aber wagte sich jemand aus der gaffenden Menge, Fenghuang etwas Anstößiges, Abfälliges zuzurufen oder sie unanständig zu belästigen, stürzte sich blitzschnell das Affenmännchen beißend auf den Flegel.

Einer der „Vier bösen Latten", Wang, dem die Bande der Oststadt gehorcht hatte, wedelte Fenghuang mit zwei Hundert-Yuan-Scheinen vor der Nase herum und fragte: „Mieze, wie ist das mit dem Ring in deiner Nase? Hast du unten auch einen? Hast du da auch ein Piercing? Zieh mal die Hosen runter und lass mich nachschauen! Die zwei Hunnis schenk ich dir!"

Seine Bandenbrüder schrien im Chor: „Richtig! Lass die Hosen runter und lass uns mal schauen!" Selbst deren zotigen Zurufe beachtete sie nicht. Sie hielt nur die Kette in der einen Hand, ließ mit der anderen die lange Peitsche springen und trieb den Affen zum Geld sammeln im Kreis herum.

Liebe Leut' lasst Euch sagen,
ob Ihr Geld habt oder keins, bleibt sich gleich,
habt ihr viel, so gebt hier wenig,
habt ihr keins, tut's auch Applaus.

Huan behielt ebenfalls sein Lächeln auf dem Gesicht. Mit dem Gong schlug er gekonnt im richtigen Tempo und mit den richtigen Pausen den Rhythmus.

„Ximen Huan, du Bastard! Wo ist dein Imponiergehabe von früher geblieben? Der Tod von Yü geht auf dein Konto. Da sind wir noch nicht quitt. Zieh deiner Mieze für uns die Hosen runter, damit wir mal gucken können, wenn nicht …", schrien hinter Wang seine Bandenbrüder durcheinander. Der Affe ging schaukelnd mit dem roten Teller in der Hand bis zu Wang. – Manche sagten, sie hätten gesehen, wie Fenghuang einmal an der Kette geruckt hätte. Manche behaupteten das Gegenteil. – Der Affe schmiss den Teller hinter sich, sprang Wang mit Schwung auf die Schultern und begann, während er ihn ritt, ihn zu kneifen und zu beißen – das Kreischen des Affen und die Schmerzschreie Wangs mischten sich – die Zuschauer flüchteten panisch in jede Richtung. Wangs Bandenbrüder waren die ersten, die losrannten und die schnellsten obendrein. Fenghuang zerrte den Affen von Wang herunter, während sie weitersang:

Reichtum ist nicht schicksalhaft,
jeder normale Mensch kann verkommen.

Wangs Gesicht, ja sein ganzer Kopf triefte vor Blut und war nicht mehr wiederzuerkennen. Er krümmte sich brüllend am Boden. Schon waren ein paar Polizeibeamte eingetroffen, die Fenghuang und Huan mitnehmen wollten. Der Affe fletschte die Zähne und kreischte die Polizisten an, da zog einer der Beamten den Revolver. Fenghuang nahm den Affen wie eine Mutter, die ihr Kind schützt, ganz fest in die Arme. Viele der Zuschauer kamen gleich wieder herbeigerannt. Die Leute zeigten auf den sich am Boden krümmenden und gleichzeitig brüllenden Wang: „Er ist es, den ihr eigentlich mitnehmen müsst!"
Lieber Leser, wie kommen die Leute nur zu dieser merkwürdigen Einstellung? Hatten sie zu Zeiten, da Kangmei und Jinlong das Ruder in Händen hielten, Fenghuang und Huan nicht wie die Pest verabscheut? Hatte damals nicht jeder Dörfler gehofft, dass sie auch mal zu Schaden kämen? Als sie sie in der Position der Schwächeren sahen, änderten sie ihre Meinung, und ihr Mitleid galt ihnen. Die Polizisten kannten natürlich die Geschichte der beiden. Sie wussten noch besser über die speziell geartete Beziehung ihres Polizeikommissars zu ihnen Bescheid. Als sie der empört protestierenden Menge gegenüberstanden, signalisierten sie, dass sie nicht eingreifen würden. Sie sagten nichts. Ein Polizist griff Wang in den Nacken und hob seinen Kopf an. Dabei sprach er voller Wut: „Nun mach schon, du Hurenbock! Verpiss dich und hör auf, hier einen zu markieren."
Der Kreisparteisekretär Sha Wujung wurde auf die Sache aufmerksam. Er war ein mitfühlender, großmütiger Mann und schickte seinen Bürovorsitzenden zusammen mit einem Sachbearbeiter zum Bahnhof. Sie fanden Fenghuang und Huan im Keller eines Bahnhofshotels. Der Affe fletschte sofort die Zähne, als er sie sah. Der Büroleiter überbrachte den beiden die Nachrichten des Kreisparteivorsitzenden, der erwartete, dass sie den Affen im neu errichteten Phönix-Tierpark abgaben, damit er dort artgerecht gehalten werden könnte.

Sie beide sollten dann jeder in eine geeignete Arbeitsstelle vermittelt werden. Diese Nachricht erscheint uns durchschnittlichen Leuten verlockend. Fenghuang jedoch hielt ihren Affen noch fester an sich gedrückt und schleuderte den beiden nur entgegen: „Wer versucht, Hand an meinen Affen zu legen, mit dem kämpfe ich bis aufs Blut!" Huan lächelte freundlich und entgegnete den beiden aus dem Kreisparteiamt: „Herzlichen Dank für Ihre Anteilnahme und Bemühungen, aber uns geht es auch so sehr gut."
Das, was sich nun anschließt, ist der tragische Ausgang der ganzen Geschichte. Lieber Leser, es ist nicht mein Wunsch, dass ich es so berichte. Es ist das Schicksal, welches meinen Figuren so übel mitspielt.
Es trug sich eines Abends zu. Fenghuang, Huan und ihr Affe aßen gerade bei einer kleinen Garküche auf dem Bahnhofsplatz zu Abend, da schlich sich Wang mit einem dicken Mullverband um den Kopf von hinten an sie heran. Der Affe kreischte und stürzte sich auf ihn, aber seine Kette, mit der er am Tischbein festgemacht war, ruckte so, dass er sich rückwärts in der Luft drehte. Huan sprang sofort vom Tisch auf und wandte sich um. Er schaute in Wangs abscheuliches, brutales Gesicht. Er kam nicht mehr dazu, etwas zu sagen. Ein Dolch fuhr ihm die Brust. Vielleicht hatte Wang vorgehabt, Fenghuang auch gleich zu ermorden, doch der sich überschlagende, wild herumspringende Affe erschreckte ihn so, dass er den Dolch in Huans Brust stecken ließ und die Beine in die Hand nahm. Fenghuang warf sich über Huan und weinte herzzerreißend. Der Affe saß mit brennendem Blick daneben und musterte hasserfüllt die Männer, die sich anschickten, sich ihm zu nähern. Es war Lan Kaifang, der benachrichtigt worden war, sofort zum Tatort eilte und versuchte, zusammen mit einigen Polizistenkollegen zu Fenghuang vorzudringen. Aber das Toben und gellende Kreischen des Affen ließ sie zögern. Ein Beamter zog die Pistole und zielte auf den Affen, wurde aber von Kaifang am Handgelenk festgehalten.
„Fenghuang, halt deinen Affen fest. Wir bringen Huan ins Krankenhaus, in die Unfallambulanz", rief Kaifang und drehte sich nach dem Beamten mit dem Revolver in der Hand um: „Ruf einen Krankenwagen!"
Fenghuang nahm den Affen auf den Arm und hielt ihm die Augen zu. Der Affe blieb brav in ihrem Arm und legte ihr die Arme um den

Hals. Die beiden waren wie Mutter und Sohn, die aufeinander angewiesen sind.

Kaifang zog Huan den Dolch aus der Brust, drückte die blutende Wunde mit beiden Händen zu und rief laut immer wieder seinen Namen: „Huan, Huan! Huan, Huan!"

Huan schlug langsam die Augen auf. Schaumiges Blut quoll ihm aus dem Mund, als er sprach: „Kaifang ... du bist mein Bruder ... nun ... endlich bin ich angekommen ..."

„Huan, Huan, halte durch, der Krankenwagen ist gleich da!" Kaifang umfasste mit einem Arm Huans Hals, dann schrie er gellend, Blut quoll ihm zwischen seinen Fingern hindurch und bahnte sich seinen Weg.

„Fenghuang ... Fenghuang ...", sagte Huan undeutlich. „Fenghuang ..."

Der Rettungswagen raste mit Blaulicht und heulender Sirene herbei, der Arzt mit Erste-Hilfe-Koffer und Trage. Zu spät! Huan hatte sein Leben bereits in Kaifangs Armen ausgehaucht und seine Augen geschlossen.

Zwanzig Minuten später schloss Kaifang mit steifen Fingern, die rot von Huans Blut waren, Wangs offen stehenden Mund.

Verehrte Leser! Wie weh tut uns die Nachricht über Huans Tod. Aber objektiv betrachtet, räumte er unserem Kaifang den Weg zu Fenghuang frei. Leider öffnete sein Tod aber nur den Vorhang für eine noch viel furchtbarere Tragödie.

In dieser Welt existieren viele Phänomene, die uns rätselhaft erscheinen, die aber ihr Geheimnis im Zuge der fortschreitenden Forschung schließlich lüften. Die Liebe lässt sich aber über die Vernunft nicht erklären. Mein chinesischer Schriftstellerkollege A Cheng verfasste einen Aufsatz, in dem er die Liebe als eine chemische Reaktion beschrieb. So eine Auffassung schafft eine völlig neue Sichtweise auf die Dinge. Es hört sich ziemlich interessant an. Sollte es jedoch zutreffen und wäre es möglich, mit Hilfe chemischer Reaktionen Liebe auszulösen und diese dadurch auch zu kontrollieren, so dürften die Schriftsteller alsbald überflüssig werden. Deswegen bin ich, auch wenn er die Wahrheit spricht, strikt gegen diese Auffassung eingenommen.

Doch nun Schluss mit der Tratscherei. Kommen wir zurück zu unserem Lan Kaifang. Er selbst sorgte für eine ordentliche Beerdigung von Huans Leichnam. Nachdem er das Einverständnis seines Vaters und seiner Tante hatte, begrub er Huans Urne hinter dem Grab, dort, wo Jinlong begraben lag. Wie bekümmert Huzhu und Jiefang darüber waren, müssen wir nicht mehr anführen. Aber eines sollte uns interessieren. Seit Huans Tod kam Kaifang täglich zu dem Zimmer, das Fenghuang im Keller eines Bahnhofshotels angemietet hatte. Wenn er tagsüber Zeit hatte, ging er auch zum Bahnhofsplatz, um Fenghuang zu besuchen. Wenn Fenghuang auf dem Platz ihren Affen spazieren führte, ging er, ohne dass er ein Wörtchen hätte verlauten lassen, still hinterher. Wie ein Leibwächter nahm er sich dabei aus.

Einige Polizistenkollegen kritisierten sein Verhalten derart, dass der alte Kommissar der Wache ihn zu einer Unterredung zu sich rief: „Kaifang, Freund! Es gibt so viele hübsche, nette Mädchen in der Kreisstadt! Und du machst wegen einem Mädchen, das den Leuten einen Affen vorführt, so ein … guck sie doch einmal genau an, wie sie aussieht, das ist doch unmöglich …"

„Kommissar, entlassen Sie mich! Wenn ich nicht den Anforderungen an einen gewöhnlichen Polizisten genüge, kündige ich."

Gegen diese Antwort konnten die anderen nichts einwenden. Mit der Zeit änderten die Kollegen ihre Einstellung und störten sich nicht mehr daran. Es war zwar so, dass Fenghuang rauchte, Schnaps trank, sich die Haare blond färbte, ein Nasenpiercing hatte und dazu noch den ganzen Tag auf dem Bahnhofsplatz unterwegs war – damit sah sie einem braven Mädchen nun wirklich nicht ähnlich. Aber war sie deshalb gleich verdorben? So kam es, dass die Polizisten der Wache schließlich sogar begannen, freundschaftlich mit Fenghuang umzugehen. Wenn sie auf dem Bahnhofsplatz auf Streife waren, machten sie Späße mit ihr.

„Goldbüschel, lass unseren Vizekommissar auch mal Luft holen! Der ist ja schon dünn wie ein Strohhalm!"

„Richtig! Lass mal ein bisschen locker! Lockerlassen, wenn Lockerlassen angesagt ist!"

Fenghuang ignorierte ihre Neckereien, nur der Affe bleckte die Zähne.

Anfangs hatte Kaifang versucht, Fenghuang zu nötigen, in die Tianhua-Gasse Nr. 1 zu ziehen oder auf dem Anwesen der Ximens zu wohnen. Doch Fenghuang hatte das entschieden zurückgewiesen. Einige Zeit später merkte er, dass er nur noch dort am Bahnhof arbeiten konnte, wenn er Fenghuang in seiner Nähe wusste. Wenn sie des Nachts in ihrem Hotelzimmer im Keller des Bahnhofshotels schlief und tags auf dem Bahnhofsplatz unterwegs war. Bald wussten das ganze Lumpenpack und alle Straßenlümmel des Bahnhofsviertels, dass das Goldschopf-Nasenringmädchen mit dem Affen die Freundin des blaugesichtigen Polizeikommissars mit dem Eisenarm war. Die, die ursprünglich eine Gelegenheit hatten abpassen wollten, um Fenghuang zu überfallen, ließen diesen Gedanken sausen. Wer hätte sich schon gewagt, in der Höhle des Tigers ein Hühnerbeinchen zu stehlen.

Stellen wir uns einmal vor, wie es war, wenn Kaifang jeden Abend in den Keller des Bahnhofshotels hinab stieg und Fenghuang besuchte. Es war eins der Hotels, die früher einmal im Kollektiv bewirtschaftet worden waren. Infolge des Systemwandels war es wieder in private Hand gelangt, und, wäre es unter strenger Beachtung der Bestimmungen geführt worden, eigentlich ein sicherer Kandidat für einen Bankrott. Deswegen lachte die Hotelchefin mit ihrem wabbligen Gesicht so freundlich sie konnte, wenn sie den Kommissar bei sich sah, und ihrem breiten, roten Mund entfuhr nur Honiggesülze.

Anfangs hatte Kaifang viele Abende vergeblich vor der Tür gestanden und geklopft. Fenghuang hatte ihm nicht geöffnet. Kaifang stand also still vor der Tür, steif wie ein Stock. Er hörte Fenghuang im Zimmer weinen. Manchmal lachte sie ironisch böse. Er hörte auch den Affen kreischen, manchmal machte er auch Krach an der Tür. Manchmal roch Kaifang Zigarettenqualm, manchmal Alkoholdunst. Aber nie roch er Rauschmittel oder ähnliches. Das war ihm eine heimliche Freude. Denn er dachte, wenn sie tatsächlich Drogen nähme, wäre sie wohl wirklich am Ende. So dachte er, und: Nähme sie tatsächlich Drogen, würde ich sie dann immer noch so wahnsinnig lieben? Jawohl! Ich würde sie trotzdem, was sie auch täte und wenn ihre Eingeweide längst vergammelt wären, trotzdem genauso wahnsinnig lieben!

Jedes Mal, wenn er sie besuchen kam, hatte er Blumen dabei oder aber ein Körbchen mit frischem Obst. Wenn sie nicht öffnete, wartete er vor der Tür. Er wartete, bis er gehen musste. Die Blumen und das Obst ließ er jedes Mal vor der Tür stehen. Der Hotelchefin begann das Ganze zu missfallen. Sie sprach ihn an: „Guter Freund, ich will dir sagen. Ich habe wunderhübsche Mädchen an der Hand, in Hülle und Fülle. Ich kann sie dir alle schicken und du kannst dir eine aussuchen. Ganz wie du es möchtest. Du kannst jede von ihnen haben ..."

Sein eiskalter Blick und das laute Knacken der Gelenke, als er seine Fäuste ballte, jagten der Chefin solche Angst ein, dass sie sich nicht mehr halten konnte. Nie wieder wagte sie danach, ihn unüberlegt zu behelligen.
Ein beliebtes Sprichwort sagt: *Aufrichtige Mühen siegen über herausragende Fähigkeiten.* Fenghuang öffnete unserem Kaifang schließlich die Tür. Im Zimmer war es schummrig und feucht. Die Farbe an den Wänden hatte Blasen, als hätten sie in heißem Wasser gestanden. Von der Decke hing eine Glühbirne, die milchiggelbes Licht spendete. Im Zimmer roch es intensiv nach Schimmel. Es gab zwei schmale Bettstellen und zwei zerrissene Sessel, die aussahen, als hätte man sie vom Sperrmüll geholt. Als Kaifang sich in den einen Sessel setzte, hatte er ein Gefühl, als würde er mit dem Gesäß den Estrich berühren. Kaifang schlug Fenghuang nochmals vor, doch umzuziehen, und bot ihr seine Hilfe dabei an. In einem der zwei Betten schlief sie, auf dem anderen Bett lagen noch ein paar alte Kleidungsstücke von Huan. Jetzt war es das Bett des Affen. Zwei Thermoskannen standen noch in dem Zimmer und ein Schwarzweiß-Fernseher, der ebenfalls vom Sperrmüll zu kommen schien. In dieser übelriechenden, schäbigen Umgebung stieß Kaifang sein Liebesbekenntnis hervor, das er über zehn Jahre lang als Geheimnis in seinem Herzen getragen hatte.
„Ich liebe dich …", sagte Kaifang. „Beim ersten Mal, als ich dich sah, habe ich mich sofort in dich verliebt."
„Du lügst!", antwortete ihm Fenghuang mit einem kühlen Lächeln. „Das erste Mal bekamst du mich bei deiner Oma auf dem Kang zu Gesicht. Damals konntest du noch nicht einmal krabbeln!"
„Ich konnte damals noch nicht krabbeln, aber ich habe dich schon geliebt!"
„Quatsch nicht!" Fenghuang rauchte. „Mit einer Frau wie mir eine Liebesbeziehung anzufangen, ist doch, als ob du eine Perle im Klo runterspülst."
„Mach dich nicht selber schlecht", sagte Kaifang. „Ich verstehe dich!"
„Einen Dreck verstehst du mich!" Fenghuang lachte kalt. „Ich bin eine Nutte gewesen, mit tausenden von Männern habe ich geschlafen. Sogar mit dem Affen habe ich geschlafen! Und mir willst du was von Liebe erzählen? Verpiss dich, Lan Kaifang! Such dir ein unverdorbenes, gutes Mädchen! Und pass auf, dass mein Schimmelgeruch dich nicht beschmutzt."

„Das ist nicht wahr!" Lan Kaifang verdeckte sein Gesicht mit beiden Händen und fing bitterlich an zu weinen. „Du lügst mich an! Sag mir, sowas hast du nicht getan!"
„Was soll ich nicht getan haben? Wenn ich es nicht getan habe, was ändert das schon? Das geht dich doch einen Dreck an!", entgegnete Fenghuang eiskalt. „Bin ich deine Frau oder wie? Bin ich deine Geliebte? Meine Mutter und mein Vater würden sich nicht erdreisten, mich zu kontrollieren. Und du wagst es tatsächlich!"
„Weil ich dich liebe!" Kaifang schrie voller Wut.
„Ich lasse mich nicht von dir in solcher Art und Weise anekeln! Verschwinde, du armseliges Blaugesicht!" Sie winkte den Affen zu sich heran und sagte zärtlich intim: „Kleiner Liebling, komm Heia, mein Äffchen!"
Der Affe sprang sofort mit einem Satz auf ihr Bett.
Kaifang zog seinen Revolver und zielte auf den Affen.
Fenghuang drückte den Affen fest an die Brust und schrie wütend: „Lan Kaifang, dann musst du erstmal mich erschießen!"
Kaifang war aufs Äußerste erregt. Er war kurz vor einem Nervenzusammenbruch. Schon früh hatte er Gerüchte gehört, dass Fenghuang als Hure gearbeitet hätte. Sein Unterbewusstsein hatte sich gewehrt, aber ein Teil von ihm hatte es geglaubt. Als er mit eigenen Ohren aus Fenghuangs Mund hörte, dass sie mit tausenden von Männern geschlafen hatte, dass sie – so etwas unglaublich Erschreckendes fügte sie auch noch an – es sogar mit dem Affen getrieben hatte, war es für ihn, als würden zehntausend Pfeile auf einmal mitten in sein Herz geschossen.
Kaifang hielt sich die Hand auf die Stelle an der Brust, wo das Herz zu vermuten war. Stolpernd, heftig torkelnd, lief er die Treppe hoch und schwankte aus dem Hotel nach draußen auf die Straße auf den Bahnhofsplatz. Sein Kopf war voll von destruktiven Gedanken. Vor einer Bar mit grellroter Neonbeleuchtung standen zwei üppige, stark geschminkte Bardamen und zerrten ihn hinein. Auf einem hohen Barhocker sitzend kippte er hintereinander drei Gläser Brandy hinunter. Dann legte er völlig verzweifelt seinen Kopf auf den Tresen und verbarg ihn unter seinen Armen. Eine blonde Frau mit dunkelblauen Augen und blutroten Lippen in einem rückenfreien Kleid setzte sich zu ihm – Kaifang ging Fenghuang immer in Zivil besuchen –, streckte die Hand aus und streichelte seine blaue Gesichtshälfte mit

dem Feuermal. Sie war ein Nachtschmetterling, der erst vor ein paar Tagen von außerhalb herbeigeflogen war. Sie wusste nicht um die Berühmtheit dieses blaugesichtigen Polizisten. Kaifang gestattete ihr nicht, ihn zu berühren. Wie er es im Beruf gewohnheitsmäßig tat, hatte er sie sofort fest beim Handgelenk gepackt und zugedrückt. Sie tat einen schrillen Schrei. Kaifang ließ sie los und lächelte entschuldigend. Die Frau stieß ihn an und sagte schmeichelnd: „Was du für eine Kraft in den Händen hast!"

Kaifang winkte ab. Er wollte, dass die Frau ging. Sie aber kam näher und schob sich mit ihren warmen Brüsten an ihn heran. Die Wärme der Brüste mischte sich mit der Wärme der Zigaretten und des Schnapses, die sie ihm mit ihrem Atem ins Gesicht pustete.

„Was ist mit dir? Hat dich deine Freundin sitzenlassen? Die Frauen sind doch alle gleich! Stimmt's? Nun lass dich mal ein wenig von mir trösten …"

Kaifang dachte nur voller Hass: Nutte, ich räche mich an dir!

Um ein Haar wäre er von dem hohen Barhocker gekippt. Er folgte der Bardame durch einen dunklen, schmalen Flur und betrat mit ihr zusammen ein kleines Zimmer, das nur schummrig beleuchtet war. Die Frau sagte kein weiteres Wort, sondern begann sofort, sich bis auf die Haut auszuziehen. Sie hatte einen, so muss man sagen, recht gutaussehenden Körper: Üppige Brüste, einen flachen Bauch und schöne, lange Beine. Es war das erste Mal, dass unser Kaifang einen nackten Frauenkörper sah. Er geriet in Wallung. Noch mehr aber wurde er nervös. Er zögerte. Die Frau wurde schon ungeduldig. Zeit war Geld. Sie setzte sich auf.

„Hey, Junge, was ist mit dir! Hast du Angst? Was stellst du dich so kindisch an?"

Im Moment, da sie sich umdrehte, verrutschte ihre Perücke und gab den Blick auf einen Schädel mit spärlichem Haarwuchs frei. In Kaifangs Kopf brummte es plötzlich laut. Vor seinen Augen erschien Fenghuangs Kopf mit ihrem vollen, blonden Haar und dem liebreizenden Gesicht. Er zog aus seiner Hosentasche einen Hundert-Yuan-Schein hervor, warf ihn der Prostituierten zu, machte auf dem Absatz kehrt und wollte gehen. Die Frau sprang auf und schlang ihre Arme wie eine Krake um ihn. Wutschäumend schimpfte sie: „Dreckiger Hund! Das könnte dir so passen! In den Puff gehen und dann meinen, mich mit hundert Yuan abspeisen zu können!"

Die Frau pöbelte weiter, dabei griff sie Kaifang in die Hosentaschen. Sie wollte an sein Geld, aber ihre Finger trafen auf einen harten, kalten Revolver. Kaifang ließ es nicht zu, dass sie ihre Hand herauszog, sondern packte sie mit seiner Eisenfaust am Handgelenk. Die Frau begann vor Schmerz zu schreien, doch den Rest des Schreis würgte sie hinunter. Kaifang stieß sie von sich. Sie taumelte ein paar Schritte rückwärts und kam auf dem Bett zu sitzen.

Als Kaifang wieder nach draußen auf den Bahnhofsplatz kam und seinen Schädel in die kühle Nachtluft hielt, stieg ihm der Alkohol sofort zu Kopf, sodass er würgte und sich schließlich erbrach. Nachdem er alles auf die Straße erbrochen hatte, konnte er wieder etwas klarer denken. Aber er war noch genauso verzweifelt und unglücklich. Mal pöbelte er zornig, mal empfand er tausendfache Zärtlichkeit. Er hasste Fenghuang und liebte sie doch. Wenn er hasste, dann wurde er von Liebe überwältigt. Wenn er liebte, dann spürte er, wie sich sein Herz vor Hass zusammenkrampfte. In den sich anschließenden zwei Nächten quälte sich Kaifang, zwischen Liebe und Hass hin- und hergerissen, wie ein Schiffbrüchiger bei Sturm in schmutzigen, brandenden Wellen. Einige Male nahm er seinen Revolver hervor und zielte damit auf sein eigenes Herz – liebes Kind, mach auf keinen Fall solche Dummheiten! Am Ende siegte immer die Vernunft über die Unbeherrschtheit.

„Auch wenn sie eine Nutte ist, heirate ich sie doch!", murmelte er sich selbst zu.

Unser Kaifang beschloss, wieder in den Hotelkeller hinunter zu gehen und an Fenghuangs Tür zu klopfen.

„Was willst du denn schon wieder?", fragte sie ziemlich genervt, aber sie bemerkte, wie er sich in den zwei Tagen verändert hatte. Sein Gesicht war blauer als je zuvor, schmaler als je zuvor. Seine über der Nasenwurzel zusammengewachsenen Augenbrauen sahen über seinen Augen wie eine Riesenraupe aus. Seine Augen funkelten tiefschwarz. Sie strahlten verzehrend. Es waren Augen wie Feuer. Diesen brennenden Blick spürte sogar der Affe, der, als hätte ihm dieses Feuer den Pelz versengt, zu kreischen begann und sich zitternd in die Zimmerecke flüchtete.

Fenghuang sagte ein wenig nachsichtiger: „Aber wenn du schon mal da bist, kannst du dich ja auch kurz setzen. Wir können Freunde sein. Bloß hör mir auf, von Liebe zu reden."

„Ich will mit dir nicht nur von Liebe reden, ich will dich heiraten!", antwortete Kaifang. „Mir ist es völlig gleich, ob du mit zehntausend verschiedenen Männern geschlafen hast, ob mit Löwen, Tigern oder Walen. Ich möchte dich heiraten!"
Es herrschte für eine Weile Stille.
Dann sprach Fenghuang lachend: „Nicht so stürmisch, kleines Blaugesicht. Man sollte nicht leichtfertig von Liebe reden. Noch weniger sollte man leichtfertig jemandem sagen, dass man ihn heiraten möchte."
„Ich sage das nicht leichtfertig", entgegnete Kaifang. „Zwei ganze Tage und Nächte habe ich darüber nachgedacht. Ich habe mir alles gründlich überlegt. Ich will nur dich. Nichts anderes will ich mehr. Meinen Posten als Polizeikommissar will ich nicht mehr. Polizist will ich auch nicht mehr sein. Ich werde dir den Gong schlagen und mit dir von Ort zu Ort ziehen."
„Ist gut. Hör auf zu spinnen. Für jemanden wie mich lohnt es nicht, seine ganze Zukunft über Bord zu werfen." Unter Umständen hatte Fenghuang mit dem, was sie dann sagte, bezweckt, die bedrückende Stimmung etwas zu heben. Vielleicht sollte es nur ein kleiner Witz sein: „Bevor du mich zur Frau bekommst, Kaifang, muss erstmal dein Blaugesicht weiß werden."
Es war genau das, was das Sprichwort *Der Sprecher denkt an nichts, der Hörende aber an alles* sehr gut ausdrückt. Mit so einem wie wahnsinnig liebenden Mann ist eben nicht zu spaßen. Meine verehrten Leser erinnern sich bestimmt an die Geschichte von Abao, die sich bei Pu Songling in seinen *Seltsamen Geschichten aus dem Studierzimmer* findet. Sie handelt von einem jungen Gelehrten namens Sunzi, der sich wegen eines leichtfertigen Spaßes des Fräuleins Abao ohne zu zögern seine zwei zusammengewachsenen Finger abhackt. Er stirbt daran, wird als Wellensittich wiedergeboren und fliegt zu Abao ans Bett. Nach ein paar Wiedergeburten können er und Abao doch noch heiraten.
Die Geschichte von Abao und Sunzi hat ein wunderschönes Happyend. Meine Geschichte, lieber Leser, hat das leider nicht zu bieten. Ich wiederhole mich: Es ist nicht mein Wunsch, dass ich so berichte – es ist das Schicksal, das meinen Figuren so übel mitspielt.
Unser Kaifang meldete sich krank. Die harsche Kritik seines Vorgesetzten interessierte ihn nicht. Er fuhr nach Qingdao, gab seine gesamten Ersparnisse aus und ließ eine schmerzhafte Hauttransplanta-

tion vornehmen. Mit einem dicken Verband um sein Gesicht kam er zurück und ging auf direktem Weg in den Keller des Bahnhofshotels zu Fenghuang. Sie war starr vor Überraschung. Der Affe genauso. Beim Affen könnte der Schrecken auch auf den Verband, den Kaifang um den Kopf trug, zurückzuführen sein, denn Wang hatte so einen Verband getragen, und der Hass gegen diesen Verbrecher saß tief. Er stürzte sich sofort auf Kaifang, der ihn aber mit einem Faustschlag bewusstlos schlug. Fast wie ein Geisteskranker, liebestoll, sprach er zu Fenghuang: „Ich habe die Transplantation machen lassen."
Fenghuang stand wie versteinert. Ihr Herz klopfte ihr bis in den Hals. Sie schaute ihn unruhig aus Augen voller Tränen an. Kaifang kniete vor ihr und hielt mit beiden Armen ihre Beine umfangen. Sein Gesicht hatte er an ihren Unterleib gepresst. Fenghuang streichelte sein Haar und murmelte zärtlich: „Was bist du für ein Dummer ... wie kannst du nur so dumm sein ..."
Dann hielten sie sich in den Armen. Weil Kaifangs Gesicht schmerzte, küsste sie ihn sachte auf seine gesunde Gesichtshälfte. Er hob sie aufs Bett. Dann schliefen sie miteinander.
Das Bettlaken färbte sich rot.
„Bist du Jungfrau?", rief unser Kaifang in freudiger Überraschung aus, aber Tränen schossen ihm aus den Augen. Der Verbandsmull über seinem Gesicht war schon tropfnass. „Du bist Jungfrau. Fenghuang, meine Liebste. Warum hast du nur die Unwahrheit erzählt ..."
„Wie meinst du das, Jungfrau?", entgegnete Fenghuang, als wäre ihr unrecht getan worden. „Schon für achthundert Yuan kann man sich das Jungfernhäutchen wieder nähen lassen!"
„Kleine Nutte, schon wieder flunkerst du mir etwas vor. Meine Fenghuang ..." Kaifang küsste trotz des Wundschmerzes Gaomis – in den Augen Kaifangs den weltweit – allerschönsten Frauenkörper. Fenghuang streichelte ihrerseits seinen Männerkörper, der sich hart und elastisch wie ein Bund Holz anfühlte: „Oh Mann, an dir führt wohl kein Weg vorbei ..."
Verehrte Leser! Den Rest der Geschichte mag ich nicht weitererzählen. Er ist zu grausig. Aber da ich schon begonnen habe, komme ich wohl am Ende nicht vorbei. So muss ich denn den grausamen Berichterstatter spielen.
Kaifang fuhr mit dem dicken Mullverband um den Kopf in die Tianhua-Gasse Nr. 1 nach Hause und versetzte Jiefang und Huzhu

in allergrößtes Erstaunen. Die beiden wollten sich nicht auf die Folter spannen lassen, aber Kaifang antwortete ihnen gar nicht auf ihre Fragen wegen des Kopfverbands, sondern sagte ihnen nur furchtbar aufgeregt und vor Glück völlig verzaubert: „Papa und Tante, ich möchte Fenghuang heiraten!"
Hätten sie Glasschalen in der Hand gehabt, sie wären ihnen im selben Moment aus der Hand gefallen und in tausend Scherben zerbrochen. Mein Freund Jiefang machte ein schmerzverzehrtes Gesicht. Die Stirn in Falten, druckste er komisch herum und sagte: „Das ist unmöglich. Das kommt nicht in Frage!"
„Warum?"
„Es geht nicht. Das ist mein letztes Wort!"
„Papa, glaubt ihr etwa diesen Gerüchten?", fragte Kaifang. „Ich schwöre dir, Papa. Fenghuang ist ein unvergleichlich unschuldiges Mädchen ... sie ist eine Jungfrau ..."
„Himmel!", mein Freund winselte nun leise: „Junior, es geht nicht, es geht nicht ..."
„Papa", Kaifang wurde nun wütend, „wenn es eine Liebesheirat ist, hast du doch überhaupt kein Recht, es mir zu verbieten!"
„Kind ... dein Vater ist dazu nicht berechtigt ... aber ... lass deine Tante dazu ein Wort sagen..." Mein Freund erhob sich einfach, verschwand in sein Zimmer und schloss die Tür.
„Kaifang ... mein liebes, armes Kind ...", tränenüberströmt war Huzhus Gesicht. „Fenghuang ist die leibliche Tochter deines Onkel Jinlong. Ihr beide habt die gleiche Großmutter ..."
Kaifang riss mit einer heftigen Bewegung den Verband von seinem Gesicht. Die gerade neugewachsene Haut riss er mit herunter, sodass seine eine Gesichtshälfte nur noch eine riesenhafte, offene Fleischwunde war. Er stürzte nach draußen, sprang auf sein Motorrad und raste los. Weil er zu schnell fuhr, rammte er mit einem Rad die sich gerade öffnende Tür des Friseursalons. Die Leute wurden blass vor Schreck. Kaifang ließ das Vorderrad steigen, wendete die Maschine Richtung Bahnhof und preschte wie ein durchgehendes Pferd zum Bahnhofsplatz. Er hörte die Friseurin, die schon jahrelang im Friseurgeschäft neben seinem Haus arbeitete, nicht mehr.
„Diese Familie besteht doch nur aus Verrückten!"
Kaifang stolperte wie von Sinnen in den Keller des Hotels. Mit dem Oberkörper stieß er die angelehnte Tür auf. Seine Fenghuang saß auf

dem Bett und wartete auf ihn. Der Affe sprang ihn wie verrückt geworden an. Diesmal vergaß Kaifang seine polizistenhafte Disziplin. Alles hatte er restlos vergessen. Er erschoss den Affen mit einem einzigen Schuss und befreite diese zu Unrecht gestorbene Seele aus dem Leib des Affen, nachdem sie nun schon ein halbes Jahrhundert von Tierleib zu Tierleib gewandert war.
Fenghuang war durch dieses plötzliche Grauen erschreckt in Ohnmacht gefallen. Kaifang zielte mit seinem Revolver auf sie. – Kind. Mach keine Dummheiten! – Er blickte auf Fenghuangs Gesicht, das schön wie eine aus Jade geschnittene Plastik war. Das schönste Gesicht auf der ganzen Welt! Der Lauf des Revolvers sank kraftlos herab. Er rannte mit gezücktem Revolver in der Hand zur Tür hinaus. Er rannte die Treppe hoch – es war, als stiege er von der Hölle hinauf in das himmlische Paradies –, die Beine wurden unserem Kaifang weich. Er kniete nieder. Er zielte mit seinem Revolver auf sein schon völlig kaputtes Herz – Mach keine Dummheiten, mein Junge! – und riss am Abzug. Der dumpfe Knall des Revolvers dröhnte. Kaifang lag vornüber mit dem Gesicht nach unten tot auf den Treppenstufen.

Das Millenniumkind

Lieber Leser, meine Geschichte ist nun wirklich fast zu Ende. Nur noch ein paar Seiten Geduld, bitte!
Jiefang und Huzhu fuhren mit Kaifangs Urne auf dem Rücken zurück in ihr Dorf und begruben seine Asche auf dem Acker neben Hezuo. Auf dem Acker reihten sich die Gräber inzwischen eines an das andere. Während sie den Körper im Krematorium den Flammen überlassen hatten, hielt Fenghuang den Kadaver des Affen fest im Arm. Sie weinte so herzzerreißend! Eine matte, bleiche Blüte war sie, wirklich ein Bild des Jammers. Alle wussten ja Bescheid. Nur weil Kaifang tot war, sagten sie nichts. Der Kadaver des Affen stank schon erbärmlich, aber erst nachdem ihr alle immer wieder geduldig zugeredet hatten, ließ Fenghuang sich den toten Affen abnehmen, unter der Bedingung, dass auch er auf dem Land ihres Großvaters begraben würde. Ohne zu zögern gab mein Freund ihrem Wunsch nach und versprach es ihr. So kam es, dass noch das Grab eines Affen zu den Gräbern des Esels, des Stiers, des Ebers und des Hun-

des dazukommen sollte. Mein Freund war sich unsicher, wie er bei der Beerdigung des Affen vorzugehen hatte, und versammelte daher beide Familien im Dorf, um zu besprechen, wie man Fenghuangs Wunsch entsprechen könnte. Chang Tianhong schwieg, und auch Huzhu brachte keinen Ton heraus.

Baofeng sprach schließlich: „Gaige, bitte geh zu ihr und bring sie uns her, damit sie uns selbst sagen kann, wie sie es möchte. Sie ist schließlich ein Kind, das aus unserer Familie hervorgegangen ist und als Baby auf dem Kang unserer Eltern gespielt hat. Wenn sie etwas braucht, dann helfen wir ihr natürlich. Ich würde meinen letzten Kochlöffel geben, um ihr zu helfen, wenn sie in Not ist."

Gaige kam wieder, ohne sie. Sie war schon weg.

Die Zeit floss dahin. Ehe wir uns versahen, war das Jahr 2000 fast zu Ende. Welch freudige Festtagsstimmung herrschte überall in Gaomi, als wir in jenem neuen Jahr das volle zweite Millennium feierten. Vor allen Häusern hingen rote Lampions und glückverheißende Banner und Girlanden. Auf dem Tianhua-Platz und auf dem Bahnhofsplatz hatte man riesige Leinwände installiert, auf denen digitale Zeitmesser sekundengenau die verbleibende Zeit bis zum Anbruch des neuen Millenniums anzeigten. Man hatte für viel Geld Pyrotechniker bestellt, die zu beiden Seiten der Plätze alles vorbereitet hatten, um in diesem entscheidenden Augenblick, in dem wir von unserem alten in ein neues Zeitalter hineinkatapultiert werden sollten, den Himmel mit einem sprühenden, glitzernden Lichterregen zu füllen. Schon gegen Abend fing es an zu schneien. Der bunte Lichterregen der Feuerwerksraketen und die vom Himmel tanzenden Schneeflocken machten das nächtliche Panorama perfekt. In dieser Nacht war die ganze Stadt auf den Beinen. Die einen strömten zum Tianhua-Platz, die anderen zum Bahnhofsplatz, um das Feuerwerk zu erleben. Wieder andere flanierten auf der großen Renmin-Straße, auf der ebenfalls überall Feuerwerk gezündet wurde und der Himmel in bunten Farben leuchtete.

Mein Freund und Huzhu waren zu Hause geblieben. Lass mich noch einen Satz anfügen: Sie hatten bis zuletzt nicht geplant, sich standesamtlich trauen zu lassen. Sie hatten auf diese Prozedur verzichtet. Es war für die beiden nicht von Bedeutung. Sie machten Neujahrssteigtäschchen, hängten zwei rote Laternen an das Tor und beklebten alle Fensterscheiben mit den Scherenschnitten, die Huzhu selbst gefer-

tigt hatte. Die Toten stehen nicht wieder zum Leben auf, aber die Lebenden müssen trotzdem weiterleben. Ob man weint oder lacht, das Leben geht weiter. Das sagte mein Freund regelmäßig zu seinem Chef. Jiefang und Huzhu aßen ihre Teigtäschchen, schauten ein Weilchen fern und machten dann, was sie immer taten: Sie schliefen miteinander, um damit die Gestorbenen zu beweinen. Zuerst kam das Haarekämmen, danach hatten sie Sex. Wie wir uns den Ablauf des Ganzen vorzustellen haben, das ist uns allen klar, ich brauche mich nicht zu wiederholen. Eins aber möchte ich anfügen: In dem Augenblick, da sie sich, von Trauer und Freude überwältigt, vereinigen wollten, drehte sich Huzhu mit einer heftigen Bewegung um. Sie umarmte meinen Freund und sprach: „Von heute an wollen wir es wie die Menschen machen …"
Ihrer beider Tränen nässten ihre Gesichter.
Um elf Uhr abends, sie waren schon halb eingeschlafen, wurden sie durch das klingelnde Telefon aus dem Schlaf gerissen. Es war ein Anruf aus einem Hotel vom Bahnhofsplatz. Eine weibliche Stimme sprach zu ihnen, ihre Schwiegertochter halte sich im Untergeschoss, Zimmer 101 auf, sie liege in den Wehen und sei kurz vor ihrer Niederkunft. Sie müssten kommen, denn sie sei in höchster Gefahr. Mein Freund und seine Freundin waren so verblüfft, dass sie gar nichts verstanden. Erst langsam dämmerte ihnen, dass es sich vielleicht um die lange verschollene Fenghuang handeln könnte.
In jener Silvesternacht hätten sie ohnehin niemanden gefunden, der ihnen geholfen hätte. Sie wollten auch niemanden um Hilfe fragen. Sich an den Händen haltend, rannten sie zum Bahnhofsplatz. Sie rannten atemlos. Wenn sie nicht weiterkonnten, gingen sie ein paar Schritte, um sofort wieder weiterzurennen. Welch Unmengen von Menschen auf der Straße! Kein Durchkommen in diesen Menschenmassen! Die großen Straßen und sogar die kleinen Gassen waren vollgestopft mit Menschen. Am Anfang drängte der Menschenstrom gen Süden. Als sie die große Renmin-Straße überquert hatten, drängte der Strom gen Norden. Sie hetzten, aber sie kamen nur langsam vorwärts. Schnee rieselte auf ihre Köpfe und ihre Gesichter nieder. Die Schneeflocken tanzten im bunten Licht wie Schnee verblühender Aprikosenblüten. Wenn bei den Ximens im Hof die Aprikosen verblühten oder wenn damals in der Schweinefarm die Aprikosen verblühten, dann schwebten sie bis zur Kreisstadt. Sämtliche Aprikosenblüten Chinas kamen

zu unserem kleinen Kreisstädtchen geschwebt. Als sie sich über den von Menschen überfüllten Bahnhofsplatz drängten, schienen Jiefang und Huzhu wie zwei arme Kinder, die ihre Eltern verloren haben und nun auf der Suche nach ihnen sind. Auf der hohen Bühne, die man vorübergehend für die Festtage auf dem Bahnhofsplatz errichtet hatte, war eine Gruppe von jungen Leuten zu sehen, die dort tanzte und sang. Aprikosenblüten sah man auf der Bühne dahinschweben. Auf dem Platz zu Füßen der Bühne reckten Zehntausende ihre Köpfe hin und her. Jeder trug neue Kleider, alle summten die Lieder mit, die auf der Bühne gesungen wurden. Alle tanzten, klatschten und trampelten. Über allem schwebten und wirbelten Aprikosenblüten. Alle tanzten in dem wirbelnden Reigen des Aprikosenblütenschnees. Dabei ging die digitale Ziffernanzeige der Uhr Sekunde um Sekunde auf null Uhr zu. Gleich war es soweit. Der von allen mit Aufregung erwartete Zeitpunkt war da. Die Musik stoppte. Der Gesang erstarb. Über dem Platz lag Grabesstille. Mein Freund und seine Freundin stiegen die Treppe in den Keller des Hotels hinunter. Huzhus Haar hing ihr in einem dicken Strang über den Rücken bis auf die Erde und schleifte hinter ihr her, weil keine Zeit mehr für das Haareflechten gewesen war, als sie überstürzt aufgebrochen waren.

Sie drückten die Tür zum Zimmer 101 auf und erblickten Fenghuang mit einem schneeweißen Gesicht wie von Aprikosenblütenblättern. bedeckt Ihr Unterleib lag in einer riesigen Blutlache. In der Blutlache lag ein riesiger Säugling. Soeben waren das neue Jahrhundert und das neue Jahrtausend angebrochen, ein neues Zeitalter, das von Gaomi mit tosendem Feuerwerk, Funkenstrahlen und Lichtersternenregen begrüßt wurde. Das Kind war ein natürlich zur Welt gekommenes Millenniumkind. Im Kreiskrankenhaus waren zum gleichen Zeitpunkt noch zwei andere Millenniumkinder zur Welt gekommen. Bei ihnen war die Geburt aber künstlich eingeleitet worden, und sie waren per Kaiserschnitt zur Welt gekommen.

Mein Freund und seine Freundin nahmen sich als Großvater und Großmutter des Kindes an. Der Säugling weinte an der Brust seiner Großmutter. Dem Großvater standen die Tränen in den Augen. Er streckte die Hände nach dem dreckigen Laken aus und bedeckte damit Fenghuangs Körper. Ihre Gesichtshaut und ihr ganzer Körper waren durchsichtig. Sie hatte all ihr Blut verloren.

Ihre Asche wurde natürlich auch auf dem Acker begraben, der in-

zwischen als Friedhof bekannt war. Sie bekam ihr Grab neben Huans Grab.
Jiefang und Huzhu kümmerten sich mit großer Behutsamkeit um den Großkopfsäugling. Er litt von Geburt an an einer seltsamen Krankheit. Beim geringsten Anlass blutete er sofort. Von allein hörte es nicht zu bluten auf. Die Ärzte sagten, er habe die Bluterkrankheit. Medikamentös sei sie nicht zu heilen. Da könne man nur auf den Tod warten. Huhzu zupfte sich ihr Haar aus, verbrannte es zu Asche und tat es in die Milch, mit der sie den Säugling aufzog. Dazu puderte sie, wenn er blutete, die Stellen mit der Asche ihres Haares ein. Damit konnte man die Krankheit zwar nicht nachhaltig heilen, aber gegen die Symptome halfen die Haare gut. Das Leben des Großkopfsäuglings ist deswegen aufs Engste mit dem Leben Huzhus verknüpft. Solange ihr Haar lebt, wird das Kind weiterleben, stirbt das Haar, so stirbt das Kind. Der Himmel hat Mitleid mit ihnen. Je mehr Haare sich Huzhu auszupft, umso mehr wachsen nach. Deswegen brauchen wir uns jetzt über sein Schicksal nicht den Kopf zu zerbrechen. Die Gefahr des Kindstods ist gebannt.
Der Säugling war von Geburt an in jeder Hinsicht ungewöhnlich. Es hatte einen kleinen schmächtigen Körper, dafür einen riesigen Schädel mit einem Riesengehirn. Er besaß ein ungewöhnlich gutes Gedächtnis und eine ungewöhnliche Begabung für Sprachen. Meinem Freund und seiner Freundin schwante dunkel, dass es eine besondere Bewandtnis mit dem Kind haben müsse. Sie überlegten hin und her, entschieden zuletzt aber doch, dass er mit Nachnamen Lan heißen solle. Weil er mit dem Glockenschlag des herannahenden neuen Millenniums geboren war, nannte sie ihn Qiansui – *Millennium* – mit Vornamen.
Als Lan Qiansui seinen fünften Geburtstag feierte, rief er meinen Freund zu sich. Er nahm eine Haltung an, als wolle er damit beginnen, einen großen Roman vorzulesen und sprach: „Meine Geschichte beginnt im Jahre 1950. Es ist der Neujahrstag …"

Romane sind Handarbeit
Mo Yan

Letztes Jahr im Juli und August schrieb ich innerhalb von 43 Tagen den Roman „Der Überdruss" nieder. Die Medien berichteten, dass ich innerhalb dieser 43 Tage 550 000 chinesische Schriftzeichen schrieb. Das ist jedoch falsch, denn genau gesagt waren es nur 430 000 Zeichen, die ich in diesen 43 Tagen niederschrieb (die Rohschrift umfasste 430 000 Zeichen). Auf den Druckfahnen waren es dann 490 000 Zeichen. Man kann sagen, ich schrieb in flottem Tempo. In Anbetracht der Tatsache, dass die Literaturkritiker an Schriftstellern mit Vorliebe kritisieren, nur auf schnellen Erfolg und schnelles Geld aus zu sein und dabei schlampige Arbeit zu tun, war dieses ungeheure Tempo, in dem ich schrieb, reinste Blasphemie. Man kann natürlich sagen, ich schrieb zwar nur 43 Tage, hatte zuvor jedoch 43 Jahre mit dem Stoff zugebracht, weil nämlich der Hauptprotagonist – das Urbild dieses starrsinnigen Privatwirtschaftlers – jemand war, der zu Anfang der sechziger Jahre des vergangenen Jahrhunderts seinen ächzend quietschenden Holzkarren vor der Grundschule bei uns im Dorf entlang schob. Was für ein merkwürdiges Monster muss ein Roman sein, den man in nur 43 Tagen niederschreibt? Das muss uns an dieser Stelle nicht interessieren. Eine andere Frage interessiert uns: Wie kam es dazu, dass das Schreiben so schnell ging?

Warum konnte ich das? Weil ich dem Computer einen Laufpass gab und den Stift wieder hervorholte. Es war ein Stift, der einem Pinsel glich, ein Zwischending zwischen Füller und Pinsel. Er war von größerer Elastizität als es ein Füller ist, ersparte einem aber das umständliche Tuscheaufnehmen, das man bei einem Pinsel tun muss. Die geschriebenen Zeichen hatten die Unverwüstlichkeit von mit dem Füller geschriebenen Zeichen, aber trotzdem die Grazie, die mit dem Pinsel geschriebene Schriftzeichen besitzen. Jeder dieser „Pinselfüller" reichte für etwas über 8000 Zeichen und kostete fünf Yuan. Für den ganzen „Überdruss" brauchte ich fünfzig „Pinselfüller". Das war weitaus billiger als ein PC.

Ich will den PC gar nicht schlechtmachen, denn er verschafft uns auf Schritt und Tritt nur Annehmlichkeiten, weil er so praktisch ist. Viele Sachen, an die wir nicht einmal im Traum denken würden, lässt so ein PC schnell Realität werden. Er hat unser ganzes Leben völlig verändert. 1995 kaufte ich meinen ersten. Aber ich ließ ihn fast ein Jahr unbenutzt herumstehen. 1996 begann ich zu üben, wie man ihn benutzt. Eine lange Zeit glaubte ich, dass ich die korrekte Benutzung eines PCs wohl niemals erlernen würde. Doch ich schaffte zu lernen, an einem PC zu schreiben. An meinem ersten schrieb ich nur einige Kurzromane, die ich danach verwarf. Dann kaufte ich meinen zweiten. Das war im Frühling 1999. 28000 Yuan RMB kostete er mich: Pentium 3, 15 Zoll LCD Flachbildschirm. Ich musste zuletzt, weil mir Freunde einen guten Rabatt einräumten, nur 23000 Yuan RMB bezahlen. Damals brüstete ich mich manchmal so damit: „Ich kann meinen PC zwar nicht gut benutzen, doch gutes Geld habe ich jede Menge dafür bezahlt." Kurze Zeit später kaufte ich mir noch ein Notebook von Toshiba. Ich nahm an einem Kursus der Lenovo Corp. teil, die mir noch einen PC schenkte. Ich schrieb die Romane „Sandelholzfolter", „41 Kanonen", „Langstreckenwettlauf vor dreißig Jahren", „Daumenschellen" und die Theaterstücke „Lebewohl meine Konkubine" und „Unser Jing Ke" wie noch eine Menge ganz unterschiedlicher Prosa und Essays auf dem PC. Unzählige E-Mails bekam und versandte ich mit ihm. Mich erreichten große Mengen an Informationen über den PC. Ich wurde zu jemandem, der es nicht mehr gewohnt ist, einen Stift in die Hand zu nehmen. Aber ich sehnte mich in die Zeit zurück, in der ich noch Stift und Papier benutzte.

Beim „Überdruss" machte ich es wahr und rang mich dazu durch, dem PC den Laufpass zu geben. Ich setzte mich zum ersten Mal wieder vor einen Block Rohschriftpapier. Ich fühlte mich wie ein Schneider, der seine Nähmaschine wegwirft und Nadel und Faden zur Hand nimmt. Es war wie ein Ritual. Es war wie ein Protestschrei, eine Auflehnung gegen meine eigene Zeit. Es war ein fantastisches Gefühl. Ich hörte das Geräusch der Pinselfüllerspitze auf dem Papier. Ich sah die realen, Zeile um Zeile wie automatisch das Papier füllenden Schriftzeichen. Man musste nicht mehr an die Pinyin-Umschrift denken. Man musste nicht mehr umständlich das richtige Zeichen auswählen. Man musste nicht mehr, weil das eine oder andere Wort in der Wortliste nicht vorhanden war, ein anderes wählen und das gewünschte fallenlassen. Man war ganz beim Roman. Man dachte nur an das Buch und die Romanfiguren. Man war nur bei den Sätzen, die sich im Kopf formen und einer an den anderen reihen. Einzelne Worte interessierten mich nicht mehr. Wenn ich am PC einen

Roman schreibe, kommen mir Zweifel, sobald ich den PC ausschalte. Als hätte ich nichts gearbeitet. Als hätte ich alles nur in die Wolken geschrieben. Schreibe ich aber alles auf Papier und habe das Getane auf meinem Tisch liegen, strecke ich nur die Hand aus und kann es berühren. Wenn ich mein Tagwerk beende und die geschriebenen Seiten der Rohschrift durchzähle, dann empfinde ich eine ganz handfeste Freude dabei. Dass ich 43 Tage dafür benötigte, einen Roman zu schreiben, ist nichts, wofür mir Ruhm gebührt. Dass ich währenddessen den PC links liegen ließ, war auch nichts irgendwie Erhabenes. Dass es mir eine Lust ist, mit dem Stift auf Papier zu schreiben, ist etwas ganz Eigenes, Persönliches. Wenn andere auf der Tastatur schreiben, haben sie womöglich Lustgefühle wie beim Klavierspielen. Der PC ist hervorragend, das Schreiben am PC ist ein Fortschritt für die Schriftstellerei. Dass ich mit Stift und Papier schreibe, hat etwas von dem Privatwirtschaftler in meinem Buch, der lieber stirbt, als dass er der Kommune beitritt. Es ist ein *gegen den Strom Anschwimmen*. Man muss nicht dafür eintreten. Das ist es nicht wert. Als ich vor einigen Jahren die „Sandelholzfolter" schrieb, sagte ich einmal etwas von „Mit großen Schritten den Rückzug antreten". Dieser Rückzug damals war nicht gründlich. Dieses Mal war es wieder ein „Rückzug". Dieses Mal war der Rückzug noch weniger gründlich. Wenn ich gründlich sein wollte, müsste ich die Zeichen mit dem Messer auf Bambustäfelchen ritzen. Noch weiter zurück würde bedeuten, auf Schildkrötenpanzer zu schnitzen. Und noch weiter zurück wäre eine Zeit, als es noch keine Zeichen gab. Im Zelt sitzen, Mond und Sternen zuschauen und dabei Knoten knüpfen, um wichtige Vorfälle aufzuzeichnen. Die Schreibutensilien und die Einfachheit oder Mannigfaltigkeit von Sprache sind wohl eng miteinander verknüpft. Es gibt sogar die Meinung, dass man sich mit dem klassischen Chinesisch nur deshalb so rationell und sparsam ausdrücken kann, weil damals das Schreiben so mühsam war. Wie aufwendig, mit einem Messer Zeichen in Bambustäfelchen zu schnitzen! Da wird man doch jedes Zeichen, das sich einsparen lässt, einsparen. Diese Meinungen erscheinen vernünftig. Ob der Mensch des Altertums Freude beim Ritzen der Zeichen empfunden haben mag, wage ich nicht zu sagen. Aber in der heutigen Zeit ist die Sehnsucht nach der Vergangenheit, nach dem Rückwärtsgewandten, nach dem zu den Wurzeln Zurück-

gehen schwerlich gründlich. Die Sehnsucht nach dem einfachen, unverdorbenen Leben lässt uns auf das Land zurückkehren und dort ein Haus bauen. Wir decken das Dach mit Schilf, bauen die Wände aus Lehm, richten uns aber modern mit Fernseher, Kühlschrank, Telefon und PC ein. Ich schreibe mit meinem Stift auf Papier, aber im Licht der elektrischen Lampe, im Sommer bei eingeschalteter Klimaanlage und im Winter bei aufgedrehter Heizung. Und nach dem Schreiben bitte ich sogar noch jemanden, mir das Ganze in den PC hineinzutippen. Überarbeitet habe ich den Roman am PC, die durchgesehene Rohschrift für den Verlag habe ich auch „elektronisch" per E-Mail gesendet. Diese praktische schnelle Methode lässt sich nicht einfach ausbremsen. Für mich bleibt der PC eine feine Sache.
Mein Verhalten war nicht mehr, als ein wenig herumzuspinnen. Ich persönlich finde, dass die Qualität meines Romans dadurch, dass ich ihn auf Papier schrieb, gestiegen ist. Andere finden vielleicht, dass so eine Ansicht der blanke Hohn ist. Wenn ein guter Autor bei guter Verfassung vor seinem PC sitzt und laut sprechen soll, kann seinem Mund das Feinste vom Feinen entweichen. Wenn ein schlechter Autor bei schlechter Verfassung einen geschliffenen Diamanten in der Hand hält und ihn zum Ritzen auf einem rein goldenen Tablett benutzt, wird er trotzdem keinen guten Aufsatz zustande bringen. Es wird nur Geschreibsel werden und alle werden ihn auslachen.

Mo Yan im Unionsverlag

Das rote Kornfeld

Die endlosen roten Felder sind der Glanz und der Reichtum des chinesischen Dorfes Gaomi. Rot sind auch die Vorhänge der Sänfte, in der die schöne Dai Fenglian zu ihrem zukünftigen Ehemann Shan getragen wird. Aber als der Sänftenträger Yu Zhan'ao und Dai Fenglian sich sehen, entbrennen sie in Liebe zueinander. Als opulente Familiensaga zeichnet der Roman das Schicksal eines Dorfes vor dem Hintergrund des chinesisch-japanischen Krieges nach.

»Ein Buch über die Liebe wie über die Verzweiflung, über den ewigen Wechsel zwischen Frieden und Krieg, Hoffnung und Verlust.« *Alexander Schmitz, Welt am Sonntag*

Die Knoblauchrevolte

Die Bauern im nordöstlichen Gaomi erwarten die alljährliche Knoblauchernte – doch zum Verkauf der Knollen kommt es nicht. Die Gemeinde weigert sich, den Knoblauch wie üblich abzunehmen; es gibt einfach zu viel in diesem Jahr. Statt des würzig-herben Dufts legt sich erstickender Modergeruch über die Dörfer. Die Planungen der Behörden bedrohen die Existenz der Bevölkerung. In ihrer unbändigen Wut revoltieren die Bauern gegen die erbarmungslose und korrupte Bürokratie – mit dramatischen Folgen.

»Mo Yan beschreibt mit viel Spannung den Kampf des Einzelnen gegen die staatliche Willkür im heutigen China. Die Stärke des Romans ist die Mischung aus bitterem Realismus und Poesie.« *Der Spiegel*

Die Schnapsstadt

In China brodelt die Gerüchteküche: In einer entlegenen Provinz sollen dekadente Parteikader, skrupellose Parvenüs, die nach der Wirtschaftswende zu Reichtum gekommen sind, kleine Kinder nach allen Regeln der Kochkunst zubereiten lassen. Sonderermittler Ding Gou'er wird nach Jiuguo, in die sogenannte »Schnapsstadt«, entsandt, um der Fama auf den Grund zu gehen. Doch kaum hat Ding den Fall aufgegriffen, sieht er sich konfrontiert mit einer wahnhaften Welt, die von Aberglaube und Korruption, von Anmaßung und Gier beherrscht wird.

»Berauschend und geheimnisvoll, ein hochprozentiger literarischer Genuss.« *DeutschlandRadio*

Unionsverlag Taschenbuch

BÜCHER FÜRS HANDGEPÄCK
Korea (UT 576)
New York (UT 575)
Vietnam (UT 574)
Neuseeland (UT 573)
Bayern (UT 554)
Namibia (UT 553)
Schweden (UT 552)
Sizilien (UT 551)
Kuba (UT 550)
Südafrika (UT 549)
Kolumbien (UT 548)
Patagonien und Feuerland (UT 547)
Innerschweiz (UT 513)
London (UT 512)
Belgien (UT 511)
Emirate (UT 510)
Kapverden (UT 509)
Kanada (UT 508)
Malediven (UT 507)
Norwegen (UT 506)
Indonesien (UT 476)
Hongkong (UT 475)
Toskana (UT 474)
Argentinien (UT 473)
Kreta (UT 472)
Sahara (UT 471)
Island (UT 470)
Japan (UT 469)
Myanmar (UT 443)
Tessin (UT 442)
Mexiko (UT 441)
Provence (UT 440)
Ägypten (UT 439)
China (UT 438)
Indien (UT 423)
Marokko (UT 422)
Himalaya (UT 421)
Schweiz (UT 420)
Bali (UT 401)
Thailand (UT 400)

CHANTAL THOMAS
Leb wohl, meine Königin! (UT 594)
MARGARET LANDON
Der König und ich (UT 593)
JOHNSTON MCCULLEY
Im Zeichen des Zorro (UT 592)

NAGIB MACHFUS Miramar (UT 591)
MA THANEGI
Pilgerreise in Myanmar (UT 590)
NIGEL BARLEY Die Raupenplage (UT 589)
MO YAN Der Überdruss (UT 588)
MARYSE CONDÉ Segu (UT 587)
GARRY DISHER Rostmond (UT 586)
MASAKO TOGAWA
Trübe Wasser in Tokio (UT 585)
DRISS CHRAÏBI
Inspektor Ali im Trinity College (UT 584)
NATHACHA APPANAH
Der letzte Bruder (UT 583)
HALID ZIYA UŞAKLIGIL
Verbotene Lieben (UT 582)
ROB ALEF Das magische Jahr (UT 581)
MITRA DEVI Filmriss (UT 580)
LEONARDO PADURA
Der Mann, der Hunde liebte (UT 579)
JÖRG JURETZKA Fallera (UT 578)
PATRICIA GRACE Potiki (UT 577)
JEAN CLAUDE IZZO
Die Marseille-Trilogie (UT 572)
RAFAEL SABATINI Der Seefalke (UT 571)
CECIL SCOTT FORESTER
African Queen (UT 570)
LOUIS BROMFIELD
Der große Regen (UT 569)
CLAUDIA PIÑEIRO
Die Donnerstagswitwen (UT 568)
NIKOS KAVVADIAS
Die Schiffswache (UT 567)
BABY HALDER
Vom Dunkel ins Licht (UT 566)
LUIGI BARTOLINI Fahrraddiebe (UT 565)
NII PARKES
Die Spur des Bienenfressers (UT 564)
MO YAN Die Schnapsstadt (UT 563)
NAGIB MACHFUS
Der Dieb und die Hunde (UT 562)
FERGUS FLEMING
Nach oben – Die ersten Eroberungen
der Alpengipfel (UT 561)
GARRY DISHER
Drachenmann (UT 560)
JURI RYTCHËU
Alphabet meines Lebens (UT 559)
PETRA IVANOV Tiefe Narben (UT 558)

Mehr über alle Bücher und Autoren auf *www.unionsverlag.com*